KB174410

나는 누구인가? 나는 무엇을 아는가? 나는 어떻게 살 것인가?

인생이란 무엇인가

3 행복

톨스토이/김근식 옮김

▲알렉산드로 2세(1818~1881, 재위 1855~1881)
크림전쟁 실패의 충격으로 갑자기 서거한 부황 니콜라이 1세 뒤를 이어 제위에 올랐다. 1861년 '농노제 폐지'로 계급차별을 없애고, '국민징병제'를 실시해 귀족과 평민에게 군복무를 하게 만들었다.
1881년 의회제도를 마련하기 위해 마차를 타고 궁으로 향하던 중 혁명파 테러리스트가 던진 폭탄에 의해 목숨을 잃었다. 아들 알렉산드로 3세가 그 뒤를 잇게 되었다.

◀알렉산드로 2세가 암살되는 현장

▲니콜라이 2세(1868~1918, 재임 1894~1917)
부황 알렉산드로 3세가 갑자기 죽자 제위에 올랐으나 마지막 황제가 되었다. 그는 선친의 정책을 계승하여 구체제 속에 제국을 보전하고자 했으나, 러일전쟁의 패배, 1915년 상트페테르부르크에서 일어난 '피의 일요일' 사건에 이어 '10월선언'으로 황제의 독점적 권한이 제한되었으며 1917년 '2월혁명'으로 폐위된다. 1918년 예카테린부르크 이파티예프 저택에 감금되었던 황제와 가족들은 모두 볼셰비키에 의해 처형되었다. 이로써 왕조시대는 막을 내리게 된다.

◀이파티예프 저택

이반 곤차로프(1812~1891) 러시아 작가. 대표작 《오블로모프》(1859). 톨스토이와 함께 〈동시대인〉 동인. 1852년 해군 제독의 비서로 전함 팔라다호를 타고 주항 중 54년 한국에 상륙한 여행기를 《전함 팔라다》(1858)에 실었다.

이반 세르게예비치 투르게네프(1818~1883) 러시아 작가. 대표작 《사냥꾼의 수기》(1852). 톨스토이와 함께 〈동시대인〉 동인. 한때 사이가 나빠져 절교했다가 화해하였다. 임종 때 사상적 위기를 겪고 있던 톨스토이에게 '문학으로 다시 돌아오라'고 유언을 남겼다. 그 뒤 톨스토이는 《이반 일리치의 죽음》《부활》 같은 명작을 남겼다.

〈낯선 여인의 초상〉 이반 크람스코이. 1883. 안나 카레니나 이미지로 그렸다.

톨스토이 일리야 레핀. 1896.

톨스토이와 외손녀　맏딸 타차나의 딸

맏딸 타차나　일리야 레핀

둘째딸 마리야 언니 타차나와 함께 아버지의 작품을 옮겨 쓰고 농사일까지 도왔다.

톨스토이 초상화　일리야 레핀의 수채화. 야스나야 폴랴나 서재

◀친족들과 함께 이야기를 나누는 톨스토이 부부(1905)

▼손주들에게 재미있는 이야기를 들려주는 톨스토이
톨스토이의 손주들은 26명이나 된다.

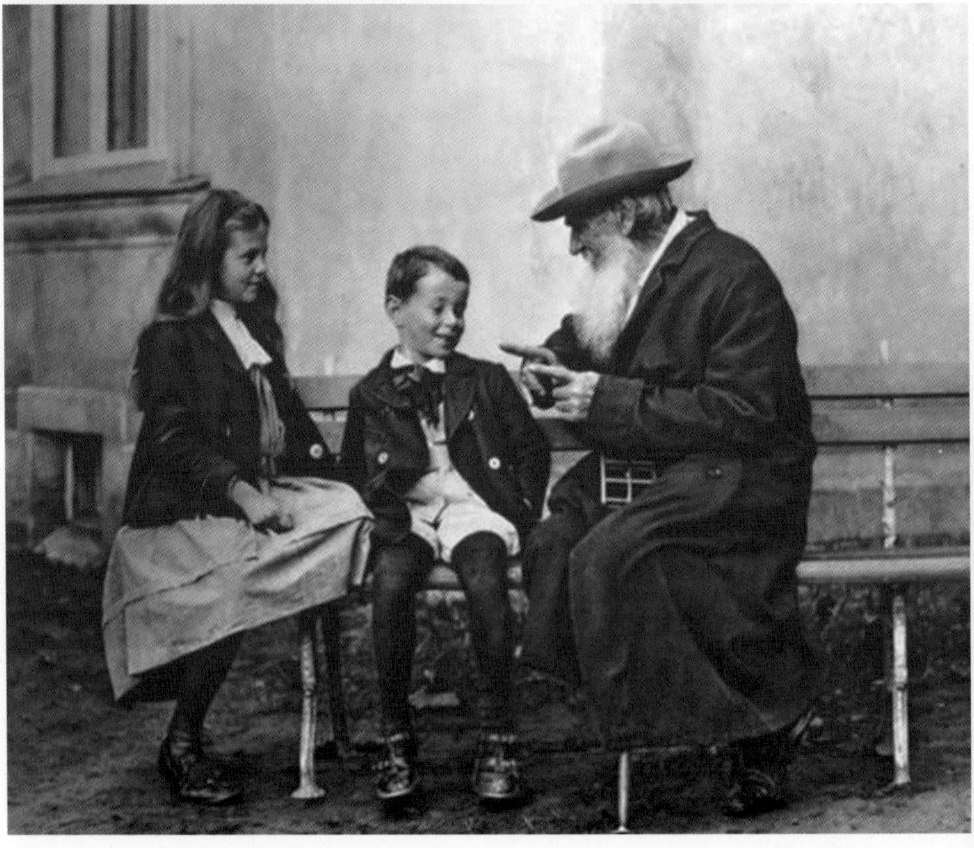

톨스토이 석상 모스크바 톨스토이박물관 근처

가출 1910년 10월 28일 새벽, 톨스토이는 전부터 생각해오던 가출을 결행했다.

샤모르디노수녀원 모스크바에 인접한 칼루가 시 소재. 야스나야 폴랴나 집에서 가출한 톨스토이는 이 수녀원을 찾아 여동생 마리야를 만나 작별인사를 나누었다.

《인생이란 무엇인가》 표지 영문판 초판

나는 누구인가? 나는 무엇을 아는가? 나는 어떻게 살 것인가?

인생이란 무엇인가

3 행복

톨스토이/김근식 옮김

Illustration : A.G.H. Ynchboat, Hideyasu Nakada, Tsuneo Nakagawa, Hishami Ōta, Hikaru Sakada, Ayako Setsuyama, Yasuo Kitaoka, Sung-bo Jeon

인생이란 무엇인가 3 행복
차례

는 시간에/어린아이에게 배우라/옳은 행동이란/나는 무엇을 할 것인가/참된 배움/육체는 영혼의 학생이다/순수한 마음/영혼이 이끄는 길/인생의 무엇을 위하여/귀 기울여 들으라/고통과 실패에서/물에게서 배우라/말을 꾸미는 사람/삶의 기쁨/영혼의 날개/참된 노동/오만은 어리석음/아이처럼 자라는 영혼/마음이 머무는 곳에 보물이/노력/크게 바랄수록/행복의 조건/자신을 해치는 방법/공통점/위대한 생각은 가슴에서/아이는 나무처럼/누구나/말하기 전에 침묵하라/꿈/탐욕의 습관/나에게서 찾아라/언제나 학생처럼/참된 앎이란/말과 침묵/한 번 진흙탕에 빠지면/사랑의 노동/오! 진리여/가장 훌륭한 행동/되도록 적게, 되도록 가볍게/온갖 고통에서 벗어나/화/우리가 할 수 있는 가장 좋은 일/보이는 것에서 보이지 않는 것으로/육체노동/참된 나/내 안의 빛/날마다 일하라/필요한 것만 가지라/영원한 부/습관의 주인이 되라/생각 하나하나가/명상/어리석음의 출발점/황금의 말/일하지 않는 삶/인간이라는 존재/지혜로운 대답/좋은 생각/삶과 죽음이란/마음의 중심/순수한 언어/삶의 나침반/자기 자신이 되어라/참된 승리/살아가는 나날 죽음을 생각하라/행복은 마음 안에/착한 일/육체의 독, 정신의 독/내면의 목소리/결혼/비폭력의 교훈/나만을 위한 사랑/모든 것이 바로 지금/가난과 부/줄어들지 않는 지혜/어리석은 규율/인생은 시공을 넘어서/동동걸음/왜 고통스러운가/옳은 생각/선물/홀로 진리와 마주하라/살아가는 그대로/나를 이끌어 주는 것/안으로의 진보/기도/달팽이/악몽에서 깨어나듯/말의 씨앗/생각이 바뀌면/너와 나의 책임/그 무엇보다 소중한/문제/필요 없는 일/위대한 행동은 없다/농부가 씨앗을 골라내듯이/착한 사랑/행복에 이르는 길/영혼의 힘/내 몫의 문제/새의 날개/오늘에 집중하라/받고 싶은 대로 대하라/등짐을 지고서/갱도에 갇힌 광부처럼/지금 사는 곳이 고향/떼어내기 힘든 장신구/그대는 얼마나 사랑했는가/사랑의 가르침/가장 큰 재산/사랑하는 사람만이 살아 있다/바람에 날린 먼지처럼/마음의 거울/바라는 게 적을수록/소박한 생활이 행복하다/도덕적인 법/유혹의 늪/게으름/행동을 바라보라/지혜로운 선택/인생의 과제/사랑하는 습관/인간은 강물과 같은 존재/죄악은 거미줄처럼/영혼의 그물

나의 유년시절

어둠의 힘

톨스토이 행복을 찾아서

인간이 행복해지기 위한 방법은 오직 하나, 사랑하는 것이다.
그것도 자기를 희생해서 사랑하고, 모든 인간 모든 사물에 애정을 쏟고,
여기저기로 사랑의 그물을 쳐서 걸려든 모든 것을 구해주는 것이다.

톨스토이 행복을 찾아서

위대한 농부에로의 길

그를 보면 평생 동안 손에 지팡이를 쥐고 수천 마일을 걸어 수도원을 찾아 한 성인의 유골을 보고 또 다른 유골을 찾아다니는 순례자가 떠오른다. 철저하게 집도 사람도 물건도 소유하지 않는 무소유의 순례자. 그의 세계는 자신을 위한 것도 하느님을 위한 것도 아니다. 그는 습관적으로 신에게 기도하지만 그 내밀한 영혼은 신을 싫어한다.

왜 신은 레프 니콜라예비치 톨스토이 같은 사람을 이 세상 끝으로 내모는 것일까? 무슨 목적으로? 그 사람은 길가의 쭉정이, 돌부리, 나무뿌리와 같다. 사람들은 길을 가다 그것에 걸려 넘어진다. 심지어는 그것에 깊은 상처를 입기도 한다. 사람들은 그 같은 사람이 없어도 그럭저럭 잘 지낼 수 있을 것이다. 그러나 그에게서 자신이 미처 깨닫지 못하는 점, 혹은 전혀 다른 세계를 보고 놀라는 일은 즐겁다. 그는 러시아의 전설적 영웅이었다. 용감했으나 야성적이었고, 완고했으며 어린아이 같았다. 막심 고리키

내 신상에 전환이 생겼다. 오래 전부터 그것은 내 속에서 준비된 것이었고 그런 소질은 전부터 있었던 것이다. 그것이 생긴 사태는 이렇다. 이른바, 우리 유산·유식 계급의 생활이 싫어졌을 뿐만 아니라 내게 있어서는 전혀 뜻을 잃고 말았다. ……생활을 창조하고 있는, 일하는 민중의 행위가 내 앞에 단 하나의 본디적인 것으로 나타났다. 《나의 참회》에서

톨스토이는 1870년대 끝무렵에 쓴 《나의 참회》에서 처절히 고백한 것과 같은 내적 고뇌를 경험하고 난 뒤, 갑자기 '위대한 귀족지주에서 위대한 농부'로 대전환을 보인다. 태어날 때부터 어려움을 모르는 풍요로운 삶을 보낸 톨스

체호프와 톨스토이(1887)

토이가 자신의 안락한 인생과 성공(이때까지만 해도 그는 그런 삶을 기뻐했고, 러시아 국민들이 그를 자랑스러워했다)을 느닷없이 경멸한다고 선언한 것이다.

왜 이런 일이 생겼을까? 이런 변화를 어떻게 설명해야 한단 말인가? 그가 정신적으로 큰 변화를 겪은 것은 1881년이다. 그리고 그치지 않는 영혼의 계시로 그를 엄습한 이 '진리'에 의해 톨스토이는 마침내 개종하게 된다.

이 세계에는 너무도 많은 고뇌와 비참과 불공평이 있다. 그러므로 부의 구속에서 벗어나 더없이 높은 경지의 영혼처럼 가난의 힘으로 강해져서 인간은 서로 사랑하지 않으면 행복할 수 없다는 사실을 깨달았다. 이 깨달음을 톨스토이는 지금보다 더 열성적으로 사람들에게 가르쳐야 한다고 생각했다. 자신의 정신을 덮쳐오는 눈앞이 아찔해질 정도로 명백한 이 진리를 모든 사람들도 깨우치게끔 만들어야 한다고 생각했다.

톨스토이가 깨달은 것은 다음 같은 진리였다. 학교나 문화로 순수한 마음을 더럽혀서는 안 된다! 결코 전쟁을 해서는 안 된다! 혁명을 일으켜서는 안 된다! 이 세상을 지금처럼 그대로 받아들여서는 안 된다! 신의 권위 외에 그 어떤 권위도 인정해서는 안 된다! 정부나 군대, 재판소에서는 폭력이 실행되고 이 둘 사이에는 모순이 존재한다. "적어도 아시아의 형제들은 악에는 절대 악으로 대항하지 말았으면 한다. 그리스도교도들이 무참하게 좌절한 바로 그 부분을 아시아의 형제들은 끝까지 이루어낼 수 있으리라 믿는다."

이 대전환의 소식이 퍼짐에 따라 올바른 '내일의 생활'에 뜻을 두고 있던 사람들이 잇따라 그의 둘레에 모여들었다. 그의 둘레에는 이제까지의 알음알이와 성격을 달리하는 새로운 사람들의 대집단이 이루어졌다. 유명한 농부 슈타예프와 본다료프, 화가 게, 교사 오를로프, 류만타프도서관 사서 표도로프, 톨스토이의 가르침에 충실하고 과감한 실행자 체르트니코프, 《대 톨스토이전》의 저자이자 전기 작가인 비류코프 등이 그 사람들이다. 그 가운데서도 슈타예프와 본다료프 두 사람은, 범노동주의(汎勞動主義) 사상에 따른 사유재산 부정의 가르침으로 톨스토이에게 큰 영향을 주었다.

톨스토이와 고리키(1900)

이러한 사람들과의 생생한 교제가 새로운 길로 민중에게 봉사하려는 톨스토이의 계획을 더욱더 굳게 했다. 그것은 종교·예술·과학 등 몇 세기에 걸친 선인의 풍부한 유산 가운데 가장 유익하며 민중의 마음에 배어들기 쉬운 것, 인류의 결합과 행복에 이바지할 만한 것을 골라내어, 누구에게나 쉽게 흡수될 수 있는 새로운 형식으로 옮겨 민중에게 널리 퍼뜨리려는 계획이었다. 1885년, 체르트니코프와 비류코프가 편집을 맡고 스이친 서점이 경영을 맡아 포스레드니크(진리와 영혼 양식의 전달자)출판사가 세워졌다.

톨스토이가 포스레드니크출판사를 창설한 목적은 물론 민중에게 글을 통하여 봉사한다는 그의 맨 처음 이상을 좇아, 가장 좋은 사상과 감정을 구현하는 문학을 공급한다는 데—그것도 가장 단순하고 간명하며 값이 헐한 양식으로 공급한다는 데—에 있었다. 남이 만든 옷을 걸치고 남이 만든 집에 살면서 편안히 들어앉아 글을 쓰는 행위가 조금이라도 허용된다면 작가들은 그들이 쓰는 의식주를 만들어 준 사람들에게 유익한 정신적 양식을 공급하여야 한다고 톨스토이는 생각했던 것이다. 만일 작가들이 특권 계급만을 즐겁게 하기 위해 자기 자신을 바치고, 노동자와 농민에게는 그저 정신적으로 소화할 수 없는 것을 주는 데 그친다면, 그들은 그 많은 형제들에게는 오히려 무거운 짐이자 재액이 될 것이기 때문이었다. 톨스토이는 그즈음 저명한 작가인 다닐레프스키에게 다음과 같이 말했다.

"글 읽을 줄 아는 몇백만 러시아 인들은 굶주린 갈가마귀처럼 입을 벌리고 우리들 앞에 서서 '우리나라의 지식인인 작가 여러분, 당신들 자신과 우리들에게 합당한 문학적 양식을 주시오. 살아 있는 말(言語)에 굶주리고 있는 우리들을 위해서 써주시오. 죽어 있는 말(死語)의 쓰레기에서 우리들을 풀어주시오' 하고 요구하고 있다. 러시아인들은 아주 단순하고 정직하니까 우리들은 그들의 요구에 응해야 한다. 나는 이 일에 대해서 무척 많이 생각했다. 그리고 내 재능을 다 바쳐 노력해야겠다고 마음먹었다."

톨스토이는 오로지 이 일에만 지적 활동을 기울여 이제까지 자기를 길러주었던 민중에게 마음의 양식으로써 보답하려고 했다. 러시아 민중문학에서의 톨스토이의 획기적인 활동은 이렇게 시작되었다.

톨스토이에 의한 〈복음서〉

"어떤 큰 생각을 하게 되었다. 그 실현에 나는 일생을 바칠 생각이다. 그것은 새로운 종교를 설립하고자 하는 것이다. 도그마와 기적으로부터 인연을 끊은 그리스도의 종교를."

이 '천계'를 얻은 뒤 톨스토이는 정교회에 대한 열렬한 투쟁(이로써 파문이라는 대가를 치르게 된다)을 시작한다. 톨스토이에 의하면 교회는 복음서의 이상을 배반하고 지식 때문에 신앙을 부패시킨 셈이었다.

본디의 그리스도교, 그 "마음이 가난한 자는 행복하리"라고 하는 그리스도의 가르침 아래 톨스토이는 철학적이고 고상한 상부구조를 단절했다. 톨스토이가 그렇게 한 것은, 종교인들이 몇 세기에 걸쳐 조금씩 쌓아올린 것 때문에 오히려 참된 복음서의 정신이 질식되고 말았다고 보았기 때문이다. 교회가 앓고 있는 병폐 가운데 가장 심한 것은 국가와의 결탁이었다. 국가의 모든 제도는 국민들의 가난과 고통에 책임이 있다. 그 모든 것을 교회는 성스런 것으로 축복하고 있다.

"'신의 것은 신에게 돌려주어야 한다'고 하는 말은 우리에게 오늘날 다음과 같은 의미가 되어 있다. '신에게는 1코페이카의 양초를 바치자. 공허한 의식용 말들을 올려라. 사람이 별로 필요로 하지 않는 물건은 모두 신에게 바쳐라. 그 대신 생명, 영혼 속에서 가장 성스런 것은 시저에게, 즉 외국의 증오스런 인간에게 돌려주지 않으면 안 된다'고 하는 그런 의미. 참으로 두려운 일이다. 인간이여, 부디 도리를 되찾도록 하라(《니콜라이 팔킨》)."

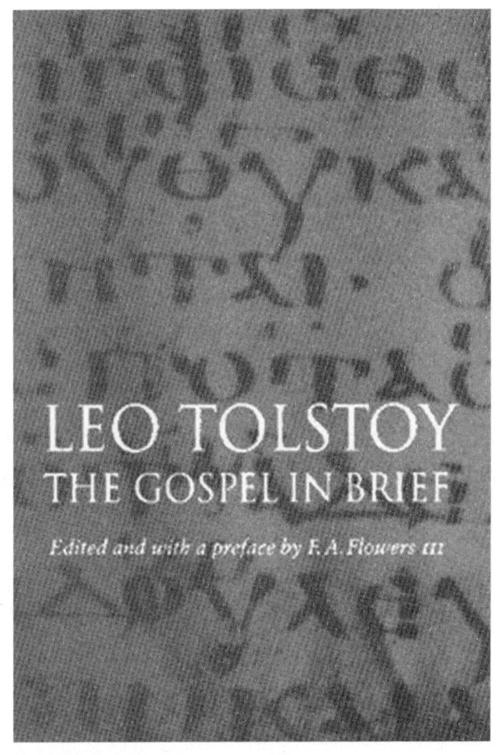

《요약 복음서》(1881)

그리스도교의 유일한 현실적 기반인 복음서 자체가 종교의식적인 장엄함, 문장의 장중함에 휘둘리면서 오염되어 있다. 모순된 형태로 곡해되면서 올바르지 않게 되었다. 그렇기 때문에 톨스토이는 몇 년이나 걸려서 복음서의 문장을 정화하고 쓸데없는 것들을 찾아내 가지치기를 하여 단순하고 합리적인 복음서로 만들고자 했다.

믿어지지 않는 이 놀라운 행동의 결실은 〈집회, 4복음서의 번역과 분석〉이라는 제목으로 나타났다. 가령 '비유'라는 예를 보면, 총명한 처녀와 미친 처녀는 '영리한 처녀'와 '어리석은 처녀'로 바뀌었다. 또한 그리스도의 말씀에서 '나는 소생이 되고 생명이 되리'라는 부분은 '나의 가르침은 자각과 생명의 가르침'으로 되었다. 복음서와 마찬가지로 교의문답도 시험대에 올랐다. 새로운 '스승' 톨스토이는 정교회의 교의문답 대신 〈대중의 교의문답〉을 만들었다. 질문과 답변의 예를 몇 가지 들어보자.

'1. 너는 어떤 인간인가? 답 : 신의 종입니다. 22. 너희들의 왕은 누구인가? 답 : 우리들의 왕은 아버지이신 하느님이시며, 우리들의 정부는 그리스도입니다. 43. 교회를 갖고 있느냐? 답 : 갖고 있습니다. 그것은 인간의 영혼과 마음

속에 세워진 교회입니다. 60. 사람은 나무로 된 성상 앞에서나 그리스 러시아식 교회의 나무와 돌로 만들어진 전당에서 기도를 드려야 하는 것이 아니다. 그것은 스스로 나무가 되는 벌을 받는 셈이다.'

민화 문학으로 삶을 이야기하다

민중문학 즉, 노동계급 대다수의 사람들이 아무런 행정적·자선적 또는 교육적 지배력에 좌우되지 않고, 또 지식인 계급의 문화 세력에도 영향받는 일 없이 제멋대로 제 돈으로 사서 읽을 수 있는 문학은 이미 벌써부터 고리속에 물건을 넣어 팔러 다니는 옷감 도붓장수에 의해 상당히 퍼져 있었다. '도붓장수 문학' 또는 '고리 문학'으로 일컬어지던 이러한 문학은 성현의 전기라든가 영웅적인 서사시, 신화, 기사의 로맨스, 꿈해석, 편지틀, 노래, 달력 등을 내용으로 하여 민중의 독서 욕구를 어느 정도 채워 주고 있었다.

그러나 이러한 민중문학의 출판업자는 오로지 재미를 느끼게 해서 싼 값으로 많이 파는 것을 주된 목적으로 한 나머지, 내용의 의미를 등한시했다. 그 때문에 그러한 출판물은 맞춤법 사용이 엉망이었을 뿐만 아니라 때로는 앞뒤가 안 맞는 소설을 싣기도 하고, 때로는 책의 표제가 내용과 일치하지 않고 온갖 미신과 야비한 장면과 황당무계한 사실이 뒤섞여 있기도 했다. 그러나 민중의 독서욕이 아주 격렬한데다 지식계급의 사람들이 그 욕망을 채워 주는 경우가 아주 적었으므로 민중은 더 좋은 것이 나타나기를 오랜 세월 기다리면서 이 같은 조악하고 빈약한 정신적 양식으로 아쉬운 대로 마음을 달래고 있었다.

이때 톨스토이가 같은 길로 나아가는 사람들을 한데 모아 본격 민중문학 분야로 진출한 것이었다. 그리고 톨스토이는 이 분야에서 잇따라 자기 저작을 써냈음은 말할 것도 없다.

톨스토이는 복음서의 진리를, 일반 대중이 쉽게 감동받을 수 있는 단순하고도 간명하며 정확한 말로 표현한 주옥 같은 민화들을 썼다.

《사람은 무엇으로 사는가》(1881)와 똑같은 중심 사상에 따른 역작을 비롯해서 《신은 진실을 보나 나타내지 않는다》(1872) 《불씨를 잘 다루지 못하면》(1885) 《두 노인》(1885) 《신이 이름 붙인 아이》(1886) 《사랑이 있는 곳에 신이 있다》(1885) 《양초》(1885) 《바보 이반》(1885)와 《사람에게는 얼마만큼 땅이 필요한가》(1886), 《달걀만 한 씨앗》(1886) 《회개한 죄인》(1886) 등의 여러 작품을 써냈다.

또한 이 같은 순수한 예술 작품 말고도 톨스토이는 다달의 농사와 농촌 생활에 관한 훈화 및 여러 성현과 철인의 전기적 훈화도 썼다. 이러한 모든 저작은 마른 땅의 샘물처럼 민중의 가슴에 배어들었다.

민중문고 개설을 축하하는 톨스토이 야스나야 폴랴나(1889)

포스레드니크출판사가 펴낸 톨스토이의 저작으로 2만 4천 부 이하로 찍은 것은 드물었으며, 더구나 그것이 한 해에 5판이나 거듭되었으므로 4년 뒤에는 1,200만 부가 팔린 셈이다. 즉 한 해에 300만 부 팔린 꼴이다. 그리고 톨스토이 쪽에서는 포스레드니크출판사를 위해 쓴 작품은 모두 판권을 포기하고 있었으므로 다른 출판업자들도 서로 다투어 번각(한 번 새긴 책판을 본보기로 삼아 그 내용을 다시 새김) 출판을 해냈다. 이것 또한 엄청난 부수에 달했다고 한다.

이른바 대전환 뒤, 톨스토이는 1897년에 발표한 《예술과 삶》에서 참다운 예술이란 어떤 것인가 하는 자기의 새로운 예술관을 밝히고 있다. 예술은 참다운 의미의 종교적 감정을 전달하는 것이어야 할 것, 세계적·우주적 보편성이 주어져 있는 것이어야 할 것, 어느 특수한 계급에만 그치지 않고 참다운 의미의 일반 대중에 흥미를 주는 것이어야 할 것, 그러기 위해 형식은 단순하고 간단명료하며 정확한 것이어야 할 것 등을 요구했다. 이 같은 예술관과 예술에 대한 요구와 아울러 그는 스스로 그 같은 예술 작품을 썼는데, 그것은 민화를 비롯해서 우화(寓話)·동화·전설에서 그 예술관을 구현해 보이고 있다.

만인을 위한 예술을 창조하려 했던 톨스토이는 단번에 보편성을 얻었다. 그의 작품은 전 세계에서 불후의 성공을 이룩했다. 그 이유는 그 작품이, 예술이 지닌 온갖 파멸되어야 할 요소에서 정화되어 있었기 때문이며, 또한 그 작품에는 영원한 것 이외에는 아무것도 포함되어 있지 않기 때문이다.

로맹 롤랑 《톨스토이의 생애》에서

루마니아 황후였던 카르멘 실바 같은 이도, 그때 영국 옥스퍼드대학 출판부에서 세계 고전총서 중 《스물세 편의 이야기》란 표제로 묶어 펴낸 톨스토이의 이러한 전기 이후의 예술 작품을 읽고 나서 단테, 셰익스피어, 그리고 성서와 함께 영원한 진리를 품은 불멸의 작품이라고 격찬하고 있다. 황후가 "톨스토이가 이러한 작품 외에 작품을 하나도 쓰지 않았다고 하더라도 그는 세계의 대문호에 손꼽힌다"고 말한 것도 바로 이러한 예술 작품들이 '만인을 위한 예술의 창조'라는 톨스토이 예술에 대한 요구에 의하여 씌어진 것들이라는 데서 그 까닭을 찾을 수 있을 것이다.

인생 문학으로 삶을 이야기하다

톨스토이는 보기 드문 자전적인 작가이다. 그의 작품들은 삶의 고뇌와 참회의 성격을 지니고 있으며 예술과 생활이 밀접하게 결합되어 있다. 그리고 그의 복잡한 영혼의 음악에서 기조를 이루는 것은 보기 드문 진지함이다. 그의 작품과, 19세부터 시작하여 평생 계속해서 쓴 일기가 그의 모순에 찬 복잡한 생애를 말해 준다.

그리고 그의 생애를 훑어보더라도 그 긴 생애가 처음부터 끝까지 얼마나 한결같았는지를 보고 놀랄 것이다. 일생에 걸쳐 영혼과 육체의 싸움으로 몇 번이나 똑같은 위기가 그의 마음을 덮치고 똑같은 싸움이 그의 마음속에 일어났다. 그리고 그 위기를 벗어날 때마다 그는 처음으로 구원을 찾아낸 것을, 하느님을 발견했음이라 믿고 그때부터 자신의 생애가 시작된 듯이 생각했다. 그것은 그 싸움이 얼마나 괴로운 것이었던가, 그리고 그 싸움에 얼마나 자기 인생을 쏟아 부었는지 말해주는 것이다.

톨스토이를 덮친 첫 번째 위기는 1847년 카잔대학을 중퇴하고 야스나야 폴랴나에서 농업경영을 시도하다가 실패하고 모스크바와 페테르부르크에서 방탕한 생활을 보냈던 3년간 이었다. "공포와 모멸과 마음의 고통을 느끼지 않고서는 그 시대를 회상할 수가 없다. ……도박으로 큰 돈을 잃은 적도 있다(톨스토이는 이 때문에 야스나야의 본관을 팔았다). 농부들의 땀과 눈물의 결정을 헛되게 팔아먹었고 그들에게 벌을 주고 방황하게 했고 속였다. 기만, 강탈, 온갖 종류의 간음, 주색의 탐닉, 폭행, 학살…… 내가 저지르지 않았던 죄악이란 거의 없었다"라고 톨스토이는 《나의 참회》 속에 고백하고 있다.

야스나야 폴랴나에서 어린이들과 함께(1908)

이 위기는 캅카스(코카서스)의 자연에 의해 구제된다. 그는 1851년 4월, 휴가를 얻어 고향에 돌아온 큰형 니콜라이의 권유로 코카서스 행을 결심했다. 코카서스의 숭고하고 웅대한 자연과 자연의 일부 같은 소박한 사람들에 둘러싸여 톨스토이는 다시 살아났으며 생명력이 강해져 갔다. 그리고 넘치는 생명력이 창작에 집중되어 그의 천재성이 비로소 꽃을 피우게 되었다.

그렇다고 해서 여기에서 갑자기 그의 예술 의욕이 불타오른 것은 아니었다. 모스크바에서 방탕한 생활을 보내고 있을 무렵 이미 집시의 생활을 취재한 소설 구성을 짰으며, 스턴의 《감정 여행》에 자극받아 그것을 모방한 소설을 쓰려고 진지하게 생각하고 있었다. 그러므로 코카서스의 자연에 의해 마음의 잡념이 씻겨 내리고 창작력의 자연스러운 발로가 촉진되었다고 보아야 할 것이다.

톨스토이의 글에는 선과 악, 사랑과 희생을 일깨워주는 진리가 담겨 있다. 그의 특별함은 기독교적인 사상을 '실천적'인 것으로 이해하고, 문학을 실천적 가르침의 단계로 이끌고 갔다는 데 있다. 톨스토이는 소설이라는 구체적 환경에 놓인 인물들의 생생한 조건들을 부각시킴으로써, 자칫 명제화하는 것으로만 끝날 수 있는 사상을 실천 가능한 자리로 옮겨놓았다. 게다가 소설의 구체적인 배경을, 한 인간이 선과 악을 의지적으로 쉽게 선택할 수 있는 당위론적 공간으로 설정하지 않았다는 점에서 더욱 큰 의의를 갖는다. 여기서는 참과 거짓에 대한 이분법적인 가름이나 단순논리가 톨스토이 소설에서 왜 비판되는지에 대해서도 살펴볼 필요가 있다. 편리와 탈락과 간음이 유혹하는 세상에서 고민하는 인간을 신분에 관계없이 드러내면서, 그들이 어떻게 근로와 금욕과 절제를 통해 참사랑을 깨달아가는가에 초점을 맞추고 있는 것이다.

행복을 찾아 고뇌하는 인간들, 누구나 알고 있는 것, 또는 알고 있다고 믿고 있는 것을 그는 전혀 새로운 체험으로 독자에게 제시하고, 그렇게 함으로써 작가와 독자 사이에 새로우면서도 그립기도 한 공통의 경험을 창출해내려고 한 자세는, 톨스토이 문학의 기본이 된다.

인생의 고뇌 속에서 진실을 갈망했던 톨스토이의 고백적 창작으로 《가정의 행복》《이반 일리치의 죽음》《크로이체르 소나타》《신부 세르게이》《나의 유년 시절》《빛이 있을 때 빛속을 걸어라》《어둠의 힘》을 들 수 있을 것이다.

민화문학·인생문학 진리 사랑 행복을 열망

사람은 무엇으로 사는가

톨스토이는 이 작품을 1881년 1월에 쓰기 시작하여 여러 번 중단해 가면서 거의 1년에 걸쳐 집필했다. 민화 중에서 가장 긴 것 가운데 하나이며 또한 역작이다. 그러나 6, 70장밖에 안 되는 단편의 저작에 이토록 오랜 시일을 들였다는 것은 본디 톨스토이가 퇴고를 거듭하는 성격이었다는 점을 감안하더라도 이런 계열의 첫 작품인 이 한 편에 얼마나 긴장된 노력을 기울였는가 하는 것을 쉽게 추측케 한다.

이 작품의 저작에 있어 톨스토이는 예의 "민중 자신의 언어로, 민중 자신의 표현으로, 단순하고, 간명하며 알기 쉽게" 진력한 것이 분명하다. 마치 그것을 증명이라도 하듯 이 작품의 원고로서 오늘날까지 33가지의 초고(草稿)가 보존되어 있다.

1879년 7월의 일이다. 톨스토이의 별장 야스나야 폴랴나에는 한때 오르네츠 인으로 고대의 영웅담이나 민요를 이야기해 주는 U.P. 시체고료노크라는 사람이 머문 적이 있었다. 톨스토이는 이 사람에게서 많은 설화시(說話詩)나 전설을 듣고, 그것을 자세히 적어 놓은 바 있었다. 《사람은 무엇으로 사는가》도 바로 그중에 하나로, 이야기를 들은 지 얼마 되지 않아 톨스토이 자신이 《대천사》라는 제목으로 엮어낸 이야기의 속편이라 전해지기도 한다. 이 작품은 1881년 12월에 잡지 〈어린이의 휴식〉에 실렸는데, 특히 이런 종류의 민간설화, 즉 '민화'의 제1막으로서 이 계열의 작품을 발표하는 계기가 되었다는 점에 큰 의미가 있다.

《사람은 무엇으로 사는가》(1881) 삽화

이 작품의 토대가 된 원천은 전해져 오는 민간 전설이다. 이 전설의 유래는 고대 러시아의 문헌과도 밀접한 연관을 갖고 있다. 그러나 '사람의 마음속에 있는 것은 무엇인가?' '사람에게 주어져 있지 않은 것은 무엇인가?' '사람은 무엇으로 사는가?' 하는 이 세 가지 과제를 가난한 신기료장수 부부와 천사를 등장시켜 풀어나가는 구성은 완전히 톨스토이 자신의 창작이며, 훌륭한 구성과 이야기 전개 또한 톨스토이 자신의 공적임을 평가해야 한다.

인생이란 불행이나 슬픔에서 벗어날 수는 없다. 그러므로 우리는 더욱 신을 바라지 않을 수 없다.

'불행은 하느님이 바라시는 것이다. 그러므로 슬픔은 선(善)이다.'

그러면 신이란 무엇인가? 인종을 초월하고 국경을 초월한 사람들 마음속에 있는 사랑이야말로 그것이 아닐까? 사랑의 연금술에 의해서만 불행과 비애를 깨달음의 기쁨으로 바뀌게 할 수 있는 것이 아닐까? 그리고 그 속에 바로 살아가는 것의 모든 뜻이 있는 것은 아닐까?

사랑이 있는 곳에 신이 있다

1885년 3월 끝무렵 이 작품은 탈고되어 교정지에서 더욱 다듬고 매만져진 다음, 그 해 6월 초 포스레드니크출판사에서 처음으로 출판되었다.

이 작품은 《사람은 무엇으로 사는가》와 달리 민간 전설에서 나온 것이 아니라 외국 작품의 번안이다. 원작은 프랑스 작가 루벤 사이앙의 《마르틴 아저씨》라고 전해진다. 매우 훌륭하게 러시아화되어 완전히 러시아의 것으로 토착된 점이 주목할 만하다. 작품의 근저에 사랑의 복음을 전하고 그리스도교 정신의 진수를 강조하는 점 등은 물론 톨스토이적인 것이다. 이 작품의 진가는 그것이 거의 완벽할 정도의 구성력과 문장력을 갖춘 톨스토이의 민화 중에서도 가장 뛰어난 예술작품이라는 데 있다. 원작이라고 할 만한 프랑스 작가의 단편은 분명히 낡은 설교적 주제를 지니고 있을 뿐이다. 또한 지난 날의 감화집(感話集)이나, 전기 문학 등에서도 얼마든지 볼 수 있는 종류의 테마를 다룬 것에 지나지 않았다. 하지만 톨스토이는 그것을 완전히 자기 것으로 소화하여 톨스토이 특유의 감동을 불러일으키도록 만든 것이다.

불씨를 잘 다루지 못하면

《사람은 무엇으로 사는가》를 발표한 톨스토이는 4년 뒤인 1885년에 이 민화를 썼다. 달걀 하나에서 시작된 사소한 일이 발단이 되어 마침내는 마을에 큰 불이 난다는 이 이야기는, 현대의 상황에 비추어 이해하면, 북한의 핵문제로 인한 미국 북한 다툼에서 비롯된 분쟁이 핵전쟁으로까지 발전하여, 이윽고 전 지구의 모든 생태계가 절멸 위기에 몰리는 광경조차 상상시킨다. 악을 악으로 보복하는 것이 얼마나 끔찍스러운 일인가, 인간 세상에서 악을 몰아내는 것은 사랑밖에 없다는 톨스토이적인 작품이다. 작품의 내용은 실로 일목요연하여 아무런 해설을 필요로 하지 않을 정도이다. 특히 농민의 생활이 사실적으로 묘사되어 주목을 끈다. 톨스토이는 1884년 3월 초의 일기에 다음과 같이 쓰고 있는데, 여기서 작품의 주제를 시사해 주어 매우 흥미롭다.

"농부가 저녁때 밖에 나가 보니 처마 밑에 작은 불씨가 타고 있다. 그는 놀라 소리를 질렀다. 그때 처마 밑에서 한 사나이가 뛰어 달아났다. 농부는 그 사나이가 자기와 사이가 나쁜 이웃 사람임을 알아보고 그 뒤를 쫓았다. 그를 쫓아가는 사이에 지붕이 불을 뿜고, 집도 마을도 모두 타버리고 말았다."

이 작품이 맨 처음 탈고된 것은 1885년 4월 11일로 되어 있다. 그 뒤에도 많이 정정하여 5월 10일 인쇄에 들어갔으며, 그 후 다시 교정된 것이 현재 우리가 볼 수 있는 정고(正稿)이다. 이렇듯 수정된 원고는 그해 6월에야 비로소 세상에 나왔다고 전해진다.

달걀만한 씨앗

1886년 5월초 포스레드니크에서 발간된 《세 가지 이야기》 가운데 한 작품으로 1886년 2, 3월경에 씌어진 것이다. 범노동주의, 금전 부정(否定)의 사상을 단적으로 나타낸 것 가운데 하나로, 이야기의 소재가 된 것은 아파나세프의 문집 《러시아 민간 전설》의 서문에 수록된 전설이라고 한다.

이 작품의 배경이 되는 사상은 다른 여러 민화 작품과 같다. 톨스토이는 이것으로써 문명의 진행 방향에 대해 크나큰 의혹을 표명하고 있다고 해도 지나친 말은 아닐 것이다.

두 노인

이 작품은 1885년 5월 말부터 6월에 걸쳐 집필되었으며, 7월 3일 포스레드니크로 보내진 뒤 교정지에서 여러 차례 수정돼 같은 해 10월에 단행본으로 출판되었다. 소재는 시체고료노크에게서 들은 전설로 톨스토이는 그것을 수첩에 《두 순례자》라는 제목으로 메모해 놓았다. 전설의 기조가 되는 사상은 12세기에 시작된 고대 러시아 문학에서 흔히 볼 수 있는 《이그멘(수도원장) 다니엘의 여행》 같은 것으로, 그것을 톨스토이가 감명 깊은 작품으로 만들어냈다.

전혀 다른 성격을 지닌 두 노인을 등장시킴으로써 형식적 교회와 참다운 그리스도교를 대립시키며 형식 타파를 강조하고 비판하는 것이 톨스토이의 주된 의도라 하겠다. 또한 이 작품의 끝 부분, 즉 몸집이 작은 노인이 양봉장에서 떼지어 나는 꿀벌 떼에 에워싸인 채 벗겨진 머리 주위에 때마침 비치는 저녁 햇살을 받아 노란 후광을 진 듯이 서 있는 광경은, 톨스토이 나름의 인상적인 회화적 색채 묘사로 눈앞에 보는 듯이 생생하게 그려지고 있다.

양초

톨스토이가 그의 전기를 쓴 P.I. 비류코프에게 들려 준 이야기에 의하면《양초》의 주제가 된 것은 한 술꾼 농부에게서 들은 실제 있었던 이야기로, 톨스토이 자신은 그 이야기에 거의 아무런 수정을 가하지 않았다고 한다. 그럼에도 이 작품은 훌륭하게 그의 사상, 즉 악을 악으로 대항하지 말라는 교훈을 구현하고 있으며 무저항주의의 최후의 승리도 실감나게 풍자하고 있다. 그러나 결말인 관리인의 비참한 죽음에 대해서는 그것이 너무나 참혹하다 하여 논쟁까지 벌어졌다고 전해진다.

이 작품은 1885년의 5월 말에서 6월에 걸쳐 씌어졌으며 7월 초 포스레드니크로 보내졌다. 그러나 같은 해 11월 7일, 체르트니코프는 '난폭한 결말'에 반감을 갖고 항의 편지를 써보냈다는 일화가 있다.

"이 관리인의 비참한 죽음은 실제 그가 악에 대한 선의 승리를 인식하고 자신을 이겨냈다고 느낀 뒤의 일인만큼 그에 대해 농부들이 품은 생각, 즉 '회개치 못한 죽음'이니 '배가 터져서 내장이 튀어나와라' 하는 식의 잔인한 생각은 문자 그대로 해석될 수 있으므로 그 모든 것이 너무나 참혹합니다. 그리하여 그 옳지 못한 잔인성으로 언제나 나를 놀라게 하는 구약성서 속의 이야기, 즉 자기를 비웃는 아이들에게 죽음으로써 보복했다는 예언자의 이야기를 생각나게 합니다."

《양초》(1886) 러시아판 초판

이에 대한 답장으로 톨스

토이는 이야기를 고쳐 '선량한' 결말을 써보냈다. 그리고 이 결말은 이야기와 함께 《양초 또는 선량한 농부가 어떻게 심술 사나운 관리인을 이길 수가 있었는가》라는 표제로 1886년 잡지 〈주간〉 제1호와 포스레드니크 발행의 단행본으로 발표되었다. 그러나 같은 편지 속에서 톨스토이는 체르트니코프에게 다음과 같이 썼다.

"……하룻밤 내내 나는 《양초》에 대해 생각했습니다. 그리고 몇 번씩이나 정정하여 다른 결말을 맺어 보았습니다. 그러나 모두 잘 되지 않았으며, 또한 잘 될 리가 없다고 생각합니다. 뭐니뭐니해도 이야기는 결말을 예상하고 씌어집니다. 그것은 전체가 조장합니다. 형식적으로나 내용적으로나. 그러나 나는 그 이야기를 그렇게 들었고 그렇게 해석했습니다. 그 외의 아무것도 아닙니다. 거짓 이야기로 만들지 않기 위해서는."

이렇게 하여 톨스토이는 최초의 원고 그대로 발표하고, 그 형태대로 이 작품은 세상에 알려지게 되었다.

신이 이름 붙인 아이

다른 작품들과 마찬가지로 이 작품도 악을 악으로 대항하지 말라는 사랑의 사상을 밑바탕으로 하여 세 가지의 진리를 말하고 있다. 그 진리란 첫째 사람을 구하려면 먼저 자신을 깨끗이 할 필요가 있다는 것, 둘째 먼저 자기 스스로 불타야 한다는 것, 셋째 자기 자신의 마음에 단단히 의지할 곳이 있어야만 한다는 것 등이다. 이 점에 있어 《사람은 무엇으로 사는가》에 필적할 만한 역작이라고 할 수 있다.

이것이 씌어진 것은 1886년 2월과 3월이며, 같은 해 잡지 〈주간〉 제4호에 '민간설화'라는 부제를 붙여 발표되었다. 이 잡지에서는 다행히 검열에 걸리지 않았으나 포스레드니크판은 발매 금지를 당했다. 종교적인 면에서 이 이상 돼먹지 않은 무신앙의 글은 본 적이 없다고까지 혹평을 받았던 것이다. 이 작품이 포스레드니크에서 단행본으로 출판 발매된 것은 1906년이 되어서였다. 작품의 원천이 된 것은 A.N. 아파나셰프의 문집에서 차용한 믿기 어려운—그것은 교회 성전으로서 인정되지 못했다—민간 설화, 즉 《세례의 아버지》 《죄와 참회》 《주가 가난한 갓난아이에게 세례를 주었다는, 세례받은 아이들의 이야기》 등이라고 한다. 그러나 죄업(罪業)에 관해 널리 유포되어 있는 가지가지의 전설문학에서는 결말에 서로 다른 점이 있으며, 그에 의하면 크나큰 죄인은 죄를 회개하고 실행 불가능의 종교적 징벌을 받지만 그것으로 죄를 보상하여 용서받는다는 것이다.

즉 변형된 어떤 종류의 전설을 보면, 죄인은 무자비한 아버지를 살해하고, 부농인 고리대금업자를 죽이고, 상인을 죽이며, 사람을 잡아먹는 왕을 살해하고, 옳지 못한 재판관을 죽이고, 무덤을 두드려 사자들을 부역장으로 동원한 관리인을 살해하는 등 온갖 행위를 저지르고 있다. 이리하여 아파나세프의 문집에서도 검열을 고려했음인지 고대 교훈 문학에 유포하고 있는 구전 설화의 결말을 따랐음을 밝히고 있다.

바보 이반

《바보 이반》은 《사람은 무엇으로 사는가》 《사람에게는 얼마만큼 땅이 필요한가》 등과 함께 톨스토이의 민화적 저작 가운데 최고봉을 차지하는 대표작이다. 이 작품에는 《바보 이반과 두 형인 무관 세묜, 배불뚝이 타라스, 그리고 누이 말라니야와 큰 도깨비와 작은 세 도깨비 이야기》라는 엄청나게 긴 표제가 붙어 있으나, 역자가 번역 텍스트로 쓴 1928년 모스크바 국립출판소 판 《톨스토이 예술작품전집》에서 채택하고 있는 일반적인 간략화를 좇아 《바보 이반》으로 줄였다. 이 이야기는 러시아의 오래된 민간 전설을 바탕으로 하고 그 전설의 세부에 여러 가지 다른 이야기를 넣고 있으나, 결국 이반의 그 끝없는 선량함에 의하여 행복을 얻는다는 결말에 있어서는 일치하고 있다. 바보 이반은 이런 의미에서 러시아 국민의 전형이 되고 있다.

그러나 근본 사상에 있어 톨스토이의 《바보 이반》은 민간 전설에서 따온 것이라고는 전혀 볼 수 없는 완전한 독창적인 작품이다. 민간 전설에서 그대로 옮겨진 것이라고는 세 형제의 등장과, 바보로 다루어지고 있는 막내동생에 대한 동정밖에 없다. 민간 전설에서는 세 형제의 사회적 신분이나 요구가 모두 똑같다. 즉 그들은 셋 모두 농민인 데다가 한결같이 공주에게 장가든다고 하는 육화(肉化)된 행운을 잡으려 하고 있다.

톨스토이는 이 작품에서 일상생활의 매혹적인 온갖 자질구레한 일과 그 음영을 낱낱이 담아 예술적인 민화 형식을 창조하고 있으며 그 형식의 유머러스한 성격을 빌려 현대의 여러 계급에 비평적 태도를 표현하고, 또 아주 평이한 형식으로 자기의 종교적 무정부주의에 의한 사회적 이상을 나타내고자 노력했다. 《바보 이반》에서 군인 귀족계급을 상징하고 있는 무관 맏이 세묜은 한결같이 획일화된 폭력적인 힘을 행사하고 있는 집단, 즉 연대에 묶인 군인의 폭력을 기초로 하는 현대적 군대 조직을 고발하고 있으며, 상인계급을 대표하는 둘째 배불뚝이 타라스는 경제적 노예상태를 강요하는 현대 자본주의 사회의 구조적 모순, 즉 돈의 무도한 위력을 드러내보이고 있다. 그런데 이런 모순들 앞에서 바보 이반은 역설적이게도 떡갈나무 잎을 비벼서 돈을 만들어 낸다.

《바보 이반》(1886) 삽화　바보 이반과 네 악마

이상에서 본 것처럼, 농민들에게 내놓은 두 가지 유혹은 군인 국가, 즉 군대의 조직과, 상인 국가, 즉 도깨비가 만들어 낸 돈에 관한 것이다. 그러나 바보 이반은 이 모든 것에 관심이 없다. 그에게는 군인들 자체가 음악이자 노래이며 금화 또한 어린애들 선물에나 쓰이는 장난감에 지나지 않는다. 전쟁과 돈, 그것은 인간성을 왜곡시키고 인간이 보여 주는 것 가운데 가장 아름다운 사랑을 아무 망설임도 없이 짓밟아 버린다. 만일 이 두 가지가 세상에서 사라진다면…… 이 멋진 꿈을 이루어 주는 것이 《바보 이반》이다.

바보 이반은 단지 손에 못이 박이는 노동만을 인정할 따름이다. 손에 못이 박인 노동은 이 경우 빵을 위한 노동과 동의어이다. 바보 이반은 민간 전설에서와 마찬가지로 공주의 병을 낫게 해주고, 공주는 이반을 사랑하게 된다. 그녀는 그지없이 겸양을 갖춘 여자로, 나라를 물려받은 남편이 여전히 농부로 있기를 원하자 그녀 자신도 함께 농사를 짓는다. 예술과 과학을 폭력과 돈의 공범자로까지 타락시키고 있는 지식 계급의 화신인 큰 도깨비는 이반의 나라를 끝내 나쁜 길로 떨어뜨릴 수 없다. 아무도 큰 도깨비를 따르려는 사람이 없기 때문이다.

톨스토이의 농부들은 돈과 폭력에 대해서 무저항과 관용을 대립시키고 있다. 바보 이반의 두 형들이 왕위를 그만두었을 때 바보 이반은 슈타예프의 말대로 그들을 부양한다. 머리의 노동은 바보들에게는 불필요한 것이다. 그들은 두 손과 등으로 일하고 있을 뿐이다.

회개한 죄인

세 아들

이 두 작품은 모두 특별한 해설이 필요치 않을 정도로 단순한 작품이다. 《회개한 죄인》은 1886년 2, 3월경에 씌어져 같은 해 4월 발행된 《톨스토이 저작집》에 수록된 것이다. 그 소재가 된 것은 A.N. 아파나셰프의 문집 《러시아 민간 전설》 속의 《술꾼의 이야기》라고 하며, 《세 아들》은 어떤 우화에서 취한 것으로 알려지고 있다. 특히 이 작품은 사람이 살아가는 방법을 제시하고 있다는 점에서 짧은 이야기이면서도 감동을 주는 작품이다. 또한 이것은 《회개한 죄인》과도 비슷한 작품으로 톨스토이 특유의 인간에 대한 예리한 통찰력을 높이 살 만하다.

빵조각을 보상한 작은 악마

동화극 《최초의 술 만들기》와 같은 취향의 이 작품은 음주의 해독을 교훈적으로 그리고 있다. 여러 번 언급되었듯이 톨스토이는 A.N. 아파나셰프의 문집 《러시아 민간 전설》에서 자신의 민화에 채택할 많은 소재를 찾아냈다. 톨스토이가 《러시아 민간 전설》을 처음 읽게 된 시기는 1886년 2월이었다.

"그러나 그것들은 모두 단편적이었다……. 하나의 편린이 여기에 있는가 하면 다른 한 조각은 다른 곳에서 찾아야만 한다……. 만약 이러한 단편들을 안배할 수가 있다면 과연 거기서 무엇이 생길 것인가……."

톨스토이는 그즈음 이렇게 찬탄하고 있다.

이 주옥 같은 소품 또한 그 무렵에 씌어진 것으로 톨스토이는 《러시아 민간 전설》에 인용된 백러시아(지금의 벨로루시)와 타타르와의 변형을 이 작품의 소재로 삼았다. 1886년 포스레드니크의 단행본 《세 가지 이야기》로 초간되었다.

사람에게는 얼마만큼 땅이 필요한가

인간의 욕망은 얼마나 무한한 것인가, 그리고 그것이 인간에게 얼마나 무서운 결과를 초래하는가 하는 점을 깊이 생각하게 하는 작품이다. 《사람은 무엇으로 사는가》《바보 이반》 등과 함께 널리 알려진 대표작의 하나이다. 1886년 2월부터 3월에 걸쳐 씌어져 《빵조각을 보상한 작은 악마》와 마찬가지로 포스레드니크 발행의 《세 가지 이야기》와 《루스코에 보가츠스토브(러시아의 富)》 제4권에 동시에 발표되었다.

그리스의 역사가 헤로도토스의 원본을 독파한 것과 사마라 초원 체류시에 바시키르인의 생태며 풍속을 실제로 체험한 것이 이 작품을 쓴 동기가 되었다는 것은 상상하기 어렵지 않다. 그러나 죽음의 결말로 끝나는 토지 분쟁에 대한 전설은 우크라이나 지방의 민간 설화 속에서도 찾아볼 수 있다.

이 한 편에 담겨진 사고 방식, 즉 사람에게는 여섯 자의 땅만 있으면 족하다는 사상은 이 작품의 발표 그 무렵 몇몇 평론가로부터 신랄한 비판을 받았다고 전해진다. 그 골자는 "여섯 자의 땅으로 족한 것은 죽은 사람이지, 살아 있는 사람은 그것만으론 살 수 없다"는 주장이다. 이 반론이 단순히 말꼬투리를 잡는 식의 피상적인 것에 불과하다는 점은 분명한 일이며, 톨스토이의 의도가 그러한 말초적인 논리 유희에 의하여 움직여질 만큼 천박한 것이 아니라는 점 또한 확실하다.

소재는 역시 《러시아 민간전설》에 들어 있는 전설이라 한다. 사람의 물욕은 채워지면 채워질수록 더욱 커진다. 그것은 권세욕이나 명예욕 또한 마찬가지이다. 나라마다 서로 손톱을 세우고 엄니를 갈고 있는 군비확장 따위가 그 좋은 예라 하겠다.

세 은자

형식적 종교, 교회적 종교의 부정이라는 의미에서 보면 《두 노인》과 일맥상통하는 점이 있는 작품이나, 그보다 양적으로 짧은 만큼 긴장미가 있어 소품으로서의 장점이 효과적으로 발휘되어 있다. 특히 세 사람의 은자가 바다 위를 걸어오는 결말 부분은 무시무시한 기운까지 서려 있어 매우 인상적인 감동을 주는 역작이다. 1886년 1, 2월에 저작에 착수한 단편으로 같은 해 잡지 〈니이와〉 제13호에 〈민간 설화〉로서 발표된 걸작이다. 이야기의 주제는 구전으로, 또는 글로써 전해져 널리 유포된 매우 교훈적인 설화의 전형이다. 16세기 러시아의 고문서에는 서구의 교훈문학에 기원을 가졌으면서 내용은 톨스토이의 작품과 가까운 것이 발견된다고 한다. 이것은 주로 그 이야기들이 볼가 지방의 구교도 사이에 전해내려온 때문이 아닌가 추정된다. 톨스토이가 이 작품의 부제를 '볼가 지방의 전설에서'라고 쓴 것으로 보아 그러한 연관성은 더욱 확실시된다.

머슴 에멜리안과 북

톨스토이는 이 작품을 1887년에 집필, 야스나야 폴랴나에서 여러 사람에게 스스로 낭독해 주었다고 한다. 《톨스토이 저작집》에 이 작품을 수록할 예정이었으나 검열 요구로 부득이 삭제되고 말았다. 처음으로 세상에 발표된 것은 1891년, 스위스의 제네바에서였으며, 더욱이 '볼가 지방의 옛 민화를 레프 톨스토이가 재현한 것'이라는 주가 붙은 채였다. 이 작품이 러시아에서 처음으로 발표된 것은 1892년 '굶주리는 백성 구제'를 위해 발행된 문집에서인데, 그나마 검열에 의해 왜곡된 부분이 많았다. 검열에 의한 수정 없이 원작대로 햇빛을 본 것은 그보다도 14년이 지난 1906년, 포스레드니크판에서였다. 이 작품의 구성은 사도프니코프 편저 《사마라 지방의 구비 전설》에 수록되어 있는 《가짜 북》을 소재로 하고 있다.

제정(帝政) 러시아 정부는 민화의 재간행을 여러 번 금지시켰다. 그것은 민중이 이 작품에서 감동받아 정신적 각성을 이루는 것을 두려워했기 때문이었다. 톨스토이의 무저항주의, 이웃사랑 등의 막연한 말은 소극적이고 패배적인 것으로 여겨지기 쉽지만, 그의 민화는 부조리에 대한 강렬한 저항정신에 일관된 톨스토이 사상의 진실 그것이었다.

가정의 행복

이 소설은 〈러시아 통보〉 1859년 4월 제1호와 2호에 나누어 실렸다. 톨스토이가 이 작품을 쓴 것은 17세나 아래인 소피아 부인과 결혼하기 3년 전이었다. 예술가의 마음속에서는 이미 이 결혼이 시작되었으며 앞으로 올 모든 일들을 미리 공상 속에서 맛보고 있던 것이다. 톨스토이가 여자의 마음속에 들어가 여자의 시선으로 사랑의 세계를 본 최초이자 단 하나의 작품이다.

아버지를 잃은 뒤 아버지의 친구에게 품고 있던 존경이 사랑으로 변해가는 미묘한 과정, 애타게 기다리고 있던 사랑의 말이 속삭여지던 엄숙한 순간, 결혼, 사랑의 에고이즘, 단조로운 생활의 권태, 활동적인 삶을 향한 동경, 점차 멀어져 가는 두 사람의 마음, 사교계의 독, 질투, 오해, 사랑의 여름에서 가을로 변해 가는 모습, 사랑에서 부부애 그리고 모성애로 바뀌어가는 숭고한 과정이, 수줍음의 베일에 에워싸인 여인의 섬세한 영혼이 보여주는 궤적에 따라 그려지고 있다. 로맹 롤랑은 이 소설을 "사랑의 기적"이라고 찬양하고 있다.

신부 세르게이

1890년 1월, 톨스토이는 V. 체르토코프에게 《신부 세르게이》의 구상에 대해 이야기했다. 그러자 체르토코프는 그에게 한시라도 빨리 그 줄거리를 적어두라고 말했다. 톨스토이는 체르토코프 앞으로 "나는 신부 세르게이의 이야기에 매우 흥미를 기울이고 있습니다"라고 적어 보냈다. 그리고 3월부터 5월에 걸쳐 집필에 들어가 단숨에 초고를 써냈다. 하지만 언제나처럼 몇 번이나 개작을 되풀이하면서 1891년 여름까지 시간을 끌었다.

《신부 세르게이》(1911) 삽화

톨스토이는 이 작품을 그대로 방치해 두다가 1898년 두호보르파 교회 신도 구제를 위한 자금이 필요해졌을 때 《부활》과 함께 출판하기로 생각하고 다시 고치기 시작했지만 결국 완성을 보지 못했다. 이 작품은 톨스토이의 거부로 출판되지 못했다. 그러나 톨스토이 자신도 작품을 완성시키려고 하는 희망을 버리지 않았던 것인지 1900년에 고리키를 만났을 때 《신부 세르게이》의 내용을 들려주었다. 고리키는 그 이야기에 매우 감탄했던 것을 잊지 않고 있다. 만년에 지은 일련의 예술작품이 모두 성적 문제를 하나의 공통적인 주제로 하고 있다는 것은 흥미로운 사실일 것이다.

이반 일리치의 죽음

톨스토이가 언제부터 《이반 일리치의 죽음》을 집필하기 시작했는지 정확히 알려져 있지 않지만 적극적으로 집필에 매달려 있던 것은 1884년 4월에서 1886년 3월에 걸쳐서이다. 이 이야기의 주인공 이반 일리치 고로빈의 모델은 툴라 관할 재판소 직원으로, 1881년 6월 2일 암으로 사망한 이반 일리치 메치니코프라고 한다. 그는 유명한 생물학자 일리야 메치니코프(1845~1916)의 형이다. 톨스토이는 일리야 메치니코프와 만났을 때 그것을 생각해내 "나의 장편 《이반 일리치의 죽음》은 당신의 죽은 형과 관계가 있습니다"라고 말했다. 이반 메치니코프가 죽기 직전에 흘린 감상을 그의 부인이 쿠즈민스키 부인에게 전하고, 그 부인은 그것을 다시 톨스토이에게 전해주었다고 한다. 이 작품은 발표됨과 동시에 높은 평가를 받았다. V.V. 스타소프는 1886년 4월 28일 톨스토이에게 다음과 같은 편지를 쓰고 있다.

"나는 지금까지 살면서 이만한 작품을 읽어본 적이 없습니다. 이 지상의 어느 민족에게도 이만한 창조적 재능은 찾아볼 수 없습니다. 이 70매의 작품에 비하면 모든 작품이 보잘 것 없고 빈약한 것으로 보입니다."

작곡가 차이코프스키는 1886년 6월 일기에 이렇게 쓰고 있다.

"《이반 일리치의 죽음》을 읽었다. 나는 동서고금을 통해 최대의 작가, 즉 예술가는 L.N. 톨스토이라고 더욱 확신하게 되었다. 유럽이 인류에게 준 모든 위대한 것을 사람들 앞에서 나열해 볼 때 러시아인이 수치스러워 고개를 숙이지 않기 위해서는 그 한 사람만으로도 충분하다. 톨스토이의 무한한 위대함, 아니 거의 신성하다고까지 말할 수 있는 그 가치에 대한 나의 확신에 애국주의 따위는 어떤 역할도 하고 있지 않다."

이러한 찬사를 바친 것은 같은 나라 사람들만이 아니다. 프랑스의 작가 모파상도 "이제야 나는 나의 열 권의 작품이 전혀 가치가 없는 것임을 깨달았다"고 이 작품에서 받은 감동을 고백하고 있다. 아마도 톨스토이 만년의 작품으로 이 정도로 이의 없이 높은 평가를 받은 작품은 드문 예일 것이다. 로맹 롤랑도 "러시아 작품 가운데서 프랑스의 독자를 가장 감동시킨 작품"이라고 말하고 있다.

톨스토이와 생물학자 일리야 메치니코프(1909)

전형적인 인간생활의 전형적인 사태—죽음—에 대한 심각한 철학적 고찰이라 할 만한 이 소품은 톨스토이의 모든 작품 가운데에서도 가장 중요한 지점을 차지한다.

크로이체르 소나타

이 소설의 중심 소재는 1887년 6월 20일, 배우 안드레 에프 브루라크(1834~1888)가 야스나야 폴랴나에 머물던 톨스토이를 방문해서, 과거 기차 안에서 낯모르는 승객으로부터 아내에게 배신당한 남편의 고통에 대한 고백을 들은 적이 있다며 들려준 이야기에서 시작한다. 안드레 에프 브루라크는 카잔대학에서도 공부한 적이 있는 우수한 배우로 연극평론이나 단편집도 발표하고 있던 인물이었다. 특히 그의 고골리 《광인일기》 낭독은 뛰어나고 유명했다. 이 안드레 에프 브루라크의 이야기가 《크로이체르 소나타》 집필의 동기가 된 것은 소피아 부인의 일기에도 분명히 나와 있다.

톨스토이는 1887년부터 집필을 시작해 몇 번인가 작업을 중단한 끝에 1889

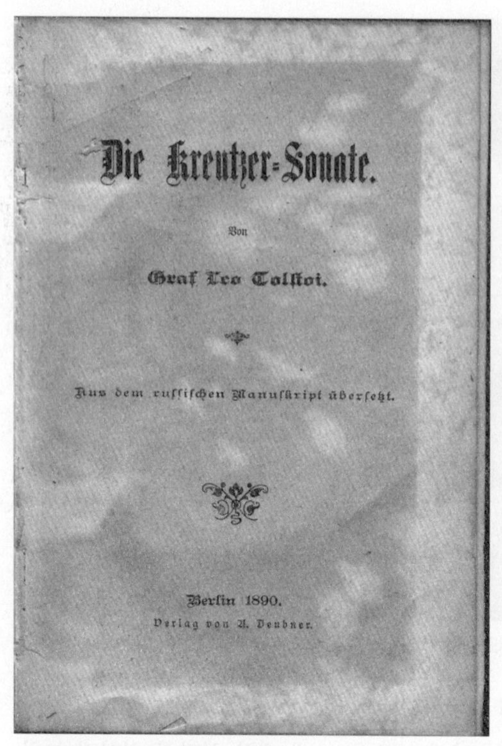
Die Kreutzer-Sonate.

Von

Graf Leo Tolstoi.

Aus dem russischen Manuskript übersetzt.

Berlin 1890.

Verlag von A. Deubner.

《크로이체르 소나타》(1890) 속표지

년 가을 드디어 이 작품을 완성했다(다음해 탈고). 이 작품 또한 이른바 대전향 뒤에 쓰인 얼마 안 되는 예술작품 가운데 하나로 그 구성은 이야기와 논쟁이 서로 섞여 있다. 그 논쟁 부분만을 따로 떼어 놓고 보면 설교가인 톨스토이의 의견이 있는 그대로 피력되는 듯한 느낌을 준다. 그러나 로맹 롤랑은 이 작품을 "강한 효과, 정열적인 집중, 줄곧 떠오르는 인상, 형식의 충실과 원숙함 등의 점으로 보아 톨스토이의 어느 작품도 《크로이체르 소나타》에 필적하는 것은 없다"라고까지 평하며 무한한 찬사를 보내고 있다. 체호프도 1890년 2월 19일 프레시체예프 앞으로 보낸 편지에서 이 작품에 대한 감상을 다음과 같이 적고 있다.

"설마 당신은 《크로이체르 소나타》가 마음에 들지 않는 것은 아니겠지요? 저도 이것이 천재적이며 영원한 작품이라고는 말하지 않겠습니다. 저에게는 그런 판정을 내릴 자격은 없으니까요. 하지만 저의 의견으로는 현재 우리나라 및 외국에서 쓰이고 있는 수많은 작품 가운데 그 구상의 중요성과 완성도의 아름다움에 있어서 이 작품과 비견할 만한 것을 찾아내는 것은 불가능하다고 생각합니다. 이곳저곳에서 보이는 놀랄 만한 예술적 달성에 대해서는 말할 것까지도 없지만 그것이 극단적인 곳까지 사상을 환기시켜 준다는 것에 감사해야 합니다. 저는 읽으면서 '그렇지!'나 '바보같이!'라는 외침을 겨우 참았을 정도입니다."

이 작품이 소피아 부인이 편집한 전집 제13권에 수록될 수 있었던 것은,

1891년 4월 13일 부인이 알렉산드르 3세에게 직접 탄원한 결과였다. 그때 황제는 가정과 결혼을 부정하는 이 작품을 어째서 그토록 전집에 수록하고 싶어 하는가, 작가의 아내로서 이 작품을 불유쾌하게 생각하지 않는가 물었다고 한다. 그에 대해 소피아 부인은 이것은 작가의 아내로서가 아니라 전집 출판자로서 부탁하고 있는 것이라고 대답하고 전집 말고는 출판하지 않는다는 조건 아래 허가를 받았다. 하지만 그 뒤 톨스토이의 저작권 포기에 의해 알렉산드르 3세는 '저 부인이 나를 기만한 것이라면 대체 누구를 신용할 수 있을까?' 라고 탄식을 했다는 일화가 전해지고 있다. 최초의 단행본은 검열 때문에 1890년 스위스에서 출판되었다.

하루하루를 위한 생각들

1909년 10월, 톨스토이는 하루하루를 위한 생각들을 펴낸다. 그는 이 책을 펴내고 두 해 뒤 세상을 떠난다.

이 책은 사랑과 믿음, 죽음과 욕망, 학문과 종교 그리고 신에 대하여, 인간문제를 나날의 명상으로 표출하고 있다. 여기에서 말하는 신은 특정 종교의 신이 아니며, 세상의 종교들이 가지는 허위와 기만을 비판하고 민중들의 선량한 믿음에서 참다운 종교를 발견하려 애쓰고 있다.

인생을 이해하지 못하는 사람은 살아 있는 나날을 내내 견뎌내기 위해서, 쾌락을 얻고자, 고통으로부터 벗어나려, 달아날 수 없는 죽음으로부터 도피하고자 끝없이 싸운다. 톨스토이는 사람들이 죽음을 앞두고서야 진정한 삶을 살지 못했다고 깨닫지 않기를 바라면서, 인류에 대한 큰 사랑의 표현으로 이 책을 펴냈다. 그는 말한다. "삶에서 중요한 것은, 얼마나 오래 살았느냐가 아니라 얼마나 깊이 살았는가이다."

솔제니친은 "세상에서 단 한 권의 책만 가지라고 한다면 나는 주저 없이 톨스토이의 마지막 저서인 이 위대한 책을 선택할 것이다"고 말했다. 슈테판 츠바이크는 "이 책은 영원(永遠)의 깊이에서 우리나와 자연처럼 나이도 없이 모든 시대를 산다"고 했으며, 토마스 만은 "삶에서 고통받을 때 우리들 내부에 있는 근원적이며 건강한 것으로 귀환하게 만드는 톨스토이만의 힘을 느낄 수 있다"고 말했다.

나의 유년시절

1851년 11월 1일, 톨스토이는 형 니콜라이와 함께 트빌리시에 도착해 정식으로 포병대에 들어가는 시험을 치르기 위해 그곳에 머물렀다. 어머니와 마찬가지인 타치아나 숙모에게 부친 편지에 의하면 그는 이 무렵 《나의 유년시절》을 집필하는 중이었다고 한다. 그즈음 그의 주위에는 그를 매혹시킨 웅대한 자연이 있었으며 그의 흥미를 끈 군인이나 캅카스(코카서스) 등 새로운 사람들과 산(山)사람 토벌과 같은 강렬한 인상을 주는 일들이 많았다. 그런데 그는 어째서 오히려 과거 생활의 추억 속으로 돌아갔던 것일까.

여기에는 두 가지 이유를 생각해 볼 수 있다. 하나는 병이 든 것과 외로운 숙모 때문이었다. 톨스토이는 타향에 혼자 살면서 감상적인 '울보 레프'가 되었으며, 특히 "내게 생길 수 있는 두 가지의 커다란 불행은 내가 내 목숨보다도 더 사랑하고 있던 두 사람, 당신과 니콜레니카가 세상을 떠나는 일입니다"라고 말할 정도로 사랑하고 있는 타치아나 숙모가 보낸 "도저히 참기 어려운 고독한 생활에 하루라도 빨리 끝을 내려 달라고 하느님에게 기도하고 있다"는 슬픈 편지가 그의 마음을 아프게 하여 그의 마음의 눈을 어린 날들의 시적인 추억으로 향하게 했을 것이다.

또 하나는 그의 문학적 상상력의 주기적인 성질이다. 톨스토이는 코카서스 자연 속에서 하느님의 계시를 받은 것에 착상하여 《네 시대 이야기》의 구상을 짜고 유년시절 자신의 생활부터 쓰기 시작했던 것이다. 제4부 '코카서스 시대'는 결국 쓰지 않았지만 톨스토이의 청춘의 노래라고 불리는 《코사크》를 썼다. 그러나 이것도 톨스토이의 구상에 의하면 코카서스에 대한 장편소설의 첫 부분이었던 것이다. 만년에 《하지 무라트》로 인해 톨스토이는 다시 코카서스로 돌아갔다. 문학을 시작할 때부터 이미 톨스토이는 고립된 주제를 추구하는 작가가 아니라 역사와 생활의 커다란 흐름을 쓰는 작가임을 분명히 하고 있던 것이다.

톨스토이는 1852년 2월에 토벌전에 출전하기도 했지만 5월에는 휴가를 얻어 지병인 류머티즘 치료를 위해 온천지 퍄티고르스크(시인 레르몬도프의 연고지)로 가서 그곳에서 네 번이나 고쳐 써 첫 작품을 탈고했다. 그는 이 작품에 《나의 유년시절》이라는 제목을 붙여 L.N.이라는 서명으로 그즈음의 대표적인 문예잡지 〈현대인〉에 기고했다. 책임자 네크라소프는 저자의 천부적 재능을 인정하고 내용의 순수함과 진실함이 이 작품의 무엇과도 바꿀 수 없는 가치라고 칭찬하며 〈현대인〉 9월호에 실었다.

이 작품은 그 내용의 진실과 조화된 높은 문학성 덕분에 문단에서 높이 평가받았다. 바나예프의 회상에 따르면 "수많은 독자로부터 새로운 작가에 대한 칭찬의 말들이 쏟아져들어왔으며 저자가 누구인지 관심이 높았다"고 한다. 투르게네프는 이 익명 작가의 새로운 소설에 감동해 방금 간행된 잡지를 들고 톨스토이의 집을 방문해 그것을 낭독하고 누가 그들 생활의 내면을 이토록 상세히 알 수 있겠느냐고 말해 가족 모두를 매우 놀라게 만들었다고 톨스토이의 누이 동생 마리야는 회상하고 있다.

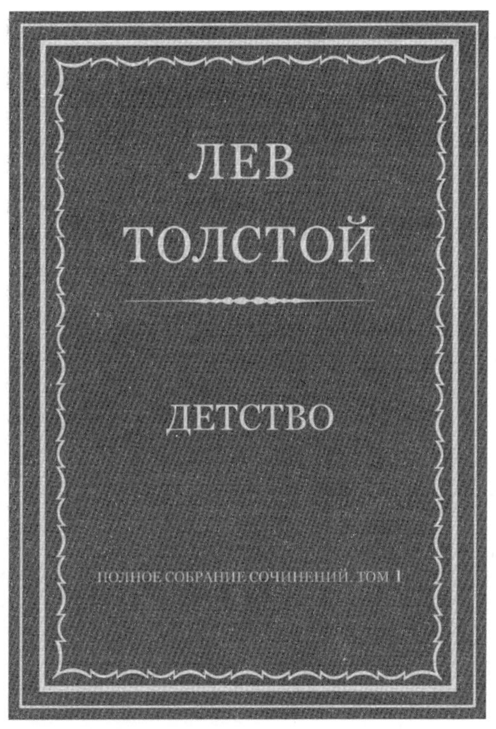

《나의 유년시절》(초판 1852) 표지

톨스토이는 《나의 유년시절》에서 자전적인 사소한 이야기들을 많이 다루었으며, 자신의 정신적 성장의 주요한 순간을 묘사하고 성장에 영향을 준 주위 사람들의 형상을 재현했다. 니콜레니카의 유년시절은 톨스토이의 어린 시절 생활의 인상에 대한 시적인 일반화라고 보여진다. 이것들의 인상은 사랑과 행복으로 아름답게 채색되어, 아버지의 영지에서, 아름다운 러시아의 자연 속에서 사랑하는 부모님과 사랑스런 가정교사 카를 이바느이치나, 선량한 늙은 유모 나탈리야 사비시나 등에 둘러싸인 니콜레니카의 생활은 밝은 기쁨에 감싸여 있다. 그러나 톨스토이는 니콜레니카를 둘러싼 세계 속에서 기쁨만을 보고 있던 것은 아니다. 톨스토이는 이 최초의 소설에서 이미 니콜레니카의 어리고 순진무구한 마음을 어둡게 만드는 현실 생활의 그늘진 부분을 묘사하고, 행복한 표면 아래에 숨겨진 수많은 현상에 대해 조그만 가슴이 아픔을 겪으며 정신적으로 성장하는 복잡한 과정을 미묘한 필치로 그려내고 있다.

이 작품 발표 당시 일반인들에게 신인의 첫 작품이라기보다는 원숙한 예술가의 작품이라는 인상을 주었다. 디킨스의 《데이비드 코퍼필드》의 영향이 보이고 전체에 넘치는 달콤한 감상성 때문에 톨스토이 자신은 이 작품을 좋아하지 않았지만, 당시의 비평가들은 바로 그러한 이유에서 이 작품에 감동하고 시정 넘치는 뛰어난 예술작품이라고 인정했다.

그러나 톨스토이가 아무리 재능이 뛰어나다고 해도 처음부터 느닷없이 이러한 예술작품을 쓸 수 있을 리는 없다. 여기까지 오기에는 상당한 문학 수업이 필요했음은 더 말할 필요도 없다. 이 점을 처음으로 지적한 것은 체르니셰프스키이다. 그는 재능이란 완성된 형태로 이 세상에 나타나는 것이 아니라 수련에 의해 만들어지는 법이라 말하고 《나의 유년시절》을 집필하기까지에는 많은 문학수업이 선행되었을 것이라고 단정했다. 그리고 그는 "톨스토이 백작이 가진 재능의 특질은 …… 그가 인간의 정신생활의 비밀을 자기 자신의 내부에서 아주 주의 깊게 연구했음을 증명하고 있다는 것이다. 이 지식이 귀중한 것은 …… 그것이 인간 생활 일반에 대한 연구와 행동, 정열적인 싸움 및 감명의 성격과 원동력을 해명할 수 있는 확실한 기초를 그에게 준 점이다"라고 단정하고 있다.

즉 체르니셰프스키의 의견에 따르면 톨스토이의 재능은 자기 관찰과 자기 생활의 연구라는 작업을 기초로 해서 형성된 것이다. 톨스토이의 일기와 일기에 씌인 광적일 정도의 자기분석은 이 논문 발표 뒤 몇십 년이 지난 뒤 처음으로 공개된 것이므로 체르니셰프스키의 비평의 눈은 예리하다고 할 수 있다. 일기는 이렇듯 톨스토이에게 문학 수업의 장이었다고 해도 좋을 것이다.

빛이 있는 동안 빛 속을 걸어라

톨스토이가 《빛이 있는 동안 빛 속을 걸어라》와 그 프롤로그에 해당하는 《한가한 사람들의 대화》를 언제 쓰기 시작했는가는 분명하지 않다. 그러나 작품의 테마나 사상으로 보아 아마도 1880년대 초, 즉 그가 《나의 참회》을 발표하고 자기가 도달한 새 그리스도교 세계관을 널리 세상에 알린 바로 뒤였을 것이라 보여진다. 이때의 원고는 《빛이 있는 동안 빛 속을 걸어라》와 《한가한 사람들의 대화》라는 두 가지 단편으로 이루어진 것이 아니라,《한가한 사람들의 대화》가 도입부가 되어 등장인물이 《빛이 있는 동안 빛 속을 걸어라》의 이야기를 소개하는 구상으로 되어 있었다.

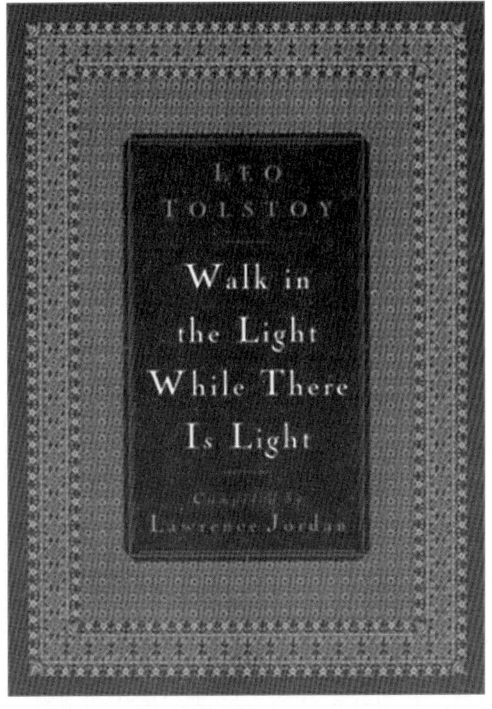

《빛이 있는 동안 빛 속을 걸어라》(초판 1885) 표지

톨스토이가 뛰어난 제자 체르토코프의 권유에 따라 이 작품 집필에 본격적으로 들어간 것은 1887년 초무렵이다. 오랫동안 방치해 두었던, 어쩌면 본인도 잊어버리고 있었는지도 모르는 이 이야기는 톨스토이의 창작 의욕을 크게 자극했던 것으로 보인다. 소피아 부인에게 이 작품의 진행 상황을 알리는 몇 통의 편지에서도 밝혀진 대로 톨스토이는 일주일도 걸리지 않아 이 원고를 완성했다.

하지만 다 쓰기는 했지만 톨스토이는 작품의 완성도에 만족하지 못해 그의 대부분의 작품과 마찬가지로 소피아 부인에 의한 정서, 톨스토이의 퇴고와 가필, 체르토코프의 재촉과 조언이라는 과정을 밟아가게 된다. 그리하여 1887년 4월 무렵에는 작품의 완성에 체념하기 시작한 톨스토이에게 박차를 가하기 위해 체르토코프를 비롯한 뛰어난 제자들은 작품의 이런 부분을 첨가하면 어떻겠느냐 하는 목록을 작성하여 그에게 제시하거나, 톨스토이의 원고를 체르토코프가 수정하거나 보충하기도 했다. 톨스토이는 정정 및 가필된 부분을 하나하나 읽어보고 살려야 할 부분은 자기 손으로 다시 새롭게 수정하여 몇 번이나 원고를 다듬기를 되풀이해 1887년 6월 즈음 드디어 최종 원고를 완성했다.

그러나 이 작품도 러시아에서는 쉽게 햇빛을 보지 못하고, 1890년 영어 번역판이 〈프트나이틀리 리뷰〉지에 실림으로써 최초로 활자화되었다. 그 다음

1892년에 제네바에서 최초 러시아어판이 출판되었다.

이 소설이 처음으로 러시아 국내에 발표를 허락받은 것은 1893년이다. '가난한 이주민을 후원하는 모임'의 자금을 모으기 위한 문집《길》에 수록되었던 것이다. 그러나 사유재산, 폭력에 의해 움직이는 국가, 국가의 부정 등이 화제가 되고 있는 부분은 검열에 의해 모두 삭제되었다.

러시아 국내에서 이 작품이 완전한 형태로 발표된 것은 20세기에 들어와서의 일로 1913년 비류코프가 감수한 톨스토이 전집 제16권에 무삭제로 수록된 것이 처음이다. 그러나 이때 이미 톨스토이는 이 세상 사람이 아니었다.

《빛이 있는 동안 빛 속을 걸어라》는 복음서가 전하고 있는 그리스도의 가르침에 따라 살아가라고 설파한 만년의 톨스토이의 사상을 매우 알기 쉽게 표현한 작품이다. 《나의 참회》, 《그러면 우리는 무엇을 할 것인가》 이후의 작품이나 논문에서 톨스토이가 전개하는 그리스도적인 무정부주의는 고대의 원시 그리스도교의 세계를 이상으로 삼은 것이라고 해도 좋을 것이다.

바로 그 원시 그리스도교의 세계에서 살아나가는 청년 팜필리우스와 온갖 욕망과 야심, 공명심 등이 소용돌이치는 속세에 푹 빠져 있는 청년 율리우스라는 두 인물을 중심으로 톨스토이 사상이 담담히 서술되고 있다. 특히 현실에 절망하거나 자기혐오에 빠져 몇 번인가 팜필리우스가 사는 세계로 달려가려고 마음먹으면서도 그때마다 의혹과 미혹에 빠져 다시 속세로 돌아와 거기서 다시 성공을 거두고 팜필리우스의 사상을 부정하기에 이른 율리우스의 모습이 아주 생생하게 묘사되어 있다. 그 때문에, 속세의 성적인 사랑이라든가 사유욕, 명예욕 등이 얼마나 강력히 우리를 돈에 얽매이게 했는가, 또 톨스토이가 이상으로 삼은 그리스도교적인 자기완성에 장애가 되었는지가 강한 설득력으로 다가온다.

만년의 톨스토이 사상을 잘 전달해 주는 훌륭한 작품이라 할 수 있다.

어둠의 힘

1886년 8월 31일, 톨스토이는 배우 겸 연출가인 M. 렌토프스키(1843~1906)로부터 민중극장 '스코몰로프'에서 상연할 대중을 위한 희곡을 써달라는 의뢰를 받았다.

렌토프스키는 젊은 날의 스타니슬라프스키(1863~1938)에게도 영향을 준 뛰

연극 〈어둠의 힘〉 마지막 장면 뉴욕 상연. 1922.

어난 연출가이다. 그즈음 '스코몰로프' 극장 제작진에는 안드레 에프 부르라크도 섞여 있었다. 톨스토이는 이 의뢰에 응해 그때까지 오랫동안 남몰래 수집해 왔던 농민들의 속어나 특수한 표현을 아낌없이 구사해 진실한 농민생활을 다룬 희곡을 쓰고자 마음먹었다. 그는 툴라 관할 재판소에서 다루었던 에프렘 코로소코프의 사건에서 암시를 얻어 지방 농촌에 있는 농민의 비참한 생활을 부각시키는 데 성공했던 것이다.

희곡의 집필은 매우 순조롭게 진행되어 연말에 완성이 되었다. 하지만 이 연극도 검열 때문에 곧바로 상연할 수는 없었다. 드디어 1890년 1월, 처음으로 페테르부르크의 프리세르코프 저택에 있는 알렉산드린스키 극장에서 연출자 V. 다비드프에 의해 상연되었다. 그날, 배우들이 이미 분장을 마쳤을 즈음, 페테르부르크 시민 그렛셀은 프리세르코프 저택에 사신을 보내어 "일반에게 금지된 연극 《어둠의 힘》을 상연하고자 하는 것에 대해 황제가 매우 불쾌하게 생각하고 계시다는 것이 내 귀에 들어왔소"라고 알려왔다.

그 뒤 1895년, 검열에 의한 상연금지가 해제되자 모스크바, 페테르부르크를 비롯하여 그 밖의 지방 도시에서도 연이어 상연되었다. 1895년 모스크바의 소극장에서 상연되었을 때는 톨스토이가 스스로 배우들이 대본을 읽는 것을 듣고 그 무대 예행연습에도 참관했다고 한다. 1895년 페테르부르크의 알렉산드린스키 극장에서의 무대에서는 유명한 여배우 M. 사뷔나(1854~1915)가 아클리나 역을 연기해 대성공을 거두었다.

1902년 《어둠의 힘》은 모스크바 예술계의 상연 목록에 들어 오늘날까지 이어져 오고 있다. 또 러시아 상연에 앞서 1888년 파리에 있는 자유극장에 의해 상연되었다. 1898년에는 유명한 이탈리아 배우 에르메테 차코니가 이탈리아에서 연출하고 스스로 니키타 역을 맡아 대성공을 거두었다. 그는 상연의 성공을 알리는 전보를 톨스토이에게 보냈다. 톨스토이는 이 연극에 굉장히 자신감을 갖고 있었던 듯 "나는 과거 민중을 위해 쓴다고 선언했다. 그리고 나는 지금 《어둠의 힘》을 민중을 위해 썼다"라고 말했다.

야스나야 폴랴나는 '숲 속의 밝은 땅'이라는 아름다운 이름이다. 톨스토이가 태어난 집 앞 작은 오솔길을 걸어들어가면 오래된 떡갈나무 아래 동그마니 한 무덤이 있다. 쐐기풀과 민들레에 뒤덮여 무심히 그냥 지나치기 쉽다. 자신의 무덤에는 아무런 표지나 비석을 세우지 말라고 유언한 톨스토이가 잠들어 있는 곳이다. 오솔길 들머리에 톨스토이 묘라고 씌어진 조그만 표지 하나와 떡갈나무 둘레에 쳐진 철울타리. "하늘이 꾸미신 그대로 두어라"는 그의 말대로 잡초만 무성한 무덤가엔 안드레이의 독백이 맴돈다.

"어째서 지금까지 저 높은 하늘을 보지 못했을까……."(《전쟁과 평화》)

세계 곳곳에서 온 여행자들이 톨스토이의 묘를 찾아와 참배한다. 이곳에서 역자는 KBS TV의 〈TV, 책을 말하다〉 프로그램 제작 촬영팀과 조우할 수 있었다. 동서문화사가 간행한 톨스토이의 《인생이란 무엇인가》 특집 방송을 만들기 위해 왔다고 한다. 톨스토이가 산책을 즐겼다는 자작나무 오솔길과 사색에 잠겼다는 벤치, 그의 손길이 무수히 스쳤던 나무들만 울창한 야스나야 폴랴나 숲에는 현장학습에 나선 초등학교 어린이들의 재잘거리는 소리가 100년의 시공을 초월하여 울려퍼지고 있었다.

사람은 무엇으로 사는가

수레에 묶인 말이 걸을 수밖에 달리 도리가 없듯이
인간도 아무것도 하지 않고는 살아갈 수 없다.
그러므로 인간이 일한다고 하는 사실의 가치는
인간이 호흡하고 있다는 사실의 가치와 다를 바가 없다.
그보다 오히려 가장 중요한 것은 인간이 무엇을 하고 있는가 하는 점이다.

사람은 무엇으로 사는가

1

한 신기료장이가 마누라와 자식을 거느리고 어느 농가에 세들어 살고 있었다. 집도 땅도 가지고 있지 않아 구두를 만들고 고치며 살아가고 있었다. 삯돈은 헐하고 곡물은 비싸기 때문에 버는 족족 먹고 살기에 바빴다. 신기료장이는 마누라와 번갈아 입는 모피 외투를 가지고 있었는데 그나마 다 해져서 누더기가 되어 버렸다. 그래서 2년째나 새 모피 외투를 만들기 위해 양가죽을 사야겠다고 벼르고 있었다.

가을이 되자 신기료장이는 여윳돈이 좀생겼다.

3루블 지폐가 마누라의 함롱 속에 있었고, 또 마을 농부들에게 꾸어준 돈이 5루블 20코페이카 가량 있었다.

그리하여 신기료장이는 아침부터 양가죽을 사려고 마을에 갈 채비를 했다. 그는 아침식사를 마치자 루바시카 위에다 솜을 둔 마누라의 무명 재킷을 껴입고 그 위에 긴 모직 외투를 걸친 다음 3루블 지폐를 주머니에 넣고 나뭇가지를 하나 꺾어 지팡이 삼아 집을 나섰다.

신기료장이는 마을에 이르러 어느 농부의 집을 찾아갔는데 주인이 없었다. 그 마누라는 1주일 안으로 주인 편에 돈을 보내겠다고 약속할 뿐 돈을 갚지 않았다. 또 다른 농부에게로 갔다.

그 농부는 돈이 한푼도 없다고 딱 잘라 말하고는 장화를 고친 값 20코페이카만 줄 뿐이었다. 신기료장이는 양가죽을 외상으로 사려고 했으나 가죽장수는 외상을 주려고 하지 않았다.

"돈을 가지고 와요, 그러면 마음에 드는 걸로 줄 테니까. 외상이 얼마나 받아먹기 어려운지 우리넨 너무나 잘 알아요."

이렇게 되어 신기료장이는 겨우 장화를 고친 값 20코페이카를 받고, 어느 농부에게서 낡은 펠트화에 가죽을 대어 꿰매는 일을 맡았을 뿐이었다.

신기료장이는 속이 상해서 20코페이카를 몽땅 털어 보드카를 마셔 버린 다음 양가죽도 사지 못한 채 집으로 걸음을 옮겼다. 아침에는 좀 추운 것 같았지만 한잔 마시자 모피 외투 따윈 입지 않아도 몸이 후끈거렸다. 신기료장이는 길을 걸으면서 한쪽 손으로는 지팡이로 울퉁불퉁 언 땅을 두드리고 한쪽 손으로는 펠트화를 휘두르면서 혼잣말을 했다.

"모피 외투 따위 없어도 따습기만하군. 한잔 걸쳤더니 온몸이 뜨뜻한게 윗도리도 필요없네, 뭘. 끙끙 앓아봤자 소용없어! 다 이러구 사는거지. 에이, 상관없어! 모피 외투 따위 없어도 잘만 살아. 그딴 건 일평생 필요없어, 없다구. 아무렴! 그런데…… 아무래도 여편네가 팍팍대겠지…… 이런 젠장, 생각하니 더 열받네. 실컷 사람을 부려먹고도 모자라 이리 슬쩍 저리 슬쩍 속여만 대다니! 흥, 두고보자. 다음에 또 외상소리만 했단봐라, 아주 네놈의 모자를 잡아 벗기고 말 테니. 아암, 내 그렇게 하구말구. 도대체 이게 무슨 짓이야. 20코페이카씩 쫄금쫄금 주다니! 흥, 20코페이카로 대체 뭘 한단 말인구! 술이나 마실 수 밖에 없잖은가 말야. 넌 곤란하다고 하지만 그래 나는 곤란하지 않은 줄 아나? 너는 집도 있고 소도 있고 말도 있지만 나는 알몸뚱이다. 넌 네 빵을 먹고 있지만 나는 사서 먹는다구. 아무리 몸부림을 쳐봐야 1주일에 빵값만도 3루블은 치러야 돼. 집에 돌아가면 빵도 없을 테니 또 1루블 반은 내놔야 해. 그러니까 너도 내 돈을 갚아 줘야겠어."

이윽고 신기료장이는 길모퉁이 교회 근처까지 왔다. 교회 뒤에 무엇인가 허연 것이 보였다. 이미 땅거미가 지기 시작해서 신기료장이는 찬찬히 보았지만 무엇인지 잘 알아볼 수가 없었다.

'여기에 돌 같은 건 없었는데…… 소인가? 그런데 짐승 같지도 않아. 머리는 사람 같지만 사람치곤 너무 희군. 게다가 사람이 이런 데 있을 리가 없지.'

좀더 다가갔다. 물체가 똑똑히 보였다. 이게 웬일인가! 혹시나 했는데 사람이 분명했다. 그런데 살았는지 죽었는지 알몸으로 교회 벽에 기대고 앉은 채 꼼짝도 하지 않았다. 신기료장이는 무서운 생각이 들었다.

'어떤 자가 이 사나이를 죽이고 옷을 벗겨 여기 내버린 모양이지. 너무 바싹 다가갔다가는 나중에 무슨 변을 당할지도 모르겠군.'

그래서 신기료장이는 그냥 지나쳐 갔다. 교회 모퉁이를 돌았다. 사나이의 모습은 보이지 않게 되었다. 교회를 지나 뒤돌아보았다. 사나이는 벽에서 떨어져

움직이기 시작했다. 어쩐지 이쪽을 보고 있는 것 같았다. 신기료장이는 더럭 겁이 나서 이렇게 생각했다.

'가까이 가 볼까, 그냥 지나쳐 갈까? 혹시 갔다가 무슨 봉변이라도 당하면 큰일이지. 저놈이 누군지 내가 모르잖아. 어차피 좋은 일을 하고서 이런 데 왔을 리는 없고. 가까이 가기가 무섭게 덤벼들어 날 목 졸라 죽일는지도 몰라. 그렇게 되면 꼼짝없이 죽는 거다. 설령 목 졸라 죽이지 않더라도 시끄러운 꼴을 당할 게 뻔해. 저 벌거숭이 사나일 어쩐다? 내가 입고 있는 것을 홀랑 벗어 줄 수도 없고. 아, 그냥 지나쳐 가자, 제기랄!'

그렇게 생각하면서 신기료장이는 걸음을 재촉했다. 거의 교회 앞을 다 지나치게 되자 양심이 고개를 쳐들었다.

그리하여 신기료장이는 한길 복판에서 발을 멈추고 혼잣말을 했다.

"도대체 너는 뭘 하는 거냐, 세몬? 사람 하나가 재난을 만나 죽어가고 있는데 너는 겁을 집어먹고 슬쩍 도망치려고 한다. 네가 뭐 큰 부자라도 된단 말이냐? 가진 물건을 빼앗길까봐 겁이 나는가? 세몬, 그건 좋지 않은 일이다!"

그리하여 세몬은 되돌아서서 사나이에게 다가갔다.

2

세몬은 그에게로 다가가 자세히 살펴보았다. 아직 젊은 사나이라서 힘도 있을 듯하고 몸에 얻어맞은 흔적도 없었다. 몸이 꽁꽁 얼어 말을 듣지 않는 모양이었다. 벽에 기대앉은 채 세몬 쪽을 보려고도 하지 않았다. 쇠약해질 대로 쇠약해져 눈을 뜰 수도 없는 것 같았다.

세몬이 다가가자 사나이는 그제야 제정신이 든 듯 고개를 돌리고 눈을 떠 세몬을 바라보았다. 사나이의 그 시선이 세몬의 마음에 들었다. 그래서 펠트화를 땅바닥에 내동댕이치고 허리띠를 끌러 그 허리띠를 펠트화 위에 놓은 다음 외투를 벗었다.

"이러고 있을 때가 아냐! 자, 이걸 입어요! 자!"

세몬은 사나이를 부축하여 일으켰다. 사나이는 일어섰다. 세몬은 보았다.

깨끗한 몸에 손발도 거칠지 않으며 귀여운 얼굴을 하고 있었다. 세몬은 그 어깨에 외투를 걸쳐 주려 했으나 팔이 소매 속으로 잘 들어가지 않았다. 세몬은 두 팔을 끼워 주고 옷자락을 잡아당기고 앞을 여며 준 다음 허리띠를 매어 주었다. 세몬은 헌 모자도 벗어 벌거숭이 사나이에게 씌워 주려고 했으나 머리가 썰렁하여 이렇게 생각하곤 도로 모자를 썼다.

'나는 민머리지만 이 사람은 긴 고수머리가 더부룩이 자라 있어. 그보다도 이 젊은이에게 신을 신겨 줘야지.'

신기료장이는 사나이를 앉히고 펠트화를 신겼다.

"이제 됐다. 자, 이번엔 좀 움직여서 언 몸을 녹여야지. 뒷일은 내가 걱정하지 않더라도 다른 사람이 다 처리해 줄 거야. 자네 걸을 수 있나?"

사나이는 멀거니 서서 감격한 듯한 표정으로 세몬의 얼굴을 바라보고 있었으나 말은 전혀 하지 않았다.

"왜 말을 하지 않는 거야? 이런 데서 겨울을 날 셈인가? 집으로 돌아가야지. 자, 여기 내 지팡이가 있으니까 몸이 말을 듣지 않거든 이걸 짚어요. 자, 자, 걸어요, 걸어!"

그러자 사나이는 걷기 시작했다. 조금도 뒤떨어지지 않고 잘 걸었다.

두 사람이 길을 걷기 시작했을 때 세몬이 말했다.

"자네, 대체 어디서 왔나?"

"나는 이 고장 사람이 아닙니다."

"이 고장 사람이면 난 다 알아. 그래 왜 여기까지 왔나? 교회 근처까지 말이야."

"그건 말씀드릴 수 없습니다."

"틀림없이 어떤 나쁜 놈들이 이런 짓을 했겠지?"

"아무도 나를 혼내지 않았습니다. 나는 하느님의 벌을 받았지요."

"그야 물론 만사가 하느님의 뜻임엔 틀림없어. 그렇더라도 어디 좀 들어가 쉬어야 할 텐데. 자네 어디로 갈 건가?"

"어디든 마찬가집니다."

세몬은 깜짝 놀랐다. 불한당 같지도 않고 말씨도 공손한데 신상 이야기를 하려고 하지 않았다. 세몬은 생각했다.

'그야 물론 세상에는 말 못할 일도 많기는 하지.'

그는 사나이에게 말했다.

"어때, 우리 집에 가는 게? 불을 쬘 수 있어."

세몬은 집을 향해 걸었다. 낯선 사나이는 한 발짝도 뒤떨어지지 않고 나란히 따라 걸었다. 찬바람이 세묜의 루바시카 밑으로 스며들었다. 차차 술이 깨면서 추워져 왔다. 세묜은 코를 훌쩍거리며 몸에 걸친 마누라의 재킷 앞섶을 여미고 걸으면서 생각했다.

'아니 이건 어떻게 된 모피 외투람. 모피 외투를 마련하러 갔다가 외투를 없애고 벌거숭이 사나이까지 거느리게 됐으니, 이거 마트료나가 야단일 텐데!'

마트료나 생각이 나자 세묜의 마음은 우울해졌다. 그러나 옆의 낯선 사나이를 쳐다보고 교회 뒤에서 이 사나이가 자기를 쳐다보았던 시선을 생각해 내자 마음이 유쾌해졌다.

3

세묜의 마누라는 얼른 일을 마쳤다. 장작을 패고 물을 긷고 아이들과 같이 저녁 식사를 끝마치고 생각에 잠겼다. 빵을 굽는 일을 오늘 할까, 내일로 미룰까. 아직 빵은 큰 것이 있었다.

'세묜이 거기서 점심을 먹고 온다면 저녁은 그리 많이 먹지 않겠지. 그렇게 되면 내일 빵은 이것으로 충분하다.'

마트료나는 빵 조각을 만지작거리며 생각했다.

'오늘은 빵을 굽지 말아야겠다. 밀가루도 얼마 남지 않았으니, 이걸로 금요일까지 먹도록 하자.'

마트료나는 빵을 치우고 테이블 옆에 앉아 남편의 루바시카를 깁기 시작했다. 바느질을 하면서 마트료나는 남편이 어떤 양가죽을 사올까만 생각했다.

'모피 장수에게 속아 넘어가지는 않았겠지. 그래도 사람이 워낙 좋으니 알 수 없어. 그이는 조금도 남을 속이지 못하지만 어린 아이도 그이를 속이는 것쯤은 문제없으니 말이야. 8루블이면 큰 돈이니까 좋은 모피 외투를 만들 수 있겠지. 무두질한 최고급 가죽은 아니라도 어쨌든 모피 외투는 살 수는 있어. 작년 가을에는 모피 외투가 없어서 얼마나 고생을 했나! 강엘 갈 수가 있었나, 산엘 갈 수 있었나. 지금도 그렇지, 옷이란 옷은 모조리 입고 나가 버리니까 난 걸칠 것도 없어. 그리 일찍 떠난 건 아니지만 이제 올 때도 됐는데……. 아니, 이 양반이 또 술타령을 하고 있는 게 아닐까?'

마트료나가 그렇게 생각한 순간 입구 층층대가 삐그덕거리면서 누가 들어오는 소리가 났다. 마트료나가 바늘겨레에 바늘을 꽂고 입구 쪽으로 나갔다. 그

러고 보니 사나이 둘이 들어오는 것이 아닌가. 세묜 옆에는 낯선 사나이가 맨발에 펠트화를 신고 모자도 없이 서 있었다.

마트료나는 당장에 남편이 술을 마셨다는 것을 알았다. 역시 마시고 왔구나. 남편은 외투도 입지 않고 속옷바람인데, 게다가 손에는 아무것도 들지 않고 말없이 서 있었다. 마트료나는 화가 치밀어 올랐다.

'그 돈으로 몽땅 마셔 버린 게 틀림없어. 알지도 못하는 건달하고 퍼마시고 한술 더 떠 집에까지 끌고 왔구먼.'

마트료나는 두 사람을 앞세우고 뒤따라 들어가다 생판 모르는 젊고 빼빼마른 사나이가 입고 있는 외투가 바로 자기네 것임을 알았다. 외투 밑에는 셔츠를 입은 것 같지도 않았고 모자도 쓰지 않았다. 집 안으로 들어온 젊은 사나이는 그냥 그 자리에 선 채 움직이지도 않고 눈도 쳐들지 않았다. 그래서 마트료나는 분명 무슨 잘못을 저질러서 겁을 내고 있구나 생각했다.

마트료나는 얼굴을 찡그리고 페치카 쪽으로 떨어져 서서 두 사람의 거동을 살폈다. 세묜은 모자를 벗고 태연하게 걸상에 앉았다.

"여보, 마트료나. 식사 준빌 해야지."

마트료나는 입 속으로 뭐라고 중얼거릴 뿐 페치카 옆에 선 채 움직이려고도 하지 않고 두 사람을 번갈아 쳐다보며 고개를 갸웃거릴 뿐이었다. 세묜은 마누라가 화난 것을 보고 하는 수 없다는 듯이 낯선 사나이의 손을 잡았다.

"자, 앉아요. 저녁을 먹어야지."

낯선 사나이는 걸상에 앉았다.

"그래 아무것도 마련하지 않았어?"

마트료나가 화가 나서 대답했다.

"왜 안 해요, 하긴 했지만 당신을 위해서가 아니에요. 보아하니 당신은 염치마저 홀랑 마셔 버린 모양이군요. 모피 외투를 사러 간다더니 모피 외투는커녕 외투까지 없앤 데다 건달까지 데리고 오다니. 당신네들 주정뱅이에게 줄 저녁은 없어요."

"마트료나, 까닭도 모르면서 함부로 말하면 안 돼요. 먼저 어떻게 된 일인지 물어 보아야지."

"그런 건 아무래도 좋아요. 그래 돈은 어디 있어요. 말해 봐요."

세묜은 외투 주머니를 더듬어 돈을 꺼냈다.

"여기 돈 있잖아. 트리포노프가 주질 않더군, 내일은 꼭 주겠다고 약속하긴 했지만."

마트료나는 더욱더 화가 치밀었다. 가죽도 사지 않고 단 하나밖에 없는 외투를 낯선 벌거숭이 사나이에게 입혀 가지고 집으로 끌고 오다니.

마트료나는 테이블 위의 돈을 집어 함롱 속에 간수하며 말했다.

"아뇨, 저녁은 없어요. 벌거숭이 술주정뱅이를 일일이 챙겨 먹이다간……."

"여보, 마트료나. 말 좀 삼가요. 내 말좀 들으라니까."

"당신 같은 주정뱅이에게서 내가 무슨 말을 들어야 한다는 거예요. 난 처음부터 당신 같은 술꾼하고 결혼하고 싶지 않았어요. 그런데 그만……. 어머니가 주신 피륙도 당신이 술값으로 없앴죠. 모피 사러 간다더니 그것마저 다 마시고 오다니."

세묜은 아내에게 자기가 마신 것은 고작 20코페이카뿐이라는 것을 납득이 가도록 이야기하고 이 사나이를 데리고 온 경위도 밝히려 했으나, 마트료나가 말할 여유를 주지 않았다. 어디서 쏟아져 나오는지 단번에 두 마디씩 지껄이니 세묜이 끼어들 겨를이 없다. 10년도 더 지난 옛날 일까지 들추어내는 형편이다.

마트료나는 마구 욕설을 퍼부으면서 세묜 곁으로 달려가 그 옷소매를 부여잡았다.

"자, 내 옷을 돌려줘요. 하나밖에 없는 내 옷을 뺏어 입고, 염치도 좋지. 빨리 이리 벗어 놔요. 못난 인간 같으니! 차라리 뒈지기나 하지!"

세묜이 마누라의 무명 재킷을 벗으려 하는데 한쪽 소매가 뒤집어졌다. 그 때 마누라가 그것을 잡아당겼으므로 옷의 솔기가 부드득 뜯겨져 나갔다. 마트료나는 재킷을 빼앗아 입고 문께로 달려갔다. 그리고 나가 버리려고 하다가 발을 멈췄다. 속상하긴 하지만 이 사나이가 누구인지 알아내야겠다고 생각했던 것이다.

4

마트료나는 발길을 멈추고 말했다.

"온전한 사람이라면 벌거숭이로 있을 리가 없어요. 그런데 이 사나이는 셔츠도 입고 있지 않아요. 당신이 나쁜 짓을 하지 않았다면 어디서 이 사나이를 끌고 왔는지 왜 말 못하는 거예요?"

"내 말하지 않았소. 집으로 돌아오는 길에 교회 담 밑에 이 사람이 알몸으로 거의 얼어붙은 채 기대앉아 있었단 말이오. 글쎄, 여름도 다 갔는데 벌거숭이가 아니겠소! 마침 하늘이 도와서 내가 그리로 지나오게 됐으니 망정이지 그렇지 않았더라면 얼어죽고 말았을 거요. 살아가노라면 언제 무슨 일을 당할지 누가 알겠소! 그래 외투를 입혀 데리고 왔지. 마트료나, 당신도 좀 그만해 두고 마음을 가라앉혀요. 누구든 한 번은 죽는 거니까."

마트료나는 다시 욕설을 퍼부으려고 하다가 문득 낯선 사나이를 쳐다보자 말이 막혔다. 사나이는 죽은 듯이 앉아 있었다. 걸상 끝에 앉은 채 꼼짝도 하지 않았다. 두 손을 무릎 위에 올려놓고 목을 가슴에 떨어뜨리고서 눈을 뜨는 일도 없이 무엇인가가 목을 조르기라도 하는 듯 사뭇 얼굴을 일그러뜨리고 있었다. 마트료나가 입을 다물고 있으므로 세몬은 이렇게 말했다.

"마트료나, 당신에겐 하느님도 없소?"

이 말을 듣고 마트료나는 다시 한번 낯선 사나이를 쳐다보았다. 차츰 마트료나의 기분이 가라앉았다. 그녀는 문 앞에서 발길을 돌려 난로 한쪽 구석으로 가서 저녁 준비를 하기 시작했다. 컵을 탁자 위에 놓고 크바스(러시아 인의 음료로 귀리와 엿기름으로 만든 맥주의 일종)를 따르고 남은 빵을 잘라 내놓았다. 그리고 나이프와 스푼을 놓으면서 말했다.

"식사하세요."

세몬은 낯선 사나이를 식탁으로 데리고 갔다.

"앉아요, 젊은이."

세몬은 빵을 잘게 자른 다음, 둘이서 먹기 시작했다. 마트료나는 테이블 한쪽 끝에 앉아서 턱을 괸 채 낯선 젊은이를 바라보았다.

그러자 이 젊은이가 가엾다는 생각이 들어 돌보아 주고 싶은 맘조차 일었다. 그러자 갑자기 낯선 사나이는 기쁜 듯한 표정이 되더니 찡그렸던 눈썹을 펴고 마트료나 쪽으로 눈길을 돌려 싱긋 웃었다.

식사가 끝났으므로 마트료나는 테이블을 치우고 낯선 사나이에게 물었다.

"도대체 당신은 어디 사는 사람이죠?"

"나는 이 고장 사람이 아닙니다."

"그런데 왜 그 길에 있었죠?"

"그건 말할 수 없습니다."

"노상 강도라도 만났나요?"

"나는 하느님의 벌을 받았습니다."

"그래서 벌거숭이가 되어 자고 있었단 말예요?"

"네, 그래서 알몸뚱이로 자다가 얼어죽을 뻔했던 겁니다. 그것을 본 세몬이 나를 가엾게 생각하여 입고 있던 외투를 벗어 내게 입히고 집으로 같이 가자고 했던 거죠. 또 여기 오니까 아주머니가 나를 불쌍히 여겨 먹고 마시게 해주셨습니다. 당신들에게는 하느님이 은총을 내리실 겁니다!"

마트료나는 일어서서 금방 기워 놓았던 세몬의 낡은 셔츠를 창가에서 가져다가 낯선 사나이에게 건네 주었다. 그리고 그밖에 속바지도 찾아내서 주었다.

"아니, 셔츠도 없잖아. 자, 이걸 입고 어디든 마음에 드는 자리에 누워서 자요. 침대 위나 페치카 옆에서나."

낯선 사나이는 외투를 벗고 셔츠를 입은 다음 침대 위에 몸을 뉘었다. 마트료나는 등불을 들고 외투를 집어 남편 있는 데로 갔다.

마트료나는 외투 자락을 덮고 누웠으나 통 잠이 오지 않았다. 낯선 사나이의 일이 자꾸만 머릿속에서 떠나지 않는 것이었다.

그 사나이가 조금 남았던 빵을 다 먹어 버려 내일 먹을 빵이 없다는 것과 셔츠랑 속바지를 주어 버린 일을 생각하니 아쉬운 생각이 들지 않는 바도 아니었으나 젊은이가 싱긋 웃던 것을 생각하니 가슴이 밝아지는 것 같았다.

마트료나는 오래도록 잠을 이루지 못했다. 세몬 또한 잠 못 들고 연신 외투 자락을 잡아당기곤 했다.

"남은 빵을 다 먹어 버렸는데 반죽을 해두지도 않았으니 내일은 어떻게 한담. 이웃 마리냐네 가서 좀 꾸어 달랠까요?"

"산 입에 거미줄이야 칠라구."

마트료나는 한참 동안 가만히 드러누워 있었다.

"그런데 저 사람 나쁜 사람은 아닌 것 같은데 왜 신상 이야기를 하지 않을까요?"

"아마 말 못할 사정이 있겠지."

"세몬! 우리는 남을 도와주는데 왜 남은 아무도 우리를 도와 주지 않는지 몰라요."

세몬은 뭐라고 대답해야 좋을지 몰랐다.

"뭘 자꾸 그러는 거요"라고만 했을 뿐 휙 돌아누워 그냥 잠들고 말았다.

5

이튿날 아침, 세몬은 잠이 깨었다. 아이들이 일어나기 전에 마트료나는 이웃집에 빵을 꾸러 갔다. 어제의 그 낯선 사나이는 낡은 셔츠를 입고 속바지를 입은 채 걸상에 앉아 천장을 바라보고 있었다. 그 얼굴은 어제보다 밝았다.

"어때 젊은이, 뱃속에선 빵을 요구하고 알몸뚱이는 옷을 원하니 벌이를 해야 하지 않겠나. 자네 무슨 일을 할 줄 아나?"

"나는 아무것도 할 줄 모릅니다."

세몬은 깜짝 놀랐지만 이렇게 말했다.

"할 마음만 있으면 되는 거야. 사람은 뭐든지 배워서 익히면 돼."

"모두 일하는데 저도 일을 해야지요."

"자네, 이름이 뭔가?"

"미하일입니다."

"이봐요, 미하일. 자네는 신상 이야기를 하고 싶지 않은 모양인데 그건 아무래도 좋아. 굳이 듣고 싶은 것도 아니니까. 하지만 밥벌이는 해야 해. 내가 시키는 일을 하면 자네를 먹여 주지."

"고맙습니다, 열심히 배우고 익히겠습니다. 뭐든지 가르쳐 주십시오."

세몬은 실을 집어 손가락에 감고 꼬기 시작했다.

"그다지 어려운 건 아냐. 자 보라구……."

미하일은 그것을 들여다보더니 금방 배워 그와 마찬가지로 손가락에 감아 실을 꼬았다.

세몬은 이번에는 끈실 찌는 법을 가르쳤는데 미하일은 그 일도 여간 잘하지 않았다. 세몬이 돼지털을 바늘에 꿰어 꿰매는 일을 해보이자 이것도 미하일은 금방 배웠다.

미하일은 세몬이 어떤 일을 가르쳐도 금방 배워 사흘 뒤에는 벌써 일을 시작하게 되었는데, 마치 이제까지 구두만 꿰매온 것 같은 솜씨였다. 허리를 펼 사이도 없이 부지런히 일만 하고 식사는 조금밖에 하지 않았다. 한가할 때는 잠자코 천장만 쳐다보았다. 밖으로 나가지도 않고 농담도 하지 않고 웃지도 않았다.

미하일이 싱긋 웃은 것은 처음 왔던 날 마트료나가 저녁 준비를 했을 때 뿐이었다.

6

하루하루가 지나가고 1주일, 또 1주일이 그리고 1년이라는 세월이 흘렀다. 미하일은 여전히 세몬의 집에 살면서 일했는데 세몬의 보조공으로 소문이 자자하게 퍼졌다. 세몬의 보조공 미하일만큼 모양 좋고 튼튼한 구두를 짓는 사람이 없다고 하여 이웃 마을에서까지 구두 주문이 밀려들어 세몬의 수입은 점점 늘어갔다.

어느 겨울날의 일이었다. 세몬이 미하일과 마주 앉아서 일을 하고 있는데 방울을 잔뜩 단 삼두마차 소리가 요란히 들렸다. 창문으로 내다보니 그 마차는 바로 가게 앞에 섰다. 그리고 젊은 사람이 마부석에서 뛰어내려 마차 문을 열자 마차 안에서 모피 외투를 입은 신사가 내렸다. 그리고는 세몬의 집을 향해 입구 층계를 올라왔다.

마트료나는 뛰어나가 문을 활짝 열었다. 신사는 몸을 굽히고 안으로 들어와 허리를 쭉 폈는데, 머리는 거의 천장에 닿을 지경이고, 온 방 안은 신사의 몸뚱이로 꽉 들어찬 것 같았다.

세몬은 일어서서 인사했으나 신사의 큰 몸집을 보고 벌린 입이 다물어지지 않았다. 이런 사람은 이제까지 본 일이 없었다. 세몬도 살집이 없는 편이고 미하일도 깡말랐으며 마트료나조차도 마치 마른 나무 잎사귀처럼 살이 없는데 이 신사는 다른 나라에서 왔는지 얼굴은 불그스름하니 윤이 나고 목은 황소처럼 굵어서 마치 몸뚱이 전체가 무쇠로 된 것 같았다.

신사는 후욱 숨을 크게 내쉬더니 모피 외투를 벗으며 걸상에 앉아 말했다.

"이 구두 가게 주인은 누군가?"

세몬이 나서서 말했다.

"제가 주인인뎁쇼, 나으리."

그러자 신사는 자기가 데리고 온 젊은이에게 커다란 소리로 명령했다.

"페지까, 그걸 이리 가져와!"

젊은이가 달려가서 무슨 꾸러미를 가지고 왔다. 신사는 꾸러미를 받아 테이블 위에 놓더니 "끌러라" 하고 그 젊은이에게 명령했다.

신사는 거기서 나온 가죽을 손가락으로 가볍게 찌르며 세몬에게 말했다.

"주인, 이 가죽이 무슨 가죽인지 알겠나?"

"네, 알겠습니다, 나으리."

"이봐, 이 가죽이 무슨 가죽인지 안단 말인가?"

세몬은 가죽을 만져 보고 나서 대답했다.

"썩 좋은 가죽입니다."

"그야 물론 틀림없이 좋은 가죽이지, 바보 같으니라고. 자네는 이제까지 이런 가죽은 보지도 못했을 걸. 독일산이야, 이건. 20루블이나 주었다구."

세몬은 겁을 먹고 말했다.

"저 같은 사람이 어찌 구경이나 했겠습니까?"

"그야 당연하지. 어디 이 가죽으로 내 발에 꼭 맞는 구두를 지을 수 있겠나?"

"지을 수 있구말굽쇼, 나으리."

신사는 느닷없이 소리질렀다.

"지을 수 있구말굽쇼라구? 너는 누구의 구두를 짓는지, 무슨 가죽으로 짓는지를 명심해야 해. 나는 1년을 신어도 찢어지지 않고 모양이 변치 않는 구두를 원해. 그렇게 만들 수 있다면 일에 착수하여 가죽을 재단해. 하지만 안 될 것 같으면 손도 대지 마. 미리 말해 두겠는데 만약 구두가 1년도 채 되지 않아 찢어지거나 모양이 변하거나 하면 네놈을 감옥에 넣어 버릴 테다. 만일 1년이 넘도록 모양이 변하지도 않고 찢어지지도 않으면 삯으로 10루블을 주겠다."

세몬은 겁이 더럭 나서 대답할 말을 잃고 미하일 쪽을 돌아다보았다.

그러고는 팔꿈치로 미하일을 쿡 찌르면서 작은 목소리로 물었다.

"이봐, 어떻게 하지?"

미하일은 "그 일을 맡으십시오" 하는 듯이 고개를 약간 끄덕였다.

세몬은 미하일의 고갯짓을 보고 1년 동안 일그러지지도 찢어지지도 않을 구두를 주문받았다.

신사는 젊은이를 불러 왼쪽 구두를 벗기게 하고 다리를 쭉 폈다.

"치수를 재라!"

세몬은 한 자(尺) 이상이나 되는 종이를 꿰매 붙여 자리에 펴고, 두 무릎을 꿇고서 신사의 양말을 더럽힐세라 앞치마에 손을 잘 닦은 다음 치수를 재기

시작했다. 바닥을 재고 발등 높이를 재고 종아리를 잴 차례가 되었는데 종이 양끝이 마주 닿지 않았다. 신사의 종아리가 통나무만큼이나 굵었던 것이다.

"정신 차려서 해, 거길 좁게 해서는 안 된다."

세묜은 다시 종이를 덧붙였다. 신사는 의젓하게 앉아 양말 속의 발가락을 꼼질꼼질 놀리면서 방 안 사람들을 둘러보고 있다가 미하일을 보더니 "저건 누구야?" 하고 물었다.

"이 가게 직공인데 그가 구두를 만들 겁니다."

"똑똑히 알아 둬라. 1년 간은 끄떡없도록 꿰매야 한다."

신사는 이렇게 미하일에게 말했다. 세묜도 미하일을 돌아다보았다. 그런데 미하일은 신사의 얼굴은 보지 않고 그 뒤의 구석을 응시하고 있었다.

마치 누구인지를 알아내려고 하는 듯한 표정이었다. 물끄러미 응시하고 있던 미하일은 갑자기 싱긋 웃더니 얼굴이 활짝 밝아졌다.

"넌 뭘 싱글거리고 있는 거야? 바보처럼. 정신차려서 기한 내에 만들 생각이나 하지 않고."

그러자 미하일이 말했다.

"네, 그렇게 하겠습니다."

"좋아, 좋아."

신사는 구두를 신고 모피 외투를 입자 문간 쪽으로 걸음을 옮겼다. 그런데 허리굽히는 것을 잊었기 때문에 문에 이마를 세게 부딪쳤다.

신사는 욕설을 퍼붓고 이마를 문지르며 마차를 타고 가 버렸다.

신사가 나가자 세묜이 말했다.

"정말 어마어마한 나으리야. 그 어른은 큰 도끼로도 죽이지는 못할걸. 방이 흔들거리도록 이마를 부딪혔는데도 별로 아프지도 않은 모양이던데."

그러자 마트료나도 말했다.

"저렇게 부유한 생활을 하는데 체격인들 왜 좋지 않겠수. 저런 튼튼한 사람에게는 염라대왕도 감히 접근하지 못할걸요."

7

세묜은 미하일에게 말했다.

"일을 맡긴 했지만 이거 까딱 잘못하는 날엔 감옥살이야. 가죽도 비싼데다,

나으리는 성질이 대단하시고. 실수를 말아야 할 텐데. 자, 자네는 눈도 밝고 솜씨도 나보다 나으니 여기 이 치수 본을 주겠네. 나는 겉가죽을 꿰맬 테니까."

미하일은 이르는 대로 신사의 가죽을 탁자 위에 펼쳐 놓은 다음 칼을 들어 재단하기 시작했다.

마트료나는 미하일의 옆으로 다가가 미하일이 재단하는 것을 보고 깜짝 놀랐다. 마트료나도 이제 구두 만드는 일에는 익숙한 터인데 가만히 보니 미하일은 장화 모양과는 전혀 다르게 가죽을 둥글게 자르는 것이 아닌가?

마트료나는 주의를 줄까 하다가 생각했다.

'아마도 내가 그 나으리의 장화를 어떻게 지을 것인지 잘 듣지 못했는지도 몰라. 미하일이 더 잘 알고 있을 테니 참견하지 말아야지.'

미하일은 가죽 재단을 마치고 실을 바늘에 꿰어 꿰매기 시작했는데, 그것은 장화를 꿰매는 두 겹 실이 아니라 슬리퍼를 꿰매는 한 겹 실이 아닌가?

그것을 보고 마트료나는 또 크게 놀랐으나 역시 참견하지 않았다. 미하일은 열심히 꿰매고 있었다. 점심때가 되자 세묜이 일어나 보니, 미하일은 신사의 가죽으로 슬리퍼를 꿰매 놓고 있었다. 세묜은 "앗!" 하고 크게 소리질렀다.

이게 대체 웬일일까. 그는 속으로 생각했다.

'미하일은 1년이나 우리와 같이 지내면서도 한 번도 실수한 일이 없는데 하필이면 지금 이런 잘못을 저지르다니. 나으리는 굽이 있는 장화를 주문했는데 미하일은 평평한 슬리퍼를 만들어 버렸으니 가죽을 영 버리고 말았다. 나으리에겐 뭐라고 변명을 해야 한단 말인가? 이런 가죽은 구할래야 구할 수도 없을 텐데…….'

세묜은 미하일에게 말했다.

"아니 여보게, 이 무슨 짓인가? 자넨 나를 못살게 하는 거나 마찬가지야! 나으리는 장화를 주문했는데 자넨 도대체 뭘 만들었나?"

세묜이 미하일에게 말하고 있는데 바깥문의 고리쇠가 덜컹거리더니 누군가가 문을 두드렸다. 창문으로 내다보니 누군가 타고 온 말을 비끄러매고 있는 참이었다. 나가 보니 그 신사의 하인이 아닌가.

"안녕하십니까?"

"어서 와요. 무슨 볼일이라도?"

"구두 일로 마님의 심부름을 왔지요."

"구두 일로?"

"구둔지 뭔지, 하여간 장화는 이제 필요 없게 되었어요. 나으리는 돌아가셨으니까요."

"아니 뭐라고요!"

"여기서 저택으로 돌아가시는 도중 마차 안에서 돌아가셨어요. 마차가 저택에 닿아, 내리는 걸 도와 드리려고 보니까 나으리는 짐짝처럼 뒹굴고 있지 않겠습니까. 돌아가신 거예요. 간신히 마차에서 끌어내린 형편이죠. 그래서 마님께서 나를 보내어 '너 구둣방에 가서 이렇게 전해라. 아까 나으리가 주문하신 장화는 이제 필요 없게 되었으니 그 가죽으로 죽은 사람에게 신기는 슬리퍼를 지어 달라고 말이야. 그리고 다 꿰매기를 기다려서 그 슬리퍼를 가지고 와야겠다.' 이렇게 말씀하셨습니다. 그래서 이렇게 왔지요."

미하일은 테이블 위에서 마름질하고 남은 가죽을 집어 둘둘 뭉치고 다 된 슬리퍼를 꺼내어 탁탁 소리내어 털고는 앞치마로 곱게 닦아 하인에게 내밀었다. 젊은이는 슬리퍼를 받자 인사했다.

"안녕히 계십시오, 여러분! 그럼 갑니다!"

그러고는 돌아갔다.

8

다시 1년이 지나고 2년이 지나, 미하일이 세묜의 집으로 온 지도 이제 6년이 되었다. 여전히 처음이나 마찬가지로 아무 데도 가지 않고 공연한 말은 한 마디도 지껄이지 않았다. 그동안 싱긋 웃은 것은 단 두 번뿐, 한 번은 마트료나가 저녁 식사 준비를 했을 때와 구두 맞추러 온 신사를 보았을 때였다.

세묜은 자기 제자가 대견해서 견딜 수가 없었다. 이제는 어디서 왔는지를 묻지도 않고 다만 미하일이 나가면 어쩌나 하고 그것만을 걱정하게 되었다.

하루는 온 식구가 모여 앉아 있었는데, 마트료나는 화덕에 냄비를 올려놓고 있었고 아이들은 걸상 사이를 뛰어다니며 창 밖을 내다보고 있었다. 미하일은 다른 창가에서 구두 뒤꿈치를 붙이고 있었다.

그러자 사내아이 하나가 걸상을 타고 미하일 곁으로 다가오더니 그의 어깨를 흔들면서 물끄러미 창 밖을 내다보며 말했다.

"미하일 아저씨, 저것 좀 봐요. 모르는 아주머니가 계집애 둘을 데리고 어쩐자 우리 집으로 오는 것 같애. 계집아이 하나는 절름발인데?"

사내아이의 말이 떨어지자마자 미하일은 하던 일을 멈추고 창 밖으로 고개를 돌려 물끄러미 바라보았다.

세묜은 놀랐다. 이제까지 미하일이 밖을 내다본다든지 하는 일은 한 번도 없었는데 지금은 창에 얼굴을 붙이고 무엇인가에 눈길을 쏟고 있었기 때문이다.

그래서 세묜도 일을 멈추고 창 밖을 내다보니 정말 깨끗한 옷차림을 한 부인이 자기 집 쪽을 향해 오고 있었다. 부인은 모피 외투를 입고 긴 목도리를 목에 두른 두 계집아이의 손을 잡고 있었다. 계집아이들은 얼굴이 서로 닮아 누가 누군지 모를 지경이었다. 다만 한 아이는 다리를 가볍게 절룩거리며 걷고 있었다.

여인은 바깥 층계를 올라와 입구로 들어와서 문을 열더니 먼저 두 계집아이를 안으로 들여보낸 다음 자기도 방 안으로 들어왔다.

"안녕하십니까!"

"어서 오십시오. 무슨 볼일이신지?"

여인은 테이블 곁에 앉았다.

두 계집아이는 무릎에 안기듯이 기댔는데 낯설어하는 모양이었다.

"저, 이 아이들이 봄에 신을 가죽 구두를 맞출까 해서요."

"아, 그렇습니까? 우리는 그런 작은 구두를 지어 본 적은 없지만 뭐 할 수는 있습니다. 가장자리에 장식이 달린 것으로 할까요, 안에 천을 대어 접는 것으로 할까요? 이 미하일이 여간 솜씨가 좋지 않습니다."

세묜이 미하일을 돌아다보니 미하일은 우두커니 앉아 두 계집아이에게서 눈길을 떼지 않고 있었다.

세묜은 그런 그의 모습을 보고 깜짝 놀랐다. 하긴 두 아이가 모두 귀여운 얼굴이었다. 눈이 까맣고 뺨이 통통하고 발그레하며 입고 있는 모피 외투나 목에 두른 목도리가 질이 좋은 것이긴 하지만, 무슨 이유로 미하일이 저렇게 열심히 눈길을 쏟고 있는지 납득이 가지 않았다. 마치 두 계집아이를 알고 있기라도 한 듯했다.

세묜은 의아스럽게 여기면서도 여인에게로 돌아앉아 값을 흥정했다. 값을 정하고 치수를 잴 차례가 되었다. 여자는 절름발이 계집아이를 안아 올려 무릎에 앉혔다.

"어렵겠지만 이 아이로 두 아이의 치수를 재 주세요. 불편한 발 쪽은 한 짝만 하고 이쪽 발에 맞춰서 세 짝을 지어 주세요. 둘의 발 치수가 아주 꼭 같거든요, 아주 똑같은 쌍둥이지요."

세몬은 치수를 재고 절름발이 쪽을 가리키며 말했다.

"이 아이는 어쩌다가 이렇게 됐습니까? 이렇게 귀여운 아이가 날 때부터 그렇던가요?"

부인이 대답했다.

"아니에요. 그 애 어머니가 그렇게 했어요."

그때 마트료나가 말참견을 하고 나섰다. 어디에 사는 누구의 아이인지 알고 싶어 이렇게 물은 것이다.

"그럼 부인께서 이 아이들의 친엄마가 아니신가요?"

"나는 어머니도 아니고 친척도 아니지요. 아무런 상관없는 남인데 그냥 맡아서 기를 뿐이에요."

"자기가 낳은 아이가 아니더라도 키우노라면 자연 정이 들게 마련 아닌가요?"

"그야 물론 정이 들고말고요. 나는 이 두 아일 다 내 젖으로 키웠어요. 내 아이도 있었지만 하느님께서 데려가셨어요. 그 아이는 그다지 불쌍한 마음이 들지 않았는데 이 둘은 정말 애처로워서……."

"그런데 대관절 누구의 애들인가요?"

9

여인은 다음과 같이 이야기를 했다.

"벌써 6년 전의 일입니다. 이 두 아이는 1주일도 못 되어 천애고아가 돼버렸던 거예요. 아버지는 낳기 사흘 전에 죽고 어머니는 아기를 낳고 하루도 못 살았으니까요. 나는 그 당시 남편과 농사를 지으며 살았는데 이 아이들의 부모와는 이웃 간이었지요. 우린 늘 뒷문으로 서로 왕래했지요. 이 애들의 아버지는 거들어 주는 사람도 없이 혼자 숲에서 일하고 있었는데, 어느 날 큰 나무가 쓰러지면서 허리를 세게 맞아 쓰러지지 않았겠어요. 집에까지 간신히 옮겨다 놓았지만 곧 저 세상으로 가 버렸지요.

그런데 그 아내되는 사람은 며칠 뒤에 쌍둥이를 낳았던 거예요. 이 아이들이 바로 그 애들이지요. 가난한 데다가 일가 친척도 없고 일을 보아줄 만한 할머니나 아주머니 하나 없이 그야말로 외톨이여서 홀로 해산을 하고 홀로 죽어간 거죠. 내가 그 이튿날 아침에 궁금해서 뒷문으로 그 집에 들어가 보았더니 가엾게도 벌써 숨이 끊어져 있었지요. 게다가 숨이 넘어가는 순간 바로 이 아이에게 쓰러져 버렸기 때문에 몸의 무게로 다리를 못쓰게 되었던 거예요. 마을 사람들이 모여 시체를 씻기고 수의를 입히고 관을 짜고 해서 장례식을 마쳤지요. 모두들 친절한 사람들이거든요.

그런데 갓난아이 둘만 남았으니 정말로 야단이지 뭡니까. 거기 모인 여자 중에 젖먹이를 가진 사람은 나뿐이었어요. 낳은 지 겨우 8주밖에 안 되는 첫 아들에게 젖을 주고 있었죠. 그래서 내가 임시로 두 계집아이를 맡기로 했지요. 마을 사람들이 모여 이 아기들을 어떻게 해야 하는가 하고 여러 가지로 의논한 끝에 이렇게 말했습니다. '마리아 아줌마가 이 아이들을 한동안 맡아 주지 않겠어요? 조금만 돌봐 주면 우리가 곧 다른 방법을 찾을 테니까요.' 저는 다리가 온전한 아이에게만 젖을 빨렸습니다. 이쪽 절름발이 애에게는 줄 생각도 안 했어요. 도저히 살지 못하리라고 생각했기 때문이었어요. 그러다가 어느 날 갑자기 어떻게나 측은한지 그 뒤부터는 꼭 같이 젖을 물리기 시작했지요. 그래서 내 아이와 두 계집아이, 말하자면 세 아이에게 동시에 젖을 먹였던 것입니다! 그나마 내 나이가 젊어 기운도 있고 먹새도 좋았으니까 말이죠. 두 아이에게 젖을 물리고 있으면 다음 애가 기다리고 있어, 하나가 젖꼭지를 놓는 대로 기다리는 애에게 젖을 주고 그랬지요. 그런데 하느님의 뜻으로 이 두 아이는 잘 키워 갔으나 내가 낳은 애는 2년째 되는 해에 죽고 그 뒤 낳지 못했죠.

한편 살림살이는 차츰 나아져 지금은 이 거리 상인들의 소유인 방앗간을 맡아 보고 있답니다. 급료도 넉넉해서 유복한 살림을 꾸려 가기는 합니다만 아이가 생기지 않는군요. 정말 이 두 아이가 없었더라면 혼자 쓸쓸해서 어떻게 살았겠어요! 내가 이 아이들을 귀여워하는 것은 당연하지요. 이 두 아이들은 내게 있어서 촛불과도 같아요."

여인이 한쪽 손으로 절름발이 계집아이를 끌어당기고 한쪽 손으로 뺨에 흐르는 눈물을 닦았다.

마트료나도 길게 한숨지으며 말했다.

"부모 없이는 살아갈 수 있지만 하느님 없이는 살아가지 못한다고 흔히들 말하는데 정말로 그런 것만 같군요!"

세 사람은 이런 말들을 주거니 받거니 하고 있었는데 갑자기 미하일이 앉아 있는 쪽 구석에서 섬광이 비쳐와 온 방 안이 환하게 밝아졌다. 모두가 놀라 그 쪽을 돌아다보니 미하일은 두 손을 무릎 위에 얹고 위를 쳐다보면서 싱긋 웃고 있었다.

10

여인이 두 계집아이를 데리고 나가자 미하일은 걸상에서 일어나 일감을 테이블 위에 올려놓고 앞치마를 벗으며 주인 내외에게 허리를 굽혀 인사했다.

"안녕히 계십시오, 주인 아저씨 아주머님. 하느님께서 용서해 주셨으니 당신들도 제발 용서해 주십시오."

주인 내외가 그를 바라보니 미하일에게서 후광이 비치고 있지 않은가. 세묜은 미하일에게 고맙다는 인사말을 했다.

"미하일, 자네는 보통 인간은 아닌 모양이니 자네를 붙잡을 수도 없고 꼬치꼬치 캐물을 수도 없네. 그런데 꼭 한 가지 알고 싶은 것이 있네. 자네를 이끌고 집으로 돌아왔을 때 자네는 몹시 침울한 얼굴을 하고 있었으나 내 아내가 저녁 준비를 하기 시작하니까 자네는 싱긋 웃으며 밝은 표정을 지었는데 어찌 된 까닭인가? 또, 부자 나으리가 장화를 주문했을 때도 자네는 웃으면서 표정이 밝아졌었네. 지금 또 부인이 아이들 둘을 데리고 왔을 때 자네는 세 번째로 빙그레 웃었네. 그리고 몸에서는 후광이 비쳤네. 미하일, 어떻게 자네 몸에서 그런 빛이 비치는지, 그리고 왜 세 번 싱긋 웃었는지 그 까닭을 말해주게나."

미하일은 말했다.

"제 몸에서 빛이 나는 것은 다름이 아닙니다. 저는 하느님의 벌을 받는 중이었는데 지금 용서를 받았기 때문입니다. 또 제가 세 번 싱긋 웃은 것은 하느님의 세 가지 말씀을 알아냈기 때문입니다. 한 가지 말씀은 아주머니가 저를 가엾다고 생각하셨을 때에 깨달아서 웃었고, 또 한 가지 말씀은 부자 나으리가 장화를 주문했을 때 알게 되어 웃었습니다. 그런데 지금 두 계집아이를 보았을 때 마지막 세 번째 말씀을 알게 되어 다시 웃은 것입니다."

거기서 세묜은 말했다.

"그럼 내게 들려주지 않겠나, 미하일? 어떻게 하여 하느님께서 자네에게 벌을 내리셨는가, 그리고 자네가 알아내야만 했던 세 가지 말씀이란 대체 무엇인가."

그러자 미하일은 대답했다.

"제가 벌을 받은 것은 하느님의 말씀을 거역했기 때문입니다. 저는 천사였는데 하느님의 말씀을 거역했습니다. 어느 날 하느님은 한 여자에게서 영혼을 빼앗도록 제게 명령하셨습니다. 제가 인간 세계에 내려와 보니 그 여인은 몹시 쇠약한 몸으로 누워 있었습니다. 쌍둥이 딸을 낳았던 것입니다. 갓난아이는 어머니 곁에서 꼬무락거리고 있었으나 어머니는 젖을 줄 기운도 없었던 것입니다. 여인은 제 모습을 발견하자 하느님이 부르러 보내신 줄 짐작하고 매우 슬프게 흐느끼며 말했습니다.

'아, 천사님! 남편은 숲에서 나무에 깔려 죽어 바로 며칠 전에 장례식을 치른 참입니다. 내게는 형제 자매도, 큰어머니, 작은어머니, 할머니도 없기 때문에 이 갓난애들을 거두어 줄 사람이 없습니다. 제발 제 영혼을 가져가지 마시고 이 아이들을 내 손으로 키우게 해주세요! 어린 아이는 부모 없이는 살지 못합니다!'

저는 그녀가 하는 말을 듣고 한 아이를 안아 젖꼭지를 물려주고 다른 한 아이를 어머니의 팔에 안겨 준 다음 하늘 나라로 돌아갔습니다. 하느님 곁으로 날아가서 말했습니다.

'저는 산모의 영혼을 빼앗아 올 수가 없었습니다. 남편은 나무에 깔려 죽고 부인은 방금 쌍둥이를 낳고서 제발 영혼을 거두어 가지 말아 달라고 애원했습니다. 제발 자기 손으로 아이들을 키우게 해달라면서 어린 아이는 부모 없이는 살지 못한다고 했습니다. 그래서 저는 산모의 영혼을 빼앗지 못했습니다.'

그러자 하느님께서는 이렇게 말씀해 주셨습니다.

'다시 내려가 산모의 영혼을 거두어라. 그러면 세 가지 말을 알게 되리라. 즉 사람의 내부에는 무엇이 있는가, 사람에게 허락되지 않은 것은 무엇인가, 사람은 무엇으로 사는가를. 그것을 알게 되면 하늘 나라로 돌아올 수 있으리라.'

그래서 저는 다시 지상으로 내려가 산모의 영혼을 데려갔습니다.

두 아기는 어머니의 가슴에서 떨어져 있었으나 시신이 침상 위에서 쓰러지는 바람에 한 아이를 덮쳐 눌러 한쪽 다리를 못쓰게 된 것입니다. 저는 그 마

을에서 하늘로 날아올라가 여자의 영혼을 하느님께 바치려고 했는데 갑자기 거센 바람이 휘몰아치면서 제 두 날개를 부러뜨렸습니다. 그래서 그 여자의 영혼만 하느님께로 가고 저는 지상에 떨어져 길바닥에 쓰러졌던 것입니다."

11

그때 세묜과 마트료나는 자기들이 먹이고 입혔던 사람이 누구인지, 자기들과 같이 살면서 일해 온 사람이 누구인지를 알고 두려움과 기쁨으로 눈물을 흘렸다.

그러자 천사가 말했다.

"저는 홀로 알몸인 채 들판에 버려졌습니다. 저는 인간의 부자유라는 것도, 추위도 배고픔도 모르고 있었는데 그런 제가 갑자기 인간이 돼 버린 것입니다. 배고픔도 극한에 달했고 몸도 얼어붙어 어떻게 해야 좋을지 몰랐습니다. 문득 들 한가운데 하느님을 모시는 교회가 눈에 띄어 몸을 의지하려고 가까이 다가갔으나 문이 잠겨 있어 안으로 들어갈 수가 없었습니다. 저는 바람을 피하려고 교회 뒤로 돌아가 앉았습니다. 이윽고 날이 저물자, 배고픔은 더욱 심해지고 몸은 얼대로 얼어, 저는 완전히 병이 들었습니다. 그때 문득 어떤 사람이 장화를 들고 걸어오면서 혼잣말을 하는 소리가 귀에 들려 왔습니다. 저는 인간이 되어서 처음으로 언젠가는 죽을 인간의 얼굴을 보았습니다. 저는 그 얼굴이 무서워 홱 돌아앉았습니다. 그런데 자세히 들으니 그 사나이는, 어떻게 이 추운 겨울에 몸을 감쌀 옷을 마련해야 할 것인가, 어떻게 처자를 먹여 살려야 할 것인가를 중얼거리는 것이었습니다. 거기서 나는 생각했습니다.

'나는 추위와 배고픔으로 거의 죽어가고 있다. 마침 저기 사람이 오고 있지만 그는 어떤 방도로 자기들 내외의 모피 외투를 마련하나, 어떻게 살아가야 하나, 그것만을 생각하고 있다. 그러니까 이 사나이에게는 나를 도와줄 만한 힘이 없다.'

그는 저를 발견하자 얼굴을 찡그리고 먼저보다 더 무서운 몰골이 되어 터덜터덜 제 곁을 지나갔습니다. 그나마 한 줄기 희망도 사라져 버린 느낌이었는데 갑자기 사나이가 되돌아오는 발소리가 들렸습니다. 다시 그 얼굴을 쳐다보았을 때는 방금 지나간 사나이가 아니구나 하는 생각이 들었을 정도였습니다. 좀전의 그 얼굴에는 죽음의 기운이 서려 있었습니다만 지금은 생기가 돌며 하느님의 그림자가 어려 있었습니다. 사나이는 제 곁에 다가와서 옷을 입혀 주고 저를 데리고 집으로 갔습니다.

집에 이르니 한 여자가 나와 말을 늘어놓기 시작했는데 그 여자는 사나이보다 더 무서웠습니다. 입에서는 죽음의 입김이 뿜어 나와 저는 그 독기 때문에 숨을 쉴 수도 없었습니다. 여자는 저를 추운 밖으로 몰아내려고 했습니다. 만약 그대로 나를 내쫓았더라면 여자는 죽고 말았을 것입니다. 그것을 저는 잘 알고 있었으니까요. 그러나 그때 남편이 갑자기 하느님의 얘기를 꺼내자 여자는 금방 태도가 누그러졌습니다. 여자가 제게 저녁밥을 권하면서 제 얼굴을 흘끗 쳐다보았을 때 그 얼굴에는 죽음의 그림자가 이미 자취도 없이 사라지고 생기가 넘쳐 있었습니다. 저는 거기서 하느님의 얼굴을 발견한 것입니다.

그때 저는 '사람 안에는 무엇이 있는지 그것을 알게 되리라'고 하신 하느님의 첫 번째 말씀을 생각해 냈습니다. 나는 사람 안에 있는 것은 사랑이라는 것을 깨달았습니다. 하느님께서는 약속하신 일을 이렇게 내게 계시해 주시는구나 생각하니 저는 그만 너무 기뻐서 싱긋 웃고 말았습니다. 그러나 아직도 전부를 알 수는 없었습니다. '사람에게 무엇이 허락되어 있지 않은가' '사람은 무엇으로 사는가'라는 것을 몰랐던 것입니다.

당신들과 같이 살면서 1년이 지났습니다. 그러던 어느 날 한 사나이가 찾아와 1년 동안 닳거나 찢어지거나 일그러지지 않을 장화를 만들어 달라고 했습니다. 제가 문득 그 사나이를 쳐다보니 뜻밖에도 그 사나이의 등 뒤에 나의 동료였던 죽음의 천사가 서 있는 것을 발견했습니다. 저 말고는 아무도 그 천사를 보지 못했지만 저는 보았습니다. 그리고 채 날이 저물기도 전에 그의 영혼이 그에게서 떠나 버린다는 것을 알았습니다. 저는 생각했습니다.

'이 사나이는 1년 신어도 끄떡없을 구두를 만들라고 하지만 자기가 오늘 저녁 안으로 죽는다는 것은 모른다.'

그래서 '사람에게 허락되지 않은 것은 무엇인가?'라는 하느님의 두 번째 말씀을 생각해 냈습니다. 사람 안에 무엇이 있는가는 이미 알아냈습니다. 그런데 이번에는 사람에게 주어지지 않는 것이 무엇인지를 알아냈습니다. 그것은 자신에게 무엇이 필요한가 하는 지식입니다. 그래서 저는 두 번째로 싱긋 웃었습니다. 동료였던 천사를 만난 일도 기뻤으며 하느님께서 두 번째의 말씀을 계시해 주신 것도 기뻤습니다.

그렇지만 아직 전부는 깨닫지 못했습니다. 저는 아직 사람은 무엇으로 사는지를 몰랐던 것입니다. 그래서 저는 언제까지나 여기 있으면서 하느님께서 마지막 말씀을 계시해주실 때를 기다렸습니다. 6년째 되는 오늘, 쌍둥이 계집아이를 키우는 부인이 아이들을 데리고 찾아와 그들을 보게 되었을 때, 저는 엄마가 없어도 쌍둥이는 잘 자라고 있다는 것을 알았습니다. 저는 생각했습니다.

'어머니가 자식을 봐서 살려 달라고 부탁했을 때 나는 그 말을 정말이라 믿고, 아이들은 부모 없이는 살아가지 못할 거라고 생각했는데 타인이 엄연히 두 아이를 잘 기르고 있지 않은가.'

또한 저는 그 부인이 타인의 아이로 인해 눈물을 흘렸을 때 거기서 살아 계신 하느님의 그림자를 발견했고, 사람은 무엇으로 사는가를 깨달았습니다. 하느님께서 마지막 말씀을 계시하여 저를 용서해 주셨다는 것을 알았으므로 세 번째로 싱긋 웃었던 겁니다."

12

그러자 천사가 나타났는데 온 몸이 빛으로 둘러싸여서 눈을 똑바로 뜨고 볼 수조차 없을 정도였다. 그때 천사는 커다란 목소리로 이야기하기 시작했다. 그것은 그가 스스로 말하는 것이 아니라 하늘에서 울려오는 목소리 같았다. 천사는 이렇게 말했다.

"나는 이런 일을 깨달았다. 모든 사람은 자기 자신을 살피는 마음에 의하여 살아가는 것이 아니라 사랑으로 살아가는 것이다.

어머니는 자기 아이들의 생명을 위해서 무엇이 필요한가를 아는 것이 허락되지 않았었다. 또 부자는 자기에게 무엇이 필요한지 알지 못했다.

저녁 때까지 무엇이 필요한지, 산 자가 신는 장화인지, 죽은 자에게 신기는 슬리퍼인지를 아는 것은 어떤 사람에게도 허락되지 않았다.

내가 인간이 되고 나서 무사히 살아갈 수 있었던 것은 내가 나 자신의 일을 여러 가지로 걱정했기 때문이 아니라 지나가던 사람과 그 아내에게 사랑이 있어 나를 불쌍하게 여기고 나를 사랑해 주었기 때문이다. 고아가 잘 자라고 있는 것은 모두가 두 아이가 어떻게 살아갈 것인지를 걱정해 주었기 때문이 아니라, 타인인 한 여인에게 사랑의 마음이 있어 그 애들을 가엾게 생각하고 사랑해 주었기 때문이다.

모든 인간이 살아가고 있는 것도 모두가 저마다 자신의 일을 걱정하고 있기 때문이 아니라 그들 속에 사랑이 있기 때문이다.

나는 이전에 하느님께서 인간에게 생명을 내려주시고 모두가 함께 살아가도록 바라고 계시다는 것을 알았지만 이번에는 한 가지 일을 더 깨달았다.

내가 깨달은 것은 다름이 아니라, 하느님께서는 인간이 뿔뿔이 떨어져 사는 것을 원하지 않으신다는 점이다. 그렇기 때문에 인간 각자에게 무엇이 필요한가를 계시하지 않으셨던 것이다. 인간이 하나로 뭉쳐 사는 것을 원하시기 때문에 우리들에게, 모든 인간은 자신을 위해서, 또 만인을 위해서 무엇이 필요한가를 계시하신 것이다.

이제야말로 나는 깨달았다. 모두가 자신을 걱정함으로 살아갈 수 있다고 생각하는 것은, 다만 인간들이 그렇게 생각하는 것일 뿐, 실은 사랑에 의해 살아가는 것이다. 사랑 속에 사는 자는 하느님 안에 살고 있다. 하느님은 그 사람 안에 계시다. 왜냐하면 하느님은 사랑이시므로."

그렇게 말하고 천사는 하느님께 찬송을 드렸다. 그러자 그 목소리로 인하여 집이 울리는 것 같았다. 그리곤 천장이 두 쪽으로 쫙 갈라지면서 땅에서 하늘까지 불기둥이 뻗쳤다. 세묜 내외도 아이들도 모두 땅바닥에 엎드렸다. 미하일의 등에서 날개가 활짝 펼쳐지더니 천사는 하늘로 날아올라갔다.

세묜이 이윽고 정신을 차렸을 때는 집은 그전대로였고 방에는 가족 외엔 아무도 없었다.

사랑이 있는 곳에 신이 있다

어느 거리에 마르틴 아부제이치라는 신기료장이가 살고 있었다.

창문이 하나밖에 없는 지하실의 작은 방이 그의 거처였다. 창문은 한길 쪽으로 나 있었다. 그 창 너머로 사람들이 오가는 것이 보였다. 하긴 발밖에 보이지 않았지만 신발만 보고도 마르틴은 그가 누구인지 쉽게 알 수 있었다. 마르틴은 그곳에 오래 살았기 때문에 친지가 많았다. 이 근처에서 구두 때문에 한두 번쯤 마르틴의 신세를 지지 않은 사람은 거의 없다고 해도 좋을 정도다.

구두창을 갈아 댄 것도 있고 해어진 데를 기운 것도 있고 둘레를 다시 꿰맨 것도 있으며 그 중에는 가죽을 전체 새로 갈아 댄 것도 있다. 그래서 때때로 창 너머로 자기가 수선한 신발을 보는 적이 많았다. 주문은 많이 들어 왔다. 그것은 마르틴이 정성스럽고, 재료도 좋은 것을 쓰며 삯으로 받는 값이 싼 데다가 약속을 또박또박 지켰기 때문이다.

손님이 원하는 기한 안에 될 일은 받고 그렇지 못한 건 처음부터 솔직하게 거절했다. 이런 마르틴의 성질을 모두가 알고 있었기 때문에 일이 끊일 사이가 없었다.

마르틴 아부제이치는 본디 착한 사람이었으나 나이를 먹으면서부터는 더욱 자신의 영혼을 생각하게 되어 한결 하느님께로 가까이 가고 있었다. 마르틴이 아직 남의 밑에서 일하고 있을 때 아내가 죽었다. 그 뒤 세 살짜리 어린 아들이 남았을 뿐이다.

그들 부부에겐 어찌된 일인지 위에서부터 큰 아이들은 모두 죽어 버렸기 때문이다. 처음에 마르틴은 이 아들을 시골 누님에게 맡기려고 생각했으나 측은한 마음이 들었다. 우리 아기 카피토시카를 남의 집에 맡기다니 얼마나 가엾은 일이냐. 차라리 내가 데리고 고생하자 하고 생각을 고쳐먹었다.

마르틴은 독립해서 아이와 둘이서 셋방살이를 했는데 참으로 자식복이 없는 편이었다. 카피토시카도 꽤 자라서 아버지의 심부름이라도 할 만해져 이젠

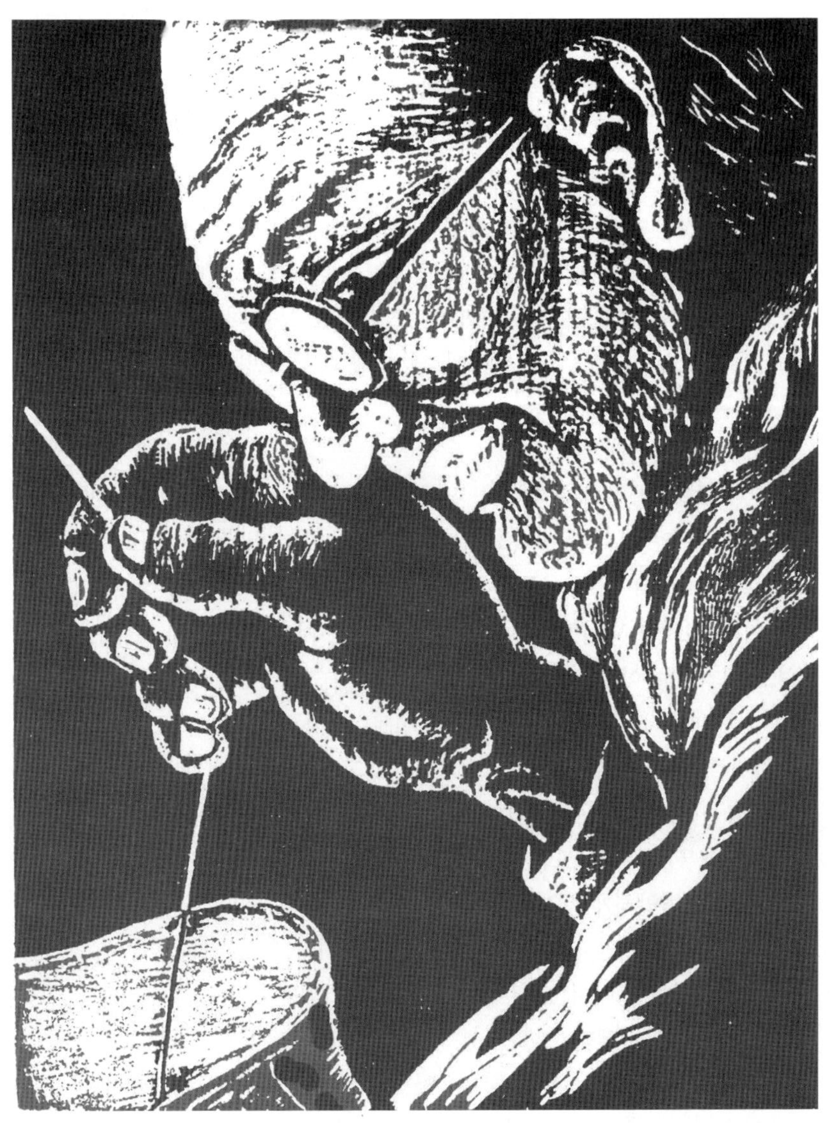

한결 안정되었다고 생각할 즈음에 병으로 앓아 눕더니 1주일쯤 고열로 신음하던 끝에 죽고 말았다. 마르틴은 아들의 장례를 마치고 나자 완전히 실의에 빠졌다. 그런 나머지 하느님을 원망까지 하게 되었다. 마르틴은 비참한 마음이 들어 제발 자기를 죽게 해달라고 하느님께 빈 적도 한두 번이 아니었다. 그리고 늙은 자기보다 어린 외동아들을 데려가신 하느님께 원망의 말을 하기도 했다. 마르틴은 교회에도 나가지 않게 되었다.

그런데 어느 날, 트로이츠아에서 같은 고향의 노인이 마르틴을 찾아왔다. 이 사람은 벌써 8년째 성지순례를 하고 있는 중이었다. 마르틴은 이 노인과 세상 이야기를 주고받다가 자기 신상에 대한 푸념을 늘어놓기 시작했다.

"영감, 난 이제 산다는 게 싫어졌어. 그저 죽고 싶은 마음뿐이어서 오직 그 하나만을 하느님께 비는 형편이라네. 난 이제 아무 소망도 없는 인간이 돼 버렸으니……."

그러자 노인은 말했다.

"마르틴, 그건 잘못된 생각이야. 우리는 하느님께서 하시는 일을 이러쿵저러쿵 비판할 수 없어. 무슨 일이건 우리의 지혜로가 아니라, 하느님의 재량으로 결정되는 것이니까. 자네 아들은 죽었지만 자네는 살아야 하네. 그것이 하느님의 뜻이네. 그것을 낙심천만하게 생각하는 것은 자네가 자네의 즐거움을 위해 살려고 하기 때문이야."

"그럼 뭣 때문에 산다는 겐가?" 하고 마르틴은 물었다.

그러자 노인은 이렇게 말했다.

"하느님을 위해 살아야 해, 마르틴. 하느님께서 허락해 주신 목숨이니까 하느님을 위해 사는 것이 도리 아니겠나? 하느님을 위해서 살면 아무 걱정이 없고 모든 일이 편안하게만 생각되네."

마르틴은 잠자코 있다가 한참만에 입을 열었다.

"하느님을 위해 살다니, 도대체 어떻게 사는 건가?"

그러자 노인은 말했다.

"어떻게 하면 하느님을 위해 살 수 있느냐 하는 것은 그리스도께서 다 가르쳐 주시네. 자네 글을 읽을 줄 알지? 성서를 사서 읽으라고. 그렇게 하면 하느님을 위해 산다는 일이 어떤 것인지 알게 될 거야. 거기엔 무엇이든 다 써 있으니까."

이 말이 마르틴의 마음을 사로잡아 그날로 당장 커다란 활자로 찍힌《신약성서》를 사다가 읽기 시작했다.

처음에 마르틴은 일요일이나 축일에만 읽을 셈이었으나 한 번 읽기 시작하니 완전히 끌려들어 날마다 읽게 되었다. 어떤 때는 너무나 골똘하게 읽은 나머지 램프의 석유가 죄다 닳았는데도 책에서 눈을 떼지 못할 정도였다. 읽으면 읽을수록 하느님께서 무슨 말씀을 하시는지, 하느님을 위해서 산다는 게 어떤 것인지를 분명히 알게 되어 마음은 더욱더 가벼워졌다. 전에는 잠자리에 누워서도 꺼질 듯 한숨만 쉬며 줄곧 카피토시카의 일만을 생각했으나 지금은 오로지 "하느님이시여, 감사하옵니다! 감사하옵니다! 모든 일을 당신의 뜻에 맡기오니 주관하여 주시옵소서!"라고만 기도드릴 뿐이었다.

그 뒤 마르틴의 생활은 완전히 달라졌다. 전에는 축일 같은 땐 빈둥빈둥 놀러나 다니고 음식점에 들어가 차를 마시며 보드카도 사양치 않았다. 아는 사람과 한잔 들이키고 나면 별로 취하지 않았는데도 공연히 쓸데없는 잔소리를 늘어놓거나 호통을 치곤 했었다. 그런데 이제는 그런 일이 전혀 없었다. 조용하고 만족스런 나날이 흘러갔다. 아침부터 작업을 시작하여 정한 시간만큼 일하면 램프를 걸쇠에서 벗겨 테이블 위에 놓은 다음, 벽장에서 성서를 꺼내어 읽던 페이지를 펼쳐 놓고 앉아서 읽기 시작하는 것이다. 읽으면 읽을수록 뜻을 알게 되어 그의 마음속은 더욱 밝아지고 즐거워졌다.

여느 날과 마찬가지로 마르틴은 그날 밤도 늦게까지 골똘히 성서를 읽고 있었다. 마침 '누가(Luke) 복음서'를 읽는 중이었다. 제6장을 읽고 '누가 뺨을 치거든 다른 뺨마저 돌려 대주고 누가 겉옷을 빼앗거든 속옷마저 내어 주어라. 달라는 사람에게는 주고 빼앗는 사람에게는 되받으려고 하지 말라. 너희는 남에게서 바라는 대로 남에게 해주어라'라는 29절을 읽은 다음, 다시 46절부터 49절까지 읽었다. 거기서는 그리스도가 이렇게 말하고 있다.

'나더러 "주여, 주여" 하면서 왜 내가 일러주는 것은 행하지 않느냐. 내게 와서 내 말을 듣고 실행하는 사람은 무엇과 같은지 보여 주마. 그는 마치 땅을 깊이 파고 반석 위에 기초를 놓고 집을 지은 사람과 같다. 홍수가 나서 그 집에 큰 물이 들이치더라도 그 집은 튼튼하게 지었기 때문에 조금도 흔들리지 않는다. 그러나 내 말을 듣고도 실행하지 않는 사람은 기초 없이 맨땅에 집을 지은 사람과 같다. 큰 물이 들이치면 집은 곧 무너져 여지없이 파괴되고 말 것

이다.'

이 말씀을 읽은 마르틴은 마음속에 더욱 큰 즐거움을 느꼈다. 안경을 벗어 책 위에 놓고 테이블 위에 팔꿈치를 괴고 생각에 잠겼다. 그리고 자기가 이제까지 해온 일들을 이 말씀에 견주면서 혼자 이렇게 생각했다.

'내 집은 어떤가. 반석 위에 서 있는가, 모래 위에 서 있는가? 반석 위에 있으면 얼마나 좋을까. 실로 홀가분한 마음으로 이렇게 혼자 앉아 있으면 모든 일을 하느님이 말씀하신 대로 할 것 같은 마음이 들지만 어쩌다 그만 죄를 짓게 되니 참. 아니, 그래도 더욱 열심히 하자. 아, 참으로 유쾌하다! 원하옵건대 하느님이시여, 제게 힘을 주시옵소서!'

마르틴은 그렇게 생각하고 그만 자려고 했으나 그래도 쉽사리 책을 놓을 수가 없어 다시 제7장을 읽었다. 백부장(百夫長 ; 고대 로마 군대에서 100명으로 조직된 단위 부대의 장)의 이야기를 읽고, 과부 아들의 이야기를 읽고, 요한이 제자에게 대답한 대목을 읽고, 그리고 마침내 부자 바리새 인이 그리스도를 자기 집에 초대한 데까지 읽었다. 그리고 다시 죄 많은 여자가 그리스도의 발에 향유를 바르고 그 위에 눈물을 뿌리니 그리스도가 그 죄를 용서했다는 이야기도 읽었다. 이렇게 제44절까지 읽어나가고 다시 다음절을 읽기 시작했다.

'그 여자를 돌아보시며 시몬에게 말씀을 계속하셨다. 이 여자를 보아라. 내가 네 집에 들어왔을 때 너는 나에게 발 씻을 물도 주지 않았지만 이 여자는 눈물로 내 발을 적시고 머리카락으로 내 발을 닦아 주었다.

너는 내 얼굴에도 입맞추지 않았지만 이 여자는 내가 들어왔을 때부터 줄곧 내 발에 입맞추고 있다. 너는 내 머리에 기름을 발라 주지 않았지만 이 여자는 내 발에 향유를 발라주었다.'

이 1절을 읽고 마르틴은 생각했다.

'발 씻을 물도 주지 않고 입맞추지도 않고 머리에 기름도 발라 주지 않고…….'

마르틴은 다시 안경을 벗어 책 위에 놓고 생각에 잠겼다.

'아무래도 내가 그 바리새 인과 같았던 모양이야……. 오로지 나 자신만 생각해 왔다. 차를 마시고 싶다든지 따스하고 깨끗한 옷을 걸치고 싶다는 따위의 일만 생각하고, 손님을 위한 생각은 별로 하지 않았어. 오직 나만을 위해, 손님 같은 건 아무래도 좋았지. 그런데 손님은 누군가? 다름 아닌 그리스도이

시다. 만약 그리스도께서 나를 찾아오시면 나는 대체 어떻게 할 것인가?'

마르틴은 턱을 괴고 생각에 잠겨 있다가 어느 사이엔가 깜박 잠이 들어 버렸다.

"마르틴!"

뒤에서 문득 누군가가 부르는 소리가 들려 왔다.

마르틴은 놀라며 '저기 있는 사람이 누굴까' 하고 생각했다.

고개를 돌려 문 쪽을 보았으나 아무도 없었다. 도로 몸을 굽혀 드러눕자 갑자기 이렇게 말하는 소리가 또렷이 들려 왔다.

"마르틴, 마르틴아! 내일 한길을 보아라, 내가 갈 터이니."

마르틴은 의자에서 일어나 눈을 비비기 시작했다. 꿈결에 그 말소리를 들었는지 깨어서 들었는지 갈피를 잡을 수 없었다. 그래서 등불을 끄고 잠자리에 들었다.

이튿날 아침, 마르틴은 아직 날이 새기도 전에 일어나서 하느님께 기도드리고 난로에 불을 지펴 국과 보리죽을 끓이고 사모바르(구리나 은으로 만든 러시아 특유의 주전자)를 준비하고 앞치마를 두르고 창가에 앉아 일을 시작했다. 마르틴은 일을 하면서도 마음속으로 어젯밤 일만 생각하고 있었다. 그냥 그런 마음이 들었을 뿐일 거라고 생각되기도 했고, 한편으로는 정말로 그런 목소리가 들렸다고 생각되기도 했다.

'뭐, 이런 일은 흔히 있는 일이니까' 하고 그는 생각했다.

창가에 앉은 마르틴은 일을 한다기보다 창 너머로 한길을 내다보는 때가 더 많았다. 낯선 구두를 신고 지나가는 사람이 있으면 몸을 구부려 밖을 내다보면서 구두뿐 아니라 얼굴도 보려고 애썼다. 새로 지은 장화를 신은 정원사가 지나가는가 하면 지게를 진 일꾼도 지나갔다. 그 뒤로 여기저기를 땜질한 낡은 장화를 신은 니콜라이 1세 시대의 늙은 병사가 손에 삽을 들고 창 앞으로 다가왔다. 마르틴은 그 장화를 보고 곧 그라는 것을 알았다. 이 늙은 병사는 스체파느이치라고 불렸는데 옆집 상인이 인정상 데리고 있었다. 정원사의 일을 도와주는 것이 그의 일이다. 스체파느이치는 마르틴의 바로 눈앞에서 길의 눈을 치우기 시작했다. 마르틴은 그 모양을 한참 동안 바라보다가 다시 일을 하기 시작했다.

'아무래도 나도 이젠 늙어서 노망이 든 모양이야' 하고 마르틴은 혼자서 웃었다.

'스체파느이치가 눈을 치우고 있는데 나는 그리스도가 내게 오신 게 아닌가 하고 생각했으니 말이야. 난 아주 정신이 나갔어.'

그러나 몇 바늘 꿰맸다고 생각하자 마르틴의 마음은 다시 창 밖으로 끌리는 것이었다. 창 너머로 바라보니 스체파느이치는 벽에 삽을 기대 놓고 볕을 쬐는 것 같기도 하고 쉬는 것 같기도 한 모습을 하고 있었다.

이제 늙어서 눈을 쳐낼 만한 기력도 없는 모양이다. 마르틴은 '저 사람에게 차라도 대접할까? 마침 사모바르의 물도 끓었으니' 하고 생각하고 바늘을 일감에 찌르고 일어났다. 사모바르를 테이블 위에 올려놓고 차를 준비한 다음 손가락으로 창문 유리를 똑똑 두드렸다. 스체파느이치가 돌아다보더니 창가로 다가왔다. 마르틴은 마주 손짓을 하면서 문을 열러 갔다.

"들어와 몸 좀 녹이지 그래."

마르틴이 말했다.

"몸이 꽤 얼었겠네."

"아이구, 고맙네. 온몸의 뼈마디가 쑤시는구먼."

스체파느이치가 대답했다.

스체파느이치는 들어오자 눈을 털고 마룻바닥에 자국이 나지 않도록 장화에 묻은 눈도 털어 냈다. 그 몸은 떨고 있었다.

"닦지 않아도 돼요. 이리 줘요, 내가 털 테니. 나야 늘 하는 일이니까. 자, 어서 이쪽으로 와서 앉게나."

마르틴은 말했다.

"자, 차나 마시게."

마르틴은 두 개의 컵에 차를 따라서 하나를 그에게 주고는 자기 찻잔을 들어 후후 불며 마시기 시작했다.

스체파느이치는 다 마셔 버리자 컵을 엎어 놓고 그 위에 먹던 설탕을 올려 놓고는 잘 마셨다고 고마워했다. 그런데 어쩐지 아쉬운 듯한 표정이었다.

"한 잔 더 합시다."

마르틴은 자기 컵에도 그의 컵에도 다시 차를 가득히 따랐다. 한데 차를 마시면서도 눈길은 자주 한길로 쏠리기 일쑤였다. 그러자 그가 물었다.

"자네, 기다리는 사람이라도 있나?"

"누굴 기다리느냐고? 누굴 기다리는지는 부끄러워서 말을 못하겠구먼. 기다리는 것도 아니고 기다리지 않는 것도 아니지만, 얼핏 들은 한 마디가 기억에 남아서 말이지. 꿈인지 생시인지 잘 모르겠는데, 내가 엊저녁에 성서를 읽었지. 그리스도가 이 세상 여러 곳을 다니며 고생한 이야기를 말이야. 자네도 물론 읽거나 들었겠지만."

"듣기는 들었어. 그러나 나야 본디 배우지 못해서 글을 읽을 줄 모르잖나."

"그런데 거기서 나는 그리스도가 이 세상을 두루 다니신 이야기를 읽었지. 그리스도가 말이야, 잘 들어봐. 바리새 인에게 오셨는데 바리새 인이 변변히 대접도 하지 않았다는 대목을 읽었거든. 한데 나는 엊저녁에 그 구절을 읽고 생각하지 않을 수가 없었어. 그리스도를 대접하지 않다니 될 말인가! 그렇지만 혹시 만에 하나라도 내게든가, 또 다른 누구에게 오신 일이 있다면 어떤 대접을 했을지 알게 뭐야. 하지만 그 바리새 인은 대접다운 대접을 하지 않았어! 이런 생각을 하는 동안에 나는 가물가물 잠이 들었지. 그렇게 졸고 있는데 나를 부르는 소리가 들리지 않겠나. 일어나 귀를 기울이니 분명히 누군가가 조그만 목소리로 '기다려라, 내일 갈 테니' 하지 않겠나? 그것도 두 번이나 되풀이해서 말야. 그래 그 말이 생생하게 되살아나서 아무리 자신을 타일러도 그리스도의 방문이 기다려지네그려."

스체파느이치는 머리를 저을 뿐 아무 말 않고 컵에 남은 차를 마저 마시고 컵을 놓았다. 마르틴은 다시 그 컵에 가득 차를 따랐다.

"자, 기운나게 한 잔 더 마시게나! 내가 생각하건대 그리스도도 이 세상을 두루 돌아다니셨을 때는 이런 사람 저런 사람 가리지 않고 신분이 낮은 사람들을 오히려 더 보살펴 주셨을 것이 틀림없어. 언제나 가난한 사람들을 상대하시고 제자도 우리네 같은 사람, 우리네와 같은 죄 많은 기술자 가운데에서 고르셨지. 마음이 교만한 자는 오히려 아래로 떨어지며 마음이 가난한 자는 오히려 위로 올라간다고 말씀하셨으니까. 너희들은 나를 주님이시여 하고 부르지만 나는 너희들의 발을 씻어 주겠다, 우두머리가 되고 싶은 자는 모든 사람의 하인이 되라고도 말씀하셨네. 또 마음이 가난하고 겸손하며 인정이 있는 자는 행복하다고 말씀하고 계시네."

스체파느이치는 차 마시는 것도 잊었다. 가만히 앉아 듣고 있는 그의 볼엔 눈물이 흐르고 있었다.

"한 잔 더 들고 가게나."

마르틴이 다시 말했으나 스체파느이치는 가슴에 성호를 긋고 인사말을 한 다음 컵을 밀어 놓으며 일어섰다.

"고맙네, 마르틴 아부제이치. 정말 잘 마셨네. 덕분에 몸도 마음도 훈훈하게 녹았네."

"이따금 들러주게나. 나는 손님이 찾아오는 걸 좋아하니까."

스체파느이치가 나갔다. 마르틴은 남은 차를 따라 마시고 찻잔을 치운 다음 창가 일터로 돌아가 구두 뒤꿈치를 꿰매기 시작했다. 꿰매면서도 역시 창 밖을 바라보며 연신 그리스도의 왕림을 고대하고 그리스도의 일, 그리스도의 행적만을 생각하는 것이었다. 머릿속에는 그리스도가 말씀하신 여러 가지 일들이 꽉 들어차 사라지지 않았다.

창 밖으로 병사 두 사람이 지나가고 있었다. 한 사람은 군화를, 다른 한 사람은 신사화를 신고 있었다. 그 뒤로 이웃집에 살고 있는 주인이 반짝반짝 윤이 나는 방한용 덧신을 신고 지나가고, 또 바구니를 옆에 낀 빵가게 사람이 지나갔다. 모두가 지나가 버리는데, 이때 털실로 짠 긴 양말에 낡은 신발을 신은 여자가 창 앞으로 다가왔다. 그리고 창 옆 바로 벽께에서 발을 멈췄다. 마르틴이 창 너머로 내다보니 다른 마을 사람인 듯한데 허술한 차림새로 아기까지 데리고 있었다. 그녀는 바람을 등지고 벽과 마주 서서 아기가 춥지 않도록 감싸주려 하는 모양이었으나 감싸 줄 덮개 하나 없었다. 여자가 입고 있는 옷은 얇은 여름옷이었다. 마르틴은 방 안에서 듣고 있으려니 여자가 우는 아기를 달래려고 애쓰는 모양이었으나 아기는 울음을 그치지 않고 있었다. 마르틴은 일어나서 밖으로 나가 돌층계 위에서 "아주머니, 아주머니!" 하고 커다란 소리로 불렀다. 여자는 그 소리를 듣고 뒤를 돌아보았다.

"여보시오, 이런 추위에 왜 거기서 아기를 울리고 있소? 방으로 들어오시오. 따뜻한 방 안이 어린애 달래기에 좋겠소. 어서 이리로 들어오시오!"

여자는 깜짝 놀라는 모양이었다. 쳐다보니 앞치마를 두르고 안경을 쓴 늙은이가 자기더러 방으로 들어오라고 부르지 않는가. 여자는 그를 따라갔다.

돌층계를 내려가 방 안으로 들어가자 노인은 여자를 침상으로 안내했다.

"자, 아주머니. 여기 앉아요. 난로 가까운 쪽으로. 몸을 녹이면서 아기에게 젖을 주도록 해요."

"젖이 나오지를 않아요. 아침부터 아무것도 먹지를 못해서요."

여자는 말하면서 그래도 아기에게 젖을 물렸다. 마르틴은 딱한 듯 혀를 차며 테이블로 가서 빵과 그릇을 꺼내더니 난로 뚜껑을 열어 수프를 그릇에 따랐다. 보리죽이 든 항아리를 꺼내 보았으나 아직 덜 물러 있었다. 그래서 수프만 따라 식탁 위에 놓았다. 그리고 빵을 놓은 다음 못에 걸린 수건을 벗겨 식탁 위에 놓았다.

"아주머니, 여기 앉아서 어서 먹어요. 아기는 내가 안고 있을 테니까. 나도 예전에는 아기를 키워 봐서 아기를 볼 줄 알지."

여자는 식탁에 앉더니 가슴에 성호를 긋고는 먹기 시작했다. 마르틴은 아기가 있는 침상에 걸터앉았다. 열심히 입술을 오므려 소리를 내려고 했으나 잘 되지 않는다. 이가 없기 때문이다. 아기는 자꾸만 울어댔다. 그래서 마르틴은 입가에 손가락을 갖다 대고 이리저리 놀려대며 얼렀다. 입 속에 손가락을 넣지는 않았다. 아교 같은 게 묻어서 손이 꺼멓게 되었기 때문이다. 아기는 손가락을 바라보는 동안에 울음을 그치고 이윽고 웃게까지 되었다. 마르틴은 좋아서 웃었다. 여자는 식사를 하면서 자기의 신세 이야기를 하기 시작했다.

"제 남편은 병사인데 여덟 달 전에 어딘가 멀리에 전속된 뒤로 통 소식이 없습니다. 저는 남의 집 하녀로 들어갔는데 얼마 안 돼 이 아이를 낳았지요. 그러자 아기가 있어서는 일을 하지 못한다고 일을 안 줘서 벌써 석 달째 일 없이 지내고 있답니다. 입고 있던 옷까지도 다 팔아 이젠 유모로라도 들어갔으면 싶지만 그런 자리도 없군요. 말라서 젖이 잘 나지 않을 거라는 거예요. 지금은 어느 장사하는 주인의 아주머니에게 갔다 오는 길이에요. 그 집에 저희 마을 여자가 들어가 사는데 써 주겠다고 약속했거든요. 그래서 저는 이야기가 다 된 줄 알고 갔더니 다음 주에 다시 오라는군요. 그런데 그 집이 어찌나 먼지, 저도 지쳐서 쓰러질 지경이지만 갓난아이도 여간 혼이 나지 않았어요. 고맙고 다행스럽게도 지금 있는 집의 주인 아주머니가 하느님을 믿고 우리 모자를 불쌍하게 여겨 주시기 망정이지 그렇지 않았더라면 어떻게 살아갔을지."

마르틴은 긴 한숨을 내쉬면서 말했다.

"따뜻한 옷은 없소?"

"이제 따뜻한 옷을 입어야 할 때가 되었는데, 바로 어제도 하나밖에 없는 목도리를 20코페이카 받고 저당잡힌 형편이지요."

그녀는 침상으로 돌아와 아기를 안았다. 마르틴은 일어나 벽께로 가더니 한참 동안 무엇인가 부스럭거리며 찾았다. 이윽고 소매 없는 낡은 외투를 들고 왔다.

"이걸로 어떻게 안 되겠소? 다 낡았지만 그래도 아기를 감쌀 만은 할 거요."

여자는 소매 없는 외투와 노인을 번갈아보다가 그만 울음을 터뜨렸다. 마르틴도 얼굴을 돌렸다. 그리고 침상 밑으로 들어가 옷궤를 끌어내 놓고 그 속을 뒤졌다.

그녀가 말했다.

"할아버지, 고맙습니다. 하느님께서 복을 내려 주실 겁니다. 아무래도 주님께서 저를 할아버지의 창 앞으로 보내신 모양입니다. 정말 하마터면 이 아이를 얼려 죽일 뻔했어요. 집을 나섰을 때는 따뜻했는데 갑자기 추워지더군요. 이것은 분명 주님께서 할아버지를 창가에 앉게 하셔서 저의 가엾은 모습을 보고 측은히 여기도록 만드신 게 틀림없어요."

마르틴은 빙그레 웃으며 말했다.

"아닌 게 아니라 그리스도가 나를 저기 앉아 있게 하셨소. 사실 내가 창 밖을 내다보고 있었던 것은, 아주머니, 공연히 그랬던 것이 아니었지요."

마르틴은 병사의 아내에게도 주님께서 오늘 자기에게로 오시겠다고 약속한 일을 들려 주었다.

"그런 일이야 얼마든지 있을 수 있는 일이지요."

이렇게 말하며 여자는 일어나 소매 없는 외투를 입고 그 속에 아기를 감싸 안고 다시 허리를 굽혀 마르틴에게 인사했다.

"자, 그리스도의 이름으로 이것을 받으시오."

마르틴은 여자에게 20코페이카를 주었다.

"이것으로 목도리를 찾아 두르도록 해요."

여자는 성호를 그었다. 마르틴도 성호를 그으며 여자를 배웅했다.

여자가 가 버리자 마르틴은 스튜를 먹고 뒤치다꺼리를 한 다음 다시 일감을 붙잡았다. 일을 하면서도 창 밖을 내다보는 일을 잊지는 않았다. 창문이 그늘지면 얼른 고개를 들어 누가 지나가나 하고 보는 것이다. 아는 사람도 지나가고 모르는 사람도 지나갔으나 별달리 이렇다 할 일은 없었다.

문득 바라보니 마르틴의 창문 바로 앞에 멈춰 선 할머니가 있었다. 사과가 담긴 바구니를 들고 있었다. 거의 다 팔았는지 나머지는 얼마 되지 않았다. 그 대신 나무 부스러기가 든 자루를 메고 있었다. 아마 어딘가의 공사장에서 주워 집으로 가지고 돌아가는 모양이다. 그런데 어깨가 아파서 다른 쪽 어깨에 바꿔 메려고 자루를 한길 위에 내려놓고 사과 바구니를 말뚝에 걸어 놓은 채 자루 속의 나무 부스러기를 추리려는 참이었다. 그러곤 자루를 들어올리려는 순간 어디서 나타났는지 찢어진 모자를 쓴 사내아이가 불쑥 튀어나와 바구니의 사과 한 개를 훔쳐 가지고 그대로 내빼려고 했다.

할머니는 재빨리 눈치를 채고 곧 돌아서서 개구쟁이의 옷소매를 꽉 움켜잡았다. 개구쟁이는 마구 발버둥치며 할머니의 손을 뿌리치려고 했으나 할머니는 두 손을 꽉 잡고 사내아이의 모자를 벗기더니 머리칼을 움켜잡았다. 사내아이는 마구 소리지르며 욕을 했다. 마르틴은 바늘을 어디다 찔러 놓을 겨를도 없이 마룻바닥에 내동댕이치고 문 밖으로 뛰어나갔다. 층계에 발이 걸려 안경을 떨어뜨렸을 정도였다. 마르틴이 한길로 뛰어나갔을 때 할머니는 사내아이의 머리칼을 잡고 욕을 하면서 경찰서에 가자고 하는 참이었다. 사내아이는 죽을 힘을 다하여 발버둥치면서 소리쳤다.

"난 훔치지 않았어요! 왜 때려요, 이거 놔요!"

마르틴이 말리면서 사내아이의 손을 잡고 말했다.

"할머니, 놓아주십시오. 그리스도의 이름으로 용서해 주십시오!"

"놓아주긴 하겠지만 앞으로 다신 이런 짓 못하게 경찰서에 끌고 가서 혼 좀 내야지!"

마르틴은 할머니를 달랬다.

"그만 놓아 주시구려. 다신 그러지 않겠죠. 그리스도의 이름으로 놓아주십시오!"

할머니는 손을 놓았다. 사내아이가 도망치려 하는 것을 마르틴이 얼른 붙잡아 세우며 말했다.

"할머니께 잘못했다고 빌어라. 이제 다시 나쁜 짓을 해선 안 돼! 네가 사과 꺼내는 걸 나는 다 보았으니까."

사내아이는 훌쩍훌쩍 울면서 빌었다.

"음, 이제 됐다. 자, 이 사과 가지고 가거라."

마르틴은 바구니에서 사과 하나를 집어 사내아이에게 주며 할머니에게 말했다.
"할머니, 값은 내가 치르지요."
"공연한 짓을 해서 아이들의 버릇을 그르치지 말아요. 저런 애들은 한 일주일쯤 잊어버리지 않도록 혼을 내줘야 하는데."
할머니는 말했다.
"아니에요, 할머니. 그거야 물론 우리들 생각이지만 주님의 뜻은 그게 아니거든요. 사과 한 알 때문에 이 아이를 때려야 한다면 이 죄 많은 우리는 도대체 어떤 벌을 받아야 하나요?"
할머니는 잠자코 아무 대답이 없다.
마르틴은 할머니에게, 주인이 마름에게 큰 빚을 받지 않겠다고 하자, 그 마름은 그 길로 가서 자기에게 적은 빚을 진 사나이를 괴롭히기 시작했다는 이야기를 들려주었다. 할머니는 가만히 듣고 있었다. 사내아이도 거기 서서 듣고 있었다.
"주님께서도 죄를 용서하라고 말씀하셨지요. 그렇지 않으면 우리도 죄를 용서받을 수 없잖겠소? 어떤 사람이라도 용서해 주어야 하거늘, 하물며 철없는 어린아이는 더욱 그렇지요."
마르틴은 열심히 말했다.
할머니는 고개를 끄덕이며 긴 한숨을 내쉬었다.
그리고 할머니는 이렇게 대꾸했다.
"그야 그렇지만 아이들은 너무나 버릇이 없으니 우리 같은 늙은이가 가르쳐야 하지 않겠어요? 아무렴, 그렇고말고요. 나도 아이를 일곱이나 낳았지만 지금은 딸 하나밖에 남지 않았어요."
그리고는 어느 마을에서 그 딸과 같이 살고 있는지, 외손자가 몇인지 따위를 이야기하기 시작했다.
"나도 이제 기운이 없지만 그래도 일을 하지요. 어린 손자들이 가엾어서 말이에요. 그것들이 모두 어찌나 착한지 내가 돌아가면 죽 나와서 마중해 준답니다. 글쎄, 아크슈뜨 그놈은 내 곁을 떠나지 않으려고 졸졸 따라다니지 뭡니까. '할머니, 우리 할머니가 난 젤 좋아!' 하면서 말예요……."
할머니는 완전히 마음이 풀어졌다.
"너도 물론 철없는 생각에 그런 짓을 했겠지" 하고 할머니는 사내아이를 보며 말했다.

할머니가 자루를 들어올리려고 하자, 사내아이가 재빨리 나서며 말했다.

"제가 들어다 드릴까요, 할머니? 가는 길이니까요."

할머니는 무어라 중얼거리면서 자루를 사내아이의 어깨에 올려 주었다. 이렇게 하여 두 사람은 어깨를 나란히 하고 걸음을 걷기 시작했다. 할머니는 마르틴에게 사과 값 받는 것을 잊어버렸을 정도였다. 마르틴은 우두커니 서서 두 사람의 뒷모습을 바라보며, 둘이 걸으면서 연방 무엇인지 이야기하는 것에 귀를 기울였다.

두 사람이 가 버리자 마르틴은 집 안으로 되돌아왔다. 층계에 떨어져 있는 안경을 주웠는데 깨진 데가 없었다. 바늘을 찾아 들고 다시 일감을 붙잡았다. 골똘히 일을 하는 사이에 어느덧 날이 저물어 바늘귀가 잘 보이지 않게 되었다. 벌써 점등부(點燈夫)가 가스등을 켜느라고 돌아다니고 있었다.

마르틴은 아무래도 불을 켜야겠다고 생각했다. 램프에 불을 당겨 고리에 걸고 다시 일을 시작했다. 한쪽 장화 일을 끝내고 이리저리 살펴보니 상당히 잘 꿰매졌다. 도구를 치우고 가죽 부스러기를 쓸어낸 다음 실이랑 바늘을 제자리에 넣고 램프를 떼어 테이블 위에 놓고는 벽장에서 성서를 꺼냈다.

엊저녁에 가죽 조각을 끼워 놓은 데를 펼치려고 했는데 다른 페이지가 펼쳐졌다. 마르틴은 성서를 펼치자 엊저녁의 꿈이 생각났다. 꿈이 되살아나는 동시에 무엇인가 부스럭거리는 소리가 들렸다. 마르틴이 뒤를 돌아보니 어두컴컴한 구석에 사람이 서 있었다. 확실히 사람은 사람인데 누군지 알 수가 없었다. 다만 마르틴의 귀 밑에서 소곤대는 것이다.

"마르틴, 마르틴. 너는 나를 알아보지 못했지?"

"누구를요?" 하고 마르틴은 말했다.

"날 말이다. 아까는 나였어." 목소리가 말했다.

그러자 어두운 한구석에서 스체파느이치가 앞으로 나오다가 빙그레 웃으면서 형체도 그림자도 없이 사라져 버렸다…….

"그것도 나였어" 하고 목소리가 말했다.

그러자 어두운 한구석에서 아기를 안은 여자가 나타났다. 여자가 미소짓고 아기가 빙그레 웃는가 했더니 이것도 사라져 버렸다.

"그것도 나였어" 하고 목소리가 말했다.

그러자 할머니와 사과를 가진 사내아이가 나와서 둘이 같이 빙그레 웃더니 마찬가지로 사라져 버렸다.

마르틴은 마음이 몹시 즐거워졌다. 성호를 긋고 안경을 끼고 성서의 펼쳐진 페이지를 읽기 시작했다. 페이지의 첫머리에 이렇게 씌어 있었다.

'너희는 내가 주렸을 때에 먹을 것을 주지 않았고 목말랐을 때에 마실 것을 주지 않았으며 나그네 되었을 때에 따뜻하게 맞이하지 않았고, 헐벗었을 때에 입을 것을 주지 않았으며…….'

그리고 같은 페이지 아래쪽에는 또한 이렇게 씌어 있었다.

'여기 있는 형제들 중에 가장 보잘 것 없는 사람 하나에게 해 주지 않은 것이 곧 나에게 해 주지 않은 것이다(마태오의 복음서 제25장 42~46절).'

그리하여 마르틴은 깨달았다. 꿈은 헛되지 않아 이날 어김없이 그리스도가 마르틴에게 왔고 마르틴은 그분을 대접했다는 것을.

불씨를 잘 다루지 못하면

어떤 마을에 이반 시체르바코프라는 농부가 살고 있었다. 살림도 넉넉한 데다 건강하여 마을에서 으뜸가는 일꾼이었으며 세 아들 또한 다 성장해 있었다. 큰아들은 벌써 결혼했고, 둘째아들도 이제 결혼할 나이였으며, 셋째는 아직 완전히 제 앞가림은 하지 못했으나 힘 닿는대로 짐도 지고 밭일도 하기 시작했다. 이반의 아내도 영리하여 알뜰하게 살림을 꾸려 나갔으며, 며느리도 얌전하고 일 잘하는 여자가 들어왔다.

이반은 그들을 거느리고 유복하게 살아가고 있었다. 온 집안에서 일하지 못하는 사람이라곤 오직 늙고 병든 아버지뿐이었다(천식으로 벌써 7년이나 페치카 위에 누워 있었다). 이반에게는 무엇이나 갖춰져 있어, 말이 세 필이나 되고 거기다 망아지도 있었다. 어미 소와 송아지, 양은 열 세 마리나 된다. 여자는 남자들의 신발도 만들고 옷도 꿰매고 틈틈이 밭일도 거들었으며 남자들은 열심히 농사를 지었다. 그래서 추수한 보리가 다음 해 새로 보리를 거둬들일 때까지도 남아 돌 정도였다. 그리고 세금과 그 밖의 비용은 귀리로 충당하고 있었다. 그러므로 이반의 식구들은 늘 유복한 살림살이를 꾸려 나갈 수 있었다. 그런데 이반의 이웃에는 코르세이 이바노프의 아들 가브릴로 흐로모이라는 사나이가 살고 있었는데, 하루는 두 사람 사이에 싸움이 일어났다.

예전에 코르세이 노인이 살아 있고, 이반의 아버지가 살림을 맡아서 했을 무렵 두 집은 정다운 이웃이었다. 여인들이 키나 물통이 필요하거나, 남자들이 곡식을 넣을 부대가 필요하거나, 또 갑자기 수레바퀴를 갈아야 된다든지 하면 서로 달려가 도와주곤 했었다. 간혹 송아지가 탈곡장에 뛰어들거나 하면 그것을 몰아내고 이렇게 말할 뿐이었다.

"송아지를 좀 단속해서 이리 오지 못하게 해줘. 우린 아직 짚단을 그냥 널어놓았으니까."

그 송아지를 탈곡장에 숨겨 놓거나 서로 욕을 하거나 하는 일은 전혀 없

었다.

노인들의 시절에는 그렇게 오순도순 살았는데 젊은이가 살림을 맡아 하게 되자 형편이 달라졌다.

일의 발단은 아주 하찮은 데서 일어났다.

이반의 며느리가 치는 닭이 겨우 알을 낳게 되었다. 젊은 며느리는 부활제 때에 쓰려고 달걀을 정성스레 모으고 있었다. 매일같이 광 안에 있는 닭의 둥우리에 가서 달걀을 꺼내 오곤 했는데, 어느 날 암탉이 무엇에 놀랐는지 울바자를 넘어 이웃집 마당으로 들어가 거기에다 알을 낳았다. 젊은 며느리는 암탉이 꼬꼬댁거리는 소리를 들었으나, 마음속으로 축일이 다가오니 달걀은 나중에 가서 꺼내오고 지금은 우선 집 안을 치워야겠다고 생각했다. 저녁때가 되어 광 안의 둥우리에 가 보니 달걀이 없었다. 젊은 며느리는 시어머니와 시동생에게 물어 보았으나 꺼내지 않았다는 대답이었다. 그때 막내 시동생 타라스카가 말했다.

"형수님, 암탉은 이웃집 마당에서 알을 낳고 꼬꼬댁거리던대요."

젊은 며느리가 암탉을 보니 벌써 수탉과 나란히 홰에 올라앉아 이제 그만 자자고 하는 듯이 눈을 감고 있었다. 너 어디서 알을 낳았느냐고 물어 보려 했으나 어차피 대답이 없으리라는 것을 알고 젊은 며느리는 옆집으로 갔다. 그러자 그 집 할머니가 나와서 물었다.

"웬일인가?"

"저, 다름이 아니라요, 우리 집 암탉이 이리로 넘어와서 이 마당에 알을 낳은 것 같아서요."

"원, 그런 건 통 보지 못했다우. 우리도 닭이 벌써부터 알을 낳는 덕분에 남의 달걀 같은 건 필요 없어. 그래서 우리는 남의 집 마당을 어슬렁거리면서 달걀을 살피지는 않지."

젊은 아낙은 화가 나서 언짢은 소리를 내뱉었다. 그러자 이웃 할머니도 마주 덤벼들어 두 아낙은 서로 욕지거리를 해댔다. 이반의 마누라도 물통을 메고 오다가 한몫 끼어들었다. 가브릴로의 마누라도 뛰어나와 욕설을 하며 갖가지 일을 몽땅 들추어내기 시작했다. 거기서 큰 소동이 벌어졌다. 모두가 한꺼번에 뒤떠들며 단번에 두 마디씩 지껄이는 형편이었다. 게다가 늘어놓은 말 한마디 한 마디가 듣기 거북한 말뿐이었다. 너는 이렇다, 아니 너야말로 그렇다, 너는 도둑놈이다, 너는 몹쓸 계집이다, 너는 나이 먹은 시아비를 못살게 군다, 너는 깐죽거린다 등등.

"남의 키를 뚫어 놓고! 그리고 우리 집 멜대도 너희가 가져갔지? 어서 썩 이리 내놔!"

그렇게 말하고선 멜대를 와락 잡아 끌어당겼으므로 물은 엎질러지고, 머리에 두른 수건은 찢어지면서 이번에는 난투극이 벌어졌다. 거기에 들판에서 돌아오던 가브릴로가 달려들어 자기 마누라 편을 들자 이반도 아들과 함께 뛰어와서 그야말로 치거니받거니 큰 난장판이 벌어졌다. 이반은 건장한 사나이였으므로 사람들은 사방으로 밀어젖히고 가브릴로의 턱수염을 한줌이나 뽑아버렸다. 동네 사람들이 여럿 몰려와 겨우 싸움을 말렸다.

이것이 불화의 시초였다. 가브릴로는 뜯긴 턱수염을 진정서와 함께 읍사무소에 가지고 가서 "내가 턱수염을 기른 것은 곰보딱지 바니카에게 뜯기기 위해서가 아니었소"라고 말했다.

그러자 마누라는 마누라대로 근처를 돌아다니면서 머지않아 이반이 소송에 져서 시베리아로 유형을 가게 될 거라고 사뭇 빼겨댔다. 이렇게 하여 이웃이 원수처럼 돼 버렸던 것이다. 노인은 애당초 아들들을 타일렀으나 젊은 혈기는 그런 말을 들으려고 하지 않았다. 노인은 재차 이렇게 말했다.

"너희들은 보아하니 쓸데없는 짓들을 하고 있다. 공연한 일로 싸움을 벌이다니! 잘 생각해 보아라. 일의 시초는 달걀 한 개가 아니냐? 옆집 어린아이가 달걀 하나를 주웠다. 그게 뭐 나쁘냐? 달걀 하나에 얼마나 값이 나간다는 말인고. 모두가 하느님의 자식인걸. 뭐 아쉬울 게 있느냐. 그래 저쪽에서 욕을 하거든 그것을 고쳐 앞으로는 고운 말을 쓰게끔 가르쳐 주려무나. 아니 치고받고 싸웠다 할지라도 죄 많은 인간끼리 한 짓이니 탓할 것 없다. 자, 어서 가서 사과하고 화해하도록 해라. 그러면 그만이지 고집을 부려봤자 점점 더 꼬이느니라."

젊은이들은 노인이 하는 말을 듣지 않고 쓸데없는 잔소리를 한다고 하면서 그것은 노망 들린 탓이라고 투덜댔다. 그러니 이반이 꺾일 리가 없지 않은가.

"나는 녀석의 턱수염을 뽑은 적이 없어, 절대로. 놈이 제 손으로 뜯어 놓고선. 그렇지만 녀석의 아들은 남의 머리카락을 마구 쥐어뜯고 루바시카도 찢었잖아. 봐, 이렇게 말야."

그렇게 말하고 이반도 고소하러 갔다. 두 사람은 중재재판소에서도, 마을재판소에서도 다퉜다. 그 소송 소동이 벌어지고 있는 동안에 가브릴로네 수레바퀴의 바퀴통이 없어졌다. 가브릴로의 어머니도 그의 아내도 이반의 짓이라고 주장했다.

"우리는 다 보고 있었어요. 그놈이 한밤중에 창문 앞을 지나서 짐수레 있는 데로 갔으니까. 그리고 옆집 할머니 말씀이 녀석이 훔친 바퀴통을 주막에 가서 억지로 팔려고 했다잖아요."

그리하여 다시 소송이 벌어졌다. 날마다 입씨름 아니면 들러붙어 싸우기가 일쑤였다. 어린아이들까지 어른들이 하는 짓을 본따서 서로 욕질을 하고, 며느리들은 개울에서 만나면 빨래방망이보다 혓바닥을 더 열심히 놀리는 형편이었다.

그래도 처음에는 서로 트집을 잡는 정도였으나 점점 심해져서 나중에는 훔칠 수 있는 것은 서로 훔치게까지 되었다. 어머니들이 아이들에게 그렇게 시켰던 것이다. 두 집의 살림 형편은 자꾸만 기울어져 갈 뿐이었다. 이반 시체르

바코프와 가브릴로 흐로모이는 마을의 모임에서나, 마을 재판소에서나, 중재 재판소에서도 소송 사태를 벌였으므로, 중재하는 쪽에서도 이젠 싫증이 났다. 가브릴로가 이반에게 벌금을 물리든지 유치장살이를 시키든지 하면 다음에는 이반이 가브릴로를 그렇게 만드는 것이다. 서로 그러면 그럴수록 두 사람은 더욱더 고집불통이 돼 버렸다. 개들이 싸울 때 점점 더 사나워져서, 한쪽 개를 뒤에서 건드리기만 해도 그 개는 상대방 개가 물었다 생각하고 더욱 달려드는 법이다. 두 농부도 그와 마찬가지로 소송으로 둘 중 어느 쪽인가가 벌금이나 구류 처분을 받으면 그 때문에 서로 복수심에 불타는 것이다.

"어디 두고 보자, 혼구멍을 내줄 테니!" 하고 서로 벼르는 형편이었다.

이리하여 소송은 6년이나 계속되었다. 오직 노인만이 페치카 위에서 언제나 같은 말을 되풀이하고 있었다. 우선 이렇게 말머리를 연다.

"너희들은 도대체 무슨 짓을 하고 있느냐? 그런 싸움 같은 건 그만 치워 버리려무나. 일을 등한히 해서는 안 되느니라. 남을 골릴 생각만 하다간 이쪽도 골탕먹는다. 화를 내면 낼수록 점점 더 악화될 뿐이다."

그러나 아무도 노인의 말을 들으려 하지 않았다.

7년째 되는 해, 이런 일이 일어났다. 어떤 혼인 잔치 자리에서 이반의 아내가 가브릴로에게, 당신은 말을 훔치다가 들키지 않았느냐고 하여 여러 사람 앞에서 크게 망신을 주었다. 화가 치민 가브릴로는 술이 거나하게 오른 참이라 이반의 아내에게 덤벼들었던 것인데 공교롭게도 아내는 1주일이나 앓았다. 게다가 임신중이었다. 이반은 신이 나서 당장에 고소장을 가지고 예심 판사에게 달려갔다. '이번에야말로 혼 좀 날걸, 시베리아 행은 어김없으렸다' 하고 생각했던 것이다. 그런데 이반의 고소장은 아무런 행사를 하지 못했다. 예심 판사가 소송을 받아들이지 않았던 것이다. 아내의 몸을 진찰했던 바 아무런 상처가 없었기 때문이다. 그래서 이반은 이리저리 쏘다니며 서기와 배심원들에게 술을 대접함으로써 가브릴로가 끝내 태형(笞刑)을 받도록 만들었다. 가브릴로는 재판소에서 판결문을 낭독하는 것을 들었다. 서기는 다음과 같이 읽었다.

"당 재판소는 다음과 같이 판결한다. 농부 가브릴로 흐로모이에게 태형 20대를 선고한다."

이반은 그 판결을 들으면서 아주 흡족한 표정을 지으며 가브릴로가 있는 쪽을 흘끗 바라보았다. 가브릴로는 판결문 낭독이 끝나자 얼굴이 창백해지더니 홱 돌아서서 복도로 나가 버렸다. 이반도 뒤를 따라 밖으로 나가 말이 있는 데로 가려고 할 때 가브릴로가 이야기하는 소리가 들렸다.

"내 등에 매가 내려지게 하고도 너는 무사할 줄 아느냐! 네 등이나 불에 데지 않게 조심하라구."

이 말을 들은 이반은 그 길로 재판관에게 달려갔다.

"공평무사한 판사님! 녀석은 내 집에 불을 지른다고 을러댑니다. 잘 물어 봐 주십시오. 증인들 앞에서 한 말이니까요."

판사는 가브릴로를 불러 "정말인가, 자네가 했다는 말이?" 하고 물었다.

"저는 아무 말도 하지 않았습니다. 판사님이 권리가 있으시거든 어서 저를 때리시죠. 그놈은 죄도 없는 내게 매를 맞게 하고도 무슨 짓을 하든 상관없을 줄 아는 모양입니다그려."

가브릴로는 말을 더 계속하려고 했으나 입술과 뺨이 떨려서 더 이상 말을 계속하지 못하고 돌아서 버렸다. 판사들도 그의 그러한 모양을 보고는 흠칫 놀랐다. 자칫 잘못하다간 옆집 사나이와 그들 자신에게 어떤 무모한 짓을 할지도 모르겠다고 생각한 것이다.

그래서 나이 많은 판사가 말했다.

"어떤가, 자네들. 이제 이 자리에서 화해하는 것이 좋지 않겠는가? 이봐, 가브릴로. 자네도 그렇지, 임신한 아낙을 치다니. 그래서야 되겠나? 하느님 덕분에 무사했기 망정이지 큰 죄를 저지를 뻔하지 않았는가. 대체 이것이 좋은 일인가? 자네는 이반에게 사과하게. 이반도 용서해 주겠지. 그렇게 하면 나도 이 판결문을 다시 쓸 테니까."

그 말을 듣고 서기가 말했다.

"그것은 안 됩니다. 형법 제117조에 의한 쌍방의 시담(示談)이 성립되지 않고 재판소의 판결이 났으니 그 판결은 실행되어야 합니다."

그러자 판사는 서기의 말은 들은 체도 않고 말했다.

"쓸데없는 참견은 마라. 제1조는 하느님을 잊어버리지 않는 일이다. 알겠는가? 그런데 하느님께서는 언제나 화목하라고 하셨다."

그렇게 말하고 판사는 다시 사람들을 타일렀으나 막무가내였다. 가브릴로는 숫제 들으려고도 하지 않았다.

"저는 1년 뒤엔 쉰이 됩니다. 아들도 며느리도 있습니다. 저는 태어나서 아직

한 번도 남에게 매 맞은 일이 없는데, 이번에 이 곰보딱지 바니카 놈이 채찍 아래로 밀어 넣으려고 합니다. 그런데도 제가 저놈에게 빌어야 합니까! 천만의 말씀입니다. 바니카야, 너 이 녀석, 어디 두고 보자!"

가브릴로의 입술은 다시 떨리기 시작했다. 더 이상 말도 계속하지 못했다. 돌아서더니 그대로 나가 버렸다.

마을 재판소에서 집까지는 10베르스따 가량 되어서 이반이 돌아왔을 때는 퍽 늦은 시각이었다. 벌써 여자들은 소와 말들을 몰고 오려고 나갔다.

이반은 말을 마차에서 떼고 뒤처리를 한 다음 집 안으로 들어갔다. 집안에는 아무도 없었다. 아들들은 아직 들에서 돌아오지 않았고, 아낙네들은 마소를 몰고 오는 중이다.

이반은 집안으로 들어가자 걸상에 앉아 생각에 잠겼다. 가브릴로가 판결문을 듣고 낯빛이 변하면서 벽을 향해 홱 돌아앉던 일이 머리에 떠올랐다. 이반은 가슴이 아플 만큼 섬뜩한 느낌이 들었다. 만약에 자기가 태형 선고를 받으면 어떻겠는가, 하고 처지를 바꾸어 생각해 보았다. 그러자 가브릴로가 측은해졌다.

문득 페치카 위에서 늙은 아버지의 기침하는 소리가 들리더니 몸을 움직여 아래로 내려왔다. 간신히 내려오자 노인은 걸상에 앉았다. 노인은 내려와 걸상에까지 오는 데도 힘이 들어서 기침을 했다. 이윽고 기침이 가라앉자 테이블에 턱을 괴고 입을 열었다.

"어떻게 됐느냐, 판결이 났겠지?"

"태형 20대입니다"라고 이반이 대답했다.

노인은 머리를 저으면서 말했다.

"이반아, 너는 좋지 못한 짓을 하고 있다. 아암, 좋지 못하고말고! 가브릴로에게가 아니라 너 자신에게 말이다. 그래, 그 사람이 채찍을 맞아 등이 갈라지면 네게 뭔가 편안하게 되는 일이라도 있느냐?"

"앞으로 그 자가 나쁜 짓을 안 하게 되겠죠."

"뭘 안 한다고? 도대체 그 사람이 뭘 네게 나쁘게 했다는 거냐?"

"아니, 그 녀석이 얼마나 행패를 부렸다구요!" 하고 이반은 말하기 시작했다. "집사람이 하마터면 죽을 뻔한 데다가 이번에는 또 불을 지르겠다고 을러대는 형편이라니까요. 그런데도 고맙다고 해야 하나요?"

노인은 한숨을 지으며 말했다.

"이반아, 너는 자유로이 세상을 돌아다니고 있고 나는 벌써 몇 년째 페치카 위에 누워 있으니까, 넌 세상의 모든 일을 보아 알고 나는 아무것도 모른다고 생각하겠지만 그건 잘못된 생각이다. 네 눈에는 아무것도 보이지 않고 있어. 네 눈은 증오심 때문에 흐려졌다. 남의 잘못은 눈앞에 환히 보여도 자기의 잘못은 뒤에 감춰져 있다. 너는 지금 뭐라고 했지? 그가 나쁜 짓을 한다고? 그 사람 혼자만 나쁜 짓을 했다면 싸움이 벌어졌을 리가 없어.

사람끼리의 싸움이 혼자서 되는 줄 아느냐? 싸움은 반드시 두 사람 사이에 벌어지는 거다. 상대방의 잘못은 보여도 자기의 잘못은 눈에 들어오지 않는다. 만약 그 사람만 심술궂고 너는 착한 사람이었다면 싸움 같은 건 일어나지 않았을 게 틀림없다. 그 사람의 턱수염을 뽑은 건 누구냐? 반타작할 느릅나무를 빼앗은 건 누구냐? 그 사람을 이 재판소에서 저 재판소로 끌고 다닌 자는 누구냐? 그런데도 너는 모든 탓을 그 사람에게 돌리고 있다. 너의 그릇된 행동으로 만사가 이 지경이 되었다.

나는 말이다, 이반, 그런 짓은 해오지 않았고, 너희들에게도 그렇게 가르치지 않았다. 나나 그 사람의 아버지인 옆집 코르세이 노인이나 그런 방식으론 살지 않았다. 우리들 사이는 어떠했는 줄 아느냐? 그야말로 진짜 이웃끼리의 교제였지. 그 집에 밀가루가 떨어지면 아낙네가 와서 '프로르 아저씨, 밀가루가 떨어졌는데요' 했고 그럼 난 '광에 가서 쓸 만큼 가져가시죠'라고 했다. 옆집에 말을 몰고 갈 사람이 없으면 '야, 브뉴트카야, 옆집 말을 몰려마' 했다. 그리고 우리가 부족한 것이 있으면 서슴지 않고 가서 '코르세이, 이러이러한 게 없는데' 하면 '가져가요, 프로르' 했지.

우리는 이렇게 지내왔다. 우리가 그렇게 지낼 때에는 살림도 넉넉했는데 요즘 형편이 어떠냐? 바로 얼마 전에도 어떤 군인이 프레부나(1877년의 발칸 전쟁에서 러시아 군이 터키 때문에 고전한 싸움터)의 이야기를 하는 걸 들었지만, 어떠냐? 지금 너희가 하는 싸움은 그 프레부나보다 한결 더 나쁘다고 생각지 않느냐. 도대체 이것도 인간의 생활이라고 할 수 있겠느냐? 아니 그건 죄라고 할 수밖에 없어!

너는 남자고 한 집안의 가장이니까 네가 책임지지 않으면 안 된다. 너는 아내와 자식들에게 무얼 가르치고 있느냐? 감히 사람으로서 할 수 없는 일이다.

며칠 전에도 타라스카, 그 코흘리개 녀석이 아리나 아주머니에게 어처구니없는 말을 하고 있는데도 어미는 그걸 보고 웃고 있지 않겠니. 도대체 이대로 괜찮다고 생각하느냐? 네 책임이다! 영혼이란 것을 생각해야 하느니라. 저쪽이 한 마디 하면 나는 두 마디 내뱉고 저쪽이 한 대 때리면 나는 두 대 때리고 나니까, 그래, 좋니? 그래선 안 된다, 이반. 그리스도가 세상을 두루 다니시면서 우리들 바보에게 가르쳐 주신 것은 그런 것이 아니다. 상대방이 뭐라 해도 잠자코 있으면 저쪽도 양심의 가책을 받는다고 그리스도는 가르쳐 주셨다. 상대방이 왼쪽 뺨을 때리면 오른쪽 뺨도 마저 내밀며 '때릴 만한 이유가 있으면 이쪽 뺨도 때리시오' 해야 한다. 저쪽도 양심이 있어 그렇게는 못할 게다. 그리스도께서 가르치신 것은 바로 이것이지 고집이 아니다. 왜 잠자코 있느냐, 내 말이 틀렸느냐?"

이반은 조용히 듣고 있었다.

노인은 한참 쿨룩거리다가 간신히 기침을 멈추고 말을 이었다.

"너는 그리스도가 우리에게 나쁜 일을 가르치셨다고 생각하느냐? 아니다. 모든 것을 우리를 위해 가르치셨다. 지금 현재의 네 살림살이를 생각해 보아라. 그 프레부나가 시작된 이래로 살림 형편이 좋아졌는지 나빠졌는지. 소송으로 돈을 얼마나 버렸는지, 마차삯, 음식값은 또 어떻고. 아들들이 자라 일을 하게 되었으니 형편이 차차 나아져 재산도 불어나야 할 터인데 도리어 줄고 있지 않았느냐. 원인이 뭐라고 생각하느냐? 이도저도 다 그것 때문이야. 네 고집 때문이다. 너는 자식들과 함께 밭을 갈고 씨를 뿌려야 할 때에 악마의 부추김에 넘어가 재판소다, 예심이다, 뭣이다 하고 돌아다니기만 하니……. 밭을 가는 것도 씨를 뿌리는 것도 때를 맞추지 못하면 땅은 아무것도 낳아 주지 않아. 왜 올해는 귀리가 흉작이지? 네가 도대체 귀리를 언제 갈았느냐? 거리에서 돌아와서였다. 그래, 재판에 이겨서 무슨 덕을 보았느냐. 쓸데없는 짐만 짊어졌을 뿐이 아니냔 말이다.

너의 생업을 잊어서는 안 된다. 들일도 집안 일도 아이들과 같이 땀흘려 가며 하고, 혹시 누가 화나는 소리를 하더라도 하느님의 말씀대로 용서해 주어라. 그렇게 하면 일은 순조롭게 잘 돼 나가고 마음도 편안하기 그지없을 것이다."

이반은 잠자코 있었다.

"자, 어떠냐, 바니카, 이 늙은 아비의 말을 들어 주지 않겠니? 지금 곧 마차를 몰아 방금 돌아온 길을 되돌아가서 소송을 취하하고 오너라. 그리고 내일 아침에는 가브릴로에게 가서 하느님의 가르치심대로 화해하고 집으로 데리고 오너라. 내일은 마침 성모탄생축일이니까 보드카라도 마시면서 이제까지의 잘못을 말끔하게 씻어 버리는 게 좋겠다. 이제 앞으로는 그런 일이 없도록 며느리들에게나 젊은 아이들에게도 잘 타일러 주고 말이다."

이반도 긴 한숨을 내쉬며 과연 아버님이 하시는 말씀이 옳다고 생각했다. 그러자 가슴속의 무거운 짐이 금방 거뜬해지는 것 같았다. 한데 어떻게 화해해야 좋을지 망설여졌다.

그러자 노인은 아들의 마음을 알아차렸다는 듯이 이렇게 말했다.

"바니카야, 어서 가거라. 미뤄서는 안 된다. 불을 시초에 잡지 못하면 나중에는 손을 쓸 수가 없게 되느니라."

노인은 아직도 할 말이 남은 모양이었으나 끝까지 다할 수 없었다. 아낙네들이 들어와서 참새 떼처럼 떠들어대기 시작했기 때문이다. 아낙네들은 가브릴로에게 태형 판결이 내려졌다는 것도, 가브릴로가 불을 지르겠다고 한 것도 모두 들어서 알고 있었다. 게다가 그녀들은 저 혼자 생각해 낸 일까지 덧붙여서 벌써 목장에서 옆집 여인네들과 입씨름까지 벌이고 오는 참이었다. 가브릴로의 아내가, 예심 판사에게 뭔가를 쳐들며 협박까지 했다는 말도 나왔다.

분명치는 않으나 예심 판사가 가브릴로의 역성을 들고 있으므로 머지않아 사태가 뒤바뀐다는 얘기도 있었다. 게다가 학교 선생님도 직접 황제 폐하에게 이반의 일로 소송장을 냈는데, 그 소송장에는 바퀴통에 관한 일도, 채마밭 일도, 낱낱이 썼기 때문에 이반의 토지는 이제 금방 옆집 차지가 돼 버린다는 것이다. 그 이야기를 듣는 동안에 이반의 마음은 다시 돌같이 굳어져 가브릴로와 화해하려던 마음이 사라져 버렸다.

농가 주인은 언제나 밖에서 돌봐야 할 일이 많은 법이다. 이반은 아낙네들을 상대로 이야기할 생각이 없어 밖으로 훌쩍 나가 탈곡장을 지나 곳간 쪽으로 갔다. 그쪽을 대강 치우고 뒷마당으로 돌아오니 벌써 날이 저물었다.

젊은이들이 들일을 마치고 돌아오고 있었다. 봄보리 씨를 뿌리기 위해 둘이서 밭을 갈았던 것이다. 이반은 그들에게 들일에 관해 이것저것 물어 보고 그들의 일을 거들어 주려고 했으나 이미 날은 저물었다. 이반은 통나무는 다음

날 아침까지 놓아두기로 하고, 마소에 짚을 주고 마구간에 가 타라스카가 밤일을 하러 가도록 말을 밖으로 끌고 나온 다음, 마구간의 문을 닫고 밑에 판때기를 대어 틈을 막았다.

'이제 저녁을 먹고 자야겠군.'

이반은 말의 망가진 목걸이를 들고 집 쪽을 향해 걸음을 옮겼다. 그러는 동안에 가브릴로의 일도, 아버지가 하신 말씀도 다 잊을 수 있었다. 그런데 문고리를 잡아당겨 입구의 복도로 들어선 순간 울바자 저쪽에서 옆집 주인의 욕설하는 목쉰 소리가 들려 왔다.

"빌어먹을 녀석! 그런 녀석은 실컷 두들겨 줘야 해!"

가브릴로가 누군가를 욕하고 있었다.

이것을 들은 이반의 마음속에는 또 다시 옆집 주인에 대한 증오심이 불길같이 일어났다. 가브릴로가 욕지거리를 하는 동안 내내 이반은 가만히 서서 들었다. 가브릴로의 목소리가 들리지 않게 되자 이반은 방 안으로 들어갔다. 등불 아래 젊은 며느리가 한쪽 구석에서 물레를 돌려 실을 잣고, 아내는 저녁 준비를 하고, 장남은 목피(木皮) 구두 가장자리를 꿰매고 있고, 둘째아들은 테이블에 앉아 책을 읽고 있었다. 타라스카는 밤일 나갈 채비를 하고 있었다.

집안은 평온하여 심술쟁이 가브릴로만 아니면 더할 나위 없이 행복한 가정이다.

이반은 화난 듯한 얼굴로 안에 들어가 걸상에 도사리고 앉은 고양이를 집어던지며 대야를 놓아둔 자리가 다르다고 여자들을 꾸짖었다. 한바탕 그러고 나자 이반은 어쩐지 모든 것이 시들해졌다. 자리에 앉아 씁쓰레한 얼굴로 말의 목걸이를 손보기 시작했으나 가브릴로가 하던 말이 아무래도 머리에서 떠나지 않았다. 재판소에서 하던 얘기, 그리고 방금 누구를 욕하는 소리인지 "두들겨서 죽여 버려야지……" 하던 목쉰 소리 등이 말이다.

늙은 아내는 타라스카에게 저녁을 차려주고 있었다. 타라스카는 식사를 마치자 짧은 겉옷 위에 긴 외투를 걸치고 허리띠로 질끈 동여맨 다음 빵을 가지고 말들이 기다리고 있는 한길로 나갔다. 큰아들이 아우를 배웅하려고 했으나 이반은 자기가 일어나 입구 층계로 나갔다. 이반은 입구 층계로 내려가 아들을 말에 태우고 뒤에 있는 망아지를 몰아세운 다음 한참 거기 머물러 서서 주위를 바라봤다. 타라스카는 마을의 큰길로 내려가다 동행하는 젊은이들과 만난 모양이었으나 그런 뒤에는 아무 소리도 들리지 않았다. 이반은 문간에 한없이 서 있었다. "너도 조심해야 할걸. 언제 무엇이 홀랑 타 버릴지 누가 알아" 하던 가브릴로의 말이 머리에 달라붙어 떨어지지 않는 것이다.

'고약한 놈이라 자기 몸이 다친다는 생각은 하지도 않을 게야' 하고 이반은 생각했다.

'죽 가물었겠다, 거기다 바람도 있겠다, 울타리 뒤로 슬쩍 기어 들어와서 불을 지르고 그냥 도망쳐 버리면, 남의 집에 불을 내고도 아무 죄에 걸리지 않을 게 아닌가! 어떻게 해서라도 놈을 꼼짝없이 붙잡아야지. 아무렴, 놓쳐서는 안 돼!'

이런 생각이 떠오르자 이반은 입구 층계 쪽으로 되돌아가려 하지 않고 곧장 길로 나가 대문 뒤에서 모퉁이로 돌아왔다. 놈이 무슨 짓을 할지 모르겠다고 생각한 이반은 마당을 한바퀴 돌아보기로 작정하고 살금살금 문을 따라 걷기 시작했다.

모퉁이를 돌아 울바자에 붙어서 들여다보니 저쪽 모퉁이에서 무언가가 움직이는 것같이 느껴졌다. 마치 누군가가 엿보다가 울바자 모퉁이에 도로 숨어 버린 것 같았다. 이반은 발길을 멈추고 숨을 죽였다.

온 정신을 모았으나 주위는 쥐죽은 듯이 고요했다. 다만 바람이 버드나무 가지를 떨게 하고 밀짚을 버스럭거리게 할 뿐, 눈을 뽑아가도 모를 정도로 온통 캄캄하기만 했다. 눈이 차차 어둠에 익숙해졌다. 이반의 눈에 기둥이랑 추녀랑 그 밖의 것이 하나씩 보이게 되었다. 한참 서서 보았으나 아무도 없었다.

'내가 잘못 본 모양이군' 하고 이반은 생각했다. 그래도 어디 한 바퀴 돌아봐야지, 하고 발자국소리가 안 나게 곳간을 따라 걷기 시작했다. 이반은 나막신을 신고 있었고, 한 걸음씩 살며시 걸었으므로 자기의 발소리조차 들리지 않을 정도였다. 모퉁이까지 왔을 때 저쪽 끄트머리 기둥 곁에서 무엇인가 번쩍 빛났다고 생각하는 순간 다시 꺼졌다. 이반은 자기도 모르게 가슴이 철렁 내려앉아 걸음을 멈췄다. 그런데 걸음을 멈출 겨를도 없이 다시금 같은 자리에서 먼저보다 밝은 빛이 타올랐다. 모자를 쓴 한 사나이가 이쪽으로 등을 꾸부정하게 돌린 채 손에 든 짚단에 불을 붙이고 있는 것이 아닌가.

이반의 가슴은 무섭게 뛰기 시작했다. 이반은 아랫배에 힘을 주고 성큼 걸음을 떼어 놓았으나 발이 땅을 밟는지 허공을 나는지 모를 정도였다. 그는 속으로 '좋아, 이번에야말로 놓치지 않겠다, 현장을 붙잡을 테다!' 하고 생각했다.

이반이 두 개의 차양이 마주 닿은 데까지 채 가기도 전에, 갑자기 그 언저리가 눈부실 정도로 밝아지면서 이제 그 자리에는 조그만 불이 아니라 차양 밑의 밀짚이 확 타올라 지붕으로 뻗치고 있었다. 거기에 가브릴로도 서 있어 그의 전신이 완연히 불빛에 드러나 보였다.

종달새를 덮치는 매처럼 이반은 가브릴로에게 달려들었다.

'이놈, 이번엔 안 놓친다'고 생각했다.

그때 가브릴로도 발소리를 들었던 모양으로 뒤를 홱 돌아보더니 어디서 그런 힘이 나왔는지 절름거리는(흐로모이는 절름발이란 뜻으로 가브릴로의 별명) 다리를 용케 끌며 토끼처럼 깡충깡충 도망쳤다.

"게 섰거라!" 하고 이반은 외치며 가브릴로를 뒤쫓았다.

이반이 그의 멱살을 잡으려고 하는 순간에 가브릴로는 그 손아귀에서 빠져나갔다. 이반이 외투자락을 붙잡았으나 찢어지는 바람에 넘어지고 말았다. 이반은 벌떡 뛰어 일어나 "야아! 저놈 잡아라!" 하고 크게 외치며 다시 뛰기 시작했다.

이반이 넘어지는 사이에 가브릴로는 벌써 자기 집 마당으로 들어갔는데 거기까지 이반이 쫓아갔다. 와락 붙잡으려고 하자 불시에 무엇인가에 머리를 세게 맞았다. 아무래도 돌로 맞은 것 같았다. 그러나 그것은 돌이 아니라 가브릴로가 마당에 뒹구는 떡갈나무 막대기를 주워 들고 이반이 달려들었을 때 힘껏 머리를 내리쳤던 것이다.

이반은 정신이 멍해졌다. 눈에서 불이 번쩍 났다고 생각하자 이내 또 주위가 깜깜해져 버렸다. 정신이 아찔하며 머리가 핑 돌았다. 겨우 정신을 차렸을 때는 이미 가브릴로는 없었다. 온누리는 대낮같이 환하고, 자기 집 쪽으로부터는 마치 기계라도 운전하는 것 같은 덜커덩거리는 소리며 무엇인가 탁탁 튕기는 소리가 났다. 이반은 돌아다보니 뒷마당의 곳간이 온통 불덩이가 되어 다른 쪽 곳간으로 옮겨 붙는 중이었다. 불티와 불붙은 짚이 안채 쪽으로 날아갔다.

"아니, 이게 어떻게 된 일인가? 아이구!" 하고 외치며 이반은 양 주먹을 쳐들어 가슴을 마구 쳤다.

"아, 그때 차양 밑에서 불붙는 짚단을 끌어내어 껐으면 괜찮았을 텐데! 아니

이게 웬일이냐!"

그는 이 말만 되풀이했다. 자기는 힘껏 소리를 질렀다고 생각했으나 숨이 차고 목소리가 나오지 않았다. 달려가려고 해도 다리가 말을 듣지 않고 얽혀들 뿐이었다. 천천히 걸음을 떼어놓았는데 이리 비틀 저리 비틀 하더니 다시 숨이 막혔다. 한참 멈춰 서서 숨을 돌리고 다시 걷기 시작했다. 겨우 곳간을 한 바퀴 돌아 불난 곳에 이르렀을 때는 불이 옮겨 붙은 곳간은 온통 불바다가 되었고, 안채와 대문에까지 불이 붙어 불길이 뿜어 나오는 바람에 마당은 걸을 수도 없었다. 숱한 사람이 모여들었으나 손을 쓸 방도가 없었다. 근처 마을 사람들은 자기네 가재 도구를 끌어내기도 하고 가축을 딴 데로 몰아 내기도 했다. 이반의 집도 타기 시작했다. 게다가 바람까지 불었기 때문에 한길 건너까지 옮겨 붙어 마을이 절반이나 타 버렸다.

이반의 집은 겨우 식구들이 옷 입은 채 튀어나왔을 뿐 몽땅 불에 타고 말았다. 가축들도 밤일을 나간 말을 빼놓고는 전부 찜이 되어 버렸고, 닭도 홰에 앉은 채 타죽었으며, 마차도, 가래도, 써레도, 여자들의 옷궤도, 뒤주에 간수한 곡식도 모조리 타 버렸다.

가브릴로의 집에서는 그래도 가축들을 몰아냈고 이것저것 더러 꺼낼 수도 있었다.

불은 밤새도록 타올랐다. 이반은 한쪽 구석에 서서 멀거니 자기 집 쪽을 바라보면서, "아, 이게 웬일이란 말인가! 그냥 짚단을 끌어내어 비벼 껐더라면 됐을 텐데" 하고 혼자 중얼거릴 뿐이었다. 그러나 안채의 천장이 무너져 내려앉았을 때, 이반은 그 가운데로 뛰어들어 온통 그은 재목을 안아 끌어내려고 했다. 여자들이 그것을 보고 불러내려고 했으나 이반은 재목 하나를 끌어내더니 다시 들어가 하나를 또 끌어내려고 했다. 그러나 비틀비틀 몸을 가누지 못하더니 불더미 속에 그대로 쓰러졌다.

그때 아들이 뛰어들어가 쓰러진 아버지를 구했다. 이반은 턱수염과 머리칼이 타고 옷까지 타서 여기저기 구멍이 나고 두 손에는 화상을 입었으나 자기 자신은 아무것도 깨닫지 못하는 모양이었다.

"저 사람, 아주 정신 나간 게 아냐?" 하고 사람들은 저마다 말했다. 불길은 차차 사그러 들었으나 이반은 언제까지나 멀거니 서서 "여보시오들, 이게 어떻게 된 일인가요! 그냥 끌어내기만 했으면 됐을 텐데" 하고 되풀이할 뿐이었다.

아침이 되어 마을 반장이 이반을 부르러 아들을 보냈다.

"이반 아저씨, 아저씨네 할아버지가 돌아가시게 됐어요. 아저씨를 좀 보시겠대요. 어서 가세요!"

이반은 아버지의 일을 까맣게 잊어버리고 있어 무슨 말인지 얼른 알아듣지 못하는 모양이었다.

"아버지라고? 누가 누굴 부른다고?"

"아저씨를 부르고 계세요. 돌아가시기 전에 한 번 보신다구요. 할아버진 우리 집에서 지금 돌아가시려고 그래요. 자, 가셔요, 이반 아저씨."

반장의 아들은 그의 팔을 끌었다. 이반은 반장 아들의 뒤를 따라갔다.

노인은 업혀 나올 때 불이 붙은 짚이 떨어져 화상을 입었다. 그래서 멀리 떨어진 마을에 있는 반장 집으로 실려 갔던 것이다. 이 마을은 타지 않았다. 이반이 아버지에게로 갔을 때 집 안에는 늙은 반장의 아내와 페치카 위의 아이들밖에 없었다. 모두 불구경을 하러 나갔던 것이다. 노인은 촛불을 손에 들고 침대에 누워 문가 쪽을 보고 있었다. 이반이 들어왔을 때 노인은 몸을 조금 움직였다. 반장의 아내가 다가가 아들이 왔다고 하자 곁으로 가까이 오도록 해달라고 부탁했다. 이반이 곁으로 다가가자 노인이 말했다.

"어떠냐, 바니카? 내가 네게 말하지 않았더냐? 누가 이 마을을 태웠느냐?"

"그놈이에요, 아버지" 하고 이반은 말했다. "그놈이에요. 제가 이 눈으로 보았거든요. 제가 보는 앞에서 불이 붙은 짚을 지붕 밑에 밀어 넣었어요. 저는 그냥 불붙은 짚단을 끌어내어 비벼 껐으면 됐어요. 그렇게 했더라면 아무 일 없었을 걸 그랬어요."

"이반아! 나는 이제 죽을 때가 왔지만 너 역시 언젠가는 죽는다. 도대체 이건 누구의 죄냐?"

이반은 멀거니 아버지에게 눈길을 쏟은 채 잠자코 있었다. 할 말이 한 마디도 없는 모양이었다.

"하느님 앞에 섰다고 생각하고 말을 해라. 도대체 누구의 죄냐? 내가 네게 뭐라고 하더냐?"

그때 비로소 이반은 잠에서 깨어난 듯한 느낌이 들면서 모든 일에 납득이 갔다.

"이건 제 잘못입니다. 아버지!" 이반은 외치며 아버지 앞에 쓰러져 흐느껴 울기 시작했다. "아버지, 용서해 주십시오. 저는 아버지에 대해서도 하느님께 대해서도 할 말이 없습니다!"

노인은 양손을 움직여 촛불을 왼손에 들고 오른손을 이마로 올려 성호를 그으려고 했으나 거기까지 손이 닿지 않아 단념했다.

"주께 영광 있으라! 주께 영광 있으라!"고 외며 다시금 아들을 바라보았다. "바니카, 얘, 바니카야!"

"왜 그러십니까, 아버지?"

"앞으로 어떻게 할 것이냐?"

이반은 자꾸 울기만 했다.

"모르겠어요, 아버지. 이제 앞으로 어떻게 살아가야 합니까?"

노인은 눈을 감고 온 힘을 집중하려는 듯이 입술을 옴죽거리다가 이윽고 눈을 뜨더니 말했다.

"살아갈 수 있다. 하느님과 같이 한다면 능히 살아간다."

노인은 잠시 입을 다물었다가 빙그레 웃으며 다시 말을 이었다.

"알았느냐, 바니카야. 누가 불을 질렀는지 말해서는 안 돼. 남의 죄를 하나 감싸주면 하느님께서는 너의 죄를 둘 용서해 주신다."

노인은 촛불을 양손으로 받쳐들고 그것을 가슴께에 갖다 대면서 후욱 숨을 내쉬었다. 그리고 그대로 세상을 떠났다.

이반은 가브릴로의 소행을 입밖에 내지 않았으므로 어떻게 하여 불이 일어났는지 끝내 아무도 몰랐다.

이반에게서 가브릴로를 미워하는 마음은 사라져 버렸다.

한편 가브릴로는 어찌하여 이반이 자기의 악행을 남에게 말하지 않는가, 은근히 놀라고 있었다. 한동안 가브릴로는 이반을 두려워했으나 그런 마음이 점차 없어졌다. 양쪽 가장들이 싸움을 하지 않게 되자 식구들도 서로 싸우지 않게 되었다.

집들을 다 지을 때까지 두 가족은 한 지붕 밑에서 살았다. 그리고 온 마을의 집이 새로 지어졌을 때 이반과 가브릴로는 다시 그전 자리로 돌아가 이웃이 되었다.

이반과 가브릴로는 아버지 대에서 그랬던 것처럼 이웃끼리 정답게 지냈다. 이반 시체르바코프는 늙은 아버지의 교훈이기도 하고 하느님의 가르침이기도

한, 불은 애초에 끄지 않으면 안 된다는 것을 마음속 깊이 새겨 두고 잊지 않았다. 혹 누가 자기에게 나쁜 장난질을 걸어와도 맞서서 싸우려 하지 않고 오히려 좋은 방향으로 이끌려고 애썼다. 또 누가 자기를 욕해도 마주 욕하지 않고 그런 나쁜 말을 하지 않게 일깨워 주려고 노력했다.

이반 시체르바코프는 새로운 사람이 되어 자기 집 아낙네들에게나 아이들에게도 그렇게 가르쳤으므로 전보다 더 풍족한 가정을 이루게 되었다.

달걀만한 씨앗

어느 골짜기에서 어린아이들이 가운데에 줄이 든 씨앗 같은 달걀만한 물건을 하나 발견했다. 마침 지나가던 사람이 아이들이 가지고 있는 물건을 보고 5코페이카에 사서 성문 안으로 가지고 가 진귀한 물건으로 황제에게 팔았다.

황제는 현자들을 불러모아 그들에게 이것이 무슨 물건인지, 그러니까 달걀인지 씨앗인지 알아보라고 일렀다. 현자들은 생각하고 또 생각했다. 그러나 대답을 할 수 없었다. 그 물건은 창문 위에 놓여 있었는데 한 마리의 암탉이 날아 들어와 쪼기 시작하여 구멍을 내 버렸다. 그리하여 사람들은 그것이 씨앗이라는 것을 알았다. 현자들은 궁전에 들어가 황제에게 아뢰었다.

"이것은 호밀 씨앗인 줄 아뢰오."

황제는 깜짝 놀랐다. 그리고 다시 현자들에게 이 씨앗이 어디서 언제 생겼는지를 알아보라고 어명을 내렸다. 현자들은 요모조모 생각을 거듭하고 온갖 책을 뒤져 찾았다. 그러나 아무것도 찾아내지 못했다. 그들은 어전에 나와 아뢰었다.

"대답을 드릴 수 없사옵니다. 소신들의 책에는 이것에 관해서 아무것도 씌어 있지 않사옵니다. 그러하온즉 농부들에게 한 번 물어봐야 할 줄로 아옵니다. 늙은이들 가운데서 누가 언제 어디에 이런 씨앗을 뿌렸었다는 말을 듣지 못했느냐고."

황제는 사람을 보내어 늙은 농부를 한 사람 데려오라고 명령했다. 나이 많은 늙은이가 황제에게로 불려 왔다. 그 농부는 벌써 이도 다 빠지고 얼굴도 푸르죽죽한 쪼그라진 늙은이였다. 그는 지팡이 두 개를 짚고 간신히 들어섰다. 황제는 그에게 씨앗을 보였다. 그러나 늙은이는 이미 거의 시력을 잃었다. 어떻게 겨우 절반은 살펴보고 나머지 절반은 손으로 더듬었다. 황제는 묻기 시작했다.

"영감, 이런 씨앗이 어디서 생겼는지 알겠는가? 그대의 밭에 이런 곡식을 심지 않았었는고? 혹시 농사를 짓던 시절에 어디서 이런 씨앗을 산 적이 없는고?"

늙은이는 귀가 멀어 간신히 알아듣고 겨우겨우 이해했다. 그리하여 가까스로 대답하기 시작했다.

"네. 소인은 밭에다 이런 곡식을 심은 일도, 거두어들인 일도, 산 일도 없사옵니다. 소인이 곡식을 사던 시절에 이런 씨앗은 모두 낟알이 더 잘았었습죠. 지금도 그렇지만 말씀이에요. 그런데 저……, 소인의 아버지에게 한 번 여쭤 보아야겠습니다. 어쩌면 어디서 이런 씨앗이 생겼는지 들으셨는지도 모르니까요."

황제는 이 영감의 아버지한테 사람을 보내어 데리고 오라고 명령했다. 영감의 아버지도 어전으로 오게 되었다. 이 늙어 찌들어 빠진 늙은이는 지팡이 하나를 짚고 왔다. 황제는 그에게 씨앗을 보여주었다. 늙은이에게는 아직 시력이 있었으므로 잘 알아보았다. 황제가 그에게 물었다.

"할아범, 이런 씨앗이 어디서 생겼는지 그대는 알고 있는고? 그대 밭에 이런 곡식을 심은 적이 없는고? 혹은 또 그대가 농사를 짓던 시절에 어디서 이런 씨앗을 산 적이 없는고?"

늙은이는 귀가 다소 멀기는 했지만 아들보다는 잘 알아들었다.

"네" 하고 그는 말했다. "소인은 밭에다 이런 씨앗을 뿌린 일도 없고 거두어들인 일도 없사옵니다. 또 산 일도 없사옵구요. 소인들의 시절에는 아직 돈이라는 게 만들어져 있지 않았기 때문이옵니다. 모든 사람들이 자기 곡식을 먹고 살았습니다. 그리고 모자랄 적에는 서로 나눠 가졌사옵니다. 소인네 시절의 씨앗은 요새 것보다야 더 굵고 소출도 많았사옵죠. 그러나 이런 것은 본 일이 없사옵니다. 이건 소인이 아버지한테서 들은 얘기옵니다만 아버지 시절에는 소인 시절 것에 대면 더 나은 곡식이 산출되었는데, 한결 소출도 더 많고 한결 더 굵기도 했었다는 것이옵니다. 소인의 아버지에게 하문하셔야 할 줄로 아뢰옵니다."

그리하여 황제는 다시 이 늙은이의 아버지를 데리러 사람을 보냈다. 맨 처음 늙은이의 할아버지도 황제의 편전으로 불려왔다. 노인은 지팡이도 짚지 않고 어전으로 나갔다. 가벼운 걸음걸이였다. 눈도 밝고 귀도 잘 들리며 말도 또렷했다. 황제는 이 노인에게 다시 그 씨앗을 보여 주었다. 노인은 그것을 이리

저리 되작이며 이렇게 뜯어보고 저렇게 뜯어보았다.

"오랫동안 소인은 이렇게 옛날 곡식을 보지 못해서……."

노인은 씨앗을 물어뜯어 자근자근 깨물었다.

"이게 그것이옵니다." 그는 말했다.

"그럼 노인, 어디 한 번 말해 보라. 어디서 이런 씨앗이 생겼는고? 그대는 이런 곡식을 자기 밭에 심은 일이 있는고? 혹은 또 그대 시절의 어디 사람들한테서 산 일은 없는고?"

그러자 노인이 말했다.

"이런 곡식은 소인 시절에는 어디서나 생산되었사옵니다. 소인은 이런 곡식을 평생 먹어 왔고 또 사람들도 먹여 살려 왔사옵니다."

그러자 황제는 다시 물었다.

"그럼 노인, 어디 말해 보라. 그대는 어디서 이런 씨앗을 산 일이 있는고? 혹은 또 자신의 밭에 뿌린 일이 있는고?"

노인은 히죽 웃었다.

"소인 시절에는, 곡식을 팔고 사고 하는 그런 죄악을 궁리해 낼 수 있는 사람은 한 사람도 없었사옵니다. 또 돈이라는 것도 몰랐구요. 곡식은 누구에게나 얼마라도 있었사옵죠. 소인은 이런 곡식을 소인이 직접 심기도 하고 거두어들이기도 하고 타작하기도 했었습니다."

황제는 거듭 물었다.

"어디 그럼 말해 보라, 노인. 그대는 어디다 이런 곡식을 심었고 또 그대 밭은 어디 있었는고?"

노인이 말했다.

"소인의 밭은 하느님의 땅이었사옵죠. 쟁기질을 한 거기가 밭이었사옵니다. 땅은 자유였사옵죠. 제 땅이란 건 몰랐사옵니다. 제 것으로 불렸던 건 제 노동뿐이었습니다."

"그럼, 두 가지만 더 말해 보라. 한 가지는 어째서 옛날에는 이런 씨앗이 생겼는데 지금은 생기지 않나 하는 것이고, 또 한 가지는 그대의 손자는 두 자루의 지팡이를 짚고 다니고 또 그대의 아들도 한 자루의 지팡이를 짚고 왔는데 그대만이 그처럼 가뿐히 혼자 걷는가 하면 눈도 밝은데다 이도 실하고 말도 또렷하고 상냥함은 어찌된 영문인가 하는 것인데, 어찌 그런고? 노인, 말해

보라. 이 두 가지 까닭은 무엇인고?"

그러자 노인은 다시 이렇게 말했다.

"하문하옵신 두 가지 까닭이란 다름이 아니오라 세상 사람들이 자기 힘으로 살아가기를 그만두고 남의 것을 넘보게 됐기 때문이옵니다. 옛날 사람들은 그렇게 살지를 않았사옵니다. 옛날 사람들은 하느님의 뜻을 좇아 살았사옵니다. 제 것을 가질 뿐이고 남의 것을 탐내지 않았던 것이옵니다."

두 노인

1

두 노인이 성지 예루살렘으로 순례를 떠났다. 부자 농부 예핌 타라스이치 세베로프와, 그다지 돈이 없는 에리세이 보도료프였다.

예핌은 고지식한 농부로 보드카도 마시지 않고 담배도 피우지 않았으며 코담배조차 쓰지 않았다. 태어난 이후 욕을 한 적이 없고 매사에 엄격하고 야무진 성미였다. 예핌은 두 번이나 마을의 장을 지냈고 두 번 다 1코페이카의 어김도 없이 기한을 마쳤다. 식구는 여간 많지 않아 두 아들 외에 벌써 장가든 손자까지 있는 형편인데 그래도 모두 함께 살고 있었다. 얼핏 보기만 해도 건장한 사나이임을 알 수 있다. 지금 일흔이 되었는데도 등도 굽지 않았고, 턱수염을 길게 길렀는데 이제야 흰 서리가 내리기 시작한 정도였다.

에리세이는 부유하지도 가난하지도 않은 노인으로 젊어서는 목수 일을 하러 다녔으나 나이 먹은 뒤로는 집에서 꿀벌을 치기 시작했다. 큰아들은 멀리 벌이를 하러 떠나 집에 없었고, 둘째 아들이 집에서 일하고 있었다. 에리세이는 사람 좋은 명랑한 사나이로 보드카도 마시고 담배도 피웠다. 노래부르기를 좋아하나 얌전한 성미여서 집안 식구들이나 이웃 사람들과도 사이좋게 지냈다. 그는 키가 작달막하고 얼굴빛이 거무스름한 게 약해 보이는 농부로, 곱슬한 턱수염을 기르고 자기와 같은 이름의 옛 예언자 에리세이와 마찬가지로 머리가 훌떡 벗겨졌다.

두 노인은 벌써 오래전부터 같이 떠날 약속을 하였으나 예핌 노인 쪽은 언제나 분주하여 일에 끝이 없었다. 한 가지 일이 끝났는가 하면 곧 다음 일이 생기곤 했다. 손자의 혼인 잔치가 끝났는가 했더니 막내아들이 군대에서 돌아왔다. 그런가 하면 이번에는 새로 집을 지어야 할 모양이다.

어느 축제일에 두 노인은 우연히 만나 통나무 위에 나란히 걸터앉았다. 에리세이가 말했다.

"어떤가? 언제 성지 순례를 떠날 건가?"

예핌은 얼굴을 찡그리며 말했다.

"아니, 조금만 더 기다려줘야겠어. 올해는 영 매사가 뒤틀린단 말이야. 그 공사를 시작했을 땐 그저 100루블 정도면 될 것 같았는데 벌써 300루블이나 들었는데도 끝이 보이지 않으니, 아무래도 여름까진 끌 모양이야. 글쎄, 올 여름엔 주님의 뜻이시라면 떠나게 되겠지."

"내 생각 같아선 그렇게 미루기만 해서는 좋지 않아. 마음먹고 떠나야지. 지금은 봄이라 때는 꼭 좋은데……."

"때도 때지만 일단 시작한 일을 어떻게 버려 두고 가나?"

"아니 그래, 자네 집엔 그렇게 일을 맡길 사람이 없나? 아들이 다 알아서 할 게 아닌가?"

"뭘 알아서 하겠나! 큰아들놈이라고 어디 믿음직스러운 데가 있어야지. 엉뚱한 짓을 해놓을 게 뻔해."

"그렇지 않아. 우리는 어차피 죽을 텐데 남은 자식들은 우리가 없어도 다 잘해 나가네. 자네 아들도 그렇지, 지금부터 일을 배워서 익혀야 해."

"그야 그렇긴 하지만 뭐니뭐니해도 내 눈으로 완공을 보고 싶어."

"아이구, 난 모르겠네! 이런 일 저런 일 죄다 끝장을 보자면 한이 없어. 아암, 한이 없구말구. 바로 얼마 전에도 우리 집 아낙네들이 축제일이 다가온다고 빨래며 집안일을 하고 있었는데, 저것도 해야 되고 이것도 해야 되는데 하면서 걱정이 끝이 없는데 들어보니 도저히 해결이 안 나겠더라구. 그런데 우리 큰며느리가 아주 영리해서 이렇게 말하잖겠나? '그래도 어쨌거나 축제가 주저하지 않고 성큼성큼 다가와주니 고맙군요. 어차피 아무리 안달복달한들 끝날 일도 아니니까요'라고 말이지."

예핌은 생각에 잠겼다.

"그런데 나는 그 공사에 여간 돈을 처넣었어야지. 길을 떠나는데 빈손으로 갈 수도 없고……, 그것도 한두 푼으론 되지 않을 테고…… 그렇지, 100루블은 가지고 가야지……?"

에리세이는 웃음을 터뜨렸다.

"자네, 그런 소리 하다간 벌 받아요. 자네 재산은 내게 대면 열 갑절은 되는데 그래 돈 때문에 중얼거리다니. 그런 일은 접어놓고 언제 떠날 것인지 작정이나 하게. 나는 돈도 없지만 그래도 떠난다면야 마련하지 못하겠나."

예핌 노인도 씩 웃으면서 말했다.

"야, 대단한 부자로군. 어디서 어떻게 할 건가?"

"뭘, 온 집안을 뒤지면 얼마쯤은 나올 거고, 모자라는 몫은 밖에 세워 놓은 통나무 꿀벌 통 여남은 개만 옆집에 팔면 되겠지. 전부터 사겠다고 했으니까."

"팔아 버린 벌통에서 수확이 좋으면 속이 상할걸."

"속이 상해? 자네, 그런 말은 꿈에도 하지 말게. 세상에는 죄 짓는 일 외에는 아무것도 속상할 일이 없어. 영혼보다 더 소중한 건 없으니까."

"그야 물론 그렇지만, 역시 집안 일이 정돈돼 있지 않으면 아무래도 마음이 편안하지 않거든."

"그보다도 영혼의 일이 질서가 잡히지 않으면 더 편치 않을걸. 어떻든 약속한 거니까 떠나지? 정말 떠나자니까……?"

2

이렇게 하여 에리세이는 친구를 설복시켰다. 예핌은 밤새도록 생각한 끝에 이튿날 아침 에리세이에게로 와서 말했다.

"그럼 떠나세. 과연 자네 말대로 인간이 사는 것도 죽는 것도 주님의 뜻이니, 아직 살아서 기운이 있는 동안에 가기는 꼭 가야겠어."

그로부터 1주일 후 두 노인은 준비를 마쳤다.

예핌의 집에는 돈이 많았으므로 100루블을 여비로 마련하고 200루블은 늙은 자기 아내에게 맡겼다.

에리세이도 준비가 갖춰졌다. 바깥에 늘어놓은 통나무 꿀통 중에서 열 개를 옆집 주인에게 팔고 거기서 생겨나는 벌도 붙여서 건네기로 약속했다. 그리하여 70루블이라는 돈이 마련되었다. 나머지 30루블은 온 집안 구석구석을 뒤지고 식구들에게 조금씩 받았다. 그의 늙은 아내도 죽을 때 쓰려고 모아 두었던 돈을 모두 털어서 내놓고 며느리도 자기 돈을 내놓았다.

예핌 타라스이치는 뒷일을 모조리 아들에게 맡겼다. 어디서 얼마만큼의 건초를 벤다든가, 거름은 어디로 운반한다든가, 공사는 어떻게 완공시키며 지붕은 어떤 모양으로 올린다든가, 여하튼 한 가지도 빠뜨리지 않고 지시했다. 그런데 에리세이 쪽은 아내에게, 팔아 넘긴 통나무 꿀통에서 깐 벌은 따로 모았

다가 조금도 어김없이 옆집 주인에게 건네 주라고 당부했을 뿐, 가사에 대해서는 한 마디도 지시하지 않았다. 일을 어떻게 하면 되는가는 당사자가 되면 저절로 알게 되므로, 너희들도 주인이니까 저마다 자기들 좋은 대로 하면 된다는 생각이었다.

두 노인은 준비를 다 마쳤다. 식구들은 과자를 굽고 자루를 만들고 새 각반을 마름질하고 새로 신발도 만들었다. 노인들은 갈아 신을 나막신도 마련해 가지고 마침내 떠났다. 식구들은 동구 밖까지 전송 나와서 작별을 고하고 두 노인은 여행길에 올랐다.

에리세이는 들뜬 마음으로 첫발을 내디디며 마을에서 멀어지자 집의 일 같은 건 죄다 잊어버렸다. 마음 속으로 생각하고 있는 것은, 여행중엔 부디 친구의 마음에 들도록 하자, 누구에게나 언짢은 말 같은 것은 삼가자, 무사히 만족한 마음으로 목적지에 도착하고 또 무사히 집으로 돌아오자는 것뿐이었다.

에리세이는 길을 걸으면서 기도문을 입속으로 외고 자기가 알고 있는 성자의 일생을 마음속으로 자꾸 더듬었다. 도중에 누군가와 동행이 되거나 여인숙에 들 때는 어떻게든지 남에게 살뜰한 응대를 하자, 하느님께서 가르쳐 주신 말씀을 말하도록 하자고 다짐하는 것이었다. 길을 걸으면서도 기뻐서 견딜 수 없을 정도였는데 다만 한 가지, 에리세이에게 도저히 의지대로 안 되는 일이 있었다. 코담배를 그만 끊어 보려고 일부러 쌈지를 집에 두고 왔는데, 그것이 아쉬워서 견딜 수 없었던 것이다. 마침 도중에 어떤 사람에게서 얻었으므로 친구마저 유혹하는 일이 없도록 슬쩍 뒤쳐져서는 코담배 냄새를 맡곤 했다.

예핌 타라스이치도 기분이 좋은 듯 기운차게 걸어갔다. 나쁜 짓은 전혀 하지 않고, 쓸데없는 말도 한 마디 하지 않았으나 마음속은 편치가 않았다. 집 걱정이 한시도 머리를 떠나지 않았다. 집에서는 어떻게들 하고 있을까를 늘 생각했다. 뭔가 아들에게 일러 줄 것을 잊어버리지는 않았나, 아들은 분부한 대로 하고 있을까 걱정하는 것이다. 그만 당장에라도 돌아가서 모든 것을 자기 손으로 하고 싶은 충동이 일어나는 것이었다.

3

두 노인은 5주일 동안 계속해서 걸었으므로 집에서 가지고 온 목피 구두가 다 떨어져 이제 새 신을 사야할 무렵에 소러시아(지금의 우크라이나)로 들어갔다. 집을 떠나니 자는 것도 식사도 전부가 돈이었다. 소러시아로 접어들자 모두 다투어 두 노인을 자기 집으로 끌어가려고 했다. 잠을 재우고 식사를 대접하고서도 돈을 받지 않을 뿐더러, 도중에서 먹으라고 자루 속에 빵이랑 과자를 넣어 주는 형편이다. 이렇게 두 노인은 홀가분하게 7백 베르스타의 길을 걸어 다시 마을을 지나 흉년이 든 고장에 닿았다.

거기서는 잠을 재워 주고 방 값은 받지 않았으나 먹을 것은 아무것도 주지 않았다. 빵은 아무 데서도 주지 않았을 뿐 아니라 어떤 때는 돈을 내도 살 수 없는 일도 있었다. 사람들의 이야기를 들으니 지난 해 곡식이 하나도 영글지 않았다고 한다. 부자도 먹을 것이 없어 가진 물건들을 팔아 버리고, 중류 생활을 하던 사람은 빈털터리가 되었으며, 가난뱅이는 다른 지방으로 가든가 동냥을 나서든가 아니면 마을에서 근근이 하루하루 지내고 있는 형편이었다. 겨울 동안은 밀기울과 명아주로 끼니를 이었다고 한다.

어느 날 두 노인은 작은 마을에 들어가 빵을 열 다섯 근쯤 사고 하룻밤을 잔 다음, 동이 트기 전에 길을 떠났다. 뜨거워지기 전에 조금이라도 더 걸으려는 것이다.

10베르스타쯤 걸어가 어떤 개울가에 당도했다. 거기서 다리를 펴고 앉아 컵에 물을 떠서 빵을 축여가며 배불리 먹은 다음 나막신을 갈아 신었다.

이렇게 앉아서 한참 쉬는 동안 에리세이가 담배쌈지를 꺼냈다. 예핌이 그것을 보고 머리를 가로저었다.

"왜 그런 좋지 못한 버릇을 고치지 못하나!"

에리세이는 어쩔 수 없다는 듯 손을 내저으며 대답했다.

"나는 죄에 빠졌어. 도저히 안 되는군."

두 사람은 일어나 다시 갈길을 재촉했다. 거기서 다시 10베르스타쯤 걸어가니 커다란 마을이 앞을 가로막았다. 그 마을을 완전히 통과했을 때는 벌써 볕이 여간 뜨거워진 것이 아니었다. 에리세이는 너무나 지쳐 잠시 쉬고 물도 한 그릇 마시고 싶었으나 예핌은 걸음을 멈추려 하지 않았다. 예핌은 걸음을 잘 걸어 에리세이는 그 뒤를 따라가기조차 어려웠다.

"물을 좀 마셨으면."

"뭐 마시지그래. 난 괜찮아."

에리세이는 걸음을 멈추고 예핌에게 이렇게 말했다.

"그럼, 날 기다리지 말게나. 나는 잠깐 저 농가에 들어가서 물을 얻어 마신 다음 곧 뒤따라갈 테니까."

"그래 알았네." 예핌은 혼자 신작로를 걸어가고 에리세이는 농가 있는 쪽으로 돌아섰다.

에리세이가 농가에 다가가 보니 석회칠을 한 자그마한 집이었다. 아래쪽은 꺼멓게 되고 윗부분만이 허연데 오래도록 손을 보지 않은 모양으로 칠은 벗겨지고 지붕은 한쪽이 허물어지고 없었다. 집의 입구가 뒷문 쪽에 붙어 있어 에리세이는 뒷문으로 들어서서 문득 보니 담장 밑에 사나이가 드러누워 있었다. 마르고 턱수염도 없으며 루바시카 자락은 소러시아 식으로 바지 속에 넣고 있었다.

짐작컨대 이 사나이는 시원한 그늘을 찾아서 드러누워 있었던 모양이나 지금은 볕이 똑바로 내리쬐고 있었다. 사나이는 드러누운 채 잠들어 있지는 않았다. 에리세이는 물을 좀 마실 수 없느냐고 말을 걸었으나 사나이는 대답도 하지 않았다.

에리세이는, 앓고 있거나 아니면 꽤 무뚝뚝한 사나이인 모양이라고 생각하며 문께로 다가갔다.

그러자 집 안에서 어린아이의 우는 소리가 들려 왔다. 에리세이는 문의 고리쇠를 덜컹덜컹 소리나게 하면서 "실례합니다"라고 했으나 대답이 없었다.

"아무도 안 계십니까!"라고 해도 아무런 소리도 들리지 않았다. 에리세이는 그만 돌아서려고 하는데 문 앞에서 누군가가 신음하고 있는 듯한 소리가 들렸다.

'무슨 변고가 생긴 게 아닐까? 어디 한 번 들여다보고 가야지.'

에리세이는 집안으로 들어가기로 마음먹었다.

4

에리세이가 손잡이를 돌려보니 문에는 쇠가 걸려 있지 않았다. 문을 열고 복도에 들어서니 방으로 통하는 문이 열려 있었다. 오른편에는 난로가 있고 정면이 상좌로 되어 있었으며, 구석에 성상(聖像)과 테이블이 놓여 있고, 테이블 저쪽에는 걸상이 있었다.

걸상에는 머리에 두건도 쓰지 않은 속옷바람의 할머니가 걸터앉아 테이블에 머리를 올려놓고 있었다. 그 곁에는 비쩍 말라 배만 커다란 밀랍 같은 얼굴빛의 사내아이가 앉아서 할머니의 옷소매를 잡아당기며 칭얼대고 있었다.

에리세이는 그 방에 발을 들여놓았는데, 방안에서는 숨이 막힐 듯한 고약한 냄새가 났다. 보니까 페치카 저쪽 마룻바닥 위에 한 여자가 쓰러져 있는 것이 아닌가. 엎어진 채 이쪽을 보려고도 하지 않고 그냥 가래 끓는 소리만 내면서 한쪽 다리를 폈다 오므렸다 할 뿐이었다. 괴로운 듯 이리저리 뒤척이고 있는 몸에서는 코를 찌르는 악취가 풍기고 있었다. 여자는 대소변을 가리지 못하는 게 틀림없는데 아무도 뒤치다꺼리를 해주지 못하는 모양이었다. 할머니가 문득 눈을 들어 낯선 침입자를 바라보았다.

"누구요, 당신은? 무슨 볼일이오? 뭐가 필요하오? 누군지 모르지만 여긴 아무것도 없으니……."

에리세이는 가까이 다가가서 말했다.

"할머니, 물을 좀 얻어 마시려고 그래요."

"아무것도 없다고 그랬잖우. 아무도 물을 떠올 사람이 없어요. 손수 가서 떠 마셔요."

"어떻게 된 겁니까, 할머니? 이 집엔 성한 사람이라곤 하나도 없나요? 이 아주머닐 돌봐 줄 사람도?" 하고 에리세이가 물었다.

"아무도, 아무도 없어요. 뒷문에선 사람이 하나 죽어가고 있고 우린 여기서 이렇게……."

사내아이는 낯선 사람을 보고 잠시 입을 다물고 있었으나 할머니가 말하는 것을 보자 다시 소매를 지근거리며 "빵줘, 할머니, 빵!" 하고 울기 시작했다.

에리세이가 할머니에게 다시 말을 물으려고 했을 때 밖에 있던 사나이가 안으로 비틀거리며 들어왔다. 벽을 의지하고 걸음을 옮겨 걸상에 앉으려고 하는 모양이었으나 그러지도 못하고 출입문 어귀의 한쪽 구석에 의지하듯 쓰러졌다. 그러고는 일어나려고도 하지 않고 말하기 시작했다. 한 마디 하고는 말을 끊고, 한 마디 하고는 숨을 몰아쉬고 다음 말을 이어갔다.

"전염병에 걸렸는데, 게다가…… 흉년이 들어…… 저놈도 굶어서 다 죽게 되었소!"

농부는 턱으로 사내아이를 가리키며 울기 시작했다.

에리세이는 등에 짊어진 자루를 치켜올려 두 팔을 멜끈에서 빼고, 자루를 바닥에 내려놓았다가 다시 걸상 위에 올려놓은 뒤 자루를 끄르기 시작했다. 자루를 열고 안에서 빵과 나이프를 꺼내어 한 조각 잘라서 농부에게 주었다. 농부는 그것을 받으려 하지 않고 사내아이와 여자 쪽을 가리켰다. 그들에게 주라는 것이다. 에리세이는 사내아이에게 주었다. 사내아이는 빵 냄새를 맡자 몸을 뻗쳐 두 손으로 먹이를 움켜쥐더니 입과 코를 빵에 처박았다. 그러자 페치카 구석에서 계집아이가 기어나와 물끄러미 빵을 바라보았다. 에리세이는 그 아이에게도 한 조각 주었다. 그리고 또 한 조각을 잘라 할머니에게도 주었다. 할머니는 그것을 받아들자 우물우물 먹기 시작했다.

"물을 한 그릇 떠왔으면 좋겠는데, 모두가 목이 타는데. 내가 어젠가 오늘인가 물을 뜨러 갔는데 미처 오기도 전에 쓰러져 버렸지. 물통이 거기 있긴 할텐데, 혹시 누가 가져갔다면 모르지만……."

에리세이는 우물이 어디 있는가를 물어 보았다. 할머니가 자세히 가르쳐 준 대로 갔더니 물통이 있었다. 그래서 물을 떠다 식구들에게 먹였다. 아이들과 할머니는 물을 마셔가며 빵을 먹었으나 남자는 입에 대려고 하지 않았다.

"위가 영 말을 듣지 않아서"라고 했다. 여자는 숫제 일어나려고도 하지 않고, 전혀 정신을 차리지 못한 채 그냥 나무 침대 위에서 몸부림칠 뿐이었다. 에리세이는 가게에 가서 옥수수랑 소금, 밀가루, 버터를 사왔다.

그리고 도끼를 찾아 장작을 패어 페치카에 불을 지폈다. 계집아이가 거들었다. 이리하여 에리세이는 수프와 보리죽을 만들어 온 식구에게 먹였다.

5

주인 남자도 먹고 할머니도 먹었다. 사내아이와 계집아이는 그릇 바닥까지 싹싹 핥아먹고, 서로 껴안은 채 잠들어 버렸다. 농부와 할머니는 왜 이렇게 되었는지를 이야기했다.

"우리는 지금까지 그다지 넉넉한 살림살이도 아닌데다 지난해엔 추수한 것이 아무것도 없어 이번 기근이 든 가을부터는 내내 전에 남았던 것을 그냥 털어먹었습지요. 마침내 더 찾아 먹을 게 없자 이웃 사람들과 친절한 분들의 신세를 지게 되었습니다. 처음엔 물론 꾸어 주기도 했지만 차츰 거절하게 되었습죠. 어떤 사람은 꾸어 주고 싶은 마음은 태산 같지만 아무것도 없으니 할 수 없다고 하더군요. 또 이쪽도 한두 번이 아니어서 매번 손을 벌리기가 여간 민망스럽지 않았습니다. 이 사람 저 사람에게 온통 돈과 밀가루와 빵을 꾸어 썼으니 말입니다."

농부는 말을 계속했다.

"나는 일을 찾아 돌아다녔으나 일이 없었습니다. 모두가 입에 풀칠하기 위해 일을 찾아다니는 형편이니 어쩌다 하루 일하면 그 다음 이틀은 일을 찾아 헤매야만 했습니다. 그래서 할머니와 계집아이가 이웃마을로 동냥하러 떠나게 되었는데 누구도 빵이 없으니까 어디 변변한 먹을거리가 얻어지나요. 그래도 굶어 죽지 않을 만큼 입에 풀칠을 했습죠. 그래서 이럭저럭 햇보리가 날 때까지 연명해 가겠다고 생각했던 것인데, 글쎄 이 봄부터는 전혀 동냥을 주는 집이 없게 된데다 이렇게 열병까지 퍼지지 않겠습니까. 형편은 날로 가난해져서 하루 먹으면 이틀은 굶어야 되었죠. 마침내 풀까지 뜯어먹게 되었는데 그 풀 때문인지 아니면 무슨 다른 이유가 있었는지 아내가 병으로 쓰러졌습니다. 아내는 앓아 누웠죠. 내겐 힘이 없으니 암담한 형편입니다."

농부가 말을 마치자 할머니가 입을 열었다.

"나 혼자 정신없이 돌아다녔지만 아무리 돌아다녀 보아야 어디서든 먹을 게 나와야 말이죠. 그만 지치고 근력도 빠져서 주저앉아 버렸어요. 손녀딸도 몸이 잔뜩 약해진 데다가 이제 겁까지 집어먹고 근처에 심부름을 보내도 가려고 하질 않는군요. 구석에 들어박혀서 꼼짝도 않고 있어요. 엊그제 이웃집 아주머니가 무슨 볼일이 있었는지 왔다가 온통 굶어서 쓰러져 있는 것을 보더니 깜짝 놀라 돌아서서 나가 버리지 뭡니까. 그 아주머니도 남편은 도망쳐 없고 어린 아이들하고 굶주리는 판이라 그럴 만도 하죠. 그래서 이렇게 드러누워 주님의 부르심을 기다리고 있습니다."

두 사람의 이야기를 들은 에리세이는 그날로 친구를 따라가야 한다는 생각을 버리고 그 집에 머물렀다. 이튿날 아침, 일어나자마자 에리세이는 마치 자기가 이 집의 주인이라도 된 듯이 서둘러 일하기 시작했다. 할머니와 둘이서 밀가루를 반죽하고 페치카에 불을 지피고 계집아이와 함께 쓸 만한 물건을 찾아보려고 근처를 돌아다녔다. 이건 어떨까, 저건 어떨까 생각하며 찾아보았으나 아무것도 없었다. 모조리 먹을 것과 바꿨던 것이다. 연장도 없고, 입을 옷가지도 없는 형편이었다. 그래서 에리세이는 꼭 있어야 할 물건을 마련하기 시작했다.

손수 만들기도 하고 밖에 나가서 사오기도 했다. 이렇게 하여 에리세이는 하루를 보내고 이틀이 지나 사흘을 묵었다. 사내아이는 다시 기운을 찾아 가게에 심부름도 가고 에리세이를 잘 따랐다. 계집아이는 아주 명랑해져서 무슨 일이나 거들려고 나섰다. 줄곧 "아저씨, 아저씨!" 하며 에리세이의 뒤를 졸졸 따라다녔다. 할머니도 일어나 이웃에 드나들게 되었고 주인 남자도 벽을 짚고 걷게 되었다. 누워 있는 사람은 그의 아내뿐이었으나 그녀도 사흘째 되는 날에는 정신을 차리고 뭘 좀 먹었으면 좋겠다고 했다.

'이런! 이렇게 오래 묵으려고는 생각지도 않았는데……. 이제 그만 떠나야지' 하고 에리세이는 생각했다.

6

나흘째 되는 날은 바로 축제일 전날이었다. 그래서 에리세이는 식구들과 다 같이 전야(前夜)를 축하하고 축제일 선물로 뭘 좀 사준 다음 저녁때는 떠나야겠다고 혼자 마음속으로 생각했다. 에리세이는 또다시 마을에 내려가 우유와 밀가루와 기름을 사다가 할머니와 둘이서 음식을 장만했다. 이튿날 아침에는 교회의 미사에 참례하고 집으로 돌아와서 식구들과 같이 맛있는 요리를 먹었다.

이날은 그 집 여자도 일어나 집안을 슬슬 거닐었다. 남편은 수염을 다듬고 깨끗한 루바시카를 입고(할머니가 빨았던 것이다) 마을에서도 부자 소리를 듣는 집주인을 찾아갔다. 그것은 부자인 집주인에게 밭도 땅도 저당을 잡혔으므로 햇보리가 나기까지 그 밭과 땅을 좀 쓰게 해줄 수 없느냐고 청하러 갔던 것이다. 저녁때 남편은 어깨를 늘어뜨리고 돌아와 눈물을 흘렸다. 부잣집 주인이 인정사정도 없이 돈을 갖고 오라 했다는 것이다.

거기서 에리세이는 다시 생각에 잠겨 중얼거렸다.

"이 사람들은 장차 어떻게 살아가야 하는가? 다른 사람들은 모두 풀을 베러 가는데 이 사람들은 멀거니 앉아 있어야만 한다. 땅이 저당에 들어가서 쌀보리가 익으면 남들은 추수를 하게 되는데(사실 썩 잘 영글었더군!) 이 사람들은 아무런 낙도 없다. 밭은 부잣집에 팔았다고 그랬으니까 내가 가버리면 이 사람들은 전처럼 또 길에서 헤매야 한다."

에리세이는 생각이 여러 갈래로 흩어져 그날 저녁때도 출발하지 못하고 이

튿날 아침까지 미루게 되었다. 마당에 나가 기도를 마친 다음 잠을 자려고 드러누웠으나 좀처럼 잠이 오지 않았다. 돈을 많이 써 버렸고 날짜도 퍽 허비하였으므로 그만 출발해야 하는데 이 집 사람들이 가엾어 차마 떠날 수 없었기 때문이다.

모든 걸 도와준다는 것은 불가능한 일이다. 처음에는 물이나 길어다 주고 빵이나 한 조각씩 먹일 셈이었는데 그것이 이렇게까지 돼 버렸으니. 이제는 땅이랑 밭을 찾아 주어야 하게 되었다. 밭을 찾아 주고 나면 다음에는 아이들에게 우유를 먹이도록 젖소도 사 주어야 되겠고 주인 남자에게는 보릿단을 운반할 말도 사 주어야 되지 않겠는가.

'야, 에리세이, 너 아주 함빡 말려든 모양이구나. 닻을 던져 놓고는 도대체 뭐가 뭔지 모르게 된 모양이군!'

에리세이는 일어나 베개 삼았던 긴 외투를 더듬어 담배 쌈지를 꺼내고 담배를 한줌 쥐어 머릿속을 개운하게 하려고 했으나 어찌된 일인지 아무리 생각에 생각을 거듭해도 이렇다 할 묘책이 떠오르지 않았다. 출발하지 않으면 안 되었으나 이 사람들이 가엾어서 견딜 수 없으니 도리가 없었다. 다시 긴 외투를 둘둘 말아 베개로 삼고 벌렁 드러누웠다.

가만히 그렇게 드러누워 있는 동안 어느 사이에 닭이 울고 이윽고 깊은 잠에 빠져 버렸다. 그때 갑자기 누가 부르는 것 같은 기분이 들었다. 보니 어엿이 출발할 채비를 한 남자가 등에는 자루를 짊어지고 손에는 지팡이를 들고서 문을 나서려는 참이었다. 문은 활짝 열려 있으므로 그냥 걸어 나가기만 하면 되었다. 문을 빠져나가려고 하는데 이쪽 울타리에 자루가 걸렸다. 그것을 떼려고 하자 저쪽 울타리에 각반이 걸려 자루가 풀어지게 되었다. 그것을 바로잡으려 내려다보니 이게 웬일인가. 이건 울타리에 걸린 것이 아니다. 계집아이가 붙잡고 "아저씨, 아저씨, 빵 좀 주세요!" 하고 아우성치고 있는 것이 아닌가. 발을 보니 사내아이가 각반을 움켜쥐고 있었고 창문으로는 할머니와 주인 남자가 이쪽을 바라보고 있었다. 에리세이는 잠이 깨어 혼잣말로 말했다.

"내일은 밭과 풀밭을 도로 사주자. 그리고 말도 사고 햇보리가 나기까지 먹을 밀가루도, 아이들에게 우유를 먹일 젖소도 사 주어야겠다. 그렇지 않으면 일껏 바다를 건너서 그리스도님을 찾아간다고 해도 자신 안에 있는 그리스도님을 잃어버리게 된다. 어려운 사람을 도와야지!"

그리고 에리세이는 아침까지 단잠을 잤다. 아침 일찍 잠이 깨자 곧 부자 농가를 찾아가서 쌀보리 밭을 도로 사고 땅의 대금도 치렀다. 그 집으로 돌아가는 길에 낫을 사 가지고(그것마저도 팔았던 것이다) 갔다. 주인 남자는 땅의 잡초를 베도록 내보내고 자기는 마을 농가를 돌아다니다가 주막집 주인이 수레를 붙여서 말을 판다는 얘기를 듣고 값을 흥정하여 샀다. 밀가루도 한 부대 사서 짐수레에 실은 다음, 이번에는 젖소를 사러 갔다. 걸어가는 동안 두 사람의 소러시아 여인들의 뒤를 따라가게 되었다. 이 여인들은 걸으면서 열심히 이야기를 주고받았다. 소러시아 어로 말하였으나 에리세이는 그것을 알아들을 수 있었다. 그런데 그녀들이 에리세이 이야기를 하는 것이 아닌가.

"하긴 처음에는 어떤 사람인지 전혀 몰랐다는 거예요. 그냥 순례자라고 생각했대요. 물을 얻어 마시려고 들어왔다가 그대로 눌러앉아 버렸다는군요. 오늘도 나는 이 눈으로 엄연히 보았지만 주막집에서 짐수레하고 말을 샀어요. 요즘 세상에 그런 사람이 다 있다니, 우리 거기 가서 구경하지 않을래요?"

에리세이는 여자들이 자기를 칭찬하고 있다는 것을 알고는 젖소 사는 일을 포기하고 주막으로 돌아가 말 값을 치렀다. 말에 수레를 맨 다음, 밀가루를 싣고 집으로 돌아왔다. 문 앞에 당도하자 말을 세우고 마차에서 내렸다.

식구들은 말을 보고 깜짝 놀랐다. 아무래도 자기들을 위해서 말을 산 모양이라고 짐작은 했으나 그것을 입 밖에 내어 말하기는 쑥스러웠다. 주인 남자는 문을 열면서 물었다.

"아니, 그 말은 도대체 어떻게 된 겁니까?"

"샀어. 마침 싼 걸 만났기에 말이지. 오늘 하룻밤 잘 먹도록 풀을 좀 베어 넣어 주게. 그리고 이 자루 좀 끌어내려 주겠나?"

주인 남자는 말을 풀고 밀가루 부대를 광에 갖다 놓고 풀을 한아름 베어다가 말구유에 넣어 주었다. 이윽고 모두들 잠자리에 들었다. 에리세이는 집 밖에서 자기로 했다. 벌써 저녁 전에 자기의 행낭을 거기 내다 놓았던 것이다.

모두 잠들어 버리자 에리세이는 자기의 자루를 짊어지고 나막신을 신고 긴 외투를 걸친 다음 예핌의 뒤를 쫓아 나섰다.

7

에리세이가 5베르스타쯤 갔을 때 날이 밝았다. 에리세이는 나무 밑에 앉아 자루 입구를 열고 돈을 세어 보았다. 17루블 20코페이카가 남아 있었다.

'아니, 이 돈으로 바다를 건너서 긴 여행은 할 수 없다. 주님을 위한답시고 공연히 구걸하다 자칫 죄나 지으면 큰일 아닌가. 예핌 영감이 혼자 가서 내 대신 촛불을 밝혀 줄 테지. 나는 아무래도 죽기 전에는 성지 순례를 못할 모양이군. 하지만 감사하게도 주님께서는 모든 것을 굽어살피시니까 이것도 용서해 주실 것이 틀림없어.'

에리세이는 일어나서 자루를 짊어지고 가던 길을 되돌아섰다. 다만 그 마을만은 사람들의 눈에 띌세라 멀리 돌아서 지나갔다. 이렇게 하여 에리세이는 얼마 후에 무사히 집에 도착했다. 목적지를 향해 갈 때는 걷는 일이 힘들어 예핌을 뒤쫓아가는 것이 고작이었는데 되돌아가기 시작하니 마치 하느님께서 도와주시기라도 하는 듯이 아무리 걸어도 지치는 일이 없었다. 나들이 가는 기분으로 지팡이를 내두르며 걸어도 하루에 70베르스타씩이나 갈 수 있었다.

에리세이가 집에 돌아오니 식구들은 마침 들일을 마치고 돌아오던 참이었다. 모두 노인의 귀가를 기뻐하며 여행은 어땠는가, 어쩌다가 동행과 떨어졌는가, 왜 목적지까지 가지 않고 돌아왔는가 하고 여러 가지로 묻기 시작했다. 에리세이는 별로 자세히 이야기하지 않았다.

"아무래도 주님의 인도가 없었던 모양이다. 도중에 돈은 잃어버렸지, 예핌 영감은 놓쳤지, 그래서 갈 수가 없었어. 그러니 이제 그 얘기는 그만 했으면 싶구나."

그러고 나서 할멈에게 남겨 온 돈을 건네 주었다. 에리세이가 집안 일을 여러 가지로 물어 보니 만사가 순조로웠고 일도 거침없었으며 아무런 불평 없이 식구들도 오순도순 지내고 있었다.

예핌 영감네 집에서도 그날로 에리세이가 돌아왔다는 말을 듣고서 자기 집 노인의 소식을 들으러 왔다. 그들에게도 에리세이는 비슷한 말을 일러 주었다.

"자네네 할아버지도 탈없이 잘 가셨네. 나하고는 베드로 축제일 사흘 전에 헤어졌지. 나는 뒤쫓아가려고 했는데 그때 일이 이상하게 되어 돈을 잃어버려 모자라겠길래 그만 돌아온 거야."

사람들은 깜짝 놀랐다. 어리석다고 할 수 없는 성실한 사람이, 성지 순례를 떠났다가 목적지에 닿기도 전에 돈을 잃어버리고 돌아오다니, 어쩌다가 그런 바보스러운 짓을 했을까 갸우뚱했으나 차차 그 일은 잊어버렸다.

당사자인 에리세이도 잊어버리고 다시 일을 하기 시작했다. 아들과 둘이서 올 겨울에 쓸 땔나무를 장만하고, 아낙네들과 같이 밀을 빻고, 곳간지붕을 새로 얹고, 꿀벌의 월동 준비를 해주고, 열 개의 꿀벌 통나무를 새로 깐 벌과 함께 옆집에 넘겨주었다. 할멈은 돈을 받고 판 통나무에서 벌을 얼마나 깠는지 속이려고 했으나 에리세이는 어느 통이 소용없게 되고 어느 통에서 새끼를 깠는지 죄다 알고 있어 열 무더기가 아니라 열 일곱 무더기를 옆집에 주었다. 가을걷이가 다 끝나자 에리세이는 아들을 벌이하러 내보내고 자기는 줄곧 집에 있으면서 나막신을 만들고 꿀통으로 쓸 통나무를 파내었다.

8

에리세이가 병자가 있는 농가에서 묵던 날, 예핌은 하루 종일 친구를 기다렸다. 그는 혼자 너무 많이 가지 않고 길가에서 한참 기다린 끝에 한잠 푹 자고 깨어 일어나 다시 우두커니 기다렸으나 친구는 오지 않았다. 눈을 크게 뜨고 둘러보았으나 이미 해는 저물어 가는데 에리세이는 나타나지 않았다.

'이거 내가 잠자는 사이에 모르고 그대로 지나쳐 간 게 아닌가? 다리가 아프다 보니 남의 짐수레를 얻어 타고 여길 지나가면서 나를 보지 못한 게 아닐까? 하지만 보이지 않았을 리가 없는데…… 허허벌판이어서 눈앞이 환히 다 보이는 걸. 내가 다시 되돌아가면 오히려 영감이 앞으로 먼저 가 버려서 더 크게 어긋날지도 몰라. 나도 앞으로 가는 게 좋겠군. 여관에서 만나게 되겠지.'

다음 마을에 당도하자, "혹시 이러이러한 노인이 이리로 오거든 내가 있는 여관으로 데려다 주시오" 하고 반장에게 부탁해 놓았다. 그런데 에리세이는 그 여관에도 끝내 오지 않았다. 예핌은 앞으로 다시 길을 떠나 한 사람 한 사람에게 이러이러한 대머리 영감을 못 봤느냐고 물어 보았으나 봤다는 사람이 아무도 없었다. 예핌은 어처구니가 없어 혼자 계속 걸었다.

'그렇지, 오데사 근처가 아니면 배 안에서 만나게 될 거야.'

그는 더 이상 생각하지 않기로 했다.

도중에 한 순례자와 동행하게 되었다. 순례자는 보통 입는 법복(法服)에 법모(法帽)를 쓰고 머리를 길게 기르고 있었다. 아토스에도 간 일이 있고, 지금 이 길이 두 번째로 가는 예루살렘 행이라고 했다. 어떤 여인숙에서 만나 여러 가지 이야기를 한 끝에 동행이 되었던 것이다.

오데사에 도착하기까지는 무사했다. 두 사람은 밤낮으로 사흘간 배를 기다렸다. 세상 각처에서 모여든 숱한 순례자들이 기다리고 있었다. 여기서도 예핌은 에리세이에 대해 물어 보았으나 아무도 봤다는 사람이 없었다.

예핌은 외국 여행 허가장을 받았는데 값은 5루블이었다. 그리고 왕복 배삯으로 40루블을 치른 다음 도중에 먹을 빵이랑 청어 등을 샀다.

이윽고 배에 짐을 다 싣자 순례자들은 본선으로 옮겨 타게 되었다. 예핌과 그 순례자도 탔다.

닻이 올려지고 배는 안벽(岸壁)에서 떨어져 큰 바다로 나갔다. 그날은 무사히 항해했는데 저녁때가 되자 바람이 일고 비가 쏟아지면서 배가 흔들리기 시작하더니 바닷물이 갑판을 휩쓸었다. 배 안은 수런거리고 여자들 중에는 큰 소리로 울부짖는 사람도 있었으며, 남자도 겁이 많은 사람은 안전한 장소를 찾아 배 안을 우왕좌왕하는 것이었다. 예핌도 겁이 나지 않는 것은 아니었으나 내색하지는 않았다. 배에 오르자 곧 담보프의 농부들과 같이 마룻바닥에 앉아 있었는데 그 자세 그대로 그날 밤과 다음날 하루 종일 앉아 있었다. 오로지 자기 자루만 열심히 붙잡고 있었을 뿐 말 한 마디 하지 않았다. 사흘째에 겨우 바람이 자고 닷새째에 콘스탄티노플에 도착했다. 순례자들 중에는 육지에 내려 지금은 터키에 점령되어 있는 성 소피아 대성당을 구경간 사람도 있었으나 예핌은 내리지 않고 배 안에 남아 있었다. 다만 흰 빵을 조금 샀을 뿐이다. 하루 밤 하루 낮을 정박한 뒤에야 다시 큰 바다로 나왔다. 스미르나 항에 기항한 다음에 알렉산드리아 항구에 들렀다가 마침내 야파에 닿았다.

야파에서는 순례자들이 모두 상륙했다. 예루살렘까지 걸어서 70베르스타이다. 상륙할 때에 사람들은 또 아찔한 꼴을 당해야 했다. 기선의 높은 갑판에서 밑에 있는 보트로 뛰어내려야 하는데, 보트는 계속 흔들리고 있어서 자칫하다간 보트에서 바닷속으로 떨어질 위험이 있었다. 두 사람이 물에 빠진 생쥐가 되었으나, 어떻든 무사히 상륙했다.

뭍에 내리자 모두 걸어서 떠났다. 사흘째 되는 점심때쯤 예루살렘에 도착하여 변두리 러시아 인 숙소에 여장을 풀고 여행 허가장 뒷면에 사인을 받은 다음 식사를 마치고 순례자와 둘이 성지 순례를 떠났다. 가장 중요한 그리스도의 관(棺)은 아직 구경하지 못했으므로 대주교 수도원을 참배했는데, 참배자 일동을 안으로 안내하는 것이었다.

남자와 여자는 자리가 따로따로 되어 있었다. 신을 벗고 둥그렇게 둘러앉았다. 그러자 한 신부가 세수 수건을 들고 나와서 사람들의 발을 닦아주기 시작했다. 발을 닦고서는 입을 맞추는 모양으로 한바퀴 빙 돌았다. 예핌의 발도 닦아주고 입도 맞춰 주었다. 밤 기도 아침 기도를 드려 예배하고, 촛불을 올려 죽은 부모에게 공양을 바쳤다. 그때 성찬(聖餐)이 나오고 포도주도 마셨다. 날이 새자 이집트의 마리아가 칩거했다는 초막으로 가서 촛불을 바치고 기도 드렸다. 그곳에서 아브라함 수도원으로 돌아가 아브라함이 하느님을 위해 자식을 찔러 죽이려고 한 사라베크의 동산을 보았다. 다음에 막달라 마리아에게 그리스도가 모습을 나타내셨다는 성지를 참관하고 주님의 형제 야곱의 교회에도 들렀다. 순례자는 장소 하나하나를 안내하며, 여기서는 얼마, 저기서는 얼마라고 희사하는 돈의 액수를 가르쳐 주는 것이었다. 한낮이 되어 숙소에 돌아와서 식사했다. 이윽고 잠자리에 들 채비를 하기 시작했을 때 순례자는 앗 하고 놀라며 자기 옷을 이리저리 뒤지기 시작했다.

"아, 지갑을 도둑맞았구나. 분명히 23루블 있었는데……. 10루블짜리 두 장에다가 잔돈이 3루블……."

순례자는 속이 상해서 푸념을 늘어놓았지만 할 수 없는 일이었다. 모두들 자리에 들었다.

9

예핌도 잠자리에 들어갔으나 문득 마음속에서 의심이 생겼다.

'저 순례자는 돈을 도둑맞은 게 아니야. 처음부터 돈이 없었던 게 분명해. 아무 데도 희사하지 않았으니까. 내게만 내라고 하면서 자기는 전혀 내지 않았어. 그건 고사하고 내게서 1루블까지 빌려가지 않았나.'

예핌은 그렇게 생각하는 자기를 스스로 꾸짖었다.

'내가 왜 사람을 의심하는지 모르겠군. 남을 의심한다는 건 죄스러운 일이야. 이런 쓸데없는 생각은 다시 하지 말아야지.'

겨우 마음을 가라앉혔다고 생각하자, 다시 순례자가 돈에만 눈독을 들이고 있는 점이랑 지갑을 도둑맞았다고 허풍스럽게 떠들어대던 모습이 머리에 떠오르는 것이었다.

'아니, 정말로 돈이 없었어. 사람들 눈을 속이기 위해 연극을 꾸몄지.'

저녁때 사람들은 일어나서 부활 대성당에서 거행되는 미사에 참례하러 갔다. 그것은 그리스도의 관이 있는 곳이다. 순례자는 예핌 곁을 떠나지 않고 졸졸 따라 다녔다.

성당에 도착했다. 순례하는 사람들은 러시아 인 외에 그리스 인, 아르메니아 인, 터키 인, 시리아 인, 여러 나라 곳곳에서 모여든 사람들이었다. 예핌도 다른 사람들과 같이 성문(聖門)으로 들어갔다. 한 신부가 안내를 맡고 있었다. 터키 인이 파수보는 곁을 지나 그리스도를 십자가에서 내려 기름을 칠했다는, 9개의 큰 촛대가 점화된 곳으로 안내했다. 신부는 일일이 설명하며 보여 주었다. 예핌은 거기서도 촛불을 바쳤다.

그 다음, 안내 신부는 오른쪽 층계를 올라가 예수가 못 박혔던 십자가가 세워졌었다는 골고다로 예핌을 안내했으므로 예핌은 거기서 잠시 기도를 드렸다. 그리고 예핌은 대지가 지옥까지 갈라진 자리를 구경하고, 다음으로 그리스도의 손발에 못이 박혔다는 장소, 그 다음에 그리스도의 피가 아담의 뼈에 뿌려졌다는 아담의 관을 보았다. 그리고 또 그리스도가 가시관을 쓸 때에 걸터앉았다는 돌과 그리스도가 채찍질당할 때 묶였던 기둥도 보았다. 그 다음에 예핌은 그리스도의 발에 채워졌었다는 두 개의 구멍 뚫린 돌도 구경했다. 안내 신부는 그 밖의 다른 것도 보여 주려고 했으나 다른 사람들이 앞길을 재촉했으므로 그리스도의 관이 있는 동굴 쪽으로 따라갔다. 거기서는 다른 종파의 의식이 끝나고 러시아 정교의 미사가 시작되고 있었다.

예핌은 어떻게든 순례자에게서 떨어지려고 했다. 자꾸만 죄스러운 의혹이 치솟았기 때문이다. 그러나 순례자는 잠시도 곁에서 떠나려 하지 않고, 그리스도 관 앞에서의 미사에도 같이 참여했다. 두 사람은 되도록 관 가까이 섰으면 좋겠다고 생각했으나 때는 이미 늦었다. 숱한 군중이 운집하여 앞으로 나가지도 뒤로 물러서지도 못할 형편이었다. 예핌은 가만히 서서 앞을 바라보며 기도드렸는데 때때로 지갑은 무사한가 하고 더듬어보았다.

예핌의 마음은 두 갈래로 갈라졌다. 한편으로는 순례자가 자기를 속이고 있다고 생각했고, 다른 한편으로는 만약 정말로 도둑을 맞은 것이라면 제발 자기는 그런 꼴을 당하지 말았으면, 하고 생각하는 것이었다.

10

예핌은 이렇게 서서 기도드리면서 주님의 관이 놓인 제단 앞쪽에 36개의 성화가 타고 있는 곳을 바라보고 있었다. 예핌이 꼼짝도 않고 서서 사람들의 머리 너머로 바라보고 있으려니까 아, 이 무슨 불가사의인가! 성화가 타고 있는 등잔걸이 바로 아래 맨 앞자리에 값싼 농부의 작업용 외투를 걸친 자그마한 노인이 보이는 것이 아닌가. 그 노인은 머리가 홀떡 벗겨진 게 에리세이 보도료프를 꼭 닮았다.

'아니, 에리세이와 똑같잖아. 하지만 에리세이일 리가 없어. 저 영감이 나보다 먼저 당도할 까닭이 없지, 없어. 앞의 기선은 1주일 먼저 떠났다니까 저 친구가 나를 앞질렀을 리 없어. 그리고 우리가 탔던 배에도 없었어. 나는 순례자들을 하나하나 죄다 살펴보았으니까.'

예핌은 생각했다.

예핌이 그렇게 생각하고 있는 동안 자그마한 노인은 기도를 하기 시작했고 세 번 머리를 조아렸다. 한 번은 정면의 십자고상을 향해서 하고, 다음에는 좌우에 있는 러시아 정교 사람들을 향해 절했다. 노인이 오른쪽으로 얼굴을 돌렸을 때 예핌은 또렷이 그 얼굴을 분간해 냈다. 역시 그렇다. 에리세이임이 틀림없었다. 가무스름하고 곱슬곱슬한 턱수염, 서리가 내리기 시작한 구레나룻, 게다가 눈썹도 눈도 코도 하나에서 열까지 바로 에리세이이다. 에리세이 보도료프임에 틀림없다.

친구를 찾아냈으므로 예핌은 좋아서 어쩔 줄 몰랐으나 어떻게 에리세이가 자기보다 먼저 도착했는지 이상해서 견딜 수가 없었다.

'이 사람 보도료프, 어떻게 잘도 앞으로 나갔네그려! 아마도 누군가 그럴 만한 사람과 친해져서 안내를 받았겠지. 가만 있자, 나가는 출구에서 저 영감을 붙잡고 법복의 순례자를 따돌린 다음, 이제 저 친구와 같이 다녀야겠군. 그렇게 되면 나도 앞쪽으로 갈 수 있을지도 몰라.'

예핌은 이렇게 생각했다.

그래서 혹시라도 에리세이를 놓치면 큰일이라고 예핌은 연방 그쪽으로만 눈을 두고 있었다. 이윽고 미사가 끝나 군중이 술렁거리기 시작하고 십자가의 입맞춤이 시작되어 밀고 당기고 하다가 예핌은 옆으로 밀려나 버렸다. 다시 예핌은 잘못하다간 지갑을 도둑맞을지 모른다는 걱정이 갑자기 치솟았다. 예핌은 한쪽 손으로 열심히 지갑을 더듬어 잡고 조금이라도 덜 붐비는 자리로 나가려고 사람들을 헤치기 시작했다. 간신히 덜 혼잡한 데로 빠져 나와 근처를 마구 돌아다니며 에리세이를 찾았다. 대성당 안 이쪽저쪽 암실에서 여러 나라 사람들을 잔뜩 보았다. 바로 그 자리에서 도시락을 먹고 마실 것을 마시며 책을 읽는 사람도 있었다.

그런데 에리세이는 아무 데도 없었다. 예핌은 숙소로 돌아가 보았으나 거기에도 친구는 없었다. 그날 밤, 순례자는 돌아오지 않았다. 어디론가 자취를 감추었는데 그 1루블도 끝내 돌려주지 않았다. 예핌은 외톨이가 되었다.

이튿날 예핌은 다시 그리스도의 관을 배례하려고 담보프에서 온 노인과 같이 갔다. 배 안에서 동행이 되었던 것이다. 그곳에서도 역시 앞쪽으로 비집고 나가려고 해보았으나 여전히 밀려나 기둥 옆에 남아서 기도드렸다. 문득 앞을 바라보니 또 맨 앞 성화 아래의 그리스도 관 옆에 에리세이가 서 있었다. 제단 옆에 신부처럼 두 팔을 벌리고 머리에 함빡 빛을 받고 서 있었다.

'좋아, 이번에는 절대로 놓치지 않는다.' 예핌은 생각했다.

사람들을 마구 헤치고 앞쪽으로 다가갔다. 겨우 앞으로 나섰다고 생각하자 에리세이의 모습이 보이지 않았다. 그 사이에 돌아간 모양이다. 사흘째 되는 날, 그리스도 관 옆을 보니 가장 눈에 잘 띄는 특별 상좌에 에리세이가 서서 두 팔을 벌린 채 머리 위에 무엇이 보이기라도 하는 듯이 위를 우러러보고 있었다. 이번에도 머리는 함빡 빛을 받고서였다.

'됐어' 하고 예핌은 생각했다. '이번에야말로 내가 놓치나 봐라. 출구에 가 서 있자. 거기라면 어긋날 리 없지.'

예핌은 밖에 나가서 언제까지나 우두커니 서 있었다. 반나절을 지키고 서 있었으나 흩어지는 군중 속에 에리세이의 모습은 보이지 않았다.

예핌은 예루살렘에 6주 동안 묵으면서 베들레헴과 베다니와 요르단 강, 그 밖의 여러 곳을 가 보았다. 그리고 그리스도 관 옆에서는 새 루바시카에 도장을 받기도 하고(그것은 죽어서 수의로 입게 된다), 요르단 강의 물을 조그만 병에 담기도 하고, 예루살렘의 흙을 간수하고, 성화가 타고 있던 초를 얻기도 하고, 여덟 군데서 위령미사에 이름을 써넣고 하느라고 돈을 모조리 써 버리고 간신히 집으로 돌아갈 여비만 남겼다.

거기서 예핌은 귀로에 올랐다. 야파에 당도하자 기선을 타고 오데사까지 와서 그 다음부터는 걸어서 집을 향했다.

11

예핌은 혼자서 갔던 길을 걸어 돌아오는데 집이 가까워짐에 따라 또다시 집에서는 자기가 집을 비운 사이에 식구들이 어떻게 살고 있는지 걱정이 되기 시작했다.

'1년이나 지났으니 퍽이나 달라졌겠지. 한 집안을 살 만하게 만드는 것은 평생의 일이지만 재산을 없애려면 눈 깜짝할 사이거든. 내가 없는 동안 아들놈은 어떤 모양으로 집안 일을 처리했을까? 봄에 농사일은 시작했을까? 소와 말은 겨울을 무사히 넘겼을까? 새로 지은 집은 내 지시대로 완공을 보았을까?'

그는 그런 생각들이 들었다.

이윽고 예핌은 지난해에 에리세이와 헤어진 마을 근처에 이르렀다. 그 근처 사람들은 몰라볼 만큼 달라져 있었다. 그때는 형편없이 곤란을 받고 있던 사람들이 지금은 모두가 아무런 불편 없이 살아가고 있었다. 밭의 곡식도 풍성했다. 사람들은 모두 넉넉한 살림살이를 하며 이전의 어렵던 일 같은 것은 잊어버리고 있었다. 저녁때, 작년에 에리세이가 물을 마시러 들어간 마을에 이르렀다. 마을에 발을 들여놓기가 바쁘게 흰 루바시카를 입은 소녀가 어떤 집에서 뛰어나왔다.

"아저씨! 아저씨! 우리 집에 들렀다 가세요!"

예핌은 그냥 지나치려고 했으나 소녀는 옷자락을 붙잡고 마구 집 쪽으로 끌면서 생글거린다.

입구 층계에 여자가 사내아이를 데리고 나와 서서 역시 손짓해 부르고 있었다.

"아저씨, 들르셔서 저녁 잡수시고 가세요. 주무셔도 좋아요."

그래서 예핌은 안으로 들어갔다.

'들어왔으니 에리세이 영감의 일을 물어 볼까. 그때 그 영감이 물을 마신다고 들른 집이 아무래도 이쯤 될 거야.'

예핌이 방 안으로 들어가자, 여자는 어깨에 멘 자루를 내려 주고 몸을 씻을 물까지 받아 주고 테이블로 안내했다. 우유랑 보리 단지를 내놓고 테이블 위에 죽을 올려놓았다. 예핌은 고맙다는 인사말을 하고 순례자를 이렇게 접대하니 정말 고마운 일이라고 가족들을 칭찬했다. 그러자 여자는 고개를 저으며 이렇게 말했다.

"우리는 순례하시는 분들을 접대하지 않을 수 없습니다. 어떤 순례자께서 우리들에게 세상이라는 걸 가르쳐 주셨으니까요. 우리는 예전에 하느님을 잊고 멋대로 살았기 때문에 하느님의 벌을 받아서 모두가 죽을 날만을 기다리고 있었습니다. 지난 여름에는 끝내 모두 병들어 버리고 먹을 것조차 없게 되었지요. 우리 식구들은 다 죽을 판이었는데 하느님께서 아저씨와 비슷한 분을 저희 집으로 보내 주셨어요. 한낮에 물을 얻어 마시려고 들어오셨다가 우리들의 꼴을 보고 가엾게 생각하시고 그냥 집에 머무르셨습니다. 병들고 굶어 쓰러져 누운 우리에게 마시고 먹게 하여 마침내 우리들이 일어날 수 있게 만드신 뒤, 땅과 짐수레와 말을 사 주신 다음 훌쩍 떠나 버리셨던 거예요."

이때 할머니가 들어오면서 여자의 말을 가로챘다.

"우리들은 우리 스스로도 그분이 인간이었는지 천사였는지 구분 못할 정도입니다. 온 식구들을 살뜰히 보살피고 불쌍하게 여기다가 끝내는 아무 말 없이 떠나 버렸으니 도대체 누굴 위해 하느님께 기도 드려야 할지 모르겠습니다. 지금도 눈에 선합니다. 나는 드러누워 하느님의 부르심을 기다리고 있었는데 문득 보니 아무 별다른 데라곤 없는 대머리 노인이 물을 마시러 들어오지 않았겠습니까? 그런데 이 늙은이는 죄 많은 인간이라, 어떤 사람이 저렇게 공연히 들어와서 어물거리나 생각했습죠. 그런데 그분은 지금 말한 것 같은 일을 해주셨던 것입니다. 우리들의 몰골을 보자 두말없이 등에 짊어졌던 자루를 내려서 '자, 여기예요' 하면서 바로 여기다 놓고 끄르지 않겠습니까."

소녀도 말참견을 했다.

"아이, 할머니도. 처음에는 방 한가운데에 자루를 내려놓으셨다가 다시 걸상 위에 올려놓으셨는데."

이렇게 식구들은 서로 말을 가로채면서 그 낯선 나그네가 한 말이며 한 일들을 낱낱이 들려주었다. 어디에 앉았다든가, 어디서 잤다든가, 무엇을 어떻게 했다든가, 누구에게 무슨 말을 했다든가, 그들의 이야기는 끝이 없었다.

밤이 되어 말을 타고 돌아온 주인 남자 역시 에리세이의 말을 꺼내고 자기 집에서 어떻게 도와주며 지냈는가를 이야기했다.

"만약 그분이 오시지 않았더라면 우린 모두 죄를 지은 채 죽고 말았을 겁니다. 모두가 아무 희망도 없이 하느님과 인간을 원망하면서 죽음을 기다리고 있던 참에, 그분이 오셔서 우리를 살려 주셨기 때문에 비로소 하느님도 알게 되고 친절한 사람을 믿게도 되었습니다. 하늘에 계신 우리 예수 그리스도여, 원하옵건대 그분을 지켜 주시옵소서! 그 전에는 짐승이나 다름없는 생활을 하고 있었는데 그분이 우리를 인간으로 만들어 주셨으니까요."

모두들 예핌에게 마실 것, 먹을 것을 대접한 다음 잠자리를 마련해 주고 그들도 잤다.

예핌은 자리에 드러눕기는 했으나 잠이 오지 않았다. 에리세이의 일이, 예루살렘에서 세 번이나 에리세이를 특별 상좌에서 보았던 일이 머리에서 떠나지 않았다.

'그렇구나, 그 영감은 여기서 나를 앞질렀던 것이다……. 내 정성을 하느님께서 받아들이셨는지는 알 수 없지만 그 친구는 하느님께서 쾌히 받아들이신 것이다.'

이튿날 아침, 식구들은 예핌과 작별을 고하면서 도중에 먹으라고 자루 속에 고기만두를 넣어준 뒤에 일하러 들로 나갔다. 그리하여 예핌은 집을 향해서 길을 떠났다.

12

예핌은 꼭 1년이 지난 봄에 객지에서 집으로 돌아왔다.

집에 닿은 것은 저녁때였다. 아들은 집에 있지 않았다. 주막집에 갔던 것이다. 이윽고 아들이 거나하게 취해서 돌아왔으므로 예핌이 여러 가지를 물어보았는데, 그가 집을 비운 사이에 아들이 돈을 헤프게 썼다는 것이 어느 모로 보나 역력했다. 돈을 모두 나쁜 짓으로 써 버리고, 일도 엉망으로 만들어 놓았다. 아버지가 책망을 하자 아들은 반항조로 나왔다.

"아버지께서 아무 데도 가지 않았으면 좋았을 것 아니에요. 아버지는 성지순례를 한다고 돈을 잔뜩 가지고 갔으면서 내가 조금 쓴 걸 가지고선……."

노인은 화가 나서 아들을 때렸다.

이튿날 아침, 예핌 타라스이치는 아들의 일을 의논하러 반장에게로 가던 길에 에리세이의 집 옆을 지나게 되었다. 그러자 에리세이의 아내가 입구 층계에서서 인사를 했다.

"안녕하십니까, 영감님. 무사히 돌아오셨군요!"

예핌은 발길을 멈추고 말했다.

"덕분에 무사히 다녀왔습니다. 도중에 댁의 영감님과 헤어졌는데, 듣자니 벌써 돌아왔다구요?"

그러자 할머니는 이야기를 떠벌려대기 시작했다. 좀 수다스러운 편이다.

"돌아오구말구요, 영감님. 벌써 옛날에 돌아왔어요. 성모승천대축일이 지난 뒤 금방 왔지 뭡니까. 하느님 덕택으로 무사히 돌아와서 온 식구가 경사가 난 듯이 좋아했었죠. 그이가 없으면 집안이 쓸쓸해서요. 이제는 나이가 나이인지라 대단한 일은 하지 못하지만 뭐니뭐니해도 한 집안의 가장이니까 모두가 의지하는 거죠. 글쎄 아들이 어찌나 반가워하는지 원! 아버지가 안 계시니까 눈 속의 빛이 꺼진 것 같다면서 말이에요. 그이가 어디 가면 정말 쓸쓸해요. 우린 모두 영감을 의지하고 소중하게 생각하니까요."

"그래, 지금 집에 있나요!"

"있지요, 영감님. 꿀벌 집에서 벌을 나누고 있어요. 올해는 아주 썩 좋은 벌을 깠대요. 모두가 하느님 덕택이지요. 영감도 그렇게 기운이 좋은 벌은 아직 한 번도 보지 못하셨다는군요. 우리가 죄를 짓지 않았으니까 하느님께서 굽어살피셨나 봐요. 영감님, 어서 들어오셨다 가세요, 퍽 반가워하실 텐데요."

예핌은 복도를 지나 뒷문께로 나가서 꿀벌 집에 있는 에리세이에게로 갔다.

꿀벌 집에 들어가 보니 에리세이는 머리에 그물도 쓰지 않고 장갑도 끼지 않은 채 긴 회색 외투를 입고서 자작나무 밑에 서서 양팔을 벌리고 위를 쳐다보고 있었다. 마치 예루살렘의 그리스도 관 곁에서처럼 대머리가 온통 빛나고 있었다. 그 머리 위에서는 역시 예루살렘에서 본 것과 마찬가지로 햇빛이 자작나무 잎사귀 너머로 비치어 꼭 불이 타고 있는 것 같았다.

머리 둘레에는 금빛 꿀벌이 관(冠) 모양으로 떼지어 날아다니고 있었으나 쏘려고는 하지 않았다.

에리세이의 아내는 남편을 불렀다.

"예핌 영감님 오셨어요!"

되돌아선 에리세이가 예핌을 보자 반가워서 예핌에게로 달려오며 턱수염 속에 기어든 꿀벌을 살그머니 집어낸다.

"어서 오게나. 그래 무사히 다녀왔나?"

"몸만 갔다 왔지. 자네에게 줄 선물로는 요르단 강물을 가지고 왔네. 이따 우리 집에 와서 가져가게나. 한데 하느님께서 내 정성을 받아들이셨는지 어쩐지……."

"아무튼 경사스러운 일이야. 하느님의 가호가 있기를!"

예핌은 한참 동안 잠자코 있다가 말했다.

"몸만은 갔다 왔지만 영혼은 갔다 왔는지 누가 알겠나. 정작 다른 사람이 갔다 왔는지도 알 수 없는 일이야."

"무슨 일이고 간에 하느님의 뜻이네. 예핌 영감, 하느님의 뜻이라니까."

"그리고 돌아오다가 자네가 물 마시러 들어갔던 그 집에 들렀었지."

에리세이는 허둥지둥 손을 내저었다.

"만사가 하느님의 뜻이야. 예핌 영감, 하느님의 뜻이구말구. 자, 자, 안으로 들어가세나. 내 꿀을 가지고 갈 테니……."

에리세이는 그 이야기를 더 못하게 하고 살림 이야기로 말머리를 돌렸다.

예핌은 후욱 한숨을 내쉬고 그 농가 식구들의 이야기도 예루살렘에서 보았던 이야기도 하지 않았다.

그는 깨달았던 것이다. 그것은 다름이 아니라 이 세상에서는 한 사람 한 사람이 죽는 날까지 자기의 의무를 사랑과 선행으로 다하지 않으면 안 된다, 그것이 하느님의 분부라는 것이다.

양초

이 이야기는 아직 농노가 해방되지 않았을 때의 일이다. 그 즈음에는 지주에 별별 사람이 다 있어, 자기도 죽을 때가 있다는 것을 잊지 않고 하느님을 공경하며 농노를 불쌍히 여기는 자가 있는가 하면, 누구보다도 형편없는 자가 있었다. 그 중에서도 농노 출신으로 단번에 귀족이 된 지주, 말하자면 개천에서 나와 높은 사람들 틈에 끼인 무리들만큼 좋지 못한 자는 없었다. 그 같은 자들 때문에 농민들의 살림은 그야말로 더 비참해지는 것이다.

어떤 귀족의 토지에 그러한 마름이 나타났다. 농군들은 부역을 잡히고 있었다. 토지는 충분히 있겠다, 토질도 좋겠다, 물도, 풀밭도, 숲도, 모든 것이 남아돌아갈 정도로 넉넉하여 지주도 농군도 아무런 어려움이 없었다. 그런데 지주는 다른 소유지에 있던 농군 출신 하인을 그 토지의 마름으로 앉혔던 것이다. 마름은 권력을 잡자 농민을 혹사하기 시작했다. 그 자신도 한 가정의 가장으로 아내 말고도 이미 출가한 딸이 둘이나 되고 돈도 벌 만큼 벌었으므로 그리 모질게 굴지 않아도 안락하게 살아갈 수 있었는데, 욕심이 너무 많다 보니 나쁜 길로 빠져 버린 것이다.

우선 첫 시작으로 농민들에게 예정된 기일 이상으로 일을 시켰다. 기와 공장을 세워 남자 여자 할 것 없이 끌어다가 일을 시키고, 만들어 낸 기와를 팔기 시작했다.

농민들은 모스크바에 있는 지주에게 가서 호소했으나 잘 되지 않았다. 지주는 농군들을 그냥 쫓아 돌려보낼 뿐 마름의 권력을 빼앗으려고 하지 않았다. 마름은 농민들이 호소하러 갔었다는 것을 알고 앙갚음을 하기 시작했다. 때문에 농민들의 살림살이는 한층 더 어려워졌다.

게다가 농민 중에도 좋지 못한 자들이 있어, 동료의 일을 마름에게 밀고하여 서로가 서로를 함정에 빠뜨리려 하고 있었다. 이리하여 농민들의 단결은 엉망이 돼 버리고 마름의 횡포는 더욱더 심해져 갔다.

2002

날이 가면 갈수록 심해져서 결국 농민들은 누구나가 이 마름을 사나운 짐승보다 더 무서워하게 되었다. 마름이 마차를 타고 마을을 지나갈 때면 모두 나으리라도 온 것처럼 아무 데로나 재빨리 몸을 숨겨 눈에 뜨이지 않게 했다. 마름은 그런 모양을 보고, '놈들이 날 무서워한단 말야' 하며 더더욱 화를 내고 때리고 노역을 시키고 괴롭혔다. 그 때문에 농민들은 퍽 쓰라린 꼴을 당해야 했다.

그 무렵, 농민들은 때때로 그런 좋지 못한 악인을 남몰래 죽이기도 했다. 그 마을 농민들도 그렇게 할 것을 의논하기 시작했다. 그리하여 으슥한 곳에 모였는데, 개중에 그래도 배짱이 있다는 자가 먼저 그 일에 대해 말을 꺼냈다.

"우리는 언제까지 저 악당을 내버려둬야 하나? 어차피 죽기는 매일반이니 저런 놈은 차라리 죽여 없애자."

그러던 어느 부활절 전날이었다. 농민들은 숲 속에 모였다. 마름이 지주의 숲을 말끔하게 손질하라고 분부했던 것이다. 점심을 먹으러 모였을 때 의논을 시작했다.

"이래 가지고서야 어떻게 우리가 살아 나가겠나? 저놈은 우리를 모조리 죽이려나 봐. 과중한 노동으로 지쳐 쓰러질 정도인데도 쉴 겨를이 없지 않은가. 게다가 조금이라도 제 맘에 들지 않으면 무조건 두들겨 패지 않나. 세묜 같은 자는 얻어맞고 죽었지, 아니심은 수갑 족쇄가 채워져 곤욕을 당했어. 도대체 우리는 더 이상 뭘 기다리는가? 오늘 저녁, 여기 와서 또 몹쓸 짓을 하기 시작하거든 놈을 말에서 끌어내려 도끼로 한 대 쾅 치면 그것으로 일은 끝장이 나는 거야. 그리고 어딘가에 개처럼 파묻어 버리면 발각될 까닭이 없어. 다만 한 가지 중요한 것은 모두가 마음을 합해서 발설하지 않기로 약속해야 해!"

바실리 미나에프가 이렇게 말했다. 그는 누구보다도 마름에게 심한 원한을 품고 있었다.

마름은 1주일이 멀다 하고 미나에프를 때리는가 하면, 그의 아내마저 끌고 가서는 자기 집 하녀로 만들어 버렸던 것이다.

이렇게 하여 농민들은 결정을 보았다. 저녁때 마름이 왔다. 말을 타고 왔는데 느닷없이 나무 베는 방식이 틀렸다면서 야단이었다. 그는 잘라 놓은 나뭇더미 속에서 잘려진 보리수 한 그루를 발견했던 것이다.

"나는 보리수를 베라고 하지 않았다. 누가 베었나? 썩 나서지 못할까. 어디

보자, 모조리 두들겨 줄 테니!"

그리하여 누가 맡은 자리에 보리수가 끼어 들었는지 조사하기 시작했다. 누군가가 그것은 시들의 구역이라고 했다. 그러자 마름은 피가 맺히도록 시들의 얼굴을 구타했다. 마름은 나무를 적게 베었다고 바실리도 가죽 채찍으로 실컷 두들긴 다음 자기 집으로 돌아갔다.

그날 밤, 농민들은 다시 모였다. 바실리가 입을 열었다.

"아니, 당신네들도 사람이란 말이오? 날짐승만도 못해. 입으로는 해치운다고 하면서 막상 코앞에 닥치면 뒷구멍으로 기어 들어가니……. 꼭 매 앞에 움츠린 참새 떼 같단 말야. '동료를 배반해서는 안 된다. 기운을 내서 해치우자!'고 염불 외듯 하면서 막상 매가 날아오면 모두 풀숲에 흩어져 버리니……. 그러니까 매는 자기가 눈독들였던 참새를 붙잡아다 요절을 내는 것이오. 매가 날아가고 나서 참새들이 짹짹거리며 기어 나와 살펴보니 한 마리가 모자란다……. '대체 누가 없어졌나? 방카구나. 아, 그놈은 그런 꼴을 당할 만해. 그만한 까닭이 있어' 하는 식이오. 당신네들이 꼭 그렇소. 배신하지 않겠다고 약속했으면 정말로 배신하지 말아야지! 놈이 시들에게 손찌검을 했을 때 당신네들이 한 덩어리가 되어 놈을 요절냈어야 했단 말이오. '배신하지 않겠다, 해치우자!'고 하다가도 매가 덤벼들면 혼비백산, 숲으로 도망쳐 버리니……."

농민들은 차츰 빈번하게 그런 의논을 하고, 마침내 마름을 죽이기로 결정을 보았다. 수난 주간(受難週間)에 마름은 농민들에게 부활제가 시작되면 쌀보리를 뿌릴 준비로 지주의 밭을 갈아야 한다고 명령했다.

농민들은, 사람을 어떻게 알고 하는 수작이냐고 수난 주간 동안에 바실리의 집 뒤꼍에 모여 다시 의논을 했다.

"놈이 하늘이 무서운 줄 모르고 이런 짓을 거리낌없이 하려 들다니 정말 때려 죽여야 해. 어차피 한 번은 죽을 목숨 아닌가!"

그때 표트르 미헤예프가 왔다. 표트르 미헤예프는 온화한 사나이로 이제까지 농민들의 모임에는 한 번도 나오지 않았으나 오늘 처음으로 여기 와서 사람들의 이야기를 들은 다음 이렇게 말했다.

"당신네들은 정말 엄청난 일을 생각하고 있군요. 사람을 죽인다는 일은 여간 큰일이 아니라오. 목숨 하나 죽이기야 수월하겠지만 죽인 사람의 영혼은 어떻게 될 것 같소? 놈이 나쁜 짓을 했다면 우리가 손을 쓰지 않더라도 천벌이 기다리고 있을 것이오. 여러분들, 참아야 하오."

그 말을 듣고 바실리는 화가 머리끝까지 치밀었다.

"뭐야, 잘난 체하면서……. 사람을 죽이는 건 죄라고? 죄라는 건 잘 알고 있지만 우리는 죽이겠다. 그놈도 인간인가? 정말 착한 사람을 죽이는 일은 죄임에 틀림없지만 그런 개만도 못한 놈을 죽이는 건 하느님의 분부다. 인간을 불쌍하게 여긴다면 미친개는 죽여야 해. 죽이지 않으면 더욱 죄를 거듭할 뿐이야. 놈이 사람을 때린 생각을 하면 이가 갈려. 설령 우리가 고초를 당한다 해도 그건 사람들을 위해서야. 모두가 감사할 게 틀림없어. 그런 걸 우리가 안됐다는 둥 어떻다는 둥 하며 용단을 내리지 못하고 있으면 놈은 우릴 모조리 패죽이고 말 거야. 자넨 당치도 않은 걱정을 하고 있어, 미헤예프. 도대체 뭔가, 그리스도의 축제일에 일하러 가는 편이 죄가 덜 된다는 말인가? 그렇게 말하는 자네부터도 일하러 가진 않을걸."

"안 가긴 왜 안 가! 가라면 밭 갈러 가야지. 가고 싶으면 가고, 싫으면 안 가는 게 아니니까. 누가 나쁜지는 하느님께서 다 알고 계셔. 우린 오직 하느님을 잊지 말아야 돼. 여보게들, 나는 말이지, 내 생각을 말하고 있는 게 아니야. 만약에 악은 악으로 뿌리뽑아야 하는 것이라면 하느님은 그와 같은 본을 보여주셨을 테지만 우리에게 가르치신 것은 그게 아니야. 우리가 악을 악으로 다스리려 하면 그 악은 이쪽으로 옮겨오네. 사람을 죽이기야 수월한 일이지만 그 피는 자신의 영혼에 달라붙네. 사람을 죽인다는 것은 자신의 영혼을 피투성이로 만드는 일일세. 자신은 나쁜 인간을 죽였다, 악을 뿌리뽑았다고 생각하고 있어도, 실상 그보다 더 나쁜 걸 자기 마음속에다 심는 결과가 되네. 악에는 지고 들어가야 하네. 그러면 악한 쪽에서도 져 줄 걸세."

이렇게 하여 농민들의 의논은 결정을 보지 못했다. 의견이 분분하여 바실리처럼 생각하는 사람이 있는가 하면 죄를 짓지 말고 견뎌 내는 편이 좋다고 하는 사람도 있었다.

농민들이 부활절 축하 행사를 끝마친 저녁때, 반장이 관청 서기와 같이 지주네 집을 들러 와서 마름 미하일 세묘느이치의 명령으로 내일은 농민 모두를 끌어내어 쌀보리 씨를 뿌리기 위해 밭을 갈게 한다고 말했다. 반장은 서기와 같이 온 마을을 돌아다니며 내일은 모두 나와 밭을 갈도록 하라고 공고했다. 한 무리는 개울 저쪽으로, 한 무리는 신작로에서부터 시작하라는 지시였

다. 농민들은 울며 겨자 먹는 식이었으나 명령에 반항할 용기는 없었다.

이튿날 아침 모두 가래와 삽을 들고 나가 밭을 갈기 시작했다.

교회에서는 아침 미사 시간을 알리는 종이 울리고 사람들은 어디서나 축제일을 축하하고 있는데 이곳 농민들만 밭일을 한다.

마름 미하일 세묘느이치는 퍽 늦게 잠이 깨어 농원을 둘러보러 나갔다. 마름의 아내도, 축제일이라 다니러 온, 과부가 된 딸도 곱게 차려 입고 하인에게 마차 준비를 시켜 미사에 참례했다가 이슥고 돌아왔다. 하녀가 사모바르 준비를 막 끝냈을 때 미하일 세묘느이치가 돌아왔으므로 같이 차를 마시게 되었다. 미하일 세묘느이치는 충분히 차를 마신 다음 파이프의 연기를 내뿜으면서 반장을 불러 물었다.

"그래 사람들을 밭으로 내보냈나?"

"내보냈습니다. 미하일 세묘느이치 님."

"어때, 다 나왔던가?"

"모두 나왔습니다. 제가 장소도 전부 지정해 주었습니다."

"장소를 정해 준 건 좋은데 제대로 잘들 하고 있는지 모르겠군. 지금 가서 살펴보게. 점심때 내가 직접 나가 볼 테니까 한 정보를 둘이서 일구도록 그렇게 일러! 만약 소홀한 점이 발견되면 축제일이라고 해서 봐주지는 않을 테니까!"

"잘 알았습니다."

그렇게 말하고 반장은 나갔으나 미하일 세묘느이치는 다시 그를 불러들였다. 가던 사람을 불러들이기는 했으나 무슨 곤란한 말이라도 하려는 것인지 공연히 망설이는 모습이, 어떻게 말해야 좋을지 모르는 모양이다. 한참을 망설인 뒤에 이렇게 말했다.

"그리고 또 한 가지, 그 도둑놈들이 내 말을 어떻게 하는지 자네 슬쩍 들어보게. 욕하고 흉본 이야기를 모두 내게 들려 줘. 나는 그놈들을 너무 잘 알고 있지. 일하기는 싫어하고 그냥 놀고만 싶어하는 족속이니까. 먹고 마시고 노는 일만 좋아하고, 밭갈 때를 놓치면 일을 그르친다는 생각은 안 한단 말이야. 그러니까 누가 뭐라고 했는지, 놈들이 지껄이는 말을 듣고 와서 모조리 내게 보고해. 나는 그걸 알아두지 않으면 안 되니까. 자, 어서 가 보라구. 그리고 죄다 숨김없이 내게 말해줘야 해. 알았나!"

반장은 발길을 돌려 밖으로 나가 말을 타고 농민들이 일하는 밭을 향해 갔다.

마름의 아내는 남편이 반장과 이야기하는 것을 듣고 들어와서 제발 그만두면 어떻겠느냐고 간청했다. 마름의 아내는 온순하고 착한 마음씨를 가진 여자였으므로 되도록 남편의 마음을 가라앉혀, 농민들을 감싸려 했다.

그래서 남편에게 와서 청했다.

"여보 미셉카, 그리스도의 대축제일이니 제발 죄스러운 짓은 하지 말고 농민들을 쉬게 하죠."

미하일 세묘느이치는 아내의 말을 들으려고도 않고 웃음으로 넘겨 버렸다.

"한동안 따끔한 맛을 보여 주지 않았더니 당신 아주 건방져졌구려. 별 참견을 다 하고 나서니."

"미셉카, 난 당신의 일로 좋지 않은 꿈을 꾸었어요. 제발, 내 말대로 농민들에게 오늘만은 일을 시키지 마세요!"

"안 된다니까 자꾸만 그러는군. 맛있는 음식을 배불리 먹고 지내니까 채찍이 어떻게 생긴 줄 모르는 모양이군. 당신도 조심해요!"

세묘느이치는 벌컥 화를 내면서 불이 있는 파이프로 아내의 입을 쿡 찔러 자기 방에서 몰아내면서 식사 준비나 하라고 분부했다.

미하일 세묘느이치는 어묵이랑 고기만두랑 돼지고기 수프랑 통돼지구이랑 우유에다 볶은 국수를 먹고, 버찌로 빚은 술을 마시고 달콤한 케이크를 먹은 다음, 하녀를 불러 노래를 부르게 하고 자기도 기타를 가져다가 노래에 맞추어 퉁기기 시작했다.

미하일 세묘느이치는 거나한 기분으로 트림을 하면서 기타줄을 퉁기며 하녀와 함께 킬킬거리고 있었다. 그때 반장이 들어오더니 허리를 굽혀 인사를 하고 나서 들에서 듣고 본 일을 보고하기 시작했다.

"그래, 어떻든가? 갈고들 있던가? 오늘 할당해 준 일을 다 마치겠던가?"

"벌써 절반 이상 갈았습니다."

"그래, 잘못된 곳은 없던가?"

"그런 건 없습니다. 모두 겁쟁이들이라 제대로 일하고 있습니다."

"그래, 흙도 곱게 다지고?"

"잘 다져져서 아주 고운 겨자씨 같습니다."

마름은 잠자코 듣고 있다가 이윽고 물었다.

"그런데 내 말을 뭐라고들 하지? 욕을 하던가?"

반장이 머뭇거리자 미하일 세묘느이치는 들은 대로 죄다 털어놓으라고 다그쳤다.

"숨김없이 그대로 말해. 딴 말로 꾸며대지 말고 놈들이 말한 대로 털어놓으란 말이야. 곧이곧대로 말하면 상을 주지만 혹시 놈들을 감쌌다간 매로 대신할 테니 알아서 하게나. 야, 카츄샤, 이 사람 보드카 한 잔 주어라. 기운 좀 내게."

하녀는 나가더니 반장에게 술을 갖다 주었다. 반장은 축하의 인사말을 하고 쭉 들이켠 다음 입 언저리를 닦았다.

'어차피 마찬가지 아닌가. 모두가 이 사람을 욕한 게 내 탓은 아니니까. 분부니까 들은 대로 말해 버리자.'

그렇게 생각하고 반장은 기운을 내어 말문을 열기 시작했다.

"모두들 불평을 하더군요, 미하일 세묘느이치 님. 수군수군했습니다."

"그래? 도대체 뭐라고 하던가? 어서 얘기해 보게."

"모두 같은 말을 하고 있었습니다. 마름 양반은 하느님을 공경하지 않는다나요."

마름은 웃음을 터뜨렸다.

"그런 말을 누가 했지? 하나하나 말해 주게. 바실리는 뭐라고 했나?"

반장은 자기의 동료를 나쁘게 말하고 싶지는 않았으나 바실리와는 전부터 사이가 좋지 않았으므로, "바실리는 누구보다도 욕을 많이 하고 있습니다"라고 대답했다.

"대체 뭐라고 하던가? 어서 말해 보게."

"입에 담기조차 무서울 정도인데, 그 작자는 필시 개처럼 죽을 게 틀림없다고 말하고 있었습니다."

"흥, 장하군! 놈은 그러면서 왜 진작에 날 죽이지 않았다는 거야? 아무래도 미처 손이 돌아가지 않았던 모양이군. 좋아, 좋아, 바실리. 네놈과는 당장에 셈을 할 테니까. 다음에 치슈카는, 그놈 역시 뭐라고 했겠지?"

"네, 모두 고약한 말들을 하고 있습니다."

"그러니까 뭐라고 했느냐 말야?"

"이거 원, 입에 올리기조차 지저분해서 어디……."

"도대체 뭐가 지저분한가? 겁낼 것 없어. 말하라니까."

"그 작자의 배가 툭 터져서 창자가 튀어나왔으면 좋겠다고 그랬습니다."

미하일 세묘느이치는 그만 껄껄 웃었다.

"흥, 어느 쪽이 먼저 터질지 어디 두고 보자. 그건 누구였나? 치슈칸가?"

"네, 모두 좋은 말은 하지 않았습니다. 모두 욕을 하거나 악담조의 말을 했습니다."

"흐음, 그렇다면 표트르 미헤예프는 어때? 놈은 뭐랬지? 틀림없이 그 빌어먹을 놈도 욕지거릴 했으렸다."

"아닙니다. 미하일 세묘느이치 님, 표트르는 욕 같은 건 하지 않았습니다."

"그럼 어떻게 했다는 건가?"

"네, 농부들 중에서 그 사나이 하나만은 아무 말도 하지 않았습니다. 좀 색다른 놈이어서 저도 깜짝 놀랐습니다. 미하일 세묘느이치 님!"

"어떻다는 말인가?"

"글쎄 그 사나이가 한 행동은……, 모두들 놀랐습니다."

"도대체 무슨 짓을 했길래?"

"아니, 그저 모른다고밖에 할 말이 없습니다. 내가 곁으로 갔을 때 그 사나이는 트루킨 언덕의 경사지를 갈고 있었습니다. 조금씩 가까이 다가갔더니 누군가가 노래 부르는 소리가 들렸습니다. 아주 가늘고 고운 목소리였죠. 게다가 가래 손잡이 사이에는 뭔가 반짝이는 게 보였습니다."

"그래서?"

"조그만 불빛 같아 보였습니다. 그래 바싹 다가가서 자세히 보니 저, 교회에서 5코페이카에 파는 초를 가래 가로대에 세워 놓았지 뭡니까. 그게 타고 있었는데 바람이 불어도 꺼지지를 않았습니다. 그리고 그는 새 루바시카를 입고 부지런히 밭을 갈면서 부활절 노래를 부르고 있었습니다. 가래를 홱 돌려도 힘껏 잡아당겨도 촛불은 꺼지지 않았습니다. 내가 보고 있는 앞에서 가래를 홱 돌리고 손잡이를 꺾으면서 마구 밀고 나갔습니다. 그래도 촛불은 여전히 꺼지지 않고 탔습니다!"

"그래, 뭐라고 하던가!"

"아니요, 아무 말 없었습니다. 그냥 나를 보더니 부활절 인사를 했을 뿐 다시 노래를 불렀습니다."

"자넨 그에게 뭐라고 했나?"

"나도 아무 말 하지 않았습니다. 그런데 농민들이 몰려나와 미헤예프는 부활절에 들일을 했으니까 아무리 기도를 드려도 죄를 용서받을 수 없다면서 놀렸습니다."

"그래, 그 사나이는 뭐라 하던가?"

"뭘요, 그 사나이는 그냥 '땅에는 평화, 사람에게는 선한 마음이 있을지어다!'라고 했을 뿐, 다시 연장에 손을 얹더니 말을 몰면서 낮은 목소리로 노래를 불렀습니다. 그래도 촛불은 꺼지지 않고 그대로 타고 있더군요."

마름은 웃음을 그치고 기타를 아래에 내려놓은 채 생각에 잠기는 듯했다.

그리고 가만히 앉더니 하녀도 반장도 물러가게 하고 커튼 뒤로 들어가 침상에 쓰러져서 한숨을 쉬며 끙끙거렸는데, 그것은 마치 보릿단을 실은 짐수레라도 끌고 가는 듯한 소리 같았다. 그때 아내가 들어와서 말을 걸었으나 대답도 하려 하지 않았다. 다만 "그놈이 나를 이겼다! 이번에는 내 차례가 왔다!"고 할 뿐이었다.

아내가 타이르기 시작했다.

"여보, 당신, 지금이라도 가서 농민들을 돌려보내세요. 그렇게만 하면 아무 일 없을 테니까요! 이제까지는 퍽 심한 짓을 하고도 태연했는데 이번에는 왜 그렇게 겁을 내는지 모를 일이군요."

"나는 이제 틀렸어. 그놈이 이겼다."(이 말은 조금씩 바뀌어지면서 계속 씌어지고 있다)

아내는 더욱 목소리에 힘을 주어,

"그놈이 이겼다, 그놈이 이겼다고만 하시면 무슨 소용 있어요. 그보다 어서 가서 농민들에게서 일손을 멈추게 하세요. 모든 일이 잘 될 테니까요. 자, 가셔요. 나가서 말에 안장을 놓으라고 하겠어요."

말이 끌려나왔다. 아내는 남편을 타일러 지금부터 들에 나가서 농민들을 집으로 돌아가게 하도록 했다.

미하일 세묘느이치는 말을 타고 들로 나갔다. 마을 입구에 이르자 어떤 아낙이 마을 문을 열어 주어 마을 안으로 들어갔다. 사람들은 마름의 모습을 보기가 무섭게 어떤 사람은 뒤꼍으로, 어떤 사람은 집 모퉁이로, 어떤 사람은 채

마밭으로 도망치느라고 야단이었다.

마름은 마을을 빠져나가는 문에 이르렀다. 문이 닫혀 있었는데 말에 올라 앉은 채로는 문을 열 수가 없었다. "문 열어라, 문 열어라" 하고 마름은 소리쳤다. 아무도 대답하는 자가 없었다. 말에서 내려 손수 문을 열고 다시 말을 타려고 한쪽 발을 등자(鐙子)에 걸면서 훌쩍 몸을 올려 안장에 걸터앉으려는 순간, 말은 그만 돼지에 놀라 옆의 울타리에 부딪혔다. 마름은 몸이 무거웠으므로 안장에서 몸을 가누지 못하고 말에서 떨어져 울타리에 세게 부딪혔다. 그 울타리 중 한쪽 끝에 뾰족하고 다른 것보다도 길게 튀어나온 말뚝이 있었다. 마름은 그만 말뚝에 배가 걸렸다. 그걸 배겨낼 장사가 어디 있겠는가. 배가 찢어지면서 땅바닥에 털썩 떨어졌다.

농부들은 밭일을 마치고 돌아오고 있는데 문께에서 말이 콧김을 불어대며 안으로 들어가려고 하지 않았다. 보아하니 미하일 세묘느이치가 벌렁 나자빠져 있지 않은가. 양팔은 좌우로 벌리고 눈은 부릅떴으며 창자는 온통 터져 나오고 피가 괴어 물웅덩이처럼 돼 있었다. 대지가 그걸 빨아들여주지 않은 것이다.

농군들은 깜짝 놀라 뒷길로 말을 몰고 달아났다.

다만 표트르 미헤예프만이 말에서 내려 마름 곁으로 다가갔는데, 이미 숨이 끊어져 있었으므로 그 눈을 감겨 주고 짐수레에 말을 매어 아들과 함께 시체를 실은 다음 지주의 저택으로 갔다.

지주는 일체의 사정 이야기를 듣고는 농민들에게 부역을 시키지 않고 소작료만 바치게끔 했다.

농민들도 하느님의 힘은 악을 악으로 갚는 데에 있는 것이 아니라 착한 일 가운데 있다는 것을 깨달았다.

신이 이름 붙인 아이

1

가난한 농가에 아들이 태어났다. 농부는 크게 기뻐하며 이웃에게 아들의 이름을 지어 달라고 부탁했다. 그러나 이웃집에서는 거절했다. 가난한 농가 자식의 대부(代父)나 대모(代母)가 되는 것이 싫었던 것이다. 가난한 농부는 다른 집으로 가 보았으나 거기서도 거절당했다.

온 마을을 돌아다녔지만 이름을 지어 주려고 하는 사람은 아무도 없었다. 할 수 없이 농부는 이웃 마을을 향해 떠났다.

그때 저쪽에서 한 나그네가 오고 있었다. 나그네는 그를 보더니 발길을 멈추고 "안녕하시오? 그래 어딜 그렇게 가시오?"라고 인사를 했다.

"네, 사실은 하느님께서 보배를 주셨습죠. 어린아이란 젊어서는 즐거움이 돼주고 나이 들어서는 의지가 되며 죽어서는 위령미사를 올려 주게 되는데, 가난하다 보니까 우리 아들놈에게는 아무도 이름을 지어 주려고 하지 않는군요. 그래서 이름지어 줄 분을 찾아가는 길입지요."

그러자 길손은 "내가 대부가 되면 어떻겠소?"라고 했다.

농부는 크게 기뻐하고 고마워하며 길손에게 "그러면 대모는 누구를 하면 좋을까요?" 하고 물었다.

"대모는 장사꾼의 딸에게 부탁해 보시오. 시내에 나가면 광장에 가게를 몇 채 가진 돌집이 있을 거요. 그 가게 입구에서 상인을 불러 딸을 대모로 해달라고 부탁하시오."

농부는 의아스럽게 생각했다.

"여보시오, 손님. 나 같은 농군이 어떻게 부자 상인을 불러낼 수 있겠습니까? 나 같은 건 우습게 보고 딸을 보내 주지 않을 겁니다."

"그런 걱정은 하지 않아도 좋아요. 가서 부탁만 하면 될 터이니, 내일 아침나절에 죄다 준비해 두시오. 내가 가서 세례를 해주리다."

가난한 농부는 집에 돌아갔다가 거리의 상인을 찾아갔다. 안마당으로 들어가 말을 대고 있는데 가게 주인이 나와서 물었다.

"무슨 볼일이오?"

"실은 다름이 아니오라 주인님, 하느님께서 이 사람에게 아들 하나를 점지해 주셨습니다. 아들이란 젊어서는 즐거움이 되고 나이 먹어서는 의지가 되며 죽어서는 위령미사를 올려 주게 되는 것입지요. 제발 댁의 따님을 대모로 삼게 해주십시오."

"그래, 세례는 언제 하는데?"

"내일 아침입죠."

"아, 좋아. 돌아가 있어요. 내일 미사가 올려지기 전에 딸을 보내 줄 테니."

이튿날 대부가 될 사람도, 대모가 될 사람도 모두 와서는 아기에게 세례를 주었다. 대부는 아기의 세례를 마치자마자 가 버려서 어디 사는 누군지도 몰랐다. 그 뒤로 아무도 그 사람을 보지 못했다.

2

아기는 커감에 따라 어머니 아버지의 즐거움이 되었다. 힘이 세고 부지런하고 영리한데다 또 온순했다.

이윽고 아들은 열 살이 되었다.

어머니 아버지가 학교에 보내자 다른 아이들이 5년 걸려 배우는 것을 이 아이는 1년 만에 다 깨쳤다.

더 이상 배울 것이 없게 되었다.

부활절이 돌아왔다.

아들은 대모에게 가서, "그리스도는 부활하셨도다"라고 축하 인사를 하고 입을 맞춘 다음 집으로 돌아와서 물었다.

"아버지, 어머니. 제 대부님은 어디 계십니까? 찾아가서 부활절 축하 인사를 드려야 할 텐데요."

"귀여운 우리 아가야, 네 대부님이 어디 계신지 우리도 모른단다. 우리도 늘 그 일을 걱정하고 있지만 그분은 너에게 세례를 받게 해주시고 가시더니 영 다시는 모습을 보이지 않으시는구나. 소문도 들은 적이 없고 어디 계신지도 모르니, 살아 계신지 어쩐지도 모르는 형편이다."

아들은 부모에게 절하며 말했다.

"아버지, 어머니, 제게 기회를 주세요. 대부님을 찾아가게 말예요. 꼭 찾아가 부활절 인사를 드리고 싶어요."

양친은 아들에게 허락해 주었다. 그리하여 아들은 자기의 대부를 찾아 길을 떠났다.

3

아들은 집을 나와 정처 없이 걸었다. 반나절쯤 걸었을 때 어떤 길손을 만났다.

길손은 발길을 멈추고 "애야, 어딜 가니?" 하고 물었다.

아이가 말했다.

"저는 제 대모님에게 가서 부활절 인사 말씀을 드리고 집으로 돌아왔습니다. 그러고 나서 저의 부모님께 저의 대부님은 어디 계시냐고 여쭈었는데 세례를 끝내고 가신 뒤로는 전혀 소식이 없으셔서 살아 계신지 어쩐지조차 모른다는 대답이셨습니다. 저는 대부님을 만나 뵙고 싶어서 이렇게 길을 떠난 것입니다."

그러자 길손이 말했다.

"내가 네 대부란다."

사내아이는 기뻐하며 대부와 부활절 입맞춤을 했다.

"대부님, 지금 어디로 가시는 길인가요? 혹시 저희 마을 쪽으로 가실 거면 저희 집에 들러주세요. 그렇지 않고 댁으로 돌아가신다면 저도 따라가겠어요."

이 말에 대부는 대답했다.

"나는 지금 너희 집에 들를 틈이 없단다. 이쪽저쪽 마을에 볼일이 많아서 말이다. 집으로는 내일 돌아갈 예정이니 그때 우리 집으로 오려무나."

"어떻게 찾아 가야 하나요, 대부님?"

"그래, 우선 태양이 떠오르는 쪽을 향해 똑바로 걸어라. 그러면 숲이 나온다. 그 숲 한가운데에 널찍한 초원이 눈에 띌 것이다. 그 초원에 앉아 다

리를 쉬면서 근처의 풍경을 둘러보아라. 그런 뒤 숲을 나서면 그곳에 뜰이 있고 그 뜰에는 금빛 지붕 집이 있다. 그것이 내 집이다. 그 문 앞까지 오면 내가 마중나가지."

대부는 이렇게 말하더니 사내아이 앞에서 사라져 버렸다.

4

사내아이는 대부가 가르쳐 준 대로 갔다.

한참 걸어가니 숲이 나왔다.

숲 속의 넓은 초원에 닿아서 문득 바라보니 초원 한복판에 소나무가 한 그루 있는데, 그 소나무에는 새끼가 매여 있고 그 새끼에는 무게가 12관쯤은 되어 보이는 떡갈나무 통나무가 매달려 있었다. 통나무 밑에는 벌꿀이 든 통이 놓여 있었다. '도대체 이런 곳에다 왜 벌꿀을 놓아두고 통나무를 매달아 놓았을까' 하고 생각할 겨를도 없이 숲 속에서 버스럭거리는 소리가 났다.

앞을 보니 몇 마리의 곰이 이리로 오고 있는 게 아닌가. 암곰이 앞장서고 그 뒤에 두 살짜리 곰이, 또 뒤에는 세 마리의 새끼곰이 따라왔다. 암곰은 코를 벌름거리더니 통으로 다가가고 새끼곰들도 그 뒤를 따랐다. 암곰이 통에 코끝을 처박고 새끼들을 부르자 새끼곰들도 달려가서 통에 매달렸다.

그때 통나무가 슬쩍 쓰러지는가 싶더니 금방 다시 제자리로 돌아오면서 새끼곰을 건드렸다. 암곰은 그것을 보고 앞발로 통나무를 밀어 젖혔다.

통나무는 먼저보다 세게 밀렸다가 돌아오면서 새끼곰들을 몹시 쳤다. 등을 얻어맞은 놈도 있고 머리를 맞은 놈도 있었다.

새끼곰들은 비명을 지르며 흩어졌다.

암곰은 으르렁거리며 두 발로 통나무를 머리 위로 들어 올리면서 힘껏 내던졌다. 통나무가 공중으로 높이 올라갔으므로 두 살짜리 곰은 통으로 달려가 꿀 속에 코끝을 처박고 할짝할짝 핥아먹기 시작했다. 다른 새끼곰들도 다가왔다.

그러나 통 곁으로 다가오기가 무섭게 통나무가 다시 본래의 자리로 돌아오면서 두 살짜리 곰의 머리를 세게 때려 그 자리에서 즉사하고 말았다. 암곰은 먼저보다 더 무서운 소리로 으르렁거리며 통나무를 움켜잡아 힘껏 하늘을 향해 내던졌다. 통나무는 떡갈나무 가지보다 더 높이 올라가 새끼가 느슨해졌을 정도였다. 암곰이 통 곁으로 다가가니 새끼곰들도 다가들었다.

통나무가 높이 튀어올라 잠시 멈췄다가 다시 아래로 내려오기 시작했다. 내려오면 내려올수록 그 힘이 커진다.

그리하여 무서운 기세로 떨어져 내려오면서 암곰을 덮쳐 머리를 꽈당 때렸다. 암곰은 벌렁 자빠져 버둥거리다가 숨이 끊어졌다. 새끼곰들은 걸음아 날 살려라 하고 달아나 버렸다.

5

사내아이는 놀라서 앞으로 마구 달려갔다.

이윽고 커다란 뜰로 나왔다. 뜰 가운데에는 금빛 지붕을 이은 높직한 궁궐이 자리잡고 있었다. 궁문 앞에는 대부가 나와 서서 웃고 있었다. 그는 아이를 문 안으로 맞아들여 뜰을 구경시켰다. 그 정원의 아름다움, 그 속에 깃들어 있는 평화로움은 이제껏 꿈에서도 보지 못했던 황홀경이었다.

대부는 대자를 궁궐 안으로 데리고 들어갔다. 그곳은 더 훌륭했다. 대부는 이 방 저 방을 빠짐없이 보여 주었다. 보면 볼수록 훌륭하기만 하여 아이는 더욱더 즐거워졌다.

이윽고 문이 닫혀 있는 한 방문 앞에 이르렀다.

"너는 이 문이 보이겠지?" 하고 대부가 말했다. "여긴 자물쇠가 없다. 그냥 닫았을 뿐이다. 그러니까 열 수는 있지만 열지 않는 편이 좋다. 어디서든 네 마음대로 뛰어다니며 놀아라. 무슨 놀이를 하며 즐겨도 상관없으나 다만 한 가지, 이 방에만은 들어가서는 안 된다. 알겠느냐? 만약에 안으로 들어가는 날엔 너는 아까 숲 속에서 본 일을 생각하게 되리라."

그렇게 말하고 대부는 가 버렸다. 대자는 홀로 남아 거기서 지내기 시작했다. 거기서는 정말로 즐겁고 기쁜 일뿐이었으므로 겨우 두 시간 있었던 것같이 생각되었으나 사실은 30년 동안이나 살았다. 30년이 지났을 때 대자는 꽉 닫힌 문 앞으로 다가가서 이렇게 생각했다.

'대부님은 왜 이 방에 들어가서는 안 된다고 하셨을까? 어디 한번 들어가서 뭐가 있는지 보아야지.'

문을 한번 잡아당기니 닫혔던 문이 열렸다. 사내아이는 안으로 들어가 보았다. 방은 온 궁궐 안의 어느 방보다 크고 훌륭했으며 방 한가운데에는 금으로 꾸민 옥좌가 놓여 있었다. 사내아이는 방 안을 이리저리 실컷 돌아다니다가 옥좌에 다가가 층계를 밟고 올라가 앉았다. 자리에 앉아서 내려다보니 옥좌 옆에 홀(笏)이 놓여 있었다. 사내아이가 홀을 손에 잡자마자 갑자기 벽이 사방으로 쫙 열리며 온 세계가 한눈에 보이고, 세상 사람들이 하고 있는 일들을 다 볼 수 있었다. 정면을 보니 바다가 있고 배가 왕래하는 모습이 보였다. 오른편을 바라보니 그리스도교도 아닌 다른 나라의 사람들이 살고 있고, 왼쪽을 보니 그리스도교도이긴 해도 러시아 인이 아닌 사람들이 살고 있다. 마지막으로 뒤를 보니 러시아 인들이 사는 동네다.

'어디 한번, 우리 집에서 뭣들을 하고 있나 봐야겠다. 밭에 보리는 잘 영글었는지.'

자기 집 밭을 보니 보릿단이 잔뜩 쌓여 있다. 얼마나 되나 하고 다발을 세기 시작했는데 얼핏 보니 그 밭쪽을 향해 짐수레가 온다. 그 위에는 농부가 앉아 있다. 사내아이는 이건 틀림없이 아버지가 밤중에 보릿단을 가지러 온 것이라고 생각했다.

그런데 자세히 보니 그것은 바실리 크로랴쇼프라는 도둑이 아닌가. 도둑은 퇴비 곁에까지 오자 보릿단을 수레에 싣기 시작했다. 사내아이는 속이 상해서 외쳤다.

"아버지, 보리를 훔쳐 가요!"

아버지는 한참 잘 자다가 "보릿단을 훔쳐가는 꿈을 꾸었군. 어디 가 보아야지" 하고 말을 달렸다.

밭에 와 보니 바실리가 보릿단을 훔쳐 가고 있었으므로 큰 소리로 이웃 농부들을 불렀다. 바실리는 붙잡혀 감옥으로 송치되었다.

다음에 사내아이는 대모가 살고 있는 거리 쪽을 바라보았다. 대모는 어떤 상인의 아내가 되어 있었다. 대모는 마침 드러누워 잠자고 있는 중이었다.

그러자 남편은 살그머니 일어나 정부(情婦)에게로 가려고 했다. 사내아이는 대모에게 큰 소리로 가르쳐 주었다.

"일어나세요. 주인 아저씨가 나쁜 짓을 하려고 해요."

대모는 벌떡 일어나 옷을 갈아입고 남편의 정부가 사는 집으로 달려가 한껏 망신을 준 뒤에 정부를 마구 때리고 남편을 몰아냈다.

그리고 다시 사내아이는 자기 어머니를 찾아보았다. 어머니는 집에서 자고 있었는데 집안에 도둑이 들어와 옷궤의 자물쇠를 부수고 있는 중이었다.

어머니는 잠이 깨어 큰 소리로 외쳤다. 도둑은 그것을 보더니 도끼를 꺼내 덤벼들어 당장 어머니를 죽이려고 했다. 사내아이는 참을 수 없어 홀을 도둑에게로 던졌다. 관자놀이에 정통으로 홀을 맞은 도둑은 그 자리에 쓰러져 죽어 버렸다.

6

대자가 도둑을 죽이자마자 훤히 트였던 사방의 벽이 싹 닫히면서 방은 그 전대로 되었다.

그때 문이 열리면서 대부가 들어왔다. 대부는 대자에게로 와서 손을 잡아 옥좌에서 내려오게 하고 이렇게 말했다.

"너는 내가 일러 준 말을 듣지 않았구나. 네가 저지른 첫째 잘못은 금단의 문을 연 일이다. 두 번째 잘못은 옥좌에 올라앉아 내 홀을 손에 잡은 일이다. 세 번째 잘못은 세상에 악을 더하게 한 일이다. 만약 네가 한 시간만 더 앉아 있었다면 인간의 절반은 못쓰게 만들었을 것이다."

대부는 다시 한번 대자의 손을 잡고 옥좌에 올라가 홀을 들었다. 그러자 다시 벽이 열리면서 무엇이나 다 보이게 되었다.

그때 대부는 말했다.

"자, 이번에는 네가 너의 아버지에게 한 짓을 보아라. 바실리는 1년 동안이나 감옥에 갇혀 있었으므로 온갖 나쁜 짓을 배워서 손댈 수 없는 악당이 돼 버렸다. 보아라, 방금 저 사나이는 너의 아버지의 말을 두 필 훔쳐 갔는데 이제 조금 있으면 집까지 불살라 버릴 테니……. 네가 너의 아버지에게 한 일은 이런 것이다."

아버지의 집이 타는 것이 대자의 눈에 비치자 대부는 그것을 닫고 또 다른 쪽을 보도록 했다.

"자, 봐라. 네 대모의 남편은 벌써 1년 전부터 아내를 버리고 딴 여자와 놀아나고 있어서 대모는 술로 밤낮을 지새우고 있다. 먼젓번 정부는 아주 타락한 여자가 돼 버렸다. 네가 대모에게 한 짓은 이런 일이다."

대부는 그 광경도 닫아 버리고 이번에는 대자의 집을 보여 주었다. 어머니의 모습이 보인다. 그런데 어머니는 자기가 지은 갖가지 죄를 뉘우치면서 울고 있는 것이다.

"차라리 그때 내가 그 도둑에게 죽음을 당했더라면 좋았을걸. 그러면 이렇게 많은 죄를 짓지 않아도 되었을 텐데."

"네가 어머니에게 한 짓은 이렇다."

대부는 그 광경도 닫아 버리고 아래쪽을 가리켰다. 대자의 눈에 도둑의 모습이 비쳤다. 두 사람의 간수가 감옥 앞에서 그 도둑을 잡아 누르고 있었다. 대부는 말했다.

"이 사나이는 아홉 명의 목숨을 빼앗았다. 그래서 자신이 그 죄를 갚아야만 하게 되었다. 그런데 너는 이 사나이를 죽여 버렸기 때문에 이 사나이의 죄는 모두 네가 떠맡아야 한다. 이제부터 너는 저 사나이가 저지른 모든 죄에 대해 책임을 져야 한다. 네 스스로 그렇게 만들었다. 암곰이 처음 통나무를 건드렸을 때는 새끼곰을 놀라게 했을 뿐이나, 두 번째로 밀어 젖혔을 때는 두 살짜리 곰을 죽이고, 세 번째로 집어던졌을 때는 스스로를 파멸시켜 버렸다. 네가 한 짓도 꼭 그와 마찬가지다. 나는 네게 지금부터 30년의 기회를 줄 테니 세상에 나가서는 도둑의 죄를 대신 갚도록 하여라. 만약 그 일을 하지 못하면 네가 대신 도둑이 된다."

"어떻게 하면 도둑의 죄를 갚을 수 있을까요?"

대자가 물었다.

대부는 이렇게 대답했다.

"네가 지은 만큼의 죄를 세상에 나가서 지워 가면 그때 너는 도둑의 죄를 갚는 게 된다."

"어떻게 하면 세상에 나가 죄를 지울 수 있을까요?"

대자는 다시 물었다.

"태양이 떠오르는 쪽을 향해 똑바로 걸어가거라. 그러면 밭이 나오고 그 밭에 많은 사람들이 있을 것이다. 그 사람들이 하는 짓을 잘 보고 네가 알고 있는 일을 가르쳐 주어라. 그리고 다시 앞으로 걸어가면서 눈에 띄는 일을 머리에 새겨 두어라. 나흘째 되는 날에는 숲에 당도할 것이다. 그 숲 속에는 암자가 있고 그 암자에는 은자가 살고 있는데 그분에게 이제까지 있었던 일을 모조리 이야기하여라. 그 은자가 네게 가르쳐 줄 것이다. 은자가 지시한 일을 모두 해내면 그때 너는 도둑이 지은 죄를 갚게 되는 것이다."

대부는 그렇게 말하고 대자를 문 밖으로 내보냈다.

7

사내아이는 걷기 시작했다.

'대관절 어떻게 이 세상의 죄를 지워 나가야 한단 말인가? 세상에서는 보통 악인을 유배 보내고 감옥에 가두거나 사형에 처하여 그것으로 악을 지우고 있는데, 죄를 지워 가면서 남의 죄를 자기가 떠맡지 않으려면 대관절 어떻게 하면 좋을까?'

대자는 곰곰이 생각했지만 깨달을 수가 없었다.

정처 없이 걸어가는 동안 밭에 이르렀다. 밭에는 보리 이삭이 누렇게 익어 추수하기 알맞았다. 그런데 보리밭 속으로 망아지가 돌아다니고 있었다. 많은 사람들이 그것을 보고 저마다 말을 타고 밭 속을 이리저리 달리면서 망아지를 몰아내려 하고 있었다. 망아지가 보리밭에서 튀어나오려고 하면 마침 거기 다른 사람이 말을 몰고 오기 때문에 망아지는 놀라서 다시 밭 속으로 달려들어가곤 했다. 그러면 사람들은 그 뒤를 쫓아 보리밭 속을 뛰어다니는 것이었다. 밭가에는 한 여자가 서서, 사람들이 자기 망아지를 몰아세워 기운을 빠지게 한다면서 울부짖고 있었다.

거기서 대자는 농부들에게 말했다.

"왜 당신들은 그렇게 하나요? 모두 밭에서 나와 저 아주머니에게 자기 망아지를 불러 내도록 하세요."

그러자 사람들은 대자의 말대로 했다. 아주머니는 밭가에 서서, "오너라, 누렁아, 이리 와!" 하고 불렀다.

망아지는 귀를 쫑긋거리며 가만히 듣고 있다가 이윽고 아주머니에게로 뛰어가 품안으로 파고 들었다. 하마터면 아주머니는 쓰러질 뻔했다. 그래서 농부들도 기뻐하고 아주머니도 좋아했으며 망아지도 이리저리 뛰었다.

대자는 다시 걸음을 옮기면서 생각했다.

'이제야말로 악은 악 때문에 불어난다는 것을 알았다. 사람이 악한 일을 꾸짖으면 꾸짖을수록 악은 더욱더 퍼져만 간다. 다시 말해서 악을 악으로 다스릴 수는 없는 것이다. 하지만 어떻게 그걸 없앨 수 있는지 모르겠다. 마침 망아지가 아주머니의 말을 들어 주었으니까 망정이지 만약 듣지 않았다면 어떻게 몰아냈을지 막연하지 않은가.'

대자는 곰곰 생각했으나 이렇다 할 묘책이 떠오르지 않아 그냥 앞으로 걸어갔다.

8

마냥 정신없이 걸어가는 동안 어떤 마을에 닿았다. 마지막 집에 가서 하룻밤 잠자리를 청하니 주인 아주머니가 들어오라고 했다. 집 안에는 아무도 없고 다만 아주머니 혼자서 걸레질을 하고 있었다.

대자는 안으로 들어가 페치카 위에 올라가서 아주머니가 일하는 모습을 보고 있었다. 가만히 보니 아주머니는 방을 다 훔치고 나서 이번에는 테이블을 닦기 시작했다. 다 닦고 나자 더러운 걸레자국이 테이블 위에 줄무늬처럼 남았다. 이번에는 반대쪽으로 문지르니 먼저의 걸레자국은 없어졌는데 새로운 자국이 났다. 다음에는 세로로 문질러 보았으나 역시 마찬가지였다. 더러운 걸레로 훔쳤기 때문에 먼저 자국이 없어졌는가 하면 금방 다른 자국이 났다. 대자는 한참 동안 물끄러미 바라보고 있다가 보다못해 이윽고 말을 걸었다.

"아주머님, 지금 뭘 하고 계시는 겁니까?"

"아니, 자네 눈에는 이게 보이지 않나. 축제일 준비로 청소를 하고 있어. 그런데 테이블은 아무리 훔쳐도 깨끗해지지 않고 자꾸 더러워만 지니 기운이 다 빠지는군."

"아주머님, 그 걸레를 깨끗이 빨아서 훔치면 될 텐데요."

아주머니가 그대로 하자 테이블은 금방 깨끗해졌다.

"가르쳐줘서 고마워요."

이튿날 아침, 대자는 아주머니에게 작별을 고하고 다시 길을 떠났다. 한참을 걸어가노라니 숲에 닿았다. 숲에서 농부들이 수레바퀴 만들 나무를 휘려 하고 있었다. 대자가 가까이 다가가 보았다. 농부들은 열심히 빙빙 돌고 있으나 나무는 조금도 구부러지지 않았다.

자세히 살펴보니 농군들이 만든 버팀대가 꽉 고정되어 있지 않기 때문에 대가 서로 제각기 돌아가고 있는 것이다. 대자가 이 광경을 한참 지켜보다가 이렇게 말했다.

"아저씨들은 뭘하고 계신가요?"

"음, 이렇게 수레바퀴를 만드는 중인데 두 번이나 휘게 하려 해도 영 나무가 휘어지지 않아. 기운이 전부 쑥 빠져 버렸어."

"여보세요, 아저씨들. 대를 꽉 고정시키고 하세요. 아저씨들이 대와 함께 돌고 있잖아요."

농부들이 그 말을 듣고 대를 고정시키자 그제야 일이 제대로 되었다.

대자는 거기서 하룻밤을 지내고 다시 길을 떠났다. 하루 낮 하루 밤을 걸어 새벽녘에 소 거간꾼들이 모여 있는 곳을 발견하고 그 곁에 잠시 누웠다. 누워서 바라보니 그들은 소를 매어 놓고 화톳불을 만드는 중이었다. 마른 가지를 주워다가 불을 붙이면서 활활 타오르기 전에 생나무 가지를 불 위에 올려 놓았기 때문에 생나무는 뿌지직 소리를 내면서 밑불을 꺼뜨렸다.

소 거간꾼들은 다시 마른 가지를 주워다 불을 붙였으나 생나무를 마구 지펴, 또다시 불은 꺼지고 말았다. 오래도록 애를 썼으나 영 화톳불이 만들어지지 않았다.

그것을 보고 있던 대자는 말했다.

"당신네들이 너무 성급히 생나무를 지피니까 안 되는 거예요. 그러기 전에 불이 잘 타기를 기다렸다가 불길이 세진 다음에 생나무를 지펴야죠."

소 거간꾼들은 그렇게 했다. 불길이 세진 다음에 생나무를 올려놓으니까 순조롭게 타기 시작하여 훌륭한 화톳불이 되었다. 대자는 한참 동안 그들과 같이 있다가 다시 길을 떠났다. '도대체 무슨 이유로 이 세 가지 일을 보게 한 것일까' 하고 대자는 골똘히 생각했으나 그 까닭을 알 수 없었다.

9

그가 부지런히 걸어가는 동안 하루가 지났다. 어떤 숲에 다다르자 숲 속에 암자가 있었다. 대자가 암자로 다가가 문을 두드리니 암자 안에서, "누구냐, 거기 있는 자가?" 하고 물었다.

"큰 죄인이옵니다. 남의 죄 갚음을 하려고 돌아다니는 중입니다."

안에서 은자가 나와 다시 물었다.

"대체 너는 어떤 남의 죄를 짊어졌느냐?"

대자는 자기에게 세례를 준 대부의 이야기, 암곰의 이야기, 닫힌 방안의 옥좌 이야기, 대부가 자기에게 명령한 일, 그리고 밭에서 망아지를 쫓느라고 농군들이 보리를 마구 짓밟은 일, 망아지가 스스로 주인 아주머니에게 간 일 등을 모조리 이야기했다.

"나는 악을 악으로 다스릴 수 없다는 것을 깨달았습니다만, 어떻게 해야 그것을 없앨 수 있는지 모르겠습니다. 원하옵건대 제게 가르침을 주소서."

그러자 은자는 이렇게 말했다.

"그밖에 네가 도중에 본 일을 좀더 자세히 이야기해 보아라."

그래서 대자는 아주머니가 집안 청소를 하고 있던 일, 수레바퀴를 만들고 있던 농군들의 일, 화톳불을 지피던 소 거간꾼들의 이야기를 했다.

은자는 그 이야기를 끝까지 듣고 나자 암자 안으로 들어가더니 이가 빠진 손도끼를 가지고 나와 말했다.

"자, 가자."

은자는 암자에서 10리쯤 떨어진 곳에 이르자 한 그루의 나무를 가리켰다.

"이 나무를 찍어라."

대자가 나무를 찍자 나무는 쓰러졌다.

"이번에는 그것을 세 토막으로 잘라라."

대자가 나무를 셋으로 잘랐다.

그러자 은자는 다시 암자로 돌아가더니 불을 가지고 왔다.

"그 세 토막의 나무를 태워라."

대자가 불을 피워 세 개의 나무토막을 태우고 나니 타다 남은 세 개의 냉과리(덜 구워져서 연기와 냄새가 나는 숯)가 남았다.

"그것을 반쯤 흙 속에 파묻어라, 이렇게."

대자는 흙 속에 냉과리를 심었다.

"저기 보이지, 이 산 아래 개울이 있다. 저기서 물을 한 모금 머금고 와서 이 그루터기에 뿜어 주어라. 네가 아주머니에게 가르쳐 준 것처럼 이 그루터기에 물을 주는 것이다. 또 다음 그루터기에는 네가 농부들에게 가르쳐 준 것처럼 물을 주어야 한다. 그리고 저 그루터기에는 네가 소 거간꾼들에게 가르쳐 준 것처럼 물을 주어라. 이 세 그루터기가 모두 뿌리를 내려 세 그루의 사과나무로 자라면 그때야말로 어떻게 하면 인간의 악을 없앨 수 있는지를 알게 되리라. 그러면 너는 모든 죄를 갚는 것이다."

그렇게 말하고 은자는 암자로 돌아갔다. 대자는 곰곰이 생각해 보았으나 은자가 한 말이 무슨 뜻인지 도무지 알 수가 없었다. 하지만 가르침대로 일을 하기 시작했다.

10

대자는 개울에 가서 입에 가득 물을 머금고 와서 한 그루터기에 끼얹어 주고, 다시 또 가고 또 가고 하여 차례로 물을 주었다. 그러고 나니 대자는 그만 지칠 대로 지쳐 뭔가 좀 먹고 싶어졌으므로 은자에게 먹을 것을 청하려고 암자로 갔다. 그런데 문을 열고 보니 은자는 이미 시체가 되어 평상 위에 누워 있었다.

대자가 근처를 둘러보니 마른 빵이 있었으므로 그것을 먹었다. 다음에 삽을 찾아내어 은자의 무덤자리를 팠다. 그때부터 밤에는 입에 물을 머금어다가 냉과리에 끼얹어 주고, 낮에는 무덤자리를 팠다. 겨우 다 판 뒤 묻으려는데 마을 사람들이 왔다. 은자에게 먹을 것을 가져 온 것이다.

모두들 은자가 죽었다는 말을 듣자 대자를 축복하며 스승의 자리를 잇게 했다. 모두 같이 은자를 매장한 뒤 대자에게 음식을 남겨 놓고, 다시 오겠다는 약속을 하고 돌아갔다.

대자는 은자의 뒤를 이어 암자에서 살기 시작했다.

대자는 사람들이 가져다 주는 것을 먹고 살면서 가르침 받은 일을 계속하고 있었다. 산아래 개울에서 물을 머금어다가 냉과리에 끼얹어 주는 것이다.

그가 이렇게 1년을 살고 있노라니 많은 사람들이 찾아오게 되었다. 그것은 다름이 아니라, 숲 속에 성인(聖人)이 살고 있어 산 아래에서 물을 입으로 머금어다 냉과리에 끼얹어 주며 도를 닦고 있다는 소문이 세상에 퍼졌기 때문이다.

그리하여 많은 사람들이 그를 보려고 찾아오게 되었다. 부자 상인들도 찾아와서 여러 가지 선물을 놓고 갔다. 그러나 그는 없어서는 안 될 것 외에는 아무것도 갖지 않고 선물 받은 물건들을 모조리 가난한 사람들에게 나누어 주었다.

대자는 하루의 반나절은 물을 입에 머금어다 냉과리에 끼얹어 주고 나머지 반나절은 쉬기도 하고 찾아오는 사람들과 만나기도 하면서 살고 있었다.

대자는 마음속으로 이것이 자기가 지켜 나가야 할 생활이며 이렇게 하고 있으면 이 세상 악을 없애고 죄 갚음을 할 수 있다고 생각하게 되었다.

이렇게 해서 대자는 다시 1년을 살면서 하루도 타다 남은 그루터기에 물을 주지 않은 날이 없었다. 그러나 한 그루도 움이 트지 않았다.

어느 날, 암자 안에 있으려니까 누군지 모를 사나이가 노래를 부르며 앞을 지나가는 소리가 들려왔다. 대자는 대관절 누구일까 하고 밖을 내다보았다.

그 사나이는 건장하게 생긴 젊은이였는데, 값진 옷을 몸에 걸쳤으며 타고 있는 말도 안장도 여간 훌륭한 것이 아니었다.

대자는 사나이를 불러 대관절 어디 사는 누구인지, 그리고 어디로 가는지를 물어 보았다.

그러자 사나이는 말을 세우고 대꾸했다.

"나는 강도인데, 사방을 돌아다니며 사람을 죽인다. 사람을 많이 죽이면 죽일수록 기분이 좋아서 이렇게 노래를 부르는 것이다."

대자는 몸을 움츠리며 이렇게 생각했다.

'이 같은 인간 속에 깃든 악은 대체 어떤 방식으로 없애야 할까? 나를 찾아오는 사람들 모두가 자기의 죄를 뉘우칠 뿐인데 이 사나이는 나쁜 짓을 하고서도 그것을 자랑으로 삼으니…….'

대자는 아무 말도 하지 않고 그 살인 강도의 옆에서 물러나 이렇게 생각했다.

'앞으로 일이 어떻게 돼 갈까? 이 강도가 이 근처에서 돌아다니면 사람들이 무서워서 내게 잘 오지 못하게 될 것이다. 그렇게 되면 그 사람들도 불편한 일이지만 나도 그때는 어떻게 살아가야 할지 모르지 않는가.'

그래서 대자는 발길을 멈추고 강도에게 말을 걸었다.

"내 암자를 찾아오는 사람들은 나쁜 일을 자랑하지는 않소. 모두가 죄를 뉘우치고 속죄하려고 하오. 그러니 그대도 하느님이 두렵다고 생각하면 죄를 뉘우치시오. 또 죄를 뉘우치지 못하겠으면 이곳을 떠나 두 번 다시 오지 마시오. 세상 사람들에게 겁을 주어 내 곁에서 쫓는 짓은 하지 말아주시오. 내 말을 듣지 않으면 천벌을 받을 것이오."

강도는 껄껄 소리내어 웃었다.

"나는 하느님 같은 건 두려워하지 않으니 네 말 따윈 들을 필요가 없다. 네가 내 주인이라도 된단 말이냐. 너는 하느님께 기도 드려서 먹고 살지만 나는 강도질로 먹고 산다. 사람은 다 저마다 살아가는 방식이 있는 법인데, 너 같은 건 너를 찾아오는 부인네들에게 설교나 하면 되지 웬 잔소리냐. 나는 네 설교를 들을 이유가 없다. 네가 내게 하느님을 설교해 준 보답으로 내일은 사람을 둘 더 죽여야지. 지금 당장 널 죽여 버려도 되지만 그런 일로 손을 더럽힐 마음은 없다. 그러니까 앞으로는 내 눈앞에서 얼씬거리지 않도록 해라.”

강도는 이렇게 으름장을 놓고 가 버렸으나 그 뒤로 다시 오지 않았으므로 그는 8년 동안 평온하게 살았다.

11

어느 날, 대자는 새벽녘에 예의 냉과리에 물을 준 뒤 암자로 돌아와 이제 사람들이 찾아올 때가 되었다고 생각하면서 물끄러미 오솔길에 눈길을 보내고 있었다. 그런데 그날은 아무도 오지 않았다. 대자는 해질 무렵까지 우두커니 앉아 있었다. 할 일도 없어 이제까지의 자기 생애를 이리저리 회상해 보았다.

그러다가 문득 하느님께 기도를 드려서 먹고 산다는 자신의 생활 방식에 대해 말한 강도의 말을 생각해 냈다. 그래서 지금까지 해온 일을 돌이켜보며 이렇게 생각했다.

‘내가 살아가는 방식이 그 은자의 가르침과는 다른 것 같다. 은자는 내게 고행을 지시했는데 나는 그 고행을 나날의 양식과 바꾸고 또 세상 사람의 칭송을 원하게 되었다. 나는 유혹에 빠져 사람들이 찾아오지 않으면 언짢아하고 사람이 찾아오면 모두가 나를 성인 취급하는 줄 알고 공연히 우쭐해진다. 이런 생활 방식으론 안 되겠다. 나는 세상의 평판에 현혹되어 전에 지은 죄를 갚기는커녕 오히려 새로 죄를 짓지 않았는가. 숲 속의 다른 자리로 옮겨가 사람들의 눈에 띄지 않도록 하자. 이미 지은 죄를 갚아 가면서 다시는 새로운 죄를 짓지 않도록 혼자 살아가자.’

대자는 그렇게 생각하고 마른 빵이 든 조그만 자루와 괭이를 집어들고 암자를 나와 골짜기 쪽으로 내려갔다. 한적한 곳에 움막을 짓고 세상 사람들의 눈앞에서 모습을 감추려는 것이다.

그가 자루와 괭이를 들고 걸어가는데 저쪽에서 강도가 말을 타고 달려왔다. 대자는 놀라 달아나려고 했으나 끝내는 강도에게 들켰다.

“어딜 가나?”

강도가 물었다.

그는 세상 사람을 피하여 아무도 찾아오지 않는 곳으로 간다고 대답했다. 강도는 어처구니없다는 듯이 말했다.

"그래 아무도 찾아오지 않으면 앞으로 무얼 먹고 살아갈 텐가?"

미처 그런 생각은 해보지도 않았던 대자는 강도가 묻자 먹을 것에 대한 생각이 떠올랐다.

"뭘, 하느님께서 내려 주시는 것으로 살아가면 되지."

대자는 대답했다.

강도는 아무 대답도 않고 얼른 돌아서서 가 버렸다.

'대체 어떻게 된 일일까' 하고 그는 생각했다.

'나는 저 사나이의 생활 수단에 대해 아무말도 하지 않았다……. 어쩌면 저 사나이도 이번엔 회개할지도 모르지. 오늘은 먼저보다 한결 거동이 부드럽고 협박도 하지 않았으니까.'

그때 대자는 강도의 뒷모습에 대고 커다란 소리로 외쳤다.

"누가 뭐래도 그대는 죄를 회개하지 않으면 안 되오. 하느님의 눈을 피할 수는 없는 것이오!"

강도는 말머리를 홱 돌려 달려오더니 허리에서 칼을 빼어 그를 내리치려고 했다. 대자는 깜짝 놀라 숲 속으로 도망쳐 들어갔다.

강도는 뒤쫓아 오려고는 하지 않고 그냥 이렇게만 말했을 뿐이다.

"이것까지 두 번 너를 용서해 주었지만 이제 세 번째로 내 눈에 띄면 용서 없다. 못된 늙은이, 죽여 버릴 테다!"

그렇게 말하곤 자취를 감췄다. 그날 밤, 그가 냉과리에 물을 주러 갔다가 들여다보니 그 중 한 나무에 싹이 움트고 있지 않은가. 사과나무 잎이 나오기 시작한 것이다.

12

대자는 세상 사람의 눈앞에서 사라져 홀로 살았다. 이윽고 마른 빵도 다 떨어졌다.

자, 이제는 풀뿌리라도 캐러 가자고 마음속으로 생각했다.

그런데 풀뿌리를 캐러 나가 문득 보니 나뭇가지에 마른 빵이 든 자루가 걸려 있지 않은가. 대자는 그것으로 나날의 양식을 삼았다.

그 마른 빵이 다 떨어지기 무섭게 같은 나뭇가지에 같은 자루가 또 걸려 있었다. 이것으로 대자는 살아갔으나 꼭 한 가지 꺼림칙한 일이 있었다.

다름 아닌 강도가 두려워진 것이다. 강도가 나타나는 기척이 있으면 재빨리 모습을 숨기고 이렇게 생각했다.

'저자의 손에 걸려 죽으면 죄 갚음을 하지 못한다.'

이렇게 하여 또 10년이 지났다. 사과나무는 한 그루만 자랄 뿐 나머지 두 그루는 여전히 타고남은 그루터기 그대로이다.

그는 매일 아침 일찍 일어나 냉과리 둘레의 흙을 축여 주었다. 그러던 어느 날 그는 너무도 지쳤으므로 땅바닥에 주저앉아 잠시 쉬고 있었다. 그는 앉아 쉬면서 이런 일 저런 일들을 생각해 보았다.

'나는 죄를 범하고 말았다. 죽음을 두려워하다니, 하느님의 뜻이라면 죽음으로 나의 죄 갚음을 하자.'

그렇게 생각하는 순간 강도가 말을 타고 욕지거리를 하면서 오는 기척이 났다. 대자는 그 소리를 듣고서, 하느님 외의 누구에게서도 좋은 꼴이나 나쁜 꼴을 당할 까닭이 없다고 생각하고 강도가 오는 쪽으로 걸음을 옮겼다. 강도는 혼자가 아니고 안장 뒤에 한 사나이를 태워 어딘가로 데리고 가는 중이었다. 사나이는 양손을 묶이고 재갈마저 물려 있었다. 사나이는 아무 말도 하지 않는데, 강도는 욕을 퍼붓고 있는 중이다. 그는 강도에게로 가서 말 앞을 가로막아 섰다.

"너는 이 사나이를 어디로 데리고 가느냐?"

"숲 속으로 끌고 간다. 이놈은 장사꾼의 아들인데 할아버지의 돈이 어디 있는지를 가르쳐 주지 않아 실토할 때까지 두들겨 줄 테다."

이렇게 말하면서 지나쳐 가려 했으나 대자는 말고삐를 잡고 놓지 않았다.

"이 사람을 놓아주어라."

강도는 화가 나서 그를 치려고 채찍을 들어올렸다.

"아니, 너도 이런 꼴을 당하고 싶으냐? 약속대로 죽여주마! 놓아라!"

그러나 대자는 두려워하지 않았다.

"못 놓겠다. 나는 너 같은 건 무섭지 않다. 나는 오직 하느님만을 두려워할 뿐이다. 그런데 하느님께서는 놓아선 안 된다고 분부하신다. 이 사람을 풀어주어라."

강도는 미간을 찌푸리고 칼을 내리쳐 새끼를 탁 끊었다. 상인의 아들을 풀어 준 것이다.

"모두들 썩 꺼져라! 두 번 다시 내 눈에 띄었다간 용서 않을 테니까."

상인의 아들은 말 위에서 뛰어내리자 쏜살같이 달아나 버렸다. 강도도 그대로 가 버리려고 했으나 대자가 그를 불러 세워 그런 어두운 생활은 이제 집어치우도록 다시 타일렀다. 강도는 우두커니 서서 대자의 말을 끝까지 다 듣고 나더니 아무 말 없이 가버렸다.

이튿날 아침, 대자가 냉과리에 물을 주러 가보니 두 번째 나무에도 움이 터서 역시 사과나무가 되어 가고 있었다.

13

이렇게 하여 다시 10년이 지났다. 어느 날 움막에 들어앉아 있던 대자에게는 이제 더 이상 모자라는 것도 두려운 것도 없었으며, 마음속은 기쁨으로 가득 찼다. 거기서 대자는 생각했다.

'하느님께서는 얼마나 큰 행복을 인간에게 내려 주셨는지 모른다. 그런데도 사람들은 공연히 자기 스스로를 괴롭히고 있다. 실상은 기쁨 속에 살아갈 수 있는 데도…….'

이렇게 갖가지 인간들의 악을 돌이켜보며 사람들 스스로가 자신을 괴롭히고 있는 것을 생각하니 인간이 불쌍하게 여겨졌다.

'내가 이런 생활을 하고 있다는 게 잘못이다. 세상에 나가서 내가 알고 있는 것을 세상 사람들에게 얘기해 주자.'

이렇게 생각하자마자 이내 강도의 말굽소리가 들려 왔다. 대자는 그것을 지나쳐 버리면서 생각에 잠겼다.

'저런 사나이에게 들려준다 해도 알아주지도 않을걸.'

처음에는 그렇게 생각했으나 다시 마음을 고쳐먹고 신작로로 나갔다. 강도는 시름에 잠긴 표정으로 땅바닥을 내려다보면서 말을 몰고 있었다. 그 모양을 보니 가엾은 마음이 들어서 그에게로 달려가 그의 무릎을 잡았다.

"정다운 형제여, 제발 자신의 영혼을 아끼는 마음을 가져 주게! 그대 안에는 하느님께서 들어앉아 계시니까. 그대는 스스로도 괴로워하고 남도 괴롭히고 있지만 이제 더 심한 괴로움을 당할 게 틀림없어. 그러나 하느님께서 그대를 얼마나 사랑하시는지, 그대를 위해 어떤 즐거움을 마련하시는지 아는가! 제발 스스로 자신을 멸망시키는 것 같은 짓은 그만두게. 그 생활을 고쳐 주게나!"

강도는 얼굴을 찌푸리고 다른 곳을 보며 말했다.

"비켜라."

대자는 먼저보다도 더욱 세게 강도의 무릎에 매달리면서 눈물로 회개하도록 타일렀다.

강도는 눈을 들어 대자를 바라보았다. 물끄러미 바라보고 있다가 이윽고 말에서 내려 그 앞에 털썩 주저앉았다.

"마침내 당신은 나를 이겼소. 나는 20년 동안 당신과 싸웠으나 오늘 당신에게 졌소. 지금의 나는 이미 나 자신을 조종할 수 없게 되었소. 아무렇게나 당신 좋을 대로 하시오. 처음에 당신이 내게 설교했을 때 나는 공연히 화가 치밀 뿐이었소. 그런데 당신이 세상 사람을 피하여 몸을 숨기려 했을 때, 나는 당신을 만나 당신 자신이 세상 사람에게 아무 도움을 주지 못한다는 것을 깨달았다는 것을 알고 그때 비로소 당신의 말을 생각하지 않을 수 없었소. 그 뒤 나는 당신을 위해서 마른 빵을 나뭇가지에 걸어 놓게 되었던 것이오."

대자는 생각해 냈다. 그 농가의 아낙네가 걸레를 깨끗이 빨았을 때에야 비로소 테이블을 깨끗이 닦을 수 있었던 것을. 그와 같이 자신의 걱정을 그치고 자기의 마음을 맑게 할 때 타인의 마음도 맑게 할 수 있었던 것이다.

강도는 계속하여 말했다.

"그리고 당신이 죽음을 두려워하지 않았을 때 내 마음은 움직였소."

거기서 대자는 생각해 냈다. 농민들이 버팀대를 탄탄하게 고정시켰을 때, 수레바퀴를 만드는 나무를 휠 수 있었던 것이다.

그와 같이 자기도 죽음을 두려워하지 않고 생활을 하느님 안에 탄탄히 고정시켰을 때 굽힐 줄 모르던 악한 고집도 꺾였던 것이다.

강도는 다시 말했다.

"그리고 당신이 나를 가엾게 여겨 내 앞에서 눈물을 흘렸을 때 내 마음은 얼음이 풀리듯 녹아 버렸소."

대자는 진심으로 기뻐하며 냉과리가 있는 곳으로 강도를 데리고 갔다. 두 사람이 가까이 다가가 보니 마지막으로 하나 남았던 냉과리에서도 사과나무의 싹이 움트고 있었다. 거기서 대자는 다시 깨달았다. 소 거간꾼들의 화톳불도 불기운이 강해졌을 때에야 비로소 생나무가 탔던 것이다.

그와 마찬가지로 자기 마음이 뜨겁게 타올랐을 때 타인의 마음에도 불을 줄 수 있었던 것이다.

이제야말로 완전히 죄 갚음을 했다고 대자는 크게 기뻐했다.

대자는 그 이야기를 남김없이 강도에게 들려주고 나서 죽었다. 강도는 그의 시체를 묻고 그가 가르쳐 준 대로 생활을 하며 그와 마찬가지로 세상 사람을 가르치게 되었다.

세 아들

1

어느 아버지가 맏아들에게 재산과 토지를 나누어주고 말했다.

"나처럼 살아가도록 하여라. 그렇게 하면 행복하게 될 테니까."

몫을 나누어 받자 맏아들은 아버지 곁을 떠나 자기 멋대로 살기 시작했다.

"아버지께선 당신처럼 살도록 하라고 하셨는데."

맏아들은 말했다.

"아버지는 유쾌하게 살았으니까 나도 그렇게 해야지."

이렇게 1년을 살고 2년을 살고 10년, 20년을 살았다. 마침내 물려 받은 재산을 모두 탕진해 버리고 빈털터리가 되었다. 그래서 맏아들은 아버지에게 돌아가 "제발 도와 주십시오" 하고 애원했으나 아버지는 아들의 청을 물리쳤다. 맏아들은 아버지에게 환심을 사려고 자기가 가지고 있는 물건 중에서 가장 좋은 것을 선물로 드리고 "제발 도와 주십시오" 하고 빌다시피 하며 간청했다. 그래도 아버지는 아들의 청을 들어 주지 않았다. 그때 맏아들은 무슨 일로 아버지를 화나게 했나 생각하고 잘못이 있으면 용서해 달라고 빌었으나 아버지는 여전히 조금도 수그러들지 않았다.

그러자 맏아들은 아버지에게 이렇게 욕을 했다.

"아버지는 지금 제게 아무것도 주시지 못할 거면 왜 그때 제 몫을 나눠주셨으며 그것으로 한평생 넉넉히 살 것이라고 하셨습니까? 이제까지 제가 맛본 기쁨과 즐거움도 지금 제가 겪고 있는 고통과 비교하면 아무것도 아닙니다. 저는 금방 죽을 것 같은 마음이 듭니다. 건강이 날로 나빠져 가는 것을 느낄 수 있습니다. 그런데 제 불행의 원인은 누굽니까? 아버지지요……. 제 행복이 제게 해를 끼친다는 것을 아버지께선 알고 계셨을 것입니다. 그런데도 그 위험을 제게 주의시켜 주시지 않고 그냥 '나처럼 살아라, 그러면 만사 잘 될 테니'라고만 하셨습니다. 저는 아버지가 하시던 대로 살면서 여러 가지 즐거움에 몸을

맡겼습니다. 저는 아버지를 본받았습니다. 그런데 아버지께서는 그렇게 살아도 될 만큼 충분한 돈이 있었지만 저는 그게 모자랐던 거지요. 아버지는 거짓말쟁이입니다. 아버진 제 원수입니다. 될 대로 되라지! 저는 저를 속인 아버지를 저주해요. 아버지의 얼굴 같은 건 보고 싶지도 않습니다. 아버지를 증오하겠습니다!"

아버지는 그와 같은 몫을 둘째아들에게도 나누어주었다. 그때도 다만, "나처럼 살도록 해라. 그렇게 하면 너도 행복하게 될 테니까"라고 했을 뿐이다.

둘째 아들은 그 몫을 물려 받았어도 진심으로 기뻐하지 않았다. 그것은 맏아들이 받은 것과 같은 액수였지만 둘째 아들은 맏아들의 신상에 일어난 일을 이미 알고 있었으므로 무슨 짓을 해서라도 형처럼 거지나 다름없는 신세는 되고 싶지 않다고 생각했다. 형이 "나처럼 살아라" 하신 아버지의 말씀을 잘못 받아들였으며, 쾌락만을 좇는 생활을 해서는 안 된다는 것을 둘째 아들은 분명히 알고 있었다. 그리하여 어떻게 하면 물려 받은 재산을 더 늘릴 수 있을까 밤낮으로 고심했으나 그 목적을 이루지 못했다.

하루는 둘째 아들이 아버지에게 의논하러 갔다. 그러나 아버지는 아들에게 아무 말도 해주지 않았다. 그래서 아들은 어쩌면 아버지는 행복의 비밀을 가르쳐 주기를 두려워하는지도 모르겠다고 생각하고 아버지가 재산을 만든 방법들을 알아내려고 했다. 아들은 돈을 모으려고 마음먹었으나 아무리 모아도 모자랄 것 같은 생각이 들었다. 그리고 자신의 탐욕을 인정하고 싶지 않았으므로 아버지는 한평생 쭉 옹색스럽게 살면서 무엇 하나 물려주지 않았으며, 모든 것을 다 자기 손으로 모았고, 다른 사람들이면 같은 세월에 더 많이 모았을 것이라고 퍼뜨리고 다녔다.

이렇게 말하며 지내는 동안 아버지에게 물려 받은 재산이 다 없어졌다. 완전히 바닥이 났을 때 둘째아들은 이제 죽을 수밖에 없다고 생각하고 자살해 버렸다.

셋째 아들에게도 아버지는 위의 두 아들에게 준 것만큼 재산을 나누어주고 하던 말을 되풀이했다.

"나처럼 살아라. 그러면 너도 행복하게 될 것이니."

몫을 나누어 받은 셋째 아들은 기뻐서 자기가 태어난 집을 버리고 나갔다. 그러나 두 형의 말로(末路)를 보아서 잘 아는 그는 아버지의 말을 곰곰이 생

각해 보았다.

'큰형은……' 하고 셋째아들은 이 궁리 저 궁리를 했다.

'아버지처럼 산다는 것이 자신의 쾌락을 좇는 일이라고 잘못 생각하고 그 때문에 가지고 있던 돈을 모조리 없애 버렸다. 둘째형님은 아버지의 말씀을 아버지를 본보기로 삼으라는 것인 줄 알고 역시 파멸의 구렁텅이에 빠져 버렸다. 그러고 보니 '나처럼 살아라'고 하신 아버지의 말씀의 뜻은 도대체 어디 있는지 더욱 모르겠다.'

거기서 셋째 아들은 아버지의 생활에 대해서 자기가 알고 있는 한의 일을 생각해 냈다. 여러 가지 일을 생각해 내는 동안 셋째 아들은 이런 것을 깨달았다. 자기는 꼭 한 가지 알고 있는 사실이 있는데, 그것은 바로 자기가 태어나기까지 아버지는 자기를 위해 아무것도 준비한 것이 없었으며 또 자기라는 것도 없었다는 점이다. 아버지는 자기라는 것을 만들고 키우고 이 세상 모든 행복을 맛보게 하고 '나처럼 살아라, 그렇게 하면 너는 행복해진다'고 한 것이다. 아버지가 두 형을 위해서도 마찬가지 일을 했다는 것을 알고 있었으므로 아버지에게 본받을 수 있는 가장 좋은 일은 이 속에 포함되어 있다고 단정했다. 아버지에 대해서 알고 있는 일체의 것은 자기와 두 형에게 좋은 일을 베풀어주었다는 것뿐이었다. 그때 셋째 아들은 '나처럼 살아라'고 한 아버지의 말씀이 무엇을 의미하는지 깨달았다. 그것은 남에게 좋은 일을 하라는 것이다.

이렇게 생각하고 아들이 겨우 안심했을 때 아버지가 곁으로 다가와서 말했다.

"이제야말로 우리는 다시 같이 살면서 행복을 누리게 되었다. 어서 내가 사랑하는 젊은이들에게 가서 '나처럼 살아라'라는 말이 어떤 의미인지, 그리고 나를 본받는 자는 정말로 행복하게 된다는 것을 일러 주고 오너라."

거기서 셋째 아들은 자기와 같은 젊은이들을 찾아가 아버지에게서 들은 이야기를 해주었다. 그 뒤부터 자식들은 자기의 몫을 물려 받았을 때 많이 받은 것에 대해서가 아니라 아버지처럼 살고 행복하게 된다는 것에 대해 기뻐하게 되었다.

아버지라고 말한 것은 하느님이고 아들들은 인간, 행복은 우리의 생활이다. 인간은 하느님 따위는 없어도 자기 힘으로 살아갈 수 있다고 생각한다.

어떤 자는 인생이란 끊이지 않는 쾌락의 연속이라고 생각하고 들뜬 생활을 즐기고 있으나, 마침내 죽을 때가 오면 무엇 때문에 이 세상을 살아왔는지, 죽음의 고통으로 끝나는 행복이란 무엇인지 전혀 알지 못하게 되는 것이다.

이와 같은 사람은 하느님을 저주하면서 죽어가고 하느님을 부정한다. 이런 사람이 바로 맏아들인 것이다.

또 어떤 사람은 이 생의 목적은 자아 의식이고 자기 완성이라고 믿어 자신을 위해 새롭고 보다 좋은 생활을 만들기에 전력을 다하나 지상의 생활을 완성시키고 있는 동안 그것을 잃어버리고 차츰 그것에서 멀어져 간다.

마지막으로 셋째 아들과 같은 사람들은 이렇게 말한다.

"우리가 하느님에 대해 알고 있는 일체의 것은, 하느님은 인간에게 선을 베풀고 남에게도 그같이 하라고 명령하신다는 것뿐이다. 그러므로 우리는 하느님을 본받아 우리의 동포에게 선을 베풀어야 하지 않겠는가."

인간이 이 생각에 이르면 하느님께서는 그들을 찾아와 이렇게 말씀하신다.

"이것이야말로 내가 너희에게 바랐던 것이다. 내가 하는 대로 하여라. 너희도 나처럼 살게 될 터이니."

바보 이반

1

먼 옛날, 어느 나라에 한 부유한 농부가 있었다. 이 농부에게는 세 아들, 즉 무관인 세묜, 배불뚝이 타라스, 바보 이반과 귀머거리이자 벙어리인 딸 말라니야가 있었다. 무관인 세묜은 임금님을 섬기러 전쟁에 나갔고, 배불뚝이 타라스는 장사치한테 장사 기술을 배우러 갔으며, 바보 이반은 누이와 함께 집에 남아 땀흘려 일하고 있었다. 무관인 세묜은 높은 벼슬과 땅을 얻고 귀족의 딸한테 장가들었다. 그런데 녹도 많고 전답도 많았지만 늘 수지가 맞지 않았다. 남편이 긁어들이기가 바쁘게 귀족 행세를 하는 아내가 물 쓰듯 써 버려 언제나 돈이 붙어 있을 날이 없었다. 그래서 무관인 세묜은 도지(남의 논밭 빌려 부쳐 그 세로 매년 내는 곡식)를 받으려고 농장으로 갔다. 그러나 마름은 그에게 이렇게 말했다.

"도지는 드릴 수가 없습죠. 저희들에겐 가축이고 농기구고 말이고 소고 쟁기고 간에 하나도 없으니 말이에요. 먼저 이런 것들을 갖추어야 합죠. 그래야만 비로소 수익이라는 것이 생기는 겁니다."

그래서 무관인 세묜은 아버지에게 갔다.

"아버지, 아버지는 부자이면서도 저에게는 아무것도 주시지 않았습니다. 저에게 땅을 3분의 1만 나눠주십쇼. 제 땅으로 이전하겠습니다."

"너는 뭐 집에다 보태 준 것이 하나라도 있냐. 뭣 때문에 너에게 땅을 3분의 1이나 준단 말이냐? 그러는 날엔 이반과 네 누이가 못마땅해할 것이다."

그러자 세묜은 말했다.

"그렇지만 그 애는 바보 아녜요. 그리고 누이란 애도 귀머거리에다 벙어리고 말이에요. 그런 애들한테 뭐가 필요하겠어요."

이 말에 대해서 영감은 "이반이 뭐라고 말하나 어디 그 애한테 한 번 물어보자"고 말했다.

그런데 이반은 "필요, 드리죠" 하고 말했다.

무관인 세묜은 집에서 3분의 1의 땅을 얻어 그 땅을 제 것으로 이전하고 나서 다시 임금님을 섬기러 떠났다.

배불뚝이 타라스도 돈을 많이 모아 장사치의 딸한테 장가들었다. 그래도 그는 불만이었다. 그래서 아버지에게 찾아와 "저에게도 제 몫을 나눠주십쇼" 하고 말했지만 아버지는 타라스에게도 나눠주고 싶지 않았다.

"너는……" 하고 그는 말을 꺼냈다.

"너는 우리들에게 보태 준 게 아무것도 없다. 그리고 지금 집에 있는 것은 모두 이반이 번 것뿐이다. 나는 그 애하고 네 누이를 섭섭하게 할 수는 없다."

"저런 녀석에게 뭐가 필요합니까, 저 녀석은 바보 아니에요? 저 녀석은 장가도 갈 수 없습니다. 아무도 올 사람이 없습니다. 벙어리인 누이도 그렇죠, 역시 필요한 것이라곤 아무것도 없습죠. 그렇잖아, 이반? 나한테 곡식을 절반만 다오. 그리고 난 연장 따윈 갖지 않을 테니까 가축 중에서 저 잿빛 수말이나 한 마리 갖겠다. 저건 너에게 밭을 가는 데 도움이 되는 것도 아닐 테고."

이반은 웃음을 터뜨렸다.

"필요, 가지세요. 난 또 가서 잡아오겠습니다."

이렇게 해서 타라스도 제 몫을 차지했다. 타라스는 곡식을 저자로 실어 내고 수말도 데리고 갔다. 그리고 이반은 예나 다름없이 늙어빠진 암말 한 마리로 농사를 지어 아버지와 어머니를 봉양하게 되었다.

2

큰 도깨비에게는 이 형제들이 재산을 분배하면서도 말다툼을 하지 않고 의좋게 헤어진 것이 불만스러웠다. 그래서 그는 작은 도깨비 셋을 큰 소리로 불렀다.

"자, 봐." 그는 말을 이었다.

"저 세상의 저기 세 형제가 살고 있지. 세묜이란 무관과 타라스란 배불뚝이, 그리고 이반이란 바보 녀석이 말이야. 나는 말이야, 저 녀석들에게 꼭 싸움을 붙여야겠는데, 아 저 녀석들이 의좋게 살고 있지 않겠나. 서로 서로가 너 먹어라 하고 지내고 있거든. 저 이반이란 바보 녀석이 아주 그냥 내 일을 깡그리 망가뜨려 놓았지 뭐야. 이제부터 너희 셋이서 모두 나가 저 세 녀석들에게 늘어붙어 서로 싸움을 하도록 의를 끊어 놓아라. 어때, 할 수 있겠냐?"

"할 수 있다마다요" 하고 그들은 말했다.

"그럼 너희들은 어떻게 그 짓을 할 작정이냐?"

"이렇게 할 작정이죠. 먼저 저 녀석들을 먹을 게 하나도 없도록 홀랑 발가벗긴 다음 세 녀석을 한곳에다 모으죠. 그러면 저 녀석들도 필시 서로 치고 받고 하게 될 겁니다."

그러자 큰 도깨비가 말했다.

"너희들은 제 할 일들을 잘 알고 있는 것 같구나. 가거라. 그리고 말이다, 저 세 녀석들의 사이를 떼어 놓기 전에는 나한테 돌아와서는 안 돼. 그렇지 않으면 너희 세 놈의 가죽을 몽땅 벗기고 말 테니까, 그리 알아라."

작은 도깨비들은 어느 늪 속으로 들어가 어떻게 일을 착수할 것인지를 상의하기 시작했다. 그리고 저마다 조금이라도 더 수월한 일을 맡으려고 오랫동안 궁리한 끝에 겨우 제비를 뽑아서 누가 누구를 맡을 것인지를 정하기로 결정했다. 그리고 다른 자들보다 조금이라도 일찍 일을 마친 자는 다른 자를 도우러 와야 한다고 약속했다. 작은 도깨비들은 제비를 뽑고 나서 언제 다시 이 늪에 모일 것인지 날짜를 정하고, 그날 누구의 일이 끝나고 누구를 도우러 가야 할 것인지를 알아보기로 했다. 작은 도깨비들은 저마다 자기가 뽑은 제비대로 행동하기로 하고 헤어졌다.

드디어 그날이 되자 작은 도깨비들은 약속대로 늪에 모였다. 그리고 저마다 자기의 일이 어떻게 되었는지를 설명하기 시작했다. 세묜이란 무관한테서 돌아온 첫 번째 작은 도깨비가 입을 열었다.

"내 일은 말이야. 잘돼 나가고 있어. 내가 맡은 그 세묜은 내일 틀림없이 아버지한테 갈 거야."

동료들이 입을 모아 묻기 시작했다.

"그래, 어떻게 했는데?"

"나는 말이야" 하고 첫 번째 작은 도깨비는 말했다. "나는 우선 먼저 세묜에게 잔뜩 용기를 불어넣어 주었지. 그랬더니 그 녀석은 제 임금님에게 온세계를 정복하겠다고 약속하지 않았겠나. 그러자 임금님은 세묜을 대장으로 만들어서 말이야, 인도 임금을 치러 보낸 거야. 모두들 치러 가려고 모였어. 그런데 나는 바로 그날 밤 세묜 군사들의 화약을 모조리 적셔 놓고는, 또 인도의 임금에게로 가서 짚으로 군사들을 무수히 만들어 놓았지. 세묜의 군사는 자기네 쪽으로 사방팔방에서 지푸라기 군사들이 몰려오는 것을 보고는 잔뜩 겁을 먹은 거야. 세묜은 '쏘아라!' 하고 명령을 내렸지만 대포고 총이고 간에 탄알이 나가야 말이지. 세묜의 군사들은 사색이 되어 줄행랑을 놓을밖에. 마치 양떼처럼 말이야. 그러자 인도의 임금은 그들을 쳐부쉈지. 세묜은 톡톡히 망신을 당하고, 땅을 몽땅 몰수당한 데다 내일은 사형을 집행하려는 참이야. 나에겐 이제 꼭 하루 일감이 남아 있을 따름이야. 말하자면 집으로 내빼도록 그 녀석을 감옥에서 내보내는 일이 남아 있을 뿐이란 말이야. 내일은 완전히 끝장이 나니까 너희 둘 중에서 누가 내 도움이 필요한지 자, 말해 봐."

타라스에게서 돌아온 두 번째 작은 도깨비도 제 일에 대해서 이렇게 얘기하기 시작했다.

"나는 말이야, 도움 따윈 필요 없어. 내 일도 잘돼 나가고 있으니까. 타라스란 녀석도 이제 1주일 이상을 견디지 못할 거야. 나는 말이야. 먼저 그 녀석 배를 잔뜩 불려 욕심꾸러기가 되게 했지. 그랬더니 그 녀석은 남의 재산을 턱없이 탐내어, 보지도 못한 것까지 모두 사고 싶어졌지 뭐야. 돈을 있는 대로 탈탈 털어 무진장으로 사 버렸지. 그래도 모자라서 여전히 또 사고 있는 거야. 지금에 와선 빚까지 져 가면서 사들이고 있는 형편이야. 이제는 너무 긁어모으다 보니까 어떻게 처치해야 할지 몰라 안절부절못하고 있어. 1주일 뒤에는 이것저것 갚고 해야 할 기한이 닥치는데, 그 안에 나는 그 녀석의 물건들을 깡그리 거름으로 만들어 놓고 말 작정이지. 그러면 그 녀석은 필시 갚지 못하고 이내 제 애비한테 달려가게 될 거야."

그리고는 그들은 이반에게서 돌아온 세 번째 작은 도깨비에게 "네 일은 어떻게 됐지?" 하고 물었다.

"그런데 말이야. 실은, 내 일은 어쩐지 잘돼 나가질 않아. 우선 먼저 배탈을 나게 할 양으로 말이야, 그 녀석의 크바스를 담는 병 속에다 침을 잔뜩 뱉어 놓고는 그 녀석 밭으로 가서 땅바닥을 돌처럼 굳혀 놓았지. 그 녀석이 꼼짝 못하게 말이야. 이쯤 되면 녀석도 절대 갈지 못하리라 생각하고 있었는데, 웬걸! 아 그 바보 녀석은 말없이 쟁기를 가지고 와서는 갈아 젖히지 않겠나? 배가 아파 끙끙 앓으면서도 여전히 갈아대는 거야. 그래서 나는 그 녀석의 쟁기를 부숴 놓았지. 그랬더니 녀석은 집으로 돌아가 딴 보습으로 갈아 끼우고는 새성에를 몇 갠가 대고 또다시 갈기 시작하지 뭐야. 그래서 나는 땅 밑으로 기어 들어가 보습을 붙들어 보려고 했는데, 어딜 붙잡혀야 말이지. 그 녀석이 쟁기를 누르는 데다 보습이 날카로워서 내 손은 마구 베이고 말았어. 그래 녀석은 거의 다 갈아 버리고 이제는 겨우 한 두둑밖에 남지 않았어. 그러니까 여보게들, 와서 좀 도와 주게나. 우리가 녀석 하나를 때려잡지 못하는 날엔 우리들의 일은 모두 허사가 되고 말 테니 말이야. 만약 그 바보가 남아 농사를 짓게 되면 그들은 별로 곤란을 받지 않게 될 거거든. 그 녀석이 두 형들을 부양하게 될 테니 말이야."

무관인 세몬을 맡고 있는 첫 번째 작은 도깨비가 내일 도우러 가겠다고 약속했다. 작은 도깨비들은 그것으로 일단 헤어졌다.

3

이반은 묵혀 두었던 밭을 다 갈고 이제는 한 두둑만 남겨 놓았을 뿐이다. 그는 마저 다 갈아 버리려고 말을 타고 왔다. 배가 아파 견딜 수 없었으나 갈지 않으면 안 되었다. 그래서 고삐의 줄을 툭 치며 쟁기를 돌려 갈기 시작했다. 한 번 갔다가 돌아서 되짚어 오려고 하는데, 마치 나무뿌리에 걸리기라도 한 것처럼 어쩐 일인지 쟁기가 나가지 않았다. 그것은 작은 도깨비가 두 발로 쟁깃술에 매달려 꽉 누르고 있기 때문이었다.

'아까만 해도 나무뿌리 같은 건 없었는데. 그래도 역시 나무뿌린지도 모른다.' 이반은 두둑 속에다 손을 집어넣었다. 그러자 무엇인가 부드러운 것이 뭉클 손에 닿았다. 그는 그것을 움켜잡아 밖으로 끌어냈다. 나무뿌리 같은 새까만 것이었는데 그 위에서 무엇인가 꿈틀거린다. 자세히 보니까 살아 있는 작은 도깨비가 아닌가.

"아니, 이게! 뭐 이 따위 빌어먹을 게 다 있어!"

이반은 작은 도깨비를 번쩍 치켜들고 한마루에다 내리쳐 박살을 내버리려고 했다. 그러자 작은 도깨비가 소리를 지르면서, "제발 죽이지 말아 주십쇼. 그 대신 무엇이건 원하는 대로 해드리겠습니다" 하고 말했다.

"그래 무슨 일을 할 수 있다는 거냐?"

"그저 무얼 원하시는지 말씀만 해주십쇼."

이반은 머리를 긁으며 말했다.

"나는 배가 아픈데 말이야, 낫게 할 수 있겠나?"
"할 수 있고말고요" 하고 작은 도깨비는 말했다.
"어디, 그럼 낫게 해 보렴."
작은 도깨비는 두둑 위에 몸을 구부리고 여기저기 손톱으로 뒤져 가며 무엇인가를 찾았다. 이윽고 가지가 셋인 조그만 뿌리를 쑥 뽑아 그것을 이반에게 건네며 말했다.
"여기 있습니다. 이 뿌리를 한 뿌리만 삼키시면 천하에 없는 아픔도 이내 가십니다."
이반은 뿌리를 받아 찢어서 한 가지 삼켰다. 그러자 금방 복통이 가셨다.
작은 도깨비는 다시 사정하기 시작했다.
"자, 이제 놓아주십쇼. 나는 땅속으로 기어들어가 이제 다시는 나오지 않으렵니다."
그러자 이반이 말했다.
"자, 그럼 잘 가거라!"
이반이 말을 하기 바쁘게 작은 도깨비는 물속에 던진 돌처럼 땅속으로 금방 모습을 감추고 말았다. 그 자리엔 구멍만 하나 남았을 뿐이다.
이반은 나머지 두 가지의 뿌리를 모자 속에다 쑤셔 넣고 그대로 마저 갈기 시작했다. 그리고 마지막 이랑을 다 갈고 나자 쟁기를 뒤집어엎고 집으로 돌아왔다. 말을 풀어 놓고 오두막 안으로 들어가자 맏형인 무관 세묜이 아내와 함께 앉아 저녁을 먹고 있었다.
그는 논밭을 몰수당하고 가까스로 감옥에서 도망쳐 나왔다. 그리고 아버지한테서 얹혀 살 양으로 여기에 달려온 것이다. 세묜은 이반을 보자 이렇게 말했다.
"난 너와 함께 살려고 왔다. 나하고 집사람을 먹여다오, 새 일자리가 나설 때까지."
"아, 그렇게 하시죠. 염려 말고 여기서 사세요"라고 이반은 말했다.
그렇게 말하고 이반은 막 걸상에 걸터앉았는데 이반에게서 나는 흙냄새가 귀부인의 마음에 들지 않았다.
그리하여 그녀는 남편에게 말했다.
"난 정말로 못 견디겠어요. 고약한 냄새가 나는 흙투성이와 식사를 함께 하는 게 말이에요."

그러자 무관인 세묜이 말했다.

"네 형수가 너에게서 나는 냄새가 싫다고 말씀하시니까 너는 문간에 서서 먹었으면 좋겠는데."

"아, 그렇게 하죠" 하고 이반은 말했다.

"그렇지 않아도 난 바로 밤 순찰을 나갈 시간이 되었으니까요. 말에게도 먹이를 주어야 하고."

이반은 빵과 윗옷을 집어들고 밤 순찰을 하러 나갔다.

4

무관인 세묜을 맡은 첫 번째 작은 도깨비는 그날 밤 안에 일을 마치고 약속대로 바보를 골려 주려고 이반을 맡은 작은 도깨비를 찾아왔다. 밭으로 와서 여기저기 한참 동료를 찾아 헤맸으나 어디에도 없고, 그저 구멍 하나가 휑하니 뚫려 있는 것만을 발견했을 뿐이다.

'이거 아무래도 동료 신상에 무슨 불행한 일이라도 일어난 모양이다. 그 녀석을 대신할 밖에 없지. 밭은 이제 다 갈았으니까. 이번에는 풀밭에서 그 바보를 한번 골려 주어야지.'

작은 도깨비는 목장으로 가 이반네 풀밭에 큰물이 들게 했다. 풀밭은 온통 진흙바닥이 되었다. 이반은 새벽녘에 가축의 밤 순찰에서 돌아와 큰 낫을 들고 풀밭으로 풀을 베러 나갔다. 이반은 도착하자 이내 풀을 베기 시작했다. 그러나 한두 번 내두르기만 했는데도 낫의 날이 무뎌져 들지 않게 되어 갈아야 했다. 이반은 여러 방법으로 해보았다. 그는 혼잣말을 했다.

"안 되겠다. 집에 가서 숫돌을 가져와야겠다. 그 김에 빵도 가져와야지. 비록 1주일이 걸리는 한이 있더라도 다 베기 전에는 여기에서 떠나지 않겠다."

작은 도깨비는 이 소리를 듣고 좀 생각을 하더니 "제기랄, 이 녀석은 바보로군. 이 녀석은 이래서는 안 되겠다. 무슨 딴 수를 쓰든지 해야지" 하고 말했다.

이반은 돌아와서 낫을 갈아 베기 시작했다. 작은 도깨비는 풀 속에 몰래 기어들어가 낫공치를 붙잡고 날을 흙 속에 처박기 시작했다. 이반은 힘이 들었으나 가까스로 일을 끝냈다. 이제 늪의 한 다랑이만이 남았을 뿐이다. 작은 도깨비는 늪 속으로 기어 들어가 이렇게 생각했다.

'이번에는 비록 손가락이 잘리는 한이 있더라도 베지 못하게 해주어야지.'

이반은 늪으로 왔다. 풀이 그렇게 억세보이지도 않은데 어쩐지 낫이 말을 잘 듣지 않았다. 이반은 바짝 약이 올라 힘껏 낫을 내두르기 시작했다. 작은 도깨비는 배겨내지 못하게 됐다. 뒤로 뛰어서 물러날 겨를이 없었다. 일이 틀린 것을 알고 작은 도깨비는 덤불 속으로 몸을 숨겼다. 이반은 큰 낫을 마구 휘둘러 덤불을 치면서 작은 도깨비의 꼬리를 절반이나 잘라 버렸다. 이반은 풀을 다 베고 나서 누이에게 그것을 긁어모으라고 일러 놓고 이번에는 호밀을 베러 갔다.

갈고리 낫을 가지고 갔을 때는 꼬리 잘린 작은 도깨비가 어느 틈에 거기에 와서 호밀을 마구 흩어 놓았기 때문에 갈고리 낫으로는 베어질 것 같지 않았다. 그래서 이반은 집으로 되돌아와 다시 보통 낫을 가지고 와 베기 시작하여 곧 다 베어 버렸다.

"자, 이번에는 귀리를 베어야지."

꼬리 잘린 작은 도깨비는 이 말을 듣자, '이번에야말로 저 녀석을 골려 주어야지, 어디 내일 아침까지만 두고 보아라' 하고 생각했다. 그 이튿날 아침 작은 도깨비가 귀리 밭에 달려가 보았더니 귀리는 벌써 다 베어져 있었다. 밤사이에 귀리의 낟알이 보다 적게 떨어지게 할 양으로 이반이 그것을 말끔히 베어놓은 것이다. 작은 도깨비는 약이 바짝 올라 중얼거렸다.

"그 바보 녀석은 내 꼬리를 잘라 놓은 데다 또 나를 괴롭히고 있다. 전쟁에서도 이처럼 경을 친 일은 없다. 그 빌어먹을 놈은 밤에도 잠을 자지 않으니 도무지 당해 낼 도리가 없다. 그러나 이번에는 호밀 가리 속으로 기어들어가 모조리 썩혀 버리고 말겠다."

작은 도깨비는 호밀 가리가 있는 데로 가자 그 다발 사이에 기어 들어가 썩히기 시작했다. 그런데 호밀 단이 뜨면서 따뜻해지자 저도 모르게 그만 꾸벅꾸벅 졸기 시작했다.

한편 이반은 암말에게 수레를 끌게 하고 누이와 함께 호밀 단을 나르러 왔다. 호밀 가리 옆으로 다가와 호밀 단을 짐수레에 싣기 시작했다. 두어 단쯤 던져 올려놓는데 작은 도깨비의 등이 보였다. 그래서 치켜들어 보았더니 갈퀴발 끝에 꼬리가 짧은 작은 도깨비가 걸려 버둥거리고 움츠리고 하면서 한창 도망치려고 애쓰고 있었다. 그것을 보고 이반이 말했다.

"아니, 요놈 보게. 뭐가 이렇게 못된 게 있어! 너 또 나온 게로구나?"

그러자 작은 도깨비가 말했다.

"아니에요, 내가 아닙니다. 요 앞의 것은 내 형제였어요. 나는 당신의 형님이신 세묜한테 있던 놈입니다."

"네가 어떤 놈이건 똑같이 혼을 내주어야겠다."

이반은 말했다.

이반이 밭두렁에다 내리쳐 박살을 내려고 하는데 작은 도깨비가 이렇게 사정하기 시작했다.

"한 번만 놓아 주세요. 이제 다시는 나오지 않겠습니다. 놓아주시기만 하면 당신이 원하시는 것은 뭐든 해드리겠습니다."

"그래 뭣을 할 수 있다는 거냐?" 하고 이반이 묻자 작은 도깨비는 말했다.

"나는 원하신다면 무엇으로라도 군사를 만들어 낼 수 있습니다."

"그렇지만 그까짓 게 무슨 소용이 있지?"

"어디에나 쓰입죠. 그들은 내 생각대로 무슨 짓이건 할 수 있습니다."

"노래를 부를 수도 있단 말이지?"

"그렇고말고요."

"어디 그럼 한번 만들어 보렴." 이반은 말했다.

그러자 작은 도깨비는 이렇게 말했다.

"이 호밀 단을 한 단 들어 땅바닥에다 반듯이 세우고 흔들면서 그저 이렇게 말하기만 하면 됩니다. '내 종이 이르는 말이노라, 다발이 아니라 보릿짚 수만큼의 군사가 되어라!'"

이반은 호밀 단을 들어 그것을 땅바닥에다 세우고 흔들면서 작은 도깨비가 일러 준 대로 했다.

그러자 호밀 단이 산산이 흩어져 많은 군사가 되고, 북잡이와 나팔수가 선두에서 둥당거리는 것이다. 이반은 웃음을 터뜨렸다.

"거 참, 네놈은 여간한 솜씨가 아니구나! 이걸 계집애들이 보면 정말 기뻐하겠는걸."

"그럼 이제 놓아주세요."

"아니야. 낟알도 떨지 않은 호밀 단으로 군사를 만들면 낟알을 버리게 되잖아. 그러니 어떻게 해야 다시 호밀 단으로 되돌려 놓는지를 가르쳐 주어야지.

그 낟알을 떨어야 할 게 아니냐."

그러자 작은 도깨비는 말했다.

"이렇게 말하시면 됩니다. '군사의 수만큼 보릿짚이 되어라, 또 다발이 되어라, 내 종이 이르는 말이노라!'"

이반이 그대로 말하자 다시 다발이 되었다. 작은 도깨비는 또 다시 사정하기 시작했다.

"이제 놓아주세요."

"그래, 그러마."

이반은 작은 도깨비를 밭두렁에다 걸쳐놓고 한쪽 손으로 누르면서 그를 갈퀴에서 빼주었다.

"잘 가거라" 하고 그는 말했다.

그가 말을 하기가 바쁘게 작은 도깨비는 물속에 던진 돌처럼 금방 땅속으로 뛰어들어가 버렸다. 그리고 그 자리에는 휑하니 구멍이 하나 남았을 뿐이다.

이반은 집으로 돌아왔다. 그랬더니 둘째 형인 타라스가 아내와 함께 와 있어 한창 저녁을 먹고 있는 중이었다. 배불뚝이 타라스는 돈을 갚지 못하고 빚 때문에 도망쳐 온 것이다.

그는 이반을 보자 말했다.

"얘, 이반. 내가 다시 장사를 시작할 때까지 집사람과 나를 좀 먹여 살려 주어야겠다."

"아, 그렇게 하세요. 계세요"라고 이반은 말했다.

이반은 윗옷을 벗고 식탁 앞에 앉았다.

그러자 장사꾼의 아내가 입을 열었다.

"나는 바보 따위와 같이 밥 먹을 수가 없어요! 땀 냄새가 고약하게 나서 말이에요."

그러자 타라스는 이렇게 말했다.

"이반, 너에게서 나는 냄새가 좋지 않다. 저기 문간에 가서 먹어라."

"그럼 그렇게 하죠" 하고 이반은 제 몫의 빵을 들고 바깥으로 나갔다.

"그렇지 않아도 마침 밤 순찰을 나갈 시간이에요. 말에게 먹이도 주어야 하고요."

5

두 번째 작은 도깨비는 그날 밤 일이 끝나 약속대로 동료를 거들어 바보 이반을 골려 주려고 타라스한테서 왔다. 밭으로 와서 여기저기 동료들을 찾아 헤맸으나 아무도 없고 그저 구멍만 발견했을 뿐이다. 그래서 풀밭으로 가 보았더니 그곳의 늪에서 잘린 꼬리가 눈에 띄었다. 그리고 호밀을 베어 낸 밭에서도 또 하나의 구멍을 발견했다. '아무래도 이거, 동료들의 신상에 무엇인가 화가 미친 모양이다. 내가 그들을 대신해서 그 바보 녀석을 혼구멍을 내줘야겠구나.' 그는 생각했다.

작은 도깨비는 이반을 찾으러 타작 마당으로 갔다. 그랬더니 이반은 벌써 들일을 마치고 숲 속에서 나무를 치고 있었다.

두 형은 모두 같이 사는 것이 옹색하게 느껴지기 시작했다. 그래서 자기네가 살 집을 지을 나무를 베어 새 집을 지어 달라고 바보 이반에게 이른 것이다. 작은 도깨비는 숲으로 달려가 나뭇가지에 기어올라가 이반이 나무를 베어 눕히는 것을 훼방놓기 시작했다. 이반은 쓰러뜨리기 좋게 나무 밑둥을 쳐 놓고 방해를 받지 않을 데로 나무를 쓰러뜨리려고 했으나 나무는 이상하게 굽으면서 쓰러져서는 안 될 데로 쓰러져 거기 있는 나뭇가지에 걸려 버렸다. 이반은 지렛대를 하나 만들어 여기저기로 그 방향을 틀어 가면서 겨우 나무를 쓰러뜨렸다. 이반은 다른 나무를 베기 시작했다. 그런데 역시 아까와 마찬가지였다. 이반은 갖은 애를 쓴 나머지 가까스로 쓰러뜨렸다. 세 번째 나무에 달려들었다. 그것 또한 마찬가지였다. 이반은 50그루쯤 베려고 생각했는데 열 그루도 채 베기 전에 벌써 해가 뉘엿뉘엿했다. 그리고 이반은 지칠 대로 지쳐 버렸다. 그의 몸뚱이에서는 김이 무럭무럭 나 마치 안개처럼 숲 속에 끼었는데도 그는 일손을 멈추지 않았다. 그는 또 한 그루를 베어 쓰러뜨렸다. 그랬더니 등이 지끈지끈 쑤시기 시작하여 맥이 탁 풀리고 말았다. 그래서 도끼를 나무에다 박아 놓고 조금 쉴 양으로 앉았다. 작은 도깨비는 이반이 잠잠해진 것을 알고 기뻐했다. 그리고 생각했다. '녹초가 되어 내동댕이친 거로군. 어디 그럼 나도 이제 좀 쉬어 볼까.' 작은 도깨비는 나뭇가지 위에 올라타고 앉아 속으로 고소해하고 있었다. 그런데 이반은 다시 벌떡 일어나 도끼를 쳐들어 그것을 반대쪽에서 냅다 내리쳤으므로 나무는 별안간 뿌지직 빠개지면서 쓰러졌다. 작은 도깨비는 워낙 갑작스런 일을 당하여 미처 발을 비킬 겨를도 없이 우지끈 하고 가지가 꺾이는 바람에 그 사이에 손이 끼고 말았다. 이반은 깜짝 놀랐다.

"아니, 요 망할 게, 너 이놈! 또 나왔구나!"

그러자 작은 도깨비는 말했다.

"내가 아닙니다. 당신의 형님이신 타라스한테 있던 놈이에요."

"아니, 네가 어떤 놈이건 내 알 바 아니다."

이반은 도끼를 번쩍 치켜들어 도끼 등으로 내리쳐 죽이려고 했다. 작은 도깨비는 정신 없이 싹싹 빌며 말했다.

"제발 치지만 마십쇼. 원하시는 것이 있으면 무엇이거나 해드릴 테니."

"그래 도대체 네가 무엇을 할 수 있길래?"

"나는 당신에게 당신이 원하시는 만큼의 돈을 만들어 드릴 수 있습니다."

"그렇다면" 하고 이반은 말했다. "어디 한번 만들어 보렴!"

작은 도깨비는 이반에게 이렇게 가르쳐 주었다.

"이 떡갈나무 잎을 들고 두 손으로 비비세요. 그러면 금화가 땅바닥에 떨어질 테니."

이반은 나뭇잎을 들고 비벼 보았다. 그랬더니 아니나 다를까, 누런 금화가 우수수 쏟아졌다.

"거 좋겠는걸, 어린애들이 가지고 놀기엔."

"자, 그럼 놔주세요." 작은 도깨비는 말했다.

"그래, 그러지!" 이반은 지렛대를 들고 작은 도깨비를 빼내 주었다. 그리고 "잘 가거라" 하고 말했다.

그런데 그가 말을 하기가 무섭게 작은 도깨비는 물속에 돌을 던지기라도 한 것처럼 금방 땅속으로 기어 들어가 버리고 그 자리에는 구멍만 하나 퀭하니 남았을 뿐이다.

6

형제들은 집을 지어 따로따로 살기 시작했다. 이반은 들일을 마치고는 맥주를 담가 두 형들을 잔치에 초대했다. 그러나 형들은 이반에게 손님 노릇을 하려들지 않았다.

그들은 "우리들은 농부들투성이의 잔치란 건 본 일이 없어" 하고 말했다.

이반은 농부며 아낙네들에게 잔치를 베풀고 또 저도 마셨다. 그리고 취기가 오르자 춤놀이가 벌어진 한길로 걸어나갔다. 이반은 춤놀이 판으로 다가가 아낙네들에게 자기를 칭찬해 달라고 일렀다.

"그러면 나는 여러분들에게 아직 한 번도 구경해 보지 못한 것을 줄 테니까."

말을 들은 아낙네들은 웃음을 터뜨리고 그를 칭찬해 댔다. 그러고 나서 이렇게 말했다.

"자, 그럼 주어요."

"금방 가져올게."

이반은 말하고 나서 씨앗 상자를 안고 숲 쪽으로 뛰어갔다. 아낙네들은 "어머, 저 바보 좀 보게!" 하고 비웃었다. 그리고 그에 대해서는 그냥 잊어버렸다. 그런데 되돌아 달려오는 이반은 무엇인가를 가득 채워 넣은 씨앗 상자를 들고 있었다.

"어때, 나누어 줄까?"

"어디, 나누어 봐요."

이반은 금화를 한 주먹 쥐어 아낙네들에게 싹 던졌다. 그러자 갑자기 소란이 일어났다. 아낙네들은 그것을 주우려고 냅다 몰려들었다. 농부들도 달려왔다. 서로 금화를 잡아챘다. 어떤 한 노파는 하마터면 짓눌려 죽을 뻔했다. 이반은 껄껄 웃어댔다.

"그렇지만 서로들 밀치지는 말아요. 여러분들에게 더 줄 테니까."

이렇게 말하고 그는 다시 흩뿌리기 시작했다. 많은 사람들이 잇따라 떼지어 왔다. 이반은 상자에 있는 대로 전부 뿌렸다. 그런데도 군중은 더 달라고 졸라 댔다. 그래서 이반은 이렇게 말했다.

"이제 다 털어 버렸어. 이 다음 번에 또 주지. 자, 이젠 춤을 추어 볼까, 좋은 노래를 불러 봐."

아낙네들은 노래를 부르기 시작했다.

"재미없는데, 당신네 노래는" 하고 그는 말했다.

"그럼 어떤 노래가 좋지?" 아낙네들이 물었다.

"그렇다면 내가 금방 당신들에게 보여 주지."

그리고는 헛간으로 가 보릿단을 한 움큼 뽑아 내어 낟알을 떨어 내고는 그것을 반듯이 세워놓더니 툭 치며 말했다.

"자, 내 종이 이르는 말이노라. 다발로 있을 게 아니고 보릿짚의 수만큼 군사가 되어라."

그러자 보릿단은 산산이 흩어져 군사가 되더니 북과 나팔을 쿵짝거리기 시작했다. 이반은 군사들에게 노래를 부르라고 이르고 그들과 함께 한길로 나갔다.

군중은 깜짝 놀랐다. 군사들은 잠시 노래를 부르고 있었다. 이윽고 이반은 아무도 뒤따라와서는 안 된다고 일러 놓고 그들을 도로 헛간으로 데리고 가 다시 본디대로 다발을 지어 밑자리가 되어 있는 마른 풀 더미 위에 내던졌다. 그리고 집으로 돌아와 마구간에 들어가서 잠이 들었다.

7

이튿날 아침 맏형인 무관 세묜이 이 일을 알고 이반에게 찾아와 이렇게 말했다.

"너 나한테 죄다 말해다오. 도대체 너는 그 군사를 어디서 데려왔다 어디로 데려갔지?"

"그걸 물어 뭘 하시려구요?"

"뭘 하려느냐구? 군사만 있으면 뭐든 다 할 수 있단 말이야. 나라를 얻을 수도 있어."

이반은 깜짝 놀랐다.

"그럼 왜 진작 말씀하지 않으셨죠? 얼마든지 원하시는 대로 만들어 드리겠습니다. 마침 누이와 둘이서 보릿단을 잔뜩 장만해 놓았으니까."

이반은 형을 헛간으로 데리고 가서 이렇게 말했다.

"알겠어요. 그럼 군사를 만들어 드릴 테니 말씀이에요, 그 대신 꼭 데리고 가셔야 해요. 그렇지 않고 만일 먹여 살려야 하는 날엔 그야말로 하루에 온 동네를 몽땅 털어먹게 될 테니까요."

무관 세묜이 군사를 데리고 가겠노라고 약속하여 이반은 군사를 만들어 내기 시작했다. 그는 보릿단으로 타작 마당을 내리쳤다. 그러자 그와 동시에 1개 중대의 군사가 되었다. 또 한번 내리치면 또 1개 중대의 군사가 되었다. 이리하여 그는 온 들판을 가득 메울 만큼의 무수한 군사를 만들어 냈다.

"어떻습니까, 이제 됐어요?"

"이제 그만 됐어. 고맙다, 이반."

세몬은 크게 기뻐하며 이렇게 말했다.

"뭘요. 만일 더 필요하시거든 언제든지 오세요. 얼마든지 더 만들어 드릴 테니. 요새는 보릿짚이 잔뜩 있으니까요."

무관인 세몬은 곧 군대를 지휘하여 바르게 대오를 갖추게 하고 전쟁을 하러 나갔다.

무관 세몬이 떠나자 이번에는 배불뚝이 타라스가 끄덕끄덕 찾아왔다. 그도 어제의 일을 알고 있었던 것이다. 그는 아우에게 이렇게 간청하기 시작했다.

"숨기지 말고 말해 보렴. 그래 너는 어디서 금화를 얻었지? 만일 나한테 그렇게 마음대로 되는 돈이 있다면 나는 그 돈으로 온 세계의 돈을 긁어모을 텐데 말이야."

이반은 깜짝 놀라 말했다.

"그래요! 아, 그렇다면 그렇다고 진작 말씀하실 일이지. 형님께서 원하시는 대로 만들어 드리죠."

형은 크게 기뻐했다.

"나는 씨앗 상자로 세 상자만 있으면 된다."

"그럼 그렇게 하세요. 숲 속으로 갑시다. 한데 말을 타고 가셔야죠. 가지고 오기가 힘들 테니까."

둘이는 숲 속으로 말을 타고 갔다. 그리하여 이반은 떡갈나무에서 잎을 훑어 비비기 시작했다. 금화가 쏟아져 산더미처럼 쌓였다.

"어때요, 이만하면?"

타라스는 기뻐서 어쩔 줄 몰랐다.

"당장은 이만큼 있으면 충분하다. 고맙다, 이반."

"뭘요, 더 필요하시거든 언제든지 오세요. 더 만들어 드릴 테니까. 얼마든지 만들어 드리겠어요. 잎사귀는 얼마든지 있으니까 말이에요."

배불뚝이 타라스는 달구지에다 금화를 가득 싣고 장사를 하러 떠났다.

이리하여 두 형들은 제각기 떠났다. 세몬은 전쟁을 시작하고 타라스는 장사를 시작했다. 무관인 세몬은 두 나라를 정복하고 배불뚝이 타라스는 큰돈을 벌었다.

어느 날 세몬과 타라스는 한자리에서 만나 서로 숨김없는 말을 주고 받게 되었다. 세몬은 군대를 얻은 경위에 대해서, 그리고 또 타라스는 돈을 모으게 된 경위에 대해서였다.

무관인 세묜은 아우에게 "나는 말이야, 나라를 정복해 잘 지내고 있기는 한데 그저 돈만 넉넉지 못할 뿐이야. 군대를 먹여 살려야 할 돈이 말이야" 하고 말했다. 그러자 타라스가 말했다.

"그런데 나는 말이에요, 돈은 어지간히 모았는데 그저 한 가지 그것을 지키게 할 사람이 한 명도 없는 게 골칫거리예요."

그때 무관인 세묜이 말했다.

"이반에게 찾아가 보자꾸나. 나는 그 녀석에게 군대를 더 만들게 하여 네 돈을 지키게 할 테니까, 너는 그 군대를 먹여 살릴 만큼의 돈을 만들어 주도록 그 녀석에게 말하란 말이야."

이리하여 둘은 이반한테로 찾아왔다. 이반의 집에 오자 세묜은 이렇게 말문을 열었다.

"이봐, 이반. 내겐 아무래도 군사가 좀 모자라. 그러니까 군사를 좀더 만들어 다오. 비록 한 두어 짚가리만이라도 좋으니 말이야."

이반은 고개를 설레설레 내저었다.

"안 돼요" 하고 이반은 말했다.

"형님에게는 이제 더 이상 군사를 만들어 드리지 않겠습니다."

"아니, 이반. 왜 그러지? 그전에 너는 약속했었잖아?"

"그야 약속하기는 했었죠. 그러나 이제 더는 만들지 않겠습니다."

"아니, 어째서 만들지 않겠다는 거야, 이 바보 녀석아!"

"형님의 군사가 사람을 죽였기 때문이에요. 이즈막의 일인데 말이에요. 내가 길가의 밭을 갈고 있다가 본 것인데, 한 아낙네가 그 길로 널을 지고 가면서 엉엉 통곡하고 있잖겠어요. 그래서 나는 '누가 돌아가셨어요?' 하고 물어 봤죠. 그러자 그 아낙네가 이렇게 말하는 것이었습니다. '세묜의 군사가 전쟁에서 내 남편을 죽였다오' 하고 말이에요. 군대란 건 노래를 부르는 것으로만 알고 있었는데 사람을 죽였다잖아요. 그러니까 나는 이제 더는 군사를 만들지 않기로 했어요."

이렇게 우겨대어 이반은 이제 더는 군사를 만들어 내려고 하지 않았다.

한편 배불뚝이 타라스도 이반에게 금화를 더 만들어 달라고 사정하기 시작했다. 이반은 고개를 설레설레 내저었다.

"안 돼요. 이제 더는 금화를 만들지 않겠습니다."

"어째서 그러지? 너는 그렇게 해주겠다고 약속했었잖아?"

"그야 약속은 했었죠. 하지만 이제 더는 만들지 않겠어요."

"어째서 만들지 않겠다는 거냐, 이 바보 녀석!"

"어째서가 아니라 형님의 금화가 미하일로브나에게서 암소를 빼앗아 갔기 때문입죠."

"어째서 빼앗겼다든?"

"그 얘기를 자세히 할까요? 미하일로브나한테 암소가 한 마리 있어서 어린애들이 우유를 마시고 있었어요. 그런데 이즈막에 그 어린애들이 나한테 찾아와서 우유를 달라고 졸라대는 거예요. 그래서 나는 그 애들한테 물어 봤죠. '너희 집 암소는 어디 있지?' 하고. 그랬더니 끌려가 버렸다는 거예요. '어떤 놈이 끌고 갔는데?' 했더니 '배불뚝이 타라스네 마름이 찾아와 엄마에게 금화를 세 닢 주니까 엄마가 그 사람에게 암소를 주어 버렸어요. 우리들은 이제 마실 것이라곤 하나도 없어요' 하고 말하더군요. 나는 형님이 금화를 노리개로 삼고 있는 줄로만 알고 있었는데 어린애들한테서 암소를 빼앗아가 버렸어요. 나는 이제 형님에게는 금화 따윈 만들어 드리지 않겠습니다!"

바보 이반은 고집을 세워 더 이상 만들어 주지 않았다. 그래서 두 형제는 허탕을 친 채 떠났다. 두 형들은 귀로에 올랐다. 그리고 그 도중 어떠한 수단으로 그 곤경을 서로 도울 것인지에 대해서 상의했다. 세묜이 말했다.

"그럼 이렇게 하자꾸나. 그러니까 네가 나에게 군대를 기를 돈을 주고 내가 너에게 군대를 절반 준다. 네 돈을 지키도록 말이지."

타라스는 동의했다. 두 형제는 가지고 있는 것을 서로 나누어 갖고 둘 다 임금이 되었으며 둘 다 부자가 되었다.

8

그러나 이반은 내내 집에서 살고 있었고, 부모를 봉양하면서 벙어리 누이와 함께 들에서 일을 하고 있었다.

한 번은 이런 일이 있었다. 이반네 집의 늙은 개가 병이 나고 옴이 생겨 죽게 됐다. 이반은 그것을 가엾게 여기고 벙어리인 누이에게서 빵을 얻어 모자 속에 넣어 개에게로 가지고 가서 던져 주었다. 그런데 모자에 구멍이 뚫려 있어 빵과 함께 작은 도깨비가 준 조그만 뿌리가 한 가닥 굴러 떨어졌다. 늙은 개는 빵과 함께 그것을 주워 먹어 버렸다. 그런데 그 뿌리를 먹자마자 개는 갑자기 생기가 올라 뛰어오르기도 하고 장난을 치기도 하며, 짖기도 하고 꼬리를 흔들기도 하게 됐다. 병이 말끔히 나은 것이다.

부모들은 그것을 보고 깜짝 놀랐다.

"너는 뭣으로 개를 낫게 했지?"

그러자 이반은 이렇게 말했다.

"나는 어떤 병이든 낫는 풀뿌리를 가지고 있었는데 그 하나를 이 개가 먹은 거예요."

마침 이 무렵, 임금의 딸이 병을 앓고 있었다. 임금은 방방곡곡 도시와 마을에 방을 써 붙이게 하여 누구라도 좋으니 공주의 병을 낫게 해준 자에게는 크게 포상을 할 것이며, 만일 그가 독신이라면 공주를 아내로 맞게 하겠다는 것이다. 이반네 마을에도 물론 이 방이 나붙었다.

아버지와 어머니는 이반을 불러 놓고 이렇게 말했다.

"너도 임금님의 포고가 어떤 것이라는 걸 들었겠지. 너는 무슨 병이든 고칠 수 있는 풀뿌리를 가지고 있다니까, 한 번 가서 공주님의 병을 낫게 해보렴. 그러면 너는 한평생 행복을 누리게 될 게 아니냐."

"그럼 그렇게 하죠" 하고 이반은 말했다.

그리고 곧 떠날 채비를 했다. 부모가 나들이옷으로 차려 입혀 주었다. 이반은 문간으로 나가다가 손이 굽은 여자 거지가 거기에 서 있는 것을 보았다.

"듣자니까 당신은 무슨 병이든 다 낫게 한다면서요? 어디 내 손도 좀 낫게 해주시구려. 이대로는 내 손으로 신발도 신을 수 없다오."

그 여자 거지가 말했다.

"그렇게 해주지" 하고 이반은 말했다. 그리고 풀뿌리를 꺼내어 여자 거지에게 주고 그는 그것을 삼키라고 일렀다. 여자 거지는 그것을 삼켰다. 그러자 갑자기 여자 거지의 병이 나아 그 자리에서 손을 내두르게 됐다. 아버지와 어머니는 이반을 임금에게 데리고 가려고 나왔다가 이반이 한 가닥밖에 남지 않은 풀뿌리를 여자 거지에게 주어 버려 공주를 낫게 할 방도가 없어졌음을 알고 입을 모아 나무라기 시작했다.

"그래 거지 따윈 가엾게 여기면서도 공주는 가엾지 않다, 그 말이렸다, 네놈은!"

그러자 이반은 곧 공주도 가엾어졌다. 그는 말에게 수레를 끌게 하고는 부랴부랴 짚을 쌓고 그 위에 앉아 떠나려고 했다.

"그래 도대체 너는 어디로 가려는 거냐, 이 바보 녀석아?"

"공주님을 낫게 해드리려고 가는 겁니다."

"하지만 네겐 낫게 해드릴 게 아무것도 없잖아."

"걱정하지 마세요."

이렇게 말하고 그는 말을 몰았다.

이반이 궁궐에 닿아 막 궐문에 내려서자마자 어느 틈에 공주의 병은 씻은 듯 나아 버렸다.

임금은 크게 기뻐하여 신하에게 이반을 자기에게로 불러들이라고 이르고 그에게 훌륭한 옷을 차려 입혔다. 그리고 이반에게 말했다.

"이제부터 그대는 짐의 부마로다."

"황공합니다" 하고 이반은 말했다.

그리하여 그는 공주와 결혼했다. 임금은 오래지 않아 죽었다. 그래서 이반은 임금이 되었다. 이리하여 세 형제가 모두 임금이 되었다.

9

세 형제는 건재하여 저마다 나라를 다스렸다.

맏형인 무관 세묜은 참으로 잘살고 있었다. 그는 짚으로 만든 군사를 기반으로 진짜 군사를 모집했다. 그는 온 나라에다 10호(戶)마다 한 명씩의 군사를 내되 그 군사는 키가 크고 살갗이 희며, 얼굴이 깨끗해야 한다고 명령을 내렸다. 그는 이런 군사를 잔뜩 모집하여 모두 훈련시켜 놓았다. 그리고 그에게 거스르는 자가 있으면 이내 군사를 풀어 그의 뜻대로 어떠한 짓도 감행하곤 했다. 그리하여 모든 사람이 그를 두려워하게 되었다.

세묜의 생활은 훌륭했다. 그의 머리에 떠오른 것, 그의 눈에 띄는 것은 당장 모두 그의 것이 되었다. 군대만 풀어놓으면 그 군대가 그가 필요로 하는 것은 무엇이건 빼앗아오기도 하고 데려오기도 하는 것이다.

배불뚝이 타라스의 생활도 호화로웠다. 그는 이반에게서 얻은 돈을 낭비하지 않고 그것을 밑천 삼아 거액의 돈을 모았다. 그도 제 나라에서 그럴싸한

제도를 만들어 놓았다. 그는 제 돈은 돈궤 속에 단단히 넣어 두고 백성에게서 돈을 우려냈다. 그는 인두세, 통행세, 거마세, 짚신세, 감발세, 옷끈세로 돈을 짜냈다. 그리하여 백성들에게는 하나에서 열까지 돈이 들었는데 돈이란 돈은 전부 타라스가 움켜쥐고 있었다. 누구나가 돈이 달렸기 때문에 모두들 돈이 아쉬워 무엇이나 그에게 날라왔고 일을 하려고 몰려들었다.

바보 이반의 생활 또한 그리 나쁘지는 않았다. 장인의 장례를 치르기가 바쁘게 그는 임금의 의대를 다 벗어 던지고 그것을 왕비의 옷장에 집어넣게 했다. 그리고 자기는 다시 삼베 속옷에 잠방이를 걸치더니 짚신을 신고 일에 매달렸다.

"나는 도무지 답답해 못 견디겠어. 배만 자꾸 커지는 데다 먹을 수도 잠을 잘 수도 없으니 말이야" 하고 그는 말했다.

그리하여 그는 부모와 벙어리 누이를 불러와 또다시 일을 하기 시작했다. 사람들은 그에게 이렇게 말했다.

"하지만 당신은 임금이 아니십니까!"

"아니, 일없어. 임금도 먹어야 하니까" 하고 그는 대답했다.

대신이 들어와 진언했다.

"녹봉을 치를 국고금이 없사옵니다."

"뭐, 일없어. 없거든 치르지 않으면 되지."

"그럼 그들은 일을 하지 않게 될 것이옵니다."

"그럼 그렇게 하라지. 내버려 둬, 일하지 않아도 좋아. 오히려 자유롭게 일들을 하게 될 테니까. 모두들 거름이나 내게 해. 그들은 거름을 많이 만들어 놓았을 테니까."

사람들이 이반에게로 재판을 받으려고 왔다. 한 사람이 "저 자가 소인의 돈을 훔쳤사옵니다" 하고 말하자 이반은 "아, 좋아, 좋아! 그러니까 저 자는 돈이 필요했다 그 말이지?" 하고 말했다.

이에 모든 사람은 이반이 바보라는 것을 알게 되었다. 왕비가 그에게 말했다.

"모두들 임금님을 바보라 말하고 있다 하옵니다."

"아, 일없어."

이반의 아내는 생각하고 또 생각했다. 그러나 그녀 또한 바보였다.

"제가 어찌 감히 남편을 거스를 수 있겠나이까? 실은 바늘 가는 데로 따라가야 하는 것이어늘."

이렇게 말하고 그녀도 왕비의 옷을 벗어 옷장 속에 집어넣고 벙어리 시누이에게로 농사일을 배우러 갔다. 그리하여 일을 익히고 나서 남편을 거들기 시작했다.

똑똑한 사람은 모두 이반의 나라를 떠나 버리고 남은 것은 그저 바보들뿐이었다. 돈이라는 것은 어느 누구에게도 없었다.

모두 일을 하여 제 스스로 살아가는 동시에 착한 사람들을 도와 주면서 살아 나갔다.

10

큰 도깨비는 작은 도깨비들에게서 세 형제를 어떻게 파멸시켰는가 하는 소식이 오기를 학수고대하고 있었다. 그러나 아무런 소식도 없었다. 그래서 사정을 살펴볼 양으로 자기가 직접 나가 여기저기 찾아 돌아다녀 봤지만 찾아낸 것이라곤 그저 세 구멍뿐이었다.

'아무래도 진 모양이로군. 그렇다면 내가 직접 손을 쓸 수밖에 도리가 없지.'

큰 도깨비는 형제들을 찾으러 갔으나 그들은 이미 살던 곳에는 없었다. 그는 형제들을 저마다 다른 나라에서 발견했다. 셋이 다 건재하고 있는 데다 나라를 다스리고 있었다. 이것을 본 큰 도깨비는 혼잣말을 했다.

"이렇게 됐으니 내가 손수 나서야겠다."

큰 도깨비는 먼저 세묜의 나라로 갔다. 그리고 제 모습을 감추고 장수로 둔갑하여 세묜 왕에게 찾아갔다.

"듣자온즉 세묜 임금님, 임금님께서는 위대한 무인이신 듯하옵니다. 그러나 신도 그 일에 있어서는 확고히 익히고 있는 바가 있사와 전하를 섬기고자 하옵니다만" 하고 그는 말했다.

세묜 왕은 그에게 여러 가지로 물어 보고 나서 그가 현명한 사람임을 알았으므로 쓰기로 했다.

새로 들어온 장수는 강력한 군대를 기르는 방법을 세묜 왕에게 진언했다.

"우선 첫째로 더 많은 군사를 모아야 할 줄로 아뢰옵니다. 그렇지 않으면 이 나라에는 집안 일을 일삼는 백성이 너무 많아지게 되옵니다. 젊은 사람들은 가릴 것 없이 모조리 징집하셔야 하옵니다. 둘째로 신식 소총과 대포를 만들어야 하옵니다. 신이 마치 콩을 흩뿌리듯 단번에 백 발의 총알이 나가는 소총을 만들어 올리겠사옵니다. 그리고 또 대포도 어떠한 것이든 불로 태워 버리게 할 무서운 성능의 것을 만들어 올리겠사옵니다. 이것은 사람이고 말이고, 성벽이고 할 것 없이 모든 것을 깡그리 태워 없애 버리고 말 것이옵니다."

세묜 왕은 새 장수의 진언을 받아들였다. 그리하여 젊은이는 모조리 군대에 징집할 것을 명령하고 또 새로운 공장을 지어 신식 소총과 대포를 만들어 내자, 이내 이웃 나라의 임금에게 싸움을 걸었다. 그리하여 싸움이 벌어지자마자 세묜 왕은 자기의 군사들에게 적군에게 총포를 마구 퍼부으라고 명령하여 단숨에 쳐부수고 그 절반을 불태워 버렸다. 이웃 나라의 임금은 질겁을 하여 곧 항복하고 나라를 바쳤다.

세묜 왕은 크게 기뻐하며 "이번에는 인도 왕도 정복하고 말아야지" 하고 말했다. 그런데 인도 왕은 세묜 왕의 소문을 듣고 그의 전략을 완전히 베낀 데다 그것에 제 생각을 덧붙였다. 인도 왕은 그저 젊은이들을 군대에 징집할 뿐만 아니라 독신의 여자들까지도 모조리 군사로 뽑았다. 그리하여 그의 군대는 세묜의 군대보다도 더 많아졌다. 게다가 또 그는 소총이며 대포를 만드는 법을 세묜 왕에게서 배운 데다 공중을 날아 머리 위에서 포탄을 던지는 것까지 생각해 냈다.

세묜 왕은 인도 왕에게 싸움을 걸었다. 그의 생각으로는 지난번 전쟁과 마찬가지로 단숨에 칠 것 같았지만, 날카로운 낫도 언제까지나 잘 드는 것은 아니다. 인도 왕은 세묜의 군대가 사정거리 안으로 들어오는 것을 막고, 여자 군사들을 공중으로 보내어 적군의 머리 위에다 포탄을 던지라고 명령했다. 여자 군사들은 공중에서 마치 진딧물 위에다 붕사를 뿌리듯 세묜의 군대에 포탄을 퍼붓기 시작했다. 세묜의 군대는 모두 혼비백산하여 여기저기로 어지럽게 달아나고 세묜 왕 혼자만이 남았다.

인도 왕은 세묜의 나라를 몰수하고, 무관 세묜은 발 가는 대로 정처없이 도망쳐 다녔다.

큰 도깨비는 이 만형을 결딴내 놓고 이번에는 타라스 왕에게로 갔다. 그는 장사꾼으로 둔갑하여 타라스의 나라에 자리를 잡자 선심을 베풀기도 하고 돈을 마구 쏟기도 했다. 이 장사꾼은 온갖 물건에 높은 값의 돈을 치러 주었으므로 백성은 모두 돈을 벌기 위해 이 장사꾼에게 몰려들었다. 이리하여 백성의 호주머니가 아주 두둑해졌으므로 체납금은 모두 말끔히 내게 되고 어떤 세금이건 기한 안에 어김없이 바치게 되었다.

타라스 왕은 크게 기뻐했다. 그 장사꾼은 참으로 고맙구나, 하고 생각했다. 왕에게는 자꾸자꾸 더 많은 돈이 생겼고 형편도 더욱더 나아져 갔다. 그리하여 타라스 왕은 새로운 계획을 세우고 자기의 새 궁전을 짓기 시작했다. 그는 백성들에게 재목이나 돌을 나르는 일을 하러 나오라고 명령한 뒤 모든 일에 비싼 품삯을 매겼다. 타라스 왕은 전과 마찬가지로 그의 돈을 노리고 백성들이 자기에게 일을 하려고 몰려오려니 생각했다.

그런데 재목이며 돌은 모두 그 장사꾼에게로 실려가고, 일꾼도 모두 그리로 몰려가고 있는 것이 아닌가. 타라스 왕은 품삯을 올렸다. 그러나 장사꾼은 더 많은 돈을 내던졌다.

타라스 왕은 많은 돈을 가지고 있었다. 그러나 장사꾼은 더 많은 돈을 가지고 있었다. 장사꾼은 임금의 품삯보다 계속 높게 매겼다. 궁전은 착공된 채 좀처럼 준공되지 않고 있었다. 타라스 왕은 정원을 만들려고 계획했다. 가을이 다가왔으므로 타라스 왕은 정원을 만들러 오라고 백성들에게 알렸다. 그러나 아무도 나오는 사람은 없고, 모두 장사꾼네 못을 파러 가 버렸다. 겨울이 닥쳤다. 타라스는 새 털외투를 짓기 위해 검은 담비 가죽을 사야겠다고 생각하고 신하를 보냈더니, 그 자가 돌아와 이렇게 말했다.

"그 장사꾼이 모조리 사들였기 때문에 검은 담비는 없사옵니다. 그 자는 한결 비싼 값을 주었고, 그 가죽으로 방석까지 만들었다 하옵니다."

타라스 왕은 종마(種馬)를 사들여야 했다. 그래서 그것을 사러 내보냈더니 모두 돌아와서 전하는 말이, 좋은 종마는 모두 그 장사꾼의 손에 들어가 장사꾼의 못을 채울 물을 나르고 있다는 것이다.

왕의 일이라면 아무것도 해주지 않으면서 장사꾼을 위해서는 어떤 일에도 나갔고, 장사꾼에게서 번 돈을 그에게로 가지고 와서 세금으로 낼 뿐이었다.

이리하여 왕에게는 돈이 너무 남아돌아 그것을 어디다 두어야 할지 모를 정도였지만, 생활은 차츰 가난해졌다. 왕도 이제는 온갖 계획을 세우기를 그만두고 어떻게든 살아나갈 것밖에 생각하지 않게 되었다. 그러나 이웃고 그마저도 위태로워졌다. 모든 것이 궁색해졌다. 숙수도 여자도 사제들도 모두 그에게서 장사꾼 쪽으로 빠져갔다. 식료품까지도 모자랐다. 시장으로 물건을 사러 가 보아도 아무것도 없었다. 그것은 장사꾼이 모두 몰아서 사들였기 때문이며, 그는 다만 세금으로 돈을 받아들일 뿐이었다.

타라스 왕은 잔뜩 화가 나 장사꾼을 국외로 내쫓았다. 그러나 장사꾼은 국경에 도사리고 앉아 역시 똑같은 짓을 했다. 여전히 장사꾼의 돈을 보고 모두 장사꾼에게로 몰려들었다.

왕은 완전히 궁지에 빠지고 말았다. 며칠씩 먹지도 못하는가 하면 장사꾼은 왕에게서 왕비까지도 사려 한다는 풍문까지 들려 왔다. 따라서 왕은 이제 주눅이 들어 어떻게 해야 할지 몸둘 바를 모르게 되었다.

어느 날 무관 세몬이 따리스 왕에게로 찾아와 이렇게 말했다.

"좀 도와 줘. 나는 인도 왕에게 패망했어."

그러나 배불뚝이 타라스 자신도 지금은 뱃가죽이 등뼈까지 붙어 있는 지경이었다.

"나도 벌써 꼬박 이틀이나 아무것도 먹지 못하고 있단 말이에요."

11

큰 도깨비는 두 형제를 거덜내고 이반에게로 갔다.

큰 도깨비는 장수로 둔갑하고 이반에게로 찾아가 군대를 만들 것을 그에게 권했다.

"임금님께서 군대가 없이 지내신다는 것은 체통이 서지 않는 일이옵니다. 어명을 내리시기만 한다면 신은 임금님의 백성 가운데서 군사를 모아 훌륭한 군대를 만들어 올리겠사옵니다."

이반은 그의 말을 듣고 나서 "그것도 좋은 말이오. 그럼 어디 만들어 보오. 그리고 그들이 노래를 잘 부르도록 가르치오. 나는 그것을 좋아하니까" 하고 말했다.

큰 도깨비는 이반의 나라를 돌아다니면서 지원병을 모집하기 시작했다. 군사를 지원하는 자는 누구나 보드카 한 병과 빨간 모자를 타게 될 거라고 설명했다. 바보들은 코웃음을 쳤다.

"술 따윈 우리들에겐 얼마든지 있단 말이야, 우리들은 모두 제 손으로 빚고 있으니까 말이야. 그리고 모자도 아낙네들이 어떤 것이건 갖고 싶은 걸 만들어 준단 말이야. 얼룩덜룩한 것이나 술이 너슬너슬 달린 것까지도."

이리하여 누구 한 사람 군대를 지원하는 자라곤 없었다. 큰 도깨비는 이반에게 찾아왔다.

"임금님 나라의 바보들은 자진해서 군사가 되려고는 하지 않사옵니다. 그러하온즉 그들을 힘으로 몰아대야 할 줄로 아뢰오."

"응, 그것도 좋겠는걸. 그럼 힘으로 몰아대보오."

큰 도깨비는 '백성들은 모두 군사가 되어야 하며 만일 거역하는 자가 있으면 이반 왕께서 참형을 내릴 것이니라' 하고 포고했다.

바보들은 장수에게로 찾아와 이렇게 말했다.

"당신은 우리들이 만일 군사가 되지 않으면 임금님께서 참형을 내리신다고 말씀하고 계시는데 군사가 되면 어떻게 된다는 건 말씀하고 있지 않습니다. 군사가 되면 목숨을 잃는다는 말이 있던데?"

"그렇지, 그런 일이 없는 것도 아니지."

그 말을 듣고 바보들은 옹고집이 되었다.

"그럼 우리들은 나가지 않겠습니다. 차라리 집에서 죽는 게 더 낫지 뭡니까. 어차피 죽어야 하는 거라면."

"너희들 정말 바보들이로구나. 이 바보들아! 군사가 됐다고 해서 꼭 죽는 것은 아니야. 그렇지만 군사가 되지 않으면 영락없이 이반 왕에게 죽임을 당하고 말 것이다."

바보들은 곰곰 생각하다가 임금인 바보 이반에게 물어 보러 갔다.

"장수께서 나오셔서 모두 군사가 되라고 소신들에게 명령하고 계시옵니다. 군대에 나가면 죽임을 당할는지 당하지 않을는지 모르지만, 나가지 않으면 소신들에게 반드시 참형을 내리실 것이라고 말씀하고 계시는데 정말이옵니까, 그건?"

이반은 껄껄 웃었다.

"그래, 어떻게 짐이 혼자서 그대들을 모두 참형할 수 있으리오? 짐이 바보가 아니었던들 그대들에게 잘 알아듣도록 설명했으련만, 짐 자신도 뭐가 뭔지 도통 모르겠으니 말이오."

"그러하오시다면 소신들은 군대에 나가지 않겠사옵니다."

"거 그렇게들 하지. 나가지 않아도 좋아."

바보들은 장수에게로 가서 군사가 되기를 거절했다.

큰 도깨비는 이 일이 잘 되어 나가지 않음을 보고 타라칸 왕에게 가서 알랑알랑 비위를 맞추면서 부추겼다.

"싸움을 걸어서 한번 이반 왕의 나라를 치십시다. 그 나라에는 비록 돈은 없을지라도 곡식이며 가축이며 그 밖의 온갖 것이 풍부하니까요."

타라칸 왕은 전쟁을 일으키기로 했다. 먼저 크게 군사를 모으고 총이며 대포를 갖추자 국경으로 나가 이반의 나라를 침입하기 시작했다.

사람들은 이반에게로 달려와 이렇게 아뢰었다.

"타라칸 왕이 우리나라에 싸움을 걸어 왔사옵니다."

"뭐 어떨라구. 싸움을 걸어오려면 걸어오라지."

타라칸 왕은 국경을 넘자 척후병을 보내어 이반 군대의 동정을 살피게 했다. 그는 여기저기 찾아다녀보았지만 군대 같은 것은 어디에도 보이지 않았다. 그래도 어디선지 나타날는지도 모르므로 오래오래 기다려보아도 군대에 대해서는 뜬소문도 들을 수 없었다. 누구와 싸울래야 싸울 상대가 없었다.

타라칸 왕은 군사를 보내어 마을들을 점령하게 했다. 군사들이 한 마을에 들이닥쳤다. 그러자 남녀 바보들이 뛰어나와 군사들을 바라보더니 미심쩍어하며 놀라는 눈치였다. 군사들은 바보들에게서 곡식이며 가축을 약탈했다. 바보들은 무엇이건 선선히 내주었다. 어느 누구도 자기를 지키려 하기는커녕 여기 와서 살라고 권유까지 했다. 군사들은 다른 마을로도 가 보았지만 이르는 곳마다 어디나 마찬가지였다. 있는 대로 다 털다시피 하여 내주었고, 어느 한 사람 자기를 지키려고 하지 않았다. 그들은 말했다.

"이거 보세요. 당신네 나라에서 살기가 어려우시거든 모두 우리나라에 와서 사세요."

군사들은 아무리 헤매고 돌아다니면서 알아보아도 아무 데도 군대 같은 건 없었다. 백성은 모두 일을 하면서 자기 스스로 살아가는 한편으로 서로 도와주고 있었는데, 꼭 제 한 몸만을 지키려고 버둥대기는커녕 오히려 여기 와서 살라고 권유할 따름이었다.

군사들은 지루해졌다. 그리하여 타라칸 왕에게로 돌아갔다.

"소신들은 전쟁을 할 수가 없사옵니다. 소신들을 다른 나라로 보내 주시옵소서. 전쟁이 있으면 좀 좋겠사옵니까만 이게 무엇이옵니까! 이건 꼭 유약한 사람을 참살하는 것 같아 이 나라에서는 이제 이 이상 더 싸울 수 없사옵니다."

타라칸 왕은 화가 머리끝까지 치밀었다. 그리하여 온 나라를 돌아다녀 마을을 어질러 놓고 집과 곡식을 불사르며 가축을 죽여 버리라고 군사들에게 명령했다.

"만일 어명에 따르지 않는 자가 있으면 누구나 모두 가차없이 처벌하리라."

군사들은 깜짝 놀라 임금의 명령대로 실행하기 시작했다. 그들은 집이며 곡식을 불태우고 가축을 죽이기 시작했다. 그런데도 바보들은 모두 자기를 지키려 하지 않고 그저 울 뿐이다.

"어쩌자고 너희들은 우리를 괴롭히는 거냐? 너희들은 어째서 우리 재산을 결딴내 놓는 거냐? 필요하거든 차라리 가져가는 게 더 나을 것 아니냐."

군사들은 어쩐지 침울해졌다. 그래서 그 이상 돌아다니기를 그만두었다. 이윽고 군대는 뿔뿔이 흩어지고 말았다.

12

이리하여 큰 도깨비는 떠나 버렸다. 군대의 힘으론 이반을 골리지 못했던 것이다. 큰 도깨비는 다시 말쑥한 신사로 둔갑하여 이반의 나라로 살러 왔다. 배불뚝이 타라스와 마찬가지로 그도 돈으로 골려 주고 싶었던 것이다.

"나는 훌륭한 지식을 전달함으로써 당신네에게 착한 일을 해보고자 합니다. 나는 먼저 당신네 나라에서 집을 짓고 장사를 시작하겠습니다."

"거 좋은 일이오. 그러시다면 여기서 사시죠."

한 벼슬아치가 신사에게 숙소를 빌려 주었다. 이윽고 이 신사가 잠자리에 들었다.

하룻밤을 지내고 난 이튿날 아침, 그는 금화가 들어 있는 커다란 자루와 종이 조각을 가지고 광장으로 나가 이렇게 말했다.

"당신네는 모두 마치 돼지처럼 지내고 있습니다. 그래서 나는 당신네들에게 어떻게 살아야 하는지를 가르쳐 주고자 합니다. 먼저 이 도면처럼 집을 지어 주시오. 당신들은 일을 하고, 지시는 내가 하겠습니다. 그리고 그 답례로 이 금화를 드리겠습니다."

큰 도깨비는 그들에게 금화를 보였다. 바보들은 깜짝 놀랐다. 그것은 그들의 관습에는 돈이라는 것이 없고 그 대신 서로 물건과 물건을 바꾸기도 하고 품앗이를 하기도 했기 때문이다. 그들은 금화에 놀랐다.

"거, 노리갯감으로 썩 좋은데" 하고 그들은 말했다. 큰 도깨비는 타라스의 나라에서 했듯이 싯누런 금화를 마구 뿌려대기 시작했다. 그러자 사람들은 금화와 물건을 바꾸기도 하고 온갖 일을 하여 금화를 품삯으로 얻으려고 그에게 드나들기 시작했다. 큰 도깨비는 속으로 고소해하면서 이렇게 생각했다.

'이거 이쯤 되고 보면 일이 순조로이 돼 나가는 것이렷다! 이번에야말로 그 바보 녀석을 타라스처럼 엉망진창이 되게 해주리라. 그 녀석을 다시는 일어나지 못하게 해주어야지.'

그런데 바보들은 금화를 손에 넣자마자 목걸이용으로 아낙네들에게 나누어 주기도 하고 처자들의 댕기에 달아주기도 했다. 이제는 어린애들까지도 한길에서 금화를 노리갯감으로 가지고 놀게 됐다. 모든 사람들에게 많은 금화가 생기게 되자 이제는 더 얻으려고 하지 않았다. 그런데 말쑥한 신사는 대궐 같은 집이 아직 절반도 지어지지 않은데다 곡식이며 가축도 아직 한 해 치도 비축돼 있지 않았다. 그래서 신사는 이렇게 알렸다. '나한테로 일들을 하러 오라, 곡식이며 가축을 가지고 오라, 어떤 물건이 됐건 어떤 일이 됐건 그 값으로 많은 금화를 주겠다' 하고.

그러나 어느 누구 한 사람 일하러 가는 자도 없는가 하면, 무엇 하나 들고 가는 사람도 없었다. 이따금 사내애며 계집애가 뛰어나와 달걀과 금화를 바꾸거나, 혹은 금화를 받고 물건을 날라다 주는 정도가 고작일 뿐 달리 찾아오는 사람이라곤 아무도 없었다. 그래서 말쑥한 신사에게는 차츰 먹을 것이 달리게 되었다. 시장기가 들어 무엇이나 먹을 것을 사 보려고 마을 안을 서성거렸다.

그는 어느 한 집에 쑥 들어가 암탉을 사려고 금화를 내밀었다. 그랬더니 안주인이 그것을 받지 않으며 "우리 집엔 많이 있어요. 그런 건" 하고 말했다.

이번에는 어느 날품팔이꾼 집에 들러 비옷을 살 양으로 금화를 내밀자 "우리 집엔 그런 건 필요 없어요. 어린애들이 없어서 아무도 가지고 놀 사람이 없습죠. 게다가 또 하도 귀한 물건이어서 나도 세 닢 가져다 놨습죠" 하고 말했다.

큰 도깨비는 다음엔 빵을 사려고 어느 농사꾼 집에 들렀다. 그러나 이 농사꾼도 돈을 받지 않으며 "우리 집에선 필요 없어요. 적선을 하는 거라면 또 몰라도. 그럼 좀 기다리시구려. 금방 여편네보고 빵을 썰어서 올리라고 이를 테니까" 하고 말했다.

도깨비는 침을 뱉고, 농사꾼 집에서 냅다 줄행랑을 놓았다. 적선을 위해서 받고 어쩌고 할 문제가 아니었다. 그로서는 이런 말을 듣는 것이 칼보다도 더 무서웠던 것이다.

이래서 빵도 얻지 못하고 말았다. 사람들은 모두 금화를 충분히 손에 넣었던 것이다. 그리하여 큰 도깨비가 어디를 가나 누구 한 사람 돈을 보고 어떠한 것도 주려 하지 않고 모두들 이렇게 말하는 것이었다.

"무엇인가 딴 것을 가지고 오거나, 일을 하러 오거나, 그렇지 않으면 적선을 바라고 동냥을 하러 오거나 하구려."

그러나 도깨비는 돈밖에는 아무것도 가진 것이라곤 없는데다 일을 하기는 싫었고 그렇다고 또 적선을 바라고 동냥을 할 수도 없었다. 큰 도깨비는 잔뜩 화가 났다.

"어떻게 된 거야. 당신네는 금화가 더 필요할 텐데 말이야. 언제 당신네들에게 돈을 주어야 하나? 돈만 가지면 무엇이든지 사고 어떤 일꾼이든지 들여놓을 텐데 말이야."

그러나 바보들은 그 말을 듣는 둥 마는 둥 했다.

"아니죠. 그런 건 필요없습죠. 여기선 지불이라든가 세금이라든가 하는 건 하나도 없으니까요. 그러니까 그까짓 돈 따위는 가져도 쓸 데가 없어요."

큰 도깨비가 저녁도 먹지 못한 채 잠자리에 들었다.

이 일이 바보 이반의 귀에 들어갔다. 백성들이 그에게로 찾아와 이렇게 물었기 때문이다.

"도대체 소신들은 어찌해야 하오리까? 소신들한테 말쑥한 신사가 나타났사옵니다. 그는 맛있는 음식이나 좋은 술만을 좋아하고 깨끗한 옷이나 입기 좋아하면서 일은 숫제 하려고 들지도 않는가 하면 동냥을 하지도 않고 그저 금화라는 것만 내밀 뿐이니 말이옵니다. 전에 금화가 모이기 전에는 모두들 그 신사에게 무엇이나 다 주었는데 이제는 어떤 것도 주는 사람이 없사옵니다. 이 신사를 어떻게 해야 하오리까? 굶어 죽지나 않아야 할 텐데 말이옵니다."

이반은 다 듣고 나서 이렇게 말했다.

"아무렴, 그렇고말고. 먹여 살려야 하느니라. 목자(牧者)처럼 집집마다 돌아다니게 하라."

할 수 없이 큰 도깨비는 이집 저집 돌아다니게 됐다. 그렇게 하는 동안 이반의 궁궐도 차례가 돌아왔다. 큰 도깨비가 점심을 먹으러 갔을 때 이반의 벙어리 여동생이 점심을 차리고 있었다. 그녀는 지금까지 자주 게으름뱅이에게 속아 왔다. 게으름뱅이는 일을 하지도 않는 주제에 꼭 맨 먼저 밥을 먹으러 와서는 장만해 놓은 음식을 싹싹 먹어치웠다. 그 결과 벙어리 처녀는 사람의 손만 보고도 게으름뱅이를 곧잘 분간했다. 손에 못이 박인 사람은 식탁에 앉히지만 못이 박이지 않은 사람에게는 먹다 남은 찌꺼기를 주었다. 큰 도깨비가 식탁 머리에 앉자 벙어리 처녀는 얼른 그 손을 살짝 들여다보았다. 못이 박이지 않았다. 손은 깨끗하고 매끈하며 손톱이 길게 자라 있었다. 벙어리 처녀는 무엇이라고 외쳐 대더니 도깨비를 식탁에서 끌어냈다.

그러자 이반의 아내가 큰 도깨비에게 이렇게 말했다.

"나무라지 마세요. 우리 시누이는 손에 못이 박이지 않은 사람을 식탁에 앉히지 않기로 하고 있으니까요. 자, 잠깐 기다리세요. 곧 다들 주무실 테니까, 그 다음에 남은 것을 잡수세요."

임금의 궁궐에서는 나에게 돼지와 똑같은 것을 먹이려 하고 있구나, 하고 생각하자 큰 도깨비는 은근히 화가 났다. 이리하여 이반에게 말했다.

"임금님 나라에는 모든 사람에게 손으로 일을 하도록 하는 어리석은 법률이 있는가 봅니다. 그러나 그것은 여러분들이 어리석기 때문에 그런 궁리가 생긴 것에 지나지 않사옵니다. 영리한 사람은 무엇으로 일을 하는지 아시나이까?"

"바보인 우리가 어찌 그런 걸 다 알겠는가. 우리들은 무엇이나 대체로 손과 등으로 하고 있지."

"그것은 말하자면 여러분들이 바보이기 때문이옵니다. 그럼 소신이 어떻게 머리로 일을 하는 것인지 그 요령을 가르쳐 드릴까 하옵니다. 그러면 여러분들도 아시게 될 것이옵니다. 손보다 머리로 일을 하는 편이 이롭다는 것을."

이반은 놀랐다.

"음, 그러고 보니 그게 바로 우리가 바보로 불리는 이유렷다!"

그러자 큰 도깨비가 말했다.

"머리로 일을 한다는 것도 그러나 결코 쉽지는 않사옵니다. 지금만 해도 소신의 손에 못이 박이지 않았다고 하여 여러분들은 소신에게 먹을 것을 주시지 않사오나, 그것은 말이옵니다, 그것은 말하옵자면 이런 것을 모르고 계시기 때문이옵니다. 즉 머리로 일을 하는 것이 백 갑절이나 더 어렵다는 것

을……. 음, 때로는 머리가 빠개지는 수도 있으니까 말이옵니다."

이반은 생각에 잠겼다.

"한데 어찌 그대는 그렇게 그대 자신을 괴롭히는 거지? 머리가 빠개지는 수도 있다니 과연 쉬운 일은 아니로다! 그보다는 차라리 그대도 손과 등을 써서 더 쉬운 일을 하면 될 게 아닌가?"

그러자 도깨비는 말했다.

"소신이 소신 자신을 괴롭히는 것은 바보인 여러분들을 불쌍히 여기기 때문이옵니다. 만일 소신이 소신 자신을 괴롭히지 않는다면 여러분들은 영구히 바보가 되고 말 것이옵니다. 그러나 소신은 머리로 일을 해왔사온즉 이제부터 여러분들에게도 가르쳐 드릴까 하옵니다."

"어디 가르쳐 주게. 손이 지쳤을 때 머리로 대신할 수 있다는 그 방법을."

도깨비는 그것을 가르쳐 주겠다고 약속했다.

이반은 온 나라에 방문을 붙였다. '훌륭한 신사가 나타나 여러분들에게 머리로 일하는 법을 가르쳐 줄 것이다. 머리로는 손보다도 훨씬 더 많은 벌이를 할 수 있다. 모두들 배우러 나오라'고.

이반의 나라에는 높은 망대가 세워지고 거기에 반듯한 사닥다리가 걸쳐지고 그 위에 단이 마련되었다. 이반은 신사의 모습이 잘 보이도록 그곳으로 안내했다. 신사는 망대 위에 서서 지껄이기 시작했다. 바보 백성들은 구경을 하러 꾸역꾸역 모여들었다. 바보들은 손을 쓰지 않고 머리로 일을 하려면 어떻게 해야 하는지를 신사가 실지로 보여주려니 생각한 것이다. 그러나 큰 도깨비는 그저 말로만 어떻게 하면 일을 하지 않고도 살아갈 수 있는지를 바보들에게 가르칠 뿐이었다.

바보들에게는 뭐가 뭔지 통 납득이 가지 않았다. 그래서 잠시 바라보고 있다가 이윽고 저마다 제 일들을 하러 뿔뿔이 흩어져 버렸다.

큰 도깨비는 온종일 망대 위에 서 있었다. 다음 날도 내내 서 있었다. 그리고 줄곧 지껄여댔다. 그는 무엇이라도 좀 먹었으면 싶었다. 그러나 바보들은 만일 저 사람이 손보다 머리로 훨씬 더 일을 잘 할 수 있다면 머리로 제 빵쯤 실컷 만들려니 생각하고 망대 위의 그에게 빵을 가져다 주어야겠다든가 하는 생각은 숫제 하지도 않았다. 큰 도깨비는 이튿날도 단 위에 올라서서 줄곧 지껄여댔다. 그러나 사람들은 가까이 다가와 잠시 바라보고는 이내 또 이리저리 흩어져 갈 뿐이었다.

이반은 이따금 물었다.

"그래 어떤가, 그 신사는 머리로 일을 하기 시작했나?"

"아니옵니다. 아직 여전히 지껄여대고 있기만 하올 뿐이옵니다."

큰 도깨비는 또 온종일 단 위에 서 있다보니 이제는 차츰 쇠약해지기 시작하여 비틀거리게 됐다. 한 차례 비틀거리다가 그만 기둥에 머리를 부딪혔다.

한 바보가 이것을 보고 이반의 아내에게 알리자 이반의 아내는 들에 나가 있는 남편에게로 달려갔다.

"자, 구경을 하러 가시죠. 신사가 드디어 머리로 일을 하기 시작한 모양이옵니다."

"그게 정말이오?"

이렇게 말하고 이반은 말을 돌려 망대로 갔다. 망대에 다다르자 도깨비는 굶주리다 못해 이제 완전히 쇠약할 대로 쇠약해져 비틀거리면서 머리를 기둥에 박고 있었다. 그러다가 이반이 도착한 그 순간, 도깨비는 쿡 거꾸러지더니 우당탕 요란스런 소리를 내면서 사닥다리를 따라 거꾸로 떨어져 내렸다. 한 층 한 층 발판을 세기라도 하듯이.

이반은 머리를 끄덕이며 말했다.

"아하, 머리가 빠개지는 수도 있다고 언젠가 훌륭한 신사가 말하더니 아닌 게 아니라 정말인걸! 이건 정말 손에 못이 문제가 아니다. 저렇게 일을 하다가는 머리가 버텨 내지 못할 게 아닌가."

큰 도깨비는 사닥다리 밑으로 굴러 떨어지자 땅속에 대가리를 처박고 말았다. 신사가 얼마나 많은 일을 했는지를 볼 양으로 이반이 가까이 다가가려 하는데 별안간 땅바닥이 쫙 갈라지더니 큰 도깨비는 땅 사이로 떨어져 들어가고 나중에는 그저 구멍이 하나 남았을 뿐이다.

이반은 머리를 긁적긁적 했다.

"아, 이런 빌어먹을 게 다 있나! 아니 또 그놈이었단 말인가! 그놈들의 애비가 틀림없으렷다. 별별 지독한 놈도 다 있구나!"

이반은 오늘날까지 살아 있고 온갖 백성이 그의 나라로 몰려오고 있다. 두 형들도 그에게로 찾아와 그가 그들을 먹여 살리고 있다. 누군가가 찾아와서 "우리들을 좀 먹여 살려 주시구려" 하고 말하면 "그럭하지. 와서 살게나. 여기엔 없는 것 없이 얼마든지 있으니까" 하고 말한다.

그러나 이 나라에는 꼭 하나 습관이 있다. 손에 못이 박인 자는 식탁에 앉게 되지만 못이 박이지 않은 자는 먹다 남은 찌꺼기를 먹어야 하는 것이다.

회개한 죄인

어느 곳에 일흔 살 먹은 사람이 살고 있었다. 그는 한평생을 온갖 죄악 속에서 살아왔다. 그러다가 이 사람은 병을 앓게 되었다. 그러나 뉘우치지는 않았다. 그리하여 마침내 죽음이 닥쳐온 마지막 순간에서야 비로소 그는 울음을 터뜨리며 용서를 빌었다.

"주여! 당신께서는 도둑에게도 십자가를 주십니다. 저도 좀 도와 주십시오."

그가 그렇게 말을 마치자마자 그의 영혼은 몸을 떠났다. 그리고 죄인의 영혼은 하느님을 그리워하고 하느님의 자애를 믿어 천국의 문에 닿았다.

그리하여 죄인은 문을 두드리고 천국에 들여놓아 달라고 간청하게 되었다.

그는 문 뒤에서 어떤 목소리를 들었다.

"천국의 문을 두드리고 있는 것은 어떤 사람인고? 이 사람은 살아 생전에 어떤 일을 했던고?"

천국의 고발인의 목소리가 이것에 대답했다. 이 사람이 저지른 온갖 죄업을 고발인은 낱낱이 들었다. 그러나 착한 일은 하나도 들지 못했다.

그러자 문 뒤에서 어떤 목소리가 대답했다.

"죄인들은 천국에 들어올 수 없느니라. 여기에서 썩 물러가거라."

그 사람은 말했다.

"주여! 당신의 목소리를 듣고 있으면서도 얼굴을 뵙지도 못하고 있고, 당신의 존함을 모시지도 못하고 있나이다."

그러자 목소리가 대답했다.

"나는 사도 베드로이니라."

"저를 가엾게 여겨 주십시오, 사도 베드로 님. 인간은 약한 자이며 신은 자비롭다는 걸 상기해 보십시오. 당신은 그리스도의 제자가 아니시던가요. 당신은 그분의 입에서 나오는 그분의 가르침을 들었으며, 그분 생활의 귀감을 보지 않으셨던가요? 이런 일을 상기해 보십시오. 언젠가 그분이 괴로워하고 마음으로 슬퍼하고 계실 때 당신에게 잠을 자지 말고 기도를 해 달라고 세 차례나 간청하셨던 적이 있을 겁니다. 그런데 당신은 눈꺼풀이 무거워 잠을 자고 말았고, 그분은 세 차례나 잠을 자고 있는 당신을 보셨던 겁니다. 저도 그와 마찬가지입니다.

그리고 또 이런 일을 상기해 보십시오. 당신은 죽는 한이 있더라도 그분을 버리지 않겠다고 그처럼 굳게 약속해 놓고도 그분이 가야바의 집으로 끌려가셨을 때 세 번이나 부인하셨습니다. 저도 그와 마찬가지입니다.

그리고 또 이런 일을 상기해 보십시오. 그때 당신은 닭이 울기 시작하자마자 거기를 떠나 슬프게 울음을 터뜨렸습니다. 저도 그와 마찬가지입니다. 저를 천국에 들여놓아 주지 않을 수 없을 겁니다."

그러자 천국의 문 뒤의 목소리는 잠잠해졌다.

그리하여 죄인은 잠시 서 있다가 또다시 문을 두드리고 천국에 들아가게 해 달라고 간청했다. 그러자 문 뒤에서 다른 목소리가 들리면서 말했다.

"저건 누군고, 그리고 저 사람은 저 세상에서 어떻게 살았던고?"

고발인의 목소리가 이것에 대답했다. 그리고 또다시 죄인이 저지른 온갖 나쁜 일을 되풀이했다. 또 착한 일은 하나도 말하지 않았다.

문 뒤에서 목소리가 대답했다.

"여기에서 썩 물러가지 못하느냐. 그러한 죄인들은 천국에서 우리들과 함께 살 수 없느니라."

죄인은 말했다.

"주여! 당신의 목소리를 듣고 있사옵니다. 그러나 얼굴을 뵙지도, 당신의 존함을 모시지도 못하고 있나이다."

그러자 목소리가 그에게 말했다.

"나는 제왕, 그리고 예언자 다윗이노라."

죄인은 절망하지 않았다.

그리고 천국의 문에서 물러가지도 않고 말하기 시작했다.

"저를 가엾게 여겨 주십시오, 제왕 다윗 님. 그리고 인간의 허약함과 신의 대자대비를 상기해 보십시오. 신은 당신을 사랑하셨고 사람들 앞에서 높이 들어올려 주셨습니다. 당신은 모든 것을 가지고 계셨습니다. 왕국도 영예도 부도 처자도. 그런데 당신은 지붕에서 가난한 자의 아내를 보시고는 마음속에서 죄가 싹터, 가난한 우리아의 아내를 빼앗고 암몬 자손의 칼로 바로 그자를 죽였습니다. 당신은 부유하면서도 가난한 자의 손에서 마지막 양을 빼앗고 그자를 죽여 버렸습니다. 저도 그와 똑같은 짓을 해왔습니다. 당신은 그것을 어떻게 뉘우쳤던가를 상기해 보십시오. 당신은 이렇게 말씀하셨습니다. 저는 제 죄를 알고 있고 제 죄를 더할 나위 없이 슬퍼하고 있노라고. 저도 그와 마찬가집니다. 저를 천국에 들여놓아 주지 않을 까닭이 없다고 생각합니다."

문 뒤의 목소리는 또 잠잠해졌다. 그리하여 잠시 서 있다가 죄인은 또다시 문을 두드리고 천국 땅에 들여보내 달라고 간청하게 되었다.

그러자 문 뒤에서 세 번째의 목소리가 말했다.

"저 사람은 누군고? 그리고 저 사람은 저 세상에서 어떻게 살아왔는고?"

고발인은 대답했다. 그리고 세 번째도 이 사람의 나쁜 일을 하나하나 들어 말하고 착한 일은 하나도 들지 않았다.

그러자 문 뒤에서 목소리가 말했다.

"여기에서 당장 물러가거라. 죄인들은 천국에 들어올 수 없느니라."

죄인은 대답했다.

"당신의 목소리를 듣고는 있습니다. 그러나 얼굴을 뵙지도, 존함을 모시지도 못하고 있습니다."

목소리가 대답했다.

"나는 그리스도의 사랑을 받는 제자 예언자 요한이로다."

그러자 죄인은 기뻐하며 말했다.

"이제야말로 저를 천국에 들여놓아 주지 않을 수 없습니다. 베드로와 다윗은 그분들이 인간의 허약함과 신의 자비를 알고 계시기 때문에 나를 들여놓아 줄 겁니다. 예언자 요한 님, 당신은 당신의 책 속에서 신은 사랑이며 사랑하지 않는 자는 신을 모르는 자라고 쓰지 않으셨던가요? 늘그막에 가서 '형제들이여, 서로서로 사랑하라!' 하고 사람들에게 말씀하셨던 것이 당신 아니었던가요? 그런 당신이 지금에 와서 어떻게 저를 미워하고 저를 몰아 내시겠습니까? 당신 스스로 말씀하셨던 것을 내동댕이치거나 그렇지 않으면 저를 사랑하여 천국에 들여놓아 주십시오."

그러자 천국의 문이 열리고 요한이 회개한 죄인을 끌어안으며 그를 천국 안으로 맞아들였다.

빵 조각을 보상한 작은 악마

어떤 가난한 농부가 아침도 먹지 않고 점심으로 빵 한 조각만을 싸 가지고 밭갈이를 하러 나갔다. 농부는 쟁기를 내리고 수레를 덤불 밑에 끌어다 놓은 다음, 그 위에 빵을 얹고 윗옷으로 빵을 덮었다. 일을 하다가 이윽고 말도 지치고 농부도 시장기를 느꼈다.

농부는 쟁기를 밭에 꽂아 둔 채 말을 풀어서 꼴을 먹도록 놓아 준 다음 자기도 윗옷 있는 쪽으로 점심을 먹으러 갔다. 농부는 윗옷을 쳐들어 보았다. 그러나 빵조각은 없었다. 그는 그 부근을 찾아보기도 하고 윗옷을 뒤집어 털어 보기도 했으나 빵조각은 없었다. 농부는 놀랐다. '거 참, 이상한 일도 다 있다'고 그는 생각했다.

'아무도 온 사람이라곤 없었는데 누가 빵을 가지고 갔을까?'

그러나 사실은 농부가 밭을 갈고 있는 동안 작은 악마가 빵 조각을 훔쳐내고 덤불 뒤에 숨어서 동정을 살피고 있었다. 농부가 화를 내고 욕을 해댐으로써 자기 우두머리를 기쁘게 해주리라 생각하며 귀를 기울이고 있었다. 농부는 약간 실망했다.

"할 수 없지" 하고 그는 말했다.

"설마하니 굶어 죽기야 할라구! 그걸 훔쳐 간 사람은 그게 꼭 필요해서 가져갔겠지. 아무나 먹게 내버려두자!"

그리고 농부는 우물에 가서 물을 마시고 한숨을 쉬고 나서 쟁기를 메고 또 밭을 갈기 시작했다.

작은 악마는 농부로 하여금 죄를 짓게 만들지 못했으므로 당황해서 그 이야기를 하러 큰 악마에게로 달려갔다. 큰 악마 앞에 나가자 그는 자기가 농부의 빵을 훔쳤는데도 농부는 욕을 하기는커녕 오히려 복받을 말만 하더라는 것을 보고했다. 두목인 큰 악마는 노발대발하며 말했다.

"만약 농부가 정말로 너를 이겼다면 그것은 모두 네 잘못이다. 방법이 나빴기 때문이야. 만약 농부들과 그들의 아낙들까지 그런 생활 태도를 갖게 되면 우리들은 할 일이 없어져서 살아갈 수가 없지 않나. 어떻게 해서든지 그걸 그대로 둘 수는 없어! 한 번 더 농부에게로 가서 그 빵 조각을 보상하고 오너라. 만약 3년 동안에 네가 그 농부에게 이기지 못한다면, 네놈을 성수(聖水) 속에 처박아 줄 테다."

작은 악마는 깜짝 놀라 지상으로 달려나가 어떻게 자기의 죄를 보상해야 좋을지 방법을 궁리하기 시작했다. 곰곰이 생각한 끝에 마침내 묘안이 떠올랐다. 작은 악마는 성실한 사람으로 모습을 바꾸어 가난한 농부네 집 머슴으로 들어갔다. 그리하여 여름에 가뭄이 들 것을 예상하고 농부에게 습지에 씨앗을 뿌리라고 일렀다. 농부는 머슴이 하는 말을 듣고 습지에다 씨앗을 뿌렸다. 그랬더니 다른 농부네 밭에서는 모든 농작물이 타서 말라죽었는데, 이 가난한 농부네 밭에는 잘 자란 이삭이 훌륭히 영글어서 풍작이 되었다. 그래서 농부는 다음 해 추수 때까지 먹고도 곡식이 남아돌아갈 정도였다. 다음 해 여름, 머슴은 농부에게 언덕 위에 씨를 뿌리라고 권했다. 그랬더니 그 해 여름에는 비가 몹시 많이 내렸다. 다른 집 농작물은 모두 쓰러지고 비를 맞아 썩어서 제대로 영글지 않았으나 이 농부네 언덕 위의 밭에서는 곡식들이 아주 잘 영글었다. 그래서 이 농부에게는 또다시 많은 곡식이 남았다. 농부는 그것을 처분하기 곤란할 정도였다. 그래서 머슴은 농부에게 밀을 빻아서 술을 담그라고 일러 주었다. 농부는 술을 담가서 자기도 마시고 마을 사람들에게도 즐겨 나눠 주었다. 작은 악마는 두목인 큰 악마에게로 가서 빵 조각의 보상을 했다는 말을 자랑스럽게 늘어놓았다. 큰 악마는 그것을 살펴보러 나섰다.

그가 농부네 집에 가보니 농부는 돈 많은 마을 사람들을 초대하여 술대접을 하고 있는 중이었다. 마누라가 손님들에게 술시중을 들고 있었다. 그런데 탁자 모서리를 돌다가 그녀는 옷이 걸려 잔을 쓰러뜨렸다. 농부는 화를 내며 아내를 꾸짖었다.

"조심해, 못난 것 같으니! 이런 고급 술을 엎지르다니 이게 뭐 구정물인 줄 알아! 다리가 삐었어?"

작은 악마는 팔꿈치로 큰 악마를 쿡쿡 찔렀다.

"보십시오. 이젠 저 자도 빵조각을 아까워하게 되었어요."

마누라를 마구 호통쳐 놓고 농부는 손수 술시중을 들기 시작했다. 그때 들일을 마치고 돌아가던 가난한 농부가 초대도 하지 않았는데 그곳에 들어왔다. 그 사람은 인사를 하고 자리에 앉고 보니 모두들 술을 마시고 있으므로 자기도 한 잔 마시고 싶은 생각이 들었다. 들일을 하느라 잔뜩 지쳐 있었기 때문에 유독 더 그랬다. 그래서 연방 군침을 삼키며 앉아 있었으나 주인은 그 사람에게 한 잔도 권하지 않고 입속으로 이렇게 중얼거렸다.

"아무에게나 마구 퍼먹일 수야 없지!"

두목인 큰 악마는 이 말도 매우 마음에 들었다. 작은 악마는 코를 벌름거렸다.

"두고 보십시오. 지금부터 시작이니까요."

돈 많은 농부들은 술을 주거니받거니 하며 한 잔씩 돌렸다. 그들은 서로 공치사를 늘어놓으며 입에서 나오는 대로 지껄여댔다. 큰 악마는 열심히 귀를 기울이고 듣고 있다가 이것만 보고도 작은 악마를 칭찬했다. 그리고는 덧붙였다.

"만약 저 술 때문에 녀석들이 저렇게 교활해져서 서로가 서로를 속이게 된다면 저놈들은 이미 우리에게 진 거야."

"아무튼 두고 보십시오" 하고 작은 악마는 말했다.

"아직도 멀었습니다. 저놈들에게 한 잔만 더 먹여 보십시오. 저놈들은 지금 저렇게 여우처럼 꼬리를 흔들며 서로 속이고 있지만, 곧 심술 사나운 이리가 될 겁니다."

사람들은 두 잔째의 술을 마셨다. 그러자 그들은 음성이 차츰 커지고 거칠어졌다. 간지러운 공치사 대신 그들은 서로 욕설을 퍼붓고 화를 내며 멱살을 잡고 싸움을 했다. 주인도 싸움판에 끼어들어 호되게 얻어맞았다.

큰 악마는 가만히 그것을 보고 있었다. 그는 이것도 마음에 들었다.

"거 참, 재미있는데" 하고 말했다. 그러나 작은 악마가 재빨리 대답했다.

"아직도 멀었습니다. 놈들에게 석 잔째를 먹여 보십시오. 지금 놈들은 이리처럼 씨근대고 있지만 잠시 후에 석 잔째를 마시면 돼지처럼 되어 버릴 테니까요."

사람들은 석 잔을 마셨다. 그러자 완전히 취해서 녹초가 되어 버렸다. 그들은 수 없는 말을 중얼거리고 소리지르고 하며 서로가 남의 말을 듣지도 않았다. 이윽고 그들은 그 집을 나와서 한 사람, 혹은 두 사람, 세 사람씩 떼를 지어 마을 거리를 비틀거리며 돌아갔다. 주인은 손님을 전송하러 나왔다가 물

웅덩이에 빠져서 온몸이 물에 빠진 생쥐 꼴을 해 가지고 돼지같이 뒹굴며 으르렁거리고 있었다.

이것은 더욱더 큰 악마의 마음에 들었다.

"거 참, 아주 좋은 음료수를 발견했구나. 이것으로 훌륭하게 빵조각의 보상은 되었다. 한데 너는 어떻게 해서 이런 음료수를 만들었지? 넌 아마 틀림없이 그 속에 먼저 여우의 피를 넣었을 거야. 그래서 사람들이 여우처럼 교활해진 게 틀림없어. 그 다음에 너는 이리의 피를 넣었겠지. 그래서 사람들은 이리처럼 난폭해진 거야. 그리고 끝으로 넌 틀림없이 돼지 피를 넣었겠지. 그러니까 놈들이 돼지처럼 된 게 아니겠어?"

"아뇨" 하고 작은 악마는 말했다.

"저는 그런 짓은 하지 않았습니다. 전 다만 그자에게 여분의 곡식을 영글게 해주었을 뿐입니다. 그것은 즉, 그 짐승의 피는 항상 그자 속에 있었던 것이지만 그자가 필요한 만큼의 곡식을 마련할 동안은 그 피가 출구를 찾을 수 없었던 거지요. 그 즈음에는 그자가 한 개뿐인 빵 조각이라도 아끼지 않았었는데, 곡식에 여유가 생기니 무슨 좋은 위안거리가 없을까 궁리를 하게 되었습니다. 그래서 제가 그자에게 하나의 위안거리로 술을 가르쳐 주었습니다. 그랬더니 그자가 하느님의 하사품을 자기의 위안거리로 만들고자 술을 담그기가 무섭게 그의 몸 속에 여우와 이리와 돼지의 피가 솟아났지 뭡니까. 그래서 이제는 그 술만 마시면 언제든지 짐승이 되어 버린답니다."

큰 악마는 작은 악마를 칭찬하고 빵조각의 실패를 용서한 다음 같은 무리들 가운데서도 우두머리로 발탁해 주었다.

사람에게는 얼마만큼 땅이 필요한가

1

도시에 사는 언니가 시골에 사는 여동생을 찾아왔다.

언니는 상인에게 시집을 가서 도시에서 살았고 여동생은 농가에 시집을 갔던 것이다. 두 자매는 차를 마시면서 이야기를 나누었다.

그러다가 언니가 자기의 도시생활을 뽐내어 자랑하기 시작했다.

도시에서 얼마나 넓고 아름다운 집에 살고 있는가, 아이들을 얼마나 잘 차려 입혀 놓았는가, 얼마나 맛 좋은 것을 먹고 마시고 있는가, 얼마나 자주 마차를 타고 놀러 다니며 극장 구경을 하는가 등을 열심히 늘어놓았다.

동생도 분한 생각이 들어서 상인의 생활을 깎아 내리고 자기네 농가 생활을 추어올리기 시작했다.

"나는 어떤 일이 있어도 내 생활을 언니의 생활과 바꾸고 싶은 마음은 없어요. 하기야 우리 집 생활이 화려하지는 못해요. 하지만 그 대신 걱정이란 게 없거든요. 언니네 생활이 호사스럽기는 하고 떼돈을 벌기도 하지만 또 언제 빈털터리가 될지도 모르는 것 아니겠어요? 속담에 '손해는 이득의 형님'이라는 말도 있잖아요. 또 이런 말도 있지요. '오늘의 부자도 내일이면 남의 집 처마 밑에 서게 된다'고. 거기다 대면 우리네 농사일은 탄탄하단 말예요. 농사꾼 생활이 굵지는 못해도 오래는 가거든요. 부자는 못 되더라도 배고픈 일은 없으니까요."

그러자 언니가 대꾸를 했다.

"배만 고프지 않으면 뭘 해. 돼지나 송아지와 함께 사는 주제에! 그렇다고 좋은 옷을 입어, 좋은 교제를 해? 네 남편이 아무리 억척같이 벌어 봐야 결국 거름 속에서 살다가 거름 속에서 죽지 뭐니? 네 아이들 역시 마찬가지지."

"그게 어떻다는 거예요?"

동생은 말했다.

"그게 우리들의 일인 걸요. 그 대신 우리네 생활에 위험이라는 건 조금도 없거든요. 누구한테 머리 숙일 필요도 없고, 누굴 무서워할 필요도 없고 말예요. 하지만 언니 사는 도시에선 온통 유혹 속에서 사는 거나 다름없잖아요. 오늘은 무사하더라도 내일이면 어떤 악마에게 홀릴지 모르니까요. 형부만 하더라도 그렇지, 언제 노름에 미칠지 술에 빠질지 알 게 뭐예요. 그리고 그렇게 되는 날에는 모든 게 끝장 아니겠어요. 안 그래요?"

동생의 남편인 바홈은 벽난로 곁에서 여자들이 하는 이야기를 듣고 있었다.

"그 말이 옳아" 하고 그는 말했다.

"옳은 얘기야. 우리야 어릴 때부터 땅을 파먹고 살아왔으니 어리석은 생각은 할 수가 없지. 곤란한 건 단 한 가지 땅이 부족한 점뿐이지. 여기다 땅만 여유가 있으면 난 겁날 게 없어. 악마도 무섭지 않아."

여자들은 차를 다 마신 뒤에도 한참 동안 옷 이야기를 하다가 찻잔과 접시를 치우고 잠자리에 들었다.

그런데 악마 하나가 난로 뒤에 웅크리고 앉아 이 말을 죄다 듣고 있었다. 악마는 농부가 마누라의 이야기에 말려들어 자기에게 땅만 있으면 악마도 무섭지 않다고 큰소리치는 것을 듣고 매우 기뻐했다.

'됐어' 하고 악마는 생각했다. '어디 너와 한 번 승부를 겨루어 보자. 내가 너에게 땅을 듬뿍 주지. 땅으로 너를 사로잡아야지.'

2

마을에, 그다지 큰 땅은 소유하지 않았으나 한 여자 지주가 살고 있었다. 여지주는 120데샤치나(헥타르)쯤 되는 땅을 소유하고 있었다. 여주인은 이제까지 농민들과 사이좋게 지내 왔고, 농민들을 학대한 일도 없었다. 그런데 최근 군인 출신 남자가 관리인으로 고용되고 난 뒤부터는 그자가 걸핏하면 트집을 잡아 벌금을 받아내어 농민들을 괴롭히기 시작했다. 바홈이 아무리 조심을 해도, 말이 지주네 귀리 밭으로 뛰어든다든가, 암소가 지주집 마당으로 들어간다든가, 송아지가 목초지로 들어간다든가 하는 것은 막을 도리가 없어서 그럴 때마다 일일이 벌금을 물게 되었다.

벌금을 물게 될 때마다 바홈은 집안 식구들을 욕하고 때리곤 했다. 이 관리인 때문에 바홈은 여름 동안 무척이나 죄를 지었다. 그래서 가축들을 우리에 들여놓을 계절이 되자 오히려 마음이 홀가분해졌을 정도였다. 사료는 아까웠지만 걱정거리가 없어지기 때문이었다.

그런데 겨울 동안, 여지주가 땅을 팔려고 한다느니 여관집 주인이 도로변의 땅을 사려 한다느니 하는 소문이 떠돌았다. 농민들은 그 말을 듣자 탄식을 했다. 이 일을 어쩌나, 하고 그들은 생각했다.

'만일 여관집 주인이 땅을 사게 되면 그자는 여지주네보다 더 지독한 벌금을 매길 게 틀림없어. 그러나 우리는 이 땅 없이는 살아갈 수가 없지. 우리는 모두 여지주네 소유지 둘레에서 살고들 있으니.'

사람들은 한무리를 지어 여지주를 찾아가서 땅을 여관집 주인에게 팔지 말고 자기들에게 양도해 달라고 부탁했다. 그리하여 꼭 여관집 주인보다 비싼 값으로 사겠다고 약속했다. 여지주는 승낙했다. 마을 사람들은 마을 조합에서 땅을 모두 사들일 준비를 하고 여러 번 모임을 가졌으나 의논이 성립되지 않았다. 악마가 훼방을 놓았기 때문에 아무래도 의견을 모을 수가 없었다.

그래서 사람들은 저마다 자기 형편대로 따로따로 사기로 했다. 여지주도 이에 동의했다. 바홈은 이웃집 사람이 20데샤치나를 샀는데, 여지주가 반액만 받고 나머지는 1년 안에 갚으라고 했다는 말을 들었다. 바홈은 그것이 부러웠다. '다들 땅을 다 사버리면 나는 아무것도 없게 되잖아.' 그래서 바홈은 아내와 의논을 했다.

"다들 땅을 사는데 우리도 10데샤치나쯤은 사야하지 않겠소. 그러지 않고는 살아갈 수가 없단 말이야. 관리인 녀석이 물리는 벌금 때문에 살 수가 없어."

두 사람은 어떻게 하면 살 수 있을까를 의논했다. 그들에게는 저금이 100루블 있었다. 그래서 송아지 한 마리와 벌꿀을 반 팔아 선금을 받고, 아들을 머슴살이 보내고, 동서에게 빚을 내어 겨우 땅값의 반을 모았다.

그런 다음 바홈은 조그만 숲이 있는 15데샤치나의 땅을 봐 놓고 여지주를 찾아갔다. 15데샤치나의 가격을 흥정하자 계약금을 치렀다. 그리고 읍에 나가 매매 수속을 끝냈는데, 돈은 반액만 지불하고 나머지는 2년 안에 치르기로 했다.

이래서 바홈은 땅 임자가 되었다. 바홈은 씨앗을 빌려서, 사들인 땅에다 농사를 지었다. 농사는 잘 되었다. 1년 만에 그는 여지주에게도 동서에게도 빚을 갚아 버렸다. 바홈은 마침내 진짜 지주가 되었다. 자기 땅을 경작해서 씨를 뿌리고, 자기 땅에서 꼴을 베고, 자기 땅에서 땔감을 베어 대고, 자기 땅에서 가축을 길렀다.

바홈은 영원히 자기 소유가 된 밭을 갈러 나가거나, 경작물의 상태나 목초지의 상태를 돌아보러 나갈 때마다 가슴이 기쁨으로 뿌듯했다. 거기 가면 풀도 꽃도 다 다른 집 것과는 아주 다른 듯한 기분이 들었다. 전에도 곧잘 지나다녔던 땅이 틀림없었으나 지금은 아주 특별한 땅으로 생각되었다.

3

이렇듯 바홈은 즐거운 나날을 보내고 있었다. 만약 마을 사람들이 그의 농작물이나 목초지를 망치지만 않았더라도 모든 것이 더할 나위 없었을 것이다. 그는 진지하게 부탁을 해보았으나 도무지 효과가 없었다. 소에 꼴을 먹이러 나온 사람이 그의 목초지에 소를 몰아 넣기도 하고, 말을 밭에 풀어놓아 밭을 짓밟아 놓기도 했다. 그러나 바홈은 그것을 내쫓기만 하고 너그럽게 보아 왔지, 한 번도 법에 호소하는 일이 없었다. 그러나 참다못해 지쳐 버린 그는 마침내 재판소에 고발을 했다. 원래 사람들이 그런 짓을 하는 건 땅이 좁아서지 마음이 나빠서 그러는 게 아니라는 것을 잘 알고는 있었지만, 또 이렇게 생각이 들기도 했다.

'그렇다고 이대로 내버려둘 수야 없지. 내버려두다간 내가 망하겠는걸. 혼을 좀 내줄 필요가 있어.'

이렇게 하여 처음 벌어진 재판이 어느새 2번이 되고 두 번 모두 상대방이 벌금을 물게 되었다. 그래서 근방 사람들이 이제는 반대로 바홈을 원망하기 시작하여 일부러 밭과 목초지를 망쳤다. 어떤 사람은 밤중에 숲으로 들어가 여남은 그루의 보리수나무 껍질을 벗겨 버렸다. 바홈이 숲 속을 지나가다 보니 무언가 허연 것이 눈에 띄었다. 가까이 가 보니 껍질이 벗겨진 어린 보리수나무가 부근에 잔뜩 어질러져 있고 여기저기 둥치 잘린 그루터기가 남아 있었다. 하다못해 숲 가장자리 것이나 베든지, 한 그루라도 남겨 두었으면 좋았을 텐데, 악당들이 깡그리 베어 버렸던 것이다.

바홈은 화가 치밀었다. '나쁜 놈들 같으니! 이놈들을 찾아내어 단단히 혼을 내 줘야지.' 그는 누구의 소행일까 곰곰이 생각해 보았다. 그리고 아무래도 쇼므카의 짓이 틀림없다고 단정하고는 곧장 쇼므카네로 가서 쇼므카를 만나

보았으나 말다툼만 했을 뿐 아무것도 얻은 바가 없었다. 그래서 바홈은 더욱 더 쇼므카의 짓이 틀림없다고 믿게 되었다. 그는 고발을 했다. 두 사람은 법정에 소환을 받았다. 여러 차례 신문이 있었으나 쇼므카는 무죄가 되었다. 증거가 없었기 때문이었다. 그래서 바홈은 약이 올라 촌장과 재판관하고까지 다투었다.

"당신들은 도둑의 편을 드는 거요? 만약 당신네들이 올바른 생활을 하고 있다면 도둑을 용서하지 않을 겁니다."

바홈은 재판관과 이웃사람들을 상대로 싸움을 벌였다. 마을 사람들은 집에 불을 지르겠다고 하며 그를 위협했다. 이렇게 하여 바홈은 넓은 땅을 가졌으나 좁은 세상에서 살게 되고 말았다.

그때 농민들이 새로운 고장으로 옮겨 살려고 한다는 소문이 났다. 바홈은 생각했다.

'나야 내 땅을 떠나야 할 이유가 없지. 더구나 이 근방 사람이 떠난다고 하면 이곳 땅도 좀더 넓어지겠지. 그러면 나는 땅을 사서 이 부근 일대를 내 것으로 만들어야지. 그러면 좀더 살기가 좋아질 거야. 아무래도 지금 상태로는 좀 좁단 말이야.'

어느 날 바홈이 집에 있을 때 길 가던 나그네 한 사람이 들렀다. 집안 사람들이 그 나그네를 집에 들이고 음식을 대접했다. 이런저런 이야기를 하다가 어디서 왔느냐고 묻자 나그네는 아래쪽, 볼가 강 너머에서 왔으며 거기서 일을 하고 있다고 대답했다. 나그네는 띄엄띄엄 말을 이어, 그곳으로 숱한 사람들이 이주해 간다고 했다. 그들이 그곳에 이주하면 마을의 조합에 가입되어 1인당 10데샤치나씩 땅을 얻을 수 있게 되어 있다고 했다. 그리고 이런 이야기까지 들려 주었다.

"한데 그 땅이 또 어찌나 비옥한지 밀농사를 지으면 그 키가 말이 보이지 않을 정도로 잘 자라고 다섯 줌으로 한 다발이 되어 버리지요. 어떤 사람은 하도 가난해서 빈손으로 왔는데 지금은 말 여섯 필과 암소를 두 마리나 가지게 되었답니다."

바홈은 흥분하여 "그렇게 잘 살 수 있는 곳이 있다면야 하필 이런 좁은 데서 고생스럽게 살 필요가 없지. 이 따위 땅이나 집은 팔아 버리고 거기 가서 그 돈으로 집을 짓고 한번 잘 살아 보자. 이렇게 좁은 데 있다가는 평생 죄만

2002
서이보스

짓고 말 테니. 아무튼 내가 가서 직접 보고 와야지" 하고 말했다.

여름이 되자 채비를 하여 그는 길을 떠났다. 사마라까지는 볼가 강으로 해서 기선을 타고 내려갔고 그 다음부터는 걸어서 400베르스타쯤 갔다. 이윽고 목적지에 이르렀다. 모든 것이 들은 대로였다. 농민들은 1인당 10데샤치나의 땅을 배당받아 여유 있게 지내고 있었다. 그리고 누구든지 기꺼이 조합에 가입시켜 주었다. 뿐만 아니라 돈이 있는 사람은 배당받은 땅 외에도 자기가 필요한 만큼 제일 좋은 땅을 3루블의 가격으로 얼마든지 살 수 있었다.

알고 싶은 것을 죄다 알아 가지고 가을이 채 되기 전에 집으로 돌아오자 바홈은 가진 것을 모두 팔기 시작했다. 땅은 꽤 비싸게 팔렸다. 집도 가축도 모두 팔렸다. 그래서 마을의 조합에서 탈퇴하고 봄이 되기를 기다렸다가 가족을 데리고 새 고장으로 옮겨갔다.

4

바홈은 가족을 데리고 새 고장에 이르자 곧 큰 마을의 조합에 가입했다. 마을의 노인들에게 한잔씩 대접을 하고 필요한 서류를 모두 갖추었다. 바홈은 마을 이주가 허락되어 다섯 명의 가족에 대해 목장을 제외한 여기저기의 땅 50데샤치나를 배당받았다. 그의 땅은 이제까지 가졌던 것의 세 배 넓이가 되었다. 더구나 그것은 아주 비옥한 땅이다. 생활도 전에 비해 열 배나 나아졌다. 경작지와 목초는 마음대로 얻을 수 있었다. 따라서 가축은 얼마든지 키울 수 있었다.

처음에 집을 짓고 가축을 늘리고 하는 동안은 바홈도 더할 나위 없이 만족해했으나 차차 살아가는 동안 이 땅으로도 아직 좁다는 생각이 들었다. 첫해에 바홈은 자기 밭에 밀을 갈았다. 그것이 잘되었다. 그는 밀농사를 더 짓고 싶었으나 배당된 땅이 모자랐다. 남은 땅은 밀농사에 적당치가 않았다. 이 지방에서는 밀을 억새밭이나 휴한지(休閑地) 같은 데 심지 않으면 안 되었다. 1년이나 2년쯤 밀농사를 짓고 나면 또다시 풀이 날 때까지 묵혀 두어야 했다. 한데 그런 땅은 원하는 사람이 많기 때문에 아무래도 모자라기가 일쑤였다. 그 때문에 여기서도 투쟁이 벌어졌다. 돈이 있는 사람은 자기가 그 땅을 갖고 싶어 했고, 가난한 사람들은 해마다 내야하는 세 대신 상인에게 빼앗겨 버렸다.

바홈은 밀농사를 좀더 많이 짓고 싶었다. 그래서 이듬해에는 상인에게 가서

1년 동안 땅을 빌리기로 했다. 그리하여 지난해보다도 더 많이 심었는데 그것이 풍작이었다. 그러나 그곳은 마을에서 좀 멀어서 15베르스타나 운반해야만 했다. 그런데 그곳에서는 상업을 겸한 농민이 별장을 가지고 차츰 부유해져 가고 있었다. 바홈은 생각했다. 만일 땅을 영원히 내 소유로 하고, 별장을 가질 수 있다면 얼마나 좋을까? 그렇게 되면 모든 것을 만족스럽게 처리할 수가 있을 텐데. 그리하여 바홈은 어떻게 해서든지 땅을 자기 소유로 하기 위해 더 샀으면 좋겠다고 생각했다.

바홈은 이렇게 하며 3년의 세월을 보냈다. 땅을 빌려서는 밀을 심고 또 빌려서는 밀을 심곤 했다. 해마다 밀농사는 풍작이 되어 돈도 많이 모였다. 생활은 이것으로 충분했다. 그러나 바홈은 해마다 남에게 땅을 빌리기 위해 안달을 해야 하는 일이 귀찮게 느껴졌다. 어디 좋은 땅이 있기만 하면 사람들이 당장 달려가서 빌려 버린다. 어물어물하다가는 농사도 못 짓게 되어 버리는 것이다. 3년 만에 그는 어떤 상인과 동업으로 마을 사람에게 목장을 빌려서 쟁기질을 완전히 끝내 놓았는데, 사람들이 재판을 벌이는 바람에 모처럼의 노력이 허사가 되고 말았다. 그는 생각했다.

'만약 이것이 내 땅이었다면……. 누구에게 머리 숙일 필요도 없고 귀찮은 일도 없을 텐데…….'

그래서 바홈은 영원히 자기 것으로 살 수 있는 땅이 없을까 하고 물색하기 시작했다. 그러다가 한 사람을 발견했다. 그 사람은 600데샤치나의 땅을 가지고 있었는데 파산을 해서 그걸 싸게 판다는 것이다. 바홈은 그 사람과 교섭을 했다. 여러 번 교섭한 끝에 1,500루블로 흥정이 되어, 반액은 조금 기다려 주기로 했다.

거의 완전히 이야기가 결정되었을 무렵에 한 나그네 상인이 밥을 한술 얻어먹으려고 바홈네 집에 들렀다. 두 사람은 차를 마시면서 이런저런 이야기를 했다. 상인은 자기는 멀리 바시키르에서 왔다고 했다. 그는 바시키르 사람에게서 5,000데샤치나의 땅을 샀는데 불과 1,000루블이었다는 것이다. 그래서 바홈은 묻기 시작했다. 상인은,

"그저 노인들의 비위만 잘 맞춰 주면 됩니다. 나는 옷과 깔개 따위로 약 100루블어치와 또 차 한 상자를 나누어주고 술을 마실 줄 아는 사람에겐 술을 대접해 주었지요. 그래 가지고 1데샤치나에 20코페이카라는 헐값으로 샀지 뭡

니까?" 하고 말하며 그는 등기증서를 보여 주었다.

"그런데 그 땅이 전부 내를 끼고 있어서 모두 억새풀이 나 있는 평원이랍니다"라고도 덧붙였다. 바홈이 여러 가지 자세히 캐묻자 "그 땅은 1년을 걸어도 아마 못 다 돌 거예요. 그것이 모두 바시키르 사람들 땅이지요. 그곳 사람들은 양같이 순해서 공짜나 다름없이 살 수가 있어요" 하고 말했다.

'가만 있자' 하고 바홈은 생각했다.

'그렇다면 500데샤치나의 땅에 1,000루블을 내고도 또 빚을 내야 하는 이런 어리석은 짓을 뭣 때문에 한담? 그곳에만 가면 같은 1,000루블을 가지고도 얼마든지 내 것으로 만들 수 있다는데!'

5

바홈은 그곳으로 가는 길을 자세히 물었다. 그리고 상인이 가고 난 다음 자기도 곧 길 떠날 채비를 했다. 그는 집에다 아내를 남겨 놓고 하인 한 사람을 데리고 떠났다. 그는 가다가 읍에 들러서 상인이 말한 대로 차 한 상자와 선물과 술을 샀다. 그리고서 약 500베르스타쯤 갔다. 7일만에 그는 바시키르의 유목지에 이르렀다. 모두가 상인이 말한 대로였다.

사람들은 내를 낀 초원에서 펠트로 된 텐트 수레 속에서 살고 있었다. 그들은 경작도 하지 않고 곡식도 먹지 않았다. 초원에는 가축과 말이 떼를 지어 돌아다녔다. 망아지는 수레 뒤에 매어져 있고 그곳에 하루 두 번씩 어미말이 가도록 되어 있었다. 사람들은 암말의 젖을 짜서 그것으로 크므스(馬乳)를 만든다. 여자들은 크므스를 휘저어 섞어 치즈를 만들었다. 그러나 남자들은 다만 크므스나 차를 마시고 양고기를 먹으며 피리나 불 따름이었다. 모두들 살이 찌고 쾌활하며, 여름 동안은 놀고만 있었다. 그들은 무식하여 러시아 어도 할 줄 몰랐으나 너그럽고 친절했다.

바홈의 모습을 보자, 바시키르 인의 텐트 수레에서 사람들이 우르르 몰려나와 그를 에워쌌다. 통역이 나왔다. 바홈은 그에게 자기는 땅 문제로 왔다는 이야기를 했다. 바시키르 인은 반가워하며 바홈을 얼싸안듯이 하여 제일 좋은 텐트 수레로 안내했다. 그리고는 양탄자 위에 깃털 방석을 깔아 앉게 하고 자기들은 주위에 빙 둘러앉았다. 차와 크므스를 내와 대접했다. 그리고 양고기 요리도 대접했다.

바홈은 여행 마차에서 선물을 내려서 바시키르 사람들에게 나누어 주었다. 바홈은 바시키르 사람들에게 선물을 나누어 준 다음 차도 나누어 주었다. 바시키르 사람들은 무척 기뻐했다. 자기들끼리 소곤소곤하다가 통역을 시켜 이렇게 말하게 했다.

"우리는 모두 당신이 아주 마음에 들었습니다. 그래서 우리들의 관습에 따라 받은 선물에 대하여 무엇으로라도 답례를 하고 싶습니다. 당신이 우리에게 여러 가지 물건을 주셨으니 우리가 가진 것 가운데 무엇이든지 좋은 것을 드리겠습니다. 그렇게 아시고 말씀해 주십시오."

"내가 제일 바라는 것은" 하고 바홈이 말을 시작했다. "당신네들의 땅입니다. 우리 고장은 땅이 좁은데다 너무 오랫동안 경작해 와서 토질이 나빠졌는데 이곳은 땅이 많을 뿐더러 모두 기름지군요. 나는 아직 이렇게 좋은 땅을 본 적이 없습니다."

통역이 그 말을 전했다. 바시키르 인들은 다시 의논을 했다. 바홈은 그들의 말을 알아들을 수 없었으나 눈치를 살피니 아주 유쾌한 듯 줄곧 떠들며 웃고들 있었다. 이윽고 조용해지더니 모두 바홈 쪽을 보았다. 그리고 통역이 말을 시작했다.

"모두들 말하기를" 하고 그는 말했다. "당신의 친절에 대하여 이 사람들은 얼마든지 필요한 만큼의 땅을 기꺼이 드리겠답니다. 그러니까 손짓으로 얼마만큼이라고 말씀하십시오. 그만큼 드리기로 하겠다니까요."

그들은 또다시 의논을 하다가 옥신각신 다투기 시작했다. 바홈은 무엇을 다투고 있느냐고 물었다. 그러자 통역이 대답했다.

"실은 이 중에, 땅에 관한 문제라면 촌장에게 물어 볼 필요가 있으니 우리끼리 정해서는 안 된다는 사람과 그럴 필요없다는 사람이 나왔습니다."

6

이렇듯 바시키르 사람들이 옥신각신하고 있는 곳에 여우 가죽 모자를 쓴 사람이 불쑥 들어왔다. 모두 입을 다물고 일어섰다. 통역이 말했다.

"이분이 바로 촌장어른이십니다."

바홈은 얼른 일어나 제일 좋은 옷 한 벌과 닷 근짜리 차 상자를 촌장에게 내놓았다. 촌장은 그것을 받아들고 맨 윗자리에 앉았다. 여러 바시키르 사람들이 그에게 무엇인가 이야기를 했다. 촌장은 대충 듣고 나자 고개를 한 번 크게 끄덕여서 그들의 말을 중지시키고 바훔에게 러시아 어로 말했다.

"좋습니다. 마음에 드시는 곳을 가지십시오. 땅은 얼마든지 있으니까요."

'필요한 만큼 가지라지만 이걸 어떻게 가져야 한담?' 하고 바훔은 생각했다. '아무튼 계약만은 단단히 해놓을 필요가 있어. 쥐 놓고 나중에 도로 내놓으라고 할지도 모르니까.'

"친절하신 말씀 감사합니다" 하고 그가 말했다. "말씀대로 이곳에는 땅이 많습니다만, 나는 조금만 있으면 됩니다. 나는 다만 나의 것이 얼마만큼이라는 것만 알면 됩니다. 하여간 일단 측량을 해서 내 몫이라는 것을 분명히 해둘 필요가 있다고 생각합니다. 사람이란 언제 죽을지 모르니까요. 당신들이 친절해서 나에게 땅을 주셨더라도 당신네 아들 대에 가서 도로 빼앗아갈지 모르는 일 아니겠습니까."

"옳은 말씀이오. 규칙대로 합시다."

촌장은 말했다.

그래서 바훔이 말했다.

"들으니 이곳에 상인 한 사람이 왔었다고 하는데, 당신네들은 그 사람에게 땅을 주고 등기증서를 작성하셨더군요. 나에게도 그렇게 해 주셨으면 좋겠습니다."

촌장은 승낙했다.

"네, 그런 것쯤이야 어렵지 않지요. 우리 고장에도 서기가 있으니 함께 읍으로 나가서 정식 수속을 밟읍시다."

"한데, 값은 어느 정도로 하면 될까요?"

바훔이 말했다.

"우리 고장에서는 값은 통일되어 있습니다. 하루치 1천 루블로요."

바훔은 납득이 가지 않았다.

"그렇다면 어떤 방법으로 재는 건가요. 하루치란? 그게 몇 데샤치나쯤 됩니까?"

"우리 고장에서는 그런 식으로 측량할 줄을 모릅니다."

촌장은 말했다.

"항상 하루치 얼마로 팔고 있지요. 말하자면 그 사람이 하루 종일 걸은 만큼의 땅을 드리는 거죠. 그래서 하루치 1천 루블이라는 겁니다."

바홈은 놀랐다.

"그렇다면 하루 종일 걸으면 상당한 면적이 되겠는데요."

촌장은 웃었다.

"네, 그게 모두 당신 것이 됩니다" 하고 그는 말했다.

"다만 한 가지 조건이 있습니다. 만약 당일에 출발점까지 돌아오지 못하면 그건 무효가 됩니다."

"그렇다면 내가 돌아다닌 곳을 어떻게 표를 하지요?"

"우리가 어디든지 당신이 원하시는 곳으로 함께 갑니다. 그리고 거기 서 있을 테니까 당신은 그곳을 출발해서 빙 돌아오시면 됩니다. 그때 당신은 괭이를 들고 가셔서 어디든지 필요한 곳에 표를 해 두십시오. 즉 조그맣게 구덩이를 파서 그 속에 나무나 풀을 꽂아 두십시오. 나중에 쟁기로 구덩이에서 구덩이로 갈아엎을 테니까요. 어디서 돌든 상관은 없지만, 꼭 해 떨어지기 전에 출발점까지 돌아오셔야만 합니다. 그러면 당신이 돌아오신 땅은 모두 당신 것이 됩니다."

바홈은 기뻤다. 그들은 아침 일찍 출발하기로 약속한 뒤, 이야기를 하며 크므스도 마시고 양고기도 먹고 차도 마시며 밤이 이슥하도록 즐겼다. 이윽고 그들은 바홈에게 깃털 이불을 덮어주어 자게 하고는 저마다 자기 수레로 돌아갔다. 그들은 내일 새벽에 모여서 해돋이까지 출발점으로 가자고 약속했다.

7

바홈은 깃털 이불을 덮고 누웠으나 통 잠을 이룰 수가 없었다. 줄곧 땅 생각만 하고 있었다. '어떻게 해서든지 땅을 크게 차지해야지' 하는 궁리에 잠겨 있었다. '하루 종일 걸으면 50베르스타는 돌 수 있을 거다. 그리고 지금이 제일 해가 긴 때다.' 그래서 그는 다시 생각했다.

'둘레가 50베르스타라고 하면 면적이 어느 정도나 될까. 그 중 나쁜 곳은 팔든가 빌려 주면 된다. 그리하여 좋은 곳만 골라 그곳에 정착하기로 하자. 암소 두 필이 끌게 할 쟁기를 만들고 머슴 두 사람을 고용하여 50데샤치나 정도만 경작하고 나머지 땅에서는 목축을 하기로 하자.'

바홈은 밤새도록 뜬눈으로 지샜다. 그러다가 새벽녘에야 겨우 잠이 들었다.

그나마 눈을 감자마자 꿈을 꾸었다. 꿈속에서 그는 그가 자고 있는 수레 속에 누워서 귀를 기울이고 있는 참이다. 밖에서 누군가가 소리내어 웃고 있었다. 그래서 그는 누가 웃고 있는가 알고 싶어 수레 밖으로 나갔다. 나가 보니 바시키르의 촌장이 수레 앞에 앉아서 두 손으로 배를 안고 몸을 흔들며 웃어대고 있다. 바홈은 곁으로 가서, "뭘 그렇게 웃고 계십니까?" 하고 물어 보았다. 그러다가 보니 그것은 그 바시키르의 촌장이 아니고 그에게 땅 이야기를 해서 그를 이곳으로 오게 한 상인 같았다. 그래서 가까이 가서, "언제 이리로 왔소?" 하고 물으려 하자 어느새 그는 상인이 아니고 전에 볼가강 너머에서 왔던 농부로 변해 있었다. 그런데 자세히 보니 그건 농부도 아니고 뿔과 발굽이 있는 악마가 배를 안고 웃고 있는 모습이었다. 그리고 그 앞에는 속옷 바람에 맨발인 남자 하나가 나뒹그러져 있었다. 바홈은 가까이 가서 찬찬히 살펴보았다. 저 남자는 대체 누굴까? 그런데 남자는 이미 죽어 있고 그것은 바로 자기 자신이었다. 바홈은 깜짝 놀라 눈을 번쩍 떴다. 눈을 뜨자 "뭐야, 꿈이었군!" 하고 한숨을 쉬었다. 주위를 두리번거리다가 열린 문 쪽을 보니 밖은 이미 동이 터오고 있었다. 그는 떠날 시간이 됐으니 모두 깨워야겠다고 생각했다. 바홈은 곧 일어나 여행 마차에서 자고 있는 하인을 깨워 말을 매게 하고 자기는 바시키르 인들을 깨우러 갔다.

"시간이 됐습니다. 초원에 나가 땅을 측량해야지요."

바시키르 인들도 일어나서 모두 모였다. 촌장도 왔다. 바시키르 인들은 또 크므스를 마시기 시작했다. 바홈에게도 차를 대접하려 했으나 그는 사양했다.

"어서 출발합시다. 시간이 다 되었으니까요" 하고 그는 말했을 뿐이다.

8

바시키르 인들은 준비를 마치고 어떤 사람은 말을 타고 어떤 사람은 마차를 타고 출발했다. 바홈은 하인과 함께 자기 마차를 탔다. 그들은 땅을 팔 연장을 준비했다. 초원에 이르니 날이 훤히 밝았다. 바시키르 어로 '시한'이라는 언덕에 당도하자 그들은 마차에서 내려 한데 모였다. 촌장이 바홈 곁으로 와서 한 손을 들어 가리키며 말했다.

"보다시피 이 넓은 땅이 모두 우리 땅입니다. 마음에 드시는 곳을 택하십시오."

바홈의 눈이 이글이글 타올랐다. 땅은 아득히 눈앞에 펼쳐진 억새풀 초원으로, 손바닥같이 평평하고 양귀비같이 검었으며 조금 파인 곳에는 여러 가지 잡초가 사람 키만큼이나 자라 있었다.

촌장은 여우 가죽 모자를 벗어서 그것을 땅에 놓았다.

"그러면, 이것을 표지로 하지요. 자, 여기서 출발해 주십시오. 그리고 이곳으로 돌아오십시오. 그러면 돌아서 오신 만큼이 당신의 땅이 됩니다."

바홈은 돈을 꺼내어 모자 속에다 집어넣고 윗옷을 벗어 조끼바람이 되자 가죽띠를 단단히 매고 빵 주머니를 품속에 넣고 물병도 가죽띠에 매달았다. 그러고는 장화를 단단히 신고 하인이 들고 있던 괭이를 받아든 다음 출발 준비를 했다. 그는 어느 쪽으로 나갈까 잠시 생각했다. 어디를 보아도 훌륭한 땅이었다. 생각 끝에 해 돋는 쪽을 향해 가기로 했다. 이리하여 그는 해 돋는 쪽을 향해 서서 제자리걸음을 하며 하늘 저쪽에서 해가 떠오르기를 기다렸다.

'1분도 시간을 허비해서는 안 되지. 조금이라도 시원할 동안에 걷는 것이 편할 거야.'

하늘 끝에서 해가 얼굴을 내밀기가 무섭게 바홈은 괭이를 어깨에 메고 초원을 향해 걷기 시작했다. 바홈은 느리지도 빠르지도 않게 걸었다. 1베르스타쯤 가다가 걸음을 멈추고 구덩이를 파서 거기에 눈에 잘 띄도록 잔디를 여러 덩이 묻어 놓았다. 그러고는 또 걸어갔다. 걷기 시작하니 절로 걸음이 빨라졌다. 조금 가다가 또 구덩이를 팠다.

바홈은 뒤를 돌아보았다. 햇빛을 받은 언덕은 물론 그 위의 사람들까지 선명하게 보였으며, 여행마차의 쇠바퀴가 눈부시게 반짝이고 있었다. 바홈은 이제 5베르스타쯤은 걸었으리라 생각했다. 차차 더워져서 조끼를 벗어 어깨에 걸치고 걸었다. 점점 더 더워졌다. 해를 보니 벌써 아침 시간이다.

'이제 한 구덩이가 끝난 셈이구나. 한데 하루에 네 군데 구덩이를 파게 되어 있으니 아직 부러지기에는 빠르겠지. 그러나 장화는 벗기로 하자.'

그는 앉아서 장화를 벗어서 띠에다 차고 또 걷기 시작했다. 그러다가 생각했다. '어디 5베르스타만 더 걷자. 그리고서 왼쪽으로 꾸부러지자. 땅이 너무 좋아서 단념하기가 아까운걸. 가면 갈수록 더 좋으니.'

그는 계속 곧바로 걸어갔다. 뒤를 돌아보니 언덕은 이미 아득히 멀어지고 사람들은 개미처럼 아물아물했고 무엇인가 반짝거리는 것도 겨우 짐작으로 그렇게 보일 뿐이었다.

'이만하면 이쪽은 충분히 잡았다. 이제는 구부러져야겠다. 땀을 흘렸더니 목도 타는군.'

바홈은 이렇게 생각하고 멈추어서 되도록 큼직하게 구덩이를 파고 거기다 잔디를 묻었다. 그리고는 물통을 집어들고 듬뿍 물을 마신 다음 거기서 곧바로 왼쪽으로 구부러졌다. 또다시 걷기 시작했으나 풀의 키가 갈수록 커 몹시 더웠다.

바홈은 피로를 느끼기 시작했다. 하늘을 쳐다보니 바로 한낮이었다.

'자, 이쯤에서 한숨 돌리자.'

바홈은 걸음을 멈추고 거기 앉았다. 물을 마셔 가며 빵을 먹었을 뿐 눕지는 않았다. 누웠다가 만일 잠이라도 드는 날에는 큰일이라고 생각하고 잠시 앉았다 또 걷기 시작했다. 처음에는 수월하게 걸을 수가 있었다. 금방 빵을 먹었기 때문에 기운이 났던 것이다. 그러나 더위는 점점 심해지고 졸음이 쏟아졌다. 그래도 그는 꾹 참고 걸으며, 한 시간의 인내가 일생의 덕이 되는 거라고 생각했다.

그는 한 번 구부러져서도 꽤 멀리 걸었다. 그래서 다시 왼쪽으로 구부러지려 하다가 보니 가까이에 촉촉한 분지가 있었다. 이걸 그대로 버리기엔 아까운데 저기라면 아마(亞麻)가 잘 될 거야, 그는 생각했다. 그리하여 다시 곧장 걸었다. 분지를 차지하고 나자 그 너머에다 구덩이를 파고 그곳에 두 번째 모퉁이를 만들었다. 바홈은 언덕 쪽을 돌아다보았다. 더위 때문에 모든 것이 아물아물하게 아른거리는 대기 속에서 언덕 위의 사람들이 아련하게 보였다.

'자, 두 쪽은 이렇게 길게 잡았으니 이번에는 좀 짧게 잡아야겠는걸.'

세 번째로 접어들자 그는 걸음을 빨리 했다. 해를 보니 이미 오후도 한나절이 지나 있었는데 세 번째 모퉁이에서는 겨우 2베르스타도 못 왔고, 출발 지점까지는 족히 15베르스타는 남아 있었다.

'이러다간 안 되겠다. 지형은 비뚤어졌더라도 이젠 돌아가야겠다. 더 이상 탐내지 말고 서둘러야겠어. 땅은 이만하면 충분해.'

바홈은 급히 구덩이를 파고는 거기서 곧장 언덕 쪽을 향했다.

9

바홈은 곧장 언덕 쪽을 향해 걸었으나 점점 괴로워지기 시작했다. 몸은 땀투성이가 되고 장화를 벗은 발은 찢기고 베이고 상처투성이가 되어 제대로 걸을 수가 없었다. 좀 쉬고도 싶었으나 그럴 수도 없었다. 해지기 전에 도착할 수가 없을 것 같았기 때문이다. 해는 사정없이 넘어갔다.

'아, 실패한 게 아닌지 모르겠어. 너무 욕심을 낸 게 아닐까? 만약 늦으면 어떡한담.'

그는 언덕과 해를 번갈아 쳐다보았다. 출발점까지는 아직도 멀었으나 해는 이제 막 지려 하고 있었다.

그리하여 바홈은 걸음을 재촉했다. 그는 몹시 괴로웠으나 쉴새없이 걸었다. 그러나 가도 가도 길은 멀었다. 마침내 뛰기 시작했다. 조끼도 장화도 물통도 모자도 내팽개치고 오직 괭이만을 들고 그것을 지팡이 삼아 뛰었다.

'아, 내가 너무 욕심이 지나쳤어. 이제 다 끝났다. 해 떨어지기 전에는 도착할 것 같지 않아.'

그는 이렇게 두려운 생각으로 숨까지 막혀 왔다.

바홈은 무작정 달렸다. 땀에 젖은 속옷은 몸에 찰싹 달라붙고 입은 바싹 말라 버렸다. 가슴은 대장간 풀무처럼 펄럭거렸고 심장은 망치질을 하듯이 뚝딱거렸다. 다리는 남의 다리처럼 휘청거렸다. 바홈은 이러다가 죽어 버리지나 않을까 하는 무서운 생각이 들었다.

죽는 것은 무섭지만 멈춰 설 수는 없었다.

'그렇게 고생스레 뛰어왔는데, 여기까지 와서 멈추어 선다면 그야말로 바보 소릴 듣겠지.'

그가 계속 달리고 달려서 겨우 가까이까지 왔을 때 바시키르 사람들이 그를 향해 질러대는 날카로운 고함소리가 들려왔다. 이 외침소리 때문에 그의 심장은 한층 더 열이 올랐다. 바홈은 마지막 힘을 다하여 달리고 있었는데 해는 이미 지평선 가까이 저녁 노을 속으로 떨어져 가느라 새빨간 큰 공처럼 보였다. 드디어 이제 넘어가는 것이다. 해는 이제 떨어지고 있었다.

출발점까지도 이제 얼마 남지 않았다. 바홈은 언덕 위에 서 있는 사람들, 그를 향해 손을 흔들며 그를 재촉하고 있는 사람들을 보았다. 땅 위에 놓인 여우 가죽 모자 속의 돈까지도 보였다. 그리고 촌장은 땅바닥에 앉아 두 손으로 배를 움켜잡고 있었다. 그러자 바홈은 꿈 생각이 났다.

'땅은 많이 차지했지만 하느님이 그 위에 살게 해 주실까? 아, 나는 나를 망쳤다! 도저히 달려갈 수가 없어.'

바홈은 해를 보았다. 그것은 이미 땅에 닿아 있어서 한쪽 끝은 가라앉고 한쪽 끝은 아치형이 되어 있었다.

바홈은 마지막 힘을 쥐어짜서 몸을 앞으로 기울이고 발을 이끌며, 넘어지려는 것을 겨우 지탱하고 있었다. 그래도 바홈은 가까스로 언덕 밑까지 이르렀다.

갑자기 주위가 어두워졌다. 해는 지고 말았다.

바홈은 깜짝 놀랐다.

'애쓴 보람도 없이 허사가 되었구나.'

그는 이렇게 생각했다. 그래서 발을 멈추려다가 문득 들으니 바시키르 인들이 쉴새없이 뭔가 고함을 질러대고 있었다.

그러자 퍼뜩 언덕 밑에 있는 그에게는 해가 진 것 같지만 언덕 위에서는 아직 다 지지 않았는지도 모른다는 생각이 들었다.

바홈은 용기를 내어 언덕으로 달려 올라갔다. 언덕 위는 아직도 밝았다. 바홈은 달려 올라가자마자 모자를 보았다. 모자 앞에는 촌장이 앉아서 두 손으로 배를 잡고 큰 소리로 웃어대고 있었다. 바홈은 꿈 생각이 나서 깜짝 놀랐다. 오금이 떨어지지 않아 그는 앞으로 쓰러졌으나, 쓰러지면서도 두 손으로 모자를 움켜쥐었다.

"허어, 장하구려! 땅을 완전히 잡으셨소!"

촌장이 소리쳤다.

바홈의 하인이 달려가서 그를 부축해 일으키려 했으나 그의 입에서는 피가 쏟아져 나왔다. 그는 쓰러져 죽고 말았던 것이다.

하인은 괭이를 집어들고 머리에서 발끝까지의 치수대로 정확하게 3아르신(1아르신은 약 70센티미터)을 팠다. 바홈의 무덤을 위해. 그리하여 그를 그곳에 묻었다.

세 은자

볼가 지방의 전설에서

어느 주교가 아르한겔스크 시에서 배를 타고 솔로프키로 건너가고 있었다. 그 배에는 곳곳에서 온 순례자들이 타고 있었다.

바람은 순풍이었고 날씨도 좋아서 배는 조금도 흔들리지 않았다.

순례자들은 누워 있는 자나, 음식을 먹고 있는 자나, 한데 모여 있는 자나, 모두 이야기를 주고받고 있었다.

주교도 갑판에 나가서 브리지(배의 상갑판 중앙 전방에 있어, 항해 중 선장이 지휘하는 곳) 위를 왔다갔다 했다.

주교가 뱃머리 쪽에 다가가 보니 그곳에 한 떼의 사람들이 모여 있었다. 한 어부가 손으로 바다 쪽을 가리키며 무언가 설명하고 있었고, 사람들은 그것을 듣고 있었다. 주교도 걸음을 멈추고 어부가 가리키고 있는 쪽을 보았다.

그러나 아무것도 보이지 않고, 단지 바다만 햇빛에 반짝이고 있었다. 주교는 한 발 더 가까이 가서 듣고자 했다.

주교를 보자 어부는 모자를 벗고 그만 입을 다물어 버렸다. 사람들도 주교를 보더니 다같이 모자를 벗고 절을 했다.

이에 주교가 말했다.

"여러분, 개의치 말고 이야기를 계속하시오. 나는 당신들의 이야기가 듣고 싶어서 왔으니까요."

"하, 실은 지금 이 어부 양반이 우리에게 은자(隱者)들 이야기를 해주던 참이었지요."

한 상인이 스스럼없이 말했다.

"허허, 은자에 대한 이야기였군요."

주교는 이렇게 말하고는 뱃전 쪽으로 가서 궤짝 위에 앉았다.

"어디 나도 좀 들어 봅시다. 당신이 가리키는 것이 무엇인가요?"

"저기 조그만 섬이 보이지요."
작달막한 어부는 말하며 오른쪽을 가리켰다.
"저 작은 섬에 은자 세 사람이 살고 있는데, 수도를 하고 있지요."
"작은 섬이라니 어디 말이오?" 하고 주교가 물었다.
"제가 가리키는 쪽을 보십시오. 저기 저 구름에서 약간 왼편 아래쪽으로 마치 띠처럼 보이는 게 있지요?"
주교는 눈길을 가누고 찬찬히 보았으나 햇빛에 바닷물이 반짝거려서, 바다에 익숙지 못한 그의 눈으로는 아무래도 분간할 수가 없었다.
"내 눈에는 안 보이는데? 한데 그 섬에 어떤 은자가 살고 있나요?"
"하느님 같은 분들이지요" 하고 어부는 대답했다.
"저도 말만 들었을 뿐 그분들을 만나 뵐 기회가 통 없다가 재작년 여름에야 만나 뵙게 되었지요!"
이렇게 말하고 나서 어부는 다시 고기잡이 나갔다가 풍랑을 만나 그 섬에 올라가게 되었을 때 이야기를 하기 시작했다.
표류하던 어부는 겨우 한 섬에 닿기는 했으나 그것이 어디의 무슨 섬인지도 몰랐다는 것이다.
아침에 부근을 거닐다가 토굴 하나를 발견했는데, 그 옆에 은자 한 사람이 서 있는 것을 보았다. 다시 비슷한 은자 두 사람이 나타났다. 그들 세 사람은 어부에게 먹을 것도 주고, 옷도 말려 주고, 배 손질하는 것을 도와 주기도 했다. 이에 주교는 물었다.
"그래 어떻게 생긴 사람들이었소?"
"한 분은 키가 작고 허리가 꼬부라진 아주 늙으신 분인데 다 해어진 누더기를 걸치고 있었습니다만 필경 백 살은 넘었을 것입니다. 턱수염은 푸른빛이 돌 만큼 하얬고 줄곧 싱글벙글하며 꼭 천사같이 밝은 얼굴을 하고 있었습니다. 또 한 분은 키는 조금 크나 역시 늙은 분으로 찢어진 겉옷을 입고 누르스름한 수염을 거창하게 기르고 있었는데, 무섭게 힘이 세어 내가 미처 손도 대기 전에 마치 물통이라도 들 듯이 나의 작은 배를 뒤집어 버렸습니다. 역시 마찬가지로 소탈한 분이었지요. 그런데 세 번째 노인은 희고 긴 수염을 무릎까지 드리우고 어딘지 음울해 보이는 키가 큰 분인데, 눈썹이 눈을 온통 가리고 있었습니다. 이분은 거의 알몸이었고 허리에 돗자리 같은 것을 두르고 있을 뿐이었습니다."
"그래, 그분들이 당신에게 어떤 이야기를 했소?"
주교가 물었다.
"무엇을 해도 대개 말이 없었습니다. 자기네끼리도 그다지 말을 않더군요. 한 사람이 쳐다만 봐도 금방 그의 마음을 안다는 식으로 말이지요. 저는 키가 큰 분에게 여기서 사신 지가 오래 되었느냐고 물어 보았지요. 그랬더니 그 분은 얼굴을 찡그리고 무어라 중얼중얼했는데 그 모습이 꼭 화를 내는 것 같더군요. 그러자 키가 작고 제일 나이 많은 분이 그의 손을 잡고 웃어 보이니까 키 큰 노인도 잠잠해졌고, 제일 나이 많은 노인은 미안하다고 한 마디 했을 뿐 그냥 웃기만 하였습니다."
어부가 이야기하고 있는 동안에 배는 섬 가까이로 다가갔다.
"이제 뚜렷하게 보이게 되었습니다. 주교님, 보십시오."
상인은 섬을 가리키며 말했다.
주교는 눈길을 모았다. 이번에는 분명히 검은 띠 모양의 섬이 보였다. 주교는 잠시 그것을 바라보다가 이물 쪽에서 고물 쪽 키잡이 곁으로 다가가 물었다.
"저 섬 이름이 뭐지요? 저기 보이는 저 섬 말이오."
"이름 같은 건 없습니다. 저런 섬은 이 부근에 얼마든지 있으니까요."
"저 섬에 은자들이 수도를 하고 있다는데 그게 사실이오?"
"그런 말은 있습니다. 하지만 주교님, 그게 사실인지 아닌지는 저도 잘 모릅니다. 어부들은 봤다고들 합니다만 그들은 하도 엉터리 이야기를 잘 하니까 믿을 수가 없지요."
"저 섬에 가서 은자들을 만나 봤으면 하는데 어떻게 하면 저기로 갈 수 있겠소?"
"큰 배로는 접근할 수 없습니다."
키잡이는 말했다.
"작은 배라면 갈 수 있겠습니다만 그건 선장님과 의논하십시오."
그래서 선장을 데려오게 했다.
"나는 저 섬의 은자들을 만나 봤으면 하는데 나를 좀 데려다 줄 수 없겠소?"
선장은 말리려고 했다.
"안 될 건 없습니다만, 시간이 무척 많이 걸립니다. 대단히 죄송한 말씀입니

다만 그렇게까지 해서 만나볼 가치는 없다는 것을 말씀드리고 싶군요. 제가 들은 바로는 아주 멍텅구리나 다름없는 노인들이 살고 있어서 아무것도 모를 뿐더러 바다 물고기처럼 말 한 마디 못한다더군요."

"하지만 꼭 한 번 만나 보고 싶소. 그만한 대가는 톡톡히 치를 테니 나를 좀 데려다 주시오."

하는 수 없이 선원들은 명령을 받고 돛을 정리했다. 키잡이는 배를 돌려 섬으로 향했다. 주교를 위해 이물 쪽에 의자가 놓여졌다. 주교는 그 의자에 앉아서 전방을 지켜보았다. 같이 타고 있던 사람들 모두 이물 쪽에 모여서 바라보고 있었다. 눈이 밝은 사람들에게는 벌써 섬 위의 바위가 보였고, 토굴도 알아볼 수 있게 되었다. 그 중에서 한 사람은 세 사람의 은자들 모습을 알아보았다. 선장은 망원경을 꺼내어 잠시 들여다본 다음 주교에게 건넸다.

"확실히 보입니다. 해변의 커다란 바위 오른쪽에 사람이 서 있습니다."

주교도 망원경을 눈에 대고 그쪽으로 돌리니, 분명 그곳에 있는 세 사람, 즉 키가 큰 사람, 좀 작은 사람, 또 아주 작은 사람이 눈에 들어왔다. 세 사람 다 해변에 서서 서로 손을 잡고 있었다.

선장이 주교 곁에 가서 말했다.

"주교님, 이 배는 여기서 멈추어야 합니다. 기어이 가시려면 여기서부터는 작은 배를 이용하십시오. 저희는 여기서 닻을 내리고 기다리고 있을 테니까요."

닻줄을 풀어 닻을 던지고 곧 돛도 내려졌다. 배가 멈추자 흔들흔들했다. 작은 배가 내려지고 노잡이들이 옮겨 탔다. 주교가 사다리를 타고 내려갔다. 주교가 다 내려가 작은 배 안의 걸상에 앉자, 노잡이들이 섬을 향해 노를 젓기 시작했다. 돌을 던지면 닿을 정도의 거리까지 저어 갔으나, 은자들은 손을 잡고 그대로 서 있었다. 키가 큰 사람은 맨발로 허리에 돗자리를 둘렀을 뿐이고, 약간 작은 사람은 해어진 겉옷을 걸쳤으며, 제일 나이 많은 허리 굽은 노인은 너덜너덜한 누더기를 입고 있었다.

노잡이들은 배를 기슭으로 저어가서 밧줄로 맸다. 주교는 뭍에 내렸다.

은자들이 절을 하자, 주교는 그들을 축복했다. 그들은 주교 앞에 한층 더 머리를 깊이 숙였다. 주교는 그들에게 말을 걸었다.

"나는 이 섬에 사는 당신네들이 신앙심이 두터워 자기의 영혼을 구제하기 위해, 또 많은 사람들을 위해 주 그리스도에게 기도하고 계시다는 말을 전부터 듣고 있었소이다. 나는 아무런 가치도 없는 하느님의 종이나, 하느님의 은총으로 하느님의 양을 지킬 임무를 맡고 있습니다. 그래서 당신네들 하느님의 종을 만나 뵙고 될 수만 있다면 무엇이든지 가르쳐 드리고자 이렇게 찾아왔습니다."

은자들은 말없이 웃기만 하고 서로 얼굴을 마주볼 뿐이었다. 주교는 다시 말했다.

"당신들은 스스로의 영혼 구제를 위해 어떤 수도를 하고 계시는지, 또 어떻게 하느님을 섬기고 계시는지 그걸 나에게 들려 주십시오."

중키의 은자는 한숨을 쉬며 제일 나이 많은 은자를 보았다. 키 큰 은자 역시 눈살을 찌푸리고 나이 많은 은자를 보았다. 그러자 제일 나이 많은 은자는 웃으며 말을 시작했다.

"우리는 하느님을 섬기는 방법을 모릅니다. 다만 자기를 섬기고 자기를 기를 뿐입니다."

"그렇다면 당신네들은 어떤 식으로 하느님께 기도를 드립니까?"

그러자 제일 나이 많은 은자가 말했다.

"이렇게 기도를 드리지요. 당신께서도 세 몸이시고 저희도 세 사람이오니 아무쪼록 저희를 어여삐 여겨 주시옵소서."

주교는 웃으며 말했다.

"당신들은 삼위일체(三位一體)라는 말을 들은 모양인데, 기도는 그렇게 하는 것이 아니오. 나는 신앙심 깊은 당신들이 마음에 들었소. 당신들이 하느님께 뜻을 맞추려 하고 있음은 잘 알겠습니다. 그러나 당신들은 하느님을 섬기는 방법을 모르는 것 같소. 기도는 그렇게 하는 것이 아니니 잘 들으시오. 내가 지금 가르쳐 드리리다. 그러나 이것은 내가 내 마음대로 아무렇게나 하는 것은 아니오. 모두 하느님께서 하느님의 책 속에 이르신 말씀을 그대로 전달하는 것뿐이오."

이렇게 말하고 주교는 은자들을 향해 하느님이 어떻게 해서 인류 앞에 나타났는가를 말하고 성부(聖父), 성자(聖子), 성령(聖靈)에 대해 들려 주었다.

"성자께서는 인류를 구원하기 위하여 지상에 내려오시고, 우리 인간들에게 기도하는 방법을 가르쳐 주셨소. 내가 외는 소리를 듣고 따라서 외도록 하시오."

주교는 외기 시작했다.

"아버지시여!"

그러자 한 은자가 따라했다.

"아버지시여!"

그러자 다음 은자가 또 따라했다.

"아버지시여!"

끝으로 세 번째 은자가 따라했다.

"아버지시여!"

"하늘에 계신 아버지시여" 하고 주교는 계속했다.

그러나 이번의 말은 두 번째 은자가 제대로 따라하지 못했다. 키가 큰 벌거숭이 은자도 역시 따라 외지 못했다. 윗수염이 입을 덮고 있어서 제대로 발음할 수가 없었던 것이다. 제일 나이 많은 합죽이 은자도 모호하게 우물쭈물 말했을 뿐이다.

주교는 다시 한번 되풀이했다. 은자들도 되풀이했다. 주교는 바위에 걸터앉고 은자들은 그 둘레에 서서 주교의 입을 지켜보며 주교가 외면 그를 따라 되풀이했다. 이렇듯 주교는 그들을 상대로 하여 하루 종일 저녁때가 다 되도록 수고했다. 열 번, 스무 번, 백 번, 같은 말을 되풀이하고 은자들은 그를 따라했다. 그들이 잘못 외면 또다시 처음부터 되풀이시켰다.

이렇게 하여 주교는 은자들이 기도문을 다 욀 때까지 그들의 곁을 떠나지 않았다. 그들은 먼저 그를 따라 왼 다음 자기들끼리 외웠다. 중키의 은자가 제일 빨리 외워, 혼자 전부를 욀 수 있게 되었다. 그래서 주교는 그에게 여러 번 되풀이시켜서 나머지 두 사람에게 가르쳐 주도록 일렀다.

사방이 어두워져 바다에 달이 떠오를 무렵에야 주교는 겨우 배로 돌아가기 위해 일어섰다. 주교가 은자들에게 작별을 고하자 은자들은 머리가 땅에 닿도록 그에게 절을 했다. 주교는 그들에게 머리를 들게 하여 한 사람 한 사람에게 입을 맞추며 자기가 시킨 대로 기도를 하라고 이른 다음 작은 배를 타고 본선(本船)으로 향했다.

주교는 이리하여 본선으로 향했으나 그동안 내내 세 은자들이 소리 높이 외는 기도문 소리가 들려왔다. 본선에 가까워질수록 은자들의 목소리는 차차 들리지 않게 되었으나, 세 은자의 모습만은 달빛에 뚜렷이 보였다. 제일 작은

노인이 한가운데 서고 키 큰 노인이 오른쪽에, 중키의 노인이 왼쪽에 서서 세 노인은 이쪽을 바라보고 있었다. 주교가 본선에 당도하여 갑판에 오르자, 닻과 돛이 올려지고 배는 앞을 향해 나아가기 시작했다. 주교는 고물 쪽에 가 앉아 줄곧 섬을 보고 있었다. 처음 얼마 동안은 은자들의 모습이 보였으나 곧 그것은 사라지고 섬만 남더니 나중에는 섬도 사라지고 오직 바다만 달빛에 어른거리고 있었다.

순례자들이 잠이 들어 버렸으므로 갑판 위는 아주 고요해졌다. 그러나 주교는 잠이 오지 않았으므로 혼자 고물에 앉아 섬이 사라진 쪽 바다를 바라보며 선량한 은자들을 생각하고 있었다. 그는, 은자들이 기도문을 외게 되어 얼마나 기뻐할까를 생각하며 신과 같은 은자를 돕기 위해 하느님께서 자기를 인도하여, 그들에게 하느님의 말씀을 가르쳐 주게 하신 것을 감사했다.

주교는 한동안 혼자 앉아 섬이 보이지 않게 된 바다를 바라보며 줄곧 생각에 잠겨 있었다. 그러는 동안 눈이 아물아물해지더니 물결에 비친 달 그림자가 사방에서 춤추기 시작하는 것 같았다. 갑자기 달빛 속에 무엇인지 하얗게 반짝이는 것이 보였다. 섬일까, 갈매기일까, 아니면 작은 배의 돛이 반짝이는 것일까? 주교는 눈길을 모았다. '작은 배가 돛을 달고 이 배를 쫓아오는 게 틀림없어' 그는 생각했다. 아마 곧 쫓아오겠지, 처음에는 꽤 멀었는데 이젠 무척 가까워졌다. 한데 아무래도 배는 아닌 모양이다. 돛은 아닌 것 같아. 하여간 무엇인가가 이 배를 쫓아오고 있는 것만은 사실이다. 주교는 아무래도 그것이 무엇인가를 분간할 수가 없었다. 배인가 하면 배도 아니고, 새인가 하면 새도 아니고, 물고기인가 하면 물고기도 아니었다. 얼핏 보기에 사람 같기도 한데, 사람치고는 너무 컸고 우선 사람이 바다 위를 걷고 있을 리가 없다. 주교는 일어나 노잡이 곁으로 가서 물었다.

"저걸 좀 보시오. 저게 뭘까요? 도대체 저게 뭘까요?"

그때 이미 그에게는 바다 위를 달려오는 은자들의 모습이 보였다. 흰 수염이 하얗게 반짝거리고 있었다.

마치 멈추어 있는 배로 다가오기라도 하듯이 이쪽 배로 다가오고 있었다.

노잡이는 그것을 보자 기겁을 하여 노를 동댕이치고는 고함을 질러댔다.

"큰일났다! 은자들이 땅 위를 달리듯이 바다 위를 달려 우리를 쫓아오고 있다!"

배에 탄 사람들은 이 소리를 듣고 모두 일어나 고물 쪽으로 달려왔다. 은자들은 손을 잡고 달려오고 있었다. 양쪽에 선 은자가 손을 흔들어 배를 멈추라고 신호하고 있었다. 세 은자 모두 물 위를 육지처럼 달리고 있었는데 발은 조금도 놀리지 않았다.

배를 멈출 겨를도 없이 은자들은 순식간에 배 옆으로 와서 머리를 쳐들고 말했다.

"하느님의 종이시여, 우리는 당신의 가르침을 잊어버렸습니다! 되풀이해 외고 있는 동안은 알고 있었는데, 한 시간쯤 외지 않았더니 그만 한 마디를 잊고 말았습니다. 그러다 보니 그 뒷구절도 까맣게 잊어버렸지 뭡니까. 이젠 다 잊어버렸습니다. 제발 다시 한번 가르쳐 주십시오."

주교는 성호를 긋고 은자들을 향해 몸을 굽히고 말했다.

"신앙심 깊은 은자들이여, 당신들의 기도는 이제 하느님께 닿았습니다. 당신들을 가르칠 자는 내가 아닙니다. 그러니 당신들이 우리들 죄인을 위해 기도를 해주십시오!"

이렇게 말하고 주교는 은자들의 발에 머리가 닿도록 절을 했다. 그러자 은자들은 돌아서서 왔던 길을 다시 돌아갔다. 그리고 은자들이 사라진 쪽에서는 날이 밝도록 하얗게 빛나는 광채가 있었다.

머슴 에멜리안과 북

에멜리안은 어떤 집에서 머슴살이를 하고 있었다.

어느 날 들일을 하러 나가는 길에 벌판을 지나가다 문득 앞에 개구리 한 마리가 폴짝폴짝 뛰는 것이 눈에 띄었다.

그는 하마터면 그걸 밟을 뻔하다 가까스로 그 개구리를 뛰어넘었다.

"에멜리안!"

갑자기 뒤에서 부르는 소리가 들려왔다. 에멜리안이 돌아보니 예쁜 처녀가 서 있었다.

"에멜리안, 왜 당신은 장가를 안 드세요?"

"나 같은 게 어떻게 장가를 가요. 나는 아무것도 가진 게 없어요. 있는 것이라곤 맨 몸뚱이뿐이라 와 줄 사람이 있어야지요."

그러자 처녀가 그에게 말했다.

"그렇다면 제가 시집갈게요."

에멜리안은 그 처녀가 마음에 들었다.

"나야 두말할 것도 없이 승낙하겠는데, 하지만 어디다 살림을 차리지?"

"그런 거야 걱정할 것 없잖아요. 될 수 있는 대로 일을 많이 하고 잠을 적게 자면 어디를 가도 먹고 입고 살아갈 수 있는 거예요."

"하긴 그래. 그렇다면 결혼합시다. 그런데 어디로 가서 살지?"

"읍으로 나가 살아요."

그래서 에멜리안은 처녀와 함께 읍으로 나갔다. 처녀는 그를 변두리에 있는 조그만 집으로 데리고 갔다. 두 사람은 결혼을 해서 신접살림을 시작했다.

어느 날 왕이 마차를 타고 이 읍에 행차를 했다. 왕이 에멜리안의 집 앞을 지날 때, 에멜리안의 아내는 임금을 뵈려고 밖으로 나왔다. 그녀의 아름다운 모습을 본 왕은 깜짝 놀랐다.

임금은 마차를 멈추고 에멜리안의 아내를 불러서 물었다.

"너는 누구냐?"

"농부 에멜리안의 아내이옵니다."

그녀는 대답했다.

"너는 그렇게 예쁜데 어떻게 그따위 농군의 아내가 되었느냐. 왕비가 될 수도 있었을 텐데."

"친절하신 말씀 황공하옵니다. 하오나 저로서는 농부 지아비로 만족하옵니다."

왕은 잠시 그녀와 말을 주고받은 뒤 마차를 몰아 그 자리를 떠났다. 이윽고 궁전으로 돌아갔다. 그런데 에멜리안의 아내가 머리에서 도무지 떠나지를 않았다. 왕은 밤새도록 한잠도 못 자고, 어떻게 하면 에멜리안에게서 그 아내를 빼앗을까만 궁리하고 있었다. 그러나 묘안이 떠오르지 않았다. 그래서 신하들을 불러 놓고 그들에게 무슨 좋은 수를 강구해 내라고 일렀다. 그러자 신하들이 왕에게 아뢰었다.

"우선 에멜리안을 궁전으로 불러들이심이 좋으실 줄로 아옵니다. 그러하오면 저희들이 그놈을 혹독하게 부려서 죽여 버리면 여자는 과부가 되오니, 그때에는 얼마든지 뜻대로 하실 수가 있사옵니다."

왕은 그 말을 듣고 에멜리안에게 사자를 보내어 궁전에 정원사로서 나와 일하도록, 또한 아내도 함께 궁전에 와서 살도록 이르게 했다.

사자가 에멜리안에게 가서 그 말을 전했다. 그러자 아내가 남편에게 말했다.

"괜찮으니까 다녀오도록 하세요. 낮에는 가서 일하고 밤이면 저에게로 돌아오세요."

에멜리안은 집을 나섰다. 그가 궁전에 당도하니 임금의 집사가 그에게 물었다.

"왜 아내를 데려오지 않고 혼자서 왔느냐?"

"무엇 때문에 제가 아내를 데리고 옵니까? 저희들에게도 집이 있는뎁쇼."

궁전에서는 에멜리안에게 두 사람 몫의 일거리를 주었다. 에멜리안은 일을 하면서도 그날로 끝낼 수 있으리라곤 엄두조차 내질 못했다. 그러나 일을 하다 보니 저녁때가 되기도 전에 그 일은 깨끗이 끝나 버렸다. 집사도 그가 일을 끝낸 것을 보더니 깜짝 놀라며 다음날의 일거리로 네 사람 몫의 일을 맡겼다.

에멜리안은 집으로 돌아왔다. 집은 깨끗이 청소가 되어 있고 모든 것이 깔

끔하게 정돈되어 있었다. 난로에는 훈훈하게 불이 피워져 있고 식사 준비도 다 되어 있었다. 아내는 식탁 앞에 앉아 바느질을 하면서 남편을 기다리고 있었다. 아내는 남편을 맞아들이자 저녁 식사 시중을 들며 일에 대한 것을 이것저것 물었다.

"도저히 배겨낼 수 없는 일이야. 그들은 내게 힘에 겨운 일을 맡겨서 나를 혹사시켜 죽일 작정인 모양이야."

"하지만 당신은 일에 대한 걱정일랑 하지 마세요. 이제 얼만큼 했을까, 얼마나 남았을까, 하고 뒤를 돌아보거나 앞을 내다보는 일은 않는 게 좋아요. 그저 일만 하세요. 그러면 시간 안에 일은 끝날 테니까요."

에멜리안은 잠자리에 들었다.

이튿날 아침이 되자 또 일을 하러 궁전으로 갔다. 일을 시작해 한 번도 뒤를 돌아보지 않고 열심히 하다 보니 저녁 나절 전에 벌써 일은 다 끝나 있었다. 어둡기 전에 집으로 돌아갈 수 있었다.

에멜리안은 일거리가 아무리 많아도 그것을 시간 안에 끝내고 집으로 돌아가곤 했다.

1주일이 지났다. 이런 노동으로는 이 사람을 괴롭힐 수가 없다는 것을 알아차린 왕의 신하들은 이번에는 그에게 아주 어려운 일을 맡기기로 했다. 그러나 그것 역시 그를 괴롭히지는 못했다. 목수 일이든, 석수(石手) 일이든, 미장이 일이든, 무슨 일을 시켜도 에멜리안은 시간 안에 그것을 끝내고 밤이면 아내에게로 돌아가곤 했다.

또 1주일이 지났다. 왕은 신하들을 불러 놓고 말했다.

"나는 언제까지 너희들에게 공밥을 먹여야 한단 말이냐! 벌써 두 주일이 지났는데, 아무런 효과도 없지 않느냐? 너희들은 에멜리안을 혹사시켜서 죽이겠다고 했지만 내가 보니 그자는 오히려 날마다 콧노래를 흥얼대며 돌아가곤 하지 않느냐? 이는 필시 너희들이 나를 놀리고 있는 거지 뭐냔 말이다."

신하들은 어쩔 줄 모르면서 열심히 변명을 했다.

"저희들은 전력을 다했습니다. 처음에는 중노동으로 그자를 죽이려 했습니다만, 아무리 해보아도 소용이 없었습니다. 무슨 일을 시켜도 비로 쓸어내듯이 해치워 버릴 뿐 도무지 피로라는 걸 모릅니다. 그래서 저희는 이런 지혜까지는 없으리라 믿고 아주 어려운 일을 시켜 보았습니다만, 그것도 소용이 없었사옵니다. 어떻게 된 셈인지 무슨 일을 시켜도 깨끗이 해치워 버리옵니다. 아무래도 그놈이나 그놈의 아내가 마술을 쓰고 있는 것이 틀림없사옵니다. 저희들도 그놈에겐 이제 질려 버렸사옵니다. 그래서 이번에야말로 아주 어려운 일을 맡겨 볼까 하옵니다. 그것은 다름이 아니오라 그놈에게 하루 만에 대사원을 짓도록 하려는 계획이옵니다. 아무쪼록 에멜리안을 부르시어 이 궁전 앞에다 하루 만에 대사원을 지어 놓으라고 분부를 내려 주시옵소서. 그리하였다가 만약 지어 내지 못한다면 그때야말로 분부를 어긴 죄로 목을 칠 수도 있지 않겠사옵니까?"

왕은 사자를 보내어 에멜리안을 불러오게 했다.

"에멜리안, 네가 한 가지 해야 할 일이 있다. 이 궁전 앞 광장에 새로이 대사원을 짓도록 하라. 내일 해 지기 전까지 완성하도록 하라. 완성이 되면 후한 상을 내리겠으나, 만일 완성을 못할 때는 사형에 처할 테니 그리 알라."

에멜리안은 왕의 분부를 듣고 나자 곧장 집으로 발길을 돌렸다. 그는 '드디어 최후의 날이 왔구나' 하고 생각했다. 에멜리안은 집에 돌아가자 아내에게 말했다.

"어서 채비를 차리시오. 아무 데라도 좋으니 도망을 가야겠소. 그러지 않으면 아무 죄도 없이 죽음을 당하겠소."

"뭐라고요? 아니, 도망을 가다니요? 왜 그렇게 겁을 먹었지요?"

아내가 물었다.

"어떻게 겁을 먹지 않을 수 있소. 임금님께서 내일 하루 동안에 대사원을 지으라 하시었소. 만약 완성을 못하는 날에는 목을 치겠다고 하시니 이제 달리 도리가 없소. 시간이 있는 동안 도망을 치는 수밖에."

그러나 아내는 이 말에 동의하지 않았다.

"임금님에게는 군대가 있기 때문에 어디를 가나 붙잡히기 마련이에요. 임금님으로부터 도망칠 수는 없어요. 그러니 힘닿는 데까지 명령을 따르는 수밖에 다른 도리가 없지요."

"하지만 당치도 않은 일을 어떻게 따른단 말이오?"

"원 당신도! 너무 그렇게 낙심 마세요. 저녁이나 드시고 편히 주무시기나 하세요. 그리고 내일은 여느 때보다 조금 일찍 일어나도록 하세요. 그러면 모든 게 잘 될 테니까요."

에멜리안은 잠자리에 들었다.

이튿날 아침이 되자 아내가 그를 깨웠다.

"가 보세요. 어서 가셔서 사원을 완성하고 돌아오세요. 자, 여기 못과 망치가 있어요. 궁전 앞에 가시면 당신이 하실 하루치 일밖에 남아 있지 않을 거예요."

에멜리안은 읍으로 나갔다. 과연 광장 한가운데 새 사원이 하나 서 있는데 끝손질할 것만 조금 남아 있을 뿐이었다. 에멜리안은 필요한 곳에 손질을 하여 저녁때까지는 완전히 끝마쳤다.

왕이 궁전에서 내다보니 광장 한복판에 대사원이 서 있고 에멜리안은 사방으로 돌아다니며 끝막음으로 못을 박고 있었다.

왕은 그 사원을 보고도 기뻐하지 않았다. 왕은 에멜리안을 처벌할 구실이 없어져 그의 아내를 뺏지 못하는 것만이 분해 견딜 수가 없었다.

그래서 왕은 또다시 신하들을 불러 모았다.

"에멜리안은 이번 일도 해냈어. 이래 가지고는 그놈을 처벌할 수가 없구나. 이번 일도 그놈에겐 너무 쉬웠던 게야. 그러니 더 어려운 일을 맡기도록 한번 잘 생각해 보도록 하라. 그렇지 않으면 이제 너희들을 엄벌에 처하겠다."

그랬더니 신하들은 왕에게, 에멜리안에게 강을 파도록 하자고 제의했다. 강은 궁전 둘레를 한 바퀴 돌면서 흐르도록 하되 큰 배를 띄울 수 있도록 해야 한다고 진언했다. 왕은 에멜리안을 불러서 그에게 새로운 일을 분부했다.

"너는 하루 만에 그런 사원을 지었으니 이번 일도 할 수 있을 것이다. 이번 일도 내일 중으로 완성하도록 하라. 만일 그것을 못할 때는 목을 칠 테니 그리 알라."

에멜리안은 어제보다 더 울상이 되어 아내에게로 돌아갔다.

"왜 그렇게 기운 없는 얼굴을 하고 계세요? 임금님께서 당신에게 또 무슨 어려운 일을 분부하신 모양이군요?"

아내가 묻자 에멜리안은 그녀에게 자초지종을 말했다.

"이번에는 세상 없어도 도망쳐야 해."

그러자 아내가 말했다.

"그 숱한 군대로부터 빠져 달아날 수는 없어요. 어디로 가나 결국은 붙잡히고야 말아요. 그러니까 역시 분부대로 따르는 수밖에 도리가 없어요."

"그렇지만 어떻게 복종을 한단 말이오."

“어쨌든 여보! 아무 걱정 마시고 식사하시고 잠이나 주무세요. 그리고 내일은 조금 일찍 일어나기만 하면 다 잘될 거예요.”

그래서 에멜리안은 잠자리에 들었다. 아침이 되자 아내가 그를 깨웠다.

“어서 궁전으로 나가 보세요. 모든 처리는 다 되어 있을 거예요. 다만 궁전 정면 둑에 흙덩이가 조금 남아 있을 테니 삽을 가지고 가서 그것을 다지면 일은 끝나요.”

에멜리안은 집을 나서서 읍으로 갔다. 궁전 둘레에는 강이 흐르고 거기 큰 배들이 왕래하고 있었다. 에멜리안이 궁전 정면의 둑에 가 보니, 땅이 조금 울퉁불퉁한 데가 있었으므로 그는 그것을 편평하게 손질했다.

왕이 나가 보니 궁전 둘레에 강이 흐르고 그 위에 큰 배가 왕래하고 있었다. 에멜리안은 삽으로 막 땅을 다지고 있었다. 왕은 깜짝 놀랐다. 그러나 조금도 이를 기뻐하지 않았다. 왕은 에멜리안을 처벌할 수 없는 것만이 분해서 견딜 수 없었다. 그래서 또 곰곰이 생각했다.

‘저놈은 못하는 일이 없는 모양이다. 이 일을 어떻게 한담?’

왕은 신하들을 불러 놓고 다시 그들과 함께 궁리를 하기 시작했다.

“너희들은 에멜리안이 도저히 못할 일을 생각해 내도록 하라. 우리가 세상없는 일을 시켜도 그놈은 모두 척척 해내니, 이래 가지고는 그놈의 아내를 뺏을 수 없지 않느냐?”

신하들은 생각에 생각을 거듭한 끝에 묘안이 떠올랐다. 그래서 왕 앞으로 나가 아뢰었다.

“에멜리안을 부르시어 이렇게 분부하시옵소서. 어딘지도 모르는 곳에 가서 무엇인지도 모르는 것을 가지고 오라고. 이거라면 제놈도 당해 낼 수가 없을 것이옵니다. 그놈이 어디로 가든 폐하께서는 행선지가 틀리다고만 하시면 되는 것이옵고, 그놈이 무엇을 가지고 오든 분부하신 것이 아니라고 하시면 되는 것이옵니다. 그러시면 그놈을 처벌하실 수 있사오니 그놈의 아내를 빼앗는 것은 문제가 없사옵니다.”

왕은 크게 기뻐했다.

“이번에는 너희들도 아주 좋은 꾀를 냈구나.”

왕은 다시 에멜리안을 불러서 그에게 분부했다.

“어딘지도 모르는 곳에 가서 무엇인지도 모르는 것을 가져오도록 하라. 만일 가져오지 못하는 날에는 네 목을 칠 테니 그리 알라."

에멜리안은 아내에게로 돌아와서 왕의 명령을 이야기했다. 아내도 생각에 잠겼다.

"이것은 당신을 죽이기 위해 신하들이 왕을 부추겨 짜낸 계획이 틀림없어요. 이번에는 정말 잘하지 않으면 안 되겠군요."

아내는 이렇게 말하고 잠시 앉아서 생각에 잠기더니 이윽고 남편에게 말했다.

"좀 먼 곳이지만 당신은 어떤 군인의 어머니, 아주 늙은 할머니에게로 가서 구원을 청해야 되겠군요. 그래 가지고 그분이 물건을 주거든 곧장 궁전으로 가세요. 저도 거기 가 있을 테니까요. 이렇게 된 이상 저도 이제 그 사람들의 손에서 벗어날 수가 없군요. 그들은 틀림없이 저를 완력으로 끌고 갈 거예요. 하지만 그것도 길지는 못할 거예요. 당신만 그 할머니가 시키는 대로 모든 것을 하게 되면 곧 저를 구해낼 수가 있을 테니까요."

아내는 남편에게 길 떠날 채비를 시키고, 그에게 자루와 물렛가락을 주었다.

"이것을 할머니에게 드리세요. 이것을 보여 드리면 할머니는 당신이 제 남편이라는 것을 곧 알게 될 테니까요."

아내는 그에게 길을 가르쳐 주었다. 에멜리안은 집을 나서서 읍을 뒤로 하고 걸었다. 한없이 걸어가다 보니 읍을 벗어난 곳에서 군인들이 훈련을 받고 있었다. 에멜리안은 한참 동안 서서 그것을 구경하고 있었다. 이윽고 군인들은 훈련을 끝내고 앉아서 쉬었다. 에멜리안은 그들 곁으로 가서 물었다.

"이봐요. 당신들은 어딘지도 모르는 곳으로 가려면 어디로 가야 하는지 모르오? 그리고 무엇인지도 모르는 것을 가져오려면 어떻게 해야 하는지 모르겠소?"

군인들은 그 말을 듣더니 놀랐다.

"도대체 누가 당신한테 그런 걸 명령했소?" 하고 그들은 물었다.

"임금님이지 누구겠소" 하고 그는 대답했다.

"실은 우리도 군인이 되면서부터 어딘지도 모르는 곳에 가려고 하고 있는 중이나 아무래도 그곳에 갈 수가 없고, 무엇인지도 모르는 것을 찾고 있으나 그것 역시 찾지 못하고 있는 중이오. 그러니 당신에게 가르쳐 줄 수가 없군요."

에멜리안은 군인들과 잠시 같이 앉아 있다가 다시 떠났다. 그는 자꾸자꾸 걸어가다 보니 어느 숲에 이르렀다. 숲 속에 조그만 집 한 채가 있었다. 집 안에는 군인의 어머니인 무척 나이 많은 할머니가 앉아서 삼을 삼고 있었다. 할머니는 울면서 손가락을 침으로 축이지 않고 눈물로 축이고 있었다. 할머니는 에멜리안을 보더니 소리를 질렀다.

"뭣 때문에 여기 왔지?"

에멜리안은 할머니에게 물렛가락을 내놓으며 그의 아내가 자기를 이곳에 오게 했다고 말했다. 그러자 할머니는 곧 마음을 돌리고 묻기 시작했다. 그래서 에멜리안은 할머니에게 이제까지의 일을 죄다 이야기했다. 즉 어떻게 해서 그 처녀와 결혼했는가, 왜 읍으로 옮겼는가, 왜 왕의 궁전으로 불려 나갔는가, 궁전에서 어떤 일을 했는가, 어떻게 해서 사원을 짓고, 배가 다니는 강을 팠는가, 그리고 이번에는 또 왕이 어딘지도 모르는 곳에 가서 무엇인지도 모르는 것을 가지고 오라고 분부한 일까지 자초지종을 이야기했다.

할머니는 다 듣고 나자 눈물을 거두었다. 그리고 중얼중얼 혼잣말을 했다.

"드디어 때가 온 모양이구나. 얘야, 여기 앉아서 뭐 좀 먹으렴."

에멜리안이 식사를 끝내자 할머니는 그에게 말했다.

"자, 여기 실뭉치가 있다. 이것을 던져서 굴러가는 쪽을 따라가거라. 아주 멀리 바닷가까지 가야 한다. 바닷가에 이르면 거기 큰 마을이 있다. 마을에 들어서거든 맨 첫 번째 집에 들어가서 하룻밤 재워 달라고 청해라. 네가 필요한 것은 거기 가야 찾을 수 있다."

"하지만 할머니, 제가 그걸 어떻게 압니까?"

"사람이 자기 부모의 말보다 더 잘 듣게 되는 것이 나타나면 그게 바로 네가 찾는 물건이란다. 그러니, 그걸 가지고 임금님에게로 가도록 해라. 임금님에게 가져가면 임금님은 틀림없이 네가 가져온 것이 틀리다고 말씀하실 거다. 그러면 너는 이렇게 말씀드려라. '만일 이것이 아니라면 이것을 부숴버려야 합니다.' 그리고는 그걸 두드리면서 강으로 가지고 나가 산산조각을 내어 물속에 던져 버려라. 그러면 너의 아내도 되찾을 것이고 네 눈물도 마를 것이니라."

에멜리안은 할머니에게 작별 인사를 하고 그 집을 나서서 실뭉치를 던졌다. 실뭉치는 구르고 굴러서 마침내 그를 해변까지 데리고 갔다. 해변에는 큰 마을이 있었다. 맨 처음에 높은 집이 있었다. 에멜리안은 그 집에 가서 하룻밤 묵게 해달라고 청했다. 그는 안내를 받아 잠자리에 들었다. 아침 일찍 눈을 뜨니 아버지가 일어나 아들을 깨워 나무를 해오라는 소리가 들렸다. 그러나 아들은 그 말을 듣지 않았다.

"아직 일러요. 좀더 있다가 가도 돼요."

이번에는 난로 쪽에서 어머니의 목소리가 났다.

"얘야, 어서 갔다오너라. 아버지는 몸이 쑤셔서 그러시잖니. 그래 너는 아버지더러 나무를 해오시랄 작정이냐? 이르긴 뭐가 이르다고 그러느냐."

그러나 아들은 중얼중얼하며 다시 누워 버렸다. 그가 눕자마자 갑자기 한길에서 요란한 소리가 나기 시작했다. 아들은 벌떡 일어나더니 옷도 바꿔 입는 둥 마는 둥 하고는 한길로 뛰어나갔다. 에멜리안도 후닥닥 일어나서 무엇이 그런 소리를 내는가, 아버지보다도 어머니보다도 그를 더 따르게 한 것이 무엇인가를 확인하기 위해 뒤따라 뛰어나갔다.

달려나간 에멜리안이 보니, 어떤 사람이 배에다 무엇인지 둥그런 것을 차고 그것을 곤봉으로 치면서 한길을 걸어가고 있었다. 말하자면 그것이 요란한 소리를 내고 아들을 따르게 한 것이었다. 에멜리안이 곁으로 달려가서 찬찬히 보니, 그것은 대야같이 둥그런 것인데 양편에 가죽이 붙어 있었다. 그는 물어보았다.

"이게 뭐지요?"

"북이지 뭐겠소."

"그렇다면 이건 가짜 북이군요!"

"그렇소" 하고 그 사나이는 말했다.

에멜리안은 놀랐다. 그리고 그것을 달라고 애원했다. 그러나 그 사나이는 주려고 하지 않았다. 에멜리안은 단념을 하고 그를 따라가기 시작했다. 온종일 따라다니다가 그가 잠이 든 틈에 가까스로 훔쳐 가지고 달아났다. 달리고 달리고 줄달음쳐서 에멜리안은 가까스로 자기 마을에 닿았다. 그는 아내를 만날 줄 알았는데 아내의 모습은 보이지 않았다. 아내는 그가 떠난 이튿날, 왕에게 끌려가 버린 것이다.

에멜리안은 궁전에 가서 왕께 알현을 청하면서, "어딘지도 모르는 곳에 가서 무엇인지도 모르는 것을 가지고 온 사람이 돌아왔습니다"라고 전하게 했다. 신하들이 그 말을 왕에게 전했다. 왕은 에멜리안에게 내일 다시 나오라고 분부했다. 에멜리안은 한 번 더 알현을 청했다.

"제가 오늘 입궐한 것은 분부하신 물건을 갖고 왔기 때문에 그러한 것이오니 아무쪼록 왕께서는 배알을 허락해 주십시오. 그렇지 않으면 제가 직접 들어가 뵙겠습니다."

왕이 나와서 물었다.

"너는 어디를 갔다 왔느냐?"

에멜리안은 그대로 대답했다.

"그렇다면 틀렸어. 그리고 무엇을 가지고 왔단 말이냐?"

에멜리안은 보이려고 했으나 왕은 보려고도 하지 않았다.

"그것도 틀렸어."

왕은 말했다.

"만약 그러시다면 이건 두들겨 부숴 버려야만 하옵니다. 에이, 악마에게나 줘 버리자!"

에멜리안은 북을 들고 궁전을 나와 그것을 두드려 댔다. 그가 북을 두드리자 왕의 군대가 모두 에멜리안에게로 모여들었다. 그리하여 에멜리안에게 경례를 하고 그가 내릴 명령을 기다리고 있었다. 왕은 창문으로 내다보며 자기 군대를 향해 에멜리안을 따라가지 말라고 소리쳤다. 그러나 군인들은 왕의 말을 듣지 않고 모두 에멜리안을 따라갔다. 그것을 보고 왕은 에멜리안에게 아내를 돌려 보낼 테니 북을 가져오라고 애원했다.

"그럴 수는 없사옵니다."

에멜리안은 말했다.

"저는 이 북을 산산이 부수어서 강속에 내던지라는 명령을 받았사옵니다."

에멜리안은 북을 두드리며 강가로 갔다. 군인들도 그를 따라왔다. 에멜리안은 강가에서 북을 산산조각이 나도록 부수어서 그것을 강물속에 던졌다. 그랬더니 군인들은 한 사람도 남김없이 흩어져 달아나 버렸다.

에멜리안은 아내를 데리고 집으로 돌아갈 수 있었고, 그 뒤로부터는 왕은 그를 괴롭히지 않았다. 그는 행복하고 편안하게 살 수 있게 되었다.

암소

아버지가 없는 여섯 명의 아이들을 거느린 마리아라는 여자가 자기의 어머니와 함께 살아가고 있었다. 가난했지만 가진 돈을 모두 털어서 붉은 소를 샀다. 아이들에게 우유를 먹이기 위해서였다. 나이가 위인 아이들이 소를 들판으로 데려가 풀을 먹이거나, 부엌에서 남은 음식을 먹이기도 했다.

어느 날, 어머니가 집을 비웠다. 그 사이에 미샤라는 나이가 위인 남자아이가 선반의 빵을 꺼내려다가 무심코 컵을 떨어트려 깨뜨리고 말았다. 미샤는 어머니에게 꾸중 들을 것이 두려워 커다란 유리 조각을 주워 모은 다음, 마당으로 들고 나가서 거름더미 속에 파묻었다. 작은 부스러기는 쓸어모아서 물통 속에 버렸다. 컵이 없어진 것을 깨닫고 어머니가 '어떻게 된 일이냐'고 물었지만, 미샤는 잠자코 있었다. 그래서 사건은 일단 그것으로 마무리되었다.

다음 날, 식사가 끝난 뒤 어머니는 소에게 물통의 먹다 남은 밥을 주러 갔다. 그런데 웬일인지 소가 기운이 없는 데다가 여물을 먹으려고도 않는 것이었다. 모두들 소를 돌보기 시작했다. 이웃집 할머니를 모셔오기도 했다. 할머니는 이 소는 이제 틀렸다, 잡아서 고기나 먹어야겠다고 말했다.

결국 동네 남자들을 불러다가 소를 잡기로 했다. 마당 한쪽에서 소가 울부짖기 시작하자 아이들은 페치카 위에서 몸을 바싹 웅크리고는 눈물을 흘리면서 울기 시작했다. 이윽고 소는 죽었고, 가죽이 벗겨졌다. 고기를 잘라내 보니, 목에 유리가 찔려 있었다.

그리하여 소가 죽은 건, 먹고 남은 음식에 유리가 들어 있었기 때문이란 게 밝혀졌다. 그것을 알게 된 미샤는 '아앙' 하고 울음을 터뜨렸고, 컵에 관해 있었던 일을 어머니에게 털어놓았다. 어머니는 아무런 말도 하지 않고 함께 울고 말았다. 얼마 안 있어 어머니는 이렇게 말했다.

"소를 잡았지만, 그 대신에 무엇을 사려해도 돈이 없구나. 우유가 없어지면 밑에 아이들은 어떻게 될까."

미샤는 아까보다 훨씬 크게 울었고, 모두가 소머리를 굳혀 만든 것을 먹기 시작했지만, 페치카 위에서 내려오지 않았다.

미샤는 밤마다, 바실리 아저씨가 뿔을 붙잡고 소의 머리를 때리는 꿈을 꾸게 되었다. 회색 머리에 눈을 크게 떴으며, 목 주위는 새빨갰다.

그때부터 아이들은 우유를 마실 수 없게 되었다. 우유를 겨우 얻어먹는 것은 축제일뿐이었다. 어머니가 이웃집에 부탁해서 병에 담아 얻어온 것이었다. 그렇게 지내는 동안 같은 마을의 부잣집 안주인이 일할 사람을 찾고 있다는 소식이 전해졌다. 그래서 할머니는 딸 마리아에게 이렇게 말했다.

"일하러 갈 생각이니 나를 보내다오. 아이들을 돌보는 것은 너 혼자서 어떻게든 해 낼 수 있을 거야. 1년만 일을 하면 소를 살 수 있을지도 모르지 않니."

결국 그렇게 하기로 했다. 할머니는 부잣집 안주인에게로 갔다. 딸 마리아는 아이들을 보기가 차츰 괴로웠다. 아이들도 지난 1년 동안 우유를 마시지 못하고 죽과 국물만으로 지내왔기 때문에 비쩍 마르고 창백해져 있었다.

1년이 지났다. 할머니가 20루블을 가지고 돌아왔다. 그리고 말했다.

"딸아, 이것으로 소를 사자꾸나."

마리아도 아이들도 매우 기뻐했다. 마리아와 할머니는 소를 사러 시장에 나가기로 했다. 이웃집 아주머니에게 아이들을 돌봐달라고 부탁했다. 그리고 이웃 자하르 아저씨에게 함께 시장으로 가서 소를 골라주시도록 부탁을 했다.

신께 기도를 하고 나서 마리아 일행은 마을로 나갔다. 아이들은 식사를 마치자 거리로 나가 소를 데리고 오기를 기다리고 있었다. 그리고 어떤 소일까, 빨간 소일까, 검은 소일까, 어떻게 돌봐줄까 등등을 재잘재잘 떠들어대기 시작했다. 하루 종일을 그렇게 기다렸다.

아이들은 1킬로미터 멀리까지 소를 마중하러 나갔지만, 해가 지기 시작했으므로 돌아오기 시작했다. 그때였다. 할머니가 마차에 흔들리면서 오는 것이 보였다. 마차 옆에 뿔에 밧줄을 매단 얼룩소가 걸어오고 있었다. 맨 뒤에서 마른 가지로 워이, 워이 하면서 어머니가 소를 몰고 있었다. 아이들은 뛰어가서 소를 바라보기 시작했다.

빵과 풀을 모아서 소에게 먹이는 동안에 어머니는 집안으로 들어가서 옷을 갈아입은 다음 수건과 우유통을 들고 밖으로 나왔다. 그러더니 소 옆에 앉아서 소의 젖을 닦으며, "신이시여, 제발 부탁입니다"라고 말하기라도 하는 듯이

젖을 짜기 시작했다.

아이들은 동그라미를 지어 쭈그리고 앉아 그 광경을 보고 있었다. 소의 젖에서 통을 향해 우유가 '칙' 하고 튀어나왔는가 싶더니 어머니의 손에서 소리를 내면서 우유가 뿜어져 나오기 시작했다. 어머니는 우유통에 반쯤 우유를 짜내더니 오두막으로 가지고 갔다. 그런 다음 아이들을 위해 우유를 병에 나누어 담아주었다.

지옥 무너지다 그리고 다시 일어서다

1

그리스도가 사람들에게 가르침을 전하고 있었던 시대의 일이다.

그 가르침은 매우 확실한 것이어서 따르기가 아주 쉬웠을 뿐 아니라, 사람들을 악에서 구한다는 명백한 사실로 하여 어떤 사람도 그것을 받아들이지 않을 수가 없었고, 또 누구도 전세계에 퍼지는 것을 막을 수 없었다. 그래서 모든 마귀의 아버지이자 명령자인 베엘제불은 불안에 싸여 있었다.

만일 그리스도가 포교를 멈추지 않을 경우엔 세상 사람들에 대한 자기의 권력은 영구히 없어져 버리고 말 것임을 그는 아주 뚜렷하게 알고 있었던 것이다.

그는 걱정이 되어서 어쩔 줄을 몰랐다. 그러나 실망하기보다도 자기에게 순종하는 바리새 인과 학자들을 충동질하기로 했다. 될 수 있는 대로 그리스도교를 모욕하고 괴롭혀서 그리스도의 제자들이 그들의 스승 곁을 떠나게 함으로써 그를 혼자 남게 하도록 시켰다. 치욕적인 형을 선고받고 모욕을 받아서 모든 제자들로부터 버림받고 게다가 형벌의 고통을 받게 된다면, 아무리 그리스도라 하더라도 마지막 순간에는 스스로가 그 교리를 부정하게 될 것이다. 악마는 이렇게 생각했던 것이다.

하지만 이 사건은 십자가 위에서 결판이 나도록 되어 있었다.

그리하여 그리스도가, “나의 하느님, 나의 하느님, 어찌하여 나를 버리셨나이까?” 하고 외쳤을 때 베엘제불은 기쁨을 이기지 못하여 춤을 췄다. 그는 그리스도를 위해서 준비해 두었던 족쇄를 집어들고 그것을 자기 발에 대어 보았다. 그리스도에게 그것을 채웠을 때 끌러지는 일이 없도록 손질하여 두기 위해서였다.

그러자 갑자기 십자가 위에서 다음과 같은 말이 들려왔다.

“아버지, 저 사람들을 용서하여 주십시오. 그들은 자기가 하는 일을 모르고 있습니다."

그리고 계속해서 그리스도는 외쳤다.

"이제 다 이루었다!"

그리고 그리스도는 숨을 거두었다.

베엘제불은 자기에게 있어서는 모든 것이 끝장났음을 알았다. 그는 자기 발의 족쇄를 끄르고 도망하려 했으나 그 자리를 움직일 수가 없었다. 족쇄가 꽉 달라붙어서 그의 다리를 놓아주지 않는 것이었다. 그는 날개를 펼쳐서 날아오르려고 했지만, 그 날개를 펼칠 수조차 없었다.

그리고 베엘제불은 그리스도가 찬란한 영광에 싸여서 지옥의 문 앞에 멈춰서 있는 것을 보았다. 아담에서 유다에 이르는 모든 죄인이 지옥의 모든 마귀로부터 풀려나오는 것을 보았고, 지옥의 벽마저도 소리 없이 사방으로 무너져 버리고 마는 것을 보았다.

그는 더 이상 보고 있을 수 없었다. 날카로운 비명을 지른 다음 마루 틈으로 빠져서 땅 밑 지옥으로 사라져 버리고 말았다.

2

100년, 200년, 300년의 세월이 흘렀다.

베엘제불은 시간의 흐름을 헤아리지 않았다. 그는 어둠과 죽음의 정적 속에서 꼼짝 않고 옆으로 누워 있었고, 옛날에 있었던 일들을 생각하지 않으려고 하면 할수록 오히려 생생하게 떠올랐다. 그는 다만 자기를 멸망케 한 장본인을 힘없이 미워할 뿐이었다.

그런데 갑자기(그는 그로부터 몇백 년이 지났는지 전혀 기억도 없었던 것이다) 그는 자기 머리 위에서 발소리와 신음소리와 고함소리와 이 가는 소리를 들었다.

베엘제불은 머리를 들고 그 소리를 들어보았다.

그리스도가 승리하고 난 이후로 지옥이 다시 부흥하리라고는 베엘제불조차 도저히 믿을 수 없는 일이었다. 그런데도 발소리와 신음소리와 고함소리, 그리고 이 가는 소리 같은 것이 더욱 더 뚜렷하게 들려왔다.

베엘제불은 몸을 일으키곤 발톱이 삐죽이 나온 털투성이 다리를 꺾고 앉아서(그도 놀란 일이지만 족쇄는 어느새 풀려 없어져 버렸다) 자유롭게 펼칠 수

있는 날개를 퍼덕거리며 예의 그 휘파람, 즉 그가 옛날 자기 부하나 하인들을 부를 때 쓰던 휘파람을 불기 시작했다. 그러자 그가 숨을 한 번 쉬기도 전에 머리 위에서 갑자기 구멍이 뚫리는 것을 보았다. 그러고는 빨간 불빛이 빛나는가 싶더니 마귀의 무리가 서로 밀어젖히면서 그 구멍으로부터 느닷없이 떨어져 내려와서 시체를 파먹으러 모여드는 까마귀의 무리처럼 베엘제불 주위에 모여 앉았던 것이다.

마귀들은, 큰 놈, 작은 놈, 뚱뚱한 놈, 마른 놈, 꼬리가 긴 놈, 짧은 놈도 있었고, 또 뿔이 곧은 놈, 꾸부러진 놈도 있었다.

마귀 가운데 한 놈은 번들번들 빛나는 까만 알몸에다 조그마한 망토를 어깨에 걸치고, 턱수염도 콧수염도 없는 동그란 얼굴에 축 늘어진 커다란 배를 드러낸 채 베엘제불의 코앞에 웅크리고 앉아 불덩이 같은 눈방울을 디굴디굴 굴리면서 규칙적으로 그 가늘고 긴 꼬리를 좌우로 저으면서 빙글빙글 웃고 있었다.

3

"이건 도대체 무슨 소린가?"

베엘제불이 위를 가리키면서 물었다.

"저쪽 상황은 어떤가?"

"모든 것이 옛날과 다름이 없습니다요."

망토를 걸친 검게 빛나는 마귀가 대답했다.

"그럼, 진짜로 죄인이 있단 말이냐?"

베엘제불이 물었다.

"네, 아주 많습니다요."

까맣게 번들거리는 마귀가 대답했다.

"그럼 그, 그 녀석의 이름은 입에 올리고 싶지도 않지만, 그 사나이가 가르친 종교라는 것은 도대체 어떻게 됐단 말이냐?"

베엘제불이 물었다.

그러자 망토를 입은 마귀는 날카로운 이를 드러내고 히죽 웃었다. 모여 앉았던 마귀들 사이에서도 비웃는 듯한 웃음소리가 이곳저곳에서 들려왔다.

"그런 가르침이 우리들에게 무슨 지장을 가져다 준다는 겁니까? 아무도 그런 건 믿지 않는단 말이에요!"

망토 입은 마귀가 말했다.

"그렇지만 그 가르침은 확실히 우리들로부터 그들을 구하지 않았느냐 말이야. 그리고 그놈은 자기가 죽는 것을 통해서 그걸 증명하지 않았느냐 말야!"

베엘제불은 말했다.

"전 그것을 고쳐서 다시 만들었습니다요."

망토 입은 마귀는 꼬리로 마루를 빠르게 치면서 말했다.

"아니, 다시 고쳤다니 어떻게?"

"말하자면 인간들이 그놈의 가르침이 아니고, 그놈의 이름으로 부르고 있는 저의 가르침을 믿도록 근사하게 고쳐 놓았습니다."

"어떻게 해서 너 같은 놈이 그렇게 할 수 있었단 말이냐?"

베엘제불이 물었다.

"저절로 그렇게 된 겁니다. 저는 다만 그저 좀 도와 줬을 뿐이에요."

"간단하게 말해 봐!"

베엘제불은 명령하듯 말했다.

망토 입은 마귀는 고개를 떨구고 천천히 사색에 잠기듯이 한참 동안 무엇을 골똘히 생각하더니, 이윽고 이야기하기 시작했다.

"그 무서운 일이 일어났을 때, 즉 지옥이 무너지고 저희들의 아버지시며 명령자이신 어르신네께서 우리들로부터 떠나 버리고 말았을 때" 하고 그는 말하기 시작했다. "저는, 자칫하면 저희들을 망하게 할 가능성이 많은 그 가르침이 널리 퍼져 있는 곳으로 갔습니다. 그 가르침을 실천하고 있는 인간들이 도대체 어떤 생활을 하고 있는가, 바로 그것을 알고 싶어서였습니다. 그리고 저는 그 가르침대로 살고 있는 인간은 전적으로 행복해서 도저히 저희들로서는 어떻게 해볼 수가 없다는 것을 알았습니다. 그들은 서로가 화를 내는 일도 없었을 뿐더러 여자의 아름다움에도 현혹되지 않았고, 그 중에는 결혼하지 않는 놈도 있었고, 대부분 한 사람의 아내만으로 생활하면서 재산 같은 것은 가지려고도 않고 모든 것을 공동 소유의 재산으로 했으며, 공격하는 자가 있어도 그것을 힘으로 막으려 하지 않고 악에 대해서도 선으로 갚는다는 식이었습니다. 이같이 그들의 생활은 너무나 훌륭했기 때문에 다른 인간들도 차츰 그쪽으로 이끌려 가고 있었더란 말입니다.

이것을 보고 저는 만사는 이제 끝났다고 생각한 채 모든 것을 단념하고 돌아오려고 했었습니다. 한데 바로 그때 어떤 사태가 벌어졌습니다. 그것은 별로 대수로운 것이 아니었습니다만, 저로서는 어쩐지 주의해서 볼 만한 일이라는 생각이 들었기 때문에 거기에 남기로 했습니다. 그 사태라는 것은 다름이 아니오라 이 사람들 사이에서 의견이 갈라진 것입니다. 한쪽은, 사람들은 모두 영세를 받아야 하며 성상(聖像)에 바쳤던 것은 먹어서는 안 된다고 했습니다. 또 다른 쪽은 불필요한 짓이다, 영세라는 것은 받을 필요도 없을 뿐더러 음식물은 무엇을 먹어도 괜찮다고 하는 것이었습니다.

그래서 저는 양쪽을 모두 충동질해서 '이 의견이 서로 다른 것은 매우 중대한 일이다, 아무튼 하느님에게 관계되는 것이니까 어느 쪽도 양보해서는 절대로 안 된다.' 이렇게 생각하도록 만들어 놓았습니다. 내 말을 믿는 그들의 싸움은 더욱 거칠고 커지기 시작했습니다. 양쪽 모두 상대편에게 화를 내기 시작했던 것입니다.

그래서 나는 양쪽 모두 저마다 자기들 교리의 진실성을 기적으로 증명할 수 있는 것처럼 생각하도록 바람을 넣었습니다. 기적으로 교리를 증명할 수 없다는 것은 알고도 남는 사실인데도 그들은 자기네들 주장을 정당화시키기에 급급해서 제 말을 전적으로 믿고 받아들였습니다. 그래서 저는 곧 그들에게 기적을 베풀어 주었습니다. 기적을 행하는 것쯤은 뭐 그리 대단한 것이 아니지 않습니까? 그들은 자기들만이 정당하고 싶다는 희망을 증명하기 위해서는 무엇이든 경솔하게 믿어 버렸습니다. 즉, 그래서 말입니다, 한쪽 것들이 자기들 위에 불이 내렸다고 하면, 다른 쪽에서는 자기들에게는 죽은 교조(敎祖)가 나타났다든가 그밖에 엉터리 같은 여러 가지 해괴한 말을 하기 시작했습니다.

그것들은 전혀 있을 수 없는 일들을 생각해 내고는 우리들을 거짓말쟁이라고 부른 그 사나이의 이름을 부르면서, 우리들 이상 가는 거짓말을 하면서도 자기들은 그런 거짓말을 하고 있다는 사실조차도 깨닫지 못한 채 날뛰고 있었던 것입니다.

먼저 한쪽 것들은 이렇게 말했습니다. '너희 놈들의 기적이란 진짜가 아니다. 우리들의 것이야말로 진짜다.' 그러면 또 다른 한편에서는 '아니야! 너희들이야말로 정말 가짜다. 우리들 것은 정말로 진짜란 말이다.' 글쎄, 이따위 판이었습니다. 이런 식으로 일은 제대로 되어가고 있었습니다. 그런데 저로서는 말입니다, 너무나 뻔한 저의 그 속임수를 그것들이 혹시나 눈치채지나 않을까 이만저만 걱정되는 게 아니었습니다. 그래서 교회라는 것을 생각해 냈습니다. 그래서 그들이 교회를 믿기 시작했을 때 전 비로소 겨우 안심할 수가 있었던 것입니다. 저는 이제 우리들이 구원되고 지옥이 다시 부흥되었음을 확실히 깨달을 수 있었습니다."

4

"그 교회라고 하는 것은 도대체 뭔가?"

베엘제불은 자기 부하가 자기보다 똑똑하다는 것을 믿고 싶지 않았기 때문에 엄숙한 어조로 물었다.

"교회라고 하는 것은 말입니다, 즉 거짓말하는 인간들이 자기 말을 사람들에게 믿도록 하고자 할 때에는 언제든지 하느님을 방패막이로 삼아 '하느님의 이름으로 맹세코 제가 하는 말은 진실입니다'라고 하는 이 말을 잊지 않는 것입니다. 이것이 다시 말해 교회라는 것입니다만, 다만 이 경우 특별히 조심해야 할 것이 있습니다. 자기를 교회라고 믿고 있는 사람들은 자기네들은 이미 결코 잘못 생각하는 일은 없다고 확신하고 있다는 사실입니다. 그래서 그들은 아무리 어리석은 말을 할지라도 누구든 그것을 부정할 수 없다는 특수한 성질을 갖고 있답니다.

그런데 교회가 성립된다는 것은 다시 말해 이런 것이지요. 어떤 사람이 자기들에게나 다른 사람에 대해서 그들의 아버지인 신은 그들 인간에게 계시되고 있는 계율이 잘못 해석되는 것을 피하기 위해서 특별한 사람들을 선택하여, 그 사람들이라든가, 그 특권을 물려받은 사람들만이 신의 가르침을 바르게 해석할 수 있는 것이라고 규정하고 있다는 식으로 믿게끔 하는 것입니다. 이렇게 하여 스스로 교회라고 자칭하고 있는 사람들은 그들만이 진리 속에 살고 있다고 생각합니다. 그러나 그것은 그들이 포교하고 있는 것이 진리이기 때문이 아니고, 그들은 자기들만이 교조이신 신의 제자의, 그 제자의, 또 그 제자의 유일하고 정당한 후계자라고 생각하고 있기 때문입니다.

더구나 이런 방식에는 기적이 일어났을 때와 같이 불합리한 점이 있기도 했습니다. 그건 다름이 아니라, 인간은 누구든 모두 자기 자신을, 나만이 오로지 하나밖에 없는 진짜 교회의 일꾼이라 아울러 단언할 수 있다는 것입니다(이것은 언제나 그랬습니다). 그리고 이 방법은 인간이 자기들이야말로 교회라고 하자마자, 또 그러한 말로써 교리를 정하자마자, 그들로서는 자기들이 말한 것을 부정할 수 없게끔 된다는 것입니다. 설사 그들이 아무리 엉터리 같은 소리를 할지라도, 혹 다른 것들이 무슨 소리를 한다고 하더라도 말입니다."

"그럼, 어째서 교회는 그 가르침을 우리들의 이익이 되도록 해석을 달리했단 말이냐?"

베엘제불이 물었다.

"그들이 이런 짓을 한 건 말입니다" 하고 망토 입은 마귀는 대답했다.

"자기만이 신의 계율을 해석하는 유일한 해설자라고 혼자서 결정한 그것을 사람들이 믿게끔 함으로써 그들은 인간의 운명을 결정하는 최고의 결재자가 되었던 때문입니다. 따라서 인간에 대한 최고의 권력을 가지게 된 것입니다. 그러나 이러한 권력을 획득한 그들은 자연히 거만하게 되고 또 그 중 대부분은 타락해 버리고 말았기 때문에 그들을 대하는 사람들로 하여금 증오와 적의를 불러일으키게 했던 것입니다.

그리하여 그들은 그들의 적과 싸우기 위해서 폭력으로써 자기들의 권력을 인정하지 않으려는 모든 인간을 박해하든가, 벌하든가, 불태워 죽이든가 하기 시작했습니다. 그래서 그들은 자기들의 지위, 그것 때문에 신의 가르침을 자기들의 나쁜 생활이라든가, 자기의 적에 대해서 써오고 있던 악랄한 수단을 변호할 수 있도록 왜곡되게 설명하지 않을 수 없는 형편에 빠지고 만 것입니다. 그리고 그들은 그대로 실행했던 것입니다."

5

"그렇지만 그 가르침이란 것은 매우 간단하고 명확한 것이었는데" 하고 베엘제불이 말했다. 그는 여전히 자기 부하가 자기도 미처 생각하지 못했던 것을 생각해 내서 이룩한 일을 믿고 싶지 않았던 것이다.

"도대체 왜곡할래야 왜곡할 수 있는 가르침이 아니지 않는가? '너희는 남에게서 바라는 대로 남에게 해 주어라!' 이런 말을 어떤 식으로 왜곡되게 설명할 수 있단 말이냐!"

"그런 문제에 있어서도 그들은 내 충고에 따라서 여러 가지 방법을 썼지요."

망토 입은 마귀는 다시 말을 이었다.

"사람들 간에 이런 지어낸 이야기가 있더군요. '착한 마술사가 인간을 나쁜 마술사로부터 구하기 위해서 인간을 기장떡으로 변하게 했더니 나쁜 마술사는 닭으로 변해서 그 기장떡을 쪼아 먹으려고 했습니다. 그래서 착한 마술사는 그 기장떡에다가 기장 낟알을 잔뜩 묻혔다는 겁니다. 그 때문에 나쁜 마술사는 기장 낟알을 도저히 다 먹어 치울 수 없어서 그만 기장떡은 먹지 못하고 말았다'는 것입니다.

그들은 내 충고에 따라서 이와 같은 일을, 자기가 사람들에게 그렇게 대우받고 싶다고 생각하는 것을, 사람들에게 하는 것이야말로 계율의 전부라고 설명한 사람들 모두에 대해서 그렇게 했던 것입니다. 즉, 그들은 49권의 책을 신의 계율을 설명한 신성한 책이라고 보고 이 책들 속에 씌어진 모든 말씀을 신, 즉 성령의 입에서 나온 것이라고 규정한 것입니다. 그들은 단순하고 알기 쉬운 진리 위에 거짓의 진리를 산더미처럼 쌓아올렸기 때문에 그것들을 모두 받아들일 수 없었을 뿐더러, 사람들에게 꼭 필요한 단 하나의 진리도 그 속에서 찾아낼 수 없게 되어버리고 만 것이었습니다. 이것이 그들이 제일 먼저 행한 방법입니다.

두 번째 방법은 그들이 이미 천 년 이상이나 응용해서 성공을 거두고 있는 것입니다. 다름이 아니라 진리를 계승하려는 것은 모두 간단히 없애 버리든가 불태워 버리는 것입니다. 오늘날에는 이미 이 방법이 쓰여지지 않습니다만, 그들이 아예 버리고 만 것은 아닙니다. 진리를 계시하고자 하는 사람들을 불태워 죽이는 일만은 하지 않습니다만, 적극적으로 그들을 비방해서 그 생활을 해치고 맙니다. 그 때문에 아주 적은 수의 사람들만이 그들의 범행을 폭로하는 데 그치고 마는 겁니다. 이것이 두 번째 방법입니다.

세 번째 방법은 이런 것입니다. 그들은 자기를 교회라고 규정하고 따라서 자기는 절대 바른 것이라고 믿고 있습니다. 그래서 필요할 때는 성서에서 말하는 것과 모순이 되는 말도 태연하게 가르치고, 이 모순에서 벗어나는 것은 제자들의 자유이며 역량에 달린 것인 만큼 그들에게 일임한다는 방식입니다.

예를 들면 성서에는 이렇게 씌어 있습니다. '그대들의 스승으로는 그리스도 한 분만이 있을 뿐, 지상의 누구라도 아버지라고 불러서는 안 된다. 왜냐하면 그대들의 아버지는 다만 한 사람, 하늘에 계신 아버지 하느님뿐이시기 때문이다. 또 자기를 가르치는 사람이라고 이름하여도 못 쓴다. 너희들을 가르치는 분은 오로지 한 분, 그리스도만이 있을 뿐이기 때문이다.' 그런데 그들은 이렇게 말하고 있습니다. '우리들만이 교부고, 우리들만이 인류를 가르치는 스승이다'라고. 또 성서에서는 이렇게 말하고 있습니다. '너희는 기도할 때에 골방에 들어가 문을 닫고 보이지 않는 네 아버지께 기도하여라. 그러면 숨은 일도 보시는 아버지께서 다 들어 주실 것이다'라고. 그런데 그들은 교회 안에서 모두 함께 노래를 부르면서 기도해야 한다고 가르치고 있습니다.

또 성서에는 이렇게 말하고 있습니다. '거짓 맹세를 하지 말라'고. 그런데 그들은 사람들에게 '나라에서 그대들에게 무엇을 요구하든 나라에 대해서는 절대로 복종을 맹세하지 않으면 안 된다'고 가르치고 있습니다. 또 '살인하지 말라'고 가르치고 있음에도, 그들은 '전쟁과 재판에서는 죽여도 괜찮고, 또 죽일 필요가 있다'고 가르치고 있습니다.

또 성서에서는 '내 가르침은 영혼이요 생명이다. 이것을 영혼의 양식으로 할지어다'라고 씌어 있습니다만 그들은 빵조각에 포도주를 묻혀 놓고서 그 빵조각을 향해서 어떤 일정한 문구를 외면 빵은 몸이 되고, 포도주는 피가 된다든가, 이 빵을 먹고 포도주를 마신다는 것이 영혼을 구하는 데 매우 필요한 일이라고 가르치고 있습니다. 사람들은 그것을 믿고 열심히 빵과 포도주를 먹고, 그 뒤에 우리들에게 떨어져 내려오면서도 이 빵과 포도주가 아무런 도움이 없는 것에 매우 놀라고 있는 모양입니다."

망토 입은 마귀는 이렇게 말을 마치자 눈알을 디굴디굴 굴리고 입을 귀밑까지 크게 벌리면서 이를 드러내고 웃었다.

"거참, 잘했다!"

베엘제불은 이렇게 말하고 만족한 듯이 웃었다. 그러자 마귀들도 모두 다 큰 소리로 '와아' 하고 웃었다.

6

"그렇다면 말이다. 정말, 너희들이 있는 데는 옛날과 다름없이 간음한 자, 강도, 사람을 죽인 자들이 있단 말이지?"

베엘제불은 별안간 명랑해져서 물었다.

다른 마귀들도 모두 명랑해져서, 베엘제불 앞에서 자신들의 의견을 말하려고 모두들 지껄이기 시작했다.

"옛날 같은 정도가 아닙니다. 전보다 훨씬 더 심한 상태이옵니다" 하고 하나가 소리쳤다.

"간음자로 말하면 전에 넣어 두었던 곳에 다 수용할 수도 없을 정도입니다." 또 다른 하나가 날카로운 어조로 말했다.

"지금의 강도들은 전보다 훨씬 흉악합니다." 셋째 놈이 말했다.

"사람을 죽인 놈을 불태우기에 장작이 모자랄 정도입니다." 넷째 놈이 외쳤다.

"그렇게 모두가 한꺼번에 떠들면 곤란하다. 내가 물을 테니까 차례로 대답해라. 우선 간음 담당자부터 앞으로 나와서 말해 봐라. 아내를 바꾸면 안 된다든가, 음란한 마음으로 여자를 보아서는 안 된다고 한 놈의 제자들을 지금 너는 어떻게 다루고 있는가? 간음 담당자는 누구지?"

"소인이옵니다." 베엘제불 쪽으로 꼬리를 흔들면서 엉금엉금 기어다가오면서 이렇게 말한 것은 부석부석한 얼굴에 군침을 입가에 흘리면서 입을 우물거리고 있는, 마치 여자처럼 생긴 갈색 마귀였다.

이 마귀는 모두 앉아 있는 줄에서 앞으로 기어나오더니 거기 앉아서 머리를 비스듬히 외로 꼬고 그 끝이 귀얄처럼 생긴 꼬리를 두 다리 사이에 끼워 이리저리 흔들면서 노래를 부르는 것 같은 말투로 이렇게 말했다.

"저희들도 말입니다, 아버지시며 명령자이신 당신께옵서 하신 바와 같이 옛날 그대로의 방식, 즉 아직 천국 시대에 전 인류를 저희들에게 넘겨주었던 방식과 거기에 새로운 교회식 방법을 가지고 해나가고 있습니다. 새로운 교회식 방법이란……, 저희들이 사람놈들에게 진짜 결혼식이라는 것은, 그것이 실제로 성립된다는 것, 즉 사나이와 계집의 결합이 아니고, 예복을 입고 그것을 위해서 세워진 커다란 건물로 가서, 거기에서 그것을 위해서 준비된 특별한 모자들을 쓰고 여러 가지의 노랫소리에 맞추어서 세 번 작은 테이블의 둘레를 도는 것이라고 생각하게 하는 것입니다. 저희들은 오로지 이것만이 결혼이라고 불어 넣습니다. 그랬더니 인간놈들도 그것을 사실이라고 믿고 자연히 이 조건을 갖추지 않은 모든 남녀 관계는 그들에게 아무런 속박도 가하지 않는 단순한 향락이라든가, 아니면 위생적인 욕구의 만족에 불과하다고 생각하게 되어 저절로 아무도 꺼리지 않고 이 만족에 빠지게 되는 것입니다."

여자 같은 모습을 한 마귀는 부석부석한 얼굴을 다른 한쪽으로 기울인 채 베엘제불에 대한 자기 말의 효과를 기다리는 듯이 잠깐 동안 입을 다문 채 베엘제불을 바라보았다.

베엘제불은 알았다는 표시로 고개를 끄덕여 보였다. 그러자 여자 같은 마귀는 이야기를 계속했다.

"이 방법과 말입니다 또 하나는, 이전에 천국에서 쓰였던 금단의 나무 열매와 호기심을 불러일으키는 방법도 잊어버리지 않도록 씀으로 해서" 하고 그는 겉으로 보기에도 베엘제불에게 아양을 떠는 듯한 어조로 말을 이었다.

"우리들은 더할 나위 없는 성과를 거두고 있사옵니다. 인간들은 많은 여자와 관계를 맺고 난 뒤에도 훌륭히 교회 결혼을 할 수 있다고 생각하기 때문에 아내를 몇백 명이라도 태연히 갈아치울뿐더러 그 때문에 아주 음탕한 생활에 빠지고 말아서 교회 결혼을 하고 난 다음에도 같은 행동을 하고 있는 형편입니다. 만일 어떤 이유로 해서 이 교회 결혼의 조건이 되는 두서너 가지 조건이 거북하게 생각되는 것이 있기라도 하면, 그들은 두 번째 테이블 둘레 돌기를 해서 최후의 조건을 말소한다는 속임수까지 쓰고 있습니다."

여자 같은 모습을 한 마귀는 입을 다물었다. 그리고 입가에 가득 괸 침을 꼬리 끝으로 훔치더니 또 다른 쪽으로 머리를 기울이고 꼼짝 않고 베엘제불을 보았다.

7

"거 참, 간단해 좋다" 하고 베엘제불은 말했다.

"칭찬하는 바이다. 다음…… 강도 담당자는 누구냐?"

"소생이옵니다" 하고 구부러진 커다란 뿔이 돋치고, 위로 삐쭉 솟은 턱수염이 난, 그리고 커다란 두 다리가 꾸부정하게 구부러진 덩치 큰 마귀가 앞으로 내달으면서 대답했다.

이 마귀는 전의 마귀가 한 것처럼 앞으로 기어 나와서 군인처럼 두 손으로 팔자수염을 비틀어 올리면서 대마귀의 질문을 기다렸다.

"지옥을 파괴했던 그 사나이는" 하고 베엘제불은 말하기 시작했다.

"인간들에게 하늘의 새처럼 사는 방법을 가르치고, 바라는 자에겐 주고, 누가 겉옷을 빼앗거든 속옷마저 내어주라고 말하고, 구원을 받기 위해서는 재산을 나누어 줘야 한다고 말했다. 그런데 너희들은 도대체 어떻게 해서 이것을 들은 바 있었던 인간들에게 강도짓을 하도록 할 수 있었던가?"

"저희들은 그것을 하고 있습니다."

그 콧수염이 뻗친 마귀는 당당한 태도로 몸을 뒤로 젖히면서 말하기 시작했다.

"마치 저희들의 아버지요 명령자이신 당신께옵서 사울 왕을 선출할 때 하신 것처럼 저희들도 했던 것입니다. 마치 그때 당신께서 선동하신 것처럼 우리들은 인간들에게 서로 훔치기를 그만두게 하는 대신, 한 사람에게 모든 사람에 대한 절대적인 권력을 갖게 하여 그 한 사람에게 자기를 약탈하도록 허락하는 것이 유리한 것이라고 설득한 것입니다. 저희들이 하는 새로운 방식은 다름이 아니라, 이 한 사람이 그 약탈권을 가지게 하기 위해서 이 인간을 성전으로 데리고 가서 그 머리에다가 특별한 모자를 씌우고 높은 팔걸이 의자에 앉히고 그 손에 막대기와 둥근 것을 쥐어놓고, 몸을 깨끗이 하고 마음을 가다듬는 기름을 바른 뒤에, 성부와 성자의 이름으로 이 성유로 칠해진 인간을 신성한 귀인이라고 선언하는 것입니다.

그 때문에 이 신성한 사람에 의해서 행해지는 약탈은 아무리 해도 제한할 수가 없는 것입니다. 그래서 이 신성한 자와 그 제자, 그 제자의 또 그 제자라는 식으로 인간은 모두 태연하게 아무런 제한도 받지 않고, 또 계속적으로 사람들로부터 약탈하고 있는 것입니다. 게다가 또 거기서는 보통 기름 같은 것은 바르지 않아도 아무 하릴없이 빈둥빈둥 놀고 있는 소수의 인간이 언제나 벌받는 일 없이 노동 대중을 약탈하고 있는 것 같은 법률과 규칙이 마련되어 있습니다. 이리해서 근래에 와서는 두서너 나라에는 기름을 발라놓은 사람이 없더라도 그런 사람이 있는 나라와 같이 약탈이 계속되고 있는 것입니다. 그래서 사실은 지금 저희들이 쓰고 있는 방법은 우리들의 아버지이시며 명령자이신 당신께서 보시는 바와 같이 오래된 옛날 방법을 쓰고 있는 것입니다요. 다만 새로운 점이 있다면 우리들은 이 방법을 보다 일반적으로, 보다 눈에 뜨이지 않도록, 보다 널리 공간과 시간 속에 퍼뜨려서 보다 견고하게 했을 뿐입니다.

저희들이 이런 방법을 보다 일반적으로 했다는 것은 전에는 인간이 자기의 의지로 자기들이 뽑은 인사에게 복종하고 있었습니다만, 저희들은 지금 그들이 희망하는 것과는 전혀 관계없이 자기가 뽑은 사람이 아니라 닥치는 대로 아무 사람에게나 복종하게 만들었다는 점입니다.

또 이런 방법을 전보다 눈에 띄지 않게 했다고 하는 것은, 지금은 벌써 피약탈자들이 특별한 간접세라는 세금제도 덕분으로 자기의 약탈자들을 보지 않아도 된다고 하는 점입니다. 또 이런 방법이 전보다 공간적으로 더 널리 퍼져 갔다고 하는 것은 소위 그리스도교의 국민들이 자기 나라에 만족하지 않고 기괴하기 이를 데 없는 여러 가지 잡다한 구실 아래 특히 그리스도교의 보급 전파를 구실로 약탈할 만한 것을 가지고 있는 다른 나라 국민들 것까지도 약탈하고 있기 때문입니다.

시간적으로도 이 새로운 방법은 공채라든가 국채라든가 하는, 그런 제도의 덕분으로 전보다 더 널리 퍼져 있는 것입니다. 즉, 현재 살아 있는 것만이 아니고 후대의 사람들까지도 약탈을 당하게 되는 것입니다. 게다가 이 방법을 우리들이 전보다도 더 견고하게 했다는 것은, 약탈자의 우두머리들이 신성한 것으로 여겨져서, 사람들이 쉽사리 거기에 반항할 수 없게 되어 있습니다. 이름있는 약탈자가 그 기름을 약간이라도 바르기만 하면, 그는 당장 누구에게서도, 원하는 만큼을 태연하게 약탈할 수 있다는 것입니다.

이런 까닭으로 저는 한 때 시험삼아 러시아에서는 지극히 바보고, 무교육하고, 게다가 그들의 법률에 따라서 아무런 권리도 없는 방탕녀를 차례차례로 제왕의 위치에 올려놓아 본 적이 있었습니다. 그런데 그 마지막 여자 같은 것은 단순한 음녀였을 뿐 아니라, 남편이라든가 그 정당한 후계자까지를 죽였던 범죄자였습니다. 그래도 사람들은 그 여자가 기름을 받은 여자라고 하는 단순한 이유만으로 지금까지 남편을 죽인 다른 여자들처럼 콧구멍을 찢거나 채찍으로 치기는커녕, 30년 동안이나 노예처럼 복종하고 심지어는 수없이 많은 그녀의 정부들까지 국민의 재산과 자유를 약탈하도록 내버려 두었던 것입니다.

그 때문에 오늘날에는 표면적으로 눈에 보이는 약탈, 즉 강제로 지갑이라든가 말이라든가 옷 같은 것을 빼앗는 행위는 공공연하게 약탈을 행할 가능성을 지닌 사람들에게 있어 끊임없이 계속되고 있는 그 합법적인 약탈에 비하면 전체의 백분의 일이 될까말까하는 정도입니다. 그래서 오늘날은 벌을 받지 않는 숨은 약탈은 당연한 것처럼 되어 버리고 말았습니다. 따라서 사람들은 대개 그들이 살아가는 주요한 목적은 약탈이라고 생각하며 다만 그것이 약탈자 상호간의 투쟁에 의해서만이 어느 정도 완화된다고 생각하고 있는 형편입니다."

8

"응, 이것도 꽤 훌륭한 이야기다" 하고 베엘제불은 말했다.

"그런데 살인에 관한 것은 어떤가? 살인을 담당한 놈은 누구냐?"

"저입니다요."

이렇게 대답한 마귀는 앞니가 뻗고, 날카로운 뿔이 솟아 있는 얼굴을 흔들며, 두꺼우나 움직이지 않는 꼬리를 위쪽으로 쳐든 핏빛처럼 끔찍한 놈으로 무리 가운데서 앞으로 나섰다.

"너는 어떻게 해서 악을 악으로 갚지 마라, 원수를 사랑하라고 말한 사나이의 제자들을 살인자로 만들 수 있었는가? 도대체 너는 이런 인간들을 어떻게 해서 그렇게 만들었지?"

"저희들 역시 옛날 방법을 그대로 쓰고 있습니다." 빨간 마귀는 귀가 먹먹해질 정도로 쩡쩡 울리는 소리로 대답했다.

"즉 사람의 마음 속에 탐욕, 혈기, 증오, 복수심, 교만 따위를 불러일으켜서 말입니다. 그리고 이것도 옛날 방식 그대로 사람들의 교사들에게 모든 사람이 살인을 못하게 하는 가장 좋은 방법은 교사들 손으로 공개적으로 살인자를 죽이는 것이라고 생각토록 하는 것입니다. 이 방법은 우리들에게 살인자를 넘겨준다는 것보다는, 우리들을 위해서 살인자들을 마련해 주고 있다고 할 수 있을 것입니다.

가장 많은 살인자를 과거에 우리들에게 넘겨주고, 또 지금도 우리에게 넘겨주고 있는 것은 교회의 절대성과 그리스도교의 결혼과, 그리스도교적인 평등에 관한 새로운 가르침입니다. 교회가 절대적인 것이라는 가르침은 이전에는 가장 많은 살인자를 우리들에게 보내 주고 있었습니다. 무슨 짓을 해도 정당하다는 교회의 한 사람으로 자처하고 있던 사람들이 교리의 거짓 해설자에게 인간을 타락시키도록 내버려 둔다는 것은 범죄다, 따라서 이런 인간을 죽이는 것은 신에게 맞서는 일이라고 생각하고 있었던 것입니다. 그리고 그들은 모든 사람을 죽이든가 벌하든가 또는 몇천 만이나 되는 인간을 태워 죽이고 말았던 것입니다.

그런데도 이상한 것은 참된 가르침을 알아듣기 시작했던 사람들을 벌하든가 불에 태워 죽이든가 하던 사람들이 가장 위험하게 생각한 사람들이 놀랍게도 우리들의 수하, 즉 마귀들의 제자라고 생각하고 있다는 것입니다. 그래서 실제로 우리들에게 순종하는 하인이었던 인간들, 즉 사형에 처했던가, 불에 태워 죽였던가 한 인간들 자신은, 자기들을 신성한 하느님의 뜻을 실행하는 집행자라고 생각하고 있었던 것입니다. 옛날은 이와 같았습니다. 그런데 지금은 매우 많은 살인자를 우리들에게 주고 있는 것은 그리스도교의 결혼과 평등에 관한 가르침입니다. 결혼에 관한 가르침은 첫째로 부부는 서로, 어머니는 갓난애를 죽이라고 권하는 것입니다. 남편과 아내는 교회 결혼의 규정과 습관의 어떤 요구가 그들에게 귀찮게 생각되면 서로 죽이게 됩니다. 어머니가 애를 죽이는 것은 대부분 애를 낳게 된 근본인 결합이 결혼으로 인정되지 않는 경우입니다. 이런 살인은 끊임없이 널리 행하여지고 있습니다. 평등에 관한 그리스도교의 가르침에서 생긴 살인은 주기적으로 행하여지고 있습니다만, 그 대신 한번 행해질 때마다 대규모적입니다.

이 가르침에 의해서 사람들에게는, 법 앞에는 만인이 평등하다는 것을 불어넣어 주는 것입니다. 그런데 약탈을 당한 사람들은 그것이 정당하지 않다고 느낍니다. 그들은 이 법 앞의 평등이란 다만 약탈자에게 약탈을 계속하는 것이 편리하다는 점에서 성립된 것에 불과하다는 것을 알게 됩니다. 하지만 그들은 그들 자신이 그렇게 할 수 없기 때문에 분개한 나머지 약탈자들을 습격합니다. 거기에서 '서로 죽이기'가 시작되어 그것이 우리들에게 일순간 때로는 몇만 명이라는 살인자를 넘겨주는 결과를 가져오는 것입니다."

9

"그 전쟁의 살인이라니? 모든 사람을 한 아버지의 자식으로 보고 원수를 사랑하라고 가르친 사나이의 제자들을 너는 어떻게 해서 그쪽으로 끌고 갈 수 있었느냐?"

빨간 마귀는 이를 드러내고 히쭉 웃으며 입에서 불과 연기를 내뿜더니, 굵은 꼬리로 즐거운 듯이 자기 등을 탁탁 두들겨 보였다.

"저희들은 말입니다, 이렇게들 하고 있는 것입니다……. 우선 여러 나라 국민에 대해서 말입니다. 그들, 즉 그 국민이야말로 세계에서 제일가는 국민이다, 다시 말해서 '독일은 모든 국민의 위에 있다.' 프랑스, 영국, 러시아……. 너희 국민은 모든 다른 나라보다 위에 있다, 그러니 너희야말로 모든 다른 국민을 지배할 수가 있다고 바람을 넣는 것입니다. 이렇게 우리들이 모든 나라 국민들에게 같은 말을 불어넣기 때문에 그들은 자연히 항상 인접한 국가로부터 위협을 느끼면서, 1년 내내 국가 방위를 위해서 신경을 쓰고 서로가 적대 감정을 가지지 않을 수 없게 되는 것입니다. 한쪽에서 방위 준비에 피를 흘리며 애쓰고, 그 때문에 자기 이웃 나라에 원망을 품으면 그 다른 나라들도 모두 한층 더 방위에 부심하여 서로가 더욱 심하게 미워하는 것입니다. 우리들을 살인자라고 부른 사나이의 가르침을 좇는 사람들이 모두 언제나 살인 준비와 살인 그 자체를 주된 할 일로 삼고 있는 형편입니다."

10

"그렇구먼. 그것도 아주 근사한 방식이군그래!" 베엘제불은 오랜 침묵 끝에 말했다. "그러나 그렇다면 거짓으로부터 해방되어 제정신으로 돌아와 있는 학자들은 어째서 교회가 교리를 왜곡되게 풀이하고 있는 것을 알아내지 못하고, 또 그것을 부활시키려고 하지 않는가?"

"그건 그 학자란 것들이 그렇게 할 수 없기 때문입니다" 하고 앞으로 기어나오면서 자신만만한 어조로 말한 것은 넓적한 판자쪽 같은 얼굴을 한, 손발에 근육이라고는 전혀 찾아볼 수 없는 커다란 귀가 옆으로 삐죽이 나온, 검은색 마귀였다. 그도 망토를 걸치고 있었다.

"어째서 할 수 없었지?" 베엘제불은 망토 입은 마귀가 자신만만한 어조로 나오는 것이 못마땅한 듯 따지는 어조로 반문했다.

그러나 베엘제불의 이런 태도는 아랑곳없이 망토 입은 마귀는 다른 마귀들처럼 꿇어앉지도 않은 채 근육이 없는 팔다리로 팔짱을 끼고 당당하게 책상다리를 하더니 조용하고 담담한 어조로 거침없이 이렇게 말하기 시작했다.

"그들에게 그것이 안 되는 것은 내가 항상 그들의 주의를, 그들이 하는 짓을 알 수 있고, 또 필요한 일을 하는 것으로부터 동떨어지게 해서, 그것을 그들이 알 필요가 없는, 또 결코 알 수도 없는 것으로 관심을 기울이도록 하고 있기 때문입니다."

"너는 그걸 어떤 식으로 했지?"

"그것은 때에 따라 여러 가지 방법을 써 왔습니다" 하고 망토 입은 마귀는 대답했다. "옛날에 저는 그들에게 있어 가장 소중한 것, 예를 들면 삼위일체의 상호 관계라든가, 그리스도의 탄생이라든가, 그 자연성이라든가, 신의 특성이라든가 하는 것들을 그들이 자세하게 알아야 한다고 바람을 불어넣었던 것입니다. 그래서 그들은 오랫동안 여러 가지로 그런 것들에 대해서 토론하거나 증명하면서 싸우거나 화내곤 했습니다. 그리고 토론에 정신을 뺏긴 나머지 자기들이 어떻게 살아야 하느냐는 것을 전혀 생각하지 않았던 것입니다. 그런데 어떻게 살아야 하느냐를 생각하고 있지 않은 만큼 그들의 교사가 인생에 관해서 이야기한 것조차도 그들은 아랑곳하지 않게 되고 말았던 것입니다. 그후 그들이 토론 속에 너무 깊이 빠져들어가 버렸기 때문에 자기가 무엇을 말하고 있는지조차 이해할 수 없게 되었을 때, 나는 일부 사람들을 향해서 그들에게 가장 중요한 것은 천 년 전 그리스에 살았던 아리스토텔레스라는 인간이 쓴 것을 전부 연구하고 해명하는 일이라고 불어넣었습니다.

또 다른 학자들에게는 가장 중요한 것은 돈을 만들어 내는 돌이라고 말한 데 이어, 모든 병을 치료하고 인간을 죽지 않게 할 수 있는 묘약을 발견해 내는 것이라고도 생각하게 만들었던 것입니다. 그래서 그들 가운데 가장 현명한 학자들이 자기 지력 전부를 거기에다가 쏟기 시작했습니다. 그런데 말입니다. 여기에 흥미를 느끼지 못한 학자들에게는, 지구가 태양의 주위를 돌고 있는가? 아니면 태양이 지구를 돌고 있는가를 알아야 한다고 불어넣었던 것입니다. 그리해서 태양이 아니고 지구가 돌고 있다는 것을 알았을 때, 태양에서 지구까지 몇백만 베르스타가 된다고 계산했을 때 그들은 매우 기뻐하며 그때 이후 오늘날까지 한층 더 열심히 별에서 지구까지의 거리를 연구하고 있습니다만, 그들도 사실은 이 거리에는 끝이 없다는 것과 또 그 계산을 할 수 없다는 것, 그리고 별의 수효도 수없이 많다는 것 등, 그래서 그들은 도저히 알 수조차 없다고, 또 알 필요도 없다는 것을 알고 있는 것입니다.

그뿐만 아니라, 저는 또 그들에게 모든 짐승, 벌레, 식물, 모든 무한히 작은 생물이 어떻게 해서 생겨났는가, 그것을 아는 것도 매우 중요하고 필요한 일이라는 것을 불어넣어 주었습니다. 하기는 이런 것들도 마찬가지로 그들에겐 전혀 알 필요도 없는 것이고, 또 그것을 알 수 없다는 것은 매우 명확한 사실입니다. 아무튼 생물의 수효는 별의 수효처럼 무한히 많기 때문에 당연하지만, 그들은 어리석게도 이러한 물질 세계의 여러 가지 현상 연구에 자기들의 지력을 있는 대로 기울여 자기들이 알 필요가 없는 것을 알면 알수록 오히려 자기들이 모르고 있는 것이 점점 더 많아지는 데 놀라 정신을 차리지 못하고 있는

것입니다.

그리고 그들의 연구가 계속됨에 따라 그들이 알아야 할 미지의 영역이 더욱 더 넓어지고 연구의 대상 또한 더욱더 복잡해져서 그들에 의해서 밝혀진 지식도 점점 더 생활에 응용할 수 없는 것이 되어 버리고 말 것은 뻔한 일인데도, 그들의 마음은 조금도 흔들리지 않은 채 오직 자기가 하는 일만이 중요하다고 믿으면서 여전히 연구하든가, 선전하든가, 쓰든가, 인쇄하든가, 또는 대부분 아무런 소용에도 닿지 않는 자기들의 연구와 논문을 다른 외국어로 번역하든가 하고 있습니다. 개중에는 혹 무엇엔가 소용이 되는 것도 있지만, 대개는 다만 소수의 부자들에게 심심풀이가 되든가 할 뿐으로 도리어 수많은 가난한 사람들에게는 더욱더 나쁜 결과를 가져오는 데 불과한 것들뿐입니다.

그래서 그들에게 가장 필요한 것 중 하나는 그리스도가 가르침에서 보인 '생의 법칙'의 확답이라는 것도 이젠 결코 깨닫지 못하게 하기 위해 저는 그들에게 이렇게 바람을 넣었습니다. 그들은 정신 생활의 법칙을 알 수 없다, 모든 종교적인 교리는 물론 그리스도의 교리까지 포함해서 망상이고 미신이다. 그러나 그들이 어떻게 살아야 하느냐 하는 것을 안다는 것은 그들을 위해서 제가 생각해 낸 사회학이라고 불리는 학문, 즉 옛날 사람들이 얼마나 여러 가지의 그릇된 생활을 해왔던가를 연구하는 것으로 해서 성립되는 학문에 의해서만 이룩될 수 있다는 것을 불어넣어 주었습니다. 너희가 그리스도의 가르침에 따르는 것으로 좋은 인생을 살고자 노력하는 것은 불필요한 일이다, 너희는 오직 옛사람들의 생활을 연구하기만 하면 된다, 그 연구에서 생활의 일반적인 법칙을 끌어낼 수가 있고 잘 살기 위해서는 다만 자기 생활에서 자기들이 생각해 낸 이들 법칙에 순응하는 것만이 중요하다는 생각을 하기에 이른 것입니다.

그래서 저는 한층 더 그들을 허위에 붙들어 매어 두기 위해서 어느 정도 교회의 가르침과 비슷한 것, 다시 말해 그들의 세상에서는 과학이라고 부르는 지식의 계승성이 존재하고 있어서, 이 과학의 주장은 교회의 주장과도 같이 완전무결한 것이라는 것을 불어넣었습니다. 그런데 과학의 사도라고 알려져 있는 사람들이 자기의 완전 무결을 믿게 되자마자 한낱 자연의 이치로 불필요할 뿐 아니라 때로는 어리석기 그지없는 의견을 그들은 의심할 수 없는 진리로 세상에 선언하게 되었습니다. 그리고 그것은 일단 그들이 입 밖에 낸 이상 두 번 다시 부정할 수 없는 것이 되고 마는 것입니다. 즉, 이것 때문에 말입니다, 저는 이렇게 말하기를 주저하지 않을 수 없습니다. 제가 그들을 위해서 생각해 낸, 예의 그 과학에 대한 경의와 노예적인 굴종들을 그들에게 불어넣고 있는 동안은 그들은 결코 한때 위태롭게도 우리들을 파멸시킬 뻔했던 그 가르침을 납득할 수가 없을 것이라고 말입니다."

11

"매우 좋도다. 애썼다" 하고 베엘제불은 말했다. 그의 머리는 빛났다.

"너희들에겐 상을 줄 만한 가치가 있다. 나는 충분히 너희들에게 상을 주겠다."

그러자, "아니, 그러면 당신께선 저희들은 생각하지 않으십니까……?" 하고 나머지 마귀들, 여러 가지 색의 작은 놈, 큰 놈, 다리가 굽은 놈, 뚱뚱한 놈, 비쩍 마른 놈들이 와글와글 떠들어대는 소리가 귀청을 찌를 듯했다.

"너희들은 무엇을 했느냐 말이야?" 하고 베엘제불이 묻는다.

"저는 기술 개선 담당입니다."

"저는 분업 담당입니다."

"전 교통 담당입니다."

"아, 전 서적 출판 아닙니까……?"

"전 예술 담당."

"전 말입니다, 의술이지요."

"전 문화 담당입니다."

"저는 교육 담당요."

"저로 말하면 인간 교정 담당……."

"전 마취 담당입니다."

"전 자선 단체의……."

"저는 사회주의 쪽을 담당한……."

"저는 여권 신장 담당이에요."

그들은 너도나도 갑자기 베엘제불의 코 앞에 다가가서 서로 밀치락달치락거리며 지껄이기 시작했다.

"모두 간단히, 하나씩 말해 봐!" 베엘제불은 소리쳤다. "너!" 하고 그는 기술 개선 담당 마귀를 향해서 말했다.

"그래 넌 무엇을 했지?"

"저는 인간들에게 되도록 물건을 많이, 또 빨리 만들게 되면 그만큼 그들의 생활이 윤택해질 것이라고 바람을 넣었습니다. 그래서 인간들은 물건을 만들어내기 위해 자기 생활을 돌보지 않고, 그 물건은, 그것을 만들게 하고 있는 사람들에게도 불필요할 뿐더러 또 만들고 있는 사람들이 손도 댈 수 없는 것임에도 더욱더 많이 만들게 하고 있습니다."

"좋아. 그럼 너는?"

베엘제불은 분업 담당 마귀 쪽으로 얼굴을 돌렸다.

"저는 사람들에게 물건을 만드는 데는 사람의 손보다도 기계를 쓰는 편이 빠르니까 인간을 기계로 바꿔 버릴 필요가 있다고, 불어넣고 있습니다요. 그래서 그들은 그것을 실천하고 있습니다. 그런데 기계로 바뀐 사람들은 자기들을 그렇게 만든 인간들을 미워하고 있습니다."

"응, 그것도 좋다. 그리고 넌?"

베엘제불은 교통 담당 마귀에게 말을 걸었다.

"저는 인간들에게 그들이 행복해지기 위해서는 되도록 빨리 이곳에서 저곳으로 옮길 필요가 있다고 바람을 넣었습니다. 그래서 인간들은 저마다 제나름의 장소에서 자기의 생활을 향상시키는 대신 생활의 대부분을 이 고장에서 저 고장으로 옮겨다니는 것으로 세월을 보내게 하고 있습니다. 그리고 그들은 자기들이 한 시간에 50베르스타 이상이나 움직이며 돌아다닐 수 있는 것을 커다란 자랑으로 생각하고 있습니다."

베엘제불은 그것도 칭찬해 주었다.

서적 출판 담당 마귀가 앞으로 나왔다. 그의 설명에 의하면 그의 일은, 되도록 많은 사람들에게 이 세상에서 행해지든가 쓰여지든가 하는 모든 더럽고 어리석은 일을 전하는 것이라고 말했다.

예술 담당 마귀는, 자기는 인간의 고조된 감정의 위안과 고무를 가장하여 그들의 악덕을 매혹적인 형식으로 그리면서도 그것을 묵과하고 있는 것이라고 설명했다.

의술 담당 마귀는 설명하기를, 자기들 일은 인간에게 있어서 가장 필요한 일은 자기 육체에 대한 배려라는 식으로 생각하도록 바람을 넣는 데 있다고 말했다.

그런데 자기 육체에 대한 배려에는 한이 없기 때문에 의학의 도움을 얻어서 자기 몸만을 생각하고 있는 사람들은 다른 사람의 생활에 대한 것은 고사하고, 자기 자신조차도 잊어버리고 말리라는 것이었다.

문화 담당 마귀는 자기는 사람들에게 기술 개선 담당, 분업 담당, 교통 담당, 서적 출판 담당, 예술 담당 등의 마귀가 관리하고 있는 모든 일을 이용하는 것이야말로 하나의 사업이라는 것과, 이 모든 것을 이용하는 사람들은 충분히 자신에게 만족하고 있기 때문에 그 이상 잘 되어 보려고 노력할 필요가 없다는 것 등을 불어넣어 주고 있다고 설명했다.

교육 담당 마귀는 사람들에게 인간은 비록 나쁜 생활을 하더라도 아이들에게는 좋은 생활을 가르칠 수 있다고 바람을 넣어 주고 있다고 말했다.

인간 교정 담당 마귀는, 자기는 사람들에게 인간은 그 자체가 부덕한 몸이기는 하지만 타인의 악덕은 바로잡을 수가 있다고 가르친다고 했다.

마취계의 악마는 말했다. 자기는 사람들에게 보다 더 잘살아보려고 노력하는 동안 그에 대한 고통을 면하기 위해서는 술이라든가, 담배라든가, 아편이라든가, 모르핀 같은 마약의 영향으로 자기를 잊는 것이 제일이라고 가르치고 있다고 했다.

또 자선 담당 마귀는 이렇게 말했다. 자기는 사람들에게 많은 물건을 약탈하면서도 약탈당한 자에게 그 일부를 주는 사람만이 덕이 있는 사람일 뿐 행동을 고칠 필요까지는 없다고 바람을 넣어 그들로 하여금 선의 세계에 들어가지 못하게 한다고 했다.

사회주의 담당 마귀는 득의만면해서 자기는 최고 인간 생활의 사회체제 이름으로 계급 간의 적대 의식을 불러일으키고 있다고 자랑하는 것이었다.

여권 신장 담당 마귀도 콧대를 세우고 생활 조직을 한층 더 좋게 하기 위해서 자기는 계급 투쟁 외에도 이성 상호 간의 반목까지 불러일으키고 있다고 자랑했다.

"저는 안락 담당으로서…… 저는…… 유행 담당으로서!" 하고 또 다른 마귀들도 베엘제불 쪽으로 다가들면서 마구 떠들어 대기 시작했다.

"도대체 너희들은 과연, 내가 늙어서 망령이라도 들어서, 인생에 관한 가르침이 거짓으로 되는가 안 되는가를, 또 너희들에게 해가 되었던 모든 것이 당장 유익하게 변하리라는 것을 모르고 있다고 생각하느냐?"

베엘제불은 이렇게 외치더니 크게 소리내어 웃었다.

"이젠 그만해 둬! 모두들. 여하튼 고맙다."

이렇게 말한 그는 한 번 날개를 치더니 벌떡 일어났다. 마귀들은 베엘제불을 둘러쌌다. 마귀들이 연결되어 있는 한쪽 끝에는 어깨에 망토를 걸친 마귀 즉 교회의 발명자가 있고, 다른 한 쪽에는 긴 망토를 걸친 마귀 즉 과학의 발명자가 서 있었는데 이 두 마귀가 서로 손을 잡자 그들은 하나의 원이 되었다.

거기서 마귀들은 큰 소리로 웃고 캑캑거리고 쇳소리를 내면서 휘파람을 불기도 하고 깡충깡충 뛰면서 꼬리를 젓기도 하고 떨기도 하면서 베엘제불 주위를 빙빙 돌아가면서 춤을 추었다. 베엘제불은 또 날개를 펼치고 흔들면서 일동의 한가운데서 발을 높이 들고 춤을 추는 것이었다.

위쪽에서는 아비규환의 비명과 신음, 이를 가는 소리가 들려오고 있었다.

악마의 일은 아름답고 신의 일은 까다롭다

옛날에 착한 주인이 살고 있었다. 그에게는 많은 재산과 노예가 있었으며, 노예들은 자기들의 주인을 자랑으로 여기고 있었다. 그들은 이렇게 말했다.

"이 세상에 우리 주인 같은 분은 또 없다. 주인은 우리들을 먹여 살리고, 좋은 옷을 입히고, 우리 힘에 맞는 일을 시키며 누구 하나 야단치거나 모욕을 주는 일이 없을 뿐 아니라, 누구에게도 악의를 가지지 않았다. 다른 주인들이 자기네 노예들을 마소처럼 부려먹고, 잘못이 있건 없건 벌을 주고 상냥한 말 한마디 걸지 않는 것과는 비교가 안 된다. 우리 주인은 우리들을 위해서 선을 바라고 자비를 베풀며 친절한 말을 해주고 있다. 우리들로서 이 이상 더 만족하고 좋은 생활을 바랄 수 있겠는가."

노예들은 이렇게 자기들의 주인을 자랑하고 있었다. 그런데 마귀들은 이 노예들과 주인이 애정을 가지고 사이좋게 지내는 것을 마땅찮게 여겼다. 그래서 마귀들은 그 주인의 노예인 아레예프를 자기들 편으로 만들려고 했다.

그리고 계획대로 그를 꾀어 손에 넣자 그에게 우선 다른 노예들을 유혹해서 끌어들이라고 명령했다. 이렇게 해서 하루는 노예들이 모두 쉬면서 자기들의 주인을 칭찬하고 있을 때 갑자기 아레예프가 소리높여 말했다

"야아, 형제들아! 내 말좀 들어 봐. 너희들은 우리 주인의 친절을 무턱대고 칭찬만 하고 있는데 말야. 마귀라도 이 편에서 싹싹하게 굴면 친절하게 해준단 말이다. 우리들은 우리 주인에게 일을 잘해주고, 만사 그의 마음에 들도록 굴고 있지. 주인이 생각해 내는 일이면 무엇이든 우리는 곧 그의 마음을 알아채곤 그것을 척척 해냈단 말이다. 그러니 어떻게 그 사람이 우리들에게 친절하지 않을 수 있겠는가? 그러니까 말이야, 어디 한번 모두 그 사람의 뜻을 맞추는 것을 그만두고, 뭔가 나쁜 짓을 해보잔 말이다. 우리 주인도 틀림없이 다른 주인들처럼 될 것이야. 그러면 우리들의 나쁜 짓에 대해서 세상의 가장 나쁜 주인보다도 더 가혹하게 보복해 올 테니 어디 두고 보란 말이다."

이 때문에 다른 노예들은 아레예프와 언쟁을 시작했다. 한참 싸우고 난 뒤 내기를 했다. 그래서 아레예프가 선량한 주인의 화를 돋워 보기로 했다. 그리고 그 내기 조건으로 주인을 화나게 할 수 없으면 축제일에 입을 새 옷을 내주기로 약속했다. 또한 모두는 아레예프를 주인으로부터 지키기로 했다. 만일 주인이 그를 쇠사슬에 채운다든가 옥에 가두기라도 하면, 모두가 그를 구출해 내기로 약속했다.

이렇게 결정되자 아레예프는 다음날 아침이 되자마자 주인의 화를 돋우겠다고 장담하고 나섰다.

양치기 아레예프는 그 집에서 가장 좋은 양을 맡고 있었다. 이튿날 아침, 주인은 때마침 손님들을 모시고 양우리에 들러 자기가 귀중하게 여기고 있는 비싼 양을 보이려고 했다. 그러자 마귀의 부하가 된 노예는 친구들에게 곧 눈짓을 했다.

"자, 보라구. 이제 곧 주인을 화나게 만들어 보일 테니."

모여든 노예들은 모두 문께라든가 담 너머에서 그가 어떻게 하는가 지켜보았다. 그때 마귀 역시 나무 위에 올라앉아서 뜰 가운데를 내려다보고 있었다. 부하 노예가 자기에게 어떤 식으로 충성을 다하는가를 살펴보려는 것이다.

주인은 뜰안을 돌면서 손님들에게 먼저 암양과 새끼양을 보였다. 그런 다음, 자기가 가장 좋다고 생각하는 숫양을 보여줄 차례가 되었다.

"다른 양도 좋기는 합니다만, 저기 저, 저기에 있는 뿔이 굽은 놈, 저건 가격을 말할 수 없을 정도로 좋은 놈입니다. 저에게는 제 눈보다도 소중하다 할 것입니다."

양들은 암수놈 모두 사람들 곁을 피해 뜰안을 뛰어다니고 있어서 손님들은 비싼 숫양을 자세히 분간해 볼 수가 없었다.

간신히 그 양이 뛰어돌아다니기를 멈추고 풀이라도 뜯으려 하면 예의 그 마귀 부하가 일부러 암양들을 놀라게 하기 때문에 곧 또 모두 한무리 속으로 섞여 버리고 마는 것이었다. 그래서 손님들은 어느 놈이 그 비싼 양인지 알아볼 수가 없었다. 그 바람에 주인의 입장은 난처해졌다. 주인은 이렇게 말했다.

"이봐, 아레예프. 수고스럽지만 너 저놈을 말이야, 저 가장 소중한 뿔이 굽은 숫양 말인데, 조심해서 냉큼 붙잡아가지고 잠깐 동안만 붙들고 있어 주지 않겠나?"

그러자 아레예프는 주인의 말이 떨어지기 무섭게 사자처럼 양들이 떼지어 있는 속으로 뛰어들어갔다. 그러고는 그 비싼 양의 북실북실한 털을 붙들어가지고 누른 뒤 곧 한쪽 손을 양의 왼쪽 뒷다리에 걸어 그것을 위로 쳐들고는 직접 주인의 눈앞에서 한쪽 다리를 위쪽으로 향해서 비틀었다. 양의 다리는 나뭇가지처럼 '딱' 하고 부러졌다. 아레예프는 그 비싼 양의 한쪽 다리의 무릎 아래께를 그만 부러뜨리고 만 것이다.

양은 '메에메에' 하고 울기 시작하더니 앞다리의 무릎을 땅에 끌다가 넘어져 버렸다. 아레예프가 오른쪽 다리로 바꾸어 쥐니까, 왼쪽 다리가 갑자기 구부러지면서 또한 끄나풀처럼 축 늘어졌다. 손님도, 노예들도 모두 '앗' 하고 소리를 질렀지만, 아레예프가 솜씨 좋게 재빨리 자기 명령을 이행해 준 것에 만족한 마귀만은 더없이 기뻐했다.

주인의 얼굴은 어둠보다도 더한 흙빛이 되었다. 눈살을 찌푸리고, 고개를 떨군 채 한 마디 말도 하지 않았다. 손님도 노예들도 입을 다물고 있었고……. 모두 다음엔 또 무슨 일이 일어날 것인가를 기다리고 있었다.

주인은 한참 동안 그대로 있다가, 이윽고 그 몸에서 무언가를 떨어 버리기라도 하려는 듯이 몸을 떨어 보이더니, 고개를 들고는 하늘을 뚫어질 듯이 바라보았다. 잠깐 동안이었다.

그리고는 시선을 아레예프에게 돌렸다. 그는 아레예프를 보고 만면에 웃음을 띤 채 말했다.

"야아, 아레예프, 아레예프! 네 주인은 너에게 나를 화나게 하라고 명령했구먼. 그러나 내 주인은 네 주인보다 강하단 말야. 너는 나를 화나게 할 수는 없었지만, 나는 너의 주인을 화나게 해보이겠다. 너는 나에게 벌받기를 무서워하는가 하면 자유로워지고 싶다고 생각하고 있었지, 안 그래? 아레예프. 그런데 말이야, 알겠나? 아레예프, 나는 너에게 벌을 내리지 않겠다. 그보다도 너는 벌써부터 자유로워지기를 바라고 있었으니, 나는 지금 여러 손님들이 계신 앞에서 너를 자유로이 해주겠다. 너는 네가 입을 축제일의 새 옷을 가지고 자유롭게 아무 데라도 가도록 해라."

이렇게 말하고 나서 선량한 주인은 손님들과 함께 집안으로 들어가 버렸다. 마귀는 이를 갈면서 억울해하다가 나무 위에서 굴러 떨어지더니, 땅속으로 쑤시고 들어가 버리고 말았다.

형제와 금화

옛날, 아주 오랜 옛날, 예루살렘에서 그리 멀지 않은 곳에 아파나시란 형과 요한이란 동생이 살고 있었다. 그들은 거리에서 그리 멀지 않은 산에 살면서 사람들로부터 받은 적선으로 살아가고 있었는데, 형제는 매일같이 노동을 하면서 지냈다. 그러나 그들은 자기들의 일을 하는 것이 아니라 가난한 사람들의 일을 해주었다. 일을 못해 곤란을 겪고 있는 사람이라든가, 병자, 또는 고아, 과부들이 있는 곳에는 어디든지 자진해 가서 품삯도 받지 않고 일을 해 주고 돌아왔다. 이렇게 형제는 1주일 동안을 떨어져서 일하다가, 토요일 밤에는 집으로 돌아와 형제가 다시 만나는 것이었다. 그래서 일요일만은 하루 종일 집에 있으면서 기도를 드리기도 하고, 이야기를 주고받기도 했다. 그래서 하늘 나라의 천사도 이들에게 내려와서 그들을 축복하곤 했다.

그러다가 다시 월요일이 되면 형제는 저마다 자기들이 가야 할 곳을 찾아가곤 했다. 형제는 여러 해를 두고 긴 세월을 이렇게 생활해 왔고, 그동안에 하늘의 천사는 매주 형제가 있는 곳에 내려와서 그들을 축복해 주었다.

어느 월요일의 일이었다. 형제는 일하러 가기 위해 집을 나와 저마다 제가 가야 할 곳을 향해 헤어졌다. 형 아파나시는 사랑하는 동생과 헤어져 가는 것이 갑자기 아쉽게 여겨져 걸음을 멈추고 뒤돌아 보았다. 그런데 요한은 머리를 숙이고 자기가 갈 길만 갈 뿐 뒤는 돌아보려고도 하지 않았다. 그런데 갑자기 요한이 발길을 멈추더니 뭔가 발견한 듯이 한 곳을 자세히 바라다보고 서 있었다. 그러더니 그는 바라보던 곳을 향해서 다가갔다. 이번엔 갑자기 흠칫 놀라며 뒤로 물러서더니 뒤도 돌아보지 않고 산기슭을 향해서 급히 뛰어 달아났는데, 마치 맹수에 쫓기기라도 하는 듯이 산기슭에서 산 위로 달려 올라가기 시작했다. 아파나시는 웬일인가 싶어 그쪽으로 되돌아가 보았다. 무엇이 동생을 그처럼 놀라게 했던가! 그 원인을 알아보기 위해서였다. 그런데 바로 가까이 가본즉 그곳엔 무언가 햇빛에 번쩍번쩍 빛나는 것이 있었다. 한 걸음 더

다가서 보니까, 마치 여러 말 쏟아놓은 것처럼 한 무더기의 금화가 풀 위에 쌓여 있었다……. 그래서 아파나시는 이 금화를 보고도 놀랐지만, 또 동생이 뛰어달아난 것에도 더욱더 크게 놀랐다.

"도대체 동생은 어째서 그렇게 놀랐을까? 어째서 무엇 때문에 그렇게 달아났던 것일까?"

아파나시는 생각했다.

'금화에 무슨 죄가 있느냐? 죄는 사람에게 있는 것이다. 금화는 악을 행할 수도 있고 선을 행할 수도 있다. 도대체 이 금화를 가지면 얼마나 많은 고아나 과부들을 어려움에서 구할 수 있까? 얼마나 많은 벌거벗은 사람들에게 옷을 입힐 수 있겠는가? 또 얼마나 많은 병자나 불구자들을 고칠 수 있겠는가? 지금 우리들은 사람들을 위해서 일을 하고 있지만, 그 일이란 것은 우리들의 힘이 부족하기 때문에 지극히 적은 것이다. 그러나 이 정도의 돈만 있다면 우리들은 더 많이 세상 사람들을 위해서 도움을 줄 수 있다.'

이렇게 생각한 아파나시는 그것을 동생에게 말하고 싶었다. 그러나 요한은 이미 불러도 들리지 않을 먼 곳까지 가버렸기 때문에 지금은 그저 그 모습만이 산꼭대기에 무당벌레처럼 조그마하게 보일 뿐이었다.

그래서 아파나시는 자기의 윗옷을 벗어서 가지고 갈 수 있을 만큼의 금화를 담아가지고는 어깨에 메어 읍까지 갔다. 여인숙에 도착하자 그는 주인에게 금화를 맡기고 남은 돈을 가지러 또 갔다. 그리고 금화를 전부 옮기고 나자 이번엔 상인을 찾아가서 읍에 있는 땅을 사고 돌과 재목을 사들여 삯꾼을 모아 세 채의 집을 짓기 시작했다. 아파나시는 이렇게 석 달 동안을 읍에서 지내면서 거기에 집을 지었던 것이다.

한 채는 과부와 고아들을 위한 양육원, 또 한 채는 병자와 불구자를 위한 병원, 나머지 한 채는 순례자나 거지들을 위한 수용소였다. 그리고 아파나시는 세 사람의 신앙심이 깊은 노인을 골라서 한 사람은 양육원, 한 사람은 병원, 또 한 사람은 수용소의 감독을 하게 했다. 그래도 아직 금화가 3천 개나 아파나시의 손에 남아 있었다. 그래서 그는 노인 한 사람 한 사람에게 천 개씩 줘서, 그것을 가난한 사람들에게 나누어 주도록 했다.

곧 세 채의 집에는 사람들로 가득 찼고, 그리고 세상에서는 아파나시가 한 모든 일에 대해서 그를 칭찬하기 시작했다. 아파나시도 그것이 기뻐서 어쩔 줄을 몰라 잠깐이라도 읍을 떠나고 싶은 생각이 들지 않을 정도였다. 그러나 아파나시는 동생을 사랑하고 있었기 때문에 사람들에게 작별을 고하고, 자기는 한푼의 금화도 안 가진 채 읍에 올 때 입었던 헌 옷을 다시 걸친 채 자기가 살던 집을 향해 되돌아갔다. 아파나시는 자기 집이 있는 산에 가까이 이르자 이렇게 생각했다.

'동생이 금화를 보고 질겁해서 피해 멀리 달아나 버린 것은 잘못된 생각이었다. 역시 내가 한 행동이 잘한 일이지 않았을까?'

아파나시는 이렇게 생각하면서 우연히 앞을 보자 언제든지 그들 형제를 축복해 주곤 하던 천사가 길 앞에 서서 자기를 나무라는 듯한 눈초리로 바라보고 서 있는 것이 눈에 띄었다. 아파나시는 제정신을 잃고 멍청히 서서 다만 이렇게 말했다.

"왜 그러십니까 주여!"

그러자 천사는 입을 열었다.

"여기서 떠나라! 너에게는 네 동생과 같이 살 자격이 없다. 네 동생이 그 금화를 보고 뛰어 달아난 행동은 네가 그 금화를 가지고 한 모든 일보다도 몇십 몇백 배나 더 존귀한 것이다."

그래서 아파나시는, 자기가 얼마나 많은 가난한 사람과 순례자들을 도왔던가, 얼마나 많은 고아와 과부들을 돌보아 주었던가를 이야기하기 시작했다. 그러나 천사는 그에게 말했다.

"그건 말야, 너를 유혹하기 위해서 그 금화를 거기에 갖다놓은 마귀가 너에게 가르쳐 준 말이다!"

그때 양심이 아파나시의 죄를 입증했기 때문에 그는 자기가 그런 일을 한 것은 하느님을 위한 것이 아니었다는 것을 깨닫고 울기 시작했고, 그리하여 회개했다. 그러자 천사는 자진해서 다가와 그의 갈 길을 열어 주었다. 그러자 벌써 거기에는 형을 기다리고 있는 동생 요한이 서 있었다. 그래서 그때부터 아파나시는 금화를 뿌려 주는 마귀의 유혹에 지지 않고 하느님과 사람들에게 봉사하는 길은 돈에 의해서가 아니라, 다만 노동만으로 해야 한다는 것을 깨달았다.

그래서 이 형제는 그전처럼 노동하는 생활을 계속해 나아갔다.

두 아들

이반이라는 노인에게 샤트 이바노비치와 돈 이바노비치라는 두 아들이 있었다. 샤트 이바노비치가 형인데 힘도 세고 체격도 건장했다. 그에 비해 동생인 돈 이바노비치는 키도 작고 힘도 매우 약했다. 그런데 이들 형제에게 아버지는 저마다의 나아갈 길을 가르쳐준 다음, 가르쳐준 대로 걸어가라고 말했다. 샤트 이바노비치는 아버지의 말을 듣지 않았다. 아버지가 가르쳐준 길로 가지 않다가 길을 잃어버렸고, 마침내는 길을 찾을 수가 없게 되었다. 돈 이바노비치는 아버지의 말을 듣고, 그가 가르쳐준 쪽으로 걸어갔다. 그래서 그는 넓은 러시아 땅을 가로지르면서 크게 이름을 떨쳤다.

뚤라 도(道)의 에피판스키 군(郡)에 이반(오델로)이라는 마을이 있었다. 그 마을에 우물이 있는데 그곳으로부터 양쪽 방향으로 두 개의 작은 개울이 흘러나갔다. 하나는 건너뛸 수 있을 정도로 좁은 개울이며, 돈이라 불린다. 또 하나는 규모가 훨씬 큰 것으로 샤트라 불린다.

돈은 똑바르게 흐르며, 앞으로 나아가면 나아갈수록 넓어진다. 샤트는 이리저리 휘어져 있다.

돈은 넓은 러시아 땅을 흘러 아조프 바다로 나온다. 그곳에는 물고기가 많으며 범선과 기선이 지나다닌다.

샤트는 저쪽으로 구불구불, 이쪽으로 구불구불해서 결국은 툴라 도(道)에서 밖으로 나가지를 못하고 우파 강으로 흘러들고 만다.

독수리

바다에서 한참 떨어진 곳에 커다란 길이 지나는 곳에 한 마리의 독수리가 길가 나무에 둥우리를 짓고 새끼를 길렀다.

그러던 어느 날이었다. 나무 옆에서 사람들이 일을 하고 있었다. 그때, 독수리가 커다란 물고기를 물고 둥우리로 돌아오고 있었다. 사람들은 물고기를 보자마자 나무를 둘러싸고 고함을 치기도, 또 독수리를 향해 돌을 던지기도 했다.

독수리는 물고기를 떨어뜨렸다. 사람들은 그것을 주워서 갖고 가버렸다.

독수리는 둥지 끝에 앉았다. 새끼들은 고개를 쳐들고 삐익삐익 울면서 먹을 것을 달라고 졸라댔다.

독수리는 너무 지친 나머지 또다시 바다로 날아갈 수 없을 것 같았다. 독수리는 둥지 속으로 들어가 날개를 펼쳐 새끼들을 감싸고 이것저것 돌보거나 날개를 정돈해주거나 했다. 그것은 마치 이제 조금만 기다리라고 말하는 것처럼 보였다. 하지만 부드럽게 해주면 해줄수록 새끼들은 더욱 크게 울어대기만 했다.

그러자 독수리는 날아올라 가장 높은 가지에 앉았다. 새끼들은 한층 불쌍하게 삐이, 삐이 울기 시작했다. 그때, 독수리는 갑자기 한층 높은 소리로 울더니 날개를 펼치고 바다를 향해 천천히 날아올랐다.

독수리는 저녁때가 되어 간신히 돌아왔다. 지면 가까이 천천히 날아왔다. 그의 발톱에는 또다시 커다란 물고기가 쥐어져 있었다.

나무 옆에까지 오자 독수리는 주위를 살펴보면서 가까이에 또 사람들이 있는지를 확인한 뒤에 날개를 접고 둥우리 가장자리에 내려앉았다.

새끼들이 고개를 쳐들고 입을 잔뜩 벌리자 독수리는 물고기를 찢어서 새끼들에게 먹였다.

천 개의 금화

어떤 부자가 금화 천 개를 가난한 사람들에게 나눠주고 싶어했다.

그러나 어떤 가난한 사람에게 그 돈을 주어야 할지 몰라서 사제에게 가서 이렇게 말했다.

"가난한 사람들에게 금화 천 개를 주었으면 합니다만 누구에게 주어야 할지 모르겠습니다. 이 돈을 받아주시지 않겠습니까. 적당한 사람에게 나눠주셨으면 합니다."

사제는 말했다.

"이것은 엄청나게 큰돈입니다. 저도 누구에게 줘야 좋을지 모르겠습니다. 어떤 사람에게는 너무 많이, 또 어떤 사람에게는 적게 주는 일이 있을 수도 있습니다. 이 돈을 어떤 가난한 사람에게, 어느 정도씩 나눠주실 생각인지 말씀해 주시지 않으시겠습니까."

부자는 대답했다.

"당신은 그것을 모를지 모르지만 하느님은 아실 것입니다. 그렇군요, 맨 처음으로 당신을 찾아온 사람에게 돈을 건네주십시오."

그 성당 구역에 한 가난한 사람이 있었다. 그 사람에게는 많은 아이들이 있었지만 병이 들었기 때문에 일을 하려해도 일을 할 수가 없었다. 그러던 어느 날, 그 사람이 시편을 읽고 있으려니 다음과 같은 글귀가 쓰여 있었다.

> 내가 젊었을 때에도, 또 늙은 지금에도,
> 정의로운 자가 버림을 당하거나,
> 그의 자손이 먹을 것을 청하는 것을 본 일이 없다.

가난한 사람은 생각했다.

"이 말대로 나는 하느님께 버림을 당한 것은 아닐까. 나쁜 짓 따위는 무엇

한 가지 한 적이 없지 않은가. 그래, 사제님에게 가서 어째서 성경에 이런 거짓말이 쓰여 있는지를 물어보아야겠다."

가난한 사람은 사제를 찾아갔다.

사제는 그 사람에게 이렇게 말했다.

"이 가난한 사람이야말로 맨 처음으로 나를 찾아온 사람이다."

그러면서 부자에게서 맡아두었던 천 개의 금화를 남김없이 그 사람에게 건넸다.

평등한 유산

어떤 상인에게 아들이 둘 있었다. 아버지는 맏아들이 마음에 들었으므로 맏아들에게 유산을 모조리 남겨주고자 했다. 어머니는 작은 아들을 좋아했으므로 한동안 유산 분배에 관해 아들들에게 말하지 말아달라고 남편에게 부탁했다. 어머니는 어떻게 해서든 둘에게 똑같이 유산을 나눠주고 싶었던 것이다. 상인은 아내의 청을 받아들여, 마음속으로 정한 것을 아들들에게 말하지 않았다.

그러던 어느 날, 어머니가 창가에 앉아서 울고 있으려니 한 순례자가 창가로 다가와서 물었다.

"어째서 울고 계십니까?"

어머니는 대답했다.

"제가 어찌 울지 않을 수 있겠습니까. 저에게는 어느 자식이나 똑같이 사랑스럽답니다. 그러나 남편은 한 명에게만 재산을 모두 물려주고, 나머지 한 자식에게는 아무것도 주지 않을 생각이에요. 저는 그 계획을 아들들에게 말하지 말아달라고 남편에게 부탁해 두었습니다. 그러는 동안에 저는 작은 아이를 구할 방법을 찾으려 했던 것이지요. 하지만 제게는 돈이 없습니다. 그러니 이 비통함을 어떻게 해야 좋을지 모르겠습니다."

순례자는 말했다.

"당신의 고민은 쉽게 해결할 수 있습니다. 맏아들이 재산을 모두 물려받고, 작은 아들은 아무것도 받을 수 없음을 두 아들에게 말씀하십시오. 그러면 평등해질 것입니다."

작은 아들은 아무것도 받을 수 없다는 말을 듣고 외국으로 나가 여러 가지 사업과 학문을 익혔다. 맏아들은 부자가 되리라는 것을 알고 있었으므로 아버지의 곁에서 살면서 결국은 아무것도 배우지 못했다.

이윽고 아버지가 돌아가셨지만 아무것도 할 수 없는 맏아들은 결국 모든 재

산을 탕진해버렸다. 그에 비해 작은 아들은 외국에서 돈 버는 방법을 배워 큰 부자가 되었다.

손녀는 할머니보다 지혜롭다

부활제가 있는 이른 봄이었다. 다만 썰매를 타고 다니지 않을 뿐 뜰에는 눈이 남아 있었고, 마을에는 군데군데 눈 녹은 물이 흘러내리고 있었다. 두 채의 집 사이에 있는 빈 터에는 두엄더미에서 흘러내린 물이 커다란 물웅덩이를 이루고 있었다. 두 집에서 계집애들이 나와 이 물웅덩이에 모였다.

하나는 약간 작았고, 또 하나는 약간 나이먹은 계집애였다. 계집애 둘 다 어머니로부터 받은 새 사라판을 입고 있었다. 작은 계집애는 감색이었고, 큰 계집애는 꽃무늬가 든 노란색이었다. 둘이 모두 빨간 머릿수건을 두르고 있었다. 계집애들은 기도를 드리고 난 뒤 이 물웅덩이에 나와서 제가 입은 새옷을 서로 자랑하며 놀기 시작했다. 그러는 가운데 이 애들은 물장난을 하고 싶어졌다. 그래서 작은 애가 구두를 신은 채 물웅덩이로 들어가려고 하자 큰애가 말렸다.

"들어가면 안 돼요, 마라샤. 엄마에게 야단맞는단 말야. 난 구두를 벗을 테야. 너도 구두를 벗어."

계집애들은 구두를 벗고 옷섶을 올리고 양쪽에서 서로 마주보면서 물웅덩이 속으로 들어갔다.

마라샤는 복사뼈까지 물에 잠기자 말했다.

"깊은데, 아크리샤……? 난 무서워."

"아냐, 괜찮아. 그 깊이밖에 안 돼. 곧장 내게로 와."

둘은 서로 점점 가까이 갔다.

아크리샤가 말했다.

"마라샤, 너 조심해서 걸어와. 물이 튀지 않게."

하지만 말이 떨어지기가 무섭게 마라샤는 '첨벙' 하고 물을 밟았기 때문에 아크리샤의 사라판 옷에 온통 물이 튀고 말았다. 사라판은 물에 젖었고, 코에도 눈에도 물이 튀었다.

아크리샤는 사라판에 튄 물을 보더니 마라샤에게 화를 내며 욕지거리를 했고, 마라샤에게로 달려가 대들려고 했다. 깜짝 놀란 마라샤는 자기가 크게 잘못했다는 것을 알자 물웅덩이에서 튀어나가더니 집으로 달아나기 시작했다. 그런데 바로 그때 아크리샤의 어머니가 그 옆을 지나가다가 딸애의 사라판이 물에 젖어 셔츠까지 더러워진 것을 보았다.

"너, 어디서 그랬니?"

"마라샤가 그랬어요, 일부러 물을 뿌린 거예요."

아크리샤의 어머니는 마라샤를 붙들어 그 뒤통수를 철썩철썩 때렸다. 그러자 마라샤는 마을이 떠나갈 듯이 울기 시작했다. 마라샤의 어머니가 튀어나왔다.

"아니, 어째서 우리 애를 때리는 거지요?"

마라샤의 어머니는 옆집 부인에게 대들었다. 가는 말이 고와야 오는 말이 곱다고, 두 여자는 서로 지지 않고 욕설을 퍼부었다. 근처 사람들이 튀어나와서 거리에는 많은 사람들이 모이게 되었다. 모두가 저 나름대로 떠들어대기 때문에 아무도 다른 사람이 하는 말을 듣고 있는 사람은 없었는데, 이렇게 와글와글 떠들고 있을 때 한쪽이 상대편을 떼밀치기라도 하면 자칫하다간 맞붙어 치고 받는 싸움이 벌어질 판이었다.

그러나 이때 마침 아크리샤의 할머니가 둘 사이를 헤치고 사람들 한가운데로 들어서서 타이르기 시작했다.

"아니 이것 봐요, 도대체 왜들 이러는 거요? 오늘은 이렇게 떠들고 싸울 날이 아니잖아요? 서로 기쁨을 나눠야 할 날인데, 이렇게 죄를 짓는 싸움을 하고 있다니, 원 참……."

그러나 아무도 할머니의 말에 귀를 기울이려 하지 않았고, 도리어 상대를 후려칠 정도로 사태는 험해졌다.

그러므로 만일 아크리샤와 마라샤가 아니었더라면, 할머니는 아무리 애써도 둘의 싸움을 말릴 수는 없었을 것이다. 여자들이 이렇게 서로 악담을 늘어놓고 있을 때 아크리샤는 자기의 사라판을 오물에 적시면서 빈터에 있는 물웅덩이로 갔다. 그리고 작은 돌을 주워다가 물웅덩이 옆에서 흙을 파기 시작했다. 거리로 물이 흐르게 하기 위해서 그 애가 땅을 파고 있는 동안 마라샤가 옆에 와서 함께 흙 파는 일을 거들었다. 물길이 넓어지고 그 물은 고랑을 따라

어머니들이 맞붙어 밀고 당기고 하는 거리로 흘러내려와 곧장 할머니가 두 엄마들의 싸움을 말리고 있는 곳까지 이르렀다. 그러자 한 아이는 이쪽으로, 또 한 아이는 반대쪽으로 물줄기를 따라서 달려왔다.

"말려, 마라샤. 말리라니까!"

아크리샤는 소리쳤다. 마라샤도 역시 뭐라고 말하려는 모양이었으나 웃음이 나와서 말을 할 수가 없는 모양이었다.

이렇게 두 아이는 달리면서 나무토막이 물길을 따라 흔들흔들 떠내려가는 것을 보며 웃고 있었다. 그리고 느닷없이 사람들의 한가운데로 뛰어들어갔다. 두 아이를 본 노파는 싸우는 아낙네들에게 말했다.

"너희들도 좀 하느님을 무서워할 줄을 알아야겠어! 너희들은 이미 어른인데도 이렇게 애들 때문에 싸움을 하고 있으니……. 그런데 당사자인 애들은 벌써 모든 것을 잊어버리고 전처럼 저렇게 사이좋게 놀고 있지 않느냐 말야. 저 애들이 너희들보다는 현명하단 말이다!"

아낙네들은 아이들을 보자 갑자기 창피한 생각이 들면서 자기네의 행동이 어이없어져 웃으며 저마다 집으로 들어가 버렸다.

'누구든지 어린이와 같이 순진한 마음으로 하느님 나라를 받아들이지 않으면 결코 거기 들어가지 못할 것이다.'

일리야스의 행복

우파에 일리야스라고 하는 바시키르 인이 살고 있었다. 일리야스는 결혼하면서 그다지 넉넉한 재산을 물려받지 못했는데, 그나마 1년만에 아버지마저 돌아가시고 말았다.

그래서 그 무렵 일리야스의 재산으로는 암말 7마리와 수말 2마리, 그리고 20마리의 양이 있었을 뿐이었다. 그러나 일리야스는 한 집안의 가장이었기 때문에 아내와 합심하여 아침부터 밤까지 열심히 노력해서 일하기 시작했다. 그리하여 누구보다도 먼저 일어나고 제일 늦게 잠자리에 든 그는 한 해 한 해 재산을 모아갔고, 그 결과 일리야스는 35년의 세월이 흘러갔을 때는 큰 재산을 쌓아올릴 수 있었다.

이제 일리야스네 집엔 200마리의 말과 150마리의 소와 1,200마리의 양이 있었다. 남자 고용인들은 일리야스의 말이며 소와 양을 치고, 여자 고용인들은 암말과 암소와 암양의 젖을 짜서 크므스·버터·치즈 등을 만들고 있었다. 일리야스네 집에는 무엇이든 얼마든지 있어서 근처 사람들은 모두 그의 생활을 부러워하며 이렇게 말하는 것이었다.

"일리야스는 행복한 사람이다. 그 사람에겐 무엇이든지 잔뜩 있으니, 죽는다는 것조차 있을 수 없을 정도다."

그래서 신분이 높은 사람들도 일리야스를 알아보고 그와 교제하기 시작했을 뿐만 아니라 멀리에서도 사람들이 찾아오기에 이르렀다.

따라서 일리야스는 모든 사람들을 맞이해서 그들에게 충분히 먹을 것과 마실 것을 대접했는데, 어떤 사람이 오든 그는 꼭 크므스를 내놓고 차를 마시게 했을 뿐 아니라 어즙이나 양고기 등을 대접했다. 손님이 오면 당장 한두 마리의 양을 잡았고, 손님이 많을 경우에는 암말까지도 잡는 사람이었다.

일리야스는 아들 둘과 딸 하나를 두었다. 일리야스는 아들 둘을 모두 장가보내고 딸도 시집을 보냈다. 일리야스가 가난했을 때는 아들도 그와 함께 일하면서 직접 말이나 양을 돌보았지만, 부자가 되자 점점 게을러지기 시작해서 한 아들은 술을 마시기 시작했다. 그래서 장남은 싸움을 하다가 맞아죽었고, 둘째는 거만한 마누라를 얻어 아버지의 말을 듣지 않았기 때문에 일리야스도 결국에는 이 아들을 분가시키지 않을 수 없게 되었다.

일리야스는 집과 가축을 나누어 아들에게 딴살림을 내어 주었기 때문에 일리야스의 재산은 부쩍 줄었다. 그리고 얼마 안 가서 양들마저 병이 들어 많이 죽어 버렸다. 게다가 그 뒤 또 흉년이 들어서 건초를 마련할 수 없었으므로 겨울이 되자 많은 가축들이 굶주려 죽었다. 또 가장 좋은 말 한 떼를 키르기스인에게 빼앗겼기 때문에 일리야스의 재산은 계속 줄어들었다. 일리야스네는 자꾸만 기울어져 갔고, 그의 기력도 점점 쇠약해져 갔다.

그래서 70이 넘었을 때의 일리야스는 털가죽 외투도, 양탄자도, 말안장도, 마차도 팔지 않을 수 없는 형편이 되어, 결국에는 마지막 가축까지 팔아 버린 나머지 무일푼 신세가 되고 말았다. 그러나 어째서 이토록 무일푼이 되었는지 자기로서도 알 수가 없었다. 그 때문에 그들 늙은 부부는 남에게 의지하여 살지 않으면 안 되었다. 다만 그에게 남은 것이라고는 몸에 걸친 옷과 외투와 모자, 구두, 그리고 역시 늙은 아내 샴 셰마기뿐이었다. 분가한 자식은 멀리 가버리고 말았고, 딸은 이미 죽었다. 그들을 도울 사람은 아무도 없었다.

이웃에 사는 무하메드 샤프가 그들 노인을 불쌍하게 여겼다. 무하메드 샤프는 가난하지도 않고 부자도 아닌, 그럭저럭 살아갈 만한 정도의 생활을 하는 마음씨 좋은 사람이었다. 그는 전에 일리야스의 환대를 받았던 것을 상기하고, 그를 불쌍히 여긴 나머지 말했다.

"일리야스 씨, 우리 집에 오셔서 사세요. 할머니하고 같이 말이오. 여름에는 몸에 무리가 안 가게 우리 오이밭에서 일하고, 겨울에는 가축에게 먹이나 주도록 하시고……. 샴 셰마기 할머니께서는 말의 젖이라도 짜면서 크므스를 만들어 주시면 돼요. 두 분께서 먹을 음식과 입을 것은 제가 드릴 테니까요. 그리고 뭐 바라는 바가 있으면 말씀해 주세요, 제가 드릴 테니."

일리야스는 이 이웃에게 감사의 뜻을 표하고 아내와 함께 무하메드 샤프네 집에서 고용살이를 시작했다. 처음에는 괴로운 생각이 들기도 했지만 시간이 지나면서 익숙해져, 노인들의 힘에 맞는 일을 하면서 살기 시작했다.

주인으로선 이런 사람을 집에 데리고 있는 것이 유리했다. 노인들은 얼마 전까지 한 집안의 주인이었으므로 질서라는 것을 잘 알고 있었고, 게으름을 피우는 일도 없었을뿐더러 힘에 닿는 대로 일을 해주기 때문이었다. 다만 무하메드 샤프로서는 신분 높은 사람들이 이렇듯 낮은 지위에까지 몰락한 것이 때로는 매우 불쌍하게 생각되어 보기가 민망하기도 했지만.

한 번은 이런 일이 있었다. 무하메드 샤프네 집에 멀리서 온 인척과 이슬람교의 수도자가 동시에 손님으로 왔던 것이다. 무하메드 샤프는 일리야스에게 양을 한 마리 잡으라는 분부를 내렸다. 일리야스는 양의 가죽을 벗기고 내장을 뺀 다음 그것을 통으로 구워 손님들의 식탁에 올렸다.

손님들은 양고기를 먹고, 차를 마시고, 크므스를 먹기 시작했다. 손님들은 주인과 함께 퇴침을 짚고 양탄자 위에 앉아서 그릇에 든 크므스를 마시면서 이야기를 하고 있었는데, 마침 그때 일리야스가 일을 마치고 문 앞을 지나가고 있었다. 그의 모습을 보자 무하메드 샤프는 한 손님에게 말하는 것이었다.

"손님, 손님께선 지금 노인네 한 분이 문 앞을 지나가는 것을 보셨습니까?"

그러자 손님이 대답했다.

"네, 보았습니다. 그런데 왜 그걸 물으시죠?"

"네에, 약간 이유가 있어요. 아, 왜 모르십니까? 저 노인은 이 고장에선 가장 부자였습니다. 일리야스라고 하는 사람인데요, 혹 들은 적이 없습니까?"

"네, 들은 적이 있습니다." 손님은 말했다. "만난 적은 없지만 그 사람 소문은 멀리까지 자자했던걸요."

"그런데 말입니다, 그 일리야스가 지금은 무일푼이 되어 우리 집에서 일을 하고 있습니다. 그 할머니도 함께 말젖을 짜고 있지요."

손님들은 깜짝 놀라 혀를 차고 머리를 저으며 말했다.

"거 정말, 행복이란 것은 차바퀴처럼 빙글빙글 도는 모양이죠! 위로 올라가는 자가 있는가 하면 아래로 내려가는 자도 있으니...... 그런데 어떻습니까?" 손님이 물었다. "노인은 아마 꽤 답답한 심정이겠죠?"

"글쎄요, 자세히는 모르겠지만 아무튼 조용하게 말썽 없이 지내고 있습니다요. 그만하면 일도 잘하구요."

그러자 손님은 말했다.

"그럼 어디 그 사람과 이야기를 좀 해보고 싶은데, 어떨까요? 그 사람이 어떻게 지내고 있는지 묻고 싶군요."

"그래요. 좋습니다."

주인은 이렇게 대답하고 그를 불렀다.

"할아버지, 여기 와서 크므스라도 한 잔 드세요. 할머니도 오시라고 해서……"라고 하자 일리야스는 그 아내와 함께 들어왔다. 일리야스는 손님과 주인에게 인사를 하더니 기도를 하고 문께에 앉았다. 그러나 그의 아내는 커튼 뒤로 가서 부인 옆에 앉았다.

일리야스에게 크므스 잔이 권해졌다. 일리야스는 손님들과 주인에게 인사를 하고 한 모금 마시더니 잔을 놓았다.

"그런데 어떻습니까, 할아버지?"

손님 가운데 한 사람이 물었다.

"우리들이 생각하기엔, 할아버지께서 우리들을 보시면 이전에 살던 생각이 나서 마음이 언짢아지지 않을까 싶은데요? 지금 지내는 것이 괴로워서 말입니다."

일리야스는 씽긋 웃으며 이렇게 대답했다.

"제가 당신에게 행복이나 불행에 대해서 말한다 해도 당신은 믿지 않을 것입니다. 그러니 저보다도 차라리 제 마누라에게 물어 보십시오. 제 마누라는 여자입니다. 그러니 마음에 있는 말을 할 것입니다. 이런 생활에 대한 솔직한 심정을 모두 당신에게 이야기할 것입니다."

그래서 손님은 커튼 쪽을 돌아보며 말을 꺼냈다.

"어떻습니까, 할머니? 당신이 한번 저에게 옛날의 행복과 지금의 슬픔을 어떻게 생각하고 있는지 이야기해 주시지 않겠습니까?"

그러자 샴 셰마기가 커튼 너머에서 말하기 시작했다.

"저는 이렇게 생각해요. 저는 영감과 함께 50년을 살아왔습니다. 그 동안은 행복을 찾아서 애썼는데도 결국 찾아내지 못하고 말았어요. 그런데 무일푼이 된 지금에서야, 남의집살이를 시작한 지 아직 두 해도 안 됐습니다만, 우리들은 도리어 정말 행복이 무엇인 줄 알게 되었습니다. 그래서 이제는 아무 부러울 것이 없습니다."

손님들은 놀랐지만 주인도 놀랐다. 손님은 무의식 중에 자리에서 일어나 노파를 보고자 재빨리 커튼을 열어 젖혔다. 그러나 노파는 팔짱을 끼고 앉은 채로 싱글벙글 웃으면서 자기 남편을 바라보고 있었고, 노인 또한 히죽히죽 웃고 있었다. 노파는 거듭 이렇게 말했다.

"나는 사실을 말하고 있는 것입니다. 농담이 아닙니다. 지난 반세기 동안 우리들은 줄곧 행복을 찾아 헤맸습니다만, 부자로 살 때는 단 한 번도 그것을 느껴 보지 못했습니다. 그런데 아무것도 지닌 것이 없는 이제, 남의 동정을 받고 살게 된 지금에서야 비로소 우리는 이 이상은 아무것도 필요한 게 없다고 생각할 정도의 행복을 느꼈습니다."

"그래요? 그럼 말이오, 지금 당신들의 행복이라는 것은 도대체 무엇입니까?"

"아, 그건 말입니다, 바로 이런 것입니다요. 우리들이 재산이 많아 부자란 소리를 들을 때는 우리 두 사람에겐 정신을 쉬게 할 짬이 없었습니다. 얘기할 틈도, 영혼에 대한 것을 생각할 겨를도, 하느님에게 기도 드릴 시간조차 없었습니다. 그만큼 우리들에겐 걱정거리가 많았던 것입니다. 손님이라도 오시면, 실례가 안 되도록 무엇을 대접해야 할까, 무엇을 선물로 보내야 할까, 하고 손님이 돌아가시기까지 걱정을 하고 신경을 써야만 했던 것입니다. 게다가 또 고용인들에게도 신경을 써야 했습니다. 그들은 틈만 있으면 쉬려 했고 맛있는 것을 먹을 틈만 노리고 있었기 때문에, 우리들은 조금도 마음을 못 놓은 채 집의 물건이 없어지지 않도록 눈을 크게 뜨고 그들을 의심하면서 자진해서 죄를 짓는 형편이었습니다.

그뿐이겠습니까! 송아지나 망아지가 늑대에게 잡아먹히지 않을까, 말이 도적놈들에게 끌려가지 않을까 걱정과 감시를 해야 했고, 또 밤에는 잠자리에 들어서까지 새끼 양이 큰 양들에게 밟혀 죽지나 않을까 변변히 잠도 제대로 잘 수가 없었습니다. 그래서 한밤중에도 걱정 때문에 일어나서 살금살금 걸어가 살펴보는 형편이었고, 별일 없어 조금 마음을 놓게 되면 또 겨울 먹이를 어떻게 장만하여 준비할 것인가를 걱정하게 됩니다. 아니, 이 정도로 그친다면 또 모르겠습니다. 저와 영감 둘 사이에서도 뭔지 모를 의견 차이가 또 생깁니다. 영감이 이렇게 하자면 저는 저렇게 해달래서 서로 아웅다웅 다투게 되고, 그래서 죄를 짓습니다. 대충 이런 식이니 우리들은 '걱정에서 걱정, 죄에서 죄' 하는 식으로 괴로움에 시달릴 뿐 행복한 삶이라는 것은 생각할 수조차 없었단 말입니다."

"그럼 지금은 어떻습니까?"

"지금은 말입니다. 영감과 함께 일어나면 우선 이야기하는 것이 언제나 의좋

은, 정이 넘치는 말뿐이고, 이젠 아무것도 다툴 일이 없으니 걱정할 일도 없습니다. 우리들이 신경을 쓴다는 일은, 다만 주인에게 일을 해드리는 데에 관한 것뿐입니다. 저희들이 할 수 있는 일만 하고, 주인에게 폐를 끼치지 않고, 도움되는 것만을 생각하면서 즐겁게 일하고 있습니다. 일을 마치고 돌아오면 낮에 먹을 점심이며 저녁, 게다가 크므스도 있습니다. 추우면 불을 때어 따스하게 할 수 있는 건분(마소의 똥을 벽돌 모양으로 만든 연료)이 있고, 모피 외투도 있습니다. 뿐만 아니라 우리끼리 이야기할 틈도, 영혼에 대해 생각할 시간도, 또 하느님께 기도드릴 시간도 있습니다. 지난 50년 동안 찾느라 애쓰던 행복을 우리는 이제야 겨우 찾은 것입니다."

손님들은 웃기 시작했다.

그러자 일리야스는 말했다.

"여러분, 아무쪼록 웃지 말아 주십시오. 이것은 농담으로 하는 말이 아닙니다. 인간의 생활을 말한 것입니다. 저도 할멈도, 다 바보였던 것입니다. 그래서 전에는 재산을 잃고 망했다고 울기까지 했습니다. 그러나 하느님께서 진리의 길을 여시어 보여 주셨기 때문에, 우리들은 스스로를 위로하기 위해서가 아니라 당신들의 행복을 위해서 이런 말씀을 드리는 것입니다."

그러자 이슬람교의 사도가 말했다.

"참으로 옳은 말입니다. 일리야스 노인 말은 모두 참된 진리의 말씀입니다. 바로 성서에도 씌어 있는 말입니다."

그러자 손님들도 웃음을 멈추고는 깊이 생각에 잠겼다.

노동과 병과 죽음

남아메리카 인디언들 전설 가운데 다음과 같은 이야기가 있다.

신은 인간을 만들 때 처음에는 일할 필요가 없도록 만들었다. 그들에게는 집도, 옷도, 먹을 것도 필요 없었고, 모두 백 살까지 살며 병 같은 것은 전혀 몰랐던 것이다.

그런데 얼마 안 가서 신은 인간의 생활하는 모습을 보다가 다음과 같은 사실을 발견했다. 사람들은 자기 생활에 만족하고 기뻐하기는커녕 자기만을 생각하여 서로 싸우고 서로 저주하며 생활하고 있는 것이었다.

그때 신은 이렇게 생각했다.

'이것은 그들 한 사람 한 사람이 자기만을 위해서 생활하게 되는 데서 비롯된 것이다. 이런 폐단을 없애기 위해서는 사람들에게 일을 시키지 않으면 안 되겠다. 즉 사람들이 추위와 굶주림으로 괴로움을 받지 않기 위해서는 제 손으로 살 집을 짓고, 땅을 갈아서 곡식이나 과일을 심고 거두게 하지 않으면 안 되겠다. 노동은 그들에게 힘을 합치게 하여 결국 사이좋게 지내게 되겠지.'

신은 이렇게도 생각했다.

'인간은 혼자 힘으로 통나무를 자르거나 혼자 그것을 끌어다가 집을 지을 수는 없다. 혼자서는 도구를 만들든가 씨를 뿌리고 거두든가, 실을 뽑든가 천을 짜든가, 옷을 지을 수도 없으리라. 그러므로 그들은 자연히 힘을 합쳐서 사이좋게 일하면 일할수록 일도 많이 하게 되고 생활도 편리해진다는 것을 깨닫게 되며, 그 결과 의좋게 결합될 수 있을 것이다.'

얼마 뒤 신은 사람들이 어떻게 사는가를 알기 위해 또 와보았다.

그런데 사람들은 전보다 더 나쁜 상태로 생활을 하고 있었다. 그들은 달리 도리가 없으니까 일을 하기는 했지만, 모든 사람이 함께 하지 않았고, 저마다 조그마한 덩어리를 지어서 나눠어 있었으며, 그 덩어리 하나하나가 다른 덩어리로부터 서로 일거리를 빼앗으려 하고 있는 것이었다. 그리고 그들은 서로가 서로를 방해하면서 시간과 힘을 그러한 투쟁에 낭비하고 있었고, 그래서 모두 불안한 생활을 하고 있었다.

신은 이 방법도 별 수 없다고 생각되자 사람들로 하여금 자기가 죽을 때를 모르고 살다가 어느 때인가 갑자기 죽게끔 해야겠다고 결심했다. 그래서 신은 이러한 결정을 사람들에게 알려 주었다. 신은 이렇게 생각했던 것이다.

'자기들이 언제 죽는지도 모르게 갑자기 죽는다는 것을 알면, 인간은 아마 그 목숨을 아끼는 마음에서라도 서로 미워함으로써 자기들에게 주어진 삶의 기간을 줄이는 것 같은 어리석은 짓은 하지 않게 될 것이다.'

그러나 사실은 그렇게 되지 않았다. 인간들이 어떻게 살고 있는가를 보려고 신이 되돌아왔을 때 그는 인간의 생활이 조금도 나아지지 않았다는 것을 알게 되었다.

다른 사람보다 힘이 센 사람이 자기가 언제 죽을지 모르는 존재라는 것을 이용해서 사람을 죽이고, 또 죽음으로 위협하면서 많은 약자를 자기 명령에 따르게 하고 있었다. 이리해서 일부 강한 자와 그 상속인은 아무 일도 하지 않으면서 심심해하고 우울해 하는 그런 생활을 하고 있음을 발견했다. 한편 약한 사람들은 힘에 겨운 노동을 하느라고 쉬지도 못하고 피로한 나머지 괴로워하고 있었다. 그리고 강자든 약자든 서로 두려워하고 미워하는 형편이어서 인간의 생활은 더욱더 불행해지고 있었다.

이런 사실을 알게 된 신은 사태를 바로잡기 위해서 마지막 수단을 취하기로 했다. 즉 인간에게 온갖 병을 주기로 했다. 만일 모든 인간이, 질병은 그들에게 무서운 고통을 가져오며 경우에 따라서는 생명을 잃게 되는 일이 있다는 것을 알게 되면, 자기들이 병이 났을 때 건강한 사람들이 자기들을 살려 주도록 하기 위해서라도 병자들을 불쌍히 여기고 그들을 살리는 것을 건강한 자의 의무라고 생각하게 될 것이라고 추측했다.

신은 인간들을 떠나 있다가 얼마 뒤 병이라는 것을 알고 난 사람들이 어떤 생활을 하고 있는가를 보려고 되돌아왔을 때, 인간의 생활이 더욱더 나빠졌음을 알게 되었다.

신이 생각했던, 인간들을 결속시킬 수 밖에 없으리라 믿었던 병 자체는 도리어 한층 더 그들을 멀어지게 했던 것이다.

다른 사람들을 자기의 힘으로 강제로 일하도록 했던 사람들은, 병이 났을

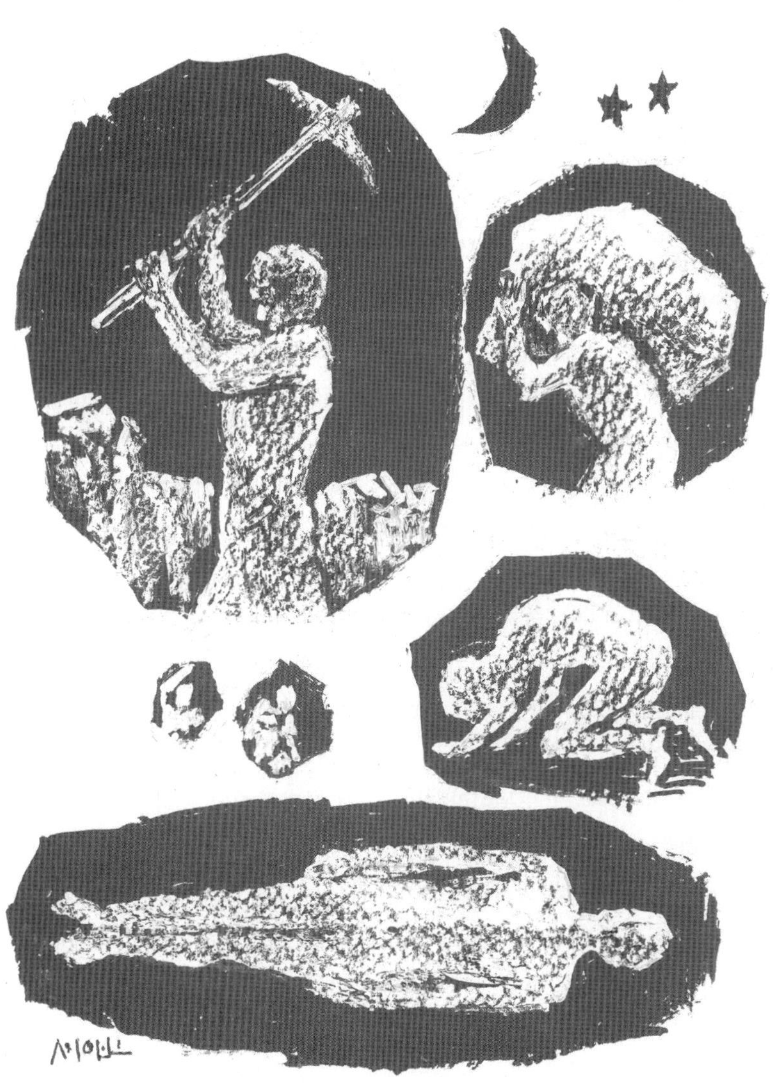

때도 권력을 가지고 자기들을 간호하게 했기 때문에 조금도 병자들을 걱정하거나 위하지 않았던 것이다.

한편 강제로 남을 위해 일을 하지 않을 수 없었다든가 간호를 해야 했던 사람들은, 그 노동에 지쳐버려 자기와 같은 계급의 병자를 간호할 시간이 없어서 구원하지 못하고 내버려 둘 수밖에 없었다.

게다가 병자가 부자들의 쾌락을 방해하지 않도록 하기 위해 특별한 건물을 짓고, 병자들을 불쌍히 여기는 사람들의 동정도 받지 못한 채, 아니 동정은커녕 혐오를 받으면서 병자를 간호하는 고용인들의 손에 의해 학대를 받든가 죽어가고 있었다.

그뿐만 아니라 사람들은 병의 대부분이 전염되는 것이라고 생각한 나머지 두려워하여 병자에게 접근하지 않았을뿐더러 병자와 접촉한 사람들까지도 격리하는 실정이었다.

그때 신은 자신에게 이렇게 말했다.

'만일 이런 방법으로도 인간이 행복이 무엇인가를 깨닫지 못한다면, 그땐 할 수 없이 하고 싶은 대로 하라고 내버려둬서 괴로움을 통하여 스스로 깨닫게 하는 수밖에 없다.'

신은 드디어 인간을 포기하고 말았던 것이다.

인간은 신의 손에서 놓여 자기들만의 세상이 되자 행복할 수 있다고 생각하기는커녕 행복해지지 않으면 안 된다는 것조차 깨닫지 못하고 오랫동안 생활해 왔다.

다만 최근에 이르러 노동이란 것이 어떤 사람들에게는 허수아비처럼 마지못해서 하는 빈껍질뿐이지만, 강제성을 띤 징역이 아니라 모든 사람을 결합하는 기꺼운 공동 사업이 되지 않으면 안 된다는 것을 일부 사람들은 깨닫기 시작했다. 또한 모든 사람이 항상 죽음의 공포로 떨고 있는 이상 가장 현명한 방법은, 사람과 화해함으로써 저마다에게 허락되어 있는 그 순간과 찰나를 기쁘게 넘기는 데 있다는 것도 깨닫게 되었다. 게다가 병이란 절대로 격리해야만 되는 게 아니라는 것과, 인간은 도리어 병으로 말미암아 서로 결합하고 그 결합이 사랑의 원인이 되지 않으면 안 된다는 것을 그들은 깨닫기 시작했던 것이다.

아시리아 왕 아사르하돈

아시리아 왕 아사르하돈은 라이레 왕의 영토를 정복하여 거리라는 거리는 모두 파괴하고, 또 불질러 버렸다. 그러고 나서 주민들을 한 사람도 남김없이 자기 영토로 끌고 와, 군인들은 모두 죽이고 라이레 왕은 옥에 가두고 말았다.

밤이 되어 잠자리에 들어간 아사르하돈 왕은 라이레 왕을 어떻게 처벌해야 할 것인가를 생각하고 있었다. 그때 갑자기 옆에서 부스럭거리는 소리가 나길래 눈을 떠보았더니, 길고도 하얀 턱수염을 기른 선량한 눈매의 한 노인이 서 있었다.

"당신은 라이레를 벌하려고 하는군요?" 하고 노인이 물었다.

"그렇소." 왕이 대답했다. "다만 나는 어떤 형벌로 그를 벌하면 좋을까, 그 방법만 생각해 내지 못했을 뿐이오."

"그럴 테죠. 라이레는 바로 당신이니까" 하고 노인이 말했다.

"그렇지 않소." 왕은 말했다. "나는 나고 라이레는 라이레요!"

"당신과 라이레는 한 사람이오!" 노인은 말했다. "당신은 라이레가 아니고, 라이레는 당신이 아니라는 것은, 단지 당신이 그렇게 생각하고 있기 때문일 뿐이오."

"어째서 그렇다는 거요?" 왕이 말했다. "나는 이와 같이 부드러운 잠자리에 누워 있고, 내 주위에는 충실한 남녀 노예들이 대령하고 있소. 그리고 나는 내일도 오늘처럼 많은 친구들과 잔치를 베풀고 술을 마실 것이지만, 라이레는 지금 새처럼 옥에 앉아 있고, 내일이면 혀를 늘어뜨리고 칼에 찔려서 숨이 넘어갈 때까지 헐떡거릴 것이오. 그리고 그 몸은 개들에게 물어뜯기게 될 것이고."

"그러나 당신은 그의 생명을 멸망시킬 수는 없을 것이오." 노인은 말했다.

"그럼, 어떻게 내가 1만 4천 명이 넘는 그의 군사를 죽였단 말이오? 그리고 어떻게 그 시체로써 무덤을 쌓아올릴 수가 있었겠소?" 하고 왕이 말했다. "나는 살아 있지만, 그들은 죽어 버렸소. 그걸 보아도 나는 생명을 멸망시킨 게 아니겠소?"

"그들이 죽어 없어졌다는 것을 당신은 어떻게 알고 있소?"

"그건 내가 그들을 볼 수 없기 때문이오. 가장 중요한 것은, 그들은 괴로워했지만 나는 그렇지 않았소. 그들은 고통을 받았지만, 나는 편안했었다, 이 말이오."

"그것은 당신이 그렇게 생각한 것에 불과하오. 당신은 당신 스스로가 자신을 괴롭힌 것이오. 그들을 괴롭힌 게 아니오."

"모르겠는데, 무슨 소리인지……?" 하고 왕이 말했다.

"알고 싶소?"

"물론이오."

"그럼 이리 오시오."

노인은 왕에게 물이 가득 들어 있는 통을 가리키면서 말했다.

왕은 일어나서 물통이 있는 데로 갔다.

"옷을 벗고 물속으로 들어가시오."

아사르하돈은 노인이 명하는 대로 따랐다.

"자, 내가 당신에게 이 물을 끼얹기 시작하면" 노인은 자루가 달린 그릇으로 물을 퍼올리면서 말했다. "당신은 머리부터 물에 잠길 것이오."

노인은 물을 담은 그릇을 왕의 머리 위에서 기울였다. 왕은 물속에 잠겼다.

아사르하돈 왕은 물에 잠기자마자 이미 자기는 아사르하돈이 아니고 다른 인간이라는 것을 깨달았다. 그리고 자기를 자기 아닌 다른 사람이라고 느끼면서, 그는 호화로운 침대 위에 아름다운 여자와 나란히 누워 있는 자기를 보았다. 그는 그 여자를 한번도 본 적이 없었지만 그녀가 자기의 아내라는 것을 알고 있었다. 그 여자는 몸을 일으켜 그에게 말했다.

"존경하는 남편 라이레여, 당신은 어제의 노동에 지쳐서 보통 때보다 오래 쉬셨습니다. 당신이 곤히 잠든 것을 보고 제가 깨우지 않았던 것입니다. 그렇지만 지금은 대신들이 대청에서 당신을 기다리고 있습니다. 옷을 입으시고 그들 앞으로 나아가 보십시오."

아사르하돈 왕은 이런 말을 듣자 자기가 라이레라는 것을 깨달으면서도 조금도 놀랍게 생각하지 않을 뿐 아니라, 오히려 자기가 지금까지 그것을 모르고 있었다는 사실에 더 놀랐다. 그는 일어나서 옷을 입고 대신들이 기다리고 있는 대청으로 나아갔다.

대신들은 이마가 땅에 닿도록 허리를 굽혀 절하면서 자기들의 라이레 왕을 맞이했다. 그 다음에는 모두 일어나 그의 지시대로 그 앞에 앉았다. 그때 호족들의 우두머리가 그에게 다음과 같이 아뢰었다. 즉 그들은 악덕한 아사르하돈 왕의 여러 가지 모욕을 견딜 수 없어 군사를 일으키지 않을 수 없다는 것이었다. 그러나 라이레는 그들에게 동의하지 않고 아사르하돈에게 간하기 위해서 사신을 보내도록 하라는 명을 내리고 대신들을 물러나게 했다. 그러고 난 뒤 그는 신하 몇 사람을 사신으로 임명하고, 그들에게 아사르하돈 왕에게 보내는 친서의 내용을 말로 자세하게 일러 주었다.

이런 일을 마치자 아사르하돈은 자기를 라이레라고 계속 생각하면서, 야생 나귀를 사냥하러 산으로 출발했다. 사냥은 대성공이었다. 나귀를 두 마리나 쏴서 잡은 그는 집으로 돌아오자 친구들을 모아놓고 여자 노예들의 춤을 구경하면서 주연을 베풀었다.

이튿날 그는 평소대로 청원자·피고·원고들이 대기하고 있는 대청으로 나가서, 그에게 제출된 사건을 결재했다. 일을 마치자 그는 또 사냥을 즐기러 나갔다. 이날도 그는 자기 손으로 늙은 암사자를 잡았다. 두 마리의 새끼사자도 사로잡는 데 성공했다.

사냥을 한 뒤 그는 또 친한 친구들과 함께 음악과 춤을 즐기면서 주연을 베풀고, 그리고 밤에는 사랑하는 아내와 함께 지냈다.

이리해서 그는 이전에는 자기가 바로 그 사람이었던, 아사르하돈 왕에게 보냈던 사신들 일행이 돌아오기를 기다리면서 나날을 보내고 있었다.

대사들은 한 달이 지나서야 겨우 돌아왔다. 그런데 그들은 코가 잘리고 귀가 끊어져 가지고 돌아왔던 것이다.

아사르하돈 왕이 사신들에게 명해서 라이레 왕에게 전달한 내용은, 만일 전에 받은 공물·금·은·측백나무 등을 곧 헌상하고 왕이 직접 경의를 표하기 위하여 배알하지 않으면 사신들에게 한 것과 같은 일을 장차 왕에게도 할 것이라는 것이었다.

그래서 전에 아사르하돈이었던 라이레는 또다시 대신들을 모아놓고 자기들이 취할 태도에 대해서 협의했다. 모두 이구동성으로, 아사르하돈이 쳐들어 올 때까지 기다리지 말고 이쪽에서 먼저 군사를 일으켜 공격하자고 진언했다. 왕은 이에 동의하고 스스로 군대를 지휘해서 원정길에 올랐다. 행진은 1주일 동안 계속되었다. 왕은 매일같이 군대를 순회하면서 휘하 장병의 사기를 고무했다. 여드레 안에 그의 군사는 큰 강기슭에 있는 골짜기에서 아사르하돈의 군대와 대결했다. 라이레의 군대는 용감하게 싸웠고, 전에 아사르하돈이었던 라이레도 적이 개미떼처럼 산에서 쏟아져 내려와 골짜기를 메우고 휘하의 군대를 석권하는 것을 보자 이륜마차를 탄 채 전장의 한가운데로 달려들어가 적을 찌르고 또 베었다. 그러나 라이레의 군대는 수백에 지나지 않는 소수였음에 비하여 아사르하돈의 군사는 수천 군사이었기 때문에 라이레는 자기가 부상을 당하고 포로가 됐다는 것을 느꼈다.

그는 아흐레 동안 다른 포로들과 함께 아사르하돈의 군사에게 끌려 갔고, 열흘째는 니네비야에 도착해서 옥에 갇혔다.

라이레는 굶주림이나 상처에 대한 아픔보다도 부끄러움과 무력함에서 오는 노여움 때문에 괴로워했다. 그는 자기를 모든 악에 대해서 보복할 힘이 없는 사람으로 느끼고 있었다. 그에게 할 수 있는 오직 한 가지 일은 자기의 고통을 보는 기쁨을 적에게 주지 않도록 하자는 것, 바로 그뿐이었다. 그래서 그는 자기에게 어떤 일이 일어나더라도 한마디도 않고 사나이답게 모든 것을 견뎌내리라고 굳게 결심했다.

20일 간 그는 형이 내려지기를 기다리면서 옥 안에 갇혀 있었다. 그는 가족이나 친구들이 형벌을 받으러 끌려가는 것을 보았고, 어떤 사람은 손발이 잘리기도 하고, 어떤 사람은 산 채로 가죽이 벗겨지기도 하는 처형 받는 사람들의 신음소리를 들으면서도 불안도, 가엾다는 생각도, 공포도, 그 밖의 어떤 감정도 얼굴에 나타내지 않았다. 그는 환관들이 그의 사랑하는 아내를 학대하면서 끌고 가는 것을 보았다. 그는 그녀가 여자 노예로서 아사르하돈에게로 끌려가고 있다는 것을 알고 있었다. 그런데도 그는 아무런 고통도 나타내지 않고 이를 잘 견뎌 냈다.

그러나 얼마 뒤에 두 사람의 형리가 옥문을 열고 가죽끈으로 그의 두 손을 뒤로 묶어 올린 채 피가 흐르고 있는 형장으로 그를 끌고 갔다. 라이레는 지금 막 그 위에서 죽은 자기의 친구 몸에서 빼낸 예리하고 날카로운 피투성이 말뚝을 보았다. 그 말뚝은 자기를 처형하기 위해서 만들어진 것임에 틀림없었다.

그들은 그의 옷을 벗겼다. 라이레는 그렇게도 튼튼하고 아름다웠던 자기의 몸이 무척 여윈 것을 보고 부르르 몸을 떨었다. 이때 두 형리는 말라빠진 그의 팔을 붙들어 몸을 올려서 그 예리한 말뚝 위에 올려놓으려 했다.

'이제는 죽는구나, 끝이구나!'

라이레는 이렇게 생각하면서 마지막까지 사나이답게 태연하려 했던 결심을 잊어버리고 소리쳐 울면서 도와 달라고 기도를 시작했다. 그러나 아무도 그에게 귀를 기울이는 사람은 없었다.

'아니다. 이런 일은 있을 수 없다' 하고 그는 생각하는 것이었다. '나는 확실히 꿈을 꾸고 있는 것이다.' 그는 눈을 뜨려고 있는 힘을 다해서 노력했다. '나는 라이레가 아니잖은가? 나는 아사르하돈이다.' 이렇게 그는 생각했다.

"당신은 라이레란 말이오. 그리고 또 당신은 아사르하돈이기도 하오."

그는 이렇게 말하는 어떤 사람의 목소리를 들으며 바야흐로 처형을 하려는 찰나라고 생각했다. 그는 무의식적으로 소리를 지르면서 물통으로부터 머리를 들었다. 노인은 그의 머리 위에 물을 부으며 그의 머리맡에 서 있었다.

"오오, 나는 얼마나 무서운 괴로움을 겪었나! 게다가 그렇게 오랜 동안을……."

아사르하돈은 이렇게 말했다.

"그렇게 길었다고?" 노인이 말했다. "당신은 지금 막 물통에 머리를 댔을 뿐, 곧 다시 고개를 들어 버리지 않았느냐 말이오? 보시오, 이 그릇에 있는 물은 아직도 남아 있소. 이제야 알겠소, 모든 것을?"

아사르하돈은 아무 말도 못하고 다만 무서움에 떨면서 노인의 얼굴을 쳐다볼 뿐이었다.

"자, 이젠 알았을 거요." 노인은 계속 말하는 것이었다. "라이레는 바로 당신이고, 당신이 죽인 그 군사들도 또 역시 당신이라는 것을. 아니 군사들뿐만 아니라, 당신이 사냥을 해서 죽인, 그리고 술자리에서 맛있게 먹은 그 짐승들 또한 당신 자신이었단 말이오. 당신은 생명이라는 것이 오로지 당신 속에만 있는 것처럼 생각하는 모양이지만, 내가 당신으로부터 그 허위를 벗겨 버렸기 때문에 당신은 사람들에게 악을 행하면서 사실은 그것이 자기 자신에게 하고 있었음을 알 수 있었던 것이오. 생명은 만물 속에 오직 하나요. 당신은 다만 이 유일한 생명의 일부분을 자기 속에 나타내고 있는 것에 불과한 것이오. 그리고 당신은 다만 이 생명의 일부인 자기 안에서만 생명을 좋게 하기도 하고, 또 나쁘게 하기도 하며, 또한 크게 하기도 하고, 조그맣게도 할 수 있었던 것일 뿐이오. 자기 안에 있는 생명을 좋게 하는 것은, 당신으로서는 다만 자기의 생명을 다른 존재로부터 나누어 가지고 있는 경계를 파괴해서 다른 존재를 자기라고 생각하여 그들을 사랑함으로써 이룰 수가 있는 것이오. 다른 존재 속에 있는 생명을 멸하는 것은 당신의 권한이 아니오. 당신 손에 의해서 죽은 존재의 생명은 당신 눈에서는 소멸했어도 결코 멸망해서 없어진 것이 아니오. 당신은 자기의 생명을 연장하고 남의 생명을 줄이려고 생각하지만 그것은 당신이 할 수 있는 일이 아니오. 생명에는 때도 없고 장소도 없소. 생명은 순간이며 찰나요. 그리고 생명은 수천 년이며 수만 년이오. 그리고 당신의 생명은 전세계 모든 사물의 눈에 보이며, 또 보이지 않는 존재의 생명도 평등한 것이오. 생명이란 멸할 수도 바꿀 수도 없는 것이오. 왜냐하면 그것은 다만 하나이기 때문이오. 그 외 만물은 다만 우리들에게 있는 것처럼 생각되는 것에 불과한 것이오."

이렇게 말하고 노인은 사라져 버렸다.

이튿날 아침 아사르하돈 왕은 라이레를 비롯해서 포로 모두를 풀어 주도록 명령하고 처형을 중지해 버렸다.

그 다음 다음 날 그는 자기의 아들 아슈르바니팔을 불러서 그에게 왕국을 물려주고 자기는 새로 깨달은 것을 되씹어 생각하면서 처음엔 황야로 들어가 자취를 감추었다. 그러나 얼마 뒤에는 여러 곳을 순례하는 초라한 모습으로 거리마다 마을마다 두루 찾아다니기 시작했다.

생명은 하나이다, 한 사람이 다른 사람에게 나쁜 짓을 하려고 하는 것은 바로 자기 자신에게 나쁜 짓을 하는 것과 같다는 사실을 알아야 한다고 사람들에게 일러 주면서.

세 가지 의문

어느 날 황제는, 만일 자기가 항상 모든 일을 언제 시작하면 좋은가, 또 어떤 사람과 일을 함께 하며, 어떤 사람과는 일을 하면 안 되는가, 또 무엇이 가장 중요한 일인가 하는 것들을 알고 있다면, 무슨 일을 하든 절대로 실패하는 일이 없을 것이라고 생각했다. 이런 생각을 한 끝에 황제는 자기 나라에 포고령을 내려 모든 일에 가장 적합한 때는 언젠가? 어떤 인간이 가장 필요한 사람인가? 모든 일 가운데서 가장 중요한 것은 어떤 일인가? 그것을 실수 없이 알려면 어떻게 해야 하는가 하는 것을 가르쳐 주는 사람에게는 후한 상을 내리겠다고 했다.

그랬더니 많은 학자들이 황제에게 와서 그의 질문에 여러 가지 대답을 했다.

첫 질문에 대해서 어느 학자는 이렇게 말하는 것이었다. 즉, 모든 사업을 시작할 가장 적당한 시기를 알기 위해서는 미리 연월일(年月日)을 기록한 표를 만들어 그 예정표대로 엄격하게 정한 시일을 지켜서 실시할 필요가 있다. 그래야만 모든 일은 비로소 가장 적절한 시기에 행해질 수 있다.

두 번째로 온 사람은 다음과 같이 말했다. 즉, 어떤 일을 언제 하느냐 하는 것은 사전에 결정할 수가 없는 것이다. 그러니까 쓸데없는 놀이에 정신을 뺏기지 말고, 항상 일어나는 일에 주의를 게을리하지 않으면서 그때가 닥치면 자연히 요구되는 것을 실천에 옮길 수 있도록 해야 한다.

세 번째로 온 사람은 다음과 같이 말했다. 즉, 황제가 아무리 그때에 일어나는 것에 대해서 주의를 깊이 하고 있다손치더라도 언제 무엇을 해야 한다는 것을 항상 정확하게 결정하는 일은 한 사람의 능력으로는 가능한 일이 아니므로 평소 현명한 사람들을 고문으로 두고 그 충고에 따라서 무엇을 해야 하느냐 하는 것을 결정할 필요가 있다.

네 번째로 온 사람이 말했다. 이 바쁜 세상에서는 고문을 두고 일일이 물어

볼 시간이 없다. 그러나 일을 시작하는 적당한 시기를 즉각 결정하지 않으면 안 되는 다급한 사건이 일어나게 마련이므로 이 문제를 해결하기 위해서는 미리 언제 무엇이 일어날 것인가를 알아 둬야 한다. 그런데 이것을 알아낼 수 있는 사람은 오로지 점쟁이가 있을 뿐이다. 따라서 모든 것에 대해서 가장 적당한 시기를 알기 위해서는 점쟁이에게 물어볼 필요가 있다.

두 번째 질문에 대해서 역시 여러 가지 대답이 나왔다.

어떤 사나이는 황제에게 가장 필요한 사람은 그의 보좌역, 즉 정치가라고 말했다.

두 번째 사람은 황제에게 가장 중요한 사람은 성직자라고 말했다.

세 번째 사람은 황제에게 누구보다도 필요한 사람은 의사라고 말했다.

네 번째 사람은 황제에게 누구보다도 필요한 사람은 군인이라고 말했다.

가장 중요한 일은 무엇이냐는 세 번째 질문에 대해서도 여러 가지 대답이 있었다.

어떤 사람은 이 세상에서 가장 중요한 일은 학문이라고 말했다.

두 번째 사람은 가장 중요한 일이란 전술이라고 말했다.

세 번째 사람은 무엇보다도 가장 중요한 것은 사람의 정신이라고 말했다.

모든 대답이 저마다 달랐기 때문에 황제는 그 어느 하나에도 찬성하지 않고 아무에게도 상을 내리지 않았다. 그리고 자기의 그 질문에 대한 확실한 답을 얻기 위해 현명하기로 이름난 한 도사를 찾아가기로 결심했다.

도사는 숲속에 살면서 아무 데도 나가지 않고 접하는 사람이란 다만 서민들뿐이었다. 그래서 황제는 수수한 옷을 입고 갔을뿐더러 호위하는 군사들도 암자까지 데리고 가지 않고 말에서 내려 도사가 있는 데까지 걸어갔다.

황제가 암자에 가까이 이르렀을 때 도사는 자기 집 앞에서 밭이랑을 일구고 있었다. 황제를 보자 그는 가볍게 인사를 하고는 계속 밭이랑을 일구고 있었다. 빼빼 여윈, 몸이 약한 듯한 사람으로 가래를 땅에 찔러 흙을 파 올리는 데도 매우 힘이 드는 듯 숨이 차서 헐떡이고 있었다.

황제는 그에게 가까이 가서 말했다.

"현명한 도사여, 나는 세 가지 의문에 대해서 당신에게 그 답을 듣기 위해서 이렇게 왔소이다. 묻고 싶은 것은 첫째 일을 후회 없이 하려면 어떤 때 해야 하며, 또 그것을 어떻게 해야 놓치지 않는 것인지, 둘째는 어떤 사람이 가장 필요한 사람인가, 즉 어떤 사람과 일을 해야 하고, 어떤 사람과 일을 하지 말아야 할 것인가, 셋째로는 어떤 일이 가장 중요하며, 모든 일 가운데서 무엇을 다른 일보다 먼저 해야 할 것인가, 대개 이런 것들입니다."

도사는 황제의 말을 듣고 있으면서도 한 마디도 하지 않은 채 손에 침을 탁 뱉더니, 또다시 가래질을 하기 시작했다.

"당신은 힘이 들겠군요" 하고 황제는 말했다. "그 가래를 이리 주십시오. 내가 대신 좀 해주리다."

"고맙소."

도사는 가래를 건네 주고는 거기 앉았다.

황제는 밭을 두 이랑이나 갈아주고 난 뒤 일손을 멈추고 조금 전의 질문을 되풀이해서 물었다. 그러나 도사는 아무 말도 하지 않았다. 그리고 다시 일어나더니 가래를 달라고 손을 내밀었다.

"자, 이번엔 당신이 좀 쉬시오. 내가 할 테니까……."

그러나 황제는 가래를 돌려주지 않고 계속 일했다. 한 시간이 지나고 두 시간이 지나 해는 산 너머로 지기 시작했다. 그래서 황제는 가래를 땅에 꽂고 다시 말했다.

"현명한 도사여, 나는 내가 묻는 질문에 답을 얻기 위해서 당신에게 온 것입니다. 만일 당신이 대답을 해 줄 수 없다면, 그렇다고 말해 주기 바라오. 나는 집으로 돌아가야 하니까요."

"아, 누군가가 이쪽으로 달려오고 있구먼……" 하고 도사가 말했다. "도대체 저게 누굴까?"

황제가 뒤를 돌아보니까 정말 한 사나이가 이쪽을 향해서 달려오고 있는 것이 보였다. 그 사나이는 두 손으로 배를 안고 있었는데, 그 손 밑에서는 피가 철철 흐르고 있었다. 황제의 옆에까지 달려오더니 수염이 많은 그 사나이는 땅바닥에 쓰러져서 정신을 잃고 움직이지 않았다. 다만 가냘프게 신음할 뿐이었다.

황제는 도사와 함께 사나이의 옷을 헤쳤다. 사나이의 배에는 큰 상처가 있었다. 황제는 할 수 있는 데까지 그 상처를 씻어 주고, 자기 손수건과 도사의 손수건을 가지고 그 상처를 싸맸다. 그러나 피는 계속해서 흘렀기 때문에 황제는 여러 번 그 뜨거운 피에 흠뻑 젖은 손수건을 깨끗이 빨아서 다시 상처를

싸매곤 했다.

간신히 피가 멎었을 때 부상자는 제정신으로 돌아와 무언가 마시고 싶다고 말했다. 황제는 깨끗한 물을 떠다가 부상자에게 먹여 주었다.

그동안에 해는 완전히 져서 서늘해졌다. 황제는 도사와 함께 부상자를 암자로 옮겨서 침대 위에 눕혔다. 부상자는 곧 잠들었다. 황제는 여행과 밭일로 아주 지쳐 있었기 때문에 마루 위에 눕자 그 역시 잠이 들었다. 그는 짧은 여름밤을 한숨에 자고 아침이 되어서야 겨우 눈을 떴다. 그리고는 도대체 자기는 어디 있는가, 또 침대 위에 누워서 번들거리는 눈으로 지그시 자기를 응시하고 있는 저 이상한 털보 사나이는 도대체 누구인지 오랫동안 이해할 수 없었다.

"저를 용서해 주십시오."

황제가 눈을 뜨고 자기를 보고 있다는 것을 안 텁석부리 사나이는 힘없는 소리로 이렇게 말했다.

"나는 네가 누군지 모르니, 너를 용서할 일이 없지 않은가?"

황제가 말했다.

"당신께선 저를 모르시지만, 저는 당신을 알고 있습니다. 저는 당신의 원수입니다. 당신에게 형제들이 사형당하고, 게다가 제 재산이 몰수되었기 때문에 저는 언제든 당신에게 복수하려고 벼르고 있었던 당신의 원수입니다. 저는 당신께서 혼자 도사를 찾아 나섰다는 사실을 알고 돌아오는 길목을 지켰다가 당신을 죽이기로 했었습니다. 그러나 온종일 기다려도 당신은 돌아오지 않았습니다. 저는 당신이 있는 곳을 알기 위해서 숨어 기다리고 있던 곳에서 나왔다가 당신의 호위병에게 들켰습니다. 그들은 나를 보자 칼을 휘둘렀습니다. 그래서 저는 그들로부터 도망을 친 것입니다. 만일 당신께서 저의 상처를 치료하여 주시지 않았더라면 저는 피를 흘리고 죽어 버리고 말았을 것입니다. 저는 당신을 죽이려 했는데도 당신은 저의 목숨을 살려 주셨습니다. 오늘 이후 제가 계속 살아갈 수만 있고, 당신이 허락하신다면 저는 가장 충실한 노예로서 당신에게 봉사하겠으며, 또 제 자식들에게도 명령해서 당신을 극진히 모시도록 하겠습니다. 아무쪼록 저를 용서해 주십시오."

황제는 마음속으로 이렇게 쉽사리 원수와 화해할 수 있었던 것을 기쁘게 생각하고 그를 용서했을 뿐만 아니라, 그로부터 몰수했던 재산을 돌려주고 게다가 자기의 하인과 의사를 보내서 치료까지 해주겠다고 약속했다. 부상자와

2002

의 이야기가 끝나자 황제는 도사를 찾아 두리번거리면서 문간으로 가는 계단으로 갔다. 그는 도사를 떠나기 전에 다시 한번 자기의 질문에 대한 답을 묻고자 했던 것이다.

도사는 들에서 어제 갈아 놓은 밭이랑에서 배추씨를 뿌리고 있었다.

황제는 그 옆에 가까이 가서 말을 걸었다.

"현명한 분이여, 마지막으로 다시 한번 당신에게 내 질문에 대답해 주기를 부탁하오."

"아니, 그 대답은 벌써 끝나지 않았소?"

도사는 빼빼 마른 종아리를 구부리고 앉더니, 자기 앞에 서 있는 황제를 쳐다보면서 말했다.

"대답이 끝나다니, 그건 또 무슨 소리요?"

황제가 되물었다.

"무슨 소리라뇨?" 하고 도사는 말을 이었다.

"만일 당신이 어제 내가 지쳐 있는 것을 불쌍히 생각하지 않아 나 대신 이 밭이랑을 일궈 주지 않고 그대로 돌아갔다면, 저 힘이 센 부상자는 당신께 달려들었을 테니, 당신은 나와 같이 여기에 머물러 있지 않은 것을 후회했을 뻔했소. 이렇게 생각해 볼 때 가장 적당한 시기는 당신께서 가래질을 할 때였고, 그리고 나는 당신에게 가장 중요한 사람이었고, 또 가장 중요한 일이란 것은 남에게 선행을 한다는 것, 바로 그것이었단 말이오.

그리고 또 사나이가 달려왔을 때 가장 적당한 시기는 당신이 그 사람을 간호했을 때였으니, 그 이유는 만일 당신이 그 사나이의 상처를 치료하지 않았더라면 그는 당신과 화해를 하지 않고 죽어 버리고 말았을 테니까요. 그러니까 그때 가장 중요한 인물은 저 사나이였고, 당신이 저 사나이를 위해서 하셨던 일이 가장 중요한 일이었던 것이오.

그러니까 잘 기억해 둬야 하오. 가장 중요한 시기라는 것은 오로지 '지금 이 순간'이라는 것을. 그 이유는 '지금'이라는 하나의 시기만이 우리들 인간을 통제할 수 있기 때문이오. 그리고 가장 중요한 인물은 현재 자기가 교제하고 있는 인간이오. 그 이유는 자기가 언제 다른 사람과 교제를 가질 수 있을는지는 아무도 모르기 때문이오. 또 가장 중요한 것이란 남에게 선행을 베푸는 일로, 이는 인간이 이 세상에 태어나 살아가는 유일한 의미이기도 하오."

이 세상에는 왜 악이 있는가

옛날 옛적에 한 도사가 숲에 살고 있었는데, 이 사람은 짐승들과 친하게 지냈다. 그와 짐승들은 스스럼없이 이야기를 주고받았으며 또 서로 이야기하는 사이였다.

한번은 도사가 나무 그늘에 누워서 잠을 자려는데 까마귀·비둘기·사슴, 그리고 뱀이 밤을 같이 지내자며 모여들었다. 짐승들은 '이 세상에는 어째서 악이라는 것이 있는 것인가' 하는 문제에 대한 이야기를 시작했다.

까마귀가 말했다.

"이 세상에 악이 있는 이유는 굶주림이 있기 때문이야. 배부르게 먹고 느긋하게 나뭇가지에 앉아 까옥까옥 울고 있을 때는 세상 만사가 모두 만족스러워 어떤 일이 있더라도 기쁘게 지낼 수 있지만, 하루나 이틀만 굶주려도 모든 것이 귀찮아져서 하느님도 생각하지 않게 되고 만단 말이야. 노상 어딘가에 마음이 끌려 이곳저곳으로 날아다니며 마음의 침착성을 잃어버리게 되지. 고깃덩어리라도 하나 보게 되면, 시장기가 한꺼번에 몰려와서 아무 분별도 없이 다짜고짜 그것에 달려들게 되지. 그러다가 잘못되면 몽둥이 찜질을 받기도 하고, 돌에 맞기도 하지. 또는 늑대라든가 개에게 쫓기는 신세가 되지만, 그래도 역시 안 그럴 수가 없는 거야. 이렇게 해서 얼마나 많은 내 친구들이 이 굶주림 때문에 죽어야만 했던가? 모든 일은 바로 이 굶주림 때문이란 말야."

비둘기는 말했다.

"그런데 저보고 말하라면 말이에요, 이 세상의 악은 굶주림 때문이 아니라 사랑이 있기 때문이라고 생각해요. 만일 우리들이 한 마리씩 저마다 혼자서 살고 있다면 슬퍼할 필요가 없지 않겠어요? 혼자 있다는 것은 불행이 아니에요. 설사 불행하다 하더라도 그것은 혼자 일에 그치는 거예요. 그런데 저희들은 언제나 두 마리가 같이 살고 있거든요. 그리고 짝을 너무나 사랑하고 있기 때문에 잠시도 마음을 안정시킬 수 없어요. 언제나 짝을 생각하고 있거든요.

시장하지 않을까, 춥지는 않을까 하고 말예요. 게다가 어딘가 날아가서 없을 때는 정말 걱정이 돼요. 혹시 솔개미에게 채어가지나 않았을까, 사람들에게 붙들려가지나 않았을까 하고 말예요. 그래서 짝을 찾으러 날아갔다가는 거기서 뜻밖의 불행을 당하게 되는 겁니다. 그러니까 솔개미에게 붙들리든가, 함정에 걸리든가 하는 것 말이에요. 그리고 또, 만일 짝에게 무슨 불행한 일이라도 있게 되면 자기도 그만 모든 것을 포기해 버리고 말지요. 마시지도 않고 먹지도 않을 뿐더러, 그저 울면서 찾아다닐 뿐이에요. 저희 친구들은 이런 일 때문에 얼마나 많이 죽었는지 몰라요. 모든 악은 굶주림 때문이 아니에요. 어디까지나 사랑으로부터 일어나는 것이에요."

뱀은 말했다.

"아냐. 악이란 건 굶주림 때문이나 사랑 때문이 아니고, 미워하는 데서 생기는 거란 말야. 만일 우리들이 평화롭게 살면서 화를 내는 일이 없다면 모든 일은 아무런 지장 없이 되어 나갈 것임에 틀림없어. 그런데 어쩌다가 약간이라도 기분에 거슬리는 일이 생기면 갑자기 화가 치밀어 아무 재미가 없어져 버리고 만단 말이야. 이렇게 되면 그가 생각하는 것은 누구에게 이 화를 풀어버릴 것이냐는 것뿐이란 말야. 그래서 정신 없이 쉭쉭 소리를 내면서 기어다니며 누구든 물어뜯을 놈이 없을까 하고 찾아다니게 되거든. 이렇게 되면 누구도 불쌍한 것이 없어져서 아버지든 어머니든 닥치는 대로 물어뜯어 버린단 말야. 자신의 몸까지도 물어뜯고 싶어지지. 그리고 자기 자신을 망칠 때까지 계속 만사를 미워하는 거야. 이 세상의 모든 악은 미워하는 데서 비롯되는 거야."

사슴은 말했다.

"아닙니다. 세상의 모든 악은 미움 때문에도, 사랑 때문에도, 굶주림 때문에도 아닙니다. 악이란 것은 모두 공포에서 오는 것입니다. 만일 이 세상에 두려움이란 게 없다면 모든 것이 평화로울 것입니다. 우리들은 빨리 달릴 수가 있고 또 힘도 셉니다. 조그마한 짐승은 뿔로 쫓아 버리고, 큰 짐승으로부터는 달아납니다. 그렇지만 역시 두려움이 없을 수 없습니다. 숲 속에서 나뭇가지가 부러지는 소리만 들어도, 나뭇잎이 바삭하는 소리만 들어도 무서워서 온몸이 떨리기 시작하고 심장이 터질 듯이 뛰기 시작해 있는 힘을 다해 달아나 버리는 형편입니다. 때로는 토끼가 뛰든가, 새가 날개를 치든가, 삭정이가 꺾이든가 해도 우리들은 곧 짐승이 나타났다고 지레짐작하여 깜짝 놀라 도리어 정

2002

말 큰 짐승이 있는 데로 달아나기도 합니다. 그런가 하면 또 개를 피해서 달아나다가 인간에게 부딪히기도 합니다. 이렇게 깜짝 놀라면 무작정 달아나기 시작하기 때문에, 그러다가 언덕에서 굴러 떨어져 죽어버리는 일도 흔히 있습니다. 잘 때도 한쪽 눈은 뜬 채로 노상 귀를 기울이고 깜짝깜짝 놀라고 있습니다. 마음 놓고 있을 때가 없습니다. 이러니 틀림없이 모든 악은 공포에서 오는 것입니다."

그때 도사가 입을 열었다.

"아니야. 그런 게 아니야. 우리들의 괴로움이란 굶주림 때문도, 사랑 때문도, 증오 때문도, 또 공포 때문도 아니야. 이 세상의 악이란 악은 모두 우리 육체에서 일어나는 거야. 굶주림도, 사랑도, 미움도, 두려움도 모두 다 육체에서 일어나기 때문이지."

아주 짧지만 매우 소중한 이야기

가는 실

어떤 사람이 물레 잣는 여인에게 아주 가는 실을 부탁했다.

그래서 여인은 아주 가늘고 고운 실을 뽑아냈다. 그렇지만 손님은 여전히 굵다고 투덜대면서 더 가는 실이 필요하다고 우기는 것이었다.

물레 잣는 여인은 기가 막혀 말문을 잃었지만 금방 좋은 생각이 났다.

"이것도 굵다고 하시면 그럼, 저건 어떻습니까?"

여인은 아무것도 없는 곳을 손으로 가리켰다.

아무것도 안 보인다고 손님이 말하자, 물레 잣던 여인은 생긋 웃으며 태연하게 대답했다.

"보이지 않는 게 당연하지요. 너무 가늘어서, 제가 실을 뽑았는데도 잘 보이지 않는 걸요."

덜 떨어진 손님은 굉장히 기뻐하며 보이지 않는 실을 잔뜩 주문하고는 바로 돈을 지불했다.

유산분배

아들 형제와 아버지가 살고 있었다.

아버지가 임종하게 되자, 두 아들을 불러 다음과 같은 유언을 남겼다.

"내가 죽거든 뭐든지 꼭 둘이 사이좋게 나누도록 해라."

아버지의 유언을 지키고 싶었지만 두 아들은 도저히 유산을 나눌 수가 없었다.

아무리 실랑이를 해도 해결이 안 났으므로 결국 이웃집에 도움을 청하러 갔다.

이웃 어른이 물었다.

"도대체 아버지가 어떻게 나누라고 하셨길래?"

"아버지는 뭐든지 꼭 똑같이 나누라고 하셨지요."

두 아들은 대답했다.

이웃 어른은 두어 번 고개를 끄덕이더니 해결 방법을 알려주었다.

"그렇다면 조금도 다툴 필요가 없네. 그저 아버지 말씀대로 모든 걸 둘로 나누기만 하면 되겠군그래. 옷이라면 둘로 찢고, 그릇은 모조리 두 쪽을 내고, 가축들도 둘로 나누면 간단한 일을……."

집으로 돌아온 두 아들은 당장 이웃 어른의 충고를 따랐다. 그랬더니 곧 알거지가 되었다.

원숭이와 콩

원숭이 한 마리가 두 손 가득 콩을 들고 걸어갔다.

그런데 콩이 한 알 톡 떨어져 데굴데굴 굴러가는 게 아닌가. 원숭이는 그걸 주우려고 버둥거리다 오히려 스무 알이나 더 흘리고 말았다.

원숭이는 콩을 줍기 위해 다시 안간힘을 썼다. 이번에는 손에 있던 콩까지 모조리 흘리고 말았다.

마침내 화가 난 원숭이는 흘린 콩을 아예 짓뭉개고는 씩씩대며 가버렸다.

우유

어떤 집에 암소 한 마리가 있었다. 그 암소는 매일 큰 통으로 하나 가득 우유를 만들었다. 주인은 남들에게도 이 우유를 맛보이려고 여러 사람들을 초대했다. 그러고 나니 아무래도 한꺼번에 우유가 많이 필요할 것 같아 주인은 열흘 동안 한 번도 젖을 짜지 않았다.

그런데 이게 웬걸!

그동안 암소는 젖이 완전히 말라버려서 이젠 나오지도 않았다.

오리와 달

오리 한 마리가 물고기를 잡으려고 하루 종일 하천을 헤엄치고 있었지만 웬일인지 그림자도 보이지 않았다. 그렇게 시간이 흘러 밤이 되었다. 배고픈 오리는 물에 비친 달을 물고기로 착각하고 덥석 낚아챘다. 그 꼴을 본 다른 오리들은 바보 같은 녀석이라고 비웃었다.

그 일이 있은 뒤부터 달을 물려고 했던 오리는 부끄럼 많은 겁쟁이로 변해, 물고기를 보아도 이젠 잡으려하지 않았고 마침내 굶어죽게 되었다.

먼지투성이 늑대

하루는 늑대가 양을 훔쳐낼 생각을 했다. 그래서 바람을 안고 양떼에게 접근했다.

왜냐하면 양떼로부터 날려온 먼지로 몸을 가려볼 생각이었던 것이다.

그러자 양치는 개가 그 꼴을 보고 짖었다.

"바보늑대야, 먼지 속을 뚫고 오느라 애썼다만 헛고생이다. 눈에 티라도 들어갈라 얼른 돌아가!"

늑대도 어쩔 수 없이 둘러댔다.

"아휴, 안 그래도 그래서 왔지요. 제가 예전부터 눈병을 앓았는데 듣자하니 양떼로부터 불어오는 바람이 좋은 약이 된다고 하길래……."

곡식창고의 쥐

쥐 한 마리가 곡식을 넣어두는 창고 바닥 밑에 살고 있었다. 바닥에는 조그만 구멍이 나 있어서 그리로 쌀알이 떨어졌다. 쥐에게는 더할 나위 없는 환경이었다.

그런데 하루는 느닷없이 남들에게도 제 사는 모습을 자랑하고 싶다는 마음이 생겼다.

그래서 허풍을 좀 떨려고 바닥에 나 있던 구멍을 일부러 더 커다랗게 뻥 뚫어놓고 친구들을 부르러 갔다.

"우리 집에 놀러오지 않을래? 먹을 거라면 얼마든지 있으니까."

그리고는 친구들을 떼로 몰고 집으로 돌아왔다.

그런데 이럴 수가!

아무리 찾아도 구멍이 보이지 않는 것이었다.

집주인이 창고바닥에 큰 구멍이 나 있는 것을 발견하고 이미 부랴부랴 막아버린 뒤였다.

해오라기와 물고기와 게

어떤 못가에 해오라기 한 마리가 살고 있었는데 이미 나이가 많아 더 이상 물고기를 잡을 수가 없었다. 그러니 해오라기는 오래 살려면 무슨 수를 써야 할 것 같았다. 곰곰이 생각한 끝에 마침 좋은 생각이 떠올라 해오라기는 물고기들을 모아놓고 이렇게 말했다.

"여러분들, 당신들이 이제 큰일 나게 생겼는데 알고는 계시는지? 다름 아니라 제가 사람들이 하는 말을 들었는데, 아 글쎄, 못에 있는 물을 몽땅 퍼낸 뒤 당신들을 모조리 잡을 거라고 하더구만요. 마침 내가 저 너머에 못이 하나 있는 걸 알고 있으니까 여러분들이 원하신다면 거기까지 옮겨드릴 수는 있지만……허긴, 내가 나이가 너무 많아서 나는 게 그리 시원치 못하니 원!"

그러자 물고기들은 '안 됩니다, 그리 말씀하시지 말고 부디 도와 달라'고 부탁했다.

"알겠소. 그럼 여러분들을 위해 노력해 보지요. 그런데 한꺼번에 다 옮길 수는 없으니 한 분씩 옮기겠습니다. 한 분씩입니다!"

해오라기가 이렇게 대답하자 물고기들은 굉장히 기뻐했다. 그리고는 서로 앞 다투어 외쳤다.

"부디 절 데려가 주세요, 해오라기님!"

이렇게 하여 드디어 해오라기가 물고기를 실어 나르기 시작했지만, 사실은 한 마리씩 물고 들판에 데려가서는 그대로 먹어치우고 있었다.

그런데 저수지에는 아주 나이 많은 게 한 마리가 살고 있었다. 늙은 게는 해오라기가 물고기를 데려가는 모습을 보고 함부로 믿을 녀석이 아니라는 생각이 들었다. 그리고 이번에는 자기를 부탁했다.

"해오라기 양반, 이번에는 나를 좀 새 보금자리로 데려가 주지 않겠소?"

해오라기는 게를 물고 날아올랐다.

들판에 도착한 해오라기는 드디어 게를 바닥에 내던지려고 홱 들어올렸다. 그러나 들판에 가득한 물고기의 뼈를 발견한 게는, 때를 놓치지 않고 집게를 거꾸로 세워 순식간에 해오라기의 목 줄기를 물고 늘어졌다.

마침내 해오라기는 숨이 끊어졌고, 게는 기어서 저수지로 돌아와 남아 있는 물고기들에게 모든 사실을 전해주었다.

물의 신과 진주

한 사내가 보트를 타고 바다로 나갔는데 어쩌다보니 그만 귀중한 진주를 바다에 떨어뜨리고 말았다. 그러자 그 사내는 바로 보트를 돌려 곧장 해안으로 돌아온 뒤, 양동이로 바닷물을 퍼내기 시작했다.

그러기를 꼬박 사흘 밤 사흘 낮.

나흘째 되던 날 바다에서 물의 신이 나타나 그에게 물었다.

"너는 왜 바닷물을 퍼내서 버리느냐?"

"소인은 진주를 잃어버려서 바닷물을 퍼내고 있습니다요."

사내가 이렇게 대답하자 물의 신이 다시 물었다.

"그럼 금방 끝날 일은 아니겠구나?"

"예, 아무래도 바닷물이 모조리 없어져야겠지요."

사내의 대답이 떨어지기 바쁘게 물의 신은 갑자기 바다로 뛰어들더니, 잃어버린 진주를 대신 들고 돌아왔다.

우유 색깔

하루는 앞 못 보는 장님이 보통사람에게 물었다.

"우유는 도대체 어떤 색깔인가요? "

"네, 흰 종이와 똑같은 색이지요."

보통사람이 대답했다.

"그럼 그런 색깔은 만지면 종이처럼 찰랑찰랑한가보죠?"

"아니, 그게 아니라 하얀 밀가루처럼 뽀얗지요."

장님이 다시 물었다.

"그럼 밀가루처럼 부드럽고 가루가 난 것이군요."

"아니, 그 색은 그저 희기만하니까, 토끼 같은 하얀색이라고 해야 맞겠네요."

보통사람이 이렇게 대답하니까 장님은 잠깐 생각하는 듯하더니 되물었다.

"그럼, 우유색은 토끼처럼 보들보들하고 폭신폭신합니까?"

그래서 다시 설명해 주었다.

"저기 말이죠, 흰색깔이라는 것은 눈 같은 것이지요."

"아하! 그럼 눈처럼 차갑다는 말이군요."

장님은 여전히 이런 소리를 했다. 아무리 예를 들어줘도 우유색이 어떻게 하얀지 그는 영원히 알 수가 없었다.

그물에 걸린 새

한 사냥꾼이 호숫가에서 그물로 한꺼번에 많은 새를 잡았다. 그러나 잡힌 새들이 모두 큰 새들뿐이어서 그물을 들어올리고는 그것을 덮어쓴 채 그대로 날아올랐다. 사냥꾼은 정신없이 그 뒤를 쫓아갔다. 그 광경을 본 농부가 사냥꾼에게 한 마디 했다.

"이보게, 어디까지 따라갈 생각인가? 아무리 기를 쓰고 따라가 봤자, 나는 새를 당할 수야 없지, 암 없고말고!"

"무슨 말씀! 내가 한 마리라면 이러지도 않아요. 새가 여러 마리니까 꼭 잡고야 말겠어요."

사냥꾼은 이렇게 대답하고 서둘러 뒤따라갔다.

그런데 어떻게 되었을까?

사실 사냥꾼의 말처럼 되었던 것이다.

날이 어둑어둑 저물어지자 새들은 저마다 자기 둥지 쪽으로 가려고, 한 마리는 숲을 향해, 또 다른 놈은 늪을 향해, 아니면 들판을 향하거나 하면서 푸드덕푸드덕 법석을 떠는 것이었다. 그러다가 결국 그물을 뒤집어쓴 채 고스란히 땅에 떨어지고 말았다.

마침내 사냥꾼은 살아 있는 새들을 그물째 집어 들었다.

늑대와 사냥꾼

늑대가 면양을 한 마리 잡아먹었다.

그러자 사냥꾼들이 한꺼번에 달려들어 그 늑대를 잡아서 때리기 시작했다.

늑대는 비명을 지르면서 호소했다.

"여러분, 사냥꾼님들, 왜 이렇게 저를 때리십니까요? 짐승으로 태어난 것은 제 잘못이 아닙니다. 신이 이렇게 만들어 주셨을 뿐인걸요."

사냥꾼은 늑대의 말에 이렇게 대답했다.

"네 녀석이 짐승이라서 때리는 게 아니라 면양을 잡아먹었기 때문이 아니냐."

도끼와 톱

두 농민이 숲으로 나무를 하러 갔다. 한 사람은 도끼를 들고 또 다른 이는 톱을 가져갔다. 벨 나무를 고르고 나더니 두 사람은 느닷없이 언성을 높였다.

한 사람은 도끼로 찍어 넘기는 편이 쉽다고 하고, 또 한쪽은 톱으로 써는 게 더 편하다고 주장한 것이다.

그때 한 남자가 나타나서 이렇게 말했다.

"알겠소, 그만 하오. 내가 지금부터 두 사람을 화해시킬 테니까. 만약 도끼가 잘 갈아졌다면 그걸로 찍어 넘기는 편이 빠르지. 하지만 이 톱이 더 잘 든다면 이걸로 자르는 게 옳고말고."

그러고는 먼저 도끼를 받아들고 찍어보았다.

하지만 보기와는 영 딴판이어서 도끼로는 도저히 힘들 것 같았다.

그래서 이번에는 톱을 시험해보았다. 그런데 변변치 못하기는 톱도 마찬가지였다.

"댁들은 싸움을 잠시 멈추시게. 도끼도 무딘데다 톱날도 시원찮소. 그러니 싸움일랑 잠시 접어두고, 도끼를 갈고 톱날부터 세운 뒤 계속하든지 말든지 하는 게 어떻겠소?"

그러나 두 농민은,

"네 놈도 잘 안 드는 걸 들고 온 주제에!" 하고 빈정댄 뒤에, 전보다 더 심하게 말다툼을 벌였다. 결국 서로 치고 박는 몸싸움으로 이어지게 되었다.

도토리나무와 호두나무

늙은 도토리나무 하나가 호두나무 숲에 도토리 한 톨을 떨어뜨렸다. 그러자 호두나무들이 도토리나무에게 주의를 주었다.

"이봐요, 당신 가지 밑에도 얼마든지 자리가 있잖아요? 댁이 자기 열매를 떨어뜨릴 심산이라면 아무도 없는 빈 터에다 버리면 되잖소? 여긴 우리 싹을 틔우기조차 어려울 정도로 좁으니까 말이오. 우린 서로서로 자기 열매를 땅에 흘리지 않도록 애쓰고 있단 말이오."

그 말을 들은 도토리나무는 이렇게 대답했다.

"난 200년이나 여기서 살고 있다오. 내 도토리에서 나올 어린 나무도 아마 나만큼 오래 살 거요."

호두나무들은 그 소리를 듣고 왈칵 화를 냈다.

"그렇다면 더더욱 가만둘 수 없군요. 우린 당신 자식이 그렇게까지 오래는 살지 못하게 할 거예요. 아니, 단 3일도 살려둘 수 없어요."

도토리나무는 여기에는 아무 대답도 하지 않고, 자기 자식에게 기필코 살아 나오라고 당부했다.

도토리는 물기를 흠뻑 빨아들인 후, 딱! 하며 둘로 갈라지더니 싹에서 뭔가가 나와 쓱 땅속으로 파고들었다. 그리고 또 다른 부분은 하늘을 향해 자라났다.

호두나무들은 이 녀석이 햇빛을 못 보게 하려고 사력을 다해 방해를 했다.

그러나 어린 도토리나무는 점점 자라나 호두나무 그늘 아래서도 튼튼하게 자라났다.

그로부터 100년이 흘렀다.

호두나무는 모두 말라 없어졌다.

도토리에서 자라난 어린 나무만이 홀로 하늘에라도 닿을 듯 무성하게 자라나 천막이라도 친 것처럼 풍성한 가지를 사방에 드리우고 있었다.

암탉과 병아리

암탉이 병아리를 깠는데 앞으로 어떻게 키워야할지 몰랐다.

그래서 병아리들에게 말했다.

"너희들은 다시 알속에 들어가 있거라. 그러면 내가 예전처럼 너희들을 품고 소중하게 돌봐줄 테니까."

병아리들은 어머니의 분부대로 껍질 속에 다시 발을 집어넣었다.

그렇지만 도저히 다시 들어갈 수가 없었다. 그저 자기들 죽지만 꾸깃꾸깃 구겨질 뿐이었다. 그러자 한 병아리가 암탉에게 이렇게 말했다.

"우리들이 언제까지나 알속에 있어야 한다면, 엄마는 왜 우리를 알에서 깨어나게 했죠?"

암소와 염소

어느 할머니의 집에 암소와 염소가 한 마리씩 있었다.

암소와 염소는 늘 사이좋게 목장으로 갔다.

암소는 젖만 짜면 음매음매 소리 높여 울면서 좀처럼 울음을 그치지 않았기에 그때마다 할머니가 빵과 소금을 가져와 암소에게 주면서 타이르곤 했다.

"알겠니? 괴로워도 참고 서 있어야 한단다. 그래그래, 더 갖다 줄게. 그러니까 얌전하게 서 있으렴."

다음날 저녁, 염소는 암소보다 먼저 목장에서 돌아와 할머니 발밑에서 가만히 서서 발을 벌리고 서 있었다.

할머니는 수건을 들어 흔들면서 염소를 내쫓으려 했다. 그러나 염소는 꿈쩍도 않고 뻗대고 있었다. 왜냐하면 얌전하게 서 있기만 하면 할머니가 빵을 주실 거라고 한 암소의 말을 마음 깊이 새기고 있었기 때문이었다.

할머니가 아무리 을러대도 염소가 꿈적도 않는 것을 보고, 가까이 있던 봉을 집어 들고는 한대 퍽 쥐어박았다.

염소는 깜짝 놀라 펄쩍 달아났다.

할머니는 다시 암소에게 빵을 주면서 다정하게 귀엣말을 하면서 귀여워했다.

그 광경을 몰래 훔쳐본 염소는, 불만스럽게 생각했다.

"인간세상은 도대체 공평하질 않단 말이야! 어딜 보나 내가 암소보다 더 얌전하게 서 있었는데, 고작 얻어터지기만 하고……."

그것도 잠시, 염소는 슬금슬금 다가가서 함부로 날뛰며 화풀이를 해대다가 우유 통에 부딪혀 우유를 다 쏟아놓고, 심지어 할머니마저 다치게 했다.

왕과 오두막

왕이 궁궐을 새로 지었다. 궁궐 앞에는 정원도 만들었다. 그런데 정원으로 들어오는 입구 바로 옆에는 불쌍한 백성이 혼자 살고 있는 초라한 오두막이 있었다.

왕은 정원의 풍치를 망치고 싶지 않아서 그 오두막을 헐어버릴 생각으로 신하를 보내 사오게 했다.

신하는 오두막으로 갔다.

"너는 참 운이 좋구나. 조금 전에 임금님께서 이 오두막을 사오라고 하명하셨다. 이런 오두막이야 1원이면 충분하겠지만 인자하신 전하께선 100원을 주라고 하시더구나."

백성은 대답했다.

"안 됩니다. 제가 이 집을 100원에 팔다니 너무 싫습니다."

"그렇다면 전하께선 200원이라도 주시겠지."

"200원, 1000원이 문제가 아니라 이 집을 파는 게 싫다는 말입니다. 제 할아버지도, 아버지도 모두 이 집에서 살았고 여기서 돌아가셨거든요. 저도 여기서 이만큼 늙었고 했으니 죽는 것도 여기서 죽을 랍니다."

그가 고집을 부렸으므로 신하는 왕에게 돌아와 사정을 아뢰었다.

"그는 아주 고집이 세서 도무지 말을 듣지 않습니다. 그런 자에게는 아무것도 주지 않는 편이 오히려 좋을 듯합니다. 오두막을 철거하라는 한 말씀만 해주십시오. 그럼 만사가 해결됩니다."

그러나 왕은 고개를 저었다.

"안 될 말이오. 짐은 그러고 싶지 않소."

"그럼 어떻게 하실 생각입니까, 전하? 떡하니 궁궐과 마주보는 썩어빠진 천한 백성의 오두막이 실로 가당키나 한 말씀입니까! 궁궐을 바라보는 사람들은 모두 이렇게 입을 모으겠지요. '궁전은 근사한데 오두막이 옥의 티로구나. 임금님은 오두막 하나 사버릴 돈도 없으신 모양이지'라구요."

"아니, 그렇지 않다네."

왕은 신하의 말을 가로막았다.

"궁전을 바라보는 사람이라면 누구랄 것 없이, 이 나라의 왕은 이만한 궁전을 지을 만큼 돈이 많아 보이더라고 하겠지. 또 오두막을 보게 되면, 이 나라 왕은 틀림없이 정의롭고 공명하다고 생각하겠지. 그러니 오두막은 그대로 두기로 하세!"

왕과 셔츠

심한 지병으로 고통 받던 어느 왕이 있었는데 아무리 손을 써보아도 도무지 효과가 없었다. 결국 왕은, 나를 낫게 해주는 이가 있으면 나라의 반을 주겠다는 말까지 하게 되었다.

온 나라의 고명한 현자들이 모두 한자리에 모여 어떻게 하면 왕의 병을 고칠 수 있을까 밤낮없이 의논해보았지만 달리 묘안이 없었다.

그런데 딱 한 사람, 왕의 병을 고칠 수 있다고 말하고 나선 현자가 있었다.

그는 말했다.

"만약 무엇 하나 부족함이 없는 진실로 행복한 사람만 찾아낼 수 있다면, 그가 입은 셔츠를 벗겨서 왕에게 입혀드리십시오. 그럼 금세 감쪽같이 나으실 것입니다."

그 말을 들은 왕은 사방으로 신하를 보내, 무엇 하나 부족함이 없는 행복한 사람을 찾아오라고 시켰다. 신하들은 그토록 행복한 사람을 찾아내려고 오랫동안 이곳저곳을 수소문하고 다녔다. 하지만 도저히 찾을 수가 없었다. 아무리 물어봐도 모든 것에 만족하는 사람이라고는 한 사람도 눈에 띄지 않았던 것이다. 부자라면 병이 있거나, 건강하다 싶으면 가난뱅이라든지, 몸이 건강하고 돈도 있어 보인다 싶으면 부인이 음험하거나 아이들이라도 속을 썩이고 있는 것이었다. 너나없이 다들 어딘가 부족한 곳이 있었다.

그런데 어느 늦은 저녁 무렵, 왕의 아들이 다 쓰러져가는 작은 오막살이를 지나가게 되었다. 그때 마침 안에서 누군가가,

"아, 많이 벌고 배 터지게 먹었네! 이제 실컷 자는 일만 남았구나. 더 이상 바랄 게 없군그래. 아무쪼록 고맙습니다, 신령님, 하느님" 하는 소리가 들렸다.

이 말을 들은 왕자는 날아오를 듯이 기뻐하였다.

"정말 다행이다, 다행이야! 이제야 겨우 불평 없는 행복한 사람을 찾았구나. 저 사내의 셔츠를 벗겨서 아버지에게 입혀드리면 금방이라도 털고 일어나실 테지. 그에게는 셔츠 대신 돈을 주면 되겠구나. 그래, 그러자!"

왕자는 급히 대궐로 돌아가서 신하에게, 조금 전에 들었던 그 행복한 사람의 셔츠를 가져오게 했다. 신하는 왕자가 일러준 행복한 사람이 사는 곳으로 바람처럼 달려갔다.

그런데 행복한 그 사내는 셔츠도 한 장 없을 만큼 극심한 가난뱅이였던 것이다.

가정의 행복

행복한 가정은 어쩐지 서로 닮은 데가 있지만
불행한 가정은 각양각색으로 비참하다.

가정의 행복

제1부

1

그해 가을, 우리들은 어머니의 상중(喪中)에 있었다. 그래서 나는 카차, 소냐와 함께 겨우내 시골에 틀어박혀 쓸쓸하게 그날그날을 보냈다.

카차는 우리 집안과 오래전부터 아주 다정한 사이였고, 우리 자매를 모두 가르친 가정교사였다. 나는 철들기 시작할 무렵을 떠올려보면 카차는 그때부터 이미 기억 속에 있었다. 나는 카차를 무척 따랐다. 소냐는 나의 동생이었다. 우리들은 포크롭스코예 마을의 옛집에서 음산하고 쓸쓸하고 서글픈 겨울을 보내고 있었다.

바람이 극성스럽게 부는 추운 날씨가 계속되었으므로 그 바람에 날려온 눈은 창문보다 높이 쌓였고, 유리창은 거의 매일 부옇게 얼어붙은 채로 있었다. 그래서 우리들은 겨울 동안 한 번도 외출한 적이 없었다. 또한 우리들을 찾아와 주는 손님도 별로 없었는데, 어쩌다 찾아와주는 손님도 우리집에 즐거움이나 기쁨을 가져오지는 않았다.

모두들 슬픈 얼굴을 하고 마치 잠들어 누운 사람을 깨울까봐 염려된다는 듯이 소곤소곤 낮은 목소리로 말할 뿐이었으며 웃는다든가 하는 일은 거의 없었다. 우리 자매를 보면서 그 중에서도 특히 검은 상복을 입은 나이 어린 소냐를 보며 땅이 꺼질 듯 한숨을 쉬거나 눈물을 흘리는 일이 종종 있었다. 집안에서는 아직도 죽음의 분위기가 느껴지는 듯싶었고, 비애와 공포가 공기 속에 떠돌고 있는 것 같았다. 어머니가 쓰시던 방은 굳게 닫혀 있었지만, 잠을 자러 침실로 가는 길에 그 옆을 지나칠 때면 나는 언제나 무서운 생각이 들었다. 그러면서도 그 휑하니 비어 있는 썰렁한 방 안을 들여다보고 싶은 충동을 느끼곤 했다.

그때 나는 열일곱 살이었다. 어머니는 돌아가신 바로 그해에 나를 사교계에 내보내려고 도시로 옮겨 갈 생각이었다. 어머니를 잃은 것은 나에게 더없는 슬픔이었다. 그러나 그 슬픔 가운데는 '남들이 나에게 말하듯이 나는 이렇게 젊고 예쁜데, 이런 쓸쓸한 시골에 파묻혀 아무 보람 없이 또 한 해 겨울을 썩고 있어야 하나'라는 생각도 섞여 있었다는 것을 솔직히 고백하지 않을 수 없다.

겨울도 거의 끝나갈 무렵 고독한 생활에서 오는 우울증과 참을 수 없는 권태가 쌓여 나는 방 안에서 한 걸음도 밖으로 나가지 않았고, 피아노 앞에도 앉지 않았으며, 책 같은 것도 전혀 손에 들지 않았다. 카차가 '이걸 해봐라, 저걸 해봐'라 하고 타이르면, 나는 마음이 내키지 않는다느니, 하지 못하겠다느니 하고 거절했지만, 마음속에서는 이런 소리가 들려오는 것이었다. '무엇 때문에……나의 가장 좋은 시절이 이렇게 헛되게 지나가고 있는데, 무엇 때문에 그런 일을 해야 한단 말인가. 그럴 필요가 어디 있어.' 이 '무엇 때문에'라는 물음에 대해서는 눈물 이외의 다른 대답은 없었다. 그 동안 내가 몸이 여위고 얼굴이 못쓰게 되었다고들 했지만 그런 말에도 나는 별로 신경쓰지 않았다. '무엇 때문에, 누구 때문에?'라는 생각에만 사로잡혀 있었기 때문이다. 나는 이 쓸쓸한 시골 구석에서 언제 끝날는지도 모르는 우수에 잠겨 한평생을 보내게 될 것만 같았다. 그리고 나는 시골에서 혼자 빠져나올 만한 힘도 없었거니와, 그런 희망조차 가질 수 없었다.

봄이 가까워 오자, 카차는 나의 건강을 염려하여 무슨 일이 있더라도 나를 외국으로 데리고 가야겠다고 결심했다. 하지만 그러려면 돈이 필요했다. 그런데 우리들은 어머니가 돌아가신 후 재산이 얼마나 남았는지 그것조차 알지 못했다. 이런 형편이었기 때문에 우리집에 와서 여러 가지 가사를 정리해 주기로 한 후견인이 도착하기를 날마다 초조하게 기다렸다.

그 후견인은 3월에야 나타났다.

"아주 반가운 소식이 있어!"

어느 날 카차가 내게 말했다. 그때 나는 아무 것도 하는 일 없이 아무런 생각도 아무런 희망도 없이, 마치 그림자처럼 방 안을 이리저리 오락가락하고 있었다.

"세르게이 미하일로비치가 도착했다는구나. 사람을 보내서 우리들의 형편을 묻고, 점심때까지는 이리로 오시겠다고 기별했어. 그러니까 마샤 *[1]야, 너도 기운을 좀 내라, 응?"

카차는 이렇게 덧붙였다.

"그렇지 않으면 그분이 널 어떻게 생각하겠니? 너희를 유달리 귀여워하시던 분인데."

세르게이 미하일로비치는 우리 집안과 정분이 두터운 이웃의 지주였다. 나이는 젊은 편이지만, 돌아가신 아버지와는 친구 사이였다. 그가 도착했기 때문에 우리들도 계획을 변경하여 이 시골 구석에서 빠져나갈 수 있게 된 셈이지만, 나는 어릴 때부터 그를 사랑하고 존경해왔다. 카차가 내게 기운을 내라고 충고한 것은, 여러 친지 가운데서도 특히 세르게이 미하일로비치 앞에 신통치 못한 꼴을 보인다는 것이 내게 무엇보다도 고통스러운 일이라는 것을 짐작하고 있었기 때문이다.

우리 집안에서는, 가정교사인 카차는 말할 것도 없고 세르게이 미하일로비치가 이름을 지어 준 소냐를 비롯하여 마부에 이르기까지 모두가 무조건 그를 좋아했다. 그러나 그밖에도 언젠가 어머니가 내뱉은 한 마디 말 때문에 그는 내게 특별한 의미를 지닌 사람이었다. 어머니는 '우리 마샤가 저런 사람한테 시집을 간다면 얼마나 좋을까?'라고 말을 했던 것이다. 그때 나는 그 말이 이상스럽게 들렸을뿐더러 한편으로는 몹시 불쾌했었다. 그는 내가 꿈꾸고 있던 '이상형'과는 너무나 거리가 먼 사람이었기 때문이다.

내가 머릿속에 그리고 있던 이상형은 훤칠한 키에 창백하고 슬픈 얼굴을 한 청년이었다. 그런데 세르게이 미하일로비치로 말하면, 키가 크고 억센 체격을 가진데다가 이미 젊다고는 할 수 없는 나이였고, 더욱이 언제나 즐거운 것처럼 보이는 사람이었다.

그렇지만 어머니의 그 말은 내 뇌리 속에 깊이 뿌리를 박아버렸던 것이다. 벌써 6년 전의 일이지만 내가 겨우 열한 살밖에 안 되었고, 그 사람도 나를 너라고 부르며 '제비꽃 아가씨'라는 별명을 붙여 데리고 놀던 때부터, 나는 만일 이 사람이 느닷없이 나한테 장가를 들겠다고 하면 어떡하나? 하는 생각이 가

*1 마리야의 애칭.

끔 떠올라 어쩐지 겁이 나곤 했었다.

카차는 점심 식탁에 여느 때보다 가짓수를 늘려서 케이크와 크림과 시금치로 만든 수프를 차려놓게 하였다. 식사 시간이 거의 다 되어, 세르게이 미하일로비치가 나타났다. 나는 그가 조그만 썰매를 타고 우리집을 향해 달려오는 것을 창 너머로 보고 있었으나, 썰매가 집 모퉁이를 돌아서면 재빨리 응접실로 들어가서 그가 나타날 줄은 전혀 몰랐다는 표정을 지어보이리라 생각했다. 잠시 후 현관에서 쿵쾅거리는 그의 구둣발 소리와 겹쳐 커다란 목소리가 들려왔다. 카차가 달려나가는 발자국 소리가 들려왔다. 곧이어 커다란 소리로 이야기하는 소리가 들렸다. 그는 나를 보더니 하던 말을 멈추고 잠시 동안 아무런 인사도 없이 그저 바라보고만 있었다. 나는 어쩐지 그를 대하기가 서먹서먹했다. 그리고 저절로 얼굴이 붉어지는 것을 느꼈다.

"야아, 난 또 누구라구!"

세르게이 미하일로비치는 두 손을 벌리고 내게 다가오며, 예전과 다름없는 명쾌하고 진솔한 말투로 말했다.

"원, 사람이 이렇게도 변할 수 있을까! 숙녀가 다 되었군요! 그때 그 '제비꽃'이 이렇게 되다니! 이젠 아주 아름다운 장미꽃입니다."

그는 커다란 손으로 의젓하게 나의 손을 잡더니 으스러질 정도로 굳은 악수를 해 주었다. 나는 손에 키스하려는 줄 알고 허리를 굽히려 했다. 그러나 그는 다시 한번 내 손을 꽉 쥐고는, 그 밝고도 거리낌 없는 시선을 똑바로 내 얼굴에 고정시켰다.

나는 6년 만에 그를 만나는 셈이었는데 그 사이 그도 꽤 많이 변한 것 같았다. 전보다 훨씬 나이 들어 보였고, 거무스름하게 된 얼굴에는 구레나룻이 가득 자라 도무지 어울리지 않았다. 그러나 거만한 데가 조금도 없는 그의 행동이며, 선이 굵직굵직하여 시원스러워 보이는 얼굴이며, 총명하게 빛나는 눈이며, 어딘지 애티가 밴 미소며…… 이런 것들은 모두 여전했다.

5분도 채 지나기 전에 세르게이 미하일로비치는 벌써 손님다운 태도를 버리고 우리들과 한집안 식구나 다름없게 스스럼없이 굴었다. 그리고 우리집 하인들도 부지런히 그의 시중을 드는 것으로 보아, 그가 온 것을 무척 기뻐하는 눈치였다.

세르게이 미하일로비치의 태도는, 어머니가 돌아가신 후 우리집을 찾아와

준 여느 사람들의 태도와는 아주 달랐다. 다른 사람들은 조용히 앉아서 말없이 눈물만 흘리는 것이 예의인 것처럼 생각하고 있었는데, 이 사람은 그와는 반대로 연방 쾌활하게 떠들어댔고, 어머니에 대한 말은 입도 벙긋하지 않았다. 그래서 나도 처음에 그러한 그의 무관심한 태도를 이상하게 여기고, 그래도 남달리 가깝게 지낸다는 사람이 이럴 수가 있느냐고까지 생각했다. 그렇지만 얼마 후 나는 그것이 무관심하다든가 냉정해서가 아니라, 오히려 진심으로 우리를 생각해 주기 때문이라는 것을 깨닫고 그러한 그의 태도를 고맙게 생각했다.

그날 저녁, 카차는 응접실에서 어머니가 살아계실 때와 마찬가지로 예전부터 정해져 있는 자기 자리에 앉아서 차를 따랐다. 나와 소냐는 그 옆에 자리를 잡았다. 그리고리 영감이 옛날에 아버지가 쓰시던 파이프를 어디서 찾아냈는지 세르게이 미하일로비치에게 갖다 주었다. 그는 파이프를 입에 물고 그전처럼 방 안을 이리저리 거닐기 시작했다.

"생각해 보면 그 동안 이 집에도 여러 가지 기막힌 변화가 많이 있었군요!"

그는 발걸음을 멈추고 불쑥 이런 말을 했다.

"정말 그래요."

카차는 한숨을 쉬며 사모바르 뚜껑을 덮더니, 금방 울음이라도 터뜨릴 것 같은 눈으로 그를 바라보았다.

"당신은 아버지를 잘 기억하고 있을 테죠?"

그는 나를 돌아보며 이렇게 물었다.

"별로 기억에 남은 것이 없어요."

나는 담담하게 대답했다.

"아버지께서 살아 계셨더라면 지금 당신들은 정말 좋았을 겁니다!"

그는 생각에 잠긴 눈으로 허공을 바라보며 조용히 말했다.

"나는 그분을 무척 좋아했지요!"

그는 더욱 낮은 음성으로 덧붙였다.

"게다가 이번에는 어머니까지 돌아가시고 말았으니!"

카차는 그의 말을 듣더니 황급히 냅킨을 주전자 위에 놓고 손수건을 꺼내며 울음을 터뜨렸다.

"정말 그동안 기막힌 변화가 있었군요!"

그는 카차의 울음을 외면하며 조금 전에 한 말을 되풀이하더니 잠시 후에,

"소냐, 장난감 좀 보여주렴!"

하며 홀로 나가버렸다. 그가 방에서 나가자, 나는 눈물이 글썽한 눈으로 카차를 바라보았다.

"저렇게 좋은 분이 어디 있겠니!"

카차는 말했다.

우리와는 남이나 다름없는 사람의 진실한 태도에, 나는 정말 따뜻하고도 흐뭇한 감정을 느끼게 되었다.

홀에서는 소냐의 깔깔거리는 소리와 그 애를 상대로 떠들어대는 그의 목소리가 들려왔다. 나는 그에게 차를 내보냈다. 뒤이어 그가 피아노 앞에 앉아서 소냐의 조그만 손을 잡고 건반을 두드리는 소리가 들리기 시작했다.

"마리야 알렉산드로브나!"

그가 나를 부르는 소리가 들렸다.

"이리 와서 뭐든 좀 쳐 보시오."

그가 이렇게 아무런 허물도 없이 명령하는 듯한 어조로 말하는 것이 나는 기뻤다. 그래서 자리에서 일어나 그쪽으로 가까이 갔다.

"이걸 들려 주시오."

그는 베토벤의 〈월광 소나타〉를 펼쳐놓고 '아다지오'를 가리키며 말했다.

"솜씨가 어떤지 어디 한번 들어 봅시다."

그는 이렇게 덧붙이고는 찻잔을 든 채 한쪽 구석으로 물러갔다.

나는 왜 그런지 이 사람 앞에서는 사양을 한다거나 아직 서투르다고 변명을 한다거나 할 수 없을 것 같았다. 그래서 순순히 피아노 앞에 앉았다. 그가 음악을 이해하며 또 좋아한다는 것을 알고 있었기 때문에 그의 평이 두렵기도 했지만, 어쨌든 재주껏 치기로 했다. '아다지오'는 추억 속에 잠긴 채 연주했는데 그래도 제법 괜찮게 친 것 같았다. 그러나 '스케르초'는 그가 그만두라고 해서 치지 못했다.

"그건 아직 당신한테 어려울 거요."

그는 내 곁으로 가까이 오며 말했다.

"스케르초는 그만두시오. 그렇지만 아다지오는 그리 서툴지 않았어요. 당신은 음악에 소질이 있는 것 같군요."

이 적당한 찬사에 나는 얼마나 기뻤던지 얼굴을 붉히기까지 했다. 아버지의 친구로서 아버지와 대등하게 사귀던 그가 이제는 나를 이전처럼 어린애로 취급하지 않고 한 사람의 어엿한 어른으로 대해 주면서 진지하게 이야기를 해 주는 것이, 내게는 신기하기도 했고 또 기쁘기도 했다. 카차는 소냐를 재우러 이층으로 올라갔다. 그래서 우리는 단둘이 홀에 남게 되었다.

그는 우리 아버지에 대해 여러 가지 얘기를 들려주었다. 자기가 아버지와 가깝게 사귀게 되었을 때의 얘기며, 내가 겨우 일어나 앉아서 장난감이나 책 같은 걸 가지고 놀던 시절에 아버지와 함께 재미있게 지내던 이야기를 했다. 그의 이야기를 듣고 나는 처음으로 아버지가 솔직하고 쾌활한 사람이었다는 것를 알았다. 여태까지 나는 아버지가 어떤 사람이었는지 전혀 모르고 있었던 것이다.

세르게이 미하일로비치는 내가 무엇을 좋아하며 어떤 책을 읽고 있으며 앞으로 무엇을 할 작정이냐고 물어 보고 나서, 여러 가지 충고의 말까지 덧붙였다. 이제 그는 나를 놀리거나 장난감을 만들어 주거나 우스운 짓을 하는 재미있는 아저씨가 아니었다. 내게 절실하고 솔직한 태도로 대하며, 깊은 애정을 쏟아 주는 사람이 된 것이다.

나는 어느덧 그에게 존경과 호의를 품게 되었다. 그와 이야기를 하고 있노라면 마음이 가볍고 즐거워졌다. 한편으로는 긴장감도 갖게 되었다. 그의 앞에서는 한 마디 말도 조심스러웠다. 그리고 나는 우리 아버지의 딸이라는 이유 때문에 그에게서 받고 있는 사랑을 나 자신의 매력으로 얻고 싶었다. 소냐를 재우고 내려온 카차는 우리 사이에 끼어들더니, 요새 내가 우울증에 빠져 있다고 그에게 일러바쳤다. 그때까지 나는 그런 얘기를 전혀 입 밖에 내지도 않았던 것이다.

"제일 중요한 얘기를 나한테 하지 않았군요."

그는 나를 보고 나무라는 듯이 말했다.

"그런 얘긴 해서 뭘 하겠어요!"

나는 대답했다.

"따분하기 짝이 없는 얘기를. 이제 곧 괜찮아질 거예요."

나는 정말 우울증이 곧 없어질 것 같았다. 아니, 벌써 없어져 버렸거나 애초부터 그러한 증세는 없었던 것처럼 느껴졌다.

"고독한 환경을 이겨내지 못한다는 건 좋지 않은 일입니다. 그래서야 어디 귀족의 따님이라 할 수 있겠어요?"

그는 말했다.

"그래도 저는 귀족의 딸인걸요!"

나는 웃었다.

"그렇지 않지요. 남들이 사랑스러운 눈으로 보아줄 동안만 기운을 내고 정작 혼자 있게 되면 금세 풀이 죽어서 모든 것이 귀찮다고만 한다면 어떻게 의젓한 귀족의 따님이라 할 수 있겠어요? 그런 행동은 모두가 남에게 보이기 위한 겉치레에 지나지 않고, 자기 자신을 위한 것은 아무것도 없는 셈이니까요."

"아주 그럴 듯한 생각을 갖고 계시는군요."

나는 그저 무슨 말이든지 한 마디 해야 될 것 같아서 이렇게 대꾸했다.

"그런 게 아닙니다!"

잠시 입을 다물고 있다가 그는 다시 입을 열었다.

"당신은 아버지를 닮은 데가 있는데, 그런 점은 확실히 좋아요. 당신에겐 그 무엇이 있어요……."

그의 착하고도 상냥한 시선은 다시금 내 마음을 사로잡아 감미로운 설렘을 느끼게 했다.

나는 그때야 비로소, 얼른 보기에는 쾌활하기만 한 그의 표정 뒤에 숨겨진 특이한 눈길을 알아차렸다. 그것은 처음에는 명랑하게 보이지만, 차차 주의깊은 시선으로 변하여 나중에는 약간 서글픈 빛조차 띠는 것이었다.

"당신 같은 사람이 생활에 권태를 느낀다면 말이 됩니까? 그래서는 안 되지요."

그는 하던 말을 이었다.

"당신에겐 음악이라는 게 있어요. 당신은 음악을 열심히 해야 할 겁니다. 그리고 책도 읽어야 하고, 또 여러 가지 공부도 해야 할 겁니다. 당신은 앞길이 구만리 같은 사람입니다. 그러나 앞날을 위해 준비를 할 수 있는 기회는 지금밖에 없어요. 그렇지 않으면 나중에 후회하게 될 겁니다. 이제 일 년만 지나가도 이미 때는 늦습니다."

세르게이 미하일로비치는 마치 아버지나 아저씨가 하는 것 같은 어조로 내게 말했다. 나는 그가 나와 대등한 위치에서 이야기를 하려고 쉴새없이 애쓰고 있다는 것을 눈치챌 수 있었다. 그가 나를 손아랫사람으로 취급하는 것이 어쩐지 불쾌하기도 했지만, 나 때문에 예전부터 가져오던 태도를 변화시키려고 노력하고 있다는 사실이 기쁘기도 했다.

그날 저녁의 나머지 시간을 그는 카차와 집안 일에 대해 의논하는 것으로써 버렸다.

"그럼, 안녕히들 계십시오."

이윽고 그는 자리에서 일어나 내게 다가오더니 손을 잡으며 말했다.

"언제 또 뵐 수 있게 될까요?"

카차가 물었다.

"봄에나 만나게 될 겁니다."

내 손을 잡은 채 그는 이렇게 대답했다.

"이제부터 다닐롭카—그 마을도 역시 우리들의 영지였다—에 가서 그곳 사정을 잘 알아보고, 될 수 있는 데까지 정리를 해야겠지요. 그 다음엔 내 사업 관계로 모스크바에 다녀와야 하니까 넉넉잡고 여름쯤에는 자주 만나게 되겠지요."

"어머나, 그렇게 오래 걸려요?"

나는 몹시 풀이 죽은 목소리로 말했다. 사실 나는 앞으로 날마다 그를 만날 수 있게 되리라 기대하고 있었기 때문에 그의 말을 듣자 갑자기 슬프고 무서운 심정이 되어 또다시 우울증에 빠질 것만 같았다. 아마도 그러한 나의 심정이 내 시선이나 목소리에 나타났던 모양이다.

"어쨌든 쓸데없이 풀이 죽어 있을 게 아니라, 좀더 열심히 공부나 하시오."

그의 말투는 갑자기 냉정해졌다.

"봄에 내가 와서 그동안 얼마나 공부를 했는지 시험해 보겠습니다."

잡고 있던 손을 놓고 일부러 외면을 하면서 그는 그렇게 덧붙이는 것이었다. 그를 배웅하려고 우리들이 현관에 나가 서 있는 동안에도 그는 급히 서둘러 슈바를 입으며 또다시 나를 외면했다.

'원, 별걱정 다 하네!'

나는 속으로 생각했다.

'내 얼굴을 찬찬히 바라보면 내가 다른 뜻으로 해석하고 좋아할까봐 저러나? 물론 친절하고 좋은 분이라 생각하곤 있지만…… 그러나 그저 그것뿐인

데.'

그렇지만 그날 밤 나와 카차는 잠을 이루지 못하고 늦도록 이야기를 했다. 세르게이 미하일로비치에 대한 이야기가 아니라, 이번 여름은 어떻게 지내자느니, 겨울엔 어디서 어떻게 살자느니 하는 이야기였다.

전에 나를 괴롭히던 '무엇 때문에?'라는 물음은 이미 내 앞에 나타나지 않았다. 행복을 누리기 위해서는 우선 살고 봐야 한다는 말이 내게는 아주 단순하고도 명백한 진리처럼 여겨졌고, 또 내 앞길에는 행복이 가득 차 있는 것만 같았다. 그리하여 어둠침침한 포크롭스코예 마을의 옛집에는 별안간 생기와 광명이 넘치게 되었다.

2

겨울이 가고 봄이 왔다. 이전과 같은 우울증은 완전히 사라지고 대신 어떤 분명치 않은 기대와 희망이 뒤섞인, 공상 비슷한 동경이 마음속을 차지했다. 나는 지난해 초겨울과 같은 태도를 버리고 소냐의 공부를 도와주는 한편 음악과 독서 같은 것으로 시간을 보내고 있었다. 그렇지만 가끔 혼자 정원에 나가서는 아주 엉뚱한 공상에 잠기기도 하고 부질없는 희망과 기대를 품어보기도 하며, 가로수길을 오랫동안 거닐거나 벤치에 멍청히 앉아 있기도 했다. 어떤 때는 며칠밤이고 계속해서—특히 달 밝은 밤에는 더욱 그랬지만—날이 밝아올 때까지 창가에 앉아 있기도 했고, 또 어떤 때는 얇은 재킷만 걸치고 카차의 눈을 피하여 살짝 뜰 안으로 빠져나와서는 이슬을 헤치며 연못가까지 달려가 보기도 했다. 그리고 한번은 들판까지 나갔다가 밤중에 혼자서 넓은 정원을 한 바퀴 돌아온 일도 있었다.

그 당시 내 마음에 가득해 있던 꿈이 어떤 것이었는지 지금은 생각해낼 수도, 이해할 수도 없다. 비록 생각해 냈더라도 그것이 정말 나의 꿈이었다고는 믿어지지 않을 것이다. 그처럼 나의 공상은 현실에서 동떨어진 우스꽝스러운 것이었다.

5월 말이 되자 세르게이 미하일로비치는 약속대로 여행을 끝내고 돌아왔다.

그가 처음 찾아온 때는 저녁 무렵이었는데, 우리들은 그 시각에 그가 나타나리라곤 꿈에도 생각지 않고 있었다. 마침 우리들은 차를 마시려고 테라스에 나와 앉아 있었다. 정원은 이미 푸른 나뭇잎으로 덮여 있었고, 자랄 대로 자란 꽃밭 속엔 밤꾀꼬리가 베드로 축일*2 때까지 들어가 살 둥지를 어느새 틀어놓은 모양이었다. 무성한 라일락 덤불은 흰빛과 연보라빛이 나는 가루를 군데군데 뿌려놓은 것처럼 보였다. 이제 막 꽃이 피려는 모양이었다. 가로수를 이룬 자작나무 잎은 지평선에 걸려 있는 저녁 햇빛을 받아 투명하게 보였고, 테라스에는 서늘한 그늘이 어려 있었다. 얼마 안 있어 저녁 이슬이 풀 위에 그득하게 내릴 시각이었다. 뒤뜰 안에서는 그날 하루 일의 뒤치다꺼리를 하는 소리와 들판에 나갔던 가축떼를 몰고 들어오는 소리가 들려왔다. 바로 니콘이 마차에 물통을 싣고 테라스 앞길을 왔다갔다하며 물을 뿌렸다. 맑은 물이 물통에서 줄지어 솟아나와, 달리아꽃 포기와 받침대 둘레에 파헤쳐 놓은 흙에 검게 동그라미를 그리는 것이었다. 우리들이 앉아 있는 테라스에는 새하얀 상보 위에 반짝반짝 윤이 나게 닦인 사모바르가 끓고, 크림이라든가 버터빵이라든가 과자 따위가 놓여 있었다. 카차는 토실토실한 손으로 살림꾼답게 찻잔을 씻고 있었지만, 나는 목욕을 하고 나서 배가 고팠기 때문에 차를 따라줄 때까지 기다리지 못하고 빵에다가 걸쭉한 크림을 발라서 먹고 있었다. 나는 두 팔이 드러난 모시 블라우스를 입고 젖은 머리를 손수건으로 아무렇게나 동여매고 있었다. 카차가 제일 먼저 창 너머로 그를 발견했다.

"어마! 세르게이 미하일로비치씨가 오셨네!".

카차가 반가운 듯 소리쳤다.

"우린 지금 당신 얘길 하고 있던 참이에요."

나는 얼른 자리에서 일어나, 안에 들어가서 옷을 갈아입고 나오려고 했다. 그러나 문턱을 막 넘어서다가 그만 세르게이 마하일로비치한테 잡히고 말았다.

"아니, 이런 시골에서 형식을 차릴 필요가 어딨어요?"

그는 손수건으로 동여맨 내 머리를 보고 싱글싱글 웃으며 말했다.

"하인 그리고리 앞에서는 그런 모양으로도 태연할 게 아닙니까? 나도 당신에겐 그리고리와 조금도 다를 바 없는 사람입니다."

그러나 나는 바로 그 순간, 나를 보는 그의 눈길이 그리고리와는 조금도 비슷하지 않다는 생각이 들어 어쩐지 부끄러웠다.

---

*2 교회력 6월 29일.

"금방 나올게요."

나는 안으로 들어서면서 말하였다.

"그 모양이 어디가 어때서요!"

등 뒤에서 그가 외쳤다.

"마치 젊은 농부의 색시 같아서 좋은데 그래."

'그는 어째서 그렇게 이상한 눈으로 나를 보았을까?'

이층에서 급히 옷을 갈아입으며 나는 생각했다.

'어쨌든 그가 와서 다행이야. 이젠 심심치 않게 되었으니까!'

거울을 잠깐 들여다보고 나서 나는 들뜬 기분으로 층계를 뛰어내려갔다. 그리고 급히 서둘렀다는 것을 숨기려 하지도 않고 숨을 할딱거리며 테라스로 나갔다. 그는 식탁에 앉아서 이야기를 계속했다. 그의 말에 따르면 우리집의 경제적인 형편은 썩 좋다는 것이었다. 따라서 이제 여름 동안만 시골에 있다가 그 다음에 소냐의 교육을 위해 페테르부르크로 가든지, 아니면 외국으로 여행을 떠나든지 하면 된다는 것이었다.

"당신도 우리와 함께 외국으로 가실 수 있다면 얼마나 좋을까요!"

카차가 말했다.

"우리들끼리만 간다면 깊은 숲 속에 들어간 것처럼 길을 잃어버리고 말 거예요."

"아아, 정말 나도 당신들과 함께 세계 일주를 했으면 합니다."

그는 농담인지 진담인지 모를 말투로 대꾸했다.

"뭐, 못할 것도 없잖아요?"

내가 한 마디 했다.

"우리 세계일주를 합시다!"

그는 입가에 미소를 띠며 고개를 가로저었다.

"하지만 우리 어머님은 어떡하지요? 그리고 집안일은 누가 보지요? 아니, 그런 얘긴 그만둡시다. 그동안 어떻게 지냈는지 그 얘기나 해 주십시오. 설마 또다시 우울증에 걸리진 않았겠지요?"

내가 그가 여행하는 동안 조금도 싫증을 내지 않고 열심히 공부했다는 말을 하고, 또 카차가 내 말을 입증하자 그는 나를 칭찬하며 마치 자기에게 그런 권리라도 있는 것처럼 여러 가지 말과 다정스러운 눈길로 어린애 다루듯 나를 위로해 주는 것이었다. 나는 내가 잘했다고 생각하는 모든 것을 그에게 상세하게 보고했다. 그가 못마땅하게 여길지 모르는 일이라도, 마치 교회에서 신부한테 고해성사를 할 때처럼 전부 털어놓지 않으면 안 될 것만 같았다.

참으로 상쾌한 저녁이었다. 그래서 우리들은 차를 다 마시고 나서도 테라스에 그대로 앉아 있었다. 그와 얘기하는 것이 얼마나 재미있었던지 나는 주위의 인기척이 차차 뜸해지는 것조차 느끼지 못했다. 여기저기서 코를 찌르는 듯한 꽃향기가 풍겨오고, 풀잎은 저녁 이슬에 흠뻑 젖어 있었다. 밤꾀꼬리는 가까운 라일락 덤불 속에서 울기 시작하다가 우리들의 말소리를 듣고는 잠잠해졌다. 별들이 총총한 밤하늘은 흡사 우리들의 머리 위로 낮게 내려온 것 같았다.

포장을 씌운 테라스의 지붕 밑으로 박쥐 한 마리가 소리도 없이 갑자기 날아들어와 나의 흰 머리수건을 툭 건드렸다. 나는 그제야 비로소 이미 황혼이 깃들고 있다는 것을 알았다. 나는 깜짝 놀라서 벽에다 몸을 붙이고 하마터면 소리를 지를 뻔했지만, 박쥐란 놈은 들어올 때와 마찬가지로 소리도 없이 날쌔게 지붕 밑을 빠져나가더니 어두운 정원 속으로 사라져 버렸다.

"나는 이 포크롭스코예 마을이 말할 수 없이 좋습니다."

세르게이 미하일로비치는 하던 이야기를 그만두고 이런 말을 했다.

"한평생 이 테라스에 앉아 있으면 좋겠군요."

"뭐, 어려울 것 없지 않아요? 그렇게 하시면 될 텐데."

카차가 말을 받았다.

"네, 그렇게 하고 싶지만 생활이 그걸 허락해야지요?"

그가 말했다.

"그런데 어째서 결혼을 하지 않으세요?"

카차가 물었다.

"아주 훌륭한 남편감이신데?"

"이렇게 자유롭게 지내는 것이 좋아서 그런가 봐요."

그는 웃었다.

"하지만 카체리나 카를로브나*3, 나나 당신이나 이미 결혼할 시기는 지난 사

*3 카차의 이름과 부칭(父稱). 러시아 사람들은 이름과 부칭으로 존칭을 대신한다.

람들입니다. 남들이 나를 중매할 만한 사람이 아니라고 인정하게 된 것은 벌써 오래전이지요. 나 자신도 그렇게 생각한 지가 옛날입니다. 그 후부터 오히려 나는 쾌활해졌어요. 정말입니다."

그는 어색할 만큼 홍겨운 어조로 과장스레 그런 말을 하는 것이었다.

"참 이상한 말씀을 하시네요! 서른 여섯 살에 벌써 다 늙었다고 하시다니!"

카차가 말했다.

"어쩌다가 이렇게 늙어 버렸는지."

세르게이 미하일로비치는 말을 받았다.

"요렇게 꼼짝 않고 앉아 있고만 싶단 말입니다. 결혼을 할 만한 사람이라면 아마 이렇지는 않겠지요. 거기에 대해서는 저 사람한테 물어 보십시오."

그는 턱으로 나를 가리켰다.

"저런 사람들이야말로 어서 중매를 해 주어야지요. 우리들은 그것으로 만족할 수밖엔 없습니다."

그의 음성에는 일종의 슬픔과 긴장이 숨겨져 있는 것을 나는 재빨리 알아차렸다. 그는 잠시 동안 입을 다물고 잠자코 있었다. 그래서 나도 카차도 입을 열지 않았다.

"한번 상상만이라도 해 보십시오."

의자에 앉은 채 옆으로 몸을 빙그르르 돌리며 그는 다시 말을 계속했다.

"가령, 내가 어떤 불행한 우연으로 해서 열일곱 살난 처녀를, 예를 들어 마샤와…… 마리야 알렉산드로브나와 결혼했다고 합시다. 이건 참 좋은 비유군요. 이런 얘기가 나와서 정말 다행입니다…… 이건 아주 적절한 비유입니다."

나는 웃음이 터져 나왔지만, 도대체 무슨 이야기가 나와서 무엇이 다행이라는 건지 알 수가 없었다.

"가슴에다 손을 대고 바른대로 한번 말해 보십시오."

그는 나를 돌아보며 농담 비슷하게 말했다.

"당신의 머릿속에는 여러 가지 멋진 생각과 욕망이 가득 차 있는데 말입니다. 그저 가만히 앉아 있고 싶어만 하는 맥빠진 늙은이와 자기의 일생을 결합시킨다면 당신은 불행하지 않을까요?"

나는 부끄러운 마음이 들어 무엇이라 대답할 바를 모르고 잠자코 있었다.

"하지만 내가 당신한테 청혼을 하고 있는 건 아닙니다."

그는 웃어댔다.

"그러나 솔직히 말해 보십시오. 당신이 저녁마다 혼자서 가로수길을 거닐며 머릿속에 그리는 남편은 그 따위 늙은이가 아니겠지요? 그런 사람과 결혼한다면 역시 불행하겠지요?"

"불행이라고는 할 수 없겠지만……."

나는 머뭇거렸다.

"그러나 그리 좋지는 못할 거란 말이로군요."

그가 내 말을 받아 끝을 맺었다.

"네, 하지만 제가 혹시 잘못 생각했는지도……."

그는 또다시 내 말을 가로채며 카차에게 말했다.

"들으셨지요? 마샤의 말은 정말 옳은 말입니다. 나는 마샤가 솔직하게 대답해 준 데 대해 감사합니다. 그리고 얘기가 나온 걸 매우 기쁘게 생각합니다! 사실 내가 결혼을 한다면 그런 문제 이외에도 더욱더 커다란 불행이 일어날 겁니다."

"당신은 참 재미있는 분이에요. 그전과 조금도 변하지 않으셨군요."

이렇게 말하고 카차는 밤참을 차리려고 안으로 들어갔다.

그녀가 테라스에서 들어간 후 우리들은 양쪽 다 입을 닫아 버렸고, 주위는 쥐죽은 듯이 조용해졌다. 다만 밤꾀꼬리만이 어제처럼 짤막짤막 끊어진 시원치 않은 소리가 아니라, 한밤중 분위기에 잘 어울리는 침착하고 느릿느릿한 음조로 온 정원이 울리도록 목청을 뽑아 울고 있었다. 그러나 저 멀리 아래 골짜기에서 다른 밤꾀꼬리 한 마리가 오늘 저녁 처음으로 이에 호응했다. 이쪽 꾀꼬리는 그 소리에 귀를 기울이는 듯이 잠시 울음을 그쳤다가 다시금 더욱 소리를 가다듬어 방울을 굴리듯 지저귀기 시작했다. 이리하여 양쪽에서 들리는 밤꾀꼬리 소리는 우리들이 전혀 알 수 없는 그들만의 밤의 세계에서 장엄하고도 조용하게 울려 퍼져나가는 것이었다. 정원지기가 잠을 자러 온실 쪽으로 가고 있었다. 무거운 장화를 신은 그의 발걸음 소리는 좁은 길을 따라 차차 멀어져갔다. 누군지 산기슭 쪽에서 휙휙 휘파람을 두 번 불었으나, 다시 주위는 조용해졌다. 들릴 듯 말 듯하게 나뭇잎이 흔들거리고, 포장으로 만든 테라스 지붕이 펄렁 나부끼더니 무엇인지 코를 찌를 듯한 향기가 풍겨나와 테라스에 가득 퍼졌다. 나는 조금 전에 그런 얘기가 나왔기 때문에 그냥 잠자코 있기도 어색했지만 정작 무슨 말을 해야 좋을지 몰랐다. 나는 눈을 모아 그를 바라보았다. 희미한 어둠 속에서 빛나는 눈이 이쪽을 응시하고 있었다.

"이 세상에 살고 있다는 건 참 좋은 일이군요!"

그가 침묵을 깨고 말했다.

나는 무엇 때문인지 나도 모르게 한숨을 쉬었다.

"아니, 왜 그러십니까?"

"이 세상에 살고 있다는 건 참 좋은 일이에요!"

나는 그가 했던 말을 되풀이했다.

또다시 침묵이 흘렀다. 그대로 앉아 있기도 역시 거북했다. 나는 그가 늙어버렸다는 말에 맞장구를 쳐서 그의 기분을 상하게 했다는 생각이 줄곧 머릿속에서 떠나지 않아 그를 위로하고 싶었지만 어떻게 해야 좋을지 알 수가 없었다.

"하지만 이만 실례해야겠습니다."

그는 자리에서 일어섰다.

"어머님이 밤참을 잡수시지 않고 기다리실 테니까요. 오늘은 아직 어머님을 뵙지 못했습니다."

"새로 배운 소나타를 들려드리고 싶었는데요……."

나는 아쉬워했다.

"다음 기회에 부탁합시다."

그의 음성은 어쩐지 냉정하게 느껴졌다.

"그럼, 안녕히 가세요."

틀림없이 내가 그의 기분을 상하게 한 것만 같아서 미안한 나는 생각이 들었다. 카차와 함께 현관 층계까지 그를 배웅하고 나서, 나는 그가 사라진 한길을 물끄러미 내려다보다가 다시 한참 동안 뜰 안을 응시했다. 그리고 밤의 음향이 젖어든 이슬 섞인 안개 속에서 언제까지나 마음 내키는 대로 주위를 바라보기도 하고 귀를 기울이기도 했다.

그 뒤 세르게이 미하일로비치가 두세 번 찾아오는 동안에, 그 기묘한 대화 때문에 생겼던 어색한 느낌은 씻은 듯이 사라졌다. 그리고 다시는 되풀이되지 않았다. 여름에 그는 1주일에 두세 번씩 우리집을 방문해 주었다. 나는 그것이 습관이 되어서 어쩌다가 그가 오랫동안 찾아와 주지 않으면 혼자서 지내기가 어쩐지 기북한 느낌이 들었다.

그래서 때로는 나를 혼자 내버려 두다니 너무하다고 속으로 그를 원망하기도 했다. 그는 나를 자기보다 나이가 어린 귀여운 벗으로 대하며 여러 가지 세세한 것까지 묻기도 하고, 마음에 있는 모든 것을 자기에게 솔직히 털어 놓지 않을 수 없게 만드는가 하면, 충고와 격려를 주기도 하고, 또는 꾸짖기도 하고, 나의 행동을 제지하기도 했다.

그렇지만 그가 나와 대등한 위치에 서기 위하여 끊임없이 노력하고 있었음에도 그에게는 내가 이해할 수 있는 면과는 또 다른 하나의 세계가 남아 있는 것 같았다. 또한 그는 그 세계에 나를 들여보낼 필요가 없다고 인정하고 있는 것처럼 여겨지기도 했다. 그것이 오히려 그에 대한 나의 존경심을 더욱 깊게 했을 뿐만 아니라 이상한 매력까지 느끼게 하는 것이었다.

나는 카차와 이웃 사람들에게서, 그가 현재 함께 살고 있는 늙은 어머님을 봉양하며 자기의 영지(領地)를 관리하는 한편, 후견인으로서 우리들을 돌보아 주는 외에도 귀족단체의 무슨 일까지 맡아 보고 있는데, 그것 때문에 그가 몹시 불쾌한 일을 당했다는 얘기를 들었다. 그러나 그가 거기에 대해 어떤 태도를 취하고 있는지, 그리고 어떠한 신념을 품고 있으며 어떠한 계획과 희망을 가지고 있는지, 그런 점에 대해서 나는 그로부터 한 마디 말도 들을 수 없었다. 어쩌다 내가 그의 사업관계에 화제를 돌리기만 하면 그는 '제발 그런 얘긴 그만둡시다. 그런 건 알아서 뭘 하겠소'라는 듯 얼굴을 찡그리며 독특한 표정을 짓곤 금방 딴 얘기를 꺼내는 것이었다. 그러한 그의 태도에 처음에는 모욕감을 가졌으나 그후 차차 나 자신에 관한 이야기만을 주고받는 것이 습관이 되어, 나는 그것이 오히려 자연스럽다고 생각하게 되었다.

그리고 또 처음에는 내가 못마땅하게 여기던 것이 나중에 가서 반대로 만족을 주게 된 것이 있는데, 그것은 그가 내 용모에 대해 전혀 무관심할 뿐아니라 경멸에 가까운 태도를 취하고 있는 점이었다. 그는 내 앞에서 말로나 시선으로나 나의 미모에 감탄하는 것 같은 눈치를 보인 적이 한 번도 없었다. 아니, 오히려 딴 사람이 그가 있는 자리에서 나를 예쁘다고 칭찬하면 그는 얼굴을 찌푸리며 픽하고 웃기가 일쑤였다. 그는 내 용모에서 결점을 찾아내서는 곧잘 나를 놀리기도 했다. 카차는 명절 같은 날, 내게 새로 유행하는 옷을 입히고 머리를 멋지게 빗어 주기를 좋아했는데, 그것은 그의 조소를 살 뿐이었다.

그래서 카차는 몹시 섭섭하게 생각했고, 나도 처음에는 무슨 영문인지 몰라서 약간 어리둥절하지 않을 수 없었다. 카차는 속으로 그가 나를 좋아한다고 확신하고 있었기 때문에, 자기가 좋아하는 여자가 모양을 내는 것을 어째서 싫어하는지 이해할 수 없었던 모양이다. 그러나 나는 얼마 안 가서 그가 무엇을 요구하고 있는지 깨달았다. 그는 나한테 조금도 교태(嬌態)가 없다는 것을 확인하고 싶었던 것이다. 그래서 내가 그 점을 깨닫게 된 후로는 나의 옷차림에서나 머리 모양에서나 교태 같은 것은 정말 그림자도 찾아볼 수 없게 되었다. 그러나 그 대신 빤히 속이 들여다보이는 순수함을 가장한 애교가 나타났다. 그때 나는 아직도 마음속으로부터 완전히 순진해질 수는 없었던 것이다.

세르게이 미하일로비치가 나를 사랑하고 있다는 것은 나도 알고 있었지만, 그것이 어린애에 대한 사랑인지 또는 이성에 대한 사랑인지 그런 것은 생각해 보지도 않았다. 다만 그의 사랑이 고맙기만 했다. 그리고 그가 나를 세상에서 제일 훌륭한 처녀라 생각하고 있는 것 같았으므로 나는 그러한 그의 착각이 언제까지나 계속되기를 바랐던 것이다. 그리하여 나는 그를 무의식중에 기만하고 있었던 것이다. 하지만 그를 기만하다 보니 나 자신도 전보다 훨씬 얌전하게 되어 갔다. 나는 자기 영혼의 좋은 면을 그에게 보여 주는 것이, 외모의 장점을 보여 주는 것보다 얼마나 현명하고 보람이 있는가를 깨닫게 되었다. 나의 머리 모양이나 손이나 얼굴이나 버릇 같은 것은 아름답든지 흉하든지 그가 빤히 알고 있기 때문에 새삼스럽게 잘 보이려고 모양을 내 봐야 결국 남의 눈을 속이려는 속셈을 스스로 폭로하는 것 이외에는 아무런 효과도 없을 성싶었다. 그러나 그도 내 영혼은 잘 모르고 있었다. 그가 내 영혼을 사랑하고 있었기 때문이기도 하지만, 바로 그때 내 영혼이 한창 성숙하고 있었다는 데도 원인이 있었다. 따라서 이러한 면에서는 그를 속일 수 있는 가능성이 있었고, 그리하여 나는 그를 기만하고 있었던 것이다.

그런 점을 확실히 깨달은 후부터는 그를 대하기가 얼마나 수월해졌는지 모른다. 전에 느끼던 까닭없는 마음의 동요와 행동의 구속감은 어느새 모조리 없어졌다. 어디서 보든지, 내가 어떻게 꾸미든지, 그는 나의 모든 것을 자기 손바닥에 둔 것처럼 여겼고, 또한 있는 그대로의 내게 만족하고 있다고 생각되었다. 만일에 그가 자기의 습관과는 반대로 갑자기 내 얼굴이 예쁘다는 말을 했다 해도 나는 조금도 반갑지 않았을 것이다. 그 대신 내가 무슨 말을 한 마디

했을 때, 그가 내 얼굴을 응시하며 자기의 감격을 일부러 농담 비슷한 어조로 얼버무리려고 애쓰면서,

"그렇고말고, 당신에겐 그 무엇이 있어요. 당신은 참으로 훌륭한 아가씹니다. 나는 그 점을 시인하지 않을 수 없습니다."

라고 할 때, 내 마음은 얼마나 기쁘고 즐거웠는지 모른다.

대체 무엇 때문에 내가 자랑과 기쁨으로 가슴이 벅찰 정도의 찬사를 그때 그에게서 받을 수 있었을까? 그것은 늙은 하인인 그리고리가 자기의 손녀를 어떻게 사랑하는지, 내가 그 애정에 감동했기 때문이다. 그리고 시라든가 소설을 읽고 눈물을 흘릴 정도로 감격했기 때문이다. 또 슐휴프보다 모차르트를 더 좋아했기 때문이다.

그리고 생각할수록 이상한 것은, 그때만 해도 아직 나는 어떤 것이 훌륭한지 어떤 것을 좋아해야 하는지 전혀 분간할 수 없었는데도 불구하고, 그 어떤 비상한 직감에 의해서 그런 것을 모두 알아맞혔다는 사실이다. 이전의 나의 습관이나 취미는 거의 모두가 마음에 들지 않았었다. 그러던 것이, 이제는 그가 눈썹의 움직임이라든가 눈의 표정으로, 내가 말하려는 것이 자기 마음에 안 든다는 암시를 주기만 하면 그것으로 족했다. 상대방을 가엾게 여기는 것 같은, 그리고 멸시하는 것 같기도 한 그의 독특한 표정을 보기만 하면 나는 그 전에 좋아하던 것이라도 금세 싫어지는 것이었다.

그가 내게 무슨 충고를 하려 할 때면, 나는 벌써 하고자 하는 말을 다 알 수 있을 것 같았다. 그리고 그가 내 눈을 들여다보며 무엇을 물을 때면, 그 시선은 벌써 그의 생각 속으로 나를 끌고 들어가서 그가 원하는 것이 무엇인지를 가르쳐 주는 것이었다. 그 당시의 나의 모든 사상과 모든 감정은 나 자신의 것이 아니라, 그의 사상이며 그의 감정이었다. 그의 것이 갑자기 내 것이 되고 내 생활 속으로 옮아와서 생활을 밝게 비춰 주었던 것이다.

나 자신도 전혀 의식하지 못하는 사이에 나는 주위의 모든 것을—카차도, 하인들도, 소냐도, 자기 자신도, 자기가 하고 있는 일도 아주 다른 눈으로 보게 되었다. 이전에는 그저 심심풀이로 읽고 있던 책이 이제는 갑자기 내 생활에서 깊은 만족을 주는 것 중의 하나가 되었다. 더욱이 그렇게 된 것은 다름 아니라, 그와 더불어 책에 대해 얘기를 하고, 그와 함께 읽고, 그가 내게 여러 가지 서적을 갖다 주었다는 단순한 이유에서였다. 전 같으면 소냐에게 공부를

가르치는 것도 다만 괴로운 의무인 것만 같았고, 책임감 때문에 마지못해 하고 있었을 뿐이었다. 그러나 그가 한번 학습 시간에 참석하자 갑자기 소냐에게 공부를 가르치는 것이 내게는 즐거움으로 변해 버렸다. 전 같으면 어려운 악보를 모두 암기한다는 것은 도저히 불가능한 일이라고 생각했었는데, 지금은 그가 듣고 칭찬해 줄지도 모른다는 기대 때문에 똑같은 절(節)을 마흔 번씩이나 연습했다. 그래서 가엾게도 카차는 귓구멍을 솜으로 틀어막아 버렸지만 나는 조금도 싫증을 내지 않았다. 이전에 이미 배워 익혔던 바로 그 소나타가 왜 그런지 이제는 전혀 다른 음조를 띠고 있는 것 같았고, 전과는 다르게 훨씬 훌륭한 곡으로 여겨졌다.

내가 누구보다도 더 잘 알고 또 나 자신과 같이 사랑해 온 카차까지도 내 눈에는 아주 딴 사람처럼 보이게 되었다. 카차는 우리들의 어머니 노릇을 해 왔고, 친구가 되어 주었으며 동시에 하인의 역할까지 맡아서 해 왔지만, 사실은 그렇게 해야 할 아무런 의무도 없다는 것은 나는 이제야 비로소 깨달았다. 나는 이 친절한 여인의 자기 희생과 깊은 애정을 알게 되었을 뿐만 아니라, 내가 그녀로부터 얼마나 많은 은혜를 입고 있는가를 이해하게 되었던 것이다. 그래서 나는 더욱더 그녀를 따르게 되었다.

내가 우리집에 딸려 있는 사람들을—농부들이나 하인들이나 하녀들을, 전과는 전혀 다른 눈으로 볼 수 있도록 가르쳐 준 것도 역시 세르게이 미하일로비치였다. 이것은 좀 우스운 얘기지만, 나는 열일곱 살이 될 때까지 그들에게 에워싸여 살아왔으면서도 여태까지 한 번도 만나보지 못한 사람들 이상으로 그들에게 무관심했던 것이다. 그들에게도 역시 나 자신에게 있는 것과 같은 애정과 희망과 동정심이 있으리라곤 꿈에도 생각해 본 적이 없었다. 오래전부터 내가 잘 알고 있는 우리집 정원이라든가 숲이라든가 농장 같은 것도, 별안간 내게는 새롭고 아름다운 것으로 변해 버렸다. 이 세상에는 오직 하나의 의심할 여지가 없는 행복이 있는데 그것은 남을 위해서 사는 것이라고 한 세르게이 미하일로비치의 말은 무의미한 소리가 아니었다. 그때만 해도 나는 그 말이 이상하게 들렸고, 또한 뜻을 이해할 수도 없었지만, 그러한 그의 신념은 똑바로 내 가슴속으로 들어와서 자리를 잡는 것이었다. 그는 내 생활에 아무런 변화도 일으키지 않고, 또한 하나하나의 인상이 자기 이외에는 아무것도 더하지 않으면서 현재의 내 생활에 기쁜 삶의 문을 열어 주었다. 어릴 때부터 침묵만 지키고 있던 내 주위의 모든 것이 갑자기 활기를 띠게 되었다. 오직 그가 찾아왔다는 이유만으로 주위의 모든 사물이 입을 벌려 말을 하기 시작하고, 앞을 다투어 내 영혼 속으로 달려들어와서는 그 영혼을 행복에 넘치게 하는 것이었다.

그해 여름에는 이런 일이 종종 있었다. 이층에 있는 내 방에 들어가서 자리에 누우면, 이전에 느끼던 봄다운 우수(憂愁)나 희망이나 미래에 대한 기대 대신에, 현재의 행복에서 오는 불안이 내 가슴을 사로잡곤 했다. 그런 때면 잠을 이루지 못하고 자리에서 일어나 카차의 침대에 걸터앉아, 나는 참으로 행복하다고 그녀에게 말했다. 지금 생각해 보면, 그런 말을 할 필요는 조금도 없었던 것 같다. 그녀는 내가 말하지 않아도 빤히 알고 있었을 것이었기 때문이다. 그러나 카차는

"네가 행복하다니, 나는 그 이상 아무것도 바랄 것이 없다. 나도 역시 행복하다."

고 말하며 내게 키스를 하는 것이었다. 나는 카차의 말을 믿었다. 나는 누구나가 다 행복해야만 하고 그래야만 공평할 것이라 생각하고 있었던 것이다. 하지만 카차는 잠을 자야 하겠다는 생각에서인지, 일부러 성난 태도를 꾸미기까지 하며, 자기 침대에서 나를 쫓고는 다시 잠들어 버리곤 했다. 그래도 역시 나는 잠잘 생각을 하지 않고, 무엇이 나를 이처럼 행복하게 해주는지 그 원인을 오랫동안 곰곰이 생각하고 또 생각했다. 어떤 때는 자리에서 일어나 이와 같은 행복을 주셔서 감사하다고 하느님께 기도를 드리기도 했다.

방 안은 조용했다. 다만 카차의 규칙적인 숨결 소리와 그 옆에서 재깍거리는 시계 소리가 들릴 뿐이었다. 나는 이리저리 몸을 뒤척이면서 입 속으로 기도문을 외기도 하고, 성호를 긋기도 하고, 목에 걸고 있는 십자가에 입술을 대기도 했다. 방문은 닫혀 있고 들창에는 덧문이 내려져 있었다. 무엇인지 파리가 아니면 모기 같은 것이 한 곳에서 가늘게 날개를 떨며 앵앵거리고 있었다. 나는 어떠한 일이 있어도 그 조그만 방에서 밖으로 나가고 싶지 않다고 생각했다. 아침이 오지 말았으면 하는 생각이 늘 있었다. 나를 에워싸고 있는 이 영적인 분위기를 깨뜨리고 싶지 않았기 때문이다. 나의 공상이나 사상이나 기도는 생명을 지니고 있어서 이 어둠 속에 나와 함께 호흡하며 내 침대 주위를 날아다니기도 하고 내 머리 위에서 맴돌고 있기도 하는 것만 같았다. 그리고 이러한

나의 사상은 모두가 그의 사상이고 나의 감정은 곧 그의 감정이었다.

그 당시만 해도 나는 그것이 연정(戀情)이라는 것인 줄을 모르고 있었다. 그리고 이런 일은 언제나 있을 수 있는 것이고, 이러한 감정은 별다른 이유 없이 그저 우러날 수 있는 것이라고 생각하고 있었던 것이다.

3

여름 추수가 시작될 무렵인 어느 날, 점심을 먹고 나서 나는 카차와 소냐와 함께 우리들이 좋아하는 정원 벤치로 나갔다. 벤치는 골짜기 위에 서 있는 보리수 그늘 밑에 놓여 있었는데, 거기서는 숲과 들판의 경치를 한눈으로 바라볼 수 있었다. 벌써 사흘이나 세르게이 미하일로비치가 우리집에 나타나지 않아서, 우리들은 그가 오기만을 고대하고 있었다. 더욱이 그가 우리밭을 돌아보러 오겠다고 약속했다는 말을 마름한테 들었기 때문에 틀림없이 오리라 믿었다.

오후 한 시가 좀 지나자, 그가 말을 타고 밀밭으로 오는 것이 보였다. 카차는 하녀에게 그가 좋아하는 복숭아와 버찌를 내오라고 말하고는, 나를 보며 생긋 웃더니 벤치 위에 누워 잠을 청했다. 나는 잎사귀와 껍질에 손이 젖을 정도로 수분이 많은, 부채처럼 둥그렇고 납작한 보리수나무 가지를 꺾어 들고 카차에게 부채질을 해주며 읽던 책을 다시 들여다보았다. 그러나 시선은 쉴새없이 책에서 떠나 세르게이 미하일로비치가 말을 타고 달려올 들판길로 향해지는 것이었다. 소냐는 굵은 보리수 그루 옆에서 인형의 집을 만들고 있었다.

그날은 바람 한점 없는 무더운 날씨였다. 땅에서는 뜨거운 김이 올라오고, 비구름이 하늘을 검게 덮어서 아침부터 소나기라도 한 차례 쏟아질 것 같았다. 나는 언제나 소나기가 퍼붓기 전 한동안 공연히 습관처럼 마음이 산란해지곤 했다. 다행히도 오후부터는 구름이 사방으로 흩어지기 시작하더니 푸른 하늘에 해가 나타났다. 다만 저 멀리 하늘 한쪽 끝에서 천둥소리가 어렴풋이 들려오고, 그와 함께 지평선 위에서 들판의 먼지와 뒤섞여 낮게 뭉쳐 있는 무거운 비구름을 가르며 가끔 새하얀 섬광이 지면에까지 뻗치곤 했다. 적어도 그날 안으로는 우리 마을에 비가 오지 않으리라고 단정할 수 있었다.

정원 저쪽으로 간간이 보이는 길에는 짐마차가 쉴새없이 지나가고 있었다. 밀단을 높이 쌓아올린 마차가 꼬리를 물고 느릿느릿 지나가는가 하면, 반대편에서는 빈 마차가 덜거덕거리며 달려오고, 그 위에 올라탄 농부의 두 다리가 흔들리며 루바시카 자락이 나부끼는 것이 보였다. 뽀얗게 일어난 먼지는 바람에 날려 가지도 않고 밑으로 내려앉지도 않고, 울타리 너머 정원의 엉성한 나뭇잎 사이에 자욱이 끼여 있었다. 좀 떨어진 곳에 있는 탈곡장에서도 사람들의 목소리와 삐걱거리는 마차바퀴 소리가 들려왔다. 담장을 끼고 천천히 그쪽으로 실려간 누런 밀단이 공중으로 휙휙 날아 올라가서 순식간에 둥그스름한 가리가 높다랗게 쌓였다. 끝이 뾰족한 지붕은 하늘을 배경으로 뚜렷하게 솟아올랐다. 그리고 그 위에서 분주하게 움직이고 있는 농부들이 보였다. 저 멀리 먼지 낀 들판에서도 역시 짐마차가 왔다갔다 하고, 누런 밀단이 보이고, 마차 바퀴 소리며 사람들의 말소리며 노랫소리가 이쪽까지 들려왔다.

밀단은 한쪽 귀퉁이부터 차차 벌거숭이가 되어 갔고, 꾹대가 자란 밭두둑이 줄무늬처럼 나타났다. 오른편으로 보이는 아래쪽에서는 밀 포기를 아무렇게나 마구 베어 던진 가운데서 몸을 굽히기도 하고 손을 흔들기도 하며, 밀단을 묶고 있는 여자들의 선명한 옷 빛깔이 눈에 띄었다. 너저분하게 보이던 밭은 점점 깨끗이 정리되고, 밀단이 보기 좋게 줄지어 늘어섰다. 그것은 마치 순식간에 여름이 지나가고 가을이 온 것 같은 느낌을 주었다. 먼지와 더위는 우리가 좋아하는 뜰 한구석을 제외하고는 어딜 가도 피할 수가 없었다. 그 먼지와 더위 속에서 뜨거운 햇볕을 받으면서, 부지런한 농부들은 떠들썩하게 지껄이며 부지런히 움직이고 있었다.

카차는 흰 모시수건을 얼굴에 뒤집어 쓰고, 그늘진 벤치 위에서 아주 기분좋게 코를 골고 있었다. 접시에 놓은 거무스름한 버찌는 윤기가 흘러 먹음직스럽게 보였다. 그리고 우리들의 의복은 아주 산뜻해서 보기만 해도 시원했다. 그리고 컵의 물은 햇빛을 받아 무지개빛 광채를 발산하고 있었다. 나는 더할 나위 없이 상쾌한 기분이었다.

'할 수 없지 뭐! 내가 행복하다고 해서 내게 잘못이 있는 건 아니니까! 하지만 이 행복을 어떻게 하면 나누어 줄 수 있을까? 내 마음과 몸을, 그리고 이 행복을 어떻게 하면 남에게 전부 줄 수 있을까? 그리고 누구에게 줘야 할까…….' 나는 생각했다.

해는 이미 길가에 늘어선 자작나무 가지에 걸리고 들판에 뽀얗게 끼여 있던 먼지도 가라앉아서 아득히 먼 곳의 경치까지도 기울어져 가는 햇빛을 받아 선명하게 보였다. 비구름은 어디론지 말끔히 흘러가 버리고, 탈곡장에는 새로 생긴 세 개의 밀짚가리 지붕이 나무 사이로 모습을 나타냈다. 가리를 쌓아 올리던 농부들이 밑으로 내려왔다. 짐마차들이 커다란 고함 소리와 함께 요란하게 지나갔는데 아마도 그것이 마지막 차례인 것 같았다. 쇠갈퀴를 어깨에 메고 밀단을 묶기 위한 새끼 오라기를 허리춤에 찬 여자들이 소리 높이 노래를 부르며 자기 집으로 돌아갔다. 세르게이 미하일로비치가 언덕길을 내려오는 것이 보인 지가 꽤 오래 되었는데 어떻게 된 셈인지 좀처럼 우리 앞에 나타나지 않았다. 갑자기 내가 애기했던 것과는 반대쪽 방향인 가로수길로 그가 모습을 나타냈다(아마 골짜기를 한바퀴 돌아온 모양이었다). 그는 자못 유쾌한 듯이 얼굴 가득히 미소를 띠며 모자를 벗어 들고 빠른 걸음걸이로 이쪽을 향하여 걸어왔다. 카차가 자고 있는 것을 보더니, 아랫입술을 깨물며 눈을 내리깔고 발끝으로 살금살금 다가왔다. 나는 그가 이렇다 할 이유도 없이 기분이 들떠 있는 것을 금세 눈치챘다. 나는 그러한 그의 습성을 몹시 좋아했는데 우리들은 그것을 '야만적인 기쁨'이라 불렀다. 그는 마치 공부시간에 몰래 빠져 나온 초등학생같이 보였다. 얼굴에서 발끝까지 그의 온몸에서는 만족과 행복과, 그리고 어린애와 같은 활발한 기운이 넘치고 있었다.

"안녕하세요. 제비꽃 아가씨 기분이 어때요? 좋지요?"

그는 이렇게 소곤거렸다. 내 곁으로 가까이 와서 손을 잡으며, 내가 안부를 묻자 말을 이었다.

"나는 매우 좋습니다. 오늘은 마치 열서너 살난 어린애처럼 말타기놀이를 하든지 나무에라도 기어 올라가고 싶은 기분입니다."

"말하자면 야만적인 기쁨이시로군요?"

나는 웃음을 머금은 그의 눈을 들여다보았다. 그러자 그 '야만적인 기쁨'이 금세 내게 옮아오는 것 같은 느낌이 들었다.

"그렇습니다."

그가 미소 띤 얼굴로 윙크했다.

"그런데 어쩌자고 그렇게 카체리나 카를로브나의 콧잔등을 두드리고 계십니까?"

내가 그의 얼굴을 바라보며 카차에게 부채질을 해주고 있는 사이에, 카차의 얼굴에서 손수건이 벗겨지고 잎사귀가 코를 쓰다듬고 있는 것을 미처 몰랐던 것이다. 나는 웃음을 터뜨리고 말았다.

"그래도 아마 카차는 나중에, 자기는 자고 있었던 것이 아니라고 우길 거예요."

카차를 깨우지 않으려는 듯이 나는 이렇게 소곤거렸지만, 솔직히 말해서 그런 생각이 조금도 없었다. 다만 그와 작은 소리로 소곤소곤 얘기하는 것이 즐거웠을 뿐이다.

세르게이 미하일로비치는 내 목소리가 너무 작아서 한 마디도 알아듣지 못했다는 듯이 내 흉내를 내며 빠끔빠끔 입술을 움직여 보였다. 그러더니 버찌를 담아놓은 접시를 보고 몰래 훔치는 시늉을 하며 그것을 집어들어 보리수 아래에 있는 소냐에게로 가서 인형을 깔고 앉았다. 소냐는 발끈 화를 냈지만 곧 풀어져 둘이서 누가 빨리 버찌를 먹어버리나 내기를 시작했다.

"부족하시다면 더 따 오라고 하겠어요."

내가 말했다.

"그보다 우리가 직접 과수원으로 가는 게 어떨까요?"

그는 접시를 집어들더니 인형을 그 위에 올려 놓았다. 우리들 셋은 과수원 쪽으로 걸어갔다. 소냐는 깔깔거리며 우리 뒤를 쫓아오더니, 인형을 돌려달라고 그의 외투자락에 매달렸다. 그는 인형을 돌려주고 나서 정색을 하고 나를 바라보았다.

"정말 당신은 제비꽃입니다!"

이제는 누구의 잠을 깨울까 염려할 필요도 없는데, 그는 여전히 낮은 목소리로 소곤거렸다.

"아까 그 먼지투성이의 무더운 일터에서 당신 곁으로 오자마자 나는 제비꽃 향기를 맡을 수 있었어요. 그것도 코를 찌르는 향기가 아니라, 맨 먼저 피어나는 검푸른 빛을 한 제비꽃이 있지 않습니까? 봄볕에 녹는 눈 냄새와 이른 봄의 풀냄새가 뒤섞인 그러한 향기였지요."

"그런데 어때요? 농사일은 잘되어 가나요?"

그의 말이 불러일으킨 마음의 동요를 감추려고 나는 이렇게 물었다.

"썩 잘되어 갑니다! 어딜 가봐도 이 마을 농부들은 아주 훌륭하더군요. 좀더 깊이 사귀면 사귈수록 그 사람들에게 친밀감을 갖게 됩니다."

"정말 그래요."

나는 말을 받았다.

"오늘 당신이 오시기 전에 정원에 앉아서 농부들이 일하는 걸 바라보았는데요. 문득 양심의 가책을 느꼈어요—저 사람들은 저렇게 열심히 일을 하고 있는데 나는 이렇게 편하게……."

"그런 말로 남의 환심을 사려는 생각은 아예 그만두십시오."

그는 갑자기 엄숙하면서도 상냥스러운 눈초리로 나를 바라보며 내 말을 가로챘다.

"노동이란 신성한 것입니다. 혹시라도 남이 들으라고 자랑삼아 그런 소리를 했다가는 큰일입니다."

"하지만 이건 당신한테만 하는 말이에요."

"그야 물론 나도 알고 있지요. 그런데 벚나무는 어디 있습니까?"

과수원은 문이 닫혀 있었고 정원지기는 한 사람도 보이지 않았다(모두들 밭일에 내보낸 모양이었다). 소냐가 열쇠를 가지러 달려갔는데도, 그는 그새를 참지 못해서 한쪽 옆으로 기어 올라가더니 담장 위로 쳐 놓은 새끼 그물을 들치고 안으로 뛰어내렸다.

"당신은 어떡하겠소?"

하는 소리가 담장 너머로 들렸다.

"접시를 이리 들여보내주시오."

"아니, 저도 들어가서 버찌를 따고 싶어요. 가서 열쇠를 찾아가지고 오겠어요."

내가 대답했다.

"아마 소냐는 열쇠가 어디 있는지 모를 거예요."

그러나 바로 그 순간, 나는 그가 무엇을 하고 있는지 보고 싶은 생각이 들었다. 아무도 자기를 보는 사람이 없는 데서 그가 과연 어떤 행동을 하고 있는지 그것을 엿보고 싶었다. 다시 말하면, 나는 그때 1분 동안이라도 그에게서 눈을 떼고 싶지 않았던 것이다. 나는 발꿈치를 들고 쐐기풀을 밟으며 살금살금 과수원을 돌아 반대쪽으로 갔다. 그곳은 다른 데보다 좀 낮아서 빈 나무통 위에 올라섰더니 담장이 내 가슴에도 미치지 않았다. 허리를 굽히고 담장 안을 들여다보았다. 꾸불꾸불한 노목에는 가장자리가 톱날처럼 생긴 널따란 잎이 무성하고, 그 사이로 번들번들 윤기가 도는 거무스름한 열매가 주렁주렁 매달려 있었다.

그물을 쳐들고 머리를 안으로 쑤셔넣었더니 꾸불꾸불한 늙은 벚나무 밑에 세르게이 미하일로비치가 앉아 있는 것이 보였다. 아마도 그는 내가 열쇠를 가지러 갔기 때문에 아무도 자기를 보고 있는 사람은 없으리라고 생각했을 것이다. 그는 모자를 벗고 쓰러진 고목에 걸터앉아서 눈을 감은 채 벚나무 진으로 열심히 공을 빚고 있었다. 그러다가 갑자기 어깨를 으쓱하며 눈을 뜨더니, 무슨 말인지 혼자서 한 마디 하고는 싱긋 웃었다. 그 말과 웃음이 너무나 그에게 어울리지 않는 것이어서 이렇게 몰래 엿보고 있는 것이 어쩐지 부끄러워졌다. 그가 '마샤!' 하고 내 이름을 부른 것 같았기 때문이다.

'아마 내가 잘못 들었을 거야!'

나는 생각했다.

"귀여운 마샤!"

그는 또 한 번 더욱 낮은 소리로 부드럽게 내 이름을 불렀다. 이번에는 이 두 음절의 말이 아주 분명하게 귀에 들려왔다. 심장이 방망이질을 하듯 뛰기 시작했다. 정신이 아찔할 정도의 희열이 불현듯 나를 사로잡아 하마터면 밑으로 굴러 떨어질 뻔했다. 나는 그에게 들킬까봐 기를 쓰고 담장에 매달렸다. 그는 인기척을 듣고 깜짝놀라 이쪽을 돌아보더니, 금세 얼굴을 붉히며 눈을 내리깔았다. 새빨갛게 되어 어쩔 줄 몰라하는 품이, 마치 철부지 어린애와 같았다.

그는 무슨 말인지 하려는 것 같았으나 한 마디도 입 밖에 내지를 못하고 얼굴만 더욱 더 붉혔다. 그러면서도 나를 바라보며 히죽 웃어 보였다. 나도 그를 따라서 웃었다. 그의 얼굴이 기쁨으로 환하게 빛났다. 이미 그는 나를 귀여워해 주고 가르쳐 주는 나이 많은 아저씨가 아니라 완전히 나와 대등한 한 사람의 남성이었다. 말하자면, 그는 나를 사모하며 두려워하는 남성이었고, 또한 내가 두려워하고 사모하는 남성이기도 했다. 우리는 아무 말 없이 그저 서로 바라보고만 있었다.

별안간 그는 미간을 찌푸렸다. 그 눈에선 미소와 광채가 사라져 버렸다. 그리고 다시는 아버지 같은 냉엄한 태도로 나를 대하는 것이었다. 마치 그건 우리가 무슨 나쁜 짓이라도 하고 있다가, 그가 먼저 정신을 차리고 나서 나도 빨리 정신을 차리라고 충고하는 듯한 태도였다.

"이젠 그만 내려가십시오. 그러다가 다치기라도 하면 어떡합니까?"

그는 말했다.

"그리고 머리를 좀 손질해요. 대체 그게 무슨 꼴입니까!"

'어째서 저렇게 점잔을 빼려고만 들까? 뭣 때문에 나한테 싫은 소리를 하는 걸까?'

나는 그가 원망스러워졌다. 순간 나는 한 번 더 그를 놀라게 하여 그가 어떻게 하는가를 보고 싶은 억제할 수 없는 충동을 느꼈다.

"그런 게 아니라, 내 손으로 버찌를 따고 싶어서 그랬어요."

나는 손에 닿는 나뭇가지를 붙잡고 담장 위로 뛰어 올라갔다. 그리고 그가 부축해 주기도 전에 재빨리 과수원으로 껑충 뛰어내렸다.

"어쩌자고 이런 짓을 하는 거요!"

그는 또다시 얼굴을 붉히며 성낸 표정으로 말했다. 마음의 동요를 감추려고 애쓰는 모습이 역력했다.

"그러다가 정말 다칩니다. 그리고 이따가 밖으로 나갈 땐 어떡할 작정이오?"

그는 조금 전보다 더욱 어쩔 줄 몰라했지만, 나는 그의 당황하는 모습이 재미있기는커녕 이제는 두렵기까지 했다. 그리고 그러한 그의 태도에 나도 덩달아 얼굴을 붉혔다. 나는 아무 말도 꺼내지 못하고 그의 눈을 보며 버찌를 따기 시작했지만, 그 버찌를 담을 데가 없었다. 나는 내 자신을 꾸짖으며 후회했다. 두려운 마음이 들었다. 그의 눈앞에서 이런 짓을 했기 때문에 이제는 영원히 그의 신뢰를 잃어버리고 만 것 같았다. 양쪽 다 말이 없었고, 서로 거북하기만 했다. 열쇠를 가지고 달려온 소냐가 우리들을 괴로운 상태에서 구해주었지만, 그 후에도 한참 동안이나 서로 말을 주고받지 못하고 소냐에게만 말을 걸었다.

과수원에서 카차가 있는 곳으로 돌아왔을 때, 나는 비로소 마음이 안정되었다(카차는 자기가 잠들지 않았었고 옆에서 하는 말을 모두 듣고 있었노라고 우겼다). 세르게이 미하일로비치도 역시 여느 때처럼 보호자다운 태도로 나를 대하려고 애썼지만, 아무래도 어색한 데가 있어서 내 눈을 속이지는 못했다. 며칠 전에 우리들이 주고받은 대화가 새삼스럽게 머릿속에 되살아났다.

그때 카차는 남자들이 여자들보다는 사랑을 하기 쉬울 뿐만 아니라 사랑을 고백하기도 훨씬 쉬울 것이라는 말을 했던 것이다.

"남자들은 사랑한다는 말을 할 수 있지만 여자들은 좀처럼 그런 말을 입 밖에 낼 수 없으니까요."

카차는 말했다.

"하지만 내 생각 같아서는, 남자는 절대로 사랑한다느니 뭐니 하는 말을 해서는 안 되고 또 그런 말을 할 수도 없을 것 같습니다."

그는 반대했다.

"어째서 그렇게 생각하시죠?"

나는 그에게 물었다.

"어째서냐고요? 그런 소린 항상 거짓말이기 때문이지요. 누구를 사랑한다는 것이 우연히 무엇을 발견하는 것과 같을 수 있겠습니까? 무슨 방아쇠라도 당기듯 느닷없이—'사랑합니다!'라고 뇌까리니 말이지요. 마치 그런 소리를 하기가 무섭게 그 어떤 비상한 영험(靈驗)이 나타나서, 이 세상의 모든 대포가 일제히 울리기라도 할 것처럼 생각하고 있단 말입니다."

그는 말을 이었다.

"나는 이렇게 생각합니다. '당신을 사랑합니다'라고 엄숙한 표정으로 말하는 인간들은 자기 자신을 기만하고 있는 거예요. 그렇지 않으면 상대방을 기만하고 있는 것인데, 그건 더욱 악질이라고 볼 수 있지요."

"그렇지만 그런 말을 해주지 않는다면, 여자는 상대방이 자기를 사랑하고 있다는 것을 알 도리가 없지 않겠어요?"

이번에는 카차가 물었다.

"그건 나도 모르겠군요."

그는 대답했다.

"그러나 인간이란 저마다 자기 자신의 언어를 가지고 있는 법입니다. 그리고 또 감정이라는 것이 있는 이상 그것은 저절로 표면에 나타날 겁니다. 나는 소설을 읽을 때면 언제나 이런 생각을 합니다. 스트렐리스키 중위라든가 알프레드 같은 인물이 '엘레오노라, 나는 그대를 사랑하노라!' 하며 금세 무슨 굉장한 변화가 일어날 것이라 생각하고 있었는데, 상대방에게 아무런 변화도 일어나지 않고, 여전히 똑같은 눈에 똑같은 코, 그리고 그밖의 모든 것이 조금도 변하지 않은 것을 본다면 그들이 얼마나 얼빠진 얼굴을 할까 하고 말입니다."

나는 그때 이미 이 농담 속에서 무엇인지 나 자신과 관련된 중요한 것이 내포되어 있음을 직감했다. 그러나 카차는 그가 소설의 주인공을 그처럼 대수롭지 않게 취급하는 것을 몹시 못마땅하게 여겼다.

"그건 어디까지나 역설이에요. 그럼, 솔직히 말해 보세요—당신은 그래 한 번도 여자한테 사랑한다는 말을 한 적이 없단 말씀인가요?"

"그럼요. 한 번도 그런 말을 한 일도 없거니와 한쪽 무릎을 꿇어본 일조차 없습니다."

그는 웃으며 대답했다.

"그리고 앞으로도 없을 겁니다."

'사실 이분은 나한테 새삼스럽게 사랑한다는 말을 할 필요가 없을 거야.' 나는 그때 주고받은 대화를 되씹어 보며 이렇게 생각했다.

'이분이 나를 사랑하고 있는 걸 나는 잘 알고 있으니까 이분이 아무리 냉정한 척하려고 해도 나를 속일 수는 없어.'

그날 저녁, 그는 자기 집으로 돌아갈 때까지 나하고는 별로 얘기를 하지 않았다. 그러나 나는 그가 카챠나 소냐에게 하는 한 마디 한 마디의 말에서, 그의 거동과 시선에서, 나에 대한 그의 사랑을 똑똑히 알 수 있었고, 또한 그것을 믿어 의심치 않았다. 이미 모든 것이 이처럼 명백해졌을 뿐만 아니라, 아주 간단하고도 쉽게 무상의 행복을 누릴 수 있게 된 지금, 어째서 그렇게 언제까지나 냉정한 태도를 꾸미며 자기 마음속을 숨기려고만 드는지, 나는 그가 원망스럽기도 했고, 한편으로는 측은하기조차 했다. 그러나 아까 과수원 안으로 뛰어들어간 것만은 마치 무슨 죄라도 지은 것 같아서 아무래도 마음이 편치 않았다. 그것 때문에 그가 나를 존경하지 않게 되고 내게 화를 내고 있는 것처럼 생각되었기 때문이다.

차를 마시고 나서 내가 피아노 쪽으로 갔더니, 세르게이 미하일로비치도 내 뒤를 따라 왔다.

"뭐든지 한 곡 쳐 주십시오. 당신의 피아노 연주를 들은 지도 꽤 오래되었군요."

응접실에 오자 내 옆으로 다가서며 그가 말했다.

"네, 저도 피아노를 치고 싶었어요. 그런데…… 세르게이 미하일로비치."

나는 그의 눈을 들여다보며 불쑥 이렇게 물었다.

"저한테 화를 내고 계신 건 아녜요?"

"아니, 무엇 때문에요?"

그가 반문했다.

"아까 과수원에서 당신의 말을 듣지 않았다고……."

나는 얼굴을 붉혔다. 그는 내 마음을 알아채고 고개를 가로저으며 웃어보였다. 그의 눈은, '단단히 꾸중을 해야 할 것이지만, 내게는 그럴 능력이 없다'라고 말하는 것 같았다.

"아무렇게 생각하시지 않는단 말씀이죠? 그럼, 전과 다름없이 친구가 되어 주세요, 네?"

나는 피아노 앞에 앉으며 말했다.

"물론이지요!"

그가 대답했다.

천장이 높은 커다란 홀에는 피아노 위에만 촛불이 두 개 켜 있을 뿐이고, 그 둘레는 어두컴컴했다. 열어젖힌 들창 밖은 여름밤이었다. 주위는 고요한데 다만 카차의 발자국 소리가 간간이 응접실에서 들려 오고, 들창 밑에 매어 놓은 세르게이 미하일로비치의 말이 코를 부르릉거리며 잡초 포기를 파헤치고 있는 소리가 들릴 뿐이었다.

그는 등 뒤에 앉아 있었기 때문에 내 눈에 보이지 않았지만, 방 안의 희미한 어둠 속에서도, 귀에 들어오는 온갖 음향 속에서도, 나 자신의 마음속에서도—어느 곳에서나 그의 존재를 느낄 수 있었다. 눈에는 보이지 않는 그의 눈길과 거동이 하나도 빼놓지 않고 모두 내 가슴속에 반영되는 것이었다.

나는 얼마 전에 그가 갔다 준 모차르트의 환상곡을 쳤다. 그것은 그를 위해 직접 그의 지도를 받아 배워 익혔던 곡이었다. 나는 무엇을 치고 있는지 그런 것은 전혀 염두에도 없었지만, 그래도 그의 마음에 들 만큼 제법 괜찮게 연주한 모양이었다. 그가 느낀 감흥을 나도 역시 느낄 수 있었고, 뒤를 돌아보지 않아도 그의 시선이 내게 못박혀 있다는 것을 충분히 알 수 있었다. 나는 거의 무의식적으로 손가락을 놀리고 있다가 정말 무심히 그를 돌아보았다. 그의 머리가 밝은 밤하늘을 배경으로 뚜렷이 모습을 드러냈다. 팔꿈치를 세워 두 손으로 턱을 받치고 앉은 채, 그는 번쩍이는 눈으로 나를 응시하고 있었다.

나는 그의 시선을 받고 싱긋 웃어 보이며 건반에서 손을 뗐다. 그도 역시 얼굴에 미소를 띠었으나, 나무라는 듯이 고개를 가로저으면서 턱으로 악보를 가리켰다. 계속 해서 치라는 뜻이었다. 내가 연주를 끝냈을 때에는 달이 하늘 높이 떠올라 밝게 빛나고 있었다. 이미 방 안에는 가물거리는 촛불 이외에 은빛 광선이 들창으로부터 들어와서 방바닥에 떨어지고 있었다.

카차는 가장 좋은 대목에서 연주를 멈추다니 그런 법이 어디 있느냐고 나무라며 나의 연주가 신통치 않았다고 했다. 그러나 세르게이 미하일로비치는 여태까지 오늘만큼 훌륭하게 연주한 적은 한 번도 없었다고 칭찬하며 방 안을 이리저리 걷기 시작했다. 홀을 지나 어두운 응접실로 들어갔다가는 다시 홀로 돌아오곤 했는데, 그때마다 그는 나를 바라보며 싱긋 웃는 것이었다.

그래서 나도 역시 미소를 지어 보였지만, 왜 그런지 아무런 이유 없이 마음껏 소리를 내어 보고 싶었다. 바로 지금 일어난 일이 기쁘기 짝이 없었던 것이다. 그가 방문 뒤로 보이지 않게 되자 나는 피아노 옆에 서 있는 카차를 얼싸안고 내가 언제나 좋아하는 포동포동 살찐 목에다 키스를 했다. 그러다가 다시 홀에 나타나면, 나는 정색을 하고 터져 나오려는 웃음을 간신히 참곤 했다.

"마샤가 오늘은 어떻게 된 모양이지요?"

카차는 그에게 말했다.

그러나 그는 대답을 않고 나를 보고 웃고만 있었다. 내가 오늘 어떻게 되었는지 그는 잘 알고 있었던 것이다.

"밖을 좀 보시오. 정말 아름다운 밤이군요!"

정원 쪽으로 열려진 테라스의 문 앞에 발을 멈추고 응접실 쪽에서 그가 소리쳤다.

나와 카차는 그가 서 있는 곳으로 가까이 갔다. 과연 그날 밤의 풍경은 그 후 한 번도 보지 못했을 만큼 아름다운 것이었다. 보름달은 집 위에 높이 떠 있었기 때문에 지붕에 가려져서 보이지 않았다.

그리고 지붕이라든가 기둥이라든가 테라스 위에 덮은 포장의 그림자는 짧게 오므라든 채 조약돌을 깔아 놓은 길과 둥그런 잔디밭 위에 비스듬히 누워 있었다. 그밖에는 모든 것이 밤이슬에 젖어 휘황한 달빛을 받고 은빛으로 빛나고 있었다. 한쪽으로는 달리아의 받침대 그림자가 엇비슷이 누워 있고, 고르지 않은 조약돌이 반짝거리는 널따란 정원의 길은 밝고 차가운 달빛에 싸여져 멀리 안개 속으로 뻗쳐 있었다.

나무 그늘 사이로는 환한 온실 지붕이 보였고, 골짜기 쪽에서는 안개가 점점 자옥이 끼고 있었다. 벌써 군데군데 잎을 털어 버린 라일락 덤불은, 가느다란 가지를 일일이 셀 수 있을 만큼 환하게 보였다. 그리고 이슬에 젖은 꽃들도 하나하나 분간해 낼 수 있었다. 가로수길에는 달빛과 나무 그림자가 서로 엇갈리고 뒤섞여, 마치 나무나 길이 아니라 가볍게 흔들리는 투명한 집 같은 느낌을 주었다.

오른편에 있는 집 그늘은 아무것도 분간해낼 수 없게 컴컴해서 무시무시하게 보였다. 그러나 그 대신 멋지게 가지를 뻗은 백양나무 끄트머리가 어둠 속에서 한결 환하게 드러나 보였는데, 그 나무가 아득히 퍼져나간 푸르스름한 허공으로 날아가 버리지 않고, 꼭대기에 밝은 달빛을 받으며 집 옆에 그냥 서 있는 것이 어쩐지 기이하게 여겨지는 것이었다.

"바람 쐬러 나가요, 네?"

나는 제의했다.

카차는 내 제의에 찬성하면서 나한테 덧신을 신으라고 했다.

"필요없어요, 카차."

나는 말했다.

"세르게이 미하일로비치가 팔을 빌려 주실 테니까."

마치 그와 팔을 끼기만 하면 이슬에 발을 적시지 않을 수 있을 것이라는 말투였다. 그러나 그때 우리들은 세 사람 모두 그 말에 이의를 제기하지 않았다. 그는 아직 한 번도 내게 팔을 빌려 준 일이 없었지만, 나는 서슴지 않고 그의 팔을 꼈다. 그도 역시 별로 이상하게 생각하지 않는 모양이었다.

우리들은 셋이서 정원으로 내려갔다. 온 세계가—하늘도 정원도 공기도, 여태까지 내가 알고 있던 세계와는 전혀 다른 세계인 것 같았다.

우리들이 걷고 있는 가로수길을 따라 멀리 앞을 바라보았을 때, 나는 더 이상 그쪽으로 갈 수 없을 것 같은 생각이 들었다. 마치 거기서 실제적인 세계는 끝나고 만물이 그 아름다움 속에 영영 응결되어 있는 듯싶었다. 그러나 우리들이 걸음을 옮기면, 그 환상적인 미의 장벽은 양쪽으로 열리며 우리를 들여보내 주었다. 그러면 그곳에서 역시 눈에 익은 정원이며 수목이며 좁은 길이며 가랑잎 따위가 나타나는 것이었다. 그것은 꿈도 환상도 아니었다. 우리들은 분명히 달빛과 나무 그림자가 수놓은 둥근 무늬를 밟으며 정원길을 걷고 있었다. 그리고 분명히 가랑잎이 발밑에서 바삭거리고, 산뜻한 나뭇가지가 내 얼굴을 가볍게 스치는 것이었다. 더욱이 내 곁에서 한 발짝 한 발짝 조용히 발을 옮겨놓으며 조심스럽게 내 팔을 이끌어 주고 있는 사람은 바로 세르게이 미하일로비치였다. 또한 발소리를 내며 우리들과 나란히 걷고 있는 것은 틀림없는 카차였다. 그리고 꼼짝않고 서 있는 나뭇가지 사이로 우리들을 내리비추고 있는 것은 분명히 창공의 달이었다…….

그렇지만 한 발짝씩 옮겨놓을 때마다, 우리들의 앞에도 뒤에도 다시금 그 환상적인 벽이 가로막혔다. 그래서 더 앞으로 가지 못할 것이라는 생각이 들며, 여태까지 걸어온 사실조차 의심하게 되는 것이었다.

"어머나! 저 개구리!"

카차가 소리쳤다.

'어째서 저런 소릴 내는 걸까?'

나는 생각했다. 그러나 곧, '카차는 개구리라면 질색을 하는 여자니까'라는 생각이 들어 발밑을 내려다보았다. 조그만 개구리 한 마리가 깡충 뛰어 내 앞에 와서 멎더니 조그만 그림자를 환한 길바닥에 또렷이 그려놓은 채 꼼짝도 하지 않았다.

"당신은 무섭지 않아요?"

세르게이 미하일로비치가 물었다. 나는 그를 돌아보았다. 때마침 우리들은 가로수가 한 그루 비어 있는 곳을 지나가고 있었기 때문에 나는 그의 얼굴을 똑똑히 볼 수 있었다. 그것은 말할 수 없이 아름답고 행복한 얼굴이었다…….

'당신은 무섭지 않아요?'라고 그는 말했지만, 내 귀에는 '귀여운 아가씨, 나는 너를 사랑한다!'라고 말하는 것처럼 들렸다. '나는 사랑한다, 너를 사랑한다!' 그의 눈도 그의 말도 이렇게 되풀이하는 것이었다. 달빛도, 그림자도, 공기도, 그리고 세상 만물이 꼭같은 말을 되풀이하고 있는 것 같았다.

우리들은 넓은 정원을 한 바퀴 돌았다. 카차는 잰걸음으로 우리들과 나란히 걸으면서도, 피로했는지 숨을 할딱거리며 이젠 돌아가야 할 시간이 되었다고 했다. 나는 카차가 몹시 가엾게 여겨졌다.

'어째서 카차는 우리들이 맛보고 있는 이런 기분을 느끼지 못할까? 어째서 모두들 이 밤처럼, 우리 두 사람처럼 젊고 행복하지 못할까?'

얼마 후 우리들은 집으로 돌아왔다. 그는 이미 새벽 닭이 울고, 집안 사람들이 모두 잠들었을 뿐만 아니라, 들창 밑에 매어 놓은 그의 말이 더욱 빈번히 발굽으로 잡초를 파헤치며 코를 부르릉거리는데도, 좀처럼 돌아갈 생각을 하지 않았다. 카차도 늦었다고 잔소리를 하지 않았으므로, 우리들은 쓸데없는 이야기를 주고받으며 시간이 가는 줄도 모르고 두 시가 지나도록 앉아 있었다. 세 번 닭이 울고 동쪽 하늘이 붉게 물들기 시작할 무렵이 되어서야 그는 자기 집으로 돌아갔다.

여느 때처럼 잘 있으라는 인사를 했을 뿐, 별다른 말이라고는 한 마디도 하지 않았지만, 그래도 나는 오늘부터 그가 내 사랑이 되었으며, 앞으로는 결코 그를 잃지 않으리라는 것을 잘 알고 있었다. 그래서 나는 그를 사랑한다는 것을 마음속으로 다짐하고 나서 곧 카차에게 모든 것을 고백했다. 카차는 내가 자기에게 솔직히 얘기해준 데 대해 감격하며 자기 일처럼 기뻐했지만, 이해할 수 없게도 카차는 이처럼 좋은 밤에 잠이 들어 버리고 말았다. 그러나 나는 그 후에도 오랫동안 테라스를 거닐다가 뜰 안으로 내려갔다. 그리고 그가 말한 한 마디 한 마디와 그의 일거일동을 다시 생각해 보며 그와 함께 걷던 가로수길을 거닐었다. 나는 하룻밤을 고스란히 새고 생전 처음으로 새벽 하늘과 해돋이를 구경했다. 그 후로는 그처럼 아름다운 밤도, 그처럼 아름다운 아침도 다시는 보지 못했다.

'그런데 어째서 그이는 나를 사랑한다고 터놓고 말하지 않을까? 만사가 이렇게 간단하고 이렇게 아름답기만 한데, 그이는 무엇 때문에 자기 자신을 늙었다고 하며 모든 것을 어렵게 생각하려 드는 걸까? 다시는 돌아오지 않을는지도 모르는 좋은 세월을 어째서 헛되이 보낸단 말인가? 그이가 사랑한다고 한 마디만 하면, 사랑한다고 한 마디만 입 밖에 내서 말하기만 하면, 내 손을 잡고 얼굴을 갖다 대며 사랑한다고 한 마디만 하면, 그리고 얼굴을 붉히며 눈을 내리깔기만 하면, 나도 그이한테 모든 것을 고백할 텐데. 아니, 아무 말 않고 팔을 벌려 그이를 꼭 끌어안고는 울음을 터뜨리고 말 테야. 하지만 혹시 내가 잘못 생각하고 있는 건 아닐까? 만일 그이가 나를 사랑하고 있지 않다면?'

문득 이런 생각이 머리에 떠올랐다.

나는 그러한 생각에 깜짝 놀랐다—그러다가는 나중에 무슨 생각을 하게 될는지 알 수 없었기 때문이다. 내가 과수원으로 뛰어들어갔을 때 양쪽이 모두 당황했던 것을 다시 생각하자 나는 가슴이 몹시 답답해왔다. 나의 눈에서는 눈물이 주르르 흘러내렸다. 나는 하느님께 기도를 드리기 시작했다. 그러자 내 마음에 안정과 희망을 주는 기이한 생각이 떠올랐다. 다름아니라, 나는 당장 오늘부터 특별 기도*4를 시작하여 내 생일에 성체를 받고 바로 그날 그와 약혼하리라 결심한 것이다.

도대체 어떻게 그런 결심을 하게 되었는지, 그것은 나 자신도 도무지 알 수 없는 일이었다. 다만, 나는 그 순간부터 틀림없이 그렇게 되리라고 굳게 믿었던 것이다. 내가 침실로 돌아온 것은, 이미 날이 환하게 밝아서 하인들이 자리에서 일어나기 시작할 무렵이었다.

4

마침 성모 승천일을 앞두고 있었기 때문에, 내가 특별 기도를 드리려 한다 해서 수상하게 여길 사람은 집안에 한 사람도 없었다.

그 후 세르게이 미하일로비치는 1주일 동안 한 번도 찾아오지 않았다. 그렇지만 나는 조금도 이상하게 생각하지 않았을 뿐만 아니라 걱정도 하지 않았고 화도 내지 않았다. 오히려 그가 찾아오지 않는 것을 기뻐했다. 내 생일이 되었을 때 찾아와 줬으면 하는 생각이었다. 1주일 동안 나는 날마다 아침 일찍 일어나서, 마차 준비가 될 때까지 혼자 뜰 안을 거닐며 어제 저지른 잘못을 마음속으로 다시 헤아려 보았다. 그리고 오늘 하루 한 가지 죄도 짓지 않고 만족한 상태에서 보내려면 어떻게 해야 할 것인가를 차근차근 생각했다. 그때 내 생각으로는 완전히 순결한 인간이 된다는 것은 그리 어려울 것 같지 않았다. 그저 조금만 노력하면 될 것 같았다. 마차가 나오면, 나는 카차나 몸종과 함께 마차를 타고 3킬로 가량 떨어져 있는 교회로 갔다. 교회에 들어갈 때면 언제나 정말 그런 마음을 가지려고 애쓰며 풀에 덮인 현관 층계를 밟고 올라갔다.

그 시각에 교회에는 특별 기도를 드리는 마을 여자들과 하녀들이 여남은 명 와 있을 뿐이었다. 나는 될 수 있는 대로 겸손하게 그들의 인사에 답하려고 노력했다. 그리고 몸종을 시키지 않고 내가 직접 양초통 있는 데로 가서 늙은 퇴역 군인인 교회 집사한테 촛불을 받아서 제단 앞에 갖다 놓았는데, 그것이 내겐 무슨 장한 일이나 한 것처럼 여겨졌다. 제단 앞문을 통하여 보이는 제단보는 돌아가신 어머니가 수놓은 것이었다. 성상대 위에는 별을 붙인 천사의 석고상이 두 개 서 있었는데, 어릴 때는 그것이 굉장히 크게 보였었고, 금빛 후

*4 일정한 기간 음식물을 줄이고 재계하며 드리는 기도.

광을 지닌 비둘기 상은 그 당시 나의 흥미를 끌었던 것이다. 성가대석 뒤로는 비뚤어진 낡은 성수대(聖水臺)가 보였다. 거기서 나는 여러 번 우리집 어린 하녀들의 대모(代母)가 되어 준 일이 있었고 또 나 자신도 거기서 세례를 받았었다.

돌아가신 아버지의 관을 덮었던 천으로 만든 제의(祭衣)를 걸친 늙은 신부가 나와서 옛날이나 다름없는 목소리로 경문을 외기 시작했다. 지금도 기억하고 있지만, 이 늙은 신부는 이전에 우리집에서 거행한 기도에서도, 소냐의 세례식에서도, 아버지 추도식에서도, 어머니의 장례 때에도 똑같은 목소리로 경문을 읽었던 것이다. 그리고 역시 이전과 다름없는 부제(副祭)의 거친 목소리가 성가대석 쪽에서 들려왔다. 그러자 내가 철이 든 이후 교회의 어느 기도식 때에도 한 번도 본 적이 없는 노파가 허리를 구부리고 벽에 붙어 섰다. 그 노파는 금세 눈물이 흘러내릴 것 같은 눈으로 성가대석에 있는 성상을 바라보면서 합장한 손을 퇴색한 미사보에 갖다 대고는 이빠진 입으로 무슨 소리인지 웅얼거리는 것이었다.

이러한 광경은 내게는 하나도 신기할 것이 없었고, 오히려 친밀감을 주는 것이었는데, 그 친밀감은 추억에 젖어서가 아니었다. 지금 내 눈에는 모든 것이 거룩하게 보였고 오묘한 뜻이 충만되어 있는 것처럼 여겨졌다. 나는 신부가 읽어 내려가는 기도문의 한 마디 한 마디에 귀를 기울이며 진심으로 거기에 응하려고 애썼다. 혹시 무슨 말인지 이해할 수 없는 구절이 있을 때에는 하느님께 내 마음의 어둠을 비춰 달라고 기도했고, 똑똑히 듣지 못한 구절은 제멋대로 말을 만들어서 보태기도 했다. 참회의 기도문을 욀 때 나는 지난 날을 회상했다. 그 순진하던 어린 시절이 현재의 깨끗한 영혼의 상태와 비교하니 어둡기 짝이 없는 것처럼 생각되어, 두려움을 못 이기고 눈물을 흘리기까지 했다. 그러나 한편으로는 '그러한 과거도 모두 용서를 받을 수 있을 것이다. 만일 내게 더 많은 죄가 있었더라면, 그만큼 나의 참회도 감미로운 것이 되었을 텐데'라는 생각이 들었다. 마지막에 가서 신부가 '하느님의 축복이 그대들 위에 있을지어다'라는 경문을 외자 나는 법열의 경지에서 황홀한 육체적인 감각이 순간적으로 내 몸에 옮아오는 것을 느꼈다. 그것은 흡사 그 어떤 광채와 뜨거운 물체가 불현듯 가슴속으로 흘러들어오는 것 같은 느낌이었다.

기도식이 끝난 후 신부는 내 앞으로 내려와서 물었다.

"철야기도를 드리러 댁으로 갈까요? 그럼, 시간은 몇 시로 정하는 것이 좋을까요?"

나는 이 늙은 신부가 나를 위해 수고를 아끼지 않으려는 것을 알고 진심으로 감사했다. 그리고 내가 직접 교회로 오겠다고 대답했다.

"그럼 일부러 수고스럽게 이리로 오시겠단 말씀이시군요?"

신부는 말했다.

나는 상대방에게 교만한 티를 보이지 않으려면 무엇이라 대답해야 좋을지 알 수가 없었다.

카차와 함께 가지 않았을 때는 언제나 마차를 먼저 돌려보내고, 혼자 걸어서 집으로 돌아왔다. 그리고 만나는 사람에게는 누구한테나 겸손한 태도로 인사를 했다. 기회가 생기는 대로 남을 도와주기도 하고, 충고를 하기도 하고, 남을 위해 나 자신을 희생하기도 하고, 짐마차의 뒤를 밀어주기도 하고, 어린애를 안아주기도 하고, 길을 비켜주느라고 흙탕에 빠지기도 했다.

어느 날 저녁, 나는 우리집에서 집사가 카차에게 보고하는 말을 옆에서 들었다. 세무라는 농부가 찾아와서 죽은 자기 딸의 관 덮개로 쓸 판자와 장례식 비용으로 1루블을 돌려 달라고 해서 그렇게 해주었다는 것이다.

"그 사람들은 그렇게 가난한가요?"

나는 물었다.

"형편없이 가난하답니다. 소금조차 없다니까요."

집사가 대답했다.

나는 가슴이 무엇에 찔린 것 같았다. 그러나 한편으로는 기쁜 생각이 들었다. 바람을 쐬러 나간다고 카차를 속이고, 나는 이층으로 뛰어올라가서 가지고 있던 돈을 모두 꺼냈다(그것은 그리 많은 액수는 아니었지만, 어쨌든 내 수중에 있는 전부였다). 나는 성호를 긋고는 혼자 테라스를 통해 뜰 안으로 빠져나가, 세무네 오막살이집을 찾아 마을로 내려갔다.

세무네 집은 마을 한쪽 끝에 있었다. 나는 아무에게도 들키지 않고 들창 밑으로 살금살금 다가가서 그 위에 돈을 올려놓고는 창문을 두드렸다. 누군지 삐걱하고 문을 열고 밖으로 나오며, 누구냐고 소리를 질렀다. 나는 마치 죄를 지은 사람처럼 공포감으로 등골이 오싹하는 것을 느끼고 온몸을 떨면서 집으로 도망쳐 왔다. 카차는 어디 갔었느냐, 무슨 일이 있었느냐고 물었다. 나는 카차가 하는 말도 똑똑히 알아듣지 못했고, 또한 아무 대답도 하지 않았다.

문득 내가 한 행동이 경솔하고도 천박한 것이었다는 생각이 들었다. 나는 내 방에 틀어 박혀 무엇을 해야 할지 갈피를 잡지 못하고 오랫동안 혼자서 이리저리 거닐고 있었다. 내 자신의 마음을 이해할 수 없었던 것이다. 세무네 식구들이 기뻐하는 광경이라든가 돈을 놓고 간 사람에 대한 그들의 감사를 머릿속에 그려 보며, 나는 직접 그들에게 돈을 전해 주지 않은 것이 유감스럽게 생각되었다. 그리고 세르게이 미하일로비치가 이 사실을 안다면 뭐라고 할까 하는 생각도 해보았다. 그러나 아무에게도 사실이 알려지는 일은 없을 것이라 생각하니 마음이 흡족해지는 것이었다.

내 마음속에는 형용할 수 없는 기쁨이 가득 차 있었다. 나 자신을 비롯하여 세상 사람들이 모두 연약하기 짝이 없다는 생각이 들었다.

그리고 나는 나 자신이나 세상 사람들을 아주 착한 눈으로 바라보고 있었기 때문에, 죽음이라는 문제에 대해 생각해 보아도 그리 두렵지 않은 생각이 들었다. 나는 혼자 웃기도 하고 기도를 드리기도 하고 눈물을 흘리기도 했다. 그 순간 나는 세상의 모든 사람들과 나 자신에게 뜨거운 애정을 느꼈던 것이다.

기도식이 없을 때에는 복음서를 읽었다. 나는 성경 말씀을 차차 이해할 수 있게 되었다. 그리고 그 가르침 속에서 볼 수 있는 감정과 사상의 오묘함은 더욱 두렵고 신비로운 느낌을 주는 것이었다. 하지만 일단 성경책을 놓고 자리에서 일어나 나를 에워싸고 있는 주위의 생활을 눈여겨 바라보면, 만사가 얼마나 단순하고 명백하게 눈에 비치는지 몰랐다. 어쩐지 나는 악한 생활을 하기가 무척 어려울 것만 같았고, 그 대신 모든 사람들을 사랑하고 또 그들로부터 사랑을 받는 일이 차라리 쉬울 것 같았다.

누구나 내게는 착하고 겸손하게 대해 주었다. 내가 계속해서 공부를 가르치는 소냐조차도 이전과는 아주 달라져서, 내 기대에 어긋나지 않게 열심히 공부해서 나를 실망케 하지 않으려고 노력했다. 내가 남에게 대하는 것처럼 남들도 내게 대하는 것이었다.

신부 앞에서 고해를 하기 전에 미리 용서를 빌어야 할 사람은 없을까 하고 곰곰이 생각해 보았더니, 단 한 사람, 이웃에 사는 지주의 딸이 생각났다. 일년 전에 손님들 앞에서 내가 놀려준 일이 있었는데 그것 때문에 그 후로는 우리집에 찾아오지 않게 된 여자였다. 나는 편지를 보내서 내 잘못을 시인하고 용서를 빌었다. 저쪽에서도 역시 내게 용서를 청하고 또 나를 용서하겠다는 내용의 편지를 보내왔다. 나는 그 편지를 읽으며 기쁨의 눈물을 흘렸다. 몇 줄 안 되는 짤막한 그 편지에 나는 깊이 감격했던 것이다.

그리고 유모에게도 나의 잘못을 용서해 달라고 했더니, 유모는 목을 놓아 우는 것이었다. '어째서 모두들 나한테 이처럼 친절할까? 그런 사랑을 받을 만한 무슨 일을 했단 말인가?' 하고 나는 마음속으로 물었다.

그러다가 문득 세르게이 미하일로비치가 머리에 떠오르면 나는 언제까지나 그의 생각에 잠기곤 했다. 그를 생각할 수밖에 없었고, 또 그것이 나쁜 일이라는 생각은 조금도 없었다. 하지만 지금 그를 생각하는 내 마음은, 처음으로 그를 사랑하고 있다는 것을 스스로 의식하게 된 그날 저녁과는 전혀 다른 것이었다. 말하자면 지금은 나의 미래에 대한 상상에 언제나 그를 끌어들여 마치 나 자신과 똑같은 사람으로 그를 생각하고 있었다.

그의 앞에서 느끼는 일종의 압박감도 내 상상 속에서는 찾아 볼 수 없었다. 이제 나는 그와 동등한 인간인 것 같았고, 또한 현재의 정신적인 높이에서 보면 그의 마음을 완전히 이해할 수 있었다. 어째서 이전에는 그의 성격이 이상하게 생각되었는지 이제는 분명히 알게 되었다. 그리고 어째서 그가 오직 남을 위한 생활에만 행복이 있다고 했는지 이제야 비로소 이해하게 되었다. 진심으로 그의 말에 찬성하게 되었다. 둘이서 함께 살면 언제까지나 평온한 행복을 누릴 수 있을 것 같았다.

지금 내가 머릿속에 그리고 있는 것은 외국 여행도 아니고 사교계도 아니며 호화로운 생활도 아니었다. 그러한 것과는 전혀 다른, 시골에서의 조용한 가정생활이었다. 그러한 생활에는 무한한 자기 희생과, 서로간의 영원한 애정과, 그리고 모든 것에 하느님의 고마운 섭리를 항상 인식하는 마음이 반드시 동반할 것 같았다.

예정한 대로 나는 생일에 성체를 받았다. 교회에서 돌아오는 길에 나는 너무나 가슴이 벅찬 행복을 느꼈기 때문에 일상생활이 두렵게 여겨지기까지 했다. 말하자면 이 행복을 파괴할지도 모르는 온갖 것이 두려웠던 것이다. 그러나 우리들이 마차에서 내려 현관 층계에 발을 올려놓자, 바로 그때 눈에 익은 일인용 마차가 요란한 소리를 내면서 나무 다리를 건너왔다. 세르게이 미하일로의 모습이 보였다.

그는 내게 축하인사를 했다. 그리고 함께 손님방으로 들어갔다. 그를 알게 된 이후 여태까지 나는 그날 아침만큼 그의 앞에서 침착하고 자신 있는 마음을 가져본 적이 한 번도 없었다.

나는 내 마음속에 그의 마음의 세계보다도 더 높은, 따라서 좀처럼 그가 이해할 수 없는 커다랗고 새로운 세계가 존재해 있는 것처럼 생각되었다. 때문에 나는 그의 앞에서 조금도 마음의 동요 같은 것을 느끼지 않았다. 어째서 나의 태도가 그처럼 의젓한지 그 이유를 필경 그도 알아챘을 것이다. 그래서 그런지, 그는 여느 때보다도 더한층 겸손하고 상냥하게 대해 주었다. 내가 피아노 앞으로 가려 했더니, 그는 뚜껑을 잠그고 열쇠를 호주머니 속에 넣어 버렸다.

"공연히 만족스러운 지금의 기분을 망치게 하지 마십시오. 지금 당신의 가슴속에는 세상의 어떤 음악보다도 훌륭한 음악이 흐르고 있으니까요."

그가 정중하게 말했다.

나는 그의 말이 고맙기도 했고 한편으로는 불쾌하기도 했다. 그것은 누구한테나 절대 비밀이어야 할 내 마음속을 그가 너무나 쉽사리 알아채고 말았기 때문이다.

그는 점심을 먹으며 자기가 오늘 찾아온 것은 축하를 겸해서 이별의 인사를 하러 온 것이라고 했다. 내일 모스크바로 떠날 예정이라는 것이다. 그는 카차를 바라보고 나서 내 얼굴을 흘끔 쳐다보았는데, 혹시 내 얼굴에 흥분의 빛이 나타나지나 않을까 염려하는 눈치였다. 그러나 나는 놀라지도 않았고 불안한 기색도 보이지 않았으며 여행이 오래 걸리느냐고 물어보지도 않았다. 나는 그가 그런 말을 꺼내리라는 것을 미리 짐작하고 있었다. 그리고 결코 떠나지 않으리라는 것도 알고 있었다. 어떻게 그것을 미리 알고 있었는지, 지금도 무엇이라 설명할 수 없지만, 어쨌든 그날만은, 영원히 기념해야 할 그날만은, 과거도 미래도 모르는 것 없이 모두 알 수 있을 것만 같았다. 나는 마치 행복한 꿈을 꾸고 있는 사람과 같았다. 어떤 일이 일어나더라도, 그것은 이미 경험해서 오래전부터 잘 알고 있는 일일뿐더러, 앞으로도 다시 그런 일이 되풀이될 것 같았다. 그리고 앞으로 어떻게 될는지 그것조차 빤히 내다볼 수 있을 것 같은 생각이 들었다.

세르게이 미하일로비치는 점심이 끝난 후 곧 돌아가려 했지만, 교회에 갔다 오느라고 피로한 카차가 잠깐 쉬고 오겠다고 자기 방으로 가 버렸기 때문에, 그녀에게 이별의 인사를 하기 위해 잠이 깰 때까지 기다리지 않으면 안 되었다. 홀에는 햇볕이 들고 있어서 우리는 테라스로 나왔다. 테라스에 나가서 자리를 잡고 앉자마자, 나는 내 사랑의 운명을 결정하게 될 말을 태연하게 꺼냈다.

아직도 우리들 사이에 아무 말도 오고가지 않아서 내가 하려는 말을 방해하는 성질의 화제가 미처 나오기도 전에, 그야말로 적절한 순간에 나는 입을 열었던 것이다. 어떻게 내가 그렇게 침착하고 결단성있게 의도하는 바를 정확히 표현할 수 있었는지 스스로 이상해할 정도였다. 흡사 나 자신이 아닌, 나의 의지와는 전혀 별개의 그 무엇이 내 마음속에 들어앉아서 말을 하고 있는 것 같았다. 그는 난간에 팔꿈치를 얹고 나와 마주 앉아서, 라일락 가지를 잡아당겨 그 잎사귀를 쥐어뜯고 있었다. 내가 입을 열자 그는 나뭇가지를 놓고 그 손을 턱밑에 갖다 괴었다. 그것은 아주 침착한 사람이거나 몹시 흥분한 사람의 자세라고 할 수 있었다.

"무슨 일 때문에 길을 떠나시겠다는 거죠?"

나는 의미심장하게 한 마디 한 마디 말을 끊으며 똑바로 그를 응시했다.

그는 내 물음에 얼른 대답을 하지 못했다.

"볼 일이 있어서요."

잠시 그는 눈을 내리깔며 말했다.

내 앞에서, 더욱이 그처럼 중대한 나의 질문에 거짓말을 꾸며대기가 그에게는 얼마나 힘든 일이었는지 나는 잘 알 수 있었다.

"그런데 말씀이에요, 오늘이 저한테 얼마나 뜻깊은 날인지 알고 계시죠?여러 가지 의미에서 오늘은 정말 뜻깊은 날이에요. 제가 물어본 것은 주제넘게 당신 일에 참견하고 싶어서가 아니에요(제가 당신을 허물없이 대하고 또 좋아한다는 건 당신도 잘 아시겠죠). 꼭 대답을 들어야 할 이유가 있어서 물어본 거예요. 뭣 때문에 여행을 하시겠다는 거죠?"

"어째서 내가 길을 떠나려 하는지, 당신한테 사실대로 얘기하기는 매우 거북합니다."

그가 대답했다.

"지나간 1주일 동안, 나는 당신에 대해서, 그리고 나 자신에 대해서, 여러 가지로 많이 생각해 봤지요. 그 결과 아무래도 떠나야겠다고 결심했습니다. 그 이유는 당신도 아실 겁니다. 그러니까 만일 나를 진심으로 사랑한다면 제발 묻지 말아 주십시오."

그는 이마를 문지르더니 그 손으로 눈을 가렸다.

"나로서는 대답하기가 매우 괴로울 뿐만 아니라…… 당신도 잘 알고 있을테니까요."

나의 심장은 미친 듯이 뛰기 시작했다.

"무슨 말씀인지 알아듣지 못하겠어요."

나는 이해할 수 없었다.

"정말 무슨 말씀인지 모르겠어요. 제발 좀 시원스럽게 얘기해 주세요. 오늘은 특별한 날이니까 꼭 얘기해 주셔야 해요. 무슨 말씀을 하신대도 전 침착하게 들을 수 있으니까요."

그는 자세를 고치고 나를 바라보더니 다시 나뭇가지를 잡아당겼다.

"하긴, 말로 설명한다는 건……"

잠시 동안 잠자코 있다가, 일부러 단호한 어조로 말하려고 애쓰며 그는 입을 열었다.

"어리석기도 하고, 또 나로서는 무척 괴로운 일이기도 하지만, 어쨌든 당신한테 얘기해 보겠습니다."

이렇게 말하며 그는 마치 육체적인 고통이라도 느끼는 듯 얼굴을 찌푸렸다.

"어서 말씀해 주세요!"

나는 다그쳤다.

"이렇게 상상해 보십시오. 어느 곳에 A라는 산전수전 다 겪은 노인과, 아직 세상이 무엇인지 인생이 어떤 것인지 모르는 B라는 젊고 행복한 처녀가 있었다고 합시다. 여러 가지 가정 사정 때문에 그 노인은 처녀를 자기 딸처럼 사랑하기 시작했습니다. 그것이 다른 의미의 사랑으로 발전하게 될 줄은 몰랐지요."

여기서 그는 하던 말을 잠시 멈췄다. 나는 잠자코 다음 말을 기다렸다.

"그러나 그는 이런 점을 미처 생각지 못했습니다. 즉 B는 너무나 나이가 어리기 때문에, 그 여자에게는 아직도 인생이라는 것이 한갓 유희에 지나지 않다는 것을 말입니다."

그는 나를 외면한 채 갑자기 빠르고도 단호한 어조로 말을 이었다.

"따라서 B를 딴 뜻으로 사랑한다는 것은 어렵지 않은 일이며, 여자 쪽에서도 그것을 재미있게 생각하리라는 걸 A는 깊이 생각해 보지 않았단 말입니다. 이것은 그의 잘못이었습니다. 그러자 문득 그 어떤 뉘우침과 같은 괴로운 감정이 마음속에서 고개를 드는 것을 느끼고, 그는 깜짝 놀랐지요. 그는 여태까지 깨끗한 우정 관계를 무너뜨릴까 봐, 그 관계가 아주 무너져 버리기 전에 다른 데로 떠나 버리기로 결심했단 말입니다."

이렇게 말하고, 그는 무심히 그러는 것처럼 손가락으로 눈을 비비기 시작하더니 그냥 눈을 가려 버리고 말았다.

"어째서 그 사람은 다른 뜻으로 사랑하게 될까봐 겁을 냈을까요?"

마음의 동요를 억제하며 나는 간신히 들릴락 말락한 소리로 이렇게 물었다. 내 음성은 잔잔한 편이었지만, 그에게는 내 말이 빈정거리는 소리처럼 들렸던지 마치 모욕을 당한 것 같은 어조로 대답했다.

"당신은 아직 젊지만 나는 젊은 사람이 아닙니다. 당신은 장난을 하고 싶어 하는지 모르지만, 내게 필요한 것은 장난이 아닙니다. 장난이 하고 싶으면 실컷 하십시오. 그러나 나는 당신의 상대가 되기는 싫습니다. 내가 만일 상대가 된다면 나 자신에게도 좋지 않으려니와 아마 당신도 양심의 가책을 받게 되겠지요—이건 그 A라는 사람의 말입니다만."

덧붙이고 나서 그는 이렇게 말했다.

"하지만 이런 얘기는 아무리 해봐야 소용없습니다. 어쨌든 내가 무엇 때문에 길을 떠나려는 건지 아셨겠지요? 그러니까 제발 여기에 대해선 그 이상 아무 말도 말아 주십시오."

"아니에요! 좀더 할 얘기가 있어요!"

나의 음성은 눈물을 머금고 떨려 나왔다.

"A라는 사람은 그 처녀를 진정으로 사랑하고 있었나요?"

그는 대답이 없었다.

"만일 사랑하고 있지 않았다면, 어째서 그 사람은 어린애를 데리고 놀 듯이 그 처녀를 장난감으로 취급했을까요?"

나는 따지듯 물었다.

"당신 말이 옳습니다. A라는 사람이 나빴지요."

그는 황급히 내 말을 가로채며 대답했다.

"하지만 만사는 결말이 났습니다. 그들은 헤어지고 말았으니까요…… 친구로서 말입니다."

"그렇지만 그건 너무해요! 어떻게 따로 해결하는 방법이 없을까요?"

나는 겨우 이렇게 말하고는 내가 한 말에 스스로 놀랐다.

"물론 있지요."

그는 가렸던 손을 떼어 흥분한 얼굴을 드러내고 나를 똑바로 응시하며 말했다.

"그밖에도 두 가지 해결 방법이 있습니다. 제발 중간에 가로채지 말고 조용히 내가 하는 말을 잘 들어 주십시오. 어떤 사람들은 이렇게 말합니다."

그는 이지적인 미소를 띠며 자리에서 일어나더니 말을 이었다.

"어떤 사람들은 A를 미친 사람이라고 합니다. B한테 홀딱 반한 것까지는 좋은데, 그걸 그 여자에게 고백했으니 말이지요……. 하지만 여자는 그것을 대수롭지 않게 여겼습니다. 물론 여자에게는 장난에 불과했지만, 남자에게는 일생을 좌우하는 중대한 문제였지요."

나는 몸을 부르르 떨며 그의 말을 막으려 했다. 제멋대로 남의 마음을 넘겨짚는 법이 어디 있느냐고 말해주고 싶었던 것이다. 그러나 그는 내 손 위에 자기 손을 얹으며 나를 제지했다.

"가만 있어요."

그는 떨리는 목소리로 말했다.

"또 어떤 사람들은 이렇게도 말합니다. 그 처녀는 노인을 가엾게 여겼던 것인데, 세상을 모르는 처녀였기 때문에 자기가 정말로 그를 사랑하고 있는 줄 알고 그의 아내가 될 것을 승낙했다는 것입니다. 남자도 역시 제 정신이 아니었지요. 여자의 말을 곧이 듣고 자기 생활이 새로이 시작된다고 믿고 있었으니까요. 그러나 그 여자는 자기가 남자를 속여 왔고, 또 남자도 자기를 속여왔다는 걸 깨닫게 되었단 말입니다……. 그렇지만 이제 이 얘긴 그만두기로 합시다."

그 이상 말할 기력조차 없다는 듯이 그는 입을 굳게 다문 채 내 앞을 이리저리 거닐기 시작했다.

그는 '이 얘긴 그만두기로 합시다'라고 했지만 속으로는 초조하게 내 말을 기다리고 있다는 것을 나는 잘 알고 있었다. 나는 무슨 말을 하고 싶었지만 입이 떨어지지 않았다. 그 어떤 날카로운 물건이 가슴을 쑤시는 것 같았기 때문이다. 나는 흘끔 그를 쳐다보았다. 그의 얼굴은 백짓장같이 창백했고, 아랫입술은 가늘게 떨리고 있었다. 나는 그가 가엾게 여겨졌다. 그래서 나는 있는 힘을 다하여 내 입을 막고 있는 침묵의 힘을 밀어내고 입속말처럼 가느다란 목소리로 말을 꺼냈다. 나는 그 목소리가 금세 끊어져 버리지 않을까 걱정이 될 지경이었다.

"그리고 제3의 해결 방법은……."

나는 잠시 말을 끊었으나, 그는 잠자코 있었다.

"제3의 해결 방법은 이런 것이라고 생각해요. A라는 사람은 그 처녀를 진심으로 사랑한 것이 아니라, 다만 처녀에게 깊은 상처를 만들어 주었을 뿐이지요. 그리고는 자기 행동이 정당했다고 생각하며 다른 데로 떠나가 버렸지요. 게다가 무슨 이유에선지 스스로 흡족해하고 있으니 기가 막히지 않겠어요. 당신에게는—제가 아니라 당신에게는, 심심풀이에 지나지 않았지요. 하지만 저는 처음 뵈었을 때부터 사랑했어요. 당신을 사랑했어요."

나는 되풀이했다. 그리고 이 '사랑한다'는 말을 할 때 내 음성은 어느새 낮은 입속말이 아니라 스스로 놀랄 만큼 거친 외침으로 변해 버렸던 것이다.

그는 창백한 얼굴로 내 앞에 서 있었다. 그의 입술은 더욱 더 심하게 떨리기 시작했고, 두 줄기 눈물이 뺨 위로 흘러내렸다.

"그건 안 될 말이에요!"

마음속에 가득 괸 쓰디쓴 눈물 때문에 숨이 막히는 것을 느끼며 나는 거의 울부짖듯 말했다.

"그런 말이 어디 있어요?"

나는 밖으로 나가 버리려고 일어섰다.

그러나 그는 나를 놓아 주지 않았다. 머리를 내 무릎 위에 얹더니 와들와들 떠는 내 손에 그의 입술을 갖다 댔다. 그리고 뜨거운 눈물로 내 손을 적시는 것이었다.

"아아, 그렇다는 걸 알고 있었다면……."

그는 중얼거렸다.

"그런 말이 어디 있어요."

나는 똑같은 말을 자꾸 되풀이하고 있었지만, 마음속에는 행복감이, 그 후 다시는 맛볼 수 없었던 행복감이 밀물처럼 몰려들고 있었다.

5분 후에 소냐는 이층에 있는 카차에게 달려올라가서, 온 집안이 떠나갈 듯이 커다란 소리로 외쳤다.

"마샤가 세르게이 미하일로비치와 결혼한대요!"

5

우리의 결혼식을 뒤로 미루어야 할 이유는 조금도 없었고, 나와 세르게이 미하일로비치도 그럴 생각은 없었다.

카차는 시집갈 때 가지고 갈 의복이라든가 세간을 사들이기 위해 모스크바에 다녀오고 싶어했다. 또 그의 어머니도 결혼 전에 새 마차와 가구 등을 주문하고 집안의 도배를 새로 해야 한다고 우겼다. 그러나 우리는 그런 것이 반드시 필요하다면 나중에 마련하기로 하고, 우선 결혼식은 내 생일로부터 2주일이 지난 후에 치르기로 했다.

이쪽에서 가져갈 의복이나 세간 같은 것은 그만두고, 손님이라든가 들러리도 부르지 말고, 만찬회니 샴페인이니 하는 결혼식에 으레 있어야 하는 것으로 되어 있는 일체의 형식을 생략하고 조용하게 치르자고 주장했다.

세르게이 미하일로비치의 말에 따르면, 그의 어머니는 3만 루블의 비용이 들었다는 자신의 결혼식 때처럼 악대라든가 산더미같이 많은 궤짝이라든가, 집을 수리한다든가 하는 것도 없이 우리의 결혼식을 올린다는 것을 매우 못마땅하게 생각하는 모양이었다. 그래서 아들 몰래 창고에 넣어둔 궤짝들을 열심히 뒤지고 있다는 것이었다. 그리고 우리의 행복을 위해 반드시 필요하다고 생각하는 양탄자니, 커튼이니, 쟁반이니 하는 것 때문에 집안 살림을 맡아 보는 말류슈카와 날마다 수근거리고 있다는 것이었다.

우리집에서도 역시 카차가 유모인 쿠지미니슈나와 함께 저쪽과 같은 일을 하고 있었다. 그리고 거기에 대해서는 섣불리 카차에게 농담을 할 수도 없는 형편이었다. 세르게이 미하일로비치와 내가 둘이서 우리들의 장래에 대해 얘기한다 해도, 그것은 결혼을 앞둔 사람들이란 모두가 그렇듯이, 그저 아무 소용없는 달콤한 수작을 주고받는 데 지나지 않을 뿐이라고 카차는 생각했다. 우리들 장래의 행복은 의복의 정확한 재단이라든가, 재봉이라든가, 상보와 냅킨 가장자리의 레이스라든가 하는 데 달려 있다고 카차는 굳게 믿고 있었다.

포크롭스코예 마을과 니콜리스코예 마을 사이에는 어디서 무엇을 하고 있다는 비밀 정보가 하루에도 몇 차례씩이나 왔다갔다 했다. 카차와 저쪽 어머니와의 사이는 겉보기에는 아주 다정한 것처럼 보였지만, 사실은 어느 정도의 적의를 품은 미묘한 관계에 있다는 느낌을 받게 되었다. 시어머니가 될 타치야나 세묘노브나와는 나도 이번에 인사를 드려 가깝게 알게 되었다. 그녀는 좀 거만한 인상을 주는 엄격한 성격의 주부였고, 게다가 보수적인 귀부인이었다.

세르게이 미하일로비치가 자기 어머니를 사랑하는 것은 자식으로서의 의무감뿐만 아니라, 자기 어머니를 세상에서 가장 훌륭하고 현명하며 착하고도 애정이 풍부한 여자라고 믿는 인간적인 감정에서 우러나오는 것이었다. 타치야나 세묘노브나는 우리가 같이 있을 때에는 내게 친절히 대해주었고 아들의 결혼을 기뻐했지만, 나와 단 둘이 있을 때는 '내 아들한테는 좀더 훌륭한 색시감이 얼마든지 있었다. 그러니까 너도 언제나 그 점을 깊이 명심해야 한다'라는 암시를 주려고 애쓰는 것 같았다. 나는 그 마음을 잘 이해할 수 있었으므로 그 뜻에 순종하기로 했다.

결혼 전 2주일 동안 우리는 매일같이 만났다. 그는 점심때쯤 찾아와서는 자정이 될 때까지 놀다가 갔다. 그는 입버릇처럼 '당신과 떨어져 있으면 살아 있는 것 같지 않다'고 했고 나도 그 말이 사실이라는 것을 알고 있었다. 그러나 그는 나와 함께 온종일을 보낸 적이 한 번도 없었다. 언제나 집안일을 돌보려고 애쓰고 있었기 때문이다. 겉보기에는 우리 사이는 결혼하는 바로 그날까지도 달라진 데가 조금도 없었다. 여전히 서로 경어를 사용했고, 그는 손에조차 키스를 하지 않았으며, 나와 단둘이 있게 될 기회를 찾기는커녕 오히려 피하고 있었다. 마치 자기 마음속에 넘치고 있는 사랑이라는 감정이 위험 수위를 넘을까봐 겁을 먹고 있는 것 같았다.

내가 변했는지, 아니면 저쪽이 변했는지 그것은 잘 알 수 없으나 이제 나는 그와 완전히 대등한 인간이 된 것 같은 기분이었다. 또한 이전에 내가 못마땅하게 여기던, 일부러 꾸민 것 같은 소박한 태도는 그에게서 찾아볼 수 없게 되었다. 나는 존경과 두려움을 느끼게 하는 하나의 완성된 남성 대신에, 행복에 취하여 황홀한 경지에 있는 온순한 소년을 눈앞에 보고 쾌감을 가지는 일이 한두 번이 아니었다.

'그렇지, 그이가 갖고 있는 건 이것이 전부다!' 나는 자주 이런 생각이 들었다. '그이도 알고 보면 나와 똑같은 인간이 아닌가?' 이제 나는 그가 내 앞에 자기의 전부를 드러내 놓았고, 따라서 나도 그를 남김없이 완전히 알게 된 것 같았다. 그리고 내 생각 같아서는, 그의 모든 점이 아주 단순하고 내 마음과 일치되는 성싶었다. 우리들의 장래 생활에 대한 그의 계획조차 나의 계획과 똑같았다. 다만 그의 입으로 설명될 때, 그것은 보다 뚜렷하고 그럴 듯하게 표현될 뿐이었다.

며칠 동안 날씨가 좋지 않아서 우리들은 대부분의 시간을 방 안에서 보냈다. 가장 성실하고 유쾌한 대화는 언제나 피아노와 들창 사이의 아늑한 장소에서 이루어졌다. 캄캄한 들창 위에는 촛농이 비치고, 이따금 촛불이 반들거리는 유리에 떨어져 흘러내렸다. 밖에서는 지붕에 비 뿌리는 소리가 들려오고, 홈통 밑의 물구덩이에는 빗물이 콸콸 떨어져 내려오고, 창문으로 습기가 흘러들어왔다. 그럴 때면 우리가 앉아 있는 장소가 더욱 밝고 따뜻하고 즐거운 것처럼 느껴졌다.

"그런데 말입니다, 벌써부터 당신한테 한 가지 하고 싶은 말이 있었어요."

언젠가 둘이서 밤늦게까지 거기 앉아 있었을 때 그는 이런 말을 했다.

"나는 당신이 피아노를 치고 있는 동안 줄곧 그 생각만 하고 있었지요."

"아무 말씀 말아주세요. 저는 다 알고 있으니까요."

내가 말했다.

"그렇군요. 그럼, 말하지 않기로 합시다."

"아니, 말씀해 보세요. 무슨 말씀이신데요?"

"실은 이런 얘깁니다. 요전에 내가 A와 B에 대해서 얘기했지요? 기억하고 있습니까?"

"잊어버렸을 리가 있어요? 하도 어이 없는 이야기여서 아주 똑똑히 기억하고 있죠. 하지만 이렇게 해결되어 다행이에요."

"그렇습니다. 하마터면 내 행복을 나 자신이 망쳐버릴 뻔했지요. 당신이 나를 구해주었습니다. 그러나 문제는 그때 내가 아주 터무니없는 거짓말을 했다는 데 있습니다. 그것이 아무래도 마음에 걸리는군요. 그래서 지금 그 점을 똑똑히 밝혀두자는 겁니다."

"아아, 그런 얘긴 듣고 싶지도 않아요."

"뭐 겁을 낼 건 없습니다."

그는 미소를 띠며 말했다.

"그저 변명을 하려는 것뿐이니까요. 내가 그때 그런 말을 꺼낸 것은, 여러 가지로 곰곰이 생각해보고 싶었기 때문입니다."

"생각은 무슨 생각이에요? 그럴 필요는 조금도 없었을 것 같은데요?"

"사실 내가 잘못 생각했었지요. 나는 일생 동안 온갖 환멸과 과오를 거듭하고 나서 이번에 시골에 돌아오자, '나는 이미 누구를 사랑할 수 있는 처지가 아니다. 내게는 다만 여생을 무사히 보내야 하는 의무가 남았을 뿐이다'라고 스스로 결심한 바가 있었답니다. 그래서 당신에 대한 나의 애정이 어떤 것인지, 그리고 그것이 어떠한 결과를 초래하게 될 것인가, 나 자신도 오랫동안 똑똑히 알 수 없었습니다. 나는 희망을 품어 보기도 하고 단념해 보기도 했지요. 어떤 때는 당신이 공연히 내 앞에서 아양을 떠는 것 같기도 했고, 또 어떤 때는 당신이 진심으로 나를 사랑하고 있다는 생각도 들었습니다. 그래서 나는 나 자신이 무엇을 하게 될는지 알 수가 없었지요. 그러던 것이 그날 저녁, 당신도 기억하고 있겠지만, 우리가 정원을 거닐던 날 저녁에 나는 현재의 나의 행복이 너무나 큰 데 깜짝 놀랐단 말입니다. 도저히 가질 수 없는 행복인 것 같았지요. 만일 지금 내가 헛된 희망을 품고 있는 것이면 어떻게 될 것인가 생각하니 겁이 났습니다. 물론 그때 나는 나 자신의 생각만 했습니다. 나는 비열한 이기주의자니까요."

그는 나를 바라보며 잠시 입을 다물었다.

"하지만 그때 내가 한 말은 모두 쓸데없는 소리였다고 할 수는 없을 겁니다. 사실 내가 겁을 낸 것도 당연하지요. 당신에게서는 너무나 많은 것을 빼앗는 반면에, 내가 당신에게 줄 수 있는 것이라고는 거의 아무것도 없는 형편이니까요. 당신은 아직도 어린애라 할 수 있습니다. '아직도 피지 않은 꽃봉오리나 마찬가지이지요. 당신에게는 이것이 첫번째 사랑이지만, 나는 ……."

"그래요. 그러니까 바른 대로 말씀해 주셨으면……."

이렇게 말하다가 나는 갑자기 그의 대답을 듣는 것이 무서워졌다. 그래서

"아니, 그만두세요."

라고 했다.

"전에 다른 여자를 사랑한 일이 있느냔 말입니까? 그렇지요?"

그는 내 마음을 금세 알아챘다.

"네, 대답하지요. 실은 나는 아무도 사랑해 본 적이 없습니다. 여태까지 그와 비슷한 감정을 경험해 본 일조차 한 번도 없지요……."

그러나 문득 그 어떤 괴로운 상념이 마음에 떠오른 것처럼 그는 서글픈 표정으로 말을 이었다.

"아니, 이번만 해도 당신을 사랑할 수 있는 권리를 얻기 위해서 우선 당신과 같은 그런 순진한 마음을 가져야만 했습니다. 그래서 나는 당신에게 사랑을 고백하기 전에 다시 한 번 깊이 생각할 필요가 있었던 것입니다. 내가 대체 당신에게 무엇을 줄 수 있겠습니까? 물론 깊은 애정을 바칠 수는 있겠지만."

"애정만으론 부족하단 말씀이신가요?"

나는 그를 똑바로 쳐다보며 물었다.

"부족하지요. 특히 당신에겐 부족합니다."

그는 말을 이었다.

"당신은 아직도 젊고 예쁘니까요! 나는 요새 너무나 행복해서 밤마다 잠을 못 이루고, 당신과 함께 앞으로 어떻게 살아나갈 것인가, 그런 생각만 합니다. 나는 그래도 꽤 많은 경험을 가진 인간이기 때문에 행복하게 되려면 무엇이 필요한가를 나름대로는 알고 있다고 봅니다. 남들을 위해 착한 일을 하는 것 이상 없지요. 착한 일을 한다는 것이 우리에겐 쉬운 일이지만 농부들의 입장에서 본다면 정말 드문 일입니다. 이익이 될 만한 일에 전력을 기울이고 그 다음에 휴식을 하지요. 그리고 자연과 서적과 음악과 친근한 사람들에 대한 애정—이것이 내가 행복이라 생각하는 전부입니다. 그 이상의 것은 꿈꾸어 본 일도 없습니다. 게다가 당신처럼 훌륭한 반려자를 얻어서 어린애까지 생길 테죠. 그렇게 된다면 그야말로 인간이 바랄 수 있는 모든 점이 구비된다고 할 수 있겠지요."

"그래요!"

"하지만 이건 어디까지나 나처럼 이미 청춘이 지나간 사람의 생각이고, 당신처럼 젊은 사람의 생각은 그렇지 않을 겁니다."

그는 하던 말을 계속했다.

"당신은 아직 세상을 잘 모르니까 그렇지만, 앞으로 그와는 다른 생활에서 행복을 찾고 싶어하게 될는지도 모르고, 또 실제로 행복을 발견할는지도 모릅니다. 당신은 지금 나를 사랑함으로써 행복할 것이라고 믿고 있으나 어쩌면 그것은 생각만으로 끝날지도 몰라요."

"아니에요. 저는 여태까지 한 번도 조용한 가정생활 이외에 딴 것을 바란 일도 없고 또 좋아한 일도 없어요. 당신이 말씀하시는 행복은, 제가 생각하던 행복과 똑같아요."

내 말에 그는 싱긋 웃었다.

"그저 그렇게 생각될 뿐입니다. 당신에겐 그것만으론 부족해요."

그는 생각에 잠긴 어조로 조금 전에 한 말을 되풀이했다.

그가 나를 믿으려 들지 않고 마치 나의 젊음과 아름다운 용모를 비난하는 것 같은 어조로 말했기 때문에 나는 화를 발끈 냈다.

"그렇다면 어째서 저를 사랑하시죠?"

나는 쌀쌀맞게 쏘아붙였다.

"저의 젊음을 사랑하시는 건가요, 그렇지 않으면 저라는 인간을 사랑하시는 건가요?"

"모르겠습니다. 그러나 어쨌든 사랑하고 있는 것만은 사실이지요."

사람의 마음을 끌어당기는 듯한 눈길로 찬찬히 나를 바라보며 그는 이렇게 대답했다.

나는 아무 대꾸도 않고 물끄러미 그의 눈을 바라보았다. 처음에는 주위의 사물이 보이지 않는다고 생각했는데, 다음에는 그의 얼굴조차 보이지 않게 되고, 오직 그 눈만이 내 눈을 똑바로 바라보며 번쩍이고 있는 것 같았다. 그러다가 나중에는 그 눈이 나의 내부에 들어온 것처럼 생각되며 눈앞이 뿌옇게 흐려 왔다. 내 눈에는 아무것도 보이지 않았다. 그래서 나는 그의 시선이 내 마음속에 불러일으키는 환희와 공포감으로부터 빠져나오려고 눈을 가늘게 떴다.

그동안 흐릿하기만 하던 하늘이 결혼식 전날 저녁부터 맑게 개었다. 여름부터 시작한 장마가 끝나고 처음으로 찾아온 선선하고 맑은 가을 밤이었다. 모든 것이 비에 젖어서 차갑게 밝은 빛을 띠고 있었다.

빨갛고 노랗게 물들기 시작한 나뭇잎이 어느새 듬성듬성 떨어져, 온 정원이 가을답게 광활한 느낌을 주는 것도 그날이 처음이었다. 맑게 갠 창백한 하늘빛이 싸늘하게 보였다. 나는 우리가 결혼하는 내일은 날씨가 좋겠구나 생각하며 행복한 마음으로 침실로 올라갔다.

이튿날 나는 해돋이와 함께 잠자리에서 일어났다. '드디어 오늘이로구나……' 생각하니 어쩐지 기분이 이상하고 한편으로는 무서운 마음이 들었다. 나는 정원으로 나갔다. 방금 떠오른 아침 해가, 노란 잎이 거의 떨어진 보리수 가지 사이를 뚫고 여러 줄기로 갈라진 빛을 눈부시게 던지고 있었다. 정원 길은 낙엽에 덮여 바삭거리고 있었다. 마가목 열매의 쪼글쪼글한 송이는 서리를 맞아 시든 듬성한 잎사귀 사이로 빨갛게 보이고, 달리아도 쭈그러져서 거무튀튀했다. 생기를 잃은 푸른 풀과 집 옆에 서 있는 자리공의 찢어진 잎사귀 위에는 첫서리가 하얗게 내려 있었다. 맑게 갠 싸늘한 하늘에는 구름 한 점 없었다.

'정말 오늘이 결혼식 날일까?'

나는 나 자신의 행복을 믿을 수가 없어서 이렇게 마음속으로 물었다.

'정말 내일 아침엔 이 집에서가 아니라 남의 집에서, 두리기둥이 늘어선 니콜리스코예 마을의 그 집에서 눈을 뜨게 될까? 그리고 이제는 그이가 찾아오기를 기다리거나, 그이를 맞아들이거나, 카차와 함께 저녁마다, 밤마다 그이의 얘기를 하지 않아도 된단 말인가? 다시는 여기 포크롭스코예의 우리집 홀에서 그이와 함께 피아노 앞에 앉지 못하게 된단 말인가? 그리고 어두운 밤에 그이를 보내며 걱정을 하지 않아도 된단 말인가?'

문득 어제 그가 '이 집에 손님으로 오는 것도 오늘이 마지막이다'라고 한 말과 카차가 억지로 내게 신부의 옷차림을 시켜 보며 '결혼식은 내일이야'라고 하던 말이 머리에 떠올랐다. 그 순간 잠시 실감이 났지만, 또다시 믿어지지가 않았다.

'그럼, 정말 오늘부터 나제쟈도, 그리고리 영감도, 카차도 없는 그곳에서 시어머니와 함께 살아야 한단 말인가? 밤에 잠자리에 들기 전에 유모가 성호를 그으며, "잘 자요. 아가씨." 하는 것이 어릴 적부터의 습관이었는데, 이제는 그 말도 듣지 못하고 또 유모에게 키스를 할 수도 없게 된단 말인가? 소냐가 공부하는 걸 돌봐주거나, 함께 놀거나 할 수도 없단 말인가? 아침에 내 방에서 소냐의 침실 벽을 두드리면 저쪽에서 동생의 명랑한 웃음소리가 들려오곤 했는데 이젠 그런 것도 하지 못하게 된단 말인가? 정말 나는 오늘부터 나 자신에게까지도 전혀 딴 사람처럼 되어 버리고 마는 것일까? 그리고 내 희망과 소원이 성취되는 새로운 생활이 정말 내 눈앞에 전개된단 말인가? 그 새로운 생활은 과연 영원한 것일까?'

나는 초조하게 그를 기다렸다. 혼자서 이런 생각을 하고 있기가 괴로웠기 때문이다. 그는 아침 일찍 나타났다. 그와 함께 있으니까 오늘 그의 아내가 된다는 것이 비로소 실감났다. 그리고 결혼을 한다는 것이 별로 두렵지도 않았다.

아침나절에 우리는 교회에 가서 돌아가신 아버지를 위해 미사를 드렸다.

'지금도 아버님께서 살아 계셨더라면!'

나는 집으로 돌아오며 아버지 생각을 했다. 그리고 지금 내가 생각하고 있는 아버지와 절친한 친구 사이였던 그의 팔에 말없이 몸을 의지했다. 조금 전에 교회에서 기도를 드릴 때, 나는 차가운 돌바닥에 이마를 대고 아버지의 모습을 머릿속에 똑똑히 그려 보았다. 그리고 아버지의 영혼이 나를 이해하고 나의 선택을 축복해 주실 것이라고 믿어 의심치 않았다. 그래서 지금도 아버지의 영혼이 우리들의 머리 위를 날고 있는 것 같았고, 내 몸에 아버지의 축복을 느끼는 것이었다.

추억도, 희망도, 행복도, 슬픔도, 내 마음속에서 하나의 장엄하고 즐거운 감정으로 융합되어 버렸다. 잔잔하고 상쾌한 공기도, 벌거숭이가 된 들판의 정적도, 창백한 하늘도 그러한 나의 감정에 어울리는 것이었다. 강하지는 못하지만 하늘에서 눈부신 햇빛이 세상 만물 위에 내리비추며 내 볼을 따스하게 해주었다. 나와 함께 걷고 있는 그도 내 기분을 이해하며 그것을 함께 나누고 있는 것 같았다. 나는 아무 말 않고 조용히 걷고 있는 그의 얼굴을 이따금 생각난 듯이 쳐다보았다. 내 가슴속과 이 자연 속에 가득 차 있는 슬픔이라고도, 기쁨이라고도 할 수 없는 경건한 표정이 그의 얼굴에도 나타나 있었다.

갑자기 그는 내게로 얼굴을 돌렸다. 그는 무슨 말인지 하려는 것 같았다. '혹시 내가 생각하고 있는 것과는 전혀 다른 얘기를 끄집어내면 어떡할까?' 하는 생각이 떠올랐다. 그러나 그도 역시 아버지 이야기를 꺼내는 것이었다. 달라진 것은 아버지의 이름을 예전처럼 부르지 않는다는 것이다.

"언젠가 그분은 농담으로 나한테, '우리 마샤와 결혼하게나!' 한 적이 있습니다."

"지금도 살아 계신다면 얼마나 기뻐하시겠어요!"

나는 나에게 내맡긴 그의 팔을 더욱 힘주어 끼며 말했다.

"당신은 그때 아직 어린애였지요."

그는 내 눈을 들여다보며 자기 말을 계속했다.

"그때 내가 이 눈에 키스를 하며 귀엽다고 생각한 건 그분의 눈을 닮았기 때문이었을 뿐입니다. 이 눈이 내게 이처럼 소중한 것이 되리라고는 생각도 해본 일이 없지요. 그때만 해도 나는 당신을 마샤라고 부르고 있었으니까요."

"다시 마샤라 불러주시고, 말씀을 낮추세요."

나는 말했다.

"나도 방금 그렇게 해야겠다고 생각했소. 이제야 당신이 완전히 내 것이 된 것 같구려."

사람의 마음을 끌어당기는 듯한 행복에 넘친 잔잔한 그의 시선이 내 얼굴에서 떠날 줄 몰랐다.

우리는 푸석푸석한 들길을 따라 이리저리 비로 쓸어낸 것 같은, 수확이 끝난 밭 사이를 천천히 걸어갔다. 귀에 들리는 것은 우리의 발자국 소리와 말소리뿐이었다. 왼쪽으로는 골짜기를 넘어 저 멀리 벌거숭이가 된 숲까지 검붉은 밭이 뻗쳐 있고, 그리 멀지 않은 밭 가운데서 한 농부가 괭이를 들고 검은 밭두렁을 점점 더 널찍이 파헤쳐 나가고 있었다. 언덕 밑으로는 여기저기 흩어진 말떼가 손에 잡힐 듯이 가깝게 보였다. 정면으로는 정원과 그 뒤로 보이는 우리집 옆에까지 서리가 녹은, 가을갈이를 한 밀밭이 검게 뻗쳐 있고, 벌써 푸른 새싹이 군데군데 줄지어 보였다.

만물 위에 뜨겁지 않은 햇볕이 눈부시게 내리쬐고, 가는 곳마다 가늘고 기다란 거미줄이 걸려 있었다. 그 거미줄은 우리 주위의 공중에도 떠돌고 있는가 하면, 서리가 녹아서 말라가는 밭 위에 떨어지기도 하며, 우리의 눈에 들어가기도 하고, 머리와 옷에 걸리기도 했다. 우리들이 말을 하면 그 목소리는 조금도 움직이지 않는 공기 속에서 울리며 그냥 그대로 우리의 머리 위에 머물러 있었다. 그것은 마치 이 넓은 세상에 우리 두 사람밖에 없는 것 같은 느낌을 주었다. 뜨겁지 않은 햇볕이 빛나면서 이 푸른 하늘 아래 서 있는 것이 오직 우리 두 사람뿐이라는 착각을 일으키게 하는 것이었다.

나도 역시 그에게 좀더 다정스럽고 허물없는 말투를 쓰고 싶었지만 어쩐지 어색했다.

"여보, 왜 그렇게 빨리 걸으세요?"

나는 거의 속삭이다시피 빠른 소리로 이렇게 말하고는 나도 모르게 얼굴을 붉혔다. 그는 더욱 천천히 걸으며, 한층 더 상냥스럽고 쾌활한 얼굴로 나를 바라보았다.

우리가 돌아와 보니, 집에는 벌써 그의 어머니를 비롯하여 꼭 초대해야 할 손님들이 몇 사람 와 있었다. 그래서 우리는 교회에서 결혼식을 올리고 니콜리스코예 마을로 가기 위해 마차에 오를 때까지 단둘이 마주앉을 기회가 없었다.

교회는 거의 텅 비어 있었다. 나는 성가대석 옆에 깔아놓은 양탄자 위에 꼿꼿이 몸을 가누고 있는 신랑의 어머니와, 연보라빛 리본이 달린 모자를 쓰고 눈물로 뺨을 적시고 있는 카차와, 호기심에 찬 눈초리로 나를 바라보고 있는 두서너 명의 하녀를 곁눈으로 보았을 뿐이었다. 나는 그를 쳐다보지 않았지만, 바로 내 곁에 그가 서 있다는 것을 느꼈다. 나는 기도문에 귀를 기울이며, 그것을 속으로 받아 외고 있었다.

그러나 아무런 반향도 마음속에 일어나지 않았다. 그래서 나는 기도를 드리지 못하고, 성상이며 촛불이며 신부의 제의 등에 수놓은 십자가며 감실함이며 교회당의 유리창 같은 것을 물끄러미 내다보았다. 그러나 아무것도 머릿속에 똑똑히 들어오는 것이 없었다. 다만 내게 어떤 심상치 않은 일이 일어나고 있다는 것을 어렴풋이 느꼈을 뿐이었다.

이윽고 신부는 십자가를 손에 들고 우리쪽으로 몸을 돌리더니, '내가 세례를 줬던 당신에게, 오늘은 이렇게 하느님께서 결혼식 주례까지 맡아 보게 해 주셨다'고 하면서 축하한다는 말을 했다. 그 다음 카차와 그의 어머니가 우리에게 키스를 하였고, 마차를 부르는 그리고리 영감의 목소리가 들렸을 때 나는 갑자기 이상한 생각이 들었다.

이미 모든 절차가 끝나 버렸는데도, 나를 위해 거행된 이 신비로운 예식에 알맞는 별다른 반향이 조금도 내 마음속에 일어나지 않는 데 나는 깜짝 놀랐던 것이다. 우리는 키스를 했지만, 그것은 우리의 감정과 전혀 일치하지 않는 그야말로 이상야릇한 키스였다.

'그래, 이것만으로 다 끝났단 말인가?'

나는 허탈한 생각이 들었다.

우리는 현관으로 나왔다. 마차바퀴 소리가 둥그런 교회의 천장 밑에서 묵직하게 울리고, 신선한 바깥 공기가 얼굴에 산뜻하게 느껴졌다. 그는 모자를 쓰고, 내 손을 이끌어 마차에 태워주었다. 둥그렇게 달무리가 낀 차가운 달이 마차의 창문으로 보였다. 그는 나와 나란히 앉더니 문을 닫았다. 순간 무엇인지 바늘 같은 것이 내 가슴을 꼭 찌른 것 같았다. 문을 닫을 때 그의 너무나 침착한 태도에, 나는 왜 그런지 모욕 같은 것을 느꼈던 것이다.

카차가 머리에 수건을 덮어 쓰라고 내게 고함치는 소리가 들려왔다. 곧이어 마차바퀴가 돌 위를 덜거덕거리며 움직이더니, 마차는 곧 부드러운 흙 위를 달리기 시작했다. 우리는 니콜리스코예 마을로 향했다. 나는 한쪽 구석에 몸을 틀어 박은 채 멀리 퍼져 나간 밝은 들판과 차가운 달빛 아래 길게 뻗쳐 있는 도로를 창문으로 내다보았다. 그의 얼굴은 쳐다보지도 않았지만 나는 그가 바로 내 곁에 나란히 앉아 있다는 것을 분명히 의식하고 있었다.

'내가 그처럼 여러 가지로 기대하고 있었던 이 순간이 내게 준 것은 그래 겨우 이것밖엔 없단 말인가?' 하고 생각하니, 나는 그와 단둘이 이렇게 나란히 앉아 있는 것이 어쩐지 모욕을 당하는 것만 같았다. 나는 무슨 말이든지 한마디 하려고 그에게 얼굴을 돌렸으나, 입이 떨어지지 않았다. 전에 품었던 애정은 순식간에 사라지고 모욕감과 공포감이 그 자리를 대신 차지해 버린 듯싶었다.

"나는 바로 이 순간까지도 당신이 내 아내가 되리라고는 믿을 수가 없었어."

그는 내 시선을 받으며 조용히 말했다.

"그래요? 하지만 나는 어쩐지 무서워 못 견디겠어요."

"내가 무섭단 말이지?"

그는 내 손을 잡고 그 위에 머리를 갖다 댔다.

내 손은 마치 피가 통하지 않는 물건처럼 그의 손에 잡힌 채 꼼짝 않고 있었다. 싸늘한 기운이 심장 속에 감돌며 가슴이 아파 왔다.

"네, 무서워요."

나는 입속말로 대답했다.

그러나 그때 갑자기 심장이 세차게 뛰기 시작하며 손이 떨려 왔다. 나는 그의 손을 꼭 쥐었다. 온 몸이 뜨거워지며, 내 눈은 어둠 속에서 그의 눈을 찾고 있었다. 순간 나는 내가 그를 두려워하는 것이 아니라, 그 두려움은 이전보다도 더욱 미묘하고 강하게 나타난 새로운 애정이라는 것을 깨달았다. 그리고 내 몸도 마음도 완전히 그의 것이며, 또한 그가 나를 차지함으로써 나는 행복할 수 있다는 것을 깨달았던 것이다.

제2부

1

해가 뜨고지고, 몇 주일이 바뀌었다. 쓸쓸한 전원생활도 어느덧 두 달이 지나가 버렸다. 그때는 정말 세월이 꿈결 같다고 생각했다. 그러나 그 두 달 동안에 느낀 긴장과 흥분과 행복은 일생을 두고 경험한 것과 맞먹을 것이다. 어떻게 우리의 전원생활을 이끌어 나갈 것인가에 대한 나와 남편의 공상은, 예상했던 것과는 전혀 다르게 실현되었다.

우리의 생활이 공상하던 것보다 못한 편은 아니었다. 약혼기에 상상하던 힘든 노동이라든가, 수행해야 할 의무라든가, 자기 희생이라든가, 남을 위한 생활이라든가 하는 것은 조금도 없었다. 오히려 그와는 반대로 둘이서만 서로 사랑하려는 이기적인 감정과, 좀더 사랑을 받고 싶다는 염원과, 이렇다 할 이유도 없이 줄곧 즐겁기만 한 기분과, 세상만사를 망각해 버린 황홀한 상태—이런 것이 자리를 차지하고 있었다.

물론 남편은 무슨 일을 하려고 가끔 자기 방에 들어가 있을 때도 있었고, 어떤 때는 볼일이 있어서 시내에 다녀오거나 농사일을 돌보려고 나돌아다니기도 했으나, 내 곁을 떠난다는 것이 그에게 얼마나 힘든 일이었는지 나는 그것을 잘 알 수 있었다. 남편도 나중에 자기 입으로 그 점을 솔직히 고백했는데 내가 없는 데서는 세상 일이 모두 아무런 가치도 없는 것 같아서 무엇 때문에 그런 일을 해야 하는 것인지 도무지 알 수가 없다는 것이었다.

나도 역시 마찬가지였다. 책을 읽기도 하고, 음악 공부를 하기도 하고, 시어머니의 시중을 들기도 하고, 학교 일을 돌보기도 했으나, 사실은 그런 일들이 모두 남편과 관련된 것일뿐더러 그의 칭찬을 받을 만한 것이기 때문에 했을 뿐이었다. 그러나 남편과 관련되지 않는 일을 하려고 하면 저절로 기운이 없어졌다. 이 세상에 남편 이외에 또 누구가 있을까 하고 생각하면, 스스로 웃음이 터져 나올 지경이었다.

어쩌면 그것은 좋지 않은 이기적인 감정이었는지도 모른다. 그러나 그 감정은 내게 행복을 주었고 나를 속세로부터 높은 곳에 올려놓아 준 것이다. 나를 위해 이 세상에 존재하고 있는 것은 오직 남편 한 사람뿐이었고, 나는 그를 세상에서 가장 훌륭하고 완전무결한 인간이라고 믿고 있었다. 때문에 나의 생활은 그를 위한 것이었고, 그밖의 다른 생활 방법은 있을 수가 없었다. 그리고 그의 신뢰에 어긋나지 않게 그에게 훌륭한 여자로 보이도록 하려는 생각밖엔 없었다. 그는 나를 온갖 덕성을 갖춘, 세상에서 가장 아름다운 여자라 생각하고 있었던 것이다. 그래서 나는 세상에서 제일 훌륭한 사람의 눈에, 역시 제일 훌륭한 여자로 보이려고 노력했다.

어느 날, 남편은 내가 기도를 드리고 있을 때 내 방에 들어온 일이 있었다. 나는 그를 돌아보고는 그냥 기도를 계속했다. 그는 기도에 방해가 되지 않게 책상에 가서 앉더니 책을 펼쳤다. 그러나 나는 남편이 이쪽을 보고 있는 것 같아서 다시 뒤를 돌아보았다. 남편은 싱긋 웃어 보였다. 나는 기도를 계속하지 못하고 함께 따라 웃었다.

"당신은 벌써 기도를 끝냈나요?"

내가 물었다.

"응, 그냥 계속해요. 난 나갈 테니까."

"하지만 당신도 함께 기도를 드리지 않겠어요?"

아무 말 않고 밖으로 나가려는 남편을 나는 불러 세웠다.

"여보, 나가지 마시고 나와 함께 기도문을 외어주세요."

그는 나와 나란히 무릎을 꿇더니 어색하게 두 팔을 늘어뜨린 채 정색을 하고 말을 더듬으며 기도문을 외기 시작했다. 그리고 이따금 나를 돌아보며, 혹시 틀린 데가 있으면 고쳐달라는 듯이 내 눈치를 살폈다.

남편이 기도문을 다 외고 나자, 나는 웃으면서 그를 끌어안았다.

"모든 것이 당신 때문이야! 나는 마치 열 살 먹은 어린애처럼 되고 말았다니까!"

그는 얼굴을 붉히고 내 손에 입을 맞추며 이렇게 말했다.

시집은 집안끼리 서로 존경하고 사랑하며 대대로 이어 내려온 시골 명문가 중의 하나였다. 집안에 있는 모든 것이 훌륭했고 명예로운 역사를 가지고 있었다. 나는 이 집에 들어오자마자 그것이 나 자신의 과거가 되어 버린 듯이 느껴지는 것이었다. 집안을 장식한다든지 정돈한다든지 하는 일은 시어머니인 타치야나 세묘노브나가 옛날 식으로 맡아서 하고 있었다.

모든 점이 고상하고 아름답다고는 할 수 없었지만, 하인에서부터 가구 등과 음식물에 이르기까지 부족한 것 없이 풍부하게 있었고, 모든 것이 산뜻하고 견고하며 차근차근 정돈되어 있어서, 얕잡아 볼 수 없는 그 무엇이 있는 것 같았다. 응접실에는 의자며 테이블 같은 것이 균형있게 배치되어 있었고, 벽에는 초상화들이 걸려 있었으며, 방바닥에는 양탄자와 줄무늬를 넣어 삼으로 짠 자리가 깔려 있었다. 홀에는 오래된 피아노와, 모양이 다른 두 개의 옷장과, 소파와, 그리고 놋쇠와 자개로 장식된 탁자가 놓여 있었다.

시어머니가 정성을 들여 꾸민 방에는 옛날부터 현재까지 전해 내려오는 갖가지 모양의 가구 중에서도 제일 훌륭한 물건들이 놓여 있었다. 그 중에는 오래된 거울이 하나 있었다. 나는 처음에 그것을 들여다보기가 어쩐지 겸연쩍었지만, 나중에는 마치 옛 친구처럼 그 거울을 아주 소중히 여기게 되었다.

시어머니인 타치야나 세묘노브나의 목소리는 거의 들리지 않다시피 했는데도, 집안의 모든 일이 흡사 태엽을 틀어놓은 시계처럼 어김없이 잘되어 나갔다. 하인들은 지나칠 정도로 많이 있었으나, 뒤축이 없는 부드러운 창을 댄 장화를 신어서 별로 시끄럽지 않았다(시어머니는 구두창이 삐걱거린다든지 뒤축이 쿵쿵 울린다든지 하는 것을 싫어했기 때문이다). 그 수많은 하인들은 모두 자기의 위치를 자랑스럽게 여기고 있는 것 같았다. 그들은 늙은 주인 마나님 앞에서는 꿈쩍도 못하면서도, 나나 남편에게는 마치 보호자와 같은 상냥한 태도로 대했다. 그리고 그 어떤 특별한 자부심을 가지고 맡은 일들을 하고 있는 것처럼 보였다.

매주 토요일에는 반드시 집안의 마루를 닦고 양탄자의 먼지를 털어냈다. 매달 초하룻날에는 목욕을 하고 기도식을 올렸다. 그리고 시어머니와 남편의 세례명 축일에는 부근 사람들을 초대해서 잔치를 베풀곤 했다(그해 가을에 처음으로 내 세례명 축일도 축하해 주었다). 이러한 모든 것은 타치야나 세묘노브나가 철이 든 이후부터 한 번도 빼놓지 않고 해 오던 일이었다 한다.

남편은 집안일에 대해선 전혀 간섭을 하지 않았다. 다만 농사일과 머슴들을 돌보고 있었는데, 상당히 열심히 일을 했다. 겨울에도 아주 일찌감치 일어나기 때문에, 내가 눈을 뜰 때는 벌써 밖으로 나가서 얼굴을 볼 수조차 없었다. 그는 보통 차를 마실 때쯤 해서 집에 돌아오곤 했다. 아침에는 언제나 둘이서만 차를 마셨는데, 그는 농사일 때문에 분주하게 돌아다니며 시끄러운 일을 하고 난 다음이어서, 옛날에 카차와 내가 이름 지은 '야만적인 기쁨'에 넘쳐 있었다.

나는 곧잘 남편에게, 아침에 무슨 일을 했는지 얘기해 달라고 졸랐다. 그러면 그는 아주 터무니없는 얘기를 꾸며대곤 해서 우리는 배를 움켜쥐고 웃어댔다. 어떤 때는 내가 사실대로 얘기해 달라고 하면 그는 웃음을 참으며 얘기해 주었지만, 나는 그의 눈이며 움직이는 입술을 바라보고 있었을 뿐, 그의 얘기는 한 마디도 귀담아들으려 하지 않았다. 나는 그저 남편의 얼굴을 보고 그 목소리를 듣는 것만으로도 만족하였다.

"자, 그럼, 내가 지금 무슨 얘기를 했는지 어디 당신이 다시 얘기해 봐요."

그는 가끔 이렇게 물었다. 그러나 나는 한 마디도 말할 수 없었다. 나는 남편이 자기 얘기도 아니고 내 얘기도 아닌, 우리 부부와는 상관 없는 얘기를 내게 늘어놓는 것이 우습게만 생각되었다. 그런 일이야 아무렇게 된들 무슨 상관이랴 싶었다. 그 후 상당히 오래 시일이 지나서야, 나는 비로소 남편이 염려하고 있는 바를 다소나마 알게 되었고, 따라서 관심을 갖게 되었다.

타치야나 세묘노브나는 점심때까지 자기 방에서 나오지 않고 혼자서 차를 마셨고, 그 대신 하녀를 보내서 우리한테 아침 인사를 전하곤 했다. 그러나 무조건 행복하기만 한 우리만의 특별한 세계에서는, 이쪽과는 비교가 안 될 만큼 엄숙하고 단정한 방으로부터 전달되어 오는 시어머니의 목소리가 이상하게 들렸다. 그래서 나는 참지를 못하고, 두 손을 모아 쥐고 똑똑한 어조로 인사의 말을 전하는 하녀에게 대답 대신 웃음을 터뜨리고 마는 일이 자주 있었다.

"어제 두 분이 산책을 하고 나서 편히 주무셨는지 알아보고 오라 하십니다. 그리고 마나님께서는 밤새도록 옆구리가 결리고, 게다가 마을 쪽에서 몹쓸 놈의 개들이 짖어대는 바람에 잘 주무시지 못했다고 전하라 하십니다. 그 다음, 구운 과자는 맛이 어떠냐고 물으십니다. 오늘은 타라스가 굽지 않고 니콜라샤가 처음으로 시험 삼아 한 것이니 그 점을 미리 알아두라고 하십니다. 마나님의 말씀은, 상당히 잘 구웠다, 버터빵은 특히 잘 구웠지만 비스켓은 좀 지나치게 구운 것 같다고 하셨습니다."

하녀는 이렇게 보고하는 것이었다.

점심때까지는 남편과 함께 앉아 있는 일이 거의 없었다. 나는 혼자서 피아노를 치거나 책을 읽거나 했고, 그는 책상에 앉아 무엇을 쓰거나 외출을 하거나 했다.

네 시에 있는 점심때에는 모두들 한자리에 모였다. 시어머니는 자기 방에서 헤엄쳐 나오듯이 소리도 없이 나왔고, 우리 집에 두세 명씩은 언제나 붙어 사는 가난뱅이 귀족 부인이라든가 여자 순례자들도 나타났다. 남편은 옛날부터의 습관에 따라 날마다 한 번도 빼놓지 않고 어머니의 팔을 잡고 식탁으로 모셨는데, 어머니는 그에게 다른 한쪽 팔을 내게 주라고 해서, 우리는 매일같이 문턱에서 서로 어깨를 비비며 들어와야 했다.

식사 중에는 시어머니가 의장역할을 맡아했기 때문에, 고상하고 점잖고 약간 엄숙하기조차 한 얘기만이 오고갔지만, 나와 남편의 허물없는 언사는 이 식탁 회의의 딱딱한 분위기를 기분 좋게 깨뜨리곤 했다. 어떤 때는 어머니와 아들 사이에 논쟁이 벌어지고 농담 비슷한 말이 오갔는데, 나는 특히 그러한 논쟁이나 농담을 듣기 좋아했다. 그와 같은 말 가운데 모자간의 깊고도 강한 애정이 가장 뚜렷이 나타나기 때문이다.

점심이 끝나면 시어머니는 응접실에 있는 커다란 안락의자에 앉아서 파이프에 담기 좋게 담배를 곱게 부스러뜨리거나 새로 도착한 서적의 책장을 자르기도 했고, 우리는 책을 낭독하거나 홀에 가서 피아노를 쳤다. 그 당시 우리는 둘이서 꽤 많은 책을 읽었지만, 그래도 우리는 음악을 제일 좋아했다. 음악은 우리의 가슴속에 언제나 새로운 감정을 불러일으켰고, 그럴 때마다 우리들은 서로의 마음속에서 새로운 것을 발견하는 것 같았다.

내가 남편이 좋아하는 곡을 치고 있으면, 그는 거의 내 눈에 띄지 않을 만큼 멀찌감치 떨어진 소파에 가 앉아 있었다. 그는 원래가 수줍은 성격이어서 음악으로부터 받는 감명을 나타내지 않으려고 애썼다. 그러나 나는 가끔 느닷없이 피아노에서 일어나 남편이 앉아 있는 곳으로 가까이 가서는 그 얼굴에서 감격의 흔적을, 그리고 그 눈에서 여느 때와는 다른 광채와 윤기를 찾아내려 했다. 그는 그것을 숨기려고 애썼지만 결국은 허사였다.

시어머니는 언제나 우리들이 홀에서 어떻게 하고 있는지 보고 싶었던 모양이었다. 하지만 우리가 언짢게 여길까 염려하여 일부러 무뚝뚝하고 태연한 얼굴로 홀을 통과해서 안으로 들어가곤 했다. 시어머니는 자기 방에 들어가 봐야 아무것도 할 일이 없으니까 곧 되돌아 나오리란 것은 뻔한 일이었다.

저녁에는 큰 응접실에서 내가 차를 따르게 되어 있었는데, 그때도 역시 집안 식구들이 모두 식탁에 모였다. 사모바르를 가운데 놓고 엄숙하게 둘러앉은 이 '회의'에서 컵과 찻잔을 돌리는 일이 내게는 오랜 시일이 경과할 때까지 서먹서먹하기만 했다. 아직도 나는 이런 명예로운 역할을 맡을 만한 자격이 없을 뿐만 아니라 이렇게 커다란 사모바르 마개를 틀어 차를 따르거나, 하인인 니키타가 받쳐들고 있는 쟁반에 컵을 올려 놓으며, '이건 표트르 이바노비치에게, 이건 마리야 미니치나에게……'라고 한다든가, '설탕이 더 필요하진 않으세요?' 하고 묻는다든가, 유모를 비롯하여 늙도록 이 집에서 일해 온 하녀들에게 부드러운 각설탕을 남겨 준다든가 하기에는, 내 나이가 너무나 젊고 아직도 철이 덜 들었다고 나 자신이 언제나 느끼는 것이었다.

"아주 제법인걸. 그만하면 이젠 어른이 다 됐어."

남편은 곧잘 이러한 소리를 했다. 그러면 나는 한층 더 당황했다.

차를 마시고 나면 어머니는 파시얀스*[1]를 늘어놓든가 마리야 미니치나가 점치며 하는 소리를 들은 뒤에, 나와 남편에게 키스를 하고 성호를 그었다. 그러면 우리는 자기 방으로 돌아오는 것이었다.

그러나 우리는 대개 자정이 넘을 때까지 잠잘 생각을 않고 앉아 있었다. 그때가 우리에게는 제일 좋고 즐거운 시간이었다. 남편이 내게 자기의 과거 얘기를 들려 주기도 하고, 둘이서 앞날의 계획을 세우기도 하고, 때론 제법 철학적인 문제에 대해 토론하기도 했다. 그러나 같은 이층에 있는 사람들이 우리의 얘기 소리를 듣고 타치야나 세묘노브나한데 고해바칠까봐 언제나 조심해서 낮은 목소리로 소곤거렸다. 시어머니는 늘 우리들에게 일찍 자도록 타일러 왔기 때문이다. 그러나 어떤 때는 배가 고파서 살그머니 찬장으로 가서는 니키타가 눈치 빠르게 꺼내주는 식은 밤참을 받아가지고 내 방으로 돌아와서 촛불 한 자루만 켜 놓고 그것을 먹기도 했다.

우리 부부는, 오랜 전통과 타치야나 세묘노브나의 엄격한 정신이 온 집안에 배어 있는 것 같은 이 커다란 옛 집에서, 마치 이 집과는 인연이 없는 사람처럼 그날 그날을 보내고 있었다. 비단 시어머니뿐만 아니라, 하인들이나 집에서 밥을 얻어먹고 있는 올드미스들이나 가구 등과 벽에 걸린 그림에 이르기까지 모든 것이 나에게 존경과 일종의 공포를 느끼게 했다. 또한 이 집의 분위기가 우리 부부에게는 어울리지 않기 때문에, 정신을 차리고 아주 조심스럽게 살지 않으면 안 되겠다는 자각을 갖게 했다.

지금 회상해 보면, 여러 가지가—변화라는 것을 모르는, 틀에 잡힌 질서라

---

*1 혼자서 칠 수 있는 트럼프의 일종.

든가, 공연히 남의 일만 캐고 들려는 한가한 집안 사람들이라든가 하는 것이 우리에게는 달갑지 않고 거북하기만 한 것이라고 생각되었지만, 그 당시엔 그렇게 거북한 환경이 오히려 우리의 애정에 활기를 주었던 것이다. 나도 그랬지만, 남편도 역시 무슨 일에나 싫은 빛을 나타내지 않았다. 그는 못마땅한 일이 있더라도 자기 자신이 눈을 감아 버리고 마는 태도를 보이기까지 했다.

어머니한테 딸려 있는 드미트리 씨도로프라는 하인은 담배를 무척 좋아했다. 날마다 우리가 점심을 먹은 후 홀에 앉아 있으면 반드시 남편 방에 들어가서 서랍 속에 든 담배를 슬쩍 꺼내 가곤 하는 버릇이 있었다. 그럴 때면 세르게이 미하일로비치는 보아서는 안 될 무슨 재미있는 것을 발견한 듯한 표정을 지으며, 발꿈치를 들고 내 옆으로 가까이 걸어왔다. 그리고 손가락을 펴고 가만 있으라는 시늉을 하며, 우리가 보고 있으리라고는 생각을 못하고 있는 드미트리를 눈짓해 보였는데, 그 꼴은 정말 가관이었다. 드미트리가 끝내 눈치를 채지 못하고 밖으로 나가버리면, 남편은 아무 일도 없이 무사히 넘겨서 다행이라는 듯이 기뻐서 어쩔 줄을 모르며, 언제나 버릇처럼

"어쩌면 당신은 그렇게도 의젓할까!"

하며 내게 키스를 하는 것이었다. 어떤 때는 이렇게 태평하고 관대하며 만사에 무관심한 것같이 보이는 남편의 태도가 못마땅하게 여겨지기도 했다. 나는 자기 자신에게도 그와 똑같은 경향이 있다는 것을 모르고, 그것이 남편의 약점이라고 믿고 있었다. '자기 의지를 떳떳이 나타내지 못하다니, 마치 어린애들이나 마찬가지가 아닌가' 하고 나는 생각했던 것이다.

한번은 내가 남편에게, 어째서 당신은 그렇게 약한 태도를 취하는지 모르겠다고 했더니 그는 이렇게 대답했다.

"여보, 내 말 좀 들어 봐요. 나처럼 이렇게 행복한 처지에 있는 인간이 대체 무슨 불만이 있겠어? 남한테 듣기 싫은 소리를 하느니보다는 이쪽에서 양보하는 편이 훨씬 마음이 편하거든. 나는 벌써 오래전에 이 점을 깨달았어. 누구든지 간에 행복해서 안 된다는 법은 세상에 없는 거야. 그리고 우리는 이렇게 행복하지 않느냐 말이야! 그런데 내가 어찌 누구한테 화를 내거나 할 수 있겠어? 지금 내게는 불쾌한 것이라고는 한 가지도 없고, 오직 가엾은 것과 재미있는 것만이 있을 뿐이야. 너무 지나치게 좋은 것은 행복의 적이란 말이 있는데, 이건 절대로 소홀히 들어 넘길 말이 아니라고 생각해. 이렇게 말하면 곧이 들

지 않을는지 모르지만, 나는 말방울 소리를 듣거나 편지를 받거나 하면—아니, 아침에 눈을 뜨기만 해도 왜 그런지 무서운 생각이 들어. 앞으로 세상을 살아 나가노라면 반드시 어느 때건 무슨 변동이 일어나고야 말 것이라 생각하면 무섭단 말이야. 현재보다 더 좋게 될 리는 만무하니까."

나는 그가 진실로 마음속에 있는 말을 한다고 생각했지만, 그러한 그의 말을 이해할 수는 없었다. 나는 그저 무조건 행복하기만 했기 때문에, 내 생각으로는 언제까지나 그냥 이렇게 행복할 것 같았고 무슨 변화가 있을 것 같지는 않았다. 그러면서도 한편으로는 또 어딘지 딴 곳에, 비록 이보다 더하지는 못할망정 다른 종류의 행복이 있을 것처럼 생각되기도 했다.

이렇게 두 달이 지나가고, 겨울이 추위와 눈보라를 몰고 또다시 찾아왔다. 나는 남편과 함께 있으면서도 고독을 느끼기 시작했다. 날마다 똑같은 생활이 되풀이되었기 때문이다. 내게도 남편에게도 조금도 새로운 점을 발견할 수 없을 뿐만 아니라, 오히려 우리들은 옛날로 뒷걸음치고 있는 것 같은 생각이 들었다. 남편은 이전보다도 더 많이 내곁을 떠나서 자기 일에 열중하고 있었다. '남편의 마음속에는 그 어떤 별개의 세계가 있는데, 그는 나를 그 세계에 들여보내 주려 하지 않는다'—나는 또다시 이런 생각을 하기 시작했다. 언제나 태평하기만 한 그의 태도가 나를 초조하게 했다. 나는 그를 한결같이 사랑했고, 또 그의 사랑에 행복을 느끼고 있었지만, 나의 사랑은 그냥 그 자리에 침체된 채 그 이상 자라려고 하지 않았다. 그리고 그 사랑 이외에 어떤 새로운 불안한 감정이 내 마음속으로 기어들고 있었다.

이미 남편을 사랑하는 데서 오는 행복을 맛보고 났기에 단순히 사랑한다는 것만으로는 어쩐지 만족할 수 없었다. 나는 잔잔한 생활의 흐름이 아니라 활발한 운동을 바라고 있었던 것이다. 다시 말하면, 심리적 동요라든가, 위험이라든가, 감정을 위한 자기 희생을 바라고 있었던 것이다. 과잉 상태에 있는 내 마음속의 어떤 힘이 이 조용한 가정생활에서 배출구를 찾지 못하고 있었던 것이다. 우울한 권태가 나를 사로잡았다. 나는 무슨 좋지 못한 것을 숨기려는 듯이 될 수 있는 대로 남편 앞에서는 그러한 기색을 나타내지 않으려 했다. 그런가 하면, 어떤 때는 미칠 듯한 애정을 표시하기도 하고 별안간 쾌활해지기도 하여 남편을 놀라게 했다.

남편은 나보다도 먼저 그러한 나의 정신 상태를 알아채고서 도시로 나가자고 권했지만, 나는 쓸데없이 여행을 해서 우리의 생활에 변동을 가져오게 하거나 현재의 행복을 망치거나 하지 말아 달라고 했다. 사실 나는 행복하기 짝이 없었다. 다만 나를 괴롭힌 것은, 그 어떤 노력과 희생을 바라는 마음이 간절한데도 내가 현재 향유하고 있는 행복의 대가로써 아무런 노력도, 아무런 희생도 요구하지 않는다는 점이었다. 나는 남편을 사랑하고 있었고, 또 남편에게는 내가 더없이 귀중한 존재라는 것을 잘 알고 있었다. 그러나 나는 모든 사람들이 우리들의 깊은 애정을 보아주기를 바랐고, 남들이 나의 사랑을 방해하기를 바랐고, 그러한 방해를 물리쳐 남편을 사랑해 보고 싶었던 것이다.

나의 이성은, 아니 감정까지도 항상 행복에 싸여 있었으나, 이렇게 변화 없고 조용한 가정생활에서는 도저히 만족을 느낄 수 없는 별개의 감정—변화와 활동을 요구하는 청춘의 감정이 있었다. 어째서 남편은, 내가 원한다면 둘이서 도시로 나가자는 말을 내게 했을까? 그런 말만 하지 않았어도 나를 괴롭히는 감정이 쓸데없는 망상이며, 따라서 내가 나빴다는 것을 깨달았을지도 모른다. 또한 내가 바라는 희생이란 바로 나 자신에게 있는 불순한 감정을 억제하는 데 있다는 것을 알게 되었을지도 모른다. 도시로 나가기만 하면 나의 우울증도 간단히 없어질 것이라는 생각이 무의식 중에 일어났지만, 한편으로는 남편이 그가 좋아하는 모든 것으로부터 손을 떼야만 한다는 것이 가엾기도 했고 마음에 걸리기도 하였다.

겨울이 깊어지면서 눈은 바깥 벽에 점점 높이 쌓였다. 그러나 우리는 언제나 단둘이서 변함없는 얼굴을 서로 맞대고 있었다. 하지만 어딘지 먼 곳에서는 수많은 사람들이 모여, 이 시골 구석에 파묻혀 있는 우리의 존재 같은 것은 아랑곳없이, 휘황한 광채와 혼잡한 소음 속에서 흥분하고 애태우며 그들의 생활을 즐기고 있을 것이 아닌가. 내가 무엇보다도 싫어한 것은, 습관이 날이 갈수록 우리의 생활을 이미 만들어진 틀 속에 박아 넣어, 우리들의 감정도 점점 자유를 잃고 변화 없는 무관심한 세월의 흐름에 예속되어 가는 것을 느낄 때였다. 우리는 아침에는 쾌활했고, 점심때는 공손했으며, 저녁에는 다정스러웠다.

'선행!……남편이 말하듯 선행을 하며 결백한 생활을 한다는 것은 물론 좋은 일이다. 하지만 그것은 나중에라도 넉넉히 할 수 있는 문제가 아닌가. 그러나 지금 당장에 하지 않으면 나중에는 힘이 없어 하지 못할 그 어떤 일이 반드시 있을 것만 같다.' 나는 이렇게 생각했다.

내게 필요한 것은 선행이 아니라 투쟁이었다. 생활이 감정을 이끄는 것이 아니라 감정이 우리의 생활을 이끌어야 한다고 생각했다. 남편과 함께 아슬아슬한 낭떠러지 끝으로 걸어나가서, '이제 한 발만 내디디면 나는 저 밑으로 떨어져요. 꼼짝하기만 하면 나는 죽어버릴 거예요' 하고 내가 말하면, 그가 낭떠러지 끝에 선 채 얼굴이 새파랗게 되어 그 억센 두 팔로 나를 번쩍 안아 올려 가슴이 섬뜩하게 공중에다 홱 던지는 시늉을 하고는 어디로든지 자기가 원하는 곳으로 나를 데리고 가 주었으면—나는 이렇게 되기를 바랐던 것이다.

이러한 정신 상태는 내 건강에까지 영향을 주어, 나는 신경쇠약에 걸리게 되었다. 어느 날 아침, 나는 여느 때보다 기분이 좋지 않았는데, 평소에 그런 일이 없었던 남편까지 몹시 시무룩한 얼굴로 사무실에서 돌아왔다. 나는 금세 눈치를 채고, 남편에게 무슨 일이라도 있었느냐고 물었다. 그러나 그는 아무것도 아니라고 하며 좀처럼 내게 이야기해 주려 하지 않았다. 나중에야 알게 되었지만, 남편에게 감정이 좋지 않은 경찰서장이 우리집에 딸려 있는 농부들을 불러 놓고 그들에게 부당한 짓을 하도록 요구하며 위협했다는 것이다. 남편은 그와 같은 문제를 가소롭기 짝이 없는 일이라고 대수롭게 여기지를 못하고 잔뜩 화를 내고 있었기 때문에 나한테 그런 이야기를 하려 하지 않았던 것이다. 하지만 나는 남편이 나한테 아무 말도 하지 않는 것은 필경 자기가 하고 있는 일을 이해할 만한 능력이 없는 어린애로 취급하고 있기 때문이라고 생각했다. 그래서 나는 그에게서 몸을 돌리고 잠시 동안 잠자코 있다가, 차를 대접할 테니 우리집에 묵고 있는 마리야 미니치나를 부르라고 하인에게 명령했다.

차를 마시고 나서 나는 여느 날보다 빨리 자리에서 일어나 마리야 미니치나를 홀로 데리고 나가서 별로 재미도 없는 쓸데없는 이야기를 커다란 소리로 하기 시작했다. 남편은 방 안을 이리저리 거닐며, 이따금 그의 마음을 몹시 자극했기 때문에, 나는 더욱더 떠들며 웃어대고 싶은 마음이 들었다. 나 자신이 말하는 것이나 마리야 미니치나가 말하는 것이나 모두가 우습기만 한 것 같았다. 남편은 나한테 아무 말도 하지 않고 방에서 나가더니 쾅 하고 방문을 닫고는 자기 방으로 가버렸다. 그의 발자국 소리가 사라지자마자 갑자기 나의 쾌활한 기분도 사라져 버리고 말았다. 마리야 미니치나는 깜짝 놀라며 왜 그러느냐고 물었다. 나는 대답을 못하고 소파에 주저앉았다. 그 자리에서 울고 싶은 심정이었다.

'도대체 무얼 저렇게 생각하고 있을까?' 하고 나는 생각했다.

'별로 대수롭지도 않은 일을 가지고 저렇게 끙끙 앓고 있다니. 나한테 털어놓고 얘기라도 한다면 조금도 염려할 필요가 없다고 내가 알아 듣도록 설명할 텐데……. 하지만 남편은 얘기해 보기도 전에 너 같은 게 뭘 알겠느냐고 얕잡아 보려고만 하지 않는가. 곧 죽어도 위신을 지키며 시치미를 떼고 너보다는 그래도 내가 모든 것을 옳게 판단한다는 태도로 나를 아주 무시해 버리려고만 들지 않는가. 남편이 나를 그렇게 취급하는 이상 내가 권태를 느끼거나 생활다운 생활을 하고 싶다고 생각한다 해도 그것은 당연한 일이다. 이렇게 한자리에 꼼짝 않고 서서 머리 위로 시간이 흘러가는 것만 느끼고 있으란 말인가!

나는 자꾸만 앞으로 나가고 싶은데, 날마다 시간마다 무슨 새로운 변화가 있기를 원하고 있는데, 남편은 제자리에 멈춰선 채 나까지도 꼼짝 못하게 붙잡고 있다. 나의 요구를 들어준다는 것은 남편에게 조금도 어려운 일이 아닐 것이다! 구태여 나를 도시로 데리고 나갈 것까지도 없다. 다만 자기 자신을 기만하거나 주저하거나 하지 말고, 나처럼 솔직한 태도로 살아가기만 하면 된다. 남편은 나한테는 그렇게 하라고 권하면서도, 자기 자신은 조금도 솔직하지 않다. 내가 말하고 싶은 것은 바로 이 점이다!'

이렇게 생각하니 가슴 가득히 눈물이 괴는 것 같았고 남편이 원망스럽기만 했다. 나는 나의 그러한 감정에 스스로 겁을 집어먹고, 그의 방으로 찾아들어갔다. 그는 책상에 앉아 무엇인가를 쓰고 있다가, 내 발자국 소리를 듣더니 침착하고도 태연한 얼굴로 잠깐 돌아보고는 다시 펜을 움직이기 시작했다. 그의 시선이 어쩐지 내게는 못마땅했다. 나는 남편의 곁으로 가까이 가지 않고 그가 글을 쓰고 있는 책상 옆에 버티고 서서 책을 펼쳐 들여다보았다. 남편은 또 한 번 눈을 들어 나를 쳐다보더니 이렇게 물었다.

"마샤, 기분이 좋지 않는 것 같은데?"

나는 '뭐 물어 볼 필요도 없지 않아요? 참 친절도 하시지!' 하고 내쏘기라도 할 듯이 차가운 눈으로 그를 노려보았다. 그는 고개를 가로저으며 멋쩍은 듯이 부드러운 미소를 지어 보였다. 그러나 나는 생전 처음으로 그의 미소에 반응하지 않았다.

"오늘 무슨 일이 있었어요?"

나는 겨우 입을 열었다.

"어째서 나한테 아무 얘기도 해주시지 않았어요?"

"뭐 아무것도 아니야! 좀 기분 나쁜 일이 있어서……."

남편은 대답하였다.

"그렇지만 이젠 당신한테 얘기할 수 있어. 우리집에 딸린 농부 두 사람이 시내로 들어가서……."

나는 남편의 말을 가로챘다.

"좋아요, 어째서 아까 내가 물었을 때에는 그 얘길 해주시지 않았느냐 말이예요."

"아까는 당신 입에서 공연히 쓸데없는 소리가 나올 것 같아서 얘기하지 않았던 거야. 그땐 좀 화가 나 있었으니까."

"그렇지만 나는 그때 꼭 듣고 싶었어요."

"어째서?"

"당신은 나를, 조금도 남편을 도울 자격이 없는 여자라 생각하고 계시죠?"

"어떻게 내가 감히 그런 생각을 하겠어!"

그는 펜을 던졌다.

"나는 당신이 없으면 살 수 없다고 생각하는 인간이야. 당신은 모든 면에서 나를 도와주고 있지. 아니, 도와준다느니보다 당신 자신이 능동적으로 모든 일을 하고 있다고 생각해. 그런 소린 아예 하지도 말아요!"

그는 빙그레 웃었다.

"나는 오직 당신만을 마음의 기둥으로 삼고 사는 인간이야. 당신이 내 곁에 있다는 그 한 가지 이유만으로 세상 만사가 모두 살맛이 나는 사람이야. 그러니까 당신은……"

"말하지 않아도 잘 알고 있어요. 그저 적당히 달래기만 하면 되는 귀여운 어린애에 지나지 않는단 말씀이죠!"

내 말투가 하도 심상치 않았기 때문에, 남편은 마치 처음 보는 사람을 보듯이 놀란 눈으로 나를 바라보았다.

"내가 바라는 건 평온이 아니에요. 당신은 너무나 평온하고 너무나 침착해요!"

"아무튼 무슨 일이 있었는지 얘기나 들어봐요."

내 입에서 나중에 무슨 말이 나올지 겁이 난다는 듯이 남편은 황급히 내 말을 가로챘다.

"그리고 당신이 그 문제에 대해 어떤 판단을 내리는지 들어봅시다."

"이젠 그런 얘기 듣고 싶지도 않아요."

사실은 듣고 싶기도 했지만, 그보다도 남편의 평온을 깨뜨리는 것이 더욱 재미있었다.

"나는 생활의 흉내만 내는 것이 아니라 실제로 생활을 하고 싶어요. 당신이 실제로 생활을 하고 있듯이."

조그만 일에도 즉시 분명한 반응을 보이는 남편의 얼굴에 긴장과 고통의 빛이 나타났다.

"나는 당신처럼 당신과 동등한 생활을 하고 싶어요. 당신과 함께……."

그러나 나는 말끝을 맺지 못했다. 말할 수 없이 깊은 슬픔이 그의 얼굴에 나타났기 때문이다. 그는 잠시 아무런 대꾸도 하지 않았다.

"하지만 어떤 면에서 나와 동등한 생활을 하지 못한다는 거지?"

남편이 입을 열었다.

"나는 경찰서장이니 주정뱅이 농부들을 상대하고 있지만, 당신은 그런 일을 하지 못하니 그게 불만이란 말인가?"

"나는 그런 것만 가지고 얘기하는 게 아니에요."

"이것 봐. 제발 내 마음을 좀 이해해 줘요."

남편은 말을 이었다.

"그런 시끄러운 문제는 언제나 사람에게 고통을 준다는 걸 나는 오랜 경험을 통해서 잘 알고 있어. 그런데 당신을 사랑하는 내가 어떻게 당신에게 그런 걱정을 시킬 수 있겠느냔 말이야. 내 생활이란 바로 당신에 대한 애정 속에 있는 것이니까, 제발 내 생활을 방해하지 말아 줬으면 좋겠어."

"좋아요. 언제나 당신의 말은 옳으니까요!"

나는 남편을 거들떠보지도 않고 비꼬았다.

남편이 다시 맑고 침착한 정신 상태로 돌아온 반면에, 나 자신의 마음속에는 후회에 가까운 감정과 안타까움이 자리를 차지하고 있는 것이, 나는 스스로 민망스러웠다.

"마샤, 왜 그러는 거요?"

남편은 말을 받았다.

"내 말이 옳건, 당신 말이 옳건, 그건 문제가 아니야. 당신이 나한테 대체 무슨 불만을 품고 있는지 그게 중요한 문제야. 뭐 지금 당장에 말하라는 건 아니니까, 곰곰이 잘 생각해서 당신이 생각하는 바를 모두 나한테 말해 줘. 당신이 나한테 불만을 느낀다는 건 아마 당연할 거야. 그렇지만 내가 나쁜 점이 무엇인지 그걸 깨닫게 해줬으면 좋겠어."

하지만 내가 어떻게 내 마음을 남편한테 말할 수 있을 것인가? 남편은 대번에 내 속을 알아채고 말았다. 나는 다시금 남편 앞에서 어린애가 되어 버렸다. 그리고 나는 남편이 알아채지 못하거나 예상할 수 없는 것이라고는 한 가지도 해낼 수 없다—이런 생각이 더 한층 내 마음을 자극하는 것이었다.

"당신한테는 아무런 불만도 없어요. 하나도 재미있는 일이 없으니까 어떻게 좀 권태를 느끼지 않게 될 수는 없을까 생각하고 있을 뿐이지요. 하지만 당신은 현재의 상태가 좋다고 하실 뿐만 아니라, 사실 그 말이 옳으니 어쩔 수 없지 않겠어요?"

나는 대답했다.

나는 남편을 쳐다보았다. 나의 목적은 이루어졌다—남편의 침착한 태도는 사라지고, 그 얼굴에는 놀람과 고통의 빛이 역력히 나타나 있었다.

"마샤."

낮은 음성이었지만 흥분한 어조로 남편은 입을 열었다.

"지금 우리가 하는 말은 농담이 아니야. 지금 이 순간에 우리들의 운명이 결정되려 하고 있다는 걸 알아야 해. 제발 아무 대꾸도 하지 말고 내 말을 끝까지 들어 줘. 당신은 내가 괴로워하는 꼴을 보고 싶어서 그러는 거지?"

나는 그의 말을 가로챘다.

"당신의 말이 지당하리란 건 뻔하지요. 구태여 당신이 옳다는 얘기는 하실 필요가 없을 거예요."

나는 쌀쌀하게 내쏘았다. 그것은 마치 나 자신의 말이 아니라 내 마음속에 악마 같은 것이 들어앉아서 하는 말 같았다.

"당신이 지금 하는 말이 무슨 말인지, 그걸 당신이 알 수 있다면……."

남편은 떨리는 음성으로 말했다.

나는 울음을 터뜨리고야 말았다. 그랬더니 한결 마음이 가벼워졌다. 그는 내 옆에 잠자코 앉아 있었다. 나는 남편이 가엾기도 했지만 한편으로는 부끄러운 마음이 들며 금세 내가 한 행동을 후회했다. 나는 남편을 돌아볼 수 없었다. 남편이 그 순간 틀림없이 무서운 눈초리가 아니면 의혹에 찬 시선을 내게 던지고 있는 것 같았기 때문이다. 그러나 조금 후에 남편을 돌아보았더니, 뜻밖에도 용서를 비는 듯한, 정답고 상냥스런 시선이 나를 지켜보고 있었다. 나는 그의 손을 잡으며 말했다.

"용서해 주세요! 네? 지금 내가 무슨 소릴 했는지 나도 모르겠어요."

"모르겠다구? 하지만 나는 당신이 한 말을 알 수 있어. 당신의 말이 옳아요."

"무슨 뜻이지요?"

"암만해도 우린 페테르부르크로 가야겠어. 지금 여기서는 어떻게 해 볼 도리가 없으니까."

"마음대로 하세요."

남편은 나를 끌어안고 키스를 하더니 이렇게 사과했다.

"용서해 줘, 내가 나빴어."

그날 저녁에 나는 남편을 위해 오랜동안 피아노를 쳤다. 그는 방 안을 거닐며 무슨 소리인지 혼자 입속말로 중얼거리고 있었다. 그것은 그의 버릇이었다. 가끔 내가 무슨 말을 혼자 중얼거리고 있느냐고 물으면, 그는 언제나 잠깐 생각해 보고 나서는 자기가 한 말을 그대로 나한테 되풀이하는 것이었다. 대개가 무슨 시의 한두 구절이었으나, 어떤 때는 굉장한 난센스가 튀어나오기도 했다. 그러나 나는 그 난센스로부터 남편의 기분이 어떻다는 것을 알 수 있었다.

"오늘은 또 무슨 소릴 중얼거리고 계세요?"

내가 물었다.

남편은 걸음을 멈추고 잠시 생각하더니 빙그레 웃으며 레르몬토프*2의 시를 두 줄 읽었다.

……이성을 잃는 배는 폭풍을 기다리네,
폭풍 속에서 평온을 찾으려고……

---

*2 19세기 러시아의 시인.

'아아, 저이는 보통 사람이 아니야. 무엇이든지 다 알고 있어!'

나는 남편이 사랑스러워졌다.

'저렇게 좋은 사람을 어찌 사랑하지 않을 수 있단 말인가?'

나는 피아노 앞에서 일어나 그의 손을 잡고 걸음을 맞추려고 애쓰며 그와 함께 걷기 시작했다.

"맞았지?"

그는 나를 바라보며 미소지었다.

"맞았어요."

나는 속삭였다. 우리들은 금세 기분이 명랑해졌고 눈에는 웃음이 떠올랐다. 그리고 걸음걸이는 점점 활발해져서 나중에는 발꿈치를 들고 걷다시피 했다. 우리는 그러한 걸음걸이로 이 방 저 방을 통과하여 그리고리 영감의 노여움을 샀고, 파시얀스를 늘어놓고 있던 어머니를 놀라게 했다. 식당으로 나와서 우리는 걸음을 멈추고 얼굴을 마주 보며 커다란 소리로 웃어댔다.

그로부터 2주일이 지나서, 크리스마스 전에 우리들은 이미 페테르부르크에 와 있었다.

2

우리의 페테르부르크 여행도, 모스크바에서 보낸 일주일도, 시집과 친정의 여러 친척들도, 새로운 숙소의 정리도, 우리가 지나온 길도, 처음 접한 도시들과 낯선 사람들의 얼굴도—모든 것이 꿈결처럼 지나가 버렸다. 하나같이 다채롭고 신기하며 즐겁기만 했고, 또한 남편의 동행과 애정으로 그러한 모든 것이 너무나 따뜻하고 선명하게 내 눈에 비쳤기 때문에 시골에서의 조용한 생활은 먼 옛날의 하잘것 없는 추억에 지나지 않은 것 같았다.

그리고 나를 놀라게 한 것은, 교만하고 쌀쌀하기만 할 줄 알았던 사교계의 사람들이 친척뻘 되는 사람은 말할 것도 없거니와, 처음 만나는 사람들까지도 모두가 나를 진심으로 반가워하며 친절히 맞아준 사실이었다. 어떻게 생각하면 그들은 모두가 나만을 생각하고 있었고 내가 오기만 하면 그들 자신에게도 무슨 좋은 일이 생길 듯이 나를 손꼽아 기다리고 있었던 것이 아닌가 싶었다.

또 한 가지 뜻밖이었던 것은, 페테르부르크에서 일류에 속한다고 생각되는 사교 클럽에 남편의 친구들이 상당히 많이 있다는 사실이었다. 남편은 내게 그들에 대해 한 번도 이야기해 준 적이 없었다. 그리고 내 눈에는 정말 좋은 사람들로 보이는 그들 가운데 몇 사람을 남편이 혹평하는 것을 들었을 때, 나는 어쩐지 이상하고 불쾌한 생각이 들었다. 어째서 남편이 그 사람들에게 무뚝뚝한 태도를 취하는지, 그리고 내 눈에는 존경할 만한 사람들로 보이는 그들과 교제하는 것을 어째서 남편이 자꾸 피하려고만 드는지 나는 이해할 수가 없었다. 좋은 사람들과 많이 사귀면 사귈수록 이쪽도 좋을 것이고, 더욱이 모두들 훌륭한 사람들 뿐인데 왜 그럴까 하고 생각했다.

"우린 아무래도 여기서 자리잡고 사는 것이 좋을 거야."

시골을 떠나기 전에 남편은 이런 말을 했다.

"여기서는 그래도 갑부 행세를 할 수 있지만, 페테르부르크에 가면 우리 같은 건 어림도 없지. 그러니까 부활제까지만 거기서 지내고, 사교계 같은 데는 나가지 말기로 합시다. 그렇지 않으면 경제적으로 곤경에 빠지고 말 테니까. 그리고 당신을 위해서도 좋지 않을 것이고……."

"사교계엔 뭣 하러 나가요! 연극 구경이나 하고, 친척들이나 찾아보고, 오페라라든가 좋은 음악이나 듣고 하면 그만이죠. 그리고 부활제 전에 시골에 돌아오도록 해요."

그러나 페테르부르크에 도착하자마자 이러한 계획은 까맣게 잊어 버리고 말았다. 갑자기 새롭고 행복한 세계에 발을 들여놓자 여러 가지 기쁨이 나를 에워싸고, 신기하고 재미있는 일들이 눈앞에 전개되는 바람에, 나는 무의식적으로 나의 과거도, 시골에서 세웠던 계획도 대번에 포기해 버렸다.

'그건 역시 생활이라고 할 수 없는 것이었어. 생활은 아직 시작되지 않았던 거야. 이것이야말로 진짜 생활이야. 그리고 앞으로 또 얼마나 재미있는 일이 있을는지 누가 알아!'

나는 생각했다.

시골에 있을 때 나를 괴롭히던 불안과 우울은 마치 요술에 걸린 것처럼 깨끗이 사라지고 말았다. 남편에 대한 나의 애정은 전보다도 안정되었고, 남편의 사랑이 혹시 전보다 못하지 않나 하는 생각은 여기 와서 한 번도 머리에 떠오른 적이 없었다. 더욱이 그의 사랑을 의심한다든가 할 수는 없는 일이었다. 그는 내가 생각하는 것이면 무엇이든지 금세 이해해 주었고, 나의 감정을 함께 나누어 주었으며, 나의 희망을 즉시 이루게 해주었기 때문이다. 전에 내가 못마땅하게 여기던 태연자약한 태도는 그에게서 사라져 버렸다(사라진 것이 아니라, 다만 내 마음을 자극할 수 없게 되었을 따름인지도 모른다). 그뿐만 아니라 여기 온 후부터 남편은 전과 다름없이 나를 사랑해 줄 뿐만 아니라 더욱 흡족한 눈으로 나를 바라보는 것 같았다.

남의 집을 방문하고 돌아온 후라든가, 새로 누구와 인사를 주고받은 다음이라든가, 또는 우리집 야회에서 혹시 무슨 실수라도 할까봐 속으로 떨었다. 그러다가 내가 주부의 역할을 훌륭히 하고 나면 언제나 남편은 이런 말을 하는 것이었다.

"잘했어, 잘했어! 썩 잘했어! 그만 하면 겁낼 건 하나도 없다니까! 정말 훌륭해!"

이런 칭찬을 들으면 참으로 기쁘기 짝이 없었다.

우리가 이곳에 도착한 뒤 얼마 안 있다가 남편은 어머니에게 편지를 했다. 그리고 나를 불러 끝에다 몇 자 적어 넣으라 하면서도, 자기가 쓴 부분은 읽어보지 못하게 했다. 그것이 이상했기 때문에, 나는 굳이 보여달라고 남편에게 요구하여 결국은 읽고야 말았다.

'어머님께서는 아마 마샤를 몰라보실 겁니다.'

편지에는 이런 말이 씌어 있었다.

'저까지도 다시 보게 되었으니까요. 그 귀엽고도 세련되고 침착한 태도와 사교적인 재주와 애교가 도대체 어디서 나오는 것인지 모르겠습니다. 게다가 모든 점이 소박하고 사랑스럽고 착하게 보인단 말입니다. 만나는 사람마다 모두들 감탄하고 있어요. 저도 역시 보면 볼수록 대견한 생각이 듭니다. 그런 모습을 보고 나니 지금보다도 더욱더 사랑해 주고 싶어집니다.'

'아아, 그렇구나! 나는 보통 여자가 아니었구나!' 나는 편지를 읽고 나서 말할 수 없이 기분이 유쾌해졌다. 그리고 나도 역시 남편을 전보다 더욱더 사랑하게 되었다.

우리들과 안면이 있는 모든 사람들로부터 내가 받은 찬사는 나 자신도 전혀 뜻밖이었다—우리 아저씨는 누구보다도 당신을 좋아한다느니, 우리 아주머니는 당신한테 홀딱 반했다느니, 당신만 한 여자는 페테르부르크에 없을 거라느니, 당신은 이곳 사교계에서 으뜸가는 세련된 부인이 될 만한 자격이 있다느니—사방에서 이런 말을 내게 하는 것이었다. 그 중에서도 특히 남편의 누이뻘이 되는 나이가 지긋한, 사교계의 귀부인인 D공작 부인은, 나한테 반해서 정신이 없을 만큼 수다스럽게 찬사를 늘어놓았다.

공작 부인이 처음으로 나를 어떤 무도회에 초대하며 남편에게 허락해 달라고 했을 때 남편은 보일 듯 말 듯한 짓궂은 미소를 띠며, 가고 싶으냐고 물었다. 나는 그렇다는 뜻으로 머리를 끄덕였으나 어쩐지 낯이 뜨거웠다.

"마치 죄인이 자기의 소원을 고백하는 것 같군."

남편은 상냥하게 웃었다.

"처음부터 사교계엔 드나들지 말자고 하셨고, 또 당신은 그런 걸 좋아하시지 않으니까 그럴 수밖에 없지 않아요!"

나는 생긋 웃으며 애원하는 듯한 눈으로 바라보았다.

"정 가고 싶다면 가기로 하지."

"아니, 그만두는 편이 좋을 것 같네요."

"어때, 사실은 가고 싶어 못 견디겠지?"

남편은 또 한 번 물었다. 나는 대답을 하지 않았다.

"사교계 그 자체야 별로 크게 문제시할 것도 없지만."

그는 말을 이었다.

"사교계에 반드시 붙어다니는 좀처럼 이루어질 수 없는 욕망, 그것이 더럽고 구역질이 난단 말이야. 하지만 꼭 가 보고 싶다면 가기로 합시다."

그는 결심한 듯이 말을 맺었다.

"솔직히 말하면, 나는 그 무도회에 가고 싶어서 못 견딜 지경이었어요."

나는 그제야 내 속마음을 털어놓았다.

그리하여 우리는 무도회에 나갔다. 내가 상상했던 것 이상으로 만족스러운 경험이었다. 모든 사람들이 나를 중심으로 해서 움직이고 있다는 느낌은 이 무도회에서 확실히 느낄 수 있었다. 오직 나를 위해서 커다란 홀이 휘황하게 밝고, 아름다운 음악이 연주되고, 수많은 사람들이 모여 나한테 매혹되고 있는 것만 같았다. 머리를 틀어주는 여자나, 하녀를 비롯하여 홀을 지나가는 노인이나 춤을 추고 있는 신사에 이르기까지 모두가 나한테 '당신을 좋아합니다'라고 하든가 그와 비슷한 암시를 주는 것같이 보였다.

D공작 부인이 나에게 말해준 것처럼, 나에 대한 이 무도회에서의 일반적인 평은, 여느 부인들과 조금도 비슷한 데가 없고 그 어떤 독특한, 신선한 시골 냄

새가 풍기는 소박한 아름다움이 있다는 것이었다. 이러한 찬사는 내게 커다란 만족을 주었다. 그래서 나는 남편에게, 올해 안에 무도회에 두세 번쯤 더 나갔으면 좋겠다고 솔직하게 말했다.

"무도회에 미련을 갖게 되지 않도록 실컷 구경해 두려는 거예요."

나는 얼른 얼버무렸다.

남편은 쾌히 승락하며 처음에는 몹시 만족한 얼굴로 나와 함께 무도회에 나갔다.

전에 자기가 한 말을 잊어버리고 말았거나 그렇지 않으면 아주 취소해 버린 듯이 내 인기가 좋은 것을 기뻐해 주었다.

그러다가 얼마 뒤부터 남편은 차차 그와 같은 생활에 권태와 압박감을 느끼기 시작하는 모양이었다. 그래도 나는 그런 것은 아랑곳하지 않았다. 가끔 남편이 무엇을 묻는 듯이 정색을 하고 조심스러운 시선을 내게 던지고 있는 것을 알아채기도 했지만, 나는 그것이 무슨 뜻인지 생각해 보려 하지도 않았다.

아무 관계도 없는 모든 사람들이 갑자기 내게 품기 시작한 애정과(적어도 나에게는 그렇게 생각되었다) 이곳에 와서 처음으로 경험한 아름답고 신기하고 만족스러운 분위기 때문에 나는 이성을 잃었다. 따라서 여태까지 나를 견제하고 있던 남편의 도덕적 영향은 온데간데 없이 사라지고 말았다. 이 사회에서는 남편과 대등한 위치에 설 수 있을 뿐만 아니라, 오히려 남편보다 높은 자리를 차지할 수도 있었기 때문이다.

그러나 그 대신에 나는 전보다 자주적인 입장에서 남편을 더욱더 사랑할 수 있게 되었다. 그것이 내게는 유쾌하기 짝이 없었다. 그래서 나는 어째서 남편이 사교계 생활에서 내게 이롭지 못한 면만을 찾아내려 하는지 이해할 수가 없었다. 무도회가 열리는 홀에 들어서기만 하면 모든 사람들의 시선이 나한테 집중되었는데, 그러면 남편은 마치 나를 독점하고 있기가 딴 사람들에게 미안하다는 듯이 나를 떼어 놓고는, 황급히 검은 이브닝 코트를 입은 사람들 틈으로 사라져 버리곤 했다. 그런 때면, 나는 새로운 사랑과 자기 만족을 느끼는 것이었다.

'조금만 기다리세요!'

눈에 별로 잘 띄지 않는, 어떤 때는 시무룩한 모습을 하고 한편 구석에 있는 남편을 발견하면, 나는 곧잘 마음속으로 이런 말을 했다.

'조금만 기다리세요! 이제 집에 돌아가면 아시게 될 거예요. 내가 훌륭하고 아름답게 보이려고 애쓴 것이 누구 때문인지, 그리고 오늘 저녁에 나를 에워싸고 있던 수많은 사람들 가운데서 내가 진정으로 사랑하는 사람이 누구였는지 곧 아시게 될 거예요.'

사교계에서의 성공을 내가 기뻐하는 것은 특별한 이유가 있었다. 그 성공은 남편에게 좋은 영향을 줄 것이고 대인 관계를 넓히는 기회가 될 것이다.—나는 진심으로 이렇게 생각했던 것이다.

다만 사교계 생활에서 위험한 한 가지 이유는 있다. 내가 혹시 거기서 만나는 어떤 사람한테 반해서 남편의 질투를 살 우려가 있는 것이다. 그러나 남편은 나를 믿어 의심치 않았고 겉보기에도 아주 태연자약했다. 그리고 사교계의 젊은 남자들은 남편과 비교하면 아무런 가치도 없는 인물들로 보였기 때문에, 내가 생각하는 사교계의 유일한 위험이라는 것도 별로 염려할 만한 것이 못 되었다.

그럼에도 불구하고 사교계의 남자들이 내게 보여 주는 특별한 관심은 나의 자존심을 흡족케 하는 것이었다. 그래서 나는 남편에 대한 나의 사랑이 일종의 은혜와 같은 것이라 생각하게 되었고, 따라서 나의 태도는 전보다 더욱 자신에 넘쳐 어딘지 불손한 점까지 나타나게 되었다.

"오늘 당신은 N·N부인과 무슨 얘기를 아주 재미있게 하시더군요. 내가 다 봤어요."

어느 날 무도회에서 돌아오는 길에 나는 페테르부르크에서 이름난 어떤 귀부인의 이름을 지적하며 손가락을 펴서 남편을 놀리는 시늉을 해 보였다. 사실 남편은 그날 저녁에 그 귀부인과 얘기를 주고받은 일이 있었다. 나는 남편이 그날 유달리 시무룩해서 말이 없었기 때문에 그에게 좀 자극을 주려고 그런 말을 했던 것이다.

"아니, 무엇 때문에 새삼스럽게 그런 소릴 하는 거야? 더구나 당신 입에서 그런 말이 나오다니!"

그는 흡사 어디가 몹시 아픈 것처럼 얼굴을 찡그리고 이를 악물며 내뱉듯 말했다.

"그건 당신이나 나한테 어울리지 않는 말이야. 그런 말은 딴 사람들에게나 해요. 그런 성실치 못한 태도가 우리 부부 사이를 상하게 할지도 모르니까. 나는 우리들이 다시 예전의 관계로 되돌아가리라고 아직도 믿고 있어."

나는 너무나 무안해서 무엇이라 대꾸를 할 수 없었다.

"되돌아가겠지, 마샤? 당신은 어떻게 생각해?"

"우리의 사이가 벌어진 일은 한 번도 없어요. 그리고 앞으로도 그런 일은 없을 거예요."

나는 자신있게 대답했다. 사실 나는 그때 그렇게 생각했던 것이다.

"정말 그렇다면 얼마나 좋겠어. 만일 그렇지 않으면 이젠 시골로 돌아가는 편이 좋을 거야."

그러나 남편이 이런 말을 한 것은 한 번뿐이었고, 그 후로는 줄곧 나처럼 유쾌한 것같이 보였다. 나는 페테르부르크 생활이 즐겁고 재미있기만 했다.

'혹시 남편이 가끔 권태를 느껴도 할 수 없지.'

나는 마음속으로 이렇게 변명했다. '그 대신 나도 시골에 있을 땐 남편 때문에 우울증에 걸릴 지경이었으니까. 그리고 우리의 사이가 좀 변했다 해도, 여름에 다시 니콜리스코예 마을 집에서 시어머니와 함께 살게 되면 이전처럼 원만한 관계로 되돌아갈 거야.'

그러는 동안 어느덧 겨울이 지나가 버렸다. 우리는 계획을 바꾸어 부활제에도 페테르부르크에서 보냈다. 그리고 부활제 일주일 후에 우리는 시골에 내려가려고 짐을 모두 꾸렸다. 남편은 선물을 비롯해서 시골 살림에 필요한 여러 가지 물건이며 꽃 같은 것까지 이미 다 사들이고 전에 없이 기분이 좋았다.

그런데 남편의 누이뻘 되는 D부인이 불쑥 찾아와서, R백작 부인이 출발을 연기하고 토요일 야회에 나를 꼭 오라고 초대했다는 소식을 전했다. 그러면서 그때 페테르부르크에 와 있던 M이라는 대공(大公)이 나를 러시아에서 제일가는 미인이라 하며 지난번 무도회 때부터 나와 사귀기를 원했는데, 이번 야회에는 순전히 나를 만나려는 목적으로 참석한다는 이야기를 들려주었다. 또한 이 야회에는 온 집안의 이름 있는 인사들이 모일 예정이라 했다. 아무튼 내가 참석하지 않는다는 건 도저히 안 될 말이라고 우겨대는 것이었다.

남편은 응접실 저쪽에서 누구와 얘기를 하고 있었다.

"그래 어떡하겠어요, 마리야? 참석하겠죠?"

부인이 내게 물었다.

"우린 모레 시골로 내려갈 예정인데요."

나는 망설이는 어조로 이렇게 대답하고 남편 쪽을 바라보았다. 남편은 나와 눈이 마주치자 황급히 얼굴을 돌려버렸다.

"그럼, 출발을 연기하도록 내가 세르게이 미하일로비치한테 설명할 테니."

부인은 말했다.

"우리 토요일에 거기 가서 모두들 눈이 휘둥그레지게 해놓읍시다, 좋지요?"

"그렇게 되면 우리의 예정이 어긋나서 곤란해요. 벌써 짐까지 다 꾸려 놨는데……."

상대방의 권유에 차차 꺾여들어가며 나는 대답했다.

"차라리 오늘 저녁에 그 대공님한테 인사를 드리러 찾아가는 편이 좋을 거야!"

남편은 응접실 한쪽 구석에서 가까스로 흥분을 억제한 듯한 목소리로 말했는데, 나는 여태까지 남편에게서 그런 어설픈 어조를 들어 본 적이 없었다.

"저런, 그런 줄 몰랐더니 강짜가 대단하군요!"

부인은 웃어댔다.

"그렇지만 세르게이 미하일로비치, 이건 뭐 대공님을 위해서라기보다도 우리 모두를 위해 참석해 달라는 거예요. R백작 부인이 꼭 참석해 주십사 하고 얼마나 신신당부했는지 모른답니다."

"가든지 말든지 그건 마샤한테 달렸지요."

남편은 쌀쌀하게 대꾸하고는 그대로 방에서 나가버렸다.

나는 남편이 몹시 격해져 있다는 것을 알아챘다. 그것이 매우 마음에 걸렸기 때문에 D부인에겐 아무런 확답도 주지 않았다. 부인이 돌아가자 나는 곧 남편한테 가 보았다. 그는 생각에 잠겨 이리저리 거닐고 있었는데, 내가 발꿈치를 들고 조용히 방 안에 들어온 것이 보이지도 않고 들리지도 않는 모양이었다.

'남편은 벌써 그리운 니콜리스코예 마을의 고향집을 머릿속에 그리고 있구나.'

그를 바라보면서 나는 생각했다.

'환하게 밝은 응접실에 앉아서 마시는 아침 커피, 농토와 농군들, 홀에서 보내는 저녁 시간, 집안 식구 몰래 먹는 식은 밤참……그렇다!'

나는 마음속으로 결심했다.

'사교계의 화려한 무도회도, 온 세계의 대공들의 아첨도, 남편이 기뻐서 어쩔 줄 몰라하는 걸 보기 위해서라면, 그리고 그의 잔잔한 사랑을 받기 위해서라면 모두 박차고 나가도 아까울 것이 없지만…….'

나는 남편에게 야회에는 나가고 싶은 생각이 없으니 그만두겠다고 말하려 했다. 그때 갑자기 남편이 이쪽으로 얼굴을 돌렸다. 그리고 나를 보더니, 고향 생각에 잠겨 부드러운 표정이 감돌던 얼굴을 금세 찌푸려 버렸다.

또다시 남의 속을 빤히 들여다보는 것 같은, 현명한 보호자다운, 태연자약한 태도가 그 눈에 나타났다. 그는 한낱 단순한 인간으로서의 자기를 내게 보이려 하지 않았다. 언제나 내 앞에서는 거의 신에 가까운 인간인 것처럼 높은 위치에만 서려 했던 것이다.

"왜 그래?"

무뚝뚝하고도 태연한 태도로 내게 몸을 돌리며, 남편은 이렇게 물었다.

나는 대답하지 않았다. 남편이 일부러 허세를 부리며 내가 좋아하는 솔직한 태도를 보이려 하지 않는 것이 괘씸했기 때문이다.

"그래, 토요일 야회에 나갈 작정이오?"

"나가고는 싶지만 당신이 싫어하는 것 같고, 또 짐까지 다 꾸려 놨으니 그만 두겠어요."

남편이 그처럼 차가운 눈초리로 나를 바라본 적은 여태까지 한 번도 없었다. 그리고 그처럼 내게 쌀쌀하게 말한 적도 없었다.

"다음 화요일까지 출발을 연기하기로 했으니까, 짐을 다시 풀어놓으라고 하겠어."

남편은 입을 열었다.

"그러니까 당신, 마음이 있으면 야회에 나갈 수 있을 거야. 참석하고 싶으면 참석해요. 하지만 나는 그만둘 테야."

흥분했을 때는 언제나 그렇듯이, 그는 성급히 방 안을 이리저러 거닐며 내게는 눈길도 주려 하지 않았다.

"난 당신이 왜 그러는지 통 알 수 없어요."

나는 한자리에 꼼짝 않고 선 채 남편을 쏘아보았다.

"언제나 자기는 침착하다고 하시는 분이(그는 그런 말을 한 적이 없었다) 어째서 그런 이상한 말을 하시는 거예요? 나는 당신을 위해 나의 만족을 희생하려고까지 하는데, 당신은 여태까지 한 번도 없었던 이상한 말투로 비꼬며 나더러 야회에 나가라고 하시니 말이에요."

"좋아, 좋아! 당신은 나를 위해 희생하고(그는 특히 이 말에 힘을 주었다) 나도 당신을 위해 희생하고, 그러니 이 이상 좋은 일이 어디 있겠어. 어느 쪽이 더 너그러운가 경쟁을 하고 있는 셈이지. 이보다 더 큰 결혼의 행복이 어디 있겠느냐 말이야!"

나는 처음으로 남편에게서 분노에 찬 조소적인 말을 들었다. 그 조소는 내게 부끄러움보다는 모욕감을 주었다. 그리고 그 조소는 나를 놀라게 하기는커녕 나를 분노하게 만들었다. 과연 이것이, 언제나 부부 사이에 실없는 소리를 삼가던, 성실하고 솔직한 남편의 입에서 나올 수 있는 말일까? 내가 무엇 때문에 이런 말을 들어야 한단 말인가? 조금도 해로울 것이 없는 쾌락을 남편을 위해 희생하려 했기 때문인가? 바로 1분 전까지만 해도 내가 그처럼 남편을 이해하고 사랑하고 있었기 때문인가? 이제는 나와 남편의 입장이 서로 바뀌어 버리고 말았다. 남편은 내게 솔직하지 못했고 오히려 억지를 부리는 느낌을 주었다.

"당신은 아주 달라지셨군요."

나는 한숨을 쉬었다.

"내가 당신한테 잘못한 것이 무엇인가요? 무도회 때문에 그러시는 게 아니라 아마 무슨 다른 문제를 가지고 나를 못마땅하게 여기고 계신가 봐요. 그렇지 않다면, 어째서 그렇게 빗나가려고만 하시는지 나는 모르겠어요. 전에는 당신 자신이 그러한 태도를 그처럼 경계하시더니…… 대체 무엇이 마음에 안 드는지 어서 솔직히 말씀해 주세요."

'어디 뭐라고 대답하나 보자!'

남편의 비난을 받을 만한 짓은 조금도 하지 않았다고 자신 있게 과거를 돌이켜보며, 나는 이렇게 생각했다.

나는 남편이 바로 내 옆을 지나가지 않으면 안 되게 방 한가운데로 나가서 그의 얼굴을 지켜보고 있었다 '이제 곧 남편은 내 곁으로 다가와서 나를 포옹해 줄 거야. 그러면 그것으로 오늘 문제는 원만히 해결되겠지' 하는 생각이 머리에 떠올랐다. 그리고 남편이 옳지 못하다는 것을 알아듣도록 설명해줄 기회가 없어지는 것이 서운한 생각조차 들었다. 그러나 그는 저쪽 구석에서 걸음을 멈추더니 나를 바라보았다.

"그래, 아직도 내 말을 못 알아듣겠다는 건가?"

"무슨 말씀인지 모르겠어요."

"그럼, 말하지. 나는 혐오를 느낀단 말이야. 내가 이런 생각을 한다는 그 사실에, 아니 하지 않을 수 없다는 그 사실에 혐오를 느낀단 말이야. 이런 일은 생전 처음이야."

그는 자기의 거친 음성에 스스로 놀랐는지 잠시 말을 끊었다.

"그건 또 무슨 말씀이죠?"

나는 억울하고 분한 나머지 눈에 눈물을 글썽였다.

"대공이 당신에게 호감을 갖고 있다고 해서 당신은 남편도, 자기 자신도, 여자로서의 위신까지도 잊어버리고 좋아라고 달려가려 하고 있어. 그리고 비록 당신 자신이 자기의 위신을 생각하지 못하는 인간이라 하더라도 자기 때문에 남편의 마음이 어떨까 하는 점을 염두에 두려 하지도 않을 뿐만 아니라, 오히려 남편한테 와서는 기껏 한다는 말이, 희생을 한다구? 말하자면 '대공 전하와 사귀는 것은 나로서는 더없는 행복이지만 나는 그것을 희생한다'라는 뜻이 아니고 무엇이냔 말이야."

말이 길어지면 길어질수록 남편은 자기의 격한 음성에 더욱 흥분하였고, 가시 돋친 그 음성은 냉혹하고도 거칠게 울리는 것이었다. 나는 여태까지 남편이 이처럼 흥분한 것을 한 번도 본 적이 없었고, 또 그가 내게 이렇게까지 무자비하게 대하리라고는 미처 생각지 못했다.

온몸의 피가 심장으로 쏟아져 몰려들었다. 나는 무서운 생각이 들었다. 그와 동시에 아무런 잘못도 없이 모욕을 받았다는 생각과 내 자존심이 상처받았다는 생각에 분노가 치밀었다. 그래서 나는 그에게 보복을 해야겠다고 생각했다.

"나는 벌써부터 이렇게 되리라는 걸 알고 그런 상황에 대해 얘기하고 있었어요."

내 음성은 어느새 착 가라앉았다.

"어서 하고 싶은 말 다 해보세요!"

"당신이 무얼 얘기하고 있었는지는 모르겠지만……."

남편은 말을 계속했다.

"나는 당신이 날마다 무위도식과 사치를 일삼는 사교계의 더러운 흙탕 속에 빠져 있는 걸 보고 아주 좋지 않은 결과를 초래하게 되리라 짐작하고 있었어. 그런데 드디어 그 결과가 나타나서……덕택에 나는 생전 처음으로 이런 창피스런 입장에 서게 됐지. 당신의 친구가 주책 없는 혀로 내 마음을 건드리며 강짜가 심하단 말을 뇌까렸을 때, 나는 정말 처량하기 짝이 없었어. 강짜가 심하다구? 도대체 그 상대가 누구냔 말이야? 나도 당신도 전혀 알지 못하는 인간이 아니냔 말이야. 그런데 당신은 조금도 내 심정을 이해하려 하지 않고, 오히려 나를 위해 희생한다고 하니, 그래 무엇을 희생한다는 거야?……나는 당신의 그 비굴한 태도가 부끄러워…… 뭐, 희생이라구?"

'아아, 이것이 바로 남편의 권리로구나.'

나는 생각했다.

'아무런 죄도 없는 아내에게 모욕을 주고 굴욕을 강요하는, 이것이 남편의 권리로구나. 하지만 나는 거기 굴복할 수 없다.'

"좋아요. 나는 당신을 위해 아무것도 희생하지 않을 테니까."

나는 콧방울이 부자연스럽게 부풀어 오르고 얼굴에서 핏기가 없어지는 것을 스스로 느끼며 이렇게 대꾸했다.

"나는 토요일 야회에 나가겠어요. 무슨 일이 있어도 꼭 나가겠어요."

"그럼 재미 많이 보시오. 그 대신 우리의 사이는 이걸로 마지막이야!"

남편은 끓어오르는 분노를 억제하지 못하고 이렇게 외쳤다.

"당신은 이 이상 나를 괴롭힐 수 없을 거야. 내가 바보였지. 저런……."

남편은 다시 입을 열었지만 그 입술은 가늘게 떨리고 있었다. 이미 하기 시작한 말을 끝까지 말하지 않으려고 자기 자신을 억누르고 있음이 분명했다. 그 순간 나는 남편이 두렵기도 했지만 한편으로는 말할 수 없이 미웠다. 나는 남편에게 마음껏 따지고 들어 그가 내게 준 모욕에 대해 복수를 하고 싶었다. 그러나 입을 열기만 하면 말보다 울음이 먼저 터져나와, 결국은 남편 앞에서 말 한 마디 제대로 못 하리란 것을 알고 있었기 때문에 나는 입을 봉한 채 방에서 나와 버렸다.

남편의 발자국 소리가 들리지 않게 되자, 나는 갑자기 우리가 주고받은 대화에 소스라치게 놀랐다. 지금까지 나의 모든 행복을 이루어 준 우리의 부부관계가 이것으로 영원히 끊어지고 마는 것 같은 무서운 생각이 들어서, 나는 다시 남편한테 되돌아가려 했다.

'그렇지만, 내가 아무 말 않고 손을 내밀어 남편의 얼굴을 바라본다면, 그것만으로 그는 마음이 누그러져서 내 심정을 이해할까?'

나는 생각해 보았다.

'과연 남편은 나의 너그러운 마음을 이해할 수 있을까? 혹시 남편이 나의 슬픔이 거짓이라고 한다면? 또는 어디까지나 자기가 정당했다고 주장하며 거만하고 태연한 태도로 나의 뉘우침을 받아들여 나를 용서해 준다면? 도대체 무엇 때문에 남편이—내가 그처럼 사랑한 남편이, 무엇 때문에 내게 이렇게까지 심한 모욕을 주는 걸까?'

나는 남편한테 되돌아가지 않고 내 방으로 들어와서 오랫동안 혼자 앉아 울었다. 그리고 우리가 주고받은 말을 한 마디 한 마디 되씹어보며 공포를 느끼기도 하고, 그것을 다른 말로 바꾸어 아주 다정스러운 말을 덧붙여 보기도 하고, 그러다가는 다시 조금 전에 일어났던 일을 상기하고 두려움과 모욕을 느끼기도 했다.

그날 저녁 차를 마시러 나가서, 때마침 우리를 찾아온 S가 있는 자리에서 남편과 마주앉았을 때, 나는 그날부터 우리 두 사람 사이에 깊은 골이 생겼다고 느꼈다. S는 나한테 언제 출발하느냐고 물었다. 내가 미처 대답도 하기 전에 남편이 대답했다.

"화요일에 떠나기로 했네. R백작 부인의 야회가 있다니까."

그리고 나를 바라보면서, "물론 당신은 거기에 나가겠지?" 하고 물었다.

나는 이 짤막한 물음에 찔끔하고 놀라 겁에 질린 눈으로 남편을 쳐다보았다. 그는 나를 쏘아보고 있었는데, 그 눈은 가시가 돋친 냉소를 품고 있었고, 그 음성은 싸늘했다.

"네."

나는 힘없이 대답했다.

그날 밤 우리 둘만이 남게 되자, 남편은 내 곁으로 가까이 와서 손을 내밀며 말했다.

"아까 내가 한 말 깨끗이 잊어버려 줬으면 좋겠어."

나는 그의 손을 잡았다. 내 얼굴에는 밝은 미소가 떠올랐고, 눈에서는 금방이라도 눈물이 흘러내릴 것 같았다. 그러나 남편은 마치 감상적인 장면이 연출

되는 것을 꺼려하는 것처럼 손을 빼고는 멀찌감치 떨어져 있는 안락의자에 가서 앉았다.

'남편은 여전히 자기가 옳다고 생각하고 있는 걸까?'

이런 생각이 들자 나는 모처럼 준비했던 변명의 말도, 야회에는 나가지 말기로 하자는 애원의 말도, 혀끝에 걸려버리고 말았다.

"출발을 연기했다고 어머니께 알려드려야겠군. 아무 기별도 없으면 걱정하실 테니까."

"언제 떠나실 예정인데요?"

"야회가 끝난 다음, 화요일에 떠나지."

"설마 나 때문에 그러시는 건 아니겠죠?"

나는 남편의 눈을 바라보았다. 그러나 그의 눈은 그저 멍하니 나를 보고 있을 따름이었다. 흡사 무슨 얇은 꺼풀에 덮여 있는 것처럼 아무런 표정도 없었다. 그러자 갑자기 내 눈에는 남편의 얼굴이 흉하게 늙어 버린 것처럼 보이는 것이었다.

결국 우리는 야회에 나갔다. 우리의 사이는 또 다시 원만하게 된 것 같았지만, 이전과는 아주 판이한 관계였다.

야회에서 내가 귀부인들 틈에 끼어앉아 있노라니까, 대공이 가까이 다가왔다. 그래서 나는 인사를 하려고 자리에서 일어나야 했다. 순간 나는 무의식중에 눈을 두리번거리며 남편을 찾았다. 남편은 넓은 홀 저쪽 끝에서 이쪽을 바라보고 있다가 얼른 얼굴을 돌려 버렸다. 나는 갑자기 부끄럽고 언짢은 마음이 들었다. 게다가 대공의 시선까지 받으니 몹시 당황하여 얼굴은 말할 것도 없고 심지어는 목덜미까지 새빨갛게 붉어졌다. 그러나 나는 그 자리에 선 채, 대공이 나를 찬찬히 내려다보며 하는 말을 듣고 있지 않을 수 없었다. 대공과의 대화는 그리 오래 계속되지는 않았다. 내 곁에 비어 있는 자리도 없었거니와 대공도 내가 몹시 어색해하는 것을 눈치챘기 때문이었으리라. 지난번의 무도회 얘기라든가, 어디서 여름을 보낼 예정이냐고 묻는 정도로 대화는 끝나고 말았다. 대공은 나에게서 물러가며 남편과 인사를 하고 싶다고 하였다. 얼마 후에 나는 두 사람이 저쪽에서 만나 이야기하고 있는 것을 보았다. 대공은 나에 대하여 무엇이라 남편에게 말하는지 이야기 도중에 빙긋이 웃으며 이쪽을 바라보았다.

남편은 무슨 참을 수 없는 모욕이라도 당한 것처럼 갑자기 낯을 붉히더니, 정중하게 허리를 굽혀 인사를 하고는 자기 쪽에서 먼저 대공의 곁을 떠나버렸다. 나도 역시 얼굴이 뜨거웠다. 대공이 나를, 아니 그보다도 남편을 어떤 눈으로 보았을까 생각하니 부끄러워 견딜 수가 없었다. 대공과 이야기할 때의 나의 어색한 수줍음이라든가, 남편의 이상한 태도를 주위의 사람들이 모두 눈치챈 것만 같았다. 그들은 이것을 어떻게 해석했을까? 우리 부부 사이에 오고 간 말을 이미 그들은 알고 있는 것이나 아닐까?

D공작 부인이 나를 집에까지 데려다 주었다. 돌아오는 길에 어쩌다 남편 얘기가 나왔다. 나는 끝내 참지 못하고, 이 불행한 야회 때문에 우리 부부 사이에 일어난 일을 부인에게 죄다 털어놓았다. 부인은 나를 위로하며 그 정도의 일은 흔히 있을 수 있는 대수롭지 않은 부부싸움이니까, 시일이 지나면 서로 깨끗이 잊어버리게 될 것이라 했다. 그리고 자기가 보는 관점에서 남편의 성격을 여러 가지로 설명하고 나서, 그의 성미가 매우 무뚝뚝하고 거만해졌다고 했다. 나도 그 말에 동의했다. 나는 전보다 한결 마음이 가라앉고, 남편을 더 잘 이해할 수 있게 된 것 같았다.

그러나, 얼마 후에 남편과 단둘이 남게 되었을 때, 나는 남편에 대해 그러한 뒷공론을 한 것이 마치 무슨 죄라도 지은 것처럼 마음이 언짢았다. 그리고 우리 사이에 가로놓인 골이 더욱더 커진 것 같았다.

3

그날부터 우리의 생활도, 관계도 완전히 변해 버리고 말았다.

둘이서 마주앉아 있어도 이젠 그전처럼 즐겁지가 않았다. 우리 사이에는 서로 언급하기를 회피하는 문제가 그대로 남아 있었고. 단둘이 얘기하는 것보다는 다른 사람이 있는 자리에서 얘기하는 편이 수월했다. 어쩌다 시골에서의 생활이라든가, 무도회라든가 하는 문제가 화제에 오르게 되면, 우리는 마치 현기증을 느끼는 것처럼 서로의 얼굴을 바로 보지 못했다. 남편이나 나나 양쪽이 다 우리를 갈라 놓은 골이 어느 곳에 있는가를 직감하고 되도록 거기에 접근하기를 꺼려하는 듯했다. 내 쪽에서는 남편이 거만하고 걸핏하면 화만 내려 드니까 조심해서 그의 약점을 건드리지 않는 것이 상책이라 확신하고 있었고, 남편은 또 남편대로, 내가 전원생활에는 적합치 않은 인간이며 사교계와 떨어져서는 살 수 없기 때문에 그 저속한 취미에 굴복하는 수밖에는 다른 도리가 없다고 믿고 있었다. 그래서 우리는 되도록 이런 문제에 대해 언급하기를 회피하면서, 서로 상대방을 그릇되게 판단하고 있었다. 상대방을 세상에서 가장 완전한 인간이라 생각하지 않게 된 것은 이미 오래전부터의 일이었고, 이제는 다른 사람들과 비교해 보며 마음속으로 서로를 비난하고 있었던 것이다.

출발하기 전에 내가 몸이 좀 편치 않았기 때문에 우리는 시골로 내려가지 않고 먼저 별장으로 갔다. 그 다음 남편이 혼자서 어머니가 계신 고향집으로 내려갔다. 그가 떠날 때는 나도 이미 건강이 어느 정도 회복되어 함께 떠날 수도 있었지만, 남편은 마치 내 건강이 염려된다는 듯이 별장에 그냥 남아 있으라고 권하는 것이었다. 나는 남편이 내 건강이 염려되어 그러는 것이 아니라, 시골에 가서 우리의 사이가 더욱 나빠질까 걱정이 되어 그런다고 생각했으므로 별로 싫다는 말도 하지 않고 혼자 남아 있기로 했다.

남편이 없는 동안 나는 쓸쓸하고 허전했다. 그러나 남편이 다시 돌아왔을 때, 나는 그가 이미 이전처럼 내 생활에 그 무엇을 더해 줄 수 없다는 것을 깨달았다. 전 같으면 무엇을 생각하고 느끼든지 그것을 죄다 남편한테 털어놓지 않으면 무슨 죄를 지은 것처럼 마음에 걸렸고, 남편의 행동은 그 하나하나가 모두 완전한 모범으로 보였다. 그래서 서로 얼굴만 바라보고 있어도 무조건 즐거워서 이유도 없이 웃음이 저절로 터져나왔지만, 그렇게 다정스럽던 관계가 이제는 아주 다른 형태로 변해버리고 말았다. 그리고 그 변화는 눈에 띄지 않게 서서히 일어났기 때문에, 우리들은 이전의 관계가 변해 버린 것을 미처 느끼지도 못할 정도였다. 우리들은 제각기 다른 문제에 흥미를 가지고 마음을 쓰게 되었을뿐더러, 이제는 그것을 부부의 공통된 것으로 만들어 보려고 하지 않게 되었다. 그리고 저마다 독립된 별개의 세계를 가지고 있다는 사실까지도 그리 대수롭지 않게 여기게 되었다.

우리들은 그것이 습관이 되어, 1년이 지난 후에는 서로 얼굴을 마주 보아도 조금도 어색한 마음이 들지 않았다. 남편이 나를 대할 때 보이던 명랑한 태도나 어린애 장난 같은 행동은 전혀 찾아볼 수 없게 되었고, 전에 내 마음을 몹시 자극하던, 매사에 관대하고 무관심한 태도도 사라져 버렸다. 그리고 전에 그처럼 내 마음을 사로잡기도 하고 기쁨을 주기도 하던 그윽한 시선도, 둘이서 함께 나눈 감격도, 기도까지도 모든 것이 사라지고 말았다.

우리는 자주 얼굴을 볼 수도 없게 되었다. 남편은 늘 여행을 하느라고 집을 비우기가 일쑤였는데, 나를 혼자 놔 두고 가면서도 별로 걱정을 하거나 섭섭하게 생각하는 기색이 없었다. 나는 나대로 줄곧 사교계에 묻혀 살다시피 했기 때문에, 남편은 있으나마나한 존재였다.

우리 사이엔 아무런 소동도 말다툼도 없었다. 나는 될 수 있는 대로 남편의 마음에 맞도록 해 주었고, 남편도 역시 내가 원하는 것이면 무엇이든지 들어주었다. 그래서 우리는 정말 서로 사랑하고 있는 듯이 보일 정도였다.

이따금 집에서 단둘이 앉아 있을 때에도, 나는 남편에게서 기쁨이나 흥분이나 마음의 동요 같은 것을 조금도 느끼지 못했고, 마치 혼자 있을 때와 다름없는 심경이었다. 그가 어떤 낯선 새로운 사람이 아니라 내 남편이라는 것, 또한 그가 선량한 사람이라는 것, 나 자신처럼 내가 완전히 이해하고 있는 남편이라는 걸 잘 알고 있었다.

이제는 그의 행동이나 말이나 생각을 미리부터 죄다 알 수 있을 것 같았다. 그래서 만일 남편의 행동이나 생각이 내가 예견했던 바와 달리 어긋나게 되면, 그것은 남편 쪽에서 잘못된 것이라 생각했다. 나는 그에게서 아무것도 기대하지 않았다. 한 마디로 말해서, 그는 다만 내 남편이었을 뿐 그 외에 아무것도 아니었다. 그것은 당연한 일이며, 그밖의 다른 형태의 부부 관계란 세상에 있을 수도 없고, 또 우리들 사이에는 있어 본 적이 없는 것처럼 여겨졌다.

남편이 길을 떠나면, 나는 쓸쓸하고 무서워서 그의 뒷받침이 어떤 의의를 가지고 있는가를 여느 때보다 뼈저리게 느끼는 것이었다. 처음 얼마 동안은 특히 그러했다. 그래서 남편이 돌아오면 기뻐서 어쩔 줄을 모르며 그의 목을 끌어안고 좋아했지만, 두 시간 뒤에는 벌써 그 기쁨은 흔적도 없이 사라져 버리고, 그와 함께 있어도 할 이야기가 없어지고 마는 것이었다.

그렇지만 어쩌다 우리 사이에도 잔잔하고 따뜻한 애정이 흐르는 순간이 있었다. 그럴 때면 어쩐지 이래서는 안 되겠다는 생각이 들며 가슴이 쑤시는 것 같았고, 남편의 눈에서도 역시 그와 같은 감정을 읽을 수 있었다. 나는 이러한 애정의 경계를 어렴풋이 느꼈지만, 남편은 이미 그 경계를 넘어서려는 의욕조차 없는 듯했고, 나는 감히 그것을 넘어설 힘이 없었다.

이따금 이러한 부부 관계가 마음을 서글프게 했으나, 나는 무슨 일에 대해서도 심사숙고할 만한 여유가 없었기 때문에, 언제든지 손쉽게 위안을 찾을 수 있는 사교계에서 되도록이면 그 슬픔을 잊어 버리려 했다. 처음에 그 눈부신 광채와, 자존심을 만족시켜 주는 달콤한 찬사로 나를 현혹케 했던 사교계 생활은 얼마 안 있어 나의 취미 경향을 완전히 지배하여 하나의 습관이 되어 버렸다. 그리고 나를 꼼짝 못하게 속박하고, 애정을 위해 내주었던 영혼의 한 부분까지 몽땅 차지해 버리고 말았다. 이제는 이미 냉정하게 제정신으로 돌아오는 일이 거의 없다시피 되었다. 그리고 자기의 처지를 깊이 생각하는 것조차 꺼려지게 되었다. 아침 일찍 일어나서 밤 늦게 자리에 들어갈 때까지 언제나 하는 일 없이 바빠서, 외출을 하지 않고 집에 있을 때라도 나 자신을 위한 시간을 가질 수는 없었다.

나는 그러한 생활이 즐겁지도 않았고 그렇다고 싫증이 나지도 않았다. 그저 그것이 당연하고 그 이외의 다른 생활은 있을 수 없는 것만 같았다.

이렇게 3년이란 세월이 지나갔다. 그동안 우리의 부부 관계는 마치 한자리에 머물러 응결해 버린 것처럼 그 이상 악화되지도 않았고 좋아지지도 않았다. 지나간 3년 동안에 우리들의 가정생활에는 두 개의 중대한 사건이 일어났지만, 그 어느 쪽도 내 생활에 변화를 가져올 수는 없었다. 중대한 사건이란 다름이 아니라 우리의 첫아들의 출생과 시어머니인 타치야나 세묘노브나의 사망이었다. 처음에는 첫아들에 대한 모성애가 강한 힘으로 나를 사로잡아, 내 마음속에 예기치 못했던 환희를 불러 일으켰기 때문에 나는 새로운 생활이 전개되는 줄 알았다. 그러나 두 달 가량 지나서 다시 사교계에 드나들게 되자, 이러한 감정은 차차 식어가더니 마침내는 습관화되어 마지못해 지켜야 하는 의무로 변해 버렸다.

나와는 반대로, 남편은 첫아들이 태어나자 다시 이전처럼 다정스럽고 온화하며 가정에 충실한 사람이 되어, 이전의 그 애정과 쾌활함을 어린애한테 옮겼다. 나는 잠자리에 들기 전에 어린애한테 성호를 그어주려고 야회복을 입은 채 아기 방에 들어갈 때가 있었다. 그럴 때 남편이 매우 못마땅하다는 듯이 날카로운 눈초리로 나를 바라보고 있는 것을 눈치채고 양심의 가책을 느끼는 일이 자주 있었다. 문득, 내가 자식한테 너무 냉정하구나 하는 생각이 들어 겁을 먹고 이렇게 자문자답할 때도 있었다.

'정말 내가 다른 여자들보다 나쁜 편일까? 그렇다고 달리 어쩔 수도 없지 않은가? 자식을 사랑한다고 해서 온종일 어린애 곁에 앉아 있으란 법은 없겠지.

우선 심심해서 견딜 수가 없을 거야. 어쨌든 나는 절대로 마음에 없는 짓은 하지 않을 작정이니까.'

시어머니의 사망은 남편에게 더없는 슬픔을 주었다. 그래서 그는 시어머니가 돌아가신 후 니콜리스코예 마을에서 살기가 괴롭다고 했다. 나도 시어머니의 죽음이 슬펐고 남편의 슬픔을 동정하고 있었지만, 전원생활이 편해서 계속 있고 싶었다. 지난 3년 동안 우리는 주로 도시에서 지냈고, 시골에는 겨우 한 번 내려가서 두어 달 가량 있다가 온 것뿐이었다. 그리고 3년째 되는 해에는 외국으로 여행을 떠났다.

우리는 그해 여름을 온천장에서 보냈다.

그때 나는 스물한 살이었다. 우리집의 경제적 형편은 썩 좋은 것 같았으나, 나는 가정생활에서 내가 누릴 수 있는 이상의 것을 요구하지는 않았다. 그리고 내가 알고 있는 사람들은 모두가 나를 사랑해 주는 것처럼 보였다. 게다가 건강 상태는 더할 나위 없이 좋았으며, 옷차림은 온천장에서 누구 못지않게 훌륭했다. 나는 내 자신이 아름답다는 것을 잘 알고 있었다. 더욱이 날씨까지 좋은데다가 아름답고 고상한 분위기가 주위를 에워싸고 있어서 나는 그저 즐겁기만 했다.

하지만 그 즐거움도 이전에 니콜리스코예 마을에서 경험한 그런 종류의 즐거움은 아니었다. 시골에 있을 때만 해도 행복은 나 자신에 기인한 것이고 내가 행복한 것은 내게 그만한 자격이 있었기 때문이다. 현재의 행복도 크긴 하기만 이 정도로는 아직도 부족하며, 따라서 더욱더 커다란 행복을 누리고 싶다고 생각했다. 이처럼 그 당시의 심경은 전과 비교하면 놀라울 정도로 달라졌지만, 그해 여름의 나는 무척 행복했다. 나는 아무런 소원도 없었고 아무런 기대도 없었으며, 또한 아무런 근심 걱정도 없었다. 나의 생활은 충실했고 마음도 평온했다.

그해 온천 휴양지에 모여든 젊은 남자들 가운데서 딴 사람들보다 뛰어나게 내 눈에 든 사람은 하나도 없었다. 심지어 내 뒤를 좇아다니던 K공작이라는 늙어빠진 남자와 비교해 봐도 별로 나을 것이 없는 사내들뿐이었다. 이쪽은 나이가 젊은데 저쪽은 나이가 많고, 이쪽은 금발 머리의 영국 사람인데 저쪽은 턱수염을 기른 프랑스 사람이고 하는 정도의 차이는 있을망정, 모두가 내게는 그저 그런 남자들이었다. 그러나 그들은 모두 내게 없어서는 안 될 사람들이기도 했다. 말하자면 그들은 내 삶을 즐겁게 만들어 주는 동일한 자격의 인물들이었다.

그 중에서 오직 한 사람 D라는 이탈리아의 후작만이 나에 대한 찬미의 표현이 대담무쌍해서 누구보다도 나의 관심을 끌었다. 그는 나와 함께 춤을 추거나 말을 타거나 카지노에 가거나 할 때마다 한 번도 기회를 놓치지 않고, '당신은 정말 미인입니다'라고 했다. 나는 그가 우리집 근처를 배회하고 있는 것을 몇 번인가 들창 너머로 본 일이 있었다. 그리고 불쾌할 만큼 번쩍이는 눈으로 나를 뚫어지게 바라보곤 해서, 무의식중에 얼굴을 붉히며 주위의 눈치를 살핀 적도 많았다. 후작은 젊고 잘생긴 멋진 사내였는데 무엇보다도 이상한 것은 그의 미소와 이마의 모습이 남편과 흡사한 점이었다. 하기는 남편과는 비교가 안 될 정도로 미남이었다. 아무튼 그가 남편과 닮았다는 데에 나는 깊은 인상을 받았다. 그렇지만 입술이라든가, 눈길이라든가, 기다란 아래턱이라든가—전체적으로 보아 남편은 착하고 온화한 인품을 엿보이게 하는 아름다운 표정을 가지고 있는 반면에, D후작에게는 어쩐지 거친, 동물적인 데가 있었다.

그때 나는 그가 열렬하게 나를 사모하고 있다고 믿었기 때문에 우쭐한 마음으로 그를 생각하는 일이 가끔 있었다. 나는 좋은 말로 그를 대하려고 노력했지만, 그는 이러한 나의 시도를 완강하게 거부했다. 아직은 노골적으로 나타내지는 않았으나 금세라도 폭발할 듯싶은 정열로 줄곧 나의 마음을 혼란하게 하는 것이었다.

나는 분명히 의식하지는 못했지만 어쩐지 그가 두려웠고, 생각하지 않으려 하는데도 자꾸만 그의 생각이 떠오르곤 했다.

남편은 다른 사람들보다도 D후작과 가깝게 지내는 편이었다. 남편은 단지 나의 남편으로서 그들을 대할 뿐이어서 언제나 냉정하고 거만한 태도를 취하고 있었다.

휴양기도 거의 끝날 무렵에 나는 병에 걸려 두 주일 가량 외출을 하지 못했다. 병이 완쾌된 후 처음으로 음악회에 나갔을 때, 내가 앓고 있는 새에 오래전부터 이곳 사교계에서 기다리고 있던 S부인이라는 유명한 미인이 도착했다는 사실을 알게 되었다. 여러 사람들이 나를 에워싸고 반갑게 환영해 주었지만, 새로 도착한 '여왕'의 주위에는 더 많은 사람들이 모여 있었다. 내 주위에 모인 사람들도 모두 S부인에 대해서, 그리고 그 미모에 대해서만 이야기하고 있었다.

사람들이 저 여자가 S부인이라고 가리켜 주었는데, 내가 보기에도 참으로 매혹적인 여자였다. 하지만 얼굴에 깃든 교만스러운 표정이 불쾌한 인상을 주었다. 그래서 나는 사람들에게 거리낌없이 그 점을 지적했다. 전 같으면 즐겁기만 했던 음악회가 그날 저녁은 조금도 재미가 없었다.

이튿날 S부인의 주최로 옛 성터의 견학을 겸한 야유회가 있었지만, 나는 참가하기를 거절해 버렸다. 그랬더니 거의 아무도 나와 함께 남아 있지 않고 모두들 S부인을 쫓아가고 말았다. 내 눈에는 별안간 모든 것이 달라진 듯이 보였다. 모든 사물이, 모든 인간들이 어리석고 따분하게만 보여서, 어쩐지 울고 싶은 심정이 되어 하루 바삐 휴양 생활을 끝내고 러시아로 돌아가 버리고 싶었다. 내 마음속에는 그 어떤 불순한 감정이 잠재해 있었지만, 나는 미처 그것을 의식하지 못했던 것이다.

나는 몸이 약하다는 핑계로 화려한 모임 같은 데는 참석하지 않기로 했다. 간혹 아침에 혼자서 광천에 물을 마시러 가거나, 그렇지 않으면 L·M이라는 러시아 부인과 바람을 쐬러 시외로 나가는 정도가 고작이었다. 마침 남편은 여행 중이어서 온천장에는 없었다. 나의 휴양이 끝나기를 기다렸다가 러시아로 함께 돌아갈 예정이었으므로, 남편은 얼마 동안 하이델베르크에 머무르면서 이따금 나한테 다녀가곤 했었다.

하루는 S부인이 사교계의 멤버들을 전부 데리고 사냥을 하러 갔기 때문에, 나는 점심을 먹고 나서 L·M과 함께 옛 성터를 구경하러 갔다. 우리들은 포장마차를 타고 구불구불한 대로를 따라 백 년 가량이나 묵은 것 같은 늙은 밤나무 사이를 빠르게 달려갔다. 낙조를 받아 말할 수 없이 아름다운 바덴*3의 교외 풍경이 밤나무 사이를 통하여 멀리 바라보였다.

우리는 속내를 털어놓고 여러 가지 얘기를 주고 받았는데, 지금까지는 그런 일이 한 번도 없었다. 나는 L·M을 오래전부터 알고 있었지만, 그때 처음으로 이 여자가 훌륭하고 현명한 부인이라는 것을 알게 되었다. 이 여자와는 무슨 얘기든지 할 수 있고 친구로서 교제해도 좋을 것 같았다. 우리들은 가정과 자녀들에 대해서, 실속 없는 이곳 온천장 생활에 대해서 얘기했다. 그러자 갑자기 러시아의 고향 마을이 그리워져서 서글프면서도 달콤한 감정이 솟아오르

---

*3 독일 서남부에 있는 온천 도시.

는 것이었다.

이렇게 우리는 그윽한 감정에 잠긴 채 성으로 들어갔다. 성벽 안은 온통 그늘이 져서 선선했다. 폐허 위에는 저녁 햇살이 춤추고 있었다. 어디선지 사람의 발자국 소리와 말소리가 들려왔다. 열려진 성문으로 마치 틀에 끼운 것같이 아름다우면서 우리 러시아 사람들에겐 생소한 느낌을 주는 바덴의 풍경이 내다보였다. 우리는 잠깐 쉬려고 자리를 잡고 앉아서 말 없이 서산에 지는 해를 바라보고 있었다. 사람들의 말소리는 점점 분명하게 들려왔는데, 어쩐지 내 이름이 입에 오르고 있는 것 같았다.

나는 저절로 귀가 그쪽으로 쏠려서, 부득이 그의 대화를 모두 들을 수밖에 없었다. 그것은 귀에 익은 음성이었다. 다름 아닌 바로 D후작과 그의 친구이며, 나도 역시 잘 아는 프랑스인의 목소리였던 것이다. 그들은 나와 S부인에 대해 이야기하고 있었다. 프랑스인은 나와 S부인을 비교하며 우리 두 사람의 용모에 대한 자기의 견해를 늘어놓았다. 그렇다고 별로 실례가 될 만한 말을 한 것은 아니었지만, 그의 말을 듣자 나는 온몸의 피가 한꺼번에 심장으로 쏠리는 것을 느꼈다. 그는 나의 장점과 S부인의 장점을 상세하게 설명하는 것이었다. 나는 이미 어린애까지 있는 여자지만 S부인은 아직 열아홉 살밖에 안 된다느니, 나는 머리모양이 예쁘지만 그 대신 S부인은 몸매가 날씬하다느니, 이런 말을 하다가 프랑스인은

"S부인으로 말하면 아주 이름 있는 귀부인이지만, 자네가 좋아하는 그 여자는 요즈음 이곳에 뻔질나게 나타나기 시작한 보잘것없는 러시아 공작 부인들 가운데 한 사람에 지나지 않거든."

이렇게 말했다. 결론적으로 내가 S부인과 맞서서 경쟁하려 하지 않는 것은 현명한 태도이며, 나는 이 바덴의 온천장에선 이미 완전히 명성을 잃고 말았다고 덧붙였다.

"나는 그 여자가 가엾다고 생각하네."

D후작이 한 마디 했다.

"그 여자가 자네와 함께 즐기려 하지 않는다면 말이지?"

프랑스인은 쾌활하기는 하지만 인정머리 없이 웃으며 이렇게 물었다.

"그 여자가 떠나버린다면 나도 그 뒤를 좇아갈 테야."

이탈리아인 특유의 악센트로 후작은 무뚝뚝하게 대답하였다.

"암, 자넨 행복한 인간일세! 아직도 연애를 할 수 있으니!"

프랑스인은 다시 껄껄거리며 웃었다.

"연애를 한다고?"

후작은 이렇게 내뱉듯이 한 마디 말하더니, 잠시 입을 다물고 있다가 다시 말을 이었다.

"사실 나는 연애를 하지 않고는 배겨 낼 수 없는 인간이야. 그것이 없다면, 그야말로 생명이 없는 것이나 다름없어. 나는 한평생을 로맨틱하게 보낸다는 것만이 이 세상에서 가장 보람있는 일이라고 생각하네. 그렇기 때문에 내 로맨스는 절대로 끝나는 법이 없어. 따라서 이번에도 나는 기어코 성공하고야 말겠어."

"자네의 행운을 빌겠네!"

프랑스인이 말했다.

이윽고 그들은 성벽 모퉁이를 돌아 저쪽으로 돌아가 버렸기 때문에, 그 다음 대화는 들을 수 없었다. 뒤이어 반대편에서 발자국 소리가 들려왔다. 그들은 층계를 내려와서 2, 3분 후에는 바로 우리 옆에 있는 성문으로 나왔는데, 우리들을 보자 깜짝 놀란 모양이었다. D후작이 이쪽으로 걸어오는 것을 보고 나는 얼굴을 붉혔으나, 성 밖으로 나온 그가 내게 팔을 내밀었을 때에는 어쩐지 무섭기까지 했다. 하지만 싫다고 거절할 수도 없어서, 나는 그와 팔짱을 꼈다. 그리고 프랑스인과 나란히 걸어가는 L·M의 뒤를 따라 마차가 있는 쪽으로 발을 옮겼다.

나는 조금 전에 프랑스인이 한 말에 모욕을 느끼고 있었다. 하기는 나 자신이 느끼고 있는 것을 그가 입 밖에 내서 말한 데 지나지 않았기 때문에, 나도 마음속으로는 그의 말을 시인하지 않을 수 없었다. 또한 D후작의 말이 너무나 뻔뻔스러운 데 놀랍기도 하면서 한편으로는 분통이 터질 지경이었다. 내가 자기의 말을 모두 듣고 있었는데도 이 사람은 내 앞에서 겸연쩍은 빛조차 나타내지 않는구나 생각하니 괘씸하기 짝이 없었다. 나는 그의 존재를 가까이 느끼는 것조차 싫어졌으므로, 얼굴도 보지 않고 묻는 말에 대답도 하지 않았다. 그리고 되도록 팔을 치켜들고 그의 말을 듣지 않으려고 애쓰며 L·M과 프랑스인의 뒤를 좇아갔다.

후작은 경치가 아름답다느니, 뜻밖에 나를 만나 반갑다느니, 그리고 그밖에도 무슨 말을 한 것 같았지만, 나는 귀담아 들으려 하지 않았다. 그 순간 내 머릿속에는 남편과 어린 아들과 고향 생각이 떠올랐다. 왜 그런지 양심에 걸렸고, 남편과 아들에게 못할 짓을 하고 있는 것만 같았다. 나는 어쩐지 초조한 마음이 들어 한시 바삐 숙소로 돌아가려고 서둘렀다. 아무도 없는 호텔 방에서 방금 내 마음속에 떠오른 것을 다시 한 번 곰곰이 생각해 보고 싶었던 것이다. 그러나 앞장을 선 L·M이 천천히 걷고 있어서 곤란할뿐더러, 마차를 세워놓은 데까지는 아직도 멀었다. 게다가 후작은 내 발걸음을 멈추게 하려는 듯이 일부러 발을 느릿느릿 옮겨놓고 있었다. '이래서는 안 되겠다!'고 결심하고 나는 빨리 걷기 시작했으나, 후작은 한사코 나를 제지하며 내 팔을 겨드랑이 밑에 꼭 끼기까지 했다. L·M이 길 모퉁이를 돌아가자, 우리는 단둘이 남게 되었다. 나는 갑자기 겁이 났다.

"실례하겠어요."

나는 냉정한 어조로 이렇게 말하며 끼었던 팔을 빼려 했지만, 공교롭게도 팔소매에 달린 레이스가 후작의 단추에 걸려 버렸다. 그는 허리를 굽히고 그것을 벗기려 들었다. 그러자 장갑도 끼지 않은 그의 손가락이 내 손에 닿았다. 공포도 만족도 아닌, 여태까지 경험해 보지 못한 야릇한 감정이 얼음처럼 내 등골을 스치고 지나갔다.

나는 그가 하는 행동을 지켜보고 있었다. 그에 대한 나의 모멸을 냉정한 시선으로 표현하려 했던 것이지만, 내 눈에는 그와는 다른 감정이 나타나 있었다. 그것은 공포와 흥분이었다. 이글이글 불타오르는 그의 이상한 눈초리는 내 얼굴 바로 옆에서 내 목덜미며 내 가슴을 훑고 있었고, 그의 두 손은 내 팔목을 이리저리 어루만지고 있었다. 벙긋이 벌린 입술은 '나는 당신을 사랑합니다. 당신은 나의 전부입니다'라고 말하고 있는 것 같았다. 그러자 그 입술이 점점 내 얼굴로 가까이 다가오고 두 손이 더욱 힘차게 내 팔목을 움켜쥐며 내 몸에 불을 지르는 것이었다. 불길이 나의 혈관을 따라 줄달음쳤다.

눈앞이 어두워졌다. 온몸이 후들후들 떨려왔다. 상대방을 제지하려던 말도 목구멍에 달라붙어 나오지 않았다. 순간 나는 목덜미에 그의 입술을 느끼고, 전신이 얼음장처럼 되어 와들와들 떨며 그를 바라보았다. 말을 할 수 있는 힘도, 몸을 움직일 수 있는 힘도 없었다.

나는 한편으로 두려움을 느끼면서도 그 무엇인가를 열망하며 기다리고 있었던 것이다. 그야말로 눈 깜짝할 새의 일이었다. 하지만 그것은 실로 무서운 순간이었다! 나는 그 짧은 순간에 그의 얼굴을 샅샅이 훑어볼 수 있었다. 남편의 이마와 비슷한 좁은 그 이마, 콧방울이 좌우에 부풀어오른 아름답고 곧은 그 코, 포마드를 발라 빳빳하게 만든 그 기다란 콧수염과 턱수염, 매끈하게 면도질을 한 그 볼과 햇볕에 탄 목덜미—내게는 그의 얼굴이 조금도 생소하지 않았다.

나는 그에게서 증오를 느꼈다. 그가 무서워졌다. 그는 나와 아무런 상관도 없는 외간 남자였기에 그것은 당연한 일이었다. 그러나 남편도 아닌 이 밉살스러운 사내의 흥분과 정열이 내 육체 속에 강한 반향을 일으켰다. 그의 야성적인 아름다운 입술과, 가느다란 혈관이 파랗게 보이는 반지 낀 흰 손에 몸을 내맡기고 싶은 욕망이 억제할 수 없을 만큼 용솟음쳐 올랐다. 순간 나는 눈앞에 입을 벌린 금지된 쾌락의 늪 속에 거꾸로 뛰어들고 싶은 유혹을 느꼈다!

'어차피 나는 불행한 여자니까' 하는 생각이 들었다.

'이 이상 더 불행하게 된다고 해도 결국은 마찬가지가 아닌가.'

후작은 한 손으로 나를 끌어안고 내 얼굴에 자기 얼굴을 가져왔다.

"난 당신을 사랑합니다!"

후작이 속삭이는 목소리는 남편의 것과 흡사했다. 남편과 어린 아들이 이제는 아주 인연이 끊어진 먼 옛날의 그리운 사람처럼 어렴풋이 머릿속에 떠올랐다. 그러나 바로 그때, 길 모퉁이 저쪽에서 L·M이 나를 부르는 소리가 들려왔다. 나는 퍼뜩 제정신으로 돌아왔다. 사내의 손을 뿌리치고 그 얼굴을 피하며, 거의 뛰다시피 하여 L·M의 뒤를 쫓아갔다. L·M과 함께 마차에 올라타고 나서, 나는 비로소 후작의 얼굴을 바라보았다. 그는 모자를 벗더니 싱글싱글 웃으며, 무슨 말인지 내게 물었다. 그 순간 내가 그에게 느낀 형용할 수 없는 혐오를 그는 알아채지 못했을 것이다.

나는 내 자신의 생활이 더없이 불행하다고 생각하였다. 미래에 대한 아무런 희망도 없을뿐더러, 과거도 역시 암담하기만 한 것 같았다. L·M이 무슨 말인지 하고 있었지만, 나는 L·M의 말을 전혀 알아듣지 못했다. L·M은 나에 대한 경멸을 드러내지 않으려고, 오직 동정심에서 그런 말을 하고 있는 듯싶었다. 한 마디 한 마디 말에서도, 시선에서도, 나는 그러한 경멸과 모욕을 느꼈다. 수치감이 후작의 입술에 닿았던 볼을 달아오르게 했다. 남편과 자식 생각을 하니, 마음이 언짢아 견딜 수가 없었다.

호텔에 돌아와서 방에 혼자 남아 있게 되자, 나는 자신의 처지를 곰곰이 생각해보려 했지만 어쩐지 혼자 있기가 무서웠다. 나는 열병에 걸린 사람처럼 허둥거리며, 야간 열차를 타고 남편이 있는 하이델베르크로 떠날 준비를 하기 시작했다. 어째서 갑자기 남편한테 가려는 것인지 나 자신도 알 수 없었다.

나는 하녀와 함께 텅 빈 객차에 올랐다. 기차가 움직이기 시작하고 들창으로 들어오는 산뜻한 바람이 얼굴을 스치면서 비로소 정신이 분명해졌다. 그리고 나 자신의 과거와 미래가 한결 똑똑하게 머리에 떠올랐다. 남편과 내가 페테르부르크에 나온 이후의 결혼 생활이 갑자기 새로운 빛을 받아 환하게 밝혀지며, 괴로운 가책이 되어 내 양심을 짓누르는 것이었다. 나는 처음으로 신혼 시절의 전원 생활이며, 그 당시의 계획 같은 것을 곰곰이 생각해 보았다. 그리고 그때만 해도 남편에게 얼마나 커다란 기쁨을 느끼고 있었나 하는 생각을 했다. 나는 남편한테 미안하기 짝이 없었다.

'하지만 어째서 남편은 나를 붙잡아 주지 않고, 솔직히 내게 털어 놓으려 하지 않고, 오히려 내게 모욕을 주었을까?'

나는 생각했다.

'어째서 내게 애정 어린 모습을 보여주지 않았을까? 혹시 남편은 나를 사랑하지 않는 것이 아닐까?'

그러나 아무리 남편에게 잘못이 있었다 하더라도, 남편 아닌 다른 사내의 입술 자국이 내 볼 위에 남아 있다는 사실을 어떻게 변명해야 할 것인가? 더욱이 나도 그 키스를 달게 받아들이지 않았던가. 하이델베르크가 가까워짐에 따라 남편의 모습이 더욱 뚜렷이 눈앞에 떠올랐다. 그리고 눈앞에 다가온 남편과의 상봉이 한층 더 무서워지는 것이었다.

'모든 것을 남편에게 고백하고, 참회의 눈물로 내 죄를 씻어 버리자.'

나는 굳게 마음먹었다.

'그렇게 하면 남편도 나를 용서해 줄 거야.'

그렇지만 무엇을 '모두' 고백하겠다는 것인지 나 자신도 모르고 있었다. 또한 남편이 틀림없이 나를 용서해 주리라고 믿었던 것도 아니다.

남편의 숙소로 찾아 들어갔을 때 놀라는 빛을 보이면서도 여전히 냉정한 그의 얼굴을 눈앞에 보자 내 마음은 달라졌다.

'남편한테 아무 말도 할 수 없다. 아무것도 고백할 수 없고, 용서를 빌 수도 없다.'

그래서 슬픔도 후회도 끝내 입 밖에 내지 못한 채, 그대로 마음속에 품고 있는 수밖엔 없었다.

"별안간 무슨 생각이 나서 이렇게 찾아왔어?"

남편이 입을 열었다.

"내일 내가 그리 가려던 참이었는데."

그러다가 내 얼굴을 들여다보더니 적이 놀란 듯이 물었다.

"아니, 왜 그래? 무슨 일이 있었나?"

"아무것도 아니에요."

울음이 터져나오려는 것을 가까스로 참으며, 나는 이렇게 대답했다.

"아주 떠나왔어요. 내일이라도 곧 러시아로 돌아갑시다."

남편은 한참 동안 아무 말 않고 내 얼굴만 찬찬히 들여다보았다.

"어서 말을 해 봐요. 도대체 무슨 일이 있었는지?"

그는 거듭 물었다.

나는 무의식중에 얼굴을 붉히며 눈을 아래로 내리깔았다. 남편의 눈에는 모멸과 분노의 빛이 번뜩였다. 그가 무슨 엉뚱한 추측을 하고 있을는지 모른다는 생각이 나자 가슴이 섬뜩해졌다. 나는 시치미를 딱 떼며 말했다.

"아무 일도 없었어요. 그저 혼자 있기가 쓸쓸하고 서글퍼서 그러는 거죠. 그동안 우리의 가정생활에 대해서, 그리고 당신에 대해서 여러 가지로 깊이 생각해 왔는데, 너무나도 오랫동안 당신한테 미안한 짓만 해 왔다는 걸 알았어요. 나 때문에 공연히 나가고 싶지 않은 장소에 나가게 했고, 하고 싶지도 않은 여행까지 하게 했으니까요. 정말 당신한테 너무나 오랫동안 못할 짓을 해 왔어요."

나는 같은 말을 되풀이했다. 그러면서 내 눈에는 다시 눈물이 글썽해졌다.

"이젠 시골에 돌아가서 다시는 나오지 말아요. 네?"

"제발 그런 감상적인 소린 그만둬."

남편은 냉정한 어조로 말했다.

"하지만 시골에 돌아가고 싶다니 듣던 중 반가운 말이군. 이젠 수중에 돈도 얼마 안 남았으니까. 그러나 다시는 나오지 않겠다는 건 부질없는 소리야. 당신이 언제까지나 시골에 틀어박혀 살 수 없다는 걸 나는 잘 알고 있어. 그건 그렇고, 우선 차나 한잔 마시지. 그것이 좋을 거야."

남편은 자리에서 일어나며 이렇게 말을 맺었다.

나는 남편이 나의 신상에 대해 어떤 추측을 할 수 있을 것인지 여러 모로 생각해 보았다. 그리고 마치 치욕을 당한 것처럼 의심스러운 눈초리를 내게 던지고 있던 것을 생각했다. 나는 그가 그 어떤 당치도 않은 추측을 하고 있음이 분명한 것 같아서 참을 수 없는 모욕을 느꼈다.

'그렇다, 남편은 나를 이해하려 하지도 않을뿐더러, 이해할 수도 없다!'

나는 어린애를 보러 간다는 핑계로 그의 방에서 나와버렸다. 혼자서 실컷 울고 싶었던 것이다…….

4

오랫동안 페치카에 불을 피운 일이 없던 텅 빈 니콜리스코예 마을의 저택은 다시 살아난 것 같았지만, 그 집에 살고 있던 것은 영영 되살아나지 않았다. 시어머니가 돌아가셨기 때문에 이제 집안에서는 우리 두 사람만 서로 얼굴을 맞대고 있을 수밖에 없었다. 그러나 이제는 둘이서만 마주 앉아 있는 것이 그다지 반갑지도 않을뿐더러 오히려 거북할 지경이었다. 나는 항상 몸이 편치 않았고, 둘째 아들을 낳고 난 후에야 겨우 건강이 회복되었으므로, 그해 겨울은 더욱 따분하게 지나가 버리고 말았다.

남편과 나와의 사이는 도시생활에서와 마찬가지로 여전히 쌀쌀하기만 했다. 여기 시골에 있는 마루청이나 바람벽으로부터 소파에 이르기까지 모든 물건들이, 예전에는 내게 귀중한 것이었지만 지금은 잃어버린 그 무엇을 회상하게 하는 것이 되었다. 우리 사이에는 도저히 용서할 수 없는 감정이 서려 있는 듯했다. 그리고 남편은 무슨 일 때문인지 내게 형벌을 가하고 있으면서도, 일부러 모르는 체하고 시치미를 떼고 있는 것만 같았다. 그렇다고 새삼스럽게 남편한테 용서를 빌어야 할 필요도 없었다. 그는 다만 예전처럼 자기 자신의 전부를, 자기 영혼의 전부를 내게 바치지 않음으로써 나를 벌하고 있었을 뿐이다. 그리고 이제는 마치 자기에게 영혼이라는 것이 없는 것처럼 누구에게도, 그 어떤 일에도 그것을 바치려 하지 않는 것이었다.

간혹 이런 생각이 머리에 떠오를 때도 있었다—남편은 단지 나를 괴롭히기 위해서 일부러 그러는 것이나 아닐까? 그의 마음속에는 아직도 옛날과 같은 애정이 살아 있는 것이 아닐까?

그래서 나는 그 애정을 불러일으켜 보려고 노력했지만, 그럴 때마다 그는 언제나 솔직하게 속내를 털어놓기를 꺼려했다. 그는 나의 진심을 의심하여, 온갖 감상적인 경향을 가소로운 것이라 단정하고, 그것을 회피하려는 것같이 보였다. 남편의 시선과 태도는 '다 알고 있어, 빤히 알고 있어. 아무 말도 할 필요가 없을 거야—무슨 말을 하고 싶은지 듣지 않아도 알고 있어. 당신이 입으로 하는 말과 실제의 행동이 다르다는 것도 잘 알고 있어'라고 말을 하는 것 같았다.

처음에 나는 솔직히 털어놓고 얘기하기를 꺼려하는 남편의 태도에 모욕을 느꼈다. 그러나 점점 습관이 되어 '털어 놓고 얘기하기를 꺼려하는 것이 아니라 그럴 의욕조차 상실한 것이다'라고 생각하게 되었다. 이제는 이미 당신을 사랑한다느니, 나와 함께 기도를 드리자느니, 피아노를 칠 테니 들어 달라느니 하는 말을 하려 해도 혀가 움직이지 않았다.

우리 사이에는 서로 예의를 지키기 위한 조건부의 약속이 성립되어 있는 것 같았다. 우리는 제각기 다른 생활을 하고 있었다. 남편이 자기 일 때문에 아무리 분주하더라도 나는 그 일에 참견할 필요도 없었거니와 참견하고 싶은 생각도 없었다. 나는 나대로 무위도식을 일삼고 있었지만, 그렇다고 이전처럼 그것이 남편의 마음을 자극하거나 슬프게 하지도 않았다. 그리고 아이들은 너무 어려서, 아직 우리 부부의 마음을 결합시킬 수 없었다.

봄이 왔다. 카차와 소냐는 한 해 여름을 시골에서 보낼 예정으로 고향에 돌아왔다. 니콜리스코예 마을의 저택을 개축하게 되었으므로, 우리도 포크롭스코예 마을의 친정으로 돌아갔다. 포크롭스코예의 옛집은 옛날과 다름없었다—테라스도, 이동식 식탁도, 밝은 홀에 놓여 있는 피아노도, 흰 커튼이 걸린 나의 침실도, 그리고 거기다 남겨두고 떠났던 처녀의 꿈도, 모든 것이 그대로 남아 있었다.

그 방의 자그마한 침대 위에는 포동포동하게 살찐 맏아들 코코샤가 사지를 쭉 펴고 잠자고 있었다. 나는 저녁마다 그애한테 성호를 그어주었다. 또 하나 훨씬 작은 침대 위에는 포대기에 싸인 둘째아들 바냐의 조그만 얼굴이 보였다. 나는 애들에게 성호를 그어주고 조용한 방 한가운데서 잠시 걸음을 멈추곤 했다. 그러면 갑자기, 사면의 벽과 방구석과 커튼에서 잊어버린 지 오래된 어린시절의 환영이 떠올랐다.

그리고 옛날에 부르던 처녀시절의 노랫소리가 들려오는 것이었다. 그러나 지금 그 꿈은 어디로 사라져 버렸을까? 그 아름답고 감미로운 노래는 다시 어디서 들어 볼 수 있을까? 처녀시절에 좀처럼 이루어지지 못하리라 생각한 모든 희망이 실현되어, 윤곽조차 분명치 않던 어렴풋한 꿈은 현실이 되었다. 그러나 그 현실은 지금 기쁨이 없는 고난에 찬 생활로 변해버린 것이다.

하지만 고향집은 조금도 달라진 데가 없었다. 옛날과 다름없는 정원이며, 광장이며, 오솔길이며, 언덕 위의 벤치 같은 것이 들창 밖으로 내다보였다. 연못 쪽에서는 여전히 밤꾀꼬리의 울음소리가 들려오고, 라일락꽃이 활짝 피어 있으며, 예전에 보던 그 달이 지붕 위에 걸려 있었다. 그런데도 어쩐지 모든 것이 믿을 수 없을 만큼 무섭게 변해 버린 것만 같았다! 이전에는 그처럼 귀중하고 친근하게 여겨지던 것이, 어쩌면 이렇게도 모두 냉정하게만 보인단 말인가!

나는 이전처럼 카차와 함께 응접실에 조용히 앉아서 남편 얘기를 하였다. 그러나 카차의 얼굴도 이제는 주름투성이가 되어 누렇게 변해버렸다. 그리고 그 눈은 옛날처럼 기쁨과 희망에 빛나지 못하고, 동정어린 애수와 연민의 빛을 그득 담고 있었다.

우리는 옛날처럼 남편을 칭찬하는 게 아니라 그의 결점을 꼬집었다. 이제는 옛날처럼 '어쩌면 우리는 이렇게 행복할까?' 하고 스스로 경탄하는 일도 없고, 자기가 생각하는 바를 온 세상 사람들에게 이야기하고 싶은 마음도 없었다. 우리는 마치 무슨 음모를 꾸미고 있는 사람들처럼 서로 수군거리며, '어째서 모든 것이 이처럼 처량하게 변해 버렸을까?' 하고 백 번이고 이백 번이고 되풀이해서 탄식하는 것이었다.

남편도 양미간의 주름살이 깊어지고. 관자놀이 근처에 흰 머리카락이 많아진 이외에는 역시 변한 데가 없었다. 그러나 그 진지하던 눈길은 언제나 구름에 덮여 있는 것처럼 흐릿하게 보였다. 나도 또한 전과 다름없었지만, 마음속에는 사랑도 없었고 사랑하려는 의욕도 없었다. 이전처럼 무슨 일을 하고 싶다는 욕망도 자기 만족도 없었을뿐더러, 종교적인 감격도, 남편에 대한 애정도, 결혼 생활에서 느끼는 흐뭇함도 이제는 모두 까마득하게 먼 곳에 있어서, 도저히 다시 찾을 수 없는 것같이 생각되었다. 전에는 '남을 위한 생활의 행복'을 의심할 여지도 없는 올바른 길이라 생각했었지만, 이제는 도저히 그 말을 이해할 수 없었다. 자기 자신을 위해 사는 것도 싫증이 나는데, 하물며 남을 위해 살 필요가 어디 있을까 싶었다.

페테르부르크에 가서 살게 된 뒤부터 나는 음악을 아주 멀리해 버렸는데, 이제 시골에 돌아오니 옛날에 쓰던 피아노와 악보가 다시금 음악에 대한 흥미를 불러 일으켰다.

어느 날 카차와 소냐는 남편과 함께 니콜리스코예 마을 집의 개축 공사를 보러 갔다. 그러나 나는 몸이 좀 불편한 것 같아서 집엔 혼자 남아 있었다. 저녁 차가 식탁에 준비되었기 때문에, 나는 아래층으로 내려와서 집안 식구들이 돌아오기를 기다리며 피아노 앞에 앉았다. 그리고 환상곡의 소나타를 펼쳐놓고 그것을 치기 시작했다. 집 안에는 인기척이 전혀 없었고 창문은 정원 쪽으로 환하게 열려 있었다. 귀에 익은, 슬프고도 장엄한 음향이 방 안 가득히 퍼졌다. 나는 '제1악장'을 다 치고는 무의식중에 옛날에 하던 버릇대로 방 한쪽 구석을 돌아다보았다—이전에 남편은 언제나 거기 앉아서 나의 피아노 연주를 들어 주었던 것이다. 그러나 지금 남편은 간 데 없고, 그 자리엔 몇 해 동안이나 옮겨놓은 일이 없는 의자가 하나 있을 뿐이었다. 창 밖으로는 석양을 받은 라일락 덤불이 보이고, 서늘한 저녁 기운이 열어젖힌 창문으로 흘러들어왔다. 나는 피아노 위에 팔꿈치를 괴고 두 손으로 얼굴을 가린 채, 깊은 생각에 빠져 들어갔다. 다시는 돌아오지 못할 지난날을 쓰라린 마음으로 회상하기도 하고, 새로운 앞날을 두려움과 함께 상상해 보기도 하며 언제까지나 그대로 앉아 있었다. 그러나 나의 앞날에는 아무것도 없을 것만 같았다. 이제는 바랄 것도 없고, 기대할 것도 없을 것처럼 생각되는 것이었다.

'정말 나는 이 세상에서 살 가치가 없는 인간이 되어 버렸을까?'

이런 생각에 나는 깜짝 놀라 얼굴을 들었다. 그리고 모든 잡념을 잊어버리려고 다시 손을 들어 '제2악장'을 계속해서 치기 시작했다. '아아, 하느님!' 하고 나는 생각했다.

'만일 내게 죄가 있다면 용서해 주십시오. 그리고 내 마음속에 있던 그 아름다운 것들을 다시 한 번 내게 들려 주십시오. 그렇지 않으면 앞으로 무엇을 하면 좋을는지, 어떻게 살아야 할는지 가르쳐 주십시오.'

풀 위를 굴러오는 마차바퀴 소리가 들리더니, 이윽고 현관 앞에서 멎었다.

그러자, 테라스 쪽에서 귀에 익은 조심스런 발소리가 들려오다가 다시 사라져 버렸다. 그러나 그 귀에 익은 발소리를 들어도 이제는 이전과 같은 감정이 솟아오르지 않는 것이었다. 피아노 연주가 끝났을 때 등 뒤에서 발소리가 나더니, 내 어깨 위에 손이 얹혀졌다.

"그 소나타를 치다니, 당신은 참 영리하군."

남편이 말했다.

나는 잠자코 있었다.

"당신 아직 차를 마시지 않았겠지?"

나는 내 얼굴에 남아 있는 흥분의 흔적을 남편에게 보이고 싶지 않았다. 그래서 얼굴을 돌리지 않고 머리만 끄덕였다.

"이제 곧 모두들 돌아올 거야, 말이 너무 사납게 굴어서 큰길에서부터 걸어 들어오기로 했으니까."

남편은 말했다.

"그럼, 돌아올 때까지 기다려요."

나는 테라스로 나가며 대답했다. 남편도 뒤따라 나올 줄 알았는데, 아이들이 뭘 하고 있느냐고 묻더니 그쪽으로 가 버렸다.

남편의 얼굴을 대하고 그 친근하고 선량한 음성을 듣자, 나는 다시금 무엇인가를 잃어버린 것 같은 상념에 빠져 들어갔다. 하지만 이 이상 무엇을 더 바란단 말인가? 그만큼 착하고 상냥하고 의젓한 남편이 어디 있으며, 또 그만큼 훌륭한 아이들의 아버지가 어디 있으랴! 그 밖에 또 무엇이 부족한지 나 자신도 분명히 대답할 수가 없었다.

나는 흰 포장을 지붕 대신 쳐 놓은 테라스로 나가서 거기 놓인 벤치에 걸터앉았다. 우리들이 서로 사랑을 고백한 바로 그날에 앉았던 그 벤치였다. 해는 이미 지고 주위에는 황혼이 깃들기 시작했다. 정원과 집 위로는 봄비라도 내리려는 듯이 검은 구름이 덮여 있었다. 그러나 나무 사이로는 구름이 끼지 않은 푸른 하늘의 일부분이며, 빛을 잃어 가는 저녁놀이며, 이제 막 반짝이기 시작한 저녁 별들이 보였다.

우중충한 비구름의 그림자가 땅 위에 덮여, 세상 만물은 부드러운 봄비를 기다리고 있었다. 바람기가 조금도 없어서, 나뭇잎이나 풀잎 하나 움직이지 않았다. 라일락과 벚꽃 향기는, 마치 공중 가득히 퍼진 것처럼 코를 찌를 듯이 풍기면서 뜰 안과 테라스에 자옥이 차 있었다. 그리고 조수가 밀려 들어오고 밀려나가고 하는 것처럼 갑자기 약해지는가 하면 다시 강해지곤 해서, 나는 눈을 감은 채 아무것도 보지 않고, 아무 소리도 듣지 않고, 그저 그 달콤한 향기만을 맡으며 앉아 있고 싶었다.

달리아나 장미 같은 꽃은 아직 피지 않고, 시커멓게 갈아 엎은 화단에서 깨끗이 다듬어 세운 흰 받침대에 줄기를 붙이고 하늘을 향해 뻗어오르고 있었다. 개구리들은 마치 비에 쫓겨 물속으로 뛰어들기 전에 한 번 더 마음껏 울어보자는 듯이, 골짜기 쪽에서 일제히 소리 맞춰 요란하게 울고 있었다. 그 울음소리에 섞여 절벙거리는 물 소리가 희미하게 들려왔다. 밤꾀꼬리들은 무엇이 불안한지 이쪽 저쪽으로 자리를 옮기면서 서로 번갈아가며 울고 있었다. 올 봄에도 밤꾀꼬리 한 마리가 들창 밑에 있는 나무 덤불 속에 둥지를 틀고 있었는데, 내가 테라스에 나오자 그놈은 가로수 저쪽으로 날아가 앉아서 목청을 뽑아 한 차례 지저귀더니, 무엇을 기다리는 것처럼 다시 잠잠해졌다.

나는 내 자신의 마음을 진정시키려고 헛되이 애쓰고 있었다. 무엇인가를 안타깝게 기다리고 있는 것 같은 심경이었다.

이층에 올라갔던 남편이 다시 내려와서 내 곁에 앉으며 말을 걸었다.

"아무래도 그 사람들이 비를 맞을 것 같군."

"네."

나는 대답했다. 그리고 한참 동안 양쪽 다 아무 말도 없었다. 비구름은 바람도 없는데 점점 낮게 내려와서 주위는 더욱 조용해지고, 꽃향기는 한층 더 진하게 풍겨왔다. 갑자기 빗방울이 테라스의 포제(布製) 지붕 위에 떨어지는 것 같더니, 뒤이어 뜰 안에 깔아놓은 조약돌에도 떨어졌다. 이윽고 자리공 잎을 후두둑후두둑 내리치는 소리가 나며, 굵직한 빗방울이 점점 시원스럽게 쏟아져 내리기 시작했다. 밤꾀꼬리도 개구리도 이제는 아무 소리도 내지 않고 잠잠했다. 그러나 절벙거리는 물 소리만은 비록 비 때문에 아득히 먼 데서 들려오는 것 같으면서도 여전히 허공에 울리고 있었다. 이름 모를 조그만 새 한 마리가 가까운 데 있는 마른 나뭇잎 속에 몸을 숨기고 단조로운 소리를 규칙적으로 두 번씩 되풀이하고 있었다. 남편은 자리에서 일어나더니 밖으로 나가려했다.

"왜 일어나세요?"

나는 그를 제지하는 말투로 이렇게 물었다.
"여기가 이렇게 좋은데……."
"우산하고 고무 덧신을 보내줘야 할 것 같아서."
"보내주지 않아도 될 거예요. 이내 멎을 비니까."
남편은 내 의견에 동의하고 난간 옆에 멈춰섰다. 나는 비에 젖어 미끄러운 난간을 붙잡고 밖으로 목을 내밀었다. 시원한 빗방울이 내 머리며 목덜미를 되는 대로 적셨다. 비구름은 점점 밝은 빛을 띠고, 바로 우리의 머리 위를 흘렀다. 주룩주룩 쉬지 않고 내리던 비는 어느새 그치고, 그 대신 지붕과 나뭇잎에서 떨어지는 낙숫물 소리가 들렸다. 또다시 골짜기에서는 개구리들이 요란스럽게 울기 시작하고, 밤꾀꼬리가 이리저리 날아다니며 젖은 나무 덤불 속에서 목청을 돋우어 울어댔다. 주위는 다시 환하게 밝아졌다.
"참, 기분이 상쾌하군!"
난간에 걸터앉아 비에 젖은 내 머리를 쓰다듬으며 남편이 입을 열었다.
이 간단한 애무가 내게는 거의 힐책받는 것이나 마찬가지인 듯싶었다. 나는 금세 울음이 터져나올 것 같았다.
"인간에게 이 이상 무엇이 더 필요하겠어?"
그는 말을 이었다.
"나는 지금 지극히 만족해. 이 이상 아무 욕심도 없어. 이만하면 완전무결하게 행복하다고 할 수 있지."
'언젠가 나한테 말한 당신의 행복관은 그런 게 아니었어요.'
나는 마음속으로 이렇게 생각했다.
'아무리 행복한 인간이라도 더욱더 큰 행복을 추구하는 법이라고 하지 않았어요? 그렇게 말하던 당신은 지금 마음이 평온하고 아무런 불만도 없지만, 내 가슴속에는 아무에게도 입 밖에 내어 말하지 못할 회한과 마음껏 울어 버리지 못한 눈물이 그냥 뭉쳐 있는 것 같아요.'
"나도 기분이 아주 상쾌해요."
나는 소리를 내어 말했다
"하지만 눈에 보이는 모든 것이 너무나 아름답기 때문에, 오히려 서글퍼져요. 내 마음은 어수선하기 짝이 없고 허전해서 줄곧 무언가를 갈망하고 있는데, 이 세상은 이렇게 평온하고 아름다우니까요. 당신은 어떠세요, 자연에 도취

된 마음 한편 구석에 어쩐지 서글픈 감정이 섞어 있는 것같이 느껴지지 않으세요? 말하자면, 지나간 옛날이 그리운 것 같은……."

남편은 내 머리에서 손을 떼고 잠시 동안 잠자코 있었다. 그러더니—

"응, 전에는 나도 그렇게 생각한 적이 가끔 있었지. 특히 봄철에 그랬어."

남편은 마치 추억에 젖은 듯한 어조로 말했다.

"나도 역시 무엇인가를 기대하기도 하고 갈망하기도 하며 밤을 지샌 적이 있었어. 정말 아름다운 밤이었어!…… 그러나 그 시절에는 미래에 대한 기대밖에 없었는데, 지금은 과거에 대한 추억밖엔 남은 것이 없거든. 나는 현재의 상태에 조금도 불만이 없어. 나는 정말 행복해."

이렇게 말을 맺는 남편의 어조가 하도 꾸밈이 없고 무뚝뚝해서 듣기가 거북할 지경이었지만, 그래도 나는 그 말이 사실일 거라고 생각했다.

"그럼, 당신에겐 아무런 욕망도 없단 말씀인가요?"

"실현될 가능성이 없는 건 절대로 바라지 않지."

나의 마음속을 짐작했는지 그는 이렇게 대답하였다.

"여보, 머리가 다 젖었구려."

마치 어린아이에게 하듯 또 한 번 내 머리를 쓰다듬으며, 그는 말을 이었다.

"당신은 나뭇잎이나 풀잎이 비를 맞고 있는 것을 보고 그게 부러워서 자기도 풀이나 나뭇잎이 되었으면 하고 바라지. 하지만 나는 그런 것을 봐도, 이 세상의 아름다운 모든 것, 젊고 행복한 모든 것을 볼 때처럼 그저 기쁨을 느낄 뿐이야."

"그럼, 당신은 지나간 옛날이 조금도 그립지 않아요?"

나는 점점 가슴이 아파오는 것을 느끼며, 이렇게 물어보았다.

남편은 무엇을 생각하는지 다시 잠자코 있었다. 그는 아주 진지한 태도로 내 질문을 받아들인 것 같았다.

"아니, 그립지 않아!"

남편은 짧게 대답했다.

"아니에요! 그건 거짓말이에요!"

나는 남편에게 얼굴을 돌리고 그의 눈을 응시하며 이렇게 말했다.

"그래, 정말로 옛날이 그립지 않단 말씀이에요?"

"그립지 않아."

그는 같은 대답을 되풀이했다.

"나는 과거를 감사하게 여기고 있긴 하지만, 절대로 그리워하지는 않아!"

"그렇지만, 옛날로 다시 되돌아가고 싶은 마음은 있겠죠?"

남편은 내 얼굴을 외면한 채 정원을 바라보기 시작했다.

"그런 마음도 없어. 그런 욕망은 마치 내 몸에 날개가 돋아났으면 하는 것과 마찬가지지."

남편은 말했다.

"도대체 불가능한 일이 아니냔 말이야!"

"그럼, 후회되는 일도 없나요? 자기 자신이나 또는 내게 잘못이 있었다고 생각하지 않으세요?"

"천만에! 이젠 모든 것이 다 원만하게 해결되었는데, 새삼스럽게 그런 생각을 할 필요가 어디 있어!"

"그렇지만, 내 말 좀 들어 보세요!"

남편의 얼굴을 이쪽으로 돌리게 하려고 그 손을 가볍게 건드리며, 나는 말했다.

"왜 당신은 내게 한 번도 이러이러한 생활을 해 줬으면 좋겠다고 말하지 않으셨어요? 어째서 내가 올바르게 쓸 줄 모르는 자유를 내게 주셨어요? 어째서 나에 대한 지도를 그만두셨어요? 만일 당신이 그렇게 하려고 하셨던들—만일 당신이 나를 바른 길로 이끌어 주셨던들, 아무 일도 일어나지 않고 무사할 수 있었을 거예요."

내 목소리에는 이미 예전과 같은 애정은 사라지고 차가운 원망과 비난이 더욱 뚜렷이 나타났다.

"그래서 무슨 일이라도 일어났다는 거야?"

깜짝 놀란 듯이 나를 돌아보며 남편은 말했다.

"이렇게 별일 없이 지내고 있는데. 나는 모든 것이 만족이야. 그야말로 행복해."

그는 미소를 띠며 이렇게 덧붙였다.

'정말 내 말을 못 알아들어서 이렇게 말하는 것일까? 그렇지 않으면 아예 알아들으려고도 하지 않는 것일까? 그렇다면 더욱 화가 나는데……'

나는 이렇게 생각했다. 그러자 눈물이 글썽해졌다.

"나는 아무 죄도 없는데, 당신한테 억울하게 냉대를 받았고 경멸이라는 형벌까지 받았어요. 그럴 일이 전혀 아니었는데 말이에요."

나는 두서도 없이 지껄였다.

"나는 조금도 잘못이 없는데 당신은 느닷없이 내 귀중한 것을 모두 빼앗아 버렸어요. 만일 나를 바른 길로 이끌어 주셨다면, 그렇게까지 하실 필요가 없었을 거란 말이에요."

"여보, 그게 무슨 말이야!"

무슨 영문인지 도무지 알 수 없다는 듯이, 남편은 내 말을 가로챘다.

"가만 계세요…… 당신은 내게 주었던 믿음과 사랑을, 심지어는 존경까지도 모두 빼앗아 갔어요. 신혼시절을 생각해 보면, 지금 당신이 나를 사랑한다고는 도저히 믿을 수가 없어요. 나는 지금 당신한테 오래전부터 내 마음을 괴롭혀 온 모든 것을 시원스럽게 얘기해 버려야겠어요."

나는 남편에게 입을 열 기회를 주지 않고 말을 이었다.

"당신은 세상이라는 것이 어떤 것인지도 모르는 나를 외딴 곳에 내버려 두고 혼자서 길을 찾아 헤매게 했어요. 그런데도 나한테 죄가 있단 말인가요?…… 이제야 겨우 내가 어떻게 해야 되겠다는 걸 스스로 깨닫고, 벌써 일 년 가까이나 당신 곁에 돌아가려고 애쓰고 있는데, 그래도 당신은 내 마음을 눈곱만큼도 알아채지 못한 듯이 여전히 내 곁에 있어 주지 않아요. 그래도 내가 잘못했단 말인가요? 당신 자신은 하나도 나무랄 데가 없는 사람이고, 나는 돼먹지 못한 몹쓸 여자란 말이죠! 틀림없어요, 당신은 또다시 우리 두 사람에게 불행을 불러들이는 그런 생활 속에다 나를 내던지려는 거예요."

"아니, 내가 언제 당신한테 그런 태도를 보인 일이라도 있었나?"

남편은 정말 뜻밖이라는 듯이 이렇게 묻는 것이었다.

"어제도 그런 말씀을 하지 않으셨어요? 어제뿐만 아니라 날마다 입버릇처럼 '당신은 암만해도 이 시골 구석에서 견디어 내지 못할 테니까, 겨울엔 다시 페테르부르크로 가야 할 거야'라고 말예요. 이젠 페테르부르크란 말만 들어도 정말 지긋지긋해요. 당신은 조금도 나를 부축해 주려 하시지 않을뿐더러, 진심에서 우러나오는 솔직하고 부드러운 말은 일부러 피하려 하고 있어요. 그러고도 나중에 내가 완전히 타락해 버리면, 그때는 틀림없이 나를 꾸짖고 나의 타락을 기뻐하실 거예요."

"가만있어, 가만있어."

남편은 엄하고도 냉정한 어조로 말했다.

"지금 당신이 한 말은 좋지 않아. 그 말은 당신이 내게 악의를 품고 있다는 걸 증명할 뿐이야. 당신은……."

"그럼, 내가 당신을 사랑하지 않는단 말씀인가요? 말해 보세요! 분명히 말해 보세요!"

나는 그의 말을 가로챘다. 내 눈에서는 눈물이 줄지어 흘러내렸다. 나는 벤치에 주저앉아서 손수건으로 얼굴을 가렸다.

'아아, 남편은 나를 이렇게밖엔 생각하지 않는구나!'

목메어 오르는 비통한 울음을 간신히 참으며, 나는 생각했다.

'이제는 마지막이다. 옛날의 그 애정은 우리에게 영영 돌아오지 않을 것이다.'

그 어떤 음성이 내 마음속에서 이렇게 속삭이는 것이었다. 남편은 가까이 와서 나를 달래려고 하지도 않았다. 내가 한 말에 몹시 마음이 상한 모양이었다. 이윽고 그는 침착하고도 무표정한 어조로 입을 열었다.

"대체 무엇 때문에 트집을 잡는 건지 아무리 생각해도 모를 일이야. 혹시 내가 신혼시절처럼 당신을 사랑하지 않았기 때문이라고 한다면……."

"그럼, 사랑해 주셨단 말씀인가요?"

손수건으로 얼굴을 가린 채 나는 그의 말을 받았다. 뜨거운 눈물이 그칠 줄 모르고 쏟아져 나와 손수건을 적셨다.

"내가 신혼시절처럼 당신을 사랑하지 않았다면, 그 책임은 어디까지나 '시간'이 져야 하고, 또 우리 두 사람이 함께 져야 할 문제야. 인간이 한평생을 사느라면, 그 시절 그 시절에 적합한 사랑이 있는 법이지……."

남편은 잠시 입을 다물고 있다가 다시 말을 이었다.

"당신이 정말 그렇게 솔직한 태도를 요구한다면, 모든 것을 사실대로 얘기하지. 처음 당신을 만났을 때만 해도, 나는 당신 생각 때문에 날마다 밤을 새우며 당신에 대한 사랑을 키우고 있었어. 그 사랑은 내 마음속에서 자라고 또 자랐지. 그 후 페테르부르크나 외국에 가 있을 때는 날마다 잠을 이루지 못하고 무서운 밤을 지새우며, 나를 괴롭히는 그 사랑을 송두리째 파괴해 버리려고까지 생각했어.

그러나 당신에 대한 사랑 그 자체를 파괴하지는 못하고, 오직 그 사랑 가운데서 나를 괴롭히는 요소만을 파괴했을 뿐이었어. 그래서 나는 마음의 평온을 얻을 수 있었고, 지금도 여전히 당신을 사랑하고 있어. 다만 그것이 이전과는 다른 종류의 사랑일 뿐이야."

"당신은 그걸 사랑이라 부르지만, 그건 사랑이 아니라 고통이에요. 당신이 사교계 생활을 해로운 것이라 생각했고, 또 그것 때문에 나에 대한 사랑이 식었다면 말이에요. 어째서 애초에 내가 사교계에 나돌아다니는 걸 막지 않으셨어요?"

"나는 사교계 얘길 하는 게 아니야."

"왜 당신은 남편으로서의 권력을 행사하지 않으셨어요?"

나는 하던 말을 계속했다.

"왜 나를 꽁꽁 묶어 놓지 않으셨어요? 왜 나를 죽여 버리지 않으셨어요? 내 행복을 이루고 있던 모든 것을 상실해 버리느니보다는 오히려 그쪽이 훨씬 편했을 거예요. 오히려 내 마음이 떳떳했을 거예요."

나는 다시 얼굴을 가리고 흑흑 흐느껴 울었다.

바로 그때 비를 흠뻑 맞은 카차와 소냐가 무엇이 흥겨운지 커다란 소리로 웃고 떠들면서 테라스로 들어왔다. 그러나 우리를 보자 금세 입을 다물더니 곧 나가버리고 말았다.

카차와 소냐가 나간 후에도, 우리는 한참 동안 서로 말이 없었다. 실컷 울고 나니 한결 가슴이 후련한 것 같아서 나는 남편을 쳐다보았다. 그는 한 손으로 턱을 괴고 앉아 있다가, 내 시선을 받고 무슨 말인지 하려는 것 같더니, 땅이 꺼지도록 깊은 한숨을 내쉬고는 다시 손을 턱밑으로 가져갔다.

나는 남편 곁으로 가서 그 손을 옆으로 밀어냈다. 그러자 그의 우울한 눈길이 이쪽으로 향해졌다.

"음, 그렇지."

남편은 아직도 자기 생각에 잠겨 있는 것 같은 어조로 이렇게 말했다.

"우리 인간은 너나 없이—특히 여자들은 더욱 그렇지만—인생의 어리석은 면을 몸소 체험하지 않고는 참된 생활로 돌아올 수 없는 법이야. 남들이 하는 말만 가지고는 믿을 수가 없으니까.

그때만 해도 당신은 호화롭고 재미있게 보이는 그 헛된 생활을 충분히 경험하지 못했었지. 그래서 나는 그러한 생활에 도취되어 있는 당신을 황홀한 마음으로 바라보며, 당신이 싫증을 느낄 때까지 그냥 내버려 두었던 거야. 나 자신으로 말하면 이미 그런 생활에 흥미를 느낄 나이가 아니었지만, 그래도 어쩐지 당신을 구속할 권리는 내게 없는 것만 같았어."

"그럼, 무엇 때문에 당신은 나와 함께 그런 생활을 하셨어요? 나를 사랑하신다면, 어째서 내가 그런 헛된 생활을 하게 내버려 두었어요?"

"그때만 해도 당신은 내 말을 믿고 싶어도 못 믿었을 테니까. 당신은 자기 스스로가 깨달아야만 했고, 그래서 결국은 깨닫게 된 셈이지."

"당신은 이치만 캐고 있었던 거예요. 너무 지나치게 따지고만 있었던 거예요"

나는 말했다.

"그러다 보니 사랑이 식어 버리고 말았지요."

다시 침묵이 흘렀다.

"당신이 지금 한 말은 좀 잔혹하지만, 그건 사실이야."

남편은 갑자기 자리에서 일어나 테라스를 이리저리 거닐며 입을 열었다.

"음, 그건 사실이야. 내가 나빴어."

그러더니 내 앞에서 걸음을 멈추고 이렇게 덧붙였다.

"나는 아예 당신을 단념해 버리든지 그렇지 않으면 이것 저것 따지지 말고 좀더 적극적으로 사랑하든지 했어야만 하는 거야. 당신의 말이 옳아."

"지나간 일은 모두 잊어버려요, 네?"

나는 수줍은 어조로 말했다.

"아니, 지나간 일은 다시 돌아오지 않아, 그리고 다시 돌아오게 할 수도 없지."

이렇게 말하는 남편의 음성은 한결 부드러워진 것 같았다.

"벌써 다 돌아왔는걸요."

나는 남편의 어깨에 손을 얹으며 말했다.

그는 내 손을 어깨에서 밀어내리더니 그 손을 힘있게 움켜쥐었다.

"나는 옛날이 그립지 않다고 했지만, 그건 거짓말이었어. 사실은 나도 옛날이 그리워. 이미 잃어버리고 만 옛날의 그 사랑—다시는 영영 찾을 길 없는 그 사랑을 생각하면 울고 싶을 지경이야. 대체 이것이 누구의 잘못인지 그건 나도 모르겠어. 지금도 역시 사랑은 남아 있지만, 옛날의 그러한 사랑은 아니야. 마음속에는 여전히 사랑이 자리를 차지하고 있지만, 그것은 이미 병들고 맥빠진 사랑이며 시들어 버린 사랑이지. 남은 것은 오직 과거에 대한 감사와 추억뿐이야. 하지만……"

"그런 말씀은 그만두세요."

나는 그의 말을 가로챘다.

"다시 옛날처럼 살면 되잖아요? 지금이라도 그렇게 할 수 있겠죠, 네?"

나는 남편의 눈을 들여다보며 이렇게 물었다. 그러나 그 눈은 맑고 평온한 빛을 띠었을 뿐, 내 눈을 심각히 바라보는 것 같지 않았다.

나는 그런 말을 하면서도 내가 바라고 있는 것을 남편한테 말해 봐야 아무 소용 없다는 것을 깨달았다. 그는 노인들처럼—적어도 내 눈엔 그렇게 보였다—인자하고 잔잔한 미소를 짓고 있었다.

"당신은 아직도 젊지만 나는 아주 늙어 버렸어."

남편은 말했다.

"당신이 찾고 있는 것을 나는 가지고 있지 않아. 이제 새삼스럽게 자기 자신을 기만하면 뭘 하겠어?"

여전히 같은 미소를 띤 채 이렇게 덧붙였다.

나는 잠자코 남편 곁에 서 있었다. 마음이 차차 가라앉는 것 같았다.

"되도록이면 전과 같은 생활을 되풀이하지 않도록 해야지."

그는 하던 말을 계속했다.

"그리고 자기 자신을 속이려 들지 말아야 해. 전과 같은 불안과 마음의 동요가 없어진 것을 다행으로 생각하고, 이 이상 그 무엇을 추구하거나 초조해하거나 할 필요는 없을 거야. 그렇지 않아도 우리는 얼마든지 행복할 수 있다는 걸 알게 되었으니까. 그러니까 이젠 옆으로 물러나서 저 애들한테 길을 내 주어야 할 거야."

때마침 바냐를 안고 나와서 테라스 문 옆에 멈춰 선 유모 쪽을 가리키며 남편은 말했다.

"그렇지 않아, 마샤?"

남편은 내 머리를 끌어안고 이마에 입술을 갖다 대며 이렇게 말을 맺었다. 그것은 애인으로서의 키스가 아니라 옛 친구로서의 키스였다.

정원에서 향기롭고 선선한 밤 기운이 더욱 강하게, 더욱 달콤하게 풍겨왔다.

간간이 들려오던 소리도 잠잠해지면서 사방이 조용해지고, 하늘에는 별들이 앞을 다투어 반짝이기 시작했다. 나는 남편의 얼굴을 바라보았다.

순간 여태까지 나를 괴롭히고 있던 병든 마음이 빠져나간 것처럼 갑자기 가슴이 후련해졌다. 나는 평온한 마음으로 분명하게 깨달았다—옛날의 그 감정은 흐르는 시간과도 같이 영영 지나가 버리고 만 것이어서 지금 새삼스럽게 그것을 되돌아오게 할 수는 없을뿐더러, 설령 돌아온다 해도 오히려 괴롭고 어색하기만 할 것이다. 부질없는 생각은 아예 하지도 말자. 더없이 행복했던 것처럼 생각되는 그 옛날이 과연 그처럼 아름다운 시절이었을까? 더욱이 이제는 모든 것이 까마득한 과거의 일이 되어 버리지 않았는가!

"그건 그렇고. 시간이 되었으니 우리 차나 마십시다!"

남편이 말했다. 그래서, 나는 그와 함께 응접실로 들어갔다. 방문 앞에서 바냐를 안고 있는 유모와 다시 마주쳤다. 나는 두 손에 애를 받아 들고, 밖으로 드러난 발그레한 발을 감싸주며 가슴에 꼭 끌어안고 살짝 입을 맞췄다. 바냐는 마치 꿈을 꾸고 있는 듯이 고사리 같은 손가락을 펴고 손을 내저으며, 무엇을 찾거나 그렇지 않으면 갑자기 무슨 생각이 든 것처럼 어렴풋이 눈을 떴다. 그러자 그 조그만 눈이 내 얼굴에 와서 멎었다. 그리고 불꽃과도 같은 것이 그 눈 속에서 반짝하고 빛나더니, 꽃잎 같은 입술이 뾰족하게 오므라졌다가 금세 열리며 웃음을 지었다.

'아아, 내 아들아, 너는 내 것이다! 너는 내 것이다!'

나는 흐뭇한 긴장을 온몸에 느끼며 이렇게 생각했다. 나는 아기가 아파할까 봐 가까스로 내 자신을 다스리면서 아들을 가슴에 꼭 끌어안았다. 그리고 그 조그만 발이며, 배며, 손이며, 겨우 털이 고르게 난 머리며 할 것 없이, 아무 데나 닥치는 대로 입을 맞추기 시작했다. 남편이 곁으로 다가왔다. 나는 재빨리 아기의 얼굴을 가렸다가 다시 내보였다.

"이반 세르게이치!*4"

아들의 턱을 손가락으로 가볍게 건드리며 남편은 이렇게 불렀다. 그러나 나는 또 한 번 황급히 이반 세르게이치를 감추었다. 나 이외의 누구도 이 애를 오래 들여다보게 해서는 안 될 것 같았기 때문이다. 나는 남편을 쳐다보았다.

---

*4 바냐의 정식 이름과 부칭.

그 눈은 내 눈을 바라보며 웃고 있었다. 나도 오랜만에 가볍고 즐거운 마음으로 그 눈을 마주 바라볼 수 있었다.

그리하여 그날부터 남편과 나의 청춘 시절의 로맨스는 끝났다. 생애에서 다시는 경험하지 못할 귀중한 추억의 장으로만 남게 되었다. 그 대신 자식들과 그 아버지에 대한 새로운 애정이 나타났다. 그 애정은 전과는 다른 의의를 갖고 행복한 생활의 바탕이 되었다. 그리고 나는 그러한 생활에서 벗어나지 않고 언제까지나 계속 영위해 나가리라 굳게 마음먹었다.

신부 세르게이

인생을 이해하지 못하는 사람은 살아있는 동안 내내
생존을 위해, 쾌락을 획득하고자, 고통으로부터 벗어나고자,
달아날 수 없는 죽음으로부터 도피하고자 끝없이 싸운다.

신부 세르게이

1

1840년 즈음 페테르부르크에서 세상 사람들이 깜짝 놀랄 만한 사건이 일어났다.

근위기병대 중대장이며 니콜라이 1세의 시종 무관으로 발탁되어 화려하게 출세하리라 촉망받던 젊고 멋진 장교가, 황후의 각별한 사랑을 받고 있던 아름다운 처녀와의 결혼을 한 달 앞두고 갑자기 퇴직해 버렸다.

이유는 잘 알 수 없지만, 그는 약혼녀와의 관계도 끊고 별로 크지 않은 자기 소유의 영지를 누이동생에게 넘겨준 뒤, 신부가 되겠다고 수도원으로 들어간 것이다. 그의 속사정을 잘 모르는 사람들에게는 너무나 이상하고 이해할 수 없는 일이었다. 그러나 당사자인 스테판 카자스키 공작에게는 달리 방법이 있으리라고는 생각할 수 없을 만큼 자연스럽게 이루어진 행동이었다.

근위부대 퇴역 대령이던 아버지는 그가 열두 살 때에 세상을 떠났다. 뒤에 남겨진 어머니는 아들과 헤어지기가 참으로 괴로웠지만, 그렇다고 임종 때에 아들을 집에 묶어 두지 말고 사관학교에 입학시키라고 유언한 남편의 뜻을 어길 수도 없었다.

그래서 어머니는 그를 사관학교에 보내고 자신도 딸 바바라를 데리고 페테르부르크로 이사했다. 아들과 같은 도시에 살면서 휴일마다 만나기 위해서였다.

스테판은 유난히 재능이 많았고 자존심도 강했다. 그는 학과 성적이 뛰어났으며 특히 수학을 좋아했다. 다양한 재능만큼 군사 훈련에서도 두각을 드러내더니 말타는 기술에서도 항상 일등을 놓치는 법이 없었다. 게다가 훤칠하고 잘생긴 민첩한 소년이었다. 뿐만 아니라 품행도 단정했기에 그 급한 성격만 아니었다면, 그는 틀림없이 모든 면에서 모범 후보생이 되었을 것이다.

그는 술도 마시지 않았고 방탕한 행위도 하지 않았으며, 두드러지게 성실한 성격이었다. 단 한 가지 그에게 모범생이 되는 데 걸림돌이 된 것은 그가 가끔 일으키는 신경질적인 발작으로, 그럴때는 완전히 자제력을 상실하여 야수가 되는 것이었다.

그리고 언제인가 그가 광물채집을 하던 때의 일이었다. 한 후보생이 그를 비웃기 시작하자 화가난 그는 그 후보생을 떠밀어 창문 밖으로 거의 떨어뜨릴 뻔한 일이 있었다. 또 하마터면 그의 신세를 망칠 뻔한 일도 있었다. 지휘관으로 근무하던 사관에게 커틀렛을 접시째 던지면서 덤벼든 사건이었는데, 확실히는 모르지만 그 장교가 약속을 어겼거나 대놓고 거짓말을 해서 일어난 사건이었다. 만약 교장이 그 사관을 면직시키면서 사건을 덮어 주지 않았다면 그는 아마 병사로 강등되고 말았을 것이다.

그는 18세에 사관학교를 졸업하고 장교로 임관되어 귀족들로 구성된 근위연대 소속이 되어 중위로 근무하게 되었다. 니콜라이 파블로비치 황제는 사관학교 시절부터 그를 알고 있었기 때문에 연대에 들어간 뒤에도 그를 총애하였다. 그래서 사람들은 당연히 그가 장래에 시종 무관이 될 것이라고 생각했다.

카자스키 역시 그렇게 되기를 열망하고 있었다. 그것은 단지 자신의 명예를 위해서만이 아니라 사관학교 시절부터 니콜라이 파블로비치 황제를 진심으로 열렬히 사랑하고 있었기 때문이었다.

니콜라이 파블로비치는 학교를 방문하는 경우가 잦았는데, 그럴 때마다 큰 키에 떡 벌어진 가슴과 콧수염 위의 매부리코, 그리고 깨끗이 면도한 구레나룻에 군복을 입은 채로 성큼성큼 빠른 걸음으로 들어와서 힘찬 목소리로 후보생들에게 인사했다. 그럴 때마다 카자스키는 사랑하는 사람을 맞이할 때와 같은 기쁨을 경험하는 것이었다. 아니, 니콜라이 파블로비치에 대한 연정과도 같은 기쁨에 강렬히 젖어들었다.

그는 자신의 무한한 충성심을 나타내고자 했고 황제를 위해서라면 자기 자신마저도 기꺼이 바치고 싶다고 생각하였다. 니콜라이 파블로비치도 이런 그의 마음을 알고 있었으며, 그래서 더욱 자극을 주곤 했다.

때로는 그저 어린아이와 같은 태도로, 때로는 친구처럼, 때로는 장중한 위엄을 갖추고 후보생들과 놀기도 하고, 자기를 중심으로 둘러싸게도 했던 것이다.

면직된 사관 사건 뒤에도 니콜라이 파블로비치 황제는 카자스키에게 아무말도 하지 않았지만, 한번은 그가 가까이 갔을 때 황제는 연극과 같은 행동을 하며 그를 물리쳤다. 그리고 눈썹을 찌푸리며 손가락으로 위협하는 시늉을 하고는 곧 궁정으로 돌아가면서 이렇게 말했다.

"난 다 알고 있네. 하지만 알고 싶지 않은 일도 더러 있는 법. 그것은 모두 여기에 담고 있네."

그는 자신의 가슴을 가리켰다.

카자스키가 졸업하면서 장교로 임관되어 동료들과 황제를 배알할 때는, 황제는 이미 그런 것은 모두 잊고 있었다. 평소와 같이 모든 생도들에게 황제를 의지할 수 있다는 것, 황제와 조국에 대하여 충성을 다 바치라는 것, 황제는 항상 그들의 가장 친한 친구라는 것을 말해 주었다.

언제나 그랬듯이 모든 생도들은 평소와 같이 감동했다. 그 중에서도 카자스키는 과거의 일을 상기하고 눈물을 흘렸으며 모든 것을 다 바쳐 사랑하는 황제를 섬기겠노라고 맹세했다.

카자스키가 장교로 임명되자 그의 어머니는 매우 기뻐하며 누이동생을 데리고 처음에는 모스크바로 옮겨갔다. 그러나 얼마 후에 곧바로 시골로 내려갔다.

그때 카자스키는 누이동생에게 재산의 반을 줘 버렸기 때문에, 수중에 남아 있는 것으로는 사치스러운 연대로 소문난 그의 근무지에서 그럭저럭 자기 한 몸을 유지할 정도뿐이었다.

겉보기에 카자스키는 지극히 평범한 젊은이로 장래가 촉망되는 화려한 근위 사관으로 보였지만, 그 마음 속에는 설명하기 어려운 뜨거운 불꽃이 타오르고 있었다.

그 내부의 불꽃은 그의 유년 시절부터 있었다. 겉으로는 지극히 평범했으나, 속으로는 자기가 하는 모든 일이 세상 사람들의 칭찬과 경탄을 받을 정도로 성공하려는 야망에 불탔다. 그것이 군사 훈련이든 학과 성적이든 일단 시작하면 제일이어야 했으므로, 사람들이 자신을 칭찬해 주고 남의 모범이 될 때까지 중단하는 법이 없었다. 한 가지 일을 해내면 곧바로 다른 일에 덤벼들었기 때문에 학과 성적에서도 늘 수석을 차지했다. 또 그는 사관학교 시절에 자신이 프랑스어 회화가 서툴다는 것을 깨닫고 프랑스어를 모국어처럼 능숙하게 할 정도로 맹렬히 공부했다. 그는 또한 체스에도 흥미를 가져 그 방면의 명수가 되기도 하였다.

황제와 조국에 봉사하겠다는 사명감 말고도 그는 일단 어떤 목표를 세우면 그 일에 온 힘을 쏟아 목표를 달성했다. 그리고 그 목표를 달성하게 되면 그의 뇌리에는 또 다른 목표가 그 자리를 채우곤 하였다.

이와 같이 무슨 일에서나 두각을 나타내려고 하는 경향과 두각을 나타내기 위해서 하나의 목적을 추구하는 경향은 끊이지 않았다.

그는 자기 일에 관해서는 업무를 정확하게 파악하고 지식을 획득해야 한다라는 스스로의 과제를 정해서 부단히 노력하였다. 그런 이유로 자기의 출세에 걸림돌이 되는 신경질적인 발작 증세가 있음에도 불구하고 장교에 임명되자마자 모범 장교가 되었다. 사교계에 나가서도 대화 도중에 자신의 교양이 부족하다는 것을 느끼자 그 날부터는 독서에 몰두하여 자신이 바라는 효과를 거두었다. 그 뒤에도 사교계에서 최고가 되고자 하는 목표를 세우고 우선 사교춤의 명수가 되기로 마음먹었다. 그리고 실로 재빠르게 온갖 일류 무도회나 저녁 모임에 초대받을 만큼 성공을 거두었다.

그러나 그 지위도 그를 만족시키지 못했다. 그는 무슨 일에 있어서나 일인자가 되는 일에 익숙했기 때문에 이런 것으로 그 지위를 확보하기란 아득히 먼 일이었다.

어느 시대 어느 나라에 있어서나 마찬가지지만 당시 그가 속한 상류 사회에는 네 가지 부류의 사람들이 있었다. 첫째는 부자이며 궁정에서 환영받는 사람들, 둘째는 부자는 아니지만 궁정의 가문에서 태어나 그 부류에 속하게 된 사람들, 셋째는 부자이며 궁정에 속한 사람들을 모방하는 사람들, 넷째는 부자도 아니고 궁정에 속한 사람도 아니지만 첫째 부류와 둘째 부류 사람들에 알랑거리며 비위를 맞추는 사람들로 이루어져 있었다.

카자스키는 첫째 부류의 사람들에게 속하지는 못했지만 뒤의 두 부류의 집단에게는 기꺼이 받아들여졌다.

사교계에 발을 들여놓으면서 그가 정한 목표는 상류층 여인들과 관계를 갖는 것이었는데 그 목적은 생각보다 빨리 이루어졌다. 그러나 그가 깨달은 사실은 자신이 들어간 그룹은 최상류층 그룹이 아니라는는 것, 자신이 속한 그룹보다 높은 그룹이 있으며 그 궁정에 속하는 고급 그룹에 설사 들어간다 해도 자신은 이방인이라는 것이다. 사람들은 그에게 친절하기는 했지만 그들의 태도에는 당신은 우리와 같은 수준의 사람이 아니라는 뜻을 은연중에 드러내고 있었다.

카자스키는 그들의 동료가 되고 싶었다. 그러기 위해서는 시종 무관이 되든가 그 그룹의 여성과 결혼을 해야 했다. 그래서 그는 궁정에 속한 한 아름다운 처녀를 선택했다.

그 처녀는 그가 들어가고 싶어하는 사회의 한 일원일 뿐만 아니라 최상류층의 그룹에서 높고 확고한 기반을 가지고 있는 사람들이 모두 가까이하고 싶어하는 여성이었다. 그녀는 백작 코르토 코바였다.

카자스키는 실제로도 코르토 코바에게 반해 있었다. 그녀는 보기 드물게 매력을 가진 여성이었기 때문에 완전히 매료된 것이다.

그녀는 처음에는 그에게 냉담했으나 차츰 다정한 태도를 보이기 시작했고 특히 그녀의 어머니가 그를 마음에 들어했다. 그럴 즈음 카자스키는 청혼을 했고 어렵지 않게 그녀의 승낙을 받았다. 그는 이런 행복이 너무나 쉽게 이루어지는 데 놀랐으며, 어머니의 태도나 딸의 태도에 무엇인가 이상한 것이 있다는 점에 또한 놀랐다.

그는 완전히 그녀에게 반해서 사랑에 푹 빠져 있었기 때문에 대부분의 사람들이 알고 있는 사실을 전혀 모르고 있었던 것이다.

2

예정된 결혼식을 두 주일 앞둔 5월의 어느 무더운 날 카자스키는 약혼녀의 별장에 갔다. 약혼자인 두 사람은 정원을 산책한 뒤에 그늘이 우거진 보리수 아래 놓여 있는 벤치에 앉았다.

순백색 모슬린 치마를 입고 있는 그녀는 유난히 아름다웠다. 그녀의 모습은 너무나 순결해 보였을 뿐만 아니라 사랑의 화신처럼 느껴졌다. 그는 머리를 숙이거나 몸을 조금 움직이거나 한 마디 말을 하는 것조차도 자신의 약혼녀의 천사와 같은 순결성을 욕보이거나 더럽히는 것 같아서 두려워하고 있었다. 그녀는 다정하고 조심스럽게 말하고 있는 잘생긴 사나이를 바라보고 있었다.

카자스키는 1840년대 남자였다. 그 시대의 남자들 대부분은 자신의 불순한 이성 관계에 대해서는 비교적 관대하면서도 아내에게는 이상적인 것을 요구하고 천사와 같은 순결을 원했다. 이런 견해는 남자들이 흔히 범하는 모순된 행동이었다.

그러나 뭇 남성들이 그러듯 여성이 그런 관계에서는 지극히 깨끗하기를 바라는 태도는 당연한 것이라고 말할 수 있을 것이다. 따라서 처녀들만 해도 이런 숭배를 받고 보면, 자연히 일부의 사람들은 여신과 같이 되고 싶다고 노력하기 때문이다.

그래서 카자스키도 여성에 대해서 평소부터 그런 견해를 가지고 있었으며, 자신의 약혼녀도 그런 눈으로 바라보고 있었던 것이다.

그는 그날 특히 그녀를 사랑하는 마음으로 가득 차 있었으며 약혼녀에 대해서 조금의 욕정도 느끼고 있지 않았다. 아니, 오히려 손을 대서는 안 되는 신성한 것을 보고 있을 때와 같은 감동으로 그녀를 바라보고 있었던 것이다. 그는 큰 키를 일으켜 세우고 두 손으로 군도의 자루를 잡으며 그녀 앞에 섰다.

"난 지금 처음으로 사람이 경험할 수 있는 최대의 행복을 알았어요."

그는 조심스럽게 미소를 지으며 말했다.

"그리고 그것을 당신이 나에게 주었습니다."

그는 아직 그녀에게 반말을 하는 것이 익숙하지 않았다. 그는 정신적으로는 아래에서 그녀를 올려다보는 기분이 들어 이 천사에게 너라고 말하기 어려웠던 것이다.

"난…… 당신 덕택에 내 자신을 알았어요. 내 자신이 생각한 것보다 괜찮은 사내라는 것을 말이오."

"전 말예요. 훨씬 전부터 그것을 알고 있었어요. 제가 당신을 사랑하게 된 첫번째 이유는 그거예요."

어디선가 가까운 곳에서 꾀꼬리가 울기 시작했으며 새로 돋은 싱그러운 나뭇잎이 살짝 스치는 미풍에 흔들거리고 있었다.

그는 그녀의 손을 잡고 살며시 입맞췄다. 그의 눈에 눈물이 비쳤다. 그녀는 자신의 사랑 고백에 그가 감동받고 있다고 생각했다. 그는 말없이 조금 떨어져 잠시 걸은 다음 다시 그녀의 곁으로 와서 앉았다.

"당신도 아시겠지만, 내가 당신에게 접근하기 시작했을 때에는 전혀 야심이 없었던 것이 아니었어요. 난 사교계와 관계를 맺고 싶었어요. 그러나 당신을 알게 되면서부터, 그런 것은 참으로 하찮은 것이라는 사실을 알게 되었어요. 이런 말을 해도 당신은 노여워하지 않겠죠?"

그녀는 대답을 하지 않고 그저 한 손으로 그의 손을 만지고 있었다. 그는 그것이 노여워하지 않는다는 뜻이라는 것을 알았다.

"당신은 지금 이렇게 말했어요."

그는 말을 더듬었다.

"당신은 지금 나를 사랑한다고 말해 줬으니 날 용서해 줘요. 난 당신이 나를 용서할 것이라고 믿고 있어요. 그런데 그 이외에 무엇인가 당신의 마음을 불안하게 하고 당신의 감정을 억누르는 것이 있는 것 같아요. 도대체 그것이 무엇이죠?"

그가 그렇게 묻자 그녀는 이 때가 아니면 그 비밀을 털어놓을 수가 없을 것이라고 생각했다.

'어차피 알게 될 것이리라. 그러나 지금 말한다면 이 사람도 설마 나를 버리지는 않겠지. 아, 만약 이 사람에게 버림을 받게 된다면 얼마나 두려운 일인가!'

이렇게 생각한 그녀는 사랑에 푹 빠진 눈으로 그를 바라보았다. 그녀는 지금 그를 황제 니콜라이 이상으로 사랑하고 있다. 만약 니콜라이가 황제가 아니었다면 카자스키와 니콜라이를 바꾸는 일은 없었을 것이다.

"그래요. 난 아무래도 속일 수 없어요. 모든 것을 말하겠어요. 당신은 지금 그것이 무엇이냐고 물으셨죠? ……그건 당신을 만나기 이전에 사랑하는 사람이 있었다는 거예요."

그녀는 기도하는 자세로 자기의 한 손을 그의 손등에 올려놓았다.

그는 말이 없었다.

"당신은 그 사람이 누구였는지 알고 싶으세요? 그 사람은 말예요. 황제 폐하예요."

"우리는 모두 폐하를 사랑하고 있어요. 내 생각에는 당신도 여학교 시절에……."

"아뇨, 그 뒤의 일이에요. 그것은 일시적인 열정이었어요. 곧 지나가 버리고 말았어요…… 하지만 나는 당신에게 말하지 않을 수 없었어요……."

"하지만 그건 별일이 아니지 않습니까?"

"아니, 그 외에 다른 일도……."

그녀는 괴로운 듯 두 손으로 얼굴을 가렸다.

"뭐라고요? 그럼 당신은 폐하께 몸을 맡겼단 말인가요?"

그녀는 대답을 못 했다.

"폐하의 첩이었나요?"

그녀는 여전히 말이 없었다.

그는 벌떡 일어나더니 죽은 사람처럼 얼굴이 새파래지고 턱 뼈를 덜덜 떨면서 그녀 앞에 우뚝 섰다. 그는 지금 네프스키에서 니콜라이 파블로비치를 배알했을 때 그가 다정하게 그의 약혼을 축하해 주던 일을 생각하였다.

"오, 하느님. 내가 무슨 짓을 한 것입니까, 스테판!"

"날 건드리지 말아요. 아, 이 얼마나 두려운 일인가!"

그는 몸을 홱 돌려서 그녀의 집 쪽으로 걸어가기 시작했다. 그는 집 앞에서 그녀의 어머니를 만났다.

"어머, 어찌된 일이죠?"

놀란 그녀는 그의 얼굴을 보자 입을 다물어 버렸다. 그의 얼굴이 분노로 이글거리고 있었다.

"당신은 모든 것을 알고 있으면서, 나를 이용해서 그 사실을 숨기려고 했군요. 만약 당신이 여자만 아니었다면……"

그는 큰 주먹을 그녀 앞에서 들어올리며 소리쳤다. 그리고 몸을 돌려서 달려나갔다. 그는 만약에 약혼녀의 애인이 보통 사람이었다면, 그 남자를 죽여 버렸을 것이다. 그러나 그 사람은 그가 경애하는 황제인 것이다.

이튿날 그는 휴가를 신청하고 사직서를 제출했다. 그리고 병을 핑계삼아 아무도 만나지 않고 얼마 후에는 시골로 가 버렸다. 그는 자기의 고향에서 가사를 정리하면서 한여름을 보냈다. 여름이 끝나자 그는 페테르부르크로 돌아가지 않고 수도원으로 들어가서 수사가 되어 버렸다.

그의 어머니는 그의 극단적인 행동을 말리려고 편지를 써 보냈다.

그는 하느님이 주신 사명은 절대적인 것이며 자기는 하느님의 부르심을 느끼고 있다는 답장을 써 보냈다. 그의 심정은 오빠만큼이나 자존심 강한 누이동생만이 이해하고 있었다. 그녀는 그가 수사가 된 것은 평소에 그가 자기들보다 잘났다고 생각한 사람들보다 훌륭하다는 것을 입증시키려는 것이라고 이해하고 있었다. 그리고 그녀의 판단은 역시 옳았다. 수사가 되면서 그는 다른 사람들이 지극히 중요하다고 생각하는 것 그 자신도 부대에 있을 때는 그렇게 생각했던 일체의 것을 경멸하게 되었다. 이전에는 그렇게 부럽게 생각했던 사람들을 위에서 내려다 볼 수 있는 새로운 높은 곳에 올라간 것이다.

그러나 그의 누이동생 바바라가 생각한 것처럼 그런 감정이 전부는 아니었다. 그의 마음 속에는 아직도 다른 감정, 즉 바바라가 생각하지 못한 참된 종교관과 오만한 감정 그리고 일인자가 되려는 욕구가 뒤섞여 그를 지배하고 있었던 것이다. 그가 다시없는 순결한 천사라고 믿고 있던 약혼녀에 대한 환멸과 굴욕감은 그를 절망의 늪 속에 밀어넣을 정도로 강렬한 것이었다. 그러나 그 절망은 수도원 생활을 하면서 하느님에 대한 신앙심으로 승화하였다.

3

카자스키는 성모승천일에 수도원으로 들어갔다. 수도원장은 귀족 출신의 학식 있는 저술가이며 장로였다. 그는 올라키아 공국[*1]에서 나온 전통, 즉 자기들이 선택한 지도자와 교사에게 무조건 순종하는 수사의 한 교파에 속하는 사람이었다. 그리고 그는 파이시 벨리프코프스키의 계보를 잇는 유명한 암브로시오 장로의 제자였다.

카자스키는 이 수도원장을 지도자로 섬기고 그에게 종속되었다. 카자스키는 이 수도원에서도 승부 근성이 크게 달라지지 않았다. 그래서 수도원 생활에서도 열심이었다. 그는 외형적인 완성과 함께 내면적으로도 절대적인 완성에 도달하는 일에 기쁨을 느꼈다.

연대에서도 그는 무난한 장교였을 뿐만 아니라 요구하는 것 이상을 하는 사람이었다. 그런 기질은 수사가 된 뒤에도 마찬가지였다. 항상 부지런하고 참을성 있으며 겸허하고 온화하였다. 특히 순종하려는 노력은 그가 살아가는 기쁨이었다.

방문하는 사람이 많은 수도원에서의 수사 생활은 많은 요구를 받는 일이었고 그의 마음을 유혹하는 일도 많았다. 하지만 그런 것은 모두 순종이라는 미덕으로 참아 낼 수 있었고, 어떠한 일도 순종하면 된다고 생각했다. 성상 앞에서는 일이건 성가대에 섞여서 노래하는 일이건 여비를 계산하는 일이건 어떤 일이건 간에 그는 이런 생각으로 참아 낼 수 있었다.

또한 무슨 일에 있어서나 일어나는 의혹은 지도자에 대한 순종으로 넘길

---

*1 오늘날 루마니아 남부 지역 이름.

수 있었다.

만약 순종의 덕이 없었다면 그는 기도 생활의 길고 지루함도 방문객의 번거로움에도 동료 수사들의 좋지 않은 성품에도 상당히 고통을 받았겠지만, 지금은 그런 것이 모두 기쁨이 되었고 나중에는 위로와 힘이 되었던 것이다.

'나는 무엇을 위해서 하루에 몇 번씩이나 같은 기도를 드려야 하는가. 그 이유는 잘 모르지만, 그것이 필요하다는 것만은 알고 있다. 그리고 그것이 필요하다는 것을 알고 있는 이상 그 안에서 기쁨을 발견해야 한다'고 그는 생각했다.

'마치 생명을 유지하는 데 물질적인 음식물이 필요한 것처럼, 정신 생활을 유지하기 위해서는 정신적인 음식인 기도가 필요하다'라고 틈이 있을 때마다 지도자는 그가 하는 기도에 대해 이렇게 말해 주곤 했다.

그는 그것을 믿었다. 그리고 사실 교회의 기도 생활은 그 일을 위해 시간에 맞춰 일찍 일어나는 괴로움만 빼면 그에게 안심과 기쁨을 주는 것이었다. 그리고 겸손한 마음과 올바른 행동을 하게 만들었다.

그는 점점 그런 생활에 아주 익숙해져 자기 의지를 다스리는 것뿐만 아니라, 더욱 겸손해져서 처음 그가 쉽게 이룰 수 있을 것 같지 않던 그리스도적인 선행을 하는 가운데에도 기도를 올릴 수 있었다. 그는 자기의 남은 재산을 모두 수도원에 기부하고 그것을 전혀 후회하지 않았다. 그리고 자기보다 낮은 사람에게 겸손한 것은 그에게 쉬운 일일 뿐만 아니라 나중에는 하나의 기쁨이 되었다.

탐욕과 마찬가지로 간음이라는 육체적인 죄악을 극복하는 것조차 그에게는 쉬운 일이었다. 지도자는 특히 그에게 이 죄에 빠지는 것을 경계했지만, 카자스키는 그것에 관해서는 자신할 수 있었으므로 오히려 기뻐하고 있었다. 단 한 가지 그를 괴롭히는 것은 약혼녀에 대한 생각이었다. 지난 일을 회상하는 것뿐만 아니라 장래에 일어날 수 있는 일에 대한 복잡한 상상이었다. 늘상 그러는 것은 아니지만, 그녀에 대한 생각을 하게 되면 그녀가 결혼하여 한 남자의 아내가 되고 한 가정의 어머니가 된 모습으로 떠오르는 것이었다. 그녀의 남편은 막중한 지위와 권력과 명예를 가지고 회개하여 새로워진 아름다운 아내를 얻어 기뻐하는 그런 상상이었다.

기분이 좋을 때는 그런 생각이 카자스키를 괴롭히지 않았다. 그 때에는 그 일이 생각나면 자신이 그런 유혹에서 벗어난 것을 기뻐하기도 했다.

그러나 자신이 현재 생활하고 있는 이 모든 일이 갑자기 무의미하게 느껴지면 자신이 취한 행동을 뉘우치고 한탄하게 되었다. 그럴 때마다 그는 힘겨운 노동을 하거나 하루 종일 기도하면서 잡념에서 벗어나려고 애썼다.

그는 평소와 같이 기도하고 미사에도 참례했다. 아니, 평소 이상으로 기도에 몰두한다고 하는 말이 옳을 것이다. 그러나 웬일인지 그것은 영혼의 기도가 아니라 육체의 기도에 머물고 말았다.

이런 일이 하루 때로는 이틀씩 계속되고 그러다가 자연히 사라지는 것이었다. 그러나 그 같은 하루나 이틀은 무서운 날이었다.

카자스키는 자기라는 존재가 자신의 것도 아니고 하느님의 것도 아니며 누군가 다른 사람의 것인 것처럼 생각되었다.

이런 기간에 그가 할 수 있는 일은 지도자의 지시에 따르는 것뿐이었다. 이를테면 지극히 자신을 억제하고 아무 일에도 손을 대지 않고 그저 기다리는 것이었다. 이럴 때의 카자스키는 자신의 의지가 아니라 지도자의 의지에 따라서 생활하고 있기 때문에, 이런 순종 속에서야말로 특별한 안정감을 느꼈던 것이다.

이렇게 해서 카자스키는 처음에 들어간 수도원에서 7년이라는 세월을 보냈다.

3년이 지난갈 무렵 그는 머리를 깎는 삭발식을 가졌고 '세르게이'라는 이름으로 사제 서품*2을 받았다. 신품 성사*3는 세르게이의 영적생활에 있어서 중대한 사건이었다. 그는 전에 성찬을 받을 때에도 큰 위안과 정신적인 흥분을 경험했는데, 지금은 스스로 기도하며 제물을 바치는 행위를 하니 한없이 감격스러울 수밖에 없었다.

그러나 그 감격도 차츰 희미해지고 내키지 않는 정신 상태로 기도 생활을 해야 할 때는 그 감격도 부질없는 것임을 통감했다. 시간이 갈수록 감격은 점점 사라지고, 그 뒤에는 그저 습관으로 행할 뿐이었다.

세르게이는 7년의 수도원 생활에서 권태를 느끼기 시작한 것이다. 배워야 할 것 달성해야 할 것은 이미 모두 이루었고, 이제는 더 이상 할 일이 없었던

---

*2 敍品. 안수에 의하여 주교·사제·부제를 임명하는 것.

*3 神品聖事. 그리스도의 대리자로서 교회의 성사를 집행할 수 있는 권리를 주는 성사.

것이다. 그러다 보니 그는 영적으로 점점 나태해져 가고 있었다. 이 시기에 그는 어머니의 죽음과 누이동생의 결혼 소식을 들었다. 그는 이 두 가지 소식을 무관심한 태도로 받아들였다. 그의 모든 관심은 자기 자신의 내면 생활에 집중되고 있었던 것이다.

수도원장이 각별히 그를 주목하고 있었고, 지도자도 그에게 만약 더 높은 지위에 임명되어도 결코 사퇴해서는 안 된다고 말해 주기까지 하였다. 그러자 수사로서의 야심이 슬그머니 그의 마음 속에서 머리를 들기 시작했다.

그는 모스크바에 있는 수도원으로 발령을 받았다. 사퇴하려고 생각했으나 지도자가 임명을 받아들이라고 명령했다. 그는 부임하기 위하여 지도자와 헤어져 그 수도원으로 옮겨갔다.

모스크바의 수도원으로 옮겨가게 된 것은 신부 세르게이의 생활에 있어서 중대한 사건이었다. 그 곳에는 많은 유혹이 있었기 때문에 세르게이는 온갖 노력을 다 하여 그것들과 치열하게 싸워야 했다. 먼저 있던 수도원에서는 여자의 유혹이 세르게이를 별로 괴롭히지 않았으나 여기서는 이 유혹이 무서운 힘으로 머리를 쳐들어 결국은 뚜렷하고 구체적인 형태를 갖게 되었다.

행실이 좋지 않기로 이름난 한 귀부인이 그에게 접근하기 시작한 것이다. 그녀는 그에게 말을 걸고 자기 집을 방문해 달라고 졸라댔다. 세르게이는 냉정하게 거절하기는 했지만, 자신의 욕망이 얼마나 강한 것인지를 깨닫고 무서움에 떨었다. 그 놀라움이 너무나 컸기 때문에 그는 그 일에 관해서 지도자에게 편지를 썼다. 그래도 마음이 진정되지 않아서 한 젊은 수사를 불러서 부끄러움을 참고 그에게 자기의 약점을 고백하였다. 그리고 앞으로는 자신을 감시하고 수행과 순종 이외에는 어디에도 자신을 내놓지 말아 달라고 부탁했다.

세르게이를 혼돈에 빠지게 한 이유는 또 있었다. 이 수도원의 원장은 세상 물정에 밝아 처세에 능한 사람이었으므로 신부 세르게이에게는 도무지 호감이 가지 않는 사람이었다. 세르게이는 아무리 노력을 해도 이 혐오스러운 생각을 이겨낼 수가 없었다. 그는 겉으로는 온순하게 따르고 있었지만 마음 속으로는 끊임없이 그를 비난하고 있었다. 그리고 이러한 감정은 결국 폭발하고 말았다.

그것은 그가 이 수도원에 온 지 2년이 지난 뒤의 일이었다. 성모승천일에 대회당에서 철야 미사가 거행되었다. 근처에서 많은 신도들이 모여들었다. 미사는 원장이 스스로 집전했다.

신부 세르게이는 정해진 자기 자리에 앉아서 기도를 드리고 있었다. 그런데 그럴 때마다 발생하는 자신의 내적 혼란에 빠져 버린 것이다. 그 원인은 모여든 사람들 특히 부인들 때문이었다.

그는 그들을 보지 않기 위해, 또 거기서 일어나고 있는 모든 일에 주의를 기울이지 않으려고 노력했다. 병사들이 예배자들을 헤치면서 그들을 안내하는 모습이나, 귀부인들이 수도사들 특히 자기 자신을 가리키거나, 이름난 잘생긴 수도사를 가리키거나 하는 모습을 보지 않으려고 노력했다.

그런 속된 관심을 억제하면서 제단 쪽의 흔들거리고 있는 촛불이나 성상이나 수도사들 이외에는 아무것도 보지 않으려고 노력했다. 그리고 노래하듯 속삭이듯 기도하는 소리 이외에는 아무것도 듣지 않으려고 노력했다. 또한 이미 몇 번이나 귀에 익은 기도문을 듣거나 미리 입안에서 중얼거리듯 반복할 때에 언제나 경험하는 직무 수행이라는 의식 속에 자기를 망각 하는 일이외에는 어떤 감정도 느끼지 않으려고 노력했다.

이렇게 해서 그가 서거나 절을 하거나, 필요한 대목에서는 성호를 긋거나, 때로는 냉혹한 비난에 몸을 내맡기고, 때로는 의식적으로 일깨운 감정의 망각 상태에 몸을 내맡기거나 하며 싸우던 그 때에 일어난 일이다.

신부 세르게이에게 원장을 모방하거나 아첨하는 그런 태도는 잘못되었다고 비난받았던, 성작*4 등을 관리하는 니코짐 신부가 곁에 와서 몸이 꺾일 정도로 깊숙이 절하더니, 원장이 그를 제단으로 부르고 있다고 말을 전했다.

신부 세르게이는 외투를 여미고 비레타 모자*5를 쓴 뒤 조심스럽게 사람들을 헤치고 걸어갔다.

"리자, 오른쪽을 봐. 저이가 바로 그 사람이야."

어떤 여자의 말소리가 그의 귀에 어렴풋이 들려 왔다.

"어디, 어디야? 저 사람이라면 별로 잘나지도 못했는데."

그는 그 말이 자기를 보고 하는 말이라는 것을 알았다. 그런 말을 듣는 동시에 그는 언제나 유혹을 받을 때 하는 것처럼 기도했다.

"우리를 시험에 들지 말게 하옵시고……."

---

*4 聖爵. 미사 때 포도주를 담는 잔.

*5 성직자 들이 쓰는 네모난 모자로 계급에 따라 색이 다름.

그리고 머리 숙여 눈을 감고 독경대 옆을 지나서 제단 앞을 지나고 있는 제의를 입은 성가대와 엇갈려서 북쪽 문으로 들어갔다. 계단으로 올라가면서 그는 습관대로 십자가를 향해 성호를 긋고 몸을 굽혀서 절했다. 그리고 고개를 든 순간 그의 시야 한쪽에서 무엇인가 번쩍거리는 옷을 입은 사람과 나란히 서 있는 원장이 눈에 들어 왔다.

제의를 입은 수도원장은 짧고 부은 듯한 손을 제의 밑에서 꺼내어 불룩한 배 위에 올려놓고 벽쪽에 서 있었다. 그리고 제의의 장식 끈을 만지작거리며 짜맞춘 글자와 장식 문장이 달린 시종 장관의 제복을 입은 군인과 무슨 말인지 웃는 얼굴로 이야기하고 있었다.

그 장군은 신부 세르게이가 군대 생활을 할 당시의 연대장이었다. 지금은 대단히 높은 자리에 있는 모양이었다. 원장도 그것을 알고 있는 듯 굽실거렸다. 원장의 얼굴은 그날따라 살찌고 붉어보였다. 게다가 벗겨진 머리는 더욱 번쩍거렸다.

이 사건은 신부 세르게이를 부끄럽고 슬프게 했다. 그리고 원장이 세르게이를 부른 이유가, 장군이 옛 동료를 만나고 싶다는 호기심을 만족시키기 위해서였다는 말을 들었을 때 더욱 감정이 격해졌다.

"천사 같은 모습을 한 자네를 만나니 대단히 기쁘군."

장군은 손을 내밀며 말했다.

"부디 옛 동료를 잊지 말아 주게."

마치 장군의 말에 맞장구치듯 싱글거리고 있는 백발에 싸인 수도원장의 불그스레한 얼굴도, 자기 만족의 미소로 빛나고 있는 장군의 세련된 얼굴도, 장군의 입에서 풍기는 술기운도, 그 턱수염에 밴 담배 냄새까지 신부 세르게이는 못마땅했다.

그는 다시 한 번 원장에게 절하고 이렇게 말했다.

"원장님, 저를 부르셨습니까?"

그 얼굴 표정과 자세는 무엇 때문에 자신을 불렀느냐는 투였다.

원장은 말했다.

"그렇소. 장군을 뵙게 하기 위해서 말이오."

"원장님, 전 유혹을 피하기 위해 세상을 버렸습니다."

그는 못마땅하다는 듯이 얼굴을 붉히고 입술을 떨면서 말했다.

"그런데 무엇 때문에 당신은 하느님의 성전 안에서, 그것도 기도하는 도중에 저를 이런 꼴을 당하게 하십니까?"

"됐소, 됐소. 이제 가 보시오."

원장은 화난 얼굴로 눈썹을 찌푸리며 말했다.

이튿날 신부 세르게이는 자기의 오만함을 원장과 동료들에게 사과했으나, 밤새워 기도한 끝에 자기는 이 수도원을 떠나는 길밖에 없다고 마음을 정했다. 그는 그 일에 관해서 지도자에게 편지를 쓰고 지도자가 있는 이전의 수도원으로 돌아가게 해 달라고 부탁했다.

그는 자기가 자신의 약점을 잘 알고 있다는 것, 지도자의 도움 없이는 혼자서 유혹과 싸워 나갈 능력이 없다는 것을 통감하고 있다는 것 등을 호소하고, 자신의 오만함을 뉘우친다고 적어 보냈다.

그러자 지도자에게서 답장이 왔는데, 거기에는 모든 원인은 세르게이의 오만함에 있다고 써 있었다. 그의 분노의 발작은 하느님을 위해서 명예심을 버리고 겸허해진 것이 아니라, 자기는 아무런 욕망이 없다고 하는 자만심 때문에 생기는 것이라고 적혀 있었다.

'사랑하는 세르게이야, 너의 편지는 잘 받아보았다. 그러나 너의 분노의 발작은 하느님을 위해서가 아니라, 너의 자만심을 지키기 위해서 겸허하려고 하기 때문에 생기는 것이다. 그렇기 때문에 원장의 처사를 참지 못한 것이다. 너는 하느님의 영광을 위해서 모든 것을 버렸는데 사람들은 너를 짐승처럼 구경거리로 삼는다고 생각하는 것이다.

그러나 만약 네가 하느님의 영광을 위해서 모든 것을 버렸다면 어떤 일이라도 참아 낼 수 있었을 것이다. 너의 마음 속에서는 아직도 속세의 오만한 마음이 없어지지 않은 것이다.

내 아들 세르게이야, 나는 너의 일을 생각하며 하느님께 기도했다. 아마도 이것은 하느님이 너에게 일을 주시려는 계시일 것이다. 요즈음 탐비노의 기도소에서 은둔자 알라피온이 그 깨끗한 생애를 마쳤다. 그는 그 곳에서 18년 동안 살았다. 탐비노의 수도원장이 나에게 그 곳에서 살려는 형제가 없느냐고 물어 왔다. 마침 그럴 때 너의 편지를 받았단다. 너는 탐비노의 수도원의 신부 파이시에게 가는 것이 좋겠다. 내가 편지를 보냈으니까 너는 알라피온의 기도소에 들어가고 싶다고 부탁하기 바란다. 네가 알라피온을 대신할 수 있다는 것은 아니지만, 그 오만함을 고치기 위해서 너에게는 유폐 생활이 필요하다. 하느님도 너를 축복해 주시리라.'

세르게이는 지도자의 권고에 따라서 그 편지를 원장에게 보이고 용서를 구한 뒤, 자기의 기도실과 소지품 전부를 수도원에 맡기고 탐비노의 기도소로 떠났다.

탐비노의 기도소에서는 상인 출신의 잘생긴 원장이 침착한 태도로 세르게이를 맞아주었으며 그를 알라피온의 기도소로 안내해 주었다. 처음에는 심부름하는 아이를 하나 붙여 주었으나, 곧 세르게이의 희망에 따라 그를 혼자 있게 해 주었다. 그 기도소라는 곳은 산 중턱에 뚫려 있는 동굴이었다. 알라피온도 그 속에 묻혀 있었다.

알라피온이 묻혀 있는 곳은 동굴의 안쪽이었으며, 그 앞쪽에는 짚을 깔아서 침상을 만든 칸과 작은 책상과 성상, 책을 올려놓은 선반이 있었다. 꼭 닫혀 있는 바깥문 곁에도 선반이 하나 있었다. 그 선반 위에 하루에 한 번씩 수도사가 수도원에서 음식물을 갖다 놓고 가는 것이었다.

신부 세르게이는 이렇게 해서 은둔자가 되었다.

4

세르게이가 은둔 생활을 시작한 지 6년째 되는 해의 사육제가 끝난 뒤였다. 인근 도시에서 부유하고 명랑한 남녀들이 팬케이크와 포도주를 마신 다음 야외로 마차를 타고 나가기로 했다.

그들은 두 변호사와 돈 많은 지주와 장교 그리고 네 명의 여자들이었다. 한 명은 장교의 아내이고, 한 명은 지주의 아내이며, 세 번째 여자는 지주의 누이동생이고, 네 번째는 괴짜에다 돈이 많은 아름다운 이혼녀였다.

날씨는 화창하고 길은 마룻바닥처럼 평탄했다. 그들은 교외를 10여 킬로미터 정도 달리고 나서 말을 세웠다. 그리고는 이제부터 돌아갈 것이냐, 계속 앞으로 갈 것이냐 하는 문제로 입씨름을 벌이기 시작했다.

"그런데 도대체 이 길은 어디로 가는 길이죠?"

이혼녀 마코프키나가 물었다.

"12킬로미터 정도 가면 탐비노입니다."

마코프키나에게 마음이 있는 변호사가 말했다.

"그리고, 더 가면?"

"더 가면 수도원 앞을 지나가죠."

"그럼, 그 세르게이라는 은둔자가 있는 수도원이군요?"

"그래요."

"카자스키 말이군요? 그 미남 은둔자?"

"그래요."

"여러분, 카자스키가 있는 곳까지 가요. 탐비노에서 잠시 쉬며 무엇을 먹기로 하죠."

"하지만 그렇게 하면 우린 오늘밤 안에 돌아가지 못해요."

"그럼 어때요. 카자스키의 동굴에서 자면 되죠."

"그 곳에는 수도원 여관이 있어요. 아주 멋지고 좋은 여관이에요. 마힌의 수비대 시절에 숙박한 일이 있었죠."

"아니에요. 난 오늘 밤에 카자스키의 처소에서 자겠어요."

"안 돼요. 그건 당신의 능력으로도 불가능할걸요."

"불가능하다고요? 그럼 내기해요."

"좋아요. 만약 당신이 그 곳에서 자기만 한다면 무엇이든 원하는 것을 주겠어요."

"무엇이든 원하는 것을 주겠단 말이죠?"

"그럼, 당신도 같은 생각인가요?"

"예, 그래요. 그럼 갑시다."

그들은 마부들에게 술을 대접했다. 그리고 자신들은 고기만두와 술, 과자 등을 나누어 먹었다. 여자들은 하얀 모피 외투를 둘러 입고 마부들을 재촉했다. 마부들은 앞을 다투어 출발하였다. 젊은 사람이 옆을 흘긋거리면서 긴 채찍을 힘차게 휘두르며 소리쳤다. 그러자 썰매를 단 마차가 방울 소리를 울리며 빠르게 달리기 시작했다.

마차는 조금씩 덜커덕거리기도 하고 흔들리기도 하였다. 뒷말은 장식이 달린 밀치끈 위에 단단히 묶인 꼬리를 흔들면서 가뿐하게 달리고 있었다.

기름을 뿌린 것같이 평탄한 길은 순간순간 뒤로 미끄러져 지나가고 마부는 솜씨 좋게 고삐를 다루고 있었다. 변호사와 장교는 마주앉아서 옆자리에 있는 마코프키나에게 무슨 말인지 쓸데없는 소리를 하고 있었지만, 그녀는 모피 외투를 푹덮어 쓴 채 꼼짝도 하지 않고 무엇인지 생각에 잠겨 있었다.

'난 언제나 외로워, 모든 것이 지긋지긋해. 술과 담배 냄새에 찌들어 시뻘겋게 번들거리는 저 얼굴들, 언제나 별 내용 없는 이야기에다 시시한 생각, 그리고 모든 싫은 것들만 주위를 맴돌고 있어. 그리고 이 사람들은 모두 이것에 만족하고, 이것이 당연한 것처럼 생각하고, 죽을 때까지 이런 식으로 살아갈 거야. 난 그럴 수 없어. 이렇게 지루하게 살 수는 없어. 난 이런 것을 모두 뒤집어 버리고 박살을 내버리는 그런 일이 필요해. 언젠가 사라토프에서 있었던 것처럼, 모두가 얼어서 죽어 버리는 일이라도 상관없어. 만약 그런 일이 생긴다면 이 사람들은 어떻게 될까? 어떤 꼴을 보여줄까? 분명히 꼴사나운 행동을 할 거야. 모두가 자기 일만을 생각하겠지. 나도 틀림없이 꼴사나운 행동을 하겠지. 하지만 난 조금은 낫겠지. 그것은 모두가 인정하고 있는 거야. 그런데 그 신부님은 어떨까? 정말 그 사람은 여자에 관심이 통 없을까? 그렇지는 않겠지. 여자에 관심 없는 남자가 어디 있어? 그러고 보니 지난해 가을의 그 후보생이 생각나는군. 그 애송이는 참 바보였어.'

"이반 니콜라이비치."

그녀는 말했다.

"왜요?"

"그분은 도대체 몇 살이죠?"

"누구 말입니까?"

"카자스키 말예요."

"아마 마흔 정도는 되었겠죠."

"그런데 그분은 누구나 만나 주나요?"

"예, 누구나요. 그러나 언제나는 아니죠."

"내 발 좀 덮어 주세요. 아니, 그게 아니고요. 정말 서툰 분이군요, 당신은. 예, 이제 됐어요. 하지만 내 발을 꼭 누를 필요는 없잖아요."

이렇게 희희낙락하며 그들은 동굴이 있는 숲까지 달려왔다.

그녀는 혼자서 내린 뒤 다른 사람들은 돌아가라고 했다. 그들은 그녀를 말렸지만 그녀는 화를 내며 모두들 떠나라고 소리쳤다.

결국 마차는 움직이기 시작했고, 그녀는 모피 외투를 입은 채 오솔길을 따라 걸어갔다. 변호사 한 사람이 내려서 그녀를 지켜보고 있었다.

5

신부 세르게이는 6년 전부터 은둔 생활을 하고 있었다. 그는 이미 마흔아홉 살이었다.

그의 생활은 어려웠다. 그것은 단식이나 기도 때문이 아니었다. 그런 것이었다면 어렵다고 할 수도 없었다. 어려운 것은 그가 조금도 예상하지 못했던 내적 갈등에 있었다. 그 갈등 원인은 두 가지, 즉 의혹과 욕정이었다. 그리고 이 두 가지의 적은 항상 동시에 그를 괴롭혔다.

그는 이것이 두 개의 다른 적이라고 생각했지만 실은 하나였다. 의혹이 없어지면 욕정도 곧 사라졌다. 그러나 그는 이것을 두 개의 다른 악마라 생각하고 각각 별개로 싸우고 있었다.

'오, 하느님! 당신은 왜 저에게 믿음을 주시지 않습니까? 욕정 때문인가요? 욕정은 모든 성자들이 싸워 온 것입니다. 안토니오도, 그 밖의 성자들도. 그러나 그들은 신앙을 가지고 있었습니다. 그런데 저에게는 몇 분, 몇 시간, 며칠이나 그것이 없을 때가 있습니다. 이 세상과 그 매력은 무엇 때문에 있는 것입니까? 당신은 무엇 때문에 이런 유혹을 만드셨습니까? 유혹? 제가 이 세상의 기쁨을 피하려 하거나 아무것도 없을지도 모르는 곳에서 무엇을 준비하고 있다면, 그것도 유혹이 아니겠습니까?'

그는 이렇게 자신을 질책하고 자기 자신에 대해서 공포와 혐오를 느꼈다.

'천한 놈! 그러면서 성자가 되겠다고?'

그는 자신에게 욕을 퍼붓기 시작했다. 그리고 기도를 하려고 일어섰다.

그러나 그가 기도를 시작하자 그의 눈에는 그가 수도원에 있을 때 가끔 보았던, 모자를 쓰고 망토를 두르고 위엄있게 서있는 자신의 모습이 눈앞에 뚜렷이 떠올랐다.

'아냐, 이것도 아냐. 이건 거짓이야. 나는 다른 사람은 속여도 나 자신과 하느님을 속일 수는 없어. 난 훌륭한 사람이 아냐. 웃음거리밖에 안 되는 비참한 인간이야.'

그는 옷자락을 들고 바지 밑으로 비참하게 늘어진 다리를 내려다보며 쓸쓸하게 웃었다. 얼마 뒤에 그는 옷자락을 내리고 기도문을 외우며 성호를 긋고 기도를 드리기 시작했다.

"그렇다면 이 침상은 내 관이 될 것인가?"

그는 외쳤다. 그러자 어떤 악마가 그의 귀에 속삭이기라도 하듯이,

"독수공방하는 침상 그 자체가 바로 관이지, 다른 것이 아니야."

그리고 그는 상상 속에서 옛날에 동침한 일이 있는 한 과부의 드러난 어깨를 보았다. 그는 망령을 떨쳐버리기 위해 고개를 흔들며 계속 소리쳤다. 계명을 외우고 나서 복음서를 들고 그것을 폈다.

"주여, 저는 믿습니다. 저의 약한 믿음을 구하소서!"

그는 불붙듯 일어나기 시작하는 의혹을 가라앉히려 애썼다. 그는 사람들이 기우뚱거리는 물건을 세워놓을 때처럼 자기의 신앙을 흔들리는 다리 위에 올려놓고, 깨지거나 뒤집히지 않도록 조심스럽게 몸을 뺐다. 그리고 눈에 띄지않게 그것을 덮은 후에 그는 겨우 진정되었다. 그는 간절한 마음으로

"주여, 저를 인도하소서, 인도하소서."

그는 어린시절 외웠던 기도문을 반복했다. 그러자 기분이 편해지고 마음엔 기쁨과 감동마저 넘쳐흐리기 시작했다.

그는 성호를 긋고 자기의 좁은 볏짚 침상 위에 몸을 눕히고, 머리 밑에 여름용 수단 자락을 베개 삼아 괴었다. 그리고 잠이 들었다. 얕은 잠 속에서 방울소리가 들려오는 것 같았다. 그는 자기가 졸고 있는지 꿈을 꾸고 있는지 알 수 없었다.

그는 문을 두드리는 소리를 듣고 잠에서 깨어나, 자기의 귀를 의심하면서 몸을 일으켰다. 문을 두드리는 소리는 계속되었다. 그렇다, 그 소리는 가까이에서 들렸다. 자기의 방문에서 나는 소리가 틀림없었다. 게다가 여자의 목소리까지 들려오는 것이 아닌가.

'아! 그러고 보니 내가 읽은 성자의 전기에서, 악마는 대개 여자로 변신한다고 했지…… 그래, 이건 확실히 여자의 목소리야. 부드럽고 수줍고 귀여운 여자의 목소리야!'

"퉤!"

그는 침을 뱉었다.

아무것도 아닐 것이라고, 단지 그런 생각이 든 것뿐이라고 그는 중얼거리며 독서대가 있는 구석으로 갔다. 그는 습관처럼 그 앞에 무릎을 꿇었으며, 그 동작 자체에서 위안과 만족을 느끼고 있었다.

그는 방바닥에 엎드렸다. 머리카락이 흘러내려서 얼굴을 가렸다. 그는 이미

대머리가 진 이마를 축축한 마룻바닥 위에 떨구었다.(마룻바닥에서 바람이 새어들어 오고 있다

그는 늙은 신부 피맨에게서 배운 악마를 퇴치하는 성가를 불렀다.

그러고는 수척하고 마른 몸을 든든하고 신경질적인 발 위에 가볍게 올려놓고 기도를 소리 내어 계속 외우려고 했으나, 목소리는 나오지 않고 자기도 모르게 바깥쪽으로 귀가 쏠리는 것을 깨달았다.

그는 여자 목소리가 듣고 싶었던 것이다. 주위는 조용했다. 지붕에서는 물방울이 구석에 놓여 있는 물통에 똑똑 규칙적으로 떨어지고 있었다. 문 밖은 안개비가 소리없이 내리고, 눈과 안개가 뒤섞여서 온통 희뿌옇고 어두웠으며, 그야말로 적막한 고요함이었다.

갑자기 창 밖에서 바스락거리는 소리가 들리고 조금 전과 같이 부드럽고 수줍은 목소리, 아름다운 여자 외에는 가질 수 없는 목소리가 들려 왔다.

"어서 들여보내 주세요, 주님을 위하여."

전신의 피가 심장으로 끓어오르는 것 같아서 그 자리에 우뚝 서 버렸다. 그는 숨을 쉴 수도 없었다.

"하느님, 오셔서 악마를 물리쳐 주소서."

"전 악마가 아니에요."

이렇게 말하는 목소리에는 웃음이 묻어있는 것 같았다.

"전 악마가 아니고 그저 죄많은 여자입니다. 어찌 하다 보니 길을 잃었어요. 신앙적인 의미에서가 아니라, 정말로요.(꾹 참고 있었던 웃음소리가 새어나왔다) 몸이 꽁꽁 얼어서 하룻밤 재워 달라고 부탁 드리는 것뿐입니다."

그는 얼굴을 유리창에 대고 밖을 내다봤다. 등불이 유리창에 비쳐서 모든 것이 뿌옇게 보였다. 다시 그는 두 손바닥으로 불빛을 가리고 밖을 내다봤다. 안개와 어둠에 싸인 숲이 보였다. 그리고 오른쪽에는 희고 털이 긴 모피 외투에 모자를 쓴 여자가 그의 얼굴에서 10여 센티미터밖에 떨어지지 않은 곳에서 자신 쪽으로 몸을 굽히고 서 있는 것이었다. 그 여자의 얼굴은 예뻤지만 추위 때문에 잔뜩 굳어 있었다.

두 사람의 눈이 딱 마주치고 서로 상대를 확인했다. 두 사람은 과거에 서로 만난 적이 있는 것은 아니었지만 상대의 눈빛을 보는 순간 서로(특히 그는) 알고 있었던 것처럼 전율이 느껴졌다. 그리고 얼굴을 보고 나니 악마일지도 모른

다는 의심은 사라졌다. 그저 선량하고 가련하고 수줍음 많은 부인일 뿐이었다.

"당신은 누구요? 왜 이 곳까지 왔소?"

그는 물었다.

"우선 이 문부터 열어 주세요!"

그녀는 버릇없이 떼를 쓰는 말투로 대꾸했다.

"난 몸이 얼었어요. 길을 잃었다고 말씀 드리지 않았어요?"

"그러나 나는 신부입니다. 은둔자예요."

"그러니까 빨리 문을 열어 주세요. 혹시 신부님은 기도하시는 동안에 나를 이 문 밖에서 얼어 죽게 내버려 둘 생각은 아니시겠죠?"

"그렇지만 어떻게 여자를……"

"난 당신을 잡아먹지 않아요. 제발 안에 들여보내 주세요. 정말 얼어 죽겠어요."

그녀 역시 무서워지기 시작하여 거의 울음 섞인 목소리로 말했다.

그는 창가에서 떨어져 서서 가시관을 쓰신 그리스도 상을 바라보았다.

"주님, 저를 도우소서. 주님, 이 죄인을 도우소서."

그는 성호를 긋고 허리까지 굽히며 기도했다. 그리고 문 쪽으로 가서 열쇠를 찾아 들고 문을 열었다. 갑자기 밖에서 사람의 발자국 소리가 들렸다. 그녀가 창 쪽에서 문 쪽으로 온 것이다.

"아!"

그녀가 갑자기 소리쳤다. 그는 그녀가 문지방 앞에 고여 있는 물을 밟았을 것이라고 생각했다. 그의 손이 떨리고 있었기 때문에 그는 문짝 자물쇠 구멍에 꽂혀 있는 열쇠를 돌릴 수가 없었다.

"뭘 하세요. 빨리 들여보내 주세요. 난 흠뻑 젖었어요. 얼어 버리겠어요. 당신이 자기 영혼을 구하는 것만 생각하고 있는 사이에 난 얼어 죽겠어요."

그가 자물쇠를 열고 문을 힘껏 바깥 쪽으로 미는 바람에 밖에 서 있던 그녀의 몸에 문짝이 부딪쳤다.

"아, 실례했습니다."

그는 갑자기 완전히 옛날에 늘 해왔던 부인을 대하는 신사의 태도로 돌아가서 소리쳤다.

그녀는 이 '실례했습니다'라는 말을 듣고 미소를 지었다.

'그다지 무서운 분은 아니시군.'

그녀는 생각했다.

"아뇨, 아뇨, 괜찮아요. 당신이야말로 저를 용서해 주세요."

그녀는 그의 옆을 지나서 방으로 들어오며 말했다.

"저도 이 곳으로 오리라고는 꿈에도 생각하지 못했지만, 어쨌든 상황이 어쩔 수 없었어요."

"어서 오시오."

그는 옆으로 비켜서면서 말했다. 오랫동안 맡아보지 못했던 야릇한 향수 냄새가 그의 코를 강하게 찔렀다. 그녀는 입구를 지나서 방으로 들어왔다. 그도 바깥문을 잠그지 않은 채 방으로 들어왔다.

"하느님의 아들 주예수 그리스도여, 죄많은 우리를 불쌍히 여기소서. 그리스도여, 죄많은 우리를 불쌍히 여기소서."

이렇게 그는 마음 속으로뿐만 아니라 입을 열어서 기도를 계속했다. 그러고 나서 말했다.

"어서 오시오"

그녀는 방 한가운데에 서 있었다. 그녀의 젖은 몸으로부터 마룻바닥으로 물이 계속 흘러내리고 있었다.

그녀는 찬찬히 그를 바라보고 있었다. 그 눈은 웃고 있었다.

"모처럼 혼자 계신 분을 귀찮게 해서 죄송합니다. 하지만 저의 이 꼴을 좀 보세요. 일이 이렇게 된 데는 사정이 있어요. 실은 우리 일행이 마차를 타고 시내에서 놀러나왔다가, 저 혼자서 보로비에프에서 시내로 돌아가 보이겠다고 내기를 걸었어요. 그런데 이 곳까지 와서 길을 잃고 만 거예요. 만일 이 기도소를 만나지 못했더라면, 그야말로……"

그녀는 거짓말을 늘어놓았다. 그러나 그 신부의 모습이 그녀의 마음을 설레게 했기 때문에 더 이상 말을 이을 수가 없어 입을 다물어 버렸다.

그녀는 그를 전혀 다른 사람으로 생각하고 있었던 것이다. 그가 상상한 만큼의 미남은 아니었지만 그래도 그녀의 눈에는 멋있게 보였다. 희끗희끗한 곱슬머리와 턱수염에다 단정하고 오똑한 코, 그리고 이쪽을 뚫어지게 보고 있는 숯불처럼 이글거리는 눈, 이런 것이 그녀의 마음을 사로잡은 것이다.

그는 그녀가 거짓말을 하고 있다는 것을 알고 있었다.

"아, 그래요."

그는 그녀를 쳐다보고 다시 눈길을 돌렸다.

"나는 저 쪽으로 갈 테니 당신은 좋을 대로 여기를 사용하시오."

그는 작은 등잔을 들어서 촛대에 불을 옮기더니 그녀에게 살짝 절하고 칸막이 벽 안쪽 방으로 물러갔다. 그리고 그녀는 그가 무엇인지 덜그덕거리고 있는 소리를 들었다.

'저분은 나를 극도로 경계하고 있어.'

그녀는 해죽거리며 생각했다. 그리고 흰색 모피 외투와 머리카락이 뒤엉킨 모자를 벗고, 그 속에 매고 있던 털실로 짠 머리띠를 풀었다. 그 순간에도 발을 디디는 곳마다 물이 흥건히 괴었다.

그녀는 창 밖에 서 있을 때까지는 실제로 젖었던 것은 아니었으나, 그저 안에 들여보내 달라고 그렇게 둘러댔을 뿐이었다. 그러나 마침 물이 고여 있는 물 웅덩이를 헛디뎌서 왼발이 종아리까지 젖어 버렸기 때문에 신발과 덧신 속까지 물에 젖어 계속 물이 흘러내리고 있었던 것이다. 그녀는 얇은 요만 깔려 있는 판자 침상에 걸터앉아서 신을 벗기 시작했다.

그녀에게는 이 기도소가 아름다운 곳으로 보였다. 폭이 3아르신(약 2미터. 1아르신은 71㎝), 길이는 4아르신(약 3미터)밖에 안 되게 작지만 유리상자처럼 깨끗한 방이었다. 거기에는 그녀가 앉아 있는 판자 침상과 머리 위의 책꽂이와 한쪽 구석에 독서대가 있을 뿐이었다.

문 옆에는 못이 박혀 있고 거기에 모피 외투와 제의가 걸려 있었다. 독서대 위에는 가시관을 쓴 그리스도 상과 등잔이 놓여 있었다. 기름과 땀과 흙 냄새가 뒤섞여서 묘한 냄새가 나고 있었다. 그녀는 모든 것이 마음에 들었다. 그 냄새까지도…….

젖은 발, 특히 한쪽 발이 불쾌하게 느껴져서 그녀는 서둘러 신을 벗기 시작했다. 그녀는 신을 벗으면서도 계속 해죽거리며 은근히 기뻐하고 있었다. 그것은 자신이 목적을 달성해서가 아니라, 자신이 이렇게 잘생기고 은근히 마음을 끄는 수도자의 마음을 휘저어 놓았다는 것을 간파했기 때문이었다.

'흠, 저분은 아무 말도 하지 않았지만 별수 있을라고.'

그녀는 자신에게 말했다.

"신부 세르게이님! 신부 세르게이님! 확실히 그렇게 말씀하셨죠?"

"무슨 말입니까?"

저쪽 방에서 신부 세르게이가 조용한 목소리로 물었다.

"신부님, 제발 저를 용서해 주세요, 이렇게 혼자 계신 곳을 시끄럽게 한 것을. 하지만 정말 어쩔 수가 없었어요. 전 당장 쓰러질 것만 같았어요. 지금도 전 어떻게 될지 모르겠어요. 이렇게 흠뻑 젖어 버려서 발이 얼음장 같은걸요."

"나를 용서해 주시오."

신부 세르게이는 조용한 목소리로 대답하였다.

"나는 아무것도 해 줄 수가 없어요."

"저도 이 이상 신부님께 폐를 끼치고 싶지는 않아요. 다만 날이 밝을 때까지만 이 곳에 있게 해 주세요."

그는 대답이 없었다. 그녀는 그가 무엇인지 중얼거리고 있는 것이 아마도 기도를 드리고 있는 것이라고 짐작했다.

"이쪽으로는 오시지 않나요?"

그녀가 웃으며 물었다.

"전 옷을 벗어서 말리고 싶은데요."

그는 대답하지 않았다. 여전히 벽 저쪽에서는 웅얼거리는 기도 소리가 들려오고 있었다.

'아무렴, 저분도 인간이야.'

그녀는 젖은 덧신을 벗으면서 생각했다. 그녀는 그것을 벗으려고 애썼으나 도무지 벗겨지지 않았다. 그리고 그 모습이 여간 우습지 않았다. 그녀는 큰 소리로 웃지는 않았지만, 신부가 자신의 웃음소리를 듣고 있으리라는 것과 그 웃음소리가 그녀가 바라는 대로 그에게 작용해 주리라는 것을 알고 의식적으로 소리를 높여서 웃고 있었다.

그리고 그 명랑하고 자연스럽고 선량한 듯한 웃음 소리는 과연 그녀가 바라는 대로 그에게 작용하고 있었던 것이다.

'그래, 이런 남자야말로 사랑할 수 있는 분이야. 저 뜨거운 눈과 기품이 있어 보이는 얼굴, 저토록 간절히 기도하면서도 단순하고 고상하고 정이 깊은 듯한 표정!'

그녀는 생각하고 있었다.

'우리 여자들 눈은 속일 수 없어. 저분은 아까 유리창에 얼굴을 대고 내다봤을 때, 나를 알아줬어. 빛나는 눈이 나를 완전히 이해해 주는 모습이었어. 저분은 나에게 사랑을 느끼고 반해 버린 것이 틀림없어. 그래, 틀림없이 반했을 거야.'

그녀는 겨우 덧신을 벗고 양말을 벗으면서 생각했다. 그러나 고무줄이 달린 긴 양말을 벗기 위해서는 스커트를 걷어 올려야 했다. 그녀는 순간적으로 창피하다는 느낌이 들었다. 그래서 이렇게 말했다.

"이쪽으로 오시면 안돼요."

그러나 벽 저쪽에서는 아무런 대답도 없었으며 여전히 중얼거리는 소리와 부스럭거리는 소리만 들려왔을 뿐이다.

'저분은 틀림없이 이마가 바닥에 닿을 정도로 절을 하고 있을 거야.'

그녀는 생각했다.

'하지만 진짜 미사를 드릴 수는 없을걸.'

그녀는 중얼거렸다.

'저분도 내가 자기를 생각하고 있는 것처럼 나를 생각하고 있을 거야. 분명히 같은 감정을 가지고 나의 젖은 발을 생각하고 있을 거야.'

그녀는 젖은 양말을 벗고 맨발로 판자 침상에 웅크리고 앉아서 생각했다. 그녀는 잠시 동안 그렇게 두 손으로 무릎을 껴안은 채 깊은 생각에 잠긴 듯이 앞을 보고 앉아 있었다.

'그래, 여기는 운둔자의 기도소야. 참 조용하다. 언제까지라도 아무도 알 수는 없는…….'

그녀는 일어서서 양말을 난로 쪽으로 가지고 가더니 그것을 통풍구에 매달아 놓았다. 참으로 희한한 통풍구였다. 그녀는 잠시 그것을 둘러본 후 맨발로 가볍게 마룻바닥을 디디며 다시 판자 침상으로 돌아와서 그 위에 발을 올려놓고 앉았다.

벽 저쪽은 아주 조용했다. 그녀는 목에 걸고 있는 작은 시계를 들어 시간을 보았다. 2시였다.

'3시면 일행이 오게 되어 있는데.'

그 때까지 한 시간 정도밖에 남지 않았다.

'이게 무슨 꼴이야. 혼자서 여기 이렇게 앉아 있다니, 이게 무슨 바보 짓이야! 난 싫어. 당장 저분을 불러내야지.'

그녀는 소리쳤다.

"신부 세르게이님! 신부 세르게이님! 세르게이 드미트리에비치! 카자스키 장교님!"

벽 저쪽은 조용했다.

"신부님, 너무 하시는군요. 아무 일도 없다면 저도 부르지 않아요. 하지만 저는 몸이 아파요. 저도 어쩐 일인지 모르겠어요."

그녀는 고통스러운 목소리로 말했다.

"아, 아!"

그녀는 판자 침상 위에 쓰러져서 신음하기 시작했다. 그러자 이상하게도 그녀는 자신의 몸이 축 늘어지고 맥이 쭉 빠지며 온몸이 쑤시고 열이라도 나는 듯이 오들오들 떨리는 것 같았다.

"좀 도와 주세요. 제발 저 좀 도와 주세요. 저 자신도 제가 왜 이러는지 모르겠어요. 아, 아!"

그녀는 옷 앞가슴을 헤치고 팔꿈치까지 드러낸 채 두 팔을 내던졌다.

"아! 아!"

그러는 동안에도 신부 세르게이는 작은 방 안에 서서 기도를 계속하고 있었다.

"하느님의 아들이신 주 예수 그리스도여, 이 어린 양을 불쌍히 여기소서!"

이 기도를 반복하면서 마음에 떠오르는 대로 기도를 드리고 있었다. 저녁 기도를 대충 마치고 난 그는 자기의 코끝을 내려다보고 서서 계속, 그러나 기도가 제대로 되지 않았다. 그는 그녀가 옷을 벗으며 비단 옷자락이 스치는 바스락 거리는 소리도, 그녀가 맨발로 마룻바닥을 걷고 있는 소리도 모두 듣고 있었다. 그리고 그녀가 한 손으로 자신의 발을 비비고 있는 소리도 듣고 있었다. 그는 자신이 약해서 언제 파멸의 구렁텅이로 뛰어들지 모른다는 것을 느끼고 있었기 때문에 끊임없이 기도를 계속하고 있었다. 그는 잠시도 한눈 팔지 않고 정진해야 했던 옛날 수도사 이야기 속 주인공들이 겪었던 심정으로 버티고 있었던 것이다.

이렇게 해서 세르게이는 위험이, 파멸이, 그의 신변에 다가오고 있으며 거기서 벗어나는 길은 오직 한 순간도 그쪽을 거들떠보지 않는 것뿐이라는 것을 알고 있었다.

그러나 불현듯 욕정이 그를 사로잡았다. 바로 그 순간에 그녀가 이렇게 말했다.

"당신은 너무 냉정하세요. 이젠 전 죽고 싶은 심정이에요."

'좋다, 가지. 그러나 한 손을 음녀 위에 올려놓고, 한 손을 화롯불 위에 올려놓았다고 하는 성자도 있었지 않았는가. 그러나 여기에는 화롯불이 없어.'

그는 주위를 둘러봤다. 등잔이 있었다. 그는 손가락을 그 등잔불 위에 올려놓고 고통을 참으려고 얼굴을 찌푸렸다. 상당히 오랫동안 올려놓았으나, 더 이상은 참을 수 없었다.

'아니, 난 이건 할 수 없어.'

"제발! 아, 빨리 와 주세요! 죽을 것만 같아요. 아!"

'그렇다면 나는 파멸인가? 아니, 그럴 수는 없어.'

"곧 가겠소."

그는 말했다. 그리고 문을 열고 그녀 쪽은 쳐다보지도 않은 채 그 옆을 지나 문간으로 가서, 평소에 장작을 패는 그루터기를 더듬어 벽에 걸려 있는 도끼를 집어들었다.

"곧 가겠소."

그는 말했다. 그리고 오른손으로 도끼를 잡고 왼손 둘째손가락을 그루터기 위에 올려놓은 다음, 도끼를 들어서 둘째 관절 아래를 찍었다. 손가락은 같은 굵기의 나무보다도 훨씬 쉽게 잘려서 바닥에 굴러 떨어졌다.

그는 그 아픔을 느끼기 전에 허전함을 느꼈다. 그러나 아픔이 없는 것을 이상하게 느낄 사이도 없이 불 타는 듯한 고통과 내뿜는 피의 뜨거움을 느꼈다. 그는 재빨리 남은 관절을 수단 자락으로 싸매고 천천히 문간으로 돌아와서 여자 앞에 서서 눈을 내리깔고 조용히 물었다.

"무슨 일로 나를 찾았소?"

그녀는 왼쪽 뺨이 파르르 떨리고 있는 창백한 그의 얼굴을 쳐다보았다. 그러자 갑자기 창피해졌다. 그녀는 벌떡 일어나서 모피 외투를 움켜잡아 그것으로 자기의 몸을 감쌌다.

"예, 저, 어찌 된 일인지 몸이 괴롭고…… 전 아마 감기가 들었나 봐요. …… 전, ……세르게이 신부님, ……전 ……."

그는 기쁨으로 빛나는 눈으로 그녀를 보며 조용히 말했다.

"사랑하는 자매여, 당신은 왜 자신의 영혼을 파멸시키려고 하는 거요? 유혹이 이 세상에 있는 것은 어쩔 수 없는 일이오. 그러나 그 중개자가 되는 것은 재앙이오. 당신도 하느님께서 우리를 용서해 주시도록 기도하시오."

그녀는 그 말을 들으면서 그의 얼굴을 보고 있었다. 그러다 문득 무엇인지 액체가 뚝뚝 떨어지는 소리를 들었다. 그녀는 주위를 둘러보다가 그의 손에서 수단 자락을 따라 피가 흘러내리고 있는 것을 보았다.

"신부님, 그 손은 어떻게 된 거죠?"

그녀는 조금 전에 들은 소리를 생각하고 등잔을 들고 문간으로 달려가서 바닥에 떨어져 있는 피투성이의 손가락을 발견했다. 신부보다도 더 새파랗게 질려서 돌아온 그녀가 그에게 무슨 말을 하려고 했으나, 그는 조용히 안쪽 작은 방으로 들어가서 문을 닫아 버렸다.

"신부님, 저를 용서해 주세요."

그녀는 말했다.

"어떻게 해야 이 죄를 용서받을 수 있나요?"

"나가시오."

"제발, 그 상처에 붕대라도 감게 해 주세요."

"여기서 당장 나가시오."

그녀는 서둘러 말없이 옷을 입었다. 그리고 모피 외투를 둘러쓰고 앉아서 기다리고 있었다. 앞뜰 쪽에서 말방울 소리가 들려왔다.

"신부 세르게이님, 제발 저를 용서해 주세요."

"나가시오. 하느님이 용서해 주실 것이오."

"신부 세르게이님, 이제부터는 바르지 못한 저의 행실을 고치겠습니다. 제발 저를 버리지 말아 주십시오."

"나가시오."

"제발 저를 용서하시고 축복해 주십시오."

"성부와 성자와 성령의 이름으로……."

축복하는 소리가 계속 안쪽에서 들려 나왔다.

"나가시오."

그녀는 울면서 기도소에서 나왔다. 변호사가 그녀를 기다리고 있었다.

"결국 내가 내기에서 진 것 같군요, 어쩔 수 없소. 어느 쪽에 타시겠소?"

"어느 쪽이라도 상관없어요."

그녀는 마차에 올라탔다. 그리고 집에 도착할 때까지 한 마디도 하지 않았다.

1년 뒤에 그녀는 수녀가 되어, 은둔자 아르세니의 지도 아래 수도원에서 엄격한 생활을 보내게 되었다.

아르세니는 가끔씩 편지로써 그녀를 지도해 줄 뿐이었다.

6

신부 세르게이는 그 사건 이후에도 7년 동안 은둔처에서 살고 있었다. 처음에는 사람들이 가져다주는 차와 설탕, 흰 빵, 우유, 의복, 장작 등 여러 가지 물건을 받았다.

그러나 세월이 갈수록 그의 생활은 더욱 엄격해졌다. 꼭 필요한 물건 이외에는 어떠한 것이라도 일체 받으려 하지 않았으며, 결국에는 일주일에 한 번 검은 빵 이외에는 아무것도 받지 않기에 이르렀다.

사람들이 가지고 오는 것은 모두 그를 찾아오는 가난한 사람들에게 나누어 주었다. 아울러 신부 세르게이는 자기의 모든 시간을 기도소에서 기도와 방문자들을 만나는 것으로 보냈다.

방문자들은 날이 갈수록 많아졌다. 신부 세르게이는 1년에 세 번 정도 본당으로 가는 것 이외에는, 그리고 물이나 장작이 떨어지면 그것을 가지러 밖에 나갈 뿐이었다.

이런 생활이 5년이나 이어지는 동안에 세르게이의 명성은 점점 더 쌓여만 갔다. 순식간에 소문이 퍼진 마코프키나 사건, 즉 그녀가 심야에 방문한 일과 그 후에 그녀에게 일어난 변화, 그리고 그녀가 수녀원에 들어간 사건 이후로, 방문자는 날이 갈수록 많아졌다. 그의 기도소 주위에는 수도자들이 옮겨와 살게 되었으며, 교회당이 세워지고 여관이 생기기도 했다.

신부 세르게이의 명성은 그 위업이 대대적으로 선전되면서 점점 멀리까지 확산되어 갔다. 사람들은 상당히 먼 곳에서도 찾아오게 되었고, 그 중에는 그가 병자를 고친다고 믿고 병자를 데리고 오는 사람도 있었다.

그가 처음 병자를 고친 것은 은둔 생활을 시작한 지 8년째 되는 해의 일이었다. 그것은 14세된 남자 아이를 고친 일인데, 그 아이의 어머니가 신부 세르게이 앞에 데리고 와서 그 아이의 머리에 안수해 달라고 했던 것이 계기가 되었다.

그 자신도 자기가 병자를 고칠 수 있다고는 전혀 생각하지 못했던 것이다. 그는 그런 생각은 오만에서 나오는 대죄라고 생각하고 있었던 것이다. 그러나 그 아이의 어머니는 그의 발 아래 엎드려서 애원했다. 다른 사람은 고쳐 주면서 왜 자기 아이는 도와 주지 않느냐고 말하며, 그리스도의 이름을 내세우며 간청했다. 사람의 병을 고친다는 것은 하느님만이 하실 수 있는 일이라는 신부 세르게이의 말에 대해서, 그녀는 그저 아이의 머리에 안수하고 기도해 주기를 바랄 뿐이라고 말했다.

신부 세르게이는 그것을 거절하고 자기의 기도소로 들어가 버렸다. 그러나 이튿날 그가 물을 뜨기 위해 기도소에서 나와 보니, 그 곳에는 여전히 그 아이의 어머니가 창백한 얼굴을 한 14살된 아이를 데리고 앉아서 기다리고 있는 것이었다.

때는 가을이어서 밤에는 날씨가 제법 쌀쌀했다. 신부 세르게이는 거기서 복음서에서 예수가 비유한 부정한 재판관의 이야기를 생각했다. 그 때까지는 자기가 거절해야 한다는 일에 의문을 느끼지 않았으나 차분히 다시 생각해 보았다. 어떻게 해야 하는가, 그는 그 물음에 대답이 나올 때까지 하느님께 계속 기도를 드렸다.

그 대답은 부인의 요구를 들어줘야 한다는 것이었다. 그녀의 믿음이 그 아이를 구해 줄 것을 확신했고 자신은 단지 하느님의 택하신 도구에 불과하다는 것을 깨달았다. 그래서 신부 세르게이는 아이가 있는 곳으로 가서 그 어머니의 소원대로 아이의 머리 위에 안수하고 기도했다.

그 어머니는 아이를 데리고 돌아갔고, 한 달이 지나서 아이의 병이 나았다는 소식이 들렸다. 그러자 부근 일대에서 이제 장로가 된 세르게이의 병 고치는 신성한 능력에 대한 이야기가 퍼져 나갔다.

그 뒤 세르게이의 기도소에는 걷거나 마차를 타거나 하여 병자들이 몰려오지 않는 날이 거의 없었다. 어떤 사람은 받아들이고 어떤 사람은 거절할 수가 없었다. 그는 찾아오는 모든 병자에게 안수하고 기도해 주었다. 그래서 많은 병자가 나았고 신부 세르게이의 명성은 더욱 멀리까지 전해졌다.

수도원에서의 7년과 은둔 생활 13년이 지나갔다. 신부 세르게이는 이제 장로다운 풍모를 갖추게 되었다. 그의 턱수염은 희고 길었으며 머리카락은 희끗희끗하지만 아직은 검게 곱슬거리고 있었다.

7

신부 세르게이는 이미 몇 주일 동안이나 한 가지의 집요한 생각으로 괴로워하고 있었다. 그것은 자기 스스로 승진한 것이 아니라 교구원장이나 원장이 자신을 승진시켰으며, 이런 지위에 안주하고 있어서야 되겠는가 하는 것이었다. 이런 생각을 하기 시작한 것은 14세 아이의 병을 고친 뒤부터였다. 그 때부터 달마다, 주마다, 날마다, 세르게이는 자기의 내면 생활은 깨어지고 외형적인 생활로 바뀌어 가는 것을 느끼기 시작했다. 그는 마치 자신이 그런 것들을 즐기는 것은 아닌가라는 생각이 들기도 하였다.

세르게이는 지금 자신이 참배자나 기부자를 수도원으로 끌어들이는 도구이며, 수도원의 수입원이란 것을 깨달았다. 따라서 수도원 당국자는 자신을 되도록 유리하게 이용할 수 있는 상태에 두려고 한다는 것을 알아차렸다.

예를 들면, 그에게는 이제 전혀 노동할 기회가 주어지지 않았다. 필요한 물건은 모두 마련되어 있었고, 그에게 요구하는 것은 오직 그를 찾아오는 사람들에게 그의 축복을 내려주라는 것뿐이었다. 그리고 그의 편의를 위해서 접견일이 정해졌다.

남자들을 위한 접견실이 생겼고, 여자들이 그의 앞에 몸을 던질 때, 그가 떠밀리지 않고 사람들에게 축복할 수 있도록 한 특별 자리가 만들어졌다. 그리고 그에게는 그가 사람들에게 필요한 인간이라는 것, 그리스도의 법이라고 할 수 있는 사랑의 계율을 지키는 것 이상으로 그를 보고 싶어하는 사람들의 요구를 물리쳐서는 안 된다는 것, 이 사람들을 멀리하는 것은 가혹하다는 말 등을 수도원으로부터 들었으며 그 말에 동의하지 않을 수 없었다.

그러나 이런 생활에 몸을 맡기면 맡길수록 그는 내면적인 것이 외형적인 것으로 변해 가는 것, 자신의 가슴 속에 있는 생명의 샘이 고갈되어 가는 것, 그가 하고 있는 모든 일이 하느님을 위해서가 아니라 점점 인간을 위해서 하고 있는 것이 아닌가 하는 자책감을 떨칠 수 없었다.

사람들에게 교훈을 내려 주고 있을 때나, 단순히 축복해 줄 때나, 병자를 위해서 기도해 줄 때도 마찬가지였다. 또한 사람들에게 세상 살아가는 방법을 이야기해 줄 때나, 그들이 말하는 것처럼 그가 도와준 사람들로부터 감사의 말을 들을 때에도 그는 그것을 기쁘게 생각하지 않을 수 없었다. 자신의 행위의 결과에 관해서, 그 사람들에게 준 영향에 관해서 무관심할 수는 없었다.

그는 자신이 불타는 촛대와 같은 것이라고 생각했다. 그리고 그렇게 느끼면 느낄수록, 그는 자신의 내부에서 불타고 있는 진리의 성화가 약하게 꺼져가는 것을 느끼는 것이었다.

'내가 하고 있는 일이 어디까지가 하느님을 위하고 또 사람을 위하는 것일까?'

이것이야말로 그를 끊임없이 괴롭혀 온 문제였다. 또한 결코 해결되지 않는다는 것은 아니지만 도무지 명확한 해답을 가질 수 없는 문제였다.

그는 마음 속 깊은 곳에서, 하느님을 위한 그의 모든 활동이 사람을 위한 활동으로 바꿔 놓았다는 악마의 음모를 느끼고 있었다. 그가 그것을 느낀 것은, 이 전에는 독신 생활에서 벗어나는 것이 괴로웠는데 지금은 오히려 그 생활이 괴로웠기 때문이다. 그는 방문자들 때문에 괴롭고 피로했으나, 마음 속에서는 그들의 방문과 쏟아지는 칭찬을 기뻐하고 있었던 것이다.

한때는 이 곳을 나와서 몸을 숨기자고 결심한 적이 있었다. 그는 그 실행 방법까지 생각하고 있었을 정도였다. 그래서 농부의 옷과 모자까지 준비했다. 필요한 사람에게 주려는 것이라고 말하고 남몰래 그것들을 모아서 몰래 농부의 옷으로 갈아 입은 뒤 머리를 깎고 탈출할 방법을 생각하고 있었다. 그는 먼저 기차를 타고 300로리(약 32㎞. 1로리는 1067미터) 정도 가서, 기차를 내린 다음 걸어서 마을을 돌아다니겠다고 생각했다.

그래서 그는 한때 군인이었던 늙은 방랑자에게 그가 길을 가거나 시주를 받거나 투숙할 때의 일을 물었다. 노인은 어디에 가면 시주를 많이 주고 재워 준다는 것 등을 말해 주었다.

또 한번은 밤중에 완전히 변장하고 나가려고 한 일까지 있었다. 그 때까지도 그는 머물러야 할지, 떠나야 할지, 어디로 가야 할지를 판단할 수 없었다. 처음에는 우유부단해서 망설였으나, 그럭저럭 세월이 흐른 뒤에는 탈출할 생각도 들지 않았다. 그래서 농부의 옷은 옛 생각과 감정을 추억하게 하는 물건이 되어 버리고 말았다.

날이 갈수록 그를 찾아오는 방문자가 많아지고, 그에 따라 그가 영혼을 단련하고 기도하는 시간은 적어졌다. 때때로 기분이 좋을 때는 자기가 옛날에는 샘과 같은 사람이라고 생각하는 때도 있었다.

'전에는 생명의 작은 샘이 있었지. 그것은 내 몸 안에서 조용히 솟구쳐 흐르고 있었지.'

그는 가끔 지금은 수녀가 된 마코프키나 부인을 생각하였다.

'그녀가 나를 유혹하려 했을 때, 그때야말로 나의 사제 생활에 있어 가장 신앙심이 깊었던 때인 듯하다. 그녀는 그때 맑은 물을 마셨으나, 그 후 목마른 군중이 밀려와서 서로 앞을 다투고 혼잡해졌기 때문에 물이 고일 새가 없었다. 그리고 그들이 그 주위를 밟아 버려서 흙탕물이 되고 말았다.'

머리가 맑을 때는 가끔씩 그렇게 생각하는 것이었다. 그러나 그를 지배하는 것은 피로감과 자신에 대한 동정심이 대부분이었다.

봄날, 성령 강림절*6 전야의 일이었다. 신부 세르게이는 자기의 동굴 회당에서 저녁 기도를 드리고 있었다. 그 곳이 가득 찰 만큼 사람들이 많이 모여 있었다.

그들은 모두 신사나 상인들과 같은 부유한 사람들뿐이었다. 세르게이는 차별 없이 아무나 방문할 수 있도록 개방했으나, 실제로 온 사람들은 그에게 배속된 수사와 매일 수도원에서 담당자가 골라서 보낸 사람들이 대부분이었다.

그래서 밖에서는 80여 명의 가난한 사람들 중엔 특히 노파들이 많았고, 그들은 세르게이가 나와서 축복해 주기를 기다리고 있었다.

신부 세르게이는 기도 생활을 하는 동안에는 자신의 전임자의 덕을 기리면서 보냈다.

그러던 어느 날, 그는 전임자의 묘지에 참배하려고 밖으로 나왔다가 현기증을 일으켜 그의 뒤에 있던 상인과 보조 사제가 부축하지 않았더라면 쓰러질 뻔한 일이 있었다.

"어찌된 일입니까? 신부님, 신부 세르게이님! 어쩌나, 어쩜 좋아!"

여자들이 당황하여 소리쳤다.

"마치 백짓장같이 창백해지셨군!"

---

*6 부활절 이후의 일곱 번째 일요일.

이윽고 신부 세르게이가 정신을 차리자 보조 사제 세라피온과 수사들과, 은둔처 가까이에 살면서 세르게이의 시중을 들고 있던 소피아 이바노브나 부인이 그에게 몸이 쇠약해졌으므로 기도 생활을 중지하라고 간청했다.

"아니오, 아무 일도 아니오."

콧수염 밑에 잔잔한 미소를 띠우며 신부 세르게이는 기도 생활을 계속하겠다고 말했다.

'그렇다. 성자는 모두 이와 같은 과정을 겪었음에 틀림없다.'

그는 생각했다.

"오, 성인이시여, 천사이시여!"

그 순간, 등 뒤에서 이렇게 말하는 소피아 이바노브나와 그를 부축해 주었던 상인의 소리가 그의 귀에 들렸다.

그는 권고를 듣지 않고 기도를 계속했다. 네 사람은 다시 좁은 통로를 지나 회당으로 돌아왔다. 많은 사람들이 계속 밀려왔다. 기절에서 깨어난 상태라서 신부 세르게이는 평소보다는 어느 정도 시간을 줄이고 저녁 기도를 무사히 마쳤다.

기도가 끝나자 곧 세르게이는 그 자리에 있던 사람들을 축복하고, 동굴 입구에 있는 느릅나무 아래에 있는 의자로 갔다. 그는 잠시 쉬면서 신선한 공기를 마시고 싶었던 것이다. 그렇게 하지 않고는 못 견딜 것 같은 기분이었는데, 그가 나가자마자 문 밖의 군중들이 기다렸다는 듯 축복을 받기 위해서 밀려들어왔다. 그곳에는 항상 성지에서 성지로, 장로에게서 장로에게로 몰려다니며 감격의 눈물을 흘리는 나이든 여성 순례자들도 있었다.

세르게이는 신앙인답지 못하고 종교에 냉담하거나 형식적인 순례자들을 잘 알고 있었다.

그들 중에는 안정된 삶을 살아가지 못하고 대부분 일정한 주소도 없이, 그저 먹을 것을 구하기 위해서 이 수도원에서 저 수도원으로 전전하고 있는, 가난하고 주정뱅이인 노인 순례자들도 있었다. 그리고 그들 중에는 병을 고치거나, 딸을 시집 보낸다든가, 구멍가게를 빌린다든가, 농토를 산다든가, 또는 아기를 젖가슴으로 깔아 죽였거나 질식시킨 죄를 어떻게 하면 용서받을 수 있을까 하는 문제와 같은, 심히 염치 없는 요구를 하는 야비한 남녀 농부들도 있었다.

신부 세르게이는 이런 일에는 이미 오래 전부터 익숙해져서 아무런 흥미도 느끼지 못했다. 그는 이런 사람들에게서 새로운 이야기는 아무것도 들을 수 없다는 것, 그리고 이런 사람들은 그에게 어떤 종교적인 감정도 일깨우지 못한다는 것을 알고 있었다. 그러나 그는 그 자신과 그의 축복과 그의 말을 필요로 하고 존중하고 있는 군중들을 보는 것은 좋았다. 그래서 이 군중을 부담스러워하면서도 동시에 즐겁게 느끼는 것이었다.

세르게이는 자신이 피곤해서 그들을 돌아가게 하고싶을 때도 있었으나, 복음서의 '아이들이 내게 오는 것을 막지 말라'는 말씀을 생각하고 그들을 들여보내라고 했다.

그는 일어나서 그들이 모여 있는 난간 앞으로 걸어 갔다. 그리고 그들을 축복하고 그들의 물음에 대해서 성실하게 대답했다. 그러나 그들 전부를 접견한다는 것은 그에게는 확실히 무리였다.

그는 또다시 눈앞이 깜깜해져서 비틀거리며 난간을 잡았다. 머리의 피가 역류하는 것을 느낄 수 있었다. 세르게이의 얼굴빛은 처음에는 창백했으나 곧 제 혈색으로 돌아왔다.

"이젠 내일로 미룹시다. 오늘은 더 이상 안 되겠소."

그는 이렇게 말하고 모든 사람들을 축복하고 의자로 돌아와 앉았다. 그때 한 상인이 다시 그를 부축하고 그의 팔을 잡아서 의자에 앉혔다.

"신부님!"

군중 속에서 그를 부르는 소리가 들렸다.

"신부님! 신부님! 제발 우리를 버리지 말아주십시오. 당신이 없으면 우리는 어떡합니까?"

상인은 느릅나무 아래에 세르게이를 앉히고 통제관의 역할을 맡아서 무섭도록 엄격한 태도로 군중을 쫓기 시작했다. 물론 그 사람은 지극히 낮은 목소리로 말했기 때문에 세르게이에게는 들리지 않았으나, 그 말투는 몹시 화가 나 있었다.

"자, 비켜요. 비켜! 이미 축복을 해 주시지 않았소. 무슨 용무가 더 있소. 자, 다들 가시오. 그렇지 않으면 정말 목을 비틀어 버리겠소. 자, 자, 이봐요, 검정 양말을 신은 할머니, 가요, 가. 당신 도대체 어디로 가는 거요? 이젠 끝났다고 말하지 않았소. 내일 다시 와요. 오늘은 끝났소!"

"영감님, 한 번만 더 신부님을 뵙게 해 줘요."

노파가 애원하듯 말했다.

"당신은 대체 언제까지 욕심을 부릴 참이오. 어디로 가는 거요?"

세르게이는 상인이 심하게 행동하는 것을 보고 시중을 드는 수사에게 그가 군중을 내쫓지 말게 하라고 힘없이 말했다. 그는 결국은 상인이 그들을 내쫓으리라는 것을 알고 있었다. 마음 속으로는 빨리 혼자서 쉬고 싶다고 생각했으나 사람들에게 실망을 주지 않으려고 시중을 드는 수사를 보내서 그렇게 말하게 했던 것이다.

"나는 내쫓고 있는 것이 아니오. 말을 해 주고 있는 거요."

상인은 대답했다.

"하지만 이 사람들은 사람을 괴롭히는 것을 아무렇지도 않게 생각해서요. 남을 위하는 생각은 손톱만큼도 없고, 그저 자기 일만 생각하고 있으니까요. 안 된다는데도 이러네. 어서 가요, 가. 내일 다시 와요."

그러면서 상인은 모든 사람들을 내쫓았다.

상인이 그렇게 애쓰는 이유는 그가 질서를 지키고 군중을 내쫓거나, 그들에게 잔소리를 하는 것을 좋아하는 품성 때문이기도 했으나, 그보다 더 중요한 이유는 신부 세르게이의 도움이 그에게 절실히 필요하기 때문이었다.

그는 홀아비였다. 그리고 병 때문에 시집도 못 가는 딸을 데리고 있었다. 그는 그 딸에게 세르게이의 안수를 받게 하기 위해서 1,400로리(약 150㎞)나 떨어진 먼 곳에서 일부러 그 딸을 데리고 온 것이었다.

그는 그 딸이 처음 병을 앓고 있는 2년 동안 여러 곳을 다니며 치료해 보았다. 처음에는 읍 소재지의 대학 부속 병원에 갔었다. 그러나 효과가 없었다. 그 뒤 모스크바의 어느 의사에게 데리고 가서 막대한 돈을 썼지만 아무런 효과도 보지 못했다.

그렇게 여러 곳을 전전하다가 신부 세르게이가 병을 고친다는 소문을 마을 사람들에게서 듣고 이 곳으로 딸을 데리고 온 것이다. 그래서 군중들을 모두 내쫓고 세르게이에게 와서 느닷없이 그 앞에 무릎을 꿇고 큰 소리로 말했다.

"거룩하신 신부님, 제발 병들어 있는 제 딸을 축복해 주셔서 고통스러운 병을 고쳐 주십시오. 이렇게 발 아래 엎드려서 빕니다."

그리고 그는 두 손을 마주 잡고 딸의 병을 고치기 위해서는 이 길밖에 없다는 태도로 애원하고 있었던 것이다. 그의 태도에 당혹하기도 했으나, 신부 세르게이는 냉정을 되찾고 그에게 일어서라고 말한 뒤 사정 이야기를 들었다.

상인은 스물두 살난 자신의 딸이 2년 전에 어머니가 갑자기 죽은 뒤에 병이 들었다고 말했다. 그의 말에 의하면 갑자기 머리가 이상해졌다는 것이다. 그는 1,400로리나 떨어진 먼 곳에서 그녀를 데리고 왔기 때문에, 그녀는 지금 여관에서 세르게이의 승낙이 떨어지기만을 기다리고 있다는 것이다. 그녀는 낮에는 햇빛이 무서워서 밖에 나오려 하지 않기 때문에, 해가 지고 나서야 외출할 수 있다고 말했다.

"그럼, 딸아이는 많이 허약한가요?"

세르게이가 물었다.

"아닙니다. 별로 허약하지는 않습니다. 의사의 말로는 몸에 이상이 있는 것이 아니고, 그저 신경이 쇠약해져 있다는 것입니다. 만약 신부님이 오늘 데리고 오라고 하시면, 당장 달려가서 데리고 오겠습니다. 거룩하신 신부님, 제발 이 아비를 불쌍히 여기셔서 후손을 잇게 하고, 당신의 기도로 저의 병든 딸을 살려주십시오."

상인은 또다시 넙죽 무릎을 꿇고 엎드려서, 두 손을 마주잡아 머리 위로 들어올리고 굳어 버린 것같이 하고 있었다.

신부 세르게이는 다시 그에게 일어서라고 명했다.

세르게이에게는 정말 괴로운 일이었다. 그리고 이 상인의 처지를 곰곰이 생각해 보았다. 그는 얼마 동안 잠자코 있다가 한숨을 내쉬면서 말했다.

"좋소. 오늘 밤 딸을 데리고 오시오. 딸을 위해서 기도해 주겠소. 그러나 지금은 내가 피곤하오."

이렇게 말하고 그는 눈을 감았다.

"나중에 심부름꾼을 보내겠소."

상인은 발끝으로 모래 바닥을 밟으며 장화를 삐걱거리면서 물러갔다. 세르게이는 다시 혼자가 되었다.

신부 세르게이의 생활은 기도와 방문객을 만나는 것으로 채워지고 있었으나, 특히 오늘 같은 날은 더욱 힘드는 날이었다.

오전에 멀리서 정부의 중요한 관리가 찾아와 긴 이야기를 나누었고, 그뒤에는 한 부인이 아들을 데리고 찾아왔다. 그 아들은 신앙을 갖지 않은 젊은 학자였는데, 열렬한 신자인 모친이 그 아들을 신부 세르게이에게 데리고 와서 그와 이야기를 좀 해 달라고 간청하는 것이었다.

그 대화는 대단히 무거운 분위기였다. 그 청년은 분명히 신부를 상대로 논쟁하는 것을 즐거워하지 않는 눈치였으며, 세르게이는 그 청년이 아무것도 믿지 않고 있다는 것, 그럼에도 불구하고 편안하고 침착하고 좋은 기분으로 이야기하고 있다는 것을 알았다.

신부 세르게이는 지금 불만스러운 기분으로 그 일을 생각하고 있었다.

"신부님, 무엇을 좀 드시겠습니까?"

시중을 드는 수사가 물었다.

"그래, 무엇을 좀 갖다주겠나?"

수사는 동굴 입구에서 십여 발자국 정도 떨어져 있는 작은 오두막집으로 가고 신부는 다시 혼자가 되었다.

신부 세르게이가 혼자 살면서 모든 일을 스스로 하고, 빵과 성찬떡만으로 지낸 시절은 이미 먼 과거의 일이 되었다. 이미 오래 전부터 그는 자신의 건강을 소홀히 할 시간이 없어졌으며, 채식이긴 하지만 자양분이 있는 음식물을 공급받고 있었다. 그는 조금밖에 먹지 않았으나, 그것도 이전에 비하면 훨씬 많이 먹는 편이었다. 그리고 종종 만족스럽게 음식을 먹기도 했다. 그는 죽을 먹고 한 잔의 차를 마시고 흰 빵을 반 개 먹었다.

시중을 드는 수사가 나가자 그는 느릅나무 아래 있는 벤치에 혼자 남았다.

멋진 5월의 저녁이었다. 자작나무·사시나무·느릅나무·벚꽃나무·떡갈나무 등은 새잎이 돋아나고 있었다.

느릅나무 뒤에 있는 벚꽃나무는 마침 꽃이 활짝 피어 있었다. 꾀꼬리 한 마리는 그 쪽에서, 다른 두세 마리는 아래쪽 물가의 덤불 속에서 울어대고 있었다. 시냇물 쪽에서는 일터에서 돌아가는 농부들의 노랫소리가 멀리서 들려왔다. 해가 숲 저쪽으로 지며 남긴 빛은 푸른 나무 사이로 속속들이 비치고 있었다.

이쪽은 모두가 밝은 녹색으로 빛나고 있는데 느릅나무 저쪽은 어스름하게 그늘지고 있었다. 풍뎅이가 날아다니다가 무엇에 부딪혀서 땅바닥에 뚝 떨어졌다.

저녁 식사 뒤에 신부 세르게이는 평소와 같이 기도를 시작했다.

"하느님의 아들 주 예수 그리스도여, 죄인을 불쌍히 여기소서."

막 시편을 외우고 있는데 갑자기 어디서 왔는지 한 마리 작은 참새가 숲 속에서 땅으로 내려오더니 짹짹거리며 그의 앞으로 왔다가 무엇에 놀란듯 날아가 버렸다.

그는 자신의 은둔 생활에 관해서 기도하는 중이었으나, 병을 앓고 있는 딸을 데려오겠다는 상인을 불러오기 위해서 좀 서둘러서 기도를 마쳤다. 상인의 딸에게 자꾸 마음이 갔다.

그가 그녀에게 관심을 갖는 것은 그녀가 그의 기분을 전환시킬 수 있는 새로운 사람이라는 것, 상인이나 그녀가 자신을 위대한 능력이 있는 기도를 하는 성자로 믿는다는 것이었다.

그는 그것을 부인하고 있기는 했지만, 마음 속으로는 스스로도 자신이 성자라고 생각하고 있었다.

그는 때때로 왜 이렇게 되었을까, 스테판 카자스키가 이렇게 비범한 성자, 아니 성자라기보다 오히려 기적을 행하는 사람이 되었는가 하는 것에 스스로 놀라는 때가 있었다.

그러나 자신이 그런 위인이라는 점에 대해서는 아무런 의심을 갖지 않았다. 그는 어떤 병을 앓던 아이부터 시작해서 최근에는 그의 기도를 받고 시력을 회복한 노파에 이르기까지, 자신의 눈으로 확인한 기적을 믿지 않을 수 없었다. 그것이 아무리 믿어지지 않는다고 해도 사실은 사실이었다.

그가 상인의 딸에게 흥미를 갖게 된 것은, 그녀가 새로 온 사람이고, 그를 믿고 있는 사람이라는 것, 또 하나는 그녀를 통해서 또다시 자신의 치유 능력을 시험하고, 자신의 명성을 확립할 기회가 된다고 생각했기 때문이다.

'그들 부녀 덕분에 먼 곳의 사람들까지 나를 찾아올 거야. 그들은 기록을 남겨 곳곳에 전해 줄 것이다. 그리고 황제에게 알려질 것이다. 온 유럽 사람들과 그곳에 있는 믿지 않는 사람들까지 알게 될 것이다.'

그는 이런 생각을 했다. 그러자 갑자기 자신의 허영심이 부끄러워져서 그는 또다시 하느님께 기도를 드리기 시작했다.

'위안자이시며 성령이신 주 하느님. 내 안에 오셔서 모든 더러움으로부터 나를 깨끗하게 하시고 구원해 주소서. 우리 영혼의 주체자이시여, 부디 나의 마음을 혼란케 하는 세상의 헛된 명예욕에서 벗어날 수 있도록 깨끗하게 치유

해 주소서.'

이렇게 되풀이하는 동안에 그는 자기가 이제까지 몇 번이나 이렇게 기도했는지 생각해 보았다. 그러자 자기의 기도가 이런 점에서는 항상 공허했다는 것을 깨닫고는 씁쓸해졌다.

그의 기도가 타인을 위해서는 기적을 행하지만, 자기 자신을 위해서는 이 하찮은 욕망에서 해방되지도 못하고 하느님의 용서도 받을 수 없었던 것이다.

그는 은둔 생활을 시작할 당시의 기도, 즉 자신에게 순결함과 겸손함과 사랑을 달라고 한 기도를 생각하고, 당시는 그 기도를 하느님이 받아 주셨다는 것, 그리고 그가 순결을 지키기 위해 자신의 손가락을 스스로 절단한 일이 있었던 것을 생각했다. 그는 절단되어 반만 남은 손가락을 들어 거기에 입을 맞추었다.

그는 자기가 자신의 깊은 죄를 끊임없이 후회하던 당시에는 겸손했다고 생각했다. 그리고 당시에는 자신을 찾아온 노인이나, 구걸하러 온 주정뱅이 군인이나, 여자까지도 어떤 감동을 가지고 맞이했던가를 생각했다.

그때는 사랑을 가지고 있었다고 생각했다. 그런데 지금은? 그는 자신의 마음에 물어 보았다.

'도대체 나는 누구를 사랑하고 있는가, 소피아 이바노브나를 사랑하고 있는가, 세라피온 신부를 사랑하고 있는가, 오늘 나를 찾아온 많은 사람들을 사랑하고 있는가?'

그는 그저 자신의 지식을 드러내는 것과 시대에 뒤떨어지지 않는다는 것을 과시하는 데만 급급하였다. 그렇게도 정중하게 대해 줬던 그 학식 있는 젊은이에 대해서 진실한 사랑의 감정을 경험하고 있었는가. 그에게는 그들이 표시한 사랑이 유쾌하기도 하고 필요하기도 했다.

그러나 자기 자신은 그들에게 전혀 사랑을 느끼지 않았다. 이제 그에게는 사랑도 없고, 겸손도 없고, 순결도 없었던 것이다.

그는 상인의 딸이 스물두 살이라는 말을 듣고 기분이 좋았으며 그녀가 미인인지 어떤지를 알고 싶었다. 그리고 그녀가 쇠약해져 있느냐고 물은 것도 오직 그녀가 여자로서의 매력을 지니고 있는지를 알고 싶었기 때문이었다.

'아, 내가 정말 이렇게까지 타락했는가?'

그는 생각했다.

'하느님, 저를 도우소서. 저를 회복시켜 주소서, 오 주님!'

그리고 그는 두 손 모아 기도하기 시작했다. 꾀꼬리가 울기 시작하고, 풍뎅이가 날아와서 그의 뒤통수를 기어가고 있었다. 그는 그것을 잡아서 던져 버렸다.

'그런데 도대체 신은 있을까? 나는 닫혀 있는 문을 밖에서 두드리고 있는 꼴이다. 문에는 자물쇠가 걸려 있고, 나는 그것을 볼 수 있다. 그 자물쇠는 꾀꼬리나 풍뎅이, 자연이다. 어쩌면 그 청년의 말이 옳은지도 모른다.'

그는 소리 없이 기도를 드리기 시작했으며, 그런 상념이 사라지고 다시 자신이 침착해질 때까지 오랫동안 기도를 계속했다.

그는 방울 소리를 울리며 나오는 수사에게 그 상인에게 곧장 딸을 데리고 오게 하라고 명령했다.

상인은 딸을 데리고 와서 그녀를 기도소 방에 들여 보내고선 곧바로 사라졌다.

그 딸이라는 여자는 얼굴이 유난히 희고 겁먹은 아이같은 표정을 하고 있었지만, 잘 발달한 여자다운 몸매를 가진 아주 얌전한 처녀였다.

신부 세르게이는 문간에 있는 의자에 앉아 있었다.

처녀가 축복을 받기 위해 그곳을 지나다가 그 자리에 멈춰 섰을 때, 그는 그녀의 육체를 바라보던 자신의 눈길에 깊은 죄의식을 느껴야 했다. 그때 그는 그녀의 여성적 매력에 어떤 공포를 느꼈다. 그녀가 지나갔을 때 그는 자신이 무엇에 홀렸다는 생각을 했다. 그녀의 얼굴을 보고 그는 그녀가 육감적이고 어리석은 여자라는 것을 알아차렸다.

그는 일어서서 기도소 안으로 들어갔다. 그녀는 의자에 앉아서 그를 기다리고 있었다. 그가 들어가자 그녀는 의자에서 일어섰다.

"전 아버지한테 가고 싶어요."

그녀가 말했다.

"두려워하지 않아도 돼."

그는 말했다.

"어디가 아프지?"

"전 모든 곳이 아파요."

그녀는 말하더니 갑자기 얼굴에 미소가 번졌다.

"너는 곧 좋아질 것이다."
그는 말했다.
"자, 기도 드리자."
"왜 기도 같은 걸 해요? 저는 전에도 기도했지만 조금도 효과가 없었어요."
그녀는 계속 생글거리고 있었다.
"그보다도 신부님의 손을 제 머리에 얹고 기도해 주세요. 전 꿈에서 신부님을 봤어요."
"뭘 봤다고?"
"신부님이오. 제 가슴에 손을 올려놓고 있는 꿈을 꿨어요."
그녀는 그의 손을 잡아서 자기 가슴 위에 올려놓았다.
"바로 여기예요."
그는 자신의 오른손을 그녀가 하는 대로 내맡기고 있었다.
"너는 이름이 뭐지?"
그는 온몸을 부들부들 떨었다. 이미 이 여자에게 자신이 정복당한 것과 욕정을 억제할 수 없게 된 것을 느낀 것이다.
"마리아예요, 왜요?"
그녀는 그의 손을 들어올려서 거기에 입을 맞췄다. 그리고 한 손을 그의 허리 뒤로 돌려서 자기 쪽으로 끌어당겼다.
"무슨 짓이야?"
그가 소리쳤다.
"마리아, 넌 악마야."
"예, 하지만 어쩔 수 없어요."
이렇게 말하고, 그녀는 그를 끌어안은 채, 그와 나란히 침대 위에 누웠다.
날이 샐 무렵 그는 문 앞 계단 위에 나와 섰다.
'이 모든 일이 실제로 일어난 일이란 말인가? 그녀의 부친이 오겠지. 그 여자는 모두 털어놓겠지. 저 여자는 악마야. 나는 도대체 무슨 짓을 저질렀단 말인가? 아, 저기에 언젠가 내가 손가락을 자른 도끼가 있구나.'
그는 그 도끼를 집어들고 기도소로 들어갔다.
"장작을 패시려고요? 신부님, 제가 하겠습니다. 도끼를 이리 주십시오."
시중을 드는 수사가 그에게로 왔다. 그는 도끼를 건네주고 기도소 안으로 들어갔다. 그녀는 침상에 누운 채 잠자고 있었다. 두려운 마음으로 그는 그녀를 보았다. 그는 칸막이 벽 저쪽으로 가서 농부의 옷을 꺼내 입었다. 그리고 가위를 집어서 머리카락을 자르고 기도소를 빠져나왔다. 그리고 오솔길을 따라서 이미 4년 동안 한 번도 간 적이 없는 산 기슭의 강쪽으로 내려갔다.

강가에는 길이 나 있었다. 그는 그 길을 따라서 점심때까지 계속 걸었다. 점심때가 되자 호밀밭으로 들어가서 그 속에 몸을 눕혔다. 저녁때가 되자 다시 길을 따라 강가의 어느 마을에 이르렀다. 그러나 마을 안으로는 들어가지 않고 강쪽에 있는 벼랑으로 갔다.

해뜨기 30분쯤 전인 이른 새벽이었다. 삼라만상은 잿빛으로 어둠침침하고 서쪽에서 동틀녘의 차가운 바람이 불어오고 있었다.

'그렇다. 어떻게든 끝을 내야 한다. 내 마음 속에 이제 신은 없다. 하지만 어떻게 끝을 낸다지? 투신이라도 하나? 난 헤엄칠 수 있으니까 빠져 죽지는 않겠지. 목을 맨다? 그렇다, 여기 혁대가 있어. 저 나뭇가지에 매달면…….'

이것은 너무나 손쉽고 당장 실행할 수 있을 것 같은 방법 같아서 그는 흠칫 놀랐다.

그래서 그는 여느 때와 마찬가지로 마지막 기도를 드리려고 했다. 그러나 기도를 드릴 대상이 없었다. 그의 마음 속에 신은 이미 없었다. 그는 그 자리에 팔을 베고 누웠다.

그는 갑자기 참을 수 없이 졸음이 밀려오는 것을 느꼈다. 팔베개를 했던 손을 빼서 두 손바닥을 겹치고 그 위에 머리를 놓고 곧 잠들어 버렸다.

그러나 잠든 시간은 아주 짧은 순간이었다. 그는 곧 눈을 뜬 것도 꿈을 꾸는 것도 아니고, 또한 회상에 젖어 있는 것도 아닌 상태로 헤매기 시작했다.

꿈인지 생시인지 알 수가 없었다. 자기는 아직 작은 아이였으며 시골의 어머니 집에 있었다. 거기에 한 대의 마차가 다가오고 있었다. 그 마차에는 검은 수염을 기른 숙부 니콜라이 세르게이비치가 크고 유순한 눈을 가졌으며 처량하고 수줍은 얼굴을 한 파세니카라는 여자 아이를 데리고 내렸다. 그리고 어른들은 그 파세니카에게 남자 아이들 사이에 끼어 놀도록 했다.

그러나 그것은 참으로 따분한 일이었다. 그녀는 어리석은 아이였기 때문에 결국은 놀림감이 되었다. 그녀가 헤엄을 칠 줄 안다고 해서 억지로 헤엄치는 시늉을 하게 했다. 그녀는 침상 위에 엎드려서 헤엄치는 시늉을 해 보였다. 그것을 보고 모두가 큰 소리로 웃으며 그녀를 놀려댔던 것이다.

그녀는 그제서야 놀림당한 것을 알고 얼굴이 빨개졌다. 너무나 비참한 표정을 지어서 나중에는 오히려 장난을 친 우리 자신이 부끄러워질 정도였다. 그렇게 착하고 얌전하게 웃는 얼굴을 언제까지나 잊을 수 없었다.

세르게이는 다시 그 뒤에 그녀를 만났을 때의 일을 회상했다. 그것은 훨씬 뒤의 일로 그가 신부가 되기 직전의 일이었다.

그녀는 어느 지주와 결혼했는데 그 남편은 그녀의 재산까지 탕진해 버린데다, 그녀에게 상습적으로 매질을 한다는 소문을 들었다. 그녀에게는 아이가 둘이 있었다. 아들과 딸이었는데, 아들은 어려서 죽었다.

세르게이는 그 뒤에 다시 불행하게 된 그녀를 만났던 일을 회상했다. 그는 과부가 된 그녀와 수도원에서 우연히 만났다. 그녀는 옛날 그대로의, 얼굴에 아무런 기쁜 표정이 없는 비참한 여자였다.

그녀는 그때 딸과 사위를 데리고 찾아왔던 것이다.

그때에도 그들은 몹시 궁핍했다. 그러나 그 뒤에 그녀가 어딘가 다른 지방 도시에 살고 있다는 것, 대단히 어렵게 살아가고 있다는 말을 언뜻 들은 적이 있다.

'그런데 도대체 나는 왜 지금 그 여자의 일을 생각하고 있는 것일까?'

그는 자신에게 물었다. 그러나 그녀에 관한 생각을 쉽게 떨쳐 버릴 수가 없었다.

'그 여자는 지금 어디 있을까? 어떻게 살고 있을까? 그 침상 위에서 헤엄치는 시늉을 해보였을 때와 같이 계속 불행하게 살고 있을까? 그런데 무엇 때문에 나는 그 여자의 일 따위를 생각하고 있을까? 어떻게 된 것일까? 이제 나는 내 삶에 종지부를 찍어야 할 시간이 아닌가.'

그러자 갑자기 그는 두려움을 느끼기 시작했다. 그래서 그 두려움에서 도피하기 위해 그는 또다시 파세니카의 일을 생각하기 시작했다.

그렇게 그는 오랫동안 자신의 절박한 최후를 생각하면서, 파세니카가 구원의 손길인 것처럼 느껴졌던 것이다. 어느새 그는 잠이 들었다. 그는 꿈 속에서 천사를 보았다. 그 천사는 그에게 와서 알려주었다.

"파세니카에게 가라. 그리고 그녀에게서 앞으로 너는 어떻게 해야 하는지, 너의 죄가 어디에 있는지, 너의 구원이 어디에 있는지 그것을 배우는 것이 좋을 것이다."

그는 잠에서 깨자 그것을 신의 계시로 생각하고 기뻐했다. 그리고 그 천사가 일러준 대로 실행하기로 결심했다. 그는 그녀가 살고 있는 도시를 알고 있었다. 그 도시는 여기서 300로리(약 32㎞) 정도 떨어진 곳에 있었다.

그는 그 도시를 향해서 출발했다.

8

그녀는 이미 오래 전부터 파세니카가 아니라, 주정뱅이 관리 마브리카에프라는 낙오자의 장모이며, 나이 들고 말라빠져서 주름살투성이인 프라스코비야 미하일로브나였다.

그녀는 사위가 마지막 관리 생활을 했던 지방 소도시에 살고 있었으며, 그곳에서 가족들 즉 딸과 그 신경 쇠약 환자인 사위와 다섯 손자들과 함께 살고 있었다.

그녀는 한 시간에 50코페이카를 받고 상인의 딸에게 음악을 가르쳐서 그 돈으로 생활을 꾸려 나가고 있었다. 그날 그날에 따라서 때로는 4시간, 때로는 5시간씩 가르치고 있었기 때문에, 한 달에 약 60루블 정도의 수입이 되었다. 그들은 그것으로 사위에게 좋은 자리가 생길 때까지 임시 변통으로 생활하고 있었던 것이다.

프라스코비야는 알 만한 친척이나 친지들에게 편지를 해서 사위의 취직을 알선해 달라고 부탁하기도 했다. 그 중에는 세르게이에게 보낸 편지도 있었다. 그러나 그 편지는 세르게이의 손에는 들어오지 않았다.

어느 토요일의 일이었다. 프라스코비야는 그녀가 아직 부친과 함께 살던 시절 요리사가 맛있게 만든 것처럼, 건포도를 넣은 우유빵을 반죽하고 있었다.

프라스코비야는 축제일인 내일 손자들에게 맛있는 것을 먹여 주고 싶었던 것이다. 그녀의 딸 마샤는 아기에게 젖을 먹이고 있고 그 위의 남자 아이와 여자 아이는 학교에 가 있었다. 사위는 어젯밤 내내 자지 못했기 때문에 낮잠을 자고 있었고, 프라스코비야도 남편에게 화를 내고 있는 딸을 달래기 위해서 저녁 내내 잠을 자지 못했다.

그녀는 무기력한 사위에게는 아무리 말해도 더 이상 어쩔 수 없다는 것, 아내가 아무리 책망해 봤자 전혀 소용이 없다는 것을 알고 있었다. 그래서 자기는 항상 양쪽을 화해시키는 것, 책망하거나 화를 내는 일이 없도록 힘이 미치는 한 노력하고 있었다.

그녀는 거의 본능적으로 사람과 사람의 편안하지 못한 관계를 참을 수 없어 하는 성격의 소유자였다.

그녀는 그런 관계에서는 아무 일도 안 된다는 것, 오히려 나빠지기만 할 뿐 어떤 도움도 되지 않는다는 것을 알고 있었다. 그녀는 남이 화내는 것조차도 싫어했다. 그래서 사람들의 그러한 증오심을 볼 때마다, 악취를 맡을 때 또는 사람을 때리는 소리나 찢어질듯한 소리를 들을 때처럼 괴로워했다.

그녀가 루케리아에게 밀가루를 반죽하는 방법을 충분히 가르쳐 줬을 무렵 앞치마를 두른 여섯 살난 손녀 미샤가 깜짝 놀란 표정으로 누덕누덕 기운 양말을 신은 작은 발로 아장아장 걸어서 부엌으로 들어왔다.

"할머니, 어느 무서운 할아버지가 와서 할머니를 찾고 있어요."

루케리아는 돌아보았다.

"정말이에요. 어느 순례자가 왔어요."

프라스코비야는 그 마른 팔꿈치를 비벼서 두 손을 앞치마에 닦고, 5코페이카 동전을 꺼내기 위해서 지갑이 있는 방으로 들어가려고 했다. 그러나 그 지갑에는 10코페이카만 있고 5코페이카짜리 동전이 없다는 것을 기억해 내곤 차라리 빵을 주어 보내려는 생각으로 찬장 쪽으로 돌아왔다.

그러나 순간 자신이 너무 인색하다고 느꼈다. 그녀는 루케리아에게 빵을 자르라고 말하고 다시 10코페이카 동전을 가지러 갔다. 잠시라도 욕심을 부린 자신을 책망하면서 금액이 적은 것을 부끄러워하며 속죄하는 마음으로 10코페이카 동전과 빵을 건넸다.

그 순례자는 고상한 얼굴을 한 노인이었다.

세르게이는 그리스도의 이름으로 구걸을 하면서 300로리를 여행하였으므로, 옷은 해졌고 몸은 수척했으며 얼굴은 검게 타 있었다. 짧은 머리에 농부의 모자를 쓰고 농부의 장화를 신고 있었음에도 불구하고, 또한 겸손하게 머리를 숙이고 있음에도 불구하고, 여전히 사람을 끌어들이는 그런 인상 깊은 모습을 지니고 있었다.

그러나 프라스코비야는 그를 알아보지 못했다. 그녀는 이미 30년 가까이 그를 만나지 못했기 때문에 알아보지 못했던 것이다.

"액수가 적어서 죄송합니다. 대신 무엇이라도 좀 드시고 가시겠어요?"

그는 빵과 돈을 받았다. 그러나 프라스코비야는 그가 떠나려 하지 않고 자신의 얼굴을 유심히 보고 있는 것에 놀랐다.

"파세니카, 나는 당신을 찾아왔어요. 그러니 어서 나를 들어가게 해 줘요!"

그녀의 얼굴을 지그시 바라보는 세르게이의 검고 아름다운 눈에는 눈물이 고여 빛나고 있었다. 그리고 하얗게 된 수염 아래에서는 입술이 처량하게 떨리고 있었다.

프라스코비야는 메마른 가슴에 두 손을 댄 채 입을 딱 벌리고, 휘둥그래진 눈동자로 순례자의 얼굴을 뚫어지게 바라보며 우뚝 서 버렸다.

"어머, 이럴 수가! 이게 꿈이 아닌가요! 스테판! 세르게이! 신부 세르게이님 아니세요?"

"그래요, 그래요."

세르게이는 조용히 말했다.

"이제는 세르게이도, 신부 세르게이도 아닌 대죄인 스테판 카자스키일 따름이오. 몸을 망친 대죄인이오. 당신의 집에 받아주고, 제발 나를 도와 주시오."

"어머, 그럴 수 있나요? 당신은 왜 자신을 그렇게 비하하십니까? 아무튼 안으로 들어오세요."

그녀는 손을 내밀었으나, 그는 그 손을 잡지 않고 그녀의 뒤를 따라 들어갔다.

그녀가 안내한 곳은 작은 방이었다. 처음에는 창고와 같은 지극히 좁은 방이 그녀의 방이었으나, 지금은 그 작은 방도 딸에게 내주고 있었다. 지금 그 곳에는 마샤가 앉아서 갓난아기를 돌보고 있었다.

"자, 아무튼 이 곳에 앉으세요."

그녀가 부엌에 있는 의자를 가리키며, 세르게이에게 말했다.

세르게이는 곧 그곳에 앉아서 보기에도 피곤한 모습으로 먼저 한쪽 어깨에서, 이어서 다른 쪽 어깨에서 자루를 내려놓았다.

"저런, 저런, 참으로 이 무슨 겸손이십니까? 그렇게도 당당하던 분이 갑자기 이렇게 되시다니……."

세르게이는 대답하지 않고 곁에 자루를 내려놓으며 그저 부드럽게 미소를 지었다.

"마샤, 너 이분이 누구신지 알고 있니?"
프라스코비야는 속삭이는 소리로 딸에게 세르게이의 이야기를 했다. 그리고 둘이서 방을 깨끗이 치우고 세르게이를 위하여 그 방을 비워 주었다.
"어서 이 곳에서 쉬세요. 좁아서 죄송합니다. 전 좀 나가야 하기 때문에……."
"어디로 가시오?"
"피아노 레슨 때문에 나갑니다. 말씀 드리기는 부끄럽지만 음악을 가르치고 있습니다."
"음악을……. 그거 좋군요. 하지만 할 이야기가 좀 있는데. 이봐요, 프라스코비야, 난 그 때문에 당신을 찾아왔어요. 당신과 언제 이야기할 수 있겠소?"
"글쎄요, 오늘 저녁에 하면 어떻겠습니까?"
"좋아요. 그리고 한 가지 부탁이 더 있는데, 내가 누구라는 것을 아무에게도 말하지 말아줘요. 난 다만 당신에게만 밝혔어요. 나의 행방을 아무도 모르니까 그렇게 해 주세요."
"어머, 전 벌써 딸에게 이야기했는데요."
"그럼, 딸에게도 말하지 말라고 단단히 다짐해 주세요."
세르게이는 장화를 벗고 눕자 편안한 잠자리를 갖지 못한 도보 여행의 여독으로 곧바로 잠이 들었다.

프라스코비야가 돌아왔을 때 세르게이는 작은 방에 앉아서 그녀를 기다리고 있었다. 그는 식사 자리에 나오지 않고 루케리아가 방으로 들고 온 수프와 보리죽을 먹었다.
"왜 이렇게 빨리 돌아왔소?"
세르게이가 물었다.
"당신 같은 손님이 오시다니, 저 같은 사람에게 어떻게 이런 행운이 있겠습니까? 레슨을 다음으로 미루고 돌아왔어요. 전 항상 당신에게 가보고 싶어서 편지를 드렸어요. 그런데 갑자기 이런 행운이 찾아온걸요."
"그럼 이제 이야기해도 좋겠소?"
"그럼요."
"파세니카, 제발 이제부터 내가 당신에게 하는 말을 참회로서, 임종할 때의 하느님 앞에서 하는 말로 들어줘요. 파세니카, 나는 성자가 아닐 뿐만 아니라,

보통 사람도 못 됩니다. 나는 죄인입니다. 추잡스럽고 흉악하고 길을 잃은 오만한 죄인입니다. 나는 가장 나쁜 인간입니다."

"스테판, 모르긴 하지만 당신은 과장된 말씀을 하고 계신 것이 아닌가요?"

"아니오, 파세니카, 나는 간음한 죄인이요, 살인자입니다. 나는 하느님을 모독한 자요, 거짓말쟁입니다."

"그게 무슨 말씀이세요!"

프라스코비야가 소리쳤다.

"하지만 나는 살아야만 하겠소. 나는 이제까지 내가 무엇이나 알고 있다고 생각하고, 사람들에게 사는 길을 가르쳐 왔는데, 실은 난 아무것도 모르고 있었던 거요. 그래서 난 당신에게 배우고 싶소."

"그게 무슨 말씀이세요. 스테판, 당신은 저를 놀리고 계시는군요. 왜 당신은 언제나 저를 놀리기만 하십니까?"

"음, 그렇군요. 그럼 놀리고 있다고 합시다. 이제는 당신이 얘기할 차례입니다. 당신은 어떻게 살고 있는지, 이제까지 어떻게 살아왔는지 그것을 말해 주시오."

"저요? 저는요, 더없이 천하고 비참한 생활을 하고 있어요. 지금도 하느님은 저를 벌하고 계세요. 이것은 당연한 죗값이죠. 그래서 무척 가난한 생활을 하고 있어요……."

"당신은 어떻게 결혼했소? 남편과는 어떤 생활을 하고 있었소?"

"그야말로 나쁜 일뿐이었어요. 결혼한 것 자체가 말도 안 되는 생각을 했던 거죠. 아버지의 반대를 무릅쓰고 무턱대고 결혼해 버린 겁니다. 그리고 결혼한 뒤에는 남편을 돕기는커녕 질투와 구박만을 했습니다. 도무지 그것을 억제할 수가 없었습니다."

"난, 당신 남편이 굉장한 주정뱅이라고 소문을 들었는데……."

"예, 하지만 그것도 제가 그 사람을 달래지 못했기 때문이죠. 저는 그 사람을 비난하기만 했어요. 술을 좋아했던 것은 병이었던 겁니다. 그 사람 자신도 어찌할 수 없던 병이었어요. 그러나 저는 그것을 이해해 주지 않았어요. 조금도 그 사람에게 지려고 하지 않았거든요. 그래서 우리 사이에는 아주 끔찍한 싸움이 벌어졌어요."

이렇게 말하며 그녀는 고통이 배어나오는 아름다운 눈길로 세르게이를 바라보고 있었다.

세르게이는 그녀의 남편이 항상 그녀에게 매질을 했다는 말을 다른 사람에게서 전해 들었던 것을 생각하고 있었다. 그리고 지금도 그녀의 목덜미와 귀 뒤쪽으로 튀어나온 핏줄과 바싹 마른 목 그리고 아무렇게나 뒤로 묶은 빛이 바랜 머리카락을 보고 있으려니, 그런 일이 벌어졌을 때의 광경을 눈으로 보고 있는 것 같은 기분이 들었다.

"그리고 저는 두 아이를 데리고 혼자가 되었습니다. 재산 한푼도 없이……."

"하지만 당신에게는 영지가 있지 않았나요?"

"그것은 이미 남편 바시아가 살아 있을 때에 몽땅 팔아서 다 써 버렸어요. 계속 술을 마셔야 했으니까요. 어쨌든 저는 살아가야 했는데, 호강하며 자란 여자들이 모두 그런 것처럼, 저도 아무것도 할 줄 아는 것이 없었어요. 그 중에서도 저는 특히 사정이 나빠 의지할 곳이 한군데도 없어 어찌할 수가 없었죠. 그래서 우선 가지고 있는 것을 모두 팔아 끼니를 때웠어요. 아이들에게 공부를 가르치면서 저도 어느 정도 배웠어요. 그러나 힘든 일은 계속되었어요. 아들은 어릴 때 병에 걸려서 저 세상으로 갔거든요. 딸 마네치카는 남편인 바냐를 사랑했어요. 그런데 사위는 좋은 남자이기는 했지만 지금 병에 걸려있어요."

"어머니."

딸이 그녀의 말을 가로막았다.

"미샤를 받아 줘요. 몸을 쓸 수가 없어요."

프라스코비야는 일어나서 닳아 버린 신발을 끌고 바삐 문 쪽으로 갔다가, 곧 두 살 정도의 남자 아이를 안고 돌아왔다. 그 아이는 몸을 벌렁 뒤로 젖히고 울어대면서 작은 손으로 그녀의 목덜미를 잡았다.

"어디까지 말했던가요? 아, 그래요, 사위는 이 곳에서 좋은 직장을 가지고 있었지요. 상사도 친절한 분이라서 괜찮았으나 바냐는 일을 계속할 수 없어서 결국 나오고 말았습니다."

"도대체 어디가 나쁘죠?"

"신경 쇠약이에요. 그것은 무서운 병이지요. 여러 가지로 의논을 해 봤는데 조용한 곳에서 요양을 해야 한다고 하더군요. 그러나 우리 형편에 그만한 돈이 있어야죠. 그래서 이러다가 낫겠지 생각하고 있습니다. 특별히 어디가 아픈 것도 아니고, 다만……."

"루케리아!"

어디선가 사위의 화가 난 듯한, 그러나 힘없는 목소리가 들려 왔다.

"이 여자는 내가 찾을 때는 언제나 안 보인단 말야. 어머니……."

"곧 가네."

프라스코비야는 또다시 이야기를 중단했다.

"저 사람은 아직 식사 전입니다. 우리와 함께 먹을 수 없으니까요."

그녀가 나가서 저쪽 방에서 무엇인지 할 일을 마치고, 햇볕에 타고 여윈 손을 닦으면서 돌아왔다.

"전 이렇게 살고 있어요. 식구들은 투덜투덜 불평이 많지만, 고맙게도 손자들이 모두 착하고 건강해요. 그래서 아직은 그럭저럭 살아가고 있어요. 어머, 제 말만 했군요."

"그래서 당신은 지금 무엇으로 생계를 유지하고 있나요?"

"제가 조금씩 벌고 있어요. 저는 음악이 싫었지만, 그것이 이제 와서는 도움이 되고 있어요."

그녀는 작은 손을 옆에 있는 작은 장롱 위에 올려 놓고 피아노 연습이라도 하듯이 여윈 손가락을 움직이고 있었다.

"레슨비는 얼마나 되나요?"

"사람에 따라서 달라요. 한 시간에 1루블을 주는 사람도 있고, 50코페이카나 30코페이카를 주는 사람도 있어요. 모든 분들이 잘 해주세요."

"어때요, 모두 잘 따라 하던가요?"

눈에 미소를 띠면서 그는 물었다.

프라스코비야는 곧 그 물음의 진지함을 믿지 않았기 때문에, 의아한 눈빛으로 그를 바라보고 있었다.

"잘 따라 하는 애들도 있어요. 푸줏간집 딸인데요, 그야말로 성품이 좋은 귀여운 여자 아이예요. 만약 제가 좀더 똑똑한 여자였더라면, 물론 아버지의 연줄로 사위에게도 지위를 찾아 줄 수 있었을 거예요. 그런데 저에게는 아무런 힘이 없으니 식구들을 이렇게 만들어 버리고 말았어요."

"그렇군요. 그래요."

세르게이는 힘없이 머리를 떨구며 말했다.

"파세니카, 당신은 교회에 열심히 다니고 있소?"

그가 물었다.

"아, 그건 묻지 말아 주세요. 참으로 죄송하지만 이젠 완전히 잊어버리고 있어요. 아이들과 함께 있을 때는 열심히 기도도 드리고 교회에도 나갔지만 지금은 잘 나가지 않고 있어요. 한 달이나 나가지 않을 때도 있어요. 아이들은 꼭 보내고 있지만요."

"왜 당신만 나가지 않나요?"

"사실을 말씀 드리면……."

그녀는 얼굴을 붉혔다.

"낡은 옷을 입고 가는 것이 딸이나 손자들에게 부끄러워서요. 새 옷이 없거든요. 게다가 도무지 외출이 싫어요."

"그럼, 집에서 기도를 드리나요?"

"기도는 해요. 하지만 그것도 형식적이에요. 이래서는 안 된다는 것을 알고 있지만 아무런 생각이 없어요. 그저 나 자신이 못났다는 것을 알고 있을 뿐이고……."

"음, 그렇군요."

세르게이는 알 만하다는 듯이 말했다.

"그래, 그래. 곧 가네."

그녀는 또 사위가 부르는 소리를 듣고 머리띠를 고쳐 매면서 방을 나갔다. 이번에는 오랫동안 돌아오지 않았다. 그녀가 돌아왔을 때 세르게이는 두 손을 무릎 위에 놓고 머리를 숙인 채 앉아 있었다. 그리고 어느 사이에 자루를 어깨에 메고 있었다.

그녀가 갓이 없는 양철 등잔을 들고 들어오자 그는 피곤한 빛이 역력한 눈으로 그녀를 바라보면서 깊이 한숨을 내쉬었다.

"전 누구에게도 당신이 어떤 분이라는 것을 말하지 않았어요."

그녀는 머뭇거리며 말했다.

"다만, 신분이 높으신 분이 순례를 하고 계시다는 것과, 제가 알고 있는 분이라는 것만을 말했어요. 식당으로 가서 함께 차를 드세요."

"아니오……."

"그럼, 제가 이 곳으로 가지고 오겠습니다."

"아니오. 이젠 아무것도 필요 없습니다. 파세니카, 하느님이 당신을 구원하시기를 빕니다. 나도 이젠 가야겠습니다. 만약 나를 불쌍하게 생각한다면, 나를 만났다는 것을 아무에게도 말하지 마세요. 하느님을 걸고 부탁합니다. 제발 아무에게도 말하지 말아 줘요. 그리고 여러 가지로 고맙소. 나는 당신의 발 아래 무릎 꿇고 싶은데, 그렇게 하면 오히려 당신이 곤란해 할 것 같아서 그만두겠소. 고맙소. 그리스도를 위해서 제발 나를 용서해 주시오."

"제발, 저를 축복해 주세요."

"하느님께서 축복해 주십니다. 그리스도를 위해서 용서해 주시오."

이렇게 말하고 그는 일어섰으나 그녀는 그를 잡고 그에게 빵과 양고기와 버터를 가져다주었다. 그는 그것을 모두 받아서 밖으로 나왔다.

날은 이미 어두워져 있었다. 그래서 그가 두 집을 지나가기도 전에 이미 그녀에게는 그의 모습이 보이지 않았다. 다만 개가 짖어대는 소리로 그가 그곳을 지나고 있다는 것을 알 수 있을 뿐이었다.

'파세니카와 같은 생활이 나의 꿈이었던 것이다. 내가 그녀와 같이 그렇게 되어야 했는데 그렇게 되지 못했다. 결국 나는 하느님을 위해서라고 말하면서 나 자신을 위해서 살고 있었던 것이다. 그러나 그녀는, 자신을 위해서 살아가고 있다고 생각하지만, 사실은 하느님을 위해서 살아가고 있는 것이다. 그렇다, 한 가지 선행, 보답을 바라지 않고 주는 한 잔의 냉수, 그것이야말로 내 손으로 사람들을 위해서 베푼 은혜보다도 훨씬 귀중한 것이다. 그러나 거기에도 하느님을 섬기는 참된 소원이 아주 조금은 있지 않았을까?'

그는 자신에게 되물었다.

'그렇다, 있었다. 그러나 그것은 모두 헛된 세상의 평판으로 껍데기에 가려지고 더럽혀진 것이다. 그렇다. 나처럼 헛된 세상의 평판을 위해서 살아온 사람에게는 하느님이 계실 수 없을 것이다. 이제부터는 진심으로 하느님을 찾자.'

그렇게 해서 그는 남녀 순례자들과 길동무가 되고 헤어지고 하면서, 오직 그리스도의 이름으로 빵이나 숙소를 구걸하면서 이 마을에서 저 마을로 떠돌아다녔다.

때로는 심술궂은 주부의 고함치는 소리도 듣고, 주정뱅이 농부에게 욕을 먹기도 했으나 대개는 먹을 것과 마실 것을 주었으며, 때로는 몇 푼 되지 않는 것이지만 노자 돈을 얻기도 했다.

그는 고상한 외모 덕분에 많은 덕을 봤다. 물론 그 중에는 반대로 이런 신사가 걸식을 할 정도로 몰락한 것을 즐거워하는 무리도 있기는 했지만. 그러나 그의 온화한 성격은 모든 고비를 극복했다. 그는 여러 사람의 집에서 성서를 발견하면 자주 그것을 읽어 주었다. 그럴 때면 사람들은 감동하거나 놀랐으며, 새롭게 친근감을 갖곤 했다.

가끔 남에게 조언을 하거나 대신 편지를 써 주거나, 또는 싸움을 중재하거나 사람들에게 도움이 되는 일을 해도, 그는 사례를 받은 적이 없었다. 왜냐하면 지체하지 않고 바로 떠났기 때문이다.

그러는 동안에 하느님이 점점 그의 마음 속에 나타나기 시작했다.

어느 날, 그는 두 노파와 한 군인과 함께 길을 걷고 있었다. 빠르게 달리는 이륜 마차를 탄 신사와 귀부인, 그리고 말을 탄 남자와 부인이 그들의 길을 가로 막았다. 말을 타고 있는 남녀는 귀부인의 남편과 딸이며, 마차에 타고 있는 남녀는 여행하는 프랑스 귀부인과 신사라는 것을 알 수 있었다.

그들이 순례자들을 불러 세운 것은 자기네 프랑스인에게 러시아 민중의 독특한 신앙의 풍습, 즉 일하는 대신에 이곳 저곳을 방랑하고 있는 순례자를 보여 주기 위해서였다.

그들은 순례자들이 알아들을 수 없을 것이라고 생각하고 프랑스 말로 이야기하고 있었다.

"저들에게 한 가지 물어 봐 주시오."

"그들은 이렇게 순례하는 것이 하느님의 뜻에 맞는다고 실제로 믿고 있나요?"

그 말을 듣고 노파가 대답했다.

"하느님의 뜻이죠, 우리가 순례하는 것이 말이오!"

군인에게 다시 물었다. 그러자 자신은 독신자이며 아무 데도 목적지가 없다고 대답했다. 그리고 세르게이에게 물었다.

"당신은 무얼 하는 사람이오?"

그러자 세르게이는 대답했다.

"하느님의 종이오."

"이 남자가 뭐라고 하나요? 대답하지 않는 것 같군요."

"저 남자는 자기가 하느님의 종이라고 말했어요."

"저 남자는 필시 신부님이거나 수도자겠죠. 출신이 좋은 얼굴을 하고 있어요. 당신, 동전 가지고 있어요?"

프랑스인에게 동전이 있었다. 그래서 그는 그들에게 20코페이카씩 나누어 주었다.

"하지만 그들에게 말해 주세요. 이것은 차를 마시라고 주는 것이라고 말이오."

"특히 당신에게 말이오, 할아버지."

그는 장갑을 낀 손으로 세르게이의 어깨를 두드리고 싱글싱글 웃으면서 말했다.

"그리스도의 구원이 있으시길!"

세르게이는 손을 댄 채 그 대머리를 숙이며 대답했다.

이 만남은 세르게이에게도 즐거운 일이었다.

그것은 그가 세속적인 명예에 아랑곳하지 않고, 그 20코페이카를 겸손한 마음으로 받아서 동료 장님 거지에게 줬기 때문이다. 또한 세속적인 사람의 평판 같은 것을 의식하지 않으면 않을수록 점점 하느님을 느끼게 되기 때문이었다.

8개월 동안 세르게이는 이렇게 하루하루를 보냈는데, 9개월이 되었을 때 어느 읍 소재지에서 많은 순례자들과 함께 하룻밤을 지낸 숙소에서 억류되었다. 그리고 신분증을 가지고 있지 않다는 이유로 경찰서로 끌려갔다. 신분증을 어떻게 했는가? 무엇을 하는 사람이냐는 물음에 대해서, 그는 신분증 같은 것이 본래 없었으며, 자신은 하느님의 종이라고 대답했다. 그러자 그는 부랑자로 처리되어 시베리아로 유배되었다.

그는 시베리아에서 어느 부유한 농부의 고용인이 되었다. 그리고 그는 지금도 그곳에 살고 있다. 그는 주인의 채소밭에서 일하기도 하고, 아이들을 가르치기도 하고, 병자를 돌보기도 하며 살아가고 있다.

이반 일리치의 죽음

침묵을 지킬 것인가, 그렇지 않으면 침묵보다 나은 말을 할 것인가.

이반 일리치의 죽음

1

재판소 큰 건물 안. 메빈스키 사건의 공판 휴정시간에 판사들과 검사가 이반 예고로비치 세베크의 방에 모였다. 화제가 그즈음 떠들썩한 크라소프 사건으로 옮아갔다. 표도르 바실리예비치는 자기 재판소 관할이 아니라는 것을 강조하며 흥분했고, 이반 예고로비치는 이에 비판하는 입장이었다. 표트르 이바노비치만이 처음부터 논쟁에 끼어들지 않고 막 배달된 〈통보(通報)〉신문을 읽고 있었다.

"여러분, 이반 일리치가 죽었습니다."

"아니, 아니 그게 정말인가요?"

"이걸 읽어 보시오." 그는 아직도 잉크 냄새가 가시지않은 인쇄된 신문을 표도르 바실리예비치에게 내밀면서 말했다.

검은 테를 두른 속에는 다음과 같이 인쇄되어 있었다.

'프라스코비야 표도로브나 고로비나는 깊은 애도의 뜻을 담아 친지 여러분에게 삼가 아뢰니다. 가장 사랑하는 남편, 법원 판사 이반 일리치 고로빈이 오늘 1882년 2월 4일에 사망하였습니다. 장례식은 금요일 오후 1시에 거행하겠습니다.'

이반 일리치는 지금 여기 모인 사람들의 동료로, 사람들은 모두 그를 사랑하고 있었다. 그는 벌써 여러 주일이나 앓아 누워 있었는데 그 병이 불치병이라고 했다. 그의 자리는 그대로 공석으로 남아 있었지만, 그가 죽을 경우에는 알렉세예프가 그 자리에 임명되고, 알렉세예프의 후임으로는 비니코프나 쉬타베리가 임명되리라 예상하고 있었다. 그래서 이반 일리치가 죽었다는 소식을 듣자 거기에 모여 있던 사람들이 제일 먼저 생각한 것은, 이 죽음이 그들이나 친지들의 이동이나 승진에 어떠한 의미를 가질 수 있느냐 하는 점이었다.

표도르 바실리예비치는 생각했다. '이번에는 틀림없이 쉬타베리나 비니코프의 자리가 내 차지가 될 거야. 이 자리는 벌써 오래전부터 내게 약속되어 있던 자리지. 어쨌든 그 자리는 개인 사무실 이 외에도 800루블이라는 특별수당이 붙는단 말이야.'

표트르 이바노비치는 생각했다. '이번에는 처남을 꼭 카루가로 전임시켜 달라고 부탁해야지. 그렇게 되면 아내는 무척 좋아할 거고, 나도 처가 식구들에게 아무것도 해주지 않았다는 잔소리를 듣지 않게 되겠지.'

"나도 그렇게 생각하고 있었지요. 그 사람은 이제 재기하기 어려울 거라고 말입니다." 표트르 이바노비치는 소리내어 말했다.

"거 참 안됐는걸."

"도대체 어디가 나빴지요?"

"그게 말입니다. 여러 의사들에게 진단을 받았지만 확실한 진단은 나오질 않았습니다. 아니, 진단을 내리기는 했지만, 그게 제각기 달라서 말입니다. 내가 처음으로 만났을 때만 해도 완쾌할 것같이 보였습니다만."

"축일 이래로 줄곧 문병을 가지 못했어. 항상 마음에 두고는 있었지만."

"그건 그렇고, 재산은 있나요?"

"부인이 저축을 조금 하고 있는 모양이더군. 허나 그것도 얼마 안 되는 모양이야."

"어쨌든, 한번 문상을 가지 않으면 안 되겠군요. 그런데 지독하게 먼 곳에 살고 있네요."

"당신 집에서 멀다는 뜻이겠지요. 그야 뭐, 당신 집에선 어디나 다 머니까요."

"이것 참, 내가 강 건너에 살고 있는 게 아무래도 못마땅한 모양입니다, 이 친구는." 표트르 이바노비치는 세베크 쪽으로 웃음을 띠며 말했다.

이윽고 이들은 시내의 어디를 가려면 멀다느니 가깝다느니 하는 얘기를 하다가, 모두들 법정으로 돌아갔다.

이반 일리치의 죽음은 동료들 가슴에 이후 일어날 근무상의 이동이나 변화에 대한 여러 가지 상상을 불러일으켰다. 또한 친한 친구가 죽었다는 사실 그 자체는 부고를 접한 사람들이 흔히 그렇듯 '죽은 것이 내가 아니고 그 사람이

어서 다행이구나!' 하는 안도의 마음을 심어주었다.

누구나 '결국 죽고 말았구나. 그렇지만 나는 거뜬하게 살아 있으니, 고맙지 뭐야' 하고 생각하거나 혹은 느끼고 있었다. 이반 일리치의 친한 친구, 소위 친우들은 이런 생각과 함께 당장 예의상 따분한 의무를 다해야 하고, 문상을 가야 하며, 미망인을 위로하러 가야 한다는 생각을 하지 않을 수 없었다.

이반 일리치와 누구보다도 친했던 사람은 표도르 바실리예비치와 표트르 이바노비치 두 사람이었다.

표트르 이바노비치는 법률학교 동창이며, 이반 일리치에게 여러 가지로 신세를 졌다고 자인하고 있는 인물이었다.

식사 때 그는 아내에게 이반 일리치가 죽었다는 것을 전하고, 처남을 이리로 전근시킬 수 있을지도 모른다는 생각을 털어놓았다. 그러고는 표트르 이바노비치는 잠시 쉬지도 않고 곧 연미복으로 갈아입고 이반 일리치의 집으로 마차를 몰았다.

이반 일리치 집 현관 앞에는 승용 마차가 한 대, 삯마차가 두 대 서 있었다. 아래층 대기실 외투걸이 근처에는 금몰과 장식용 술 같은 것이 달린 무늬 없는 비단으로 씌운 관 뚜껑이 벽 쪽에 세워져 있었고, 상복 차림의 두 여인이 외투를 벗고 있었다. 한 사람은 전부터 알고 있는 이반 일리치의 누이동생이었고, 다른 한 사람은 모르는 부인이었다.

표트르 이바노비치의 동료인 슈바르츠가 이층에서 내려왔다. 층계 위에서 손님의 모습을 발견하자 그는 잠깐 걸음을 멈추었다. 그리고 '이반 일리치는 바보 같지 뭐야. 나나 자네는 그렇게 어리석지 않지'라고 속삭이기나 하듯이 이쪽을 보고 눈을 살짝 껌벅여 보였다.

영국식 구레나룻을 한 슈바르츠의 얼굴도, 연미복을 입은 여윈 몸도, 여느 때와 마찬가지로 세련된 장중미를 나타내고 있었다. '보통때의 소탈하고 우스운 성격과는 딴판인 슈바르츠의 장중미가 이런 때는 특별한 효과를 나타내는구나' 하고 표트르 이바노비치는 생각했다.

표트르 이바노비치는 두 부인을 먼저 가게 한 다음, 그 뒤를 따라 천천히 층계를 올라갔다. 슈바르츠는 내려오는 것을 멈추고, 층계 위에 가만히 서 있었다. 표트르 이바노비치는 그 이유를 알았다. 오늘 밤 어디서 트럼프놀이를 할까 하고 그 의논을 할 작정인 모양이었다. 부인들은 층계를 지나 미망인 방으로 올라갔다. 그러나 슈바르츠는 그저 입술을 굳게 다물고 성실한 체하며 눈에는 묘한 표정을 띠고 눈썹을 움직여 표트르 이바노비치에게 유해를 안치해 둔 오른쪽 방을 가리켰다.

표트르 이바노비치는 이런 경우에 흔히 어떻게 하면 좋을까 생각하면서 방 안으로 들어갔다. 그렇지만 이 경우 성호를 긋는 것이 가장 무난하다는 것쯤은 그도 잘 알고 있었다. 그렇다고 하더라도 절을 해야 하는지 어떤지 그다지 확신을 가질 수 없었다. 그러므로 그는 어느 편도 아닌 어중간한 방법을 택하기로 했다.

그는 방으로 들어가면서 성호를 긋기 시작했으며, 약간 고개를 숙여 절을 하는 흉내를 냈다. 그러면서 시선이 미치는 가까운 주변을 슬쩍 훑어보았다. 고인의 조카인 듯한 두 젊은 남자—그중 한 사람은 중학생—가 성호를 그으면서 방에서 나갔다. 또 한 노파는 꼼짝도 않고 가만히 서 있었다. 이상하게 눈썹이 치켜올라간 부인이 소곤소곤 그 노파에게 속삭이고 있었다. 프록코트를 입은 위세 있고 근엄한 부사제(副司祭)가 단호한 표정과 낭랑한 목소리로 무엇인가 읽고 있었다. 게라심이라는 주방 담당 하인이 조심스러운 발걸음으로 표트르 이바노비치의 앞을 지나가면서 무엇인가 방바닥 위에 뿌렸다. 그것을 본 순간 표트르 이바노비치는 썩어 가는 시체의 악취를 희미하게나마 맡을 수 있었다. 이반 일리치를 마지막으로 방문했을 때, 표트르 이바노비치는 이 하인을 서재에서 본 적이 있었다. 그는 간호 일을 맡고 있었고, 이반 일리치도 특별히 이 남자를 좋아하고 있는 듯했다.

표트르 이바노비치는 줄곧 성호를 그으면서, 관과 부사제와 한쪽 구석에 있는 책상 위에 안치되어 있는 성상과의 중간쯤 되는 방향을 향해서 가벼운 절을 계속하고 있었다. 그러나 얼마 후에 그는 성호를 긋는 손의 동작이 너무 길다는 생각이 들어, 그 동작을 멈추고 고인의 유해를 꼼꼼히 바라보기 시작하였다.

유해는 여느 시체와 마찬가지로 축 늘어진 목을 베개에 얹고 굳은 사지를 관 속의 깔개 속에 파묻고 있었다. 몸이 무척 무거운 듯 정말로 죽은 사람답게 누워 있었다. 그리고 쑥 들어간 관자놀이 근처가 벗겨진 노란 밀랍과도 같은 이마와 윗입술을 덮어씌울 듯이 내려온 뾰족한 코를 두드러지게 하고 있었다. 얼굴은 아주 달라져서, 표트르 이바노비치가 마지막으로 만났을 때와 비교하면 훨씬 여위어 있었다. 그러나 여느 시체와 마찬가지로 그 얼굴은 살아 있을 때보다 한층 아름답고, 무엇보다 뜻이 깃들어 있는 것 같았다.

'필요한 일은 모두 해냈다. 그것도 훌륭히 해치웠다'고 하는 듯한 표정이 그 얼굴에 나타나 있었다. 그뿐만 아니라 이 세상에 있는 사람들에 대한 비난이라고 할까, 경고라고 할까, 어쨌든 그런 묘한 분위기도 드러내고 있었다. 표트르 이바노비치에게는 이 경고 비슷한 표정이 장소에 어울리지 않는다고 생각했다. 어쩐지 불쾌한 기분이 들었다. 그래서 다시 한 번 성호를 긋자 자신이 생각해도 경박할 정도로 당황해 하면서 발꿈치를 홱 돌려 문께로 갔다.

슈바르츠는 두 다리를 크게 벌리고 버티고 서서, 뒷짐을 진 손으로 부드러운 비단 모자를 만지작거리며 통로 쪽 방에서 기다리고 있었다. 경박하기는 하지만 단정하고 맵시 있는 슈바르츠의 모습을 보자, 표트르 이바노비치는 마음이 가벼워졌다.

'이 슈바르츠란 놈은 초연해서 우울해지는 이런 인상 따위에는 마음이 흔들리지 않는군.'

그의 모습을 슬쩍 보기만 해도 이렇게 속삭이는 듯한 기분이 들었다. '이반 일리치의 장례식이라도 평상시의 관례를 깰 수는 없지. 오늘 밤 하인이 밤새 새 양초를 세우는 동안 아무도 트럼프놀이를 방해할 권리는 없어. 요컨대 장례식 때문에 오늘 하룻밤을 우리가 유쾌하게 지내지 못할 이유가 없다는 말이야.' 실제로 옆을 지나가려는 표트르 이바노비치에게 그는 그대로 속삭이면서, 표도르 바실리예비치의 집에서 열리는 트럼프 놀이에 낄 것을 권했다. 그렇지만 표트르 이바노비치가 오늘 밤 트럼프 놀이를 할 수 없는 처지라는 것은 분명했다.

이때 키가 작고 살진 프라스코비야 표도로브나—어떻게든지 실제와는 반대로 보이기 위해 갖은 애를 다 쓰고 있음에도 여전히 어깨 밑으로 살이 드러나는—부인이 상복을 입고, 레이스 달린 모자를 쓰고, 조금전에 관 앞에 서 있던 부인과 함께 방에서 나왔다. 그리고 모두를 유해가 안치된 방으로 안내하더니, 입을 열었다.

"지금부터 미사가 시작됩니다. 자, 들어가 주십시오."

슈바르츠는 애매한 몸짓으로 머리를 꾸벅 숙이고는 발을 멈추었다. 그러나 그 초대를 승낙한 것도 거부한 것도 아님은 분명했다.

프라스코비야 표도로브나는 표트르 이바노비치의 모습을 발견하자, 한숨을 푹 쉬면서 그에게 바싹 다가서서 손을 잡더니 이렇게 말했다.

"잘 알고 있어요. 당신은 그이의 진정한 친구이셨지요……." 그녀는 이 말에 어울리는 동작이 나타나기를 기대하면서 상대방의 얼굴을 보았다.

표트르 이바노비치는 좀 전에 저쪽에서 성호를 그어야 한다는 것을 깨달았던 것처럼, 여기에서는 손을 잡고 한숨을 쉬며, '정말 그랬습니다!'라고 말해야 한다는 것을 알고 있었다. 그래서 그는 그대로 했다. 그러면서 자기가 바라던 결과를 얻었다고 생각했다. 말하자면 자기도 감동하는 동시에 상대방도 감동했던 것이다.

"아직 시작되지 않은 모양이니 저쪽으로 가시지요. 당신에게 꼭 말씀드려야 할 일이 있어요. 저, 손을 빌려 주세요."

표트르 이바노비치는 손을 내밀었다. 두 사람은 슈바르츠의 옆을 지나 안으로 들어갔다. 두 사람이 그의 옆을 지나갈 때, 슈바르츠는 슬픈 표정으로 표트르 이바노비치에게 눈을 껌벅여 보였다.

'트럼프는 못하게 되었군! 제발 원망하지는 말게나. 다른 사람을 구해 볼 테니까. 그러나 빠져 나올 수 있다면, 그땐 뭐 다섯 사람이 하기로 하세.'

그의 눈썹은 이렇게 말하고 있었다.

표트르 이바노비치는 한결 더 깊게, 한층 더 슬픈 듯 한숨을 내쉬었다. 그러자 프라스코비야 표도로브나는 감사하는 마음을 다하여 그의 손을 힘있게 쥐었다. 그들은 장밋빛 사라사를 둘러치고, 음침한 램프가 켜져 있는 객실로 들어가자 테이블 옆에 앉았다. 그녀는 긴 의자에 앉았고, 표트르 이바노비치는 스프링이 망가진 낮은 둥근 의자에 앉았다. 그가 앉은 둥근 의자는 몸무게로 말미암아 앉는 순간 이상한 모양으로 푹 꺼지고 말았다. 프라스코비야 표도로브나는 미리 다른 의자에 앉으라고 주의를 주려 했으나 그런 주의를 준다는 것이 지금의 자기 처지로 봐서 어울리지 않는 일이라는 생각에 그대로 버려두었던 것이다.

그 둥근 의자에 앉으면서, 표트르 이바노비치는 문득 생각이 났다.

'이반 일리치는 이 객실 장식을 위해 애를 많이 썼지. 이 푸른 잎이 그려질 장밋빛 벽포 때문에 나에게 여러 가지로 의논을 했었는데…….'

긴 의자에 앉으려고 미망인이 테이블 옆을 지날 때, 객실 대부분은 가구와 소도구로 차 있어 검은 반코트에 달려 있는 레이스 장식이 테이블 조각(彫刻)에 걸렸다. 표트르 이바노비치는 그것을 벗겨주려고 몸을 일으켰다. 그런데 갑자기 누르는 무게가 없어지자 방금 앉았던 둥근 의자가 날뛰기 시작하여 그의 엉덩이를 찌르기 시작했다. 미망인은 자기 손으로 레이스를 벗기려고 했다. 표트르 이바노비치는 엉덩이 밑에서 날뛰고 있는 둥근 의자를 꽉 누르다시피 하면서 다시 앉았다. 그렇지만 미망인이 아무래도 레이스를 제대로 벗기지 못하는 것을 보자 또다시 일어났다. 그러자 다시 둥근 의자가 날뛰기 시작해서 이번에는 엉덩이를 탁 치기까지 했다. 이런 소동이 겨우 끝나자, 미망인은 깨끗한 흰 삼베 손수건을 꺼내더니 눈물을 흘리면서 소리 없이 울기 시작했다.

그러나 표트르 이바노비치는 레이스 사건과 둥근 의자 소동 때문에 기분이 어색해져 버렸으므로 눈살을 찌푸린 채 앉아 있었다. 이런 거북한 상황을 깨뜨려 준 것은 이반 일리치의 식사 시중을 들던 사카로프였다. 그는 프라스코비야 표도로브나가 말한 묘지가 200루블이나 한다는 보고를 가지고 들어왔던 것이다. 미망인은 울음을 그치고 희생자와 같은 표정을 띠면서 표트르 이바노비치 쪽을 보며 "정말 큰일입니다" 하고 프랑스어로 말했다. 표트르 이바노비치는 말없이 고개를 끄덕여 보이며 '정말 어쩔 수 없는 일이로군요'라고 하는 기분을 나타냈다.

"자, 담배를 피우세요." 그녀는 관대한 것 같으면서도 짓눌린 듯한 목소리로 말했다. 그러고 나서 사카로프를 상대로 땅값에 대해 의논을 하기 시작했다. 표트르 이바노비치는 담배에 불을 붙이면서, 그녀가 땅값에 대해 여러 가지로 사카로프에게 상세하게 물은 다음 마침내 사들일 땅을 결정할 때까지의 과정을 들을 수가 있었다. 그뿐만 아니라 묘지에 대한 이야기가 끝나자, 그녀는 합창대의 일까지 지시했다. 이윽고 사카로프는 나가 버렸다.

"무슨 일이든지 제가 해야 되거든요." 그녀는 테이블 위의 앨범을 한쪽으로 치우면서 표트르 이바노비치에게 말했다. 그 순간 담뱃재가 테이블 위에 금방이라도 떨어질 것을 알아채고 그녀는 아무런 주저함도 없이 표트르 이바노비치에게 재떨이를 들이대며, 다시 말을 하기 시작했다.

"너무 슬퍼서 일이 손에 잡히지 않는다고들 하는 것은 오히려 위선인 것 같아요. 저는 그 반대로, 자신에 대한 위로라고까지는 할 수 없더라도 적어도 기분을 전환시켜 주는 것이 있다면, 그것이 결국 그이를 위해 마음을 써주는 일이라고 생각합니다." 이렇게 말하고 나서 그녀는 당장 울음을 터뜨릴 것처럼 또다시 손수건을 꺼내더니, 갑자기 억제하려는 듯한 기색으로 몸을 떨면서 조용한 말투로 다시 이야기를 꺼냈다.

"그건 그렇고, 한 가지 말씀드릴 것이 있습니다."

표트르 이바노비치는 엉덩이 밑에서 느닷없이 움직이기 시작한 둥근 의자의 스프링이 움직이지 않도록 조심하면서, 머리를 숙였다.

"그이는 몹시 괴로워하셨답니다. 돌아가시기 전 2, 3일 동안은……."

"그렇게 괴로워했던가요?" 표트르 이바노비치는 반문했다.

"네, 아주 몹시 괴로워했어요. 운명할 무렵에는 몇 분간이 아니라, 몇 시간이고 쉴사이없이 계속 고함을 쳤답니다. 그이는 사흘 밤 사흘 낮 동안을 계속 신음을 했답니다. 정말 견딜 수 없었어요. 어떻게 그것을 견디어냈는지 저 자신도 모를 정도랍니다. 방이 세 칸이나 떨어진 저쪽에서도 들릴 정도였으니까요. 아아, 그때의 괴로움이란 정말 뭐라고 말할 수 없을 정도였습니다."

"의식은 있었던가요?" 표트르 이바노비치는 물었다.

"네." 그녀는 속삭이듯이 말했다. "마지막 순간까지. 숨을 거두기 15분쯤 전에 저희들에게 이별을 고하더군요. 그리고 오로자를 저쪽으로 데리고 가라고 말씀하셨어요."

그 옛날에는 쾌활한 소년으로, 학생으로, 또 성장해서는 트럼프 상대로 친하게 지내던 친구가 그렇게까지 괴로워했던 것을 생각하니, 자신이나 미망인의 모르는 체하는 태도에 불쾌한 생각이 들었다. 표트르 이바노비치는 갑자기 공포를 느꼈다. 그는 다시 그 이마와 윗입술을 덮어씌울 듯이 내려온 코에 눈길을 돌렸다. 그러자 어쩐지 자기 스스로가 무서워졌다.

'사흘 밤 사흘 낮 동안에 걸친 고통, 그리고 죽음. 이것은 어쩌면, 지금 당장 나에게 덮쳐올지도 모른다.' 그는 순간 공포심이 불길처럼 일어났다. 그러나 금방, 어찌된 일인지 스스로도 알 수 없지만 언제나 틀에 박힌 생각이 구조선처럼 뇌리에 떠올랐다.

'이것은 내가 아니고 이반 일리치에게 일어난 일이다. 이런 일이 내 몸에 일어나다니 당치도 않은 일이다. 그럴 리가 없다. 이런 생각을 너무 골똘히 하면 우울한 기분에 사로잡힐 뿐이고 아무것도 하고 싶은 생각이 없게 된다. 그것은 슈바르츠의 얼굴을 보아도 알 수 있듯이 좋지 않은 일이다.'

표트르 이바노비치가 이런 식으로 제멋대로 합리화하자 그를 사로잡았던 두려움이 가라앉음을 느꼈다. 그리하여 죽음은 이반 일리치에게만 일어난 특수한 현상이며, 자기에게는 아무런 관계도 없다는 듯한 태도로, 이반 일리치가 임종할 때의 상황을 상세하게 흥미를 가지고 물어보기 시작했다.

미망인은 이반 일리치가 참고 견딘 그 무서운 육체적인 고통을 상세하게 이야기하고 나더니, 이제부터 필요한 이야기를 해야겠다는 듯한 기색을 나타냈다.

"아, 표트르 이바노비치 씨, 정말 괴로운 일이었어요. 정말 무섭고 괴로운 일이었어요. 정말이에요." 미망인은 또 소리 없이 울기 시작했다.

표트르 이바노비치는 한숨을 쉬고, 미망인이 코를 푸는 것을 기다리고 있었다. 미망인이 코를 다 풀자, 그는 곧 이렇게 말했다.

"아무쪼록 믿어 주십시오. 저는……." 그러자 다시 미망인은 이야기의 실마리를 발견하고, 마침내 분명히 그에 대한 중요한 용건이라고 생각되는 말을 꺼냈다. 남편이 죽은 이때 정부로부터 연금을 받으려면 어떻게 하면 좋으냐 하는, 바로 그런 따위의 문제였다. 그녀는 표트르 이바노비치에게 유가족 보조금의 일을 자세히 물어보고 싶은 기색을 나타내었다. 그는 이미 그런 눈치를 알아채고 있었다. 다름이 아니라, 그녀는 이미 상세한 점까지 알고 있고, 남편의 사망에 대해 그가 모르고 있는 것도 정부로부터 알아낼 수 있는 일은 모조리 조사를 끝내고 있었지만, 그럼에도 어떻게든지 좀더 많은 돈을 타내려면 어떻게 하면 좋을지 그 방법을 알고 싶어하는 것이다. 표트르 이바노비치는 그런 방책을 생각해내려고 노력했으나, 잠시 생각한 뒤에 그저 겉치레로 정부의 인색함을 욕하고는, 아무래도 그 이상의 가능성은 없을 것 같다고 말했다. 그러자 미망인은 한숨을 푹 쉬더니, 그 다음부터는 이 방문객으로부터 빠져나가려고 궁리를 하는 모습이 역력했다. 그는 그 눈치를 알아챘으므로, 담뱃불을 끄고 일어서서 악수를 한 다음 터벅터벅 대기실 쪽으로 걸어갔다.

골동품상에서 사들였다고 하며, 이반 일리치가 생전에 몹시 좋아하던 시계가 걸려 있는 식당에서, 표트르 이바노비치는 한 사제와 문상하러 온 몇몇 친지들과 마주쳤다. 그러자 안면 있는 아름다운 처녀—이반 일리치의 딸—의 모습이 그의 눈에 들어왔다. 그녀는 복상을 의미하는 검은 옷으로 온 몸을 감고 있었다. 여느때도 지독하게 가는 허리께가 오늘은 한층 더 가늘어 보였다.

그녀의 얼굴 표정은 어둡고 흐려 있기는 했으나, 엄숙하여 마치 화가 난 것 같았다.

그녀는 표트르 이바노비치에게 가볍게 인사를 했다. 그러나 그 태도는 그를 죄인 취급이라도 하는 것 같았다. 처녀 등 뒤에는 표트르 이바노비치의 동료인 예심 판사이며 들은 바에 의하면, 그녀의 약혼자인 부유한 청년이 역시 화난 듯한 표정으로 버티고 있었다. 그가 귀찮은 듯이 가볍게 인사를 하고, 시체가 안치된 방으로 들어가려고 했을 때였다. 층계 뒤에서 이반 일리치와 꼭 닮은, 아직 중학생인 아들의 모습이 나타났다. 아들은 표트르 이바노비치의 기억에 남아 있는 법률학교 시절의 이반 일리치의 모습과 똑같았다. 두 눈은 울어서 부었으나, 벌써 '그것'을 안 13, 4살의 소년들에게서 흔히 볼 수 있는 그런 표정을 띠고 있었다. 표트르 이바노비치를 보자 소년은 음험스럽게 또한 수줍은 듯이 얼굴을 찌푸리기 시작했다. 표트르 이바노비치는 약간 고개를 흔들어 보이고는, 그대로 시체가 있는 방으로 들어가 버렸다.

미사가 시작되었다. 양초, 신음하는 듯한 목소리, 향 냄새, 눈물의 비, 흐느낌. 표트르 이바노비치는 앞 사람의 발치를 바라보면서 미간을 찌푸리고 서 있었다. 그는 한 번도 시체 쪽으로는 눈을 돌리지 않았으며, 마지막까지 마음을 약하게 만드는 그 자리의 분위기에 휩쓸려 들지 않았다. 그리고 가장 먼저 밖으로 나왔다.

대기실에는 아무도 없었다. 그러나 주방 담당 하인인 게라심이 고인의 방에서 뛰어나와, 표트르 이바노비치의 외투를 찾기 위해 억센 두 손으로 거기에 있는 외투를 모조리 들쑤셨다. 그리고 외투를 그에게 내주었다.

"이봐, 어떤가, 게라심?" 무슨 말이든지 하지 않으면 어색했으므로 표트르 이바노비치는 이렇게 말했다.

"슬프지?"

"하느님의 뜻이므로 어떻게 할 도리가 없습니다. 누구나 한 번은 다 저세상으로 가야 하니까요." 농부다운, 흰 눈과도 같은 깨끗한 이빨을 드러내면서 게라심은 말했다. 그리고 심한 노동에 열심인 사람이기나 한 것처럼 힘차게 문을 확 열고는 마부를 부르고 표트르 이바노비치를 마차에 태우더니, 아직도 할 일이 많다는 듯 현관 쪽으로 날듯이 돌아갔다.

표트르 이바노비치는 향, 시체, 석탄산의 냄새를 맡다가 신선한 바깥 공기를 호흡하니 아주 기분이 좋아졌다.

"어디로 갈까요?" 마부가 물었다.

"아직 늦지는 않았어…… 표도르 바실리예비치의 집으로 한번 가볼까?"

표트르 이바노비치는 마차를 달리게 했다. 역시 예측한 대로 첫 번째 판이 거의 끝날 무렵에 도착했기에, 그는 안성맞춤으로 다섯 번째 상대로서 트럼프 놀이에 낄 수 있었다.

2

이반 일리치의 과거는 지극히 단순하고도 평범했으나 매우 무서웠다.

이반 일리치는 45세를 일기로 공소원 판사로서 사망했다. 그는 페테르부르크의 여러 관서에 근무하여 입신 출세를 한 어느 관리의 아들이었다. 그런데 이 입신 출세란 것은, 일반적으로 본질적인 일을 수행할 능력이 없는 인간이 분명함에도, 오로지 과거의 경력과 직위 덕분에 파면당하는 일도 없고, 더욱이 그렇기 때문에 일부러 만들어낸 이름만의 의자를 차지하고, 6천 루블 내지 1만 루블의 연봉을 수령하면서 늙어 쇠약해질 때까지 안온하게 살아가는 상태로 인간을 이끌어 가는 것이었다.

여러 가지 필요 없는 관서의 필요 없는 일을 맡고 있던 삼등관 일리야 예피모비치 고로빈도 그러한 범주에 속하는 인물이었다.

그에게는 세 아들이 있었으며, 이반 일리치는 그 둘째아들이었다. 맏아들은 다른 관서이기는 했지만, 아버지와 마찬가지로 출세의 길을 밟아서 이제는 그 봉급을 타성적으로 타먹을 수 있는 근무 연한에 다가가고 있었다. 셋째 아들은 낙오자였다. 그는 여러 곳에 근무했으나 가는 곳마다 실수만 저질러서, 지금은 철도 방면에 근무하고 있다. 그래서 아버지나 형제들은 물론, 특히 조카들은 더욱 그를 만나기를 좋아하지 않았고, 어지간한 경우가 아니고는 그의 존재를 생각해내지도 않을 정도였다. 누이동생은 그레그 남작에게 시집을 갔지만, 이 남작은 장인과 마찬가지로 페테르부르크식의 관리였다.

이반 일리치는 집안에서 수재라고 불리었다. 그는 장남처럼 고지식하고 냉정한 인간도 아니었으며, 또한 삼남처럼 주책 없는 인간도 아니었다. 그는 그중간으로 영리하고 활기가 있으며, 사교성이 있고 또한 예의바른 인물이었다. 그는 아우와 함께 법률학교에서 공부하였다. 그러나 아우는 5학년에서 퇴학 당해 버렸고 이반 일리치만 우수한 성적으로 졸업을 했다. 법률학교 시절의 그는 나중의 그와 거의 다른 점이 없었다. 즉 그는 재주가 있고 쾌활하고 선량하며 사교적이었지만, 자기가 의무라고 믿는 일은 엄격하게 실행하는 그런 성질의 사람이었다. 그런데 그가 자기의 의무로 생각하고 있는 것은, 최고의 지위에 있는 사람들이 믿고 있는 그런 종류의 것이었다. 소년 시절에도, 또한 후일에 어른이 된 뒤에도, 절대로 남에게 아첨을 하는 일은 없었다. 그러나 그 대신 어릴 때부터, 마치 파리가 빛을 따라 모여들듯이, 세상에서 최고의 지위를 차지하고 있는 사람들에게 마음이 끌리는 경향이 있었다. 그리고 이런 사람들의 태도라든가 방식 같은 것을 스스로 배워 익히는 동시에 그들과 친밀한 관계를 맺고 있었다. 유년 시절에는 물론 청년 시절의 유혹도 그에게는 이렇다 할 커다란 흔적을 남기지 않고 지나갔다. 그는 정욕에도 허영에도 몸을 내맡겼다. 그뿐만 아니라 상급 학년이 끝날 무렵에는 자유 사상에도 물들었다. 그렇지만 자기의 감정이 올바르게 지시하는 일정한 범위는 여전히 넘어서지 않았다.

법률학교 시절에 그는 어떤 유쾌하지 못한 행위를 저질렀다. 그런 행위는 스스로도 몹시 지저분한 일이라고 생각하고, 그 행위를 하면서도 자신에 대해 혐오를 느꼈다. 그렇지만, 그후 신분이 높은 사람들이 그런 일을 하고도 그다지 나쁜 일이라고 생각하지 않는 것을 보고는 그 행위 자체를 좋다고는 생각하지 않았지만, 그것을 완전히 잊어버리고 또 상기하더라도 후회하지는 않았다.

10등관으로 법률학교를 졸업하고 아버지에게 옷값으로 돈을 받자, 이반 일리치는 샤르멜의 가게에서 옷을 주문하고 '유종의 미를 거두라'라고 적혀 있는 메달을 시곗줄에 달아맸다. 그러고는 교장과 교사들에게 고별 인사를 하고, 도논에서 친구들과 송별연을 가진 뒤, 일류 상점에서 사들인 물건들—새로 유행하는 가방과 옷과 면도기와 화장 도구와 여행용 담요 등—을 가지고 아버지가 주선해 준 현(縣) 지사의 위촉 관리라는 지위가 기다리고 있는 지방으로 출발했다.

그 지방에서도 이반 일리치는 법률학교 시절과 마찬가지로 곧 허물없이 유쾌한 분위기를 만들었다. 그는 사무를 보거나 출세할 궁리를 하는 한편, 즐겁게 그리고 적당히 쾌락도 즐겼다. 이따금씩 상관의 명령으로 군으로 출장 가는 일도 있었다. 상관이나 부하에게는 위엄 있는 태도를 취했다. 스스로 자랑으로 삼고 있는 정확성과 청렴 결백한 명예로 위탁받은 임무, 주로 분리종파*[1] 에 관한 일을 했다.

아직 젊어서 가벼운 쾌락을 좋아하는 성향이 있었음에도, 그는 직무 수행에 있어서는 매우 조심스러웠고, 공식적이면서도 엄격하기까지 했다. 그렇지만 사교 방면에서는 가끔 우스운 말이나 태도를 보여주었으며, 기지도 있고, 언제나 선량하며 몸가짐이 단정했다. 그래서 현 지사 부부는 그를 '착한 아기'라고 부르고 있었다. 현 지사의 집에서 그는 마치 집안 식구처럼 대접을 받았다.

지방에 근무하는 동안, 이 똑똑한 법률가를 따르던 몇몇 부인들 중의 한 사람과는 관계도 맺어졌다. 또 여자 재단사와의 정사도 있었다. 그 지역으로 몰려온 시종 무관들과 주연도 베푸는가 하면, 만찬이 끝난 다음 다른 도시로 원정을 가기도 했다. 그러나 현 지사 부인도 충실히 섬기는 그였다. 그렇지만 이런 일은 모두 고상한 품격을 지니고 있었기 때문에 이러쿵저러쿵 나쁘게 말할 수는 없는 일이었으며, 오히려 '청년은 청년답게 행동하라'는 프랑스의 속담이 적용될 정도였다. 그리고 이런 행동은 깨끗한 손을 가지고, 청결한 셔츠를 입고, 프랑스어를 지껄이면서, 그리고 무엇보다 최상급 사회에서 상류 계급 사람들의 승인 아래 행해졌다.

이반 일리치는 이렇게 5년간을 근속했고 곧 근무에 변동이 생겼다. 새 사법 제도가 실시되어 새로운 인물이 필요해졌고, 이반 일리치는 바로 그러한 새 인물이었던 것이다.

이반 일리치에게 예심 판사 자리가 제공되었다. 이 지위는 다른 현에 있었으며 지금까지 이룩해 놓은 여러 관계를 버리고 다시 새로운 단계를 쌓아올려야 했음에도, 이반 일리치는 기꺼이 그것을 받아들였다. 친구들이 송별연을 열어주고, 기념 사진도 함께 찍고, 은으로 만든 담배 케이스를 선사해 주기도 했다. 이렇게 해서 그는 새 임지로 출발했다.

이반 일리치는 예심 판사가 된 다음에도 전의 관리 시절과 마찬가지로 단정하고 예의 바르고 공무와 사생활을 분명히 구별하는 기술을 알고 있었으므로, 사람들의 존경을 받을 수 있었다. 그리고 예심 판사의 직무 그 자체도 이반 일리치에게는 전의 직책보다 훨씬 더 흥미와 매력이 있었다.

---

*1 17~8세기 전반에 정교에서 분리된 것.

이전의 근무처에서는 샤르멜이 재단한 약복(略服)을 입고, 접견을 기다리는 겁을 먹은 청원자들이나 부러운 듯이 자기를 바라보고 있는 관리들 옆을 당당한 걸음으로 똑바로 지나 현 지사의 방으로 들어가고, 또한 담배를 손에 든 채 그와 함께 티 테이블에 앉는다는 일 등이 유쾌하기는 했다. 그러나 자기 뜻대로 자유롭게 다룰 수 있는 사람이란 극히 적었다. 그가 다룰 수 있는 사람은 그저 단순히 출장 명령을 받고 나갔을 때 만나는 지방의 경찰서장이라든가 분리종파 사람들로 국한되어 있었다. 그는 자기 뜻대로 움직일 수 있는 사람들에게 겸손하게, 거의 친구라고 할 정도로 격의 없는 태도를 보이는 것을 좋아했다. 그들을 누를 수 있는 권리를 쥐고 있는 자기가 이렇게 친구처럼 솔직한 태도로 대하고 있다는 것을 상대방이 느끼도록 하는 것을 좋아했던 것이다. 그 시대엔 그러한 사람이 드물었기 때문이다.

그런데 이번에 예심 판사가 되고 보니 이반 일리치는 모든 사람들, 몹시 거만을 피우는 독선적인 사람들까지도 모두 자기 손아귀에 있다는 것을 느꼈다. 그저 종이에 어떤 종류의 글자를 적어 넣기만 하면 되었다.

한 거만하고 독선적인 사나이가 증인으로 그의 앞에 끌려 온다. 그를 앉히고 싶지 않으면, 그 사나이는 선 채로 심문에 대답하지 않으면 안 된다. 그렇지만 이반 일리치는 절대로 이런 권리를 남용하지 않았다. 남용하기는커녕 반대로 그 표현을 부드럽게 하는 데 노력했다. 이 권력을 의식하는 것과 그것을 부드럽게 하려는 노력이 그에게는 새로운 직무가 주는 흥미와 매력이었다.

특히 근무 그 자체, 즉 예심에 있어서 이반 일리치는 신속하게 하나의 방법을 배웠다. 그 방법이란 직무에 관계 없는 일은 모조리 제거하는 동시에, 사건을 외형적으로 지면에 반영시키는 데 그치고 자기 개인적인 의견을 전적으로 배제했으며, 특히 모든 필요한 외적 형식을 준수하여 아무리 복잡한 사건일지라도 지극히 신속하게 간소화하는 방법이었다. 이것은 새로운 방식의 일이었고, 따라서 그는 1864년의 법률을 실제로 적용한 선구자의 한 사람이었다.

예심 판사의 직무를 맡기 위해 새 도시로 이사하자, 이반 일리치는 새로운 친구와 새로운 교제 범위를 형성하는 동시에, 처세법을 새롭게 하여 약간 다른 태도를 취했다. 현 당국에는 적당히 경원하는 태도를 취하고, 시내에 살고 있는 재판관과 귀족 중에서 가장 좋은 그룹을 골라내어, 정부에 대한 가벼운 불만을 드러내고, 적당한 문화주의와 자유주의자인 체하는 태도를 취했다. 그리고 이반 일리치는 지금까지의 우아한 몸가짐은 조금도 바꾸지 않은 채, 새 직무에 취임하고나서부터는 턱수염을 깎는 것을 중단하고 자라는 대로 기르기로 했다.

이반 일리치의 생활은 새 도시에서도 기분 좋게 이루어졌다. 현 지사에 대해 불만을 표명하는 모임은 우호적이고 좋았으며, 봉급도 이전보다 많았다. 더욱이 당시의 이반 일리치의 생활에 적지 않은 쾌감을 주었던 것은 새로 시작한 트럼프놀이였다. 그는 주위에 민활하게 신경을 쓰면서 세심하고 명랑하게 트럼프놀이를 하는 재간을 가지고 있었다. 그러므로 대개는 언제나 그가 이겼다.

새 도시에서 1년을 근무한 다음, 이반 일리치는 미래의 아내가 될 여성을 만났다. 프라스코비야 표도로브나는 대단히 매력적이며 총명하고 훌륭한 아가씨로서, 이반 일리치가 출입하는 사교 단체에 속해 있었다. 예심 판사의 고달픈 일을 잊게 하는 오락의 하나로서, 이반 일리치는 이 프라스코비야 표도로브나와 유희적인 가벼운 관계를 맺었다.

이반 일리치는 촉탁 관리 시절에는 춤을 많이 춘 편이었으나, 예심 판사가 된 뒤로는 춤을 추는 일이 드물었다. 새로운 제도에 따라 그는 비록 5등관이지만, 춤에서도 남에게 뒤지지 않음을 증명할 수 있다는 뜻에서 춤을 추는 데 지나지 않았다. 그런 뜻에서 그는 야회가 끝날 무렵에 가끔 프라스코비야 표도로브나와 함께 추었다. 그리고 이렇게 춤추는 동안에 프라스코비야 표도로브나를 정복했다. 그녀는 그에게 홀딱 반해 버렸다. 이반 일리치는 결혼을 하겠다는 뚜렷한 생각을 가지고 있지 않았지만, 상대방 처녀가 이쪽에 홀딱 반하게 되면서 자문하기에 이르렀다.

'실질적으로 결혼해서는 안 된다는 이유도 별로 없지 않은가?'

프라스코비야 표도로브나는 훌륭한 귀족의 핏줄을 받은 아가씨로서, 인물도 나쁘지 않았으며 재산도 있었다. 이반 일리치는 더 화려한 배우자를 바랄 수 있었으나, 그녀 역시 상당한 조건의 배우자였다. 그녀에게도 내가 받는 봉급 정도의 것은 있겠지 하고 그는 기대를 걸었다. 훌륭한 가문 출신인 그녀는 사랑스럽고 예뻐서, 나무랄 데라곤 하나도 없을 만큼 얌전한 몸가짐이었다.

'이반 일리치가 결혼한 것은 그가 신부를 사랑하고 자기의 인생관에 일치하는 면을 그녀에게서 발견했기 때문임이 틀림없다'고 하는 것은, '같은 사회의 사람들이 이 한 쌍의 부부에게 찬성의 뜻을 표했기 때문에 결혼했다'라고 하는 것과 마찬가지로 잘못된 것이라고 하지 않을 수 없다. 이반 일리치는 그 두 가지 이유에 의해서 결혼했다. 즉 이런 아내를 얻음으로써 그는 자신을 위한 쾌락을 만들었고, 동시에 고귀한 신사 숙녀들이 옳다고 생각하는 일을 실행에 옮겼던 것이다.

이렇게 해서 이반 일리치는 결혼을 했다.

결혼의 과정이라든가, 부부 사이의 애무, 새로 사들인 가구, 새로 사들인 식기, 새 침구 등에 둘러싸인 신혼 생활 초기는 아내가 임신하는 날까지 순조로웠다. 그러므로 이반 일리치는 벌써 이렇게 생각하기 시작했다. 결혼이란 것은 가볍고, 기분 좋고, 즐겁고, 그리고 항상 예의 바르면서 사회에서도 일반적으로 인정되고 있는 생활—자기는 이것을 인생의 본질적인 요소라고 생각하고 있으나—을 파괴하지 않을 뿐만 아니라, 그 생활을 더 탄탄하게 만드는 것이다. 그러나 아내가 임신한 2, 3개월째부터 전혀 예기치 못했던, 그리고 절대로 빠져 나갈 수 없는 무엇인가 새롭고 뜻하지 않은, 또한 불쾌하고 답답하며 경박한 그림자의 모습을 나타내기 시작했다.

이반 일리치가 보는 바에 의하면, 아내는 아무런 이유도 없이, 그저 '단순한 신경질 때문에' 생활의 규율과 쾌감을 파괴하기 시작했다. 즉 아무런 이유가 없는데도 그에게 질투를 하는가 하면, 비위를 맞춰 주기를 요구하기도 하고, 사사건건 덤벼드는가 하면, 또 불유쾌한 원시적인 장면을 연출해 보이기도 했다.

처음에 이반 일리치는, 전에도 자기를 구해 준 일이 있는 담백하고 고상한 생활 태도로 이런 불유쾌한 생활상태를 벗어날 수 있으리라고 생각했다. 그래서 그는 아내의 기분이 밝고 흐린 데 대하여 무관심한 태도를 취하려고 노력하면서, 전과 마찬가지로 가벼운 기분으로 유쾌하게 그날그날을 보냈다. 트럼프놀이를 하기 위해 친구들을 집에 초대하기도 하고, 또 자신도 그룹이나 친구네 집에 가기도 했다. 그런데 어느 날 아내는 노기등등한 목소리로 그에게 욕을 퍼붓기 시작했다. 그후부터 아내는 자기의 요구를 들어 주지 않을 때마다 끈질기게 남편을 욕했다. 그야말로 그녀는, 남편이 자기 말에 순종할 때까지 즉 남편이 자기와 마찬가지로 기분이 울적해질 때까지, 절대로 이런 태도를 고치지 않으려고 결심을 단단히 한 모양이었다. 이렇게 되자 이반 일리치는 소름이 오싹 끼쳤다. 그는 깨달았던 것이다. 부부 생활, 적어도 아내와의 생활은 생활의 즐거움이나 예의 바름을 조장하기는커녕 반대로 이것을 파괴하며, 따라서 이 파괴로부터 스스로를 보호하지 않으면 안 된다라고. 이반 일리치는 그러기 위한 방법을 찾기 시작했다. 그가 맡은 직무는 프라스코비야 표도로브나를 충분히 위압할 수 있는 방법이었다. 그래서 이반 일리치는 일과 그 일에 따라 생기는 용무를 방패삼아 자기의 독립된 세계를 지키면서 아내와의 투쟁을 개시했다.

아기의 출생, 양육에 대한 시험, 그에 따르는 여러 가지 실패, 실제로 실패한 경우가 있는가 하면, 공연히 그렇게 생각한 경우도 있었다. 아기와 산모의 병—그때마다 이반 일리치는 뒷바라지를 하라는 요구를 받았으나, 그런 일에는 도무지 소질이 없는 그였다—이 거듭됨에 따라, 가정 이외의 세계를 스스로 수호하려는 이반 일리치의 요구는 더욱 더 절박해졌다.

아내의 신경질이 늘어나고 고집이 세어지면 세어질수록, 이반 일리치는 점점 더 깊이 생활의 중심을 일로 옮겨 왔다. 그는 전보다 더한층 근무에 충실했으며, 또한 명예심이 강해졌다.

결혼해서 1년이 채 지나지 않아서, 벌써 이반 일리치는 다음과 같은 사실을 깨닫게 되었다. 즉 부부 생활이란 것은 실생활에 어떤 편의를 주기는 하지만, 사실은 매우 힘들고 복잡하며 귀찮은 일임을 이해하게 되었다. 그러므로 자기의 의무를 다하기 위해서는, 즉 사회가 인정하는 예의에 어긋나지 않는 생활을 하기 위해서는 부부 생활이란 것도 일과 마찬가지로 일정한 태도를 만들어내야 한다는 것을 알았다.

그리하여 이반 일리치는 부부 생활에 적용할 태도를 스스로 만들어냈다. 즉 그는 가정 생활에 대해서 아내가 자기에게 제공할 수 있는 식사라든가, 주부로서의 가계 처리라든가, 잠자리라든가 하는 것들의 편의와, 여론에 의해서 결정되고 있는 외적 형식—이것이 무엇보다도 중요한 일이지만—이라는 두 가지밖에는 아내에게 요구하지 않았다. 그밖에 그가 바란 것은 기분을 들뜨게 하는 즐거움뿐이었으며, 그것을 발견했을 경우에는 몹시 고마워했다. 그러나 반항하거나 투덜투덜 불평을 늘어놓게 되면, 그는 당장에 일이라는 장벽으로 둘러싸인 세계에 틀어박혀서 거기서 기쁨을 찾아냈다.

이반 일리치는 훌륭한 관리로서 사람들로부터 존경을 받았으며, 3년 후엔 검사보로 승진했다. 새로운 임무, 그 중요성, 모든 사람을 기소하고 투옥할 수 있는 가능성, 논고의 공개, 그런 경우에 획득할 수 있는 성공, 이러한 모든 것들이 그를 더욱 더 직무에 충실하도록 이끌어갔다.

아이들이 계속 태어났다. 아내는 더욱 잔소리가 심해졌으며 성질도 사나워져 갔다. 그렇지만 이반 일리치가 이룩해 놓은 가정 생활에 대한 태도는, 아내의 잔소리로부터 그를 거의 절대적인 것으로 만들 수 있었다.

같은 도시에서 7년간 근속한 뒤 이반 일리치는 검사로 승진하여 다른 현으로 전근을 가게 되었다. 가족들과 함께 새로운 임지로 옮겼으나 돈은 조금밖에 없었으며, 새 임지도 아내의 마음에 들지 않았다. 봉급은 전보다 많아졌지만, 물가가 훨씬 비쌌다. 그런 데다가 아이가 둘이나 죽었으므로, 이반 일리치에게는 가정 생활이 더욱 더 불유쾌한 것이 되었다.

프라스코비야 표도로브나는 새 임지에서 좋지 않은 일이 일어날 때마다 남편을 책망했다. 부부간의 화제 중 대부분, 특히 아이들 양육 문제는 언제나 말다툼의 불씨였고, 언제 싸움이 터질지 모르는 상태로 끌어갔다. 이따금씩 서로 사랑하는 시간이 이들 부부에게 찾아올 때도 있기는 했지만 오래 지속되지 못했다. 사랑은 그들 두 사람이 잠시 이르는 섬에 지나지 않았다. 그들은 곧 서로 서먹서먹하게 지내면서 그 속에 적의를 품고 있는 바다로 표류하기 시작했다. 만약 이반 일리치가 이래서는 안 되겠다고 생각했다면, 이런 서먹서먹한 상태는 그를 슬프게 했을 것이다. 그러나 그는 이런 상태를 정상적인 것으로 인정하고 있었을 뿐만 아니라, 가정에서 자신이 해야 할 일이라고까지 생각하고 있었다. 그의 목적은 이러한 불유쾌한 일로부터 자신을 조금씩 해방시켜 나가면서 그런 상태에 독기 없는 고상한 맛을 첨가시키는 것이었다. 가족들과 함께 보내는 시간을 조금씩 줄여 가는 것과, 집에 있지 않으면 안 될 경우에는 될 수 있는 대로 다른 사람을 동석시켜서 자기의 위치를 확보하는 것, 이 두 가지로써 그는 그 목적을 달성할 수 있었다. 또한 고맙게도 이반 일리치는 일이 있었다. 그에게 이 일의 세계는 생활에서 찾는 모든 흥미로운 것 이상으로 그의 마음을 완전히 사로잡고 있었다. 파멸시키려고 들면 어떤 사람이든지 파멸시킬 수 있다는 권력 의식, 비록 표면상의 일이기는 할지라도 법정에 들어갈 때라든가 부하를 만났을 때에 모두들 나타내는 경의, 상관을 비롯하여 동료나 부하들에 비해 빠른 성공, 특히 스스로 의식하고 있는 사무 처리상의 능력, 이런 모든 것들이 그에게 기쁨을 주었다. 그리고 동료들을 상대로 하는 잡담이

나 식사, 트럼프 놀이가 그의 생활을 충족시켜 주었다. 그러므로 이반 일리치의 생활은 자신이 원하는 대로 대체적으로 기분 좋게, 그리고 고상하게 진행되었다.

이렇게 해서 그는 다시 7년이란 세월을 보냈다. 맏딸은 벌써 16살이 되었다. 그리고 어린 아이 하나가 죽고 살아남은 아이는 싸움의 불씨가 되는 중학생 소년뿐이었다. 이반 일리치는 그 아이를 법률학교에 보내려고 했으나, 프라스코비야 표도로브나는 남편에 대해 불만이 많아 일반 중학교에 넣고 말았다. 딸은 집에서 공부하면서 훌륭히 성장했다. 사내아이도 성적은 나쁘지 않았다.

3

이반 일리치는 결혼 이래 17년간을 이렇게 생활했다. 어떤 불유쾌한 사건이 뜻하지 않게 일어나서 평온 무사한 생활이 완전히 파괴될 뻔했을 때에, 그는 이미 고참 검사가 되어 있었으며, 몇 번인가 있었던 전근 발령을 그때마다 사퇴하고 좀더 좋은 지위를 노리고 있었다. 이반 일리치가 바라던 것은 대학이 있는 도시의 재판장 자리에 지나지 않았으나, 어찌된 영문인지 포벨이 그를 앞질러 그 자리를 빼앗아 버렸다. 이반 일리치는 울화통이 터져 여러 가지로 비난과 공격의 화살을 퍼붓기 시작했다. 그는 가장 친한 상관하고도 싸움을 하고 말았다. 그 때문에 그에 대한 사람들의 태도가 냉담해졌으며, 그 결과 다음 번 인사발령 때에도 그는 또다시 뒤로 밀려나고 말았다.

그것은 1880년의 일이었다. 이반 일리치의 생애에 이 해만큼 고난이 가득했던 해는 없었다. 한편으로는 봉급이 생활비에도 못 미친다는 것을 알았고 또 한편으로는 사람들이 그를 완전히 잊어버렸다는 점, 그리고 자신에게 매우 중대하고도 참혹하다고 생각되는 부정 사실이 다른 사람들에게는 흔해 빠진 일로만 생각된다는 것 등등이 밝혀졌던 것이다. 친아버지조차도 그를 도와주는 것을 의무라고 생각하지 않았다. 그는 모든 사람들이 연봉 3500루블을 받는 자신의 지위를 지극히 정상적이며 행복한 것으로 생각하여, 자신을 버리고 돌보지 않는다고 느꼈다. 그는 불공정한 대우를 받고 있다는 의식에 들볶였으며, 아내로부터는 쉴새없이 잔소리를 들었고, 신분 이상의 생활을 함으로써 짊어지기 시작한 빚에 쪼들리고 있었다. 이런 처지를 정상적이라고 하는 것은 너무나 어처구니 없는 얘기지만, 모두가 그렇게 받아들였다. 다시 말해 그만이 자신의 상태가 결코 정상이 아니라는 것을 알 뿐이었다.

그해 여름 그는 생활비를 줄이기 위해 휴가를 내고, 프라스코비야 표도로브나의 오빠가 땅을 가지고 있는 마을에서 아내와 함께 여름을 보내려고 갔다.

그러나 일을 떠나서 시골 생활을 하는 동안에, 이반 일리치는 난생 처음으로 따분하다는 걸 느꼈다. 아니, 그뿐만 아니라 견딜 수 없는 서글픔을 느꼈다. 그는 '이런 식으로 살아서는 안 되겠다. 어떻게 해서든지 무슨 단호한 방법을 강구하지 않으면 안 되겠다'고 결심했다.

이반 일리치는 발코니 위를 이리저리 왔다갔다하면서 뜬눈으로 하룻밤을 새운 다음, '페테르부르크로 가서 운동을 한번 해보자. 자기의 가치를 높이 평가하지 못하는 놈들을 징벌하기 위해서도 다른 관서로 옮겨야겠다'고 결심을 단단히 했다.

이튿날 아내와 처남이 온갖 말로 말렸음에도, 그는 페테르부르크로 향해 출발했다.

어떤 일이 있어도 연봉 5000루블의 지위를 따야만 되겠다는 생각만을 골똘히 하면서 이반 일리치는 여행을 계속했다. 어떤 관서라도 좋다. 은행이라도 좋다. 철도국이라도 좋다. 마리아 황후 학원이라도 좋다. 세관이라도 좋다. 어떤 곳이든 상관 없으니 어쨌든 봉급 5000루블의 자리가 그에게는 꼭 필요했다. 아니, 더 솔직이 표현한다면 5000루블이라는 돈을 받을 수 있는 곳으로 가고, 그가 높이 평가받지 못하는 관청에서 나간다는 것이 그에게는 꼭 필요했다.

그런데 이반 일리치의 이 여행은, 뜻밖에도 놀랄 만한 성공을 가져왔다. 다름 아니라 쿠르스크 역에서 친구인 예프 일리인이 같은 일등차에 탔는데, 쿠르스크 현 지사가 조금 전에 수리한 전보 내용을 얘기해 주었던 것이다. 곧 인사 이동이 있고, 표트르 이바노비치 자리에 이반 세묘노비치가 임명된다는 얘기였다.

머지않아 있을 것이라는 이 이동은, 러시아 국가에서 가지는 의의 이외에도 이반 일리치에게 특별한 의미가 있었다. 실제로 신인인 표트르 이바노비치와 그 친구 자하르 이바노비치를 등용한다고 하면, 그 이동은 이반 일리치에게 아주 안성맞춤이었다. 자하르 이바노비치는 이반 일리치의 동료이며 또한 친한 친구였기 때문이다.

이 소식은 모스크바에서 확인되었다. 페테르부르크에 도착하자, 이반 일리치는 곧 자하르 이바노비치를 만나서, 전에 근무한 일이 있는 사법부에 확실한 지위를 얻기로 약속을 받았다.

일주일 후에 그는 아내에게 다음과 같은 전보를 쳤다. '자하르 미르네르 씨의 후임. 제1차 보고 때에 임명받음.'

이반 일리치는 이 인사 이동 덕택으로 뜻하지 않게 이전 관청에서 동료들보다도 이급이나 높은 지위를, 즉 5000루블의 연봉과 3500루블의 부임 여비를 얻을 수 있었다. 그러므로 이전의 적이라든가 부(部) 전체에 대한 모든 원한은 자취를 감추었으며, 다시 없는 행복한 신분이 되었다.

이반 일리치는 전에 보지 못할 만큼 명랑하고 만족한 태도로 시골로 돌아왔다. 프라스코비야 표도로브나도 명랑해졌고, 두 사람 사이에는 휴전 조약이 체결되었다. 이반 일리치는 페테르부르크에서 모두가 자기를 축하해 주더라는 것, 전에 적이었던 사람들은 모두 체면을 버리고 자기에게 아첨하는 등 보기 흉한 태도를 보였다는 것, 모든 사람이 자기의 지위를 부러워하고 있다는 것, 그리고 페테르부르크에서 여러 사람으로부터 깊은 애정의 표시를 받았다는 것 등등을 얘기해 주었다.

프라스코비야 표도로브나는 그런 얘기를 열심히 듣고 있었다. 그리고 지당하다는 듯한 표정을 지으면서, 아무 것에도 거역하지 않고, 앞으로 옮길 도시에서의 새로운 상황에 대한 동경과 여러 가지 계획을 세우는 것이었다.

이반 일리치는 짧은 기간의 여정으로 돌아왔다. 9월 1일에는 사령을 받지 않으면 안 되었고, 그밖에도 새 임지에서 여러 가지를 정리해야 하며, 지금까지 살던 곳에서 가재 도구를 운반해야 하며, 필요한 여러 가지 물건을 사거나 주문할 시간이 필요했다. 한마디로 말해서 자기가 마음속으로 쓰려고 결정한 대로, 또 프라스코비야 표도로브나도 마음속으로 생각하고 있는 대로 모든 것을 정돈할 시간이 필요했던 것이다.

모든 것이 순조롭게 진행되었다. 부부는 그 목적에 의견이 완전히 일치했다. 그뿐만이 아니라 조용히 얼굴을 마주 보고 살았던 일이 드물었던 관계가 결혼 초부터 지금까지 거의 그런 적이 없을 만큼 서로 다정하게 지냈다. 이반 일리치는 당장 가족들을 데리고 출발하려 했으나, 갑자기 자기나 가족들에게도 친절하게 대하기 시작한 처남들이 자꾸만 말려서, 결국 혼자 출발하지 않을 수 없었다.

이반 일리치는 출발했다. 특히 직무상의 성공과 아내와의 화해로 조성된 즐거운 기분은 점차 강해져 깊은 행복감에 흠뻑 젖어들었다. 멋있는 집도 찾아냈다. 그 집은 부부가 상상하고 있던 것과 조금도 차이가 없는 집이었다. 널찍하고 천장이 높은 고풍스런 응접실, 편리하고 위엄있어 보이는 서재, 아내와 딸의 거실, 아들의 공부방, 모든 것이 그들을 위해 만들어진 것만 같았다.

이반 일리치는 직접 집을 정돈하고, 벽지를 선택하고 가구를 사들이기도 했다. 특히 고물 중에서 장식품을 찾아내고는 그것에다 특별한 고안을 첨가하기도 했다. 이렇게 모든 것이 정리되면서 그가 머릿속에 그리고 있던 이상을 향해 한 걸음씩 다가갔다. 집의 설비가 반쯤 진행되었을 때, 결과는 그가 예상했던 것보다 훨씬 좋았다. 나중에 완성되는 날에는 모든 것을 갖춘 기품 있고 우아하며 고상한 느낌을 줄 것이 틀림없다고 짐작할 수 있었다. 밤에 꾸벅꾸벅 졸면서, 그는 완성되었을 때의 홀을 머리에 그려보았다. 아직도 완성되지 않은 객실을 바라보면서, 벌써 벽난로나 칸막이, 장롱, 그리고 여기저기 흩어진 의자, 벽에 걸려 있는 접시 장식물 등이 놓여 있는 모양을 바라볼 수 있었다. 자신처럼, 이런 방면에 취미를 가지고 있는 파샤나 리자니카가 얼마나 놀랄 것인가 하고 생각하니 좋아서 못 견딜 지경이었다. 그들은 이렇게 훌륭하게 장식을 해 놓을 줄은 상상도 못할 것이다. 더욱이 방 분위기를 고상하게 만드는 골동품을 용하게 찾아내어 싸게 손에 넣을 수 있었다. 아내에게 편지를 쓸 때도, 일부러 실제와 다르게 썼다. 나중에 가족들을 놀라게 해줄 심산이었던 것이다.

이런 일들이 그의 흥미를 완전히 빼앗았으므로, 원래 직장의 일을 좋아하던 그였지만 이번의 새 직무에는 예상했던 만큼의 흥미를 불러일으키지 못했다. 그는 법정에서도 멍청하게 있을 때가 가끔 있었다.

'커튼 뒤에는 어떤 주름을 달까, 곧은 것으로 할까, 그렇지 않으면 비틀어진 것으로 할까' 하는 생각을 하고 있었다. 이 일에 열중하고 있어서, 이따금씩 자신이 가구를 운반하기도 하고, 바꾸어 놓기도 하고, 혹은 커튼을 바꾸어 달기도 했다. 그러나 어느날 자기가 생각하고 있는 것은 바로 이것이라는 것을 머리가 둔한 도배장이에게 가르쳐 줄 작정으로 사닥다리를 올라간 그는, 실수로 발을 헛디뎌 아래로 떨어지고 말았다. 그렇지만 튼튼하고 재빠른 편이었으므로, 그는 간신히 몸을 지탱할 수 있었다. 옆구리를 창문 손잡이에 부딪혔을 뿐이었다. 상처가 난 곳이 조금 아팠으나 그것도 곧 나았다. 이런 생활을 하고 있는 동안 이반 일리치는 특히 명랑했으며 또한 건강한 기분이었다.

'15년이나 젊어진 것 같소' 하고 그는 아내에게 편지를 했다. 9월중에 끝낼 작정이었으나 공사는 10월 중순까지 걸렸다. 그 대신 정말 기가 막힐 정도로 잘 되었다. 그가 그렇게 단정했을 뿐만 아니라 구경을 한 사람들 모두가 그 말에 동의했다.

그렇지만 실제로 집안 장식은 그다지 부자도 아니면서 부자인 체 보이고 싶어한 결과, 다른 집과 비슷비슷해질 수밖에 없었다. 비단 커튼이라든가, 흑단(黑檀), 화초, 융단, 브론즈, 검은 것, 번쩍번쩍 빛나는 것 등등 결국 어떤 계급의 가정에서도 볼 수 있는 이런 것들은 그 소유자를 특정 계급의 사람들과 비슷하게 만드는 데 지나지 않았다. 이반 일리치와 그의 집도 다른 집과 비슷했기 때문에, 사람들의 관심도 끌지 못할 정도였다. 그런데도 불구하고, 그에게는 그 모든 것이 특별한 것처럼 생각되었다.

정거장에서 가족들을 만났을 때, 완전히 준비가 끝나서 불이 환하게 켜져 있는 저택 쪽으로 그들을 안내했을 때, 흰 넥타이를 맨 하인이 여러 가지 화초로 장식된 대기실의 문을 활짝 열었을 때, 그리고 모두들 객실을 지나 서재로 가서 저도 모르게 "앗!" 하고 감탄의 소리를 질렀을 때, 그는 다시 없이 행복했다. 그는 가족들을 여기저기로 끌고 다니면서, 감탄과 칭찬의 말을 실컷 음미하였다. 그의 얼굴은 만족으로 빛나고 있었다. 그날 밤에 차를 마시면서 프라스코비야 표도로브나는 잡담 끝에 왜 사닥다리에서 떨어졌느냐고 남편에게 물었다. 그러자 그는 웃음을 터뜨린 다음 가족들을 앞에 두고, 자기가 발을 헛디딘 모양이라든가, 도배장이가 깜짝 놀란 모습을 얘기해 주었다.

"그럴 땐 역시 운동하던 사람은 다르단 말이야. 다른 사람 같았으면 죽어 버렸겠지만, 나는 여기만 조금 다쳤을 뿐이란 말이야. 만지면 아프지만 이젠 많이 나았어. 뭐 조금 부딪혔을 뿐이니까 말이야."

이렇게 해서 그들은 새 집에서 살기 시작했다. 거기서는 살림살이가 윤택해졌을 경우 다 그렇듯이, 방 하나만 더 있었으면 하는 바람과 약간의 돈—500루블쯤—이 부족한 듯 했지만, 모든 것이 순조로웠다. 특히 처음 얼마 동안은 아주 좋았다. 아직 완전히 갖추어졌다고는 할 수 없었지만, '앞으로도 무엇인가 마련해야 되겠다, 저것도 사고 싶다, 이것도 주문하고 싶다, 저것은 바꾸어 놓고 싶다, 이것은 이렇게 고치고 싶다' 할 때가 특히 좋았다. 부부 사이에는 다소 의견이 맞지 않은 일도 있기는 했으나, 두 사람 다 충분히 만족하고 있었으며, 일이 많이 있었으므로 언제나 큰 싸움을 하지 않고 넘어갔다.

오히려 모든 것이 완전히 갖추어졌을 때, 약간 심심해져서 무엇인가 불만스러운 생각이 들기 시작했으나, 이미 그 무렵에는 사람들도 사귀게 되었고, 여러 가지 습관도 생겨서 생활에는 아무런 부족도 느끼지 않게 되었다.

이반 일리치는 오전중에는 재판소에서 지내고, 식사 시간에 집으로 돌아왔다. 그리고 처음 얼마 동안은 언제나 기분이 좋았다. 물론 저택과 그 설비 때문에 오히려 기분을 상하는 일도 있기는 했지만 말이다. 그는 테이블 커버라든가 커튼에 얼룩이 생겨도, 어떤 끈이 끊어져 있어도, 신경에 거슬렸다. 집을 정리정돈하느라고 고생했기 때문에 어디에 조금만 흠집이 생겨도, 그는 몸을 베이는 것만 같았다. 하지만 전체적으로 볼 때, 이반 일리치의 생활은 그의 신념대로 흘러갔다. 경쾌하게, 기분 좋게, 고상하게.

오전 9시에 기상 커피를 마시고, 신문을 훑어본 다음 제복을 입고 재판소로 나간다. 거기에는 목에 걸고 일할 목걸이가 준비되어 있어서, 그는 곧 그것을 목에 건다. 청원인, 사무소에서의 조사, 사무소 그 자체, 출정, 공판, 예심 등은 공적인 동시에 능숙하게 이루어졌다.

그런데 일을 하려면 항상 직무의 올바른 진행을 파괴하는 잘못된 생활 요소를 모조리 제거할 수완이 필요했다. 즉 인간에 대하여 직책 이외의 어떤 관계도 허용해서는 안 되며, 여러 가지 교섭에 대한 동기도 직책상의 것이며, 나아가서는 교섭 그 자체도 단순히 직책상의 것이어야만 했다. 이를테면 어떤 사람이 찾아와서 무슨 일을 알고자 한다. 한 개인으로서 이반 일리치는 그 사람에 대해 아무런 교섭권도 가질 수 없다. 그렇지만 법정에서는 한 사람에 대한 이 인간 관계가 일정한 용지에 기입될 수 있는 이상, 이반 일리치는 가능한 일은 무엇이든지 단행할 수가 있는 것이다. 그럴 때는 인간 관계 또는 우정 관계의 모조물, 즉 은근한 태도는 지켜진다. 그러나 직책상의 관계가 끝나자마자 다른 모든 관계도 끝나는 것이다.

이런 식으로 이반 일리치는 직무에 관한 것을 구별하며, 직무와 자기의 진짜 생활을 혼돈하지 않는 데 훌륭한 수완을 갖고 있었다. 더욱이 오랫동안의 실제적 경험과 타고난 재능으로 그 수완을 닦았으므로, 그는 마치 명인의 경지에 이른 사람처럼, 때로는 농담삼아 인간적인 관계와 직무상의 관계를 일부러

혼돈시켜 보일 정도였다. 그가 그런 것을 일부러 해보는 것은, 만일의 경우 다시 직무상의 관계만을 분리시키고, 인간적 관계를 내던질 수 있는 능력을 자기 속에 항상 감지하고 있었기 때문이다. 이런 재주는 이반 일리치에게는 쉽게, 유쾌하게, 그리고 점잖게 처리될 뿐만 아니라, 아주 교묘하고 재빠르게 되는 것이었다. 틈틈이 그는 담배를 피우기도 하고, 차를 마시기도 하고, 정치 문제나 세상 일이나 트럼프에 관해서 조금씩 지껄이기도 했다. 그러나 무엇보다도 임명 문제에 대해서 많이 지껄였다. 이윽고 그는 피로를 느끼면서도, 자기의 임무를 거뜬히 해낸 음악의 명수, 이를테면 오케스트라 제1바이올린의 한 사람과도 같은 기분으로 집으로 돌아가는 것이었다.

집에 돌아와 보면 딸은 어머니와 함께 외출하고 없을 때도 있고, 혹은 방문객이 있을 때도 있었다. 아들은 중학교에 다니고 있어서 가정 교사와 함께 상급 학교에 들어가기 위한 준비를 게을리하지 않는 동시에, 학교에서 배우는 학과도 규칙적으로 공부하고 있었다. 모든 것이 썩 잘되어가고 있었다. 식후 손님이 없을 경우에 이반 일리치는 세상에 화제가 되고 있는 책을 읽었다. 그리고 저녁이 되면 일에 착수했다. 서류를 읽어 보기도 하고 법조문을 조사하기도 했다. 진술을 대조하여 법조문에 적용하는 것이다. 이런 일은 그에게 따분한 일이 아니었으나 그렇다고 유쾌한 일도 아니었다. 심심할 때는 트럼프를 할 수가 있었다. 그렇지만 트럼프를 할 수 없을 경우에는, 아내와 얼굴을 맞대고 있기보다 혼자 있는 편이 오히려 좋았다.

이반 일리치의 즐거움은 조촐한 만찬회를 베풀고 여기에 중요한 사회적 지위에 있는 신사나 숙녀를 초대하고, 그들과 함께 시간을 보내는 일이었다. '그의 객실이 다른 사람의 객실과 비슷하다는 점과 같은 맥락으로, 이것은 이런 종류의 사람들이 항상 시간을 보내는 방법과 비슷했다.'

어떤 때는 파티까지 열었다. 물론 댄스가 있었다. 이반 일리치는 매우 기분이 좋았으며 모든 것이 순조로웠다. 그러나 케이크와 마른 과자 때문에 아내와 심한 싸움을 했다. 프라스코비야 표도로브나는 나름대로 계획을 세우고 있었다. 그런데도 이반 일리치는 비싼 과자집에서 모든 것을 주문해 오는 것이 좋다며 케이크를 사들였던 것이다. 케이크는 남고, 과자집에 지불해야 할 금액은 45루블이나 되었다. 이것이 싸움의 원인이었다. 보기 흉한 큰 싸움이었다. 프라스코비야 표도로브나는, '바보, 우거지상'이라고까지 욕을 퍼부었을 정도였다. 이반 일리치는 화가 머리끝까지 나서 그녀의 머리를 잡아쥐고 이혼한다느니 뭐니 하고 지껄였다. 그렇지만 파티 그 자체는 성대했다. 선발된 사람들의 모임이었고, 이반 일리치도 토르포브나 공작부인과 짝을 지어 춤을 추었다. 이 부인은 '내 슬픔을 씻어내라'는 이름의 협회를 창립한 사람으로, 유명한 모 부인의 여동생이었다. 일의 기쁨은 자존심의 기쁨이며, 사교상의 기쁨은 허영심의 기쁨이었다.

하지만 이반 일리치의 진짜 기쁨은 트럼프 놀이에 있었다. 흔히 그는 다음과 같이 고백했다.

"어떤 종류의 것이든 자기 생활 속에 무엇인가 재미없는 일이 일어난 뒤에 어두운 밤의 등불과도 같이 모든 것을 밝게 비쳐 주는 기쁨은 다름이 아니라, 솜씨가 좋고 그러면서도 떠들지 않는 상대를 골라서, 꼭 네 사람이서—다섯 사람이면 아무래도 잘 되지 않는다. 이것이 훨씬 좋다고 언제나 듣기 좋은 말을 하고 있기는 하지만—재치는 있게, 승부는 인정사정 없이 트럼프 놀이를 할 때 생기는 거야. 다 끝난 다음, 이건 형편이 좋을 때의 이야기지만, 간단한 야식을 먹기도 하고, 포도주를 한 잔 마시는 것이지."

승부가 끝난 다음, 특히 조금 땄을 때—많이 따면 오히려 유쾌하지 않다—이반 일리치는 특별히 즐거운 기분으로 잠자리에 드는 것이었다.

그들의 생활 방식은 이런 것이었다. 그들 집에는 가장 훌륭한 사교계가 만들어졌으며, 고위 고관의 사람들이 모습을 나타내기도 하고 젊은 친구들이 오기도 했다.

자신들의 교제 상대에 대한 남편의 견해에는, 아내도 딸도 전적으로 찬성이었다. 그러므로 미리 의논한 것도 아니지만, 그들은 한결같이 일본제 접시가 장식물로 걸려 있는 객실로 온갖 핑계를 대면서 들어오는 차림새 나쁜 친구나 친척을 모두 쫓아보내고, 될 수 있는 대로 상대하지 않고 멀리했다. 그렇게 하다 보니, 차림이나 지위가 좋지 못한 친구들은 들어오지 않게 되었으며, 고로빈 가문의 사교 범위는 훨씬 좁아져, 가장 우수한 사람들만이 남게 되었다. 젊은 친구들은 리자니카의 환심을 사려고 했다. 그러자 드미트리 이바노비치 페트리시체프의 아들이며, 그 재산의 유일한 상속자이고 예심 판사인 페트리시체프도 리자니카에게 달라붙기 시작하였다. 이반 일리치는 그 일에 대해서 프라스코비야 표도로브나와 의논을 했다. 저 두 사람을 세 마리의 개가 끄는 썰매에 태워서 놀러 가도록 하거나 그들을 위한 연극을 해보면 어떨까 하고 생각하였다.—

이런 식으로 그들의 생활은 계속되었다. 이렇다 할 변화도 없이 어제와 마찬가지로 오늘도 지나갔다. 모든 것이 순조로웠다.

4

가족들은 모두 건강했다. 입 안에서 좀 이상한 맛이 난다든가, 왼쪽 옆구리가 어쩐지 이상하다든가 하며 가끔 이반 일리치가 호소했으나, 그런 것을 병이라고 부를 수는 없었다. 그렇지만 그 증상이 점점 더 나빠져서, 아직 아픔이라고까지는 할 수 없어도, 항상 옆구리에 답답함을 느끼고, 기분이 좋지 않은 날이 계속되었다. 더욱이 이 기분 나쁜 상태는 점점 더 심해져서, 고로빈가에 뿌리를 내리기 시작하던 밝고 고상한 즐거움을 좀먹기 시작했다. 부부 싸움은 점점 잦아졌으며, 밝은 기분이나 기쁨은 곧 사라져, 그저 간간히 체면이 유지되는 데 불과했다. 다시금 활극이 자주 일어나게 되었다. 이번에도 부부가 싸우지 않고 화합할 수 있는 점이 있기는 했지만 그 횟수는 매우 적었다.

프라스코비야 표도로브나는 남편을 지독하게 까다로운 사람이라고 말했는데 근거 없는 말은 아니었다. 그녀는 천성인 과장벽을 발휘하여 다음과 같이 말했다.

"당신은 지독하게 까다로운 사람이라 나 같은 호인이 아니었다면 20년이나 참고 견딜 수 없었을 거예요."

실제로 요즈음은 그가 싸움을 걸었다. 언제든지 식사를 하려고 할 때, 즉 식사를 시작하려고 막 수프를 먹으려는 순간, 그의 트집이 시작되었다. 어떤 그릇에 이가 빠졌다든가, 식사가 생각했던 것이 아니라든가, 아이들이 팔꿈치를 테이블 위에다 올려놓았다든가, 딸의 머리 빗는 법이 어떻다든가 등등 그때그때마다 트집을 잡는 것이었다. 그리고 그는 만사를 아내의 탓으로 돌렸다. 프라스코비야 표도로브나도 처음에는 덤벼들기도 하고, 더러운 말을 퍼붓기도 했다. 그러나 남편이 두세 번 계속해서 식사를 시작할 때 미친 사람처럼 화를 내고 야단을 쳤으므로, 이것은 식사를 할 때 일어나는 병이 틀림없다고 생각했다. 그래서 그 다음부터는 가슴을 쓰다듬으며 꾹 참고 말대답 따위는 하지 않았다. 그저 조금이라도 빨리 식사를 끝내려고 서둘렀을 뿐이다. 프라스코비야 표도로브나는 이런 겸손한 태도는 자기의 큰 공로라고 속으로 생각했다. 그리고 남편은 지독하게 까다로운 사람이라 자기 생활은 완전히 불행해지고 말았다고 생각하며 자신을 가엾게 여겼다. 자기를 가엾게 생각하는 마음이 간절해지면 간절해질수록, 남편에 대한 증오의 불길은 더욱 더 심하게 타올랐다. 차라리 그 사람이 죽어 주었으면 하는 생각이 들기도 했으나, 그것은 바랄 수도 없는 일이었다. 그렇게 되면 봉급이 딱 끊어져 버리기 때문이었다. 이러한 사정은 남편에 대한 그녀의 기분을 더욱 쥐어뜯어 놓았다. 설령 남편이 죽는다 하더라도 그것이 자기를 구해주지 못한다고 생각하자, 자기가 지독하게 불행하게 여겨졌던 것이다. 그녀는 속을 태우면서도 이 마음을 억지로 숨기고 있었다. 그러나 이렇게 억지로 숨기고 있는 초조감이 일리치를 점점 더 초조하게 만드는 원인이 되었다.

언젠가 또 한바탕 소동이 일어났다. 그 소동은 이반 일리치가 특히 나빴으며, 또 화해를 했을 때 그는 틀림없이 자기가 신경질을 부린 거라고 인정하며, 이것은 병 때문이라고 말했다. 그러나 그녀는 남편에게 병이라면 치료하지 않으면 안 된다고 말하며, 유명한 의사에게 가보라고 독촉했다.

이반 일리치는 병원에 갔다. 모든 것이 그가 얘기하던 대로였다. 만사가 평소와 같이 진행된 데 지나지 않았다. 기대하는 마음, 의사다운 임시 변통—이것은 그 자신도 법정에서 잘 알고 있는 터였다—, 타진, 청진, 미리 결정하고, 분명히 불필요한 대답을 요구하는 여러 질문, 그리고 '당신은 말이오. 요컨대 나만 믿으면 되는 거요. 내가 다 고쳐 줄 테니까. 어떻게 치료해야 하는가를 나는 잘 알고 있으니 조금도 의심할 것 없소. 어떤 병자를 데리고 오더라도 모두 같은 방법으로 치료해 주겠소' 하는 식으로 상대방을 납득시키려는 엄숙한 표정, 그 모든 것이 법정과 똑같았다. 법정에서 그가 피고에게 보였던 표정이나 태도와 똑같은 것을, 이 유명한 의사도 그에게 보이고 있는 것이다.

의사는 말했다.

"이런 징후가 내부에 있는 것은 이러이러한 병이 있기 때문이다. 만약 이것이 이러이러한 검사를 통해 확인해보지 않는다면 이 병은 결국 이러이러한 것이라고 가정하지 않으면 안 된다. 만약 이런 병이 있다고 가정한다면, 그때는……."

그러나 이반 일리치에게 중대한 것은 오직 한 가지 문제, 즉 자기의 상태가 위험한 상태냐 아니냐 하는 것뿐이었다. 그렇지만 의사는 그런 엉뚱한 질문에는 신경도 쓰지 않고 무시해버렸다. 의사의 입장에서 본다면, 그것은 무익한 질문이며, 고려할 가치도 없는 것이었다. 다만 콩팥 처짐증. 신장에 노화현상이 일어나면서 콩팥을 고정하고 있던 조직이 늘어나 콩팥이 이리저리 움직이는 증세이냐 아니면 만성 맹장염이냐, 그런 질병의 가능성을 고려해 볼 뿐이었다.

그리고 의사는 이반 일리치의 눈 앞에서 맹장염에 더 비중을 둔 결정을 내렸다. 단 소변 검사를 해보면 다른 결과가 나올지도 모르므로, 그때는 또 진단이 달라질 것이라는 조건을 붙였다. 그런데 그것은 모두 이반 일리치가 법정에서 기막히게 멋진 방법으로 몇십 번이나 피고에게 써먹은 방법과 조금도 다를 바가 없었다. 이 의사도 그와 마찬가지로 요점만 날조해서 승자처럼 명랑한 태도로, 안경 너머 피고를 흘끔 보았다. 이반 일리치는 의사가 작성한 요점에서 다음과 같은 결론을 끄집어냈다. 확실히 나쁘다. 그렇지만 저 의사는, 아니 어쩌면 모든 사람들이 아무렇지도 않게 생각하고 있는데 나 혼자서만 나쁘다고 생각하고 있는지도 모른다. 이 결론은 이반 일리치에게 강한 충격을 주었으며, 자신에 대한 한없는 연민의 정과, 이런 중대한 문제에 태연할 수 있는 의사의 태도에 깊은 증오감이 일었다.

그렇지만 그는 한마디도 하지 않고, 일어서서 테이블 위에 돈을 놓았다. 그리고 한숨을 푹 쉬고는 입을 뗐다.

"우리 환자란 대개가 돼먹지 않은 질문을 하는 법입니다만, 일반적으로 말해서 이건 위험한 병인지, 그렇지 않으면?……"

의사는 안경 너머로, 한쪽 눈으로 엄숙히 그를 지켜보았으나, 그 태도는 이렇게 말하는 것 같았다. '피고여, 그대가 자기에게 허용된 질문의 한계를 넘는다면, 본관은 부득이 그대에게 퇴정 처분을 명하지 않을 수 없습니다.'

"필요하거나 적당하다고 생각되는 것은 이미 말씀드렸습니다. 이 이상은 검사 결과를 기다리지 않으면 안 됩니다."

의사는 이렇게 말하고 가볍게 고개를 숙였다.

이반 일리치는 천천히 밖으로 나와서, 썰매를 타고 맥없이 집으로 돌아왔다. 돌아오는 도중 그는 줄곧 의사가 한 말을 생각하며, 그 분명치 못하고 까다로운 의학적인 용어를 해석하면서 '내 병은 몹시 나쁜 것인가? 그렇지 않으면 그리 대단치 않은 것일까?'라는 질문에 대한 대답을 캐내려고 노력했다. 의사가 한 말은 모두 매우 나쁜 것 같은 기분이 들었다. 그래서 이반 일리치에게는 거리에 있는 모든 것이 쓸쓸해 보였다. 역마차도 쓸쓸하고, 집들도 쓸쓸했으며, 오가는 사람들도, 상점도 모두 쓸쓸했다. 이 아픔, 한 시간도 멈추지 않고 쿡쿡 쑤시는 아픔은, 의사의 모호하고도 종잡을 수 없는 말과 결부되어 전혀 별개의 더 중요한 의미를 지니고 있는 것처럼 생각되었다. 이반 일리치는 그제서야 새로운 마음으로 답답한 느낌과 이 아픔에 마음을 집중했다.

그는 집에 도착하자, 아내에게 여러 가지 설명을 하기 시작했다. 아내는 귀를 기울였다. 그러나 얘기 도중에 딸이 외출할 준비를 하고 들어왔다. 딸은 마지못해 앉아서 잠깐 이 따분한 얘기를 들으려고 하긴 했으나, 오래 참지를 못했다. 아내도 끝까지 듣고 있지는 않았다.

"그럼, 잘되셨군요. 당신도 조심하셔서 약을 꼬박꼬박 잡수세요. 처방전을 주세요. 게라심을 약방에 보낼 테니까요."

그녀는 이렇게 말하고 옷을 갈아입으러 나갔다.

아내가 방에 있는 동안 그는 숨도 쉬지 않고 있었으나, 그녀가 밖으로 나가버리자 한숨을 푹 내쉬었다.

"아니야, 뭐, 아마 아직은 아무렇지도 않을 거야……."

그는 약을 복용하고 의사의 지시대로 했다. 그러나 그 약과 처방은 소변 검사 결과 변경되었다. 마침 그때, 그 검사결과에 따라 당연히 일어나야 할 사실과의 사이에, 무엇인가 이해할 수 없는 혼란이 일어난 것이다. 의사에게 책임을 추궁할 수는 없었지만, 그가 환자에게 얘기한 것과는 다른 현상이 일어났던 것이다. 의사가 잊어먹었든가 거짓말을 했든가, 그렇지 않으면 환자에게 무엇인가를 숨기고 있든가 그중의 한 가지였다.

그러나 이반 일리치는 여전히 의사의 지시를 정확히 따랐다. 처음 얼마 동안은 그러면서 스스로를 위로했다.

의사를 찾아간 이후로 위생을 위한 의사의 지시와 복약을 정확히 지키는 일, 몸의 아픔과 내장의 여러 기관의 작용에 대해 주의를 기울이는 일이, 이반 일리치에게 중요한 일이 되었다. 그리고 사람들의 병이나 건강 상태가 이반 일리치로서는 제일 흥미의 중심이 되었다. 환자나 죽은 사람이나 병이 완쾌한 사람의 이야기, 특히 그의 병증과 비슷한 병 이야기가 나오면, 그는 가슴이 두근거리는 것을 숨기면서 귀를 기울이고 들었으며, 여러 가지 질문을 해서 하나하나 자기의 병과 비교해 보았다.

아픔은 조금도 가시지 않았다. 그렇지만 이반 일리치는 자기 마음을 채찍질하며, 전보다 훨씬 좋아졌다고 믿기 위해 애를 썼다. 이렇다 할 충분한 자료가 없는 한, 그는 자기를 속일 수 있었다. 그러나 아내와의 사이에 불쾌한 일이 일어나거나, 근무상 실책을 저지르거나 트럼프에 끝수가 나지 않거나 하면, 갑자기 자기 병이 마음에 사무치도록 느껴졌다. 이전에는 이런 경우라도 곧 '이 좋지 않은 상태를 회복하고 말겠다, 이겨야겠다, 성공하고야 말겠다, 갑자기 큰일을 해내고야 말겠다'는 희망에 불타면서, 그런 실패를 참고 견뎠다. 그러나 지금에 와서는 실책에 발목이 잡히면, 곧 절망의 밑바닥으로 떨어지고 마는 것이었다.

'겨우 조금 회복하여 약효도 나타나기 시작했는데, 이런 분한 실패(또는 불쾌한 일)를 맛보다니……' 하고 그는 종종 혼자 중얼거렸다. 그는 자신에게 불쾌감을 주고 목숨을 깎는 듯한 영향을 주는 사람과 불행에 대해 화를 냈다. 그리고 이 분노 때문에 목숨을 빼앗기게 되리라고 느끼면서도, 그것을 억제할 수가 없었다. 주위의 환경이라든가 여러 사람에 대한 이런 분노가 자기의 병을 더 중하게 만들므로, 불쾌한 일에는 주의를 기울이지 않도록 해야 한다는 것을 너무나 잘 알고 있을 텐데도, 그는 정반대의 판단을 내려 다음과 같이 말했다.

"나에게는 안정이 필요하다. 그래서 이 안정을 어지럽게 하는 모든 것을 감시하는 것이다. 다소라도 안정이 흩어지면, 나는 틀림없이 초조해진다."

여러 의학서를 읽어 보고, 몇 사람의 의사와 의논을 해본 것은, 도리어 그의 상태를 악화시켰다. 악화되는 상태는 규칙적으로 진행되었으나, 어제와 오늘을 비교하여 두드러지게 달라진 것은 없다고 생각하며, 자신을 그럴듯하게 속일 수 있었다. 그렇지만 의사에게 의논하면 '점점 악화되고 있다. 그것도 매우 급속하게 악화되고 있는 것 같다'고 생각되었다. 그럼에도 그는 줄곧 의사에게 의논하였다.

그 달의 일이지만, 그는 또 한 사람의 명의를 찾아갔다. 이 명의도 다른 의사와 거의 같은 말을 했다. 다른 것은 문제의 중점을 어디에 두느냐 하는 것이었다. 따라서 이 명의에게 진찰을 받았다는 것은, 이반 일리치의 의혹과 공포를 한층 깊게 했을 뿐이었다. 그리고 그의 친구의 친구 중에 매우 용한 의사가 있는데, 그는 전과는 아주 다른 진단을 내렸으며 더욱이 완치할 수 있다는 것까지 보증해 주었다. 그러나 이 명의 역시 여러 가지 질문과 추측으로 이반 일리치를 더욱 깊은 혼란에 빠뜨렸으며, 그의 의혹만 증폭시켰을 뿐이었다. 지푸라기를 잡는 심정으로 또 다시 찾아간 한 의사는 이전 의사와는 다른 진단을 내리고 색다른 약을 주었다. 이반 일리치는 일주일쯤 아무도 모르게 약을 먹어 보았다. 그러나 일주일이 지났는데도 조금도 좋아진 것 같지 않아, 전의 치료법도 이번의 치료법도 전혀 사용하지 않게 되었으며 점점 더 우울해졌다.

어느 날 잘 아는 한 부인이 성상(聖像)으로 치료하는 방법을 가르쳐 주었다. 이반 일리치는 주의 깊게 귀를 기울였으며, 자신이 그 사실을 믿기 시작했다는 것을 깨달았다. 여기에는 그도 놀라지 않을 수 없었다. '나의 정신력이 그렇게도 약했단 말인가? 부질없는 일이다……. 모든 것이 어리석은 짓이다. 공연히 의심하지 말고, 누구든지 한 똑똑한 의사를 고른 다음, 그 치료법을 엄수하지 않으면 안 된다. 한번 그렇게 해보자. 좋다. 그렇게 하기로 하자. 이젠 다른 것은 생각하지 말고 여름까지 그 치료법을 지키도록 애를 쓰자. 다음 문제는 그때 가서 결정할 일이다. 이제는 이런 일로 갈팡질팡하는 것은 그만두어야겠다…….' 그러나 이렇게 말로는 하기 쉬웠으나, 막상 실행하기는 어려웠다.

옆구리의 통증은 계속 그를 괴롭혔는데, 점점 더 자주 심해지는 것 같았다. 입 안의 고약한 맛도 점점 더 심해졌다. 식욕도 기력도 아주 쇠약해졌다. 이젠 스스로를 속일 수 없었다. 무엇인가 무섭고 새로운, 지금까지의 생애에는 한 번도 없었던 중대한 일이 그의 내부에서 일어나고 있는 것이었다. 그렇지만 이것을 알고 있는 것은 자기 혼자뿐이며, 주위 사람들은 알지 못하거나 알려고도 하지 않은 채, 이 세상은 흘러가고 있었다. 이런 사실이 무엇보다도 이반 일리치를 고통 속에 빠뜨렸다. 집안 사람들은, 특히 사람들을 초대하고 파티를 여는 데에 온통 들떠 있는 아내와 딸은 그가 보는 바로는 아무것도 모르고, 그가 아파서 잔소리가 심한 것이 마치 그의 죄이기나 한 것처럼 못마땅한 태도를 보였다. 그들은 이런 눈치를 보이지 않으려고 노력했지만, 그는 자기가 귀찮은 존재로 취급당하고 있다는 것을 알았다. 아내가 자기의 병에 대해 일정한 태도를 취하고, 그의 말과는 무관하게 그것을 지켜 나가고 있다는 것도 알았다. 아내의 그 태도라는 것은 요컨대 이런 것이었다.

그녀는 사람들에게 이렇게 말을 한다.

"사실대로 말하자면 우리집 양반은 보통 사람들처럼 의사가 시키는 대로 치료법을 지키지 못한단 말예요. 오늘은 어찌어찌해서 약을 먹고, 시키는 대로 식사를 하고, 시간표대로 잠을 자는가 하면, 내일은 그만 제가 조금만 방심하고 있으면 약을 잊어버리고, 가자미를 먹고 말아요. 가자미는 의사가 못 먹게 하고 있는 건데도 말이에요! 게다가 새벽 한 시까지 트럼프를 하느라고 앉아 있답니다."

"이봐, 엉터리 같은 소리하지 마. 언제 그런 짓을 했단 말이야?" 하고 마땅치 않다는 듯이 이반 일리치가 끼어든다. "꼭 한 번 표트르 이바노비치의 집에서 했을 뿐이잖아."

"그렇지만 어제 세베크 씨와도 했잖아요!"

"해보았자 결국 마찬가지야. 어차피 나는 앓느라고 잠을 잘 수가 없으니까……."

"어떤 이유가 있든 간에 그러면 절대로 고칠 수 없어요. 그렇게 언제까지나 우리를 괴롭힐 작정이시군요."

남편의 병에 대해서 프라스코비야 표도로브나가 남이나 남편에게 보이는 표면상의 태도는, '이 병의 원인은 이반 일리치에게 있는 것이요, 이 병은 전부 남편이 저를 괴롭히기 위해 연구해낸 새로운 방법입니다'라는 식으로 생각될 수 있었다. 아내가 이런 태도를 취하게 된 것이 지극히 당연한 일이라고 이반 일리치도 느끼고 있었지만, 그렇다고 해서 마음이 가벼워질 리는 없었다.

이반 일리치는 재판소에서도 사람들이 자기에 대해 이와 똑같은 태도를 보이는 것을 깨달았다. 아니, 그렇게 생각했는지도 모른다. 어떤 때는 머지않아 자리를 양보해 줄 사람이구나 하는 눈초리로 모두들 흘끔흘끔 자기 쪽을 바라보는가 하면, 또 어떤 때는 친구들이 갑자기 아주 친근한 체하면서 자신의 의심 많은 성질을 냉소하는 것이었다. '너의 내부에 뿌리를 박고, 그 정력을 쉴 새없이 빨아먹으면서 어디론가 너를 꼼짝 못하게 끌고 가는, 아직 우리가 들은 일조차 없는 무시무시한 무엇인가가 우리의 가장 좋은 얘깃거리가 되고 있지'라고 말하는 듯한 태도였다. 그중에서도 슈바르츠는 이반 일리치에게 10년 전의 자기를 회상하게 하듯, 희롱하는 듯하면서도 이상하게 단정한 태도로 그의 기분을 초조하게 만들었다.

친구들이 트럼프를 하러 와서 눌러앉는다. 새로 산 트럼프가 봉함이 뜯겨지고 누군가 트럼프를 한 장씩 돌린다. 다이아몬드에 다이아몬드가 겹쳐서 모두 일곱 장이 된다. 그의 한패가 으뜸패가 없다는 것을 밝히고, 다이아몬드를 두 장 원조해 준다. 들어온 것을 보라! 이 이상 무엇이 필요하겠는가? 명랑하고 활기를 띠지 않을 수 없다. 한 건을 할 수 있게 되었다. 확실히 따는 패라는 것은 의심할 나위도 없는 판국이다. 그러나 돌연 이반 일리치는 빨아들이는 것 같은 동통과 입 안의 이상한 미각을 느끼기 시작한다. 그리고 이런 경우에서조차도 '한 건'을 하게 되었다는 기쁨을 맛볼 수 있다는 것이 기이한 일로 생각되는 것이었다.

그는 미하힐로비치 쪽으로 눈을 돌린다. 그런데 이 사람은 다혈질인 듯한 손으로 탁자를 똑똑 치고는, 은근하면서도 대범한 태도로 승패를 잡는 것을 보류하고, 애써 멀리까지 손을 뻗치지 않고 긁어모을 수 있도록 이반 일리치 쪽으로 그 패들을 밀어붙이는 것이었다.

'도대체 이 사나이는 내가 손을 뻗칠 수 없을 정도로 쇠약해졌다고 생각하는 것일까?' 이렇게 이반 일리치는 생각한다. 그래서 으뜸패를 떼는 것을 깜빡 잊고, 자기와 한패인 사람의 패를 더 떼어버려 세 패가 부족해져서 모처럼 '완전히 이긴' 경기를 무너뜨리고 만다. 그러나 무엇보다도 무서운 것은, 미하일 미하일로비치가 몹시 괴로운 표정을 하고 있는데도 그는 반대로 태연한 것이다. '어째서 자기는 태연할까' 그는 그것을 생각하는 것이 두려웠다.

모두들 그의 괴로운 듯한 모양을 보고는 이렇게 말을 건다.

"혹시 피곤하시다면, 우리는 그만두어도 좋습니다. 쉬시는 게 어떻겠습니까?"

"쉬라고? 아니, 나는 조금도 피곤하지 않아."

그들은 다시 승부를 끝까지 계속하게 된다. 모두 음침한 표정으로 잠자코 있다. '나는 이 사람들을 음울하게 만들어 버렸다. 그러나 이런 공기를 없애는 것은, 나로서는 할 수 없는 노릇이다' 하고 이반 일리치는 통감한다. 모두들 야식을 마치고 각각 흩어져 간다. 그리고 이반 일리치만 혼자 남게 된다.

'나는 내 생활을 해쳤을 뿐만 아니라 남의 생활까지도 해치고 있다. 더욱이 이 해(害)는 약해지지 않을 뿐만 아니라, 점점 더 깊이 내 존재를 해칠 뿐이다' 라는 생각으로 스스로를 괴롭히면서, 육체적인 고통과 공포심을 가지고 잠자리에 들어가지 않으면 안 되었다. 아픔 때문에 거의 잠을 못 자고 밤을 새우는 일도 자주 있었다. 그러나 아침이 되면 또 일어나서 옷을 갈아 입고, 재판소에 나가서 얘기를 하고, 글을 쓰지 않으면 안 되었다. 더욱이 죽음의 구렁텅이에 빠지게 되었음에도, 누구 하나 이해하고 동정해 주는 사람도 없이 오직 홀로 이런 나날을 보내지 않으면 안 되는 것이었다.

5

이렇게 해서 2, 3달이 지나갔다. 새해를 맞기 전에, 처남이 이 도시로 와서 그들의 집에 여장을 풀었다. 이반 일리치는 재판소에 나가 있었으며, 프라스코비야 표도로브나도 물건을 사러 나가고 집에 없었다. 이반 일리치가 집으로 돌아와서 무심코 서재에 들어가려고 했을 때, 그곳에서 가방을 열려는 억세고 다혈질인 원기 왕성한 처남의 모습이 눈에 비쳤다. 이반 일리치의 발소리를 듣고 그는 고개를 들었다. 그리고, 잠시 말도 하지 않고 이쪽을 지켜보고 있었다. 이 눈초리는 이반 일리치에게 모든 비밀을 털어 놓게 했다. 처남은 입을 벌리고 '앗' 하고 고함을 칠 뻔했으나, 겨우 억제했다. 이 동작이 모든 것을 설명해 주었다.

"어떤가, 달라졌는가?"

"네, 달라진 것도 같군요."

계속해서 이반 일리치는 자기의 외모에 대한 이야기로 화제를 돌리려고 애를 썼으나, 처남은 끝내 침묵을 지킬 뿐이었다. 그러는 동안 프라스코비야 표도로브나가 돌아왔으므로, 처남은 그쪽으로 가버렸다. 이반 일리치는 문에 자물쇠를 잠그고, 처음에는 정면으로, 다음에는 옆 얼굴을 비쳐보면서 거울 속을 들여다보았다. 그는 아내와 함께 찍은 사진을 들고, 그 모습과 거울 속의 자기를 비교해 보았다. 무서울 만큼 달라졌다. 그리고 그는 팔꿈치까지 옷 소매를 걷어 올려서, 한참 동안 들여다보고는 소매를 내렸다. 그는 긴 의자에 앉았고, 그 얼굴은 밤보다도 더 어두웠다.

'안 된다, 이건 안 되겠다.' 그는 스스로에게 말하고는 벌떡 일어났다. 그리고 책상 쪽으로 성큼성큼 걸어가서, 서류를 펴고 읽기 시작했으나 눈에 들어오지 않았다. 그는 문을 열고 홀을 나갔다. 객실로 통하는 문은 잠겨 있었다. 그는 발끝으로 살금살금 걸어서 그쪽으로 다가가 귀를 기울이기 시작했다.

"아니야, 그건 네가 너무 과장해서 하는 말이다." 프라스코비야 표도로브나가 말했다.

"어째서 과장이란 말이오? 누님은 모르시는가요? 매형은 마치 죽은 사람 같단 말이에요. 그 눈을 보십시오. 도무지 빛이 없어요. 대체 어떻게 된 겁니까?"

"아무도 모른단다. 니콜라예프 씨—이건 다른 의사—가 뭐라고 말씀하셨지만, 무슨 뜻인지 모르겠단 말이야. 레시제스키 씨—이것은 그 유명한 의사—는 또 정반대의 말을 하시니 말이야……."

이반 일리치는 그 자리에서 떠나 자기 방으로 돌아갔다. 그리고 자리에 드러눕자 이런 것을 생각하기 시작했다. '신장, 콩팥 처짐증.' 신장이 찢어져서 왔다갔다하고 있다고 한 의사의 말이 생생하게 떠올랐다. 그래서 그는 상상력을 동원하여 이 신장을 붙잡아 한 군데로 밀어넣고 단단히 못질을 하려고 노력해 보았다. '그렇게만 할 수 있다면' 하고 그는 생각하는 것이었다. '아니다. 다시 한번 표트르 이바노비치를 찾아가 보자.' 표트르 이바노비치는 의사 친구가 있는 그의 동료였다. 그래서 그는 벨을 눌러서 마차를 준비시키고 외출 준비를 시작했다.

"여보, 어디를 가시는 거예요?" 수심의 빛을 띠고 여느때보다 친절한 듯한 표정으로 아내가 이렇게 물었다. 그러나 여느때와 다른 이런 친절한 표정이 그의 비위를 건드렸다. 그는 어두운 얼굴로 아내를 바라보았다.

"표트르 이바노비치에게 가봐야겠소."

그는 표트르 이바노비치와 함께 그의 의사 친구네 집으로 찾아갔다. 다행히도 의사는 집에 있었다. 그래서 그는 두 사람을 상대로 오랫동안 이야기했다.

의사의 의견에 좇아 그의 몸 속에서 발생하고 있는 것을 해부학적, 생리학적으로 자세히 검사를 받은 뒤 모든 것을 이해할 수 있었다.

맹장 속에 조그만 덩어리, 아주 조그만 덩어리가 있었던 것이다. 그것을 고치기란 쉬운 일이다. 갑의 기관의 정력을 강하게 하고, 을의 기관의 작용을 약하게 하면, 거기에 흡수 작용이 생겨서 모든 게 잘되어 간다는 것이었다.

그는 식사 시간에 조금 늦었다. 그러나 식사를 끝내자 유쾌하게 담소를 나누었다. 잠시 동안 일을 하러 서재로 갈 마음이 생기지 않았다. 그렇지만 용기를 내어 서재로 들어갔으며, 그리고 곧 일에 착수했다. 그는 서류를 읽기도 하고 뭔가를 적기도 했다. 그렇지만 이 일이 끝나는 대로 당장 시작하지 않으면 안 될, 지금까지 미루어 왔던 힘들고도 중대한 일이 있다는 의식이 잠시도 머리에서 떠나지 않았다. 그리고 일이 끝났을 때, 이 답답하게 느껴지는 일이라는 것이, 사실은 맹장에 대해서 차근차근 생각해 보는 일이었다는 것을 비로소 깨달았다. 그렇지만 그는 그런 생각에 골몰하지 않고 차를 마시러 객실로 나갔다. 손님들 중에는 이야기에 열중하고 있는 사람도 있었고, 피아노를 치고 있는 사람도 있었으며, 노래를 부르고 있는 사람도 있었다. 딸의 사윗감인 예심 판사도 있었다. 이반 일리치는 프라스코비야 표도로브나의 의견에 의하면, 다른 누구보다도 가장 쾌활하게 그 하룻저녁을 보냈다. 그렇지만 미뤄 오던 중대한 일, 즉 맹장에 관해 잘 생각해 봐야겠다는 생각을 그는 한 순간도 잊을 수가 없었다.

11시에 그는 여러 사람과 헤어져서 자기 방으로 갔다. 병에 걸린 후로는, 서재에 붙은 조그만 방에서 혼자 자고 있었다. 그는 옷을 갈아입자, 졸라의 소설을 손에 들었다. 그러나 그것을 읽지 않고 생각에 잠겼다. 그러자 항상 원하고 있듯이 맹장염이 나은 듯한 느낌이 들었다. 흡수 작용이 일어나고, 배설 작용이 일어나서, 규칙적인 운동이 회복되었던 것이다. '그렇다, 이래야만 된다' 하고 그는 스스로에게 말했다. '이렇게 된 바에는 자연의 작용에 도움을 구할 수밖에 없다.' 그는 약을 먹지 않았다는 생각이 나서 몸을 일으켜서 약을 먹었다. 그러고 나서 드러누워서 약이 어떻게 잘 듣는지, 또 그것이 어떻게 아픔을 구제해 주는지, 그 상태에 마음을 집중시켰다. '그래, 규칙적으로 약을 먹고, 해로운 영향을 주는 것을 피하는 것이 중요하다. 벌써 조금 좋아진 것 같다. 아니, 훨씬 좋아진 것 같다.' 그는 옆구리를 슬쩍 만져 보았다. 그러나 별로 아프지 않았다. '아픔이 느껴지지 않는다. 상당히 좋아진 것이다. 틀림없이.' 그는 촛불을 끄고, 옆으로 누워 보았다……. 맹장이 좋아지기 시작하여 흡수 작용을 일으키고 있다. 그런데 갑자기 어제오늘 느껴 오던 아픔이 아닌, 둔하고 쑤시는 듯한 아픔—집요하고 극심한 아픔—이 일어났다. 입 안에서는 여전히 고약한 맛이 났다. 심장이 콱 오그라들고 머리가 혼란해졌다.

'아아, 어떻게 하면 좋을까? 또 시작되었군. 이 아픔은 절대로 멎지 않을 것이다.' 그에게 사태는 돌연 급변했다. '맹장! 신장' 하고 그는 혼자 중얼거렸다. '아니, 맹장이나 신장 따위는 문제가 아니다. 죽느냐 사느냐 하는 것이 문제인 것이다. 그렇다. 전에는 생명이 있었다. 그렇지만 지금은 생명이 꺼져 가고 있다. 더욱이 그것을 막을 수 없다. 스스로를 속여 봤자 별 수 없다! 내가 죽어

가고 있다는 것은 나 이외의 사람은 누구나 알고 있는 것이 아닌가. 그저 앞으로 몇 주일 내지 며칠간 생명을 유지하느냐 하는 것이 문제일 뿐이다. 어쩌면 지금 당장 죽을지도 모른다. 과거에는 빛이 있었으나 지금은 어둠밖에 없다. 전에는 이 세상에 살고 있었으나, 지금은 저쪽으로 가는 일밖에 남지 않았다. 그러나 대체 어디로?' 그는 온몸에 오싹 오한을 느끼고, 호흡이 멎어 버렸다. 뒤에 들리는 것은 심장의 고동뿐이었다.

'내가 없어지면, 대체 그 뒤에는 어떻게 될 것인가? 아무것도 남지 않을 것이다. 그렇지만 도대체 나는 어디로 간단 말인가, 언제 죽는단 말인가, 이 나는? 정말 죽는 것일까? 싫다, 죽는 것은 싫다.' 그는 벌떡 일어났다. 양초에 불을 붙이려고 부들부들 떨리는 두 손으로 여기저기 더듬다가, 촛대를 방바닥에 떨어뜨리고 말았다. 그래서 그는 다시 벌렁 베개 위에 쓰러지듯 드러누웠다.

'무엇 때문이냐? 어느 쪽이든 마찬가지가 아니냐?' 부릅뜬 두 눈으로 어둠 속을 지켜보면서 그는 이렇게 자신에게 말했다. '죽음, 그렇다. 죽음이다. 더구나 저 사람들은 누구 하나 이 사실을 모르고 있을 뿐 아니라 알려고도 하지 않는다. 불쌍하다고 생각지도 않는다. 그놈들은 음악을 하고 있다.' 문 저쪽에서 말소리와 노랫소리가 희미하게 들려 왔다. '그놈들은 태평스럽다. 그렇지만 놈들도 역시 죽는다. 바보 같으니라구! 내가 한 발 빠르고, 너희는 조금 늦을 뿐인 것을, 결국 죽기는 마찬가지가 아니냐. 그런데도 놈들은 좋아하고 있단 말이야. 제기랄!' 증오로 질식할 것만 같았다. 괴로웠다. 견딜 수 없을 만큼 고통스러웠다. 누구나가 이런 무서운 공포를 겪어야만 하다니 그럴 리가 없다. 그는 벌떡 몸을 일으켰다.

'무엇인가 잘못되어 있어. 냉정해져야 해. 처음부터 다시 생각해 보자.' 그래서 그는 생각하기 시작했다. '그렇다. 이번 일의 시초는 그렇다. 먼저 옆구리를 부딪힌 것이다. 그러나 별로 달라진 것은 없다. 그날도, 그 이튿날도, 다만 조금 쑤실 뿐이었다. 그러나 그후 점점 심해져서, 그 다음날부터는 의사, 비관, 우울, 그리고 또 의사, 이렇게 나는 점점 심연으로 다가갔다. 힘이 점점 약해진다. 심연은 시시각각 다가온다. 그리고 지금처럼 나는 아주 초췌해져서 눈에서 빛이 없어지고 말았다. 결국 죽음이다. 그럼에도 나는 맹장에 대해서만 생각하고 있다. 맹장을 고칠 방법을 생각하고 있다. 그러던 판에 죽음이 닥쳐온 것이다. 그런데 정말 죽음이 닥쳐온 것일까?'

그는 또다시 공포의 포로가 되고 말았다. 숨을 헐떡이며 몸을 굽히고 성냥을 찾기 시작했다. 그러다가 무슨 막대기에 팔꿈치를 쿡 부딪혔다. 그것이 자기를 방해하고 아프게 했다고 해서, 그는 까닭없이 화를 내고, 홧김에 더욱 세게 밀어서 그 막대기를 쓰러뜨렸다. 그리고 절망적인 기분으로 헐떡이면서 벌렁 드러누웠다. 지금 이 자리에 죽음이 닥쳐오리라.

마침 손님들이 돌아가는 참이었다. 프라스코비야 표도로브나가 배웅을 하고 있었다. 그러나 무슨 물건이 쓰러지는 소리가 들려, 그녀는 방으로 들어갔다.

"어떻게 된 거예요?"

"아무것도 아니야. 실수를 해서 떨어뜨렸지."

그녀는 나갔다. 그리고 양초를 가지고 왔다. 와보니 거기에는 남편이, 마치 10리나 되는 길을 달려온 사람처럼 숨을 헐떡이면서 괴로워하며 누워 있었다. 움직이지 않는 두 눈으로 아내 쪽을 바라보면서.

"어떻게 되신 거예요, 여보?"

"아무것도…… 하지는…… 않았어. 떠……떨어……뜨렸던…… 거야."

'무슨 말을 해도 아무 소용 없다. 어차피 저 여자는 못 알아들을 테니까' 그렇게 그는 생각했다.

아닌 게 아니라 그녀는 도무지 알아듣지를 못했다. 그래서 양초를 주워서 불을 켜자마자 그녀는 총총히 사라졌다. 아직도 손님을 배웅하지 않으면 안 되었기 때문이다. 그녀가 다시 돌아왔을 때도, 그는 여전히 드러누워서 천장만 우두커니 바라보고 있었다.

"어떻게 되신 거예요. 기분이 안 좋으세요?"

"음!"

그녀는 심각한 얼굴로 잠시 남편 옆에 앉았다.

"여보, 그 레시제스키 씨에게 왕진을 부탁하면 어떨까요?"

그녀의 말은 돈을 아끼지 말고 명의를 부르라는 뜻이었다. 그는 독기 있는 미소를 띠며 "싫어" 하고 대답했다. 그녀는 한참 동안 잠자코 있었으나, 이윽고 옆으로 다가가서 남편의 이마에 키스했다.

아내가 키스하고 있는 동안, 이반 일리치는 그녀가 미워서 견딜 수 없었다. 그래서 그녀를 밀치지 않기 위해 자기를 억제하지 않으면 안 되었다.

"그럼. 안녕히 주무세요."
"응."

6

이반 일리치는 죽음이 임박하고 있다는 것을 알았다. 그리고 줄곧 절망 속에서 헤매고 있었다. 마음속으로는 자기가 다 죽어 가고 있다는 것을 알고 있었지만, 그러나 이런 생각에 익숙하지 않았을 뿐만 아니라 어째서 죽어가고 있다는 것을 이해할 수 없는지 그 이유조차 납득할 수 없었다.

전에 키제에테르의 논리학에서 배운, '가이우스는 인간이다. 인간은 죽는다. 그러므로 가이우스도 죽는다'라는 삼단 논법의 예도, 그에게는 오늘까지 가이우스에게 해당되는 것이었지 자신과는 전혀 관계가 없는 일로 생각했다. 왜냐하면, 가이우스는 인간, 즉 일반적이고 추상적인 인간이기 때문에 이 논법에 맞지만, 그는 가이우스가 아닐 뿐 아니라 일반적 인간도 아니며, 항상 다른 사람과는 다른 존재였기 때문이다. 즉 마마, 파파, 미차, 블라쟈, 장난감, 마부, 유모, 카첸카, 거기다 또 유년, 소년, 청년 시절의 모든 환희, 비애, 감격 등과 함께 있는 바냐*2이기 때문이다. 바냐가 가장 좋아하던 무늬 있는 가죽 공의 그 냄새를 가이우스 따위가 알 수 있을까? 가이우스는 그런 식으로 어머니의 손에 키스를 했을까? 또 가이우스의 귀에도 어머니의 옷 스치는 소리가 그렇게 들렸을까? 가이우스는 법률학교에서 고기 만두 때문에 소동을 일으켰을까? 가이우스가 자신이 했던 식으로 연애를 했을까? 가이우스가 그런 식으로 재판을 할 수가 있었을까?

가이우스라는 인간은 마땅히 죽어야 한다. 그에게는 죽는다는 것이 당연한 것이다. 그렇지만 나 바냐, 즉 무수한 감정과 사상을 가진 이반 일리치에게는 죽음이 전혀 다른 문제이다. 죽지 않으면 안 된다고 하는 것은, 도저히 있을 수 없는 일이었다. 그것은 너무나 무서운 일이다.

이것이 그가 생각하고 느끼고 있는 것이었다.

'만약 나도 가이우스처럼 죽지 않으면 안 된다고 한다면 그것을 다 알고 있는 내부의 소리가 나에게 그 사실을 말해 줄 것이다. 그러나 나의 내부에는 그

---

*2 이반의 애칭.

런 소리가 들리지 않는다. 나는 물론 친구들도 우리는 가이우스의 경우와는 전혀 다르다는 것을 이해하고 있다. 그런데도 나는 현재 이 꼴이란 말이다!' 그는 자신에게 계속해서 말했다. '그럴 리가 없다, 그럴 리가 있을 수 없다라고 해보았자, 그것은 확실히 있는 것이다. 이건 도대체 어떻게 된 노릇이냐? 어떻게 풀면 될까?'

그는 아무래도 납득이 가지 않았으므로, 그 생각을 허위이고 부정이며 병적인 것으로 간주하여 쫓아내 버리고, 이 생각의 공간에 대신 바르고 건전한 사상을 심으려고 노력했다. 그러나 그런 생각도 그저 단순히 하나의 생각으로서만 머물러 있지를 않고, 마치 하나하나가 현실인 것처럼 다시금 그의 눈 앞으로 돌아와 떡 버티고 앉았다.

그는 이 상념 대신에 다른 여러 가지 생각을 차례대로 불러내어서, 그 속에서 기댈 곳을 찾아내려고 했다. 또 전에 죽음에 대한 생각에 빠질 때마다 시선을 돌리게 했던 다른 상념들을 떠올리려고도 했다. 그러나 이상하게도 이전의 죽음에 대한 생각을 지워버리고 또 그 생각을 짓밟아 주던 모든 것이, 이제와서는 그런 작용을 해주지 않았다. 최근 이반 일리치는 죽음에 대한 생각을 차단해 주던 여러 가지 감정을 회복하려고 노력하는 데 대부분의 시간을 소비하고 있었다.

'한번 일에 정력을 기울여 보자. 전에는 그것이 내 생명이었으니까 말야' 하고 혼자 중얼거릴 때도 있었다. 그래서 그는 자신에게서 비롯되는 의혹을 내쫓기 위해서 재판소로 나갔다. 동료들과 얘기를 하고 여느때처럼 법정에 참석하면, 그는 걱정스러운 눈초리로 무심한 듯 군중을 바라보고, 떡갈나무 의자의 팔걸이에 말라빠진 두 손을 뻗친다. 그리고 언제나처럼 동료들 쪽으로 몸을 굽히면서 읽던 서류를 조금 밀어놓고 두세 마디 속삭이고 나서 눈을 들어서 똑바로 고쳐 앉고는, 틀에 박힌 말을 꺼내며 일을 시작한다. 그러나 공판 도중에 갑자기 옆구리에 통증이 일어나고, 재판의 진행이 어떻게 되었건 그런 것과는 일체 상관없이 속을 갉아먹는 듯한 일리치의 고통은 시작되었다. 그러면 이반 일리치는 재판에 정신을 집중하여 아픔에 대한 것은 되도록이면 생각하지 않으려고 하지만 아픔은 여전히 더 맹렬해진다. 그러고는 통증은 그에게 다가와서 정면에 버티고 앉아서 이쪽을 지켜보고 있다. 그의 몸은 막대기처럼 굳어지고 눈에서 빛이 사라져 버린다. 그래서 그는 다시 자신에게 물어본다. '도대

체 고통만이 진실이란 말인가?'

그와 같이 훌륭하고 섬세한 재판관이 당황하고 실수를 저지르는 것을 보고, 동료나 부하들은 놀라기도 하고 동정하기도 한다. 그는 몸부림을 치면서 의식을 회복하려고 한다. 그리고 그럭저럭 재판을 끝내고 나면, 이제 전처럼 '재판이란 일도 자기가 숨기려고 하는 것을 숨겨 주지 않는다. 재판 일도 그놈으로부터 빠져나오는 수단이 되지는 못한다'라는 슬픈 생각에 젖어서 귀로에 오르는 것이다. 그렇지만 무엇보다도 나쁜 것은, 통증이란 놈이 그를 자기 쪽으로 끌어당기는 일이었다. 그것은 그에게 무슨 일을 시키기 위해서가 아니라, 그저 그를 몰아놓고 자기를 지켜보도록 하기 위해서, 정면으로 들여다보도록 하기 위해서였다. 아무것도 하지 못하게 해놓고, 이루 다 말할 수 없는 고통을 맛보게 하기 위한 짓임에 틀림없었다.

이반 일리치는 이런 상태에서 자신을 구해내기 위해서 위로를, 새로운 눈가림을 찾아 헤맨다. 그 새로운 눈가림이 생겨서, 이것으로 잠시 동안 구원받은 것처럼 생각되기는 하지만, 그것 역시 곧 무너지고 만다. 아니, 오히려 투명해지고 마는 것이었다. 마치 그놈이 모든 것을 관통하여 어떤 것도 그것을 가로막을 힘이 없는 것같이.

그 무렵에 흔히 있었던 일이지만, 그가 객실—그가 장식을 한 객실이며, 그가 사닥다리에서 떨어졌던 방이며, 또한 생각하기만 해도 화가 치밀 정도로 턱없는 얘기지만, 이 객실을 장식하다가 그는 생명을 희생당했다. 왜냐하면, 그의 병은 본인이 잘 알고 있듯이 그 타박상에서 시작되었기 때문이다. 이렇게 말썽이 있는 객실로 들어가자, 니스칠을 한 테이블에 무엇인가로 찔린 것 같은 흠집이 눈에 띄었다. 그 원인을 알아본 결과, 앨범 끝의 구부러진 청동 장식품에 긁힌 것이었다. 그는 자신이 애정을 깃들여 만들어 놓은 소중한 앨범을 손에 들었다. 그러자 딸이나 그 친구들이 조심성 없는 것이 한없이 못마땅해졌다. 어떤 곳은 사진이 찢어져 있었으며 어떤 곳은 사진이 거꾸로 붙어 있었다. 그래서 그는 열심히 그것을 정돈하고, 구부러진 장식을 예전대로 고쳤다.

그러고 나자 그는 앨범이 놓여 있는 테이블을 꽃이 장식되어 있는 쪽으로 옮길 생각이 든다. 그래서 하인을 부른다. 딸과 아내가 도우려고 온다. 하지만 그들은 찬성하지 않는다. 그는 다툰다. 화를 벌컥 낸다. 그러나 그래도 만사는 순조로웠다. 그는 그 일을 잊어버릴 수 있었고, 그놈의 모습은 보이지 않았기 때문이다.

그렇지만 그가 제 손으로 직접 옮기려 할 때, 아내가 이렇게 말참견을 했다.

"그만두세요. 일하는 사람들이 하면 되지 않아요. 또 몸이 나빠지시면 어떻게 해요?"

그러자 갑자기 그놈이 눈가림을 하고 흘낏 모습을 보였다. 그는 그놈을 알아봤다. 그렇지만 그놈에게 잠깐 눈을 돌렸을 뿐이므로, 곧 자취를 감추게 되리라 은근히 기대를 했다. 그러나 저도 모르게 옆구리로 마음을 집중했다. 그러자 거기에는 여전히 같은 것이 잠복하고 있었다. 역시 전처럼 쑤신다. 더 이상 잊고 있을 수 없게 되었다. 더욱이 그놈이 꽃 뒤에서 이제는 드러내놓고 이쪽을 지켜보고 있다. 도대체 이것은 어떻게 된 것일까?

'그렇다. 여기서 이 커튼 옆에서, 나는 생명을 잃어버렸던 것이다. 마치 태풍을 만난 것처럼. 그러나 정말 그럴까? 참으로 무섭고 턱없는 일이야! 그럴 리가. 있을 수 없다. 있을 까닭이 없다. 그럼에도 그런 일은 일어났다.'

그는 서재로 가서 드러누웠다. 그리고 또다시 그놈과 마주한다. 그놈과 얼굴을 마주 보고 있지만, 그놈을 몰아낼 힘도 없다. 그저 그놈을 잠자코 바라보면서 조마조마하고 있을 뿐이었다.

7

이반 일리치가 발병한 지 3개월째 일이었다. 어째서 그렇게 되었는지, 조금씩 조금씩 눈에 띄지 않게 진행되었으므로 무어라고 말할 수는 없지만, 아내도 딸도 아들도 일하는 사람들도 친구들도 의사도, 아니 그렇게 말하는 그 자신까지도 알게 된 사실이 있었다. 그것은 다름 아니라, 머지않아 그가 자리를 떠날 것인지 어떤지, 그의 존재로 인해 일어나는 압박감으로부터 살아 있는 사람이 해방될 날은 언제일지, 그리고 그 자신 역시 자신의 고민에서 해방될 날은 언제일지 하는 것에만 다른 사람들의 관심이 집중되어 있다는 것이었다.

점점 잠을 조금씩밖에 잘 수 없게 되어 간다. 아편을 쓰기도 하고 모르핀 주사를 맞기도 했다. 그러나 그것으로도 좀체로 그는 편해지지 않았다.

반쯤 마취 상태에서 맛보는 둔한 애수가, 처음에는 무엇인가 새로운 것처럼 약간 기분을 가볍게 해주었으나, 그 애수도 곧 노골적인 고통보다 더 괴로운 것이 되어버렸다.

의사의 처방에 따라 특별한 음식을 만들어 달라고 했다. 그렇지만 그런 음식도 모두 그에게는 점점 맛없고 싫어졌다.

배변을 위해서도 특별한 설비가 마련되었다. 그러나 이것도 그때마다 고통으로 변했다. 이 고통은 불결함, 꼴불견, 역겨운 냄새 같은 소동과 다른 사람이 보살펴 주어야만 한다는 의식에서 오는 것이었다.

그러나 불유쾌하기 짝이 없는 이런 일들 가운데, 이반 일리치에게도 하나의 위안거리가 생겼다. 그를 위해 언제나 뒷바라지를 하러 와주는 주방 담당 하인 게라심이었다.

게라심은 도시의 음식으로 살이 뚱뚱하게 찐 깨끗하고 건강한 젊은 농부였다. 언제나 명랑하고 밝은 표정을 하고 있는 사람이었다. 매일 깨끗한 러시아식 옷을 입고서 이런 더러운 일을 하고 있는 사내의 모습이 처음에는 이반 일리치를 당황케 했다.

언젠가의 일이었다. 이반 일리치는 변기에서 일어난 뒤, 바지를 끌어올릴 힘이 없어, 보드라운 안락의자에 쓰러지듯 앉아서, 힘줄이 불룩불룩 솟아오른 힘없는 벌거숭이 넓적다리를 무서운 듯이 바라보고 있었다.

그런데 두툼한 장화를 신은 게라심이 그 장화에 묻은 타르와 겨울 공기의 상쾌한 냄새를 사방에 발산시키면서, 가벼우면서도 힘있는 발걸음으로 들어왔다. 그는 말쑥한 굵은 삼베 앞치마를 걸치고, 역시 말쑥한 사라사의 루바시카를 입고, 소매를 걷어올리고 튼튼하고 젊은 팔을 드러내 놓고 있었다. 그는 이반 일리치 쪽에는 눈도 돌리지 않고, 병자에게 모욕감을 주지 않기 위해 자기 얼굴에 빛나고 있는 삶의 기쁨을 억제하려는 태도가 역력히 보였다. 그는 변기 쪽으로 뚜벅뚜벅 걸어왔다.

"게라심." 이반 일리치는 약한 목소리로 불렀다.

게라심은 흠칫 무슨 실수나 저지르지 않았나 싶어 놀랐다. 겨우 수염이 나기 시작한 생기가 넘치고 선량하고 단순한 젊은 얼굴이 재빨리 환자 쪽을 향했다.

"왜 그러세요?"

"몹시 기분이 좋지 않겠지. 용서해 주게. 나는 할 수 없으니까."

"당치도 않은 말씀입니다. 제가 이렇게 하는 것은 당연한 일입니다! 나리는 몸이 불편하시니까요."

게라심은 두 눈을 번쩍이고, 젊고 흰 이빨을 드러내며 웃었다.

그는 튼튼한 두 손으로 여느때처럼 그 일을 해치우고는 경쾌한 발걸음으로 나갔다. 그리고 5분 가량 지나자 역시 경쾌한 걸음으로 되돌아왔다. 이반 일리치는 여전히 안락의자에 앉아 있었다.

"게라심." 그가 깨끗이 씻어낸 변기를 제자리에 놓았을 때, 이반 일리치는 말했다. "미안하지만, 여기로 와서 좀 도와주게." 게라심이 옆으로 다가왔다. "나를 좀 일으켜 주지 않겠나? 아무래도 혼자서는 괴로워서 말이야. 드미트리는 심부름을 보내서 없고."

게라심은 옆으로 다가왔다. 그리고 걸음걸이와 마찬가지로 튼튼한 두 팔로 주인을 가볍게 끌어안더니 솜씨 있게 가만히 일으키고 그대로 부축하면서, 한 손으로 바지를 끌어올려 거기에 앉히려고 했다. 그렇지만 이반 일리치는 긴 의자로 데리고 가달라고 부탁했다. 그래서 게라심은 껴안다시피 하면서 가벼운 물건을 나르듯이, 그를 긴 의자 옆으로 데리고 가서 그 위에 앉혔다.

"고마워. 너는 정말 솜씨 있게 잘 해준단 말이야."

게라심은 또 한 번 빙긋 웃고는 그대로 나가려고 했다. 그러나 이반 일리치는 이 사내와 함께 있는 것이 기분이 좋았으므로 그대로 내보내고 싶지 않았다.

"저, 미안하지만 그 의자를 이쪽으로 좀 밀어 주지 않겠나? 아니, 그쪽의 것 말이야. 발 밑에 놓아 주게. 발이 높으면 조금 편하단 말이야."

게라심은 의자를 가지고 오자, 바닥에 닿을 때 소리가 나지 않도록 가만히 놓았다. 그리고 이반 일리치의 두 발을 그 위에 올려놓았다. 게라심이 그의 다리를 높이 들자, 이반 일리치는 훨씬 편해진 것 같은 기분이 들었다.

"다리를 올리고 있으면 상당히 편하단 말이야." 그는 말했다.

"기왕이면 그 베개를 갖다놓아 주지 않겠나?"

게라심은 그대로 했다. 다시 다리를 쳐들어서 베개를 위에 올려놓았다. 그러자 이번에도 게라심이 다리를 들고 있는 동안, 이반 일리치는 기분이 훨씬 좋아진 것같았다. 동시에 그가 다리를 내려놓으면 전보다 기분이 나빠진 것처럼 느껴졌다.

"게라심, 지금 바쁜가?" 이반 일리치가 물었다.

"아닙니다. 바쁘지 않습니다."

도시에 나와서 남들이 주인과 말하는 것을 들어서 배운 게라심은 이렇게 말했다.

"아직도 할 일이 남아 있나?"

"아무것도 없습니다. 다 끝내 버렸으니까요. 내일 땔 장작을 패기만 하면 됩니다."

"그래? 그럼 이 다리를 치켜들고 있어 주지 않겠나, 어떤가?"

"쉬운 일입니다. 좋습니다."

게라심은 다리를 높이 쳐들었다. 이반 일리치는 전혀 고통이 느껴지지 않는 것 같았다.

"그렇지만 장작은 어떻게 하지?"

"걱정하실 것 없습니다. 적당히 해치울 테니까요."

그때부터 이반 일리치는 가끔 게라심을 부르게 되었다. 그리고 두 다리를 게라심의 어깨에 올려놓게 하고는, 그를 상대로 얘기하기를 좋아했다. 게라심도 가벼운 기분으로 기꺼이, 그리고 친절하게—이것은 이반 일리치를 감동시켰다—자기의 일을 해냈다. 다른 사람들의 건강, 힘, 생기 같은 것은 이반 일리치에게 모욕감을 주었다. 그러나 게라심의 힘이나 생기는 이반 일리치를 괴롭히지 않을 뿐만 아니라 오히려 그의 마음을 진정시켜 주었다.

이반 일리치의 주된 고통은 기만이었다. 어째서인지 모두들 받아들이고 있는 기만은 그저 그는 병에 걸려 있을 뿐이지 빈사 상태에 있는 것은 아니다. 그러므로 감정에 사로잡히지 않고 치료만 게을리하지 않는다면 대번에 좋아질 수 있다는 것이다. 그러나 다른 사람들이 아무리 손을 쓰더라도 오히려 견디기 어려운 고통과 죽음밖에는 별다른 결과가 없다는 것을 그도 뻔히 알고 있었다. 이런 기만이 그를 괴롭혔던 것이다. 사람들은 자기도 알고 있으며 환자도 알고 있는 사실을 인정하려고는 하지 않으면서, 이러한 무서운 사태에 대해 환자에게 거짓말로 속이려고만 할 뿐만 아니라 환자인 자신에게까지 이 기만에 한몫 거들 것을 강요하려는 사실이, 그를 고뇌의 밑바닥으로 밀어넣었다. 자기의 죽음 직전에 행해지는 이 허위, 무섭고 엄숙한 이 죽음이라는 사실, 보통 때의 일반적인 방문이 식사 때의 가자미 따위와 같은 수준으로 끌어내리려고 하는 이 기만이, 이반 일리치에게는 무서운 고통의 원인이었다. 그런데 이상하게도 그들이 그런 장난을 칠 때마다 이렇게 소리치고 싶은 것을 참은 적이

한 두 번이 아니었다.

'거짓말을 하는 것은 그만두자. 내가 다 죽어 가고 있다는 것은 너희들도 알고 있으며 나 자신도 알고 있다. 그러니, 제발 거짓말을 하는 것만은 그만두자.'

그러나 그것을 입 밖에 낼 기력이 없었다. 무섭고 기분 나쁜 자기의 죽음이라는 사실도 주위의 사람들에 의해, 더욱이 자기가 평생을 두고 봉사해 온 소위 '의례(儀禮)'라는 것에 의해, 그저 우연한 불쾌한 일, 대단치 않은 실례라는 정도로 끌어내려지고 말았다. '이를테면 객실로 들어가면서 고약한 냄새를 풍기는 인간과 같은 종류로 취급되고 있다'는 것을 그는 알고 있었다. 또 누구 하나 자기의 상태를 이해하려고도 하지 않았으므로, 자기를 동정해 주는 사람이라고는 한 사람도 없다는 것을 그는 알고 있었다. 그런데 게라심만은 이 상태를 이해하고 그에게 동정해 주었다. 그러므로 이반 일리치는 게라심과 함께 있을 때만 기분이 좋은 것이었다.

게라심은 때때로 밤새도록 주인의 다리를 쳐든 채 자러 가려고 하지도 않았다. 그리고 "아무쪼록 걱정일랑 마십시오, 나리. 아직도 잘 시간은 얼마든지 있으니까요."라고 말할 때도 있었으며, 또 어떤 때는 느닷없이 "나리가 만약 병에 걸리지 않았더라도 제가 돌보아 드리는 것은 당연한 일이 아니겠어요?" 하고 친근한 말투로 덧붙이기도 했다. 이런 경우 이반 일리치는 참으로 마음이 흐뭇해졌다. 게라심만이 거짓말을 하지 않았다. 그만이 일의 진상을 이해하고 있었다. 그리고 이것을 숨기려고도 하지 않았고, 말라빠진 약한 주인을 진심으로 불쌍하게 생각하고 있다는 것은, 모든 점으로 미루어보아 분명했다. 언젠가 이반 일리치가 그를 무턱대고 나가라고 했더니, 그는 노골적으로 말했던 것이다.

"인간은 누구나 죽는 법입니다. 그렇다고 해서 도와주지 않을 수는 없습니다." 그러나 이 말 가운데 그는 다음과 같은 뜻을 나타내고 싶었다. '긴 수고를 무릅쓰고 도와드리는 것은, 다 죽어가는 사람들을 위해서입니다. 그리고 저도 만일의 경우 누군가로부터 같은 일을 해주기를 바라기 때문입니다.'

죽음에 대한 기만 이외에, 혹은 이 기만의 결과로써, 자신이 바라고 있듯이 동정을 해주는 사람은 한 사람도 없다는 사실이 이반 일리치에게는 가장 큰 고통이었다. 이반 일리치는 오랫동안의 고통을 겪은 뒤 강하고 격렬한 한 가지 소원을 갖게 되었다. 그것은, 털어놓기 쑥스러운 일이었으나, 마치 병든 아이를 가엾게 여기듯 누군가 자신을 불쌍히 여겨 주었으면 하는 소원이었다. 아이를 쓰다듬거나 위로하듯, 다른 사람에게서 애무를 받거나 키스를 받거나 동정의 눈물을 바랐던 것이다. 그는 자기가 당당한 관리이고, 벌써 수염도 희어져 가고 있으므로 그런 일은 있을 수 없다는 것을 생각하면서도 그래도 그렇게 해 주기를 바라고 있었다. 그런데 게라심과 지내는 동안에는 자신의 바람과 가까운 무엇인가가 존재하고 있었다. 게라심과의 만남은 그에게 위로가 되었다.

이반 일리치는 소리를 내어 울고 싶었다. 사람들에게 애무를 받거나 동정을 받고 싶었다. 그러나 그 자리에 동료인 판사 슈베끄 같은 사람이 참석을 하게 되면, 이반 일리치는 울거나 어리광을 부리는 대신에, 정색을 하고 엄숙하며 그럴듯한 표정을 하고 대법원 판결의 의의에 대하여 자기 주장을 말하고 그것을 고집하는 것이었다. 그 자신의 내부에서의 이 기만은, 이반 일리치의 마지막 며칠 남지 않은 나날을 무엇보다도 심하게 고통스럽게 했다.

8

아침이었다. 게라심이 나간 다음, 하인인 표도르가 들어와서 촛불을 끄고, 한쪽 커튼을 열고는 조용히 청소를 하려는 것으로 아침이란 것을 알 수 있었다. 아침이건 밤이건 금요일이건 일요이건 어차피 마찬가지였다. 아무런 변화도 없었다. 1분 1초도 쑤시는 일이 진정되지 않는 견딜 수 없는 아픔, 끊임없이 절망의 낭떠러지로 나아가면서도 아직도 사라지지 않는 삶의 의식, 유일한 현실인, 점점 육박해 오는 무섭고 증오스러운 죽음, 언제나 변함없는 기만, 거기에 무슨 날이 있으며, 주가 있으며, 또한 시간이 있을 수 있겠는가?

"차를 드시겠습니까?"

'이 녀석에게는 매일 아침 주인에게 차를 내놓는 관습이 필요하겠지.'

이반 일리치는 생각했다. 그래서 그는 딱 한마디 이렇게 말했다.

"필요 없어."

"긴 의자 쪽으로 옮기시면 어떻겠습니까?"

'이 녀석은 방을 치워야 하는데 내가 방해가 된단 말이구나. 불결하고 단정치 못한 나이니까' 그는 그렇게 생각하고 딱 한마디만 했다.

"아니, 그대로 둬."

하인은 아직도 무엇인가 부스럭거리고 있다. 그래서 이반 일리치는 손을 약간 뻗쳤다. 표도르가 충실하게 옆으로 다가왔다.

"무엇이 필요하십니까?"

"시계를 다오."

표도르는 곧 가까이 있는 시계를 집어들어 내밀었다.

"8시 반이로군. 저쪽은 아직 일어나지 않았나?"

"네, 아직 일어나시지 않았습니다. 바실리 이바노비치 도련님—이것은 아들이었다—은 학교에 가셨습니다만, 마님께서는 나리께서 부르시거든 깨워 달라고 분부하셨습니다. 깨워드릴까요?"

"아니, 그럴 필요 없어."

'차나 마셔 볼까?' 그는 잠시 생각했다.

"그럼 차, ……차를 가져다 주게."

표도르는 문께로 걸어갔다. 그러자 이반 일리치는 홀로 남아 있는 것이 무서워졌다. '어떻게 저 녀석을 붙잡아 둘 방법은 없을까? 그렇다, 약이다.'

"표도르, 약을 줘."

'어쩌면 약효과가 나타날지도 모른다.' 이렇게 생각하면서, 그는 약을 숟가락에 따라 먹었다. '아니야, 효과가 있을 리 없다. 모두 어리석은 짓이다. 거짓말이다.' 혓바닥에 익숙한 아무런 희망도 없는 맛을 보자마자, 그는 이렇게 단정하고 말았다. '아니다. 이젠 믿지 않겠다. 그렇지만 이 아픔, 이 아픔은 어찌된 까닭일까. 단 1분간이라도 좋으니 진정되었으면 좋겠다.' 그는 끙끙 앓기 시작했다. 그러는데 표도르가 돌아왔다.

"저쪽으로 가서 차를 가져오란 말이야."

표도르는 나갔다. 이반 일리치는 혼자 있게 되자 다시 신음했으나, 그것은 '아무리 무서운 것일지라도' 고통 때문이라기보다는 오히려 슬픔에 원인이 있었다. '언제나 똑같은 일의 연속이다. 끝없이 되풀이되는 낮과 밤, 차라리 빨리……, 아니 무엇이 빨리란 말이냐? 죽음, 암흑, 싫다, 싫어. 어떤 일이라도 죽음보다는 낫다!'

표도르가 차를 쟁반에 들고 오자, 이반 일리치는 마치 그가 누구인지 모르는 것처럼 멍청한 눈초리로 잠시 동안 그를 바라보고 있었다. 표도르도 이 눈초리로 잠시 동안 그를 바라보고 있었다. 그러나 표도르가 어리둥절하는 순간 이반 일리치는 겨우 제정신으로 돌아왔다.

"참, 그렇지, 차를 가져왔나? 거기에 놓아 두게. 그리고 좀 도와주게. 몸을 닦고 셔츠를 갈아입고 싶으니까."

이반 일리치는 몸을 닦기 시작했다. 그는 쉬엄쉬엄 손과 얼굴을 씻자, 이를 닦고, 다음에는 머리에 빗질을 하려다가 거울을 잠깐 들여다보았다. 그러자 공포에 휩쓸리기 시작했다. 특히 무서웠던 것은 머리카락이 창백한 이마에 찰싹 들러붙어 있는 모습이었다.

셔츠를 갈아입을 때, 자기 몸을 바라보면 더욱 무서워지리라는 걸 알고 있었으므로, 그는 자기 모습을 보지 않으려고 노력했다. 그래서 그 자리는 무사히 넘겼다. 그는 가운을 입고 담요로 몸을 감고선 차를 마시기 위해 안락의자에 앉았다. 그 순간 그는 상쾌한 기분을 느꼈다. 그렇지만 차를 한 모금 마시자마자, 또다시 그 고약한 맛과 아픔이 시작되었다. 그는 억지로 또 한 잔을 마시고 나서는 드러누워 두 다리를 뻗었다. 그는 드러눕자 표도르를 내보냈다.

모든 것이 똑같았다. 희망의 물방울이 번쩍이는가 하면, 또다시 절망의 바다가 미친 듯 날뛴다. 끝없는 아픔, 끝없는 우수, 모든 것이 똑같았다. 혼자 있기가 견딜 수 없이 쓸쓸해서 누구든지 부르려고 했다가도, 다른 사람이 있으면 더욱 좋지 않다는 것을 이미 알고 있는 그였다. '또 모르핀이라도 맞을까. 모든 것을 잊을 수만 있다면 얼마나 좋겠는가. 그 사람에게, 그 의사에게 말해서 좀 더 좋은 방법을 연구해 달라고 해야지. 이래 가지고는 못 견디겠어. 견딜 수가 없어.'

한두 시간은 이렇게 지나갔다. 그러자 대기실에서 벨이 울렸다. 의사였다. 발랄하고 건강하고 살이 찐 명랑한 의사였다. '당신은 무엇엔가 놀란 모양인데, 내 손으로 당장 고쳐 드리지'라고 말하고 싶은 표정을 띠고 있는, 의사는 자기의 표정이 이런 장소에는 어울리지 않는다는 것을 알았다. 그러면서도 이미 그런 표정을 짓는 것에 습관이 되어 있어 벗어날 수 없었다. 그것은 마치 아침부터 연미복을 입고 여기저기 뛰어다니는 인간과 똑같았다.

의사는 생기 있게 그리고 위로하는 듯한 태도로 두 손을 비비고 있었다.

"아주 추워졌습니다. 무서운 추위랍니다. 잠깐 몸을 녹이도록 해주십시오."

의사는 마치 자기가 몸을 녹일 동안 잠깐만 기다려 주면 몸을 녹이고 나서 모든 것을 깨끗이 고쳐 드리겠다고 말하고 싶은 듯한 표정으로 말했다.

"그런데 좀 어떻습니까?"

이반 일리치의 직감에 의하면, 의사가 '어떻습니까? 요즘 경기는?'이라고 말하고 싶었지만 그렇게 말해서는 안 된다고 깨닫고는 그렇게 말을 바꾼 듯 싶었다.

"어젯밤에는 어땠습니까?"

이반 일리치는 의사 쪽으로 흘끔 눈을 돌려 이렇게 물어보고 싶은 듯했다. '당신이란 사람은 언제나 자신에게 부끄럽지가 않군요. 거짓말을 그렇게 한다는 것이 말이오.'

그러나 의사는 이 힐문에 대해 해명을 하려고 하지 않았으므로 이반 일리치는 말했다.

"여전히 아픕니다. 아픔이 사라지지 않는군요. 도무지 낫지를 않습니다. 적어도 무슨 기미라도 있으면 고맙겠지만!"

"아닙니다. 당신 같은 일반 환자들은 언제나 그런 마음을 가지는 법입니다. 그건 그렇고, 저도 몸이 좀 녹은 것 같군요. 이 정도라면 그 꼼꼼하신 부인—프라스코비야 표도로브나를 가리킴—께서도 제 체온에 대해서 이러쿵저러쿵 말씀하시지는 않겠지요. 그럼, 어디 좀 볼까요?"

이렇게 말하고 의사는 손을 잡았다.

그리고 의사는 지금까지의 농담 섞인 태도는 완전히 버리고, 진지한 태도로 환자의 맥과 열을 살펴보기 시작했다. 다음에는 타진, 청진, 이반 일리치는 확실히, 그리고 똑똑히 알고 있었다. 그런 짓이 모두 어리석고 헛된 기만에 지나지 않는다는 것을. 그렇지만 의사가 무릎을 꿇고 자기 위로 상반신을 뻗으면서 아래위로 귀를 대보기도 하고, 자기 몸에 덮어누르듯 하면서 심각한 얼굴로 여러 가지 체조 같은 동작을 할 때는 정평 있는 이반 일리치도 손을 들고 말았다. 그것은 마치 법정에서 변호사들이 거짓말을 하고 있다는 것도 알고, 또 무엇 때문에 거짓말을 하고 있는가 하는 것도 이쪽에서는 이미 다 알고 있는데도 불구하고, 그들의 변론에 굴복당하고 마는 것과 같은 것이었다.

긴 의자에 무릎을 꿇으면서 의사가 진찰을 하고 있을 때, 방문 쪽에서 프라스코비야 표도로브나의 옷 스치는 소리가 나더니, 의사 선생님이 왕진 오셨다는 것을 알리지도 않았다고 하인 표도르를 나무라는 소리가 들렸다.

그녀는 방 안으로 들어와서 남편에게 키스하자 곧 자기는 벌써 오래전에 일어났지만, 선생님이 왕진 오셨을 때는 잠깐 착각을 했기 때문에 그만 인사도

드리지 못했다는 변명을 하기 시작했다.

이반 일리치는 아내 쪽으로 눈을 돌려 그 몸 전체를 훑어보았다. 그녀의 흰 피부, 통통한 살집, 손과 목덜미가 예쁘다는 것, 머리털이 윤기가 나는 것, 두 눈이 생기로 가득차서 반짝반짝하고 있는 것, 모두 그가 그녀를 비난하게 만드는 것들이었다. 그는 진심으로 아내를 증오했다. 그래서 그 몸에 조금만 닿아도, 그녀에 대한 혐오감으로 몸부림쳤다.

남편과 병에 대한 그녀의 태도는 시종일관 아무런 변화도 없었다. 의사가 환자에게 일정한 태도를 취하고 그 태도를 변함없이 보이는 것과 마찬가지로, 그녀도 남편에게 어떤 한 가지 태도, '즉 그는 치료를 위해서는 꼭 필요한 것을 남편은 하려 들지 않는다. 이것은 전적으로 그가 나쁜 것이다. 그러므로 나는 애정을 다해서 이것은 나쁘다고 책망하는 것이라는 그런 태도를 지니고 있는 것이다. 그녀 또한 그에 대한 그런 태도를 새삼스레 없앨 수가 없었다.

"그렇지만 말이에요, 그는 도통 내 말을 듣지 않거든요. 약도 제 시간에 먹지를 않고요, 그리고 무엇보다도 다리를 저렇게 들고 누워 있으니까. 몸에 해로울 것이 뻔하지 않습니까?"

그녀는 언제나 남편이 게라심을 시켜 다리를 쳐들고 있게 한다는 것을 얘기해 주었다.

의사는 경멸과 위로의 빛이 엇갈린 미소를 띠었다. 이렇게 말하고 싶은 듯한 표정이었다. '아니, 그건 할 수 없습니다. 이런 환자는 가끔 그런 어리석은 일을 하는 법입니다. 너그럽게 봐주셔도 좋습니다.'

진찰이 끝나자 의사는 시계를 보았다. 그때였다. 프라스코비야 표도로브나는 이반 일리치를 향해 이렇게 선언했다.

"당신이 어떻게 생각하시든 저는 오늘 유명한 선생님을 부르기로 했으니까, 그 선생님과 미하일 다니로비치 씨—평상시의 단골 의사—와 두 분이 대진한 다음 협의를 해달라고 해야 되겠어요. 이젠 제발 고집 부리지 마세요, 부탁이에요. 이것은 제자신을 위해서 하는 일이니까요, 네?"

그녀는 비꼬아서 이렇게 말했으나, 그것은 바로 이런 뜻이었다. 즉 '나는 모든 것을 당신을 위해서 하는 것이다, 그러므로 내 말을 거부하는 것은 절대로 용서하지 않겠다'라는 것을 깨우쳐 주기 위한 말이었다. 이반 일리치는 말없이 얼굴을 찌푸렸다. 그는 자기를 둘러싼 이 기만이 엉망진창으로 얽혀 있어서, 이젠 뭐가 뭔지 분별을 할 수 없는 기분이었다.

그녀는 무슨 일이든지 모두 자기를 위해서만 남편의 시중을 들었고, 그에게도 분명 자신을 위해서 이런 일을 한다고 꼭 거짓말 같은 이야기를 했기 때문에 그는 그 말을 반대의 뜻으로 해석하지 않을 수가 없었다.

11시 반이 되자 그 유명한 의사가 왔다. 또다시 진찰이 시작되고 그의 옆과 별실에서 신장이라든가 맹장에 관한 이야기가 벌어졌다. 위엄있는 표정으로 질문과 응답이 오고갔는데, 언제나처럼 지금은 벌써 그의 바로 눈앞에 다가오고 있는 삶과 죽음에 대한 현실 문제 대신에 신장, 맹장 문제가 제기되었다. 그런데 이 신장과 맹장이 아무래도 잘 치료되고 있지 않기 때문에 미하일 다니로비치와 그 유명한 의사는 이 신장과 맹장을 잘 고쳐놓을 방법을 논의했다.

유명한 의사는 점잔을 빼고, 아직도 한 가닥 희망이 있는 듯한 표정으로 작별 인사를 했다. 그래서 이반 일리치가 공포와 희망으로 번쩍이는 눈을 들어, 완치될 희망이 있느냐고 조심조심 물어보자, 장담은 하기 어렵지만 희망은 있다고 대답했다. 이반 일리치가 의사를 바라보는 희망에 찬 눈초리가 너무나 가여웠으므로, 프라스코비야 표도로브나는 유명한 의사에게 사례금을 주려고 서재문을 나가면서 저도 모르게 웃음을 터뜨리고 말았다.

의사가 일시적으로 안심시키기 위해서 한 말로 말미암아 생긴 정신의 안정도 오래 계속되지는 못했다. 또다시 같은 방, 같은 그림, 커튼, 벽지, 약병, 그리고 여전히 아프고 고통스러운 육체. 이반 일리치는 다시 신음하기 시작했다. 주사를 맞고, 혼수 상태에 빠졌다.

의식을 회복하니 벌써 해가 저물고 있었다. 식사가 날라져 왔다. 억지로 참고 수프를 조금 마셨다. 그리고 또 같은 일이 되풀이되어 다시 밤이 찾아온다.

식후 7시쯤에 프라스코비야 표도로브나가 남편 방에 들어왔다. 파티에라도 나가는지, 살집이 좋은 가슴을 불룩하게 튀어나오게 하고 얼굴에는 분을 칠한 흔적이 보였다. 그녀는 아침부터 오늘 밤에는 연극 구경을 간다는 것을 남편에게 비치고 있었다. 마침 순회중인 사라 베르나르를 공연하고 있었으며, 그가 꼭 가볼 것을 고집해 해약해 놓았다.

그러나 이반 일리치는 그 일을 까맣게 잊어버리고 있었으므로, 그녀가 한껏 멋을 부린 모습에 화가 났다. 그렇지만 그는 노여움을 꾹 눌러 밖으로 표시하지 않았다. 이것은 아이들에게도 교육의 자료가 되며 미적 오락이 되기도 하므로, 모두 자리를 예약하여 가보는 것이 좋다고 자신이 주장했던 것이 생각났기 때문이다.

프라스코비야 표도로브나는 아주 만족한 표정으로 들어왔으나, 미안해하는 것 같기도 하였다. 그녀는 잠깐 앉아서 기분이 어떤지를 물었으나, 그가 판단하건대 그것은 진정 알고 싶어서 물어본 것은 아니었다. 알고 싶은 것이라고는 하나도 없다는 것을 처음부터 알고 있었기 때문이다. 그러고 나서 그녀는 용건을 말하기 시작했다. 나는 별로 가고 싶지 않지만 기왕 자리를 예약했고, 엘렌도 딸도 페트리시체프—사위가 될 예심 판사—도 가겠다고 하니, 그들끼리만 보낼 수도 없다. 그렇지만 남편 곁에 있는 것이 자기로서는 기분이 좋을 것이라고 말하면서, 자기 집에 없는 동안 의사의 명령을 지켜 주기 바란다는 것이었다.

"참, 표도르 페트로비치 씨—사위—가 이리로 와 뵙겠다고 하더군요. 만나보시겠어요? 그리고 리자도?"

"아, 와도 좋아."

젊은 육체를 드러내 보이면서 아름답게 치장을 한 딸이 들어왔다. 그러나 이 젊은 육체는 그를 몹시 괴롭혔다. 그런데도 그녀는 그것을 자랑스럽게 보이는 것이었다. 딸은 튼튼하고, 건강하며, 사랑에 빠져 있었고, 자기의 행복을 방해하는 병이라든가 고뇌라든가 죽음 같은 것에 대해 까닭 없이 화를 내고 있는 딸이었다.

표도르 페트로비치도 들어왔다. 그는 연미복을 입고 머리를 커플식으로 구불거리게 하고, 가늘고 긴 목을 흰 칼라로 꼭 죄고, 흰 가슴을 높다랗게 내밀고 팽팽하게 뻗친 억센 넓적다리를 가늘고 검은 바지 속에 감추고, 한쪽 손에는 흰 장갑을 다른쪽 손에는 오페라 모자를 들고 있었다.

그의 뒤를 따라 교복 차림의 중학생도 살짝 들어왔다. 이 중학생은 장갑을 끼고 있었으나 그 모습은 몹시 비참했으며, 눈 밑에 무서운 그늘—이반 일리치는 그 이유를 알고 있었다—이 생겨 있었다.

그는 언제나 이 아들이 불쌍해서 못 견딜 지경이었다. 그 애가 겁을 집어먹은 듯하면서도 동정을 하고 있는 듯한 그 시선이 무서웠다. 이반 일리치에게는 게라심 이외에 이 바샤만이 자기를 이해하고 동정하고 있는 것 같았다.

모두 자리에 앉자, 또다시 기분은 어떠냐고 물었다. 침묵이 흘렀다. 그러자

리자가 어머니에게 오페라용 안경이 어디 있느냐고 물었다. 누가 어디에 그것을 두었느냐는 문제로 모녀간에 입씨름이 시작되었다. 불쾌한 공기가 좌중을 지배했다.

"사라 베르나르를 보신 일이 있습니까?" 표트르 페트로비치가 이반 일리치에게 물었다.

이반 일리치는 처음에는 무엇을 묻는지 그 뜻을 몰랐으나 한참 후에, "아니, 보지 못했어. 자네는 봤는가?"

"네, '아드리엔 르쿠브뢰르(Adrienne Lecouvreur)'를 했을 때요."

그 사람은 특히 그 배역을 잘한다고 프라스코비야 표도로브나가 말참견을 했다. 그러자 딸이 이 말에 반대했다. 그리고 사라 베르나르의 연기는 유연하면서도 현실적이라는 얘기가 시작되었다. 그러나 그것은 여느때와 마찬가지로 천편일률적인 잡담에 지나지 않았다.

얘기 도중 표도르 페트로비치는 흘끔 이반 일리치를 돌아보고 입을 다물었다. 다른 사람들도 마찬가지로 그쪽을 보더니 입을 다물고 말았다. 이반 일리치는 그들에 대해 분명히 노여움의 불길을 태우면서, 두 눈을 번뜩이며 자기 앞을 노려보고 있었다. 그 자리를 어떻게 해서든지 수습해야만 했으나 그것은 도저히 불가능한 일이었다. 어떻게든지 침묵을 깨뜨려야만 했으나, 아무도 나서는 사람이 없었다. 모두들 어떤 계기로 갑자기 의례의 가면을 쓴 기만이 깨지고, 있는 그대로의 사실이 모든 사람들 앞에 폭로되지는 않을까 하고 두려움에 떨고 있었다. 맨 먼저 결심한 사람은 딸인 리자였다. 마침내 그녀는 침묵을 깨뜨렸다. 모두가 느끼고 있는 것을 그녀도 가슴속에 눌러 두려고 생각했으나, 무의식중에 말이 튀어나오고 말았던 것이다.

"그건 그렇고, 만약 가보겠다면 벌써 시간이 되었어요." 그녀는 아버지로부터 선물받은 시계를 잠깐 들여다보면서 말했다. 그리고, 자기들만이 알고 있는 눈짓으로 엷은 미소를 청년에게 보내고는, 옷자락 스치는 소리를 내면서 몸을 일으켰다. 모두들 자리에서 일어나 인사를 한 다음 나갔다.

그들이 나가자 이반 일리치는 몸이 편해진 것 같았다. 기만이 없어졌다. 기만도 그들과 함께 가버린 것이었다. 그러나 아픔만은 뒤에 남았다. 여전히 계속되는 동통, 여전한 공포는 무거워지지도 가벼워지지도 않았다. 그러면서 점점 악화되기만 하는 것이었다.

또다시 1분 1분, 1시간 1시간씩 시간이 지나갔으나, 어디까지 가도 마찬가지였다. 한이 없다. 그렇게 피할 수 없는 최후는 점점 더 공포를 더할 뿐이었다.

"그래, 게라심을 보내 줘."

그는 게라심의 도움이 필요한 지를 묻는 표도르의 물음에 이렇게 대답했다.

9

밤 늦게 아내가 돌아왔다. 그녀는 발끝으로 걸어서 들어왔으나, 그는 그것을 곧 알아챌 수 있었다. 그래서 잠깐 눈을 뜨기는 했으나, 급히 또 감아 버렸다. 그녀는 게라심을 물러가게 하고 자기가 환자 옆에 붙어 있으려고 했다. 그러나 그는 눈을 뜨고 이렇게 말했다.

"안 돼. 당신은 저쪽으로 가 있어."

"몹시 괴로우신가요?"

"아무려면 어때."

"아편을 드시지요."

그는 그 말에 동의하고 아편을 마셨다. 그녀는 나가 버렸다.

새벽 3시 무렵까지 괴로운 혼수 상태에서 방황하였다. 아픔과 함께 좁고 답답하며 캄캄하고 깊숙한 포대 속에 틀어박힌 것 같은 기분이 들었다. 점점 안쪽으로 밀려들어가고 있었지만, 아무리 해도 빠져나갈 수가 없었다. 더욱이 이 무서운 일은 극심한 고통까지 안겨 주었다. 그는 공포에 떨면서도 최후의 장소까지 조금이라도 빨리 떨어져 버리고 싶어서 발버둥치기도 했다. 그러자 갑자기 그곳으로 쿵하고 떨어지는 바람에 잠이 깼다. 여전히 게라심이 침대 다리쪽에 앉아서 꾸벅꾸벅 졸고 있었다. 일리치는 양말을 신은 가늘고 말라빠진 두 발을 게라심의 어깨에 올려놓은 채 드러누워 있었다. 전과 마찬가지로 갓을 씌운 양초, 전과 조금도 다름 없는 아픔.

"게라심, 이젠 물러가도 좋아." 그는 속삭이듯 말했다.

"아무렇지도 않습니다. 조금만 더 이렇게 하고 있겠습니다."

"아니야, 이젠 물러가도 좋아."

그는 발을 내리고, 팔을 베고 옆으로 누웠다. 그러자 자신이 가엾어졌다. 게라심이 옆방으로 물러가기를 기다리고 있던 그였지만, 이젠 더 이상 참을 수가 없어서 아이처럼 소리내어 울기 시작했다. 자신의 믿음직스럽지 못함을, 무서운 고독을, 인간의 잔인함을, 신의 잔혹함을, 신이 세상에 있지 않음을 그는 한탄하고 울었던 것이다.

'신이여, 당신은 어째서 이런 일을 하신단 말입니까? 어째서 나를 이 세상에 태어나게 하셨습니까? 나를 이렇게도 괴롭히는 것은 대체 무엇 때문입니까?'

그러나 그는 대답을 기대하지 않았다. 대답이 없는, 있을 수가 없는 것이라고 생각하자 또 울음이 터져나왔다. 다시 아픔이 덮쳐왔다. 그렇지만 그는 꼼짝도 하지 않았으며, 사람도 부르지 않았다. 그는 또 홀로 울었다.

'더 나를 때려 주십시오! 그러나 무엇 때문에! 도대체 내가 당신에게 어떤 일을 범했단 말입니까? 정말 무엇 때문입니까?'

그러는 동안 그는 조용해졌다. 울음을 그쳤을 뿐만 아니라 호흡까지 멈추었다. 그러자 온몸이 무엇인가를 확실하게 받아들이고 있었다. 소리로 전해지는 목소리가 아니고, 내부에서 발생한 마음의 흐름, 영혼의 목소리에 귀를 기울이고 있는 것만 같았다.

'대체 무엇이 필요하단 말이냐, 너는?'

이것이야말로 그가 비로소 귀로 들은, 말로 표현할 수 없는 뚜렷한 관념이었다.

'너에게 필요한 것은 무엇이냐? 대체 무엇을 갖고 싶다는 것이냐, 너는?'

그의 내부에서 자신에게 물었다.

'무엇이냐고? 그렇다, 고통을 면하는 일이다. 사는 일이다.'

그는 이렇게 대답했다. 그리고 다시, 아픔조차도 그것을 방해하지 못할 정도로 긴장한 주의력에 정신을 맡겼다.

'사는 일이라고? 어떻게 사는 것이냐?'

마음의 소리가 물었다.

'그건 지금까지 살아온 것과 같이 사는 것이다. 순조롭게, 유쾌하게.'

'지금까지 살아온 것처럼 순조롭고 유쾌하게라고?'

마음의 소리가 되물었다. 그래서 그는 마음속으로 과거의 즐거웠던 삶 속에서도 특히 즐거웠던 순간을 찾아내기 시작했다. 그런데 이상하게도 그렇게도 즐거웠던 삶의 순간도 지금 와서 생각하니 모두가 옛날 모습을 잃고 있는 것 같았다.

어린 시절 최초의 인상 이외에는 모든 것이 그러했다. 그 무렵 그 어린 시절에는 무엇인가 매우 즐거운 것이 있었고, 만약 그 시절이 다시 돌아온다면, 그 즐거움과 함께 다시 살아갈 수도 있을 텐데. 그렇지만 그런 즐거움을 다시금 맛본 사람은 이미 없는 것이다. 그래서 그것은 마치 누군가 다른 사람의 기억인 것처럼 생각되었다.

이반 일리치가 지금 이 모양이 된 근본적인 원인을 캐내기 시작하자, 예전에는 즐겁게 생각되던 모든 일이 지금은 시야에서 모습을 감추어 버렸거나, 아니면 아주 보잘것없는, 또 지저분한 것으로 변해 버리고 마는 것이었다.

유년 시절에서 멀어져 현재에 가까워지면 가까워질수록 즐거움은 점점 시시한 것이 되고, 점점 더 의심스러운 것이 되었다. 그것은 법률학교 시절부터 시작되었다. 그 무렵에는 그래도 무엇인가 정말로 좋은 것이 있었다. 거기에는 즐거움이 있고, 우정이 있으며, 또 희망이 있었다. 그러나 상급생이 되니 이런 좋은 순간은 점점 줄어들었다. 그후 처음으로 현 지사 밑에서 근무했을 당시, 다시 좋은 순간이 찾아왔다. 그것은 여성에 대한 애정의 기억이었다. 그러나 조금 지나자, 그런 것은 모두 뒤범벅이 되어서 좋은 순간은 더욱 줄어들어갔다. 그리고 그후로는, 좋은 순간은 더욱 줄어들어서, 세월이 흐르면 흐를수록 줄었다.

결혼, 그리고 뜻하지 않던 환멸, 아내가 풍기는 입냄새, 정욕, 위선! 그리고 죽음과 같은 근무, 금전에 대한 여러 가지 번뇌, 이렇게 해서 1년, 2년, 10년, 20년이 지났으나 모든 것은 여전히 마찬가지였다. 해를 거듭하면 거듭할수록 점점 생기는 없어질 뿐이었다. 자기는 언덕길을 올라간다고 생각했는데, 실상은 규칙적으로 언덕을 내려오고 있었다. 정말 그렇다. 사회적으로 보면 자기는 언덕을 올라가고 있었음에 틀림없다. 그러나 사실은 그와 정비례해서 생명이 발밑에서 도망쳐 가버린 것이었다……. 그리고 지금은 보다시피 죽음을 기다리고 있을 뿐이다! 죽어 버리는 게 좋다!

그런데 도대체 이것은 어떻게 된 것일까? 무엇 때문일까? 인생이 그렇게도 무의미하며, 더구나 더럽다니, 그럴 리가 있겠는가? 비록 이 인생이 이렇게 더럽고 또한 무의미하다고 할지라도, 도대체 무슨 이유로 죽지 않으면 안 되는가? 괴로워하면서 죽어야만 될 까닭이 무엇이냐? 무엇인가 착오가 있음에 틀림없다. 혹은 나의 생활 태도가 잘못되었는지도 모른다라는 생각이 문득 머리에 떠올랐다. '그렇지만 어째서 잘못되었다고 할까? 당연히 해야 할 일을 그대로 했을 뿐인데.' 그는 이렇게 혼자 중얼거렸다. 그리고 곧 삶과 죽음의 수수께끼에 대한 이 유일한 해답을 도저히 있을 수 없는 것이라고 생각하여 스스로 쫓아내고 말았다.

'그러면 너는 대체 무엇을 바라고 있는 것이냐? 사는 것이냐? 그러나 어떻게 사는 것이냐? 정리(廷吏)가 '개정'하고 포고하는 것을 들으면서 재판소에서 지내온 것처럼, 그렇게 살고 싶은가?'

'개정, 개정' 그는 마음속으로 되풀이했다. '아아, 재판이 시작되었다. 그러나 나에게는 아무런 죄도 없지 않은가!' 그는 증오심을 가지고 부르짖었다. '무엇 때문에?' 그리하여 그는 울음을 그치고, 벽 쪽을 향해 돌아눕자, 오직 한 가지 일만 생각하기 시작했다. 무엇 때문에, 무엇 때문에 이렇게 형벌을 받아야 하나 하고.

그렇지만 아무리 생각해 보아도 그 대답을 찾을 수가 없었다. 그리고 이것은 결국 자기의 생활 태도가 잘못된 데서 일어난 것이라는 생각이 들었다. '이렇게 생각하는 일은 전에도 가끔 있었다'는 기억이 머리에 떠오르자, 그는 당장 자기 생활이 옳았다는 것을 상기하고, 그런 이상한 상념을 쫓아 버리고 말았다.

10

다시 두 주일이 지났다. 이반 일리치는 이미 긴 의자에서 일어나지 못했다. 그는 침대에서 자는 것을 좋아하지 않아 긴 의자에서 잤다. 거의 언제나 벽쪽을 향해 누운 채로 여전히 해결될 수 없는 고민에 홀로 괴로워하고 있었다. 그리고 여전히 해결될 수 없는 상념에 홀로 잠겨 있었다. '이것은 무엇이냐? 실로 이것이 죽음이란 말이냐?' 그러자 내부의 소리가 이렇게 대답했다. '그렇다.' '이 고통은 무엇을 위해서냐?' 그러자 같은 소리가 이렇게 대답한다. '그저 괴로워하면 되는 것이다. 무얼 위해서가 아니다. 그리고 그 다음에는, 이것 이외에는 아무것도 없는 것이다.'

병은 애초부터, 즉 이반 일리치가 처음으로 의사를 찾아갔을 당시부터, 두 가지 상반된 기분으로 분리되었다. 예를 들면, 불가해하고 무서운 죽음에 대한 기대와 절망에 빠지는가 하면, 때로는 희망이 솟아올라서, 자기의 육체 작용에 대한 흥미 있는 관찰이 행해졌다. 또 자기의 의무 수행을 잠시 태만히 하고 있는 신장이나 맹장에 대해서만 마음이 쓰이는가 하면, 때로는 또 아무래도 피할 수 없는 불가해하고 무서운 죽음에만 마음이 사로잡히는 것이었다.

이 두 가지 기분은 병에 걸렸을 때부터 서로 교체되는 생각이었다. 그러나 병이 계속되면서 신장에 대한 생각 같은 것은 점점 모호해졌으며, 닥쳐오는 죽음의 의식만이 점점 더 현실적인 색채를 짙게 띠었던 것이다.

실제로 석 달 전의 자기는 어떠했으며, 지금의 자기는 어떤가. 자기는 어떤 식으로 언덕길을 내려왔는가 하는 것을 생각만 해보아도, 모든 가능성이 무너져 버리기에 충분했다.

최근 이반 일리치는 긴 의자 등받이 쪽으로 얼굴을 돌리고 누워서 잠기고 있는 고독, 무수한 인간들이 붐비고 있는 도시, 많은 친지들 속에서의 고독, 바다 밑이나 또 땅속 어디라도 이 이상 심각한 것은 없으리라 생각되는 그 고독, 실로 가공할 그 고독 속에 그저 과거를 회상하며 살고 있었다. 그리고 그에게 과거의 여러 가지 광경이 눈 앞에 떠올랐다. 추억은 최근부터 시작해서 가장 오래된 유년기까지 진행되면 거기서 뚝 멈추고 말았다. 오늘 먹은 서양 자두만 해도 그는 벌써 어릴 때 먹은 시고 주름이 잡힌 프랑스 자두나, 그 특별한 맛이라든가, 씨까지 먹었을 때 입속에 넘쳐 흐르는 침 같은 것을 생각해내는 것이었다. 그러자 이 맛에 대한 추억과 함께 유모라든가, 형제라든가, 장난감이라든가, 그 무렵의 추억이 꼬리를 물고 일어난다……. '이런 일을 생각해서는 안 된다……, 암만해도 너무 괴롭다' 하고 이반 일리치는 자신에게 말하고는 다시 현재로 옮아갔다.

긴 의자 등받이에 붙은 단추, 모로코 가죽의 주름. 모로코 가죽은 비싸지만 오래 쓸 수가 없다. 이것 때문에 싸움을 한 적이 있었지. 그러나 또 다른 데도 모로코 가죽이 있었다. 그리고 또 다른 싸움도 했다. 그것은 우리가 아버지의 접는 가방을 갈기갈기 찢어서 그 때문에 벌을 받았을 때의 일이지만, 그때 어머니가 만두를 가져다 주었지. 이렇게 해서 또 생각은 유년 시절에서 멈춘다. 이반 일리치는 또 괴로워졌으므로, 그것을 뿌리치고 다른 일을 생각하려고 노력한다.

그러자 이 일련의 추억과 함께 또 다른 추억이 머리를 쳐든다. 자기의 병은 어째서 더해졌는가, 어떻게 악화되었는가에 대한 추억이었다. 그리고 이 경우에도 역시 과거로 멀리 거슬러 올라갈수록 생명은 풍부해지는 것이었다. 생활에 좋은 일이 많으면 많을수록 생명 그 자체도 풍요했다. 이것저것이 하나로 엉켜 있었다. '고통이 심해지면 심해질수록 생활 자체도 점점 나빠져 간다'고 그는 생각했다. 인생의 입구에서는 뒤로 한 줄기 광명이 있었으나, 나중에는 생명이 점점 어두워질 뿐이었다. '죽음과의 거리의 제곱에 반비례한다'고 그는 생각하였다. 가속도가 붙어 날 듯이 떨어지는 돌의 모양이 그의 가슴에 파고 들었다. 점점 무거워지는 고통의 연속인 생명은, 끝을 향해, 가장 무서운 고통을 향해서, 점점 속도를 내면서 떨어진다.

'나는 떨어지고 있는 것이다…….'

그는 소름이 끼칠 만큼 겁이 났다. 몸부림을 쳤다. 저항하려고 생각했다. 그러나 저항할 수 없다는 것을 그는 이미 알고 있었다. 그는 보는 것에 지쳤으면서도, 역시 앞에 있는 것을 보지 않을 수 없는 눈으로 긴 의자 등받이를 지켜보고 있었다. 그 무서운 추락을, 충격을, 파괴를 기다렸다.

'거역할 수는 없다.'

그는 자신에게 말했다.

'그렇지만 어째서 이렇게 되었는지, 그 이유만이라도 알고 싶다. 아니, 그것도 불가능한 일이다. 내가 사는 방법이 잘못되었다고 말한다면, 일단 증명은 되는 것이다. 그렇지만 이런 것을 도저히 받아들일 수는 없다.'

그는 자기의 삶이 어디까지나 법에 어긋나지 않았으며, 규칙적이고, 또 법식에 맞다는 것을 생각하면서 자신에게 말했다. '절대로 내가 사는 방법이 잘못되었다는 것을 승인할 수는 없다.' 입가에 웃음을 띠면서 그는 혼자 이렇게 중얼거렸으나, 만약 누군가가 이 웃음을 바라보았다면, 틀림없이 그 웃음에 속아 넘어갔을 지도 모른다. '설명할 방법이 없다! 고통, 죽음……. 무엇 때문인가.'

11

이렇게 해서 두 주일이 지나갔다. 그러나 이 동안에 이반 일리치 부부가 전부터 원하고 있던 일이 실현되었다. 페트리시체프가 딸에게 정식으로 구혼을 했던 것이다. 그것은 저녁 무렵이었다. 이튿날 프라스코비야 표도로브나는 어떤 방법으로 표도르 페트리시체프의 청혼을 설명하면 좋을까 궁리하면서 남편 방으로 들어갔다. 그러나 마침 그날 밤, 이반 일리치의 상태가 갑자기 더 악화되었다. 프라스코비야 표도로브나는 여느때처럼 긴 의자에 남편이 누워 있는 것을 보았으나, 그 모양은 지금까지와 판이하게 달랐다. 남편은 벌렁 드러누워서 신음 소리를 내면서 두 눈으로 위를 보고 있었다.

그녀는 약에 대해 말하기 시작했다. 그러자 그는 시선을 아내 쪽으로 돌렸다. 그녀는 말을 끝까지 다할 수가 없었다. 참을 수 없는 증오—말할 것도 없이 아내에 대한—가 그 시선 속에 노골적으로 떠올라 있었기 때문이었다.

"제발 나를 조용히 죽게 해주오." 그는 말했다.

그녀는 밖으로 나가려고 했다. 그러나 그때 딸이 나타나서 아침 인사를 하기 위해 아버지 곁으로 다가갔다. 그는 아내를 볼 때와 같은 눈초리로 딸을 보았다. 그리고 기분이 어떠냐는 그녀의 물음에 곧 너희들을 자유롭게 만들어 주겠다고 퉁명스럽게 말했다.

"어머나, 우리가 무슨 나쁜 짓을 했다는 거예요? 마치 우리가 무슨 나쁜 짓이라도 한 것 같아요. 저 역시 아빠가 불쌍해서 못 견디겠어요. 저희들을 학대하실 필요는 없다고 생각해요." 리자가 말했다.

여느때처럼 의사가 왔다. 이반 일리치는 의사에게도 독살스러운 시선을 떼지 않으면서, 그저 '그렇소'라든가 '아니요'라든가로 대답을 할 뿐이었다. 그러는 동안에 마침내 이렇게 내뱉었다.

"이제는 어떻게 할 도리가 없다는 것은, 당신도 알고 계실 겁니다. 그러니 날 내버려둬 주십시오."

"고통을 경감할 수가 있습니다." 의사는 말했다.

"그런 정도의 일밖에 할 수 없는 것이라면, 차라리 날 내버려둬 주세요."

의사는 나갔다. 그리고 프라스코비야 표도로브나에게 이렇게 전했다. 병세가 대단히 악화되었다. 무섭도록 몸서리가 쳐지는 고통을 경감하자면 오직 한 가지 수단인 아편밖에 없다고.

육체의 고통이 무섭도록 몸서리칠 정도의 것이라고 의사가 말했는데, 실제로 그러했다. 그렇지만 그에게 육체의 고통보다 훨씬 무서운 것은 정신적인 고통이었다. 그리고 이것이야말로 그의 고뇌의 주체로 존재하고 있었다.

그에게 정신적인 고통이란 이러한 것이었다. 즉 그날 밤 졸리는 듯하고, 성격이 좋으며 광대뼈가 튀어나온 게라심을 바라보고 있는 동안 그의 마음에 문득 이러한 생각이 떠올랐던 것이다. 정말 나의 모든 생활이, 의식적인 생활이 '잘못 되었다'고 하면 어떨까? 전에는 전혀 있을 수 없다고 생각되던 일, 즉 자기는 지금까지 잘못 살아왔다고 하는 것이 사실일지도 모른다고 하는 의심이 문득 그의 가슴에 떠올랐던 것이다. 사회에서 최고의 지위를 차지하고 있는 사람들이 옳다고 생각하고 있는 일에 대해, 그가 반대하려고 했던 극히 희미한 마음의 움직임, 그가 항상 곧 몰아내자 몰아내자고 했던 극히 희미한 마음의 움직임, 오직 그것만이 진짜이며, 나머지 것은 모두 가짜일지도 모른다는 생각이 문득 마음에 싹트기 시작했던 것이다. 일도, 생활도, 가정도, 사교나 근무상의 흥미도, 모두가 가짜일지도 모른다! 그는 이 모든 것들을 변호하려고 했다. 그러나 갑자기 자신이 변호하려고 하는 것이 전혀 의미가 없다는 것을 느꼈다. 변호해야 할 것은 아무것도 없었던 것이다.

'만약 그렇다면' 그는 이렇게 자신에게 말했다. '아니, 나에게 부여된 모든 것을 망가뜨리면서도 이것을 회복할 수 없다는 생각을 가지고 이 세상을 떠난다고 한다면, 그때는 도대체 어떻게 될 것인가?' 그는 벌렁 드러누워서 완전히 새로운 눈으로 자신의 전 생애를 다시 한 번 고쳐 보기 시작했다.

이튿날 아침, 하인을 보고 이어서 아내, 딸, 그 다음에 의사를 차례차례로 보았을 때, 그들의 일거수일투족이, 말 한마디 한마디가 밤 사이에 계시되었던 무서운 진리를 그에게 확증시켜 주었다. 그는 그런 것들 중에 자기의 잘못된 모습을 보았다. 자신의 생활을 형성하고 있는 모든 것들을 보았다. 그것들은 모두 가짜이며, 삶도 죽음도 덮어 버리고 있는 무섭고 또 거대한 기만이라는 것을 똑똑히 알 수가 있었다. 이러한 의식은 그의 육체적 고통을 증대시켰다. 열 배나 고통을 더 가중시켰다. 그는 신음하기도 하고, 자꾸만 이불을 끌어올리기도 했다. 이불이 자기를 압박하고 질식시키는 것 같았기 때문이다. 그래서 그는 그들에게 증오의 불길을 태우고 있었다.

그는 다량의 아편을 먹고 혼수 상태에 빠졌다. 그러나 식사 때에는 또다시 같은 일이 시작되었다. 그는 주위의 사람들을 모두 내쫓고, 몸부림치며 괴로워했다.

아내가 곁으로 다가와서 이렇게 말을 걸었다.

"여보, 그렇게 해주시지 않겠어요? 저를 위해서요." '저를 위해서라고?' "해롭지 않아요. 오히려 도움이 될 때도 많아요. 정말로 아무것도 아니에요. 그런 것은 건강한 사람들도 흔히 하는 일이니까요."

그는 두 눈을 크게 떴다.

"뭐, 성찬식을 하란 말인가? 어째서 말인가? 필요 없어! 그렇지만……."

그녀는 훌쩍훌쩍 울기 시작했다.

"괜찮지요, 여보? 그럼, 주임신부님을 부릅시다. 참 상냥한 분이니까요."

"좋아, 좋소." 그는 말했다.

사제가 와서 병자성사를 주는 동안, 그는 훨씬 마음이 부드러워지고 여러 가지 의혹도 줄어들어 고통도 가벼워졌다는 것을 깨달았다. 그는 잠시 동안 희망을 발견할 수 있었다. 그래서 또다시 맹장에 대한 일이라든가, 그 치료는 가능한가 어떤가 하는 것을 생각하기 시작했다. 그는 두 눈에 눈물을 글썽거리면서 성체를 배령했다.

성찬식이 끝난 다음 침대에 뉘어졌을 때, 그는 잠시 동안 조금 기분이 편해졌다. 그래서 삶에 대한 희망이 다시 가슴속에 솟아올랐다. 그는 언젠가 권고받은 적이 있는 수술에 대해서 생각하기 시작했다. '살고 싶다, 살고 싶구나' 하고 그는 자신에게 말하였다. 아내가 축하하러 왔다. 그녀는 틀에 박힌 말을 늘어놓은 다음에 이렇게 덧붙였다.

"여보, 제 말이 맞았지요, 편해지셨지요?"

그는 아내 쪽으로는 눈도 돌리지 않고, 그저 "음" 하고 말했다.

그녀의 옷, 몸집, 얼굴 표정, 목소리의 울림, 이런 모든 것들이 그에게 오직 한 가지 일을 말하는 것이었다. '아니야, 그게 아니다. 과거와 현재에 있어서 네가 사는 보람으로 알아왔던 모든 것은, 너의 눈에서 삶과 죽음을 덮어 버리고 있던 허위이며, 기만에 지나지 않았다.' 이렇게 생각하자마자, 증오의 감정이 무럭무럭 치솟았다. 그리고 이 증오의 감정과 함께 견딜 수 없는 육체적 고통이 닥쳐왔다. 더욱이 이 고통과 함께 피할 수 없는 임박한 종언 의식이 떠올랐다. 무엇인가 새로운 변화가 일어난 모양이었다. 심하게 죄어드는 것만 같았다. 마구 쑤시고 아프기 시작했다. 숨이 막힐 것만 같았다.

'음' 하고 말했을 때의 그의 표정은 소름이 끼칠 정도로 무서웠다. 이렇게 정면으로 아내의 얼굴을 보면서, 이 말을 하고 나자, 그는 그 쇠약함에 어울리지 않는 재빠른 동작으로 획하고 고개를 돌리고는 고함을 치기 시작했다.

"저쪽으로 가줘, 저쪽으로 가! 내버려둬 줘!"

12

이 순간부터 시작하여 그후 사흘 동안 쉴새없이 계속된 그 고함 소리는, 두 방이나 떨어져 있는 저쪽에서 들어도 소름이 끼칠 정도로 무서웠다. 아내에게 대답을 했던 순간, '자기는 이젠 다 틀렸다. 회복할 가능성은 없어졌다. 마지막이 온 것이다. 진짜 최후가 온 것이다'라고 깨달았다. 그렇지만 여전히 의혹은 해결되지 않고 그대로 남아 있었다.

"우! 우! 우웃!" 그는 여러 소리로 고함을 쳤다. '죽기는 싫어' 하고 고함치기 시작했지만, 그대로 '우' 소리만 외치고 있었다.

자기에게 시간이란 것이 존재하지 않았던 그 사흘 동안, 그는 눈에 보이지 않는, 이겨낼 수 없는 힘으로 밀려 들어간 어두운 포대 속에서 몸부림을 치고 있었다. 사형수가 형리의 수중에서 발버둥치듯, 어차피 살아날 길이 없다는 것을 알고 있으면서도, 그는 자꾸만 발버둥치고 괴로워했다. 그러나 아무리 저항해 보았자, 자기가 무서워하고 있는 쪽으로 점점 접근해 갈 뿐이라는 것을 순간마다 느꼈다.

그는 이렇게도 느꼈다. 이 괴로움은, 이런 어두운 구멍 속에 들어가 있기 때문이다. 아니, 오히려 이 구멍을 저쪽으로 뚫고 나갈 수가 없기 때문이라고. 그가 저쪽으로 뚫고 나가는 것을 방해하는 것은, 바로 자기의 생활이 옳았다고 하는 의식이었다. 자기의 생활을 긍정하는 이 의식이 그를 꼭 붙잡고 앞으로 가지 못하게 했다. 그는 그것 때문에 가장 심한 고통을 맛보았다.

돌연 그 어떤 힘이 쾅하고 가슴과 옆구리를 찔러, 더욱 세차게 그의 호흡을 압박했다. 그는 구멍 속으로 뚝 떨어졌다. 그러자 거기에, 구멍 끝에 무엇인가가 번쩍거리기 시작했다. 기차를 타고 있을 때 흔히 맛보는 그런 기분이었다. 앞으로 나가고 있는가 하면 반대로 뒤로 가고 있는 것 같기도 하다. 그러는 동안에 홀연히 진짜 방향을 알 수 있게 되는 것이다.

'그렇다, 모두 잘못되었다.' 이렇게 그는 혼자 중얼거렸다. '그렇지만 그다지 대단한 일은 아니다. 문제 없다. 아직 진짜 일을 할 수 있으니까 말이야. 그러나 진짜 일이란 어떤 것일까?' 그는 자신에게 물어보고는 갑자기 조용해졌다.

그것은 사흘째가 끝날 무렵이었으며, 죽기 2시간 전의 일이었다. 마침 그때, 중학생 아들이 살짝 아버지의 방으로 들어와서 아버지의 침대로 다가갔다. 빈사 상태에 있는 환자는 쉴새없이 필사적인 고함을 지르며 두 손을 휘두르고 있었다.

그러다 그의 한쪽 손이 공교롭게도 아들의 머리 위에 떨어졌다. 아들은 그 손을 붙잡고 입술에 대더니 울기 시작했다.

이때였다. 이반 일리치가 구멍 속으로 빠져들어가서 거기에 광명을 발견한 것은. 자기 생활은 잘못되어 있었다. 그렇지만 아직도 이것을 시정할 수 있다는 생각이 그에게 계시되었던 것이다. 진짜 일이란 어떤 것일까 하고 자문하고 그는 갑자기 조용해져서 귀를 기울였다. 그러자 누군가가 자기 손에 키스하고 있는 것만 같았다. 그는 눈을 뜨고, 거기서 아들의 모습을 발견했다. 아이가 불쌍해졌다. 아내가 옆으로 다가왔다. 그는 그쪽으로 흘끔 눈을 돌렸다. 그녀는 입을 벌리고, 코나 볼의 눈물을 닦지 않은 채 절망의 표정을 보이며 남편을 지켜보았다. 그러자 그는 아내가 불쌍해졌다.

'그래. 나는 가족들을 비참하게 만들었어. 그렇지만 내가 죽으면 괜찮아질 거야.' 그는 이렇게 말하려고 생각했지만, 말을 꺼낼 기력이 없었다. '그렇지만 무엇 때문에 말로 한단 말인가. 행동으로 보이면 되는데' 하고 그는 생각했다. 그는 아내에게 아들 쪽을 턱으로 가리키면서 이렇게 말했다.

"데리고 가줘……. 불쌍하다……. 그리고 당신도……."

그는 또 '용서해 줘'라고 말할 작정이었으나, 그만 "놓아 줘"라고 말해 버렸다. 그리고 이젠 다시 말을 고쳐할 힘도 없었다. 이해할 사람은 이해해 주리라 생각하면서 그저 손을 흔들었을 뿐이다.

그때 갑자기, 지금까지 자기를 괴롭히면서 도무지 떠나려고 하지 않던 것들이 갑자기 사방팔방으로 한꺼번에 모두 떨어져나가는 것이 분명히 느껴졌다.

'모두가 불쌍하다. 괴롭히지 않도록 해야지. 그들을 구해 주자. 그리고 자신도 이런 고통으로부터 벗어나고 싶다. 참으로 기분이 좋다' 하고 그는 생각했다. '그런데 아픔은?' 그는 자신에게 물어보았다. '아니 어디로 갔을까? 이것 봐, 어디에 있는가, 아픔은?'

그는 통증에 주의를 기울이기 시작했다.

'아아, 여기 있었던가? 아니 상관 없어. 아프려거든 아프려무나.'

'그런데 죽음은? 죽음은 어디에 있지?'

그는 전부터 친숙해 있던 죽음의 공포를 찾아 보았으나 찾을 수가 없었다. 죽음은 어디로 갔을까? 죽음이란 무엇인가? 아무런 공포도 없어졌다. 죽음이 없었기 때문이다.

죽음 대신에 빛이 있었다.

갑자기 그는 소리를 내어 이렇게 말했다. '아아, 이것이었구나! 이 얼마나 기쁜 일이냐!'

그에게 이 모든 것들은 한순간에 일어났고, 이 순간의 의미는 이미 영원히 변치 않았다. 그러나 그 자리에 임종을 지켜보고 있는 사람들의 눈에는, 그의 고통이 그후에도 2시간이나 계속되었다. 그의 가슴속에서는 무엇인가 갈그랑거리는 소리가 났다. 쇠약할 대로 쇠약해진 그의 육체는 꿈틀꿈틀 떨고 있었다. 이윽고 갈그랑거리는 숨소리도 차츰차츰 사그라들었다.

"임종입니다!" 누군가가 그의 머리맡에서 말했다.

그는 이 말을 듣자, 그 말을 마음속으로 되풀이했다. '죽음도 끝났어.' 그는 스스로에게 말했다. '이젠 더 이상 죽음은 없는 거야.'

그는 공기를 들이마시려고 했으나, 깊은 호흡은 갑자기 멈추고, 몸을 한 번 쭉 펴자 죽고 말았다.

크로이체르 소나타

지금 사랑을 표현하지 않는 사람은, 현재 사랑이 없는 사람이다.

크로이체르 소나타

"나는 너희에게 말한다. 여자를 보고 음욕을 품는 사람은, 누구나 이미 마음으로 그 여자와 간음한 것이다."(마태복음 5장 28절)

제자들이 예수께 말하였다.
"남편과 아내 사이가 그렇다면, 차라리 장가 들지 않는 것이 좋겠습니다."
예수께서 그들에게 대답하셨다.
"누구나 다 이 말을 받아들이지는 못한다. 다만 타고난 사람들만이 받아들인다. 모태로부터 그렇게 태어난 고자도 있고, 사람이 만들어서 된 고자도 있고, 또 하늘 나라 때문에 스스로 고자가 된 사람도 있다. 이 말을 받아들일 수 있는 사람은 받아들여라."(마태복음 19장 10~12)

1

이른 봄이었다. 우리는 이틀 동안 기차 여행을 계속하고 있었다. 타고 내리는 것은 가까운 거리의 손님들이 대부분이었다. 나처럼 출발역에서 타고 온 손님은 세 사람이었다. 거의 투박한 외투에 몹시 지쳐 보이는, 연방 담배를 피워대는 못생긴 중년 부인과, 그 부인이 아는 사람인 듯한, 새 물건들을 반듯하게 정돈한 사십 대의 이야기하기 좋아하는 신사, 그리고 외따로 혼자 떨어져 앉아 있는 중간 키의 신사였다. 이 신사는 동작이 재빠르고 아직 늙은이는 아닌데도 곱슬곱슬한 머리카락은 확실히 나이보다 일찍 세었고, 번들거리는 눈동자를 쉴새없이 바쁘게 움직였다. 신사는 양털 깃이 달린 비싸게 맞춘 듯한 낡은 외투를 입고 긴 양털 모자를 쓰고 있었다. 단추를 풀자 그 외투 속에 소매 없는 재킷과 수를 놓은 러시아식 셔츠가 보였다. 더욱이 이 신사의 독특한 점은 이따금 헛기침 같기도 하고, 혹은 웃으려다가 갑자기 멈춘 목소리 같기도 한 야릇한 소리를 내는 일이었다.

신사는 여행을 하는 동안 줄곧 다른 승객들과 얘기를 나누거나 다른 승객들이 접근하는 것을 매우 경계하고 있었다. 옆자리 손님이 말을 걸어도 극히 짧고 퉁명스러운 대답만을 할 뿐이고, 책을 읽거나 창밖을 바라보며 담배를 피우거나 혹은 낡은 가방에서 간식거리를 꺼내 놓고 차를 마시며 먹기도 했다.

그가 외로워 보여서 나는 몇 번인가 말을 건네 보려고 했지만, 서로 비스듬히 마주 앉아 있었던 까닭으로 그럴 기회가 종종 있었음에도 그는 눈이 마주칠 때마다 외면하고 책을 집어들든가 창밖을 내다보며 딴전을 피웠다.

이틀째 저녁 무렵이었다. 어느 큰 역에 기차가 머물렀을 때, 이 신경질적인 신사는 끓는 물을 얻으러 갔다와서 직접 차를 타기 시작했다. 나중에야 알았지만 새 물건들을 단정하게 정돈한 신사는 변호사였다. 그는 곧장 옆자리에 앉아서, 거의 남자 옷 같은 외투를 입고 연방 담배를 피워대던 부인과 함께 역으로 차를 마시러 갔다.

신사와 부인이 자리를 비운 사이 객실에 새로 기차에 오른 승객이 몇 사람 있었다. 그중에 담비 가죽으로 만든 외투에 차양이 큰 나사(羅紗) 사냥 모자를 쓰고, 보기에 상인 같은 키 크고 수염을 말끔하게 깎은 주름살투성이의 노인이 있었다. 노인은 부인과 변호사가 앉아 있던 맞은편에 앉아서 역시 이 역에서 올라탄, 얼핏 보면 상점 점원 같아 보이는 젊은 남자와 곧 얘기를 시작했다.

나는 그 건너편에 앉아 있었고, 기차가 정차중이었기 때문에 아무도 지나가지 않을 때에는 두 사람의 대화를 단편적으로나마 들을 수가 있었다. 노인은 다음 정거장에 있는 자기 소유지로 가는 길이라고 했다. 그러고는 틀에 박힌 듯이 물가 시세며 장사에 관한 이야기가 시작되고, 모스크바의 최근 경기 얘기를 했다. 그 뒤에 니줴고로드 시장 얘기로 번졌다. 점원이 두 사람이 다 아는 유복한 상인이 시장에서 호탕하게 놀던 얘기를 시작했으나, 노인은 끝까지 듣지 않고 도중에서 가로채어 그 자신도 한몫 끼었던 쿠나빈[*1]에서 진창 마시고 떠들어댔던 얘기를 늘어놓기 시작했다. 어쩐지 노인은 그런 놀이에 한몫 끼었다는 사실이 자랑스러운 듯 옆에서 보기에도 금세 알 수 있을 만큼 기뻐했다. 노인이 언젠가 자기와 친지인 한 상인이 사람들과 어울려서 너무 지나치게

*1 니줴고로드 교외에 있는 마을—역주.

취해서 커다란 목소리로는 말할 수도 없을 만한 추잡한 짓을 해냈다는 얘기를 하자, 점원은 온 객실이 뒤집어져라 큰 목소리로 웃어댔고, 노인도 누런 이를 드러내며 웃었다.

별로 재미있는 얘기를 들을 것 같지도 않아서 나는 기차가 떠날 때까지 플랫폼을 산책하려고 자리에서 일어났다. 그러다 무슨 얘기인지 유쾌하게 떠들면서 걸어오는 변호사와 부인을 문간에서 만났다.

"이젠 시간이 없어요. 이제 곧 두 번째 기적*2이 울릴 겁니다." 변호사가 자상하게 말했다.

과연 내가 열차 끝까지 가기도 전에 기적이 울렸다. 자리로 돌아오니 부인과 변호사 사이에 활발한 대화가 계속되고 있었다. 늙은 상인은 잠자코 두 사람 맞은편에 앉아서 험상궂은 눈으로 똑바로 앞을 보며, 이따금 못마땅한 것처럼 입을 씰룩거리고 있었다.

"그래서 그 여자는 남편에게 다 털어놓고 이렇게 말했다는군요."

내가 그 옆을 지나치려 할 때 변호사는 부드러운 미소를 지으면서 말했다.

"결국 이젠 당신과 살 수 없고, 또 살고 싶지도 않아요. 왜냐하면……."

그리고 그는 계속 무슨 얘기인지 늘어놓기 시작했는데, 내게는 잘 들리지 않았다.

내 뒤를 따라 다시 승객이 몇 사람 지나가고, 차장이 지나가고, 짐을 나르는 사람들이 뛰어들어오는 바람에 한동안 주위가 떠들썩해서 그들의 대화가 들리지 않았던 것이다. 사위가 다시 조용해지고 변호사의 목소리가 들렸을 때 확실히 대화는 개인적인 것에서 이미 일반적인 내용으로 화제가 옮겨진 것 같았다.

변호사는 지금 이혼 문제가 유럽 여론의 중심이 되어 있다는 것이며, 우리나라에서도 같은 사태가 늘어가고 있다는 얘기를 하고 있었다. 그러다가 순간 얘기를 하고 있는 것은 자기뿐이라는 사실을 깨닫고 변호사는 말을 멈추더니 노인에게 말을 걸었다.

"옛날에는 이런 일이 없었겠지요. 그렇지요?" 상냥하게 웃는 얼굴로 그가 동의를 구했다.

---

*2 러시아에서는 세 번째 기적이 울리면 기차가 출발한다—역주.

노인은 무엇인가 대답하려는 듯했으나 이내 열차가 움직이기 시작했기 때문에 그는 사냥 모자를 벗고 성호를 긋고는 작은 소리로 기도문을 외기 시작했다.

변호사는 눈길을 옆으로 돌리고 점잖게 기다리고 있었다. 기도를 끝내고 성호를 세 번 긋자 노인은 사냥 모자를 똑바로 깊게 쓰고, 앉은 자리에서 자세를 가다듬고 나서야 입을 열었다.

"그야 예전에도 있기는 했지만 다만 지금보다 적었을 뿐이죠. 요즈음에는 그런 일이 없으면 오히려 이상하지요. 왜냐면 배운 사람이 많아졌으니까요."

열차가 점점 더 속력을 내면서 레일이 이어진 곳마다 덜컹덜컹 소리를 내서 얘기가 잘 들리지 않았으나 매우 재미있는 얘기 같아서 나는 가까운 자리로 옮겨 앉았다. 나와 마주 앉은, 눈매가 날카로워 신경질적으로 보이는 신사도 흥미를 느꼈는지 꼼짝않고 앉은 채로 열심히 귀를 기울이고 있었다.

"하지만 교육을 받았다는 것이 어째서 나쁜 거지요?" 보일 듯 말 듯한 미소를 띠면서 부인이 말했다. "그럼 옛날처럼 신랑 신부가 서로 얼굴조차 본 일이 없는, 그런 결혼이 좋다는 말씀인가요?" 대개의 부인들이 하는 것처럼 상대편 말에 대답한 것이 아니라 상대편 말을 어림짐작해 대답하면서 그녀는 계속했다. "옛날에는 서로 사랑하고 있는지, 사랑하게 될는지, 그런 것도 알지 못하면서 상대가 누구건 상관하지 않고 결혼해서 한평생 괴로움을 당했죠. 그럼 그 편이 더 좋았단 말씀인가요?" 분명히 그 얘기를 하던 노인에게는 도무지 관심도 두지 않고 나와 변호사에게 고개를 돌려서 그녀는 말했다.

"어쨌든 사람들이 많이 교육을 받았다는 말이오." 노인은 경멸하는 것처럼 부인을 바라보고, 그녀가 묻는 말에는 대답하지 않고 이렇게 되풀이했다.

"한 가지 여쭈어 보고 싶습니다만, 노인께선 교육을 받았다는 것과 부부간의 불화와의 관계를 어떻게 설명하시려는 겁니까?" 겨우 알아볼 듯한 미소를 지으면서 변호사가 말했다.

노인이 뭐라고 말하려 했으나 부인이 그것을 가로막았다.

"아니에요, 그런 시대는 이미 끝나 버렸어요." 그녀는 말했다. 그러나 변호사는 그것을 제지했다.

"아니, 이분 의견을 직접 들어보지요."

"교육에서 생겨나는 것은 어리석음뿐이오." 노인은 단정적으로 말했다.

"서로 사랑하지도 않는 사람을 결혼시켜 놓은 뒤에 부부 사이가 원만하지 못하다고 놀란단 말입니다." 부인은 변호사와 나, 그리고 자리에서 일어나 좌석 등받이에 두 팔꿈치를 짚고 히죽거리면서 얘기를 듣고 있는 점원까지 돌아보면서 조급한 어조로 말했다.

"당신이 생각한 대로 짝을 지어 줄 수 있는 것은 동물뿐이에요. 사람에게는 나름대로의 기호며 끌리는 마음이 있어요."

분명히 노인의 마음을 언짢게 하려고 그녀는 말했다.

"그건 억지예요, 부인. 동물은 어디까지나 짐승에 불과하지만, 사람에게는 법도라는 것이 있으니까요." 노인이 말했다.

"하지만 애정이 없는데 어떻게 함께 살아간단 말예요?" 자기 생각이 극히 새로운 것이기라도 한 양 부인은 여전히 조급하게 말했다.

"옛날에는 그런 문제는 따지려들지 않았단 말이오." 노인은 차근차근 일러주는 것 같은 어조로 말했다. "그것은 최근에 비롯된 유행에 지나지 않아요. 걸핏하면 요즘 여자들은 대뜸 집 나가겠다는 말을 한단 말이오. 시골 사람들도 이런 풍조가 퍼지기 시작했지요. '자, 여기 당신 셔츠와 바지가 있어요. 나는 바니카와 함께 살겠어요. 그의 머리가 당신보다 더 곱슬거리거든요.' 이런단 말이오. 말도 안 돼요. 여자에게 가장 필요한 것은 두려움이어야 할 텐데 말이오."

점원은 분명히, 노인이 말을 받아들이는 태도 여하에 따라 비웃을 수도 찬성할 수도 있도록 마음을 먹으면서 미소를 누르고 변호사와 부인과 나를 보았다.

"두려움이라고 말씀하시면? 어떤 거죠?" 부인이 말했다.

"남편을 두려워하는 마음이오! 바로 그런 두려움 말이오."

"어머나, 기가 막혀. 그런 시대는 지났단 말예요."

부인은 노기를 띠고 말했다.

"아니요, 부인. 이런 시대가 지나가 버리다니 있을 수 없소. 이브란, 그러니까 여자란 남자의 갈비뼈를 떼서 만들어졌을 그때 그대로의 모습으로 이 세상 끝까지 있는 겁니다." 노인이 승리를 거둔 것처럼 엄숙하게 고개를 젓고 이렇게 말했으므로, 점원은 얼른 승산은 노인에게 있다고 단정하고 큰 소리로 웃어댔다.

"당신네 남성들은 그렇게 생각하시는군요." 부인은 조금도 굴하지 않고 우리를 둘러보면서 말했다. "자신은 자유를 누리면서 여자는 집구석에 처박아 두려고 하신단 말예요. 어차피 자신들은 멋대로 별의별 일을 다 하실 테면서 말예요."

"멋대로 행동하도록 아무도 가만히 내버려두지는 않소. 다만 남자 때문에는 아무런 일도 생기지 않지만, 아내라는 여자는 자칫하면 깨지기 쉬운 그릇 같은 것이니까요." 노인은 타이르는 것처럼 말했다.

노인의 설득하는 듯한 어조는 분명히 듣는 사람들을 설복한 것 같았고, 부인도 압도된 듯한 표정이 되기도 했지만, 그래도 꺾이지 않았다.

"그렇군요. 하지만 당신도 아마 동의하시리라고 생각합니다만, 여자도 사람이고 남성들과 마찬가지로 똑같은 감정을 지니고 있단 말이에요. 그런데 만약 남편을 사랑하지 않는다면 어떡하면 좋죠?"

"사랑하고 있지 않다구요?" 노인은 눈썹과 입술을 움직여서 위협하는 것처럼 되풀이했다. "아마 사랑하게 될 거요."

이 뜻하지 않은 단언이 특히 점원에게는 마음에 들어 그는 찬동하는 소리를 냈다.

"아뇨, 사랑할 수 없을 거예요!" 부인이 입을 열었다. "애정이 없는데 그것을 강요할 수는 없어요."

"그럼, 만약에 아내가 바람이 났다면 그땐 어떻게 되죠?" 변호사가 말했다.

"그런 것은 생각할 수도 없어요" 노인은 말했다. "그런 건 미리 잘 단속해야 하는 거요."

"만약 그렇다 해도 흔히 있는 얘기가 아닙니까?"

"사람에 따라서는 흔히 있는 얘기인지도 모르겠소만 우리 고장에는 없소." 노인이 말했다.

모두 잠자코 있었다. 점원이 몸을 움직여 좀더 가까이에 다가가서 다른 사람들에게 뒤지지 않으려는 모습으로 미소를 지으면서 입을 열었다.

"그렇죠. 우리 젊은이 중에서도 부끄러운 소동이 일어났었답니다. 이것도 아무튼 판단하기가 어려운 문제였습니다. 역시 행실이 좋지 못한 여자를 만났던 겁니다. 그 여자가 바람을 피우기 시작했어요. 남자는 사리 분별이 분명한 착실한 사람이었어요. 여자는 맨 처음에 장부를 맡아 보는 남자와 관계했어요. 남자는 그래도 좋은 말로 타이르려고 했지만, 여자는 듣지 않고 온갖 나쁜 짓을 다 했습니다. 나중에는 남편의 돈을 훔치게까지 됐어요. 그래서 남편에게 맞더니, 웬걸요, 더욱더 나빠지기만 했어요. 끝내는 이런 말씀을 해서 뭣합니다만, 세례도 받지 않은 유대인과 붙어 버렸답니다. 그 남편은 어쩌겠어요? 결국 깨끗이 여자를 버리고 지금도 혼자서 산답니다. 그 여자는 이 남자 저 남자에게로 전전하지만요."

"그야 그 남자가 바보이기 때문이죠. 애초부터 여자에게 제멋대로 놀지 못하게 길을 들여 놓았다면, 그 여자도 참다운 생활을 했을 거요. 처음부터 제멋대로 놀아나지 못하게 하는 게 중요해요. 들판의 말과 집 안의 여편네는 믿을 수가 없거든요." 노인이 말했다.

이때 차장이 다음 역에서 내릴 사람들의 차표를 거두러 왔다. 노인은 차표를 내주었다.

"그래요, 여자란 그저 처음에 단단히 졸라매야 해요. 그렇지 않으면 아주 못쓰게 돼버린단 말예요."

"하지만 그렇게 말씀하시는 당신도 지금 금방 쿠나빈 시장에서 가정을 가진 남자들이 놀아났다는 얘기를 하셨잖아요?"

나는 참을 수 없어서 물었다.

"그건 특별한 경우요." 노인은 그렇게 말하고 입을 다물었다.

기적 소리가 울리자 노인은 일어서서 좌석 밑에서 주머니를 꺼내고, 외투를 잘 여미고 모자를 가볍게 쳐들어 인사를 한 뒤 승강구로 나갔다.

2

노인이 나가자마자 여러 사람들이 다시 이야기를 시작했다.

"옛날 습관에 젖은 영감님이군요." 점원이 말했다.

"그야말로 살아 있는 가정훈*3이에요. 어쩌면 그다지도 야만적인 여성관과 결혼관을 가지고 있을까요!" 부인이 말했다.

"그렇군요. 우리나라는 유럽의 결혼관에서 보면 아직도 까마득하군요."

변호사가 말했다.

"아무튼 저런 사람들이 이해하지 못하는 가장 중요한 점은, 애정 없는 결혼

---

*3 家庭訓. 러시아 고대 문학 작품. 여기서는 비꼬는 말—역주.

따위는 결혼이 아니라는 거예요. 결혼을 신성하게 하는 것은 애정뿐이며 참다운 결혼이란 애정에 의하여 정화된 것뿐이라고 생각하는 점이에요." 부인이 말했다.

점원은 이 어려운 얘기를 되도록 많이 써먹기 위해서 외어 두려고 싱글싱글 웃으면서 귀담아 듣고 있었다.

부인이 한창 얘기를 하는데 내 등 뒤에서 끊어지는 웃음 소리 같기도 하고, 흐느끼는 울음 소리 같기도 한 목소리가 들렸다. 뒤돌아보니, 내 앞자리의 손님인, 눈빛이 날카롭고 고독한 백발의 신사였다. 그는 아마 우리들의 얘기에 흥미를 느낀 모양인지 얘기하는 동안 어느새 우리들 가까이에 와 있었다. 그는 두 손을 좌석 등받이에 올려놓고 있었다. 그는 분명히 몹시 흥분해 있는 것 같았다. 얼굴이 빨갛게 상기되고 볼 근육이 떨리고 있었다.

"도대체 그것은 어떤 애정입니까?……애정, 결혼을 신성하게 하는 애정이란?" 그는 떠듬거리면서 말했다.

상대의 흥분된 정신 상태를 눈치채고, 부인은 되도록 진지하고 신중히 대답하려고 애썼다.

"참다운 애정을 말하는 거죠. 남녀간에 그런 사랑이 있음으로써 비로소 결혼도 가능한 거예요." 부인은 말했다.

"그래요? 그러나 그 참다운 애정이란 무엇을 의미하는 걸까요?" 눈빛이 날카로운 신사는 겸연쩍은 웃음을 띠면서 주저하는 태도로 말했다.

"사랑이 어떤 것인가는 누구나 다 아는 거예요." 부인은 귀찮은 내색을 하며 말했다.

"하지만 나는 모르겠는걸요. 당신이 말씀하는 의미를 분명하게 하지 않으면 말이죠……." 신사가 말했다.

"무엇을 의미하느냐고요? 극히 간단한 일이에요." 부인은 대뜸 말했으나 잠시 생각하고 말을 이었다. "사랑 말이죠? 사랑이란 한 사람의 여자나 남자를 다른 모든 사람과 비교해서 특히 더 소중하게 생각하는 거예요."

"소중하게 생각하는 것은 얼마 동안인가요? 한 달인가요? 이틀? 그렇잖으면 반 시간인가요?" 백발의 신사는 이렇게 말하고 웃기 시작했다.

"아니, 실례지만 어쩐지 얘기가 틀린 것 같은데요."

"천만에, 똑같은 문제입니다."

"이분께서 말씀하시는 것은 말이죠" 변호사는 부인을 가리키며 끼어들었다. "결혼은 무엇보다도 우선 상대에게 끌리는 마음, 이를테면 애정이라고 해도 상관없습니다만, 거기서부터 생겨나야 하며, 그러한 마음이 존재하면 그런 경우에만 결혼이 이른바 신성한 것이 된다는 겁니다. 더욱이 어떠한 결혼에도 그 밑바닥에 상대에게 끌리는 극히 자연스러운 마음, 그것은 애정이라고 해도 좋습니다만, 그것이 없다면 아무것도 도의적인 의무를 지니지 않는다는 겁니다. 저의 해석이 맞습니까?"

그는 부인을 돌아보았다. 부인은 자기 생각을 옳게 설명했다는 듯이 머리를 끄덕였다.

"더욱이……." 변호사는 이야기를 계속하려 했으나 바야흐로 두 눈이 불타는 것처럼 번득거린 그 신사는, 분명히 가까스로 자신을 억누르고 변호사가 끝까지 말을 못하게 말을 시작했다.

"아니요, 내가 말하는 것도 꼭 같은 뜻이에요. 다른 모든 사람보다도 한 사람의 남자가 한 사람의 여자를 소중하게 생각하는 것을 말하는 겁니다. 다만 내가 묻는 것은 그런 마음이 얼마 동안이나 계속되면 되는가 하는 점이에요."

"얼마 동안이냐구요? 언제까지나죠. 때로는 한평생일 수도 있어요."

부인은 어깨를 으쓱해 보이면서 말했다.

"그러나 그것은 소설에서나 있을 수 있는 환상이고, 현실은 결코 그렇지 못합니다. 실제로는 오직 한 사람을 몇 해 동안이나 줄곧 생각한다는 일은 극히 드문 일이고, 대개는 수개월 동안, 아니면 몇 주일, 며칠간, 몇 시간밖에는 계속되지 않습니다." 분명히 자기 의견이 모든 사람을 놀라게 하고 있다는 것을 알고 거기에 만족하면서 그는 말했다.

"어머나, 무슨 말씀을! 당치도 않아요. 실례지만 그건 잘못된 말씀이에요." 우리 세 사람은 입을 모아 그렇게 소리쳤다. 점원까지도 찬성할 수 없다는 듯이 소리를 질렀다.

"그렇소, 나는 잘 알고 있소." 백발의 신사는 우리를 압도할 것 같은 큰 소리를 질렀다. "당신들이 말하는 것은 존재한다고 생각되는 것에 관해서이고, 내가 말하는 것은 현재 실제로 존재하고 있는 겁니다. 어떤 남자라도 아름다운 여성 한 사람 한 사람에 대해서는 당신네들이 소위 애정이라고 부르는 마음을 경험하게 됩니다."

"어머나, 어쩌면, 무슨 말씀을 하시는 거예요? 하지만 사람들 사이에는 사랑이라고 불리는 감정이, 몇 달이라든가 몇 년이 아니라 한평생 계속 존재하고 있지 않습니까?"

"아니지요. 그건 아닙니다. 가령 남자라면 특정한 여성을 한평생 소중하게 줄곧 생각하는 일이 있다고 가정하더라도, 여자는 틀림없이 다른 남자에게 마음이 끌립니다. 과거나 현재나 그것이 사람들의 본능이니까요."

신사는 이렇게 말하고 담뱃갑을 꺼내서 담배를 붙여 물었다.

"그러나 서로 함께 사랑하는 경우도 있을 수 있으니까요."

변호사가 말했다.

"아니요. 마치 완두콩을 잔뜩 실은 짐마차 속에서 표적을 붙여 둔 두 개의 콩알이 언제까지나 가지런히 놓여 있을 수 없는 것과 똑같은 겁니다. 뿐만 아니라 문제는 사람의 마음을 믿을 수 없을 뿐만이 아니라 가끔 싫증도 난다는 점입니다. 한 사람의 남자나 여자를 한평생 사랑한다는 것은 한 자루의 초가 한평생 탄다는 것과 똑같은 이야기여서 말이오." 신사는 굶주린 듯 담배를 빨아들이면서 그는 말했다.

"하지만 당신께서 늘 말씀하시는 것은 육체적인 사랑에 관한 것뿐이에요. 이상의 일치라든가 정신적인 동화라든가를 바탕으로 한 사랑을 당신께선 인정하지 않는단 말씀인가요?" 부인이 말했다.

"정신적인 동화라고요? 이상의 일치라고?" 신사는 야릇한 소리를 내면서 되풀이했다. "하지만 그렇게 되면, 좀 상스러운 표현이어서 실례 같습니다만, 잠자리를 함께 한다는 것은 아무런 의미가 없게 되겠군요. 다시 말해서 이상이 일치한 결과 함께 자게 된다는 말씀이군요." 그는 이렇게 말하고 신경질적으로 웃기 시작했다.

"그렇담 실례입니다만, 현실은 당신이 말씀하시는 것과 반대인데요. 현재 부부 생활이 엄연하게 존재하고 있다는 것은 인류 전체, 혹은 그 대부분이 결혼 생활을 하고 있고, 더욱이 많은 사람들이 장기간에 걸쳐 결혼 생활을 성실하게 하고 있다는 사실의 명확한 증거인 셈이니까요." 변호사가 말했다.

백발의 신사는 또 웃기 시작했다.

"당신은 결혼이란 애정을 바탕으로 한다고 주장하다가, 내가 관능적인 것 이외에 사랑의 존재를 의심하는 말을 하자, 이번에는 결혼이 존재한다는 것으로 사랑의 존재를 증명하려고 하시는군요. 그래요, 현대에서 결혼이란 것은 단순히 속임수에 지나지 않아요!"

"그렇지 않아요, 실례지만. 전 결혼이라는 것이 존재했고, 현재도 존재한다는 것을 말하고 있는 것뿐입니다." 변호사가 말했다.

"그야 존재하고말고요. 다만 뭣 때문에 존재할까요? 결혼 속에 무언가 신비로운 것과 신에 대한 의무를 느끼는 것 같은 신성함을 발견하는 사람들 사이에 확실히 결혼은 존재해 왔고, 지금도 존재합니다. 그런 사람들 사이에서는 그것이 존재해도 우리들 사이에는 존재하지 않는 겁니다. 우리는 결혼에서 성행위 이외에는 아무것도 발견하지 못한 채 결혼에 이르기 때문입니다. 그러므로 그 결과는 기만이 아니면 강제라고 할 수밖에 없습니다.

기만이라면 그래도 참을 수가 있어요. 부부가 일부일처제의 생활을 굳게 지키고 있는 것처럼 세상 사람들의 눈을 속이고 실제로는 일부다처나 일처다부의 생활을 한다는 데 불과한 이야기니까요. 이것도 좋지 못한 일이긴 하지만 그래도 참을 수가 있어요. 그런데 가장 흔하게 볼 수 있듯 부부가 한평생 함께 산다는 사회적인 의무를 짊어지고 두 달이 채 못 가서 서로 미워해서 헤어지고 싶다고 생각하면서, 그래도 역시 함께 살고 있다면, 이것은 참으로 무서운 지옥이나 다름없어요. 그때문에 술에 빠지기도 하고 권총으로 자살을 하기도 하고, 칼이나 독약으로 자살하기도 하고, 서로 죽이기도 하게 되는 겁니다." 신사는 아무도 말을 가로채려고 끼어들지 못하게 재빠르게 점점 더 흥분해서 말했다. 모두들 잠자코 있었다. 어쩐지 분위기가 어색해졌다.

"그렇소. 확실히 부부 생활에는 위기를 내포하는 사건이 얼마든지 있으니까요." 변호사는 예의에 벗어날 만큼 진지해지는 이 얘기를 끝맺으려고 이렇게 말했다.

"아마 제가 어떤 사람인지를 이제 아신 것 같군요?" 매우 냉정하게, 그러나 조용한 어조로 백발의 신사가 말했다.

"아뇨. 유감입니다만 아직 모르겠는걸요."

"그처럼 유감스러울 것도 없어요. 나는 포즈드느이셰프라고 하는 사람이오. 지금 당신이 말을 비친 그 위기를 내포한 사건이라는 것을 일으킨 당사자예요. 즉, 아내를 죽인 과거가 있는 사람이오."

그는 우리들 한 사람 한 사람을 재빨리 둘러보면서 말했다.

누구 한 사람 적당한 말을 찾아내지 못하고 그저 놀라 눈만 껌벅이고 있었다.

"그건 아무래도 좋습니다만……" 그는 아까처럼 야릇한 소리를 내면서 말했다. "하여튼 실례했소! 아…… 그럼, 더 이상 이야기를 방해하지 않겠소."

"천만의 말씀을……" 하고 변호사는 말했지만 무엇이, 천만의 말씀인지 자신도 알지 못하는 듯했다.

그러나 포즈드느이셰프는 그 말을 끝까지 듣지 않고 재빨리 몸을 돌려 자기 자리로 가버렸다. 변호사와 부인은 작은 소리로 소곤대고 있었다. 나는 포즈드느이셰프와 나란히 앉아 있었으나 무슨 말을 해야 할지 생각나지 않아 잠자코 있었다. 책을 읽기에는 너무 어두워 나는 눈을 감고 잠을 청하는 체했다. 우리는 다음 역까지 그렇게 말 한마디 하지 않은 채 지나왔다.

그 역에서 변호사와 부인은 다른 칸의 객식로 자리를 옮겨갔다. 미리부터 차장과 이야기해서 결정했던 것이다. 점원은 좌석에 편한 자세로 고쳐 앉고 잠이 들었다. 포즈드느이셰프는 여전히 담배를 피우고 아까 역에서 준비했던 차를 조금씩 마시고 있었다.

내가 눈을 뜨고 흘끗 바라보자 그는 갑자기 어떤 결의와 초조함을 나타내며 나에게 말을 걸었다.

"내가 어떤 사람인지 아셨으니까, 혹시 나란히 앉아 있는 것이 불쾌하지 않습니까? 그렇다면 내가 자리를 옮기겠소만."

"아, 아니요. 천만의 말씀을."

"그럼 차라도 한 잔 나누실까요? 너무 진하긴 하지만." 그는 나에게 차를 따라 주었다.

"저 사람들은 입으로만 저러는 겁니다……. 노상 거짓말만 하는 거요." 그는 말했다.

"무슨 말씀이죠?" 나는 물었다.

"역시 아까 하던 그 얘기 말이오. 그 사람들이 말하는 애정이나 그것이 어떤 것인가 하는 이야기 말이오. 그런데 당신은 졸리지 않습니까?"

"아뇨, 전혀 졸리지 않아요."

"그럼 좋으시다면 내가 그 사랑이란 것 때문에 그런 끔찍한 일을 저지르게 된 경위나 이야기할까요?"

"네, 만약 괴롭지 않으시다면."

"아니요, 잠자코 있는 편이 더 괴로운 일이오. 자, 차를 드십시오. 너무 진할지 모르겠습니다만."

차는 확실히 맥주처럼 진했으나 나는 컵을 비웠다. 이때 차장이 지나갔다. 적의를 품은 듯한 눈으로 말없이 차장을 지켜보다가 그가 나간 다음에야 비로소 그 이야기를 시작했다.

3

"그럼 얘기를 하겠소. 하지만 정말로 듣고 싶은지 알고 싶소."

나는 정말 듣고 싶다고 되풀이했다. 그는 잠깐 입을 다물고 두 손으로 얼굴을 문지르고 나서 얘기를 시작했다.

"얘기를 하기로 했으니까 처음부터 모조리 해야겠군요. 내가 왜, 어떻게 해서 결혼을 했는지, 결혼하기 전에는 어떤 인간이었나를 얘기해야겠군요.

결혼 전만 해도 나는 다른 사람들과 같은, 즉 우리 사회의 사람들과 똑같은 생활을 하고 있었어요. 나는 지주였고, 대학을 나온 학사였으며, 귀족회의 회장도 지냈지요. 다른 사람들과 똑같이 방탕한 생활을 즐겼고, 그러면서도 자신의 생활은 이래야 하는 거라고 믿고 있었어요. 그리고 마음속으로는 내가 사랑받을 만한 남자며, 말할 수 없이 도덕적인 인간이라 생각했단 말이오. 나는 방탕했지만 여자들을 함부로 농락하지도 않았고, 비정상적인 취미를 갖고 있지도 않았고, 같은 나이 또래의 많은 사람들이 하던 대로 그것을 인생의 주요한 목적으로 삼는 일도 없었고, 오로지 건강 때문에 적당히, 그리고 신중하게 쾌락을 취했을 뿐이었소. 아이를 낳거나 나에게 열을 올리거나 해서 나를 속박할 가능성이 있는 여자는 되도록 피했지요. 어쩌면 아이가 생겼을지도 모르고, 열을 올린 여자가 있었을지도 모르지만, 나는 그런 것을 전혀 모르는 척했던 거요. 또 그것을 도의적이라고 믿었을 뿐만 아니라 오히려 자랑스럽게까지 생각했단 말이오."

그는 하던 얘기를 잠시 멈추고, 아마 새로운 생각이 떠오를 때마다 그렇게 하는 모양으로 그 야릇한 소리를 냈다.

"거기에 가장 더럽고 치사함이 있었던 거요!" 그는 외쳤다. "방탕이라는 것은 그 어떤 육체적인 것만은 아니에요. 어떤 육체적인 추잡한 행위도 방탕이라곤 할 수 없어요. 방탕이란, 참다운 방탕이란 육체 관계를 가진 여자에 대한 도의적 책임을 회피하는 일에 불과한 겁니다. 또 그러한 책임회피를 나는 잘한 짓이라고 생각했어요. 지금도 잊지 않고 있습니다만, 한번은 분명히 나를 사랑하기 때문에 몸을 맡긴 여자에게 돈을 지불할 수가 없어서 고민한 적이 있어요. 나중에 그 여자에게 돈을 보내 주고, 이제 그 여자에게는 도의적으로 아무런 책임도 없다는 것을 확인한 다음에야 간신히 마음을 놓았답니다. 그렇게 고개를 끄덕이지 마시오! 마치 내 말에 동의하고 있는 것 같이 말이요."

갑자기 그는 나에게 소리쳤다.

"어쨌든 내 말에 동감할 것이라는 것은 잘 알고 있으니까요. 당신들은 모두, 그리고 당신도 극소수의 예외가 아닌 이상 어떠한 사람이라도 옛날의 나와 똑같은 생각을 갖고 있었을 겁니다. 그것은 여하튼, 아무래도 좋지만 말이오. 그러나 문제는 그것이 무섭다는 겁니다. 무섭고 견딜 수 없는 일이에요!"

"무엇이 무섭다는 겁니까?" 나는 물었다.

"여자나 여자와의 관계 속에 자리잡고 있는 잊을 수 없는 기억들이 무섭단 말이오. 사실 이 얘기는 냉정하게 말할 수가 없어요. 아까 그분에게 말한 것 같은 사건이 나에게 일어났기 때문만이 아니라, 그 사건이 일어난 이후에는 모든 것을 전혀 다른 각도로 보게 되었기 때문이오. 모든 것이 정반대이고 모두가 뒤집혔단 말이오."

그는 담배에 불을 붙이고, 무릎에 양 팔꿈치를 짚고 얘기를 계속했다.

어두워서 얼굴은 보이지 않고 열차의 덜커덩거리는 진동 속에서 가슴에 울리는 것 같은 기분좋은 그의 목소리만 들릴 뿐이었다.

4

"그래요, 내가 괴로워했던 것처럼 한껏 고통을 겪고 난 뒤에야 비로소 그 덕분에 모든 화근이 어디에 있는가를 깨닫고, 무엇이 당연한 것인가를 알게 된 거죠. 그런 만큼 현재 존재하고 있는 것이 얼마나 두려운지를 똑똑히 알게 된 겁니다.

그럼 나를 그런 사건으로 이끌어 간 원인이 언제 어떻게 시작되었는지 들어주시오. 그런 일이 시작된 것은 내가 16살 때였어요. 나는 아직 중학생이었고, 형은 대학 1학년일 때 이런 일이 있었답니다.

나는 그때까지 여자를 알지 못했습니다만, 우리 사회의 모든 불행한 아이들과 마찬가지로 이미 순수한 소년은 아니었소. 그 전해부터 벌써 나쁜 아이들에게서 타락의 맛을 배웠던 거지요. 이미 여자가, 이렇게 말하지만 그것은 특정한 여자가 아니라 그 어떤 감미로운 쾌락의 대상으로서의 여자, 쉽게 말씀드리자면 그 여자들의 벌거벗은 육체가 나를 괴롭혔던 거요. 내가 혼자서만 있는 시간은 추한 시간이었소. 나는 요즘 청소년들의 대다수가 그렇듯이 나도 그것 때문에 깊은 고민 속에 빠졌던 거요. 나는 공포에 떨고 괴로워하고 신께 기도를 드리면서도 속수무책 타락해 갔지요. 나는 이미 상상의 세계에서도 현실에서도 완전히 타락하고 있었소만, 그래도 마지막 한 걸음만은 아직 내딛지 않았소. 나 혼자 자신을 망치고는 있었소만, 아직 나의 몸에는 손을 대지 않았었소.

그런데 형 친구들 가운데 아주 재미있고 발랄한 대학생이 있었는데, 그는 이른바 '잘생겨먹은 젊은이'로서 술과 도박을 우리에게 가르쳐 준 굉장한 건달이었어요. 술을 잔뜩 마신 뒤 거기에 가보자고 끈질기게 권하더군요. 우리는 함께 갔지요. 나의 형도 아직 그때까지는 숫총각이었는데 그날 밤 동정을 잃고 말았답니다. 그리고 겨우 열다섯밖에 되지 않았던 나도 내가 저지르고 있는 일이 어떤 것인지도 모르면서 스스로 몸을 더럽히고 한 사람의 여자를 욕보이는 데 한몫 끼었던 거요. 그런데도 내가 한 일이 나쁜 짓이라는 말을 손위 사람들 누구에게도 한 번도 들은 일이 없었단 말이오. 요즈음도 그런 말은 아무도 듣지 못할 거요. 물론 성서의 십계명 속에 그런 짓을 하지 말라는 말은 있습디다만, 그러나 그런 십계명은 교리 문답을 할 때 신부님께 대답하기 위해 필요할 뿐이고, 그것도 그다지 필요한 것은 아니며 라틴어의 가정법에서 ut를 써야 한다는 규칙보다도 못한 것이니까요.

이처럼 평소 내가 존중했던 손위 사람들 가운데서 그 누구에게서도 그것이 나쁜 행위라는 말을 들어본 일이 없었지요. 오히려 반대로 내가 존경하던 사람들에게서 그것이 좋은 일이라는 말을 들은 적은 있었지요. 내가 느끼는 갈등이나 고민 따위는, 그런 행위를 하면 가라앉는 법이라는 말도 들었소. 또한 그것이 건강에 오히려 좋을 거라는 말도 들었소. 그리고 친구들한테서는 그러한 나의 행위가 일종의 공훈이라고 할 수 있으며, 훌륭한 행위라는 찬사를 듣기도 했었지요. 그러니까 한마디로 말해서 나는 좋다는 것 외에 아무것도 발견할 수가 없었단 말이오. 병에 대한 위험성 말인가요? 그러나 그것도 문제없이 예방하는 방법이 강구되어 있는걸요. 친절하게 정부에서 알뜰히 염려를 해주거든요. 정부에서는 매춘굴에서 규정대로 영업을 하고 있는가를 감시하면서, 중학생들을 위해서 방탕을 보장하고 있단 말이오. 뿐만 아니라 의사들까지도 월급을 받고 그것을 감시하고 있지요. 그렇게 되는 게 당연해요. 의사들은 음탕한 행위도 때에 따라서는 건강을 위해서 유익한 일이 많다고 주장하고 정상적으로 음탕한 행위를 제도화하고 있으니까요. 그런 의미에서 자식의 건강을 염려하고 있는 어머니들도 있다는 것도 알고 있어요. 과학도 역시 그들을 매춘굴로 보내는 형편이니까요."

"어떤 이유로 과학이 그렇단 말인가요?" 나는 물었다.

"의사란 도대체 어떤 사람들인가요? 과학에 종사하는 인간들 아닙니까? 건강상 필요한 것이라고 주장하여 청년들을 타락하게 하는 것은 도대체 누구란 말이오? 바로 그들입니다. 그런 주제에 나중에 가서 잔뜩 거드름을 피우면서 매독을 치료하고 있단 말이오."

"그러나 어째서 매독을 근절하지 못할까요?"

"어째서라니, 매독을 치료하는 데 기울이는 노력의 백분의 일이라도 음탕한 행위를 근절하는 데 기울인다면, 매독 따위는 까마득한 옛날에 그림자를 감추어 버렸을 거요. 그런데 그러한 노력을 음탕한 행위를 근절하는 데 기울이지 않고 오히려 방탕한 행위를 장려하고 안정시키는 데 기울이고 있단 말이오. 하지만 문제는 그런 일이 아닙니다. 문제는 나와 같은 계급 사람들뿐만 아니라 온갖 계층에 있는 사람들이, 심지어는 농민들까지도 적어도 열 명 중 한 명은 나처럼 타락한다는 것이오. 어느 특정 여성의 아름다움과 극히 자연스러운 유혹에 빠진 것 때문이 아니라는 무서운 사태가 일어난 일이라오. 사실이 그래요.

그 어떤 여자도 나를 유혹하지는 않았소. 내가 타락한 것도 사실 내 주위 사람들이 이렇게 타락한 사실을, 어떤 사람은 건강에 유익하고 극히 정당함을 내세우기도 하고, 어떤 사람은 단순히 허용될 수 있다는 것만이 아니라 오히려 젊은이에게는 극히 자연스럽고 죄없는 쾌락이라고 주장했기 때문이란 말이오. 나는 그러한 행위에 타락이라는 것이 숨겨져 있다고는 생각하지 않았으니까, 한편으로는 쾌락을 맛보고 또 한편으로 평소에 듣고 배웠던 것처럼 일정한 나이에 도달하면 필연적으로 생기게 마련인 욕망을 만족시키기 위해서 극히 단순하게 몸을 맡기기 시작했던 거요. 마치 술이나 담배를 배우기 시작할 때와 마찬가지 심정으로 방탕하기 시작했었지요. 그래도 역시 처음 방탕했을 때는 뭔가 특별한 감동이 있었소.

지금도 그때 일이 잊혀지지 않소만, 아직 그 방에서 나오기도 전에 나는 어떤 서글프고 우울한 기분에 사로잡혀서 울고만 싶었지요. 그것은 동정을 잃어버렸다는 사실, 영원히 허물어져 버린 여성에 대한 신비, 이런 것들을 애석하게 생각하는 데서 나오는 서글픔이었지요. 그렇소. 여성에 대한 극히 자연스럽고 솔직한 관계는 영원히 없어져 버렸으며 있을 수 없게 된 거요. 나는 이른바 난봉꾼이 되어 버린 거요. 난봉꾼이 된다는 것은 아편 중독자나 알코올 중독자나, 지나치게 담배를 즐기는 니코틴 중독자와 흡사한 상태니까요. 아편 중독자나 알코올 중독자나 니코틴 중독자가 이미 정상적인 인간이 못 되는 것과 마찬가지로 자신의 만족을 얻기 위하여 여러 명의 여자를 알게 된 남자도 역시 정상적인 인간일 수는 없으며, 영원히 더럽혀진 인간, 이를테면 난봉꾼이란 말이오.

알코올 중독자나 아편 중독자를 그 표정이나 태도로 금방 알아낼 수 있듯이 난봉꾼도 마찬가지지요. 비록 난봉꾼이라도 자신을 억제하고 자기 자신의 내부적인 갈등과 투쟁할 수는 있지요. 그러나 여성에 대해서 오빠가 누이를 대하는 것 같은 솔직하고 청순한 관계는 이미 생겨나지 않는 거요. 젊은 여자를 훑어보거나 바라보는 태도로 곧 난봉꾼을 알 수 있죠. 나는 그런 난봉꾼이 되어 버렸고, 끝내 그 같은 상태에서 벗어나지 못했소. 결국 그것이 나를 파멸로 이끈 큰 원인이 되었지요."

5

"그래요, 바로 그것이오. 그 뒤로 나는 더욱더 타락의 길로 깊이 빠져들어갔고, 온갖 추잡한 탈선 행위를 했소. 아아! 그러한 면에서 내 추잡한 행위들을 생각하면 지금도 등골이 오싹해진답니다. 친구들에게 새침데기라고 놀림받던 무렵의 나를 곧잘 돌이켜보곤 한답니다. 돈을 척척 잘 쓰는 귀족 청년이라든가, 장교라든가, 파리에서 교육받은 신사란 말을 들으면 정말 참을 수가 없어요. 그러한 신사들이나 나나, 어쨌든 여성에게 온갖 무서운 죄를 셀 수도 없을 만큼 저지른 서른 살 전후의 음란한 난봉꾼들인데도, 아주 깔끔하게 몸을 닦고, 수염을 깎고, 향수를 뿌리고, 청결한 셔츠에 예복이라든가 군복을 말끔하게 차려 입고, 객실이나 무도회 같은 곳에 뻰질나게 드나드는 걸 보면, 그야말로 청순함의 상징 같기도 하고, 정말 멋졌거든요!

그럼, 여기서 당연히 그랬어야 하는 일과 실제로 있는 일을 한 번 생각해 보십시다. 당연히 그래야 한다는 정상적인 것들이란, 이를테면 사교계에서 그러한 신사가 내 누이라든가 딸에게 접근했을 때 그 남자의 생활을 환히 알고 있는 나는 당연히 그의 곁으로 가서 그 남자를 한구석으로 불러내다가 낮은 목소리로 '여보게, 나는 자네가 어떤 생활을 하고 있는지, 누구와 어떻게 밤을 보내고 있는지 잘 알고 있네. 그러니 여기는 자네가 올 곳이 못 되네. 여기 모인 사람은 모두 청순한 처녀들뿐이니까 말일세. 돌아가게나!' 이렇게 말해주어야 했을 거요. 암, 당연히 그래야 했던 거요. 그러나 실제로는 그러한 신사가 나타나서 내 누이동생이나 딸을 안고 댄스를 즐기는 경우, 나는 그 남자가 부유하고 나와 친분이 두터운 사람이면 매우 기뻐한단 말이오. 아마도 그 친구가 매춘부를 실컷 주무른 끝에 우리 딸에게도 정을 주겠지, 하지요. 설사 성병을 앓았거나 아직 그 흔적이 남아 있다고 하더라도 개의치 않는단 말이요. 요즈음은 그런 것쯤은 훌륭하게 치료되니까요. 그렇고말고요. 현재 내가 알고 있는 것만 해도 상류 계급의 아가씨 몇 사람이, 감격한 양친들에 의해서 매독 환자와 결혼한 예가 있는 사실을 알고 있소. 아아! 참으로 옳지 못한 일이오! 그러나 이런 좋지 못한 일과 허위가 폭로될 때가 반드시 오고야 말 거요!"

그리고 그는 몇 번이나 그 야릇한 소리를 연발하면서 차를 따라 마셨다. 차가 너무 진했지만 엷게 타려 해도 끓는 물이 없었다.

나는 차를 두 잔이나 마셨기 때문에 유난히 마음이 흥분되는 것을 느꼈다. 분명히 그에게도 차의 영향이 작용한 것 같았다. 왜냐하면 점점 더 흥분했기 때문이다. 그의 목소리는 점점 노래하는 듯한 가락이 되었다. 그는 쉴새없이 자세를 바꾸어 가며 모자를 벗었다 썼다 했기 때문에 우리가 앉아 있는 어둠 속에서는 그 얼굴이 시시각각 이상 야릇하게 변했다.

"나는 30살이 될 때까지 그런 생활을 계속했소만, 그러면서도 어서 결혼해서 더없이 고상하고 순결한 가정 생활을 이루어 보겠다는 생각을 한시도 버린 적이 없었소. 그 목적을 품고, 그 목적에 어울리는 처녀를 물색했소. 나는 방탕한 생활을 계속하면서도, 내 아내가 될 만한 청순한 처녀를 물색했소. 수많은 처녀들을 퇴짜놓았소만, 그 이유란 것은 우습게도 그녀들의 순결성이 모자란다고 생각했기 때문이었소. 그러다가 마침내 내 아내가 되기에 적당하다고 생각되는 처녀를 발견했소. 그 처녀는 옛날에는 매우 유복했지만 지금은 파산해서 경제적 곤경에 빠진 펜자 현 어느 지주의 두 딸 중의 하나였다오.

어느 날 밤, 그 여자와 뱃놀이를 한 뒤 밤이 이슥해서 달빛을 받으면서 집으로 향했는데, 그녀와 나란히 앉아서 꼭 맞는 스웨터에 감춰져 있는 균형잡힌 몸매며, 보기 좋게 빗어 올린 머리를 흡족한 마음으로 바라보고 있는 동안에 갑자기 나는 이 처녀야말로 내가 찾던 여자라고 마음을 정해 버렸소.

그날 밤 나는 내가 느끼거나 생각하는 것을 그녀가 모두 이해하고 있는 것 같은, 그리고 내가 느끼거나 생각하고 있는 것이 더없이 고상한 일이기라도 한 것 같은 생각이 들었지요. 그러나 실제로는 스웨터나 말아올린 머리가 유난히도 그녀에게 잘 어울리고 그녀와 다정하게 하루를 지낸 뒤인지라 좀더 친해지고 싶다는 심정이었다는 데 지나지 않았던 거요.

참으로 놀라운 일이지만, 인간은 가끔 '아름다움은 착한 것이다'라는 환상에 사로잡히게 마련이오. 아름다운 여자가 어리석은 말을 했을 경우, 그것이 어리석은 말로 들리지 않고 오히려 총명한 말처럼 들리는 거죠. 그 여자가 추악한 말을 하거나 그런 행동을 하더라도 어쩐지 사랑스럽게 여겨지는 거요. 그 여자가 어리석은 말도 추악한 말도 하지 않고, 더욱이 미인이라면 대뜸 총명하고 정숙한 여자라고 믿어 버리지요.

나는 감격해서 집으로 돌아왔고, '그녀야말로 도덕적인 면에서 흠잡을 데 없는 완전 무결한 여자다. 따라서 내 아내가 되기에 어울리는 여자다'라고 단정해 버리고 다음날 곧 청혼을 했던 거요.

그러나 생각해 보면 이 얼마나 어리석은 생각이오! 비단 귀족 계급뿐만 아니라 불행히도 일반 민중들 사이에서까지 결혼하는 남성 1000명 중에서 결혼 전에 이미 열 번쯤, 그렇지 않으면 돈 쥬앙처럼 백 번이고 천 번이고 여자와 놀아나지 않은 사람은 아마 한 사람도 없는 게 아닐까요? 하기는 말로 듣거나 보거나 한 바로는 요즈음은 결혼이라는 것이 장난거리가 아니고 매우 중요한 것임을 뼈저리게 느끼고 있는 순결한 젊은이들이 있는 것 같더군요. '신이여, 그런 사람들을 지켜 주소서!' 하고 빌고 싶소. 그러나 우리 시대에는 그런 인간은 만 명에 한 사람도 없었단 말이요. 더욱이 누구나가 다 그것을 알면서도 모르는 척하고 있었지요.

어느 소설을 막론하고 주인공들의 감정이나 그들이 산책하는 연못이나 숲 따위가 자세하게 묘사되어 있소. 그러나 한 사람의 처녀에 대한 그들의 위대한 애정을 묘사하면서 그 흥미 있는 주인공에게 그때까지 어떤 일이 있었는가에 대해서는 아무것도 쓰여 있지 않아요. 매춘굴에 다녔다는 일이며, 심부름하는 애라든가 하녀라든가 남의 아내와 관계한 일은 한마디도 말하지 않았단 말이오. 가령 그러한 점잖지 못한 소설이 있다손치더라도 그런 것을 가장 잘 알 필요가 있는 사람, 즉 젊은 처녀들에게는 읽히지 못하게 하지요.

처음에는 처녀들 앞에서 우리 도시나 농촌 생활의 절반을 차지하고 있는 이러한 음탕한 일은 전혀 존재하지 않는 것 같이 꾸며 대고 있었소. 그러는 동안에 이 위선에 차차 익숙해져서 나중에는 영국 사람들처럼, 우리는 모두 도덕적인 인간이고, 도의적인 세계에서 살고 있다고 스스로도 진지하게 믿게 되는 거요. 처녀들이야말로 참으로 가엾게도 그것을 아주 고지식하게 믿는단 말이오. 내 가엾은 아내도 역시 그렇게 믿었었지요.

지금도 잊지 않소만, 이미 약혼을 하고 나서 나는 조금이라도 나의 과거나, 무엇보다 내가 알고 지낸 최근의 여성 관계를 그녀가 알 수 있도록 내 일기장을 보여 준 일이 있었소. 다른 사람의 입을 통해서 알게 될지도 몰랐기 때문에 미리 그녀에게 말해 둘 필요를 느꼈기 때문이었소. 그녀가 모든 것을 알았을 때의 그 공포와 절망과 거의 정신을 잃었던 모습을 나는 지금도 또렷하게 기억하고 있소. 그때 그녀가 나를 버리려고 생각한 것을 알 수 있었소. 그런데도 어째서 그때 나를 걷어차 버리지 않았는지 모르겠소!"

그는 그 야릇한 소리를 내고 잠시 동안 입을 다물고 다시 차를 한 모금 마셨다.

6

"아니, 그게 오히려 좋았던 거요. 그편이 잘된 일이라니까요!"

그는 외쳤다.

"그것은 모두 자업자득이니까요! 하지만 문제는 그런 것이 아니었지요. 내가 말하고 싶은 것은, 이런 경우 속아 넘어가는 것은 불쌍한 처녀들뿐이라는 거요. 어머니들은 그것을 잘 알고 있지요. 특히 자기 남편들에게서 실제로 교육을 받은 어머니들은 무엇이든지 알고 있지요. 그러니까 남자의 순결성을 믿는 척하면서 실제로는 전혀 다른 행동을 취한단 말입니다. 자신이나 딸을 위해서 사내를 낚으려면 어떤 낚싯대를 써야 하는가를 세상 어머니들은 잘 안단 말이오.

다만 우리 남성들이 그것을 모를 뿐이오. 게다가 알려고 하지도 않으니까 모르는 것이오. 더없이 고상한 우리의 시적인 사랑이라는 것도 정신적인 가치에 따라 좌우되는 것이 아니라, 실제로 육체적인 접근이나 머리 모양이나 의복 색깔이나 디자인 등으로 좌우된다는 것을 여자들은 참으로 잘 알고 있어요.

한번 시험삼아 남자를 사로잡는 일을 직업으로 하고 있는 경험이 많은 탕녀에게 유혹하려고 하는 남자 앞에서, 거짓말이나 잔인성이나 더 나아가 자신의 좋지 못한 행실이 폭로되는 것과, 되는 대로 서투르게 만든 보기 흉한 옷을 입고 그 남자 앞에 나가는 것, 이 두 가지 중에서 어느 편을 택하겠는가를 물어보시오. 어떤 여자라도 전자를 택할 거요. 왜냐하면 남자들이 고상한 감정이니 뭐니 하면서 노상 거짓말만 지껄이고 있고, 남자가 필요로 하는 것은 육체뿐이므로, 따라서 남자는 아무리 좋지 못한 행위일지라도 용서해 주지만, 보기 흉하고 교양 없고 질이 나쁜 옷을 입은 것만은 절대로 눈감아 주지 않는다는 것을 여자들은 잘 알기 때문입니다. 탕녀들은 그것을 의식적으로 느끼고 있지만, 아무리 순결하기 그지없는 처녀라도 동물이 아는 것과 마찬가지로 무의식적으로 그것을 알고 있지요.

그 볼썽사나운 스웨터라든가 엉덩이를 크게 보이게 하는 괴상한 치마라든가 어깨며 팔, 거의 앞가슴까지 드러내놓는 드레스 같은 것은 모두 그때문이란 말이오. 여자들, 그중에서도 특히 남자들을 많이 겪어 본 여자는 고상한 화제의 대화 따위는 단순한 대화에 지나지 않고, 남자가 필요로 하는 것은 육체와 그 육체를 더없이 매혹적인 빛으로 드러내 보여주는 여러 가지 요소에 불과하다는 것을 너무나 잘 알고 있소. 또한 실제로 그렇소. 만약 제2의 천성이 되어 버린 이러한 추악한 습성을 버리고, 우리 상류 계급의 생활을 파렴치한 면까지 그대로 관찰하면, 그거야말로 참으로 계속되는 매춘굴에 지나지 않으니까요. 당신은 그렇게 생각하지 않소? 그럼 내가 증명해 보이겠소."

나의 말을 들으려고도 하지 않고 그는 말했다.

“우리네 사회의 여성들은 매춘굴의 여자들과는 다른 욕구를 가지고 살고 있다고 당신은 생각하오? 나는 그렇지 않다고 말씀드리고, 그 까닭을 증명해 보이겠소. 만약 인간이, 인생의 목적이나 인생의 내용에 따라 각양 각색이라고 한다면, 그 차이는 반드시 겉으로도 반영되어서 그 외면도 각양각색일 거요. 그러나 모든 사람들에게 경멸받고 있는 그 불행한 여자들과, 가장 상류 계급의 귀부인들과 비교해 보시오. 옷차림도 똑같고, 옷맵시며 향수도 똑같고, 팔이며 어깨를 드러내는 점이며, 엉덩이 선을 강조하기 위한 야릇한 치마도 똑같고, 보석이며 값비싼 화려한 물건에 대한 애착도, 기분을 푸는 일이나 댄스, 음악, 노래도 모두 똑같지 않소?

저편이 갖은 수단을 다 써서 유혹하려고 하는 것처럼 이쪽도 똑같소. 조금도 다른 데라곤 없소. 엄밀하게 정의를 내린다면 앞에 말한 여자는 잠깐 동안 여러 남자를 상대하는 매춘부이고, 그다음 여자는 오랜 시일을 두고 같은 남자를 상대하는 매춘부란 말이오. 그리고 단기간의 매춘부는 사람들로부터 멸시를 받고 장기간의 매춘부는 반대로 존경을 받는다는 것밖에는 차이가 전혀 없소.”

7

“그래서 나도 그 스웨터와 둥글게 빗어 올린 머리며 엉덩이 선을 부풀게 한 치마에 사로잡힌 거죠. 나를 낚는 일은 매우 쉬웠을 거요. 왜냐하면 나는 한 해 여름을 묵혔던 밭의 오이가 잘 자라듯이 사랑하는 젊은이들이 촉성재배(促成栽培)되는 것 같은 환경 속에서 자랐으니까요. 사실 이렇다 할 육체적인 노동을 하지 않으면서도 우리가 섭취하는 필요 이상의 자극성 있는 음식물은 조직적으로 성욕을 자극하는 것 이외의 무엇이겠소? 당신이 놀라든 놀라지 않든, 어쨌든 사실은 그렇습니다. 그리고 나 자신도 최근까지 그것을 전혀 깨닫지 못했소. 그것을 이제야 알았지요. 그렇기 때문에 아무도 그런 것을 모르고 아까 그 부인처럼 어리석은 말만 하는 것이 참을 수 없었던 거요.

지난 봄에 우리 소유지 근처에서 농부들이 철도 노반(路盤) 공사를 했는데 말이오. 젊은 농부들이 평소에 먹는 거라고는 빵과 크바스*4와 양파뿐이지요.

---

*4 보리로 만든 일종의 청량 음료—역주.

그래도 그들은 건장하고, 발랄하게 아무 탈 없이 가벼운 밭일을 하고 있소. 그러나 철도 공사일을 하러 가면 식사도 카샤*5와 400그램의 고기를 먹게 되죠. 그 대신 500킬로그램쯤 되는 손수레를 끌며 16시간의 노동을 해야 하기 때문에, 이 고기는 완전히 소화가 되어버립니다. 그러니까 그들에겐 그것으로 꼭 알맞은 셈이오. 그러나 우리는 고기며 들새를 800그램씩, 그밖에도 자극성이 풍부한 여러 가지 음식물을 섭취하는데, 이것이 도대체 어디로 가겠소? 결국 성욕이 과잉 상태가 되는 거요. 이것이 제대로 잘 소화되고 안전한 배출구가 열려 있다면 만사는 문제가 없겠지만, 내가 한때 경험한 것처럼 그 안전한 배출구를 막거나 하면 갑자기 흥분을 느끼고 인공적인 생활의 프리즘을 통하여 극히 순수한 사랑이나, 때로는 플라토닉 러브라는 형태로 나타나는 거요.

이리하여 남들이 그러했듯이 나도 사랑에 빠졌지요. 게다가 환희도, 감동도, 시적인 감정도 모두 구비해두었지요. 실제로 나의 사랑은, 한편으로는 어머니와 옷을 디자인한 양재사들이 수고한 덕분에 생긴 것이고, 다른 한편으로는 하는 일 없이 편한 생활을 하면서 필요 이상으로 영양분이 많은 음식물을 섭취했던 결과였소.

만일 뱃놀이나 허리를 가늘게 보이도록 만드는 양재사가 없고, 아내가 촌스러운 가운을 걸치고 집에 틀어박혀 있었다고 하면, 그리고 내가 노동하는 데 필요한 만큼의 음식물을 섭취하는 정상적인 조건하에서, 더욱이 그 안전한 배출구라는 것이 열려 있었다면(어쩐 일인지 우연히 그 당시는 안전 배출구가 닫혀 있었소만), 아마 사랑 같은 것은 하지 않았을 것이고 그러한 일도 일어나지 않았을 거요."

8

"그런데 그때는 모든 일이 거침없이 진행되더군요. 나의 정신 상태도, 그녀의 복장도 훌륭했고, 뱃놀이도 성공했어요. 그때까지 스무 번이나 잘 되지 않던 것이 이때에는 뜻대로 잘 되더란 말이오. 말하자면 일종의 올가미 같은 거죠. 웃을 일이 아니오. 사실 결혼이라는 것은 올가미같이 되어 있으니까. 극히 당연하지 않소? 딸아이가 나이가 차면 시집을 보내야 하니까요. 만일 딸아이가

---

*5 일종의 죽—역주.

결함이 있는 것도 아니고, 더욱이 결혼을 희망하는 남자들이 있다면 이야기는 간단한 것처럼 생각되지요. 옛날에는 반드시 그렇게 했으니까요.

딸이 나이가 차면 그 어버이가 혼담을 결정했어요. 인류 전체가 그렇게 해왔고, 현재도 그렇게 하고 있소. 중국인이나 인도인이나 마호메트 교도들이나, 우리나라 사람들이나 모두 그래요. 전 인류의 적어도 99퍼센트까지는 현재 그렇게 하고 있어요. 다만 1퍼센트, 또는 그보다도 적은 우리같이 타락한 사람들만이 그러면 안 된다고 생각하고 새로운 방법을 생각해낸 거요. 그 새로운 방법이란 어떤 거라고 생각하시오? 그건 바로 처녀들이 가만히 앉아 있는 곳을 남자들이 마치 시장이라도 보는 것처럼 다니면서 마음에 드는 처녀를 고르는 겁니다.

처녀들은 남자가 나타나기를 기다리면서 '자, 이봐요, 나를 선택해 줘요! 아니요, 그애가 아니라 저란 말예요. 저를 데려가 주어요. 자, 보란 말예요. 나는 어깨도 다른 곳도 이렇게 멋지거든요' 하고 말할 용기는 없지만, 마음속으로는 그렇게 생각하고 있지요. 한편 남자는 돌아다니면서 선을 보고 우쭐해서 벙글거리는 형편이란 말이오. '다 안단 말이야. 너 같은 것한테 그렇게 쉽게 걸려들 것 같아?' 돌아다니면서 평가를 하면서 이 모든 것이 자기를 위해서 마련되어 있다고 생각하고 크게 만족하고 있지요. 그러나 방심하면 아차 하는 사이에 덜컥 걸려 버리고 말지요."

"그럼 어떡하면 좋단 말입니까?" 나는 물었다. "그럼 여자 편에서 청혼을 해야 한다는 건가요?"

"그건 나도 모르오. 다만 남녀 평등을 주장하는 이상 어디까지나 평등해야 한다고 생각하오. 중매 결혼이 굴욕적이라고 한다면, 지금 내가 말한 것은 그 천 배나 더 굴욕적이오. 중매 결혼의 경우는 권리도 기회도 모두 평등하지만, 이쪽과 같은 경우는 여자는 시장에서 팔리는 노예나, 올가미에 매달아 놓은 먹이와 같은 거요. 딸을 가진 어머니나 당사자인 딸에게, 당신은 신랑감을 붙잡는 데에만 정신을 쏟고 있다고 바른 소리를 해보시오. 그야말로 노발대발할 테니까요! 그러나 그녀들이 하는 짓이란 그것뿐이고, 그밖에는 아무것도 할 일이 없지요. 더욱이 때로 아주 나이 어린 순진한 처녀가 불쌍하게도 그런 일에 골몰하고 있는 것을 보게 되는 경우가 있는데, 정말 무서운 일이오. 그리고 그런 일을 공공연하게 드러내놓고 한다면 또 모르지만 그렇지 않고 모든 것이 속임수요. '저어, 『종(種)의 기원(起源)』인가요? 그건 참 재미있더군요! 어머, 우리 리자는 그림에 무척 관심을 갖고 있답니다! 전람회에 종종 가시나요? 매우 좋은 공부가 되겠죠! 그럼 트로이카를 타고 바람이라도 쐬러 갈까요? 연극 구경이 좋지 않을까요? 그보다도 심포니를 들으러 가면? 아이, 참 멋져요! 우리 리자는 음악이라면 말할 수 없이 좋아해요. 하지만 당신은 그런 생각에 동의해 주시지 않죠? 그럼 뱃놀이를 하세요!' 이렇게 말하면서도 생각하고 있는 것은 하나밖에는 없지요. '자, 나를, 내 리자를 선택해 주세요! 아뇨, 나를 말예요! 쓸 만한지 한 번 사귀어 보기라도 하세요!' 아아, 치사한 일이오. 기만이란 말이오!" 그는 이렇게 말을 맺더니 남은 차를 마셔 버리고, 찻잔과 그릇들을 챙겨 넣기 시작했다.

9

"아시겠지만" 하고 그는 차와 설탕을 주머니 속에 챙겨 넣으면서 다시 얘기를 시작했다. "그렇기 때문에 지금 온 세계의 두통거리인 여성의 지배라는 것도 모두 여기에서 시작되었다고 할 수 있습니다."

"여성의 지배라구요? 모든 법의 권리나 특권은 남성 측에 있지 않습니까." 나는 말했다.

"물론 그렇소. 바로 그거란 말이오."

그는 내 말을 가로채면서 말했다.

"그것이 바로 내가 말하려는 거요. 즉 어떤 면에서 말하면 여성이 더없는 굴욕을 받고 있다는 사실이 전적으로 옳은데도, 다른 면에서 말하면 여성이 모든 것을 지배하고 있다는 이 이상한 현상을 설명해 주는 것도 바로 이거란 말이오. 유대인들은 돈의 힘으로 박해를 당한 보복을 하는데, 여성들이 그것과 똑같단 말이지요. '그럼 우리를 어디까지나 장사꾼으로만 생각하시겠다는 거죠? 좋습니다. 우리는 장사꾼으로서 당신들을 지배하겠소.' 유대인은 이렇게 말합니다. '그럼 우리가 성욕의 대상이라고만 생각하시는 거죠? 좋아요. 우리들은 성욕의 대상으로서 당신을 노예처럼 만들어 보일 테니까요.' 여성들은 이렇게 말한단 말이오. 여성의 무권리 상태란 투표를 할 수 없다든지, 재판관이 될 수 없다든지 하는 그러한 것이 아니오. 그렇게 할 수 있다고 해서 사실 아무런 권리도 되지 않으니까요. 그게 아니라, 성관계에 있어서 남자와 대등한 입장이 되고 자기가 하고 싶은 대로 남자를 즐기기도 하고 또는 거부하기도 하여, 선택되는 여자가 아니라 자기가 희망하는 대로 남자를 선택할 권리를 갖는다는 것이오. 그게 추악한 일이라는 건가요? 그렇다면 남자도 그런 권리를 갖지 못하게 해야 하죠. 현재 여성들은 남자들이 누리고 있는 그 권리를 박탈당하고 있소. 그러니까 그 권리에 대한 보복을 하기 위하여 여자들은 남자들의 성욕을 자극해서 그 성욕을 통해서 남자들을 완전히 지배하기 때문에 결국 남자는 형식적으로 선택할 뿐이고, 실제로 선택하는 것은 여자라는 결과가 되어 있는 거요. 그리고 한 번만 이 방법을 터득하면, 여자는 그것을 악용하고, 남자들에 대한 무서운 지배권을 획득하게 되는 거지요."

"하지만 그런 특별한 지배가 어디에 있단 말씀입니까?" 나는 물었다.

"어디에 지배가 있느냐구요? 도처에, 모든 물건 속에 있소. 어느 도시라도 좋으니 상점들을 돌아다니면서 가만히 들여다보시오. 이루 헤아릴 수도 없을 정도의 물건들이 쌓여 있소. 그것을 만드는 데 소비된 인간의 노력은 도저히 측량할 수도 없지만, 자세히 보란 말이오. 그것들 중에서 90퍼센트에 해당하는 상점에, 하다못해 아무 거라도 좋으니 남자들에게 필요한 물건이 있소? 인생의 모든 사치품은 여성들에 의해 만들어지고 유지되고 있소. 상품을 만들어 내는 모든 공장들을 한번 둘러 보시오. 그 대부분이 여성들 때문에 아무런 실용 가치도 없는 장식품이라든가, 마차라든가, 가구라든가, 노리개 등을 만들고 있소. 수백 만의 인간이 몇 대에 걸쳐 내려오는 노예처럼 오직 여성들의 변덕스러운 욕망을 충족시켜 주기 위해서 그와 같은 공장에서 가혹한 노동을 하며 몸을 망치고 있단 말이오. 여성들은 마치 여왕처럼 인류의 90퍼센트를 노예화하고 중노동을 하게끔 사로잡아 버렸지요. 그것도 모두 여성들이 굴욕을 받아왔고, 남성들과 대등한 권리를 박탈당해 왔기 때문이오. 그러니까 여성들은 우리의 성욕을 자극하고 우리를 그물 속에 잡아 넣음으로써 복수하는 셈이오. 그렇소, 그것이 모든 사건의 원인이요. 여성을 남자들의 성욕을 자극하는 도구로 만들어 버렸기 때문에 남자는 냉정하게 여성을 대할 수가 없어진 거요. 여자 곁에 접근하기만 해도 남자는 그 암내에 말려들어 멍청해지고 말지요. 나는 예전부터 무도회 의상을 화려하게 차려 입은 귀부인을 보면, 언제나 거북하고 언짢은 기분을 느꼈지만, 요즈음에는 보기만 해도 무서워서 그야말로 무언가 세상 사람들에게 위험하고 법에 위반되는 것을 보는 것 같아 경관을 부르고 싶을 정도요. 저런, 당신은 웃으시는구려!"

그는 내게 고함을 쳤다.

"이건 결코 농담이 아니오. 언젠가 세상 사람들이 이것을 깨닫고, 현재 우리 사회에서 용납되고 있는, 노골적으로 성욕을 도발하기 위하여 육체를 장식하는 것 같은 이러한 풍기를 문란하게 하는 행위가 허용되었던 사회가 어떻게 존재할 수 있었을까 하고 놀라는 시대가 틀림없이 찾아올 것이오. 그것도 아마 매우 빠르게 닥칠 거라고 나는 확신하고 있소. 사실 바로 말하자면 그런 행위는 산책하는 길목이나 한길마다 온갖 올가미를 장치해 놓은 것과 똑같지 않느냔 말이오. 아니, 그보다도 더 악한 것이오! 도대체 어떤 이유로 도박은 금지되어 있으면서도 여자들이 성욕을 도발하는 매춘부와 같은 복장을 하는 것은 금지되지 않는단 말이오? 그편이 오히려 천 배나 더 위험한데도 말이오!"

10

"결국 나도 그것에 붙잡히고 말았소. 흔히 말하는 사랑에 나도 홀딱 빠져 버린 셈이죠. 나는 그녀를 완성의 극치라고 마음속으로 생각하고 있었을 뿐만 아니라 약혼 시절에는 나 자신까지도 완성의 극치라고 상상하고 있었지요. 아무리 쓸모없는 인간일지라도 조금만 잘 찾아보면 어떤 점에서든지 자기보다도 더 쓸모없는 인간을 발견할 수 있을 것이고, 따라서 스스로 자랑스럽게 생각하기도 하고 만족해 하기도 하지요. 나도 마찬가지였소. 내가 결혼한 것은 돈을 본 것이 아니었소. 금전욕이란 전혀 없었고 대부분의 친구들이 돈이나 지체를 보고 결혼한 것과는 달리 나는 유복했고 그녀는 가난했소. 이것이 내가 자랑스럽게 생각한 이유 중 하나였소. 또 한 가지 내가 우쭐한 것은 다른 남자들이 결혼 전에 해왔던 일부다처의 생활을 결혼 뒤에도 계속하려는 속셈으로 결혼하는 데 반해서 나는 결혼 뒤에는 일부일처를 철저하게 지키려고 마음먹었던 일이었소. 그러니까 이 점에 대한 자만심은 그야말로 대단했지요. 사실 나는 어리석은 돼지 같은 주제에 자기가 천사라고 생각했지요.

약혼 기간은 잠깐 동안이었소. 지금도 나는 부끄러움이 없이는 그 약혼 시절을 회상할 수가 없소! 어쩌면 그렇게도 추악할 수가 있겠소! 참으로 우리 사랑은 육체적인 것이 아니라 정신적인 것이라고 생각했으니까요. 만일 그것이 정신적인 사랑이고 정신적인 교류였다면, 당연히 그 정신적 교류는 언어나 대화나 담화로 표현되어야 했을 거요.

그러나 그런 점은 조금도 없었지요. 간혹 둘이서만 있게 되면 서로 이야기를 하기가 무척 힘들었던 때도 종종 있었소. 그것은 시시포스*6의 고역이었지요. 무언가 화제를 생각해내더라도 그것을 말해 버리고 나면 또 입을 다물고 다시 생각해내곤 해야 했으니까요. 아무튼 할 이야기가 없는 거예요. 두 사람이 기다리는 결혼 생활이라든가 결혼한 후의 장래 계획 같은 것을 모조리 이야기해 버리고 나니 그뒤에 무슨 할 이야기가 더 있겠소? 만약 우리가 짐승이었다면 이야기 따위를 애써 할 필요가 없다는 것쯤은 잘 알겠지만 말이오. 그러나 우리들 경우는 이와 반대여서 이야기는 해야겠는데 할 이야기가 없었던 거요. 왜냐하면 우리 마음을 차지하고 있는 것은 이야기로는 해결될 것이 아니었기 때문이죠. 게다가 과자를 먹거나 맛있는 음식을 지나칠 정도로 먹는 그 역겨운 습관이라든가 살림집, 침실, 침대, 잠옷, 실내옷, 속내의, 화장품 등에 대한 의논을 해야 하는 구역질나는 결혼 준비 따위가 붙어다니는 형편이었거든요. 아시겠지요?

아까 그 노인이 말씀하신 것처럼 만약 '가정훈'대로만 결혼하는 거라면, 깃털 이불이니 지참금이니 침대니 하는 것들은 모두 결혼이라는 신비성에 부수되는 하찮은 일들에 불과할 거요. 그러나 우리네 사회에서는 결혼하는 사람 열 사람 중 한 사람도 그러한 신비성을 믿지 않을 뿐더러 자기가 하고 있는 일이 그저 의무라는 것조차 믿지 않을 지경이라오. 결혼 전에 여자 관계가 없다는 사람은 백 명에 하나도 있을까 말까 할 정도이고, 결혼 후에라도 그러한 기회만 있으면 바람을 피우겠다는 생각을 미리 갖지 않는 남자도 쉰 명에 하나쯤 있으면 다행이지요. 대다수의 남자는 교회 의식에 참석하는 것도 마음에 둔 여자를 얻기 위한 필요한 조건이라고밖에는 보고 있지 않는 형편이오. 이러한 상황에서 지금 말한 하찮은 일들이 얼마나 두려운 의미를 지니게 되는지 생각해 보시오. 중요한 것은 오로지 그것뿐이라는 결과가 되지 않겠느냐 말이오. 다시 말해서 일종의 거래 행위와 같은 게 되죠. 청순하고 때묻지 않은 처녀를 난봉꾼에게 팔아먹고 그 거래를 일정한 형식으로 꾸며 놓는 셈이지요."

---

*6 그리스 신화의 인물로 시시포스가 산 위에다 바위를 끌어올리려 하지만 마지막 순간에 바위가 굴러 떨어져서 다시 한없이 이것을 되풀이해야 한다—역주.

11

“사람들은 누구나가 이런 식으로 결혼하는 셈이지요. 나도 그렇게 해서 결혼을 했고 훌륭한 밀월(蜜月)이 시작되었소. 아무튼 밀월이라는 그 호칭만 하더라도 참으로 저속하지 않소?” 그는 노기를 띠며 중얼거렸다. “나는 언젠가 파리에서 구경거리가 있다는 곳을 모조리 찾아다닌 끝에 간판에 끌려서 ‘수염이 난 여자와 바다의 개’라는 것을 보러 들어간 일이 있소. 막상 들어가 보니 별것도 아니었소. 살을 그대로 드러낸 옷을 입은 남자와 바다코끼리 가죽을 뒤집어쓴 개가 물이 담긴 목욕통 속에서 헤엄을 치는 것뿐이었소. 재미있지도 우습지도 않더군요. 그런데 내가 그곳을 나서려니까 흥행사가 공손하게 배웅을 하며 따라 나와서 입구에 모여 있는 군중들에게 나를 가리키면서 이렇게 말하는 것이었소. ‘볼 만한 가치가 있는지 없는지는 저 신사분께 물어보십시오. 자, 어서 오십시오! 어서 오십시오! 한 사람 앞에 단돈 1프랑입니다!’ 그 자리에서 볼 만한 가치란 전혀 없다고 사실대로 말하는 것은 오히려 창피할 터이고, 흥행사도 아마 그러한 내 심리를 교묘하게 계산에 넣고 말했을 거요. 밀월의 시덥잖은 맛을 실컷 맛보았으면서도 남에게 환멸을 주지 않으려는 사람들의 생각도 틀림없이 이와 같은 심정일 거요.

나도 어느 누구에게도 환멸을 느끼게 할 만한 말은 하지 않았소만, 지금 생각하면 어째서 진실을 말해선 안 되는 것인지 모르겠군요. 차라리 이 문제에 대해서는 진실을 말할 필요가 있다고 생각하오. 밀월이란 쑥스럽고 부끄럽고 추악하고 비참하고, 게다가 무엇보다도 따분한, 견딜 수 없을 만큼 따분한 것이오! 담배를 배우기 시작했을 무렵 메스꺼워서 군침이 자꾸만 나오는 것을 억지로 삼키면서도 기분이 좋은 체했던 때에 맛본 심정과 어딘지 흡사하지요. 담배를 피우는 즐거움도 부부 생활의 쾌감도 설사 느끼게 된다고 하더라도 상당히 시간이 걸려서야 알지요. 부부 생활에서 쾌락을 얻기 위해서는 우선 부부는 이 죄악을 자신의 내부에 심어야만 하는 거요.”

“어째서 죄악이지요?” 하고 나는 말했다. “그것은 인간의 가장 자연스러운 본성 아닙니까?”

“자연스러운요?” 그는 말했다. “자연스러울까요? 아니죠, 나는 당신의 생각과는 반대로 그런 것은 자연스러운 것이 못 된다는 신념을 갖게 됐소. 그렇고말고요, 전혀 자연스럽지 못하오. 어린아이에게 물어보시오. 아직 더럽혀지지 않은 처녀들에게 물어보란 말이오. 내 누님은 아주 어렸을 때에 나이가 곱절이나 많은 난봉꾼한테 시집을 갔었소. 지금도 기억하고 있소만, 신혼 첫날밤에 누님이 새파란 얼굴로 눈물이 글썽글썽해서 남편한테서 도망쳐 나와 온몸을 부들부들 떨면서 무슨 일이 있어도 절대로 싫다고 하는 것을 보고 몹시 놀랐소. 누님은 남편이 자기에게 요구한 일을 입밖에 낼 수도 없었지요. 당신은 그래도 자연스럽다고 할 수 있겠소? 자연스러운 것은 먹는 일뿐이오. 무엇이든 먹는 것은 즐겁고 마음 편하고 기분 좋고 애초부터 부끄러운 일 따위는 아니니까요. 그러나 이쪽은 더럽기도 하고 부끄럽기도 하고 게다가 고통스럽기도 하죠. 그렇소. 그런 일은 부자연스러워요. 나는 확신했소만 순결한 처녀는 반드시 행위를 싫어할 거요."

"그렇다면 어떻게 인류는 존속해 나갈 수 있을까요?" 나는 말했다.

"그렇군요. 어떻게 하면 인류가 멸망하지 않을까요?" 그는 마치 귀에 못이 박이도록 들은 반론이라도 기다리고 있었던 것처럼 비꼬는 어조로 말했다. "영국 귀족이 항상 배불리 먹을 수 있도록 하기 위해서 산아 제한을 내세운다면 그건 괜찮아요. 더 많은 쾌락을 위해서 피임을 내세운다 해도 역시 아무런 반대도 않겠소. 그러나 도의니 윤리니 하면서 생식 행위를 제한하라고 한마디라도 꺼내 보시오. 그야말로 대소동이 일어날 거요. 10명이나 20명의 인간이 돼지가 되는 것을 피하고 싶다고 생각했기 때문에 인류가 멸망하지는 않을까 하는 거요. 그건 그렇고, 잠깐 실례하겠소. 나는 그 불빛이 불쾌하군요. 커버를 씌워도 괜찮을까요?" 그는 등불을 가리키며 말했다.

좋을 대로 하라고 내가 말하자 얼른(그의 동작은 항상 그랬다) 좌석 위에 올라서서 모직 커튼으로 등불을 가렸다.

"그렇지만 역시 만약 모든 사람이 그것을 자기가 지켜야 할 법칙이라고 인정한다면, 인류는 전멸하고 말 겁니다." 나는 말했다.

그는 당장 대답하지 않았다.

"어떻게 하면 인류는 존속하겠느냐고 당신은 말씀하는 거지요?" 그는 다시 내 맞은편 자리에 앉아서 두 다리 사이를 넓게 벌리고 그 위에 양 팔꿈치를 괴고 이렇게 말했다. "어째서 인류가 존속해야 하는 거지요?"

"어째서라뇨? 그렇지 않으면 우리는 없어져 버리지 않습니까?"

"그럼 어째서 우리가 있어야 하는 건가요?"

"어째서라뇨? 그야 살기 위해서죠."

"하지만 어째서 살아 가지 않으면 안 되는 걸까요? 가령 아무런 목적도 없이 살기 위하여 생명이 부여되어 있다면, 구태여 살아가야 할 이유 같은 것은 없어요. 만약 그렇다면 쇼펜하우어나 하르트만이나 모든 불교도들의 주장은 확실히 옳은 거요. 또 만약 인생에 목적이 있다면 그 목적이 이루어졌을 때엔 인생은 중단되어야 하는 것이 명백하오. 그런 결론이 되겠지요?"

그는 자기의 생각을 매우 존중하는 듯 흥분한 표정을 역력하게 나타내면서 말했다.

"그렇게 되는 거요. 아시겠소? 가령 인류의 목적이 행복이든 선이든, 뭣하면 사랑이라도 좋소만, 어쨌든 인류의 목적이 예언자들이 말하는 것 같은 일, 즉 모든 인간이 사랑에 의해서 하나로 결합하고 창(槍)을 다시 낫으로 만든다든지 하는 일이라면, 그 목적 달성을 방해하고 있는 것은 무엇이겠소? 방해하는 것은 여러 가지 욕망이오. 그 여러 가지 욕망 가운데서 가장 강렬하고 악질적이고 끈질긴 것은 성적인 육체의 사랑이오. 그러니까 만약 모든 욕망이나 그중에서 가장 강렬한 최후의 육체적 애정까지 근절된다고 하면, 예언은 실현되고 사람들은 하나로 결합되고 인류의 목적은 달성되는 것이니까, 이미 살아갈 이유는 없어지겠죠. 하지만 인류가 살아 있는 동안은 그 눈앞에 이상이라는 것이 버티고 서 있는 거요. 그것은 물론 될 수 있는 대로 많이 번식하려는 토끼나 돼지의 이상도 아니고, 되도록 교묘하게 성욕의 만족을 향락하려는 원숭이나 파리지앙들의 이상도 아니고, 억제와 순결로 달성되는 선(善)의 이상인 거요. 사람들은 항상 그것을 지향해 왔고 지금도 역시 그렇소. 더욱이 그것이 어떤 결과가 될 것인지 한 번 보아 주시오.

즉, 관능적인 사랑이란 일종의 안전판이라는 결론이 된단 말이요. 만약 현재 살아 있는 인류 세대가 목적을 달성할 수 없다고 한다면, 그것은 오로지 여러 가지 욕망, 그중에서도 가장 강렬한 성욕이 존재하기 때문이오. 성적인 욕망이 존재하고 새로운 세대도 존재한다고 하면, 다음 세대에 목적을 달성할 가능성도 있을 거요. 만약 그 세대도 달성할 수 없다면, 다시 그 다음으로 넘어가고, 그러는 동안 언젠가는 목적이 달성되고 예언이 실현되어서 사람들이 하나로 결합되는 거요. 만약 그렇지 않다면 어떻게 되지요? 만약 신께서 어떤 목적을 달성시키기 위해 인간을 창조하고, 더욱이 그 인간은 성욕도 지니지 않고, 언젠가는 죽어야 하는 존재로, 아니면 불멸의 존재로서 창조됐다고 가정한다면 어떻게 될까요? 만약 인간이 죽어야 할 존재며 더욱이 성욕을 갖지 않았다고 한다면 어떤 결과가 될까요? 인간은 어느 정도 살다가 목적을 달성하지 못하고 죽을 거요. 그렇다면 목적을 달성하기 위하여 신께선 새로 인간을 창조하지 않으면 안 된단 말이오. 또 만약 인간이 불멸이라고 하여(하기는 새로운 세대가 오류를 시정하고 완성에 접근하는 것은 아니니까 이 편이 사람에게는 괴로운 일이겠으나), 가령 몇천 년이란 세월 뒤에 목적을 달성했다고 가정하면, 그때엔 그들은 무엇 때문에 존재하는 것이 되겠소? 그들을 어디에다 어떻게 처리해야 하느냐 말이오? 결국 현재 있는 그대로의 상태가 가장 좋은 거요…….

그렇지만 어쩌면 이런 표현 방식은 당신의 마음에 안 들지도 모르겠소. 당신은 진화론자겠죠? 그렇더라도 결론은 똑같소. 만물의 영장인 인간은 다른 동물과의 생존 경쟁에서 살아 남기 위해서는 꿀벌들처럼 하나로 단결해야 하며, 무제한으로 아이를 낳아서는 안 되지요. 마치 꿀벌과 같은 중성을 양성해야 하오. 즉, 또다시 절제해야 하며, 우리 생활이 지향하는 것 같은 성욕의 자극 등에는 결코 빠져서는 안 되는 거요." 그는 잠깐 말을 끊었다. "그렇게 되면 인류는 전멸할까요? 가령 어떤 세계관을 가졌다 하더라도 인류의 종말을 의심하는 인간이 과연 있을까요? 그것은 죽음과 마찬가지로 의심할 여지가 없잖소. 어쨌든 모든 종교의 교리로 보더라도 세상의 종말은 찾아올 것이고, 모든 학설로 보더라도 똑같은 사태는 피할 수 없소. 그렇다면 도덕적인 견지에서도 그와 같은 결과가 되었다고 해서 이상할 것은 없잖소."

이렇게 말하고, 그는 한동안 침묵했다. 그리고 다시 차를 한 잔 마시고 담배를 피우더니, 주머니에서 담배를 꺼내서 낡고 더러워진 담뱃갑에 담았다.

"당신의 생각은 알겠습니다. 그와 비슷한 것을 퀘이커 교도*7들도 주장하고 있습니다." 나는 말했다.

"네, 그렇소. 그 사람들의 주장도 옳아요. 정욕이란 아무리 교묘하게 꾸미더라도 역시 악이요. 현재처럼 그 욕구를 장려할 것이 아니라 언제까지나 싸워야 하는 무서운 악으로 생각해야지요. 정욕을 품고 여자를 보는 사람은 이미

---

*7 신교의 일파. 결혼·병역 등 형상의 의식을 배격한다.

그 여자와 간음한 것과 같다고 한 복음서 말씀은 남의 아내에 대해서만 말한 것이 아니라, 무엇보다 바로 자기 아내에게 적용해야 하는 거이지요."

12

"그런데 우리네 사회에서는 이와 정반대란 말이오. 독신시절에는 절제할 것을 생각한 남자라 할지라도 막상 결혼하고 나면 누구나가 그때부터는 절제할 필요가 없다고 생각하지요. 결혼식이 끝나고 신랑 신부가 부모의 허락을 얻고 단둘이서 여행을 떠난다는 것은, 그것은 음란한 행위를 공공연하게 인정하는 것밖에는 아무것도 아니란 말이오. 그러나 도덕상의 규정은 그것을 범하는 자가 있으면 당연히 보복을 당하는 형벌을 줍니다. 아무리 내가 밀월을 아름답게 해보려고 애써도 아무런 효과도 없었소. 시종 더럽고, 부끄럽고, 권태를 느낄 뿐이었소. 그러다가 곧 견딜 수 없을 정도로 고통스러워졌소. 금방 그런 상태가 시작되었지요.

아마 결혼한 지 사흘짼지 나흘째 되던 날이었다고 생각되는데, 아내가 매우 처량해 보이기에 그 이유를 이것저것 물으면서, 그렇게 하는 것이 아내가 가장 바라고 있는 일이라고 생각하고 안아주려 했더니, 아내는 내 손을 뿌리치면서 울어 버리더군요. 무엇 때문에 울었겠소? 아내는 이유를 제대로 설명하지 못했소. 그러나 슬프고 괴로운 심정 같았소. 아마 몹시 피로한 신경이 그녀에게 부부 관계의 추잡한 진상을 남모르게 속삭여 주었던 모양이오. 내가 자꾸만 꼬치꼬치 캐묻자 아내는 어머니와 떨어져 있는 것이 슬프다는 말을 뭐라고 중얼거리더군요. 나는 그것이 거짓말인 것 같았소. 나는 어머니에 대한 말은 못 들은 체하고 아내를 여러 가지로 설득하려 했소. 아내는 그저 어쩐지 견딜 수 없는 심정이 들었을 뿐이고, 어머니는 구실에 불과하다는 것을 나는 몰랐던 거요. 그런데 아내는 내가 마치 그녀의 말을 믿지 않는 것처럼 어머니에 관한 이야기를 묵살했다면서 금방 화를 내더군요. 그러면서 내가 그녀를 사랑하지 않는다는 것을 잘 알았다고 하는 거예요. 아내에게 그렇게 멋대로 구는 게 아니라고 나무랐더니 갑자기 아내의 표정이 대뜸 바뀌고, 이때까지의 침울한 표정 대신에 노여움이 나타나면서 매우 가시 돋친 말로 나의 이기주의와 잔인성을 따지기 시작했소.

나는 아내를 지켜보았지요. 그런데 아내의 얼굴 전체가 온통 냉담함과 나에 대한 증오와 같은 적의를 띠고 있었소. 그것을 보고 등골이 오싹해지던 것을 지금도 잊을 수가 없소. '왜? 어째서?' 하고 나는 생각했소. '사랑이란 두 영혼의 결합일 텐데, 이 꼴은 뭐란 말인가? 그럴 수가 없다. 이건 참다운 그녀가 아니다!' 하고 말이오. 아내를 달래려고 해보았지만 냉랭하고 독살스럽고 적의가 가득한 넘을 수 없는 벽에 부딪혔기 때문에, 자신을 돌아볼 여유도 없이 나까지 화가 나 버려서, 서로 불쾌한 말을 마구 퍼부었소. 이 최초의 부부 싸움은 뒷맛이 개운치 않았지요.

나는 부부 싸움이라고 했지만, 그것은 싸움이 아니라 우리 두 사람 사이에 가로놓인 현실의 도랑이 처음으로 그 깊이를 드러낸 것에 불과한 것이었소. 성욕이 채워지자 사랑하는 마음이 엷어지고, 서로가 진정한 관계 속에 얼굴을 맞대고 서 있게 되었던 거요. 즉, 생면 부지의 남남인 두 이기주의자가 서로 상대편을 통해서 될 수 있는 대로 많은 즐거움을 얻으려고 한 것이지요. 나는 부부간에 생긴 일을 싸움이라고 불렀소. 그러나 그것은 싸움이 아니라 성욕이 정지된 결과 나타난 서로에 대한 진정한 관계였소. 나는 이 적의에 찬 차가운 관계가 둘의 정상적인 관계라는 것을 이해하지 못했소. 그것을 이해하지 못한 것도 신혼 초에는 이 적대적인 관계가 다시금 타오르는 성욕 때문에, 다시 말해서 연정이라는 것 때문에 곧 덮여 버렸기 때문이었소.

그래서 나는 대수롭지 않은 부부 싸움을 하고 화해를 했을 뿐이고, 이런 일은 두 번 다시 일어나지 않을 것이라고 생각했지요. 그러나 얼마 후 밀월도 채 끝나기 전에 또다시 싫증을 느끼게 되어 우리는 다시금 서로가 필요로 하는 존재가 되지 못하고 또 싸움을 했소. 이 두 번째의 싸움은 처음보다도 한층더 내 가슴에 타격을 주었소. '그러고 보니 지난 번의 언쟁도 우연한 것은 아니다. 그것은 당연한 것이었고 앞으로도 생길 것이다' 하고 생각했기 때문이오. 두 번째의 언쟁은 생각할 수 없을 것 같은 하찮은 일로 일어난 만큼 내게는 더욱 큰 충격이었소. 아내를 위해서라면 나는 돈 따위는 아까워하지도 않았고, 절대로 아까워할 턱도 없었지만, 뭔가 돈에 관한 것이 원인이었소. 아내가 무엇인가 묘하게 이야기를 복잡하게 만들었기 때문에, 내가 몇 마디 한 잔소리가 돈의 힘으로 아내를 지배하려는 표현으로 받아들여졌지요. 마치 내가 재산의 독점권이라든가, 나에게도 아내에게도 어울리지 않는, 무언가 믿을 수 없을 만큼 어리석고 천한 것을 서로 주장했던 것으로 기억하오. 나는 화를 내고, 아내의 점잖지 못함을 비난하고, 아내는 나에게 공박하고, 그래서 또 싸움이 된 것이었소. 아내의 말에서, 얼굴이며 눈 표정에서도 지난번에 그토록 충격적이었던 그 냉혹한 차가운 적의를 다시금 발견했지요. 형이나 친구나 아버지와도 곧잘 말다툼을 했지만, 이 경우와 같이 특별한 독기 어린 적의 같은 것은 없었소. 그래도 얼마간의 시간이 지나자 서로의 증오가 부부애로, 다시 말해서 성욕에 의해 다시금 묻혀지고 말았기 때문에 나는 아직도 그 두 번째의 싸움은 고칠 수 있는 단순한 잘못이라는 생각으로 마음을 달랬지요. 그러나 세 번째, 네 번째의 부부 싸움이 생기자, 그제서야 나도 이것은 절대로 우연한 일이 아니라 이렇게 되는 것이 당연했고, 앞으로도 계속 이럴 것이라고 깨닫고, 앞으로 두 사람 사이에 닥쳐올 일에 대해 겁이 났지요.

그때 더욱 나를 괴롭힌 것은, 다른 부부에게는 이런 일이 없는데, 유독 나만이 기대했던 것과는 아주 딴판인 어이없는 생활을 하고 있다는 생각이었소. 그때만 해도 나는 이것이 모든 사람에게 공통적으로 주어진 운명이며, 누구나가 나와 마찬가지로 그것을 자기들만 겪는 예외적인 불행이라고 생각하고, 그 예외적이고 부끄러운 불행을 남들뿐만 아니라 심지어는 자신에게까지 숨기고, 그것을 인정하려고 하지 않는다는 것을 몰랐던 거요.

이러한 불행은 신혼 시절부터 시작되어 점점 더 심하고 난폭해지면서 계속되었소. 처음 몇 주일 동안에 벌써 나는 마음속 깊은 곳에서 '나는 속았다. 기대했던 것과는 다른 결과가 되어 버렸다. 결혼이란 행복하지 않을 뿐만 아니라 말할 수 없이 괴로운 것이다' 하고 느꼈지만 그래도 다른 사람들과 마찬가지로 그것을 인정하려고 하지 않았고(그런 결말이 없었다면 현재도 인정하지 않는 채 있었을 것이오), 다른 사람들뿐만 아니라 자신에게도 감추려 했었소. 어째서 나의 진정한 입장을 깨닫지 못했는지, 지금 생각하면 이상하기만 하오. 싸움이 끝난 뒤에는 무엇이 원인이었는지 생각나지도 않는 하찮은 일로 시작이 된다는, 단지 그것만으로도 깨닫게 될 것 같은데 말이오. 다시 말해서 항상 존재하고 있는 서로에 대한 적의에 대해서 그럴듯한 구실을 만들어 낼 만큼의 여유가 없었다는 거요. 그러나 그것보다도 더 놀라운 것은 화해를 하게 되는 계기가 어처구니없이 우스운 것이었소. 때로는 몇 마디의 말이나 변명이나 눈물까지도 구실이 될 수 있었지만, 때로는……, 아아! 지금 생각해도 불쾌하기 짝이 없소. 더할 나위 없이 지독한 말을 퍼부은 뒤에, 갑자기 입을 다문 채 서로 얼굴을 빤히 쳐다보고 싱긋 웃고, 키스하고, 그리고 얼싸안고……. 얼마나 추악하오! 어째서 그 당시에는 그런 것이 추악하다는 것을 깨닫지 못했는지……."

13

이때 승객 두 사람이 들어와서 멀찌감치 자리를 잡았다.

두 사람이 자리에 앉는 동안 그는 잠자코 있었으나, 그들이 조용해지자 생각의 실마리를 잠시도 잃지 않으려는 듯 얘기를 계속했다.

"사랑이란 무언가 이상적이고 고상한 것이라고 이론적으로는 믿고 있는데, 실제로는 사랑이라는 말이 얘기하기도, 아니 돌이켜 생각하기조차도 추잡하고 부끄러울 만큼 비열한 것이라는 겁니다. 하기야 그것이 더럽고 부끄러운 것이라는 사실을 자연스레 만들어낸 데에는 그만한 이유가 있을 것이오. 추악하고 수치스러운 것이라면 그렇게 이해해야 할 거요. 그런데 이와 반대로 사람들은 추악하고 수치스러운 것을 마치 아름답고 고상한 것처럼 꾸민단 말이오. 아내에 대한 내 사랑의 최초의 징후가 어떤 것이었는지 아오? 딴 게 아니었소. 필요 이상의 동물적인 욕망을 내가 부끄러워하지 않을 뿐만 아니라 오히려 왠지 그러한 정력이 남아돌아갈 만큼 강한 것을 자랑스럽게 여기고, 거기에 빠져 버리고, 더욱이 그때 아내의 정신생활은커녕 육체적인 생활까지도 생각해 주려고 하지 않았단 말이오. 서로의 증오감이 어디에서 생겨났는지 나는 이상하게 생각했지만, 문제는 지극히 명백했지요. 이 증오감은 인간의 본성이 자기를 짓누르려는 동물적 본성에 대하여 부르짖은 항의에 지나지 않았던 거요.

나는 우리 부부가 서로 품고 있는 증오감을 이상하게 생각했었소. 그러나 달리 별도리가 없었지요. 그 증오감은 공범자들이 그 범죄를 서로 교사(教唆)하고 함께 가담한 데 대하여 서로가 품는 그 증오감과 같은 것이었소. 어쨌든 아내는 불쌍하게도 결혼한 그 달에 임신했는데도 우리의 추잡한 관계는 줄곧 계속되었으니, 어떻게 이것이 범죄가 아니라고 하겠소. 내 얘기가 다른 데로 흐르고 있다고 생각하는 것 같군요. 천만에! 나는 계속 어떻게 해서 아내를 죽였는가를 이야기하고 있어요. 법정에서 내게 어떤 흉기로 어떻게 해서 아내를 죽였느냐고 묻더군요. 어리석은 것들! 사람들은 모두 내가 아내를 죽인 것은 그날, 즉 10월 5일에 단도로 찔러 죽였다고 생각하고 있소. 그러나 내가 아내를 죽인 것은 그날이 아니오. 훨씬 전의 일이오. 마치 모든 사람들이 지금도 죽이고 있는 것과 마찬가지로……."

"하지만 어떻게 말입니까?" 나는 물었다.

"이처럼 명확하고도 분명한 것을 누구 한 사람 알려고 하지 않는다는 바로 그 점이 나는 이상해서 견딜 수 없소. 의사들도 당연히 알고 있어서 널리 계몽해야 할 일인데도 잠자코 있단 말이오. 문제는 매우 단순한 일이니까요. 남자나 여자는 동물과 똑같이 만들어져 있어요. 즉, 육체적인 사랑 뒤에는 임신하게 마련이고, 출산 후에는 젖을 먹이게 되죠. 이 기간에 여자에게나 아이에게 똑같이 육체적인 사랑이 해로운 상태가 되지요. 그러나 남자와 여자는 똑같은 태도가 아니오. 그렇다면 여기에서 어떤 결론이 나오겠소? 아주 명백하다고 생각하는데요. 여기서 동물이 현재 실행하고 있는 것 같은 결론, 즉 금욕이라는 결론을 끌어내기엔 그다지 지혜가 필요하지도 않소. 그런데 그렇지 않더란 말이오. 과학은 혈액 속을 달리는 백혈구니 하는 것을 비롯해서 온갖 쓸데없는 것을 발견하는 경지까지 도달했으면서도, 이런 것은 아직 이해하지 못하고 있단 말입니다.

그러니까 여성에게는 이에 대한 해결법이 두 가지밖엔 없소. 한 가지는 남자가 언제든지 마음 놓고 쾌락을 얻을 수 있도록, 여자로서의 능력, 즉 어머니가 될 수 있는 능력을 없애든가 또는 필요에 따라 포기해 버리는 거요. 그렇지 않으면 두 번째의 해결법이 있는데, 이것은 해결책이랄 수는 없고, 자연의 법칙을 손쉽고 난폭하게, 그리고 직접적으로 파괴해 버리는 것이오. 이 해결책은 대부분의 상류층에서도 실행되고 있소. 즉, 여자가 자기의 본성을 무시하고 임신 중에도, 수유 중에도 아내 노릇을 하는, 다시 말해서 어떠한 동물도 한 일이 없는 그런 못된 상태에 놓여야 한단 말이오. 그러나 그러는 데는 도저히 힘이 미치지 못하죠. 그렇기 때문에 상류 사회에는 히스테리나 신경 쇠약이, 그리고 농민들 사이에는 반미치광이 증세를 나타내는 사람이 많은 거요. 아시겠소? 이런 반미치광이 병이라는 것은 젊고 청순한 처녀들에게는 없고, 오로지 여자, 그것도 남편과 부부 생활을 하는 여자에게만 있단 말이오. 이것이 우리 러시아에서 볼 수 있는 현상이거니와 유럽에서도 마찬가지요. 어느 병원도 자연의 법칙을 파괴한 히스테리 환자로 만원이오. 그러나 반미치광이나 샤르코

씨병*8 환자는 완전한 불구자이지만, 반불구자가 된 여자는 더욱 많이 세상에 가득하단 말이오. 여자가 배 속에 아기를 배거나 또는 태어난 아기에게 젖을 줄 때, 그 여자의 내부에서 얼마나 위대한 사업이 행해지는지 조금만 생각하면 알 것 아니오? 우리의 뒤를 잇고 우리를 대신할 새로운 세대가 자라고 있으니까요. 그런데 그 신성한 사업이 파괴된단 말이오. 그것이 대체 무엇에 의해서겠소? 생각하는 것조차 무서운 일이 아니겠느냐 말이오. 그러면서도 자유니, 여성의 권리니, 하고 떠들어 댄단 말이오. 이런 것들은 마치 식인종이 포로로 잡아온 사람에게 나중에 잡아먹을 목적으로 자꾸만 살찌게 하면서, 포로들의 권리나 자유에 대하여 마음을 쓴다고 주장하는 것과 똑같은 것이오."

이러한 말들은 모두 처음 듣는 것이어서 나는 깊은 충격을 받았다.

"그럼 어떻습니까? 만약 그렇다면 아내를 안을 수 있는 것은 2년에 한 번이나 있게 되겠는데요. 그렇지만 남자란……." 나는 말했다.

"남자는 그 정도론 안 된다 이 말씀이시죠?" 그는 틈을 주지 않고 말했다. "그 점에 있어서도 알뜰한 과학의 봉사자들이 사람들에게 잘못된 인식을 준 셈이지요. 가령 내가 그 마법사와도 같은 의사들에게, 남자에게 없어서는 안 되는 존재라고 생각하고 있는, 여자의 역할을 다하도록 하라고 한다면, 그들은 이번엔 무슨 소리를 할까요? 술이나 담배나 아편이 없어서는 안 되는 물건이라고 사람들에게 가르쳐 보십시오. 사람들은 그런 것이 모두 필요 불가결한 필수품이라고 믿어 버리게 될 거요. 결국 신께선 사람에게 무엇이 필요한가를 이해하지 못하면서, 게다가 마법사들과 의논도 하지 않고 아무렇게나 되는 대로 만들었다는 결론이 나온단 말이오. 이치에 잘 맞지 않는다는 것을 아셨겠지요?

그들은 남자들에게는 성욕을 충족시키는 일이 절대적으로 필요하다고 결정해 놓았는데도, 이번에는 거기에 그 욕망을 충족시킬 것을 방해하는 출산이라든가 육아 문제가 끼어들어 있단 말이오. 도대체 어떻게 하면 좋지요? 마법사에게 의논을 하면 어떻게 잘 처리가 되겠지요. 이렇게 되자 그들도 여러 가지로 묘안을 짜내게 되었지요. 아아, 언제 그 사기꾼 같은 학자들의 기만성이 폭로가 될까요? 그러나 이미 그때는 왔단 말입니다! 이미 사태는 그런 데까지

*8 19세기 프랑스의 신경병리학자 샤르코의 연구 대상이 된 히스테리병—역주.

진행되어 발광하기도 하고 자살을 하기도 하는 인간이 나왔단 말이오. 그것도 모두 그 일이 원인이지요. 그밖에 무슨 이유가 있겠소? 동물들은 새끼들이 자기 종족을 존속시킨다는 것을 알고 있는 것처럼, 이런 면에서도 일정한 법칙을 지키고 있소. 오직 사람만 그것을 알지 못하고, 또 알려고도 하지 않는단 말이오. 그리고 될 수 있는 대로 많은 쾌락만을 얻으려는 생각만 하는 형편이오. 더구나 다름아닌 만물의 영장이라는 인간이 말이오. 알겠소?

동물이 교미하는 것은 단지 새끼를 만들 수 있을 때에 한정되어 있어요. 그러나 추악스러운 만물의 영장이란 것은 때를 가리지 않고 그저 쾌락만 얻을 수 있으면 상관 없다는 거지요. 그뿐 아니라 이런 짐승만도 못한 짓을 창조의 정화(精華)니 사랑이니 하고 아름답게 미화하고 있어요. 그리고 그 사랑, 즉 추잡한 행위 때문에 망하고 있는 거예요. 무엇을 망하게 하느냐고요? 인류의 반을 말이오. 진리와 행복을 지향하는 인류의 전진 운동에 원래는 협력자여야 할 모든 여성을, 남자들은 오로지 자기 개인의 향락을 위해서 협력자는 고사하고 적을 만들고 있단 말이오. 인류의 전진 운동을 도처에서 방해하고 있는 것이 과연 무엇인가 잘 보시오. 그것은 여자들이오. 어째서 여자들이 그토록 방해물이 돼버렸는가? 그건 전적으로 그 일이 원인이란 말입니다. 다른 게 아니오. 그럼요, 그렇고말고요."

그는 몇 번이나 이 말에 다짐을 두고서야 조금 마음을 가라앉히고 싶은 듯 몸을 움직여 담배를 꺼내서 피우기 시작했다.

14

"그러한 돼지와 같은 생활을 나는 계속했소." 그는 다시 전과 같은 어조로 말을 계속했다. "그러나 무엇보다도 좋지 않았던 점은 그런 불결한 생활을 하고 있으면서도 '다른 여자에게는 마음을 두지 않는다, 그러니까 성실한 가정생활을 이루고 있는 도의적인 인간이다, 내게는 아무런 잘못도 없다, 따라서 부부 싸움이 일어나는 것은 아내의 성격이 나쁘기 때문이다'라고 생각하고 있었다는 점이오. 그러나 나쁜 것은 물론 아내가 아니었지요. 아내는 대다수 다른 여자와 조금도 다름없는 그런 여자였소. 아내는 상류 사회에서 귀부인으로서의 지위가 요구하는 교육을 받았소. 따라서 생활이 보장된 계급의 여성들이 한 사람도 예외 없이 받는 것과 똑같은, 또 받지 않으면 안 되는 교육을 역시 받았단 말입니다. 요즈음 새로운 여성 교육이라는 문제가 자꾸 논란을 거듭하는 것 같더군요. 그러나 모두 헛된 이야기에 불과해요. 왜냐하면 여성 교육이라고 하지만, 현존하는 거짓 없고 참되며 보편적인 여성관 아래서 당연히 그래야만 하는 그런 것뿐이니까요.

그러니까 여성 교육은 언제나 남성의 여성관과 일치하는 거요. 지금 우리는 남자들이 여자를 어떻게 보고 있는가 잘 알고 있습니다. 이른바 '술이여, 여인이여, 노래여'라는 것으로 시인들도 시에서 그렇게 말하고 있소. 연애시라든지 비너스나 프리네*9의 나상(裸像)을 비롯해서 모든 시나 회화나 조각을 보면, 여자란 단순히 쾌락을 얻기 위한 도구로밖에 생각되지 않는다는 것을 알 거요. 트루바나 가(街)에서도 그라체프카*10에서도, 궁정무도회에서도 역시 여자는 그러한 존재란 말이오. 그런데 여기에 악마의 간계가 숨어 있다는 것을 잘 알아야 됩니다. 여자가 쾌락과 즐거움의 대상이라고 한다면, 차라리 분명하게 여자는 즐기기 위한 도구라든가 감미로운 살덩이라고 인정해 버리면 좋으련만, 사실은 그게 아니란 말이오. 애초에 기사들이 여자를 신격화한다고 주장했고 (아무리 신격화하더라도 역시 쾌락의 도구로 보고 있지만), 요즘은 숫제 여자를 존경한다고 주장한단 말이오. 자리를 양보하거나 손수건을 집어 주는 자들이 있는가 하면, 여성이 모든 직무를 맡아 볼 권리나 참정권을 인정하는 사람들도 있소. 그런 것은 모두 실행하면서도 중요한 여성관만은 옛날 그대로란 말이오. 여자는 어디까지나 쾌락의 도구란 말이오. 그리고 여자의 몸은 그 쾌락의 방법이라는 거요. 여자들도 그것을 잘 알고 있소. 말하자면 이것은 노예 제도와 조금도 다름없는 것이오. 노예 제도란 대다수의 강제적인 노동력을 일부 소수의 사람이 이용하는 것이오. 따라서 노예 제도를 없애려면 사람들이 다른 사람의 비자발적인 노동력을 이용하지 않도록 하고, 그것을 죄악이나 수치로 알게 되는 것이 필요해요. 그럼에도 불구하고 세상 사람들은 노예 제도의 표면적인 형식만을 폐지하고, 이제부터는 노예에 대한 매매를 하지 못하게 하면 그것으로 노예제도가 존재하지 않는다고 착각하고 자기를 납득시키면서, 실제로는 사람들이 여전히 전과 마찬가지로 다른 사람의 노동력을 이용하기를 좋아하고, 옳고 잘하는 일이라고 생각하지요. 그러고 있는 이상, 여전히 노예 제도

*9 고대 그리스의 미모의 창부—역주.

*10 모스크바의 환락가—역주.

는 존재하고 있다는 사실을 깨닫지 못하고 또 깨달으려고도 한지 않는단 말입니다. 또 사람들이 그것을 옳고 좋은 일이라고 생각하자 다른 사람들보다 더 힘세고 교활한 사람들이 나타나서 그것을 해치운단 말이오. 여성 해방이란 문제도 마찬가지요. 여성의 노예 상태란 오로지 사람들이 쾌락의 도구로서 여성을 이용하기를 바라고, 그것을 지극히 만족한 일이라고 생각하는 점에 있으니까요. 하기야 현재 여성을 해방하고 남자와 대등한 권리를 부여하고 있기는 하지만, 여자를 쾌락의 도구라고 생각하고 있는 데는 변함이 없고, 어린 시절부터 사회 여론에 의하여 여자들은 그렇게 교육되어 있지요. 그러니 여자는 언제까지나 천하고 음탕한 노예이고, 남자는 여전히 음탕한 노예의 소유자란 말이오.

대학이나 의회에서는 여성을 해방하려고 하지만, 실은 역시 여자를 쾌락의 대상으로 보고 있소. 지금 우리나라에서 줄곧 교육받은 것처럼 여성들에게 그러한 눈으로 자신을 바라보도록 교육해 보오. 그러면 여자는 언제까지라도 저속한 존재로 남아 있을 거요. 즉, 파렴치한 의사들의 도움을 받아 피임법을 쓰는, 다시 말해서 완전한 창부가 되어 이미 동물의 수준은 고사하고 물건과 같은 수준까지 떨어져 버리든가, 그렇지 않으면 현재 여성의 과반수가 그러하듯이 정신적으로 발달하지 못하고 현재 상태 그대로 정신적으로 병든 히스테리 환자와 같은 불행한 존재가 되어 버리든가, 두 가지 중의 하나란 말이오.

중학교나 대학교라도 이것을 변경시킬 수는 없소. 이것을 변경시킬 수 있는 것은 남성의 여성관과 여성 자신의 여성관의 변화일 뿐이오. 그리고 이 여성관의 변화를 일으키는 것은 여성이 순결의 상태를 최고의 상태라고 생각하게 될 때뿐이오. 이 최고의 상태가 수치나 추태라고 생각되고 있는 현재와는 달리 말이오. 이것이 실현되지 않는 한 어떠한 교육이 실시된다 해도 모든 처녀들의 이상은 여전히 선택의 가능성을 지니기 위하여 될 수 있는 대로 많은 남성을, 될 수 있는 대로 많은 수컷을 자기 곁으로 끌어당기는 것이 될 겁니다.

저 처녀는 수학을 다른 사람보다 많이 알고 있다라든가, 이 아이는 하프를 켤 줄 안다든가 하는 것은 조금도 사태를 변화시키지 않소. 갖은 꾀로 남자를 사로잡으면 여자는 행복해지고 바라는 모든 것을 얻게 되는 셈이니까요. 그러니 여자의 최대의 일이란 남자를 사로잡는 방법을 익히는 일이지요. 이것은 여태까지도 그랬고, 앞으로도 그럴 거요. 이 세상에서는 처녀 시절에도 그렇고,

결혼한 뒤에도 계속 그렇게 될 겁니다. 처녀 시절에는 남편을 선택하기 위해 필요하고, 결혼 뒤에는 남편을 지배하기 위해 그것이 필요하단 말입니다.

이것을 그만두게 하든지, 하다못해 일시적으로라도 억제할 수 있는 유일한 길은 아이지요. 그것도 여자가 불구가 아닌 경우, 다시 말해서 젖을 먹여 아이를 키우는 경우에 한해서요. 그러나 이 경우에도 의사가 끼어든단 말이오.

내 아내의 경우도 자기 젖을 먹이겠다고 해서 두 번째 아이부터 다섯째까지 자기 젖을 먹여 키웠소만, 맨 첫애 때에는 우연히 건강 상태가 좋지 않았소. 그러자 의사들은 파렴치하게도 아내를 벌거벗겨서 온몸을 두루만져 본 끝에—그래도 나는 감사하다는 말을 하고 사례금까지 지불해야 했소—그 친절한 의사는 아이에게 젖을 먹여서는 안 된다는 진단을 내렸소. 그래서 아내는 초산 때에는 미태(媚態)로부터 자신을 해방시켜 줄 이 유일한 수단을 빼앗기고 말았소. 아이를 기른 것은 유모였지요. 다시 말해서 우리는 한 사람의 가난하고 불행하고 무지한 그 여자의 곤경을 이용해 그녀의 아이를 떼어놓고 우리 아이를 맡겨 버린 거요. 그 대가로 그 여자에게 레이스 장식이 달린 머리 수건을 씌워 주었죠. 그러나 그런 일은 문제도 아니었지요. 문제는 아내가 이렇게 임신과 육아의 의무에서 해방된 바로 그 시기에, 그때까지 깊은 잠을 자던 여성 특유의 창부성이 그 내부에, 특히 강한 힘으로 맹렬하게 나타났다는 데 있단 말입니다. 그렇게 되면서 나의 내부에도 역시 강렬한 기세로 질투의 고통이 나타나서 결혼 생활을 하는 동안 줄곧 나를 괴롭혔지요. 이 고통은 내가 줄곧 그랬듯이, 다시 말해서 아내와 음란한 생활을 하고 있는 세상의 모든 남편들을 괴롭힐 거요."

15

"결혼 생활의 모든 기간을 통하여 나는 언제나 질투의 고통을 줄곧 맛보았소. 그러나 그중에서도 특히 예민하게 그 감정에 시달린 시기도 몇 번인가 있었소. 그 시기 중 하나는 첫 아이를 낳은 뒤 의사가 젖먹이는 것을 금했을 때였소. 이때 특히 나는 질투했어요. 이유를 들자면 첫째, 아내는 어머니로서의 특유한 불안감을 줄곧 느끼고 있어서, 그것이 당연한 일이겠지만, 정상적인 생활을 늘 어지럽혔소. 또 둘째 이유로는 아내가 어머니로서 도의적 의무를 쉽게 집어던져 버린 것을 보고, 나는 이 여자는 아내로서의 의무도 마찬가지로 거리낌없이 내던질 수 있을 것이라고, 무의식적이었다고는 하지만 지극히 당연한 추측을 했던 거요. 더구나 아내는 건강해서 친절한 의사들이 말리는 데도 불구하고 두 번째 아이 때부터 자기 젖을 먹여서 훌륭하게 길러냈으니까 더욱 그랬소."

"아무튼 당신은 의사들을 매우 싫어하는가 보군요." 나는 그가 의사 얘기를 할 때마다 그 목소리에 특히 증오감이 어리는 것을 느끼고 이렇게 말했다.

"이것은 좋다든가 싫어한다든가 하는 문제가 아니오. 그들은 몇천 명 몇십만 명의 생활을 망쳐왔고 현재도 망쳐놓고 있소. 마찬가지로 내 생활도 망쳐 버렸단 말이오. 나는 원인과 결과를 결부시키지 않을 수가 없소. 변호사라든가 그 밖의 사람들처럼 그들도 돈을 벌고 싶어한다는 것쯤은 나도 이해할 수 있지요. 필요하다면 내 수입의 절반을 그에게 기꺼이 나눠주어도 좋을 정도요. 그들이 하는 일이 어떤 것인지 이해한다면 누구라도 자기 수입의 절반을 기꺼이 바칠 거요. 그러나 우리의 가정 생활에 개입하거나 우리 곁에 절대로 접근하지 않는다는 전제 조건 아래서 하는 말이오. 따로 자료를 모아둔 것은 아니지만, 그들이 도저히 출산할 수 없다고 우겨서 산모의 배 속의 아이를 유산시켜 버리거나(그뒤에 그 어머니가 훌륭하게 아이를 분만하였는데도), 수술이라는 명목으로 어머니를 죽여 버린 예를 나는 수십 건이나 알고 있소. 사실 그러한 예는 얼마든지 있을 겁니다. 아무튼 인류의 행복을 위해서라고 생각하고 있는 이상, 이것은 종교 재판의 살인과 같아서 아무도 이런 종류의 살인을 따져 보려고 하지 않지요. 그들이 저지르는 범죄는 헤아릴 수 없어요. 그러나 그와 같은 범죄 행위도 그들이 특히 여성을 통하여 이 세상에 초래하는 물질주의의 도의적인 퇴폐에 비한다면, 비교도 안 될 만큼 미미하다고 할 수 있을 거요. 만약 인간이 그들의 지시만 따르고 있다면, 이 세상 도처에, 또한 모든 것에 퍼져 있는 악영향으로 사람들은 단결은 고사하고 분열을 위하여 행동하지 않을 수 없다는 말은 구태여 하지 않겠소. 어쨌든 그들의 충고에 따르면, 사람들은 모두 떨어져서 앉아 페놀이 들어 있는 흡입기를 입에서 떼지 말아야 하니까요(하기는 이것도 아무 쓸모없는 것이 발견된 것 같지만). 그러나 그것도 문제되지 않아요. 그들의 가장 큰 해독은 사람들을, 그중에서도 특히 여성을 타락시킨다는 점이오.

요즈음에는 '너는 좋지 않은 생활을 하고 있구나. 좀더 좋은 생활을 해야지'

란 말을 할 수 없어요. 자기에게도 남에게도 이런 말을 해서는 안 되게 되었소. 가령 좋지 않은 생활을 하고 있다면, 그 원인은 신경 기능의 이상이나 무언가 있다는 거요. 그러니까 의사에게 가야 하죠. 그러면 의사가 35코페이카로 약을 처방해 주니까 그것을 먹으면 되는 거요. 그래도 상태가 나빠지면 또 약과 의사에게 매달리는 거요. 아주 잘 되어 있지 않소!

그러나 문제는 그것이 아니오. 나는 아내가 자기 힘으로 훌륭하게 아이를 기르고, 이 임신과 아이를 기르는 일만이 나를 질투의 고통에서 구출해 주었다는 말을 한 것뿐이오. 만약 그것이 없었다면 모든 것은 더욱 빨리 일어났을 거요. 아이들이 나와 아내를 구해 준 거요. 아내는 8년 동안에 아이를 다섯이나 낳았어요. 그 아이들을 모두 자기의 젖을 먹여 키웠지요."

"그래요? 지금 어디에 있습니까? 아이들 말입니다." 나는 물어 보았다.

"아이들 말이오?" 그는 깜짝 놀란 것처럼 되물었다.

"실례했습니다. 떠올리기 괴로운 질문을 드린 것 같군요."

"아뇨, 괜찮소. 아이들은 처제와 처남이 맡아서 기르고 있소. 그들은 내게 아이들을 내주지 않소. 나는 아이들에게 재산을 넘겨주었소만 그들은 아이들을 나한테 주지 않아요. 어쨌든 나는 미치광이나 다름없는 사람이니까. 실은 지금 아이들을 만나보고 오는 길이오. 만나보게 하면서도 내게 내주려고는 하지 않아요. 내가 그 아이들을 자기 부모와 같은 인간이 되지 않도록 키울 텐데 말이오. 그러나 그들은 역시 우리와 같은 인간으로 만들고 싶은 모양이오. 어쩔 수 없죠! 그들이 아이를 넘겨주지 않고 신용하지 않는 것도 당연하죠. 게다가 내가 아이를 양육할 수 있을는지 어떤지도 모르겠거든요. 아마 무리일 거라고 생각해요. 나는 폐인이고 불구자니까. 다만 한 가지 사실만은 알고 있소. 남들이 좀처럼 알 것 같지 않은 사실을 나는 이미 알고 있소. 그것만은 확실하오.

그렇소. 아이들은 모두 건강하고, 이제 주위 사람들과 똑같은 그런 야만인으로 자라겠죠. 나는 그 아이들을 위해 아무것도 해줄 수가 없소. 아무것도 말이오. 지금 나는 남러시아에 있는 내 집으로 돌아가는 길이오. 그곳에는 조그마한 집과 정원이 있지요.

내가 지금 알고 있는 것을 세상 사람들은 쉽게 알 수가 없을 거요. 태양이나 별에 철이 얼마나 있는지, 어떠한 금속이 있는지 그런 것은 곧 알게 되겠지요. 그러나 우리들의 추악한 면을 폭로하는 것, 이것은 쉽게 알 수 없을 거요. 매우 어려운 일이니까요…….

당신이 이렇게 내 얘기를 들어 주니 어쨌든 그것만으로도 나는 감사하고 있소."

16

"아까 아이들에 관한 말씀을 했지요? 그런데 아이들에 관해서 아주 심한 거짓이 횡행하고 있소. 아이는 신의 축복이라든가 아이는 기쁨이라든가 하고 말이오. 이런 것들은 모두 거짓말이오. 이런 것은 모두 옛날 일이고, 지금은 그렇지가 않소. 아이는 고통 이외에 아무것도 아닙니다. 대다수의 어머니들은 솔직하게 그렇게 느끼고 있고, 때에 따라서는 무의식중에 솔직하게 그것을 입 밖에 내는 일도 있지요. 부유한 계급에 속한 우리들 대부분의 어머니들에게 물어보시오. 아이가 앓거나 죽거나 할지도 모른다는 공포감 때문에 아이 따위는 낳고 싶지도 않고, 만약 아이를 낳았다 하더라도 애착을 느끼거나 괴로움을 당하거나 하지 않기 위해서 자기 젖을 먹여 키우고 싶지 않다고 말할 게 뻔하죠. 아이들의 조그마한 손발이나 귀여운 몸뚱아리가 어머니에게 주는 즐거움이나 아이들이 가져다주는 기쁨도, 아이의 질병이나 죽음은 말할 것도 없고 혹시 앓지나 않을까, 죽지나 않을까 하는 걱정만으로 어머니가 겪게 되는 괴로움에 비교하면, 훨씬 작은 것이지요. 따라서 손실과 이득을 저울질해 보면, 손실이 크다는 것을 알 수 있기 때문에 아이를 낳고 싶어하지 않는단 말입니다. 세상 어머니들은 그 감정이 아이에 대한 사랑 때문에 생긴 것이며, 자랑할 만한 아름답고 훌륭한 감정이라고 생각하고 주저하지도 않고 대담하게 그렇게 말하지요. 그러나 실은 그러한 사고 방식이 명백히 애정을 부정하고 어머니 자신의 에고이즘만 강조하고 있다는 것은 깨닫지 못하지요. 그녀들은 아이의 일을 염려하는 공포감에 비하면, 아이의 매력에서 얻어지는 기쁨이 작기 때문에 사랑해야 하는 어린애 따위는 필요가 없다는 거요. 사랑하는 존재 때문에 자기를 희생하는 것이 아니라 사랑받아야 할 존재를 자기 때문에 희생시키는 거요.

이것은 사랑이 아니라 에고이즘이라는 것이 명백하오. 그러나 유복한 가정의 어머니들을 그 에고이즘 때문에 비난하려고 해도, 우리 귀족 사회의 생활 속에서 의사들 덕분에 아이의 건강에 말할 수 없는 고초를 겪고 있다는 것을 상기하면 도무지 비난할 마음이 생기지 않소. 현재도 결혼 시절 아이가 셋, 넷이나 생겨서 그 뒷바라지를 하느라고 온 정신을 쏟고 있던 무렵의 아내 생활이나 상태를 회상하면, 소름이 끼칠 지경이요. 우리 부부만의 생활이란 전혀 없었으니까요. 그것은 마치 무언가 한없는 위험의 연속 같은 것이었소. 겨우 위험한 고비에서 간신히 구제되었다고 생각하면 다시금 위험이 찾아오고, 그러면 또 필사적인 노력을 해서 다시금 간신히 구제되는 형편이어서 항상 난파선을 타고 있는 것 같은 상태였소. 때로는 '일부러 그렇게 하고 있는 것이다. 아내가 나를 깔아뭉개기 위하여 아이에 대한 근심만 하는 척하는 것이다' 하고 생각하는 일조차 있었소. 그만큼 그 상태는 모든 문제를 아내에게 유리하도록 해결해 주었기 때문이었소. 그래서 때로는 이런 때 아내의 말이나 행동은 모두 일부러 그러는 것이라고 생각될 때도 있었을 정도요. 그러나 그게 아니었소. 아내도 아이들의 건강이나 병 때문에 언제나 고민하고 시달렸던 거요. 아내에게나 나에게나 그것은 고문과 같았소. 아내도 고통을 겪지 않을 수가 없었던 거지요. 어쨌든 아이에 대한 애착이나 아이를 키우고 어르고 보호한다는 동물적 욕구는 대부분의 여성들과 마찬가지로 아내도 갖고 있었으니까요.

동물에서 보지 못하는 상상력과 분별력을 사람들은 갖고 있지요. 암탉은 병아리에게 어떠한 일이 생기지 않을까 걱정하는 일도 없고, 병아리가 걸리기 쉬운 병을 알고 있지도 않고 병이나 죽음에서 구출할 수 있다고 사람들이 생각하고 있는 약도 알지 못하오. 그러니 암탉에게 병아리는 고통의 원인이 되지 않아요. 어미 닭이 병아리를 위해서 해주는 일이란 본성에 맞고, 즐거운 일일 뿐이오. 따라서 어미 닭에게 병아리는 기쁨이지요. 그러니 병아리가 병에 걸려도 어미 닭이 할 일은 정해져 있소. 몸을 따뜻하게 해주거나 모이를 먹여 주는 일뿐이오. 그것으로써 어미 닭은 자기는 필요한 일을 모조리 했다고 생각하지요. 만약 병아리가 죽어도 어미 닭은 왜 죽었는지, 어디로 가버렸는지 자신에게 묻거나 하지 않고, 얼마 동안 울다가 그치면 그전과 다름없는 생활을 계속합니다. 그러나 우리 사회의 불행한 여성이나 나의 아내에게는 그렇지 않더란 말이오.

병이나 그 치료법에 관해서는 말할 나위도 없고, 어떻게 버릇을 들여 주느냐 하는 일이며, 양육 방식에서도 아내는 한없이 다양하고, 늘 변화하는 법칙을 모든 방면에서 듣기도 하고 읽기도 했으니까요. 이런 것을 이렇게 먹여서는 안 된다는가, 이렇게 하지 않으면 안 된다라든가 하고 말이오. 입히는 것과 먹이는 것, 목욕시키는 것과 잠재우는 방법, 산책과 밖의 공기를 쐬는 일 등, 이 모든 일에 아내는 매일 새로운 방식을 알아냈소. 마치 아이가 이 세상에 태어나게 된 것이 바로 엊그제부터 생긴 일인 것처럼요. 먹이는 법이 틀렸다느니 목욕을 잘못 시켰다느니 시간이 맞지 않았다느니 하며 말이지요. 더욱이 아이가 병이라도 걸리게 되면 모든 것이 아내의 잘못이 되고, 아내가 하는 방법이 잘못되었다고 생각했소.

그러나 이것은 그래도 건강할 때의 이야기요. 그것만으로도 이만저만한 고통이 아니지만, 막상 병이라도 난다면 그야말로 큰일이오. 그야말로 완전한 지옥이지요. 병은 고칠 수가 있고, 그런 학문이 있고 의사라는 사람들이 있어서 병을 고치는 방법을 잘 알고 있다고 생각하지만, 병 고치는 방법은 모든 의사가 아니라 가장 우수한 의사들만이 터득하고 있으니까요. 그러니 아이가 병에 걸리면 살아나게 할 수 있는 최고의 명의를 만나는 것이 무엇보다도 중요하고, 그렇게만 되면 아이는 생명을 구하게 되지요. 그러나 그 명의란 사람을 만날 수 없거나 명의가 살고 있는 곳에 살지 않거나 하면 아이는 죽은 거나 다를 바 없소. 이것은 아내만이 아니라 같은 상황의 모든 여성들의 신념이어서 아내는 주위에서 그런 이야기만 들었던 거요. 예카체리나 세묘노브나네는 빨리 이반 자하르이치 선생을 부르지 않았기 때문에 아이를 둘씩이나 잃었다느니, 마리야 이바노브나네는 이반 자하르이치 선생 덕택에 큰딸의 목숨을 살렸다느니, 페트로프네 집에서는 의사 선생의 권고에 따라 재빨리 여기저기 호텔로 가족들을 분산시켰기 때문에 생명을 구했지만 격리되지 않았던 아이들은 죽어 버렸다느니, 그 마님에게는 몸이 허약한 아이가 있었는데 의사 선생의 권고에 따라 남쪽으로 요양을 보냈기 때문에 아이의 목숨을 건졌다느니 하고 말이오.

동물적인 애착을 품고 있는 내 아이의 생명이 이반 자하르이치라는 사람의 의견을 어머니가 제때에 맞추어 잘 아느냐 모르느냐에 달렸다는 데야 어떻게 여자들이 한평생 괴로워하고 가슴 아파하지 않을 수가 있겠소! 이반 자하르이치가 어떠한 진단을 내릴 것인가는 아무도 알지 못하는 일이고, 당사자인 자신도 모른단 말이오. 왜냐하면 아는 것이라곤 아무것도 없고 아무것도 고칠 수도 없지만, 무엇인가를 알고 있다고 생각하는 사람들의 신용을 잃지 않으려는 생각만으로 입에서 나오는 대로 아무렇게나 주워 섬긴다는 것은 누구보다도 본인이 가장 잘 알기 때문이오. 아무튼 아내가 완전한 동물이라면 그렇게까지 고통을 받지 않을 것이고, 또 아내가 완전한 인간이라면 틀림없이 신을 믿고 신심이 돈독한 시골 여자들처럼 '신께서 주시고 신께서 부르시는 거다, 결국 신의 품에서 떠날 수는 없다' 하고 생각하거나 했을 테지요. 그랬다면 아내는 인간의 생사 문제와 마찬가지로 자기 아이들의 생사 문제도 또한 사람의 힘이 미치지 않는 신만이 지배할 수 있는 것이라고 생각했을 테고, 그렇게 되었다면 아이들의 병이나 죽음을 미연에 방지하는 것은 자기의 일이라는 생각과, 자기가 그 일을 다하지 못했다고 해서 괴로워하지도 않았을 거란 말이오. 그렇게 생각하지 않으면 아내는 수없는 재난에 직면한 가냘프고 연약한 아이만을 신으로부터 받은 셈이니까요. 그처럼 연약한 아이들에게 아내는 강한 본능적인 애착을 느끼고 있었소. 뿐만 아니라 그런 아이들이 아내에게 맡겨졌고, 그러면서도 그 아이들을 양육해 가는 방법은 숨겨져 있고, 전혀 인연도 관계도 없는 사람들에게만 그 방법이 밝혀져 있기 때문에 그 사람들의 봉사나 조언을 얻기 위해서 많은 돈을 쌓아 놓을 수밖에 없고, 그것도 항상 얻을 수는 없는 형편이었지요.

아이들을 거느린 생활이란 아내와 나에게는 기쁨이 아니라 고통이었소. 어떻게 괴로워하지 않을 수 있겠소? 더욱이 아내는 끊임없이 괴로워했소. 질투나 아무렇지도 않은 부부 싸움의 일막이 끝나고 간신히 기분이 가라앉고, '이제부터 좀 참다운 생활을 해야겠다. 책도 읽고 사색도 좀 해야겠다'는 생각으로 무언가 일을 하려고 하면 갑자기 바샤가 토한다느니, 피섞인 변을 보았다느니, 안드류샤가 두드러기가 났다느니 하는 것을 알려 오기가 일쑤였소. 그렇게 되면 하려던 모든 일은 뒷전이 되고, 생활 따위는 없어지지요. 어디로 달려가면 좋은지, 어느 의사를 불러와야 하는지, 어디에 격리시켜야 하느냐에서부터, 관장이다, 체온을 잰다, 약을 먹인다, 의사를 불러온다 등등 온갖 소동이 시작되죠. 이 소동이 거의 끝날 무렵에 또 다른 무언가가 시작되는 판국이고 보니 안정된 생활 같은 것은 있을 수가 없지요. 있었다면 아까도 말한 것처럼 예상되는 위험이나 실제 위험을 끊임없이 벗어나려고 하는 일뿐이었소. 지금 대부분의 가정이 그렇소. 내 가정에서는 그것이 특히 두드러졌을 뿐이오. 아내가 너무 지나치게 아이들에게 신경을 썼고, 남의 말을 잘 믿는 성격이었으니까요.

이런 이유로 아이들의 존재는 우리 부부 생활을 개선하기는커녕 오히려 악화시켰을 정도였소. 아이들은 우리에게 새로운 불화를 초래하는 원인이 되었소. 아이가 생기고 차차 자라면서 그 아이들이 부부 싸움의 대상이 되는 수가 점점 많아져 갔소. 그저 부부 싸움의 대상이 되었을 뿐만 아니라 싸움의 무기가 되기까지 했소. 우리들은 서로 아이를 무기로 삼아 싸우고 있었던 거나 다름없었소. 부부에게는 각기 싸움의 무기가 되는, 마음에 드는 아이가 있지요. 나는 주로 장남인 바샤를, 아내는 딸 리자를 무기로 삼아 싸우는 일이 많았던 것 같소. 그뿐만 아니라 아이들이 성장하여 성격이 뚜렷해지자 우리 부부는 각각 자기 편으로 끌어들여서 동맹자를 만들게까지 되었소. 가엾게도 아이들은 매우 괴로워한 것 같았소만, 끊임없이 싸우고 있는 우리로서는 아이들의 괴로움 따위를 생각할 겨를조차 없었지요. 딸아이는 내 편이었지만, 어머니를 닮은 맏아들은 아내가 매우 귀여워했기 때문에 나에게 미움을 받는 일도 종종 있었소."

17

"우리가 이런 생활을 하는 동안 우리의 관계는 점점 적대적이 되어갔소. 그리고 나중에는 의견 차이가 적의를 낳는 게 아니라 적의가 의견 차이를 낳는 지경에 이르러버렸지요. 아내가 무슨 말을 하든 나는 미처 말을 끝맺기도 전에 반대했고, 아내도 그런 식이었소.

결혼한 지 4년째 되는 해에는 우리가 서로 이해를 한다거나 동의한다거나 할 수는 없다는 결론을 내렸소. 극히 간단한 일이라도, 특히 아이들의 일이 되면 우리는 반드시 자기 의견을 고집했으니까요. 지금 돌이켜 생각하면, 내가 고집한 의견이 절대로 양보할 수 없는, 그토록 중요한 것은 아니었어요. 그러나 아내는 반대 의견이었으니까 만약 내가 양보하게 되면 결국 아내에게 양보하는 셈이 되니, 그렇게는 할 수 없었지요. 아내도 마찬가지였소. 아내는 아마 나보다는 항상 자기가 옳다고 믿었을 거고, 나도 아내 앞에서는 마치 성자나 된 것처럼 생각했으니까요. 단둘이 마주 앉았을 때에는 거의 잠자코 있든가, 아니면 동물들끼리 주고받을 거라고 생각될 만한 정도의 대화로 끝났던 것 같소. '지금 몇 시지? 이제 그만 잘까? 오늘 저녁 식사는 뭐요? 어디로 외출할까? 신문에 어떤 것이 났소? 의사를 부르러 보내야겠는 걸. 바샤가 목이 아픈 모양이군.' 이러한 거의 생각할 수도 없을 정도로 좁혀진 범위의 대화에서 조금이라도 빗나가면 대번에 싸움판이 벌어지기 일쑤였소. 커피라든가 식탁에 씌우는 식탁보라든가, 마차라든가, 호스트놀이에서 어느 카드를 냈다든가 하는, 하등 아무런 중대한 의미도 없는 것이 원인이 되어서 끊임없이 충돌했고, 증오에 찬 욕설이 튀어나오곤 했소! 가끔 아내가 차를 마시면서 의자에 앉아 한 발을 흔들거나, 찻숟가락을 입으로 가져가거나, 소리를 내면서 마시거나 하는 것을 보면, 그것이 말할 수 없이 괘씸한 행동인 것처럼 생각되어서 그것만으로도 아내를 미워한 일도 있었소.

그 당시는 전혀 깨닫지 못했지만 증오의 기간은 우리가 사랑이라고 불렀던 기간과 대응해서 아주 규칙적이고 정확하게 내 내부에 나타났소. 사랑의 기간이 있으면 다음에는 증오의 기간이 왔소. 사랑의 기간이 지나면 어김없이 증오의 기간이 왔소. 사랑의 기간이 열렬하면 증오의 기간도 길고, 사랑의 표현이 비교적 담백하면 증오의 기간은 짧았소. 그 당시 우리들은 알지 못했지만 이 사랑과 증오는 실은 동물적 감정과 똑같았고, 다만 양극단이라는 데 불과했던 거예요. 우리가 이러한 처지를 이해하고 있었다면 그 생활을 계속해 나간다는 것은 꽤나 괴로웠을 거요. 그러나 우리들은 그것을 이해하지 못했고 깨닫지도 못했소. 잘못된 생활을 하고 있으면서도 자신의 처지가 비참하다는 것을 깨닫지 못하도록 스스로를 기만할 수 있다는 데에 인간의 구원도 있고 또한 벌도 있는 거지요.

우리가 살아 온 것도 그랬소. 아내는 집안 살림을 꾸려 나가는 일이며 살림 가구의 배치 문제, 자기와 아이들의 옷 문제, 아이들의 교육이나 건강 문제 등, 이러한 긴장되고도 항상 분주한 일로 자신을 잊으려고 노력했고, 나에게도 자신을 잊을 방법은 있었소. 직장 일이며, 사냥, 카드놀이를 했지요. 우리는 서로가 상대편에게 심술궂게 대할 수 있다고 느끼고 있었소. '당신은 그렇게 얼굴을 잔뜩 찌푸리는 것이 즐거운 모양이구려.' 나는 아내를 보며 이렇게 생각했소. '어젯밤에 밤새 떠들어대면서 나를 괴롭혔으니까 말이야. 그러나 난 이제부터 회의에 나가야 한단 말이야.' 한편 아내는 '당신은 참 편하기도 하시겠소. 나는 애기가 보채서 밤새 한잠도 못 잤다구요. 이렇게 마음속으로 생각할 뿐만 아니라, 입 밖으로 지껄이기까지 하죠.'

우리는 이런 생활을 하면서도 항상 안개에 싸여 있는 것처럼 우리가 처해 있는 상태도 미처 깨닫지 못했소. 그러니까 만약 그런 사건이 일어나지 않았다면 나는 그런 상태로 늙을 때까지 살았을 것이고, 죽을 때에는 '나는 훌륭하고 만족스런 일생을 보냈다. 특별히 좋았달 수는 없지만 다른 사람들과 마찬가지로 그다지 나쁜 편이 아닌 일생이었어' 하고 생각했을 게 틀림없을 겁니다. 내가 발버둥쳤던 불행의 구렁텅이와 더러운 허위를 깨닫지 못했을 테지요.

우리는 하나의 사슬에 매여서 서로 미워하고 상대의 생활에 해독을 끼치면서도 그것을 보지 않으려고 애쓰는 두 사람의 죄수와 같았어요. 그 당시만 해도 나는 99퍼센트의 부부가 우리와 마찬가지로 지옥 같은 생활을 하고 있으며 또 그럴 수밖에 없다는 것을 미처 깨닫지 못했지요. 그 무렵 나는 나에 관해서도, 다른 사람에 관해서도 그런 것을 알지 못했소.

묘한 것은 올바른 생활이나 혹은 잘못된 생활이라 할지라도, 때론 우연의 일치라는 것이 있단 말이오! 마침 우리 부부가 서로 상대편 때문에 도저히 그런 생활을 참아 낼 수 없을 지경에까지 이르렀을 무렵, 아이들 교육을 위해서 도시로 이사를 하게 됐지요."

그는 여기서 입을 다물고 두 번가량 그 야릇한 소리를 냈다. 그것은 흡사 억누른 흐느낌 같은 것이었다. 기차는 어느 역엔가 다가가고 있었다.

"몇 시나 됐소?"

그가 물었다.

나는 시계를 보았다. 벌써 새벽 2시였다.

"피곤하시지 않소?"

그가 물었다.

"아니요, 괜찮습니다. 하지만 어르신께서 피곤하시겠습니다."

"숨이 좀 막힐 것 같을 뿐이오. 잠깐 실례하오. 물 좀 마시고 오겠소."

이렇게 말하고 그는 비틀거리는 걸음으로 객실을 빠져 나갔다.

나는 그가 이야기한 것을 되짚어 생각하면서 혼자 앉아 있었는데, 너무 골똘하게 생각에 잠겨 버려서 반대쪽 입구로 그가 다시 돌아오는 것도 알지 못할 정도였다.

18

"이거 참 이야기에 너무 정신을 팔았구려." 그는 다시금 이야기를 시작했다.

"나는 깊이 생각하고 또 생각한 끝에 많은 것을 다른 눈으로 보게 되었기 때문에, 이 모든 것을 다 털어 놓고 싶은 겁니다. 아까 얘기한 것 같이 도시에서의 생활이 다시 시작되었지요. 불행한 인간은 도시에서 사는 편이 편하답니다. 도시에서 사는 사람은 100년을 살아도 자신이 아득한 옛날에 죽어서 이미 썩어 없어져 버린 존재라는 것을 깨닫지 못하는 법이오. 자신을 깊이 반성하고 돌아볼 겨를이 없기 때문이지요, 언제나 너무 바쁘다 보니. 사업이니, 사교계 교제니, 건강 문제니, 예술이니, 아이들 건강이며 교육 문제니 하고 말이오. 저런 손님, 이런 손님을 만나기도 하고 누구와 누구를 방문해야 하는가를 생각하기도 하고, 이 여배우가 출연하는 무대도 보아야겠고, 저 남자 가수나 여가수의 노래도 들어야 하는 형편이니까요. 어쨌든 도시에서는 언제 어느 순간에도 절대로 놓쳐서는 안 될 배우가 출연하는 무대가 하나나 때로는 두서넛이 한꺼번에 공연하는 수가 있으니까요. 혹은 자신이나 가족 중에서 누군가가 의사에게 진찰을 받아야 하는 경우가 생긴다거나, 선생이나 가정교사나 유모라든가 하는 사람들의 일로도 시간을 빼앗기는 형편이지요. 하지만 생활 그 자체는 엉성하고 텅 빈 것이지요. 우리 생활도 이러한 상황이어서 부부간의 생활에서 오는 고통도 그전처럼은 느끼지 않게 되었소. 그뿐만 아니라 처음에는 새로 이사온 도시의 새 집을 꾸미는 훌륭한 일거리가 있었고, 게다가 도시에서 시골로, 시골에서 도시로 왔다갔다해야 하는 일까지 있었거든요.

그럭저럭 한 해 겨울을 지내고, 다음해 겨울에는 다시 아무도 깨닫지 못하는, 극히 아무렇지도 않은 일로 보이지만 실은 뒤에 일어난 일의 모든 원인이 된 일이 생겼소. 그 무렵 아내의 건강이 좋지 않아서, 그 시덥잖은 의사들이 아내에게 아이를 낳는 것을 금하고 그 방법을 가르쳐 주었던 거요. 나는 그것이 경멸할 일로 여겨져서 단호하게 반대했지만, 아내는 경솔하게도 고집을 부렸기 때문에 나는 끝내 꺾이고 말았소. 아이라는 비열한 생활의 마지막 구실까지 빼앗기고 보니 생활은 한층 더 추악한 것이 되어 버렸소.

농부나 노동자들은 아이를 바라오. 비록 양육하기는 어려운 일이지만 아이를 필요로 하고 있소. 그러니 그들의 부부 관계는 구실이 있죠. 그러나 우리 상류 계급에서는 이미 아이가 있는 사람에게는 아이가 그 이상 필요하지 않소. 아이는 필요 이상의 걱정거리이며, 지출이고, 유산 상속을 둘러싼 분쟁의 원인이 되며, 무거운 짐밖에는 되지 않기 때문이오. 그러니까 우리에게 비열한 부부 생활을 해야 할 구실이란 아무것도 없는 셈이오. 인위적으로 아이를 갖지 않도록 하든가, 그렇지 않으면 아이를 서로가 부주의한 결과로 생겨난 불행으로 생각해서, 이것은 더한층 추악한 일이었소. 변명할 구실이 없으니까요. 그러나 우리는 도덕적으로 완전히 타락해 버렸기 때문에 변명의 구실조차 느끼지 않을 정도였소. 현대 지식 계급의 대부분은 조그마한 양심의 가책도 없이 이러한 음탕한 생활에 몸을 맡길 수 있지요.

마음의 가책 같은 것이 조금이라도 있을 게 뭐겠소? 우리들 생활에 양심 같은 것이 있다면, 그것은 세상 여론의 양심과 형법의 양심이라는 것 이외에는 아무런 양심도 없으니까요. 더욱이 이런 경우 그 어느 편도 저촉되는 것이 아니오. 사회의 여론 앞에 부끄러워할 필요가 조금도 없으니까요. 마리아 파블로브나라든가 이반 자하르이치라든가 누구나가 다 떳떳하게 하고 있는 일이니까요. 그렇게 하지 않으면 가난뱅이만 번식시켜서 사회 생활의 가능성을 스스로 잃게 되지 않겠느냐고 말입니다. 또한 법적으로도 부끄러워하거나 두려워할 필요가 전혀 없습니다. 태어난 자식을 연못이나 우물 속에 버리거나 하는 것은 경박한 바람둥이 처녀나 남편이 병정으로 나가고 집을 지키는 여편네들이나 하는 짓이고, 그러한 사람들은 물론 감옥에 집어넣어야 마땅하지만, 우리네들은 만사를 적당히, 그리고 깨끗하게 처리해 버리고 있으니까요.

이렇게 해서 우리는 다시금 2년을 더 지냈소. 그 저주받을 의사들이 권한 방법은 확실히 효과가 나타나기 시작한 것 같았소. 아내는 몸도 좋아지고, 마지막 여름의 아름다움을 연상하게 할 만큼 아름다워졌소. 아내는 스스로도 그것을 느끼고 화장에 골몰하게 되었소. 무언가 사람의 마음을 불안하게 하는 것 같은 도발적인 아름다움이 나타나게 되었소. 넘치는 정력을 주체할 수 없어 초조해 하는, 아이를 낳지 않게 된 삼십대 여인의 매력을 충분히 발휘하고 있었지요. 아내의 모습은 내게 야릇한 설렘을 안겨 주었고, 남자들 사이를 지나칠 때도 아내는 그들의 시선을 끌었소. 마치 오랫동안 그냥 매어 두기만 해서 영양분을 충분히 섭취한 기운이 뻗친 말이 갑자기 고삐에서 풀려난 것 같았소. 우리 사회의 여성들 99퍼센트가 그러하듯이 완전히 고삐가 풀린 거죠. 나도 그것을 느끼고 어쩐지 두려운 심정이었소."

19

그는 갑자기 엉거주춤 일어나면서 창문 바로 곁으로 자리를 옮겼다.

"잠깐 실례하겠소."

그는 중얼거리고 창밖을 바라본 채 잠자코 3분가량 앉아 있었다. 이윽고 무거운 한숨을 쉬고, 다시 나의 맞은편에 앉았다. 그 얼굴은 전혀 딴 사람처럼 되어, 보기에도 가련한 눈을 하고, 이상한 느낌의 미소가 입가에 주름을 새기고 있었다.

"조금 피곤하지만 마저 이야기하겠소. 아직 시간은 충분하니까요. 날도 아직 새지 않았구요." 그는 담배에 불을 붙이고 또 얘기를 시작했다.

"아이를 낳지 않게 되고 나서 아내는 점점 뚱뚱해졌고, 아이들 때문에 끊임없이 괴로워해야 하는 그 병도 없어지기 시작했소. 병이 나았다기보다는 마치 취기에서 깨어나서 제정신을 차리고, 그때까지 잊어버렸던 기쁨이 넘치는 세계가 있다는 것을 깨달은 것 같았소. 그 속에서 살아보지 못하고 지내온 전혀 알지 못했던 다른 세계가. '어떻게 해서든지 놓치지 않도록 해야겠다! 기회를 놓치면 다시 돌이킬 수 없으니까!' 내게는 아내가 그렇게 느끼고 있는 것 같았소. 또 그렇게밖에는 생각할 수도 느낄 수도 없었으니까요. 하여튼 아내는 이 세상에서 관심을 가질 만한 일은 다만 한 가지, 사랑뿐이라고 교육받았으니까요. 나와 결혼하고 난 뒤 그 사랑이라는 것에서 어느 정도의 것은 얻었지만, 기대했던 것과는 상당히 동떨어진 것이었을 뿐만 아니라 환멸이나 괴로움도 수없이 많고 게다가 많은 아이들이라는, 생각지도 못한 괴로움까지 맛보게 되었지요! 이 괴로움은 아내를 여위게 했죠. 그런데 그 친절한 의사선생 덕택에 아이를 낳지 않을 수가 있다는 사실을 알게 되었소. 아내는 크게 기뻐하고 실제로 시험하면서 알고 있는 단 한 가지, 즉 사랑을 위해서 다시금 소생했지요. 이미 질투나 온갖 증오감으로 더럽혀진 남편과의 사랑 따위는 문제도 되지 않았던 거요. 무언가 다르고 청순한 새로운 사랑을 마음에 그리게 되었소. 적어도 나는 그렇게 여겨졌소.

이리하여 아내는 마치 무언가를 기대하는 것처럼 주위를 둘러보기 시작했소. 나는 그러한 아내의 낌새를 알아채고 불안하지 않을 수가 없었소. 아내는 언제나처럼 남을 가운데 끼워 놓고 나와 이야기를 하면서, 다른 사람과 이야기를 하면서 그 말을 나에게 돌릴 때, 바로 1시간 전에 정반대의 말을 한 것은 전혀 생각하지 않고, 어머니의 고생 같은 것은 그야말로 기만이라든가 젊어서 인생을 즐길 수 있을 동안에는 아이들을 위해서 자기 생활을 희생한다는 것은 아까운 일이라든가 하고 정색을 한 채 주저없이 말하는 것을 자주 보게 되었지요. 아내는 점차 아이들을 돌보는 일도 적어졌고, 그전처럼 필사적으로 정신을 쏟는 일도 없어지고, 자신의 용모라든가 차림새, 딴에는 숨기고 있었지만 자신의 즐거움이라든가, 자신을 가꾸기에만 몰두하게 되었소. 그리고 그때까지 팽개쳐 놓았던 피아노를 열심히 연습하기 시작했소. 이것이 모든 일의 발단이었소."

그는 피로한 빛이 짙은 눈을 다시금 창밖으로 돌렸으나 곧 다시 자신을 억제하고 이야기를 계속했다.

"그렇소. 그때 바로 그 사나이가 나타난 거요." 그는 더듬거리며 두 번 정도 그 독특한 소리를 콧구멍으로 냈다.

그 사나이의 이름을 밝히고, 생각해내고, 이야기 하기가 그에게는 매우 쓰라린 일이라는 것을 알 수 있었다. 그러나 그는 애써 자신을 가로막는 장애물을 잘라내는 것처럼 마음을 다잡은 결연한 어조로 말을 이었다.

"그 사나이는 내가 보기에는, 참으로 천한 인간 쓰레기였소. 그 사나이가 내 인생에서 그러한 의미를 지녔기 때문이 아니라 실제로 그러한 사람이었소. 하기는 그자가 하찮은 사나이였다는 것은 아내가 얼마만큼 분별을 잃었던가를 증거하는 것밖에는 되지 않소만, 그 사나이가 나타나지 않았다면 다른 사나이라도 좋았을 테죠. 틀림없이 그랬을 거요." 그는 또 입을 다물었다. "그렇소, 그 사나이는 음악가였소. 바이올리니스트였소. 직업적인 음악가가 아니라 반직업적이고, 반사교계의 사람이었소.

이 사나이의 아버지는 지주인데, 내 아버지 이웃에 사는 사람이었소. 그가 파산을 했기 때문에 아들 셋이 각각 일자리를 정했던 거요. 그러나 단 한 사람, 막내아들이었던 이 사나이만은 파리에 있는 대모한테 맡겨졌는데, 음악에 소질이 있었기 때문에 음악 학교에 들어가서 바이올리니스트가 되어 졸업을 한 뒤 여기저기 음악회에서 연주했던 모양이오. 이 사나이의 인품은……." 확실히 그는 그 사나이를 나쁘게 말하고 싶은 것 같았으나 자제하고 빠른 말로 말했다. "그쪽에서 어떤 생활을 하고 있었는지는 알지 못하지만, 내가 아는 것은 그해에 러시아로 돌아와서 내 앞에 나타났다는 사실뿐이오.

아몬드 모양의 촉촉이 젖은 눈, 미소를 머금은 빨간 입술, 머리기름으로 다듬은 콧수염, 최신 유행의 머리 모양, 여자들이 좋아할 만한 통속적인 인상을 주는 잘생긴 얼굴, 보기 싫다고는 할 수 없는, 마치 여성이나 호텐토트 사람처럼 엉덩이가 유난히 발달한 늘씬한 체격, 그러고 보니 호텐토트 사람들도 역시 음악의 재능이 있다더군요. 그는 누구에게나 되도록 친밀하게 행동하려고 하며, 직감력이 예민하고 조금이라도 저항을 느끼면 언제라도 멈추어 설 태세를 갖춘 것 같은 사나이요. 품위를 주는 단추 달린 단화라든가 화사한 빛깔의 넥타이, 그밖에 파리에서 살았던 외국 사람들이 몸에 지닐 것 같은 물건들로 치장해 온몸이 파리의 독특한 느낌을 풍기고 있었소. 이것이 또한 그 독특함과 신기한 매력으로 여성들의 마음을 끌었지요. 그의 동작에는 일부러 그러는 것 같은 쾌활함이 느껴졌소. 마치 '이런 것은 당신들도 아실 텐데요. 잘 생각해서 그 다음은 각자가 보충하세요' 하는 것 같은, 암시적이고 단편적인 말로 이야기하는 것 같은 태도였지요.

그 사나이와 그의 음악이 원인이었소. 그 사건은 재판에서는 모든 것이 질투에서 생겨난 것처럼 되었소만, 실은 전혀 그렇지 않았소. 아니, 전혀 그렇지 않다고만은 할 수 없고 그것도 있기는 했지만, 역시 그것만은 아니었어요. 재판을 받았을 때는 내가 배신당한 남편이고, 더럽혀진 명예를 지키기 위해 죽였다는(사람들은 그런 식으로 말을 하게 마련이니까요) 결론이 내려졌소. 그래서 결국 나는 무죄가 되었지요. 재판에서 나는 사건의 의미를 명확하게 하려고 애썼지만, 그 사람들은 내가 아내의 명예를 회복시키려고 하는 것으로 해석하더군요.

아내와 음악가의 관계가 어떤 것이었든 간에 그런 것은 나에게는 무의미한 일이었고, 아내에게도 마찬가지였소. 의미가 있는 것은 지금까지 당신에게 이야기한 것 같은 나의 비열함이요. 이야기했듯이 그 무서운 심연과 계기만 있으면 위기를 초래하기에 충분한 서로에 대한 증오와 그로 인한 무서운 긴장이 우리 부부 사이에 있었다는 데서 모든 것이 비롯된 거요. 아무튼 마지막에는 부부 싸움도 어쩐지 무섭도록, 점점 긴장한 동물적인 욕정으로 변해가는 점이 특히 보통과 달랐소.

만약 그 사나이가 나타나지 않았다고 하더라도 다른 사나이가 나타났겠죠. 내가 강조하고 싶은 것은 내가 해왔던 생활을 하고 있는 남편들은 모두 방탕하든가, 부부가 서로 헤어지든가, 자살하든가, 그렇지 않으면 내가 해치운 것처럼 아내를 죽이든가 할 것이 뻔하다는 것이오. 그렇게 되지 않는 인간이 있다면, 아마 특별한 예외라 할 수 있겠죠. 나만 하더라도 그런 형태로 일을 결말짓기까지는 몇 번이나 자살하려고 했었고, 아내도 독약을 마신 일이 있었으니까요."

20

"네, 사실이 그랬었소. 그 사건이 일어나기 조금 전에도 그랬소.

그때 우리는 휴전 상태였고, 그것을 흐트러뜨릴 원인도 별로 없었지요. 문득 누구네 집 개가 전람회에서 메달을 탔다더군 하고 내가 이야기를 하자, 아내는 대뜸 '메달이 아니라 상장이에요' 하고 말을 했기 때문에 싸움이 벌어졌어요. 문제는 거기서 엉뚱하게 번져서 서로 상대편을 비난했소. '그런 것쯤은 벌써 옛날에 알았을 텐데도 언제나 저렇단 말예요. 당신이 했단 말예요.' '아니요. 난 그런 말 한 적이 없소.' '그럼, 내가 거짓말을 한 게 되는군요!' 하고 당장에라도 자살을 하거나, 아내를 죽이거나 할 것 같은 싸움이 벌어질 듯한 낌새를 느낄 수 있었소. 지금 당장에라도 벌어질 사태를 짐작할 수 있었고, 또한 그것을 불처럼 두려워했으므로 참아야겠다고 생각하면서도 증오감이 온몸을 사로잡아 버렸소. 아내도 마찬가지로, 아니 나보다도 한층 더 심하게 내 모든 말을 일부러 곡해하고 엉뚱한 의미를 붙였소. 아내의 한마디 한마디가 독을 품고 있었고, 더욱이 내가 가장 아파하는 곳을 알아내서 쿡쿡 찔렀소. 싸움을 하면 할수록 점점 더 심해져 갔소.

내가 '닥쳐!' 하고 고함이라도 치면, 아내는 방을 뛰쳐나가서 아이들 방으로 뛰어들어가려고 했죠. 나는 마지막까지 내 말이 옳다는 것을 확인시키려고 뒤돌아가는 아내의 팔을 잡았소. 그러면 아내는 내가 난폭한 짓이라도 한 것처럼 엄살을 떨며 '애들아, 아버지가 나를 때리는구나!' 하고 소리를 질렀지요. '거짓말 하지 말아!' 하고 내가 고함을 치죠. '이게 처음 일인가요?'하며 아내도 악을 쓰죠. 아이들이 놀라서 뛰어나오면 아내는 아이들을 달래는 시늉을 했소. 그래서 나는 '빤히 들여다보이는 그런 연극은 그만 집어치우란 말이오!' 하고 소리를 지르면, 아내도 '당신에게는 모두 연극으로 보일 테죠. 당신은 사람을 죽이려고 하면서도 연극을 한다고 말할 사람이란 말예요. 이제야 당신이란 사람을 똑똑히 알았어요. 당신은 내가 죽기를 바라고 있군요!' 하고 말대꾸를 하기 때문에 '아아! 제발 죽어 버렸으면 좋겠어!' 하고 나도 지지 않고 외쳤소. 지금도 기억하고 있소만, 이런 무서운 말에 나 자신도 등골이 오싹했소. 이런 무지한 말을 입 밖에 낼 수 있다고는 전혀 생각하지도 못했기 때문에 그런 말이 내 입에서 튀어나간 것에 몹시 놀랐던 거요.

나는 이 무서운 말을 하자마자 서재로 달려가서 자리에 앉아 담배를 붙여 물었소. 아내가 현관으로 나가서 외출할 채비를 하고 있는 기척이 들려왔소. 어디 가느냐고 물어도 대답도 하지 않았소. '흥, 멋대로 하라지.' 나는 이렇게 중얼거리고 서재로 다시 들어와서 소파에 누워서 담배를 피웠소. 그녀에게 어떻게 앙갚음을 할까? 그녀에게서 어떻게 빠져나올 수 있을까? 어떻게 하면 모든 것을 아무런 일도 없었던 상태로 회복할 수 있을까? 여러 가지 생각이 머릿속에서 오락가락했소. 나는 그런 것을 하나하나 생각하면서 계속해서 담배를 피워댔소. 아내에게서 달아나서 몸을 숨기고 아메리카로라도 갈까 하고 생각하기도 했소. 나중에는 아내에게서 해방되어서 누군가 다른 사람, 전혀 새로운 아름다운 여인과 함께 할 수 있다면 얼마나 멋질까 하는 공상도 했소. 그러나 아내에게서 해방되려면 아내가 죽든지 이혼을 하지 않고서는 어떻게 그것을 실현할 것인가 하고 머리를 쥐어짜기도 했소. 나는 머릿속이 완전히 혼란해져 필요하지도 않은 일을 생각하고 있다는 것도 알고 있었지만, 내가 엉뚱한 일을 생각하고 있다는 사실을 의식하지 않으려고 담배만 연거푸 피워댔소.

그래도 집안 생활은 그대로 진행되었죠. 보모가 와서 '마님께서는 어디 가셨습니까? 몇 시쯤 돌아오실까요?' 하고 물었고, 하녀는 '차를 드릴까요? 어떻게 할까요?' 하고 물었소. 식당엘 가면 아이들, 그중에서도 이미 분별력이 생긴 맏딸 리자가 궁금한 표정으로 따지는 것 같은 눈으로 나를 보았소. 잠자코 차를 다 마시고 난 뒤에도 아내는 돌아오지 않았소. 초저녁이 다 지나도 여전히 돌아오지 않았소. 그러자 내 마음속에는 두 가지 감정이 번갈아 나타났소. 어차피 돌아올 것이면서도 집을 비우고 나나 아이들을 괴롭히고 있는 데 대한 증오심과, 아내가 이대로 돌아오지 않고 자살 따위의 엉뚱한 짓이라도 저지르지는 않을까 하는 공포감이었소. 그러다가 마중을 가야겠다는 심정이 되곤 했소. 그러나 어디로 가서 찾아야 하겠느냐 말이오. '처형 집일까? 그러나 물어보러 가는 것은 어리석은 일이다. 게다가 그런 여자는 내버려 두는 게 좋을 거다.

나를 괴롭히고 싶다면 자신도 괴로워하는 게 좋아. 그렇지 않으면 그녀가 생각한 대로 되는 게 아닌가? 이 다음에는 한층 더 견딜 수 없는 일이 될 거야. 그러나 만약 처형 집에 가지 않고 무슨 일이라도 저지르거나 혹은 이미 저질러 버렸다면 어떻게 하지?' 11시, 12시, 그리고 1시가 되더군요. 나는 침실에도 가지 않았소. 침실에서 혼자 누워서 기다린다는 것은 어리석은 짓이니까요. 서재에서도 눕지 않고 편지를 쓴다든가 책을 읽는다거나 어떤 일을 하려고 생각했으나 아무것도 손에 잡히지 않더군요. 서재에 혼자 앉아서 번민하기도 하고, 화를 내기도 하고, 귀를 기울이기도 했소. 3시, 4시, 아내는 영영 돌아오지 않았소. 새벽녘에 꾸벅꾸벅 졸다가 눈을 떠 봐도 아내의 모습은 보이지 않았소.

집 안에서는 모든 것이 여느때와 다름없이 진행되기는 했지만, 누구나 이상하게 생각하고, 모든 것이 내 탓이라고 비난하는 것처럼 나를 바라보더군요. 한편 내 가슴속에서는 여전히 아내가 나를 괴롭히는 것에 대한 증오감과 아내의 만일을 근심하는 불안감이 갈등을 일으키고 있었소.

11시쯤 처형이 왔더군요. '그애가 지금 굉장해요. 도대체 어찌된 일이죠?' 하고 물으면 나는 언제나 하는 똑같은 말을 했죠. '뭐 아무 일도 없었는데요' 하며 나는 아내의 성격이 견딜 수 없이 나쁘며, 아내에게 아무런 짓도 하지 않았다고 말했소. '하지만 이런 일을 그대로 놔둘 수는 없는 일 아니겠어요?' 하고 처형이 말하더군요. '모든 일은 그녀의 문제이지 내가 알 바가 아니오' 하고 나는 대답해 주었소. '이쪽에서 먼저 나서지는 않을 겁니다. 이혼하겠다면 그것도 좋겠죠.'

처형은 그냥 돌아갔소. 처형과 이야기할 때에는 내 편에서 먼저 나서지는 않겠다고 큰소리를 쳤지만, 막상 처형이 돌아간 뒤 방에서 나와서 겁먹은 처량한 아이들의 얼굴을 본 순간, 이미 내가 먼저 머리를 숙이고 들어가야겠다는 마음이 생겨 버렸소. 그런데 기꺼이 그렇게 하고 싶었으나 어떻게 해야 좋을지 알 수가 없더군요. 그래서 다시 이리저리 걸어다니기도 하고 담배를 피우기도 하고, 점심 식사 때에는 보드카와 포도주를 마시고 그 술기운으로 내가 무의식적으로 바라던 것들, 이를테면 자신의 어리석은 처지와 비열성을 보지 않아도 되었소.

3시경 아내가 돌아왔소. 나와 얼굴을 마주치고서도 아무 말도 하지 않더군요. 나는 아내도 마음이 좀 누그러진 것이리라 생각하고, '당신이 너무 맹렬히 비난했기 때문에 나도 덩달아 끌려들어가서 그렇게 되었소'라고 했소. 아내는 여전히 무뚝뚝하고 몹시 초췌한 표정으로 '나는 말다툼을 하려고 온 것이 아니라 아이들을 데리러 왔을 뿐이에요. 이제 우리는 도저히 함께 살 수가 없어요'라고 말하더군요. 그래서 나도 '나쁜 것은 내가 아니라 당신이오. 당신 때문에 나도 그만 발끈해졌소'라고 했소. 아내는 승자라도 된 것 같은 준엄한 눈으로 나를 지켜보더니 이윽고 이렇게 말하더군요.

'더 이상 말하지 마세요. 나중에 후회할 거예요.'

나는 그따위 연극은 이젠 지긋지긋하다고 해주었소. 그러자 아내는 잘 알아들을 수 없는 말을 무어라고 떠들어대면서 자기 방으로 뛰어들어갔소. 들어가자마자 열쇠로 문을 잠그는 소리가 들렸소. 나는 문을 두드려 보았지만 아무 대답도 하지 않았으므로 미운 생각이 치밀어서 그냥 물러났소. 30분가량 지나자 리자가 눈물을 글썽거리면서 뛰어들어왔소.

'왜 그래? 무슨 일이 생겼니?'

'엄마가 방에 있는 것 같지 않아요.'

나는 리자를 따라가 보았소. 힘껏 방문을 밀자 자물쇠가 잘 걸리지 않았던지 양쪽으로 문이 쉽게 열리더군요. 침대로 다가가 보니 아내는 스커트를 입고 굽 높은 구두를 신은 채 의식을 잃고 침대에 보기 흉한 꼴로 쓰러져 있지 않겠소? 옆의 탁자 위에 아편이 들었던 빈 병이 놓여 있더군요. 그래서 야단법석을 떨어서 간신히 정신을 돌려 놓았더니, 또 한바탕 울고, 그리고 마지막에는 어떻게 화해를 했소. 그렇다고 해서 진정한 화해를 한 것은 아니었소. 마음속에는 서로 그전부터의 증오감을 그대로 품고 있었고, 더욱이 이 싸움에서 서로 상대편 탓이라고 생각하는 고통에 대한 초조감까지 포함돼 있었으니까요. 그래도 어떻게든지 모든 일에 결말을 지어야 했으므로 생활은 그전과 다름없이 진행되었소. 이런 싸움 때로는 좀 더 심한 싸움이 끊임없이 되풀이되었지요. 한 주일에 한 번 있을 때도 있고, 한 달에 한 번일 때도, 또는 매일처럼 싸울 때도 있었소. 싸움은 언제나 똑같이 되풀이 되었소. 한번은 내가 외국으로 가는 여권을 발급받은 일까지 있었소. 싸움이 이틀간이나 계속되었으니까요. 그러나 그러다가 또다시 어중간한 해명과 화해가 이어져서 그대로 그만두고 말았지요."

21

"우리 부부가 이런 상태에 있었을 때, 그 사나이가 나타난 거요. 그 사나이는 모스크바로 돌아와서—트루하체프스키라는 성이었소만—우리 집으로 왔더군요. 오전이었소. 나는 그를 맞아들였지요. 우리는 예전에는 너나들이하는 사이였으니까요. 그 사나이는 '너'와 '당신'의 중간쯤 말을 쓰면서 옛날 그대로 '너나'의 관계를 계속하려는 눈치였지만, 내가 느닷없이 '당신'이라고 대하니까 그도 곧 그에 따르더군요. 나는 첫눈에 그 사나이가 매우 마음에 들지 않았소. 그러나 이상하게도 무언가 알 수 없는 숙명적인 힘에 끌려서 그 사나이를 물리치지도 멀리하지도 못하고, 오히려 가까이 끌어당기고 있었단 말이요. 냉담하게 말하고 아내를 만나게 하지도 않고 그대로 헤어지게 하는 것처럼 간단한 일은 없었을 텐데 말이오. 그러나 그렇게 하지 않고, 나는 고의적인 것처럼 그의 연주에 관한 이야기를 시작하고 '바이올린을 그만두셨다고 들었소만' 하고 묻기도 했소. 그 사나이는 그만두기는커녕 요즈음은 그전보다도 훨씬 더 열심히 켠다고 아내는 대답하더군요. 그리고 나는 일찍이 음악을 하던 무렵의 얘기를 꺼내기 시작했소. 나는 이미 그만두었지만 아내는 곧잘 피아노를 친다고 했죠.

참으로 이상한 이야기지요! 이 맨 첫 날, 그 사나이와 만난 처음 1시간 동안의 내 태도는, 그런 사건이 있은 뒤에나 있을 수 있는 그런 것이었단 말이오. 그 사나이에 대한 내 태도에는 무언가 긴장된 데가 있었소. 그 사나이나 내가 말한 모든 말이나 표현을 나는 신경을 쓰고 곰곰이 생각했었소.

내가 그 사나이를 아내에게 소개하자 곧 음악에 관한 이야기가 시작되고, 이윽고 그 사나이가 아내와 합주하고 싶다고 제의했소. 아내는 이 무렵 언제나 그러했지만 참으로 우아하고 매력적이어서 남자들의 마음을 설레게 할 만큼 아름다웠소. 그 사나이는 어쩐지 대번에 아내 마음에 든 것 같았소. 그뿐만 아니라 바이올린과 합주할 즐거움을 누리게 된 것을 아내는 기뻐했소. 어쨌든 아내는 바이올린 합주를 매우 좋아해서 그 때문에 극장의 바이올리니스트를 초청해 온 일도 있었을 정도여서, 아내의 얼굴에는 기쁜 빛이 역력히 나타났소. 그러나 나를 보자 아내는 곧 내 심정을 눈치채고 그 표정을 바꾸어 버렸소. 여기서 서로를 속이는 연기가 시작된 거요. 나는 매우 즐거운 듯한 표정을 짓고 유쾌한 듯이 미소짓고 있었지요. 그 사나이는 난봉꾼들이 아름다운 여인을 볼 때의 눈으로 아내를 바라보면서, 자기에게 관심이 있는 것이라곤 나누고 있는 화제뿐이라는 듯한 표정을 하고 있었지만, 사실 그런 것에는 이미 전혀 관심이 없었지요. 아내도 애써 무관심한 체하려고 했지만, 익히 보아 온 얼굴에 일부러 지어낸 웃음을 띠고 있는 나의 질투 어린 표정과 그 사나이의 음탕한 눈길에 분명히 흥분한 것 같았소. 처음 만난 순간부터 아내의 눈이 특별한 광채를 발했고, 아마도 내가 질투한 탓이겠지만, 그 사나이와 아내와의 사이에 표정이나 눈길이나 미소에서 묘한 공통점이 느껴지고, 전류와 같은 것이 통한 것을 나는 눈치챌 수 있었소. 아내가 얼굴을 붉히면 그 사나이도 얼굴을 붉히고, 아내가 미소 지으면 그 사나이도 미소를 짓는 것이었소. 우리는 음악이며, 파리 이야기며, 여러 가지 쓸데없는 이야기들을 했소. 이윽고 그 사나이는 돌아가려고 일어서서 바르르 떨리는 넓적다리에 모자를 갖다댄 채, 우리가 어떤 태도로 나올 것인가를 기대하는 것처럼 아내와 나를 번갈아 바라보면서 서 있었소.

그 순간을 지금도 기억하고 있는 것은 이유가 있어요. 그 순간 내가 그 사나이를 다시 초대하지 않아도 좋았을 것이고, 그렇게 했다면 아무 일도 일어나지 않았을 테니까요. 그러나 나는 그 사나이와 아내를 흘긋 바라보았소. '당신한테 질투를 느낀다고는 생각하지마' 하고 마음속으로 나는 아내에게 말했소. '너 따위를 무서워한다고는 생각하지 말란 말이다' 하고 그 사나이에게도 마음속으로 말하고, 언제든지 하룻밤 바이올린을 갖고 와서 아내와 합주를 해 달라고 초대했던 거요. 아내는 깜짝 놀란 것처럼 나를 보고 새빨개지더니, 마치 겁먹은 것처럼 사양하면서, 아직 그처럼 잘 치지 못하니 사양하겠다고 하더군요. 아내가 사양한 것이 한층 더 나를 초조하게 해 나는 필요 이상으로 억지로 부탁을 했지요.

그 사나이가 마치 춤추는 듯 나는 새처럼 방에서 나갈 때, 좌우로 갈라붙인 검은 머리에서 선명하게 돋보이는 새하얀 목덜미며 뒤통수를 바라보면서 느낀 그 이상한 기분은 지금도 생생하게 기억하고 있소. 그 사나이의 존재가 나를 괴롭히고 있었음을 나는 자인하지 않을 수 없었던 거요. 두 번 다시 이런 놈을 만나지 않게 하는 것도 내 마음에 달린 일이다 하고 나는 생각했소. 그러나 그런 짓을 한다는 것은 곧 그 사나이를 두려워하고 있다는 것을 인정하게 되는 거죠. '흥! 이따위 사내를 두려워하다니! 그런 것은 너무나도 굴욕적이다!' 나는 마음속으로 그렇게 말했소. 그리고 즉시 현관 홀에서 아내에게 들리게 오늘 밤에라도 바이올린을 갖고 와달라고 부탁했지요. 그 사나이는 그러겠노라고 약속하고 돌아갔소.

그날 밤 그 사나이가 바이올린을 갖고 와서 두 사람은 합주를 했죠. 그러나 좀처럼 잘 맞지 않더군요. 마침 필요한 악보가 없었고, 갖고 있었던 악보는 아내가 미리 준비하지 않고는 칠 수 없었기 때문이오. 나는 음악을 매우 좋아해서 그 사나이의 악보대를 바로 세워 주기도 하고, 악보를 넘겨주기도 했소. 두 사람은 그래도 이럭저럭 가사가 없는 노래 몇 곡과 모차르트의 소나타를 연주했소. 그 사나이의 연주는 매우 훌륭해서 바이올린 연주의 뉘앙스가 제대로 살아나더군요. 그뿐만 아니라 그 사나이의 성격과는 어울리지 않는 섬세하고 고상한 취미를 느낄 수가 있었지요. 그 사나이가 아내보다 훨씬 능숙했기 때문에 아내의 연주를 잘 이끌어 주었고, 동시에 아내의 연주에 대해서 점잖게 칭찬하는 것을 잊지 않았소. 사나이의 그 태도는 훌륭한 것이었소. 그리고 아내도 전적으로 음악에만 흥미가 쏠려 있는 것 같았고, 극히 자연스러운 태도였소. 한편 나는 어땠느냐 하면, 겉으로는 음악에 관심이 쏠려 있는 체하기는 했지만, 실은 줄곧 억제할 수 없는 질투심에 시달리고 있었소.

그 사나이의 눈과 아내의 눈이 서로 마주친 첫 순간부터 나는, 그들의 내부에 숨어 있는 동물적인 욕망이 지위나 세상의 모든 조건을 무시하고, '좋습니까?' 하고 한편이 묻자 '네, 좋고말고요.' 하고 또 한편이 응답하는 것을 알아차렸소. 나는 확실히 알 수 있었지요. 그 사나이는 모스크바 상류 계급의 부인 중에 이처럼 매력적인 여성이 있다는 것을 발견하리라곤 전혀 예상도 하지 못한 일이었기 때문에 무척 기뻐한다는 것을. 아내가 이미 동의하고 있다는 점에 대해 그 사나이는 조그마한 의심도 갖지 않았소. 이제 남은 문제는 다만 거추장스럽고 역겨운 남편이 방해만 놓지 않는다면 하는 것뿐이었지요. 내가 순진하고 순결한 사람이었다면 그런 것을 몰랐겠지만, 대부분의 남자들과 마찬가지로 나도 결혼하기 전까지는 여자를 그런 식으로 생각하고 있었기 때문에 그 사나이의 뱃속이 뻔히 들여다보였소. 그중에서도 내가 특히 괴로워한 것은, 아내가 나에게는 극히 이따금 타성적인 욕정 때문에 중단되기는 하지만 끊임없는 증오감 이외의 다른 감정이라곤 조금도 갖고 있지 않았다는 점이었소. 사나이는 우아한 외모며 신선한 느낌, 의심할 여지조차 없는 풍부한 음악적인 재능, 그리고 합주를 하면서 생기는 친근감, 게다가 감수성이 예민한 아내의 기질에다가 음악, 그것도 특히 바이올린이라는 예민한 악기 덕택에 아내의 마음을 사로잡을 것이 틀림없을 뿐 아니라, 아마도 조금의 주저도 없이 아내를 정복하고, 맥을 못추게 하고, 빼빼이를 돌리듯 정신을 못 차리게 하고, 마음대로 주무르며, 어떤 여자로도 생각하는 대로 만들어 버릴 것이 틀림없다는 것을 확실히 예측할 수 있었기 때문이었지요. 나는 그러한 사실들을 알아차렸기 때문에 매우 괴로워했던 거요. 그러나 그럼에도 불구하고, 아니, 오히려 그렇기 때문에 그 어떤 힘이 나의 본의와는 반대로 그 사나이에게 정중할 뿐 아니라 상냥스러운 태도를 취하게까지 강요했소. '이런 사나이쯤 뭐가 무섭겠느냐' 하는 것을 나타내려고, 아내를 위해서 했는지 그 사나이를 위해서였는지, 혹은 나 자신을 기만할 작정으로 나를 위해서 그런 짓을 했는지는 알 수 없지만, 아무튼 맨처음 그를 대했을 때부터 나는 태연할 수가 없었소. 이 사나이를 지금 당장 죽여버리고 싶다는 욕망에 굴하지 않기 위해서 나는 일부러라도 그에게 친절하게 하지 않을 수가 없었소. 만찬 때는 그 사나이에게 고급 포도주를 한턱 내기도 하고, 그의 연주 솜씨를 칭찬하고, 특히 더 상냥한 미소를 지으면서 이야기를 하고, 다음 일요일에 식사를 함께 하고 또 한 번 아내와 합주해 주도록 초대를 했지요. 내 친지들 중에서 음악을 좋아하는 사람을 몇 사람 초청해다가 연주를 들려 주자는 둥 하면서 말입니다. 그래서 결국 그렇게 하기로 이야기가 결정되었소."

그리고 포즈드느이셰프는 심한 흥분을 억제하지 못하고, 앉은 자세를 바꾸며 그 독특한 소리를 냈다.

"그 사나이가 어째서 그토록 나에게 큰 영향을 미쳤는지 나는 이상해서 견딜 수가 없었소." 그는 분명히 냉정하려고 애를 쓰면서 다시금 이야기를 계속했다. "그로부터 이틀째인지 사흘째에 전람회를 보고 돌아와서 현관에 들어서자, 갑자기 나는 무언가 돌처럼 무거운 것이 마음을 짓누르는 것 같은 느낌을 받았소. 그러나 그것이 도대체 무엇인지 도무지 분명치 않았소. 아무튼 현관 홀을 지날 적에 무언가 그 사나이를 상기시키는 것을 본 것이 원인이었소. 서재에 들어가서야 간신히 그것이 무엇이었는지 명확해졌으므로 나는 그것을 확인하려고 현관 홀로 되돌아갔지요. 그렇소. 내 생각은 잘못된 것이 아니었소. 그것은 그 사나이의 외투였소. 아주 최신 유행의 외투였소(나 자신은 그것을 명확하게 알지 못했지만 그 사나이에 관계되는 것이라면 무엇이든 나는 유난히 주의 깊은 관심을 가졌소). 가만히 물어보았더니 아니나 다를까, 그 사나이가 와 있었던 거요. 나는 일부러 객실로 들어가지 않고 아이들의 공부방으로 빠져서 홀 쪽으로 갔죠. 맏딸 리자는 책을 보고 있었고, 유모는 갓난아이를 어르느라고 책상에서 무슨 뚜껑을 빙글빙글 돌리고 있더군요. 홀 문은 굳게 닫혀 있고, 그 안에서 규칙적인 아르페지오의 소리와 그 사나이와 아내의 이야기 소리가 들리더군요. 귀를 기울여 보았지만 알아들을 수가 없었소. 분명히 피아노 소리는 두 사람이 다정하게 주고받는 말이나, 어쩌면 키스하는 소리를 얼버무리기 위해서 일부러 치는 것 같았소. 아아, 그때에 내 가슴속에 끓어오른 감정이란! 그때 내 내부에 살고 있던 짐승 같은 마음을 생각해내자 그야말로 등골이 오싹해지더군요. 심장이 갑자기 오그라들고 정지해 버리더니, 이윽고 망치로 두드리는 것처럼 심하게 고동치기 시작했소. 증오감에 사로잡혔을 때에는 언제나 그러했듯이, 가장 큰 감정은 자신에 대한 연민이었소.

'아이들과 유모 앞에서 이게 무슨 꼴이람!' 하고 나는 생각했소. 리자도 이상한 눈으로 나를 바라보고 있는 것을 봤을 때, 아마도 나는 험상궂은 꼴을 하고 있었던 모양이오. '어떡하면 좋단 말인가?' 나는 자신에게 물었소. '들어가볼까? 아니, 안 된다. 지금 들어갔다간 내가 무슨 짓을 저지를지 알게 뭔가.' 그렇다고 그냥 물러갈 수도 없었소. 유모가 마치 내 입장을 이해할 수 있다는 표정으로 나를 바라보고 있지 않겠소? '그렇군. 안 들어갈 수도 없구나.' 나는 이렇게 자신에게 말하며 재빠르게 문을 열었소. 그 사나이는 피아노 앞에 앉아서 밖으로 휜 크고 하얀 손가락으로 아르페지오를 치고 있었소. 아내는 악보가 펼쳐진 피아노 끝에 서 있었소. 아내가 먼저 나를 발견했는지 내가 들어오는 소리를 들었는지, 하여튼 돌아다 보더군요. 그러나 놀랐는지, 놀라지 않은 체해 보이는 건지, 아니면 사실 놀라지 않았는지는 알 수 없지만, 아무튼 아내는 눈썹 하나 까딱하지 않고 꼼짝도 하지 않은 채 조금 얼굴을 붉혔을 뿐인데, 그것도 조금 시간이 지나고 나서의 일이었소.

"마침 잘 들어오셨군요. 우린 지금 이번 일요일에 무엇을 연주할 것인지 도무지 결정을 짓지 못하고 있던 참이에요." 아내는 우리 둘만 있었다면 절대로 쓰지 않았을 부드러운 말투로 말하더군요. 그것은 또 그렇다치고, 아내가 자기와 그 사나이를 가리키며 '우리'라고 부른 그 사실이 나를 미치도록 화나게 했소. 나는 아무 말도 하지 않은 채 그 사나이와 인사를 했소.

그 사나이는 나와 악수를 하자, 얼른 그야말로 조소라고밖에는 생각할 수 없을 것 같은 웃음을 지으면서, 일요일 연주에 대비해서 준비를 하기 위해 악보를 가지고 온 일이며, 연주 곡목에 관해서, 좀 어렵기는 하지만 고전적인 작품인 베토벤의 바이올린 소나타로 할지 아니면 좀 가벼운 소품으로 몇 곡을 고를지 두 사람의 의견이 일치하지 않았다는 것 등을 설명하기 시작했지요. 이러한 말은 모두 극히 자연스럽고 소탈해서 무어라고 트집을 잡을 만한 곳은 없었지만, 나는 그 이야기는 모두 거짓말이며 두 사람이 나를 속이기 위해서 미리 모의한 것이라고 확신했소.

질투심이 강한 사람에게(우리 사회에서는 누구나가 질투심이 강하게 마련이지만) 가장 질색인 인간 관계 중의 하나는, 위험한 데에도 불구하고 남녀간에 더없이 친밀히 지내는 것을 허용하는 세상이오. 가령 무도회에서의 접근, 의사와 여성 환자와의 접근이나, 예술이나 음악, 그중에서도 특히 음악을 함께 연주할 때 접근을 방해하거나 하면 세상에 웃음거리가 될 수밖에 없으니까요.

남녀가 서로 극히 고상한 예술인 음악에 종사하게 될 때도 있죠. 그러기 위해서는 어느 정도의 접근이 필요하고, 그때의 접근은 하등 비난받을 만한 것이 없지만, 질투심이 강하고 어리석은 남편만이 거기에 무언가 달갑지 않은 것을 발견하는 거요. 그럼에도 불구하고 누구나가 다 아는 바와 같이 다름아닌 그런 일, 그것도 특히 음악을 매개체로 해서 대부분의 간통이 일어나고 있으니까요. 분명히 나는 내 태도로 인해 그 두 사람을 어리둥절하게 했던 것 같았소. 아무튼 나는 오랫동안 한마디도 말할 수가 없었어요. 나는 마치 거꾸로 매달아 놓은 병과 마찬가지여서, 물이 너무 가득 들어 있기 때문에 간신히 엎질러지지 않았던 거요. 마구 욕설을 퍼붓고 그 사나이를 쫓아내고 싶었으나, 역시 점잖고 상냥하게 대해 주어야 한다고 느껴서 그렇게 해주었소. 나는 모든 것을 다 시인하는 것 같이 굴었고, 그 사나이의 존재가 싫어질수록 더욱더 상냥하게 행동하도록 만드는 그 기묘한 감정을 따라, 그의 취미를 나는 믿으니까 집사람에게도 그렇게 권하겠다는 투로 말했소. 그 사나이는, 내가 갑자기 겁먹은 듯한 표정으로 방 안으로 들어오자, 입을 꽉 다물고 말을 하지 않을 때의 불쾌한 인상을 부드럽게 하는 데에 필요한 정도로 잠시 동안 앉아 있다가 이제는 내일 연주할 곡목은 정해졌다는 표정을 하고 돌아갔소. 한편 나는 '지금 그 두 사람의 마음속을 차지하고 있는 것에 비하면, 무엇을 연주하느냐?' 하는 문제 같은 것은 두 사람에게는 아무래도 좋을 게 뻔하다고 확신했소.

나는 특별히 정중하게 현관 홀까지 그 사나이를 배웅했소. 가족 전체의 평화를 어지럽히고 행복을 짓밟을 목적으로 찾아온 사나이를 어떻게 배웅하지 않을 수가 있겠소. 나는 특히 상냥한 태도로 그 사나이의 부드럽고 흰 손을 잡았소."

22

"그날은 온종일 아내와 한마디도 말을 하지 않았소. 말할 마음이 없었지요. 아내가 곁에 오기만 해도 심한 증오감이 끓어올라서 나는 자신이 오히려 무서워질 정도였소. 저녁 식사 때 아내는 아이들이 있는 자리에서, 언제 시골로 여행을 떠나느냐고 묻더군요. 다음 주에 군의 귀족회의 총회가 열리기 때문에 나는 그곳에 갈 용무가 있었거든요. 나는 그 날짜와 시간을 일러주었소. 그랬더니 아내는 여행에 필요한 것은 없느냐고 묻더군요. 나는 아무 말도 하지 않고 묵묵히 식사를 끝내고, 역시 아무 말도 하지 않은 채 서재로 돌아왔소. 그 마지막 무렵에는 특히 이런 때에 아내가 내 방에 들어오는 일은 한 번도 없었으니까요. 나는 서재 소파에 누워서 화를 내고 있었소. 그러자 갑자기 몹시 귀에 익은 발소리가 들려 왔소. 그녀도 '우리아의 아내*11'처럼 이미 저지른 죄를 숨기려고 이런 예기치 않았던 시간에 내 방으로 찾아오는 거라는 무섭고 추악한 생각이 떠오르더군요. 정말 이리로 오는 것일까 하고 가까이 다가오는 발소리를 들으면서 나는 생각했소. 만약 내 방에 오는 것이라면 결국 내 생각이 옳을 거요. 그러자 아내에 대한 형언할 수 없을 만큼 심한 증오감이 마음속에 솟아났소. 발소리는 점점 다가왔소. 그냥 지나쳐서 홀로 가는 것이 아닐까 생각했지만, 그렇지 않더란 말이오. 방문이 삐걱하고 열리고 키가 늘씬한 아름다운 아내의 모습이 문 앞에 나타났소. 그 얼굴에도 눈에도 겁먹은 듯한 아첨하는 표정이 나타나 있고, 아내는 그것을 감추려고 했지만 나는 알아차릴 수 있었으며 그 의미도 알았소. 나는 거의 숨이 막힐 것 같았소. 그토록 오랫동안

*11 구약 성서의 사무엘하에 나옴. 다윗 왕은 부하인 우리아의 아내와 간통하고, 우리아를 격전지로 파견해서 전사시켰다. 우리아의 아내는 남편의 상이 끝난 뒤에 다윗의 아내가 되고 그의 아이를 낳았다—역주.

숨을 죽이고 있었지요. 그리고 더욱 아내를 지켜보면서 담뱃갑을 꺼내서 담배를 붙여 물었소.

'어쩌면 모처럼 찾아왔는데 담배를 붙여 무시다니.' 이렇게 말하면서 아내는 내가 앉아 있는 소파에 앉아서 나에게 기대는 것처럼 하더군요.

나는 아내의 몸이 닿지 않도록 몸을 비켰소.

'나는 다 알아요. 일요일에 내가 합주하려고 생각하는 것이 불만이신 거죠?' 아내가 말했소.

'조금도 불만 같은 것은 없소.' 나는 대답했소.

'내가 모르는 줄 아세요?'

'흠, 안다면 축복해 주리다. 내게는 당신이 바람난 여자처럼 행동하고 있다는 것밖에는 아무것도 모르겠는걸.'

'마부처럼 상스런 말씀을 하시겠다면 난 가겠어요.'

'제발 가줘. 다만 이것만은, 이것만은 명심하란 말이오. 당신에게는 가족들의 명예 같은 것은 그다지 소중하지 않겠지만, 내게 소중한 건 당신이 아니라 가족들의 명예니까 말이오. 당신 따위는 어떻게 되건 상관없어!'

'아니 뭐라구요? 뭐라는 거죠?'

'나가 줘, 제발 부탁이니 나가 달란 말이야!'

일부러 모른 체했는지, 아니면 정말로 몰랐는지 아무튼 아내는 모욕감을 느끼고 화를 발끈 냈소. 아내는 일어서기는 했지만 나가려고는 하지 않고 방 한가운데서 버티고 있었소.

'당신이란 사람은 정말 형편없군요' 하고 아내는 말을 꺼내기 시작했소. '아무리 천사 같은 사람일지라도 함께 살 수 없는 성격이에요'라고 말하고, 늘 그랬듯이 될 수 있는 대로 심한 상처를 입히려고 처형에 대한 나의 처사를 끄집어냈죠(이것은 언젠가 내가 너무 화가 치밀어서 처형에게 마구 욕설을 퍼부었을 때의 일이었소. 그것을 내가 매우 가슴 아파하는 것을 아내는 잘 알았기 때문에 그 약점을 찌른 거요). '그후부터는 당신이 무슨 짓을 하더라도 난 놀라지 않게 되었단 말이에요.' 아내는 말했소.

'홍, 그렇군. 마구 모욕하고, 나를 멸시하고 창피를 주고, 그리고 또 나를 나쁜 놈으로 몰 작정이구먼' 하고 나는 속으로 말했소. 그러자 별안간 지금껏 느껴 보지 못할 만큼 무서운 증오감이 엄습했소.

나는 그때 처음으로 이 증오감을 몸으로 표현하고 싶어졌소. 나는 벌떡 뛰쳐 일어나 바싹 아내에게 다가섰소. 그렇게 뛰쳐일어난 순간, 그 순간을 잊을 수가 없소. 나는 나 자신의 증오를 의식하고, 이런 감정에 몸을 맡겨도 괜찮을까 하고 자문해 보았소. 하지만 곧, '괜찮아! 이것으로 아내도 겁을 먹을 것이다' 하고 스스로 대답하며 그 증오감을 오히려 선동해서 마음속에서 더욱 맹렬히 타오르게 하고는 흡족히 생각했소.

'나가라니까, 안 나가면 때려죽일 테다!' 나는 아내에게 바싹 다가서서 팔을 움켜쥐고 고함을 질렀소. 그 말을 할 때에도 의식적으로 목소리의 증오감을 더욱 강조하면서 말했소. 게다가 내 얼굴에도 아마 노기가 등등했던 모양이었소. 왜냐하면 아내는 완전히 겁을 집어먹고 달아날 기력조차 없이 겨우 이렇게밖에는 말하지 못했소.

'바샤, 어찌 된 일이에요? 왜 이러시는 거예요?'

'나가란 말이야!' 나는 더욱 큰 소리로 아우성을 쳤소. '나를 이렇게까지 화나게 하는 것은 당신뿐이란 말이오! 나는 내가 하는 짓에 아무 책임도 질 수 없어!'

분노의 배출구를 찾고 그것에 도취하자, 나는 더욱더 극도의 분노를 나타낼 만한 엉뚱한 짓을 해치우고 싶어졌소. 아내를 때려눕히고, 때려죽여 버리고 싶었지만, 그렇게 할 수 없다는 것을 알았기 때문에 아무튼 분노의 배출구를 열기 위하여 책상 위에 놓인 문진(文鎭)을 움켜쥐고, 다시 한 번 '나가란 말이야!' 하고 고함을 치면서 아내 바로 곁의 마룻바닥에 내동댕이쳤소. 아내에게 닿을까말까한 곳에 용케 겨냥했던 거죠. 이것을 보고 아내는 방에서 뛰쳐나가려고 하다가 문 앞에 멈춰 섰소. 아내가 아직 보고 있는 동안에(실은 아내에게 보이기 위해서 이런 짓을 한 거였지만), 나는 책상 위에 있는 촛대, 잉크병 등과 같은 여러 가지 물건들을 손에 잡히는 대로 마룻바닥에 내던지며 악을 썼소. '나가! 없어지란 말이야! 내가 무슨 짓을 할지 모른단 말이야!'

아내가 달아나 버렸기 때문에 나도 곧 그만두었죠. 1시간쯤 지나서 유모가 와서, 아내가 히스테리를 일으키고 있다고 하기에 가보았더니, 아내는 울었다 웃었다 하면서 말은 한마디도 못하고 온몸이 경련하고 있더군요. 엄살이 아니라 진짜로 발작을 일으켰던 거죠.

새벽녘에야 아내의 마음도 간신히 진정되어서 우리는 사랑이라는 감정에 지배되어 화해를 했지요.

아침에 서로 화해한 뒤에 내가, 실은 트루하체프스키에게 질투를 느끼고 있었다는 것을 고백했을 때, 아내는 조금도 당황하지 않고, 극히 자연스러운 태도로 웃어대더군요. 아내의 말로는, 그런 사나이에게 마음이 끌릴 가능성이 있다는 것이 자기로서는 이상하다는 것이었소.

'어엿한 여성이 그런 남자에게 음악이 가져다주는 기쁨 이외에 어떤 기분을 느낄 수가 있겠어요? 하지만 당신이 그러시다면 두 번 다시 그 사람을 만나지 않아도 좋아요. 일요일만 해도 그야 여러 분을 초대는 했지만, 내가 갑자기 몸이 불편하다고 몇 자 적어서 보내 버리면 되지 않겠어요? 다만, 어떤 사람이, 아니 무엇보다도 당신이 그 사람이 위험한 존재라고 생각하는 것은 불쾌한 일이지만요. 나는 자존심이 좀 강하니까 그러한 억측을 하는 것만은 용서할 수 없군요.'

아내는 거짓말을 한 것이 아니었고, 자기가 한 말을 그대로 믿었던 거요. 그리고 이렇게 말함으로써 그 사나이에 대한 경멸을 마음속에 불러일으키고, 그것으로 그 사나이의 유혹을 물리치려고 기대했지만, 그것은 성공하지 못한 것 같았소. 모든 것이, 그리고 특히 그 저주스러운 음악이 아내의 의사와는 반대되는 방향으로 이끌어 갔지요. 이리하여 모든 일은 일단락되고, 변함없이 일요일에는 손님들이 초대되고, 두 사람은 다시 합주를 했소."

23

"내가 몹시 겉치레를 잘하는 사람이라는 것은 말할 필요도 없다고 생각하오. 우리의 일상 생활에 이러한 허식이라는 것이 없다면 살 보람이 없을 테니까요. 그래서 막상 일요일에도 나는 여러 가지로 궁리해서 만찬회와 음악의 밤을 위한 충분한 준비를 했소. 만찬회에 필요한 물건들을 손수 사들이고, 손님들을 청했던 거요.

6시까지는 손님들도 다 모이고, 그 사나이도 예복에 다이아몬드 커프스버튼까지 달고 나타났더군요. 탁 터놓은 태도로, 무엇을 묻든지 '그렇고말고요. 잘 알겠어요.' 하고 말하고 싶은 듯한 미소를 띠면서, 마치 이쪽에서 말하는 것이 모두 바로 자기가 기대하고 있던 대로라고 하는 듯한 독특한 표정으로 재빨리 대답하곤 했소. 그날 밤 나는 특별한 만족감을 느끼면서 그 사나이의 불량배 같은 점을 모조리 관찰했소. 왜냐하면 아내에게 그런 사나이 따위는, 아내도 자기 입으로 '그 사람 따위에 따를 수는 없다'고 분명히 말했듯이 최저 수준의 인간이라는 것을 확인하고, 그로 인해 내 마음이 놓일 것이라고 믿었기 때문이었소.

나는 이제 질투를 한다거나 하는 일은 없었소. 우선 질투로 생겨난 그 괴로움을 이미 겪을 대로 겪었고 한숨 돌려야 했기 때문이고, 그 다음엔 나도 아내의 말을 믿고 싶었고, 또 믿기도 했던 거요. 그러나 질투하지 않았음에도 식사하는 동안과 음악이 시작되기까지 만찬회의 전반부 동안 나는 그 사나이와 아내에게 자연스러운 태도는 취하지 못했소. 여전히 두 사람의 동작이나 눈길을 줄곧 살폈소.

만찬회는 판에 박은 것처럼 겉은 호화로운 듯했지만 따분한 것이었소. 그래서 꽤 이른 시간에 음악회가 시작되었소. 아아, 그날 밤의 극히 세세한 점까지도 나는 참으로 잘 기억하고 있소. 그 사나이가 바이올린을 갖고 와서는 케이스를 열고, 어떤 귀부인이 수를 놓아 주었다는 커버를 벗기고 바이올린을 꺼내서 조율하기 시작한 것도 기억하고 있소. 또 아내가 아무렇지도 않은 듯한 태연한 태도로—그 태도 아래 커다란 불안감을 감추고 있는 것을 나는 알았소. 그것은 주로 자신의 기량에 대한 불안감이오—피아노 앞에 앉아서 정해진 '라'음을 치고, 그 사나이가 바이올린을 피치카토 주법으로 음을 맞춘 다음 악보를 펴놓기 시작한 것을 기억하오. 그리고 두 사람은 서로 눈짓을 하고 자리에 앉은 손님들을 돌아본 뒤 무엇인지 몇 마디 말을 주고받고, 이내 연주가 시작된 것도 기억이 생생하오. 아내가 첫 화음을 냈소. 그 사나이는 진지하고 엄숙한, 느낌이 좋은 얼굴이 되어 자기가 내는 음색에 귀를 기울이면서 조심스럽게 활을 켜며 피아노에 응했소. 이렇게 해서 두 사람의 연주가 시작된 거요……."

그는 여기서 말을 중단하고 몇 번이나 계속해서 그 기묘한 소리를 냈다. 그리고 다시 말을 시작하려다가 쿵 하고 코를 울리더니 또 말을 끊었다.

"두 사람은 베토벤의 크로이체르 소나타를 연주했지요. 당신은 그 첫머리의 프레스토를 아시나요? 아시겠죠?" 그는 소리쳤다. "아아……! 그 소나타는 정말 무서운 작품이더군요. 그것도 바로 그 도입부가 유독히. 대체로 음악이란 무서운 거예요. 그것은 무엇일까요? 나는 알 수가 없어요. 음악이란 도대체 무엇일까? 도대체 음악은 어떤 작용을 하는 거죠? 어째서 그러한 작용을 하는 걸까요? 음악은 영혼을 향상시키는 작용을 한다고들 합디다만, 그것은 난센스요. 거짓말이란 말이오! 확실히 음악은 효과를 발휘해요. 무서운 효과를 발휘하지요. 나에게는 그랬어요. 그러나 영혼을 향상시키다니, 절대로 그런 건 아니었어요. 영혼을 향상시키거나 저하시키는 것이 아니라, 영혼을 흥분시키는 작용이 있을 뿐이었지요. 어떻게 말하면 적절할까요? 음악은 자신을 자기의 참다운 상태로 끌고 가는 거예요. 음악의 영향으로 실제로는 느끼고 있지 않는 것을 느끼고, 이해할 수 없는 것을 이해하고, 불가능한 것도 가능하게 하는 것이라고 생각해요. 나는 이것을 음악이 하품이나 웃음과 같은 작용을 한다고 봅니다. 다시 말해서 졸리지도 않는데 남이 하품을 하는 것을 보면 괜히 따라서 하품을 하고, 그다지 우스운 일도 아닌데 남의 웃음 소리를 들으면 자기도 덩달아 웃거나 하죠.

이 음악이란 놈은 그것을 작곡한 사람이 잠겼던 마음 상태로 직접 나를 끌고 가지요. 음악을 연주하는 사람이나 듣는 사람의 영혼이 작곡가의 영혼과 서로 융합되어 작곡가와 함께 하나의 마음 상태에서 다른 상태로 옮겨가지만, 어째서 그렇게 하는 것인지는 자신도 알지 못하는 거예요. 이를테면 이 크로이체르 소나타만 하더라도, 그것을 작곡한 베토벤은 어째서 자신이 그러한 심경이었는가를 알고 있었을 것이고, 그 마음 상태로 인해 그가 어떤 행동을 했으니까 그로서는 그 마음이 어떤 특정한 의미를 지니고 있었을 것이지만, 남에게는 아무런 의미도 없는 겁니다. 그러니까 음악은 사람을 흥분하게 할 뿐이고, 해결점을 제시하지는 않는 거예요. 그야 물론 용감한 군대 행진곡이 연주되어 병사들이 그 행진곡에 발을 맞추어서 행진하면, 그 음악은 충분한 효과를 거둔 것이 되지요. 또 무도곡이 연주되어서 우리가 춤을 추더라도 음악은 역시 그 목적을 달성한 셈이고, 교회에서 미사곡이 불리는 가운데 성찬예식을 할 경우에도 역시 음악은 목적을 달성한 셈이죠. 하지만, 그렇지 않는 한 초조감을 불러일으킬 뿐으로, 더욱이 그 초조감 속에선 해야 할 일이 없단 말입니다. 그렇기 때문에 음악은 때에 따라 실로 무섭고, 실로 불쾌한 작용을 하지요. 중국에서는 음악이 국가적인 사업으로 되어 있다더군요. 이것도 당연해요. 그런데 희망자는 누구라도 저희끼리, 혹은 많은 사람을 최면술에 걸어 놓고, 그들에게 자기 좋을 대로 제멋대로 행동을 하도록 과연 허용되어도 좋은 일일까요? 더욱이 문제는 타락해 버린 가장 밑바닥의 부도덕한 사나이가 그 최면술을 쓰는 인간이 될 수 있다는 사실이오.

그런데 이 무서운 무기는 그것과는 상관 없이 누구의 손에라도 쉽게 주어지는 거예요. 이를테면 그 크로이체르 소나타의 첫머리 도입부의 프레스토만 해도 그렇지요. 앞가슴을 드러내 놓은 드레스를 입은 부인들 앞에서, 더구나 객실에서 그런 프레스토를 연주해도 괜찮은 걸까요? 연주가 끝나면 박수를 치고, 그런 후 아이스크림을 먹으면서 최근 세상 이야기들을 주거니받거니 하다니 말도 안 돼요. 그러한 작품을 연주하는 것은, 어떤 정해진 중요하고 의미 있는 상황에서만 한정되어야 하고, 그것도 그 음악에 어울릴 만한 중요한 일을 완성할 필요성이 있을 경우에 한정해야 되는 거요. 그 음악에 의하여 분위기가 조성된 것을 실행한다는 겁니다. 그렇지 않으면 때와 장소에 어울리지도 않게 도발된 에너지나 마음에 호소하는 듯한 정감이 아무런 배출구를 발견하지 못한 채 파괴적인 작용을 하게 될 테니까요. 적어도 나에게는 그 작품이 대단한 효과가 있었소. 내 마음 탓이었는지, 그때까지 전혀 알지 못했던 새로운 정감이나 새로운 가능성을 보는 것 같았소. '아아, 이래야 하는 거다. 여태까지 내가 생각하거나 생활해 온 방법과는 전혀 달리 바로 이래야 하는 거다' 하고 마음속에서 외치는 소리가 들리는 것 같았소. 내가 알아낸 이 새로운 것이 도대체 무엇이었는지 나 자신도 확실히 알 수는 없었지만, 이 새로운 상태의 자각은 극히 만족스러운 것이었소. 아내도, 그 사나이까지도 포함해서 거기 모인 사람들이 전혀 다른 빛을 받고 빛나는 것처럼 보였소.

이 프레스토 뒤에 두 사람은 통속적인 변주곡을 곁들인, 아름답기는 하지만 평범한, 새로운 맛이란 없는 안단테와 전혀 박력 없는 피날레를 연주했소. 그러고 나서 손님들의 청에 응해서 에른스트*[12]의 엘레지와 몇 가지의 소곡을 연주했소. 모두 훌륭한 연주였지만, 처음에 연주한 곡이 주었던 감명의 백 분의 일도 나는 느끼지 못했지요. 그것들은 모두 처음 곡이 주었던 감동을 배경으로 해서 연주된 것이니까요. 나는 만찬회를 베풀고 있는 동안 줄곧 마음이 가볍고 쾌활했소. 그날 밤과 같은 아내의 모습을 나는 예전엔 본 일이 없었소. 연주하는 동안의 그 빛나는 눈이며, 그 단정하고 엄숙한 표정, 그리고 연주를

---

*12 1814~1868. 독일의 작곡가—역주.

끝내고 나서의 어쩐지 몸도 마음도 완전히 녹아버린 것 같은 운치며, 가냘프고 귀여운, 그리고 행복한 미소, 나는 그런 것들을 하나도 빼놓지 않고 보았소. 그러나 '아내도 나와 똑같은 마음을 맛보고 있다. 나와 똑같은 것에 눈뜨고 마치 한 번도 맛본 적이 없는 새로운 정감이 일어난 것 같은 마음이 되어 있다'라는 것 이외에 거기에 아무런 다른 의미를 붙이지 않았지요. 만찬회는 무사히 끝나고, 손님들도 모두 돌아갔소.

이틀 뒤에 내가 귀족회의 총회에 참석할 것을 트루하체프스키도 알고 있어서, 그는 헤어질 때, 다음에 내가 시골에서 돌아오면 오늘 밤과 같은 기쁨을 다시 한 번 재현할 기회가 있었으면 좋겠다고 했소. 그 말로 미루어 보아 내가 집을 비운 사이에 이 집에 출입해도 상관 없다고는 그 사나이도 생각하지 않는다는 것을 추측할 수 있어서 나도 좋게 생각했었소. 그의 말로, 결국 그 사나이가 모스크바로 출발하기 전에 나는 여행에서 돌아오지 않을 테니까, 그와 나는 다시 얼굴을 대면하지 않게 되리라는 것을 알았지요.

나는 처음으로 그와 진심에서 우러나는 기쁨을 담은 악수를 나누고, 좋은 음악을 들려 준 것을 감사했소. 그 사나이는 아내와도 마지막 작별의 인사를 했지요. 두 사람의 작별 인사는 극히 자연스럽고, 예의범절에 어울리는 것이었다고 생각했소. 모든 것이 만족스러운 것뿐이었지요. 나와 아내는 모두 만찬회에 아주 만족했어요."

24

"이틀 후, 나는 더없이 쾌적하고 차분한 기분으로 아내와 작별하고 시골로 떠났소. 군에 가면 언제나 일이 산처럼 쌓여 있지요. 전혀 특수한 생활, 특수한 세계가 있어요. 이틀 동안 나는 매일 10시간씩 회의를 하며 지냈소. 그 다음날 회의에 참석중인 나에게 아내로부터의 편지가 왔더군요. 나는 그 자리에서 주욱 훑어보았지요. 아내는 아이들의 일이며, 백부의 일이며, 유모에 관한 이야기, 물건을 사러 간 일 등을 써보냈는데, 그 가운데 극히 평범한 일을 알리는 것처럼 트루하체프스키가 들러서, 지난 번에 약속했던 악보를 가져다 주었는데, 또 합주를 할 약속을 하자고 했지만 거절했노라고 씌어 있더군요. 그 사나이가 악보를 가져다 줄 약속을 한 일 따위는 내게는 기억에도 없는 일이었고, 그날 밤 완전히 작별인사를 나누었다고만 생각했기 때문에 이 소식은 약간 불쾌했지요. 그러나 나는 할 일이 너무 많아 오래도록 생각하고 있을 겨를이 없어서, 그날 밤 숙사에 돌아와서야 겨우 편지를 다시 읽어 보았소. 트루하체프스키가 내가 없는 동안에 또 찾아왔다고 할 뿐만 아니라 편지의 전체적인 느낌이 매우 부자연스러운 것으로 생각되더란 말입니다. 미친듯이 화가 치밀고, 질투의 야수가 우리 속에서 짖어대기 시작하며 뛰쳐나오려고 했지만, 나는 이 야수를 두려워했기 때문에 급히 우리의 문을 굳게 닫아 버렸소. '이 질투란 놈은 참으로 비열한 감정이구나!' 이렇게 나는 자신에게 말했소. '아내가 써보낸 편지 이상으로 자연스러운 것이 어디에 있을 수 있다는 것이냐?'

그리고 나는 잠자리에 들었고, 내일 예정되어 있는 몇 가지 문제를 생각하기 시작했소. 낯선 곳에서 이런 회의가 있을 때에는 언제나 오랫동안 잠들지 못하곤 했는데, 이때는 아주 빨리 잠이 들었소. 그런데 흔히 있는 일이지만, 갑자기 전류가 흐른 것 같은 느낌으로 눈을 번쩍 뜨곤 했소. 나는 이렇게 잠을 깨어 눈을 뜨고는 아내의 일이며, 아내에 대한 나의 육체적인 사랑이며, 트루하체프스키의 일이며, 아내와 그 사나이의 관계가 완전히 이루어졌을 거라는 것 등을 생각했소. 무서움과 증오감으로 가슴이 죄어드는 것 같더군요. 그래도 나는 자신에게 설득하려고 했소. '그런 바보 같은', 나는 내 마음에 말했소. '아무런 근거도 없지 않은가? 아무일도 있을 리 없고, 여태까지도 없지 않았느냐? 그런 무서운 일을 상상하다니, 나 자신과 아내를 그렇게도 모욕하다니! 상대는 고작해야 바이올린 연주자에 지나지 않고, 건달같이 알려져 있는 인간이 아닌가 말이다. 그런데 갑자기 훌륭한 여성이, 존경받는 한 가정의 주부인 내 아내가 마음이 흔들리다니, 그럴 리가 있나! 참으로 어리석은 생각이다!' 하고 생각했소. 그러나 또 다른 한편으로는 '어째서 있을 수 없는 일이라는 거냐?' 하는 생각이 들더군요. '극히 단순하고, 뻔한 일이 생기지 않을 턱이 없다. 나도 그래서 아내와 결혼했고, 그래서 아내와 함께 생활해 왔고, 아내에게 요구하는 것은 그 일뿐이니까, 다른 남자들이나 그 음악가도 소망하는 것은 그것이 분명하지 않은가? 그자는 독신이고 건강하다. 그 사나이가 병아리 연골을 어적어적 씹어먹고, 붉은 입술로 포도주 잔을 핥던 것을 나는 지금도 기억하고 있단 말이다. 살이 피둥피둥 찌고 혈색도 좋고 지켜야 할 아무런 주의(主義)도 없을 뿐만 아니라 분명히 닥치는 대로 먹어치운다는 생각을 하는 사람인 것 같았단 말이야. 게다가 그 두 사람 사이에는 음악이라는 더없이 세련된 감정의 유대가 있다. 그 사나이를 억제할 수 있는 것이 무엇이 있단 말인가! 아무것도 없다. 아니, 반대로 모든 것이 그 사나이를 유혹하는 것뿐이다. 그럼 아내는? 아내는 어떠한 여자인가? 여태까지도 그런 것처럼 지금도 그 여자는 수수께끼와 같다. 나는 그 여자를 알지 못한다. 알고 있는 것은 동물이라는 것뿐이다. 동물이라면 아무것도 억제할 수 없을 것이고 억제할 까닭도 없으니까.'

그제서야 나는 간신히 그날 밤 크로이체르 소나타의 연주가 끝난 뒤, 뭔가 정열적인 소품을 연주하고 났을 때의 그 두 사람의 얼굴을 생각해냈지요. 그것이 누구의 작품이었는지 기억하고 있지 않소만, 음란할 정도로 관능적인 작품이었소. '그걸 보고 내가 어떻게 여행을 떠날 수 있었을까?' 두 사람의 표정을 상기하면서 나는 속으로 말했소. '그날 밤 두 사람 사이에 모든 것이 이루어졌다는 것쯤 확실한 게 아닌가? 이미 그날 밤 둘 사이에는 아무런 장벽도 없어졌을 뿐만 아니라 둘 다, 특히 아내는 둘 사이에 그런 일이 있었던 뒤인 만큼 수치심마저 맛보고 있었을 텐데, 그것을 몰랐단 말인가?' 지금도 확실히 기억하지만 내가 피아노 곁으로 다가갔을 때 아내는 빨갛게 상기된 얼굴의 땀을 닦으면서 가냘프고 귀여운, 그리고 행복한 듯한 미소를 띠고 있었지요. 그 둘은 그때 서로 상대편의 시선을 피하고 있었고, 만찬회 석상에서 그 사나이가 아내에게 물을 따라 주었을 때야 비로소 서로 얼굴을 흘끗 쳐다보고 보일락말락하게 웃었소. 나는 그제서야 내가 깨달은, 간신히 알아볼 정도의 미소를 머금은 그 눈길을 생각해내고 등골이 오싹해졌소. '그렇다. 모든 것이 이미 다 되어 버린 거다' 하고 하나의 목소리가 말하면, 바로 다른 목소리가 전혀 다른 말을 소곤거리는 거였소. '너는 머리가 좀 돈 모양이구나. 그런 일은 있을 수 없는 일이야' 하고 말이오. 어둠 속에 누워 있는 것이 기분 나빠서 성냥을 그었더니, 노란빛 벽지를 바른 조그마한 방 안에 있는 것이 어쩐지 무서워지더군요. 나는 담배에 불을 붙이고, 풀 길이 없는 문제를 붙들고 뱅뱅 돌았지요. 담배를 피울 때에는 늘 머리가 멍청해져서 그 문제를 기억하지 못하게 연거푸 몇 개비 씩이나 피워대곤 했소.

나는 밤새 뜬 눈으로 지내고, 아침 6시가 되자 더 이상 이런 긴장 상태로 그냥 머물러 있을 수는 없다고, 당장 돌아가자고 결심하고 일어나서, 시중을 들어주는 수위를 깨워 마차를 부르러 보냈소. 회의에는 급한 용무로 모스크바로 돌아가야 한다고 기별을 했지요. 그리고 나 대신 다른 회원이 일을 보도록 부탁을 했어요. 그리고 8시에는 마차를 타고 출발했소."

25

차장이 들어왔다. 차장은 우리 좌석에 있던 초가 다 타버린 것을 보자 새것과 바꿔 끼우지 않고 그대로 불어서 꺼버렸다. 창밖이 벌써 희끄무레하게 밝아오기 시작했기 때문이다. 포즈드느이셰프는 차장이 객실에 있는 동안 계속 괴로운 듯 숨을 쉬면서 잠자코 있었다. 차장이 나가고 나서 겨우 이야기를 계속했는데, 어두컴컴한 객실에는 달리고 있는 열차의 유리창 흔들리는 소리와 점원의 태평스러운 코 고는 소리가 들릴 뿐이었다. 새벽녘 어스름 속에서는 그의 표정이 전혀 보이지 않았다. 점점 더 흥분하는, 고뇌가 밴 목소리만 들릴 뿐이었다.

"모스크바까지는 마차로 약 35베르스타를 가야 했고, 다시 기차로 8시간이나 걸려야 했소. 마차 여행은 참으로 상쾌했소. 태양이 밝게 빛나고, 찬 기운이 몸에 스미는 가을이었소. 아시다시피 이 계절에는 미끄러운 길 위에 마차 바퀴 자국이 뚜렷하게 남소. 길은 평평하고, 햇빛은 밝고, 공기는 맑고 깨끗했소. 마차 여행은 더없이 멋있었소. 날이 밝은 뒤의 내 마음은 출발할 때보다 훨씬 가벼워져 있었소. 말이며, 들이며, 지나가는 사람들을 바라보고 있는 동안, 이제부터 어디로 가려는 것인지 점점 잊어버리고 있었지요. 가끔 그저 별일 없이 마차를 달리게 하고 있을 뿐, 동기 같은 것은 따로 없다, 그런 일은 전혀 일어나지 않는다는 생각이 들었을 정도였소. 그처럼 나를 잊은 경지에 있는 것이 무엇보다도 기뻤지요. 이제부터 가야 할 곳을 생각해내자 나에게 이렇게 말했어요. '이제 알게 될 일이 아닌가? 구태여 골똘하게 생각할 것도 없는 거야.' 게다가 절반가량 왔을 때는 뜻밖의 사건이 생겨서, 그것이 나를 멈추게 했고, 한층 더 내 마음을 딴 곳으로 돌릴 수가 있었소.

마차가 고장을 일으켜서 수리하게 된 것이오. 이 마차 고장 덕택에 나는 급행 열차를 놓치고 보통 열차를 타게 되었고, 모스크바에 도착한 것은 예정했던 저녁 5시가 아니라 12시였고, 집에 돌아온 것은 자정을 넘은 새로 1시가 가까웠지요. 마차가 고장나서 늦어지긴 했지만, 짐마차더러 끌어 달라고 하고, 고장난 마차를 수리하고, 그 수리비를 지불하고, 레스토랑에서 차를 마시고, 주인과 잡담을 한 것이 모두 기분 전환을 해주는 데 큰 도움이 되었소. 어두컴컴해져서야 준비가 되어 또 출발했는데 밤이 이슥해진 뒤의 여행은 낮보다 한 층 멋있었소. 초승달이 떠 있고, 약간 싸늘한 공기, 그리고 좋은 길, 힘차게 달리는 말, 쾌활한 마부, 이 모든 것으로 나를 기다리고 있는 것 따위는 전혀 생각하려고 하지 않았소. 하기는 그런 것보다 무엇이 나를 기다리고 있는지 알고도 남았기에 더욱더 여행을 즐기면서 인생의 환희에 작별을 고하고 있었지요. 그러나 이 태평스러운 심경이나 내 감정을 죽이려 하는 힘도 마치 여행과 함께 끝나 버렸소. 열차에 올라탄 순간 마음이 완전히 달라진 거요.

이 8시간의 기차 여행은 나에게 평생 잊을 수 없는, 아주 무서운 것이었소. 객실에 자리를 잡자마자 이미 집에 도착한 내 모습을 상상했기 때문이었는지, 아니면 기차 여행이 사람을 흥분시켰기 때문인지, 어쨌든 객실에 앉았을 때부터 나는 벌써 떠오르는 상상을 억제할 수 없게 되었지요. 나는 끊임없이 질투심을 불러일으킬 만한 여러 장면을 연속적으로, 그것도 점점 더 추악하고 비루할 정도로 강하게 상상하면서, 아주 강렬하게 묘사했지요. 모두 내가 집을 비운 사이에 나의 집에서 아내가 부정을 저지르는 장면뿐이었지요. 그런 상상을 하면서 나는 분노와 증오와 굴욕감에 취한 듯한, 일종의 특별한 감정에 마음을 태웠소. 그 상상을 하지 않을 수도 없고, 그것들을 깨끗이 지워버릴 수도, 떠올리지 않을 수도 없더군요. 그뿐만 아니라 상상으로 그런 장면을 바라보면 바라볼수록 점점 더 강하게 그것이 현실이라고 믿었던 거요. 그러한 장면을 그려내는 강렬한 느낌이, 내가 상상하는 일이 모두 현실이라는 것을 입증하는 것 같더군요. 마치 악마나 무언가가 내 의지와는 상관없이 더 없이 무서운 생각을 하게 하고, 그것을 나에게 귀띔해 주는 것 같았소. 나는 문득 훨씬 예전에, 트루하체프스키의 형과 주고받았던 대화를 생각해내고, 그것을 트루하체프스키와 아내를 관련시켜서 생각하고, 일종의 기쁨을 느끼기조차 하면서 내 마음을 짓이겼었소.

그것은 훨씬 예전의 일이었지만, 문득 내 머리에 떠올랐던 거요. 지금도 생생하게 기억하지만, 어느 날 트루하체프스키의 형이 매춘굴에 잘 가느냐고 묻기에, 나는 언제라도 양갓집 처녀를 만날 수 있는데, 그런 병을 옮겨 받을 우려가 많은, 게다가 불결하고 추잡한 곳에 양갓집 남자는 드나들지 않는다고 대답했던 거요. 그리고 바로 그의 동생이 내 아내를 만난 셈이죠. 나는 그 사나이의 입장이 되어서 생각했소. '확실히 이 여자는 이미 청춘이랄 수는 없는 나이고, 송곳니까지 한 개 빠져 있고, 몸도 좀 나기 시작했지만, 그러나 하는 수 있나? 손쉽게 잡힌 것으로 임시 변통해야겠지.' 그리고 나는 나 자신에게 말했소. '그렇지, 내 아내를 정부로 삼는 것을 그 사나이는 은혜를 베푸는 것으로 알고 있는 거다. 게다가 여러 가지로 안전하거든.' 나는 깜짝 놀라서 다시 이렇게 말하는 것이었소. '아니, 그런 일이 있을 리가 없다! 내가 도대체 무슨 생각을 하는 건가? 그런 일은 없는 거란 말이야. 그런 것을 상상할 만한 근거도 없지 않은가? 그런 사나이에게 질투를 하다니, 생각만 해도 굴욕적이라고 아내가 말하지 않았는가? 그렇다. 그러나 그 여자는 거짓말쟁이다. 항상 거짓말만 하거든!' 나는 다시 처음부터 상상하기 시작했소……. 내가 탄 객실에는 손님이라곤 두 사람뿐으로 모두 말이 없는 노인 부부였는데, 그 부부도 어느 역에선가 내려 버리고 나는 혼자 남았지요. 나는 마치 우리에 갇힌 야수와 비슷했소. 갑자기 벌떡 일어나서 창가로 가보기도 하고, 열차를 좀더 빨리 달리게 하려고 비틀거리는 걸음으로 걸어다니기도 했소. 그런데 그 열차는 좌석이나 창문이나 모두 지금 우리가 타고 있는 이 열차와 마찬가지로 몹시 흔들렸소……."

이렇게 말하자 포즈드느이셰프는 벌떡 일어서서, 몇 걸음인가 걷다가 다시 앉았다.

"아아, 무섭군요. 나는 기차가 무서워요. 기차에 타면 형용할 수 없는 공포에 사로잡히고 말아요. 정말 무서워요!" 그는 이야기를 계속했다. "그래서 나는 스스로에게 이렇게 타일렀죠. '다른 것을 생각하도록 하자. 그렇다. 아까 차를 마신 술집 주인 생각이라도 할까?' 그러자 곧 생각 속에는 긴 턱수염을 기른 술집 주인과 그 손자의 모습이 떠올랐지요. 우리 집 바샤와 같은 나이인 그 손자. '우리 집 바샤! 그애는 음악가가 자기 어머니에게 키스하는 장면을 보아 버릴지도 모른다. 그러면 그 아이의 가련한 마음에 어떤 동요가 일어날 것인가? 그런데도 그 여자는 그런 것 따위는 전혀 상관하지 않는다! 그 여자가 사랑하고 있는 것은…….' 이렇게 또다시 똑같은 일을 되풀이해서 생각하게 되더군요. '안 된다. 이래서는 안 돼……. 자, 병원을 시찰했던 일이라도 생각하도록 할까? 그렇다. 어제 환자가 의사에 대해 투정을 했다. 그 의사란 놈, 트루하체프스키와 똑같은 수염을 기르고 있었지? 그건 그렇고, 그 사나이란 놈은 어쩌면 그다지도 뻔뻔스럽게, 모스크바를 떠난다고 말하고, 둘이서 짜고 나를 속이려

들었단 말이냐?' 이렇게 해서 재차 똑같은 일을 되풀이했소. 생각하는 것은 모두 그 사나이와 결부되어 버렸지요.

나는 무척 괴로웠소. 더욱이 사태를 확실하게 파악할 수 없고, 의혹이나 자기 분열, 과연 아내를 사랑해야 하는 건지 미워해야 하는 건지 알 수 없는 일 등이 가장 큰 괴로움이었소. 이 괴로움이 너무 심했기 때문에, 지금도 기억하고 있소만, 숫제 기찻길로 뛰어내려서 기차 레일에 누워 열차에 치여 죽음으로써 모든 결말을 지어 버릴까 하는 생각까지 떠올랐지요. 그 생각이 매우 마음에 들기도 하더군요. 그렇게 하면 적어도 더 이상 갈등을 하지도 않고 의심하지 않아도 될 테니까 말이오. 다만 한 가지, 그 생각을 실행하는 것을 방해한 것은 자신에 대한 연민이었고, 그것은 대번에 아내에 대한 맹렬한 증오감을 불러일으켰소. 그 사나이에 대해서는 굴욕과 증오감이 서로 섞인 아주 야릇한 마음을 느꼈으나, 아내에 대해서는 무서운 증오감이 있을 뿐이었소. '나만 죽고 그 여자를 그대로 놔둘 수는 없다. 그 여자도 조금이라도 괴롭혀서 내가 괴로워한 것을 깨닫게 해주어야 해." 나는 자신에게 이렇게 말했소. 나는 정신을 딴 곳으로 돌리려고 역에 닿을 때마다 밖에 나가 보았소. 어느 역 식당에서 한 사람이 술을 마시는 것을 보고 나도 곧 독한 보드카를 마셨소. 그때 내 옆에 서 있던 사람은 유대인이었는데, 그 사람도 역시 마시고 있더군요. 그 사나이가 자꾸만 말을 걸어 왔고, 나도 내 객실에 혼자 앉아 있고 싶지 않아서, 그 사나이를 따라 담배 연기가 자욱하고, 해바라기 씨를 까먹고 남은 껍질이 사방에 널려진 지저분한 삼등칸으로 갔소. 삼등칸에 나란히 앉자, 그 유대인은 무슨 말인지 자꾸 지껄이면서 여러 가지 우스운 이야기를 하더군요. 그 이야기를 듣고 있기는 했지만 나는 무엇을 말하는 것인지 이해할 수는 없었소. 상대편도 그것을 알아차리고 좀더 자기 이야기를 잘 들어보라고 하더군요. 그래서 나는 일어서서 다시 내 객실로 돌아와 버리고 말았소. '내가 생각하고 있는 것은 과연 사실일까? 내가 이렇게 괴로워하는 것은 근거가 있는 것일까?' 나는 좀더 냉정하게 생각하려고 앉았지만, 냉정한 생각은 고사하고, 또 다시 같은 생각만 하기 시작했소. 냉정하게 비판하는 것 대신 여러 가지 상상만이 자꾸만 떠올랐지요. '여태까지 나는 몇 번이나 이렇게 괴로워했는지 모른다.' 나는 속으로 그렇게 말하고 과거에도 이러한 질투를 일으켰던 일을 생각해 보았소. '그렇지만 언제나 나중엔 아무 일도 없이 끝나 버리곤 하지 않았는가? 아마 어쩌면 이번에도 그때와 같을지도 모른다. 아니 틀림없이 지금 편히 자고 있는 아내를 볼 수 있을 것이다. 아내는 잠을 깨고, 내가 돌아온 것을 기뻐하고, 그 말이나 눈길에서 나는 아무 일도 일어나지 않은 것을, 모든 것이 어이없는 망상에 불과했던 것을 느낄 것이다. 아아, 정말 그렇다면 얼마나 좋으랴!' '천만에, 그렇게는 안 될 거다. 그런 일은 너무 자주 일어났으니까. 이번에야말로 그렇게 되지는 않을 것이다' 하고 무언가가 소리를 질러 다시금 생각은 되풀이되는 거였소! 그렇소. 형벌은 그러한 고뇌 속에 존재했던 거죠!

젊은 사나이의 욕망을 여자에게서 떼어놓기 위해서는 매독 병원을 견학시키거나 하지 않고 내 가슴속을 들여다보게 하여 마음을 갈기갈기 찢어 놓은 악마들을 구경시켜 주고 싶군요. 어쨌든 무서운 것은, 내가 마치 아내의 몸뚱이가 내 것인 양 그 몸에 대해 완전하면서도 확실한 권리를 스스로 인정하고 있으면서, '그 신체는 내 것이 아니라 아내가 마음대로 다룰 수 있는 것이다. 더욱이 아내는 내가 바라는 것과는 다르게 움직이려고 하고 있다' 하고 느낀 일이었소. 게다가 나는 그 사나이에게도 아내에게도 아무것도 할 수 없었소. 그 사나이는 교수대 앞에 선 열쇠공 바니카*13처럼 달콤한 입술에 키스했다는 둥 그러한 노래를 부를 것이오. 그 사나이가 이긴 것이니까요. 또 아내에게 어떻게 한다는 것도 한층 더 어려운 것이오. 설사 아내가 실제로는 아무짓도 하지 않았다 하더라도 그러기를 바라고 있고, 아내의 그 기분을 내가 안다고 한다면, 그것은 한층 더 곤란한 일이오. 그러는 것보다는 숫제 내가 알 수 있도록, 모호한 데가 없도록 실제로 해버리는 편이 낫소. 나는 내가 무엇을 바라고 있는지를 말하지 못했을 게 뻔해요. 그저 아내가 당연히 바라고 있는 것을 바라지 않았던 거요. 이것은 완전한 광증(狂症)이었소."

26

"종착역 바로 앞 정거장에서 차장이 차표를 거두러 왔을 때, 나는 짐을 챙기고 승강구로 나갔소. 이제 문제의 결말은 얼마 남지 않았다는 생각이 나를 한층 더 흥분하게 했소. 갑자기 오한이 나면서 이가 딱딱 마주칠 정도로 아래턱이 떨려 오기 시작했지요. 많은 군중들과 함께 아무 생각 없이 늘 하던 대로

---

*13 수많은 민요에 나오는 인물. 주인의 아내 혹은 딸과 간통하고, 그 관계를 자랑스럽게 퍼뜨리고 다닌다—역주.

역을 빠져 나오자, 역마차를 불러서 올라타고 달렸어요. 드문드문 보이는 통행인이며 큰 저택 앞을 지키는 문지기, 그리고 가로등과 내가 탄 마차 앞뒤로 던지는 그림자를 바라보면서 나는 아무것도 생각하지 않고 그저 타고 있었소. 반 베르스타쯤 달렸을 때, 발 밑이 서늘해 와 나는 기차 안에서 털실로 짠 양말을 벗어서 여행 가방 속에 넣었던 것을 문득 생각했소. 그 가방은 어디에 두었을까? 여기에 있던가? 분명히 그 가방에 있었소. 그럼 트렁크는 어쨌을까? 나는 그때서야 수하물을 까맣게 잊어버리고 있었던 것을 생각해냈소. 그러나 그걸 생각해내고 보관증을 꺼내 들기는 했지만 그것을 찾으러 다시 되돌아갈 필요는 없다고 마음을 정하고, 그대로 마차를 달리게 했소.

아무리 생각해내려고 애를 써도 지금은 그때의 정신 상태를 생각해낼 수가 없소. 무엇을 생각하고 있었는지, 무엇을 소망하고 있었는지 전혀 알 수가 없소. 다만 기억하는 것은 내 인생에 뭔가 무서운, 극히 중대한 일이 일어나려고 한 것을 의식했을 뿐이었지요. 그렇게 생각하고 있었기 때문에 그 중대한 일이 생겼는지, 아니면 그 일이 일어날 것이기 때문에 예감했는지 그것조차 모르겠소. 어쩌면 그 사건이 생긴 뒤에, 여러 순간은 기억 속에서 어두운 그림자를 띠게 되었던 건지도 모르오. 나는 현관 앞에까지 마차를 들이댔소. 벌써 1시가 가까웠소. 몇 개의 창문에 불이 켜져 있어서, 현관 층계 앞에는 혹시 손님을 태울 수도 있다고 기대한 두서너 대의 역마차가 기다리고 있더군요(등불이 켜져 있던 창문은 이 아파트의 내 집 홀과 객실이었소). 이런 늦은 밤, 어째서 우리 집 창문에 불이 켜져 있는지 의아해하며 나는 무언가 무서운 것을 예기하는, 조금 전과 똑같은 정신 상태로 계단을 올라가서 초인종을 눌렀소. 그러자 착하고 부지런하고, 매우 고지식한 하인 에고르가 문을 열어 주더군요. 현관 홀에서 제일 먼저 눈에 띈 것은 다른 옷들과 나란히 옷걸이에 걸려 있는 그 사나이의 외투였소. 당연히 놀랄 만한 일이었지만 나는 마치 예상하고 있었던 것처럼 놀라지도 않았소. '예측한 대로구나!' 나는 속으로 말했소. 손님이 누구냐고 묻자 에고르는 트루하체프스키의 이름을 말했소. 나는 다른 사람은 또 누가 와 있느냐고 물어보았소. 에고르는 말했소.

'아뇨, 다른 분은 안 오셨어요.'

그는 다른 사람이 누가 와 있는 것이 아닌가 하고 의아스러워하는 내 의심을 풀어 줌으로써 나를 기쁘게 하려는 것 같은 말투로 이렇게 대답했지요.

'다른 분은 안 오셨어? 그렇겠지, 그렇고말고.' 나는 마치 스스로에게 다짐하는 듯한 마음이었소.

'그럼 아이들은?'

'다행히도 모두 건강해요. 한참 전에 다 잠이 들었습니다.'

나는 숨도 제대로 쉬지 못하고 아래턱이 덜덜 떨리는 것을 억제할 수도 없었소. '그렇구나. 그러고 보면 내가 상상하던 것과는 다르구나. 예전에는 불행한 일이 찾아들었다고 생각했어도 막상 닥쳐 보면 모든 일이 무사히 끝나서 여태까지 아무런 일도 없었다는 것을 확인했는데, 이번만은 다르구나. 남모르게 상상하고 상상에 지나지 않는다고 생각했던 일이 모두 현실이 되어 나타나고 있으니까 말이다. 모든 것이 내가 상상했던 대로야.'

나는 하마터면 소리를 내서 통곡할 뻔했으나 곧 악마는 이렇게 소곤거리더군요. '마음껏 울어 버리는 게 좋을 거요. 마음껏 감상적이 되어 보란 말이오. 그러는 사이 두 사람은 유유히 멀찌감치 떨어져 아무런 증거도 없어질 테니까. 그러면 너는 한평생 의심하고 줄곧 괴로워하는 수밖에 없을 테니까.' 그러자 순간, 자신에 대한 감상은 어디론가 날아가 버리고 이상한 마음이 생기더군요. 믿어지지 않을지 모르지만, '이것으로 나의 괴로움도 끝장이 나는 거다. 지금이야말로 저 여자를 응징할 수가 있다. 나는 이제야 저 여자에게서 해방되고, 이 증오감을 마음껏 폭발시킬 수 있다' 하는 기쁜 마음이 생겼단 말이오. 그래서 나는 증오의 사슬을 끊고 야수로 변했소. 잔인하고 교활한 야수로 변했던 거요.

'좋아, 갈 것 없다.' 객실로 가려는 에고르에게 나는 말했소. '그것보다도 참, 그렇구나. 수고스럽지만 얼른 역마차를 불러 타고 역에 좀 갔다 오너라. 자, 이것이 짐을 맡긴 보관증이니까, 내 짐을 좀 찾아다 줘야겠다. 자, 얼른 갔다 오너라.'

에고르는 외투를 가지러 복도를 지나갔소. 그가 저 두 사람을 놀라게 할 것을 염려해서, 나는 하인 방까지 따라가 외투를 입는 동안 기다리고 있었소. 방 하나를 사이에 둔 객실에서 이야기 소리며 나이프와 접시 소리가 들려 오더군요. 그 두 사람은 지금 식사를 하느라고 초인종 소리를 못 들었던 거요.

'지금 저자들이 나오지 않아야 하는데' 하고 나는 생각했소. 에고르는 깃이 달린 아스트라한 외투를 입고 바로 나갔소. 에골을 내보낸 뒤에 문에 자물쇠를 잠그고 드디어 나 혼자가 되었소. 서둘러 행동 개시를 해야 한다고 생각하자 어쩐지 무서워지더군요. 어떻게 할 것인지 아직 알지 못했던 거죠. 그저 알던 것은 '이제는 모든 일이 끝나 버린 것이다. 아내가 결백한 것은 아닐까 하는 의혹 따위는 있을 수 없다. 지금 당장 아내를 응징하고 아내와의 관계에 종지부를 찍고 말겠다'는 생각뿐이었소.

여태까지의 나는 여러 가지로 혼란스러워 하며 '혹시 잘못인지도 모른다. 내 오해인지도 모르지 않느냐?' 하고 자신에게 계속 말했으나 그때는 이미 그것도 없어졌지요. 모든 것이 돌이킬 수 없는 형태로 결정되어 버린 거요. 나를 속이고, 이런 밤중에 사나이와 단둘이 있다니! 이것은 이미 모든 것을 완전히 잊어버린 행동이오. 혹은 좀더 악질적이어서 이런 뻔뻔스러움을 결백하다는 증거로 삼으려고, 죄를 범하는 데 일부러 대담하고 뻔뻔스럽게 한 것인지도 모르는 것이오. 그러나 모든 것은 이미 명백하고 의심할 여지란 없었지요. 다만 한 가지, 내가 두려워한 것은 두 사람이 재빨리 떨어져, 또다시 새로운 속임수를 생각해내고 확실한 증거와, 벌할 수 있는 가능성을 나에게서 빼앗아 버리지 않을까 하는 점이었소. 그래서 조금이라도 빨리 현장을 잡기 위해 나는 발 끝으로 살금살금 홀로 향했지만 객실을 통하지 않고, 복도와 아이들의 방으로 빠져서 갔었소.

첫 번째 아이들 방에는 사내아이들이 자고 있었소. 두 번째 아이들 방에는 유모가 몸을 뒤척이며 잠을 깨려고 해, 유모가 모든 것을 알게 되면 무어라고 할 것인가 하고 나는 상상했소. 그렇게 생각하자 자신에 대한 연민의 정에 사로잡혀 눈물을 억제하기 어려웠지요. 나는 아이들을 깨우지 않도록 발 끝으로 복도로 나와서 서재로 돌아오자 소파에 엎드려서 흐느껴 울었을 정도였소.

'나는 성실한 인간이다. 훌륭한 부모 사이에서 태어난 아들이다. 한평생 가정 생활의 행복을 꿈꾸어 왔고, 한 번도 바람을 피운 일이 없는 사나이란 말이다……. 그런데 아내는 어떠냐! 아이를 다섯이나 낳았으면서 입술을 빨갛게 칠했다는 것만으로 저런 음악가의 품에 안기다니! 아니, 저런 것은 인간도 아니다! 암캐인 것이다. 암내를 피우는 암캐! 오늘날까지 줄곧 아이를 사랑하는 체하면서 그 아이들 방 바로 옆에서……, 더욱이 나에게 그런 편지를 써서 보내다니! 그러고서 뻔뻔스럽게 그자의 목에 매달리다니! 도대체 내가 무엇을 알고 있단 말인가? 어쩌면 여태까지 줄곧 그랬는지도 모른다. 어쩌면 내 아이라고 생각하는 저 아이들도 모두 훨씬 옛날부터 하인들과 배가 맞아서 만들어진 것은 아닐까? 만약 내가 내일 돌아왔다면, 저 여자는 언제나처럼 머리를 빗어올리고 여느때처럼 맵시 있고 얌전한 동작으로 나를 맞았을 것이고(나는 아내의 매력적인 얄미운 얼굴을 상기했소), 이 질투의 야수는 내 가슴속에 영원히 자리잡고 내 마음을 갈기갈기 찢었을 것이다. 그러면 유모는 어떻게 생각할 것인가. 에고르는 또 어떻게 생각하겠는가? 게다가 가엾은 리자! 그 아이는 이미 어느 정도의 일은 알고 있다. 아아, 얼마나 뻔뻔스러운 일이냐! 그리고 이 거짓말은 또 무엇이냐! 나는 그 동물적인 정욕을 잘 알고 있다.' 나는 자신에게 이렇게 말했소.

나는 일어서려고 했소만 그럴 수가 없었지요. 가슴이 너무 심하게 뛰었기 때문에 똑바로 서 있을 수가 없었소. '그렇다. 나는 심장마비를 일으켜 죽을지도 모른다. 그녀가 나를 죽인 것이다. 그녀가 바라는 것도 바로 그것일 것이다. 그녀는 과연 나를 죽일까? 아니, 그래서는 안 된다. 그렇게 되면 그녀가 너무나 행복하지 않겠는가? 그런 기쁨을 주어서야 되겠는가? 그렇구 말구. 내가 지금 이렇게 비참한 생각을 하면서 앉아 있는 동안에도 저 두 사람은 저기서 식사를 하면서 웃기도 하고, 그리고…… 그렇고말고, 아내는 싱싱한 젊음이라고는 할 수 없지만 저 사나이에게는 그런 것쯤 아무런 상관도 없을 것이다. 아무튼 아내는 아주 버릴 만한 물건은 아닐 뿐더러 적어도 저 사나이의 가장 소중한 건강을 위해서는 절대로 안전하고 해가 없을 테니까. 그건 그렇다치고, 어째서 그때 저런 여자를 목졸라 죽이지 않았을까?' 바로 한 주일 전, 아내를 서재에서 때려 내쫓고 나서, 물건을 마구 부숴 버린 그 순간을 생각해내고 나는 자신에게 말했소. 그때의 정신 상태가 확실하게 생각나더군요. 생각났을 뿐만 아니라 그때 맛본, 때려눕히고 싶은, 부숴 버리고 싶다는 똑같은 욕구를 느끼기조차 했소. 뚜렷이 기억하오만, 나는 행동하고 싶어졌소. 그리고 행동에 필요한 것 이외에는 모든 생각이 머리에서 깨끗이 날아가 버리고 말았소. 나는 야수와 같은 상태에 빠졌거나 그렇지 않으면 위험에 직면해 육체적인 흥분에 지배된 인간의 상태였지요. 그런 때에 사람은 초조하게 생각하지 않고 정확하게, 그러면서도 단 1분이라도 허비하지 않고, 하나의 뚜렷한 목적을 품고 행동하지요."

27

“맨 처음에 내가 한 일은 장화를 벗고, 양말은 신은 채 총과 단검이 걸려 있는 소파 위의 벽쪽으로 가서, 아직 한 번도 사용한 일이 없어서 칼끝이 무시무시할 만큼 예리한 다마스커스제 단검을 손에 잡는 일이었소. 나는 단검을 집어들고 칼을 뽑았소. 칼집을 소파 뒤에 떨어뜨려 ‘나중에 찾아 두어야지. 그렇지 않으면 없어질 테니까’ 하고 혼잣말을 한 것도 기억나는군요. 그리고 입고 있던 외투를 벗고, 양말만 신은 발로 살금살금 걸어서 그 방으로 다가갔소.

이렇게 살그머니 다가서자마자 나는 느닷없이 문을 열어젖혔소. 그때 그 두 사람의 표정을 나는 지금도 기억하고 있소. 그 표정이 나에게 괴로울 정도의 기쁨을 안겨 주었기 때문이오. 바로 공포에 질린 표정이었지요. 그것은 틀림없이 내가 바라던 바로 그 장면이었소. 내 모습을 본 순간, 그들의 얼굴에 나타난 그 절망적인 공포의 표정을 나는 평생토록 잊지 못할 것이오. 그 사나이는 분명히 책상 앞에 앉아 있다가 나를 보았는지, 내가 들어서는 낌새를 알아차렸는지, 순간 벌떡 뛰어 일어나서 벽장에 등을 돌리고 섰소. 그 사나이의 얼굴에 나타난 것은 틀림없는 공포의 표정은 있었지만 아울러 다른 표정도 있었소. 만약 공포에 질린 표정뿐이었다고 한다면 아마도 그런 끔찍한 사건은 일어나지 않았을 겁니다. 그러나 아내의 얼굴 표정에서 처음에 내가 받은 느낌은 공포 외에도 사랑에 몰입되었던 것과 그 사나이와 둘이서만 있는 행복감이 파괴된 데에 대한 실망과 불만이었습니다. 지금의 이 행복을 방해하지 말았으면 하는 생각만 가득한 것 같았소. 이 표정도 그들의 얼굴에는 극히 짧은 순간에 나타났을 뿐이었소. 그 사나이의 공포의 빛은 곧 의문의 표정으로 변하더군요. ‘아직 속일 수 있을까? 속일 수 있을 것 같으면 당장 속여야 한다. 그렇지 못하다면 무언가 심상치 않은 일이 일어날 게 틀림없다. 그러나 무슨 일이 생길 것인가?’ 사나이는 그러한 것을 묻는 것처럼 흘끗 아내를 쳐다보더군요. 아내가 사나이를 돌아보았을 때, 내 짐작인지는 모르지만, 그때까지 아내의 얼굴에 떠올라 있던 실망과 불만스러운 표정이 사나이의 신변을 근심하는 표정으로 변한 것 같았소.

순간 나는 단검을 뒤에 감춘 채 문 앞에 우뚝 멈춰 섰소. 그 순간 그 사나이가 싱긋이 웃으면서, 어이없을 만큼 태연한 어조로 말을 꺼냈소.

‘마침 음악을 하던 참이라서요……’

'정말 뜻밖이어서 말예요…….' 아내도 동시에 사나이의 어조를 흉내내어 입을 열었소.

그러나 두 사람은 끝까지 다 말을 마칠 수가 없었소. 일주일 전에 맛본 것과 똑같은 그 광포한 분노가 나를 사로잡았기 때문이었소. 다시금 나는 파괴와 폭력과 분노의 쾌감을 맛보고 싶은 욕망을 느끼고, 거기에 몸을 맡겼던 거요.

그들은 어느 쪽도 끝까지 말을 마칠 수가 없었소……. 그 사나이가 두려워한 사태가 발생하여, 두 사람이 말하려던 것을 모두 한꺼번에 끊어 버렸기 때문이오. 아내의 옆구리 유방 밑을 찌르는 것을 사나이가 방해하지 않도록 여전히 단검을 감춘 채 나는 아내에게 달려들었소. 찌를 곳은 처음부터 생각해 두었던 겁니다. 내가 덤벼든 순간 그 사나이는 내 생각을 알아차리고, 내가 전혀 예상하지 못했던 행동을 했소. 나의 팔을 붙들자마자 외쳤지요.

'정신 차리십시오. 무슨 짓을 하시는 겁니까! 누구 없소? 빨리 와주오!'

나는 그의 팔을 뿌리치고 아무 말도 없이 사나이에게로 덤벼들었소. 눈이 마주치는 순간 그 사나이는 갑자기 백지장처럼 입술까지 창백해져서, 눈에선 무언가 이상한 광채를 뿜으며, 이것 또한 전혀 예상하지 못했던 일이지만, 피아노 밑으로 기어들어가서 문간으로 도망쳤소. 뒤를 쫓아가려고 했을 때 왼손에 묵직한 것이 매달리더군요. 아내였소.

나는 뿌리쳤소. 그러나 아내는 한층 더 강하게 매달려서 놓으려 하지 않았소. 이 뜻하지 않은 방해와 매달리는 무게, 아내의 꺼림칙한 감촉 등이 한층 더 내 분노를 부채질했소. 나는 내가 완전히 미치광이로, 매우 무서운 형상을 하고 있을 것이라고 생각돼 흡족했소. 그래서 힘껏 왼팔을 뿌리치고 팔꿈치로 아내의 얼굴을 냅다 질렀소. 아내는 비명을 지르고 내 손을 놓았소. 나는 사나이를 뒤쫓으려 했지만 양말만 신은 채로 아내의 정부를 뒤쫓는다는 것은 우스꽝스러운 일이라고 생각하기에 이르렀죠. 우스꽝스러운 꼴이 되는 것은 나로서도 싫었고, 나는 끝까지 무서운 존재로 있고 싶었던 겁니다. 엄청난 분노에 사로잡혀 있었음에도 나는 계속 내가 다른 사람에게 어떤 인상을 주고 있을까 하는 것을 염두에 두고 있었으며, 어느 정도는 그 인상에 지배되기까지 했소. 나는 아내에게로 되돌아왔소. 아내는 소파에 쓰러져서, 나에게 찔린 멍든 한쪽 눈을 손으로 누른 채 나를 노려보고 있었소. 그 얼굴에는 마치 순식간에 사로잡힌 쥐가, 그 쥐덫을 들어올렸을 때처럼 공포와 증오가 함께 나타난 것 같았소. 적어도 나는 공포와 증오 이외에는 아무것도 발견하지 못했소. 다른 사나이에 대한 사랑을 불러일으켰을 게 틀림없는 공포와 증오였지요. 그래도 만약 아내가 잠자코만 있었더라면, 아마 나는 자신을 억제해서 그런 어마어마한 일을 저지르지는 않았을지도 모르오. 그러나 아내는 갑자기 지껄이기 시작했소. 그리고 단검을 움켜쥔 내 손을 다른 쪽 손으로 누르려고 했소.

'제발 정신 좀 차리란 말예요! 무슨 짓을 하시려는 거예요? 왜 이러시죠? 아무 일도 없었어요! 맹세코!'

나는 그때까지 망설였던 게 틀림없었지만, 아내의 이 마지막 말로 전혀 반대의 결론, 즉 모든 것이 이미 끝났다는 결론을 끌어냈지요. 그 결론은 당연히 내가 느끼고 있던 감정을 점점 더 강하게 만들었고, 그 감정은 계속해서 격앙될 것이 틀림없었지요. 분노에도 분노 나름대로의 법칙은 있는 법이니까요.

'거짓말 마라, 이 음탕한 년!' 하고 나는 고함을 치면서, 왼손으로 아내의 한 손을 잡았으나 아내는 그 손을 뿌리쳤소. 그래서 나는 여전히 단검을 쥐고, 왼손으로 아내의 목을 잡고 뒤로 넘어뜨리고는 목을 조르려 했소. 그 목은 매우 단단했소……. 아내가 두 손으로 내 손을 잡고 목에서 떼내려고 했기 때문에 나는 마치 그렇게 하기를 기다리고 있었던 것처럼 힘껏 단검으로 아내의 왼쪽 옆구리 늑골 밑을 찔렀소.

사람이 분노의 절정에서 발작을 일으키면 자신이 한 행동이 기억나지 않는다고 흔히 말하지만 그건 새빨간 거짓말이요. 엉터리였소. 나는 모든 것을 또렷하게 기억하고 있소. 단 1초 동안에 생긴 일일지라도 잊어버린 것이 없으니까요. 내부의 분노를 점점 더 강하게 부채질하면 할수록 그 의식의 불빛은 한층 더 밝게 타오르기 때문에, 그 불빛 아래에서는 자신이 하고 있는 일의 모든 것이 명확하게 보이지요. 그 모든 순간에도 나는, 무엇을 하고 있는지 알았소. 자신이 무엇을 할 것인지 미리 알고 있었다고는 할 수 없지만, 무엇인가를 저지르고 있는 순간에는, 아니 오히려 그 조금 전부터 내가 무슨 짓을 하고 있는가를 알았어요. 그것은 마치 나중에 후회할 수 있도록, 그때에 멈추려고 생각만 했다면 충분히 그럴 수가 있었다고 말할 수 있도록 하기 위한 것 같았소. 나는 늑골 밑을 찌른 것도 단검이 들어가는 것도 알고 있었소. 그러는 순간에도 내가 무언가 매우 무서운 짓을, 여태까지 한 번도 한 일이 없는, 그리고 무서운 결과가 될 것이 틀림없는 짓을 하고 있다는 것을 알고 있었소. 그러나 그 의식은 번갯불처럼 퍼뜩 번뜩였을 뿐이고, 의식하는 순간 곧 행동으로 옮겨졌소. 그 행동도 이상할 만큼 선명하게 의식되지요. 코르셋과 무언가 단단하고 순간적인 저항을 손에 느꼈고, 그러고 나서 부드러운 것 속으로 단검이 깊숙이 파고 들어가는 것을 나는 느낄 수 있었소. 이런 것들도 기억하오. 아내는 두 손으로 단검을 잡았기 때문에 상처투성이가 되었으나 오래 견뎌내지 못했소. 그뒤 다시 정신을 차린 뒤, 감옥에서 나는 오랫동안 이 순간을 생각하고, 그 일을 해치울 수 있었던 행동을 다시 생각하고 또 생각했지요. 그 행동에 앞서서 한 순간, 극히 짧은 한 순간, 나는 '가냘픈 여자를, 그것도 아내를 죽이려 하고 있다. 아니, 이미 죽여 버렸다'고 하는 무서운 의식이 있었던 것을 기억하고 있어요. 이 의식의 공포를 기억하기 때문에 어렴풋이나마 생각해내는 것이오만, 단검을 찌르자마자 나는 곧 내가 한 일을 정정하고 돌이키고 싶어서 단검을 도로 뺐지요. '이제부터 어떻게 될 것인가? 돌이킬 수 있을까?' 하고 기대하면서, 나는 한 순간 꼼짝도 하지 않고 그대로 서 있었소. 아내가 벌떡 일어나며 소리쳤소.

'유모! 나 죽어요!'

소란한 소리를 듣고 달려온 유모가 문 앞에 서 있었소. 나는 그래도 기대하면서 믿을 수 없는 마음으로 그대로 서 있었소. 그러나 이때 아내의 코르셋 밑에서 피가 왈칵 뿜어져 나왔소. 겨우 나는 이미 돌이킬 수 없음을 깨닫고 그 자리에서, '그럴 필요가 뭔가? 내가 바라던 것은 바로 이렇게 되는 일이 아니었던가? 이렇게 하는 것이 당연했던 것이다' 라고 마음을 정했소. 아내가 쓰러지고 유모가 '에그머니, 큰일났네!' 하고 외치고 달려드는 동안, 나는 그제서야 비로소 단검을 내던지고 방을 나섰소.

'동요해선 안 된다. 내가 무엇을 하고 있는가를 알아둬야 하는 거야.' 아내와 유모를 애써 쳐다보지 않으려 노력하면서 나는 자신에게 말했소. 유모가 큰소리를 지르며 하녀를 불렀소. 나는 복도를 빠져나와 하녀를 보내고 내 방으로 향했소. '이제부터 어떻게 해야 할 것인가?' 이렇게 자신에게 묻고 곧 무엇을 해야겠다고 깨달았소. 서재로 들어가자 곧장 벽 있는 데로 가서 권총을 손에 들고 점검한 뒤—그것은 장탄이 되어 있더군요—책상 위에 올려놓았소. 그뒤 소파 뒤에서 칼집을 집어들고 소파에 걸터앉았소.

오랫동안 그대로 앉아 있었소. 아무것도 생각하지 않았고, 아무것도 생각나지 않았소. 저편에서 무언가 왔다갔다하는 부산한 소리가 들려오더군요. 누군가가 마차를 타고 오고, 그 뒤 또 누군가가 온 소리도 들려 왔소. 이윽고 에고르가 역에서 가지고 온 내 트렁크를 서재로 들여다놓는 소리가 들리고 또 보였소. 마치 그 물건이 누구에겐가 필요한 것처럼!

'무슨 일이 일어났는지 들었겠지? 경찰에 알리도록 관리인에게 말하고 오게.' 나는 말했소.

에고르는 아무 대꾸도 하지 않고 나가 버렸소. 나는 일어나서 문을 잠그고, 담배와 성냥을 꺼내서 담배를 피우기 시작했소. 한 대의 담배를 다 피우기도 전에 졸음이 나를 엄습해 버렸소. 아마 틀림없이 2시간 정도 잤을 겁니다. 나는 잊지 않고 있었지요. 자는 동안에 나는 아내와 다정하게 지냈소. 조금 싸움도 했지만 곧 화해했고, 무엇인가가 조금 방해를 해도 역시 의좋게 지내는 꿈을 꾸었소. 방문을 두드리는 소리에 놀라 깨어났지요. '경찰이구나!' 눈을 뜨면서 나는 생각했소. '확실히 내가 죽였겠지! 그렇지 않으면 어쩌면 저 문을 두드리는 것은 아내가 아닐까? 아무 일도 일어나지 않았는지도 몰라.' 문을 두드리는 소리는 여전히 계속되었소. 나는 의문을 풀려고 생각하면서도 아무 대답도 하지 않았소. 그것은 정말로 있었던 일이었을까? 그렇지 않으면 없었던 것이다. 코르셋의 저항감과 단검이 깊숙이 파고 들어가던 때의 감촉이 생각나자, 등골이 오싹해지는 것을 느꼈소. '그렇다. 확실히 있었던 것이다. 그렇다. 이번에는 나를 처치해야 한다' 하고 나는 속으로 말했소. 그러나 그렇게 말은 했지만, 자살하지 않으리라는 것은 잘 알고 있었지요. 그래도 일어나서 다시금 권총을 집어들었소. 이상하게도 여태까지 몇 번씩이나 자살 일보 직전까지 갔던 일도 있었고, 그때까지만 하더라도 기차 속에서 자살을 하면 아내에게 충격을 줄 수 있다고 생각해서 자살 따위는 참으로 쉬운 일이라고 생각했던 것을 기억하고 있는데, 막상 닥치고 보니 자살은 고사하고 그런 것을 생각하는 일조차 할 수가 없더란 말이오. '무엇 때문에 자살을 해야 하나?' 하고 스스로 자문해 보아도 대답을 얻을 수 없었지요. 문을 두드리는 소리는 여전히 계속되고 있었소. '그렇다. 누가 문을 두드리는 것인지 우선 확인할 필요가 있겠군. 그러고 나서도 충분해' 하고 나는 권총을 놓고 신문지로 그것을 가렸소. 그리고 문 앞으로 가서 문고리를 벗겼소. 밖에 서 있던 것은 아내의 언니인 선량하고 고지식한 미망인이었소.

'바샤! 어째서 그런 짓을?' 그녀는 말하고 언제나 잘 흘리는 눈물을 주루룩 흘렸소.

'용건이 뭡니까?' 나는 난폭하게 물었소. 그녀에게 난폭한 태도를 취해야 할 이유는 전혀 없다는 것을 알았지만, 그 밖에 다른 어떠한 태도도 전혀 생각나지 않았던 것이지요.

'바샤, 동생이 위독해요! 이반 표도로비치 선생이 그러시는군요.' 이반 표도로비치란 사람은 아내의 단골 의사였고, 의논 상대자였지요.

'그 사나이가 와 있단 말씀인가요?' 하고 나는 물었소. 그러자 아내에 대한 증오감이 다시 끓어오르더군요. '그래서 어쨌다는 거죠?' '바샤, 동생에게로 가 봐 주세요. 아아, 이 무슨 끔찍한 짓이란 말이에요' 하고 그녀는 말했소.

'아내한테 가봐야 하는 것일까?' 나는 자신에게 질문해 보았소. 그리고 곧 '가주어야만 한다. 틀림없이 그렇게 하도록 되어 있다. 나처럼 남편이 아내를 죽였을 경우에는 반드시 곁에 가줄 필요가 있는 것이다'라고 대답했지요. '그렇게 되어 있는 것이라면 가야겠지. 그리고 자살은 언제라도 충분한 시간이 있으니까.' 권총 자살 계획에 관해서 나는 이렇게 생각하고 그녀를 뒤따라갔소. '이제부터 잔소리라든가, 얼굴을 찡그릴 일이 시작되겠지만, 그런 것에 져서는 안 되지' 하고 나는 스스로에게 다짐했소.

'잠깐만 기다리시오. 장화를 신지 않은 것은 좀 흉하니 하다 못해 슬리퍼라도 신고 갑시다.' 나는 처형에게 말했소.

28

"어쨌든 이상한 일이었소. 방 밖으로 나가서 낯익은 방을 차례차례 지나가는 동안에 다시금 마음속에 아무일도 없었다는 희망이 생겨났지만, 요오드포름이며 페놀 등 의사 특유의 불쾌한 냄새가 나를 깜짝 놀라게 했소. 모든 것이 실제로 일어난 일이라는 것을 알았소. 아이들 방 옆의 복도를 지나갈 때 리자의 모습이 보였소. 그 아이는 완전히 겁에 질린 눈으로 나를 바라보고 있더군요. 다섯 아이가 전부 거기에 모여서 나를 지켜보고 있었던 것 같이 느껴졌소. 내가 문 앞으로 다가가자 하녀가 안에서 문을 열고 나오더군요. 처음 내 눈에 비친 것은 의자 위에 놓인 아내의 연회색 옷이었는데, 그것이 피에 젖어 검게 물들어 있었소. 우리의 더블베드, 그것도 내가 눕는 쪽에—그쪽이 올라

가기가 쉬웠기 때문이겠지만—아내가 두 무릎을 세우고 누워 있었소. 아내는 재킷의 앞가슴을 열어 놓은 채 베개만 베고 비스듬한 자세로 누워 있었소. 상처 위에 무엇인가가 감겨져 있었지요. 방 안에는 요오드포름의 역겨운 냄새가 가득 풍기고 있었소. 맨 처음 무엇보다도 내게 강한 충격을 준 것은 코 일부와 한쪽 눈 밑에 걸쳐서 멍이 들어서 시퍼렇게 부어오른 아내의 얼굴이었소. 나를 제지하려고 매달렸을 때, 팔꿈치로 한 대 세게 얻어맞은 자리였소. 아름다움이란 털끝만큼도 없고, 무언가 추악한 것이 내 눈에 가득할 뿐이었소. 나는 문간에 우뚝 서버렸지요.

'곁으로 가봐 주세요, 곁으로요.' 처형이 권하더군요.

'그래? 아마도 자신의 죄를 인정한 모양이구나. 그렇다면 용서해 줄까? 그렇군. 막 죽어 가고 있으니까 용서해 줘도 좋겠지.' 나는 관대해지려고 노력하면서 생각했소. 나는 아내의 바로 곁에까지 갔소. 아내는 한쪽 눈이 상처가 났기 때문에 다른 한쪽 눈을 간신히 뜨고 나를 올려다보고 더듬거리면서 괴로운 듯 말했소.

'바라던 대로 되셨군요. 사람을 죽이구…….' 아내의 얼굴에 육체적인 고통과 죽음에 임박해서까지도, 훨씬 예전부터 낯익은 그 냉랭한 동물적인 증오가 나타났소. '아이들은…… 어쨌든, 당신에게는…… 맡기지 않겠어요……. 언니가 맡아서 키워 줄 테니까요…….'

내게 있어서 가장 중요한 것, 즉 자신이 저지른 죄나 부정에 관해서는 한마디도 언급할 필요가 없다고 생각하는 모양이었소.

'자, 당신이 저지르신 일을 차근차근 감상하시는 게 좋겠군요.' 문 쪽을 바라보면서 아내는 이렇게 말하고는 흐느껴 울기 시작했소. 문 앞에는 처형이 아이들을 데리고 서 있었지요.

'그래요, 이런 짓을 당신이 해내신 거예요.'

나는 아이들과 시퍼렇게 멍이 들고 부어오른 아내의 얼굴을 주욱 둘러보았소. 이때 나는 비로소 자신을, 자기의 권리를, 그리고 자존심까지도 잊고, 처음으로 아내에게서 한 사람의 인간을 발견했지요. 내게 상처를 주어 온 모든 것, 내 질투의 전부가 참으로 하잘것없는 것으로 여겨지고, 내가 저지른 일이 너무나도 엄청난 일이라고 생각되었기 때문에 나는 아내의 손에 얼굴을 파묻고 '용서해 주구려!' 하고 말하고 싶었지만 그럴 용기가 나지 않았소.

아내는 확실히 더 이야기를 할 기력도 없는 것처럼 눈을 감고 잠자코 있었소. 이윽고 추악하게 상처난 그 얼굴이 떨리기 시작하고 잔뜩 주름이 새겨졌소. 아내는 힘없이 나를 밀어내더군요.

'어째서 이런 짓을 했죠? 어째서요?'

'용서해 주구려.' 나는 말했소.

'용서하라구요? 가당찮은 말이에요, 그런 건!…… 나는 절대 죽고 싶지 않아!' 아내는 그렇게 외치고 상반신을 일으키자, 열병 환자처럼 지글지글 타는 눈으로 나를 바라보았소. '그럴 거예요. 바라시던 대로일 거예요. 당신이 미워요! 아아! 아아!' 분명히 헛소리인 양 무언가에 겁을 집어먹은 것처럼 아내는 외치기 시작했소. '자, 죽여요. 어서 죽여요. 누가 무서워할 줄 아시나요……? 단, 모두 죽여야 해요. 한 사람도 남기지 말구요. 그 사람도 말이에요. 도망을 치다니, 도망을 치다니!'

헛소리는 계속되었소. 아내는 이미 아무도 알아보지 못하게 되었소. 그러다가 그날 점심 때가 다 되어서 죽었소. 나는 그 전에, 그러니까 아내가 죽기 전 8시경 경찰에 연행되었고, 거기에서 다시 형무소로 옮겨졌소. 재판이 열리기를 기다리면서 감옥에 11개월 동안이나 갇혀서 나 자신과 과거를 곰곰이 생각한 끝에 간신히 깨달은 것이 있지요. 내가 깨달은 것은, 사건이 일어난 다음 다음날이었소. 사건 다음 다음날, 나는 내 집으로 끌려갔소……."

그는 무언가 말하려고 하다가 북받쳐오르는 오열을 누르지 못하고 말을 끊었다. 그러고는 잠시 후 다시 기운을 내어 또 이야기를 계속했다.

"관 속에 누워 있는 아내의 모습을 보았을 때 비로소 나는 깨닫기 시작했단 말이오……." 그는 흐느낌을 씹어 삼키고 황급히 말을 이었다. "아내의 죽은 얼굴을 보았을 때, 간신히 내가 저지른 모든 것을 깨달은 겁니다. '내가 바로, 내가 아내를 죽인 것이다, 활발히 움직이며 돌아다니던 따뜻한 몸이었던 아내를, 저렇게 꼼짝도 하지 못하고 납처럼 차디찬 모습으로 변해 버리게 한 것도 모두 내가 한 짓이다, 이것은 영원토록 어디에 가든 무슨 짓을 하든 돌이킬 수 없는 일이다'라는 것을 깨달은 거예요. 이런 괴로움을 맛보지 않은 사람이 이 심정을 알 턱도 없겠소만, 으흐…… 으흐흐……." 이렇게 몇 번인가 그는 신음하더니 잠잠해졌다.

우리는 오랫동안 아무 말도 하지 않은 채 앉아 있었다. 그는 내 맞은편 자리에서 흐느껴 울면서 말없이 어깨를 들먹거리고 있었다.

"용서하시오……."

그는 내게서 얼굴을 돌리고 담요를 뒤집어쓰고 옆으로 누웠다. 아침 8시경이었다. 나는 내려야 할 역에 도착해 작별 인사를 나누기 위하여 그에게 갔다. 잠이 들었는지 아니면 잠든 체하는 것인지, 아무튼 그는 꼼짝도 하지 않았다. 나는 한 손을 그에게 가만히 갖다 댔다. 그는 눈을 떴으나 잠들지 않았던 것은 분명했다.

"그럼 안녕히 가십시오." 한 손을 내밀면서 나는 말했다.

그는 그 손을 잡고 악수하고 보일락말락하게 미소지었으나, 그 웃음은 나까지도 울어 버리고 싶을 만큼 애처롭고 측은한 미소였다.

"용서하시오." 그는 자기 이야기를 끝냈을 때에 했던 것과 똑같은 말을 되풀이했다.

하루하루를 위한 생각들

인생을 이해하지 못하는 사람은 살아 있는 나날을 내내
살기 위해서, 쾌락을 얻고자, 고통으로부터 벗어나려,
달아날 수 없는 죽음으로부터 도피하고자 끝없이 싸운다.

내가 진실로 따르는 신앙은
모든 살아 있는 것들을 사랑하는 것이다.
톨스토이

머리글

오늘은 좋은 날이다. 하루하루를 위한 생각들의 모음집을 끝냈기 때문이다. 이 책은 자유롭게 생각들을 모아놓기보다는 논리적 체계를 갖추려고 애썼다. 사람이 살아가는 나날의 사랑, 행복, 영혼, 신, 믿음, 삶, 죽음, 말, 행동, 진리, 거짓, 노동, 고통, 학문, 분노, 오만 따위의 주제들이 거듭되도록 했다. 따라서 하루의 생각이 앞선 생각과 이어져서 의미를 느끼도록 했다. 이렇게 하루하루가 서로 이어져 나간다. 따라서 우리 생활의 지침이 되는 총체적인 철학으로 완결성을 이루도록 했다.

이 하루하루를 살아가는 생각들은 인류에게 보내는 나의 가장 커다란 사랑의 선물이다. 이 책을 읽는 여러분도 내가 책을 쓰면서, 또한 하루하루 거듭해 읽으며 경험했던 감동 흥분 기쁨을 함께 느껴주기를 바란다.

1908~1910

톨스토이

하루하루를 위한 생각들

사랑하기 위해 사람은 태어났다

악기 다루는 법을 배워야 하듯이 사랑하는 법도 배워야 한다. 다른 사람을 사랑할 때 두려울 것도 더 바랄 것도 없듯이, 우리는 세상에 존재하는 모든 것들과 하나가 된다. 열매가 자라기 시작하면 꽃잎이 떨어진다. 영혼이 자라기 시작하면 우리의 약한 모습도 그 꽃잎처럼 모두 사라진다. 가장 중요한 일은 나와 인연 맺은 모든 사람들을 사랑하는 일이다. 몸이 불편한 사람, 영혼이 가난한 사람, 부유하고 비뚤어진 사람, 버림받은 사람, 오만한 사람까지도 모두 사랑하라. 참된 스승은 우리 삶에서 가장 중요한 것이 '사랑'임을 일깨워준다. 사랑은 우리 영혼 속에 산다. 남이 바로 자기 자신임을 깨닫는 일, 그것이 곧 사랑이다. 사람은 오직 사랑하기 위해서 이 세상에 태어났기 때문이다.

이 세상에서 가장 강한 존재

영혼은 유리병과 같다. 우리 육체 안에는 투명한 유리병과 빛나는 불꽃이 모두 들어 있다. 우리는 대지 넓이, 별 크기, 바다 깊이를 잰다. 달 표면의 강물 흔적이나 산맥을 찾고, 쓸모 있는 기계도 만든다. 우리는 매일같이 새로운 것을 찾아낸다. 우리는 많은 것을 알고 있으며 순간순간 많은 일을 하고 있지만 가장 중요한 것을 놓치고 있다. 우리는 쓸모 없는 것은 지나치다 싶게 많이 알고 있으면서 정작 가장 중요한 우리 자신은 잘 알지 못한다. 우리 안에 사는 영혼을 기억할 수만 있다면 우리 삶은 완전히 달라질 것이다. 철은 돌보다 굳세고 돌은 나무보다 굳세며 나무는 물보다 굳세고 물은 공기보다 굳세다. 그러나 보이거나 들리진 않지만 다른 무엇보다 더 굳센 것이 존재한다. 지난날에도 있었고 지금도 있으며 영원히 없어지지 않을 그것. 그것은 바로 모든 사람의 내면에 살아 있는 영혼이다. 우리는 산맥과 태양, 우주의 별들을 보고 감탄한다. 하지만 우리 영혼에 비교하면 모두 보잘것없는 것들이다. 영혼은 세상에서 가장 굳센 존재이다.

지금 이 순간을

당신에게 가장 중요한 때는 언제인가? 당신에게 가장 중요한 일은 무엇인가? 당신에게 가장 중요한 사람은 누구인가? 당신에게 가장 중요한 때는 현재이고, 당신에게 가장 중요한 일은 지금 하는 일이며, 당신에게 가장 중요한 사람은 지금 만나고 있는 사람이다.

가진 것이 아주 적은 사람

수수한 식사를 즐기는 사람을 우리는 본받아야 한다. 육체의 즐거움을 좇아 육체만 보살피며 살아간다면 결국 진정한 기쁨을 느끼지 못할 것이다. 걸을 수 있는데도 걷지 않으면 다리는 약해진다. 부와 사치에만 익숙해지면 수수한 삶을 잊게 되고 내면적인 즐거움과 평화, 자유를 잃어버리게 된다. 우리는 육체를 보살펴야 한다고 말한다. 하지만 현자들은 모두 필요한 것이 적을수록 좋다고 말한다.

세상에서 가장 좋은 물

혀끝까지 나온 나쁜 말을 함부로 내뱉지 말고 삼켜버리면 그것이 세상에서 가장 좋은 음료가 된다. 언제 어떻게 말해야 하는지 배우는 것도 중요하지만 그보다 더 중요한 것은 언제 어떻게 침묵해야 하는가다. 잘못 말한 것을 후회하는 일은 많다. 하지만 침묵한 것을 후회하는 경우는 없다. 더 많이 말하고 싶어 할수록 하지 말아야 할 말을 해버릴 위험은 커진다. '저는 모르겠습니다'라는 말을 더 자주 하도록 혀를 훈련시켜라. 네 등 뒤에서 욕하는 사람은 진정 나를 두려워하는 것이다. 눈앞에서 나를 칭찬하는 사람은 나를 미워하는 것이다. 말은 힘이 세다. 말은 사람들을 하나로 만들기도 하지만 때로는 갈라놓기도 한다. 말로 사랑을 만들 수도 적대감을 빚을 수도 있다. 잘못된 생각을 드러내는 방법에는 두 가지가 있다. 하나는 말해야 할 때 침묵하는 것이고, 또 하나는 침묵해야 할 때 말하는 것이다.

자신의 기쁨은 남의 입술에 있지 않다

강은 연못과 다르고 연못은 개울과 다르며 개울은 물 그릇과 다르다. 하지만 강과 연못, 개울과 그릇은 모두 똑같은 물을 담고 있다. 마찬가지로 건강한 어른, 아픈 아이, 가난한 노인처럼 겉모습이 서로 다른 사람들이라도 누구에게나 똑같은 영혼이 깃들어 있다. 그 영혼이 우리 모두에게 삶을 준다. 남들에게서 자신과 똑같은 영혼을 찾아낼 때 우리는 기나긴 잠에서 깨어난다. 모든 사람, 모든 생명체는 하나이다. 그러니 사람뿐 아니라 모든 생명에 대해서도 우리는 자신이 대접받고 싶은 대로 행동해야 한다. 슬기롭고 친절한 사람이 느끼는 기쁨은 스스로의 양심에 있는 것이지 결코 남의 입술에 있는 것이 아니다. 우리는 내적 성장이나 영혼의 가치가 상장이나 훈장보다 훨씬 중요하다는 사실을 잊고 산다. 이는 작은 촛불을 햇살보다 더 밝다고 여기는 것과 같다. 우리 삶과 영혼은 다른 사람들과 연결되어 있다. 그러므로 다른 사람들을 위한 선행은 곧 자기 자신을 위한 것이다.

삶을 위한 가르침

사람은 누구나 자신만의 짐을 지고 살아간다. 하지만 다른 사람의 도움 없이는 살아갈 수 없다. 따라서 우리는 위로와 충고로 다른 사람을 도와주어야 한다.

나그네

우리가 지닌 생각은 나그네와 같다. 좋은 사람이거나 나쁜 사람이거나 나그네를 비난할 수는 없다. 그러나 우리는 나쁜 생각을 물리치고 좋은 생각을 지켜낼 수 있는 힘을 가지고 있다. 우리 힘은 생각에 있다. 이 사실을 잊지 않는다면 모든 악은 사라질 것이다. 감정은 의지와 상관없이 생겨난다. 그러나 우리 생각은 그 감정을 받아들일 수도, 물리칠 수도 있다. 우리가 지닌 생각이 모든 것의 핵심이다.

행복한 인생을 위한 10가지 교훈

일하기 위해 시간을 내라. 그것은 성공을 위한 대가이다. 생각하기 위해 시간을 내라. 그것은 능력의 근원이 된다. 운동하기 위해 시간을 내라. 그것은 꾸준히 젊음을 유지하는 비결이다. 독서하기 위해 시간을 내라. 그것은 지혜의 원천이 된다. 친절하기 위해 시간을 내라. 그것은 행복으로 가는 지름길이다. 꿈을 꾸기 위해 시간을 내라. 그것은 큰 야망을 품는 일이다. 사랑하고 사랑받기 위해 시간을 내라. 그것은 구원받은 사람의 특권이다. 주위를 살펴보는 데 시간을 내라. 이기적으로 살기에는 하루가 너무 짧다. 웃기 위해 시간을 내라. 그것은 영혼의 음악이다. 기도하기 위해 시간을 내라. 그것은 영원한 삶을 위한 투자이다.

죽음을 기억하라

메멘토 모리(Memento Mori), 죽음을 기억하라! 우리 모두 언젠가 죽게 된다는 사실을 생각한다면 인생은 전혀 다른 의미를 가지리라. 30분 뒤에 죽을 거라고 생각하는 사람은 어리석은 행동을 하지 않는다. 태어나 죽음에 이르는 우리의 삶은 아침에 일어나서 저녁에 잠자리에 드는 하루 일과와 같다. 생각은 우리를 자유롭게 한다. 그러나 다시 생각해보면 우리를 가장 자유롭게 하는 것은 죽음이다. 죽어가는 사람의 행동은 깊은 인상을 남긴다. 그러므로 잘 사는 것도 중요하지만 잘 죽는 것은 보다 더 중요하다.

친절

친절은 세상을 아름답게 한다. 모든 비난을 해결한다. 얽힌 것을 풀어헤치고, 곤란한 일을 손쉽게 하며, 암담한 것을 즐거움으로 바꾼다.

눈에 보이지 않는 것

우리는 이 세상에서 가장 중요한 일이 직접 눈으로 보는 일, 말하자면 집을 짓고 밭을 일구고 소를 기르고 과일을 따는 경제적인 일이라 여기기 쉽다. 그러면서 우리는 눈에 보이지 않는 일, 곧 정신적인 활동을 하찮게 생각하기도 한다. 그러나 무엇보다 가장 중요한 일은 우리 영혼을 살찌우는 눈에 보이지 않는 일이다.

지혜로운 사람

지혜로운 사람이 되고자 한다면 현명하게 질문하는 방법, 주의 깊게 듣는 태도, 그리고 더 이상 할 말이 없을 때 침묵하는 법을 알아야만 한다. 현명한 사람은 절대로 자기 스스로가 현명하다고 생각하지 않는다. 나아가 자신에게서 신의 모습이 보인다 해도 절대 자신을 드러내지 않는다.

홀로 있는 시간에

다른 사람과의 만남을 통해서만 삶이 개선되는 것은 아니다. 우리는 홀로 있을 때, 자신의 생각과 일대일로 마주했을 때 비로소 참된 인생을 꽃피우게 된다. 생각의 힘은 위대하다. 이 힘은 축복이나 저주의 말을 통해 표면에 드러난다. 어떤 말이 되는가는 좋은 생각인지 나쁜 생각인지에 따라 달라진다. 포탄은 대포를 떠난 뒤에야 그 소리가 귀에 들린다. 마찬가지로 나쁜 생각도 겉으로 나쁜 결과를 가져온 뒤에야 우리 눈에 보이게 된다. 우리의 모든 행동은 생각에 의해 좌우된다. 씨앗은 흙 속에 있을 때는 눈에 보이지도 않지만 시간이 지나면서 큰 나무로 자라난다. 인간의 생각도 보이지 않게 움직인다. 인류 역사에서 가장 큰 사건은 바로 그런 생각에서 비롯됐다.

어린아이에게 배우라

아이들은 모두를 똑같이 대하면서 참된 평등이 무엇인지 보여준다. 그러나 어른들은 부자나 유명인은 따르면서 가난한 사람은 업신여긴다. 다른 사람들을 자기 자신보다 훌륭하다 여기고 대한다면 모두와 잘 지낼 수 있다. 어린아이는 다른 아이를 만나면 신분이나 인종과 관계없이 다정한 미소를 지어준다. 어른들은 왜 그렇지 못한가?

옳은 행동이란

진정으로 일에 몰두하고 있는 사람들은 삶의 모습이 단순하다. 왜냐하면 그들은 쓸데없는 일에 마음 쓸 겨를이 없기 때문이다. 또한 그들은 착한 일을 하려고 애쓰기보다는 나쁜 일을 하지 않으려고 애쓴다.

나는 무엇을 할 것인가

'무엇을 할 것인가?'라는 질문에 대해 나는 다음과 같은 답을 찾았다. 첫째, 자기 자신에게 거짓말을 하지 않는다. 만일 현재의 생활이 이성이 계시하는 참된 길에서 멀리 떨어져 있다 하더라도 진리를 두려워하지 않는다. 둘째, 다른 사람에 대한 나의 정의, 우월, 특권을 거부하고 내 스스로 죄가 있음을 인정한다. 셋째, 자기의 모든 존재를 움직임으로써 의심할 수 없는 영원한 인간 계율을 실행한다. 어떠한 노동도 부끄러워하지 않고 자기와 다른 사람의 생명을 유지하기 위해 자연계와 싸운다.

참된 배움

학문은 우리를 멋지게 꾸며 주는 왕관이 아니라 우유를 가져다주는 젖소이다. 좋은 음식이 몸에 이롭듯이 학문은 우리에게 쓸모가 있다. 그러나 신선하지 못한 음식이나 중독성 있는 음식처럼 나쁜 것도 있다. 학자는 모름지기 연구하는 데 오랜 시간을 보낸 사람이다. 하지만 그렇다고 해서 그가 무언가를 안다거나 무언가를 알 만큼 충분히 똑똑하다는 의미는 아니다. 학문은 우리가 더 나은 사람이 되도록 도움을 줄 때만 이로운 것이다.

육체는 영혼의 학생이다

육체는 영혼의 첫 번째 학생이다. 육체의 가장 큰 기쁨은 노동 뒤의 휴식이다. 세상의 어떤 오락도 이것과는 비교할 수 없다. 인간이든 짐승이든 육체를 쓰지 않으면 살아갈 수 없다. 육체를 씀으로써 우리는 만족을 느끼고 기쁨을 맛볼 수 있다. 그것이 다른 사람을 섬기고 봉사하는 가장 좋은 길이다. 게으름에 빠진 육체는 영혼을 높이 북돋을 수 없다.

순수한 마음

우리에게 필요한 것은 단 하나, 분노나 미움, 짜증과 적대감이 없는 순수한 마음이다. 누군가에게 적대감을 느낀다면 상대의 내면에 대해 생각하라. 자기 자신에 대해서, 또는 자기 자신의 정당함은 살피지 마라. 조용한 내면의 생각을 통해 상대의 선함을 찾아보라. 그리고 사람들과 어울릴 때는 되도록 공통점을 많이 찾아보라. 누군가에게 화내는 일을 멈추고 평화와 용서, 사랑을 되찾으려면 자신과 그 사람의 공통된 죄를 생각하라.

영혼이 이끄는 길

우리 인생의 작은 부분을 고치면 삶이 완전히 달라지리라는 생각은 어린아이나 하는 것이다. 그것은 양탄자에 앉아 끝부분을 잡아당기면 하늘 높이 날아오를 수 있다는 생각과 같다. 뭔가를 제대로 하려면 그 방법을 알아야 한다. 무슨 일이든 마찬가지이다. 우리가 바라는 인생을 살아가려면 어떻게 해야 하는지 알아야 한다. 우리 모두는 바라는 일을 이루고 싶어 한다. 하지만 그러면서도 우리 영혼이 이끄는 길은 가지 않으려 한다.

인생의 무엇을 위하여

유혹과 편견과 죄는 사랑의 씨앗이 자라나도록 만드는 거름이다. 유혹과 편견과 죄가 이 세계에 존재하지 않는다면 인생의 발전도 없을 것이다. 이들로부터 자유로워지는 일, 그것이 인생의 목적이다. 육체적 죄의 근원은 육체에 있다. 유혹의 근원은 남들의 평가에 있다. 편견의 근원은 거짓에 있다. 죄로 말미암아 받게 될 처벌보다는 죄에 익숙해지면서 천천히 영혼이 파멸하는 일, 이것이 더 무거운 벌이다.

귀 기울여 들으라

작은 선행이 우리의 모습을 결정한다. 따라서 진실로 하찮은 일이란 없다. 인생은 작고 자질구레한, 눈에 뜨이지 않는 일들로 이루어진다. 좋은 말과 좋은 행동을 하도록 애써라. 그러면 사랑이라는 커다란 나무가 성장할 것이다. 확신하지 못한다면 말하거나 행동하지 마라. 이것은 아주 중요한 이치이다. 무언가 이루어내려면 노력해야 한다. 가장 힘들고도 중요한 노력은 떠들어대지 않는 것이다. 귀 기울여 들으라. 그리고 아주 조금만 말하라.

고통과 실패에서

사람들에게는 고통과 병이 필요하다. 사람들은 고통을 이해하면서 육체는 영원하지 않고 일시적인 존재에 지나지 않는다는 사실을 깨닫는다. 고통과 실패가 없다면 기쁨, 행복, 성공을 무엇과 견줄 수 있겠는가. 사람들은 작은 문제들로 균형을 잃어버린다. 반대로 커다란 문제는 사람들을 영혼의 삶으로 이끈다.

물에게서 배우라

물이 산 정상에 머물러 있지 않듯 겸손은 오만과 함께 머물지 않는다. 물과 겸손은 모두 낮은 곳으로 향한다. 다른 사람들로부터 자신의 어리석음을 보는 것만큼 스스로를 바로잡아 주는 일은 없다. 겸손을 배우려면 혼자 있을 때에 자기 자신의 오만한 생각과 싸워야 한다.

말을 꾸미는 사람

아름답게 말을 꾸미는 사람은 거짓말을 하거나 스스로를 높이려는 사람이다. 이런 사람의 말은 결코 믿어서는 안 된다. 진실한 말은 언제나 뚜렷하고 틀림이 없어 모든 사람이 헤아릴 수 있다.

삶의 기쁨

노동과 휴식이 되풀이되는 일을 가지고 있다면 그 삶은 기쁘다. 하지만 모든 일이 그런 것은 아니다. 게으른 사람이 한 명 있다면 그를 대신해 일하는 사람이 있다. 넘치도록 많이 가진 사람이 한 명 있다면 굶주리는 사람이 있다. 담배와 술은 지루함을 벗어나려는 게으른 사람들이 만들어낸 것이다. 이것들은 우리를 바보로 만든다. 일하지 않으면 따분해진다. 따분해지면 죄를 저지른다.

영혼의 날개

작은 구멍 하나로도 항아리 물이 다 새어버리는 것처럼 단 한 사람이라도 미워하는 사람이 있다면 그 인생은 공허해진다. 화가 나면 말하거나 행동하기 전에 열까지 세어 보아라. 그래도 화가 진정되지 않는다면 백까지 세어라. 그러다 보면 우리는 하찮은 일에 분노했다는 사실에 새삼 놀라게 된다. 세상을 살아가면서 우리에게 가장 가치 있는 일은 분노가 치밀어 올라도 화를 내지 않는 것이다. 선한 노력은 되풀이될 때만이 착하다. 넘어지면 다시 일어나라. 다시 노력해야 할 때 절망 속에 주저앉아 버리면 안 된다. 누에는 나방이 되어 날아갈 때까지 열심히 실을 뽑아낸다. 인간도 영혼을 개선하기 위해 애쓰다보면 날개를 얻을 것이다.

참된 노동

우리는 노동이라고 하면 집을 짓고 밭을 갈고, 소를 먹이는 일처럼 눈에 보이는 것만을 떠올린다. 그러나 참된 노동은 눈에 보이지 않는다. 그것은 내면의 영혼을 개선시키는 일이다. 아무리 하찮은 선행이라도 업신여기지 마라. 거기에는 가장 위대하고 중요한 행동 못지않은 에너지가 필요하기 때문이다.

오만은 어리석음

밀밭에 자라는 잡풀들은 땅의 물기를 빨아들이고 햇볕을 가려 좋은 밀이 말라죽게 한다. 사람들의 오만도 마찬가지이다. 이 오만은 힘을 빼앗아버리고 진리의 빛을 가로막는다. 오만한 사람은 다른 사람들의 눈에 얼마든지 속여 넘기고 부릴 수 있는 어리석은 사람으로 비친다. 오만은 어리석음과 함께 다닌다. 오만한 사람은 다른 누구보다도 자기에게 먼저 해를 끼친다. 남들과의 대화와 공감이라는 큰 즐거움을 스스로 막아버리기 때문이다.

아이처럼 자라는 영혼

인간의 삶은 겨울에서 봄에 이르는 계절 변화와도 같다. 비가 촉촉이 내린 뒤 새싹이 나오고, 나뭇잎이 돋아난 뒤 꽃이 피고 열매가 맺히는 것이다. 육체적인 성장이 끝나는 시기는 매우 중요한 의미를 갖는다. 이때부터 영혼이 자라기 시작하기 때문이다. 모든 생명체는 꾸준히 성장한다. 우리 영혼은 어린아이와 같이 성장하는데, 한 개인의 영혼이나 모든 사람의 영혼도 이와 마찬가지이다.

마음이 머무는 곳에 보물이

자기 마음이 있는 곳에 자신의 보물이 있다. 맛난 음식, 편안한 집, 멋진 옷 따위같이 육체를 만족시키는 것에 보물이 있다고 생각하는 사람은 이러한 것들만 추구하다가 인생을 헛되이 써버린다. 육체를 위해 에너지를 다 써버릴수록 영혼에 기울일 에너지는 줄어든다. 육체의 욕망은 무언가 더 달라고 떼를 쓰는 아이와 같다. 더 많이 줄수록 더 많은 요구가 이어지고 여기에는 끝이 없다. 육체의 욕망을 좇다보면 육체는 점점 더 약해진다. 거꾸로 이를 무시해도 육체가 약해질 것이다. 따라서 중도를 지키는 것만이 유일한 방법이다.

노력

보다 나은 사람이 되기 위해 쉴 새 없이 애써라. 여기에 인생의 진정한 의미가 담겨 있다. 어떻게 하면 계속해서 앞으로만 나아갈 수 있는가. 그것은 오로지 노력에 의해서만 가능하다. 노력 없이는 절대로 현명한 사람이 될 수 없다. 이것은 결국 악으로부터 벗어나 선한 사람이 되려는 노력이 필요함을 뜻한다.

크게 바랄수록

어린 시절에는 누구나 육체를 충족시키려고 한다. 하지만 어른이 되어서도 그런다면 그것은 어리석은 행동이다. 호사스러운 음식을 먹고 값비싼 옷으로 꾸미며 큰 저택에 살고 멋진 오락거리를 바라는가. 충족시켜야 하는 것이 많으면 많을수록 더 큰 얽매임이 우리를 기다린다는 사실을 깨달아야 한다. 크게 구할수록 자유는 적어지기 때문이다.

행복의 조건

행복의 가장 중요한 조건은 노동이다. 그 첫째는 자신이 좋아하는 자유로운 일이고, 둘째는 깊은 단잠을 주는 육체노동이다. 육체노동은 우리를 귀하게 한다. 게으른 사람은 존중받지 못한다. 부지런한 노동 습관을 갖지 못했다면 가장 큰 불행이다. 따라서 어린 시절부터 노동 습관을 길러주어야 한다. 열심히 일하는 것만으로는 모자란다. 어떤 일을 하는가가 그에 못지않게 중요하다. 자연은 잠시도 쉬지 않는다. 그리고 모든 게으름에 대해 벌을 내린다.

자신을 해치는 방법

우리 위장은 영혼의 손발을 묶은 족쇄와도 같다. 즐거움을 위해서가 아니라 배고픔을 없애기 위해 먹는 정도에 그쳐야 한다. 우리는 음식이나 값비싼 옷, 오락거리에 신경을 쓰지 않을수록 더 많은 자유를 얻게 된다. 우리 몸을 돌보는 일은 필요할 때에만 하라. 몸을 즐겁게 하기 위해 여러 방법을 생각해내지는 마라. 육체를 너무 지나치게 보살피는 것은 자기 스스로를 해치는 일이다.

공통점

참된 이치는 손이 닿을 만큼 가까운 곳에 있다. 햇살 아래를 걸을 때 생기는 그림자처럼 늘 사람들을 따라다닌다. 선한 삶을 살려면 주위 모든 것이 선해야 한다고 생각하지 마라. 천국이 자기 안에 없다면 그 천국에는 들어갈 수 없다. 삶과 죽음에는 공통점이 있다. 매우 중요한 공통점이 틀림없이 있다.

위대한 생각은 가슴에서

악행에 앞서는 나쁜 생각은 행동 그 자체보다 더 나쁘다. 진심으로 참회한다면 악행은 반복하지 않을 수 있다. 하지만 나쁜 생각은 또 다른 나쁜 행동으로 이어진다. 삶의 초점을 육체적인 것에서 영적인 것으로 돌린다는 결심은 진지한 생각을 통해 얻게 된다. 젊든 늙든 똑똑하든 어리석든 교육받았든 교육받지 못했든 누구나 슬기로울 수 있다. 위대한 생각은 가슴에서 나온다.

아이는 나무처럼

인간이 아무리 모양을 잡아준다고 해도 결국 나무는 타고난 방식으로 성장한다. 어린아이에게 벌을 줄 때에도 이것을 기억하라. 타고난 성품이 더 강하므로 아이는 마침내 그 잠재력대로 자란다.

누구나

슬기로운 사람은 타인에게서 자신의 모습을 본다. 어리석은 사람만이 타인들과 자신을 다른 '낯선' 존재로 여긴다. 인류의 스승들은 지혜와 성스러운 능력을 더불어 지니고 있었다. 그러나 누구나 이렇게 될 수 있다. 우리에게는 영혼의 힘이 있으므로.

말하기 전에 침묵하라

탄알을 잰 총을 조심해서 다뤄야 한다는 것은 누구나 다 알고 있다. 그러나 말을 조심해야 한다는 사실은 종종 잊어버린다. 말은 사람을 죽일 수도 있고 심지어는 죽음보다 더 큰 악영향을 줄 수도 있다. 말이 많은 사람일수록 행동은 거의 하지 않는다. 슬기로운 사람은 행동보다 말이 앞설까봐 경계하고 말하기 전에 오래도록 침묵한다. 말하고 싶을 때마다 입을 다물고 생각하라. 하고자 했던 말이 말할 가치가 있는 것인가, 그 말로 누군가에게 상처 주는 일은 없는지 헤아려라. 어리석은 이에게 침묵은 가장 좋은 대답이다. 나쁜 말이나 비판을 한다면 이것은 곧 되돌아온다. 이것은 불길 속에 장작을 집어넣는 셈이다.

꿈

사람들은 누구나 죽는다는 것을 알고 있다. 우리는 그날그날 죽음에 가깝게 다가서고 있다. 하지만 삶의 의미는 시간의 흐름과는 관계없다. 그것은 우리 영혼이 얼마나 나아지는가에 달려 있다. 우리는 인생길을 걷다가 중간쯤에 이르러 어느 방향으로 가야 할지를 잃어버린 사람과도 같다. 앞문으로 인생길에 들어왔지만 출구로는 나가기 싫은 것이다. 죽음이 가져올 변화가 두려워 당최 떠날 생각이 나지 않는다. 하지만 우리는 태어나면서 이미 그런 변화를 거쳤고 그때 아무런 나쁜 일도 일어나지 않았다. 우리 삶은 순간순간 일어나는 눈에 보이지도 않는 작은 변화들로 이루어진다. 이런 변화가 시작되던 때 우리는 어린아이였다. 그리고 이 변화가 끝날 때 죽음이 찾아온다. 죽음은 우리 영혼이 살아가는 틀이 바뀌는 것이다. 틀을 내용과 착각하지 마라. 태어나서 죽음에 이르는 삶은 그 다음에 오게 될 더 큰 삶을 깨닫지 못한 채 현재가 전부라고 착각하는 한바탕 꿈과 다름없다.

탐욕의 습관

지금의 육체적 탐욕을 억누를 수 없는가? 그 원인은 충분히 억누를 수 있었던 탐욕을 습관으로 만들었기 때문이다. 절망감을 느낄 때면 자기 자신을 환자로 여겨라. 너무 많이 움직이지도 무언가 행동하지도 말고 상태가 좋아지기만을 가만히 기다려라.

나에게서 찾아라

우리에게 일어나는 나쁜 일들을 환자가 먹는 약처럼 여겨라. 약은 쓰지만 몸을 고친다. 고난과 시련은 영혼에 약이 되므로 기뻐하라. 스스로를 세상과 동떨어진 존재로 보고 자신이 청렴결백하다고 믿을 때, 영적 성장과 괴로움을 연결 짓지 못할 때만이 고난과 시련은 고통으로 다가온다. 무언가 두렵다면 그 이유는 밖이 아닌 바로 자기 안에 있음을 생각하라.

언제나 학생처럼

행복하지 않다고 느껴진다면 바로 자기 자신이 저질렀던 모든 나쁜 행동을 생각하라. 기분이 나쁘겠지만 그것에는 스스로를 바로잡는 힘이 있다. 개인의 삶이 얼마나 다른가는 그다지 중요하지 않다. 완성으로 가기 위한 거리는 누구에게나 한결같기 때문이다. 우리 모두는 완성에서 아주 멀리 떨어져 있다. 자기 자신이 다른 사람들을 가르치는 선생이라고 여기는 경우도 있지만 언제나 우리는 학생이 되어야 한다. 인생의 역할 모델을 찾고 있다면 단순하고 겸손한 사람으로 찾으라. 정말로 위대한 인간은 그들 속에만 있다.

참된 앎이란

모르는 것은 부끄러운 일이 아니다. 모르는 것을 아는 척하는 것이 더 부끄러운 일이다. 정말로 중요한 것은 지식의 양이 아니라 질이다. 우리는 여전히 모르는 것이 많다. 많은 책을 읽고 다 신뢰하는 일보다는 어떤 책도 읽지 않는 편이 더 낫다. 책 한 권 읽지 않고서도 현명할 수 있다. 그러나 책에 쓰인 것을 다 믿는다면 바보가 되어 버린다.

말과 침묵

우리는 무엇을 어떻게 말해야 하는지 배운다. 그러나 그보다 더 중요한 일이 있다. 바로 언제 어떻게 침묵해야 하는지 아는 일이다. 험담은 세 방향으로 악영향을 끼친다. 험담의 대상이 되는 사람, 험담을 함께 듣는 사람, 그리고 가장 중요하게는 험담하는 사람 자신이다. 말은 곧 결과를 미리 헤아릴 수 없는 행동이다. 따라서 말하는 것에 조심하라. 솔직한 말은 구도자의 말보다 더 큰 힘을 지닌다.

한 번 진흙탕에 빠지면

반짝이는 새 신발을 신은 사람은 진흙탕을 밟지 않으려 조심한다. 그러나 실수로 신발을 더럽히게 되면 그 다음부터는 개의치 않고 진흙탕을 걷게 된다. 우리 영혼의 삶이 그렇게 되지 않도록 주의하라. 잘못하여 진흙탕에 들어갔다 해도 곧 빠져나와 스스로를 깨끗이 해야 한다. 불교에서는 살생, 도둑질, 사음, 거짓말, 음주를 다섯 가지 죄로 여긴다. 이들 죄를 피하는 방법은 자기 절제,

소박한 삶, 노동, 겸손, 신앙이다. 누구나 살면서 죄를 저지르고 뉘우치는 과정을 거친다. 죄란 마치 달걀 점액질이나 밀기울과 같다. 죄에서 벗어나는 것은 달걀껍질을 깨고 나온 병아리나 싹터 오른 씨앗이 자유롭게 신선한 공기와 빛에 드러나는 것과 같다. 육체는 영혼에 복종해야 한다. 하지만 반대 상황이 너무도 자주 일어난다. 이것을 나는 죄라고 부른다. 어린아이는 어른보다 더 순수해 보인다. 이는 아마도 그 마음이 어른들의 치우친 생각에 물들지 않았기 때문일 것이다. 어른은 스스로의 죄와 싸워야만 한다.

사랑의 노동

얼마나 가졌는가가 아니라 얼마나 일하는가를 기준으로 사람을 존경해야 한다. 게으르고 넉넉한 사람들이 존경받는 반면, 농부나 기술자처럼 노동하는 사람들은 존경받지 못하는 경우가 있다. 식사를 준비하고 집을 청소하고 빨래를 하는 일상적 노동을 업신여기고는 훌륭한 삶을 살 수 없다. 노동, 특히 흙을 다루는 노동은 몸과 영혼 모두에게 이롭다. 마음에 휴식을 줄 뿐만 아니라 자연과 가까워지도록 만들어주기 때문이다. 손을 써서 일하지 않는 사람은 이를 이해하지 못한다. 일하지 않으면서 호화롭게 사는 사람이 있다면 그는 다른 사람이 노동한 대가를 빼앗는 것이다. 부자들은 이같은 노동을 업신여기지만 순수한 사람에게는 이것이 인생에서 가장 중요한 노동이다. 다른 사람의 행복을 비는 사랑의 마음에서 우러나온 노동은 영혼의 양식이 된다.

오! 진리여

우리는 인생에서 무엇이 가장 중요한지 가르쳐주는 여러 스승을 만난다. 공부는 학자가 되기 위해서가 아니라 더 나은 삶을 살기 위해 하는 것이다. 우리는 지적 능력을 타고난 덕분에 삶의 의미를 깨달을 수 있다. 어떻게 착한 삶을 살고 어떻게 나쁜 길로 접어들지 않을지 말이다. 학문의 종류는 끝없이 많다. 무엇이 착한 삶이고 무엇이 삶의 목표인지 알지 못한다면 제대로 된 선택을 할 수 없다. 오늘날에는 배울 만한 지식이 넘쳐나도록 많다. 하지만 시간이 흐를수록 우리 능력은 줄고 인생은 짧아져 가장 필요한 최소한의 지식조차 배우기 어렵다. 독자적으로 생각할 수 있다면 쓸데없는 독서를 줄일 수 있다. 너무나 많이 읽는 것은 오히려 해가 된다. 내가 만난 위대한 사상가들은 책을 적게 읽는 이들이었다. 나쁜 책은 아무리 조금 읽어도 해롭고, 좋은 책은 아무리 많이 읽어도 부족하다. 나쁜 책은 정신의 독약이나 다름없다. 성스러운 진리란 학자가 쓴 해롭고 잘못된 책보다는 무식한 사람이나 어린아이의 말을 통해 더 자주 드러나는 법이다.

가장 훌륭한 행동

인생은 죄, 유혹, 편견에 빠지지 않기 위한 싸움이다. 사람을 괴롭히는 다섯 가지 큰 죄악이 있다. 과식, 게으름, 정욕, 분노 또는 증오, 그리고 마지막으로 오만이다. 우리 육체가 서로 떨어지지 않았다면 우리 내면의 성스러운 영혼도 합쳐져 있을 것이다. 육체가 없다면 삶도 없다. 하지만 또 다른 삶은 육체와 나뉘어 존재한다. 분노를 극복하고 자신에게 상처 준 사람을 용서하며 친절히 대하는 것은 인간이 할 수 있는 가장 훌륭한 행동이다.

되도록 적게, 되도록 가볍게

연기가 꿀벌을 벌집에서 몰아내듯 과음과 과식은 영적인 힘을 우리에게서 몰아내 버린다. 과식하고 있다면 게으르지 않을 수 없다. 과음한다면 금욕하기 어렵다. 등불을 들고 어둠 속에서 길을 찾아 헤매는 사람이 있다. 그가 헤매다 지쳐서 등불을 꺼버리면 아무 방향으로나 걷게 된다. 흡연과 음주로 지적 능력이라는 불빛을 꺼뜨리면 우리도 삶의 방향을 잃어버리게 된다.

온갖 고통에서 벗어나

벌레 한 마리와 비교해보면 우리는 자신이 훨씬 크고 중요하고 쓸모있는 존재라 여겨진다. 하지만 지구와 비교하면 한없이 작게 느껴진다. 그 지구도 태양과 비교하면 모래알에 지나지 않는다. 그 태양도 또 다른 은하계에 비하면 아주 보잘것없다. 한 사람의 육체를 태양이나 별에 비교하면 어떻겠는가? 육체는 아무것도 아니다. 자기 자신을 영적 존재로 생각한다면 모든 고통에서 벗어나 어떤 일이 일어나도 흔들리지 않을 것이다.

화

분노는 화내는 사람에게 가장 해가 된다. 분노하게 된 일보다는 분노 자체가 더욱 해가 되기 때문이다. 누군가로 인해 화가 날 때 우리는 상대의 나쁜 점을 통해 화난 감정을 합리화하려 한다. 그러나 반대로 상대의 좋은 점을 찾아보라. 그러면 기쁨과 만족이 더욱 커질 것이다. 때때로 상대에 대해 화를 억제하지 못하는 일이 있다. 그렇다고 해도 말이나 행동에서 그런 감정을 드러내지 마라.

우리가 할 수 있는 가장 좋은 일

물보다 더 부드럽고 양보를 잘하는 것은 없다. 그러나 물보다 더 강한 것도 없다. 약한 것이 강한 것을 이기고 부드러움이 잔인함을 이기며 겸손이 오만을 이긴다. 누구나 다 아는 일이지만 정말로 이런 이치를 따르는 사람은 없다. 자기를 변화시키기 위해 가장 필요한 일들을 멀리하기 때문이다. 자신이 잘났다고 여길수록 사람은 점점 더 약해진다. 자신이 착하다고 여기는 것은 나쁘다. 반면 겸손할수록 우리는 더 강해진다. 우리는 왜 사는지 왜 이 세상에 왔는지 알지 못한다. 그러나 우리는 세상을 살아가게 하는 그 힘이 무엇을 바라는지 알고 있다. 자신만만하고 오만하며 허풍 심한 사람을 사랑하기는 어렵다. 이를 보면 겸손하고 온화한 삶의 중요성을 알 수 있다. 겸손과 온화함은 가장 중요한 것, 사랑을 크게 만든다. 우리가 할 수 있는 가장 좋은 일은 남을 더 많이 사랑하는 것이다. 하루하루 노력하라. 자신의 허물은 남의 눈을 통해서만 볼 수 있다.

보이는 것에서 보이지 않는 것으로

삶의 가장 중요한 문제들은 스스로 결정할 수밖에 없다. 자신 말고는 그 누구도 내 삶을 이해하지 못하기 때문이다. 우리 삶의 핵심은 자기 안에 사는 영혼과 어떤 관계를 맺었는지, 그 영혼의 존재를 어떻게 깨달았는지, 영혼의 목소리를 얼마나 따랐는지에 달려 있다. 어딜 가든 생각은 우리를 따라다닌다. 삶의 핵심이자 자유와 힘의 원천인 영혼도 함께 따라다닌다. 사물의 참된 의미를 깨달으려면 보이는 것에서 보이지 않는 것으로, 물질에서 영혼으로 눈길을 돌려야 한다. 진리의 빛을 있는 그대로 바라볼 수 있을 때에야 비로소 그 빛을 원하게 되기 때문이다.

육체노동

나는 목수나 요리사를 만나면 부끄럽다. 그들은 내 도움 없이도 며칠, 아니 몇 년간 살아갈 수 있다. 그러나 나는 그들 없이 단 하루도 버티지 못한다. 두 손을 움직여 일할 때 우리는 세상을 배우게 된다. 채소밭을 일구면서 나는 깨닫는다. '왜 진작 이렇게 하지 않아 지금 같은 행복을 누리지 못했을까?' 채소밭을 만드는 데도 건강과 지식이 요구된다. 자신이 할 수 있는 일을 다른 사람에게 부탁하여 괴롭히지 마라. 맡은 역할을 스스로 하지 않고 다른 사람에게 대신 시킨다면 영혼도 쇠퇴하여 죽게 된다. 육체노동이 정신적인 삶을 가로막는다고 여기는 사람들이 있다. 그러나 사실은 그 반대이다. 육체노동을 할 때만 지적이고 영적인 삶이 가능하다.

참된 나

육체를 위해 산다면 자기 자신만이 유일하게 소중한 존재로 여겨진다. 이렇게 혼자만 행복하려는 사람들이 세상에는 존재한다. 그러나 어느 누구도 만족하지 못하기에 서로 미워한다. 우리는 육체가 영원하지 못하고 시간이 지나면 죽는다는 것을 잘 알고 있다. 이 갈등에서 벗어나려면 육체가 아닌 영혼에 참된 '나'가 있음을 깨달아야 한다. 영혼은 사랑을 통해 남들과 하나가 된다. 여기에는 죽음이 없기 때문이다. 육체는 영원한 영혼이 잠깐 머무는 곳일 뿐 곧 사라질 존재에 지나지 않는다.

내 안의 빛

소박한 사람이 되고자 노력하는 것은 지하에서 지상으로 올라오는 것과 같다. 더 많이 올라올수록 더 밝은 빛을 볼 수 있다. 내면의 나에 대해 생각하면 할수록 자신이 작게 느껴져 겸손할 수 있다. 자기 자신을 살펴라. 그러면 지혜를 얻을 것이다.

날마다 일하라

우리는 날마다 일해야 한다. 그것도 늘 힘들게 일해야 한다. 차이점이라면 무슨 일을 하느냐에 달려 있다. 하루의 힘든 일을 마치고 쉬는 것은 세상에서 가장 크고 순수한 기쁨이다. 무슨 물건이든 사용할 때는 그것이 누군가의 힘든 노동이 낳은 결실임을 잊지 마라. 그것을 망가트리거나 쓰레기통에 던져버린다면 그것은 다른 사람의 일을 존중하지 않는 것이다. 지옥은 즐거움 뒤에 숨어 있고 천국은 노동과 고통 뒤에 숨어 있다.

필요한 것만 가지라

자유롭고 행복한 삶을 살고 싶다면 부나 화려함같이 없어도 될 것을 찾지 말고 꼭 필요한 것만 가져라. 육체의 욕구를 들어주면 들어줄수록 영혼의 힘은 약해진다. 현자와 성인들이 한평생 금욕하며 살았던 이유가 바로 여기에 있다.

영원한 부

아무도 빼앗을 수 없고 죽은 뒤에도 없어지지 않을 종류의 부를 쌓으라. 이것은 사랑으로 가득한 삶을 통해 영혼 속에 쌓는 부이다. 예의 바른 사람 열 명은 조그만 방 하나에서 담요만 덮고서도 편안히 하룻밤을 잘 수 있다. 그러나 부자는 둘만 모여도 방 열 개짜리 저택에서조차 서로를 참지 못할 것이다. 시간이 흐를수록 부자는 점점 더 부끄러운 삶을 살고 마음이 가난한 사람은 점점 더 절망적인 삶을 살게 된다.

습관의 주인이 되라

배고플 때만 검소한 음식을 먹는다면 병에 걸릴 일도 적고 과식이라는 죄를 저지를 위험도 줄어든다. 음식과 음료수, 그리고 일하는 양을 영혼에 알맞게 조절하라. 알맞은 수준을 유지할 수만 있다면 최고의 주치의를 둔 셈이다. 자기 습관의 주인이 되라. 습관이 우리 주인이 되도록 해서는 안 된다.

생각 하나하나가

모든 생명체는 서로 가까운 관계를 맺고 있다. 누군가 고통받으면 다른 쪽도 고통받게 된다. 반면 한쪽이 행복하면 그 행복이 다른 쪽에게도 옮아간다. 모든 생명체에게서 스스로의 모습을 보게 될 때, 그때야 비로소 인생을 이해할 수 있다. 우리는 세상을 움직이는 영적인 힘에 대해 때때로 잊어버린다. 책이나 신문, 법률, 학술논문에도 이런 이야기는 나오지 않는다. 눈에 보이지 않는 이 힘은 언제나 생각 속에 존재한다. 그리고 영혼의 힘이 된다. 세상에 대해 생각할 때에는 먼저 내면의 목소리로 말하라. 그런 다음 다른 사람들에게 소리 내어 말해야 한다. 영혼 속에 자리잡은 생각 하나가 그 사람의 인생을 바꾼다.

명상

생각은 사람이 찾아오듯 다가와 내 머리에서 떠나지 않았다. 다른 사람을 심판하는 일이 나쁘다는 것을 깨달았을 때에야 나는 생각 속에서라도 다른 사람을 심판하지 않게 되었다. 명상과 생각은 영원으로 가는 길이다. 반면에 말을 너무 많이 하는 것은 죽음으로 가는 길이다. 명상하고 생각하며 보내는 시간이 많은 사람은 죽지 않는다. 믿음을 갖지 않고 헛된 말만 늘어놓는 이는 죽은 존재나 다름없다. 일상 속에서 유혹을 이겨내는 것은 쉽지 않다. 혼자 있을 때 목표를 세우고 계획을 짜야 한다. 그러면 유혹을 이겨낼 힘이 생길 것이다.

어리석음의 출발점

서로 맞지 않는 바퀴는 굴러갈 때 시끄러운 소리가 난다. 예의 없는 사람도 마찬가지다. 자기 사랑은 오만의 출발점이다. 오만은 자기만 사랑하는 행동의 최고점이다. 우리가 가진 모든 장점을 기울여 다른 사람을 도우라. 몸이 튼튼하다면 약한 사람을 돕고, 지혜롭다면 그렇지 못한 사람을 도와라. 아는 것이 많다면 못 배운 사람을, 넉넉하다면 가난한 사람을 도우라. 하지만 오만한 사람은 다르게 생각한다. 자신에게 다른 사람들이 지니지 못한 무언가가 있다면 다른 사람과 나누지 않고 혼자서만 간직하려 든다.

황금의 말

세상에서 가장 좋은 것은 사람 사이의 사랑이다. 말로 그 사랑을 깨트리지 않도록 조심하라. 싸움의 시작은 댐으로 스며드는 물줄기와 같다. 댐이 무너지면 물살을 막을 방법은 없다. 그리고 모든 싸움은 말에서 비롯된다. 그 싸움은 누구도 설득하지 못하고 편을 갈라 모두가 화나게 만든다. 두 사람이 서로를 적으로 대한다면 두 사람 모두 잘못하는 것이다. 한 사람이라도 마음을 푼다면 다툼은 곧 사라질 것이다. 말은 사고의 표현이며 사고는 성스러운 힘의 표현이다. 따라서 말과 생각이 들어맞도록 애써라. 말에 감정이 담길 수 있지만 악이 전해져서는 안 된다. 시간은 흘러가 버리지만 내뱉은 말은 그대로 남는다. 소리 내어 하지 않는 말은 황금이다.

일하지 않는 삶

하루하루가 단조롭게 흘러간다면 마음의 영혼에 대해 생각할 시간이 없다. 혼자서 삶을 바라볼 시간을 갖도록 하라. 언제나 기분 좋은 상태이기를 바란다면 규칙적으로 육체노동을 하라. 피곤해질 때까지 하라. 어느 것도 하지 않는 사람에게는 조수가 여러 명 달라붙는 법이다. 악마가 사람 낚시를 할 때에는 여러 미끼를 사용한다. 그러나 게으른 사람에게는 미끼도 필요 없다. 그저 찌만 던져도 물기 때문이다. 게으른 이의 마음은 악마의 놀이터나 다름없다. 일은 꼭 필요하다. 일하지 않는 삶은 고통이기 때문이다.

인간이라는 존재

행복은 사랑하는 사람과 이웃에게 봉사함으로써 얻어진다. 봉사할 때 우리 마음에 있는 영혼이 하나로 합쳐지기 때문이다. 자기 자신과 모든 생명체의 연결을 가로막는 장애물을 모두 끊어내라. 그리고 되도록 이 연결을 강하게 만들어라. 나뭇가지를 꺾으면 그 가지는 나무 전체에서 떨어져나간다. 남과 싸우는 사람은 인간 사회에서 떨어져나간다. 나뭇가지는 남의 손으로 꺾지만 싸우는 사람은 자신의 악행과 분노로 인해 스스로 외톨이가 된다. 우리는 내게도 남에게도 똑같은 영혼이 존재한다는 점을 이해하지 못한다. 이것을 이해하지 못한다면 인생을 이해하기란 불가능하다.

지혜로운 대답

때로는 침묵이 가장 슬기로운 대답이다. 손보다 혀가 더 많이 쉬게끔 하라. 침묵은 어리석고 무례한 사람에게 할 수 있는 가장 좋은 대답이다. 해야 할 말을 하지 못해 후회하는 일이 100가지 중 1이라면, 하지 말았어야 할 말을 해버려 후회하는 일은 100가지 중 99이다.

좋은 생각

사람의 운명은 그 생각의 흐름을 따른다. 사람은 생각으로 자신의 삶을 내다보고 또 만들어간다. 생각은 우리를 지옥으로도 천국으로도 보낼 수 있다. 이것은 천국이나 지옥이 아닌, 지금의 삶에서 일어나는 일이다. 진리를 추구할 때 비로소 삶이 시작되고 그것을 그만둘 때 삶은 끝난다. 우리 삶과 생각은 서로 같다. 삶은 마음에서 시작되어 생각으로 형태가 만들어진다. 좋은 생각으로 말하고 행동한다면 기쁨은 그림자처럼 그 뒤를 따라다닌다.

삶과 죽음이란

우리는 영원한 삶과 현재를 함께 살아야 한다. 일할 때는 영원히 살 것처럼 하고 남을 대할 때는 오늘 밤 죽을 것처럼 하라. 인생의 모든 것은 단순하며 서로 연결되어 있다. 죽음을 제외한 모든 것이 그러하다. 그래서 사람들은 죽음에 대해 생각하려 하지 않는다. 우리는 삶을 이해할 수 없는 수수께끼로, 죽음을 단순하고 분명한 것으로 보아야 한다. 영적 삶을 위해 가장 중요한 것은 우리가 한자리에 머무르지 않고 계속해서 어딘가로 옮겨가고 있다는 것이다. 우리는 커다란 배에 오른 승객과 같다. 선장은 승객 중 누가 언제 배에서 내린다는 것이 기록된 비밀 명단을 가지고 있다. 우리에게 허용된 시간 동안 인생의 법을 지키며 평화와 사랑, 모든 친구들과의 화합 속에서 흘러가도록 하라.

마음의 중심

자기 자신이 좋다고 생각하는 것을 행동하라. 다른 사람들의 평가에 흔들릴 필요는 없다. 독립적으로 생각하지 못하면 남의 영향 아래 놓이게 된다. 늘 남의 생각 속에서 사는 것은 육체가 얽매인 것보다 훨씬 더 나쁜 노예 상태이다. 우리 마음의 양심은 바깥 세상의 판단보다 더 큰 의미를 지닌다. 우리는 그 양심과 함께 영원히 살아야 하기 때문이다.

순수한 언어

거짓 학문과 종교는 잘 다듬어진 어려운 학문적 언어를 사용한다. 그래서 진리를 모르는 사람들은 그것이 아주 참되고 중요한 것이라고 믿어버린다. 슬기로운 사람일수록 단순한 언어로 자신의 생각을 나타낸다.

삶의 나침반

현자가 어느 날 말했다. "나는 선을 찾아 온 세계를 돌아다녔습니다. 쉬지 않고 밤낮 선을 찾았지요. 그런데 어느 날인가 완전히 지쳐버렸을 때, 내 안에서 '선은 네 안에 있다'라는 목소리가 들려왔습니다. 나는 그 목소리를 따랐고 마침내 완전한 행복을 얻었습니다." 동물이나 어린아이, 성자들은 누구나 인생의 기쁨을 누린다. 동물은 지적 능력을 갖지 않았기에 자연에 적응하며 살고 어린아이는 때묻지 않은 순수한 지적 능력으로 살며 성인은 오직 한 가지 바람을 이루겠다는 생각으로 산다. 인생의 의미를 깨닫지 못한다면 나름대로 삶을 추구하며 바쁘게 사는 이들도 그저 어리석고 가엾은 수많은 사람들과 다름없다. 세상과 세상의 목적을 깨닫는 데 인생을 바치는 사람은 좌절하지 않는다. 그에게는 시끄러운 세상이 필요 없다. 이미 자기 안의 일이 충분히 많기 때문이다. 그에게 중요한 것은 단 한 가지, 자기 안의 악에서 자유로워지고 남들과 더불어 평화롭게 살아야 한다는 것이다. 언제나 좋은 삶에 대해 생각한다면 좋은 삶을 이룰 수 있다. 늘 착하게 살 수 있는 능력을 키워야 한다. 죽음에 이르는 그 순간까지 진리를 추구하라. 인생 이치가 늘 뚜렷한 것은 아니다. 현자에게도 그러하다. 그러나 노력한다면 그것을 깨달을 수 있다.

자기 자신이 되어라

우리는 지식이 많을수록 잘살 수 있다고 믿는다. 그러나 많이 아는 것은 꼭 필요한 몇 가지를 아는 것만 못하다. 학자는 많은 책을 읽은 사람이다. 지식인은 사람들의 관심거리가 무엇인지도 아는 사람이다. 하지만 학자나 지식인이 되기보다는 자기 자신이 돼라. 교육을 받지 못했다고 두려워 마라. 성장 속도가 느리다고 불안해하지 마라. 정말로 두려워해야 할 일은 알지 못하면서 아는 체하는 것이다.

참된 승리

싸움에서 몇천 명을 상대로 몇천 번 승리한 것과 자기를 상대로 한 번 승리한 것을 견주어보면 뒤의 것이 훨씬 더 가치가 있다. 살면 살수록 아무것도 하지 않는 것의 지혜를 알게 된다. 인간의 참된 힘은 난폭함이 아니라 고요함에 있다. 서두를수록 할 수 있는 일은 줄어든다.

살아가는 나날 죽음을 생각하라

타오르는 촛불이 초를 녹이듯 우리 영혼의 삶은 육체를 사라지게 한다. 육체가 영혼의 불꽃에 완전히 타버리면 죽음이 찾아온다. 삶이 선하다면 죽음 또한 선하다. 죽음이 없다면 삶도 없기 때문이다. 죽음은 우리와 세상, 우리와 시간 사이의 연결을 끊어놓는다. 죽음 앞에서 미래에 관한 질문을 하는 것은 아무 의미가 없다. 머잖아 우리 모두에게 죽음이 찾아오리라는 것은 누구나 알고 있다. 잠잘 준비, 겨우살이 준비는 하면서 죽을 준비를 하지 않는 까닭은 무엇인가. 올바로 살지 못하고 삶의 법을 깨뜨린 사람만이 죽음을 두려워한다. 죽음에 대해 너무 많이 생각할 필요는 없다. 살아가면서 죽음을 떠올리면 되는 것이다. 그리하면 삶은 진지하고 즐거워지리라.

행복은 마음 안에

행복한 사람이 되고 싶은가? 우리가 바라는 행복은 이미 모두 주어졌다는 사실을 기억하라. 참된 행복의 바탕은 우리 가슴속에 있다. 다른 곳에서 행복을 찾는 것은 어리석다. 이것은 마치 늘 품고 다니는 어린 양을 두리번거리며 찾는 식이다. 첫째인 지혜는 자신을 아는 것이다. 이것은 가장 어려운 일이기도 하다. 둘째인 미덕은 작은 것에 행복을 느끼는 일인데 이 또한 어려운 일이다. 자신만을 사랑한다면 진정한 행복이 아니다. 남을 위해 살라. 그러면 참된 행복을 발견할 수 있다. 불행한 사람들이여, 어디서 방황하는가? 더 나은 삶을 찾아 헤매는가? 그렇다면 그대는 도망치고 있는 것이다. 행복은 당신 내면에 있기 때문이다. 자기 내면에 없는 행복은 다른 어느 곳에도 없다. 행복은 남을 사랑하는 능력이다. 기뻐하라! 즐거워하라! 인생의 목표는 기쁨이다. 하늘, 태양, 별, 풀, 나무, 동물, 만나는 사람들에게서 기쁨을 느껴야 한다. 어린아이처럼 늘 즐거워하도록 하라.

착한 일

아무리 하찮은 일이라도 진실을 피하지 마라. 남들이 뭐라 말하는지 또 뭐라 생각하는지는 중요하지 않다. 언제나 진실을 말하라. 지적 능력은 거짓과 진실을 구분하기 위해 주어진 것이다. 거짓을 벗어나면 어떻게 살아야 하는지 분명해질 것이다. 진실함은 정말 위대한 미덕이다. 진실함이 없다면 다른 어떤 미덕도 있을 수 없다. 계란 속 병아리가 요즘 사람들처럼 교육 받아서 지적 능력을 발휘한다면 아마도 껍질을 깨고 나오지 않을 것이고 삶의 기회도 포기할 것이다. 복잡한 이유를 들어 정당화되는 행동은 나쁜 행동이다. 양심의 결정은 늘 단순하고 분명하기 때문이다. 배고픈 사람을 먹이고 헐벗은 사람을 입히고 병든 사람을 찾아가 위로하는 것은 모두 선행이다. 우리가 자신의 편견과 잘못, 인생에 대한 잘못된 시선에서 벗어나도록 돕는 선행이 바로 그것이다.

육체의 독, 정신의 독

물질적 독약과 정신적 독약의 차이는, 앞의 것이 입에 쓴 반면 뒤의 것은 나쁜 책이나 신문 따위의 모습을 하고 있어 매력적으로 보인다는 것이다. 학문을 발전시키는 사람이 반드시 도덕까지 발전시키지는 않는다. 학문은 물질세계에 대한 연구에서 위대한 진보를 이루었다. 하지만 내적 영혼의 세계를 연구하는 차원에서 보자면 학문은 불필요할 뿐 아니라 우리를 잘못된 길로 이끌기도 한다. 학자의 삶, 교육, 학문은 인생이라는 나무의 잎이다. 하지만 그래도 열매는 맺지 못한다.

내면의 목소리

내일 당장 죽는다고 생각하면 거짓말과 시샘, 비판과 도둑질 따위를 멈출 것이다. 사랑은 죽음의 공포를 없어지게 할 뿐만 아니라 죽음에 대한 생각 자체를 사라지게 한다. 사랑하는 사람은 죽지 않는다. 나는 내 정원을 사랑한다. 훌륭한 책을 읽는 것도 좋아하고 어린아이를 껴안는 것도 좋아한다. 죽게 되면 이 모든 것을 잃게 되므로 죽음이 두렵다. 삶은 마치 도망치듯 빠르게 지나간다. 도대체 어디서 진리를 찾으라는 것인가? 우리는 내면의 목소리에 귀를 기울여야 한다. 진리의 목소리는 우리 내면에 있기 때문이다.

결혼

우리는 언제 결혼을 해야 할까? 남녀가 서로 상대방 없이는 살기 어렵다고 생각될 때이다. 좋은 결혼을 했을 때 좋은 자녀가 태어난다. 육체적 사랑에 한 번 빠졌던 사람은 끊임없이 상대를 바꿔가며 그런 사랑만을 되풀이한다. 그러다가 마침내는 참된 사랑의 능력을 잃어버린다. 그리고 증오, 절망, 역겨움 속에서 지옥 같은 인생을 살아가게 된다.

비폭력의 교훈

아이를 교육하려면 벌해야 한다고 생각한다. 그러나 참된 교육은 좋은 말과 좋은 모범만으로도 충분하다. 비폭력의 교훈을 따르기란 어렵다. 그렇다면 싸움과 복수의 교훈을 따르기는 쉽겠는가. 악을 악으로 갚는 일을 중단하면 모든 것이 없어진다고 말한다. 이것은 마치 강 위의 얼음이 녹으면 강이 없어진다는 말과 같다. 그렇다면 실제는 어떤가. 얼음이 녹고 나면 배가 물 위를 오가며 새로운 삶이 시작되는 것이 아닌가.

나만을 위한 사랑

자기 자신만 좋아하는 사람은 마침내 오만하게 된다. 오만은 자신만을 위한 사랑이다. 모든 사람들의 평등을 받아들이지 않는다면 참된 사랑은 없다. 우리는 종종 다른 사람을 심판한다. 누구는 착하고 누구는 나쁘며 누구는 어리석고 누구는 똑똑하다는 식으로. 하지만 사람은 강물처럼 흘러가는 존재여서 날마다 그 모습이 다르다. 어리석은 사람이 똑똑해지고 나쁜 사람이 착해지는 것이다. 우리가 하는 심판이란 지난날을 바탕으로 할 수밖에 없는데 지금의 그 사람은 이미 달라져 있게 마련이다. 오만한 사람은 제아무리 많은 미덕을 가졌어도 사랑받지 못한다. 큰 바다의 물과 산속 계곡물을 보고 배우라. 얕은 계곡물은 요란한 소리를 내지만 깊은 바닷물은 조용하고 움직임도 거의 없다. 남이 자기보다 열등하다고 또는 우월하다고 생각하는 경우가 많다. 그럴 때에는 모두에게 같은 영혼이 존재한다는 점을 기억하라.

모든 것이 바로 지금

우리는 과거를 괴로워하고 이로 말미암아 현재에 불성실함으로써 미래까지 망친다. 과거는 흘러갔고 미래는 아직 오지 않았다. 있는 것은 지금뿐이다. 지금의 삶은 순간순간 그 어떤 것보다 중요하다. 나는 나이가 들수록 기억이 분명해진다. 그런데 이상하게도 즐거웠던 일들만 기억나고 이따금 지금의 일보다 그 기억 때문에 더 즐거워지기도 한다. 이것은 무엇을 뜻하는 것일까? 과거나 미래의 일은 없다. 모든 것이 바로 지금, 이곳의 일이다. 현재 속에서 평생을 살아간다면 미래에 대해서도, 또 죽음 이전이나 이후에 대해서도 의심을 품지 않을 것이다.

가난과 부

우리 삶에서 부담이 되는 것은 가난이 아니라 부이다. 큰 부는 죄다. 부자 한 사람이 존재하기 위해서는 가난한 사람 몇백 명이 있어야 하기 때문이다. 남들에게 더 많이 주고 자신에게는 덜 요구하라. 자선기관은 쓸모없을뿐더러 해롭기까지 하다. 때로 쓸모가 있다 해도 도덕적이지 못하다. 이들 기관은 사람의 고통을 보여줄 뿐이다. 부자가 이기적이라는 사실보다 동정심이 없다는 사실이 더 끔찍스럽다.

줄어들지 않는 지혜

남에게 주어도 줄어들지 않는 보물이 오직 한 가지 있다. 바라는 대로 주어도 점차 커지기만 하는 이 보물은 바로 지혜이다. 이 단지에서 저 단지로 물을 옮겨 붓듯 더 지혜로운 사람으로부터 덜 지혜로운 사람에게로 지혜가 옮겨진다면 좋을 것이다. 그러나 남들의 지혜를 받아들이려면 노력이 요구된다. 사람에게 필요한 것들은 모두 짧은 순간에 주어지지 않는다. 오랜 시간에 걸쳐 꾸준히 노력하면서 얻어야 한다.

어리석은 규율

아이들은 한동안 편을 갈라 놀며 경쟁을 하더라도 그 놀이가 끝나면 다시 친구가 된다. 그러나 어른들은 계급, 집단, 국가 따위로 나뉜 뒤에는 죽는 날까지 그 무리에서 벗어나지 못한다. 칭찬받는 일에 신경을 쓴다면 행동하기 어렵다. 어떤 사람은 이런 것을 칭찬하고 또 다른 사람은 저런 것을 칭찬하기 때문이다. 무엇을 하면서 살아갈지는 자신만이 결정할 수 있다. 이것을 깨달았다면 인생은 훨씬 더 쉬워질 것이다. 받아들여진 전통을 깨기란 어렵다. 그러나 더 좋아지는 길로 한 걸음씩 나아갈수록 낡은 규율, 관습, 생각을 깨뜨릴 힘이 생겨난다. 양심에 따라 살지 못하고 남들이 정한 어리석은 규율과 전통만을 좇으며 살았던 내 모습이 부끄럽다.

인생은 시공을 넘어서

시간이 흘러간다고들 말하지만 움직이는 것은 시간이 아니라 우리이다. 인생은 너무나 짧다. 사랑하는 이에게 충분한 즐거움을 안겨주지도 못할 만큼 짧다. 그러니 서둘러 친절한 행동을 하라. 인생은 어디에 있는가? "육체로 사랑을 하니 인생은 육체에 있다." 하지만 육체의 어디를 말하는 것인가? 인생은 손톱이나 머리카락 혹은 팔다리에 있는 것이 아니다. 피에 있는 것도 아니다. 그러면 시간 속에서 인생을 찾게 된다. "20년을 살았으니 앞으로 30년, 40년, 50년, 60년을 차례로 지내겠지." 그러나 인생은 공간이나 시간으로 잴 수 없다. 인생은 공간과 시간 바깥에, 영혼 속에 있기 때문이다.

동동걸음

영혼이 아닌 육체에 노력을 집중하는 사람은 마치 튼튼한 날개로 나는 대신에 가냘픈 다리로 동동걸음 치며 목적지까지 가려고 하는 새와 같다. 육체가 살아남기 위해서 반드시 필요한 것이 무엇인지는 확실하다. 입을 옷과 빵조각이다. 그러나 육체는 끝없이 더 많은 것을 갈망하기에 이것을 충족시킬 방법은 없다. 먹고 자고 쉬면서 육체가 요구하는 것을 채워주지 못하면 육체는 곧 그 모자람을 드러낸다. 그러나 게으른 생활의 결과는 한참 시간이 지난 뒤에야 나타난다. 점점 몸이 약해지고 일에서 멀어지는 것이다.

왜 고통스러운가

밤하늘이 별을 드러내듯 고통은 인생의 의미를 드러낸다. 우리는 고통을 겪어야만 정말로 영혼 속에서 살게 된다. 병이나 죽음 같은 육체적 변화는 우리의 통제범위를 벗어난다. 그러나 내면의 나, 곧 영혼에서 일어나는 일은 통제범위 내에 있다. 불은 파괴력을 가지고 있지만 따뜻함도 준다. 병도 마찬가지이다. 나는 몸이 병들었을 때 오히려 기쁨을 맛본다. 아픈 동안에는 일상의 걱정거리가 사라지기 때문이다. 몸이 회복되면 또다시 그 부담이 찾아든다. 고통의 원인이 자기 내면에 있음을 기억하라.

옳은 생각

지적 능력은 우리가 가진 가장 큰 자산 중 하나이다. 하지만 다른 것과 똑같이 지적 능력도 사용하지 않으면 없어진다. 이것을 사용하지 않는 사람은 심지어 그 존재조차 깨닫지 못한다. 정말 친절한 사람은 자신의 친절함을 알지 못한다. 더 친절할 수 있음을 알기 때문이다. 그래서 친절한 사람은 늘 겸손하다. 여행가나 순례자나 누구든지 붙잡고 진리, 사랑, 겸손보다 더 소중한 것이 무엇인지 물어보라. 모든 이의 평화를 위한 길에 놓인 장애물은 겸손만으로도 없어진다. 생각할 수 있는 이는 삶의 의미를 이해할 수 있다. 생각하지 못하는 이는 왜 사는지조차 이해하지 못한다. 이것을 이해하지 못한다면 무엇이 좋고 무엇이 나쁜지도 이해할 수 없다. 따라서 올바로 생각하는 것은 중요하다.

선물

삶이 곧 끝나버린다고 여기며 살라. 그러면 남은 시간이 선물로 느껴질 것이다. 지금의 삶은 가장 좋은 축복이다. 우리는 다른 때, 다른 곳에서 더 큰 축복을 얻게 되리라고 기대하며 지금의 기쁨을 무시하곤 한다. 지금 이 순간보다 더 좋은 시간은 없다. 우리는 태어나서 죽는 순간까지 행복을 바란다. 하지만 행복은 이미 주어졌다. 남을 사랑한다면 쉽게 행복해질 수 있다. 행복해지려면 한 가지만 하면 된다. 다른 사람을 사랑해라. 그러면 끝없는 축복과 행복을 받을 것이다. 모든 생명과 함께 사랑 속에서 살게 되면 고통과 고난의 삶이 한순간에 행복과 축복의 인생으로 바뀐다. 축복은 사랑으로 가득한 심장 안에 있다.

홀로 진리와 마주하라

진리의 말은 세상 어느 보물보다도 귀하다. 하지만 거짓말은 또 다른 거짓말을 불러온다. 따라서 하찮은 선의의 거짓말도 하지 마라. 하찮은 것이 크나큰 결과를 가져온다. 거짓말은 유혹적이지만 거짓을 말한 사람을 고통 속으로 몰아넣는다. 그 사람은 머잖아 그 말을 부정해야 할 상황에 처하고 마침내 진실 속에서 구원을 찾게 된다. 다른 사람들의 말이나 행동을 기계적으로 되풀이하는 것은 진리에서 멀어지는 가장 분명한 방법이다. 자기의 지적 능력으로 자신의 행동에 더 많은 의문을 제기할수록 인생이 자유로워진다. 우리가 무엇을 해야 할지 진리가 언제나 알려주는 것은 아니다. 하지만 무엇을 하지 말아야 하는지는 알려준다. 혼자서 진리와 마주하기를 두려워 한다면 주변 상황은 절대 나아지지 않고 점점 나빠질 것이다.

살아가는 그대로

우리가 인생에서 부자가 되고 즐거움을 얻고 남과 다투는 데 들이는 시간의 아주 자그마한 부분이라도 내면의 자아를 살찌우고 양심을 따르는 데 쓴다면 온 세상 모든 악은 사라질 것이다. 사랑하는 사람이 범한 나쁜 일에 대해 말하거나 불평하지 마라. 남들이 이웃을 흉보고 헐뜯거든 그 말은 무시하라. 남의 흉을 덜 볼수록 자기에게는 좋다. 삶을 더 좋은 것으로 만들 수는 없다. 삶은 그 자체로 이미 좋은 것이기 때문에.

나를 이끌어 주는 것

우리에게는 무엇을 해야 할 것인가를 알려주는 유일한 인도자, 즉 내면의 영혼이 있다. 나무는 본능적으로 태양을 향해 자란다. 꽃은 언제 씨앗을 만들어야 하는지, 언제 씨앗을 땅에 떨어뜨려 자라게 해야 하는지 안다. 우리 내면의 영혼은 온 세계 모든 생명체의 영혼과 하나가 되라고 말한다. 열 사람이 힘을 합하면 백 사람이 따로 하는 것보다 더 많이 만들 수 있다. 따라서 모든 문제의 원인은 함께 힘을 합치지 못한다는 것이다. 사람을 더 많이 사랑할수록 더 가깝게 느끼게 된다. 사랑할 때 상대와 나는 하나가 된다.

안으로의 진보

자신을 발전시키려는 사람은 몇 번이나 지난날 방식으로 되돌아가면서도 결국은 계속 노력한다. 뒷걸음질보다는 앞으로 나아가는 정도가 늘 더 크다. 그래서 내면적 삶의 진보를 바라는 사람은 마침내 성공하게 된다. 하늘나라에 가면 지은 죄가 사라지리라는 것은 틀린 생각이다. 이것은 자기 말고는 어느 누구도 할 수 없는 일이다. 성의 없이 대충 음식을 만들고 나서 신이 맛있게 해 주기를 기대할 수는 없다. 인생에서 잘못된 방향을 선택하고서 나중에 신이 상황을 바꿔주거나 갑자기 그 방향을 좋게 만들어주리라고 기대해서는 안 된다. 그릇된 일을 하지 않도록 노력하지 못하겠다고 말한다면 이것은 자기 자신이 인간이 아니라 동물이나 물체라고 인정하는 것과 다름없다. 사람들은 노력하고 바뀔 능력이 있는 존재이기 때문이다. 인생이 동물 단계에서 영혼 단계로 옮겨가기 위해 애쓰는 과정이라는 점, 이것은 모든 종교에 두루 통하는 가르침이다.

기도

나는 아침마다 기도한다. "신께서 제 내면에, 그리고 모든 이의 내면 속에 계심을 믿습니다. 신의 뜻을 거스르는 일은 그 어느 것도 하고 싶지 않습니다. 다른 사람을 모욕하거나 심판하는 일도 하고 싶지 않습니다. 저는 자신이 대접받고 싶은 대로 남을 대하며 모두에게 사랑을 베풀고 싶습니다." 나는 저녁마다 기도한다. "신께서 제 내면에, 그리고 모든 이의 내면에 계심을 믿습니다. 신의 뜻을 거스르는 일은 하고 싶지 않지만 오늘도 나쁜 일을 했습니다. 왜 그랬을까요? 다시 그런 일을 하지 않으려면 어떻게 해야 할까요? 제가 말이나 생각으로 남을 심판하지 않도록 저를 도와주소서."

달팽이

삶에 만족스럽지 못할 때에는 달팽이처럼 껍질 속에 숨어버려라. 그리고 상황이 좋아질 때까지 기다려라. 삶은 더 좋은 쪽으로 바뀌고 우리는 더 앞으로 나아가리라. 가난, 질병, 모욕, 비방 등 우리의 걱정거리는 한없이 많다. 하지만 자기 자신을 불쌍하게 여긴다면 비참한 존재가 되고 만다. 어떤 상황에서도 좌절하기보다는 좋은 쪽으로 생각하려고 애써라. 그러면 삶의 자신감과 활력을 얻을 것이다.

악몽에서 깨어나듯

우리가 바라는 일만 한다면 머지않아 싫증날 것이다. 정말로 좋은 일은 끝마무리까지 많은 노력을 들여야 하는 법이다. 좋은 일을 아무리 많이 해도 결국 완벽에 이르지는 못한다. 삶의 목적은 완벽해지는 것이 아니라 많은 유혹과 편견을 이겨내는 데 있다. 이는 노력에 의해서만 가능하다. 나쁜 꿈에서 깨어나듯이 지난날의 삶을 떨쳐 일어나려고 애쓸 때만이 스스로를 구할 수 있다. 도덕적인 노력과 삶의 기쁨은 일한 뒤에 쉬면서 얻는 기쁨과 같다. 애쓰지 않는다면 기쁨도 없다. 도덕적인 노력이 없다면 삶을 이해하는 기쁨도 없다.

말의 씨앗

고대의 무덤을 발굴한 학자들이 말 씨앗을 찾아냈다. 그것을 땅에 심고 물을 주었더니 싹이 트고 자라났다. 역사를 살펴보면 침묵하는 사람들은 놀림을 당했다. 또 소리 내어 말하는 사람들도 놀림을 당했다. 지상에서는 누구나 비웃음의 대상이 된다. 비난받을 일이 전혀 없는 사람도, 칭찬받아야만 하는 사람도 없다. 그러므로 남들의 비난이나 칭찬에는 관심을 두지 마라. 영혼을 위해 살아가는 경지에서 내려오자마자 사람들의 변덕스러운 생각, 판단, 소문 속에 빠져 허우적거리게 된다.

생각이 바뀌면

세상 사람들은 두 종류가 있다. 먼저 생각하고 나중에 말하거나 행동하는 사람들과, 먼저 말이나 행동을 한 뒤 나중에 생각하는 사람들이 있다. 삶의 변화는 생각의 변화와 함께 시작된다. 생각하는 방식을 바꾸는 것은 삶을 바꾸기 위한 노력보다 훨씬 더 중요하다. 새로 듣고 좋다고 여긴 생각이 사실은 이전부터 알고 있는 것이기 쉽다. 위대한 진리는 이미 영혼 깊숙이 자리잡고 있기 때문이다.

너와 나의 책임

중국 현자에게 물었다. “학문이 무엇인가요?” 그는 이렇게 대답했다. “사람을 아는 일이다.” 또다시 질문하였다. “선(善)은 무엇인가요?” 현자가 말하였다. “사람을 사랑하는 일이다.” 새는 날며 물고기는 헤엄치고 사람은 사랑해야 한다. 사랑 대신 서로 해를 끼친다면 이것은 새가 헤엄치고 물고기가 나는 것같이 괴상한 일이다. 서로의 삶을 더 좋게 만드는 데는 돈도, 선물도, 조언도, 하물며 노동도 필요 없다. 사랑이면 충분하다. 사랑을 키우고 온 세상에 퍼뜨리는 일은 우리 모두의 책임이다.

그 무엇보다 소중한

모든 사람에게 두루 통하는 것이 있다면 그것은 바로 영혼이다. 우리 모든 사람의 내면에 있는 이 영혼을 존중해야 한다. 부, 지위, 명예 등을 근거로 남들과 분리되어 존재하는, 그리하여 평화나 기쁨을 모르는 사람들이 있다. 그러나 이들도 내면의 영혼을 깨닫게 되면 모든 사람을 가족같이 생각할 것이다. 그리고 우리 내면에 세상 무엇보다도 귀한 것이 깃들어 있음을 깨닫게 될 것이다.

문제

우리 앞에 놓여 있는 가장 중요한 문제는 다음과 같다. 우리는 올바르게 살고 있는가? 우리가 인생이라고 부르는 이 짧은 시간에 우리를 세상에 내보낸 힘의 의지에 복종하며 행동하고 있는가? 우리는 올바르게 살고 있는가?

필요 없는 일

해서는 안 되는 일들을 하지 마라. 그러다보면 해야 할 일만 하고 있을 것이다. 욕망에 자신을 맡기고 즐거움을 추구하기 시작하면 욕망이 차츰 커져 마침내 우리 자신을 옭아맬 것이다. 세상 사람들이 어떻게 사는지 보라. 시카고, 파리, 런던 같은 도시들에 있는 기차, 자동차, 비행기, 무기, 성곽, 사원, 박물관, 고층 건물을 보라. 그리고 자문해보라. "모두가 더 잘 살려면 어떻게 해야 하는가?" 곧 해답이 나올 것이다. 필요 없는 일은 하지 마라. 지금 우리가 하는 일들이 대부분 그런 일이다.

위대한 행동은 없다

세상에 위대한 행동은 없다. 그냥 의무를 끝마치거나 해야 할 일을 했을 뿐이다. 이는 마치 꼴을 베는 농부가 자기 자신이 위대한 일을 했다고 하는 것과 같다. 우리는 우리가 한 일에 대해서가 아니라 올바로 하지 않았던 일에 대해서 후회를 하게 된다.

농부가 씨앗을 골라내듯이

진리를 찾는 이들은 농부와도 같다. 먼저 농부가 좋은 씨앗을 고르듯이 진리를 선택하고 난 다음에는 농부가 씨앗을 흙에 심듯이 그 진리를 심어야 하기 때문이다. 이때 사용할 연장은 말(言)이다. 남의 말만 듣고 믿어버리지 마라. 깊이깊이 생각하고 분석한 뒤 받아들일 수 있는 것만 받아들이면 된다. 좋은 인생을 살아가려면 진리에 의지하고 또한 앞서 살았던 현자들에게서 가르침을 얻어라. 진리는 자신의 지적 능력을 사용해야만 손에 넣을 수 있다. 진리를 알고 싶다면 개인적인 이익이나 손해에 대한 생각을 버리고 결정을 내리도록 하라.

착한 사랑

죄와 싸우라. 그러나 죄인은 용서하라. 악행은 미워하되 악인은 미워하지 마라. 식물의 부드럽고 섬세한 뿌리는 견고한 흙을 뚫고 바위까지 갈라낸다. 사랑도 똑같다. 사랑을 억누를 수 있는 것은 없다. 신을 사랑하지 않으면서 이웃을 사랑하는 것은 뿌리 없는 식물과도 같다. 신을 사랑하기 때문에 이웃을 사랑한다면 모두를 사랑해야 한다. 나를 미워하는 사람이나 나쁜 사람이나, 그 누구도 가리지 말고 사랑해야 한다. 선한 사랑은 죽거나 바라는 법이 없다.

행복에 이르는 길

행복하지 않다면 자신을 원망할 수밖에 없다. 신은 우리 모두가 행복해지도록 만들었기 때문이다. 불행은 가질 수 없는 것을 바라는 데서 찾아온다. 행복한 사람은 자기가 가진 것에 만족한다. 행복하지 못하다면 두 가지 변화를 꾀할 수 있다. 하나는 삶의 조건을 낫게 하는 것이고 다른 하나는 내적 영혼의 상태를 낫게 하는 것이다. 첫 번째는 언제나 가능한 것이 아니지만 두 번째는 늘 가능하다. 고통도, 악도 없는 천국에 살고 싶은가? 그러면 마음을 자유롭게 하고 사랑으로 가득 채워라. 바라는 천국을 찾을 것이다. 즐거움을 원하지 마라. 그 대신 자기가 하는 온갖 일에서 즐거움을 찾으라.

영혼의 힘

인생에는 육체를 위해 사는 길과 영혼을 위해 사는 길이 있다. 육체를 위한 인생은 덧없는 욕망 속에서 살다가 마침내 죽음으로 끝난다. 반면 영혼을 위해 산다면 인생의 기쁨은 차츰 더 커지고 죽음이 더 이상 두렵지 않게 된다. 자기 자신을 물질적 존재로 본다면 도저히 풀 수 없는 수수께끼처럼 여겨진다. 육체 속 영혼이 참된 자기 자신임을 깨달을 때 수수께끼는 사라지고 세상은 이해하기 쉬운 곳이 된다. 우리가 가진 물리적인 힘을 대자연의 힘과 견주어 보면 인간은 정말이지 아무것도 아니다. 하지만 영혼의 힘을 생각한다면 우리는 세상의 그 어느 것보다 앞선다.

내 몫의 문제

자신에게 불어닥친 불행은 피할 수 있지만 자신이 만들어낸 불행은 이겨낼 수 없다. 누구나 나름의 문제를 가지고 있다. 그러나 겸허함을 갖는다면 그 짐을 지는 일은 어렵지 않다. 문제는 맞서 싸우기 위해 주어진 것이다. 아프면 견뎌내라. 나를 심판하는 사람이 있다면 친절함으로 대하라. 모욕을 당했다면 겸허히 받아들여라. 죽음에서 벗어날 수 없다면 감사히 죽음을 맞으라. 나쁜 기분은 한 사람으로 끝나지 않고 주변에 옮아가기 때문에 좋지 않다. 불행하다고 느낀다면 혼자만의 시간을 가져라. 그리고 기분이 좋아졌을 때 다른 사람들과 어울려라.

새의 날개

우리 모두에게 정말로 좋은 것은 몇 가지 되지 않는다. 그러므로 우리는 그런 것을 바라야 한다. 우리는 영혼의 삶을 지향하고 노력을 다해야 한다. 이것은 마치 새의 날개를 갖는 것과 같다. 우리는 육체적인 삶을 살고 있지만 장애물이 나타나면 날개를 펴고 날게 될 것이다. 세상은 스스로 생긴 것이 아니고 우리를 위해 신이 만든 것임을 기억해야 한다. 그렇다면 삶을 파괴하는 행동은 할 수가 없다. 인류의 행복을 무너뜨리는 폭력, 전쟁, 범죄를 중단시키고자 한다면 힘이라는 방법으로는 불가능하다. 이것은 비폭력적이고 평화적인 방법으로만 가능하다.

오늘에 집중하라

우리는 시간을 과거, 현재, 미래로 나눈다. 그러나 현실 속에서는 현재라는 아주 짧은 순간만이 있을 뿐이다. 그리고 그 순간이야말로 인생 전체를 집약해 준다. 현재에 행하는 일만 생각하라. 과거의 일은 생각하면 후회스러워진다. 미래의 일을 생각하는 것은 헛된 생각일 뿐이다. 현재에 집중하라. 그것이 참된 인생이다. 사랑은 다른 어떤 것보다도 소중하다. 하지만 과거나 미래에 사랑할 수는 없다. 오직 현재, 지금 이 순간에만 사랑할 수 있다. 사랑은 성스러움의 발현이다. 성스러움에는 시간 개념이 존재하지 않는다. 따라서 사랑은 오직 지금 이 순간에 나타나는 것이다.

받고 싶은 대로 대하라

손, 발, 위장, 뼈 따위가 인간의 몸을 이루듯 우리도 다함께 전체를 이룬다. 우리는 모두 같은 방식으로 태어났고 비슷한 모습을 지녔다. 우리는 함께 아치형을 이루는 돌과 같다. 서로 지탱하지 않는다면 아치는 무너져 버린다. 선행을 하고 싶으면서도 바로 옆에서 영원히 흐르는 사랑의 강이 두려워 허둥대고만 있는가. 그렇다면 헛된 동작을 그만두고 사랑의 강으로 뛰어들어라. 그러면 평안과 자유를 느끼며 흘러가게 될 것이다. 저마다 자신만을 위해 산다면 모두 다 불행해진다. 그러나 현자가 일러준 법을 따른다면 모두 행복해질 것이다. 네가 대접 받고 싶은 대로 남을 대하라.

등짐을 지고서

축사 문이 안으로 당겨야 열리게끔 되어 있다면 마소 같은 동물은 결코 밖으로 나가지 못한다. 문의 원리를 몰라서 굶어죽게 된다 해도 꼼짝하지 못한다. 목표를 이루기 위해 이따금 원치 않는 일도 해야 한다는 사실을 이해하는 존재는 인간뿐이다. 인간에게는 지적 능력이라는 귀중한 능력이 있다. 우리는 그 능력을 키우고 발전시켜야 한다. 사고 방식에 따라 우리는 인생에서 마주치는 모든 것을 설명한다. 이런 사고가 잘못되어 있다면 가장 뚜렷한 진실도 빛이 바랠 수밖에 없다. 마치 달팽이처럼 자신의 낡은 생각과 관점을 등에 지고 다니는 이들이 많다.

갱도에 갇힌 광부처럼

우리는 지진이 일어나 갱도에 갇혀버린 광부처럼 살아야 한다. 이런 광부는 남의 생각에 되도록 개의치 않으면서 스스로 살아남기 위해 최선을 다한다. 실제 우리 인생도 이와 마찬가지이다. 아첨꾼은 상대를 낮게 평가하므로 아첨하는 것이다. 그러므로 그 말을 듣고 기뻐할 이유가 어디 있는가? 자신을 향한 말에 지나치게 관심이 많은 사람은 결코 마음의 평화를 얻을 수 없다.

지금 사는 곳이 고향

어둠이 없다면 빛을 모를 것이다. 마찬가지로 악이 없다면 미덕이나 정의도 몰랐을 것이다. 세상에는 악이 넘쳐난다. 인간들이 선한 행동을 하지 않아서라기보다는 하지 말아야 할 일에 매달리기 때문이다. 우리는 육체에 고통과 불편을 불러오는 것을 악이라고 한다. 그러나 인생은 영혼을 육체로부터 자유롭게 하는 과정이다. 그러므로 삶을 영적 경험으로 이해하는 사람에게는 악이 존재하지 않는다. 지혜로운 사람에게는 지금 있는 곳이 바로 고향이다. 어디서든 자기 내면, 영혼에서 행복을 찾을 수 있기 때문이다.

떼어내기 힘든 장신구

명예를 추구하는 허영은 마지막으로 벗어버려야 하는 장신구이다. 이것은 영혼을 옭아매고 있기 때문에 떼어내기 어렵다. 모든 선행에는 다른 사람들의 칭찬과 지원을 받고 싶은 욕구가 깔려 있다. 그 자체로는 나쁠 것이 없다. 그러나 명성만을 위한 선행은 나쁘다. 심각한 문제는 몇몇 나쁜 사람이 아닌, 주변의 대다수 군중들에게서 나온다. 모두가 파도처럼 같은 방향으로 우리를 밀어붙이는 것이다.

그대는 얼마나 사랑했는가

형제를 미워한다면 자기 자신을 미워하는 것이다. 우리 모두에게는 똑같은 영혼이 자리잡고 있다. 참된 '나'는 나 혼자가 아닌 모든 생명체에서 구해야 함을 알 수 있다. 모두에게 같은 영혼이 있음을 생각하라. 내게도 당신에게도 다른 사람들에게도 모두 똑같다. 그러니 남을 사랑할 뿐 아니라 존중하며 귀하게 대하라.

사랑의 가르침

폭력은 삶의 평온을 깨트리는 데 그치지 않고 더 많은 폭력을 불러온다. 폭력을 통해서는 아무것도 고치거나 바꿀 수 없다. 폭력과 살인은 분노를 낳고 더 큰 폭력과 살인으로 이어진다. 평화의 가르침은 사랑의 가르침에서 나온 자연스런 결과이다.

가장 큰 재산

양심은 가장 큰 자산이다. 양심은 혼란스러운 일상 속에서 참된 진리를 구할 수 있도록 하는 힘이다. 거짓을 물리치는 진리보다 좋은 것은 없다. 지적 능력은 거짓을 없애고 진리를 세우기 위해 주어졌다. 그러나 이 지적 능력은 거짓을 옹호하는 데 쓰이기도 한다. 그러면 지적 능력은 진리와 거짓, 선과 악을 구분하지 못하게 되고 그 어떤 거짓과 오해도 무해하거나 이로운 것으로 생각하게 된다. 아무리 쓰고 불쾌하다 해도 언제나 진리를 말해주어야 한다. 진리는 본디 단순명료하다. 그러나 거짓은 끝없는 변명과 설명이 필요할 정도로 복잡하다. 진리를 말한 자를 죽인다 해도 일단 입 밖으로 나온 진리는 영구히 죽지 않는다. 남들에게서 배운 진리는 그저 몸에 살짝 붙어 있는 데 그치지만 자기 스스로 발견한 진리는 몸의 진정한 일부가 된다.

사랑하는 사람만이 살아 있다

참된 인생은 사랑 안에서만 찾을 수 있다. 사랑하는 사람만이 정말로 살아 있다. 새로운 사랑은 나무의 새순과도 같다. 처음에는 연약하지만 햇살과 사랑, 지적 능력을 받으며 성장한다. 어떤 행동이 좋은지 나쁜지 판단하려면 그것이 인간 사랑을 크게 할 것인지 아닌지만 물으면 된다. 그렇다는 답이 나오면 그것은 좋은 행동이다. 우리 육체는 허약하고 보잘것없다. 결국 죽어 없어지는 존재이다. 하지만 그 안에는 위대한 보물이 숨어 있다. 사랑은 죽음을 이기고 인생에 의미를 가져오며 불행을 행복으로 바꾼다.

바람에 날린 먼지처럼

지혜로운 사람은 필요한 것이 모두 자기 안에 있음을 알고 스스로를 끊임없이 다듬으려 한다. 그래서 남에게 화낼 일도 없다. 반면에 어리석은 사람은 남들이 자신에게 친절하기를 바라며 그렇지 않으면 화를 낸다. 바람결에 날려 버린 먼지가 자신에게 돌아오듯 불행은 불행을 저지른 이에게 다시 돌아온다.

마음의 거울

자신을 모욕하거나 해친 사람에게 앙갚음하는 것은 잘못이다. 폭력은 인간이 바라는 바를 잠깐이나마 막아낼 수는 있다. 하지만 댐이 억센 강의 물줄기를 끝까지 막지 못하듯 폭력도 인간의 감정과 생각을 끝내는 당해내지 못한다. 누구나 알듯, 악으로 악을 물리칠 수는 없다. 나쁜 짓을 저지른 사람이 벌을 받아야 한다면 악은 더 커질 뿐이다. 악에 악으로 답하면 악은 사라지기는커녕 몇 배로 불어난다. 우리는 다른 사람의 죄는 얼굴에 묻은 검댕이처럼 쉽게 찾아내지만 양심의 거울에 자신을 비추어 보지는 않는다. 이 거울을 좀더 자주 들여다보아야 한다. 그러면 더는 다른 사람의 죄를 비난하지 않으며 마음 또한 더욱더 순수해진다. 한 대 얻어맞아도 맞받아치지 않을 때, 누군가에게서 험한 소리를 들어도 대응하지 않을 때 선을 향해 진보할 수 있다.

바라는 게 적을수록

우리 육체를 어떻게 다뤄야 할지는 동물에게서 배울 수 있다. 육체의 욕구가 채워지면 동물은 곧 만족하여 조용해진다. 하지만 인간은 언제나 충분히 만족하지 못한다. 더 큰 만족을 위해 또 다른 복잡한 음식을 만들어낸다. 고대 그리스의 현자인 피타고라스는 고기를 먹지 않았다. 그는 자기가 고기를 안 먹는 것보다는 씨앗, 콩, 과일, 채소를 한껏 배불리 먹은 사람들이 왜 위험을 무릅쓰고 사냥을 나가서 동물을 잡아 죽이는가를 도저히 이해할 수 없다고 말했다.

소박한 생활이 행복하다

반드시 필요한 것은 모두 얻기 쉽다. 그다지 필요 없는 것들은 힘들게 애를 써야만 얻을 수 있다. 사람이 사는 데 꼭 필요한 음식물, 빵, 과일, 채소, 물은 구하기 쉽고 값도 싸다. 소박한 식사를 하는 가난한 사람이 무엇 때문에 위장을 혹사시키는 부자를 부러워하는가. 오히려 허약한 부자가 가난한 사람의 건강을 부러워해야 마땅하다.

도덕적인 법

똑같은 일이라도 누군가에게는 좋고 또 다른 누군가에게는 나쁠 수 있다. 지진이나 화산 폭발로 폐허가 된 도시, 태풍으로 농사를 망친 논밭을 보며 그것이 좋은지 나쁜지는 한마디로 말할 수 없다. 그 일이 없었더라면 더 나쁜 일이 일어났을지도 모르기 때문이다. 지혜로운 사람은 주위에서 일어나는 가장 보잘것없는 일들에서도 신의 힘을 볼 수 있다. 사람들은 거래, 법, 사회, 학문, 예술 등에 매달려 있는 듯 보인다. 그러나 정말 매달려야 할 일은 오직 하나이다. 바로 사람들을 하나로 묶는 도덕적인 법을 이해하는 것이다.

유혹의 늪

살아가다 보면 뜻하지 않게 수많은 유혹과 마주친다. 유혹은 우리 내면의 도덕적 삶에 끊임없이 따라다니는 동반자이다. 더욱더 선한 삶의 길을 걸어갈수록 맞서야 할 유혹은 점차 늘어난다. 유혹은 늪과 같아서, 되도록 빨리 빠져나와야 한다. 가장 작은 유혹부터 물리쳐야 한다. 모두의 사랑을 받고자 한다면 재물보다는 영적 축복으로 사랑을 전하라. 재물은 어차피 나눠 가져야 하기에 모두들 만족하지 못하지만 사랑은 모두가 마음껏 가질 수 있기 때문이다.

게으름

다른 사람의 노동에만 기대어 살아간다면 아무리 기도와 희생을 바쳐도 훌륭한 삶을 살 수 없다. 게으름은 우리에게 주어진 가장 큰 선물을 파괴할 수 있다. 육체노동의 시간이 길어질수록 즐거움은 점점 더 커진다.

행동을 바라보라

개들은 서로를 물어뜯으며 싸운다. 때로는 사람도 똑같은 행동을 한다. 이런 행동은 추악하지만 우리에게 잘못을 저지르는 이들이 처벌받아야 한다고 가르치는 것보다는 훨씬 낫다. 눈에는 눈, 이에는 이, 삶에는 삶. 이것은 인간이 아닌 동물이 만든 법이다. 우리는 자기 자신에게 화가 날 때 자신의 영혼을 탓하기보다 행동을 비난한다. 그렇다면 남들에게도 그렇게 해야 한다. 누군가 잘못을 저질렀다면 그 영혼이 아닌 행동을 비난하라.

지혜로운 선택

늘 자기만 생각하는 자기중심적인 사람은 진정한 행복을 누릴 수 없다. 진정 자신을 위한다면 남 또한 위하라. 사람들은 더 높은 지위, 더 많은 보수, 더 큰 부나 명예를 목표로 삼아 모든 삶을 바친다. 하지만 참된 삶의 기쁨은 다른 사람과 나누는 대화에서 느낄 수 있다. 사소한 일상 이야기든 진지한 토론이든, 대화로써 우리는 남들과 하나가 된다. 그리고 이때 비로소 자유롭고 기쁜 삶을 누리게 된다. 육체의 나를 부정하는 상태, 유혹을 이기고 소박함을 잃지 않는 상태, 편견을 억누르고 진리를 지키는 상태라면 우리 영혼이 유혹과 편견에서 벗어나게 된다. 자기 육체에 대한 관심을 버릴수록 영적 삶은 한껏 가득 차오르게 된다. 무엇이 더 중요한지는 자신이 직접 선택해야 한다.

인생의 과제

행복한 삶, 영원한 삶은 우리 인생의 과제이다. 현명한 사람은 한낱 세상의 지위에 얽매이지 않는다. 삶의 의미는 긴지 짧은지, 고통스러운지 아닌지로 결정되는 것이 아니다. 바로 영적 완성을 위한 노력에 삶의 의미가 있으며 이것은 언제나 가능하다.

사랑하는 습관

사랑이라는 습관에 빠져라. 그러면 삶은 더 큰 기쁨과 행복으로 가득 찰 것이다. 삶을 제대로 살아간다면 사람들이 칭찬하든 비난하든, 또는 더는 사랑해 주지 않든 상관하지 않게 된다. 어쨌든 선하고 친절한 이는 우리를 사랑할 것이고 악한 이라도 우리를 더 미워하거나 해치지 않을 것이다. 사랑받을 때 가장 높은 선을 느낄 수 있다. 그러나 어떻게 해야 사랑받을 수 있을까 궁리한다면 사랑을 얻을 수 없다. 사랑을 얻는 단 하나뿐인 방법은 삶의 법과 신의 뜻을 지키고 영적 완성을 위해 노력하는 것이다.

인간은 강물과 같은 존재

인간은 강과 같다. 어느 강에서나 물은 변함없다. 그러나 강은 큰 강이 있는가 하면 좁은 강도 있으며, 고여 있는 물이 있는가 하면 세차게 흐르는 물도 있고, 맑은 물과 흐린 물, 차가운 물과 따뜻한 물도 있다. 인간도 바로 이와 같다.

죄악은 거미줄처럼

죄는 처음에는 어쩌다 한번 찾아온 손님이지만, 점점 찾아오는 횟수가 늘어나다가 결국 그 집을 차지하고 만다. 잘못은 마치 거미줄처럼 우리를 얽어매 버린다. 죄를 거듭할수록 거미줄은 점점 더 굵고 튼튼해져 쇠사슬이 되어버릴 것이다. 다른 사람에게 용서받았다 하여 자신의 죄가 씻기는 것은 결코 아니다. 죄를 씻는 단 하나뿐인 방법은 죄를 알고 이를 피하기 위해 의식적으로 노력하는 것이지, 용서받는 것은 아니다. 육체 안에 영혼이 없다면 삶도 없다. 육체는 영혼을 옥죄고 영혼은 늘 육체에서 벗어나려고 한다. 결국 이것이 삶이다.

영혼의 그물

나는 모든 것들과 연결되어 있다. 산 사람이나 죽은 사람들 모두 나와 연결되어 있다. 나는 그들과 함께 살고 그들은 나와 함께 산다. 우리는 동물이나 곤충을 대할 때도 똑같이 생각해야 한다. 우리 안에 모두 같은 영혼이 있음을 잊어선 안 된다. 벌은 벌일 뿐이고 파리는 파리일 뿐이지만 이들은 살아 있고, 내가 가진 것을 이들 또한 가지고 있다. 나무도 돌도 그러하다. 동물과 교감하며 느끼는 기쁨은 그 동물을 사냥하거나 잡아먹을 때의 기쁨과는 비교할 수 없을 정도로 크다.

선행에 대하여

자신의 선행을 인식하지 못할 때 참된 선행이 이루어진다. 자신을 잊고 남을 도우며 사는 것이 정말로 선한 삶이다. 선한 삶을 살아가려면 늘 자신을 사랑해야 한다. 어릴 때는 무엇보다 자신을 사랑하는 마음이 아주 크지만 어른이 될수록 그 마음은 사그라진다. 우리는 서로를 사랑할수록 선(善)을 느낀다. 행복은 천국이니 지상이니 하는 것들과 아무 관계가 없다. 행복은 우리 안에 있다. 삶이 사랑으로 가득 차면 행복은 절로 찾아온다. 우리는 자신을 위해서라도 사랑 속에 살고 선을 느껴야 한다. 모두를 위한 선이 중요하므로 가족 안에서도 최선을 다해야 한다. 가족 안에서 최선을 다하려면 자기 자신이 최선을 다해야 한다. 자신이 최선을 다하려면 내면의 선을 이루어야 한다. 내면의 선을 이루려면 선한 마음을 가져야 한다. 선한 마음을 가지려면 좋은 생각을 해야 한다.

삶은 지나간다

우리는 두려움을 느끼는 존재로 만들어졌으나 단지 그 이유만으로 죽음을 두려워할 이유는 없다. 우리에게 이 삶은 끝이 아니며 그저 거쳐갈 뿐임을 잊어선 안 된다. 삶은 아늑한 집이 아니라 죽음으로 향하는 기차이다. 죽는 것은 육체뿐, 영혼은 영원히 산다. 영적인 삶은 물질적인 잣대로 잴 수 없다. 악과 고통은 나에게 자유를 준다. 그러니 죽음을 좋게 받아들이지 못할 까닭이 어디 있겠는가?

욕망을 정복하라

마음이 급할 때는 어떻게 해야 할까? 아무것도 하지 않는 것이 가장 좋다. 욕망을 정복해 나아가야 진정한 자유를 얻는다. 어느 한 순간에 무엇을 해야 하는지 모를 수는 있지만 그때 어떤 일을 해서는 안 되는지는 명백하다. 해서는 안 될 일을 피함으로써 선한 삶을 위해 꼭 해야 할 일을 시작하게 된다.

의지

반드시 남이 아닌 자신의 의지로서 살아가야 한다. 그러자면 가능한 한 자신의 영혼을 위해 사는 데 온 힘을 기울여야 한다. 그것이 아이나 어른이나 선(善)의 원천임은 잘 알고 있다. 그런데 오해와 거짓을 벗어나 진리를 손에 넣으려면 한껏 노력해야 한다. 악몽에서 깨어나려면 노력이 필요하다. 동물적인 삶에서 영적인 삶으로 깨어나기 위해서도 노력해야 한다. 중국의 현자인 노자는 무위(無爲)가 가장 높은 덕이라고 했다. 의아하게 여겨질지도 모르나, 세상의 온갖 악행을 떠올리면 수긍이 갈 것이다.

축복

진정한 기도는 세속적인 행복이나 은총을 바라지 않는다. 대신 자신의 내면과 선한 마음이 더욱 단단해지기를 바라고 구한다. 영혼을 위해 참된 기도는 꼭 필요하다. 기도하는 바로 그때 우리 생각이 가장 높은 곳에 다다르는 것이다. 참된 기도는 영혼의 버팀목이다. 이로써 예전에 한 일을 되돌아보고 앞으로 어떻게 나아가야 하는가를 정하게 된다. 한 번도 신을 본 적이 없어, 신에게 도움을 청하려 해도 어떻게 말해야 할지 모르겠다는 이들이 있다. 우리는 사랑으로써 신에게 말할 수 있다. 타인을 사랑하는 것은 신이 주는 도움이자 가장 큰 축복이다.

우리들에게 속한 전부

우리가 진정으로 사는 것은 현재뿐이다. 우리는 지난날을 기억하고 앞날을 상상하는 능력을 갖고 있다. 이것은 현재의 일에 충실하기 위해서 주어진 것이다. 인간의 성스러운 영적 부분은 현재에 그 모습을 드러낸다. 그러므로 나는 참된 삶은 바로 현재에 있다고 생각한다. 현재에 살아야 한다. 현재야말로 정말로 우리에게 속한 전부이다. 앞날의 삶은 믿을 수 없다. 삶은 오직 현재에만 있고 현재만이 사라지지 않는다. 먼 앞날을 위해 무엇이 좋을지 알지 못한다는 데에 삶의 아름다움이 있다.

사랑만이

참된 사랑은 대가를 바라지 않는다. 주위 모두에게 아무 조건 없이 축복을 베푸는 일, 그것이 바로 사랑의 핵심이다. 인간은 생각이 아닌, 사랑에 의해서만 살아간다. 복을 바라는가? 모두의 복을 바라면 절로 자신의 복도 따라온다. 세상에는 많은 선행이 있다. 그러나 타인을 사랑하는 것, 오직 그것만이 참된 선행이다. 참된 사랑은 이유를 갖지 않는다. 조건 없는 무한한 사랑만이 영원하다. 시간이 지날수록 이러한 사랑은 사라지기는커녕 점점 커진다.

기꺼이 희생

자신을 부정한다고 삶이 부정되지는 않는다. 오히려 육체적인 삶을 부정하면 참된 영적 삶이 더 자라난다. 오직 성스러운 영적 삶을 위해 동물적 삶을 부정할 때만이 참된 자기희생이 일어난다. 지구가 태양 없이 살 수 없듯 인간은 사랑 없이 살 수 없다. 가장 큰 사랑은 타인에게 기꺼이 베푸는 사랑이다. 참된 삶은 곧 희생이다.

참된 자선

부가 가져다주는 기쁨은 변덕스럽고 기만적이다. 가진 것이 적다고 가난한 것은 아니다. 가난한 사람은 아무리 많이 가져도 만족을 못한다. 희생을 바탕으로 한 물질적인 자선만이 선을 가진다. 그리고 오직 그때만이 영혼의 선물까지 전달하게 된다. 희생하지 않고 그저 남는 것을 줄 뿐이라면 받는 이의 분노를 사기 마련이다. 부자가 가난한 이들의 노동에 기대어 살아가는 이 세상의 질서는 잘못된 것이다. 부자는 가난한 이들이 재배한 농작물을 먹고 그들이 지어 준 집에 살며 그들의 시중을 받는다. 부자는 이에 그치지 않고 자선기관을 만들어 가난한 사람을 도우면서 스스로가 은혜를 베푼다고 생각하기까지 한다.

문

이 지상에는 평화가 없다. 삶은 얻을 수 없는 것을 얻고자 하는 투쟁이므로 평화나 휴식은 찾아볼 수 없다. 삶의 목적이 무엇인지는 나도 정확히 모른다. 그러나 오직 노력만이 그 목적을 이룰 수 있다. 첫째, 우리는 자신이 누구인지, 또 어떤 존재가 되어야 하는지를 마음속 깊이 느껴야 한다. 둘째, 그런 존재가 되기 위해 힘껏 노력해야 한다. 선택은 그대의 몫이다. 인류의 가장 높은 성과는 폭력이 아닌 고요한 내적 영혼에서 나왔다. 궁전으로 가는 문은 힘껏 밀쳐도 열리지 않는다. 살짝 잡아당겨야 한다.

언제 어디서든

선을 찾으려면 자기 노력 말고 다른 무언가가 있어야 한다는 생각은 그 무엇보다도 우리를 주눅들게 한다. 도덕적 노력과 자기 발전 없는 삶은 한낱 꿈에 지나지 않는다. 내가 해야만 하는 일은 내 능력 안에 있다. 내게 일어나는 일은 그렇지 않다. 하지만 어떤 일이든 그것은 내가 선을 이루도록 도와준다. 자기 삶에 만족하지 못하는 이는 환경을 바꿔 더 나은 삶을 만들고자 한다. 그러나 무엇보다도 내적 영혼을 먼저 바꿔야 한다. 이 일은 언제 어디서든 할 수 있다.

안으로 자아를 개선하라

개개인의 개선은 사회를 개선하는 단 한 가지 방법이다. 이를 위해서 해야 할 일은 단 하나, 내적 자아를 개선하는 일이다. 악에 맞서 싸우며 삶을 개선하는 일은 개개인의 영적 발전으로만 시작될 수 있다. 이른바 지식인이라 불리는 이들에게 인생을 어떻게 개선해야 하는지 묻는다면 놀라울 정도로 서로 다른 답변들이 나올 것이다. 이토록 의견이 다른 만큼 남의 삶을 개선해주기란 불가능하다. 결국 세상을 개선하는 단 하나뿐인 방법은 자신이 직접 자기의 영적 자아를 개선하는 것이다. 우리는 육체적 삶이 끝나면 죽는다. 이는 감각적으로나 지적으로나 명백한 사실이다. 이것은 신이 다스리는 세상의 법칙이기도 하다. 이를 이해하는 사람은 육체적 삶의 열매를 위해 아등바등하지 않고 영적 삶을 위해 온 힘을 다한다.

삶이 존재하면 악도 존재

누군가 나에게 "세상에 왜 악이 존재합니까?" 묻는다면, 나는 "삶은 왜 존재합니까?" 되묻는다. 삶이 존재하기에 악도 존재한다. 삶은 악을 물리치면서 그 모습을 드러낸다. 모든 것을 잃었다고 생각하는 바로 그때에 모든 것을 지킬 수 있다. 병, 가난, 수치 따위의 온갖 고난은 선을 위해 존재한다. 이런 것에 의해서만 우리의 토대가 영혼임이 드러난다. 육체적으로 가장 약할 때 영혼은 가장 강하다. 악은 제대로 이해하지 못한 선이다.

아름다운 기쁨

사기꾼이나 도둑은 결국 길을 잃은 사람이 아닐까? 그렇다면 가엾게 여겨야 한다. 흔히 범죄자는 반드시 처벌해야 한다고 목소리를 높인다. 그러나 그들은 길 잃은 사람들이니 처벌하기보다는 동정해야 옳다. 처벌이 가장 좋은 방법이라고 하면 결국 범죄자를 더 늘리는 꼴이 되고 만다. 정부가 저지르는 가장 큰 악은 삶의 파괴가 아닌, 사랑과 깨달음의 파괴이다. 폭력을 바탕으로 한 법으로는 거짓과 싸울 수 없다. 다른 사람을 비난하지 마라. 그러면 술을 끊은 알코올 중독자와도 같은 기쁨을 느낄 것이다. 이는 순수한 존재가 되었다는 아름다운 기쁨이다.

오늘은 어떤 좋은 일을

아침에 눈을 뜨면 자신에게 질문하라. "오늘은 어떤 좋은 일을 할 수 있을까?" 누군가 씨앗을 심었다. 싹이 잘 돋을지 궁금해서 걱정이 된 그 사람은 흙을 파내고 계속 씨앗을 지켜보았다. 하지만 흙 밖으로 나온 씨앗은 결국 상해

버려 열매를 맺지 못했다. 우리는 뒤돌아보는 일 없이 쉬지 않고 일해야 한다. 때가 되면 노동의 열매가 열린다. 시간이란 없다. 우리 온 삶이 한데 모여 요약된 현재의 한순간이 있을 뿐이다. 그러니 지금 이 순간에 온 힘을 쏟아라. 시간이라는 개념을 넘어서지 못하는 우리는 죽음 뒤의 일을 상상할 수 없고 태어나기 전을 기억할 수도 없다. 진정한 삶은 시간을 벗어나 존재한다.

비난하지 마라

악을 선으로 갚으라는 말은 쉽게 받아들이기 어렵다. 어려서부터 정반대의 가르침을 받아왔기 때문이다. '용서합니다'라는 말은 다른 사람을 용서하기에는 부족하다. 비난하고 못마땅한 마음을 말끔히 씻어내야 한다. 이것이 어렵다면 자신의 죄를 떠올려라. 아픈 이의 겉모습을 비난할 수 있는가? 곪은 상처가 역겹다 해도 비난해서는 안 된다. 마찬가지로 악한 이도 비난해서는 안 된다. 인내심을 가지고 지적 능력을 발휘하라. 지갑을 잃어버린다면 금세 그것을 알아차릴 것이다. 그런데 가장 소중한 것, 곧 지적 능력과 친절함을 잃어버렸을 때에는 어째서 알아차리지 못하는가? 자기 자신은 죄로 가득 차 있으면서 다른 사람의 죄는 참지 못하는 일은 흔하다.

겸손함

물질적인 성과는 노력 없이 거둘 수 없으며 이것은 누구나 알고 있는 사실이다. 이는 삶의 가장 큰 목표인 영적인 삶에서도 마찬가지이다. 노력하지 않으면 영혼은 아무것도 얻지 못한다. 자신의 현재 모습에 만족하지 않고 내적 완성을 열망하는 것은 지적인 삶을 위해 꼭 필요한 조건이다. 이런 조건에서만 우리는 자신을 개선할 방법을 찾는다. 한여름에 무더운 하루가 지나고 나면 시원한 비가 대지를 적신다. 자아도취라는 뜨거운 햇살이 지나간 뒤에도 겸손함이 영혼을 식혀야 한다. 자신의 행동을 남과 비교할 때마다 자기 개선의 길에 유혹이라는 장애물이 앞을 가로막는다.

아기를 돌보는 어머니처럼

인도의 현자는 말한다. "어머니가 자식을 지키고 키우고 돌보는 것처럼 자신의 가장 귀중한 능력, 곧 남을 사랑하는 능력을 보호하고 북돋아야 한다." 남을 사랑하고 사랑받을 때 우리는 선해진다. 사랑을 통해서만 참된 선이 드러난다. 세상에서 가장 중요한 것은 사랑이라는 점을 이해한다면, 누군가를 만났을 때 상대가 어떤 도움을 줄 수 있을지 가늠하기보다는 어떻게 그를 도울 수 있을지를 생각하게 될 것이다. 그리고 이렇게 하면 자신만을 생각할 때보다 더 좋은 결과를 얻게 된다. 어째서 나는 사랑의 법을 믿고 따르는가? 그 결과는 무엇일까? 나는 알지 못한다. 하지만 내가 이를 따를수록 나와 다른 모든 사람에게 더 좋다는 점은 분명히 알고 있다.

깊은 강

주위 사람들이 모두 나쁘게만 보이는가? 만일 그렇다면 저 자신도 나쁜 사람임에 틀림없다. 깊은 강물은 돌을 던져도 잔잔하다. 남이 던지는 무례한 말 한마디에 마음 상하는 사람은 깊은 강이 아닌 진흙탕 웅덩이인 셈이다. 영혼을 깨끗이 하면 자유로워진다. 분노나 짜증 같은 감정에 사로잡혀 있다면 어떻게 자유로울 수 있겠는가? 영혼이 자유롭지 못한 사람은 눈을 떠도 볼 수 없고 귀를 기울여도 듣지 못하며 그 혀는 맛을 모른다.

악은 어디에 있는가

'이 세상에 어째서 악이 존재하는가?' 이런 질문은 하지 마라. 악은 우리 내면에서만 생겨나므로. 고통은 신이 보낸 거라고 말하면서도 우리는 이를 진심으로 받아들이지 못한다. 명백한 진실인데도. 고통을 이겨내면 삶은 더 강하고 즐거워지며, 의미를 지니게 된다. 슬픔이나 절망에 빠져 자포자기한 채 그 상태에 익숙해지는 사람들을 보면 마치 말을 타고 가파른 언덕길을 내달리는 것만 같다. 말을 멈추기는커녕 말이 미친 듯 내달리도록 아예 고삐를 놓아버리고 마는 것이다. 모든 것은 선하다. 악은 없다. 다만 시간 속에 사는 우리 눈에 악이 있는 듯 보일 뿐이다. 시간을 벗어나면 악은 없다.

친절함

우리는 비난받을까 두려워 악행을 숨긴다. 그러나 이는 잘못된 행동이다. 이따금 비판은 쓸모 있기 때문이다. 모든 유혹은 오만에서 온다. 스스로를 유혹에서 구하려면 겸손하라. 선행의 기쁨을 느끼고 싶다면 아무도 모르게 선행을 베풀고 그 사실도 잊어라. 그때 선행이 자신의 안과 밖 모두에서 드러나리라. 더 친절하고 좋은 사람이 되는 것은 삶의 가장 중요한 과제다. 그런데 자신이 이미 좋은 사람이라 여긴다면 어떻게 더 좋아질 수 있겠는가? 겸손은 이기적이고 오만한 이로서는 꿈도 못 꾸어 볼 기쁨을 우리에게 안겨 준다.

자신의 능력을 과소평가하지 마라

지적 잠재력을 마음껏 발휘하는 것은 삶에서 가장 이루기 어려운 과업 중 하나로 꼽힌다. 우리 마음과 지적 능력은 서로 다르다. 나날의 생활을 이해하는 것은 마음이다. 영혼을 헤아리는 것은 지적 능력이다. 진리는 우리 존재의 시작이며 끝이다. 진리는 홀로 존재하지 않으며 사랑을 통해 창조된다. 진리는 사랑이다. 다른 사람의 거짓을 밝혀내는 것도 좋지만 자기 자신의 거짓을 밝히는 것은 더욱 좋다. 우리는 좀더 자주 이 즐거움을 느껴야 한다. 착하고 정직한 이들 사이에서도 오해가 생긴다. 그 가장 큰 이유는 이들이 자신의 지적 능력을 과소평가하기 때문이다.

고통의 근원

결혼한 사람이 독신으로도 살 수 있었다고 깨닫는다면 이는 돌부리에 걸리지 않았는데 걷다가 넘어지는 것과 같다. 결혼하지 않고 욕구를 억누르며 살 수 있다고 생각된다면 아예 결혼하지 않는 편이 좋다. 정욕은 때때로 우리를 아주 강하게 사로잡는다. 이 유혹에 따르다 보면 정욕은 점점 더 커진다. 정욕은 크나큰 고통의 원천이다. 그러므로 어떻게든 이를 억누르려 애써야 한다. 그런데 오늘날 사람들은 이 욕구가 세련된 감정인 양 여기고 일부러 힘들여 키우기까지 한다. 젊은 남녀가 성적으로 성숙하다면 어떻게 해야 옳은가? 가능한 한 순결을 지키고 욕구를 억누르도록 하라. 그러면 삶은 선해진다.

자유로워지는 길

눈으로 볼 수 없다고 해서 몸 안에 심장이 없는 것은 아니다. 영혼도 마찬가지이다. 우리 안에 있는 영혼을 느끼지 못한다고 해서 영혼이 없는 것은 아니다. 인간은 진정 스스로를 알지 못한다. 우리가 자신이라 여기는 존재는 사실 참된 자신이 아니다. 인간은 육체가 아닌 영혼으로 살기 때문이다. 참된 삶은 육체가 아닌 영혼으로 살 때 비로소 시작된다. 삶은 위험으로 가득 차 있으므로 인간은 언제든 죽을 준비를 해두어야 한다. 그렇게 하면 삶이 자유로워지고 타인을 사랑하면서 영혼을 살찌우는 데 힘을 쏟게 된다. 우리는 살아가는 동안 영혼을 위해 육체를 희생해야 한다. 영혼을 살찌우는 것은 삶에서 가장 기쁘고 진실한 일이다.

적게 먹으라

음식을 많이 먹는 것은, 그 해악이 눈에 보이지 않으므로 보통 죄악으로 여기지 않는다. 그러나 인간의 존엄성을 해치는 까닭에 그것은 죄악이 된다. 음식을 조심해야 한다. 과식은 몸에 병을 가져온다. 식사 뒤 자리에서 일어나면서 조금만 더 먹고 싶다는 유혹을 이기지 못했을 때 음식은 독이 된다.

어린 시절

인간은 육체의 요구와 힘겹게 싸우면서도 사랑 넘치는 삶을 꿈꿀 수 있다. 성적인 면에서도 그렇다. 육욕에 온몸을 맡겨 아이를 많이 낳은 사람도 마음속으로는 금욕을 바랄 수 있다. 이처럼 우리의 육체적 측면과 영적 측면은 끊임없이 갈등한다. 순수한 결혼은 좋다. 하지만 금욕은 더욱 좋다. 성적인 죄와 싸우는 건 어렵다. 아주 어린 시절이나 아주 늙은 다음에야 거기에서 완전히 자유롭게 된다. 지상의 험난한 삶 속에서 아주 조금이나마 천국을 맛볼 수 있게 하는 축복, 그것은 바로 어린 시절이다.

방랑자

영원을 생각하지 않는 이는 인생에 대해서도 생각하지 않는다. 인간이 그저 육체적 존재라면 그 죽음은 가여울 뿐이다. 하지만 인간이 영적 존재이고 짧은 한때 육체에 머무르는 것이라면 죽음은 거쳐 지나가는 변화가 된다. 죽음을 기억하며 산다는 것이 끊임없이 죽음을 생각한다는 뜻은 아니다. 늘 기쁨 속에 살면서 죽음이 찾아오는 순간을 준비한다는 뜻이다. 동물은 자기가 언제 죽을지를 전혀 생각지 않으며, 따라서 죽음을 두려워하지 않는다. 그러면 어째서 인간은 종말을 상상하고 두려워하는 것일까? 지혜로운 사람은 삶을 육체적인 것에서 영적인 것으로 바꿔놓는다. 그렇다고 해서 죽음에 대한 두려움이 사라지는 것은 아니다. 그러나 스스로를 긴 여행 끝에 집으로 돌아가는 방랑자라고 느낄 수는 있다.

모든 말을 존중하라

남을 심판하지 마라. 누군가 당신을 심판하고 나쁜 말을 한다 해도 그를 심판하지 마라. 말은 목표를 이루기 위한 도구이다. 말을 잘못 쓰는 일이 없도록 조심하고 자신과 남의 말, 글로 쓰인 말 등 모든 말을 존중하라. 서로의 사이를 갈라놓는 말을 경계하고 모두가 하나가 되는 말을 사용하라. 그 입장이 되어보기 전까지는 이웃을 비난하지 마라.

겉모습은 중요하지 않다

다른 사람의 삶을 통제하고 행동을 지시하는 일은 왜 쉬울까? 만일 잘못된 결정을 내려도 자신이 고통을 받지 않기 때문이다. 어떻게 살아야 한다고 타인에게 떠드는 이에게는 정작 자기 삶을 살 시간이 없다. 타인에게 삶의 방향을 강요하는 사람들은 흔히 폭력을 휘두르며 그것을 정당화한다. 사람들은 관계의 겉모습, 의례, 행동 방법에 정신이 팔리곤 한다. 겉모습은 중요하지 않다. 사람들과 맺는 관계, 그 자체에 참된 삶이 있다.

아주 단순한 이치

손에 굳은살이 박일 정도로 부지런히 일한 사람은 식탁 맨 윗자리에 앉아 먼저 따뜻한 밥을 먹을 자격이 있지만, 그렇지 않은 사람은 식탁 맨 아랫자리에 앉아 맨 나중에 식어버린 밥을 먹어야 한다. 이것이 이 사회의 법률이요, 도덕이요, 철학이다. 열심히 일한 뒤의 식사야말로 더할 수 없는 보배이다.

쉽게 판단하지 마라

우리는 다른 사람을 판단한다. 누구는 마음이 착하고 누구는 바보스러우며 누구는 사악하고 누구는 총명하다고 말한다. 하지만 그래서는 안 된다. 사람은 언제나 변하기 마련이다. 다시 말해 사람이란 흐르는 강물처럼 하루하루가 다르고 새롭다. 어리석었던 사람이 현명해지기도 하고 악했던 사람이 진실로 착해지기도 한다. 다른 사람을 판단하지 마라. 그 사람을 책망하는 순간 그 사람은 다르게 변할 것이기 때문이다.

세 가지 질문

나는 누구인가? 나는 어떤 존재인가? 인생에서 무엇을 해야 하는가? 이 세 가지는 우리 모두가 삶의 길에서 던져야 할 질문이다. 내가 어떤 존재인지 안다면 무엇을 해야 할지도 알 수 있다. 남을 사랑하는 것이 내가 할 일이라고 깨달았다면 그 사랑에만 온 힘을 쏟아라. 거짓 스승이 시키는 대로 자신의 지적 능력을 무시한다면 진정한 믿음을 가질 수 없다. 지적 능력을 통해 믿음을 시험해야 한다. 이를 위해 온 힘을 다하라.

얼마나 진실하게 살았는가

무언가를 하고 그 결과에 대해 생각한다면 이는 자신만을 위해 그 일을 했다는 의미이다. 우리가 하는 행동은 대부분 그 결과가 눈에 드러나지 않는다. 우리가 사는 세상은 한정되어 있으나 행동의 결과에는 한계가 없기 때문이다. 행동의 결과를 모두 볼 수 있다면 그 행동 자체는 거의 의미를 갖지 못할 것이다. 지금 하는 일을 묵묵히 수행하라. 그리고 이 순간이 앞으로 올 시간을 위해 기여할 것임을 믿어라. 얼마나 오래 살았느냐보다도 얼마나 깊이 살았느냐가 더욱 중요하다. 우리는 세상과 밀접한 관계를 맺고 살아간다. 하지만 그러면서도 세상은 한갓 환영이고 어딘가에는 또 다른 차원 높은 세상이 있으리라는 생각이 든다.

스스로를 일구라

우리가 날씨를 바꾸고 구름을 없애지 못하는 것처럼, 이 세상의 악을 뿌리째 없애버리는 것은 불가능하다. 다른 사람을 가르치기보다는 자기 자신을 향상시키는 데 힘쓴다면 이 세상에 악은 줄어들 것이고 모든 사람의 생활은 더욱더 나아질 것이다.

하루하루를 위한 현명한 생각

1 세상을 변화시키려는 사람은 많다. 하지만 자신을 변화시키려는 사람은 없다. 2 나 자신의 삶은 물론 다른 사람의 삶을 가치 있게 만들기 위해 끊임없

이 정성과 마음을 다하는 것만큼 아름다운 것은 없다. 3 부란 똥오줌과 같아서 그것이 쌓이면 악취가 나고, 뿌리면 땅을 비옥하게 한다. 4 진정한 실패는 눈에 보이지 않는다. 눈에 보이는 것은 그림자에 불과하다. 5 사람은 사랑함으로써 살아가는 것이다. 자신만을 사랑하는 그 순간부터 죽음이 시작되며, 다른 사람과 신을 사랑하는 그 순간부터 삶이 시작된다. 6 혼자 살아가든 다른 사람들과 관계를 맺으며 살아가든, 단 한 가지 지켜야 할 원칙이 있다. 그것은 인생을 가치 있게 살고자 원한다면 기꺼이 자신을 희생할 마음가짐이 되어 있어야 한다는 것이다. 7 돈이 없는 것은 슬픈 일이다. 하지만 돈이 남아 도는 것은 그 두 배나 슬픈 일이다. 8 하루도 빠짐없이 기도하라. 그러나 마음이 정리되지 않으면 기도하지 마라. 기도는 단지 혀로만 하는 것이 아니라 가슴으로 하는 것이다. 9 독약은 냄새부터 고약하다. 그런데 정신적인 독약은 안타까우리만큼 매혹적이다. 10 착하고 올바르게 사는 데 따른 보상이 무엇인가? 그렇게 사는 가운데 기쁨을 누리는 것이 그 보상이다. 그것 말고 다른 것을 바란다면 그 기쁨은 한순간에 사라진다. 11 얼마나 여러 번 용서해야 하느냐고 묻는 것은 알코올 중독 환자가 술을 몇 잔 정도 삼가면 되냐고 묻는 것과 다름없다. 술을 끊기로 마음먹었다면 몇 잔이든 끊임없이 삼가야 한다. 용서에도 그런 일관된 태도가 필요하다. 12 다른 사람을 헐뜯지도, 칭찬하지도 마라. 헐뜯다 보면 좋은 점을 보지 못한다. 또 칭찬만 하다 보면 기대가 너무 높아진다. 다른 사람을 존중하라. 그러면 다른 사람들도 똑같이 당신을 존중해줄 것이다. 13 분노는 한때의 광기이다. 그러므로 이 감정을 억누르지 않으면 당신은 분노에 사로잡힐 것이다. 14 사람의 인품은 그 사람의 장점을 통해서 판단해서는 안 되며 그 사람이 자신의 장점을 어떻게 다루고 있는가를 판단해야 한다. 15 다른 사람들과 무리지어 있을 때는 홀로 생각해야 하며, 홀로 생각에 잠겨 있을 때는 다른 사람들과 의견을 나누어야 한다는 사실을 명심해야 한다. 16 하늘과 땅은 그것들이 자신만을 위해서 존재하지 않기에 영원한 것이다. 이와 마찬가지로 진실로 거룩한 사람은 자신만을 위해서 살지 않는다. 17 원하건 원치 않건 인간은 다른 사람들과 관계를 맺을 수밖에 없다. 인간은 생업활동을 하면서, 그리고 지식과 예술작품을 나누면서 연결되어 있고, 무엇보다도 도덕적 의무로 연결되어 있다. 18 두 사람이 격렬하게 논쟁하는 경우, 그 논쟁의 책임은 양쪽 모두에게 있다. 따라서 적어도 한 사람이 자신에게 잘못이 있다고 말하면 논쟁은 곧바로 그치게 된다. 19 가장 큰 행복은 한 해를 마무리할 때 그해 첫 무렵의 자신보다 더 나아졌다고 느끼는 것이다. 20 돈 속에, 돈 자체 속에, 그리고 돈을 얻고 손에 쥔다는 그 속에 무엇인가 비도덕적인 점이 있다. 21 독불장군이 되면 될수록 그만큼 자신의 위치는 흔들리며, 자신을 낮출수록 발밑은 더욱 단단해진다. 22 세상에는 배울 것이 수없이 많다. 하지만 인생의 의미와 사회에 이롭지 않으면 모든 학문과 예술은 쓸모없게 될 뿐만 아니라 인생에 해만 끼치는 오락거리로 전락하게 된다. 23 다른 사람을 책망하는 것은 무조건 잘못된 것이다. 다른 사람의 영혼에 무슨 일이 일어났는가 또는 무슨 일이 일어나는가 알 수 없기 때문이다. 24 누구나 신의 속성을 지니고 있으며, 어느 누구든 신의 속성을 파괴할 수 없다. 다시 말해 살인해서는 안 되는 것이다. 25 삶을 깊이 이해하면 할수록 죽음으로 인한 슬픔은 그만큼 줄어들 것이다. 26 이롭든지 아니면 해롭든지, 사람들로 하여금 어떤 것을 믿게 하는 데 예술만큼 강력한 수단은 없다. 그러므로 예술을 어떻게 쓸 것인가를 신중하게 생각해야만 한다. 27 가장 강한 욕망은 성적 욕망이다. 이것은 결코 만족하는 법이 없다. 왜냐하면 만족하면 할수록 더욱 욕망이 커지기 때문이다. 28 남을 드러내놓고 비난해서는 안 된다. 그에게 망신을 주기 때문이다. 숨어서 비난하는 것은 성실하지 못한 행동이다. 덕을 기만하는 것이 되기 때문이다. 29 이제껏 나에게 가장 큰 손해를 끼친 것은 공연한 참견이다. 30 사랑! 그것은 신의 본질의 발현이다. 사랑에는 시간이 없다. 사랑은 오로지 현재, 바로 지금, 시시각각으로 나타나고 있다. 31 육체가 아무리 가까이 있더라도 결국 남의 것이고, 영혼만이 자기 것이다. 32 육체에 꼭 맞는 옷보다도 양심에 꼭 맞는 옷을 입어야 한다. 33 행복은 사람들을 이기주의자로 만든다.

나의 유년시절

인간은 생애에 딱 한번 청춘의 힘을 가진다.
그것은 지성이나 정신, 또는 교양의 힘이 아닌
두 번 다시 돌이킬 수 없는 폭발적인 힘이다.

나의 유년시절

1 가정교사 카를 이바느이치

18××년 8월 12일, 열 번째 생일을 맞은 나는 훌륭한 선물들을 많이 받았다. 그로부터 꼭 사흘째 되는 날 아침 7시, 카를 이바느이치가 설탕 봉지를 매단 파리채를 내 머리 바로 위에서 후려치는 바람에 잠에서 깨어났다. 서툴기 짝이 없는 솜씨로 휘두른 파리채는 침대의 참나무 등받이에 걸어놓은 내 수호천사(작명할 때 어린아이에게 그 이름이 붙여지는 성직자)를 건드렸고 죽은 파리는 내 머리 위에 떨어졌다.

나는 담요 밑에서 코를 내밀어 계속 흔들거리는 성상을 한 손으로 붙들고 다른 손으로는 죽은 파리를 방바닥에 내던졌다. 나는 아직 잠이 덜 깼지만 성난 눈으로 카를 이바느이치를 노려보았다. 그는 솜을 넣은 화려한 실내복에 같은 천으로 만든 허리띠를 매고, 술이 달린 빨간 털실 모자에 부드러운 산양 가죽 장화를 신은 채 여전히 내 주위를 걸어 다니면서 파리를 겨냥해 탁탁 파리채를 휘두르고 있었다. 나는 생각했다.

'아무리 내가 어리기로서니, 어째서 잠도 편히 못 자게 이리도 소란을 피우는 걸까? 왜 볼로쟈 침대의 파리는 잡지 않는 거지? 파리가 저렇게나 많은데! 그래, 볼로쟈는 나보다 나이가 많지. 내가 가장 어리니까 괴롭히는 거야. 이 사람은 평생 날 괴롭힐 생각만 하고 있어.'

나는 혼자 중얼거렸다.

'파리채로 때려서 날 깨우고 깜짝 놀라게 해 놓고서는 마치 아무것도 모르는 사람처럼 시치미를 뚝 떼고 있다니……. 아, 역겨운 사람! 실내복도, 저 조그만 모자도, 저 술도 정말 역겨워!'

내가 이렇게 마음속으로 카를 이바느이치에 대한 분노를 곱씹고 있는 동안, 그는 자기 침대로 다가가 그 위에 걸려있는 유리구슬로 수놓은 작은 구두모양의 주머니에 넣어둔 시계를 힐끗 보았다. 그리고 파리채를 못에 걸고는 무척 유쾌한 모습으로 우리들에게 몸을 돌렸다.

"자, 일어나요, 얘들아, 일어나! 시간이 됐어요. 어머니께서는 벌써 홀에 나와 계세요."

그는 독일인 특유의 자못 선량한 목소리로 소리치고는 나에게 다가와 침대 발치에 앉더니 주머니에서 담뱃갑을 꺼냈다. 나는 자는 체했다. 카를 이바느이치는 우선 코담배를 들이마시고 코를 닦고는 손가락을 또도독 꺾고 나서야 비로소 나를 깨우기 시작했다. 그는 내 발바닥을 간질이기 시작했다.

"자, 자, 일어나요, 이 게으름쟁이!"

나는 간지럼이 참을 수 없을 만큼 두려웠지만 침대에서 일어나지도 않고 대답도 하지 않았다. 그리고 베개 밑에 머리를 더 깊이 파묻고 있는 힘을 다해 발버둥을 치며 웃음을 참으려고 온갖 노력을 다했다.

'아아, 이분은 정말 좋은 사람이고 정말로 우릴 사랑하고 있다. 그런 사람을 나쁘게 생각했다니!'

나는 내 자신에게도 카를 이바느이치에게도 화가 났다가, 갑자기 웃고 싶기도 하고 울고 싶기도 했다. 머릿속이 혼란스러워졌다.

"아, 내버려 둬요, 카를 이바느이치!"

베개 밑에서 얼굴을 내민 나는 눈물을 글썽이며 소리쳤다. 카를 이바느이치는 깜짝 놀라 발바닥을 간질이던 손을 멈추고 걱정스러운 눈빛으로 "왜 우니? 나쁜 꿈이라도 꾸었니?" 하고 물었다. 독일인 특유의 착한 얼굴로 내가 운 까닭을 알아내려고 애쓰는 모습을 보니 더욱 많은 눈물이 흘러내렸다. 나는 부끄러웠다. 1분전만 해도 카를 이바느이치를 미워하고, 그의 실내복과 작고 둥근 모자와 술을 역겨워했던 것이 생각났다. 그런데 지금은 반대로 모든 것이 아주 정겹게 느껴졌고, 심지어 술까지도 그의 선량함을 보여 주는 확실한 증거처럼 보였다.

나는 엄마가 돌아가셔서 관을 옮기는 몹쓸 꿈을 꾸어서 울었다고 말했다. 하지만 나는 지난밤에 꿈을 꾼 기억이 전혀 없었다. 이것은 모두 내가 꾸며낸 이야기였다. 그러나 내 이야기에 감동한 카를 이바느이치가 나를 위로하고 달래기 시작하자, 나는 정말로 그런 무서운 꿈을 꾼 것같이 느껴졌다. 그래서 이번엔 그것 때문에 또 눈물이 흐르기 시작했다.

카를 이바느이치가 가고 나자, 나는 침대에서 일어나 조그만 발에 양말을 신기 시작했다. 눈물도 어느 정도 멎었다. 그러나 내가 꾸며 낸 꿈에 대한 어두운 생각은 지워지지 않았다. 몸집이 작고 깔끔한 니콜라이 아저씨가 들어왔다. 그는 언제나 진지하고 단정하며 예의발랐고, 카를 이바느이치와는 아주 가까운 친구였다. 그는 우리들의 옷과 구두를 가져왔는데, 볼로쟈에게는 장화를, 내게는 리본이 달린 내가 아주 싫어하는 단화를 가져왔다. 니콜라이 앞에서 눈물을 흘리는 것은 부끄러운 짓이다. 게다가 아침 햇살이 기분 좋게 창문을 비추고 있었고, 볼로쟈는 세면대 앞에 서서 마리야 이바노브나(누나의 여자 가정교사)의 흉내를 내면서 너무도 명랑하고 낭랑하게 웃고 있었다. 그 바람에 진지한 니콜라이까지도 어깨에 타월을 걸치고 한 손엔 비누, 다른 한 손엔 대야를 든 채 쓴웃음을 지으며 말했다.

"이제 그만하세요, 블라지미르 페트로비치(볼로쟈의 정식 이름). 얼굴을 씻으세요."

나는 마음이 완전히 풀렸다.

"모두 곧 준비가 되겠죠?"

카를 이바느이치의 목소리가 공부방에서 들려왔다. 그러나 목소리는 어느새 엄격해져서 눈물이 날 정도로 나를 감동시켰던 그 친절한 말씨가 아니었다. 공부방에서 카를 이바느이치는 완전히 다른 사람이었다. 하긴 그는 교사니까. 나는 그의 부름에 따라 잽싸게 옷을 입고 세수를 한 다음 빗으로 축축한 머리를 빗으면서 공부방으로 들어갔다.

콧등에 안경을 걸치고 한 손에 책을 든 카를 이바느이치가 여느 때처럼 방문과 창문 사이에 있는 자기 자리에 앉아 있었다. 방문 왼쪽에는 두 개의 조그만 책장이 있었다. 하나는 우리들이 쓰는 어린이용 책장이고, 다른 하나는 카를 이바느이치의 책장이었다. 우리 책장에는 교과서와 다른 많은 종류의 책들이 있었다—어떤 책은 세워져 있었고 어떤 책은 뉘어져 있었다. 붉은 장정을 한 커다란 《항해의 역사》*1 두 권만은 책장 한쪽 벽에 가지런히 기대어져 있었다. 그 밖에 길고 두껍고 크고 작은 책—속은 없고 표지만 있는 것과 표지만 있고 속은 없는 것—이 꽂혀 있었다. 휴식시간에 서고(書庫)를 정리하라고 하면 우리는 언제나 아무렇게나 책을 쑤셔넣곤 했다. 카를 이바느이치는 이 작

*1 1746~1770년 파리에서 전19권으로 간행된 교과서. 지주 저택의 문고에 널리 보급되었던 출판물.

은 책장을 서고라고 불렀다. 카를 이바느이치의 책장에 꽂힌 책은 우리 것보다 많지 않았지만 종류는 훨씬 다양했다. 나는 그 책들 중에서 다음 세 권이 기억난다—양배추 밭에 거름을 주는 방법에 대한 장정되지 않은 독일어 소책자, 한쪽 모서리가 불에 탄 양가죽 표지의 《7년 전쟁의 역사》 중 한 권, 그리고 《액체정력학(液體靜力學)》이 그것이다. 카를 이바느이치는 대부분의 시간을 독서를 하며 보냈고, 그때문에 시력이 나빠지기까지 했다. 단, 그는 이런 책들과 《북녘의 꿀벌》이란 잡지 외에는 아무것도 읽지 않았다.

카를 이바느이치의 책장에 놓여있던 물건 가운데 가장 그를 떠올리게 하는 것이 하나 있다. 그것은 나무다리가 달린 마분지로 만든 원반이었다. 이 원반은 나무다리에 머리가 없는 못을 박아 움직일 수 있도록 한 것이었다. 원반에는 어느 귀부인과 미용사를 풍자적으로 그린 그림이 붙어 있었다. 카를 이바느이치는 손재주가 아주 좋아서 강한 빛으로부터 자신의 약한 눈을 보호하기 위해 직접 이 원반을 만들었다.

솜을 넣은 실내복을 입고 붉고 둥근 모자 밑으로 희끗희끗한 머리털이 비어져 나온 그의 길쭉한 모습이 지금도 눈앞에 선하다. 그는 조그만 책상 옆에 앉아 있었다. 그 책상 위에는 미용사 그림이 그려진 원반이 그의 얼굴에 그림자를 드리우며 놓여 있었다. 그는 한 손에는 책을 들고, 다른 한 손은 안락의자 팔걸이에 얹어 놓고 있었다. 그 옆에 사냥꾼이 그려진 시계, 체크무늬 손수건, 검고 둥근 담뱃갑, 초록빛 안경집, 조그만 나무통 위의 집게 등이 놓여 있었다. 이 모든 물건들이 꼼꼼하고 가지런히 제자리에 놓여져 있었다. 이 물건들만 보아도 카를 이바느이치의 마음과 영혼이 깨끗하고 평온하다는 것을 알 수 있을 정도였다.

아래층 홀에서 맘껏 뛰어놀다가 위층 공부방으로 까치발을 하고 살며시 올라가 보면, 카를 이바느이치는 언제나 안락의자에 앉아 침착하고 위엄 있는 표정으로 자신이 좋아하는 책을 읽고 있었다. 대개의 경우가 그랬다. 어쩌다가 책을 읽지 않는 그를 발견하기도 했는데, 그럴 때는 안경이 커다란 매부리코 아래쪽에 걸쳐 있었고, 반쯤 감긴 하늘빛 눈은 뭔가 아주 다른 느낌의 표정이었으며, 입가에는 슬픈 미소를 띠고 있었다. 방 안은 조용했고, 규칙적으로 내쉬는 그의 숨소리와 사냥꾼이 그려져 있는 시계의 똑딱거리는 소리만이 들릴 뿐이었다.

카를 이바느이치는 내가 들어가는 것도 전혀 알아채지 못하곤 했다. 그러면 나는 문가에 서서 생각했다.

'불쌍한, 정말 불쌍한 노인이다! 우리는 여럿이 어울려 놀면서 즐거운데, 그는 아무도 상냥하게 대해주는 사람이 없는 외톨이다. 그는 자신을 고아라고 했는데 그건 사실이다. 그의 인생은 어째서 그렇게 무서운 것일까! 언젠가 니콜라이에게 자기 얘기를 하는 것을 들은 기억이 있다. 하지만 그와 같은 처지에 놓이게 된다는 것은 정말 무서운 일이다!'

그러고 나면 그가 너무나 불쌍해져서 그에게로 다가가 손을 잡고 "사랑하는 카를 이바느이치!" 하고 부른다. 그는 내가 이렇게 부르는 걸 좋아했고, 언제나 크게 감동한 듯 나의 머리를 쓰다듬어 주었다.

다른 쪽 벽에는 지도가 몇 장 걸려 있었다. 거의 다 찢어진 것을 카를 이바느이치가 풀로 감쪽같이 붙여놓은 것이다. 또 다른 쪽 벽 한 가운데에는 아래층으로 통하는 문이 있고, 한쪽에는 자가 두 개 걸려 있었다. 그중 하나는 우리들이 쓰는 것으로 온통 흠집투성이었고, 다른 하나는 그가 사용하는 새 것이었다. 카를 이바느이치의 자는 줄을 긋는 데 쓰기보다는 우리를 훈계할 때 더 많이 쓰였다. 반대편 벽에는 칠판이 걸려 있었고, 칠판에는 동그라미와 십자가 표시되어 있었다. 동그라미는 우리들이 크게 나쁜 짓을 했을 때의 표시이고, 십자는 사소한 잘못을 했을 때의 표시였다. 칠판 왼쪽에 있는 구석은 우리들의 무릎을 꿇게 하는 곳이었다.

이곳은 내 기억에 깊이 새겨져 있다! 페치카*2의 아궁이 뚜껑과 그 뚜껑에 난 바람구멍도 생각나고, 그 바람구멍에서 나던 요란한 소리도 생각난다. 이 구석에서 꿇어앉아 있노라면, 무릎과 등이 아프기 시작하여 이런 생각이 들곤 했다.

'카를 이바느이치는 나를 잊어버렸다. 그는 틀림없이 푹신한 안락의자에 편하게 앉아서 《액체정력학》이나 읽고 있을 것이다. 그런데 난 이게 뭐람?'

그래서 카를 이바느이치가 나의 존재를 떠올릴 수 있게끔 페치카의 아궁이 뚜껑을 살며시 열었다 닫았다 하거나 벽의 석회를 긁기 시작했다. 그러다가 너무 큰 석회조각이 갑자기 바닥에 떨어져 큰 소리를 내기라도 할 양이면, 정말

*2 러시아의 벽난로.

이지 그때의 공포는 그 어떤 벌보다도 훨씬 두려웠다. 살며시 카를 이바느이치가 있는 쪽을 돌아보면, 그는 여전히 한 손에 책을 들고 마치 아무것도 모르는 것처럼 앉아 있었다.

방 한가운데에는 찢어진 검은 유포(油布)를 씌운 책상이 하나 놓여 있었고, 그 유포 밑으로 주머니칼자국이 난 가장자리가 보였다. 책상 옆에는 칠을 하지 않았는데도 오랫동안 써서 반들반들 윤이 나는 등받이 없는 걸상이 몇 개 놓여 있었다. 나머지 한쪽 벽은 세 개의 작은 창문이 차지하고 있었다. 창문 밖에는 이런 풍경이 보였다—바로 밑으로는 길이 나 있고, 그 길 위에 움푹 파인 구덩이, 조약돌, 수레바퀴 자국 하나하나가 모두 오래전부터 눈에 익은 정겨운 것들이다. 길 너머로는 보리수 가지를 곱게 다듬은 가로수길이 있고, 그 사이로 울타리가 군데군데 보인다. 가로수길 건너에 풀밭이 보이고, 그 한쪽으로는 탈곡장이, 그 반대편에는 숲이 있다. 그리고 숲속 저 멀리에 산지기의 오두막이 보인다. 창문 오른쪽으로는 테라스의 일부가 보이는데, 어른들은 보통 점심때까지 그곳에 모여 앉아 있다.

카를 이바느이치가 받아쓰기의 채점을 하는 동안 잠시 그쪽을 바라보면 엄마의 조그맣고 검은 머리와 누군가의 등이 보이고, 사람들의 말소리와 웃음소리가 어렴풋이 들려온다. 그럴 때면 그쪽으로 갈 수 없는 나의 처지에 몹시 화가 나 이런 생각이 들곤 했다.

'난 언제쯤 어른이 되어 이런 회화문 공부에 매달리지 않고 내가 좋아하는 사람과 앉아 있을 수 있게 될까?'

어느덧 부아는 슬픔으로 바뀌고 나는 아무런 이유도 대상도 없이 깊은 생각에 잠겨 카를 이바느이치가 틀린 답에 화를 내고 있는 것조차 알지 못하였다.

카를 이바느이치는 실내복을 벗고 어깨에 주름을 잡아 높게 만든 푸른 연미복을 입은 뒤, 거울 앞에서 넥타이를 바르게 고치고 엄마에게 아침인사를 시키기 위해 우리를 데리고 아래층으로 내려갔다.

2 엄마

엄마는 객실에 앉아서 차를 따르고 있었다. 한 손으로는 사모바르*[3]를 들고 다른 한 손으로는 꼭지를 누르고 있었지만, 물이 사모바르 위로 넘쳐 쟁반으로 흐르고 있었다. 물론 엄마는 그것을 찬찬히 보고 있었지만, 물이 넘치는 것도 우리들이 들어온 것도 알아채지 못했다.

사랑하는 사람의 얼굴을 떠올리려고 애쓸 때에는, 너무나 많은 과거의 추억이 솟아오르기 때문에 그 모습은 마치 눈물을 통해 보는 것처럼 뿌옇게 보이는 법이다. 그것은 상상의 눈물이다. 당시 있는 그대로의 엄마의 모습을 떠올릴 때면 언제나 내 머릿속에 떠오르는 것은 선량함과 사랑이 담긴 갈색 눈, 짧은 곱슬머리가 말려있는 목덜미 아래쪽에 난 점, 수놓은 하얀 옷깃, 나를 언제나 쓰다듬어 주던 부드럽고 상냥한 손, 내가 그처럼 자주 입 맞추던 그 손만이 떠오를 뿐, 전체적인 이미지는 떠오르지 않는다.

소파 왼쪽에는 낡은 영국제 피아노가 한 대 놓여 있었다. 그 피아노 앞에 가무잡잡한 피부의 누나 류보치카가 앉아, 방금 찬물로 씻은 듯한 발그레한 손가락으로 잔뜩 긴장한 채 클레멘티*[4]의 연습곡을 치고 있었다. 누나는 열한 살로, 짧은 웃옷과 레이스로 가장자리를 댄 하얀 바지를 입고 있는 그녀는 아르페지오로밖에 옥타브를 잡을 수 없을 정도로 손이 작았다. 누나 옆에는 장밋빛 리본이 달린 실내모를 쓰고 푸른 웃옷을 입은 마리야 이바노브나가 화가 난 듯 붉은 얼굴로 비스듬히 앉아 있었다. 그녀의 상기된 얼굴은 카를 이바느이치가 들어서자 한층 더 험해졌다. 그녀는 위협적으로 카를 이바느이치를 노려보며 그의 인사에 답례도 없이 전보다 더욱 크고 세게 발을 구르면서 "하나 둘 셋, 하나 둘 셋" 하고 계속 박자를 세고 있었다.

그러나 카를 이바느이치는 그녀의 이런 태도에는 전혀 아랑곳하지 않고 여느 때처럼 독일식으로 엄마의 손에 입을 맞추려고 곧장 다가갔다. 엄마는 마치 슬픈 생각을 쫓아버리기라도 하려는 듯 고개를 흔들었다. 엄마는 카를 이바느이치에게 손을 내밀고, 그가 손에 입을 맞추는 동안 주름투성이인 그의 뺨에 입을 맞추었다.

"고마워요, 친애하는 카를 이바느이치." 엄마는 계속 독일어로 물었다.

---

*3 러시아의 차 끓이는 주전자.

*4 1752~1832, 이탈리아 작곡가. 〈그라두스 아드 파르나숨〉 작곡.

"애들은 잘 잤나요?"

카를 이바느이치는 가뜩이나 한쪽 귀가 어두운데다가 시끄러운 피아노 소리 때문에 아무것도 듣지 못했다. 카를 이바느이치는 소파 쪽으로 허리를 굽히고, 한 손으로는 테이블을 짚은 채 한쪽 발로 서서, 그때 당시 내 눈에 아주 세련되게 보였던 미소를 띠고 둥근 모자를 머리 위로 살짝 들면서 말했다.

"나탈리야 니콜라예브나, 저를 용서하시겠습니까?"

대머리인 카를 이바느이치는 감기에 걸리지 않기 위해 절대 붉고 둥근 모자를 벗지 않았다. 그래서 객실에 들어올 때마다 늘 그것에 대해 허락을 구하곤 했다.

"쓰고 계세요, 카를 이바느이치. 그런데 애들은 잘 잤나요?"

엄마는 그에게로 조금 몸을 움직이면서 상당히 큰 소리로 물었다. 그러나 카를 이바느이치는 이번에도 듣지 못하고, 모자로 대머리를 푹 덮고는 한결 더 상냥하게 미소지었다.

"잠시 멈춰요, 미미."

엄마가 미소를 띠면서 마리야 이바노브나에게 말했다.

"아무것도 안 들려요."

엄마의 얼굴은 평소에도 무척 아름다웠지만, 미소를 지을 때면 그 무엇과도 비교할 수 없을 만큼 아름다워서 주위의 모든 것이 밝아지는 것 같았다. 만약 삶의 고통스러운 순간에 잠시라도 이 미소를 볼 수 있었다면 나는 슬픔이 무엇인지도 모르고 살았을 것이다. 나는 얼굴의 아름다움이란, 바로 미소 속에 있다고 생각한다. 미소가 얼굴에 매력을 가져다주면 아름다운 얼굴이 된다. 하지만 미소가 얼굴에 변화를 주지 않으면 그 얼굴은 그저 평범할 뿐이다. 또한 미소가 얼굴을 버린다면 그 얼굴은 추해진다.

나와 아침 인사를 나눈 엄마는 두 손으로 내 얼굴을 감싸고는 빤히 들여다보며 말했다.

"너 오늘 울었니?"

나는 대답하지 않았다. 엄마는 내 눈에 입맞춤을 하고 독일어로 물었다.

"무엇이 슬퍼서 울었어?"

엄마는 우리들과 다정하게 이야기할 때에는 언제나 완벽히 독일어로 말했다.

"꿈을 꾸며 울었어요, 엄마."

나는 꾸며낸 꿈을 다시 자세히 생각해 내면서 나도 모르게 몸을 떨며 말했다. 카를 이바느이치는 내 말에 설명을 덧붙여 주긴 했지만 꿈의 내용에 대해서는 침묵했다. 날씨에 대해 잠시 이야기를 더 나누고—이 대화에는 미미도 끼었다—엄마는 몇몇 고참 하인들을 위해 작은 설탕 덩어리를 여섯 개로 나누어 쟁반에 담고는 자리에서 일어나 창가에 있는 재봉틀 쪽으로 다가갔다.

"자, 얘들아, 이제 아빠에게 가요. 그리고 탈곡장에 가시기 전에 꼭 엄마에게 들렀다 가시라고 말씀드려라."

음악과 박자 세는 목소리와 위협하는 눈초리가 다시 시작되었다. 우리들은 할아버지 때부터 '하인 방'이란 이름이 붙은 곳을 지나 서재로 들어갔다.

3 아빠

아빠는 책상 옆에 서서 봉투와 서류 그리고 돈뭉치를 가리키면서 흥분하여 집사 야코프 미하일로비치에게 무엇인가를 설명하고 있었다. 야코프 미하일로비치는 방문과 풍우계(風雨計) 사이의 늘 같은 자리에 서서 뒷짐을 지고 있었는데, 손가락을 이리저리 아주 빠르게 움직이고 있었다.

아빠가 갑자기 화를 내면 낼수록 그의 손가락은 더욱더 빠르게 움직였다. 반대로 아빠가 침묵하면 손가락의 움직임도 멈췄다. 그리고 야코프가 말하기 시작하면 그의 손가락은 완전히 평정을 잃고 사방으로 아무렇게나 움직였다. 내 생각에 손가락의 놀림을 보면 야코프의 심중을 짐작할 수 있을 것 같았다. 그러나 늘 침착한 야코프의 얼굴은 자긍심과 동시에 복종심을 드러내고 있었다. 이를 테면 '내가 옳지만 뜻대로 하십시오!'라는 표정이었다.

우리를 보자 아빠는 이렇게 말했다.

"잠깐 기다려라. 곧 끝난다."

그리고 우리 중 누군가가 방문을 닫도록 턱짓을 했다.

"아, 이봐! 자네 오늘 무슨 일이 있나, 야코프?"

아빠는 한쪽 어깨를 움찔움찔하면서(이것은 아빠의 버릇이었다) 계속해서 집사에게 말했다.

"8백 루블이 든 이 봉투는……."

야코프는 주판을 끌어당겨 8백 루블을 놓고는, 다음 말이 떨어지기를 기다리면서 허공의 분명치 않은 한 점에 시선을 집중시켰다.

"……내가 없는 동안 살림 비용으로 ……알겠나? 제분소 쪽에서 천 루블을 받을 수 있을 거야. 그런가 안 그런가? 국고에서 담보금 8천 루블도 돌려받을 거고, 건초 값은 자네 계산대로라면 7천 푸드*[5]를 팔 수 있다니까 1푸드에 45코페이카씩 치면 3천 루블은 받을 테니 결국 총액이 얼마나 되지? 1만 2천 루블……그런가, 안 그런가?"

"네, 정확히 그렇습니다."

그러나 나는 야코프의 빠른 손가락 놀림으로 보아 그가 무언가 이의를 제기하려 한다는 것을 알아챘다. 하지만 아빠는 야코프에게 말할 틈을 주지 않았다.

"자, 이 돈에서 1만 루블은 페트로프스코예 마을의 이자(이는 소유지가 저당 잡혀 있어 후견원에 이자를 지불해야 함을 뜻함)로 후견원에 보내게. 그리고 현재 사무실에 있는 돈은……."

아빠는 계속해서 말을 이었다(야코프는 앞서 주판에 놓은 1만 2천 루블을 떨어버리고 2만 1천 루블을 놓았다).

"나에게 가져오고 오늘 날짜로 지출부에 기입하도록 하게(야코프는 주판알을 떨어버리고 주판을 뒤집어 놓았다. 이렇게 하여 그는 2만 1천 루블이라는 돈이 틀림없이 없어질 거라는 것을 보여주었다). 돈이 든 이 봉투는 내가 주는 거라고 겉봉투에 써 놓은 사람에게 전하도록 하게."

테이블 가까이에 서 있던 나는 봉투의 이름을 슬쩍 보았다. 봉투에는 '카를 이바느이치 마우에르 님'이라고 씌어 있었다.

아빠는 틀림없이 내가 알 필요가 없는 것을 읽었음을 눈치챘을 것이다. 아빠는 내 어깨에 한 손을 얹고 가벼운 몸짓으로 테이블에서 물러나게 했다. 나는 이것이 어루만지는 것인지 꾸지람인지 알지 못하고, 이러저러한 경우를 생각하여 어깨 위에 놓인 힘줄투성이의 커다란 손에 입을 맞추었다.

"예, 알겠습니다. 그런데 하바로프카에서 들어오는 돈은 어떻게 할까요?"

하바로프카는 엄마 소유의 마을이었다.

"그 돈은 사무실에 보관하고 절대 내 명령 없이는 사용하지 말도록 하게."

---

*5 1푸드는 16.38킬로그램.

야코프는 잠시 몇 초 동안 가만히 있었다. 이윽고 야코프의 손가락이 아주 빠른 속도로 움직이기 시작했다. 그러고는 주인의 지시를 듣고 있을 때의 그 고분고분하고 우둔한 표정이 본래의 교활하고 약은 표정으로 바뀌더니 주판을 끌어당기며 말하기 시작했다.

"스스럼없이 아뢰는 것을 용서하십시오, 표트르 알렉산드리치. 제가 무슨 말을 하든 나리께서는 좋으실 대로 하시겠지만, 기한 안에 후견원에 돈을 지불하는 건 불가능합니다. 나리께서는……."

야코프는 띄엄띄엄 말을 이었다.

"담보금을 돌려받고, 방앗간에서 돈이 들어오고, 건초를 팔아 돈이 들어올 것이라고 말씀하시지만—그는 이 항목을 들면서 그 금액을 주판에 놓았다—, 계산에 착오가 있지 않을까 몹시 걱정됩니다."

그는 잠시 침묵하고 의미심장하게 아빠를 쳐다보고는 덧붙였다.

"어째서?"

"자, 보십시오. 방앗간만 하더라도 그 주인이 벌써 두 번이나 저를 찾아와서 기한을 연기해 달라고 부탁했습니다. 그자는 돈이 없다는 것을 하늘에 두고 맹세했습니다. 지금도 여기에 와 있는데, 그 사람과 직접 얘기해 보시는 게 어떨까요?"

"도대체 뭐라고 하던가?"

아빠는 방앗간 주인과 직접 말하고 싶지 않다는 표시로 고개를 저으면서 물었다.

"뻔하지 않겠어요? 빻을 곡물은 하나도 없고 쥐꼬리만큼 있는 돈은 모두 방앗간 수리비용으로 쏟아부었다는 얘기죠. 그렇다고 해서 설사 그 사람을 쫓아낸다고 할지라도 나리에게 득이 될 것도 없지 않겠어요? 그리고 담보금을 돌려받는 것에 대해서 말씀하셨지만, 이미 나리께 말씀드린 것으로 알고 있습니다. 나리의 자산은 완전히 저당 잡혀 있어서 당장은 돈을 받을 수 없습니다. 최근 시내에 사는 이반 아파나시이치에게 밀가루 한 차를 보내면서 이 문제에 대한 편지를 같이 보냈지만, 대답은 마찬가지였어요. 나리를 위해서라면 기꺼이 힘을 쓰겠지만 제가 이래라저래라 할 문제도 아니고 지금 상황으로 봐선 두 달 후에도 돈을 마련하기 어려울 것 같습니다. 건초에 대해 말씀하셨는데, 그건 3천 루블에 팔릴 것으로 치고……."

야코프는 주판에 3천 루블을 놓고는 잠깐 동안 아무말 없이 주판과 아빠를 번갈아 보았다. 그 표정은 이렇게 말하고 싶어 하는 것 같았다.

'이 금액이 얼마나 적은 것인지는 나리께서도 잘 알고 계실 겁니다! 게다가 지금 건초를 팔면 또다시 손해를 볼 거라는 것도 잘 알고 계실 겁니다.'

야코프는 더 많은 논거를 가지고 있는 듯 했다. 그래서 아빠는 그의 말을 가로챈 것이었으리라.

"지시를 바꾸고 싶지 않지만…… 만일 그 돈을 받는 것이 정말로 그렇게 지체될 것 같으면 어쩔 수 없지. 하바로프카 마을의 수입에서 필요한 만큼 돈을 돌려 써." 아빠는 말했다.

"알겠습니다."

야코프의 얼굴 표정과 손가락 놀림으로 보아 아빠의 마지막 명령에 그가 크게 만족했음을 알 수 있었다.

야코프는 농노 출신의 집사로 매우 성실하고 충직한 사람이었다. 훌륭한 집사들이 전부 그렇듯이 야코프도 주인을 위해 극히 인색했고 주인의 이익에 대해 아주 이상한 견해를 가지고 있었다. 야코프는 엄마의 재산으로 아빠의 재산을 불리는 방법에 늘 노심초사했다. 그래서 야코프는 엄마의 소읍지에서 나오는 모든 수입을 페트로프스코예(우리가 살던 마을)를 위해 사용하는 것이 불가피하다는 것을 입증하려고 애쓰고 있었다. 지금 이 순간에도 그는 자기 생각대로 된 것에 기뻐했다.

아침 인사를 끝내자 아빠는 우리더러 시골에서 빈둥거리는 짓을 그만두고, 이제 철없는 어린애들도 아니니 착실히 공부해야 한다고 말했다.

"이미 잘 알고 있듯이, 아빠는 오늘 밤 모스크바로 갈 때 너희들도 데리고 갈 것이다. 너희들은 할머니 집에서 살 것이고, 엄마와 누이들은 이곳에 남을 거야. 엄마의 유일한 위안은, 너희들이 공부를 잘 하고 있다는 만족스런 소식을 듣는 것이라는 걸 알아야 한다."

우리들은 이미 며칠 전부터 눈에 띄는 여러 가지 변화로 무엇인가 심상치 않은 일이 일어나리라고 예상은 했었지만, 이 소식은 우리를 무척 놀라게 했다. 볼로쟈는 얼굴이 빨개져서 떨리는 목소리로 엄마에게 말을 전했다.

'내 꿈이 예고했던 게 바로 이것이었구나! 제발 더 이상 나쁜 일이 일어나지 않았으면 좋겠다.'

나는 엄마가 너무너무 가여워졌다. 하지만 한편으로는 우리도 이제 다 자랐다고 생각하니 기쁘기도 했다.

'오늘 밤 출발한다면 공부는 하지 않을 게 분명하다. 신난다!'

나는 생각했다.

'그러나 카를 이바느이치가 불쌍하다. 그 사람은 분명 해고될 것이다. 안 그러면 그 사람에게 줄 봉투를 준비할 리가 없다. 언제까지나 아무 데도 가지 말고 여기에 남아 공부하고, 엄마와 헤어지지도 않고, 불쌍한 카를 이바느이치의 마음도 아프지 않게 하는 편이 더 나을 것 같다. 그 사람은 너무나 불쌍한 사람이다!'

이런 생각이 내 머릿속을 언뜻 스쳐 갔다. 나는 자리에서 움직이지 않고 단화의 검은 리본을 찬찬히 내려다보았다.

아빠는 풍우계가 내려간 것에 대해 카를 이바느이치와 몇 마디 나눈 다음, 점심 식사 후 이별에 앞서 어린 사냥개를 시험할 겸 사냥을 나가겠으니 개들에게 먹이를 주지 말라고 야코프에게 지시했다. 아빠는 내 기대와는 달리 공부나 하라며 우리를 내쫓았다. 그리고는 사냥에 데리고 가겠다는 약속으로 우리를 위로했다.

위층으로 올라가던 도중 나는 테라스로 뛰어나왔다. 문가 양지쪽에 아빠가 사랑하는 보르조이종(種)의 개 밀카가 눈을 찡그리고 누워 있었다.

"밀카!"

나는 콧등에 입을 맞추고 쓰다듬어 주면서 말했다.

"우리는 오늘 떠난다. 안녕! 다시는 널 못 볼거야."

나는 마음이 좋지 않아 울음을 터뜨렸다.

4 수업

카를 이바느이치는 기분이 몹시 좋지 않았다. 그것은 그의 잔뜩 찌푸린 눈썹에서도, 프록코트를 옷장 속에 내동댕이치고, 노여운 듯 허리띠를 잡아매고, 회화 책에다 우리들이 암기해야 할 데를 표시하기 위해 손톱으로 거칠게 줄을 긋는 그의 행동으로도 알 수 있었다. 볼로쟈는 열심히 공부했지만 나는 마음이 산란해서 아무것도 할 수 없었다. 나는 오랫동안 멍하니 회화 책을 들여다보았다. 그러나 눈앞에 닥친 이별을 생각하니 그만 눈물이 나와 책을 읽을 수가 없었다. 내가 외울 차례가 되자 카를 이바느이치는 실눈을 뜨고 내가 암송하는 것을 듣고 있었다(나쁜 조짐이었다). 한 사람이 "어디 다녀오십니까?"라고 물으면 다른 사람이 "카페에서 오는 길입니다"라고 대답하는 대목이었다. 나는 더 이상 눈물을 참지 못하고 흐느끼느라 "당신은 신문을 읽지 않으셨나요?"라는 구절을 말할 수 없었다. 그리고 쓰기 연습을 할 때는 눈물이 떨어져, 마치 포장지에 물로 글씨를 쓴 것처럼 종이에 온통 얼룩을 만들고 말았다.

카를 이바느이치는 몹시 화를 냈다. 그는 나를 꿇어앉힌 뒤, 이러는 것은 고집이며 인형극(그가 좋아하는 단어였다)이라고 되풀이하더니 자로 위협하며 용서를 빌라고 했다. 그러나 나는 눈물 때문에 한 마디도 할 수 없었다. 결국 카를 이바느이치는 자신이 나빴다고 느낀 듯 니콜라이의 방으로 가면서 문을 쾅 닫았다.

니콜라이의 방에서 주고받는 대화가 공부방에서도 들렸다.

"니콜라이, 애들이 모스크바에 간다는 말을 들었나?"

방으로 들어가면서 카를 이바느이치가 물었다.

"듣고말고."

카를 이바느이치가 "앉아있어, 니콜라이!" 하고 말한 것으로 보아 니콜라이가 일어나려고 한 것이 틀림없었다. 뒤이어 문이 닫혔다. 나는 무릎 꿇고 앉아 있던 구석에서 나와 그들의 대화를 엿들을 양으로 문 쪽으로 다가갔다.

"사람들에게 충실히 잘하면 그들도 감사하겠거니 하고 생각해서는 안 되나봐, 니콜라이."

카를 이바느이치가 말했다. 창가에 앉아 장화를 수선하면서, 니콜라이는 정말 그렇다는 듯이 고개를 끄덕였다.

"나는 12년을 이 집에서 어떻게 살아왔는지 하느님 앞에 자신 있게 말할 수 있어, 니콜라이."

카를 이바느이치는 담뱃갑을 천장으로 들어올리면서 말을 이었다.

"난 애들을 사랑했고, 내 친자식 이상으로 돌봐 왔어. 니콜라이, 자네도 기억하고 있겠지만 볼로쟈가 열병에 걸렸을 때, 내가 9일 동안이나 잠도 자지 않고 침대 곁을 지켰던 일도 있었지. 그래! 그때 나는 착하고 친절했으며 꼭 필요한 사람이었어. 그런데 지금은 말이야……."

그는 허탈한 미소를 지으면서 덧붙였다.

"이제 아이들이 다 컸으니까 진지하게 공부를 해야 한다나? 꼭 애들이 여기서는 공부를 안 한다는 말 같아, 안 그런가, 니콜라이?"

"더 이상 어떻게 잘하라고."

니콜라이는 바늘을 놓고 양손으로 실을 잡아당기면서 말했다.

"그래, 이제 더 이상 내가 필요 없게 됐으니 쫓아내야겠지. 그러나 약속은 어떻게 된 거지? 사례는 또 어떻게 된 거고? 니콜라이, 난 나탈리야 니콜라예브나를 존경하고 사랑하고 있어."

카를 이바느이치가 한 손을 가슴에 얹으면서 말했다.

"그러나 마님이 뭘 어쩌시겠나? 이 집에서 마님의 뜻 따위는 이거나 마찬가지야."

카를 이바느이치는 이렇게 말하면서 의미심장한 몸짓으로 가죽 조각을 마룻바닥에 내동댕이쳤다.

"이 일을 누가 꾸몄고, 내가 왜 불필요하게 됐는지 나는 알고 있어. 그건 내가 '다른 사람들'처럼 아부할 줄도 모르고 무슨 일에 있어서든 너그럽지 않기 때문이야. 누구 앞에서건 바른 말을 하는 것이 버릇이 돼 버렸지 뭐야."

카를 이바느이치는 자랑스럽게 말했다.

"뭐 맘대로 하라지! 내가 없다고 해서 그들이 큰 부자가 될 것도 아니고, 나 역시 하느님의 자비로 목구멍에 풀칠은 할 테니까…… 안 그런가, 니콜라이?"

니콜라이는 정말로 카를 이바느이치가 목구멍에 풀칠을 할 수 있을지 확인이라도 하려는 듯 고개를 들어 그를 쳐다보았다. 그러나 그는 아무 말도 하지 않았다.

카를 이바느이치는 이런 식으로 오랫동안 많은 말을 했다. 그는 이전에 살던 어떤 장군의 집에서 자신의 가치를 더 높이 인정받았다고 말했고(나는 이 말을 듣기가 무척 고통스러웠다), 고향인 삭소니와 자기 부모 얘기, 친구인 재단사 쉰하이트의 얘기 등을 늘어놓았다.

나는 그의 슬픔을 동정했다. 나는 내가 거의 똑같이 사랑했던 아버지와 카를 이바느이치가 서로를 이해하지 못하는 것이 마음 아팠다. 나는 다시 구석으로 돌아와 꿇어앉은 후 어떻게 하면 아버지와 카를 이바느이치 사이를 좋게 할 수 있을까 궁리했다.

공부방으로 돌아온 카를 이바느이치는 나에게, 일어나서 받아쓰기할 공책을 준비하라고 지시했다. 모든 것이 준비되자 그는 안락의자에 위엄 있게 앉아 깊은 곳에서 울려 나오는 듯한 목소리로 다음 문장을 독일어로 불러 주기 시작했다.

"모든 악덕 중에서 가장 무서운 것은……, 썼나요?"

여기서 그는 구술을 멈추고 천천히 코담배 냄새를 맡은 후 다시 힘을 주어 계속했다.

"가장 무서운 것, 그것은 배은망덕이다……. 배은망덕은 대문자로 쓸 것."

나는 마지막 낱말을 쓰고 난 후 다음 구절을 기다리면서 그를 쳐다보았다.

"마침표."

그는 보일 듯 말 듯 미소를 띠면서 우리에게 공책을 가져오라고 손짓했다.

카를 이바느이치는 더할 나위 없이 만족한 표정을 띤 채 자신의 심중을 표현하는 이 격언을 다양한 억양으로 몇 차례나 읽었다. 그런 다음 우리들에게 역사 숙제를 내주고 창가에 앉았다. 그의 얼굴은 아까처럼 우울해 보이지 않았다. 그의 얼굴에는 자기가 받은 모욕에 대해 톡톡히 복수한 사람의 통쾌함이 나타나 있었다.

1시 15분 전이었다. 그러나 카를 이바느이치는 우리를 놓아줄 생각을 하지 않는 것 같았다. 카를 이바느이치는 계속해서 문제를 냈다. 지루함과 배고픔이 동시에 커져갔다. 나는 아주 초조하게 점심이 가까워졌음을 알리는 온갖 소리들에 주의를 기울였다. 하녀가 수세미를 들고 접시를 닦으러 가고 있다. 식기장에 달그락거리는 소리가 들리고, 식탁을 한쪽으로 옮기고 의자를 놓는 소리가 들린다. 미미가 류보치카와 카테니카(카테니카는 미미의 열두 살 된 딸이다)를 데리고 정원에서 돌아오고 있다.

그러나 언제나처럼 식사 준비가 다 되었다고 알리러 오는 하인 포카가 보이지 않는다. 그가 와야만 비로소 책을 내던지고 카를 이바느이치에게 눈길 한 번 주지 않고 아래층으로 뛰어내려 갈 수 있는 것이다.

계단에서 발소리가 들린다. 그러나 포카의 발소리는 아니다! 나는 포카의 걸음걸이를 연구해서 언제나 삐걱거리는 그의 장화 소리를 알아맞혔다. 문이 열렸다. 거기에는 아주 낯선 사람이 서 있었다.

5 이상한 떠돌이

방에 들어온 사람은 얼굴이 심하게 얽은데다 창백하고 길쭉한 얼굴을 한 50세 가량의 남자였다. 그는 긴 백발에 불그스레하고 성긴 턱수염을 기르고 있었는데 키가 어찌나 큰지 문을 통과하려면 머리뿐만 아니라 몸 전체를 구부려야만 했다. 그는 카프탄*6과도 같고 법의 안에 입는 옷과도 비슷한 너덜너덜하게 해진 천을 걸치고 있었다. 손에는 커다란 지팡이가 쥐어져 있었다. 그는 방으로 들어서더니 있는 힘껏 지팡이로 마룻바닥을 쿵하고 찧었다. 그러고는 눈살을 찌푸리고 입을 쫙 벌리며 아주 이상하고 부자연스럽게 껄껄 웃어댔다. 그는 애꾸눈이었는데, 하얀 눈동자를 끊임없이 움직이면서 그렇지 않아도 추한 얼굴에 혐오스런 표정까지 짓고 있었다.

"아하! 붙잡았다!"

그는 잰걸음으로 볼로자에게 달려가면서 외쳤다. 그는 볼로자의 머리를 움켜잡고 정수리를 찬찬히 살펴보기 시작했다. 이윽고 그는 아주 심각한 표정으로 볼로자에게서 물러나 테이블로 다가가서는, 유포 테이블보 밑을 입으로 훅 불고 그것에 성호를 긋기 시작했다.

"아아, 불쌍하도다! 아아, 가슴 아프다! 이 사랑스러운 아이들이……날듯이 도망가는구나."

이윽고 그는 볼로자의 얼굴을 애틋하게 들여다보면서 울음 섞인 목소리로 말하였다. 그리고는 정말 뚝뚝 떨어지는 눈물을 옷소매로 훔치기 시작했다.

그의 목소리는 거칠고 쉬었으며, 몸놀림은 산만했다. 그가 하는 말은 갈피를 잡을 수 없을 정도로 앞뒤 연결이 되지 않았지만—그는 결코 대명사를 쓰지 않았다—그 억양만은 사람의 마음을 움직이는 힘이 있었다. 노랗고 추한 그의 얼굴에서는 이따금씩 슬픈 표정이 있는 그대로 드러났기 때문에 그의 어눌한 말투에도 불구하고 연민과 공포와 슬픔이 뒤섞인 감정을 억누를 수가 없었다.

그는 이상한 떠돌이 그리쉬아였다.

그는 과연 어디에서 왔을까? 그의 부모는 누구일까? 무엇이 그에게 지금과 같은 떠돌이 삶을 선택하도록 했을까? 물론 아는 사람은 없었다. 나는 그가

---

*6 두루마기 비슷한 러시아의 옛날 남자 옷.

열다섯 살 때부터 이상한 떠돌이로 알려지게 되었다는 것만 알고 있을 뿐이었다. 여름이나 겨울이나 항상 맨발로 걸어 다니고, 여기저기 수도원을 찾아다니며 누군가 좋아하는 사람이라도 생기면 조그만 성상을 선물하기도 하고, 수수께끼 같은 말을 하기도 했다.

어떤 사람들은 그의 말을 예언으로 받아들이기도 했지만, 그 누구도 그의 이런 모습 말고는 아무것도 알지 못했다. 어떤 사람들은 그는 가끔씩 할머니를 찾아오곤 했다는 것, 부유한 부모를 가진 불행한 아들로 깨끗한 영혼을 가진 사람이라고 했다. 또 어떤 사람들은 그저 농사꾼으로 게으름뱅이일 뿐이라고 말했다.

마침내 오랫동안 기다리던 포카가 시간에 딱 맞추어 나타났고, 우리들은 아래층으로 내려갔다. 그리쉬아는 여전히 흐느껴 울었다. 그러고는 계속 무슨 소린지 알 수 없는 말을 중얼거리면서 우리 뒤를 따라오며 지팡이로 계단을 쿵쿵 찧었다. 엄마와 아빠는 팔짱을 끼고 객실을 거닐며 조용히 이야기하고 있었다.

마리야 이바노브나는 소파에 직각으로 마주 놓은 안락의자 중 하나에 단정하게 앉아서 엄숙하고 절제된 목소리로 곁에 앉아 있는 소녀들에게 설교를 하고 있었다. 그녀는 카를 이바느이치가 방 안에 들어오자 그를 흘끗 보고는 이내 얼굴을 돌렸다. 마치 '나는 당신 같은 사람은 안중에도 없어요, 카를 이바느이치'라고 말하는 듯한 표정이었다.

소녀들의 눈빛을 보니, 어떤 중대한 소식을 한시라도 빨리 우리에게 알리고 싶어한다는 것을 알 수 있었다. 그러나 자리에서 훌쩍 일어나 우리에게 다가오는 일은 미미가 정한 규율을 어기는 짓이었다. 우리가 먼저 그녀에게 다가가서 "봉주르, 미미!"라고 말하고 두 발을 부딪쳐야만 비로소 대화가 허용되었다.

미미라는 여자는 정말로 참기 어려운 사람이었다! 그녀 앞에서는 어떤 말도 할 수 없었다. 그녀 눈에는 모든 것이 예의 없게 비쳐졌다. 게다가 그녀는 끊임없이 "프랑스어로 말해요"라고 말했다. 하지만 그런 때는 공교롭게도 러시아어로 지껄이고 싶을 때였다. 또 식탁에서 음식을 맛보고 아무에게도 방해받고 싶지 않을 때 그녀는 반드시 "빵과 함께 먹어요"라든가 "포크를 어떻게 쥐고 있는 거예요?"라고 말했다. 그럴 때면 나는 생각했다.

'저 여자가 우리 일에 웬 참견이야! 웃기시네, 자기가 맡은 여자애들이나 잘

가르칠 일이지. 우리에게는 카를 이바느이치가 있지 않은가.'

나는 '일부 사람들'에 대한 카를 이바느이치의 증오에 완전히 공감하고 있었다.

"우리도 사냥에 데려가도록 엄마에게 부탁해 줘."

어른들이 먼저 식당으로 들어가자 카테니카가 내 재킷을 붙잡고 소곤소곤 말했다.

"좋아, 노력하지."

그리쉬아도 식당에서 식사를 했지만 혼자 다른 식탁에 앉았다. 그는 자기 접시에서 눈을 떼지 않은 채 한숨을 내쉬거나 무섭게 눈살을 찌푸리곤 하면서 혼잣말처럼 "불쌍하다! 날아서 떠나 버렸다……. 비둘기가 하늘로 날아가리라……. 오! 무덤 위에 돌이 있네!" 하며 중얼거렸다.

엄마는 아침부터 가뜩이나 기분이 좋지 않았는데 그리쉬아의 말과 행동이 더 기분을 나쁘게 한 듯했다.

"아아, 당신에게 한 가지 조그만 부탁이 있었는데 깜빡 잊을 뻔 했어요."

엄마가 아빠에게 수프 접시를 건네면서 말했다.

"무슨 일인데?"

"제발 저 사나운 개들을 가두도록 하세요. 불쌍한 그리쉬아가 뜰을 지나다가 하마터면 개에게 물릴 뻔 했어요. 그냥 놔두면 애들에게도 들려들기 십상이에요."

자기 이야기 하는 것을 들은 그리쉬아는 우리 식탁 쪽으로 몸을 돌리고 너덜너덜한 옷자락을 보였다. 그리고 음식을 우물우물 씹으면서 말했다.

"물어뜯어 죽이려 했지만…… 하느님이 허락하지 않았다. 개를 시켜 덤비게 하는 것은 죄다! 큰 죄다! 때리지 마, 왕초(그는 모든 남자를 그렇게 부르고 있었다), 왜 때려? 하느님은 허락하실 거야……지금은 그럴 때가 아니야."

"도대체 저자가 뭐라고 하는 거야?"

아빠는 그리쉬아를 뚫어져라 뜯어보면서 물었다.

"도무지 알아들을 수가 없군."

"나는 이해해요."

엄마가 말했다.

"어떤 사냥꾼이 일부러 개를 풀어 자기에게 덤벼들게 했다는 말이에요. 그래서 '물어뜯어 죽게 하려고 했지만……하느님이 허락하지 않았다'라고 말한 거예요. 하지만 그렇다고 해서 그 사냥꾼을 벌하지는 말라고 당신에게 부탁하는 거예요."

"아아, 그래? 내가 그 사냥꾼을 혼내주려는 것을 저자가 어떻게 알았을까? 당신도 알고 있듯이 나는 저런 작자들을 좋아하지 않아."

아빠는 프랑스어로 말했다.

"게다가, 저 작자는 특히 마음에 안 들어. 틀림없이……."

"앗, 그런 말일랑 하지 말아요, 여보."

엄마는 마치 무언가에 놀라기라도 한 듯 아빠의 말을 막았다.

"당신이 그런 걸 어떻게 알아요?"

"나는 저런 부류의 사람들을 연구한 적이 있었어. 저런 자들이 당신에게 자주 드나드는 모양인데 모두 똑같은 족속들이야. 언제나 하나같이 똑같은 이야기만 할 뿐……."

엄마는 이 문제에 대해 전혀 다른 견해를 갖고 있는 듯했지만 아빠와 말다툼을 하고 싶지는 않은 모양이었다.

"고기만두 좀 집어줘요. 어디, 오늘은 잘 만들어졌나?"

"아니야, 화가 나."

아빠는 한 손으로 고기만두를 집기는 했지만 엄마 손이 닿지 않는 거리에서 든 채로 말을 이었다.

"배웠다고 하는 똑똑한 사람들이 속임수에 빠지는 것을 보면 정말로 화가 나."

아빠는 포크로 식탁을 두들겼다.

"여보, 고기만두를 달라고 부탁했잖아요."

엄마는 한쪽 손을 뻗으면서 다시 말했다.

"그러니, 그런 자들을 경찰서에 집어넣는 건 아주 잘하는 일이야."

아빠는 엄마의 손을 밀어내면서 말을 이었다.

"그런 자들이 그나마 하는 일이 있다면, 안 그래도 신경이 쇠약한 사람들의 신경을 더욱 어지럽혀 놓는 일이 고작이지."

아빠는 엄마가 이런 대화를 매우 마음에 들어 하지 않는다는 것을 눈치 채고는 미소를 띠면서 고기만두를 건넸다.

"하지만 당신에게 말하고 싶은 건 단 하나예요. 당신은 믿기나요? 예순이 다 된 나이에도 불구하고 여름에나 겨울에나 맨발로 걸어 다니고, 옷 속에 30킬로나 나가는 쇠사슬을 매달고 다니면서도, 모든 것을 갖추고 편안히 살게 해 주겠다는 제안을 여러 번 거절한 사람, 그런 사람이 단지 게을러서 그런 짓을 한다고는 믿기 어렵죠. 도저히 믿기 어려워요. 예언에 대해서인데……."

엄마는 한숨을 내쉬고는 잠시 침묵한 다음 덧붙였다.

"내가 괜히 예언을 믿는 게 아니에요. 그리쉬아가 아버님이 돌아가실 날짜와 시간까지 예언했던 것은 이미 당신에게 말한 것 같은데요."

"무슨 짓이야!"

아빠는 미미가 앉아 있는 쪽의 손을 입에 갖다대며 쓴웃음을 지으며 말했다(아빠가 이런 행동을 할 때면 나는 언제나 무언가 우스꽝스러운 것을 기대하면서 잔뜩 긴장한 채 귀를 기울이곤 했다).

"왜 당신은 저자의 발을 떠올리게 하는 거요? 저자의 발을 보고 나니 더 이상 아무것도 먹지 못하겠잖소!"

식사는 거의 끝나가고 있었다. 류보치카와 카테니카는 계속 우리에게 눈짓을 보냈다. 그들은 의자 위에서 몸을 비틀며 불안해하고 있었다. 그 시선은 '왜 우리도 사냥에 데려가도록 부탁하지 않느냐'고 말하고 있었다. 내가 팔꿈치로 볼로쟈를 쿡 찌르자, 볼로쟈도 나를 찔렀다. 마침내 볼로쟈가 결심한 듯 처음에는 작은 목소리로 말하더니 이내 분명하고 큰 목소리로, 우리는 오늘 떠나야 하니까 류보치카와 카테니카도 마차에 태워 함께 사냥에 데리고 갔으면 한다고 말했다.

어른들이 잠시 상의를 하자 이 문제는 우리가 원하는 대로 해결되었다. 그리고 엄마도 함께 간다고 하셔서 우리들은 더욱 기뻤다.

6 사냥준비

후식 시간에 아버지는 야코프에게 마차와 사냥개와 승마에 대한 지시를 내렸다. 어찌나 자세하게 지시를 내리는지 말 한 마리 한 마리의 이름을 대며 하나하나 지시를 내릴 정도였다. 볼로쟈의 말은 다리를 절었다. 아빠는 그를 위해 '사냥꾼의 말'에 안장을 얹으라고 일렀다.

'사냥꾼의 말'이라는 말이 엄마에게는 매우 거슬렸나보다. '사냥꾼의 말'은 난

폭한 야수 같아서, 볼로쟈를 태우고 마구 달리다가 죽일 것 같다는 느낌이 들었던 것이다. 아빠의 타이름과 놀랄 만큼 남자다운 태도로 말이 마구 달리는 것이 좋다는 볼로쟈의 호언장담에도, 가여운 엄마는 그렇게 되면 모처럼의 나들이가 괴로울 것이라고 계속해서 우겼다.

식사가 끝났다. 어른들은 커피를 마시러 서재로 갔고, 우리들은 노란 낙엽이 떨어져 있는 정원 오솔길을 바스락바스락 소리를 내며 걸으면서 이야기를 나누기 위해 정원으로 나왔다. 볼로쟈가 사냥꾼의 말을 타고 가는 것과 류보치카가 카테니카보다 더 느리게 달린다는 것은 부끄러운 일이라는 이야기와 그리쉬아의 쇠사슬을 보면 재미있을 것이라는 이야기들을 했다. 그러나 이별에 대해서는 단 한 마디도 하지 않았다.

우리들의 이야기는 다가오는 마차 소리에 끊기고 말았다. 마차마다 뒤쪽 용수철에는 하인의 사내아이들이 한 명씩 앉아 있었다. 사냥꾼들이 사냥개 몇 마리를 데리고 마차 뒤를 따랐다. 그리고 그 뒤로 마부 이그나트가 볼로쟈가 탈 말에 올라앉아, 내가 타고 갈 비실거리는 늙은 독일종 말의 고삐를 끌고 왔다.

우리들은 먼저 이 모든 흥미로운 광경을 가장 잘 볼 수 있는 담장 쪽으로 우르르 달려갔다. 하지만 우리는 곧 발소리를 쿵쿵 울리며 찢어질 듯 환성을 지르면서 가능한 한 사냥꾼처럼 보이도록 옷을 갈아입기 위해 위층으로 뛰어 올라갔다. 사냥꾼의 복장 중 중요한 하나는 바로 바지 끝을 장화 속에 쑤셔 넣는 것이었다. 우리들은 한 시도 미루지 않고 일을 서둘렀다. 되도록 이 일을 빨리 끝내고 계단으로 뛰어 내려가 개와 말을 보며 사냥꾼들과 대화를 즐기기 위해서였다.

무더운 날이었다. 아침부터 이상한 모양의 먹구름이 지평선에 나타나더니, 이윽고 산들바람이 그 먹구름을 점점 가까이 몰고 와서 이따금 태양을 가리곤 했다. 먹구름이 부산히 움직여 어느덧 하늘은 검은 빛을 띠었지만, 그 구름이 모여 뇌우로 변해 우리들의 마지막 즐거움을 방해할 것 같지는 않았다. 저녁 무렵에 먹구름은 서로 흩어지기 시작했다. 어떤 것은 점차 하얗고 길어지면서 지평선 위로 달아나고 있었고, 어떤 것은 우리들 머리 바로 위에서 희고 투명한 비닐 구름으로 변했다. 그중 단 하나, 제일 커다란 먹구름만이 동쪽 하늘에 머물러 있었다.

카를 이바느이치는 어떠한 구름이 어디로 갈 것인지 언제나 잘 알아맞혔다. 그는 이 먹구름이 마슬로프카 마을 쪽으로 가고 있으므로 비는 오지 않고 날씨는 더 없이 좋을 것이라고 말했다.

포카는 늙은 나이에도 매우 가볍고 빠르게 계단을 뛰어 내려와 "마차를 대라!" 소리치고는 마부가 마차를 세우는 장소와 현관문 사이에서 두 다리를 벌리고 의젓이 서 있었다. 그것은 자기 일에 능숙한 사람만이 취할 수 있는 자세였다. 부인들은 계단을 내려와서 누가 어느 쪽에 앉고 누구를 붙잡아야 하는지를(붙잡을 필요는 전혀 없어보였지만) 잠시 의논한 다음, 자리에 올라타 양산을 펼쳤다. 마차가 움직이기 시작하자 엄마는 '사냥꾼의 말'을 가리키면서 떨리는 목소리로 마부에게 물었다.

"저게 블라지미르 페트로비치가 탈 말인가?"

마부가 그렇다고 대답하자 엄마는 한 손을 홱 내젓고는 고개를 돌렸다. 나는 더 이상 기다릴 수 없어서 말 등에 올라타 말의 두 귀 사이를 보면서 뜰 안을 돌며 여러 가지 동작을 취해 보았다.

"개를 밟아 죽이지 않도록 주의하십시오."

어떤 사냥꾼이 말했다.

"걱정하지 마. 난 처음이 아니야."

나는 거만하게 대답했다. 볼로쟈는 '사냥꾼의 말'에 올라탔다. 그는 평소 용감한 성격이었지만 말을 쓰다듬으면서 떨리는 목소리로 몇 번이나 물었다.

"이 말 순할까?"

말을 탄 볼로쟈는 아주 멋있었다. 꼭 어른 같았다. 딱 맞는 승마바지에 싸인 허벅다리로 안장에 올라앉은 모습이 너무나 멋져 부러울 정도였다. 특히 내 그림자를 보고 판단하기에, 내 승마자세가 그런 멋진 모습과는 거리가 멀었기 때문에 더욱 그러했다.

드디어 계단에서 아빠 발소리가 들렸다. 사냥개 몰이꾼이 이리저리 흩어져 있던 사냥개들을 불러 모았다. 사냥꾼들은 저마다 자기의 보르조이종 사냥개들을 불러 모으고 말에 올라타기 시작했다. 마부가 계단 입구로 말을 끌고 갔다. 지금껏 갖가지 멋진 자세로 주변에 엎드려 있던 아빠의 사냥개들도 아빠 쪽으로 달려갔다. 아빠의 뒤에서 구슬 목걸이를 한 밀카가 즐거운 듯 쇠붙이 소리를 울리면서 뛰어나왔다. 밀카는 밖에 나오면 언제나 개장 쪽에 있는 사냥개들과 인사를 나눴다. 어떤 개들과는 장난을 치기도 하고, 어떤 개들과는 냄새를 맡으며 으르렁거리기도 하고, 또 어떤 개들과는 서로 벼룩을 잡아 주기도 했다.

아빠가 말에 올라탔다. 드디어 출발이었다.

7 사냥

투르카(터키놈)라는 별명의 사냥개 몰이꾼 우두머리는 커다란 뿔피리를 어깨에 메고 털이 복슬복슬한 모자를 쓰고 허리에 단검을 차고 있었다. 그는 콧등에 회색털이 난 말을 타고 앞장서서 갔다. 음울하고 잔인해 보이는 그의 얼굴을 보면, 사냥을 나간다기 보다 마치 생사가 걸린 전쟁터로 나가는 것처럼 보였다. 그의 말 뒷다리 주변에는 사냥개들이 알록달록 물결치듯 한덩어리가 되어 얽혀 달려갔다. 조금 뒤처진 불행한 사냥개 한 마리의 운명은 정말 보기 안타까웠다. 이 사냥개는 온 힘을 다해 자기 동료들을 끌어당기지 않으면 안 되었다. 겨우 동료들과 함께 달릴 수 있게 되자 뒤에서 오고 있던 사냥개 몰이꾼 한 사람이 긴 채찍으로 사정없이 내리치면서 "달려!" 하고 외치는 바람에 다시 끌려갔다. 문 밖으로 나오자, 아빠는 사냥꾼들과 우리들에게 길을 따라가라고 이르고 자신은 호밀밭으로 말머리를 돌렸다.

한창 곡물을 거둬들이는 시기였다. 끝없이 펼쳐진 황금빛 들판의 저 한쪽 끝은 높고 푸르른 숲으로 가로막혀 있었다. 그 시절 나에게 이 숲은 멀고도 신비한 장소로 보였으며, 이 숲 너머는 세상의 끝이거나 아무도 살지 않는 나라가 시작될 것만 같았다. 들판은 온통 낟가리와 농부들로 뒤덮여 있었다. 무성하게 높이 자란 호밀밭 사이에서 호밀을 베느라 구부리고 있는 아낙네의 등과 호밀을 등에 메고 돌아갈 때의 이삭의 흔들림, 그늘에 매단 요람을 들여다보고 있는 아낙네와 추수가 끝난 밭에는 수레국화가 널려 있고 여기저기 버려져 있는 호밀다발도 보였다. 다른 쪽에서는 루바시카[*7]만 걸친 농부들이 달구지 위에 서서 낟가리를 쌓아올리며, 햇볕이 쏟아지는 건조한 들판에 먼지를 일으키고 있었다. 장화를 신고 농민용 외투를 걸친 촌장이 계산용 막대(농부들이 여러 가지 계산을 하기 위해 눈금을 그어 갖고 다니는 지팡이)를 손에 든 채

*7 러시아식 웃옷.

멀리서 아빠를 알아보고는, 양털 모자를 벗고 붉은 머리털과 턱수염을 수건으로 닦으며 아낙네들을 닥달하고 있었다. 아빠가 탄 붉은 말은 간간이 머리를 가슴 쪽으로 늘어뜨려 고삐를 당겨보기도 하고, 끈질기게 꼬리에 달라붙는 등에와 파리 떼를 쫓으면서 가볍고 활기차게 걸어갔다. 보르조이 종 사냥개 두 마리도 그 뒤를 바짝 쫓아 꼬리를 낫처럼 팽팽하게 구부리고 발을 높이 치켜든 채 거두기가 끝난 높직한 밭이랑을 우아하게 훌쩍훌쩍 뛰어넘었다. 밀카는 앞에서 뛰면서 머리를 구부려 먹이가 떨어지기를 기다렸다. 농부들의 이야기 소리, 말발굽 소리, 삐거덕거리는 달구지 소리, 즐겁게 지저귀는 메추라기 울음소리, 공중에 떼 지어 날아다니는 벌레들의 윙윙거리는 소리, 쑥과 짚과 말의 땀 냄새, 가을걷이가 끝난 연노랑 밭과 저 멀리 푸른 숲과 하얀빛을 띤 연보랏빛 구름, 타는 듯한 태양이 쏟아내는 다양한 색과 그림자들, 공중에 매달려 있거나 가을걷이가 끝난 밭고랑에 얽혀있는 하얀 거미줄, 나는 이 모든 것을 보고 듣고 느끼고 있었다.

우리들이 생열귀나무 숲에 도착하자, 먼저 집을 떠난 마차가 이미 자리를 잡고 있었다. 또 뜻밖에도 말 한 필이 끄는 달구지 한 대와 그 한가운데 요리사가 앉아 있는 것이 보였다. 건초 밑에는 사모바르, 아이스크림 통 등 우리의 마음을 끄는 꾸러미와 상자가 보였다. 그것들은 맑은 공기 속에서 우리가 마실 차와 아이스크림, 과일이었다. 이 달구지를 본 우리들은 환호성을 질렀다. 숲 속 풀밭에서, 그것도 지금까지 한 번도 차를 마셔본 적이 없던 장소에서 처음으로 차를 마신다는 것은 커다란 즐거움이었기 때문이다.

투르카는 조금 떨어진 작은 숲의 사냥터에 들어서자 말을 세우고 어떤 식으로 나란히 서서 어느 방향으로 나갈 것인가에 대해 아빠의 자세한 지시를 주의 깊게 들었다(그러나 투르카는 한 번도 지시를 따른 적이 없었고 자기 멋대로 행동했다). 그는 사냥개들을 풀어 주고, 두 마리씩 묶은 개 줄을 천천히 안장 뒤에 매더니 말에 올라탔다. 그는 휘파람을 불면서 어린 자작나무 숲으로 사라져 버렸다. 줄에서 풀려난 사냥개들은 맨 먼저 꼬리를 흔들어 만족감을 표시했고, 몸을 흔들며 자세를 바로잡았다. 이윽고 사냥개들은 코를 킁킁대고 꼬리를 흔들면서 잰걸음으로 사방으로 빠르게 뛰어가기 시작했다.

"너 손수건 갖고 있어?"

아빠가 물었다. 나는 주머니에서 손수건을 꺼내 아빠에게 보여 주었다.

"자, 그럼, 이 잿빛 개를 손수건으로 묶어서 끌고 가거라."

"쥐란을요?"

나는 사냥개 전문가처럼 말했다.

"그래, 이 숲길을 따라 가거라. 숲 속 공터에 다다르거든 멈추고 잘 봐. 토끼를 잡지 못하면 아빠한테 돌아오지도 마라!"

나는 털이 복슬복슬한 쥐란의 목을 손수건으로 잡아매고 아빠가 말해 준 장소로 달려갔다. 아빠는 웃으며 뒤에서 소리쳤다.

"빨리, 빨리, 안 그러면 늦는다!"

쥐란은 줄곧 귀를 쫑긋 세우고 멈춰서서는 사냥꾼들의 고함소리에 귀를 기울였다. 나는 쥐란을 끌고 갈 힘이 없었으므로 "쉭! 쉭!" 하고 소리치기 시작했다. 그러자 쥐란은 힘차게 내달리려했고 나는 쥐란을 멈추게 하려고 온 힘을 다 짜냈다. 그 바람에 목적지에 닿을 때까지 여러 번 넘어졌다. 나는 키가 큰 떡갈나무 밑둥치의 그늘지고 평평한 풀밭을 골라 누운 다음, 쥐란을 내 옆에 앉히고 토끼가 나타나기를 기다렸다. 이런 경우에는 언제나 나의 상상이 현실을 뛰어넘어 훨씬 앞으로 줄달음쳤다. 상상 속 내가 세 번째 토끼를 잡고 있을 때 숲 속에서 처음으로 사냥개 짖는 소리가 들려왔다. 이어 투르카의 목소리가 한층 더 크고 생생하게 숲 속에 울려 퍼졌다. 사냥개가 짖어 대는 소리가 차츰차츰 여러 번 들려왔다. 거기에 다른 사냥개 한 마리가 소리를 더하더니, 이윽고 세 번째, 네 번째 사냥개 소리가 이어졌다. 사냥개들의 소리는 간간이 잠잠해졌다가 다시 서로 앞 다투어 사납게 짖어대기를 반복했다. 개들이 짖는 소리는 점점 더 맹렬해지고 끊이지 않더니, 마침내 하나의 쩌렁쩌렁한 포효로 합쳐졌다. 작은 숲 전체가 목구멍이 터져라 짖어대는 사냥개들의 소리로 쩌렁쩌렁 울렸다.

이 소리를 들은 나는 그 자리에 얼어붙었다. 나는 숲가를 주시하며 실없는 미소를 지었다. 땀이 비 오듯 쏟아지고, 그 방울이 턱밑으로 흘러내려 간질였지만 나는 닦으려고도 하지 않았다. 어쩌면 지금이 가장 결정적인 순간일지도 모른다는 생각이 들었다. 이런 긴장상태가 오래 지속되는 건 너무나 부자연스러웠다. 사냥개들은 바로 주위에서 짖어대기도 하고, 점점 멀어져 가기도 했다. 그러나 토끼는 보이지 않았다. 나는 옆을 살펴보기 시작했다. 쥐란도 마찬가지였다. 처음에는 내 손에서 벗어나려고 악을 쓰듯 짖어대더니, 이내 내 곁에 앉아 콧잔등을 내 무릎에 얹고는 조용해졌다.

내가 앉아 있는 뿌리가 드러난 떡갈나무 둘레의 건조한 잿빛 땅위에는 메마른 떡갈나무 잎과 도토리, 이끼 낀 마른 나뭇가지가 구르고 있었다. 푸르고 노란 이끼와 듬성듬성 파랗고 가는 풀 사이로는 개미들이 우글거리고 있었다.

개미는 저희들이 닦아놓은 조그만 길을 따라 꼬리에 꼬리를 물고 바삐 오가고 있었다. 무거운 짐을 끌고 가는 개미도 있는가 하면, 맨 손으로 기어다니는 개미도 있었다. 나는 마른 나뭇가지를 하나 들어 길을 막아보았다. 개미들이 위험을 무시하고 그 밑으로 기어가거나 넘어서 기어가는 것은 정말 볼 만하였다. 특히 무거운 짐을 끌고 가는 개미들은 쩔쩔맸다. 이런 개미들은 걸음을 멈추고 돌아갈 길을 찾기도 하고, 다시 되돌아가기도 했으며, 마른 나뭇가지를 타고 내 손으로 기어오르기도 했는데, 내 웃옷 소매 속으로 기어들어오려는 것 같았다.

이 흥미로운 관찰에서 내 주의를 빼앗은 것은 너무도 매혹적으로 눈앞에 날아들어 온 노란 날개의 나비였다. 내가 관심을 돌리자마자 나비는 두 발짝쯤 날아가더니 거의 시들어 버린 하얀 토끼풀 꽃 위에서 잠시 맴돌다가 내려앉았다. 햇볕이 따사롭기 때문인지 이 들꽃의 꿀을 땄기 때문인지 알 수 없지만, 나비는 매우 기분이 좋아보였다. 나비는 간간이 조그만 날개를 흔들며 꽃에 달라붙더니 이내 전혀 움직이지 않았다. 나는 두 손으로 턱을 괴고 즐거운 마음으로 나비를 바라보았다.

이때 갑자기 쥐란이 으르렁거리며 맹렬한 기세로 내달리는 바람에 나는 하마터면 굴러 넘어질 뻔했다. 주위를 둘러보았다. 숲가에서 토끼 한 마리가 한쪽 귀는 접고 한쪽 귀는 세운 채 이리저리 껑충껑충 뛰고 있었다. 순간 피가 머리 위로 솟구쳤다. 나는 모든 것을 잊었다. 나는 미친듯이 소리치며 쥐란을 풀어주고 냅다 달리기 시작했다. 그러나 나는 그런 짓을 한 것에 대해 곧 후회하기 시작했다. 토끼는 살짝 웅크리더니 깡충 뛰어 달아나 버렸다. 그리고 다시는 그 토끼를 볼 수 없었다.

소리를 듣고 숲가까지 사냥감을 쫓아온 사냥개들을 뒤로 덤불숲에서 투르카가 나타났을 때, 나는 그렇게 창피할 수가 없었다! 투르카는 내 실수를 보고(참지 못하고 뛰어 나간 실수다) 경멸하는 눈초리로 나를 힐끗 쳐다보더니 딱 한 마디 "에이, 도련님도!" 하고 말할 뿐이었다. 그러나 그 말투가 어떠했을

지 알아주었으면 좋겠다! 차라리 투르카가 토끼를 안장에 매달듯이 나를 매달았다면 내 마음이 가벼웠을 것이다.

나는 깊은 절망에 빠져 그 자리에 멍하니 서서 쥐란을 부르지도 않고 내 허벅다리를 치면서 같은 말만 되뇌었다.

"아아, 그런 실수를 하다니!"

사냥개 무리가 멀리 사냥감을 쫓아가고, 숲 반대편에서 사람들이 요란스럽게 토끼를 때려잡고, 투르카가 커다란 뿔피리로 사냥개들을 불러 모으는 소리가 들려왔다. 그러나 나는 여전히 그 자리를 떠나지 못했다.

8 놀이

사냥은 끝났다. 어린 자작나무 그늘에 양탄자를 깔고 모두 둥그렇게 둘러앉았다. 요리사 가브릴로가 주변의 물기 많은 푸른 풀로 접시를 닦고 상자에서 나뭇잎으로 싼 자두와 복숭아를 꺼냈다.

햇빛이 어린 자작나무의 푸른 잎을 통해 양탄자 무늬와 내 발, 가브릴로의 땀이 밴 대머리에까지 하늘하늘한 둥근 빛을 던지고 있었다. 산들바람이 나뭇잎과 내 머리털과 땀이 난 얼굴을 달음질쳐 지나가면서 기분을 상쾌하게 해주었다.

아이스크림과 과일을 나누어 받은 우리들은 양탄자 위에서 아무것도 할 일이 없었다. 그래서 비스듬히 내리쬐는 따가운 햇살에도 아랑곳하지 않고 자리에서 일어나 놀러 나섰다.

"자, 뭘 하고 놀까?"

류보치카가 태양 빛에 눈을 짜그리고 풀밭 위를 폴짝폴짝 뛰어다니면서 말했다.

"로빈슨 놀이 하자!"

"싫어, 재미없어."

볼로쟈가 풀밭 위에 느릿느릿 뒹굴다가 나뭇잎을 씹으면서 말했다.

"매일 로빈슨 놀이야? 정 놀고 싶거들랑 차라리 정자짓기 놀이가 더 나아."

볼로쟈는 눈에 띄게 거드름을 피우고 있었다. 아무래도 사냥꾼의 말을 타고 온 것이 자랑스러웠는지 뽐내며 몹시 피곤한 체했다. 어쩌면 볼로쟈는 너무 상식이 풍부한 나머지 상상력 부족으로 로빈슨 놀이를 충분히 즐길 수 없었는지도 모른다.

이 놀이는 얼마 전에 읽은《스위스의 로빈 가족》*8이라는 책 중에서 몇 가지 장면을 연기하는 것이었다.

"제발 하자. 왜 우리하고 즐겁게 놀고 싶어 하지 않는 거니? 얼마나 재미있는 놀이인데."

소녀들이 볼로자에게 달라붙었다.

"대신에 찰스든 에르네스트든 아버지든, 네가 하고 싶은 역할을 하게 해줄게."

카테니카가 볼로자의 소맷자락을 끌어당기며 일으키려고 애쓰며 말했다.

"정말이야, 하기 싫어. 재미없단 말이야!"

볼로자는 기지개를 켜고 동시에 만족스러운 듯 만면에 미소를 띠며 말했다.

"그렇게 아무하고도 놀기 싫거든 차라리 집에 있는 편이 좋았을 것 아냐."

류보치카가 눈물을 흘리며 말했다. 사실 그녀는 굉장한 울보였다.

"알았어, 할게. 제발 울지만 마. 네가 우는 건 견딜 수 없어!"

볼로자의 양보는 우리들에게 적지 않은 실망을 안겨주었다. 귀찮아하면서도 따분해하는 그의 태도는 놀이의 매력을 완전히 망쳐버렸다. 우리들이 땅바닥에 앉아 고기를 잡으러 나간다는 상상을 하며 있는 힘껏 노를 젓고 있는데도, 볼로자는 팔짱을 끼고 고기를 잡는 것과는 아무 관련 없는 자세로 우두커니 앉아 있었다.

나는 그 점을 볼로자에게 지적했다. 그러나 볼로자는 우리들이 손을 많이 휘젓건 적게 휘젓건 손해 볼 것도 이득될 것도 없다며 어차피 멀리 가지 못할 거라고 말했다. 나는 나도 모르게 볼로자의 말에 동의했다.

그러고 나서 내가 어깨에 막대기를 메고 사냥을 나간다고 상상하면서 숲으로 나가려하자 볼로자는 벌렁 드러누워 팔베개를 하면서 자기도 사냥하러 간다고 건성으로 말했다. 볼로자의 이런 말과 행동은 놀이에 대한 흥미를 떨어뜨렸으며 매우 불쾌했다. 내심 볼로자가 현명하며 분별 있는 행동을 한다고 생각하고 있었지만, 이것은 정말로 불쾌했다.

나 역시 막대기로는 새를 잡을 수도 총알을 쏠 수도 없다는 것은 잘 알고

---

*8 스위스 작가 요한 데이비드 위스의 1812년에 출판된 모험 소설.

있다. 그러나 이것은 놀이다. 그렇게 따진다면 의자를 마차처럼 타고 돌아다닐 수도 없다.

그러나 긴긴 겨울밤에 우리들이 안락의자에 숄을 씌워 그것으로 사륜 포장마차를 만들고 한 사람은 마부, 또 한 사람은 하인이 되어 소녀들을 가운데 앉히고 세 개의 작은 의자가 세 필의 말이 되어 여행을 떠났던 것을 볼로쟈도 기억하고 있을 것이다.

그 여행길에서 얼마나 다양한 모험을 만났던가! 그 겨울밤은 얼마나 재밌고 빨리 지나갔던가! 만일 제대로 이치를 따진다면 모든 놀이는 있을 수 없다. 놀이가 없으면 그 뒤에 도대체 무엇이 남을까.

9 첫사랑

류보치카는 나무에서 미국산 열매를 따는 연기를 하고 있다가, 한 나뭇잎에서 벌레를 떼어 내고는 무서웠던지 땅바닥에 내던졌다. 류보치카는 마치 그것에서 무엇이라도 튀어나올까 두려운 듯 두 손을 위로 쳐들고 뒷걸음질쳤다. 놀이는 중단되었다. 우리는 모두 머리를 맞대고 땅에 웅크리고 앉아 이 희한한 벌레를 들여다보았다.

나는 카테니카의 어깨 너머로 벌레를 보았다. 카테니카는 벌레가 기어가는 길 위에 나뭇잎을 놓아 벌레를 들어올리려고 애썼다.

이미 알고 있었지만 대부분의 소녀들이 목이 드러난 옷이 흘러내리면 그것을 추스르느라 어깨를 살짝 치켜 올리는 버릇이 있었다. 내가 기억하기로 미미는 언제나 이런 동작에 화를 내며 "그건 하녀들이나 하는 몸짓이야"라고 말하곤 했다. 바로 이때 바람이 그녀의 하얀 목에 두른 목도리를 살짝 들어 올렸다. 바람이 목도리를 춤추게 했을 때, 그녀의 어깨는 나의 입술에서 손가락 두 개의 간격밖에 되지 않았다. 나는 더 이상 벌레를 보지 않고 카테니카의 어깨를 계속 보고 또 보고 있다가 잔뜩 용기를 내어 그녀의 어깨에 입을 맞추었다. 카테니카는 돌아보지 않았다. 그러나 나는 카테니카의 예쁜 목과 귀가 빨갛게 물드는 것을 볼 수 있었다. 볼로쟈가 머리도 들지 않고 비꼬듯이 말했다.

"되게 다정하게 구는군."

두 눈에 눈물이 핑 돌았다. 나는 카테니카에게서 눈을 떼지 않았다. 나는 오래전부터 그녀의 금발과 발랄한 얼굴에 친숙해 있었고 좋아하기도 했었다.

그러나 지금 나는 더 주의 깊게 카테니카의 얼굴을 살펴보기 시작했고, 그 귀여운 얼굴을 더욱 사랑하게 되었다. 우리가 어른들에게 돌아갔을 때, 정말 너무나 기쁘게도 아빠는 엄마의 부탁으로 우리의 출발을 내일 아침까지 늦추기로 했다고 말했다.

우리들은 마차와 함께 돌아왔다. 볼로쟈와 나는 마차 둘레에서 서로 말 타는 기술과 용기를 겨뤘다. 내 그림자는 아까보다 길었다. 나는 내 그림자를 보며 내가 꽤 멋진 기사(騎士)의 모습을 하고 있다고 상상했다. 그러나 내가 느낀 자기 만족감은 바로 다음에 일어난 일로 무참히 무너져 버렸다.

나는 마차에 타고 있는 사람들의 마음을 결정적으로 사로잡아야겠다고 마음먹고는 뒤로 좀 처졌다가, 이윽고 채찍과 발을 써서 말을 전속력으로 몰며 자연스럽게 멋진 자세를 취하기로 했다. 카테니카가 앉아 있는 마차 옆으로 쏜살같이 지나가고 싶었던 것이다. 나는 다만 묵묵히 달려나가는 것이 좋을지, 소리를 지르는 것이 좋을지 몰랐을 뿐이었다. 그러나 이 빌어먹을 말은 마차의 말들과 나란히 서게 되자, 나의 온갖 노력에도 불구하고 느닷없이 발을 딱 멈추었다. 그 바람에 나는 안장에서 말의 목 쪽으로 튀어 올라 하마터면 공중으로 날아갈 뻔했다.

10 아버지

아버지는 지난 세기 사람으로, 그 시대의 젊은이들이 공통적으로 갖고 있던 기사도 정신과 진취성, 자부심, 상냥함, 방탕함이 뒤섞인 종잡을 수 없는 성격을 갖고 있었다. 아버지는 오늘날의 사람들을 얕잡아 봤다. 아버지의 이런 견해는 타고난 오만함 때문이기도 했지만, 이전과 같은 영향력과 명성을 가질 수 없는 현실에 대한 마음속 분노 때문이기도 했다.

아버지가 인생에서 정열을 쏟았던 대상이 두 가지 있었는데 바로 도박과 여자였다. 아버지는 일생동안 수백만 루블의 돈을 땄고, 모든 계층의 숱한 여자들과 관계를 맺었다.

위풍당당한 큰 키, 어정거리는 이상한 걸음걸이, 어깨를 으쓱대는 버릇, 항상 미소를 띤 자그마한 눈, 커다란 매부리코, 어색하지만 기분 좋게 다문 약간 비틀린 입술, 속삭이는 듯한 분명치 않은 발음, 완전한 대머리, 바로 이런 모습이 내가 기억하고 있는 아버지의 외모이다. 이 외모 덕분에 아버지는 행운아로 통

했을 뿐만 아니라 모든 계급과 신분의 사람들, 특히 마음에 들고자 했던 사람들의 호감을 살 수 있었다.

아버지는 모든 인간관계에서 우위를 차지하는 방법을 알고 있었다. 아버지는 결코 '최상류 사교계' 인사는 아니었지만 언제나 그런 부류의 사람들과 사귀었고, 그들에게 존경을 받았다. 아버지는 자존심과 자만심의 극한을 알고 있었다. 그래서 사람들을 모욕하지 않으면서 동시에 높은 평가를 얻을 수 있었다. 아버지는 좀 유별난 사람이었지만 늘 그런 것은 아니었다. 아버지는 특별한 경우에만 세속적인 지위나 부를 대신하는 수단으로써 개성을 이용했다. 아버지는 이 세상 그 어떤 것에도 경이심을 갖지 않았다. 또 훌륭한 자리에 있을 때는 마치 그 자리를 위해 태어난 사람처럼 보였다.

아버지는 작은 분노와 슬픔으로 가득 찬 세상 사람들 모두가 알고 있는 삶의 어두운 단면을, 타인의 눈에 띠지 않게 자신으로부터 격리시킬 줄 아는 탁월한 재주가 있었다. 그래서 나는 아버지를 부러워하지 않을 수 없었다. 아버지는 편리함과 안락함을 주는 물건을 아주 잘 알고 있었고, 그런 것들을 적절히 이용할 줄 알았다. 아버지는 연줄이 좋았는데 그 일부는 어머니 쪽 친척 관계에 의한 것이었고, 나머지 일부분은 젊은 시절 친구들과의 관계에서 비롯된 것이었다. 그러면서도 아버지는 마음속으로 친구들에 대해 화를 내고 있었다. 아버지는 만년 퇴역 근위 중위로 남아 있었지만, 그들은 훨씬 높은 지위에 올라가 있었기 때문이다.

모든 퇴역 군인들처럼 아버지 역시 유행에 따라 옷을 입을 줄 몰랐다. 그러나 아버지는 독창적이고 세련되게 옷을 입었다. 언제나 아주 헐렁하고 가벼운 옷, 아름다운 속옷, 커다랗게 접혀진 커프스와 옷깃…… 이 모든 것이 아버지의 훤칠한 키, 강건한 체력, 대머리 그리고 조용하고 자신만만한 동작과 잘 어울렸다.

아버지는 감정이 풍부할 뿐 아니라 눈물도 많았다. 종종 큰 소리로 책을 읽다가도 비극적인 장면에 이르면 목소리는 떨리기 시작했고, 곧 눈가에 눈물이 맺히곤 했다. 그러면 아버지는 화를 내며 책을 덮어버렸다. 아버지는 음악을 좋아했고, 직접 피아노를 연주하면서 친구인 A가 작곡한 〈로망스〉, 〈집시의 노래〉 그리고 오페라의 몇몇 가곡을 노래하곤 했다. 하지만 아버지는 현학적인 음악은 좋아하지 않았다. 그래서 아버지는 일반적인 견해에는 아랑곳하지 않고 베토벤의 소나타를 들으면 졸리고 따분하며, 세묘노바가 부른 〈깨우지 마오, 어린 내 순정을〉이나 집시 여인 타뉴쉬아가 부른 〈나는 혼자가 아니에요〉 같은 노래보다 더 훌륭한 노래는 없다고 노골적으로 말하곤 했다.

아버지는 선행을 하기에도 관객이 필요하다고 믿는 부류의 사람이었다. 그래서 세상이 좋다고 일컫는 것만을 좋은 것이라고 여겼다. 아버지가 어떤 도덕적 신념을 갖고 있었는지는 아무도 모른다. 하지만 아버지의 생활은 온갖 종류의 도락으로 가득차 있었기 때문에, 그런 도덕적 신념 같은 것을 만들 틈이 없었을 뿐만 아니라 필요도 느끼지 않을 만큼 행복했다.

노년에 이른 아버지에게는 사물을 보는 고정된 견해와 불변의 원칙이 만들어져 있었지만, 그것은 어디까지나 경험에 근거한 것이었다. 아버지는 자신에게 행복이나 만족을 주는 행위와 생활양식을 선이라고 인정했고, 모든 사람들이 항상 그렇게 행동해야 한다고 생각했다. 아버지는 매우 매력적으로 말했는데, 이런 능력이 아버지의 원칙에 강한 유연성을 만들어 주었던 것 같다. 아버지는 같은 행위에 대해 때로는 가장 사랑스런 장난으로, 때로는 가장 비열하고 추악한 것으로 이야기하는 능력을 갖고 있었다.

11 서재와 객실

우리들이 집으로 돌아왔을 때 날은 벌써 어둑어둑했다. 엄마는 피아노 앞에 앉아 있었다. 우리는 종이, 연필, 물감을 가져와 둥근 책상에 둘러앉아 그림을 그리기 시작했다. 나는 푸른색 물감밖에 없었지만 사냥을 하는 장면을 그리기로 했다. 푸른 말을 탄 푸른 아이와 푸른 개들을 매우 생생하게 그린 나는, 푸른 토끼를 그려도 되는지 알 수 없어서 아빠의 조언을 구하려고 서재로 달려갔다.

아빠는 무엇인가를 읽고 있었다. 내가 "푸른 토끼도 있나요?"라고 묻자, 아버지는 고개도 들지 않고 "응, 있고 말고" 하고 대답했다. 둥근 책상으로 돌아온 나는 푸른 토끼를 그렸다. 하지만 푸른 토끼를 덤불로 고칠 필요가 있다는 생각이 들었다. 그러나 이내 덤불도 마음에 들지 않았다. 나는 덤불을 나무로, 나무를 건초더미로, 건초더미를 다시 구름으로 고쳤다. 마침내 나는 종이 전체를 온통 푸른 물감으로 가득 채워놓았다. 나는 그만 화가 나 종이를 갈기갈기 찢어 버린 뒤 잠이나 자려고 등받이가 높은 안락의자로 갔다.

엄마는 필드*9라는 자신의 선생이 작곡한 〈제2콘체르토〉를 연주하고 있었다. 나는 꾸벅꾸벅 졸았다. 가볍고 맑고 투명한 추억이 나의 상상 속에 떠오르기 시작했다. 엄마가 베토벤의 〈열정 소나타〉를 연주하자, 나는 어떤 슬프고 무겁고 어두운 것을 회상했다. 엄마는 자주 이 곡을 연주했기 때문에, 나는 이 곡이 내 마음 속에 불러일으켰던 감정을 지금도 아주 잘 기억하고 있다. 이 감정을 추억과 닮아 있었다. 과연 무슨 추억일까? 나는 일찍이 겪어본 적이 없는 것을 회상하고 있다는 기분이 들었다.

내가 앉은 맞은편에 서재로 통하는 문이 있었다. 나는 야코프와 함께 긴 카프탄을 입고 턱수염을 기른 몇 사람이 서재로 들어가는 것을 보았다. 그들이 안으로 들어가자 문은 즉시 닫혔다.

'또 일이 시작되었군!'

그 당시 나에게는 저 서재 안에서 일어나는 일보다 더 중요한 일은 이 세상에 없는 것처럼 보였다. 또 한 가지 이런 나의 생각을 뒷받침한 것은, 모두가 소곤소곤 속삭이면서 조심스럽게 서재 문 바로 앞까지 다가가는 것이었다.

서재에서 아버지의 커다란 목소리가 새어나왔고 담배 냄새가 났다. 이유는 알 수 없었지만 담배 냄새는 언제나 나를 강하게 이끌었다. 갑자기 하인방에서 아주 귀에 익은 삐거덕거리는 장화 소리가 나는 바람에, 반쯤 잠에 취해 있던 나는 깜짝 놀랐다. 음울하고 단호한 표정을 한 카를 이바느이치가 서류를 들고 조심스럽게 걸어가 가볍게 문을 두드렸다. 카를 이바느이치가 안으로 들어가자 문은 다시 쾅하고 닫혔다.

'불행한 일이 일어나지 않았으면 좋겠는데……'

나는 생각했다.

'카를 이바느이치는 화가 나 있다. 지금 무엇이든 못할 짓이 없을 거야.'

나는 다시 졸기 시작했다. 그러나 어떤 불행한 일도 일어나지 않았다. 나는 한 시간쯤 지나 좀 전과 똑같은 삐거덕거리는 소리에 잠에서 깨어났다. 카를 이바느이치가 손수건으로 눈물을 훔치면서 밖으로 나왔다. 나는 그의 뺨에 흐르는 눈물을 보았다. 그는 혼자 중얼거리면서 위층으로 올라갔다. 그 뒤를 따라 나온 아빠가 객실로 들어갔다.

---

*9 존 필드1782~1837, 영국의 작곡가로 1804~1831년에 걸쳐 페테르부르크에서 귀족의 집을 돌아다니며 음악을 가르치다 모스크바에서 타계함.

"지금 내가 뭘 결정했는지 아오?"
아빠가 엄마의 어깨에 한 손을 얹고 유쾌한 목소리로 말했다.
"무슨 말이에요, 여보?"
"아이들과 함께 카를 이바느이치를 데려갈 거요. 마차에 자리가 있으니까. 또 아이들도 그 사람에게 익숙해져 있고, 그 사람도 아이들에게 아주 정이 든 것 같아. 일년에 700루블 정도야 별 문제될 것도 없고, 실제로 그 녀석은 아주 좋은 놈이니까."
나는 아빠가 왜 카를 이바느이치를 저런 식으로 말하는지 도무지 이해할 수 없었다.
"아주 잘되었네요. 아이들을 위해서나 그 사람을 위해서나……. 좋은 노인이에요."
"내가 500루블을 사례의 뜻으로 받아 두라고 말했을 때 그 사람이 얼마나 감동했는지 당신이 봤어야 하는 건데……. 그런데 더 재밌는 건 그 사람이 나에게 가져온 세금 계산서야. 이건 한 번 볼만한 가치가 있어."
아빠는 미소를 띠고 카를 이바느이치가 손으로 쓴 계산서를 엄마에게 건네주었다.
"말할 수 없이 훌륭해."
그 계산서 내용은 이랬다.

아이들 낚싯대 두개—70코페이카.
색종이, 테두리를 두르는 금박지, 관장기, 선물용 상자의 판지 틀—6루블 54코페이카.
책 한 권과 활 하나, 아이들 선물—8루블 15코페이카.
니콜라이의 바지—4루블.
18××년 표트르 알렉산드리치가 모스크바에서 선물하기로 약속한 금시계—140루블.

카를 이바느이치가 봉급 이외에 받아야 할 금액—총 159루블 39코페이카.

카를 이바느이치가 우리의 선물 값으로 쓴 돈, 심지어 자신에게 선물하기로 약속한 시계 값까지 지불하라고 요구한 이 계산서를 보면 누구나 그를 인정머리 없는 탐욕스런 이기주의자라고 생각할 것이다. 그러나 그것은 오해다.

그는 이 쪽지를 손에 들고 미리 준비한 말을 머릿속에서 되풀이하며 서재로 들어가 그동안 우리 집에서 받아온 부당한 처우를 아버지에게 설득력 있게 설명하려고 했다. 그러나 그가 보통 우리들에게 받아쓰기를 시킬 때와 같은 감동적인 목소리로 말하기 시작하자, 그의 웅변은 다른 누구보다도 그 자신에게 강하게 호소했다. 그래서 '아이들과 헤어지는 것이 너무너무 슬프겠지만'이라는 대목에 다다르자 그는 완전히 이성을 잃었고, 목소리는 떨리기 시작했다. 이 때문에 그는 주머니에서 격자무늬 손수건을 꺼내야만 했다.

"그래요. 표트르 알렉산드리치……."

그는 눈물을 흘리면서 말했다(이 대목은 그가 미리 준비해 온 웅변에는 전혀 없었다).

"저는 아이들에게 너무나 익숙해져서 헤어지면 뭘 해야 좋을지 모를 겁니다. 봉급을 받지 않고서라도 봉사하는 게 더 좋겠어요."

그는 한 손으로 눈물을 닦고 다른 한 손으로는 계산서를 내밀면서 덧붙였다. 그 순간 카를 이바느이치가 한 말은 진심이었다고, 나는 자신 있게 말할 수 있다. 왜냐하면 나는 그의 선량한 마음을 알고 있었기 때문이다. 그러나 그의 말과 계산서가 어떤 식으로 전달된 것인지 나에게는 여전히 수수께끼로 남아있다.

"당신이 슬프다면, 나 역시 당신과 헤어지는 것이 더더욱 슬플 것이오."

아빠는 그의 어깨를 가볍게 두드리고는 말했다.

"그래서 지금 내 생각을 바꾸었소."

저녁식사가 시작되기 전, 그리쉬아가 방 안으로 들어왔다. 그리쉬아는 집에 들어온 바로 그때부터 줄곧 한숨을 내쉬며 눈물을 흘렸다. 그리쉬아의 예언능력을 믿는 사람들은, 이것이 우리 집에 닥쳐올 불행을 예언하는 것이라고 했다. 그리쉬아는 작별 인사를 하고 내일 아침에 먼 길을 떠날거라고 말했다. 나는 볼로쟈에게 눈짓을 해서 문밖으로 나갔다.

"왜?"

"그리쉬아가 달고 다니는 쇠사슬을 보고 싶거든 지금 위층 하인 방으로 가

자. 그리쉬아는 두 번째 방에서 자고 있으니까 광에 숨어 들어가서 편히 볼 수 있어."

"좋아! 여기서 잠깐 기다려. 내가 여자 아이들을 불러올게."

이윽고 여자 아이들이 달려 나왔고, 우리는 모두 위층으로 갔다. 어두운 광 속으로 누가 맨 먼저 들어갈 것인가를 놓고 약간의 말다툼을 벌인 뒤에 우리는 저마다 자리를 잡고 그리쉬아를 기다렸다.

12 그리쉬아

어두운 광 속에 있는 것은 몹시 기분 나쁜 일이었다. 우리들은 서로 몸을 바짝 붙이고 아무 말도 하지 않았다. 우리가 들어온 것과 거의 동시에 그리쉬아가 조용한 걸음걸이로 들어왔다. 한 손에는 지팡이를 들고, 다른 한 손에는 구리촛대에 짐승 기름으로 만든 초를 받쳐 들고 있었다. 우리들은 숨을 죽였다.

"주 예수 그리스도여! 성모 마리아여! 성부와 성자와 성령의 이름으로……."

그리쉬아는 숨을 크게 들이쉬더니 이런 기도문을 되풀이하는 사람들이 흔히 그렇듯 발음을 생략하고 다양한 억양으로 반복했다.

그는 기도문을 외면서 지팡이를 한 구석에 세워 놓고 침대를 정돈하더니 옷을 벗기 시작했다. 그리쉬아는 낡은 검은 색 허리띠를 풀어 해진 무명외투를 천천히 벗어 정성껏 개키더니 의자 등받이에 걸었다. 그는 평소처럼 불안하고 우둔한 표정을 짓고 있지 않았다. 오히려 침착하고 명상에 잠긴 듯했으며 심지어 엄숙하기까지 했다. 움직임은 느렸지만 매우 신중했다.

속옷만 입은 그는 조용히 침대에 조용히 걸터앉아 사방으로 성호를 그었다. 그는 눈살을 잔뜩 찌푸리면서 눈에 띄게 애를 쓰면서 웃옷 밑의 쇠사슬을 바로 잡았다. 그는 잠시 앉아서 여기저기 찢어진 속옷을 세심히 살펴보고는 다시 자리에서 일어나 기도문을 외면서, 몇몇 성상이 놓여 있는 성상 선반 높이까지 촛불을 들어 올리고 성호를 그었다. 그가 불꽃이 아래로 향하도록 초를 떨구자, 촛불은 바지직 소리를 내며 꺼졌다.

숲을 향해 난 창문으로 보름달에 가까운 달빛이 쏟아져 들어왔다. 이상한 떠돌이의 마르고 긴 희멀건 몸의 반은 창백한 은빛 달빛에, 반은 검은 그림자에 싸여있었다. 창틀의 그림자와 함께 그의 그림자가 마루와 벽에 드리워지고 천장까지 뻗쳤다. 집 밖에서는 야경꾼이 무쇠판을 두드리고 있었다.

그리쉬아는 커다란 두 손을 가슴 위에 포개고 고개를 떨구더니, 끊임없이 무거운 한숨을 내쉬면서 말없이 성상 앞에 서 있었다. 이윽고 그리쉬아는 힘들게 무릎을 꿇고 기도를 올리기 시작했다.

처음에 그리쉬아는 잘 알려진 기도문을 몇몇 단어에만 힘을 주면서 조용히 외다가, 이윽고 점점 큰 목소리로 활기차게 반복해서 외웠다. 그는 기도문을 교회 슬라브어로 외려고 무척 애를 쓰면서 자기가 만든 기도문을 외우기 시작했다. 그의 기도문은 갈피를 잡을 수 없었지만 감동적이었다. 그는 모든 은인들(그는 자신을 받아 준 사람들을 그렇게 불렀다)을 위해 기도했다. 그 중에는 엄마와 우리들도 포함되어 있었다. 그는 자신을 위해서도 기도했고, 자신의 무거운 죄를 용서해 달라고 빌었다. 그리고 "주여, 나의 원수들을 용서해 주소서"라고 반복했다. 그는 신음소리를 내면서 일어서더니 또다시 같은 말을 되풀이하면서 바닥에 엎드렸다. 그는 바닥에 부딪치면서 날카롭고 메마른 소리를 내는 무거운 쇠사슬도 아랑곳하지 않고 다시 한 번 몸을 일으켰다.

볼로쟈가 갑자기 내 한쪽 다리를 몹시 아프게 꼬집었다. 그러나 나는 꼬집힌 곳을 손으로 문질렀을 뿐 뒤돌아보지도 않은 채 어린아이와 같은 놀라움과 연민과 경건한 감정에 휩싸여 그리쉬아의 모든 행동을 지켜보았다. 광에 들어오면서 기대했던 즐거움과 웃음대신에 나는 심장이 떨리고 얼어붙는 것을 느꼈다.

그리쉬아는 이런 종교적인 희열에 한참 동안 빠져 있다가 다시 즉흥적으로 여러 가지 기도문을 외웠다. 그는 몇 번이고 "주여, 저를 불쌍히 여기소서"를 되풀이했는데, 그때마다 새로운 힘과 표정을 내뿜는가 하면, 마치 당장이라도 신의 응답을 기다리기라도 하는 듯한 절박한 표정으로 "주여, 저를 용서해주옵소서, 제가 무엇을 해야 할지……무엇을 해야만 하는지 가르쳐 주시옵소서, 주여!"라고 말하기도 했다. 간간이 그가 애처롭게 흐느끼는 소리도 들려왔다. 그는 몸을 일으켜 무릎을 꿇고 두 손을 가슴 위에 포갠 다음 입을 다물었다.

나는 문으로 살짝 머리를 내밀고는 숨죽여 바라보았다. 그리쉬아는 꼼짝도 하지 않았다. 그의 가슴에서 무거운 한숨이 흘러나왔다. 달빛에 비친 그의 희뿌연 외눈박이 눈동자에 눈물이 고여 있었다.

"주의 뜻에 따르겠나이다!"

갑자기 그가 흉내 낼 수 없는 표정으로 소리를 지르면서 이마를 바닥에 처박고 어린아이처럼 흐느끼기 시작했다.

그로부터 많은 세월이 흘렀다. 이미 과거의 많은 추억이 의미를 잃어버리고 흐릿한 공상이 되어 버렸다. 심지어 그리쉬아까지도 이미 오래전에 자신의 마지막 순례를 마쳤다. 그러나 그가 내게 남긴 인상과 불러일으킨 감정은 기억 속에서 결코 사라지지 않을 것이다.

오, 위대한 그리스도교도 그리쉬아! 그대의 믿음은 신이 가까이 있는 것을 느낄 정도로 강했고 그대의 사랑은 그대의 입에서 저절로 기도문이 흘러나오게 할 정도로 컸다. 그대는 사랑과 믿음을 머리로 믿지 않았다. 그대는 신의 위대함에 더없이 높은 찬사를 바쳤고, 말로 다 할 수 없는 위대함을 느끼자 눈물을 흘리며 바닥에 몸을 내던졌던 것이다!

그러나 내가 그리쉬아의 기도를 들으면서 느꼈던 감동은 그리 오래 가지 못했다. 왜냐하면 우선은 나의 호기심이 이미 충족되었고, 둘째로 한곳에 너무 오래 앉아 있어서 다리가 저렸기 때문이었다. 나는 등 뒤의 어두운 광에서 들리는 속삭임과 소란에 끼어들고 싶었다. 누군가가 내 손을 잡고 "이게 누구 손이야?" 하고 속삭이듯 말했다. 광 안은 칠흑같이 어두웠지만 나는 손의 감촉과 귓전에서 속삭이는 목소리만으로도 내 손을 잡은 사람이 카테니카임을 알 수 있었다.

나는 무의식적으로 짧은 소매에 싸인 그녀의 팔을 움켜잡고 입술을 갖다 댔다. 카테니카는 나의 이런 행동에 놀랐는지 손을 잡아 뺐다. 이 때문에 광에 놓여 있던 부서진 의자를 넘어뜨리고 말았다. 그리쉬아는 고개를 들고 조용히 주위를 살펴보았다. 그리고는 다시 기도문을 외우면서 벽 구석에다 대고 성호를 긋기 시작했다. 우리들은 놀란 나머지 시끄러운 소리를 내면서 도망치듯 광을 빠져 나왔다.

13 나탈리야 사비쉬나

지난 세기 중엽에 하바로프카 마을 한 농가 마당에서 '나타쉬카'라는 계집아이가 뛰어다니고 있었다. 값싼 천으로 만든 옷을 입고 맨발이었지만 붉은 뺨을 가진 명랑하고 통통한 소녀였다. 이 소녀는 클라리넷을 불던 사바의 딸이었다. 내 할아버지는 사바의 공로를 인정하고 사바의 부탁을 받아들여 이 소녀의 신분을 올려주고, 할머니의 몸종으로 삼았다. 몸종이 된 나타쉬카는 성품이 온순하고 성실해서 하녀들 중에서도 돋보이는 존재가 되었다.

나의 엄마가 태어나 유모가 필요하게 되자, 그 일은 나타쉬카에게 맡겨졌다. 새로운 직책을 맡은 그녀는 성실함과 충직함, 어린 여주인에 대한 헌신과 애착을 인정받아 많은 칭찬과 상을 받았다. 한편 나타쉬카는 젊고 활달한 하인 포카와 개인적인 관계를 맺고 있었다. 포카는 머리에 기름을 바르고 버클이 달린 긴 양말을 신고 있었다. 포카의 멋진 모습은, 들판에서 거칠게 자랐지만 사랑스러운 나타쉬카의 마음을 사로잡았다. 그녀는 포카와의 결혼을 허락해 달라고 부탁하기 위해 직접 할아버지를 찾아뵙기로 결심했다. 하지만 할아버지는 나타쉬카의 간청을 배은망덕한 행위로 받아들여 몹시 화를 냈고, 그 벌로 불쌍한 나타쉬카를 초원 마을의 축사로 보내 버렸다. 그러나 6개월이 지난 후 나타쉬카는 다시 저택으로 돌아와 이전의 직책을 맡게 되었다. 나타쉬카를 대신할 만한 사람이 아무도 없었기 때문이었다.

다시 돌아온 그녀는 할아버지를 찾아가서 발밑에 엎드리고 부디 자신의 어리석음을 잊고 전처럼 다시 사랑하고 아껴 달라고 빌었다. 나타쉬카는 그런 어리석은 짓은 더 이상 하지 않겠다고 맹세했고, 실제로도 자신의 맹세를 끝까지 지켰다.

이 일이 있은 후부터 나타쉬카는 '나탈리야 사비쉬나'라는 정식 이름으로 불리게 되었고, 실내모를 쓰게 되었다. 그녀는 마음속에 간직한 모든 사랑을 엄마에게 쏟았다.

여자 가정교사가 나탈리야를 대신해 엄마를 곁에서 돌보게 되자, 그녀는 광 열쇠를 맡아 모든 세탁물과 식료품을 관리하게 되었다. 그녀는 이 새로운 직무를 전과 같은 성실함과 애정을 갖고 수행했다. 나탈리야는 오직 주인집의 이익을 위해 살았으며, 온갖 방법을 동원해 낭비와 파손, 절취를 막으려고 애썼다.

엄마는 시집오기 전에 20년에 걸친 나탈리야 사비쉬나의 노고와 헌신에 보답하고 싶어서, 그녀를 불러 아주 다정한 말로 감사와 사랑을 표하고는 한 장의 증서를 주었다. 그 종이에는 나탈리야 사비쉬나에게 자유를 준다는 글이 적혀 있었다. 그리고 엄마는 나탈리야가 우리 집에서 계속 일을 하든 안하든 상관없이 그녀에게 매년 300루블의 연금을 주겠다고 말했다.

나탈리야 사비쉬나는 잠자코 이 모든 이야기를 듣고는 잔뜩 화가 난 듯이 그 증서를 힐끗 보았다. 그리고 뭐라고 투덜대더니 방문을 쾅 닫고 밖으로 나가 버렸다. 그녀가 왜 이런 이상한 행동을 하는지 알지 못한 엄마는, 잠시 후 나탈리야 사비쉬나의 방으로 들어갔다. 그녀는 울어서 퉁퉁 부은 눈을 하고 트렁크에 앉아 새 손수건을 만지작거리면서 갈기갈기 찢긴 채 마룻바닥에 흩어져 있는 농노 해방 증서 조각을 찬찬히 들여다보고 있었다.

"무슨 일이야, 나탈리야 사비쉬나?"

나탈리야의 손을 잡고 엄마가 물었다.

"아무것도 아니에요, 아가씨."

나탈리야가 대답했다.

"제가 싫어져서 내쫓으려는 것이지요. 좋아요, 나갈게요."

나탈리야는 엄마의 손을 뿌리치고 간신히 울음을 참으면서 밖으로 나가려고 했다. 엄마는 그녀를 붙잡고 껴안았다. 그리고 두 사람은 울음을 터뜨렸다.

나는 철이 들면서 나탈리야 사비쉬나도, 그녀의 사랑과 따스한 손길도 기억하고 있다. 그러나 지금에 와서야 비로소 나는 그녀의 사랑과 손길을 진정으로 평가할 수 있게 되었다. 그때만 해도 나는 이 노파가 얼마나 소중하고 훌륭한 존재인지 전혀 알지 못했다. 그녀는 결코 자신에 대한 이야기는 하지 않았을 뿐만 아니라 자기 생각은 전혀 하지 않는 것 같았다. 그녀의 생활은 오직 다른 사람에 대한 사랑과 희생뿐이었다. 나는 그녀의 욕심 없고 부드러운 사랑에 너무나 익숙해져 있었기 때문에 우리들에 대한 그녀의 사랑이 당연한 것이라고만 받아들이고 다른 건 전혀 생각도 하지 않았다. 그녀에게 조금도 고마워하지 않았고, '과연 그녀는 행복할까? 자신의 생활에 만족하고 있을까?'라는 의문도 가져 본 적이 없었다.

나는 공부를 하다가 중요한 일이 생겼다고 핑계를 대고 나탈리야의 방으로 달려가, 그녀가 무엇을 하고 있건 조금도 개의치 않고 나의 공상을 큰 소리로 떠들어대곤 했다. 나탈리야 사비쉬나는 늘 무엇인가를 하고 있었는데, 대개는 양말을 뜨고 있거나 방 안에 가득 놓여 있는 궤짝을 뒤적이거나 세탁물 목록을 적곤 했다. 그러면서도 그녀는 내가 지껄이는 허튼 소리를 모두 들어주었다. 이를테면 "난 대장이 되어 굉장한 미녀한테 장가갈 거야. 그리고 구렁말을 사고, 유리 집을 짓고, 독일의 삭소니 지방에 있는 카를 이바느이치의 친척도 불러올 거야" 하는 등의 헛소리를 들으면서 나탈리야는 언제나 "그래요, 도련님, 암, 그래야죠, 도련님" 하고 말하곤 했다. 또 내가 일어서서 나가려고 하면 그녀는 하늘색 상자를 열고—지금도 기억하고 있지만, 그 뚜껑 위에는 포마드 통에서 오려 낸 경기병 그림과 볼로쟈가 그린 그림들이 붙어 있었다—향을 꺼내 불을 붙이고 흔들면서 말하곤 했다.

"도련님, 이건 오차코프의 향이에요."

그녀는 한숨을 쉬면서 말했다.

"돌아가신 할아버지께서 터키 전쟁에 나가셨을 때 가지고 오셨지요. 이제 한 조각 밖에 남지 않았어요."

그녀의 방에 가득 놓여 있던 궤짝 속에는 정말 많은 것들이 들어 있었다. 그래서 사람들은 필요한 것이 있을 때면, "나탈리야 사비쉬나에게 물어봐야 해"라고 말하곤 했다. 실제로 그녀는 여기저기를 뒤적이다가 필요한 물건을 찾아내어 "아, 여기 있다! 이렇게 간수해 두길 잘했네"라고 말했다. 그녀의 방을 가득 메운 궤짝 속에는 그녀 외에는 집안사람 아무도 모르는, 또 그녀 말고는 누구도 관심을 갖지 않는 물건이 수없이 많았다.

한번은 내가 그녀에게 화를 낸 적이 있었다. 언젠가 나는 점심 식사 중에 크바스*[10]를 따르다가 목이 긴 유리병을 떨어뜨려 식탁보를 온통 적셔버렸다. 그러자 엄마가 말했다.

"나탈리야 사비쉬나가 남달리 사랑하는 아이가 무슨 짓을 저질렀는지 보고 즐거워할 수 있도록 그녀를 불러와요."

나탈리야 사비쉬나가 식당으로 들어왔다. 그녀는 내가 식탁 위에 만든 물웅덩이를 보고는 고개를 가로저었다. 이윽고 엄마가 그녀의 귀에 대고 뭐라고 소곤거렸다. 그러자 그녀는 나를 어르고는 밖으로 나갔다.

점심 뒤 나는 매우 유쾌한 기분으로 혼자서 훌쩍훌쩍 홀 쪽으로 뛰어갔다. 그때 갑자기 방문 뒤에서 식탁보를 든 나탈리야 사비쉬나가 뛰쳐나와 나를 덥석 붙잡았다. 나는 있는 힘을 다해 달아나려고 했지만, 그녀는 "식탁보를 더럽히지 마, 식탁보 더럽히지 마!" 하면서 젖은 식탁보를 내 얼굴에 문질러 댔다. 나는 심한 모욕감을 느끼고 격분해서 울부짖었다.

"이럴 수가!"

나는 눈물을 흘리며 이리저리 돌아다니면서 목멘 소리로 혼자 중얼거렸다.

---

*10 엿기름, 보리, 호밀 따위로 만든 러시아의 맥주.

"나탈리야 사비쉬나가 아니야, 아니 '나탈리야'야, 저 나탈리야가 나한테 '너'라고 하며 하인 자식 대하듯 내 얼굴에 젖은 식탁보를 문질렀어! 어떻게 감히 그럴 수가 있지?"

나탈리야 사비쉬나는 내가 흐느껴 우는 것을 보더니 금방 어디론가 가 버렸다. 나는 계속 서성이면서 불손한 나탈리야에게 당한 모욕을 어떻게 앙갚음할까 하고 궁리했다. 그런데 잠시 후 나탈리야 사비쉬나가 다가오더니 나를 달래기 시작했다.

"도련님, 이제 됐어요. 울지 말아요. 이 미련한 사람을 용서하세요. 제가 잘못했어요. 도련님, 용서하는 거죠? 자 이걸 받아요."

그녀는 손수건 밑에서 빨간 종이로 만든 상자를 꺼냈다. 상자 속에는 캐러멜 두 개와 말린 무화과 열매 하나가 들어 있었다. 그녀는 떨리는 손으로 그것을 건네주었다. 하지만 나는 이 착한 노파의 얼굴을 바라볼 용기가 없었다. 나는 얼굴을 돌린 채 선물을 받았다. 더 많은 눈물이 흘러 내렸다. 그러나 그것은 분노의 눈물이 아니라 사랑과 부끄러움의 눈물이었다.

14 이별

앞에서 말한 여러 가지 사건이 있었던 이튿날, 오전 열한 시가 넘어서 반포장마차와 반개(半蓋)마차 한 대가 현관 앞 마차 승강장에 서 있었다. 니콜라이는 벌써 바지를 장화 속에 쑤셔 넣고 낡은 프록코트를 가죽 끈으로 질끈 졸라맨 차림으로 여장을 준비하고 있었다. 그는 반개마차 안에 서서 외투와 쿠션을 좌석 밑에 깔고 있었는데, 너무 높은지 쿠션 위에 앉아 폴짝폴짝 뛰면서 평평하게 고르고 있었다.

"니콜라이 드미트리치, 미안하지만 나리의 트렁크 하나를 당신 마차에 실을 수 없을까요? 작은 건데요."

아버지의 시종이 반포장마차에서 몸을 쑥 내밀고 숨을 헐떡이며 말했다.

"미헤이 이바느이치, 그런 건 진작 말했어야지."

니콜라이가 있는 힘을 다해 보따리 하나를 마차 바닥에 내던지면서 빠른 말투로 화를 냈다.

"안 그래도 바빠서 머리가 돌 지경이야. 그런데 거기에다 대고 트렁크니 뭐니 하고 있으니 말이야."

니콜라이는 챙이 달린 모자를 살짝 들어 올리고 그을린 이마에 굵게 맺힌 땀방울을 닦으면서 덧붙였다.

프록코트, 카프탄, 루바시카를 걸쳐 입고 모자도 쓰지 않은 하인들, 줄무늬가 들어간 값싼 머릿수건을 쓰고 아이들을 양손에 안은 여자들, 그리고 맨발의 사내아이들이 입구 계단 둘레에 서서 마차를 구경하며 자기네들끼리 이야기를 하고 있었다. 마부들 가운데 겨울 모자를 쓰고 두꺼운 나사의 소매 없는 농민용 외투를 입은 허리가 굽은 한 노인이 반포장마차의 끌채를 한 손으로 잡고 가볍게 흔들면서 그 진동을 꼼꼼히 살피고 있었다.

겨드랑이 밑에 빨간 무명 헝겊을 댄 흰 셔츠만 입고, 검은 양털 모자를 비스듬히 쓴 또 한 명의 의젓한 젊은 마부는 곱슬곱슬한 금발을 긁적거리면서 한 번은 왼쪽 또 한 번은 오른쪽 귀 쪽으로 모자를 눌러썼다. 이 젊은 마부는 자기 외투를 마부석에 깔아 그 위에 고삐를 얹은 후 가죽을 꼰 채찍을 휘두르면서 자기 장화와 반포장마차에 기름을 치고 있는 다른 마부들을 번갈아 보고 있었다. 어떤 마부는 있는 힘을 다해 마차를 들어 올리고 있었고, 또 다른 마부는 수레바퀴 위로 몸을 굽히고 바퀴의 굴대와 굴통에 기름칠을 하고 있었는데, 솔에 남아 있는 타르가 아깝지 않도록 밑에서부터 꼼꼼하게 칠하고 있었다.

역마차를 끄는 여러 색깔의 말들은 울타리 옆에 서서 꼬리를 흔들어 파리를 쫓고 있었다. 그중 어떤 말들은 약간 부풀어 오른 털북숭이 다리를 뻗치고 서서 눈을 가늘게 뜬 채 졸고 있었다. 또 어떤 말들은 심심한 듯 서로 비벼 대면서 계단 옆에서 자라는 뻣뻣한 암녹색 고사리 잎과 줄기를 뜯어먹고 있었다. 그 주변에는 보르조이 종 개들도 몇 마리 있었고, 응달쪽에 있는 개들은 반포장마차와 반개마차 밑을 왔다갔다 하며 굴대 주위의 기름을 핥고 있었다.

공중에는 먼지 섞인 안개가 가득 끼었고, 지평선은 흰 보랏빛으로 물들어 있었다. 그러나 하늘에는 구름 한 점 없었다. 강한 서풍이 도로와 들판에서 먼지기둥을 일으켰고, 뜰 안의 키 큰 보리수나무와 자작나무의 우듬지를 뒤흔들어 노란 낙엽을 멀리까지 실어 가고 있었다. 나는 창가에 앉아서 모든 준비가 끝나기만을 초조하게 기다렸다.

마지막으로 남은 몇 분을 함께 보내기 위해 모두 객실의 둥근 테이블로 모였다. 나는 이렇게 슬픈 순간이 오리라고는 상상도 하지 못했다. 하지만 너무나 하잘것없는 생각이 내 머릿속에 오락가락 하고 있었다.

'어떤 마부가 반포장마차에 타고, 어떤 마부가 반개마차에 탈까? 누가 아빠와 함께 마차를 타고, 누가 카를 이바느이치와 갈까? 무엇 때문에 나는 목도리를 둘둘 두르고 솜을 넣은 긴 외투를 입어야 한단 말인가?'

나는 또 이런 의문에 잠겨 있었다.

'내가 그렇게 몸이 약하단 말인가? 설마 얼어 죽지야 않겠지. 이 모든 준비가 어서 끝나 빨리 마차를 타고 떠났으면 좋겠다.'

"아이들 속옷가지를 적은 쪽지를 누구에게 건네주어야 하죠?"

눈물이 채 마르지 않은 나탈리야 사비쉬나가 손에 쪽지를 들고 들어와 엄마에게 물었다.

"니콜라이에게 건네주고, 작별 인사를 해야 하니 빨리 들어와요."

나탈리야는 무슨 말인가를 하려다가 갑자기 멈추고 손수건으로 얼굴을 가리고는 한 손을 내저으며 방에서 나갔다. 그녀의 이런 몸짓을 보자 나는 심장이 옥죄는 듯했다. 그러나 이런 감정보다는 마차를 타고 싶은 초조함이 더 강했으므로, 나는 아빠와 엄마의 대화에 무관심한 척하면서도 계속 귀를 기울였다. 엄마와 아빠는 그다지 재미없는 것들에 대해 말하고 있었다. 그것은 '집을 위해 무엇을 사야 하나? 공작영애 소피와 쥘리 부인에게 무슨 말을 해야 하나? 길은 좋을까?' 하는 이야기들이었다.

포카가 문가에서 걸음을 멈추고 "식사 준비가 되었습니다" 하고 알릴 때와 똑같은 목소리로 "마차가 준비되었습니다"라고 말했다. 나는 이 말을 들은 엄마가 마치 뜻밖의 통지를 받기라도 한 듯 몸을 부르르 떨며 얼굴이 창백해지는 것을 알아챘다.

포카에게 방문을 모두 닫으라는 지시가 내려졌다. 나는 방문을 모두 닫는 것이, 마치 우리 모두가 누군가를 피해 숨기라도 하는 것 같아서 매우 재미있었다.

모두 자리에 앉자 포카도 의자 모서리에 앉았다. 포카가 의자 모서리에 앉자마자 문이 삐걱하고 소리를 냈다. 모두 그쪽을 돌아다보았다. 나탈리야 사비쉬나가 허둥대며 방으로 들어왔다. 그녀는 눈을 들지 않은 채로 걸어가서 포카와 같은 의자에 앉았다. 포카의 대머리와 주름살투성이의 무표정한 얼굴과 함께 실내모 밑으로 백발이 보이고 등이 굽은 착한 노파 나탈리야의 모습이 지금도 눈앞에 선하다. 그들은 한 의자에 서로 몸을 밀치며 앉았다. 둘 다 옹색했다.

나는 여전히 걱정은 없었지만 몹시 초조했다. 방문을 닫고 앉아 있는 10초가 나에게는 한 시간처럼 여겨졌다. 마침내 모두 자리에서 일어나 성호를 긋고 작별 인사를 하기 시작했다. 아빠는 엄마를 포옹하고 여러 번 입맞춤을 했다.

"자, 이제 그만. 영원히 헤어지는 건 아니니까."

아빠가 말했다.

"그래도 슬퍼요!"

엄마가 눈물을 흘리며 떨리는 목소리로 말했다.

엄마의 떨리는 목소리와 입술과 눈물이 가득한 눈을 본 나는, 순간 모든 것을 잊어버렸다. 나는 너무나 슬프고 고통스럽고 무서워서, 엄마와 작별 인사를 하는 것보다 차라리 도망치는 것이 더 나을 듯싶었다. 나는 엄마가 아빠와 포옹하고 난 후 우리들과 작별 인사를 할 것임을 알았다.

엄마는 볼로쟈에게 여러 번 입맞춤을 하고 성호를 그었다. 이제 엄마가 나에게로 오겠구나 생각한 나는 엄마 쪽으로 몸을 쑥 내밀었다. 그러나 엄마는 계속 볼로쟈에게 축복의 말을 해주며 그를 꼭 껴안았다. 그리고 마침내 나는 엄마를 껴안고 착 달라붙어 슬픔 외에는 어떤 생각도 하지 않고 울고 또 울었다.

우리들이 마차를 타려고 나서자, 귀찮게도 하인과 하녀들이 작별 인사를 하려고 현관방으로 우르르 몰려왔다. 그들의 "손 좀 주세요." 하는 말, 어깨에 입맞춤하는 소리, 그리고 그들의 머리에서 나는 쇠기름 냄새가 쉽게 흥분하는 사람들이 갖고 있는 혐오에 가까운 감정을 내 마음 속에 일으켰다. 이런 감정의 영향으로 나탈리야 사비쉬나가 온통 눈물범벅이 되어 나에게 작별 인사를 하러 왔을 때 나는 아주 냉정하게 그녀의 실내모에 입맞춤을 했을 뿐이었다.

이상하게도 나는 지금 하인들의 얼굴이 눈앞에 선하다. 그들의 얼굴이나 세세한 표정까지도 모두 그릴 수 있을 것 같다. 그러나 엄마의 얼굴과 모습은 나의 기억 속에서 완전히 사라져 버렸다. 어쩌면 그것은 그때는 내게 엄마의 얼굴을 쳐다볼 용기가 없었기 때문인지도 모른다. 하지만 만일 내가 엄마를 보았다면 나와 엄마의 슬픔은 참을 수 없는 지경에까지 다다랐을 것이다.

나는 맨 먼저 반포장마차로 달려가 뒷좌석에 자리를 잡았다. 포장이 쳐 있어서 나는 아무것도 볼 수 없었다. 그러나 그 어떤 본능 같은 것이 엄마는 아직 여기에 있다고 말하는 것 같았다.

'엄마를 한 번 더 볼까, 말까……? 그래 마지막으로 한 번만 더 보자!'

나는 이렇게 혼자 중얼거리며 마차에서 계단 쪽으로 몸을 쑥 내밀었다. 그때 엄마도 나와 똑같은 생각이었는지 반포장마차의 반대쪽에서 다가와 내 이름을 불렀다. 나는 등 뒤에서 엄마의 목소리를 듣고 너무나 급하게 얼굴을 돌리는 바람에 그만 엄마와 머리를 부딪히고 말았다. 엄마는 슬픈 미소를 띠고 나에게 마지막으로 한 번 더 뜨겁게, 아주 뜨겁게 입맞춤을 했다.

마차가 몇 미터쯤 달려 나갔을 때 나는 엄마를 돌아다보기로 마음먹었다. 머리에 두른 엄마의 엷은 하늘빛 목도리가 바람에 들렸다. 엄마는 고개를 숙이고 두 손으로 얼굴을 가린 채 천천히 계단 위로 올라갔다. 포카가 엄마를 부축하고 있었다.

아빠는 나와 나란히 앉아 있었지만 아무 말도 하지 않았다. 나는 그냥 흐느껴 울었다. 무엇인가가 내 목구멍을 꽉 눌러 숨이 막힐까봐 걱정이 되었다. 마차가 큰길로 나왔을 때 우리들은 누군가가 발코니에서 하얀 손수건을 흔들고 있는 것을 보았다. 나도 손수건을 흔들기 시작했다. 이 동작이 어느 정도 내 마음을 가라앉혔다. 나는 계속해서 울었다. 그러나 한편으로는 내 눈물이 나의 다정다감한 마음을 증명하고 있다는 생각에 만족과 기쁨을 느꼈다.

일 킬로쯤 멀어졌을 때 나는 더 편안하게 고쳐 앉아 눈앞의 가장 가까운 사물—내가 앉아 있는 쪽에서 달리고 있는 곁마의 뒷부분 —을 주의 깊고 끈질기게 보기 시작했다. 나는 이 얼룩 곁마가 꼬리를 흔들고 다리를 서로 부딪치면서, 마부가 가죽을 꼰 채찍을 휘두르자 더 빨리 뛰기 시작하는 것을 보았다. 또 곁마의 살밀치와 거기에 달린 고리가 뛰어오르는 것도 보았다. 그리고 그 살밀치와 꼬리 둘레가 비누 거품 같은 것으로 덮일 때까지 보고 있었다.

나는 주위를 둘러보기 시작했다. 마치 일렁이는 파도처럼 잘 익은 호밀밭, 여기저기 흩어져 있는 쟁기를 든 농부, 망아지를 거느린 말이 보이는 가뭇한 휴경지와 이정표가 눈에 들어왔다. 심지어 나는 어떤 마부가 우리 마차를 몰고 있는지 보기 위해 마부석을 들여다보기까지 했다. 그때까지도 내 얼굴에는 눈물자국이 남아 있었다. 그리고 어느덧 내 생각은 방금 헤어진, 어쩌면 영원히 헤어질 엄마로부터 아주 멀어져 버렸다. 그러나 온갖 회상이 나를 다시 엄마에 대한 생각으로 이끌었다. 문득 전날 밤 자작나무 길에서 발견한 버섯 생각이 났다. 누가 버섯을 딸 것인가를 두고 류보치카와 카테니카가 다투었던 일, 그리고 우리와 헤어지면서 그들이 울던 것도 생각났다.

가여웠다! 나탈리야 사비쉬나도, 자작나무 길도, 포카도! 심지어 심술궂은 미미까지도 가여웠다. 모두가, 모든 것이 다 가여웠다! 그리고 가련한 엄마……! 또다시 두 눈에 눈물이 고였다. 그러나 눈물은 오래 흐르지 않았다.

15 유년시절

이젠 돌이킬 수 없는 즐겁고 행복한 유년시절이여! 어찌 그 추억을 사랑하지 않고 소중히 하지 않을 수 있으리. 그 추억은 내 영혼을 새롭게 하고, 고결하게 하며, 더없이 감미로운 기쁨의 원천이 되고 있다.

나는 실컷 뛰어다니고 나서 차 테이블 앞에 있는 높은 안락의자에 앉아 있곤 했다. 늦은 시간이었다. 나는 설탕을 넣은 우유를 이미 오래전에 다 마셔 버렸다. 잠이 쏟아지지만 자리를 뜨지 않고 어른들의 이야기에 귀를 기울인다. 어찌 귀를 기울이지 않을 수 있겠는가? 엄마가 누군가와 이야기를 나누고 있다. 그 목소리의 울림은 너무나 감미롭고 너무나 정겹다. 그 음성만으로도 많은 것들을 내 마음속에 이야기하고 있다!

졸음으로 안개 속을 바라보는 듯한 몽롱한 두 눈으로 나는 엄마의 얼굴을 찬찬히 쳐다보고 있었다. 그러면 엄마는 갑자기 아주 작아지고, 엄마의 얼굴은 단추만 해진다. 그러나 이내 엄마의 얼굴은 또렷하게 보이고, 엄마는 나를 보고 힐끗 보고는 미소 짓는다. 아주 작아진 엄마의 모습을 보는 것은 무척 즐겁다. 내가 더욱더 눈을 가늘게 뜨면 엄마는 눈동자에 비친 어린애만큼 작아진다. 그러나 몸을 움직이면 이 환영은 금세 부서져 버린다. 나는 눈을 가늘게 뜨기도 하고 몸을 돌려 보기도 하면서 그 환영을 되살리기 위해 온갖 노력을 다 해 보지만 모두 허사다.

나는 자리에서 일어나 두 다리를 의자 위에 모아놓고 더 편하게 안락의자에 몸을 기댄다.

"너 또 그러다 잠들라, 니콜레니카."

엄마가 나에게 말한다.

"위층으로 올라가는 게 좋겠다."

"자고 싶지 않아요, 엄마."

나는 대답한다. 그러나 몽롱하고 달콤한 환상이 상상을 가득 채우고, 건강한 어린아이의 잠이 눈꺼풀을 달라붙게 한다. 몇 분 뒤 나는 세상모르게 잠이 들어 깨울 때까지 눈을 뜨지 않는다. 잠결에 누군가의 부드러운 손이 내 몸에 닿는 것을 느낀다. 그 감촉만으로도 나는 엄마임을 알고, 잠을 자면서 본능적으로 손을 잡아 입술을 꼭꼭 누른다.

이제 모두 흩어졌다. 객실에는 촛불 한 자루만이 타고 있을 뿐이다. 엄마가 직접 나를 깨우겠다고 말한 것이다. 엄마는 내가 자고 있는 안락의자에 걸터앉아 그 신비하고 부드러운 손으로 내 머리를 쓰다듬는다. 정답고 귀에 익은 목소리가 귓전에서 울린다.

"일어나라, 애야, 가서 잘 시간이다."

그 누구의 냉담한 시선도 이제 엄마를 방해하지 않는다. 엄마는 자신의 모든 애정과 사랑을 거리낌 없이 나에게 쏟아 붓는다. 나는 꼼짝하지 않고 더욱 더 세게 엄마의 손에 입을 맞춘다.

"자, 일어나요."

엄마는 한 손으로 내 목을 잡고 손가락을 빠르게 놀려 날 간질인다. 방 안은 조용하고 어두컴컴하다. 간지러운 느낌과 잠에서 갓 깨어난 내 신경은 예민해진다. 엄마는 바로 곁에 앉아서 나를 쓰다듬고 있다. 나는 엄마의 냄새를 맡고 목소리를 듣는다.

이 모든 것이 자극이 되어 나는 벌떡 일어나 두 손으로 엄마의 목을 그러안고 엄마의 가슴에 머리를 파묻는다. 그리고 숨을 헐떡이면서 말한다.

"아, 엄마, 사랑하는 엄마, 난 엄마가 너무 좋아!"

엄마는 특유의 슬프고도 매혹적인 미소를 띠면서 두 손으로는 내 머리를 감싸 안아 이마에 입을 맞추고 무릎에 나를 올려놓는다.

"그렇게도 엄마가 좋으니?"

엄마는 잠시 침묵했다가 다시 말을 잇는다.

"언제나 엄마를 사랑해 주렴, 알겠지? 절대로 잊지 말아라. 설령 엄마가 없을지라도 잊지 않겠지? 엄마를 잊지 않을 거지, 응? 니콜렌니카."

엄마는 더욱더 부드럽게 나에게 입맞춤을 한다.

"그만! 그런 말 하지 말아요, 엄마, 응? 엄마!"

나는 엄마의 무릎에 입을 맞추면서 소리 지른다. 내 눈에서는 눈물이, 사랑과 감동의 눈물이 줄줄 흘러내린다.

그러고 나서 나는 위층으로 올라가 솜을 넣은 실내복을 입고 성상 앞에 선다. 그리고 "주여, 아빠와 엄마에게 자비를 베푸소서" 하고 말하는데, 그때 경험하는 감정은 참으로 놀라운 것이었다. 그것은 바로 엄마에 대한 사랑과 하느님에 대한 사랑이 묘하게도 하나의 감정으로 합쳐지는 것이었다.

기도를 한 뒤에 이불 속으로 기어들면 으레 마음이 가벼워지고 밝아지면서 기쁨으로 가득 차곤 했다. 여러 가지 공상이 꼬리에 꼬리를 물고 떠올랐다. 무엇에 관한 공상이었을까? 그 공상은 붙잡을 수는 없지만 순결한 사랑과 맑은 행복에 대한 기대로 가득 차 있었다.

나는 카를 이바느이치와 그의 쓰라린 운명에 대해 떠올리곤 한다. 그는 내가 알고 있던 사람들 중에서 유일하게 불행한 사람이다. 그러면 그가 너무나 불쌍해지고 그리워져서 눈물이 흘러내린다. 나는 종종 이런 생각을 하곤 한다.

'하느님, 그에게 행복을 내려 주시옵고, 제가 그를 돕고 그의 슬픔을 가볍게 할 수 있도록 해 주십시오. 그를 위해 모든 것을 기꺼이 희생하겠습니다.'

이윽고 내가 좋아하는 도자기 장난감인 토끼나 개를 푹신한 베개 모서리에 밀어 넣고 그것들이 기분 좋고 따뜻하고 유쾌하게 누워 있는 것을 넋을 놓고 바라보곤 한다. 또 '모두가 만족할 수 있도록 모든 사람들에게 행복을 내려 주시옵소서, 그리고 내일은 소풍가기 좋은 날씨가 되게 하소서' 하고 기도한다.

나는 홱 돌아눕는다. 여러 가지 생각과 공상이 얽히고설킨다. 그리고 나는 여전히 눈물에 젖은 얼굴로 조용하고 편안하게 잠이 들곤 한다.

유년시절에 내가 가지고 있던 싱싱함, 근심 걱정 없는 마음, 사랑의 요구와 믿음의 힘이 과연 언젠가는 돌아올 것인가? 두 가지 최상의 선, 즉 순진무구한 명랑함과 최대한의 사랑의 요구가 인생의 유일한 동력이었던 때보다 더 좋은 때가 있을 수 있을까?

그 열렬한 기도는 어디에 있는가? 최상의 선물인 그 순결한 감동의 눈물은 어디에 있는가? 위안의 천사가 미소를 띠고 날아와 눈물을 닦아 주었고, 때 묻지 않은 어린이의 상상에 달콤한 공상을 가져다주었다.

그래, 인생이 내 마음속에 이 눈물과 감동을 영원히 사라지게 할 만큼 무거운 자국을 남겨 놓았다는 것인가? 그래, 이제는 추억만이 남았단 말인가?

16 시(詩)

모스크바로 오고 나서 거의 한 달쯤 지나, 나는 할머니 집 위층 커다란 책상에 앉아서 무언가를 쓰고 있었다. 내 맞은편에는 그림 선생님이 앉아 있었는데, 검은 연필로 그린 두건을 쓴 어떤 터키인의 얼굴을 마지막으로 수정하고 있었다. 볼로쟈는 선생님 뒤에 서서, 목을 쭉 빼고 어깨 너머로 그림을 보고 있었다. 이 터키인의 머리는 볼로쟈가 검은 연필로 그린 첫 번째 작품으로, 오늘 명명(命名)일을 맞는 할머니에게 드릴 것이었다.

"여기를 좀더 그림자 지게 해야 하지 않나요?"

볼로쟈가 까치발을 하고 서서 터키인의 목을 가리키며 말했다.

"아니, 그럴 필요 없어."

연필과 제도용 펜을 미닫이식 필통에 넣으면서 선생님이 말했다.

"이제 잘되었으니 더 이상 건드리지 마라. 아, 그런데 니콜레니카."

그는 일어서서 터키인을 계속 곁눈질하며 덧붙였다.

"이제 할머니에게 뭘 드릴지 그 비밀을 공개하는 게 어때? 정말이지 너도 누군가의 얼굴을 그리는 게 좋을 것 같은데. 자, 안녕."

그러고는 모자와 출석부를 집어 들고 밖으로 나갔다.

그 순간 나도 글을 쓰느라 애쓰기보다 그냥 얼굴을 그리는 것이 더 낫지 않을까 생각했다. 나는 할머니의 명명일이 다가오니 선물을 준비해야 한다는 말을 들었을 때, 이 기회에 시를 써서 드려야겠다고 생각했다. 나는 그 즉시 운을 갖춘 두 줄의 시를 지었고, 나머지 구절도 곧 짓게 되리라고 믿었다. 그때 내가 어떻게 어린애답지 않은 그런 기발한 생각을 하게 됐는지는 전혀 기억하지 못한다. 그러나 이런 생각이 내 마음에 쏙 들었던 것만은 기억하고 있다. 할머니에게 무엇을 선물할 것이냐는 물음에, 나는 선물은 꼭 하겠지만 그것이 무엇인지는 아무에게도 말하지 않겠노라고 대답한 것도 기억하고 있다.

그러나 예상과는 달리 내가 흥분한 상태에서 지은 두 줄의 시구 외에는 아무리 노력을 해도 더 이상 아무것도 지을 수가 없었다. 나는 책 속에 실린 여러 시들을 읽기 시작했다. 그러나 드미트리예프*[11]도 데르자빈*[12]도 아무런 도움이 되지 않았다. 반대로 그들은 나의 무능력을 더욱더 절감하게 했다. 그러

---

*11 1760~1837, 러시아 고전주의 시인.

*12 1743~1816, 러시아 고전주의 시인.

다가 나는 카를 이바느이치가 시 쓰기를 좋아했다는 것이 생각나, 몰래 그의 서류를 뒤적거려 보았다. 그리고 독일어 시 중에서 그가 쓴 것이 틀림없는 러시아어 시 한 편을 발견했다.

1826년 6월 3일

L. 페트로프스카야 양에게

멀리 있거나
가까이 있거나
그대, 잊지 마시오.
오늘부터 영원히
내 죽을 때까지
그대를 사랑하는 마음 변함없을지니

카를 마우에르

얇은 편지지에 둥그스름한 아름다운 필적으로 쓰인 이 시는 감동으로 가득 차 있었다. 그래서 나는 이 시를 외워 본보기로 삼기로 마음먹었다. 일은 훨씬 수월하게 진행되었고, 드디어 12줄로 된 축시가 준비되었다. 나는 공부방의 책상에 앉아 이 시를 피지(皮紙)에 옮겨 적었다.

벌서 종이 두 장을 버렸다. 그것은 시 구절을 고치려고 했기 때문이 아니다. 시는 더할 나위 없이 내 마음에 들었다. 그러나 셋째 줄부터 시행의 끄트머리가 점점 더 위로 고부라져 올라가 멀리서도 보일 정도였다. 그것이 아무래도 마음에 들지 않았던 것이다.

석 장째도 앞의 것과 마찬가지로 시행이 비뚤어졌다. 그러나 나는 더 이상 옮겨 쓰지 않기로 마음먹었다. 나는 할머니의 명명일을 축하하고 만수무강을 빈 다음 이렇게 끝을 맺었다.

받들어 공경하리라

낳아주신 친어머니처럼

그리 나쁘지는 않은 것 같았다. 그러나 마지막 시행이 이상하게 거슬렸다.

"낳아주신 친어머니처럼."

나는 혼자 되뇌었다.

'친어머니란 말을 대신할 좋은 운은 없을까?……에이, 이대로도 좋다! 어쨌든 카를 이바느이치의 시보다 훌륭하다!'

마지막 시행을 쓰고 난 후, 나는 침실에서 감정을 몰입해 몸짓을 섞어가면서 큰 소리로 작품 전체를 읽어 보았다. 전혀 운율이 맞지 않는 시였지만, 나는 그런 것에 얽매이지 않았다. 하지만 아무래도 마지막 시행이 아까보다 더 강하고 불쾌하게 나를 자극했다. 나는 침대에 앉아서 곰곰이 생각에 잠겼다.

'나는 왜 친어머니처럼 이라고 썼을까? 엄마는 여기에 없잖은가, 그러니까 엄마를 떠올릴 필요는 없었다. 내가 할머니를 사랑하고 존경하는 건 사실이지만 엄마와는 다르다. 왜 이렇게 썼을까? 왜 내가 거짓말을 했지? 이게 시라고 해도 그럴 필요는 없었는데…….'

바로 그때 양복장이가 새 약식(略式) 연미복을 가지고 들어왔다.

"어쩔 수 없지 뭐!"

나는 몹시 초조해지고 화가 나 시를 베개 밑에 쑤셔 넣고는 모스크바에서 새로 지은 옷을 입어 보려고 그쪽으로 뛰어갔다.

옷은 아주 훌륭했다. 청동 단추가 달린 갈색의 약식 연미복은 몸에 꼭 맞았다. 시골에서 키가 자랄 것을 생각하여 품을 넉넉하게 지은 옷과는 전혀 달랐다. 꼭 끼는 검은색 바지도 근육의 곡선을 아주 보기 좋게 드러내며 장화 위에 얹혀졌다.

'마침내 내게도 가죽끈이 달린 진짜 바지가 생겼다!'

나는 너무나 기뻐 내 다리를 요리조리 살피면서 생각했다. 비록 새 옷이 작고 거북하기는 했지만, 나는 그것을 모두에게 숨기고 "옷이 아주 편하다, 단점이 있다면 약간 헐거운 것 뿐이다"라고 말했다. 옷을 입은 후 나는 아주 오랫동안 거울 앞에 서서 포마드를 잔뜩 바른 머리를 빗고 또 빗었다. 그러나 아무리 노력해도 정수리 쪽에 삐져나온 짧고 꼿꼿한 머리털을 잠재울 수가 없었다. 이 정도면 뻗친 머리털이 눌렸겠지 생각하고 빗을 떼면, 머리털이 다시 일어나 사방으로 비죽비죽 삐져나가면서 내 얼굴을 아주 우스꽝스럽게 만들었다.

카를 이바느이치는 다른 방에서 옷을 입고 있었다. 푸른 연미복과 흰 부속품들이 공부방을 거쳐 들어갔다. 아래층으로 통하는 문 옆에서 하녀의 목소리가 들렸다. 나는 하녀가 무엇을 필요로 하는지 알아보려고 나갔다. 하녀는 풀을 빳빳하게 먹인 와이셔츠의 가슴을 장식하는 흰 천을 들고 있었다. 그녀는 카를 이바느이치를 위해 그것을 가져왔으며, 시간에 맞추어 깨끗이 준비하느라 잠을 제대로 자지 못했다고 말했다. 나는 그녀 대신 카를 이바느이치에게 전해 주는 일을 떠맡고는, 할머니는 일어나셨느냐고 물었다.

"그럼요! 벌써 커피도 드셨어요. 사제장도 왔고요. 도련님, 정말 멋지신데요!"

그녀는 미소를 띠고 나의 새 옷을 위아래로 살펴보면서 덧붙였다.

이 말에 내 얼굴은 붉어졌다. 나는 한 발로 홱 몸을 돌리고 손가락을 탁 퉁기며 훌쩍 뛰어올랐다. 나는 이런 동작으로 내가 얼마나 멋쟁이인가를 그녀가 아직 잘 모르고 있다는 것을 알려 주고 싶었다.

내가 카를 이바느이치에게 가슴을 장식하는 천을 가지고 갔을 때 그것은 무용지물이 되어 버렸다. 그는 이미 다른 옷을 입고 책상 위에 세워 놓은 조그만 거울 앞에서 몸을 굽히고는, 두 손으로 화려한 넥타이 리본을 잡고 매끈하게 면도한 턱을 자유로이 움직일 수 있는지를 시험하고 있었다. 그러고 나서 그는 우리들의 새 옷을 여기저기 잡아 당겨보더니, 자기에게도 똑같은 옷을 만들어 달라고 니콜라이에게 부탁하고는 우리들을 할머니에게 데리고 갔다. 계단을 내려갈 때 우리 세 사람에게서 포마드 냄새가 심하게 났던 것을 생각하면 지금도 웃음이 난다.

카를 이바느이치는 판지로 직접 만든 조그만 상자를, 볼로자는 그림을, 나는 시를 들고 있었다. 우리 모두 할머니에게 선물을 드리면서 할 말을 마음속으로 준비하고 있었다. 카를 이바느이치가 홀 문을 열자 사제복을 입은 사제의 첫 기도 소리가 들려왔다.

할머니는 이미 홀에 나와 계셨다. 할머니는 둥글게 등을 구부리고 의자 등받이를 잡고 서서 경건하게 기도를 올리고 있었고, 그 옆에 아빠가 서 있었다. 아빠는 우리들을 뒤돌아보고 미소를 지었다. 아빠는 이미, 우리들이 준비한 선물을 얼른 등 뒤에 감추고 눈에 띄지 않게 애쓰면서 바로 문 옆에 발을 멈추는 것을 알아챘던 것이다. 우리들이 기대하고 있던 극적인 효과는 완전히 사라져 버렸다.

우리들이 십자가에 다가가기 시작했을 때, 나는 갑자기 내가 준비한 선물에 대한 극복할 수 없는 수치심에 무겁게 짓눌려 머리가 멍해짐을 느꼈다. 나는 할머니에게 선물을 드릴 용기가 나지 않아 카를 이바느이치의 등 뒤로 숨어 버렸다. 그는 아주 멋진 표현으로 할머니에게 축하 인사를 한 후, 준비한 상자를 오른손에서 왼손으로 옮겨 들어 할머니에게 드렸다. 그리고 볼로쟈에게 자리를 내주기 위해 몇 걸음 물러났다. 할머니는 금테두리가 붙여진 예쁜 상자를 받고 기뻐 어쩔 줄을 몰라 하는 것 같았다. 할머니는 아주 상냥한 미소를 띠며 감사를 표시했다. 하지만 그 상자를 어디에 놓아야 할지 몰라 했다. 그래서 할머니는 그 상자를 얼마나 잘 만들었는지 구경해 보라고 아빠에게 권한 것이 틀림없었다.

아빠도 호기심이 충족되자 상자를 사제장에게 건넸다. 그도 이 작은 물건이 매우 마음에 들었는지 고개를 끄덕이며 신기한 듯이 작은 상자와 이렇게 아름다운 것을 만든 카를 이바느이치를 번갈아 보았다. 볼로쟈도 직접 그린 터키인 그림을 드렸고, 역시 사람들로부터 최상의 칭찬을 들었다. 드디어 내 차례가 되었다. 할머니는 격려하는 듯한 미소로 나를 쳐다보았다.

수치심을 경험한 사람들은 이러한 감정이 시간과 정비례하여 고조되고, 반면 결단력은 그것에 반비례하여 줄어든다는 것을 안다. 즉, 이런 상태가 지속되면 될수록 수치심은 더욱더 극복하기 힘들어지고 결단력은 점점 더 없어지는 것이다.

카를 이바느이치와 볼로쟈가 할머니에게 선물을 드리는 동안 마지막 남은 내 용기와 결단력은 기어코 나를 저버렸다. 내 수치심은 절정에 다다랐다. 나는 피가 끊임없이 심장에서 머리로 솟구쳐 오르는 것을, 얼굴빛이 자꾸자꾸 바뀌고 이마와 콧등에 굵은 땀방울이 맺히는 것을 느낄 수 있었다. 두 귀가 달아올랐고, 온몸에서 오한과 식은땀이 났다. 나는 제자리걸음을 하며 그 자리에서 꼼짝도 하지 못했다.

"자, 니콜렌니카, 보여 다오. 네 선물은 뭐지? 상자냐, 그림이냐?"

아빠가 물었다. 나는 어쩔 수 없이 떨리는 손으로 구겨진 운명의 두루마리를 내밀었다. 하지만 나는 한마디도 하지 못하고 할머니 앞에 말없이 서 있었다. 기대하던 그림 대신에 아무짝에도 쓸모없는 시가, 모든 사람들 앞에서 읽혀진다는 생각에 나는 제정신이 아니었다. 특히 '친어머니처럼'이란 구절은 내가 엄마를 결코 사랑하지 않으며, 잊고 있음을 명백히 증명할 것이다. 할머니가 내 시를 큰 소리로 읽기 시작했을 때, 내 시를 이해하지 못해 중간에서 읽기를 멈추고 그 당시 나에게는 냉소로 보였던 미소를 띠고 아빠를 힐끗 쳐다보았을 때, 내가 바랐던 것과는 다른 억양으로 읽었을 때, 그리고 시력이 약해서 끝까지 다 읽지 못하고 시가 적힌 종이를 아빠에게 건네면서 처음부터 끝까지 다시 읽어 달라고 부탁했을 때, 그때의 내 고통을 어떻게 설명할 수 있으랴?

할머니가 이런 행동을 한 것은, 서툴고 꼬불꼬불하게 씌어진 내 시를 읽는 것에 싫증이 났고, 내가 인정머리 없음을 증명하고 있는 마지막 시행을 아빠에게 직접 읽히려는 것 같았다. 나는 아빠가 시가 적힌 두루마리로 내 콧등을 툭 치고 "어리석은 녀석, 엄마를 잊지 말아라……. 요건 그 벌이다!"라고 말할 것을 예상하고 있었다. 그러나 그런 일은 일어나지 않았다. 그 반대로 아빠가 내 시를 다 읽고 나자 할머니는 "정말 훌륭하다!"라고 말하고 내 이마에 입을 맞추었다.

조그만 상자와 그림과 시는, 할머니가 항상 앉는 등받이가 높은 안락의자 옆 조그만 탁자 위에, 두 장의 삼베 손수건과 엄마의 초상화가 들어 있는 담뱃갑과 나란히 놓여졌다.

"바르바라 일리이니쉬나 공작부인께서 오셨습니다."

할머니의 사륜마차 뒤에 타고 다니는 커다란 몸집의 하인이 알렸다. 할머니는 깊은 생각에 잠겨 거북이 등딱지 모양의 담뱃갑에 끼워 넣은 엄마의 초상을 들여다보며 아무 말도 하지 않았다.

"이리로 모실까요?"

하인이 다시 물었다.

17 코르나코바 공작부인

"모시도록 해라."

할머니가 안락의자에 더욱 깊숙이 앉으면서 말했다.

공작부인은 몸집이 작고 연약하며 까다롭고 신경질적으로 보이는 마흔다섯 살쯤의 여자였다. 불쾌한 느낌을 주는 그녀의 회녹색 눈은 부자연스러울 만큼 꼭 오므린 작은 입과 상반되어 보였다. 불그스름한 머리칼이 타조깃으로 장식된 벨벳 모자 밑으로 삐죽 나와 있었다. 건강하지 못한 얼굴빛으로 그녀의 눈썹과 속눈썹이 더 밝고 불그스름하게 보였다. 그럼에도 불구하고 그녀의 자연스러운 동작과 작은 손, 그리고 남다른 까다로움 때문에 전반적으로 품위 있고 매력적으로 보였다.

공작부인은 말이 아주 많았다. 사실 그 수다스러움으로 다른 사람들은 한마디도 하지 못했지만, 마치 언제나 상대방이 자기에게 반대하는 것으로 아는 그런 부류에 속했다. 그녀는 목소리를 높였다가 점점 낮추면서, 또는 갑자기 새롭게 활기를 띠고 말하기 시작했다. 그리고 대화에 끼지도 않은 사람들을 둘러보았다. 마치 그런 눈길로 자신의 의견을 확고히 하기 위해 애쓰는 것 같았다.

나는 공작부인이 할머니 손에 입맞춤을 하고 끊임없이 '나의 착한 아주머니'라고 부르고 있었는데도 할머니는 별로 탐탁해하지 않는다는 것을 금방 알아챘다. 할머니는 특이하게 눈썹을 치켜 올리고, 미하일로 공작이 할머니의 명명일을 축하하러 꼭 오려고 했지만 도저히 올 수 없었던 이유를 설명하는 공작부인의 말에 귀를 기울이고 있었다. 할머니는 공작부인의 프랑스어에 러시아어로 대답하면서 그녀의 말을 잡아채듯 대꾸했다.

"당신의 친절은 아주 고마워요, 부인. 미하일로 공작이 못 오셨다는 것에 대해 말하고 있는데……, 그 분은 언제나 일에 파묻혀 있죠. 게다가 또 이렇게 말하긴 좀 뭐하지만, 그 분 역시 이런 늙은이와 함께 앉아 있는 게 뭐가 즐겁겠어요?"

할머니는 공작부인이 반박할 틈도 주지 않고 말을 이었다.

"그건 그렇고 댁의 아이들은 어때요, 부인?"

"네, 덕분에 잘 자라고 있고 공부도 하고 장난도 치고 해요. 하지만 맏이인 에티엔은 지독한 말썽쟁이라고 애들과 잘 어울리지를 못하는데, 방법이 없어요. 그 대신 영리해서 희망을 버리지 않고 있어요. 한번 상상해 봐요, 오라버니."

공작부인은 오로지 아빠만을 바라보면서 말을 이었다. 그것은 할머니가 공작부인의 아이들 이야기는 아랑곳하지 않고 우리들을 자랑할 양으로, 작은 상자 밑에서 내 시를 조심스럽게 꺼내어 펼쳐 보았기 때문이었다.

"며칠 전에 그 애가 무슨 짓을 했는지 아세요?"

공작부인은 아빠에게 몸을 돌리고 무엇인가 아주 신나게 이야기하기 시작했다. 내가 듣지 못한 이야기를 끝낸 공작부인은 냅다 웃어 대더니, 이해가 가지 않는다는 듯 아버지의 얼굴을 뜯어보면서 말했다.

"무슨 아이가 그러죠? 그 아이는 마땅히 매를 맞아야 했지만 생각이 하도 영리하고 재미있어서 용서해 주었어요."

공작부인은 할머니에게로 눈을 돌리고는 아무 말도 하지 않고 계속 미소를 지었다.

"정말로 부인은 아이들을 때리나요?"

할머니는 의미심장하게 눈썹을 치켜 올리고 '때리다'란 말에 특히 힘을 주면서 물었다.

"네, 아주머니."

공작부인은 아빠를 힐끗 쳐다보더니 다시 상냥한 목소리로 대답했다.

"아주머니가 이 문제에 대해 어떤 의견을 가지고 계신지 알고 있어요. 그러나 동의할 수는 없어요. 이 문제에 대해 저는 많은 생각을 하고, 많은 책을 읽고, 많은 얘기를 들었지만, 역시 경험을 통해 얻은 결론은 아이들을 무섭게 다뤄야할 필요가 있다는 것이지요. 아이들을 훌륭하게 키우려면 엄격함이 필요해요. 그렇잖아요, 오라버니? 아이들이 매보다 더 무서워하는 것이 뭐가 있나요?"

공작부인은 이렇게 말하면서 우리를 힐끗 쳐다보았다. 솔직히 말해서 이 순간 나는 어쩐지 거북했다.

"누가 뭐라 해도 남자 아이는 열두 살까지, 심지어는 열네 살까지도 여전히 어린애예요. 여자 아이라면 이야기가 다르지만……."

'저런 여자의 아들이 아니어서 정말 다행이다.'

나는 생각했다.

"그래요, 참 훌륭한 생각이군요."

할머니는 내 시를 말아 다시 상자 밑에 넣으면서 말했다. 마치 공작부인에게는 내 시를 들려줄 가치가 없다고 생각하는 듯했다.

"좋아요. 그럼 딱 한 가지만 물어보겠는데, 그렇게 때린 다음에 당신은 아이들에게서 어떤 섬세한 감정을 요구할 수 있나요?"

할머니는 이 논거를 반박할 수 없는 것으로 여기면서 대화를 끝내기 위해 이렇게 덧붙였다.

"그러나 이 문제에 대해 누구든 자기 나름의 견해를 가질 수는 있지요."

공작부인은 대꾸하지 않고 그저 너그럽게 미소를 지을 뿐이었다. 그럼으로써 자신이 존경하는 이 노부인의 이상한 선입관도 관대하게 받아들인다는 것을 표현했다.

"아차, 댁의 어린 사람들도 소개 좀 시켜 주세요."

그녀는 우리들을 바라보고 상냥하게 웃으면서 말했다.

우리들은 자리에서 일어나 공작부인을 바라보았다. 그러나 알음알이가 되었음을 증명하려면 어떻게 해야 하는 것인지 도무지 알 수 없었다.

"공작부인의 손에 입맞춤을 해라."

아빠가 말했다.

"이 늙은 아주머니를 사랑해다오."

공작부인은 볼로쟈의 머리에 입을 맞추면서 말했다.

"비록 나는 먼 친척이긴 하지만, 혈연의 멀고 가까움보다는 친밀한 관계가 더 중요하다고 생각해요."

그녀는 할머니를 염두에 두고 덧붙였다. 그러나 할머니는 여전히 공작부인을 못마땅해 하며 말했다.

"부인, 누가 요새도 그런 친척관계를 생각할까요."

"이 아이는 사교계의 젊은이가 될 겁니다."

볼로쟈를 가리키면서 아빠가 말했을 때, 나는 공작부인의 작고 윤기 없는 손에 입맞춤을 하면서, 그 손에 쥐어진 매와 매가 놓여 있는 의자 등을 아주 생생하게 상상하고 있었다.

"어느 아드님이요?"

공작부인이 내 손을 잡은 채로 물었다.

"이 작은 녀석 말입니다, 이마에 솜털이 난."

아빠는 유쾌하게 미소를 지으면서 대답했다.

'내 이마에 솜털이 아빠에게 무슨 짓을 했다는 거야? 다른 얘깃거리가 그렇게도 없을까?'

나는 이렇게 생각하며 구석으로 물러났다.

나는 아름다움에 대해 아주 이상한 견해를 갖고 있었다. 심지어 나는 카를 이바느이치까지도 최고의 미남으로 여기고 있었다. 그리고 나는 내가 잘생기지도 못했다는 것을 아주 잘 알고 있었다. 그것은 틀림없는 사실이었다. 그래서 나는 사람들이 내 외모에 대한 자신들의 생각을 넌지시 비칠 때마다 심한 모욕감을 느끼곤 했다.

언젠가 한번 점심 때 내 외모가 화제에 올랐던 것을 나는 생생하게 기억하고 있다. 그때 나는 여섯 살이었다. 엄마는 내 얼굴에서 무엇인가 좋은 것을 발견하려고 애쓰면서 내 눈이 총명하고 미소가 귀엽다고 말했다. 그러나 엄마는 결국 아빠의 논증과 명백한 사실에 굴복하여 내가 못생겼다는 것을 인정해야만 했다. 그리고 내가 엄마에게 "잘 먹었습니다" 하고 고마움을 표했을 때 엄마는 내 뺨을 가볍게 두드리면서 말했다.

"니콜레니카, 너도 알겠지? 네 얼굴만 보고는 아무도 널 사랑하지 않을 거라는 것을. 그러니까 영리하고 착한 아이가 되려고 노력해야만 한다."

엄마의 이 말은 내가 미남이 아니란 것을 확인시켜 주었을 뿐만 아니라, 반드시 착하고 영리한 아이가 되어야 한다는 생각을 확고히 해 주었다.

그래서 나는 자주 절망에 빠지곤 했다. 나처럼 이렇게 넓적한 코와 두툼한 입술, 그리고 조그만 잿빛 눈을 가진 사람에게는 이 세상에서의 행복은 없다고 생각했다. 나는 기적을 일으켜서 날 미남으로 바꿔 달라고 하느님께 빌었다. 나는 미남이 되기 이해서라면 현재 내가 가지고 있는 모든 것, 내가 앞으로 갖게 될 모든 것을 내던져도 괜찮다고 생각했다.

18 이반 이바느이치 공작

내 시를 들은 공작부인이 칭찬을 늘어놓자, 할머니의 마음이 조금 누그러졌는지 그녀와 프랑스어로 말하기 시작했다. 할머니는 그녀에게 더 이상 높임말을 쓰지 않았고, 저녁에 아이들을 모두 데리고 오라고 초청했다. 공작부인은 그러겠다고 대답하고 잠시 앉아 있다가 떠났다.

이날은 할머니의 명명일을 축하하러 온 손님들이 너무 많아서 현관 앞 마차 승강장에는 오전 내내 마차가 늘어서 있었다.

"안녕하세요, 누님."

손님들 중 한 사람이 방으로 들어와 할머니 손에 입을 맞추면서 말했다.

그는 키가 큰 일흔 살쯤 된 노인으로 커다란 견장이 달린 군복을 입고 있었다. 그 깃 밑으로는 커다랗고 하얀 십자가가 보였다. 그의 얼굴은 조용하고 개방적으로 보였다. 나는 자유롭고 단순한 그의 동작에 깜짝 놀랐다. 성긴 머리털이 뒤통수에 반원형으로 남아 있었고, 윗입술의 모양이 앞니가 없다는 것을 명백히 증명해 주고 있었지만, 그의 얼굴은 매우 아름다웠다.

지난 세기말에 이반 이바느이치 공작은 자신의 고결한 성품, 아름다운 외모, 뛰어난 용기, 고귀하고 유력한 가문, 특히 행운에 힘입어 아주 젊은 나이에 빛나는 출셋길에 올랐다. 하지만 이반 이바느이치는 계속해서 일했다. 그리하여 그의 명예욕은 완전히 충족되었고, 아무것도 더 바랄 것이 없게 되었다. 그는 아주 젊은 시절부터 마치 사교계에서 훌륭한 지위를 차지하기 위해 준비하듯 처신했다. 그 결과 후년의 운명은 그를 그런 지위에 올려놓았다.

비록 화려하고 허영심이 강한 다른 모든 사람들처럼 실패와 환멸과 슬픔에 부딪힐지라도, 그는 침착한 자신의 성격, 고상한 사고방식, 종교와 도덕의 기본적인 원칙을 한 번도 배반하지 않았다. 또한 그는 빛나는 지위 때문이 아닌 일관성과 강직성으로 모든 사람의 존경을 받았다. 그는 지식이 많지는 않았지만 삶의 모든 걱정거리와는 거리가 먼 지위에 있었던 탓으로 사고방식은 매우 고상했다. 또한 선량하고 감수성이 풍부했지만 태도는 차갑고, 어느 정도는 오만했다. 그것은 많은 사람들에게 도움을 줄 수 있는 지위에 오르자 그 영향력을 이용하려는 사람들의 끊임없는 청탁과 아첨을 냉정한 태도로 막으려고 했던 그의 노력 때문이었다.

그러나 이러한 냉정함은 '최상류 사교계' 사람만이 갖는 특유의 관대함과 정중함에 의해 완화되었다. 그는 교양도 있었고 박식했다. 그러나 그의 교양은 모두 젊은 날에, 즉 지난 세기에 얻은 것에 머물러 있었다. 그는 18세기 프랑스에서 씌어진 철학과 수사학 분야의 웬만한 명저는 모두 읽었고, 프랑스 문학의 명작을 모두 자세하게 알고 있었다. 그래서 그는 라신, 코르네유, 부알로, 몰리에르, 몽테뉴, 페늘롱의 저작에서 언제나 필요한 부분을 인용할 수 있었고 또 인용하는 것을 아주 좋아했다. 또한 신화에 대한 지식도 아주 풍부했고, 고대의 기념비적인 서사시들을 프랑스어 번역본으로 연구했으며, 세귀르*[13]에게서

*13 루이 필립 세귀르. 1753~1830, 프랑스 외교관이자 역사학자로 러시아에 머무는 동안 회상기도를 썼음.

얻은 역사에 대한 지식도 풍부하게 가지고 있었다.

그러나 그는 수학에 대해서는 단순한 계산 정도의 실력만 갖고 있었고, 물리학과 현대 문학에 대해서는 전혀 알지 못했다. 따라서 괴테, 실러, 바이런에 대해서는 점잖게 침묵하거나 몇 마디 정도 언급할 수는 있었지만, 그들의 책을 읽지는 않았다. 요즘에는 거의 찾아볼 수 없는 프랑스 고전 교육을 받았음에도 그의 대화는 지극히 단순했다. 하지만 이러한 단순성은 몇몇 부분에 대한 그의 무지를 가리고 오히려 유쾌한 억양과 관대함을 부각시켜 주었다. 그는 '독창성'을 비열한 사람들의 속임수라고 말하면서 독창적인 것은 무엇이든 철저히 반대했다.

어디에서 생활하든지 사교계는 그에게 꼭 필요한 것이었다. 모스크바에서나 외국에서나 그는 항상 개방적으로 지냈고, 날을 정해 시내 사람들을 모두 자기 집으로 초대하기도 했다. 그는 언제나 최고의 지위를 차지하고 있었으므로 그의 초대장은 어떤 객실이든 드나들 수 있는 통행증이었고, 젊고 아름다운 부인들은 장밋빛 뺨을 기꺼이 그에게 내밀었다. 그는 부인들의 뺨에 마치 아버지와 같은 감정으로 입맞춤을 했다. 매우 위엄 있고 점잖은 사람들도 공작의 사교 그룹에 끼는 것을 더없는 영광으로 생각하는 듯했다.

공작의 주변에는 할머니처럼 같은 계급에 속하고 같은 교육을 받았으며, 사물에 대해 같은 관점을 갖고 있는 비슷한 나이의 사람들이 별로 남아 있지 않았다. 그래서 공작은 할머니와의 오랜 우정을 매우 소중히 여겼고, 언제나 커다란 존경을 표했다.

나는 아무리 바라보아도 공작이 싫증나지 않았다. 모든 사람들이 공작에게 보내는 존경, 큼직한 견장, 공작을 보았을 때 할머니가 보이는 각별한 기쁨, 그 혼자만이 할머니를 두려워하지 않고 허물없이 대하면서 서슴없이 '나의 누님'이라고 부르고 있다는 점이, 내가 할머니에 대해 느꼈던 존경심보다 크다고는 할 수 없지만 거의 비슷한 존경심을 불러일으켰다. 내가 쓴 시를 읽은 공작은 나를 가까이 불러서 말했다.

"누님, 어쩌면 이 애가 제2의 데르자빈이 될지도 모릅니다."

그는 이렇게 말하면서 내 뺨을 아프게 꼬집었다. 그럼에도 내가 비명을 지르지 않는 것은, 그것이 애정의 표시라고 생각되었기 때문이다.

손님들이 흩어졌고, 아빠와 볼로쟈도 밖으로 나갔다. 객실에는 공작과 할머니와 나만 남게 되었다.

"왜 나탈리야 니콜라예브나는 오지 않았습니까?"

잠시 침묵이 흐른 후 이반 이바느이치 공작이 불쑥 물었다.

"아! 그건 말이에요, 공작."

할머니가 공작의 군복 소매 위에 한 손을 얹고 목소리를 낮추며 말했다.

"그 애도 하고 싶은 대로 자유롭게 할 수 있었다면 분명히 왔을 거예요. 표트리가 가자고 말했지만 그 애가 거절했다고 편지에 썼더군요. 올해는 수입이 전혀 없었기 때문인가 봐요. 그리고 이렇게 써 보냈어요. '게다가 나에게는 모스크바로 옮겨 가야 할 이유가 없어요. 류보치카는 아직 너무 어리고, 사내아이들은 제가 데리고 있는 것보다 할머니 집에서 사는 것이 더 마음이 놓여요'라고요. 좋지 뭡니까!"

할머니는 "좋지 뭡니까"라고 말했지만, 전혀 그렇지 않다는 것을 분명히 보여 주는 어투로 계속해서 말했다.

"사내아이들은 오래전에 이곳으로 보냈어야 했어요. 그래서 뭔가를 배우고, 사교계에 익숙해질 수 있도록 말이에요. 시골에서 무슨 교육을 시킬 수 있겠어요? 큰아이는 벌써 열세 살이고 작은아이도 열 살이나 됐잖아요. 당신도 봐서 아시겠지만 그 애들은 아주 거칠어요. 방에 들어올 줄도 몰라요."

"하지만 이해가 가지 않아요."

공작이 말했다.

"왜 언제나 사정이 어렵다고 푸념하는 거죠? 저 애 아버지도 상당한 재산이 있고, 나탈리야의 소유지인 하바로프카도 아주 훌륭한 곳입니다. 옛날에 연극을 했던 곳이라서 그곳을 손바닥 들여다보듯이 잘 알고 있어요! 언제든 많은 수입을 올릴 수 있을 텐데……."

"진실한 친구니까 하는 말이지만……."

할머니는 슬픈 표정으로 짓고 공작의 말을 끊었다.

"이 모든 건 표트르가 여기에 혼자 살면서 클럽이나 연회에 드나들기 위한 구실일 뿐이죠. 무슨 짓을 하는지는 아무도 몰라요. 하지만 나탈리야는 아무것도 의심하지 않고 있어요. 당신도 그 애가 천사같이 착하다는 건 알 거예요. 그 애는 표트르를 믿고 있어요. 나는 아이들을 데리고 모스크바에 가야 하니까 당신은 어리석은 여자 가정교사와 함께 시골에 혼자 남아야 한다고 그 애를 설득한 거죠. 그리고 그 애는 표트르의 말을 그대로 믿어 버린 거예요. 만약 표트르가 바르바라 일리이니치나 공작부인이 자기 아이들을 매질하듯이 아이들을 때려야 한다고 말하면, 그 애는 아마 당장 동의할걸요."

할머니는 경멸하는 표정으로 안락의자에서 몸을 옆으로 돌리면서 말했다.

"그래요."

할머니는 잠시 침묵한 뒤 눈에 고인 눈물을 닦으려고 두 장이 손수건 중 하나를 손에 들고 말을 이었다.

"나는 자주 표트르가 그 애를 존중하지 않고 이해하지 못한다고 생각해요. 그 애가 표트르를 사랑하고 있고 착해서 자신의 슬픔을 감추려고 애쓰지만, 나는 아주 잘 알고 있어요. 그 애는 남편과 행복해질 수 없어요. 내 말을 기억해 둬요. 만일 그 사람이……."

할머니는 손수건으로 얼굴을 가렸다.

"아, 이봐요."

공작이 나무라는 듯 말했다.

"내가 보기에 당신은 전혀 신중하지가 못하오. 늘 있지도 않은 불행을 상상하고서는 슬퍼하고 눈물을 흘리는데, 아니 부끄럽지도 않나요? 난 오래전부터 알고 있지만, 그는 아주 신중하고 친절하고 훌륭한 남편입니다. 중요한 건 그가 고결한 사람이라는 겁니다. 아주 점잖은 사람이에요."

나는 들어서는 안 될 대화를 엿듣고는 강한 흥분을 느끼면서 고양이 걸음으로 방에서 빠져 나왔다.

19 이빈 형제들

"볼로자! 볼로자! 이빈 씨네 형제들이 왔어!"

나는 창문을 통해 세련된 옷차림을 한 젊은 가정교사를 따라 맞은 편 인도를 건너 우리집으로 걸어오고 있는 세 소년들을 발견하고는 소리쳤다. 그들은 비버 가죽으로 깃을 댄 긴 가죽외투를 입고 있었다.

친척인 이빈 형제들은 우리와 거의 나이가 비슷해서, 모스크바로 온 뒤로 알음알이가 되어 퍽 친해졌다.

둘째 이빈—즉, 세료쥐아는 얼굴이 거무스름하고 머리털이 곱슬곱슬하며 조그만 들창코에, 약간 앞으로 튀어나온 하얀 윗니를 항상 드러내고 있는 아주 싱그럽고 빨간 입술을 하고 있었다. 암청색 눈은 매우 아름다웠고, 활기찬 표정을 하고 있었다. 세료쥐아는 절대로 미소를 짓지 않았으며, 아주 진지하게 바라보거나 또는 낭랑하고 또렷하면서도 몹시 매혹적인 웃음소리로 거리낌 없이 웃어 댔다. 처음에 나는 그의 이 독특한 아름다움에 깜짝 놀랐다. 그리고 그에게 강하게 끌렸다. 그를 보는 것만으로도 더없이 행복했다. 한때는 그를 보고 싶다는 소망에 내 영혼의 모든 힘이 집중되기도 했다.

그를 보지 못한 채 사나흘을 보내기라도 하면, 그가 그리워지기 시작하고 눈물이 날 정도로 슬퍼지곤 했다. 나는 자나깨나 그를 생각했다. 심지어 잠자리에 들면서도 그의 꿈을 꾸기를 바랐다. 나는 두 눈을 감고 그를 떠올리며 그의 환영을 더할 나위 없는 기쁨으로 소중히 간직했다.

나는 이 세상 누구에게도 나의 이런 감정을 털어놓을 생각을 하지 못했다. 그만큼 그에 대한 나의 감정을 소중히 여겼기 때문이다. 하지만 그는 자신을 끊임없이 바라보는 나의 불안한 시선을 귀찮게 여겼는지, 또는 나에 대해 어떤 호감도 느끼지 못했는지, 나보다는 볼로쟈와 놀고 얘기하는 것을 더 좋아했다. 그래도 나는 만족했다. 나는 아무것도 바라지 않았고, 아무것도 요구하지 않았으며, 그를 위해서 모든 것을 희생할 각오가 되어 있었다.

한편 그가 곁에 있으면 내 가슴에서 솟아나는 열렬한 이끌림에 못지않은 또 다른 감정이 끓어올랐다. 그것은 혹시 내가 그를 낙담시키고 모욕하지 않을까, 내가 그의 마음에 들지 않을지도 모른다는 두려움이었다. 오만한 표정 때문인지, 또는 내가 나의 외모는 경멸하면서 그의 아름다움을 지나치게 높이 평가했기 때문인지, 또는 그것이 의심할 나위 없는 사랑의 징후였기 때문이었는지는 모르지만—그것이 가장 확실했을 것이다—나는 그에 대한 사랑의 감정만큼이나 강한 두려움을 느끼고 있었다. 세료쥐아가 나에게 처음으로 말을 걸어왔을 때, 나는 이 뜻하지 않은 행복에 어쩔 줄 모르고 얼굴이 붉으락푸르락해졌을 뿐 아무런 대답도 할 수 없었다.

그에게는 나쁜 버릇이 하나 있었다. 그는 깊은 생각에 잠길 때면 시선을 한곳에 고정시키고 코와 눈썹을 움직이면서 끊임없이 눈을 깜빡거렸다. 모두 이 버릇이 그를 아주 망친다고 생각했지만, 나는 오히려 그 모습이 멋있다고 생각하고는 나도 모르게 그와 똑같은 버릇을 갖게 되었다. 그래서 그와 사귄 며칠 후에, 할머니가 “눈이 아프니? 왜 수리부엉이처럼 눈을 깜빡거리니?” 하고 묻기까지 했다.

우리 사이에 사랑에 대한 말은 한 번도 없었지만, 그는 나에 대한 자신의 지배력을 느끼고 어린아이다운 관계 속에서도 무의식적이긴 했지만 폭군처럼 자신의 힘을 행사했다. 나는 모든 것을 털어놓고 싶었지만 그런 솔직한 태도를 취하기에는 그가 너무 두려웠다. 나는 무관심하게 보이려고 애쓰면서도 묵묵히 그에게 복종했다. 이따금 그의 영향이 고통스럽고 견딜 수 없는 것으로 느껴졌지만, 나에게는 빠져나올 힘이 없었다.

그토록 상큼하고 아름다우며 사심 없는 무한한 사랑의 감정, 끝내 밖으로 흘러나오지 못한 채 상대방의 공감도 얻지 못하고 그렇게 사라지고 만 그 사랑의 감정을 떠올리면 지금도 슬퍼진다.

이상하게도 어린아이였을 때 나는 어른을 닮으려고 애를 썼는데, 정작 어른이 된 뒤로는 자주 어린아이처럼 되고 싶었다. 나와 세료쥐아와의 관계에서도 어린아이처럼 보이고 싶지 않다는 바람이 감정을 억누르고 위선적으로 행동하게 했다. 이따금 나는 그에게 몹시 입맞춤을 하고 싶었지만 감히 할 수 없었고, 그의 손을 잡거나 만나서 반갑다고 말하지도 못했을 뿐만 아니라, 감히 그를 세료쥐아(세르게이의 애칭)라고 부르지도 못하고 세르게이라고 불렀다. 우리 사이에서는 이미 그렇게 정해져있었다.

모든 감상적인 표현은 어린아이의 증표가 되었고, 감상적인 표현을 하는 것은 자신이 아직 '꼬마'라는 것을 증명하는 것이었다. 어른들은 여러 가지 쓰디쓴 경험을 통해 사람들과의 관계에서 조심스럽고 냉정한 태도를 취하게 되지만, 우리는 '어른들'을 흉내내려는 이상야릇한 욕망으로 어린아이다운 부드러운 애착의 순결한 기쁨을 잃어버렸던 것이다.

나는 하인 방에서 이빈 형제들을 맞이했고, 그들과 인사를 나눈 뒤 부리나케 할머니에게 달려가서 그들이 온 것을 알렸다. 이빈 형제들이 왔다는 소식이 틀림없이 할머니를 아주 기쁘게 해 줄 것만 같았다. 그리고 나는 세료쥐아에게서 눈을 떼지 않고 그를 따라 객실로 들어가서 동작 하나하나를 지켜보았다.

할머니가 세료쥐아를 보고 "정말 많이 컸구나" 하고 말하면서 그를 뚫어져라 바라보았을 때, 나는 두려움과 희망이 뒤섞인 감정을 맛보았다. 그것은 틀림없이 예술가가 존경하는 비평가로부터 자신의 작품에 대한 비평을 기다리면서 느낄 그런 감정이었다.

이빈 형제의 젊은 가정교사 헤르 프로스트는 할머니의 허락을 얻어 우리들과 함께 작은 앞뜰로 나왔다. 그는 파란 벤치에 앉아 보기 좋게 두 다리를 꼬고는, 그 앞에 청동 손잡이가 달린 지팡이를 꽂더니 자신의 행동이 아주 만족스럽다는 표정으로 시가를 피우기 시작했다.

헤르 프로스트는 독일인이었다. 그러나 그는 우리의 선량한 카를 이바느이치와는 전혀 다른 부류의 독일인이었다. 첫째로, 그는 러시아어로 정확하게 말했고, 발음이 나쁘기는 했지만 프랑스어로도 제법 말했다. 대체로, 특히 부인들 사이에서 그는 아주 훌륭한 학자라는 평을 듣고 있었다. 둘째로, 그는 불그스름한 콧수염을 길렀고, 까만 공단 목도리에 큼직한 루비 핀을 꽂고 그 목도리 두 끝을 바지의 멜빵 밑으로 찔러 넣었다. 그리고 바지가랑이 끝에 끈을 꿰매어 단, 보는 각도에 따라 색깔이 달라지는 밝은 하늘색 바지를 입고 있었다. 셋째로, 그는 젊고 아름답고 우쭐대는 듯한 외모와, 남달리 근육이 잘 발달된 다리를 가지고 있었다.

그는 특히 이 마지막 장점을 매우 자랑스럽게 여기고 있는 것이 분명했다. 그래서 그는 여성과의 관계에서 그 장점이 크게 작용할 것으로 여기고, 그러한 목적으로 다리를 가장 눈에 잘 띄는 자리에 내놓으려고 애썼다. 그는 서 있을 때나 앉아 있을 때나 항상 장딴지 근육을 움직였다. 한마디로 그는 여자들 뒤꽁무니를 좇아다니는 멋쟁이가 되고 싶어하는 러시아적인 젊은 독일인이었다.

작은 앞뜰에서 우리들은 매우 즐거웠다. 강도놀이는 정말 더할 나위 없이 재미있었다. 그러나 하마터면 모든 일을 엉망으로 만들 뻔한 일이 있었다. 강도가 된 세료쥐아가 행인들의 뒤를 좇아가다가 그만 발이 엉켜 나무에 무릎을 세게 부딪친 것이다. 나는 그가 뼈가 부러질 만큼 다쳤다고 생각했다. 그래서 헌병인 나는 그를 잡아야 할 의무가 있었는데도 불구하고 그에게 다가가 어디 아프지 않냐고 걱정스럽게 물었다. 그러자 세료쥐아는 나에게 버럭 화를 냈다. 그는 주먹을 움켜쥐고 발을 구르며, 매우 심하게 다쳤음을 분명히 보여주려는 듯 소리치기 시작했다.

"야! 뭐하는 거야? 이런 놀이가 어디 있어! 왜 넌 날 잡지 않는 거야? 왜 날 잡지 않는 거냐고?"

그는 행인이 되어 오솔길을 따라 부리나케 달아나고 있는 볼로쟈와 자기 형을 곁눈질로 바라보면서 몇 번이나 그 말을 되풀이했다. 그러다가 갑자기 큰 소리로 외치고는 깔깔 웃어대며 다시 행인들을 잡으러 내달렸다.

이 영웅적인 행동을 본 내가 얼마나 놀라고 황홀했는지는 이루 말로 형용할 수가 없다. 심한 통증에도 불구하고 그는 울기는커녕 아프다는 표정도 짓지 않았고, 한순간도 놀이를 잊지 않았던 것이다.

이 일이 있은 지 얼마 후, 일레니카 그라프라는 아이가 우리들 무리에 합류했다. 식사 전에 우리들은 위층으로 올라갔다. 나는 다시 한번 세료쥐아의 놀랄 만한 용기와 강직한 성격에 깜짝 놀라고 매혹을 느낄 기회를 갖게 되었다.

일레니카 그라프는 가난한 외국인의 아들이었다. 그의 아버지는 언젠가 내 할아버지 밑에서 더부살이를 하며 무엇인가로 신세를 진 적이 있어, 지금도 자기 아들을 우리한테 자주 보내는 것이 필수적인 의무라고 생각하고 있었다. 하지만 만약 그가 우리들과 알음알이가 자기 아들에게 어떤 영광이나 만족을 주는 것이라고 생각했다면 완전히 잘못된 바람이었다. 왜냐하면 우리는 일레니카와 친하게 지내지도 않았을 뿐만 아니라, 그를 조롱하고 싶을 때만 관심을 가졌기 때문이다.

일레니카 그라프는 마르고 키가 크고 안색이 창백한 열세 살쯤 된 소년으로, 새처럼 생긴 얼굴에 착하고 온순한 표정을 하고 있었다. 그는 아주 초라한 옷차림을 하고 있었지만, 머리에는 항상 포마드를 잔뜩 바르고 있었다. 그래서 우리들은 날씨가 좋은 날에는 그라프의 머리에서 포마드가 녹아 윗도리까지 흘러내릴 것이라 믿고 있었다.

지금 생각해 보면 그는 매우 친절하고 조용하고 착한 소년이었다. 하지만 그때는 동정심에서라도 위해줄 가치가 없는 아주 비천한 존재로 여겨졌다.

강도놀이를 끝내고 위층으로 올라간 우리들은 장난을 치면서 여러 가지 기계 체조로 서로 재주를 부리며 자랑하기 시작했다. 일레니카는 수줍은 듯 미소를 지으며 우리들을 바라보았다. 우리들이 똑같이 해 보라고 하자, 자기는 그럴 재주가 없다고 거절했다.

한편 세료쥐아는 놀라울 만큼 귀여웠다. 세료쥐아는 윗도리를 벗고—그의 얼굴과 눈은 빨갛게 달아올랐다—끊임없이 깔깔거리며 새로운 장난을 생각해 냈다. 세료쥐아는 나란히 놓여 있는 세 개의 의자를 뛰어넘었고, 공중회전을 하면서 방의 이쪽 구석에서 저쪽 구석까지 돌았으며, 타티시체프의 사전*[14]을 받침처럼 방 한가운데 쌓아 올리고는 그 위에 물구나무를 서서 발로 우스꽝스러운 재주를 부려 우리들은 터져 나오는 웃음을 참을 수가 없었다.

이 마지막 재주를 부리고 나서 그는 생각에 잠긴 듯 눈을 깜빡이더니 아주 진지한 얼굴로 일레니카에게 다가갔다.

"너도 해 봐. 정말로 어렵지 않아."

모두가 자기를 바라보고 있다는 것을 알아챈 그라프는 얼굴이 새빨개져서 들릴락말락 한 목소리로, 자기는 도저히 할 수 없다고 잘라 말했다.

"정말이지 너는 왜 우리들에게 아무것도 보여 주려고 하지 않니? 계집애만도 못하잖아……. 네가 반드시 물구나무를 서게 만들겠어!"

이렇게 말하고 세료쥐아는 일레니카의 손을 잡았다.

"자, 어서 물구나무를 서!"

우리는 모두 일레니카를 에워싸고 소리쳤다. 일레니카는 깜짝 놀라 얼굴이 새파랗게 질렸다. 우리들은 그의 손을 움켜잡고 사전을 쌓아 놓은 데로 끌고 갔다.

"놔, 내가 할 테니! 윗도리가 찢어져!"

이 불쌍한 희생자는 소리쳤다. 그러나 이 절망적인 외침은 우리의 흥을 더욱더 북돋았다. 우리들은 너무나 우스워서 죽을 지경이었다. 이때 일레니카의 윗도리 이음매가 여기저기서 소리를 내며 터졌다.

볼로쟈와 형 이빈이 그의 머리를 사전 위에 대게 했다. 나와 세료쥐아는 발버둥 치는 이 불쌍한 소년의 가는 다리를 붙잡고 바지를 무릎까지 걷어 올렸다. 그리고 커다랗게 웃어 대면서 그의 두 다리를 위로 들어 올렸다. 동생 이빈이 몸통을 잡아 균형을 잡아 주었다.

한바탕 시끌벅적하게 웃고 난 뒤 우리들은 일제히 입을 다물었다. 방 안이 조용해지고 불쌍한 그라프의 고통스런 숨소리만이 들렸다. 순간 나는 이 모든 것이 아주 우습고 유쾌한 것이라고는 생각할 수 없었다.

"이제야 대장부가 됐다."

세료쥐아는 한 손으로 그를 탁 치며 말했다.

---

*14 1839년에 간행된 여러 권으로 된 프랑스·러시아 사전.

일레니카는 아무 말 없이 우리 손아귀에서 빠져나가려고 애쓰면서 사방으로 발버둥 쳤다. 그리고 필사적으로 발짓을 하다가 그만 구두 뒤축으로 세료쥐아의 눈을 호되게 걷어찼다. 그 바람에 세료쥐아는 그의 발을 놓고 자신도 모르게 눈물이 나는 눈을 누르며 있는 힘을 다해 일레니카를 떼밀었다. 일레니카는 우리들이 더 이상 받쳐 주지 않자 마치 생명이 없는 물체처럼 쾅 소리를 내며 마룻바닥에 나둥그러졌다. 그는 눈물로 목이 메어 그저 이렇게 말할 뿐이었다.

"왜 날 괴롭히는 거야?"

눈물투성이가 된 얼굴에 머리카락이 흐트러지고, 걷어 올린 바지가랑이 밑으로 더러운 장화가 드러난 채 바닥에 나둥그러진 일레니카의 비참한 모습은 우리들을 깜짝 놀라게 했다. 우리는 모두 아무 말 없이 억지로 미소를 지으려고 애썼다.

맨 먼저 정신을 차린 사람은 세료쥐아였다.

"뭐야, 계집애처럼 눈물이나 짜고."

세료쥐아는 그를 한쪽 발로 가볍게 툭툭 차면서 말했다.

"너하곤 장난도 못 치겠다. 자, 됐어. 이제 일어나."

"이래서 너더러 나쁜 자식이라고 했던 거야!"

일레니카는 악의에 찬 말을 내뱉더니 얼굴을 옆으로 돌리고는 커다랗게 흐느껴 울기 시작했다.

"아, 이것 봐! 사람을 구두 뒤축으로 차 놓고 이제 욕설까지 하는 것 좀 봐!"

세료쥐아는 두 손으로 사전을 움켜잡아 이 불쌍한 소년의 머리 위로 휘두르며 소리쳤다. 그러나 일레니카는 그저 두 손으로 머리를 감쌀 뿐이었다.

"너 두고 보자! 두고 봐! 장난도 칠 줄 모르는 녀석이니 내버려 둬야지. 우린 이제 아래층으로 내려가자."

세료쥐아가 어색하게 웃으면서 말했다.

나는 동정의 눈빛으로 이 불쌍한 소년을 바라보았다. 그는 마룻바닥에 쓰러져 사전에 얼굴을 파묻은 채 너무나 슬피 울고 있어서 조금 더 내버려 두었다가는 온몸에 경련을 일으켜 죽을 것만 같았다.

"야, 세르게이!"

나는 그에게 말했다.

"왜 그런 짓을 했어?"

"괜찮아! 난 오늘 뼈가 부스러질 정도로 다리를 다쳤지만 울지 않았어."

"하긴, 그래."

나는 잠시 생각했다.

"일레니카는 울보에 지나지 않지만, 세료쥐아는 진정한 대장부야. 정말로 대장부야!"

나는 이 불쌍한 소년이 육체적인 고통보다는, 어쩌면 자기가 좋아했을지도 모르는 다섯 명의 소년들이 모두 아무런 이유 없이 자기를 싫어하고 따돌렸기 때문에 그처럼 서럽게 울었을 것이라는 것을 깨닫지 못했다.

나는 이때의 잔인한 행동을 도저히 설명할 수가 없다. 어째서 그에게로 다가가 그를 보호해 주고 위로하지 않았을까? 둥지에서 떨어진 까마귀 새끼나, 혹은 울타리 밖으로 내버리려고 들려나가는 강아지나, 심지어 요리사가 수프를 만들기 위해 가지고 가는 닭을 보아도 목 놓아 울었던 나의 동정심을 어디로 가 버렸던 것일까?

그래, 이 아름다운 감정이 세료쥐아에 대한 사랑과 그 앞에서 그처럼 대장부로 보이고 싶었던 욕망에 의해 내 마음속에서 짓눌려 버렸단 말인가? 이 사랑과 대장부로 보이려는 욕망은 정말로 하찮은 것이었다! 이 사랑과 욕망은 내 어린 시절 추억의 페이지에 유일한 오점을 남겼다.

20 손님들

식당이 유난스레 부산스러운데다 이미 오래전부터 눈에 익은 객실과 홀의 물건에 명절날 같은 느낌을 주는 휘황찬란한 조명이 비치고, 특히 이반 이바느이치 공작이 일부러 자기네 악사들을 보내온 것만 보더라도 저녁 모임에 적지 않은 수의 손님들이 오리라는 것을 알 수 있었다.

집 옆을 지나가는 마차 소리가 들릴 때마다 나는 창가로 뛰어가서 관자놀이에 손을 대고 창문 유리에 바짝 붙어 견딜 수 없는 호기심에 한길을 내다보았다. 모든 것을 감추고 있는 어둠 속에서 여러 가지 물체가 조금씩조금씩 드러났다. 맞은편으로는 처마 밑에 가스등을 달아 놓은 눈에 익은 구멍가게가 보였고, 그 옆으로 아래층 두 개의 창문에만 불이 켜져 있는 커다란 집이 보였다. 한길 한가운데에는 손님 두 명을 태운 삯마차와 천천히 집으로 돌아가는 빈 포장마차가 보였다. 그때 사륜마차 한 대가 현관 계단 쪽으로 다가왔다. 틀림없이 일찍 오겠다고 약속한 이빈 형제들이라고 확신한 나는 그들을 맞으러 현관방으로 달려갔다.

하지만 마차 문을 열어 준 제복을 입은 문지기의 손 뒤에서 나타난 것은 이빈 형제들이 아니라, 두 귀부인들이었다. 한 사람은 검은 담비 깃이 달린 푸른 외투를 입은 몸집이 큰 부인이었고, 다른 한 사람은 녹색 숄로 몸 전체를 감싼 몸집이 작은 부인이었다. 그녀의 녹색 숄 밑으로는 털가죽의 목이 긴 구두를 신은 작은 발만 보였다. 이 두 부인이 나타났을 때—물론 나는 그들에게 인사하는 것이 의무라고 여겼지만—그들은 현관방에 있는 나에게 그 어떤 관심도 보이지 않았다.

몸집이 작은 부인이 말없이 몸집이 큰 부인에게 다가가더니 그 앞에 멈추었다. 몸집이 큰 부인이 몸집이 작은 부인의 몸 전체를 싼 숄을 풀어 주고 외투 단추도 끌러 주었다. 제복을 입은 하인이 두 부인이 맡긴 숄과 외투를 받아 들고 목이 긴 털가죽 구두를 벗기자, 숄에 싸인 부인은 귀여운 열두 살 소녀로 변했다.

그녀는 가슴이 드러나는 짧은 모슬린 블라우스에 하얀 바지를 입고 아주 작은 검정색 단화를 신고 있었다. 가늘고 작은 하얀 목에는 조그만 검은 빌로드 리본을 매고 있었다. 머리 전체를 덮고 있는 검은 아마 빛 곱슬머리는 앞에서는 아름다운 얼굴과, 뒤에서는 하얗게 드러난 어깨와 너무 잘 어울렸다. 그래서 나는 이 아름다운 곱슬머리가 아침부터 《모스크바 통보》라는 신문지 조각으로 싼 뜨거운 철제 고데기로 지져 저렇게 된 것이라고 누가 말한다 해도, 심지어는 카를 이바느이치가 그렇게 말한다고 해도 곧이 듣지 않았을 것이다. 그녀는 태어날 때부터 이런 곱슬곱슬한 머리칼을 가지고 있었던 것 같았다.

그녀의 얼굴에서 가장 놀랄 만한 특징은, 반쯤 감은 듯한 유난히 큰 퉁방울눈이었다. 이 커다란 눈은 작고 예쁘장한 입과 이상야릇하지만 기분 좋은 대비를 이루고 있었다. 작고 예쁜 입술은 꼭 다물고 있는데다 두 눈의 시선이 하도 진지해서 전체적인 얼굴 표정은 미소를 기대할 수 없었다. 그래서 그 미소는 더욱 매혹적으로 느껴졌다.

나는 남의 눈에 띄지 않으려고 애쓰면서 홀로 살그머니 들어가 골똘히 생각에 잠겨 손님들이 온 것도 모르는 체하고 이리저리 거닐었다. 손님들이 홀

중앙으로 나왔을 때, 나는 그제야 정신이 든 것처럼 그들에게 한쪽 발을 뒤로 빼면서 인사를 하고 할머니는 객실에 계신다고 말했다. 발라히나 부인의 얼굴은 내 맘에 들었다. 특히 그녀의 딸인 소네치카와 많이 닮아 더욱 맘에 들었다. 발라히나 부인은 호의를 가지고 나에게 고개를 끄덕였다.

할머니는 소네치카를 보고 몹시 기뻐하는 것 같았다. 할머니는 소네치카를 가까이 불러서 이마 위에 늘어진 곱슬머리를 한 가닥 쓸어 올려 주고 그녀의 얼굴을 빤히 들여다보며 "정말로 매혹적인 아이구나!" 하고 말했다. 소네치카는 미소를 띠고 얼굴을 붉혔다. 그것이 하도 귀여워 그녀를 바라보던 나도 얼굴을 붉혔다.

"우리 집에서 즐거운 시간 보내길 바란다."

할머니가 소네치카의 귀여운 얼굴을 살짝 들어 올리면서 말했다.

"재미있게 놀고 춤도 실컷 추렴. 이제 숙녀가 한 사람, 신사가 두 사람 생겼군."

할머니는 한 손으로 나를 건드리면서 발라히나 부인에게로 얼굴을 돌리며 덧붙였다. 소네치카와 동등한 대접을 받는 것에 너무나 기분이 좋아 나는 다시 한 번 얼굴을 붉히지 않을 수 없었다.

나는 거북살스러움이 커지는 것을 느끼던 중에 또 한 대의 마차가 다가오는 시끄러운 소리가 들리자 그 자리를 떠나기로 했다. 현관방에서 나는 아들 하나와 몇 명인지 모를 딸들을 데리고 있는 코르나코바 공작부인을 발견했다. 딸들은 모두 공작부인을 닮아 하나같이 못생긴 얼굴이었다. 그래서 어떤 딸도 내 관심을 끌지 못했다. 그들은 외투와 목도리를 벗으면서 갑자기 가느다란 목소리로 말하고 부산을 떨며 무엇이 우스운지 깔깔 웃음을 터뜨렸다. 자기네 수가 많아서임이 틀림없었다.

에티엔은 열다섯 살쯤 된 소년으로 키가 크고 뚱뚱한 몸집과는 달리 여윈 얼굴을 하고 있었는데, 눈두덩이 푹 꺼지고 파리해 보이는 두 눈에 나이에 비해 커다란 손발을 하고 있었다. 그는 움직임이 둔하고 목소리도 불쾌하고 거칠었지만 자존심이 무척 강해 보였다. 매를 얻어맞아도 싸다는 생각이 들게 하는 소년이었다.

우리들은 한마디 말도 하지 않고 상당히 오랫동안 마주 서서 서로를 찬찬히 바라보았다. 이윽고 우리는 서로에게 가까이 다가가 키스를 하려고 했지만,

다시 찬찬히 서로를 바라보고는 생각을 고쳐먹었다.

에티엔의 누이들이 우리 옆을 스쳐 지나갔을 때 무엇인가 대화를 시작해야 한다는 생각이 들어서 나는 마차 속이 좁지 않았냐고 물었다.

"모르겠어."

에티엔은 시큰둥하게 대답했다.

"난 마차를 타면 절대 좌석에 앉지 않아. 그러면 금방 속이 메슥거려. 엄마도 그걸 아셔. 그래서 저녁에 마차를 타고 어딘가 가게 되면 난 언제나 마부석에 앉는데, 그러면 기분이 훨씬 좋아. 모든 게 다 보이거든. 가끔 필립이 나에게 고삐를 넘겨주기도 해. 그래서 채찍을 손에 들기도 하지. 이따금 이렇게 행인들을 놀리기도 하고. 아주 재미있어!"

에티엔은 의미 있는 몸짓을 하면서 덧붙였다.

"도련님."

한 하인이 현관방으로 들어오면서 말했다.

"채찍을 어디에 두셨는지 필립이 묻는데요."

"어디에 두었느냐고? 필립에게 주었지."

"받지 않았다는데요?"

"그래, 그렇다면 마차 각등(角燈)에 걸어 놨을 거야."

"필립 말로는 각등에도 없답니다요. 차라리 잃어버렸다고 말씀하시는 게 더 나아요. 안 그러면 도련님 장난 때문에 필립이 자기 돈으로 사야만 해요."

화가 난 하인은 점점 더 열을 올리면서 말했다.

언뜻 보아도 자기 동료들로부터 존경을 받고 있는 듯한 우울해 보이는 이 하인은, 열렬히 필립 편을 들면서 무슨 일이 있어도 이 문제를 반드시 해결하려는 듯했다. 나는 알 수 없는 이 미묘한 감정에서 마치 아무것도 모른다는 듯이 옆으로 물러났다. 그러나 그 자리에 있던 하인들은 전혀 다르게 행동했다. 그들은 늙은 하인을 두둔하는 듯한 눈으로 쳐다보면서 더 가까이 다가왔다.

"그래, 내가 잃어버렸다면 잃어버린 거지."

에티엔은 더 이상의 설명을 피하면서 말했다.

"채찍 값은 내가 낼 거야. 별일도 아닌 것을 가지고!"

그는 내 쪽으로 다가와 나를 객실로 끌고 가면서 덧붙였다.

"아니, 도련님. 무엇으로 지불한단 말인가요? 언제요? 마리야 바실리예브나에게서 빌린 2코페이카도 벌써 여덟 달이 지났는데 갚지 않았고, 제 돈도 빌린 지 일년이 지난 것 같고, 페트루쉬카의 돈도…….”

“조용히 해!”

어린 공작은 분노로 하얗게 질려 소리쳤다.

“네 모든 걸 일러바칠 거야!”

“네 모든 걸 일러바친다, 일러바친다! 그러면 못씁니다, 도련님!”

하인은 우리들이 객실로 들어가고 있을 때 의미심장하게 말하고는, 여자들이 벗어 놓은 외투를 그러안고 옷장 쪽으로 갔다.

“그건 그래, 그렇다고!”

현관방에서 누군가가 동조하는 목소리가 들렸다.

할머니는 때에 따라서 이인칭 대명사의 단수와 복수를 일정한 억양을 붙여 사용하여, 사람들에 대한 자신의 생각을 말하는 특별한 재능을 가지고 있었다. 보통 사람들은 허물없는 사이에는 단수인 ‘너’를 사용하고, 상대방을 존대하는 경우에 복수인 ‘당신’을 사용하는데, 할머니는 보통 사람들과는 반대로 이인칭 대명사의 복수와 단수를 사용했다. 때문에 할머니가 말할 때의 이런 뉘앙스는 전혀 다른 의미를 띠었다. 어린 공작이 할머니에게 다가서자 할머니는 그를 ‘당신’이라고 부르며 몇 마디 건네고는 멸시하는 표정으로 힐끗 쳐다보았다.

내가 만일 그였다면 나는 완전히 정신을 잃었을 것이다. 그러나 에티엔은 나와는 전혀 다른 ‘구조’의 아이였다. 그는 할머니의 행동에 조금도 주의를 기울이지 않았을 뿐만 아니라, 심지어는 할머니의 존재마저도 개의치 않았다. 에티엔은 잘은 아니지만 스스럼없이 모든 사람들에게 인사했다.

소네치카는 여전히 나의 주의를 끌고 있었다. 지금도 기억하고 있는데, 소네치카의 모습이 잘 보이고 또 소네치카도 우리들을 볼 수 있고 이야기도 잘 들을 수 있는 곳에서 볼로쟈와 에티엔과 이야기를 할 때면, 나는 신이 나서 말을 했다. 그때 나는 우스꽝스럽거나 근사한 말을 하게 되면 목소리를 높이며 객실 문 쪽을 힐끔힐끔 바라 보곤 했다. 그러나 그녀의 눈에 보이지도 않고 이야기를 잘 들을 수도 없는 다른 곳으로 자리를 옮기면 나는 입을 다물었고, 더 이상 대화에 아무런 기쁨을 느끼지 못했다.

객실과 홀은 조금씩 손님으로 채워져 가고 있었다. 어린이들을 위한 저녁 모임에서 늘 그렇듯이, 그들 중에는 즐겁게 놀고 춤추고 싶은 기회를 놓치고 싶어 하지 않는 몇몇 아이들이 있었다. 그러면서도 그들은 마치 이 집 여주인을 즐겁게 하기 위해서일 뿐이라는 듯한 표정을 하고 있었다.

나는 이빈 형제들, 특히 세료쥐아를 만날 때 느꼈던 기쁨 대신 그에 대한 이상야릇한 분노를 느꼈다. 그것은 세료쥐아가 소네치카를 볼 것이고, 또 그가 그녀 앞에 나타날 것이기 때문이었다.

21 마주르카(폴란드 민속춤)를 추기 전

"어머! 무도회가 시작될 모양인가 봐."

세료쥐아가 객실에서 나와 호주머니에서 새끼염소 가죽의 새 장갑을 꺼내면서 말했다.

"그렇다면 장갑을 껴야겠지."

나는 잠깐 생각했다.

'어쩌지? 우리는 장갑이 없는데……. 위층에 가서 찾아봐야겠다.'

나는 옷장을 모두 뒤져, 한 옷장에서는 여행용 녹색 벙어리장갑과 다른 옷장에서는 전혀 쓸모가 없는 새끼염소 가죽 장갑 한 짝을 찾아냈다. 왜냐하면 우선 그 가죽 장갑은 너무 낡고 더러웠으며, 둘째로 나에겐 너무 컸고, 가장 중요한 결함은 아주 오래전에 카를 이바느이치가 아픈 손가락에 끼려고 잘라내는 바람에 가운뎃손가락이 없었다. 그러나 나는 그 장갑의 잔해를 한 손에 끼고 항상 잉크로 더러워져 있는 가운뎃손가락을 뚫어져라 쳐다보았다.

'지금 이곳에 나탈리야 사비쉬나가 있으면 좋으련만……. 나탈리야는 틀림없이 장갑을 찾아주었을 텐데. 이런 꼬락서니로 아래층에 내려갈 수는 없다. 왜 춤을 추지 않냐고 하면 뭐라고 말하지? 그렇다고 여기에 있을 수도 없고. 틀림없이 날 찾아낼 거야. 어떻게 하나?'

나는 두 손을 내저으면서 생각했다.

"여기서 뭘 하고 있니?"

볼로쟈가 뛰어들어와 말했다.

"내려가서 춤출 상대를 정해. 이제 곧 시작될 거야."

"볼로쟈."

나는 손가락이 삐져나온 더러운 장갑을 내보이면서 절망에 가까운 목소리로 말했다.

"형도 장갑은 생각 못했지?"

"뭔데?"

볼로쟈가 성급하게 물었다.

"아! 장갑 말이구나."

볼로쟈는 내 손을 보고 나서 아주 태연하게 덧붙였다.

"정말 장갑을 준비하지 않았구나. 할머니에게 물어보자. 할머니는 뭐라고 말씀하실까?"

볼로쟈는 조금도 깊이 생각하지 않고 아래로 뛰어 내려갔다. 나에게는 아주 중요하게 보이는 일도 볼로쟈는 침착하게 받아넘겼다. 형의 침착함이 나를 안심시켰다. 나는 왼손에 끼고 있던 꼴사나운 장갑에 대해 완전히 잊어버리고 서둘러 객실로 갔다.

나는 할머니의 안락의자로 조심스럽게 다가가 할머니의 망토에 살짝 손을 대면서 속삭이듯이 말했다.

"할머니! 우린 장갑이 없는데 어떡하죠?"

"뭐라고?"

"우리는 장갑이 없어요."

나는 할머니에게로 더 가까이 다가가면서 안락의자 팔걸이에 두 손을 얹고 되풀이했다.

"그런데 이게 뭐냐?"

할머니는 갑자기 내 왼손을 잡으며 말했다.

"글쎄, 이봐요."

할머니는 발라히나 부인에게로 얼굴을 돌리면서 말을 이었다.

"이 젊은이가 댁의 따님과 춤을 추려고 이렇게 멋을 부리고 있군요."

할머니는 내 손을 꼭 잡고, 모든 손님들의 호기심이 충족되고 홀 안에 웃음이 가득 찰 때까지 진지하지만 의중을 떠보려는 듯한 표정으로 그들을 둘러보았다. 만일 부끄러워 얼굴을 찡그리면서 할머니 손을 뿌리치려고 버둥거리고 있는 나를 세료쥐아가 보았다면 무척 괴로웠을 것이다. 그러나 두 눈에 눈물을 글썽거리고 빨개진 얼굴에 곱슬머리가 온통 흘러내릴 정도로 깔깔대고 웃는 소네치카에게는 조금도 창피하지 않았다. 소네치카의 웃음소리가 너무나 크고 자연스러워서 나는 그 웃음이 조소가 아니라는 것을 알았다. 그래서 우리들은 서로를 바라보면서 같이 웃어댔다. 나와 그녀는 오히려 더 가까워진 듯했다.

장갑에 얽힌 에피소드는 하마터면 불쾌하게 끝날 수도 있었지만, 결국 나에게 이득을 가져다주었다. 그것은 언제나 아주 두렵게만 느껴졌던 환경, 즉 객실이라는 환경에 놓인 나를 자유롭게 처신할 수 있도록 해 주었던 것이다. 이제 나는 홀에서 조금도 수줍음을 느끼지 않게 되었다. 수줍어하는 사람들의 고통은, 자신에 대한 다른 사람들의 견해를 알지 못해 생긴다. 하지만 그 견해가 명백히 밝혀지면, 어떤 고통이라도 그치게 된다.

내 맞은편에서 어설픈 어린 공작과 함께 프랑스식 카드리유를 추고 있는 소네치카 발라히나는 말할 수 없을 정도로 귀여웠다. 쉐느를 추면서 나에게 한 손을 내밀었을 때 소네치카는 얼마나 귀엽게 미소지었던가! 아마빛 고수머리가 박자에 맞추어 조그만 머리 위에서 아름답게 출렁거리고, 조그마한 발을 번갈아 디뎌 제떼—앙상블레를 하던 그녀의 모습은 얼마나 천진난만했던가! 다섯 번째 선회에서 나의 짝이었던 숙녀가 다른 사람에게 옮겨 가고, 내가 박자를 세며 솔로를 출 준비를 하고 있을 때 소네치카는 걱정스러운 듯 진지하게 입술을 꼭 다물고 시선을 옆으로 돌렸다. 하지만 그것은 기우였다. 나는 샤세 앙 나방, 샤세 앙 나리에르, 그리사드를 과감히 추었고, 소네치카에게 다가갈 때는 장난스런 동작으로 손가락이 삐져나온 장갑을 그녀에게 보여 주었다. 소네치카는 깔깔대고 웃으면서, 더욱 귀엽게 조각 나무로 세공한 마루 위를 잰걸음으로 돌았다.

또 지금도 기억하고 있는데, 우리들이 원을 만들어 모두 손을 잡고 춤을 출 때 소네치카는 고개를 숙이고는 내 손에서 자기 손을 빼지 않은 채 귀여운 콧등을 긁었다. 이 모든 일이 지금도 눈앞에 선하고, 〈도나우 요정〉*15의 카드리유도 여전히 내 귓전에 울린다. 이 모든 것이 카드리유 리듬에 맞추어 일어났던 것이다.

두 번째 카드리유가 시작되었다. 나는 소네치카와 함께 카드리유를 추었다. 하지만 소네치카와 나란히 자리에 앉았을 때 나는 몹시 거북했고, 그녀와 무

---

*15 빈의 작곡가 페르디난트 카우어(1751~1831)의 오페라.

슨 이야기를 해야 할지 도무지 몰랐다. 너무나 오랫동안 침묵하고 있어서 소네치카가 나를 바보라고 생각할까봐 걱정되었다. 나는 절대로 그녀가 그런 오해를 하게 해서는 안 된다고 결심했다.

"당신은 쭉 모스크바에 살았나요?"

나는 그녀에게 프랑스어로 물었다. 그렇다는 소네치카의 대답을 듣고 나는 말을 이었다.

"난 이제껏 한 번도 모스크바를 방문한 적이 없었어요."

나는 특히 '방문'이라는 말의 효과를 기대하면서 말했다. 하지만 그 시작이 매우 화려하고, 나의 대단한 프랑스어 실력이 증명되었다고 해도 이런 식으로는 대화를 계속할 수가 없었다. 우리들이 춤출 차례가 오려면 아직 한참을 기다려야 했다. 다시 침묵이 흘렀다. 나는 내가 그녀에게 어떤 인상을 주었는지 알고 싶은 마음에 도움을 기대하며 불안하게 쳐다보았다.

"당신은 어디에서 그런 괴상한 장갑을 찾아냈어요?"

갑자기 소네치카가 물었다. 이 질문은 나에게 커다란 만족과 안도감을 주었다. 나는 이 장갑이 카를 이바느이치의 것이라고 설명했다. 그리고 카를 이바느이치의 됨됨이에 대해, 그가 빨간 모자를 벗으면 얼마나 우스꽝스럽게 보이는지에 대해, 한번은 긴 녹색 가죽 외투를 입은 채 말에서 떨어져 곧장 물구덩이에 빠졌던 일도 있었다는 등 많은 이야기를 익살까지 섞어 가며 장황하게 늘어놓았다. 그러는 동안, 어느새 카드리유가 끝났다. 나는 이 모든 것이 아주 훌륭하다고 생각했다. 그런데 나는 왜 카를 이바느이치에 대해 조롱하는 투로 말했을까? 카를 이바느이치에 대해 느꼈던 사랑과 존경에 대해 말했다면, 과연 나는 소네치카의 호감을 사지 못했을까?

카드리유가 끝나자 소네치카는, 실제로 내가 그녀의 인사를 받을 자격이 있기라도 한 것처럼 아주 귀여운 표정으로 "고마워요"라고 말했다. 나는 너무나 기뻐서 어쩔 줄 몰랐다. 그런 용기와 확신, 심지어는 뻔뻔스러움이 어디에서 생겼는지 나 자신도 알 수 없었다.

'나를 당황시키는 건 아무것도 없다!'

나는 편안한 마음으로 홀을 이리저리 거닐면서 생각했다.

'난 모든 걸 할 준비가 되어 있다!'

세료쥐아가 함께 대무(對舞)를 추자고 제안했다. "좋아" 하고 나는 말했다.

"비록 지금 나에게 춤출 여자 파트너가 없지만, 꼭 찾아낼 거야."

나는 결연한 눈길로 홀을 둘러보았다. 객실 문가에 서 있는 몸집이 큰 처녀를 제외하고는 모든 여자들이 이미 짝을 이루고 있었다. 그때 키가 큰 청년이 그녀에게 다가가고 있었다. 말할 것도 없이 그녀에게 파트너가 되어 줄 것을 청하러 가는 것이었다. 청년은 그녀에게서 두 발짝 떨어진 거리에 있었고, 나는 홀의 반대편 구석에 있었다. 하지만 나는 눈 깜짝할 사이에 조각 나무를 세공해 만든 마루 위를 우아하게 미끄러지면서 그녀와 나를 떼어 놓고 있는 공간을 휙 건너갔다. 그리고 오른발을 한 발짝 뒤로 빼며 야무진 목소리로 내 파트너가 되어 달라고 청했다. 몸집이 큰 처녀는 부자연스럽게 미소를 지으면서 나에게 한 손을 내밀었고, 그 청년은 여자 파트너 없이 혼자 남게 되었다.

나는 내 능력을 짜릿하게 의식하고 있었으므로 그 청년이 화내는 것에는 관심조차 두지 않았다. 갑자기 불쑥 튀어나와 자기 면전에서 여자를 빼앗아간 헝클어진 머리칼의 그 꼬마가 도대체 누구냐고, 그 청년이 묻고 다녔다는 것은 나중에야 알게 되었다.

22 마주르카

나에게 여자를 빼앗겼던 그 젊은이는 첫 번째 조에서 마주르카를 추었다. 그는 여자의 손을 잡고 자리에서 벌떡 일어나, 미미가 우리에게 가르쳐 준 파 드 바스크를 하지 않고 그냥 앞으로 뛰어나갔다. 그는 홀 구석까지 뛰어가다가 잠시 멈추더니 두 다리를 벌리고 구두의 뒤축으로 마루를 쿵하고 내딛고는 몸을 홱 돌려 살짝 뛰어오르면서 앞으로 달려 나갔다.

나는 마주르카를 출 파트너가 없었으므로 할머니의 등받이가 높은 안락의자 뒤에 자리를 잡고 앉아서 사람들이 마주르카를 추는 것을 구경하고 있었다.

'도대체 저 사람은 뭘 하고 있는 걸까?'

나는 혼자서 요모조모 생각하고 있었다.

'저건 미미가 우리들에게 가르쳐 준 것과는 전혀 다르잖아?' 마주르카는 발로 부드럽게 반원을 그리면서 발끝으로 추는 것이라고 했는데, 저 사람은 전혀 다르게 춤을 추고 있다. 지금 이빈 형제들도 에티엔도 다른 모든 사람들도 춤을 추고 있지만, 파 드 바스크를 하는 사람은 아무도 없구나. 볼로쟈도 새로운 방식으로 춤을 추는군. 나쁘진 않은데! 그건 그렇고 소네치카는 정말 귀여워! 저기 소네치카가 춤을 추기 시작했다!'

나는 몹시 즐거웠다. 마주르카가 끝나 가고 있었다. 나이 지긋한 몇몇 남자들과 부인들이 할머니에게 와서 작별인사를 하고 돌아갔다. 하인들은 춤추는 사람들을 피해 안쪽 방으로 조심스럽게 식기를 나르고 있었다. 할머니는 몹시 피곤한 듯 말끝을 길게 늘이면서 마지못해 대답을 하고 있었다. 악사들은 똑같은 곡을 벌써 서른 번째나 느리게 연주하고 있었다. 나와 춤을 추었던 몸집이 큰 처녀가 선회를 하다가 나를 알아보았다. 그녀는 짓궂은 미소를 지으면서 소네치카와 코르나코바의 딸들 가운데 한 사람을 데려왔다. 그녀는 그렇게 함으로써 할머니의 호감을 사고 싶었던 것이 틀림없었다.

"장미예요, 쐐기풀이에요?"

그녀가 나에게 말했다.

"아, 너 여기 있었구나!"

할머니는 안락의자에서 몸을 돌리면서 말했다.

"어서 나가서 춤을 춰라."

나는 이 순간 춤을 추러 나가기보다는, 할머니의 안락의자 밑으로 숨고 싶었지만 거절할 수도 없는 노릇이었다. 나는 일어서서 '장미'라고 말하고는 수줍게 소네치카를 힐끔 쳐다보았다. 그런데 내가 미처 정신을 차리기도 전에 하얀 장갑을 낀 누군가의 손이 내 손을 잡았다. 소네치카는 쐐기풀이었던 모양이다. 공작영애는 기분 좋은 미소를 띠고 내가 발을 어떻게 해야 할지 전혀 모른다는 것도 알아채지 못한 채 앞서서 나아갔다.

나는 지금 파 드 바스크를 하는 것은 이 자리에 어울리지도 않고 예의 없는 짓이며, 심지어 톡톡히 망신을 당할 수도 있다는 것을 알고 있었다. 그러나 귀에 익은 마주르카의 음향이 나의 청각에 영향을 미쳐 음향 신경에 일정한 방향을 알렸다. 그러자 이번에는 음향 신경이 그 움직임을 발에 전달했다. 내 발은 나도 모르게, 그리고 구경하는 모든 사람들이 깜짝 놀랄 만큼 반원을 그리면서 헤엄을 치듯이 스텝을 밟기 시작했다. 우리들이 똑바로 나갈 때는 그럭저럭 넘어갈 수 있었지만, 방향을 바꾸게 되자 나는 나름의 방법을 강구하지 않으면 나 혼자 앞으로 나아가게 된다는 것을 알아차렸다. 그런 불편한 상황을 피하기 위해 나는 첫 번째 조에서 그 젊은이가 아주 멋지게 해낸 회전을 똑같이 해야겠다고 결심하고 멈추었다. 그러나 내가 두 발을 벌리고 막 뛰어오르려는 순간, 공작영애가 나의 주위를 조급하게 돌면서 막연한 호기심과 놀라움의 표정으로 나의 발을 내려다보았다.

그녀의 시선이 내 계획을 망쳐 버렸다. 나는 당황하여 춤을 추는 대신, 제자리에서 박자도 무엇도 맞지 않는 아주 괴상한 모습으로 발을 쿵쿵 구르다가 마침내 멈추고 말았다. 모두가 나를 쳐다보았다. 어떤 사람은 놀라서, 어떤 사람은 호기심에 차서, 어떤 사람은 냉소를 띠고, 또 어떤 사람은 동정의 눈으로 나를 바라보고 있었다. 그러나 할머니만은 아주 태연하게 나를 바라보았다.

"춤을 출 줄 모르면 추지를 말았어야지!"

귓전에서 아버지의 화난 목소리가 들려왔다. 아버지는 가볍게 나를 옆으로 밀쳐내고 내 파트너의 손을 잡고 구경꾼들의 커다란 갈채를 받으면서, 구식으로 멋지게 춤을 추고는 그녀를 제자리에 데려다 주었다. 그 즉시 마주르카는 끝났다.

'오, 하느님! 무엇 때문에 저에게 이런 무서운 벌을 내리시나요!'

모두가 나를 경멸하고 있고 앞으로도 언제까지나 경멸할 것이다. 나에게는 모든 것으로 향하는 문이 닫혔다. 우정, 사랑, 명예로 나아가는…… 모든 것이 끝장났다! 볼로쟈는 왜 모든 사람들이 보고 있는데 나에게 아무런 도움도 되지 않는 손짓을 했을까? 왜 그 역겨운 공작영애는 내 발을 그렇게 내려다보았을까? 왜 소네치카는……, 그녀는 귀여운 소녀야. 하지만 소네치카는 왜 하필 이며 그때 미소를 띠었을까? 왜 아빠는 얼굴을 붉히고 내 팔을 잡았을까? 정말로 아빠는 나 때문에 창피했을까? 아, 끔찍한 일이다! 엄마가 이 자리에 있었다면 자기 아들인 니콜레니카 때문에 얼굴을 붉히지는 않았을 것이다.

나의 상상은 그리운 엄마의 모습을 좇아 멀리 줄달음쳤다. 집 앞의 풀밭, 정원의 높다란 보리수나무, 제비들이 맴돌고 있는 맑은 연못, 하얗고 투명한 구름이 머무는 푸른 하늘, 향긋한 냄새를 풍기는 신선한 건초 더미가 떠올랐다. 그리고 또 이런저런 평화로운 무지갯빛 추억이 나의 어지러운 상상 속에서 오락가락했다.

23 마주르카를 추고 난 뒤

만찬 중에, 첫 번째 조에서 춤을 추었던 그 젊은이가 우리 식탁에 앉아 나에게 특별한 관심을 보였다. 만일 불행한 일이 일어난 후에도 내가 무엇인가를 느낄 수 있었다면, 나에 대한 이 젊은이의 특별한 관심은 내 자존심을 적잖게 만족시켰을 것이다. 그는 어떻게 해서든지 나를 즐겁게 해 주려는 것 같았다. 그는 나에게 장난을 치기도 하고 나를 대장부라고 부르기도 했다. 또 어른들이 보지 않는 틈을 타서 얼른 포도주를 내 잔에 따라 다짜고짜로 들이키게 했다. 또 만찬이 끝날 무렵에 집사가 냅킨으로 싼 샴페인 병을 가지고 와 내 잔에 딱 4분의 1만 따르자, 그는 집사에게 가득 따르라고 이르더니 나에게 단숨에 마시게 했다. 나는 온몸에 퍼지는 기분 좋은 온기와 이 유쾌한 보호자에 대해 특별한 호감을 느꼈고, 아무런 이유도 없이 깔깔거리며 웃어 댔다.

갑자기 홀에서 독일 춤곡인 그로스파테르가 울려 퍼졌다. 사람들이 식탁에서 일어나기 시작했다. 그 즉시 나와 젊은이의 우정은 끝이 났다. 그는 어른들 쪽으로 가 버렸고, 나는 감히 그를 따라갈 엄두조차 내지 못해 발라히나 모녀가 있는 쪽으로 다가가서 두 사람의 대화에 호기심을 갖고 귀를 기울였다.

"30분만 더 있다 가요."

소네치카가 졸라 댔다.

"정말로 안 돼, 얘야."

"제발, 절 위해서요."

소네치카가 응석을 부리면서 말했다.

"그래 내가 내일 아플지도 모르는데 넌 마냥 즐겁구나?"

발라히나 부인은 이렇게 말하고 그만 조심성 없이 미소를 짓고 말았다.

"와! 허락하셨다! 좀더 있는 거죠?"

소네치카는 기쁜지 폴짝폴짝 뛰면서 말했다.

"널 어떻게 당하겠니? 그럼 어서 가서 춤을 추어라. 여기, 네 파트너가 있구나."

발라히나 부인이 나를 가리키면서 말했다.

소네치카가 나에게 손을 내밀었다. 우리들은 같이 달려갔다.

쭉 들이켠 포도주와 소네치카가 앞에 있다는 사실, 그리고 그녀의 명랑함이 마주르카를 출 때 일어났던 부끄러운 사건을 완전히 잊게 했다. 나는 두 발로 아주 우스꽝스럽고 특이한 재주를 부렸다. 말을 흉내 내면서 발을 쳐들고 빠른 걸음으로 뛰어가는가 하면, 개를 쫓으려는 양처럼 제자리에서 발을 구르기도 했다. 그러면서 나는 마음껏 큰 소리로 웃어댔고, 구경꾼들에게 어떤 인상을 줄 것인가 하는 것에는 조금도 신경 쓰지 않았다. 소네치카도 끊임없이 웃어 댔다. 소네치카는 우리 둘이 손을 잡고 빙글빙글 도는 것과 어떤 늙은 지주가 두 발을 천천히 들어 올리면서 아주 힘겹게 바닥에 떨어진 손수건 위를 건너뛰는 것을 바라보면서 큰 소리로 웃어 댔다. 또 민첩성을 보여 주기 위해 내가 거의 천장에 닿을 만큼 뛰어올랐을 때도 소네치카는 배를 그러안고 깔깔댔다.

할머니 서재를 지나가면서 나는 거울 속에 비친 내 모습을 힐끗 보았다. 얼굴은 땀에 젖어 있었고 머리칼은 헝클어진 채로 그 어느 때보다도 더 빳빳하게 일어서 있었다. 그러나 전체적인 얼굴 표정은 내 자신도 마음에 들 만큼 아주 유쾌하고 착하고 건강해 보였다.

'만일 언제나 지금 같은 모습이라면 난 사람들에게 좀더 호감을 살 수 있으련만…….'

나는 잠시 생각했다. 그러나 다시 내 파트너의 아름다운 얼굴을 힐끔 쳐다보았을 때, 그 얼굴에는 조금 전 내가 내 얼굴에서 맘에 들어 했던 유쾌하고 착하고 건강한 표정 외에 우아하고 부드러운 아름다움이 넘쳐흘렀다. 그래서 나는 다시 내 자신에 대해 화가 났다. 그리고 이토록 아름다운 소녀의 관심을 사려고 한 것이 얼마나 어리석은지 깨달았다.

나는 그녀도 나와 같은 감정을 느끼기를 기대할 수 없었고, 또 그러리라고 생각하지도 않았다. 그런 것이 없어도 나의 영혼은 행복으로 가득 채워져 있었다. 내 영혼을 기쁨으로 채운 사랑의 감정이 결코 사라지지 않기를 바라는 마음 외에 더 큰 행복을 요구하고, 다른 무엇인가를 바라도 괜찮다는 것을 나는 이해하지 못하고 있었다. 나는 이대로도 행복했다. 그러나 심장은 비둘기처럼 뛰었고 피가 끊임없이 심장으로 흘러들어왔다. 나는 울고 싶었다.

나는 소네치카와 함께 복도를 따라 계단 밑 어두운 광 옆을 지나가다가 광을 힐끗 바라 보며 생각했다.

'만약 저 어두운 광 속에서 소네치카와 함께 아무도 모르게 영원히 살 수만 있다면 얼마나 행복할까!'

"오늘 밤은 정말 즐거웠죠?"

나는 나직하고 떨리는 목소리로 말했다. 나는 금방 한 말보다 그 다음에 하려던 말에 깜짝 놀라 걸음을 빨리했다.

"네……아주요!"

그녀가 내게 고개를 돌리고 대답했다. 표정이 솔직하고 착해 보여 나는 마음을 놓았다.

"특히 만찬 뒤에요. 그렇지만 당신이 곧 떠나고 나면 이제 더 이상 만나지 못할 거라고 생각하니 너무나 서운해요(나는 슬프다고 말하고 싶었지만 그렇게 말할 용기가 없었다)."

"왜 다시 만날 수 없죠?"

그녀는 자기 구두코를 찬찬히 내려다보고는 옆에 있던 격자무늬 병풍을 예쁜 손가락으로 문지르면서 말했다.

"나는 엄마와 함께 매주 화요일과 금요일에 트베르스카야 거리를 마차를 타고 가요. 당신은 산책을 하지 않나요?"

"화요일에 산책을 나갈 수 있도록 꼭 허락을 받겠어요. 만일 허락을 받지 못한다면 모자를 쓰지 않고 나 혼자 도망치겠어요. 길을 아니까. 아시겠어요?"

갑자기 소네치카가 머리를 홱 흔들고 내 눈을 똑바로 들여다보고는 이렇게 덧붙였다.

"난 우리 집에 놀러 오는 남자애들에게 언제나 '너'라고 말해요. 우리도 서로 '너'라고 부르기로 해요. 좋지?"

그때 우리는 홀로 들어가고 있었다. 그로스파테르의 활기찬 대목이 연주되기 시작했다.

"그러기로 해……요."

음악 소리와 소음으로 말소리를 들을 수 없게 되었을 때 나는 말했다.

"'하자'야, '해요'가 아니라."

소네치카는 내 말을 바로잡고 웃어 댔다.

그로스파테르가 끝났다. 하지만 나는 끝내 '너'라는 말이 들어가는 구절을 한 번도 말하지 못했다. 이 대명사가 몇 번 되풀이되었을 화제를 그치지 않고 생각해 내고 있었으면서도 '너'라고 말할 용기가 없었다. "좋지?", "그렇게 하자"는 그녀의 말이 내 귓전을 울리면서 나를 황홀경으로 이끌었다. 내 눈에는 소네치카 이외에 아무것도 보이지 않았다.

그녀의 고불고불한 머리카락이 귀 뒤로 넘겨져 있어, 나는 처음으로 그녀의 이마와 관자놀이 일부분을 볼 수 있었다. 그녀는 어느덧 녹색 숄에 싸여 겨우 코끝만 보이고 있었다. 만약 장밋빛 손가락으로 입 주위에 작은 틈을 내지 않았다면 그녀는 분명히 숨이 막혔을 것이다. 나는 소네치카가 자기 엄마를 따라 층계를 내려가면서 재빨리 우리들을 바라보며 고개를 끄덕이고는 문 뒤로 사라지는 것을 보았다.

볼로자, 이빈 형제들, 어린 공작, 나, 이렇게 우리 모두는 소네치카에게 반했다. 우리들은 계단에 서서 눈으로 그녀를 배웅했다. 그녀가 특히 누구에게 고개를 끄덕였는지는 모른다. 그러나 나는 그 순간 나에게 고개를 끄덕였다고 확신했다.

이빈 형제들과 작별 인사를 나누면서 나는 아주 자유롭고, 심지어 어느 정도는 냉정하게 세료쥐아와 잠시 이야기하고 그의 손을 잡았다. 만약 세료쥐아가 오늘부터 자기에 대한 나의 사랑과 또 나에 대한 지배력을 잃은 것을 깨달았다면 분명 무척 서운해 했을 것이다. 그러나 나는 태연하게 보이려고 노력했다.

나는 난생 처음으로 사랑을 배반했으며, 또 처음으로 달콤한 사랑의 감정을 경험했다. 이미 시들어버린 헌신적인 감정을 신비함으로 가득찬 신선한 사랑의 감정으로 바꾼다는 것이 나는 무척 기뻤다. 또한 어떤 것에 대한 사랑이 식음과 동시에 다른 어떤 것을 사랑하게 된다는 것은, 전보다 몇 갑절 더 강하게 사랑하게 된다는 것을 의미하기 때문이다.

24 침대에서

'어떻게 나는 그토록 오랫동안 세료쥐아를 열렬히 사랑할 수 있었을까?'

나는 침대에서 누어서 요모조모로 생각했다.

'그렇다! 그는 나의 사랑을 전혀 이해하지 못했고, 이해할 수도 없었으며 내 사랑을 받을 자격이 없었다. 그런데 소네치카는? 그녀는 얼마나 매혹적인가! '좋지?' '그렇게 하자'.'

나는 생생하게 생각나는 그녀의 예쁜 얼굴을 그려 보다가, 두 팔과 두 다리로 훌쩍 뛰어 일어나 머리 위로 이불을 뒤집어쓰고 어디에도 틈이 생기지 않도록 둘레를 모두 몸 밑에 구겨 넣었다. 그리고 편안히 누웠다. 나는 기분 좋은 온기를 느끼면서 달콤한 공상과 기억 속에 파묻혔다. 그러고는 솜이불 안

쪽에 시선을 고정시키고 한 시간 전처럼 아주 또렷하게 그녀를 보았다. 나는 마음속으로 그녀와 이야기를 주고받았다. 비록 그것이 아무 의미 없는 대화였을지라도 나에게는 말할 수 없이 큰 기쁨을 주었다. 대화 중에 '너', '너에게', '너하고', '너의' 등과 같은 말이 끊이지 않고 나왔기 때문이다.

이러한 공상이 너무나 또렷하여 나는 달콤한 흥분으로 잠을 이룰 수가 없었다. 나는 이 넘치는 행복을 누군가와 나누고 싶었다.

"사랑스런 소녀여!"

나는 다른 쪽으로 홱 돌아누우면서 말했다.

"형! 자고 있어?"

"아니."

볼로쟈는 졸린 목소리로 대답했다.

"왜 그래?"

"형, 난 사랑에 빠졌어! 나는 소네치카에게 홀딱 반했어."

"그래서 어쨌다는 거야?"

기지개를 켜며 볼로쟈가 대답했다.

"아, 형! 내게 무슨 일이 일어나고 있는지 상상할 수 없을 거야. 이불을 뒤집어쓰고 이렇게 누워 있는데도 그녀의 얼굴이 너무나 또렷이 보여. 난 그녀와 얘기를 나누었어. 정말 놀라운 일이야. 그런데 말이지, 이렇게 누워서 그녀 생각을 하고 있으면 왠지 모르게 슬퍼지고 울고 싶어져."

볼로쟈는 계속 꿈지럭거렸다.

"내가 바라는 건 딱 한가지야."

나는 계속해서 말을 이었다.

"늘 그녀와 함께 있으면서 언제나 그녀를 보는 거야. 그 이상은 없어. 형도 그 애한테 반했지? 사실대로 고백해."

이상하게도 나는 모두가 소네치카와 사랑에 빠지기를 바랐고, 또 그렇다고 이야기하기를 바랐다.

"그건 네가 알 바 아니야!"

볼로쟈는 나에게로 얼굴을 돌리면서 말했다.

"하긴 그럴지도 모르지."

"형도 잠이 안 오지? 그냥 자는 척했지?"

볼로자의 빛나는 눈으로 보아 전혀 잠을 잘 생각이 없다는 것을 알아챈 나는 소리치며 이불을 젖혔다.

"그녀에 대해 얘기하는 게 더 좋겠어. 그 앤 정말로 아름답지 않아? 정말로 아름다운 애야. 만일 그녀가 내게 '니콜레니카! 창문에서 뛰어내리거나 불 속으로 뛰어들어 봐' 하고 말한다면 난 분명히 맹세할 수 있어!"

나는 말했다.

"난 기꺼이 뛰어내리겠어. 아, 정말로 아름다운 애야!"

나는 눈앞에 그녀를 생생히 그리면서 덧붙였다. 그리고 그녀의 모습을 실컷 즐기려고 다른 쪽으로 얼른 홱 돌아누워 머리를 베개 밑으로 밀어 넣었다.

"난 지금 너무나 울고 싶어, 형."

"바보 같으니라구!"

볼로자는 미소를 띠면서 말했다. 그러고는 잠시 입을 다물고 있다가 말을 이었다.

"난 너와는 전혀 달라. 난 말이야, 할 수만 있다면 처음부터 그녀와 나란히 앉아서 얘기하고 싶어."

"아! 그럼 형도 그녀에게 반한 거군."

난 볼로자의 말을 가로챘다.

"그러고 나서……."

부드럽게 미소를 띠면서 볼로자는 말을 이었다.

"그러고 나서 그녀의 손가락, 눈, 입술, 귀, 발에 키스를 퍼붓고 싶어."

"바보 같은 소리!"

나는 베개 밑에서 소리쳤다.

"넌 아무것도 몰라."

볼로자는 얄잡듯이 말했다.

"아니, 난 알아, 형이야말로 알지도 못하면서 허튼소리를 하는 거야."

나는 눈물을 글썽이며 말했다.

"그렇다고 울 필요는 없잖아. 진짜 계집애로군!"

25 편지

앞에서 내가 말한 날로부터 거의 여섯 달이 지난 4월 16일에 아버지가 수업 중이던 위층으로 올라오더니, 오늘밤 우리를 데리고 시골로 갈 거라고 했다. 이 소식을 들은 순간, 무엇인가가 내 가슴을 조였다. 내 생각은 당장 엄마에게로 내달렸다.

우리들이 이렇게 갑작스럽게 출발하게 된 이유는 편지 때문이었다.

4월 12일. 페트로프스코예에서

지금 막 저녁 10시가 되어서야 4월 3일에 당신이 보낸 안부 편지를 받았어요. 평소의 습관대로 즉시 답장을 씁니다. 표도르가 어제 시내에서 편지를 가지고 왔지만, 시간이 너무 늦어서 오늘 아침에서야 미미에게 건네주었대요. 미미도 내가 건강이 좋지 않은데다 기분까지 좋지 않다는 것을 구실삼아 하루 종일 그 편지를 내게 전해 주지 않았어요. 실은 건강이 많이 나빠져 침대에서 일어나지 못한 게 벌써 나흘째예요.

제발 놀라지는 마세요, 여보. 다행히 지금은 기분이 아주 좋아요. 내일은 이반 바실리예비치가 허락만 하면 침대에서 일어날 생각이에요.

지난주 금요일엔 아이들과 함께 마차를 타고 바람을 쐬러 갔었어요. 그런데 큰길로 나가는 어귀 바로 옆에서, 그러니까 늘 내가 무서워했던 그 다리께에서 말들이 진창에 빠져 버렸어요. 마침 날씨가 좋아서 마차를 끌어내는 동안 큰길까지 걷고 싶은 생각이 들었어요. 그러나 작은 예배당에 다다르자 그만 지쳐버렸고, 잠깐 쉬기 위해 앉았어요. 사람들이 모여서 마차를 끌어내는 데 30분이나 걸렸기 때문에 난 추위를 느꼈고, 특히 발이 시렸어요. 내가 신고 있던 구두창이 얇아서 그만 물에 젖어버렸거든요.

식사를 한 후 오한과 열이 나는 걸 느꼈지만 계속해서 걸었어요. 차를 마신 후에는 류보치카와 나란히 피아노를 쳤어요(류보치카는 어느새 피아노를 잘 치게 되었어요. 그 애의 실력이라고는 생각하지 못할 정도예요). 그런데 내가 박자를 셀 수 없다는 것을 알고 얼마나 놀랐을지 상상해 보세요. 몇 번이나 박자를 세려고 했지만 내내 머릿속이 뒤죽박죽 뒤얽히고 귀에서는 이상한 소리가 났어요. 나는 하나, 둘, 셋 하고 세다가는 갑자기 여덟, 열다섯 하고 세었어요. 중요한 건 내가 틀리게 세고 있다는 걸 알면서도 도무지 그걸 바로 잡을 수 없다는 사실이에요. 마침내 미미가 날 도우러 왔고,

억지로 날 침대에 눕혔어요.

여보, 이상이 내가 어떻게 병이 났고, 내가 어떤 잘못을 했는가에 대한 상세한 보고예요. 다음 날 열이 많이 올라 친절한 이반 바실리예비치 노인이 왔어요. 그는 지금까지 우리 집에서 함께 지내면서 내가 곧 외출할 수 있도록 해 주겠다고 약속했답니다. 그는 참 좋은 노인이에요! 내가 열이 있어 헛소리를 할 때에도, 밤새 내 침대 곁에 앉아 있었어요.

지금도 내가 편지를 쓰고 있는 것을 알고 소파 방에서 여자애들과 함께 앉아 있어요. 그가 들려주는 독일의 옛이야기에 여자 아이들이 깔깔대며 웃는 소리가 들려와요.

당신이 '아름다운 플라망드'라고 부르는 처녀는 벌써 2주일 동안 우리집에 묵고 있어요. 그녀의 어머니가 어딘가를 방문하기 위해 떠났거든요. 그녀는 지극히 진실한 사랑으로 여러 가지를 돌보아 주고 있고 자기의 마음속 비밀을 내게 고백한답니다. 예쁜 얼굴에 착한 마음씨를 가진데다 젊기까지 해서 잘 돌보아 주기만 한다면 훌륭한 처녀가 될 수 있을 거예요. 말을 들어 보니, 지금의 환경에서라면 그 앤 완전히 인생을 망치고 말 거예요.

만약 우리에게 애들이 많지 않았다면 이 애를 맡아 좋은 일을 할 수도 있었을 텐데…….

류보치카는 당신에게 편지를 쓰려고 했지만 벌써 석 장째 종이를 찢어 버리고는 "난 아빠가 얼마나 남을 잘 비웃는지 알아. 내가 한 자라도 틀리면 아빠는 모든 사람들에게 그걸 보여 줄 거야"라고 말하고 있어요. 카테니카는 여전히 귀엽고, 미미는 여전히 착하지만 좀 따분해요.

이제 진지한 이야기를 하기로 하죠. 올 겨울에 당신의 일이 여의치 않아서 나의 소유지인 하바로프카에서 들어오는 돈을 써야 될 것 같다고 편지에 쓰셨더군요. 당신이 이 문제에 대해 제 동의를 구하는 게 오히려 이상하게 느껴져요. 내 소유로 되어 있는 것은 모두 당신의 소유이기도 하지 않나요?

당신은 너무 착해서 날 슬프게 할까 걱정이 되어 당신의 상황을 숨기고 있죠. 그러나 나는 짐작하고 있어요. 당신은 아주 많은 돈을 잃은 것 같아요. 분명히 말할게요. 나는 그 일로 조금도 슬퍼하지 않아요. 그러니 상황이 나아질 수만 있다면 그 일에 대해 너무 많이 생각하거나 괴로워하지 마세요. 나는 당신이 도박으로 딴 돈을 아이들을 위해 쓸 생각은 하지도 않았을 뿐더러, 죄송한 말이지만 당신의 재산까지도 계산에 넣지 않았어요. 당신이 도박으로 돈을 땄다고 해도 별로 기쁘지 않은 것처럼, 돈을 잃었다고 해도 슬프지 않아요. 다만 도박에 대한 당신의 불행한 열정이 날 슬프게 할 뿐이에요. 이 불행한 열정 때문에 나는 당신의 애정 일부를 도박에게 빼앗겼고, 당신에게 이처럼 쓰라린 진실을 말해야만 하니까요. 이런 말을 하는 내가 얼마나 괴로운지 아무도 모를 거예요!

나는 늘 하느님께 한 가지만을 기도하고 있어요. 그건 가난에서 벗어나게 해 달라는 기도가 아니라(가난은 문제가 아니에요!) 내가 보살펴야 하는 아이들의 이익이, 우리의 이익과 충돌하게 되는 무서운 상태에 빠지지 않게 해 달라는 기도예요. 지금까지는 하느님이 내 기도를 들어주셨어요. 그래서 당신은 어떤 선을 넘지는 않았어요. 당신이 이 선을 넘게 되면 우리의 재산이 아니라 우리 아이들의 재산까지도 희생해야만 하거나, 또는…… 아, 생각하기조차 무서워요. 하지만 이런 무서운 불행이 언제나 우리들을 위협하고 있어요. 그래요, 이건 하느님이 우리 두 사람에게 보낸 무거운 십자가예요! 당신은 또 아이들에 관한 우리들의 오랜 논쟁에 대해서도 말씀하셨더군요. 당신은 내게 아이들을 학교에 보내는 것에 동의하라고 요구했죠. 내가 그런 교육에 대해 이전부터 반대하고 있다는 걸 당신은 알고 있어요.

여보, 당신이 내 의견에 동의할지 어떨지는 모르겠지만, 아무튼 당신에게 간청하건대 날 사랑하는 마음으로 약속해 줘요. 내가 살아 있는 동안은 물론, 하느님의 뜻에 따라 내가 죽어서 우리들이 이별한 뒤에라도 결코 아이들을 학교에 보내지 않겠다고 말이에요.

당신은 집안일로 페테르부르크에 다녀와야만 한다고 쓰셨더군요. 여보, 아무쪼록 무사히 빨리 다녀오세요. 당신이 없어서 우리 모두는 아주 쓸쓸해요!

봄은 참으로 아름다워요. 벌써 발코니 문을 떼어냈고, 온실로 통하는 오솔길도 사흘 전에 완전히 말랐어요. 눈은 군데군데 남아 있을 뿐 복숭아꽃이 활짝 피었고, 제비도 날아왔어요. 오늘 류보치카가 첫 봄꽃을 가져다주었어요. 의사 말로는 사흘 후면 다시 건강해져서 신선한 바깥 공기를 마시면서 4월의 햇볕도 쬘 수 있을 거라고 합니다.

그럼 안녕히 계세요. 여보, 제발 내 병에 대해서도, 도박으로 잃은 돈에 대해서도 걱정하지 마세요. 그리고 일을 빨리 끝내고 여름에는 아이들을 데리고 이리로 오세요. 나는 벌써부터 여름을 어떻게 보낼지에 대해 멋진 계획을 세우고 있어요. 그러나 이 계획이 실현되려면 당신이 꼭 있어야만 해요.

이 편지의 다음 부분은 읽기 힘든 고르지 못한 필적으로 다른 종이 조각에 프랑스어로 씌어 있었다. 그것을 대충 끼워 맞춰서 옮기겠다.

내 병에 대한 것을 그대로 믿지는 마세요. 내 병이 어느 정도 심각한지는 아무도 몰라요.

그러나 한 가지, 내가 더 이상 침대에서 일어나지 못하리라는 것은 알고 있어요. 한시도 지체하지 말고 빨리 아이들을 데리고 와 주세요. 그러면 나는 다시 한 번 당신을 포옹하고 아이들을 축복해 줄 수 있을지도 모르겠어요. 이것이 나의 마지막 바람이에요. 이 편지가 당신에게 얼마나 큰 충격을 줄지 잘 알아요. 그러나 조만간에 나나 다른 사람을 통해 내 병에 대해서 알게 될 테니 마찬가지일 거예요. 나는 굳건한 믿음과 희망을 가지고 이 불행을 하느님의 자비에 맡기려고 해요. 그리고 하느님의 뜻에 순종할 거예요.

지금 내가 하는 말을 환자의 상상력이 만들어 낸 헛소리라고 생각하지 마세요. 이 순간 내 생각은 너무나 명료하고 마음은 아주 평온해요. 그러니 내 말이 허약해진 환자의 거짓되고 막연한 예감일 수도 있다는 희망으로 괜히 스스로를 위로하진 마세요. 아니에요. 난 느끼고 또 알고 있어요. 그건 하느님이 내게 살날이 얼마 남지 않았다는 것을 계시했기 때문이에요.

당신과 아이들에 대한 내 사랑이 생명과 함께 끝나는 것일까요? 난 그렇지 않다는 것을 깨달았어요. 아이들에 대한 사랑 없이는 나란 존재 자체도 의심스러워지는 이 감정이 언젠가 사라져 버릴 거라고 믿기에는, 지금 이 순간 너무나 강렬하게 느끼고 있거든요. 내 영혼은 당신과 아이들에 대한 사랑 없이는 존재할 수 없어요. 당신과 아이들에 대한 사랑의 감정이 언젠가 소멸해야 된다면, 이런 감정은 생겨나지도 않았을 거예요. 이 한 가지만 보더라도 당신과 아이들에 대한 나의 사랑은 영원히 존재하리라는 것을 믿어요.

나는 당신과 같이 있지 못할 거예요. 그러나 나의 사랑은 결코 당신과 아이들을 떠나지 않으리라는 것을 확신해요. 그래서 내 마음은 너무나 기쁘고 평온하며, 나는 아무런 두려움 없이 다가오는 죽음을 기다리고 있어요.

거듭 말하지만 내 마음은 아주 편안해요. 난 언제나 죽음을 더 나은 생활로 옮아가는 것이라고 생각해 왔고, 지금도 그렇게 생각하고 있다는 것을 하느님은 알고 계세요. 그런데 왜 눈물이 날 짓누르는 걸까요? 왜 아이들에게서 사랑하는 엄마를 빼앗아 가는 걸까요?

왜 당신에게 이처럼 고통스럽게 예기치 않은 충격을 줘야만 하나요? 당신의 사랑이 내 인생을 더없이 행복하게 해 주고 있은데, 왜 나는 죽어야만 하나요?

그래요, 이건 하느님의 거룩한 뜻일 거예요.

눈물 때문에 더 이상 쓸 수가 없네요. 어쩌면 당신을 영영 못 볼지도 몰라요. 내게 더할 나위 없이 소중한 벗이여, 이 세상에서 모든 행복을 누리게 해 준 당신에게 감사드려요.

하느님이 당신에게 은혜를 내리도록 빌겠어요. 안녕히 계세요, 여보. 내가 없어도 내 사랑은 언제 어디서든 당신을 떠나지 않는다는 것을 기억하세요. 잘 있거라, 볼로쟈, 잘 있거라, 나의 천사, 잘 있거라 벤야민, 나의 니콜레니카. 그런데 애들은 정말로 날 잊지 않을까요?

어머니의 편지 속에는 미미가 프랑스어로 쓴 다음과 같은 내용의 쪽지도 들어 있었다.

마님이 편지에 쓰신 슬픈 예감은 의사의 말의 의해 분명히 확인된 것입니다. 어젯밤에 마님은 이 편지를 즉시 우체국으로 보내라고 이르셨어요. 마님이 헛소리를 하고 계시다고 생각은 저는, 오늘 아침까지 기다렸다가 편지를 뜯어보기로 결심했습니다. 제가 막 편지를 뜯으려고 할 때 마님께서 편지를 어쨌느냐고 물으시더니, 부치지 않았다면 불태워 버리라고 지시했습니다. 그러고는 계속 편지에 대해 말씀하시면서 그 편지가 분명 나리를 몹시 슬프게 할 거라고 여러 번 말씀하셨습니다. 이 천사 같은 마님이 살아계실 동안에 보시고자 한다면 출발을 미루지 마십시오. 끝으로 저의 이 난필을 용서하시기 바랍니다.

저는 사흘 동안 자지 못했습니다. 제가 마님을 얼마나 사랑하는지 아시죠!

4월 11일에 어머니의 침실에서 밤을 꼬박 샌 나탈리야 사비쉬나의 말에 의하면, 어머니는 이 편지의 첫 부분을 쓰고 나서 그것을 옆에 있는 탁자 위에 놓아둔 채 잠이 드셨다고 했다.

"이렇게 말씀드리는 저도 안락의자에서 졸다가 뜨고 있던 양말을 손에서 떨어뜨렸어요. 바로 그때, 아마 밤 열두 시가 좀 지났을 거예요. 잠결에 마님이 뭐라고 말씀하시는 소리를 들었어요. 눈을 뜨고 보니 마님이 이렇게 두 손을 모으고 침대에 앉아서 눈물을 줄줄 흘리고 계셨어요.

'모든 것이 이렇게 끝나는 건가? 마님은 이렇게 한마디만 하시고 손으로 얼굴을 감싸셨어요. 저는 벌떡 일어나 '무슨 일이세요?' 하고 물었지요. 그러자 마님은 이렇게 말씀하셨어요.

'아, 나탈리야 사비쉬나, 내가 지금 누굴 보았는지 네가 안다면…….'

그리고 제가 아무리 물어도 더 이상 아무 말도 하지 않으시면서, 다만 탁자를 가져오라고 이르시고는 무엇인가를 한참 쓰셨어요. 그리고 그 자리에서 편지를 봉하고 즉시 우체국으로 보내라고 이르셨습니다. 그러고 나서 모든 게 더욱더 악화되었어요."

26 두려운 예감

우리들의 여행 마차는 4월 18일 페트로프스카야 마을에 있는 집 앞에서 멈추었다. 모스크바를 출발하면서 아빠는 깊은 생각에 잠겨 있었다. 엄마가 아프시냐고 볼로쟈가 묻자, 아빠는 슬픈 얼굴로 말없이 고개를 끄덕였다. 아빠는 눈에 띄게 차분했다. 그러나 집이 가까워지면서 아빠의 얼굴은 점점 더 슬픈 표정이 되었다. 아빠는 마차에서 내려 숨을 헐떡거리며 달려온 포카에게 "마님은 어디 계시냐?"고 물었다. 아빠의 목소리는 힘이 없었고 눈에는 눈물이 고여 있었다. 착한 노인 포카는 몰래 우리들을 쳐다보고는 고개를 떨어뜨렸다. 그러고는 우리들에게서 얼굴을 돌린 채 현관문을 열면서 대답했다.

"벌써 엿새째 침실에서 나오지 못하셨습니다."

나중에 알았지만 엄마가 병이 든 그날부터 줄곧 애처롭게 짖어대던 밀카가, 아버지를 보자 반갑게 달려 나와 폴짝폴짝 뛰어오르고 낑낑대며 손을 핥았다. 그러나 아버지는 밀카를 밀쳐내고 객실을 지나 곧장 소파방으로 갔다. 소파방의 문은 직접 침실로 통하게 되어 있었다. 침실로 가까이 다가갈수록 아버지의 불안감은 더욱더 눈에 띄었다. 소파방으로 들어가면서 아버지는 발을 곧추세우고 거칠게 숨을 몰아쉬며 닫힌 문손잡이를 잡기 전에 성호를 그었다. 그때 머리를 헝클어뜨리고 눈물범벅이 된 미미가 복도에서 뛰어나왔다.

"아! 표트르 알렉산드리치!"

그녀는 절망한 표정으로 속삭이듯이 말했다. 그리고 아빠가 문손잡이를 돌리는 것을 보고는 거의 들리지 않는 목소리로 덧붙였다.

"그쪽으로 들어가실 수 없어요. 하녀방을 통해서 들어가세요."

아, 이 모든 것들이 무서운 예감으로 불행을 각오하고 있던 어린애 같은 마음에 얼마나 고통스럽게 작용했던가!

우리들은 하녀방으로 가다가 복도에서 바보 아킴을 만났다. 아킴은 언제나 괴상하게 찡그린 얼굴로 우리들을 즐겁게 해 주곤 했다. 그러나 이 순간에는 전혀 우스꽝스럽게 보이지 않았을 뿐만 아니라, 그의 무의미하고 무심한 얼굴 표정이 나에게 말할 수 없는 충격을 주었다. 방에서 일을 하고 있던 두 하녀가 우리에게 인사를 하려고 엉거주춤 일어섰다. 그들이 하도 슬픈 표정을 하고 있어 나는 섬뜩하기까지 했다. 다시 미미의 방을 지나서 아빠가 침실 문을 열었고, 우리들은 안으로 들어갔다. 문 오른편에 있는 두 개의 창문에는 천이 여러 겹 쳐져 있었다.

나탈리야 사비쉬나는 그중 한 창문가에 앉아서 콧등에 안경을 얹고 열심히 양말을 뜨고 있었다. 그녀는 우리들에게 항상 해주던 입맞춤도 하지 않고 그저 엉거주춤 일어나서 안경 너머로 우리들을 쳐다볼 뿐이었다. 눈물이 볼을 타고 줄줄 흘러내렸다. 나는, 전에는 아주 침착하던 사람들이 우리를 보자마자 모두 울기 시작하는 것이 전혀 마음에 들지 않았다.

문 왼쪽에는 병풍이 쳐져 있었고, 병풍 뒤에는 침대, 탁자, 알약을 넣어 둔 조그만 약장이 있었다. 그리고 큰 안락의자가 놓여 있었는데, 거기에는 의사가 앉아서 졸고 있었다. 침대 옆에는 금발의 아름다운 젊은 처녀가 하얀 실내복 차림으로 서 있었다. 그녀는 소매를 약간 걷어 올리고 엄마의 머리에 얼음찜질을 하고 있었다. 이 순간 엄마의 모습은 보이지 않았다.

이 처녀가 바로 엄마가 편지에 썼던 아름다운 플라망드였는데, 그 뒤로 우리 가족의 생활에서 아주 중요한 역할을 했다. 우리가 들어서자마자 그녀는 엄마의 머리에서 한 손을 떼어 내어 실내복의 앞섶을 여미면서 "의식이 없으세요" 하고 속삭이듯 말했다.

이 순간 나는 너무나 슬펐지만, 나도 모르게 사소한 것들을 모두 알아챘다. 방 안은 깜깜하고 무더웠으며 박하, 오드콜로뉴, 카밀레, 호프만 액 냄새가 함께 섞여서 났다. 이 냄새가 지독하게 나를 자극하여 지금도 그런 냄새를 맡거나 떠올리기만 하면, 나는 금방 그 음울하고 무덥던 방으로 옮겨가 무섭던 순간의 모든 세세한 것들이 생각난다. 엄마는 눈을 뜨고 있었지만 아무것도 보지 못했다……. 아, 나는 그 무시무시한 눈길을 결코 잊지 못할 것이다! 그 눈에는 많은 고통이 나타나 있었다.

사람들이 우리를 밖으로 데리고 나왔다.

나중에 내가 나탈리야 사비쉬나에게 엄마의 임종에 대해 물었을 때 그녀는 이렇게 말했다.

"도련님들이 밖으로 나간 뒤에도 마님은 마치 무엇인가가 바로 여기를 짓누르기라도 하듯이 오랫동안 괴로워하셨어요. 그러고는 베개 밑으로 머리를 떨어뜨리고 마치 하늘나라 천사처럼 아주 조용하고 편안하게 잠드셨답니다. 물약을 들여오지 않아 알아보려고 잠깐 나갔다 돌아와 보니, 마님은 주변의 모든 것을 이리저리 내던지시고 줄곧 손을 내저으시며 나리를 부르고 계셨어요. 나리가 마님 쪽으로 몸을 굽혔는데도 마님은 말할 힘이 하나도 없는 것 같았어요. 그저 간신히 입을 열고 '아, 하느님! 주여! 아이들을! 아이들을!' 하고 또 다시 숨가쁜 목소리로 말씀하실 뿐이었어요. 제가 곧 도련님들을 데리러 뛰어가려고 하자, 이반 바실리예비치가 말리며 '환자를 더 불안하게 하는 것이니 부르지 않는 게 좋다'고 말씀하셨어요. 뭘 하려고 하셨는지는 아무도 모릅니다. 아마 도련님들을 축복하신 거라고 생각해요. 하느님께서 임종 전에 마님이 자식들을 보지 못하게 하신 것 같아요, 도련님.

이윽고 마님은 반쯤 몸을 일으키시더니 이렇게 한쪽 손을 들고 갑자기 '성모 마리아여, 저 아이들을 버리지 마소서!'라고 말씀하셨답니다. 그때 이미 고통이 마님의 가슴까지 치밀고 올라왔을 것입니다. 불쌍하게도 마님께서는 무섭게 고통스러워하고 계셨어요. 마님은 베개에 얼굴을 떨어뜨리고 시트를 악물었습니다. 오, 도련님, 그리고는 눈물을 줄줄 흘리셨어요."

"음……, 그 다음은 어떠셨지?"

나탈리야 사비쉬나는 더 이상 말을 하지 못했다. 그녀는 얼굴을 돌리고 슬피 울기 시작했다. 엄마는 무서운 고통 속에서 숨을 거둔 것이었다.

27 슬픔

이튿날 저녁 늦게 나는 또다시 엄마가 보고 싶었다. 본능적으로 일어나는 공포감을 억누르고 혼자서 살며시 문을 열고 키발을 한 채 들어갔다.

방 한가운데 탁자 위에 관이 놓여 있었고, 관 주위에는 높다란 은촛대에 다 탄 초가 꽂혀 있었다. 관에서 멀리 떨어진 한쪽 구석에 앉아 있는 견습 사제가 조용하고 단조로운 목소리로 시편을 읽고 있었다.

나는 문가에서 걸음을 멈추고 바라보았다. 그러나 울어서 눈이 퉁퉁 부어 있었고, 신경이 아주 약해져서 아무것도 식별할 수 없었다. 모든 어쩐지 이상하게 서로 합쳐져 있었다. 촛불, 금실로 짠 비단, 벨벳, 커다란 촛대, 레이스로 가장자리를 두른 장밋빛 베개, 화관, 리본이 달린 실내모, 또 무엇인가 밀납빛 투명한 물체가 합쳐져 있었다.

나는 엄마의 얼굴을 살펴보려고 의자 위에 올라섰다. 그러나 엄마의 얼굴이 있었던 그 자리에, 창백하고 누르스름하면서도 투명한 물체가 나타났다. 나는 그것이 엄마의 얼굴이라고는 도저히 믿을 수 없었다. 나는 그 물체를 좀더 주의 깊게 바라보기 시작했다. 그리고 조금씩 낯익은 그리운 모습을 알아보게 되었다. 그 물체가 엄마라는 확신이 들자 나는 무서움에 몸을 떨었다.

그런데 감긴 눈은 왜 저렇게 움푹 꺼졌을까? 왜 저렇게 섬뜩할 정도로 창백할까? 왜 한쪽 뺨의 투명한 살가죽 아래 거무스름한 반점이 생겼을까? 왜 얼굴 전체의 표정이 저리도 엄숙하고 차가울까? 입술은 왜 저렇게 창백할까? 그러나 입술의 윤곽은 몹시 아름답고 장엄했으며 천상의 평화를 표현하고 있었다. 이런 모습을 바라보고 있는 동안 내 등과 머리칼로 차가운 전율이 내닫고 있었다.

나는 알 수 없는 불가항력의 힘이, 내 눈을 이 생명 없는 얼굴로 끌어당기는 것을 느꼈다. 나는 엄마의 얼굴에서 눈을 뗄 수 없었다. 그리고 상상력은 생명과 행복으로 가득 찼던 생전의 엄마 모습을 내 눈앞에 그려 보였다. 나는 내 앞에 누워 있는 시체, 나의 추억과는 아무런 관계도 없는 물체를 바라보듯이 멍하니 바라보고 있는 이 시체가 엄마라는 것을 잊어버렸다.

나는 다른 상태의 엄마를, 명랑한 미소를 띠고 있는 살아 있는 엄마를 상상해 보았다. 이윽고 창백한 얼굴이 눈에 들어오자 나는 갑자기 깜짝 놀랐다. 나는 무서운 현실을 떠올리고 부르르 몸을 떨었지만 계속해서 죽은 엄마의 얼굴을 들여다보았다. 다시 공상이 현실을 대신했고, 현실의 의식이 다시 공상을 깨뜨렸다. 마침내 상상력이 지쳐서 나를 기만하지 못하게 되었다. 현실 인식도 사라졌다. 나는 완전히 의식을 잃어버렸다. 이런 상태로 내가 몇 시간이나 있었는지 알 수 없었고, 또 이 상태가 어떤 것인지도 알 수 없었다. 단지 내가 잠시 존재 의식을 잃어버렸고, 고결하고 형용할 수 없는 기분 좋고도 슬픈 기쁨을 체험했다는 것뿐이었다.

어쩌면 엄마의 아름다운 영혼이 더 좋은 세상으로 날아가다가, 우리들을 남겨둔 이 세상을 슬픈 마음으로 돌아보았을지도 모른다. 어쩌면 엄마는 내가 슬퍼하는 것을 보고 불쌍히 여겨, 나를 위로하고 축복하기 위해 숭고한 연민의 미소를 지으면서 사랑의 날개를 펴고 이 땅에 내려왔는지도 모른다.

문이 삐걱하고 소리를 냈다. 한 견습 사제가 교대하기 위해 방으로 들어온 것이다. 이 소리에 나는 정신을 차렸다. 이때 맨 먼저 떠오른 생각은, 내가 울지도 않고 특별히 할 일도 없이 의자에 서 있었으므로, 견습 사제가 나를 연민이나 호기심 때문에 의자에 기어 올라가 있는 무정한 소년이라고 생각할 수도 있다는 것이었다. 나는 재빨리 성호를 긋고 허리를 굽히고는 울기 시작했다.

그때를 회상해 보면, 자기 망각의 그 순간만이 진실한 슬픔이었다는 생각이 든다. 장례식 전이나 후에도 나는 울음을 그치지 않았고 슬픔에 젖어 있었지만, 그때의 슬픔을 떠올리면 부끄러움을 느낀다. 왜냐하면 나의 슬픔에는 언제나 이기적인 감정이 섞여 있었기 때문이었다. 나는 내가 누구보다도 더 슬퍼하고 있다는 것을 보여 주고 싶어했는가 하면, 내가 다른 사람들에게 줄 인상에 대해 신경을 쓰기도 했고, 또 쓸데없는 호기심에서 미미의 실내모와 그 자리에 있는 사람들의 얼굴을 관찰하기도 했던 것이다.

나는 오직 슬픔의 감정에만 빠져 있지 못하는 스스로를 경멸했고, 다른 모든 감정을 감추려고 애썼다. 이 때문에 나의 슬픔은 불성실하고 부자연스러웠다. 더욱이 나는 내가 불행하다는 것에 그 어떤 기쁨을 느꼈고, 스스로 불행하다는 의식을 자극하려고 노력했다. 이러한 이기적인 감정이 내 마음속의 진실한 슬픔을 강하게 억눌러 버렸다.

깊은 슬픔에 빠진 뒤에 흔히 그렇듯이 이날 밤 나는 깊고 편안한 잠에 떨어졌다가 눈물이 깨끗이 마르고 한결 안정된 마음으로 잠에서 깨어났다. 열 시에 우리들은 출관(出棺)에 앞서 거행된 연미사에 불려 나갔다. 방은 하인들과 농부들로 가득 차 있었다. 그들은 모두 눈물을 흘리며 여주인과 작별 인사를 하러 온 것이었다. 연미사가 진행되는 동안 나는 점잖게 울면서 성호를 그었으며, 바닥에 이마를 대고 절을 했다. 그러나 나는 마음속으로는 기도도 하지 않았고 상당히 냉정했다.

오히려 나는 새로 맞춰 입은 반(伴)연미복의 겨드랑이 밑이 거북한 것을 염려했고, 바지의 무릎 부분이 너무 더러워지지 않게 해야겠다고 생각했는가 하면, 참석한 사람들을 몰래 관찰하기도 했다.

관 머리맡에 서 있는 아빠의 안색은 몹시 창백했고, 간신히 눈물을 참고 있는 듯했다. 검은 연미복을 입고 있는 훤칠한 아빠의 모습, 풍부한 표정의 창백한 얼굴, 성호를 그을 대나 한 손을 바닥에 대고 절을 할 때나 신부의 손에서 초를 받아들 때나 혹은 관 가까이 걸어갈 때의 동작은 언제나처럼 우아하고 확신에 차, 더할 나위 없이 그럴듯해 보였다. 그러나 어째서인지는 모르지만, 이 순간에는 아빠가 그렇게 보이는 것이 마음에 들지 않았다.

미미는 벽에 기대어 서 있었고, 몸을 간신히 지탱하고 있는 듯했다. 미미가 입고 있는 옷은 몹시 구겨져 있었고 보푸라기투성이였으며, 실내모도 옆으로 비뚤어져 있었다. 퉁퉁 부어오른 두 눈은 충혈되어 있었고 머리는 떨고 있었다.

미미는 계속 가슴을 잡아 찢는 듯한 목소리로 통곡했고, 끊임없이 손수건과 두 손으로 얼굴을 감쌌다. 그러나 미미의 그런 행동은 사람들에게서 얼굴을 가리고 잠시 동안이나마 거짓 통곡을 쉬기 위해서인 듯했다. 나는 미미가 전날 밤에, 엄마의 죽음은 결코 견딜 수 없는 무서운 충격이었고, 자신의 모든 것을 앗아가 버렸으며, 이 천사(미미는 엄마를 이렇게 불렀다)는 돌아가시기 전에 자신과 카테니카의 미래를 영원히 보장하고 싶다는 말을 거듭 강조하셨다고 아빠에게 한 말을 떠올렸다. 미미는 이렇게 말하면서 비탄의 눈물을 흘렸다. 어쩌면 미미의 그 슬픈 감정은 진실이었는지도 모른다. 그렇지만 순수하지 않았고 절대적인 것도 아니었다.

상장(喪章)을 꿰매 단 검은 옷을 입은 류보치카는 온통 눈물범벅이 되어 고개를 떨구고는 가끔씩 관을 바라보곤 했다. 이런 류보치카의 얼굴에는 어린아이다운 공포만 나타나 있었다. 카테니카는 자기 어머니 곁에 서서 슬픈 표정을 짓고 있었지만 얼굴은 언제나처럼 장밋빛이었다. 볼로쟈의 솔직한 품성은 슬픔을 표현하는 데 있어서도 그대로 나타났다. 그는 깊은 생각에 잠겨 한곳을 뚫어지게 쳐다보고 서 있는가 하면, 갑자기 입을 실룩거리다가는 서둘러 성호를 그으며 절을 하기도 했다.

장례식에 참석한 모든 사람들이 내 마음에 들지 않았다. 그들은 한결같이 아빠에게 엄마는 저승에서 더 행복할 것이라든가, 엄마는 이 세상에 어울리지 않았다든가 하는 식의 위로의 말을 했다. 하지만 이런 위로의 말은 내 마음속에 분노를 불러일으켰다.

그들이 무슨 권리로 엄마에 대해 말하고 눈물을 흘린단 말인가? 그들 중 몇몇 사람들은 우리를 '고아'라고 불렀다. 마치 어머니가 없는 아이들을 고아라고 부르는 것을, 그들이 말하지 않으면 모를 거라는 투다! 보통 갓 결혼한 처녀를 두고 마담이라고 서둘러 부르는 것처럼, 그들은 맨 먼저 우리들에게 고아라는 이름을 붙여 준 것에 만족해하는 듯했다.

멀리 떨어진 홀 한쪽 구석, 열린 식기장 문 뒤에 거의 몸을 숨긴 허리가 구부러진 백발의 노파가 무릎을 꿇고 앉아 있었다. 노파는 합장을 한 채로 얼굴을 하늘로 향하고, 울지는 않았지만 기도를 하고 있었다. 노파의 영혼은 하느님에게로 내닫고 있었다.

노파는 자신이 이 세상에서 누구보다도 사랑했던 사람과 합쳐지게 해 달라고 하느님께 빌고 있었고, 곧 그렇게 될 것이라고 굳게 믿고 있었다. '저 노파야말로 엄마를 진정으로 사랑하고 있었구나!'라고 나는 생각했다. 그리고 스스로에 대해 부끄러움을 느꼈다.

연미사가 끝나자 엄마의 얼굴을 덮었던 베일이 걷혔다. 우리를 제외하고는 장례식에 참석한 모든 사람들이 한 사람씩 관에 입을 맞추기 시작했다.

맨 마지막으로 고인과 작별 인사를 하기 위해 관으로 다가간 사람은, 다섯 살 된 귀여운 계집아이를 안은 농사꾼 여자였다. 그 농사꾼 여자가 계집아이를 왜 여기로 데려왔는지 아무도 알 수 없었다.

이때 우연히 젖은 손수건이 떨어져서 나는 그것을 집기 위해 막 허리를 굽혔다. 그 순간 나는 귀청을 찢는 듯한 무서운 외침에 깜짝 놀랐다. 그 소리는 설령 내가 백년을 산다손치더라도 결코 잊을 수 없는 공포로 가득 차 있었다. 지금 생각해도 온몸에 소름이 끼칠 정도였다.

나는 고개를 들고 농사꾼 여자가 관 옆의 등받이가 없는 걸상 위에 서서, 조그만 두 손을 내저으며 겁에 질린 얼굴을 뒤로 젖히고 부릅뜬 눈을 죽은 엄마의 얼굴에 대고 광기가 깃든 무서운 목소리로 외쳐대는 계집아이를 두 팔로 간신히 제지하고 있는 것을 보았다. 나는 나를 깜짝 놀라게 했던 계집아이의 목소리보다 더 무서운 외마디 비명을 지르고 방에서 뛰쳐나왔다.

그 순간에야 비로소 향냄새와 함께 방 안에 가득 차 있던 그 강렬하고 지독한 냄새가 어디에서 나는 것인지 알게 되었다. 얼마 전만 해도 아름다움과 사랑으로 차 있던 엄마의 얼굴, 내가 이 세상에서 가장 사랑했던 엄마의 얼굴이 공포심을 불러일으킬 수 있다는 생각이, 마치 처음으로 나에게 쓰디쓴 진리를 깨닫게 해 준 듯했다. 내 마음은 절망으로 가득 찼다.

28 마지막 슬픈 추억들

엄마는 이제 이 세상에 존재하지 않았다. 그러나 우리의 생활은 예전과 똑같이 이어졌다. 우리는 똑같은 침대에서 똑같은 시간에 자고 일어났다. 아침 차, 저녁 차, 점심, 저녁 등 모든 것이 예전과 동일한 시간에 이루어졌다. 식탁과 의자도 같은 장소에 놓여 있었다. 집안이나 생활 방식에서도 변한 것은 아무것도 없었다. 단지 엄마만 없을 뿐이었다.

큰 불행이 지나간 뒤라서 왠지 모든 것이 변해야만 할 것 같았다. 예전과 다름없는 우리의 일상적인 생활 방식은 엄마의 기억에 대한 모독처럼 느껴졌고, 엄마가 안 계신 것을 아주 생생하게 생각나게 했다.

장례식 전날, 점심을 먹고 난 후 나는 잠을 자고 싶었다. 그래서 나는 부드러운 보료와 따스한 솜이불을 덮고 나탈리야 사비쉬나의 침대에서 한잠 잘 생각을 하며 그녀의 방으로 갔다. 내가 방 안으로 들어갔을 때 나탈리야 사비쉬나는 침대에 누워 있었다. 그녀도 잠을 자고 있었던 것이 틀림없었다. 내 발소리를 듣자 그녀는 몸을 조금 일으키고는 파리가 덤벼들지 못하게 머리에 쓰고 있던 털로 짠 머릿수건을 벗어던졌다. 그리고 실내모를 바로잡으면서 침대 가장자리에 앉았다.

예전에도 점심 식사 뒤 잠을 자기 위해 나탈리야의 방에 자주 갔기 때문에 그녀는 내가 온 까닭을 짐작하고 침대에서 몸을 일으키며 말했다.

"무슨 일이죠? 아마 쉬려고 왔겠죠, 도련님? 자, 여기 누워요."

"무슨 소리야, 할멈?"

나는 그녀의 손을 뿌리치면서 말했다.

"난 절대 잠을 자러 온 게 아냐……. 그냥 왔어……. 피곤할 테니 그냥 누워 있어."

"아뇨, 도련님, 난 이미 실컷 잤어요."

그녀가 말했다(나는 그녀가 사흘 밤낮 동안 잠을 못 잤다는 것을 알고 있었다).

"게다가 또 지금은 자고 어쩌고 할 때가 아니에요."

그녀는 내가 깊은 한숨을 내쉬면서 덧붙였다.

나는 우리의 불행에 대해서 나탈리야 사비쉬나와 얘기하고 싶었다. 나는 나탈리야의 성실함과 사랑을 알고 있었다. 그래서 그녀와 함께 운다면 마음이 한결 가벼워질 것 같았다. 나는 잠시 침묵한 뒤 침대에 앉으면서 말했다.

"할멈, 할멈은 이런 불행을 예상했어?"

그녀는 의아한 표정으로 나를 쳐다보았다. 내가 왜 이런 질문을 하는지 이해하지 못하는 것이 틀림없었다.

"그 누가 이런 불행을 예상할 수 있었겠어요?"

그녀는 아주 부드러운 연민의 눈길을 나에게 던지며 말했다.

"아, 도련님, 예상은 고사하고 난 지금도 실감이 나지 않아요. 나 같은 늙은이가 오래전에 죽었어야 하는 건데 어떻게 된 건지……. 난 도련님의 할아버지인 니콜라이 미하일로비치 공작님도—저승에서 평안하시옵길—. 그분의 두 형제분들도, 누님이신 안누쉬카도 모두 먼저 떠나보냈어요. 오, 모두 나보다 젊으신 분들이었어요. 그런데 이번에도 마님을 먼저 보내고 말았어요. 아마 내가 죄가 많은 모양이에요. 하지만 이건 하느님의 성스러운 뜻이에요! 마님이 훌륭한 분이셔서 하느님이 빨리 데려간 거예요! 하늘나라에도 하느님은 착한 사람들이 필요한 게지요."

그녀의 단순한 생각이 나에게 기쁜 충격을 주었다. 그래서 나는 나탈리야 사비쉬나 쪽으로 더 가까이 다가갔다. 그녀는 두 손을 가슴에 얹고 위쪽을 올려다보았다. 움푹 꺼진 축축한 두 눈은 크지만 고요한 슬픔을 나타내고 있었다. 그녀는 그토록 오랜 세월 동안 자신의 사랑과 온 정성을 쏟았던 마님은, 하느님이 자신에게서 잠시 떼어 놓은 것이라고 굳게 믿고 있었다.

"그런데, 도련님, 내가 마님을 포대기에 싸서 돌보고, 기저귀를 채우고, 마님이 날 나샤라고 부르던 게 엊그제 같아요. 마님은 내게 달려와 그 자그마한 손으로 날 껴안고 입을 맞추며 '나의 나샤, 나의 사랑, 나의 칠면조'라고 말하곤 했어요. 그러면 나도 농담으로 이렇게 말하곤 했답니다. '거짓말 말아요, 아가씨. 아가씬 날 사랑하지 않아요. 두고 봐요, 이제 어른이 돼서 시집을 가시면 나샤를 잊어버릴 테니.' 그러면 마님은 잠시 생각에 잠겼다가 '아냐, 만일 내가 나샤를 데려가지 못할 것 같으면 차라리 시집을 가지 않는 편이 더 나아. 난 절대로 나샤를 버리지 않을 거야'라고 말하곤 했어요. 그런데 이렇게 날 버리고 먼저 가셨어요.

돌아가신 마님은 정말 날 사랑해 주셨답니다! 정말이지 마님은 모든 사람들을 사랑하셨죠! 그래요, 도련님은 절대로 마님을 잊으면 안 됩니다. 마님은 인간이 아니라 하늘나라의 천사였어요. 마님은 하늘나라에 가시더라도 여전히 도련님을 사랑하고, 도련님을 지켜보고 기뻐하실 거예요."

"나탈리야 사비쉬나, '하늘나라에 가시더라도'라니 도대체 그게 무슨 소리야?"

나는 물었다.

"내 생각에 엄마는 이미 거기에 계신 것 같은데……."

나탈리야 사비쉬나는 목소리를 낮추고 침대에 앉아 있는 내 쪽으로 더 가까이 다가앉으면서 말했다.

"아뇨, 도련님. 마님의 영혼은 지금 여기에 있어요."

그리고 그녀는 위쪽을 가리켰다. 그녀가 하도 실감나게 확신에 찬 목소리로 말하는 바람에 나도 모르게 눈을 들어 천장을 쳐다보며 무엇인가를 찾았다.

"신실한 사람의 영혼은 천당에 가기 전에 사십 일 동안 마흔 가지의 고난을 겪어야만 한답니다. 그래서 아직 집에 있을 수 있는 거예요."

나탈리야는 이렇게 한참을 더 얘기해 주었다. 그녀는 마치 눈으로 직접 본 가장 일상적인 것들을 이야기하듯 너무나 명백하고 자신 있게 말해서 나는 털끝만큼도 의심할 수가 없었다. 나는 숨소리마저 죽이고 그녀의 이야기를 들었다. 나는 그녀가 말하는 것을 다 이해할 수 없었지만 그녀의 말을 완전히 믿었다.

"그러니까 도련님, 마님의 영혼은 지금 여기에서 우리를 보고 우리가 말하는 것을 듣고 있을지도 몰라요."

나탈리야 사비쉬나는 고개를 떨구며 입을 다물었다. 그녀는 떨어지는 눈물을 닦기 위해 손수건을 찾았다. 그녀는 일어나서 내 얼굴을 똑바로 쳐다보고는 흥분하여 떨리는 목소리로 말했다.

"이번 일로 나는 하느님께 훨씬 더 가까워진 느낌이에요. 이제 내가 여기에 남아 있을 이유가 무엇이겠어요. 누굴 위해 산단 말이죠? 누굴 사랑한단 말이죠?"

"그럼 할멈은 우릴 사랑하지 않는단 말이야?"

나는 간신히 눈물을 참으면서 나무라듯 말했다.

"내가 이 집안사람들을 얼마나 사랑하는지는 하느님도 알고 있어요. 그러나 마님을 사랑한 것처럼 그렇게는 아무도 사랑하지 않아요, 그렇게는 사랑할 수 없답니다."

그녀는 더 이상 말을 하지 못하고 나에게서 얼굴을 돌리고는 소리 내어 울기 시작했다. 나는 더 이상 잘 생각은 하지 않았다. 우리들은 말없이 서로 마주 보고 앉아서 울기 시작했다.

그때 포카가 방 안으로 들어왔다. 울고 있는 우리를 본 포카는 방해하고 싶지 않았는지 흘끔거리며 문 옆에 멈춰섰다.

"무슨 일이죠, 포카?"

나탈리야 사비쉬나가 손수건으로 눈물을 훔치면서 물었다.

"장례용 수프를 만들려는데 건포도 한 근 반, 설탕 네 근, 수수 세근이 필요해요."

"네, 지금 내줄게요."

나탈리야 사비쉬나는 코담배를 킁킁 들이마시며 총총걸음으로 궤 쪽으로 걸어갔다. 그녀는 스스로 가장 중요하게 생각하는 자기 일에 착수하자, 나와 얘기하면서 생겨났던 슬픔은 흔적도 없이 털어 버렸다.

"뭐 하는 데 네 근이나 필요해요?"

설탕을 꺼내 저울에 달면서 그녀는 투덜거렸다.

"세근 반이면 충분할 거야."

그렇게 말하면서 그녀는 저울에서 설탕 몇 조각을 덜어냈다.

"그런데 무슨 일이람, 수수는 어제만 해도 여덟 근이나 내놓았는데 또 달라니 어떻게 된 거예요. 포카 데미드이치? 수수는 더 못 주겠어요. 바니카란 녀석, 지금 집안이 어수선하다고 속여도 모를 줄 아나 보지? 나으리 재산을 축내는 짓은 어림도 없지. 이런 일은 지금까지 한 번도 없었어. 세상에 여덟 근이라니?"

"그럼 어쩌란 말이오! 다 바닥났다고 하는데."

"그럼, 좋아요. 가져가요! 자, 마음대로 가져가도록 해요!"

그녀가 나와 함께 이야기했던 슬픔의 감정에서, 이렇게 투덜대며 시시콜콜한 계산으로 옮아간 것에 나는 깜짝 놀랐다. 나중에 나는 그녀의 이런 태도에 대해 생각하면서, 그녀가 깊은 슬픔에 잠겨 있었으면서도 자기의 직무를 수행할 수 있을 만큼 침착성을 충분히 갖추고 있었고, 또 습관의 힘이 그녀를 일상으로 끌어냈음을 이해했다. 그녀는 슬픔이 너무나 크다고 해서 다른 일도 할 수 있다는 것을 감출 필요를 느끼지 않을 만큼 순수했던 것이다. 심지어는 그런 생각을 할 수 있다는 것조차 몰랐을 것이다.

허영은 진실한 슬픔과는 절대 합치되지 않는 감정이다. 동시에 이런 감정은 사람의 본성에 너무나 깊게 파고들어, 심지어는 지극히 강한 슬픔까지도 이런 감정을 몰아내기가 힘들다. 슬픔 속의 허영은 괴롭고 불행한 사람처럼, 또는 굳센 사람처럼 보이려는 욕망에 의해 드러난다. 우리는 인정하려 들지 않지만, 가장 강렬한 슬픔 속에서까지도 결코 우리들을 떠나지 않는 이런 저급한 욕망은, 그 힘과 존엄성과 진실성을 앗아가 버린다. 나탈리야 사비쉬나는 자신의 불행에 심각한 충격을 받아 마음속에 어떤 욕망도 남아 있지 않았다. 그녀는 단지 습관에 따라 살 뿐이었다.

포카가 요구한 것을 내어 주고 그녀는 교회 사람들을 대접할 고기만두를 준비해야 한다고 이르고 나서 그를 돌려보냈다. 그러고 나서는 뜨던 양말 한 짝을 들고 다시 내 옆에 앉았다. 똑같은 얘기가 시작되었고, 우리들은 다시 한 번 울었고, 또다시 눈물을 닦아냈다.

나탈리야 사비쉬나와의 대화는 날마다 되풀이되었다. 그녀의 조용한 눈물과 깊고도 경건한 말은 나에게 기쁨과 위안을 주었다.

그러나 나는 그녀와 곧 헤어졌다. 장례식이 끝난 뒤 사흘이 지나 우리는 모두 모스크바로 갔기 때문이다. 그리고 나는 다시는 그녀를 볼 수 없도록 운명지어져 있었다.

할머니는 우리들이 도착하고 나서야 비로소 끔찍한 소식을 들었다. 할머니의 슬픔은 예사롭지 않았다. 할머니가 일주일 내내 실신 상태에 빠져 있었기 때문에 우리들은 할머니를 볼 수 없었다. 의사들은 할머니의 생명이 위험하다고 걱정했다. 게다가 할머니는 어떤 약도 먹으려고 하지 않았을 뿐만 아니라 그 누구와도 말하려고 하지 않았다.

할머니는 이따금 혼자 방안 안락의자에 앉아서 갑자기 웃기 시작했고, 또 눈물도 흘리지 않고 통곡하다가 갑자기 경련을 일으키기도 했다. 그러다가도 맹렬하게 아무 의미도 없거나 무서운 말을 외치기도 했다. 엄마의 죽음은 할머니를 충격에 빠뜨린 첫 번째 커다란 슬픔이었고, 이 슬픔은 할머니를 절망에 빠지게 했다. 할머니는 자신의 불행에 대해 누군가를 비난해야만 했다. 할머니는 무시무시한 말을 했고, 놀라운 힘으로 누군가를 위협하기도 했으며, 안락의자에서 벌떡 일어나 성큼성큼 방 안을 돌아다니다가 의식을 잃고 쓰러지곤 했다.

한번은 내가 할머니의 방에 들어간 적이 있었다. 할머니는 평소처럼 안락의자에 앉아 있었는데 마음이 평온한 듯 보였다. 그러나 할머니의 눈을 본 나는 깜짝 놀랐다. 할머니의 두 눈은 활짝 열려 있었지만 초점이 없고 흐렸다. 할머니는 나를 똑바로 바라봤지만 보지 못한 것이 틀림없었다. 할머니의 입술은 천천히 미소 짓기 시작했다. 그리고 그녀는 감동적이고 부드러운 목소리로 말했다.

"얘야, 이리 온. 가까이 오너라, 얘야."

나에게 말하는 것이라고 생각한 나는 할머니에게 가까이 다가갔다. 그러나 할머니는 나를 보지 않았다.

"아, 내가 얼마나 가슴이 아팠는지 넌 모를 거야. 네가 왔으니 이제 너무나 기쁘구나……."

할머니가 엄마의 환영을 본 거라고 생각한 나는 걸음을 멈추었다.

"그런데 네가 없어졌다고들 하는구나."

할머니는 얼굴을 찌푸리며 말을 이었다.

"정말 말도 안 되는 소리야! 그래 네가 나보다 먼저 세상을 떠날 수 있는 거니?"

할머니는 신경질적으로 무섭게 깔깔대며 웃기 시작했다.

열렬하게 사랑할 수 있는 사람들만이 깊은 슬픔을 느낄 수 있다. 그러나 그런 사람들에게는 사랑에 대한 강한 요구가 슬픔을 이겨내는 힘이 되어 그들을 낫게 해 준다. 이 때문에 인간의 정신적 본성이 육체적인 본성보다 생명력이 강한 것이다. 슬픔은 결코 사람을 죽이지 않는다.

일주일이 지나자 할머니는 눈물을 흘리며 울 수 있게 되었고 기분도 훨씬 좋아졌다. 할머니가 정신을 차리고 맨 먼저 생각한 것은 바로 우리들이었다. 우리에 대한 할머니의 사랑은 더욱 커졌다. 우리들은 할머니의 안락의자에서 떠나지 않았다. 할머니는 조용히 울면서 엄마에 대해 말했고, 부드럽게 우리들을 보듬어 주었다.

할머니가 슬퍼하는 것을 보면서 할머니가 슬픔을 과장하고 있다고 생각한 사람은 아무도 없었다. 이 슬픔의 표현은 강하고 감동적이었다. 그러나 어쩐지 모르게 나는 나탈리야 사비쉬나에게 더욱 동정이 갔다. 지금까지도 나는 소박하고 애정으로 가득 찬 그녀만큼, 진실하고 순수하게 엄마를 사랑하거나 엄마의 죽음에 대해 애달파한 사람은 아무도 없다고 굳게 믿고 있었다.

엄마의 죽음과 함께 나에게는 행복한 유년시절이 끝나고, 새로운 소년시절이 시작되었다. 비록 더 이상 만나지는 못했지만 내 감수성의 방향과 발달에 아주 강렬한 영향을 주었던 나탈리야 사비쉬나에 대한 추억은 내 첫 번째 시절에 속하기 때문에, 그녀와 그녀의 죽음에 대해 몇 마디 더 하고자 한다.

시골에 남아 있던 사람들에게서 나중에 들은 이야기인데, 우리들이 모스크바로 떠난 뒤에 나탈리야 사비쉬나는 할 일이 없어서 몹시 따분해했다고 한다. 비록 모든 궤를 여전히 맡고 있었고, 그 궤를 언제나 뒤적이고 옮기면서 사방에 매달고 펼쳐 놓기는 했다. 그렇지만 어릴 적부터 몸에 밴, 섬겨야 할 사람들이 살고 있던 주인집의 떠들썩함과 부산함이 없어 쓸쓸하기만 했다. 슬픔, 생활 방식의 변화, 그리고 할일 없는 상태는 그녀가 가지고 있던 노인병을 빠르게 악화시켰다. 그리고 엄마가 돌아가신 지 꼭 일년 뒤에 그녀는 수종(水腫)에 걸려 몸져눕고 말았다.

나탈리야 사비쉬나가 페트로프스카야의 커다랗고 텅 빈 시골집에서 친척이나 친구들 없이 혼자서 살기란 무척 고통스러웠을 것이다. 그리고 그런 상황에서 혼자 죽기는 더욱더 고통스러웠을 것이다.

집안사람들은 모두 나탈리야 사비쉬나를 사랑하고 존경했다. 그러나 그녀는 누구와도 특별한 관계를 맺지 않았고, 그것을 자랑하기도 했다. 주인의 신임을 얻어 온갖 재물이 든 궤를 맡고 있는 가정부로서, 누군가와 가까이 지내면 반드시 불공평해지고 남의 부정을 너그럽게 봐줄 수 있다고 생각했던 것이다. 그래서인지, 아니면 그녀가 다른 하인들과 공통점이 없었기 때문인지는 모르지만, 그녀는 모든 사람들을 멀리했다. 그녀는 집안에 특별히 친한 사람이 없으므로, 주인의 재물에 손을 대는 자는 어느 누구도 눈감아주지 않을 거라고 말하곤 했다.

그녀는 마음으로부터 진실하게 기도하면서 자신의 감정을 하느님께 고백하며 위안을 얻었다. 그러나 이따금 우리 모두가 빠지게 되는 연약한 순간, 다시 말해 살아 있는 사람의 눈물과 동정이 사람에게 최고의 위안이 되는 순간에 그녀는, 자기가 기르는 발바리를 침대에 놓고 발바리와 얘기하고 발바리를 쓰다듬으면서 조용히 울기도 했다. 이럴 때 발바리는 노란 눈으로 그녀를 바라보며 그녀의 손을 핥았다. 발바리가 애처롭게 낑낑대기 시작하면 그녀는 발바리를 달래려고 애쓰며 이렇게 말하곤 했다.

"됐다, 네가 아니라도 내가 곧 죽으리라는 걸 알고 있다."

죽기 한 달 전에 그녀는 자신의 궤에서 하얀 옥양목, 하얀 모슬린, 그리고 장밋빛 리본을 꺼냈다. 그녀는 자기가 데리고 있던 하녀의 도움을 얻어 자기가 입을 하얀 옷 한 벌과 실내모를 지었다. 그리고 자신의 장례식에 필요한 모든 것을 아주 사소한 것까지 지시해 두었다. 또한 그녀는 주인의 궤를 목록에 따라 아주 정확하게 정리하여 그것을 집사에게 건넸다. 이윽고 그녀는 두 벌의 비단옷과 언젠가 할머니로부터 선물 받은 오래된 숄과, 역시 할머니가 그녀에게 주어 그녀의 재산이 된 금실로 지어진 할아버지의 군복을 꺼냈다. 그녀가 꼼꼼하게 손질하여 군복의 수와 금실은 완전히 새것이었고 나사도 전혀 좀이 슬지 않았다.

세상을 떠나기 전에 그녀는 이 옷 중에서 비단옷은 볼로쟈에게 주어 실내복이나 속옷으로 고쳐 입었으면 좋겠고, 다갈색 격자무늬 옷은 나에게 주어 역시 같은 용도로 사용했으면 좋겠고, 숄은 류보치카에게 주었으면 좋겠다는 뜻을 전했다. 군복은 우리들 중에서 가장 먼저 장교가 되는 사람에게 남겨준다고 유언했다. 장례식과 연미사 비용으로 따로 챙겨둔 40루블을 제외한 나머지 소유물과 돈은 모두 자기 남동생에게 전해달라고 했다. 벌써 오래전에 농노의 신분에서 자유의 몸이 된 그녀의 남동생은 어딘가 멀리 떨어진 다른 지방에 살면서 방탕한 생활을 하고 있었다. 그래서 살아 있는 동안 그녀는 남동생과 편지 한 통 주고받지 않았다.

나탈리야 사비쉬나의 남동생은 유산을 받으러 와서는 죽은 누나의 재산이 전부 25루블밖에 되지 않는다는 것을 알고는 그 사실을 믿지 않았다. 그는 60년 동안이나 부잣집의 모든 살림을 맡아 걸레 하나도 버리지 않으며 평생을 인색하게 살아온 누님이 아무것도 남겨 놓지 않았다는 것은 말도 안 된다고 했다. 그러나 그녀가 남긴 것은 실제로 그것이 전부였다.

나탈리야 사비쉬나는 두 달 동안 병으로 고통스러워했고, 기독교 신자다운 인내심으로 그 고통을 견뎌냈다. 그녀는 고통을 불평하거나 호소하지도 않았다. 다만 습관대로 줄곧 하느님만을 생각할 뿐이었다. 죽기 한 시간 전에 그녀는 조용히 기쁜 마음으로 고해를 하고 영성체(領聖體)와 도유(塗油)식을 받았다.

그녀는 모든 집안사람들에게 자기가 잘못한 일을 용서해 달라고 부탁했고, 자신의 고해를 받아 준 바실리 신부에게 우리에게서 받은 은혜에 대해 뭐라고 감사해야 할지 모르겠다는 말을 우리 모두에게 전해 달라고 부탁했다. 그리고 자신의 어리석은 행동으로 누군가를 화나게 했다면 부디 용서해 달라고 말했다. 그러나 자기는 결코 도둑질을 한 적이 없으며, 주인집의 실오라기 하나 건드리지 않고 살아왔다고 말했다. 그녀는 자신의 이런 점을 유일한 가치로 삼고 있었다.

그녀는 미리 준비해 둔 실내복과 실내모를 쓰고 팔꿈치 아래 베개를 대고 죽기 직전까지 계속 사제와 이야기하면서, 가난한 사람들에게 아무것도 남기지 않은 것을 떠올렸다. 그리고는 10루블을 내놓더니 그것은 가난한 교구 사람들에게 나누어 주라고 부탁했다. 이윽고 그녀는 성호를 긋고 누워 기쁨의 미소를 띤 채 하느님을 부르면서 마지막 숨을 거두었다.

그녀는 죽음을 두려워하지 않았고 미련 없이 이 세상을 떠났으며, 죽음을 행복으로 받아들였다. 모두들 이렇게 말하고 생각하지만, 실제로 이런 일은 아주 드물다! 나탈리야 사비쉬나는 확고한 믿음을 갖고 복음서의 계율을 실천하고 죽었기 때문에 죽음을 두려워하지 않은 것이다. 그녀의 전생애는 순수하고 사심 없는 사랑과 자기희생의 연속이었다.

만일 그녀의 신앙이 더 높을 수 있고, 그녀의 삶이 더 높은 목적을 지향했더라면 얼마나 좋았을까 하고 말할지도 모른다. 그러나 그렇지 못했다고 해서 그녀의 순결한 영혼이 사랑과 경탄을 받을 만하지 못하다고 말할 수 있을까? 그녀는 이 세상에서 가장 훌륭하게 위대한 일을 완수하고, 후회도 공포도 없이 죽은 것이다.

나탈리야 사비쉬나는 그녀가 바랐던 것처럼 엄마의 무덤이 있는 작은 예배당에서 멀지 않은 곳에 묻혔다. 그녀가 누워 있는 작은 봉분에는 쐐기풀과 우엉이 우거져 있고, 검은 나무 울타리가 둘러쳐져 있다. 나는 작은 예배당을 찾을 때마다 한 번도 잊지 않고 이 나무 울타리로 다가가서 땅에 닿을 정도로 깊이 머리를 숙여 인사하곤 한다.

이따금 나는 작은 예배당과 검은 나무 울타리 사이에서 말없이 멈추곤 한다. 그러면 내 마음속에는 불현듯 고통스런 추억이 되살아난다. 그리고 이런 생각이 떠오른다.

'단지 이 두 사람을 영원히 추모하도록 하기 위하여 하느님은 이들과 나와의 인연을 만드신 것일까? 정녕 그것뿐이란 말인가.'

빛이 있을 때 빛 속을 걸어라

고뇌 없이 정신의 과실은 열매 맺지 않는다.

빛이 있을 때 빛 속을 걸어라

"다른 비유 하나를 들어 보아라. 어떤 집주인이 있었는데 그가 포도원을 일구고 울타리를 치고, 그 안에 포도즙을 짜는 확을 파고, 망대를 세웠다. 그리고 그것을 농부들에게 세로 주고, 멀리 떠났다.

열매를 거두어 들일 철이 가까이 왔을 때에, 그는 그 소출을 받으려고 자기 종들을 농부들에게 보냈다.

그런데 농부들은 그의 종들을 잡아서, 하나는 때리고, 하나는 죽이고, 하나는 돌로 쳤다.

주인이 다시 다른 종들을 처음보다 더 많이 보냈다. 그랬더니, 그들은 그 종들에게도 똑같이 하였다.

마침내 그는 자기 아들을 그들에게 보내며 말하기를 '그들이 내 아들이야 존중하겠지' 하였다.

그러나 농부들은 그 아들을 보고 그들끼리 말했다. '이 사람은 상속자다. 그를 죽이고 그의 유산을 우리가 차지하자.'

그러면서 그들은 그를 잡아서, 포도원 바깥으로 쫓아내어 죽였다.

그러니 포도원 주인이 올 때에, 저 농부들을 어떻게 하겠느냐?"

그들이 예수께 말하였다. "그 악한 자들을 가차없이 죽이고, 제때에 그에게 소출을 바칠 다른 농부들에게 포도원을 맡길 것입니다."

(마태복음 21장 33~41절)

1

그리스도 탄생 100년 뒤, 로마 황제 트라야누스 시대의 일이었다. 그리스도 제자의 제자들이 아직 살아 있는 시대여서 그리스도교도는 사도행전에 나와 있는 것처럼 스승의 율법을 굳게 지키고 있었다. '많은 신도가 다 한마음 한뜻이 되어서, 누구 하나도 자기 소유를 자기 것이라고 하지 않고, 모든 것을 공동으로 사용하였다. 사도들은 큰 능력으로 주 예수의 부활을 증언하였고, 그들은 모두 큰 은혜를 받았다. 그들 가운데는 가난한 사람이 하나도 없었다. 땅이나 집을 가진 사람들은 그것을 팔아서, 그 판 돈을 가져다가 사도들의 발 앞에 놓았고, 사도들은 각 사람에게 필요에 따라 나누어 주었다.'(사도행전 4장 32~35절).

이러한 원시 그리스도교 시대, 키리키야국의 타르소에 유베나리우스라는 시리아 태생의 부유한 보석상이 있었다. 가난한 평민 출신이지만 그는 각고의 노력 끝에 재산을 모아, 도시 사람들의 존경을 한몸에 받았다. 교육은 받지 않았지만 여러 나라들을 돌아다녔으므로 많은 지식을 받아들였고, 그것을 충분히 이해하고 있었다. 그래서 도시 사람들도 그의 지혜와 공정함에 경의를 표했다. 그의 신앙은 로마제국의 지도층이 그랬던 것처럼 로마 이교였고, 신앙은 아우구스티누스 황제 이래 갖가지 의식을 집행할 것을 그에게 준엄하게 요구했으며, 당시의 황제인 트라야누스도 그 의식들을 굳게 지키고 있었다.

키리키야국은 로마에서 멀리 떨어져 있었지만 로마의 지배 아래 있었으므로 로마에서 일어난 사건은 모조리 키리키야에도 영향을 미쳤고, 태수들은 모두 황제를 흉내내는 상황이었다.

유베나리우스는 어린 시절부터 로마황제 네로의 행동을 많이 들어 왔고, 그 뒤로도 많은 황제들이 차례차례 사라져 가는 모습도 보아왔다. 타고난 현명한 인물이었으므로 그는 황제의 권력이나 로마의 종교에는 신성한 것 따윈 없다는 것, 모두 인간의 손으로 만들어진 것일 뿐임을 알고 있었다. 그러나 또한 현명한 사람이 늘 그렇듯이 권력에 저항하는 것은 손해라는 것, 신변의 안전을 위해 기존 질서에 따라야만 한다는 것도 역시 알았다. 그럼에도 불구하고 주위에서 일어나는 어리석고 미친 짓, 특히 상거래에서 가끔 마주치는 로마의 아둔함은 때때로 그를 당혹하게 했다. 그에게는 많은 회의가 일었다. 그는 모든 것을 포용할 수가 없었으며, 그것을 자신이 배우지 못한 탓이라고 여겼다. 그는 자식을 넷 두었는데, 그 가운데 셋은 어렸을 때 죽었고, 살아 남은 것은 율리우스라는 아들 하나였다.

유베나리우스는 온갖 애정과 관심을 이 율리우스에게 기울였다. 특히 유베나리우스는 자신을 당혹하게 했던 인생에 대한 회의, 그 회의로 괴로워하지 않아도 되도록 아들 율리우스를 가르치고 싶었다.

율리우스가 만 15세가 되었을 때, 아버지는 도시에 사는 청년들을 모아 학문을 가르치던 한 철학자(학자, 현인의 총칭. 철학이란 가장 사랑하는 예지에 관한 학문)에게 아들을 보내 공부를 하게 했다. 아버지는 율리우스를 이 철학자의 문하에 넣을 때, 옛날에 자신이 자유의 몸이 되도록 풀어주었고, 지금은 이미 고인이 된 한 노예의 아들 팜필리우스를 함께 보냈다. 그들 두 청년은 동갑으로 둘 다 잘 생긴데다가 사이가 좋았다.

두 청년은 모두 열심히 공부했다. 품행도 방정했다. 율리우스는 시와 수학 방면에 뛰어났고, 팜필리우스는 철학 연구에 두각을 나타냈다.

학업을 마치기 1년 전의 일이었다. 어느 날, 팜필리우스는 학교에 와서 스승의 앞으로 나오더니, 남편을 잃고 홀로 살아가던 어머니가 몇몇 친구와 함께 다르나 마을로 이사를 하게 되었으므로, 자기도 어머니를 도우러 함께 따라가야만 해서 학업을 중단할 수밖에 없다고 했다.

스승은 자랑거리였던 제자를 잃는 것이 안타까웠다. 유베나리우스도 아쉬워했다. 그러나 누구보다도 애석해한 것은 율리우스였다. 학교에 머물러 공부를 계속하라며 별별 수를 다 써서 권했지만, 팜필리우스는 끝까지 고개를 끄덕이지 않았고, 친구들이 보여준 자신에 대한 애정과 마음 씀씀이에 감사의 말을 하고는 그들과 헤어졌다.

2년이 흘렀다. 율리우스는 공부를 마쳤다. 그러는 동안 한 번도 헤어진 친구를 만나지 못했다. 그러다 지나는 길에 우연히 팜필리우스와 마주친 율리우스는 자기 집으로 불러다가 어디서 어떻게 사는지 이것저것 물었다. 팜필리우스는 율리우스에게 자기와 어머니는 여전히 같은 마을에 산다고 대답했다.

"우리는 둘이서만 사는 게 아니라네. 많은 친구들이 있지. 그 사람들하고 모든 것을 공동으로 하고 있어."

"공동이라니, 그것은 무슨 뜻인가?" 율리우스는 물었다.

"그러니까 우리 사이에는 어떤 것도 개인의 소유라고 생각하는 사람이 없다는 얘기네."

"어째서 그렇게 하나?"

"우리는 그리스도교도거든."

"설마."

율리우스는 외치듯이 이렇게 말했다.

그 시절에 그리스도교도가 된다는 것은 지금으로 치자면 음모를 꾸미는 패거리에 가담하는 것과 마찬가지였다. 그리스도교를 믿고 있음이 발견되면, 즉각 감옥으로 보내져 재판을 받아야 했다. 그리고 그 신앙을 버리지 않을 경우에는 사형에 처해지는 것이 관례였다. 이러한 사정을 아는 율리우스는 두려움에 떨었다. 그는 그리스도교도의 처지에 대해 여러 가지 무서운 이야기를 들어왔던 것이다.

"그리스도교도는 사람의 자식을 죽여서 먹는다고 하지 않던가! 설마 자네마저 그런 사람들 속에 들어가 있는 것은 아니겠지?"

"한 번 와서 보기 바라네." 팜필리우스는 대답했다. "우린 특별하게 다른 것은 아무것도 하지 않아. 다만 나쁜 일을 하지 않도록 노력하면서 살아가지. 그것뿐이라네."

"하지만 모든 것을 자기 것이 아니라고 생각하고 살아간다니, 어떻게 그런 일이 가능하지?"

"그럭저럭 먹고 살아갈 수 있다네. 내 쪽에서 형제들에게 근로봉사를 하면, 저쪽에서도 마찬가지로 보답을 해주거든."

"과연 그렇겠군. 하지만 그런 형제자매들이 이쪽의 봉사를 받았으면서도 보답을 하지 않으면, 그런 경우에는 어떻게 되는가?"

"그런 사람은 없어. 그런 사람은 호화로운 생활을 좋아하기 때문에 우리에게 오지 않아. 우리 생활은 검소하고 사치스럽지 않거든."

"하지만 공짜로 부양을 받는 것만 좋아하는 게으름뱅이가 세상에는 적지 않아서 그런다네."

"그런 사람들도 있기는 있지만 말일세, 우리는 그런 사람들을 기꺼이 맞아들이네. 얼마 전만 해도 도망친 노예 하나가 왔어. 처음에는 게으른 습관에 길들여져 있어서 좋지 않은 생활을 했지만, 곧 달라져서 지금은 선량한 우리 형제가 되었네."

"하지만 그런 사람이 마음을 고쳐먹지 않으면 어쩌겠나?"

"아, 그런 사람들도 있기는 하지. 하지만 키릴스 장로의 말씀대로 그런 사람이야말로 가장 소중한 형제자매로서 대하고, 더욱 사랑해 주어야만 한다네."

"과연 그런 건달을 사랑할 수가 있을지 모르겠군!"

"사람을 사랑하지 않을 수는 없다네."

"하지만 남이 달라는 것을 모조리 남에게 준다니, 이건 도저히 불가능한 이야기가 아닌가?" 율리우스는 물었다. "가령 우리 아버지가 다들 달라고 조르는 것을 일일이 주거나 하는 날에는 순식간에 무일푼이 되고 말 테니 말일세."

"글쎄, 그건 어떨지 모르겠네만, 우리에겐 늘 필요한 만큼의 물건이 남아 있다네. 때문에 먹을 것이 없게 된다거나, 몸에 걸칠 것이 없어진다거나 하는 경우에는 다른 사람들에게 달라고 하지. 그러면 다른 사람들이 흔쾌히 받아들이고 그것을 주네. 그렇지만 그런 경우는 아주 이따금밖에는 없어. 나도 지금까지 꼭 한 번 저녁을 먹지 않고 잠든 경험이 있을 뿐이니까. 그것도 내가 너무 피곤해서 형제가 있는 곳으로 얻으러 가는 것이 귀찮아서 그랬던 거라네."

"자네들이 어떻게 하고 있는지 모르겠지만," 율리우스는 말을 이었다. "우리 아버지가 입버릇처럼 말하는 것이네만, 자기의 소유물을 전혀 소중히 하지 않고 달라는 대로 주거나 하는 날엔 내가 굶어죽기 십상이라고 생각하는데."

"아니, 우린 죽거나 하지 않네. 한 번 와 보게나. 우린 제대로 살고 있거니와 물건도 부족하지 않을 뿐만 아니라 갖가지 여분도 잔뜩 갖고 있으니까 말일세."

"그건 또 대체 무슨 까닭인가?"

"우리는 모두 같은 율법을 따르고 있네만, 이 율법을 준수하는 힘은 사람에 따라서 천차만별이라, 많이 갖춘 사람도 있는가 하면 적은 사람도 있지. 어떤 사람은 이미 선덕(善德)의 생활에 완성을 보이고 있고, 어떤 사람은 겨우 시작했을 따름이네. 우리 선두에는 그리스도가 그 생활을 제시하면서 서 계시기 때문에, 우리는 그분을 본받으려고 열심히 노력하고, 이것 한 가지로 행복을 인정하는 것이지. 우리들 중에도 어떤 사람은, 예를 들면 키릴스 장로나 페라게야 부인 등은 우리의 선두에 서 계신다네. 다른 사람들은 모두 그들 뒤를 따라가고, 또 어떤 사람들은 한참 뒤처져 있지. 그래도 모두 오직 한길을 나아간다는 점에 변함은 없다네.

그리고 맨 앞 사람들은 이미 그리스도의 율법에 근접해 있네. 자기부정 말일세. 자기 영혼을 얻기 위해 자아를 없앴다는 것이지. 이런 사람들에게는 이제 아무것도 필요치 않다네. 이런 사람은 몸을 아끼지 않고 그리스도의 율법에 따라서 마지막 하나까지도 원하는 사람에게 주지. 그러나 신앙이 약한 사람들도 있는데, 이런 사람들은 모두 주는 것은 하지 못한다네. 결심이 약해져서 아직 자기 자신이 아까운 것이지. 이 사람들은 익숙한 입을 것이나 먹을 것이 없으면 픽이나 실망을 한다네.

그보다 더 약한 사람도 있어. 얼마 전에 이 길로 막 귀의한 사람들이 그렇다네. 이런 사람들은 아직 옛 습관을 벗어나지 못하고 자신을 위해 많은 물건을 모아놓고, 극히 적은 여분의 것만 남에게 나눠주지. 그러나 이렇게 뒤늦은 사람들도 앞서 가는 사람들에게 도움은 된다네.

뿐만 아니라 우리는 모두 이교도인 친족과의 관계 때문에 괴로워하고 있어. 어떤 사람은 아버지가 이교도인데, 재산이 많아서 아들에게 척척 준다네. 그래서 아들은 그것을 원하는 사람에게 주고 있는데, 아버지 쪽에서는 사정이야 어떻든 다시 보내주고 있어. 또 어떤 사람은 어머니가 이교도인데 자식이 불편할까 싶어 마찬가지로 보조를 한다네. 개중에는 자식이 이교도이고 어머니가 그리스도교도인 경우도 있지. 자식들이 어머니에게 효도를 다한다는 마음으로 갖가지 선물을 하면서 부디 남에게 주지 말아달라고 하네만, 어머니는 자식에 대한 사랑 때문에 그것을 받아들이기는 하는데, 역시 다른 사람들에게 나눠준다네. 또 개중에는 아내가 이교도이고 남편이 그리스도교도인 경우도 있고, 그 반대인 경우도 있어.

이런 식으로 모두들 뒤섞여 있기 때문에 선두에 서 있는 사람들은 마지막 하나까지 기꺼이 나누고 싶어하면서도 그렇게 할 수 없는 상황이라네. 이 덕분에 약한 사람들도 신앙으로 지탱이 되고, 그 때문에 우리 사이에는 여분의 것이 쌓이는 것이지."

그러자 율리우스는 말했다.

"하지만 그렇다고 한다면 자네들은 결국 그리스도의 가르침에 거역하면서 그것을 준수하고 있는 듯한 얼굴을 하고 있을 뿐이잖아. 모두 나눠주지 않는 한 자네들과 우리 사이에는 아무런 차이도 있을 수 없다네. 내 생각엔 이미 그리스도교도가 된 다음에는 하나에서 열까지 모조리 믿고 바치지 않는다면 거짓말인 것 같으이. 모든 것을 나눠주고 거지가 되는 것도 한 방법이겠지."

"그것이 가장 훌륭한 것이라네."

팜필리우스는 대답했다.

"꼭 그렇게 하게나."

"좋아, 자네가 실행하고 있는 곳을 본 다음에 나도 하기로 하겠네."

"아니, 우리는 무슨 일이든 남에게 보이는 것을 바라지 않는다네. 그러니 자네에게도 감히 권하겠네만, 남에게 보이기 위해서 지금의 생활을 팽개치고 우리에게로 오는 것은 그만두게. 우리는 남에게 보이기 위해서가 아니라 우리들 자신의 신앙에 따라서 지금 하고 있는 일들을 하고 있을 뿐이니까 말일세."

"신앙에 따른다는 것은 대체 어떤 의미인가?"

"신앙에 따른다 함은 그리스도의 가르침에 따르는 생활에만 이 세상의 악과 죽음에서 구원받을 수 있음을 믿는다는 뜻이라네. 세상 사람들이 우리를 뭐라 하든 우리에게 그런 것은 하등 중요치 않아. 우리는 남에게 보이기 위해서 하는 것이 아니라네. 그곳에 생명과 행복이 있다고 인정하기 때문이지."

"하지만 자신을 위해 살지 않을 수는 없지 않은가." 율리우스는 말했다. "신이 우리에게 누구보다도 나를 사랑하고, 나의 기쁨을 추구하는 본능을 주셨으니까 말일세. 자네들도 그런 일을 하고 있는 것이야. 자네들 중에도 몸을 아끼는 사람들이 있다고 지금 자네가 말하지 않았나? 그런 사람들은 점점 자기의 기쁨을 추구하게 되지. 그리고 차츰 자네들을 버리고 결국은 우리와 똑같은 생활을 하게 되고 말 걸세."

"아닐세, 다르네." 팜필리우스는 대답했다. "우리는 다른 길을 걷고 있기 때문에 절대로 지쳐 녹초가 되거나 하는 일은 없다네. 보게, 불 속에 장작을 끊임없이 넣으면 절대로 불은 꺼지지 않아. 마찬가지로 우리는 점점 더 강하게 타오르기만 한다네. 그곳에 우리의 신앙이 있지."

"아무리 그래도 이해가 될 것 같지 않군. 그 신앙의 본질이란 것은."

"그리스도가 말씀하신 것처럼 인생을 해석하는 것, 그것이 우리 신앙의 본질이라네."

"그렇다면 대체 어떤 식으로 해석하는 것인가?"

"그리스도는 이런 비유를 말씀하셨지. 포도원에서 일하는 사람들이 남의 포도원을 가꾸고 살면서, 그 포도원 주인에게 세로 소출을 지불해야만 하게 되었네. 우리 인간 역시 이 세상에 생명을 받은 까닭에 신께 우리 소출을 바쳐야만 한다네. 무슨 말인가 하면 신의 뜻을 수행하지 않으면 안 된다는 의미야. 그러나 사람들은 세속의 신앙에 휩쓸려 포도원을 자기 것으로 여기고는 '세 같은 것은 바칠 필요 없다. 그 수확을 내가 써야 할 곳에 쓰기만 하면 된다'고 생각했지. 그래서 주인이 소출을 받으려고 심부름꾼을 보냈을 때, 그들은 심부름꾼들을 내쫓아 버렸다네. 그래서 이번엔 주인이 아들을 다시 보냈는데, 그러자 그들은 아들은 주인의 상속인이라 그 사람을 처치해 버리면 더 이상 아무도 방해꾼이 없게 된다고 믿고 그를 살해해 버렸지. 이것이 곧 세속의 신앙이란 것이고, 이 세상 사람들이 이것을 믿고 있는 것이네. 우리 생명이 신께 바치기 위해 주어진 것임을 인식하지 못한거야. 하지만 그리스도는 우리에게 가르쳐 주셨다네. 세속의 신앙은 우리에게 포도원 주인의 심부름꾼이나 아들을 내쫓고 소출을 바치지 않는 편이 유리하다고 가르치네만, 결국은 소출을 바치든지 포도원에서 쫓겨나든지 둘 중에 하나밖엔 선택할 수 없기 때문에 이것은 잘못된 신앙이라고 말일세.

그리스도는 또 이런 것을 가르치셨지. 우리가 흔히 기쁨이라 부르는 것, 먹고 마시고 들떠 떠들거나 하는 것을 삶의 본질이라 한다면, 그것은 결코 진정한 기쁨일 수 없다네. 신의 뜻을 따르기 위해 구할 때, 그때 비로소 이러한 것이 기쁨이 되며, 그때 비로소 그 기쁨이 진정한 대가로서 신의 뜻을 수행하는 데 이어 솟아나온다네. 신의 뜻을 행하는 수고를 거치지 않고 기쁨을 얻으려 욕심내거나, 수고에서 기쁨만을 떼어 내거나 하면, 줄기에서 꽃을 떼어내고 뿌리가 없는 것을 심는 것과 같다네. 우리는 그것을 믿고 있지. 그래서 진실 대신 허위를 구할 수가 없는 것이라네. 인생의 참된 행복은 그 기쁨을 느끼는 데 있는 것이 아니라, 기쁨이라는 생각이나 기쁨에 대한 기대 없이 오로지 신의 뜻을 수행하는 데에 있거든. 이것이 우리의 신앙이라네. 그래서 우리는 그런 삶의 방식을 지키고 있는 것이야. 따라서 살면 살수록 점점 더 분명하게 알게 되는 것이네만, 그 동안의 기쁨이나 행복이라고 하는 것은 수레의 축과 바퀴의 관계와 같은 것이어서, 언제나 신의 뜻을 수행하는 발자취를 남기는 것이지. 스승은 말씀하셨다네.

'수고하며 무거운 짐을 진 사람은 모두 내게로 오너라. 내가 너희를 쉬게 하겠다. 나는 마음이 온유하고 겸손하니 내 멍에를 메고 내게 배워라. 그러면 너희는 마음에 쉼을 얻을 것이다. 내 멍에는 편하고, 내 짐은 가볍다.'"(마태복음 11장 28~30절)

팜필리우스는 이렇게 말했다. 율리우스는 그 말을 듣고 충격을 받았지만, 아직 팜필리우스가 한 말을 확실하게 이해할 수 없었다. 팜필리우스가 자기를 속이고 있는 것처럼 생각되기도 했으나, 친구의 선량한 눈을 보고 그 착한 마음을 떠올리자, 팜필리우스가 자기기만에 빠져 있는 것처럼 여겨지기도 했다.

여하튼 팜필리우스는 자기들의 생활을 와서 보고, 마음에 들거든 그대로 머물러서 함께 살지 않겠느냐고 율리우스에게 권했다. 그래서 율리우스는 그렇게 하마고 약속했다.

율리우스는 약속을 하긴 했지만 팜필리우스를 찾아가지는 않았다. 그러다가 자기 생활에 바빠서 친구를 깡그리 잊고 있었다. 또 한편으로는 그리스도교도의 생활이 자신을 매혹시키지는 않을까 염려되기도 했다. 그에게는 그리스도교도의 생활이 삶의 모든 기쁨을 부정해야 하는 삶인 것처럼 상상되었다. 그는 삶의 본질을 이 기쁨에 두고 있었으므로 이것을 거부할 수가 없었다. 그는 그리스도교도를 비난하고, 그 비난을 존중했으며, 그런 비난거리가 없어질 것을 우려해 그들의 결점을 발견할 기회를 찾아다녔다.

언제 어디서 그리스도교도를 만나는 경우에라도 그는 즉석에서 비난의 구실을 찾아냈다. 그들이 시장에서 과일이나 야채를 파는 것을 목격하면, 그는 곧장 자기에게, 또 때로는 그들을 향해 '당신들은 사유재산을 아무것도 갖지 않는다고 하면서 그렇게 물건을 팔아서 돈을 벌고, 원하는 사람에게 공짜로 주려는 것 아닌가. 당신들은 스스로를, 또 우리를 속이고 있는 것'이라고 말했다. 그러면서도 그들이 어째서 무료로 주지 않고 매각하는 것을 정당하고 필요한 것이라고 인정하는가 하는 이유에 대해 그들과 토론하려고 하지 않았다.

또 좋은 옷을 입은 그리스도교도를 만났을 때는 아직 그런 훌륭한 옷을 쥐버리지 않고 있음을 비난했다. 율리우스에게는 그리스도교도가 죄가 깊은 존재여야 했는데, 그리스도교도는 결코 자기의 죄과를 부정하지 않았고, 따라서 율리우스가 볼 때 그들은 모두 죄가 많은 존재로 보였다. 그런 율리우스의 눈으로 보면 그리스도교도는 모두 말만 앞설 뿐 실행을 동반하지 않는 위선자요, 사기꾼이었다. '이래 봬도 나는 언행을 일치시키고 있는데, 당신들은 말과 행동이 서로 맞지 않지 않는가'라고 그는 생각했다. 그러곤 혼자서 과연 그렇다고 굳게 믿고는 비로소 평안한 마음이 들어 예전과 같은 생활을 계속했다.

2

율리우스는 성품은 선량했지만 부유한 청년이 그렇듯 으레 많은 노예를 소유했고, 그들이 명령을 행하지 않았을 경우나 자기 기분이 나쁠 때에는 엄벌에 처하는 경우도 드물지 않았다. 그는 전혀 필요하지도 않은 비싼 물건이나 옷들을 산더미처럼 가지고 있는데도 그런 물건을 또 사들였다. 또 연극을 비롯해 그 밖의 갖가지 볼 것을 좋아했다. 젊은 시절부터 이미 여럿의 정부를 두고 있었고, 친구들과 함께 술고래에 대식가라는 나쁜 습관에 몸을 맡기고 있었다.

자기의 생활을 돌아보지 않았으므로 자기 생활이 즐겁게 흘러가는 것처럼 여겨졌다. 그의 생활은 모두 환락 속에서 지나갔으므로 삶에 대해 조용히 생각할 짬이 없었던 것이다.

그렇게 2년이 지났다. 율리우스는 그렇게 일생이 끝나는 줄 알았다. 그러나 그것은 불가능했다. 율리우스는 언제나 재미있게 즐겁게 보내고자 하기 때문에 끊임없이 환락을 더욱더 강하게 가져가야만 했다. 처음엔 친구와 둘이서 한 잔의 술을 나눠 마시고도 유쾌한 기분이 되었지만, 그런 즐거움을 몇 번쯤 반복하는 사이에 같은 즐거운 기분이 되려면 이번엔 보다 고급의 술을 두 잔 마시지 않으면 안 되었다. 또 초기에는 남자인 친구와 이야기만 나눠도 유쾌했지만, 그것이 거듭되는 동안에 이내 싫증이 나서 비슷한 유쾌한 기분이 되려면 여자 친구와 이야기해야 할 필요가 생겨났다. 나중에는 그것만으로는 부족해 다른 요소가 필요했다. 그 다음에도 역시 그것으로는 만족하지 못해 언제나 같은 여자친구에게는 싫증이 난다면서 상대를 바꿔야 했다.

모든 육체적 만족은 이러한 법이다. 만족을 채우려면 끊임없이 그것을 강화시켜 가야만 한다. 그러나 만족을 강화하고 증대하려면 남에게 한층 더 많은 것을 요구하지 않으면 안 된다. 그리고 자기가 바라는 것을 남에게 하게 하려면 권력자가 아닌 보통 사람의 경우, 고금을 막론하고 수단은 한 가지, 오직 돈뿐이다. 율리우스의 경우도 그러했다. 그는 육체의 쾌락에 몰두해 있었으나 권력자가 아니었으므로 끊임없이 이 욕구를 증대시켜 나가려면 아무래도 돈이 필요했다.

율리우스의 아버지는 부자이고, 외동아들을 귀여워해 자랑거리로 삼고 있었으므로, 사랑하는 아들을 위해서라면 돈을 아끼지 않았다. 율리우스의 생활은 부유한 청년들의 생활 그대로였고, 무위도식과 사치와 방탕하고 타락한 환락 속에 흘러갔다. 그런 환락은 예나 지금이나 같아서 마시고, 치고, 사는 삼박자로 정해져 있다.

그러나 환락에 빠진 율리우스는 점점 더 많은 액수의 돈을 필요로 했고, 잘나가던 율리우스도 부족을 느끼는 신세가 되었다. 언젠가 그는 평소 받던 액수보다 많은 돈을 아버지에게 졸랐다. 아버지는 그 돈을 주었으나, 아들에게 잔소리를 했다. 아들은 자기의 잘못을 통감하면서도 인정하기가 싫었으므로, 그런 사람들이 으레 그렇듯 짜증을 내면서 아버지에게 못된 말을 토해냈다. 아버지를 졸라 받아낸 돈은 눈 깜짝할 사이에 탕진되었다. 더구나 그때, 율리우스는 우연한 기회에 인사불성이 되도록 잔뜩 취한 친구들과 싸워 결국 살인을 저지르고 말았다. 시장이 이 사실을 알고 율리우스를 감금하려 했지만, 아버지가 백방으로 뛰어다녀 막아주어 겨우 사면이 되었다. 실로 이 즈음 율리우스는 방탕한 생활에 푹 빠져서 한층 거액의 돈이 필요했다. 그래서 그는 곧 갚겠다고 약속하고 한 친구에게 돈을 빌렸다. 때마침 정부(情婦)가 선물을 조르기 시작했다. 진주 목걸이가 갖고 싶다는 것이었다. 더구나 여자의 요구를 들어주지 않으면, 여자가 자기를 배신하고 전부터 자기에게서 여자를 빼앗으려는 속셈이 있는 부호와 가까워질 것이 틀림없음을 그는 알고 있었다. 그래서 율리우스는 어머니에게 가서 '이러이러한 돈이 필요하다. 그만한 돈을 조달해주지 않으면 나는 자살해 버리겠다'고 으름장을 놓았다.

이런 처지에 빠진 것에 대해 율리우스는 자신이 아니라 아버지를 원망했다. 그는 이렇게 말했던 것이다. "아버지는 나를 호화로운 생활에 물들여 놓고는 나중이 되자 돈이 아까운 생각이 들었어요. 처음부터 잔소리 하지 않고 나중에 내줄 만큼의 돈을 깨끗하게 내주었더라면, 나는 돈을 규모 있게 써서 지금처럼 어려움에 처하지도 않았을 거예요. 아버지가 주는 돈이 언제나 충분하지 않았기 때문에 나는 어쩔 수 없이 고리대금업자의 문턱을 드나들었어요. 그리고 그 고리대금업자에게 깡그리 털리는 바람에 부잣집 아들다운 생활을 할 수가 없게 되었고, 친구들 앞에서 창피해 고개를 들 수 없는 지경입니다. 그런데도 아버지는 이런 사정을 조금도 이해해주려 하지 않아요. 아버지에게도 젊은 시절이 있었을 텐데, 아예 잊어버리고는 나를 이런 지경에 빠뜨리고 만 거예요. 이미 이렇게 되었으니 내가 원하는 만큼의 액수를 주지 않으면 나는 자살해……."

금지옥엽으로 키운 아들의 응석을 받아주던 어머니는 아버지에게 갔다. 아버지는 아들을 불러 그와 어머니를 함께 꾸중하기 시작했다. 아들은 거칠게 말대답을 했고, 아버지는 그를 때렸다. 다시 한 번 아버지의 팔이 올라가자, 아들은 아버지의 두 팔을 난폭하게 움켜잡았다. 아버지는 하인들을 큰 소리로 불러 그들에게 아들을 묶고 방에 단단히 감금하게 했다.

혼자가 되자 율리우스는 아버지를 저주하고 자기의 삶을 저주했다. 자기든 아버지든 둘 중 하나가 죽는 것이 현재의 상황에서 벗어나는 유일한 길인 것 같았다.

한편 율리우스의 어머니는 율리우스보다 더 괴로워했다. 이 모든 문제가 대체 누가 나쁜 것인지 그녀로서는 판단이 서질 않았다. 그녀는 오로지 사랑하는 아들 생각만 하면서 탄식하고 슬퍼했다. 그녀는 남편에게 가서 용서해 달라고 애원했다. 그러나 남편은 그녀의 말에 귀를 기울이지 않았고, 오히려 아들을 타락시켰다면서 그녀를 책망하기 시작했다. 그녀도 남편에게 비난의 말을 쏟아 부었다. 결국 말다툼은 남편이 아내를 호되게 때리는 것으로 끝이 났다. 그러나 어머니는 자기가 맞은 것 따위는 개의치 않고, 아들에게 가서 어서 아버지에게 가서 용서를 빌고, 말씀대로 따르라고 설득했다. 그 대신 아버지 모르게 필요로 하는 돈은 자기가 살짝 주마고 약속했다. 아들은 동의했다. 그래서 어머니는 다시 남편에게 가서 아들을 용서해 주라고 애원했다. 아버지는 오랫동안 아내와 아들에게 욕을 퍼부었으나, 마침내 용서해 줄 마음이 들었다. 다만 율리우스가 방탕한 생활을 버리고 아버지가 진작부터 며느리로 맞으려고 약속해 놓은, 한 부자 상인의 딸과 결혼할 것을 조건으로 내놓았다.

"그리하면 녀석은 나한테서 받은 돈에다가 며느리의 지참금도 손에 들어오게 될 테니 부족하진 않을 게야. 그 대신 그렇게 되면 단정한 생활을 시작하지 않으면 곤란해. 어쨌든 녀석이 내가 명령하는 대로 실행한다고 약속하면 용서해 주지. 하지만 지금은 아무것도 줄 수 없어. 조금이라도 다시 좋지 않은 행실을 했다가는 그것이 마지막인 줄 알아. 곧장 시장의 손에 넘겨 버릴 테니깐."

율리우스는 모든 것에 동의하고 용서를 받았다. 그는 지금까지의 나쁜 생활을 그만두고 결혼하겠다고 맹세했다. 그러나 사실 그에게는 그런 기특한 생각은 애당초 없었다. 가정 생활은 이제 그에게 지옥이 되었다. 아버지는 그와 말을 하지 않았고, 그의 문제로 끊임없이 어머니와 으르렁댔다. 어머니는 늘 울었다.

어느 날, 어머니는 율리우스를 자기 방으로 불러다 놓고 보석 하나를 살며시 건넸다. 그것은 그녀가 남편에게서 훔쳐온 것이었다.

"자, 이것을 갖고 가서 팔거라. 하지만 이곳이 아닌 다른 도시에 가서 팔도록 해라. 적당한 때가 올 때까지 보석을 판 것을 내가 감춰줄 테니까. 만일 발각이 되면 노예 하나에게 죄를 뒤집어씌울 테니까 상관할 것 없다."

어머니의 말은 율리우스의 마음을 움직였다. 율리우스는 어머니의 행동에 소름이 끼쳐 보석을 팽개쳐 둔 채 그 길로 집을 뛰쳐나왔다. 어디로 무엇을 하러 가는지 그 자신도 알지 못했다. 여하튼 혼자가 되어 자기에게 일어난 모든 일들과, 자기를 기다리고 있는 앞으로의 일을 깊이 생각하지 않으면 안 되었다. 그런 기분에 휩싸이면서 그는 점점 도시를 벗어나고 있었다.

앞으로, 앞으로 걸음을 내딛는 동안 그는 마침내 도시를 벗어나 여신 디아나(이교 여신 가운데 하나)의 숲으로 들어갔다. 조용하고 인기척이 없는 곳으로 들어서면서 그는 깊은 생각에 잠기기 시작했다. 맨 처음 머리에 떠오른 것은 여신에게 도움을 빌어야겠다는 생각이었다. 그러나 그는 이미 신에 대한 신앙을 상실하고 있었으므로 신에게서 도움을 기대할 수 없다는 것을 알고 있었다. 그러나 신에게 도움을 청할 수 없다면 대체 누구에게 이것을 청해야 할 것인가? 자신의 처지를 깊이 생각하는 것이 너무나도 두렵게 여겨졌다. 혼돈과 암흑뿐이었다. 그러나 달리 어떻게 할 도리도 없었다. 양심의 소리에 귀를 기울이는 것 외에 달리 방법이 없었다.

그래서 그는 양심이라는 재판관 앞에서 자기의 생활과 행위를 문초하기 시작했다. 그러자 그 모든 것들이 악하며, 어리석게 보이기 시작했다. '대체 나는 무슨 까닭으로 이렇게 자신을 괴롭혀 온 것일까? 무엇 때문에 젊은 날을 이렇게까지 헛되이 보내 왔더란 말인가?' 즐거운 것은 없고 슬픔과 불행만이 가득했다. 무엇보다 비참한 것은 자신이 줄곧 고독한 존재로 생각되는 것이었다. 전에는 사랑해 주는 어머니가 있었고, 아버지가 있었다. 친구들도 몇몇 있었다. 그러나 지금은 그런 사람이 하나도 없다. 누구 한 사람 그를 사랑해 주는 사람은 없었다. 모두에게 그는 이미 짐스러운 존재에 지나지 않았다. 이제 그는 그들 삶의 방해꾼이 되었다. 어머니에게는 아버지와 말다툼하는 원인이 되었고, 아버지에게는 평생 고생해서 모은 부를 낭비하는 못난 아들이 되었다. 또한 친구들에게는 위험하고 불쾌한 경쟁자가 되었다. 이 사람들 모두 그가 죽는 것을 좋아할 것이 당연했다.

자기의 삶을 되돌아보는 동안 율리우스는 팜필리우스를, 그와 마지막으로 만났던 때를, 팜필리우스가 그리스도의 가르침을 따르는 자기들에게로 오지 않겠느냐고 했던 것 등을 떠올렸다. 그러자 이대로 집으로 돌아가지 말고 곧장 그들 그리스도교도에게로 가서 함께 생활하자는 강렬한 생각이 그의 마음을 사로잡았다. 그러나 과연 지금 나의 상황이 그렇게나 절망적인 것인가 생각하면서 그는 또다시 자신의 지나온 과거를 회상하기 시작했다. 여전히 누구 한 사람 자신을 사랑해 주는 사람이 없으며, 자기 또한 아무도 사랑하지 않았던 듯한 생각이 들었고, 그 사실이 그를 소름끼치게 했다.

'어머니, 아버지, 친구들, 모두 나를 사랑해주지 않으며 내가 죽기를 바라는 것이 틀림없다. 그러나 그런 나는 과연 누군가를 사랑했던 것일까?'

친구들 어느 누구에게도 사랑을 느끼지 못한 것 같았다. 그들은 모두 경쟁자이며 자신이 불행에 빠진 지금, 냉혹하고 무정한 태도를 보이는 사람들뿐이다. '그렇다면 아버지는?' 그는 이렇게 자문했다. 이 질문을 하면서 그는 자기의 마음을 들여다보고 공포에 휩싸였다. 그는 아버지를 사랑하지 않았을 뿐만 아니라 그의 압제에 대해, 모욕에 대해 증오심마저 품고 있었던 것이다. 그렇다. 그는 아버지를 미워하고 있었다. 아니, 그렇기는커녕 율리우스 자신의 행복을 위해 아버지의 죽음을 생각하고 있었던 것을 확연히 알 수 있었다.

율리우스는 자문했다.

'내가 행하는 것을 아무도 보는 사람이 없고, 아는 사람이 없었다면, 그리고 한 방에 아버지의 목숨을 빼앗고 나를 자유롭게 할 수 있었다면?'

율리우스는 스스로 대답했다.

'그렇다. 나는 틀림없이 아버지를 죽였을 것이다.'

그는 이렇게 답하면서 스스로에게 오싹해졌다.

'그렇다면 어머니는 어떠한가? 나는 어머니를 불쌍하게 생각한다. 그러나 어머니에게도 사랑은 느끼지 않는다. 어머니가 어떻게 되든 나에게는 아무래도 상관없고, 어머니의 물질적 도움이 필요했을 따름이었다……. 그렇다. 나는 짐승이다! 쫓기는 들짐승이다. 단지 들짐승과 다른 것은 나의 의지로 이 허위로 가득 찬, 사악한 삶을 벗어 던질 수 있다는 점뿐이다. 들짐승이 하지 못하는 것, 자살이 가능하다는 한 가지밖엔 다를 것이 없다. 나는 아버지를 증오하고 있다. 누구에게도 사랑을 느끼지 않는다. 어머니나 친구도……, 그저 팜필리우

스만이 조금 다른 느낌이 들뿐이다…….'

그는 다시 팜필리우스를 떠올렸다. 이 친구와의 마지막 만남, 그때 친구가 말했던 그들의 스승 그리스도의 '수고하며 무거운 짐을 진 사람은 모두 내게로 오너라, 내가 너희를 쉬게 하겠다……'라는 말을 떠올리기 시작했다.

'과연 이것이 정말일까?' 그는 깊이 생각하기 시작했다. 친구 팜필리우스의 두려워하거나 주저하지 않는, 기쁨으로 빛나는 듯한 온화한 얼굴이 떠올랐다. 그 친구를 만나 목소리를 듣고 싶었다. 팜필리우스가 한 말을 믿고 싶었다. 진심이라고 그는 자신에게 중얼거렸다.

'대체 나는 누구인가? 행복을 추구하는 인간이다. 나는 행복을 땅 위의 여러 욕망 가운데서 구하고 찾을 수 없었다. 나와 비슷한 삶의 방식으로 살아가는 사람은 모두가 발견할 수 없는 것이다. 모두 사악으로 일그러지고, 모두 고뇌에 흠뻑 젖어 있다. 그러나 여기에 어떤 것도 추구하지 않은 결과, 언제나 행복한 사람이 있다. 나 같은 사람은 많다. 세상의 모든 인간이 조만간 우리처럼 되리라. 나도 우리의 스승 그리스도의 가르침을 따르면 그런 존재가 될 수 있다고 그 친구는 말했지만 이것이 진실이라면, 어떨까? 진실일까 아닐까? 나는 진실 쪽으로 마음이 끌린다. 어쨌든 가보자.'

율리우스는 스스로에게 이렇게 말하고 숲을 빠져나와 그리스도의 가르침을 믿는 사람들이 사는 마을을 향해 떠났다.

3

율리우스는 기운차고 기쁘게 걸음을 옮겼다. 그리고 앞으로 나아가면서 팜필리우스가 했던 말들을 떠올리고, 또 그리스도교도의 생활을 상상하자 그의 마음은 차츰 기쁨으로 가득 차기 시작했다.

벌써 날이 저물고 있었다. 그가 잠깐 쉬려 할 때, 길가에서 휴식을 겸해 도시락을 먹고 있는 한 남자와 우연히 마주쳤다. 똑똑하게 생긴 중년의 사내였다. 그는 길가에 앉아서 올리브 열매와 튀긴 과자를 먹고 있었다. 율리우스를 보자 그는 빙긋 웃으면서 이렇게 말했다.

"안녕하시오, 젊은이. 아직도 길은 멉니다. 잠깐 앉아서 쉬었다 가시오."

율리우스는 인사를 하고 앉았다.

"어디로 가시는 길이시오?"

낯선 사내는 이렇게 물었다.

"그리스도교도에게로 갑니다."

율리우스는 이렇게 대답하고 지금까지 자기의 삶과 이번의 결심을 모조리 그에게 말했다. 낯선 남자는 주의 깊게 듣고 나서 이것저것 자세한 것을 꼬치꼬치 물었지만, 자기 의견은 말하지 않았다. 그러나 율리우스가 말을 마치자 낯선 남자는 먹다 남은 음식을 자루 속에 넣고 옷매무새를 고치더니 말했다.

"젊은이, 그런 계획은 실행하지 마시게나. 당신은 미혹에 빠져 있는 것이라오. 나는 세상이란 것을 아는데 당신은 아직 세상을 알지 못하오. 그리고 나는 그리스도교도를 알지만 당신은 그들을 모른다오. 그리고 자, 들어 보시게. 내가 당신의 삶과 사상을 모조리 파헤쳐 보일 터이니. 당신 생활과 사상에 대한 말을 내 입에서 듣게 되면, 당신은 훨씬 올바른 해결법을 취하게 될 것이오. 당신은 젊고 부자에다 그처럼 이목구비가 수려하고, 그리고 힘으로 충만해 있지 않소? 당신의 몸 속에는 정열이 끓어 넘치고 있소. 당신은 정열로 흥분하거나 정열의 결과로 번민하거나 하지 않는 조용한 선착장을 찾아서 그리스도교도의 한가운데로, 그런 피난처를 찾아내고자 하고 있지만, 젊은이, 그런 곳은 없다오. 왜냐하면 당신을 불안하게 하는 것은 키리키야나 로마에 있는 것이 아니라 당신 내부에 있기 때문이라오. 속세를 떠나 적막한 산 속에 홀로 살아도 정열은 당신을 번뇌하게 할 것이 틀림없소. 고요하기는커녕 백 배나 맹렬하게 고통스러울 것이오.

그리스도교도의 기만이나 착각, 나는 이 사람들을 잘 모르니 말은 바꾸어도 상관 없소만, 이 착각이 어디에 있는가 하면, 그들이 인간의 본성을 인정하려 하지 않는 점이라오. 그 사람들의 가르침을 완전히 실행할 수 있는 사람은 정열의 샘이 완전히 고갈된 노인뿐이라오. 정력이 넘치는 사람, 특히 세상이나 자신에 대해서도 아직 잘 모르는 당신 같은 젊은이는 더더욱 그런 사람들의 율법에 따르는 것이 불가능하오. 그 사람들의 율법이란 것은 인간 본성에 바탕한 것이 아니라 그들의 교조(敎祖)인 그리스도의 공허하지만 현인의 면모를 기초로 하고 있기 때문이라오. 그런 사람들에게 간다 해도 당신은 현재의 고뇌와 똑같은 고뇌를 반복하는 것 외에 달리 재간이 없을 것이오. 더구나 그 고통의 정도가 훨씬 강렬해지기만 할 뿐이지.

하긴 지금 당장은 정열이 잘못된 방향으로 당신을 이끌고 있소. 그러나 한

번 방향을 잘못 잡은 뒤에도 이것을 고칠 수는 있다오. 게다가 현재 당신은 어쨌든 해방된 정열, 즉 삶의 만족을 가질 수 있으니 말이오. 하지만 그 사람들 속으로 들어가 보시게나. 무리하게 자신의 정열을 억압시킨 끝에 역시 현재와 똑같은, 아니 보다 훨씬 맹렬한 미혹에 빠지는 것이 고작이라오. 그리고 그런 고통 외에, 채워질 수 없는 인간적 욕구로 끊이지 않는 고뇌를 맛보게 될 것이 분명하다오. 둑을 허물어 물을 방류하면 밭과 초원이나 동물을 기름지게 하지만, 둑을 막아 보시게나. 물은 당장 대지를 파고들고 더러운 물이 되어 분출할 것이라오. 인간의 정열도 마찬가지요. 그들 그리스도교도의 가르침은 무엇인고 하니, 그들이 스스로를 위로하는 도구로 삼는 신앙에 대해선 여기서 말하지 않기로 하더라도 인생에 대한 그들의 가르침을 파헤치면, 요컨대 폭력과 강제를 인정하지 않는다, 전쟁이나 재판기구를 인정하지 않는다, 사유재산을 인정하지 않는다, 과학과 예술이나 그밖에 인생을 가벼운 오락으로 삼는 모든 요소를 인정하지 않는다는 것이 된다오.

세상 사람들이 모두 그들이 상상하는 그리스도 같은 존재였다면, 이것은 꽤 괜찮은 것인지도 모르지. 하지만 아시는 바와 같이 그런 일은 없거니와 또 있을 리가 없다오. 인간은 사악한 존재여서 온갖 정열의 포로라오. 이러한 정열의 장난과 거기서 발생하는 충돌이 세상 사람들을 지금 같은 생활 조건 아래에 잡아 매놓은 것이라오. 야만족은 사양이란 것은 조금도 모르지요. 그래서 세상 사람이 그리스도교도처럼 모두 순종하게 되는 날에는 오직 한 사람의 야만인이 자기의 비천한 욕망을 만족시키기 위해 세상의 인간을 모조리 멸망시켜버릴지도 모른다오.

신은 인간에게 분노나 복수의 감정에서 증오의 마음까지 주셨고, 그런 감정이 인간생활에 없어서는 안 될 요소이기 때문에, 신이 그런 것을 주셨다는 것 아니겠소? 그렇지만 그런 감정은 사악한 감정이며, 그런 감정이 없으면 세상 사람들은 행복해지고 살인이나 사형, 전쟁 같은 것이 자취를 감추게 될 것이라고 그리스도교도는 가르친다오. 물론 이것은 옳은 말이오. 그러나 이 말은 행복해지고 싶으면 먹지 말아야 한다고 말하는 것과 다를 바가 없소. 실제로 먹는 것을 중지해버리면 탐욕과 기아, 거기서 생겨나는 갖가지의 재해와 불행은 발길을 끊게 될 것이오. 하지만 아시다시피 이런 가정(假定)은 인간의 본성을 바꾸지 못한다오. 가령 2, 30명의 사람이 그것을 믿고, 글자 그대로 음식을 섭취하지 않고 굶어죽었다고 해서, 그것이 인간의 본성을 바꾸는 힘을 지니지는 못한다오. 정열의 경우도 마찬가지지. 노여움, 증오, 복수의 감정, 나아가 여자나 사치품이나 영광, 위대함 등을 좋아하는 감정 등도 모두 신들이 본래 가진 것이므로, 우리 인간에게도 불변의 특질이 되는 것이오. 음식물의 섭취를 끊으면 인간은 곧 죽고 만다오. 그와 똑같이 인간에게 본래 있는 온갖 정열과 번뇌를 부정하면, 인류도 멸망할 것이 틀림없소이다.

그리스도교도가 부정하는 것처럼 보이는 '사유(私有)'란 것에 대해서도 똑같다오. 주위를 관찰해 보시오. 포도원, 울타리, 가옥, 당나귀, 이런 것들 하나하나가 모두 사유라는 조건 아래서 인간의 손으로 만들어져 나온 것 아니오? 소유권을 부정하면 이내 포도밭은 단 한 군데도 경작되지 않고, 한 마리의 가축도 사육되지 않게 될 테지요. 자기들에게 사유재산은 없다고 그리스도교도는 단언하오만, 그들도 거기서 얻는 물질을 취하고 있는 것 아니오. 그들은 또 모든 물자를 공유하며, 모두 함께 공동으로 사용한다고 말하오. 그러나 그들이 공동으로 휴대하고 다니는 것, 그것은 곧 그들이 사유재산을 옹호하는 사람들한테서 받아든 것일 뿐이오. 결국 그들은 세상사람을 속이고 있는 게지요. 백 보를 양보한다 해도 스스로를 속이고 있는 것이구요. 당신은 그 사람들이 자기의 입에 풀칠을 하기 위해 손수 열심히 일을 한다고 말할 지도 모르오만, 그들이 자기의 일로 얻는 것은 그들 입에 풀칠하기에 충분치 않으며, 사유재산을 인정하는 사람들이 만든 물자를 누리고 있는 판국이라오. 또 가령 백 보를 양보해서 그들이 자기들을 먹일 수가 있다 하더라도 그것은 기껏해야 생활을 지탱해 갈 수 있다는 것일 뿐, 그들의 사회에는 학문도 예술도 자리를 잡지 못할 것이오.

그들은 우리 학문이나 예술의 이익을 인정하지 않는다오. 실제로 그들에게는 그것 외에 달리 생활 방식은 없는 것이지. 그들의 가르침은 인간을 원시의 상태, 즉 야만스런 동물의 상태로 되돌리는 것에 몰두하고 있기 때문이라오. 그들은 학문이나 예술로 인류에게 봉사할 수 없으며, 이것을 모르기 때문에 애초부터 부정하는 거요. 그들은 인간의 특성을 이루고, 인간을 신의 자리로 근접시키는 작용을 하는 여러 재능으로 인류에 봉사할 수가 없다오. 그들 사회에서는 신전도, 조각상도, 극장도, 박물관도 출현하지 않을 것이오. 그런 것은 필요 없다고 그들은 말하오. 자기의 저열한 비천함을 부끄러워하지 않을 수 있는 가장 손쉬운 방법은 숭고한 것, 높고 원대한 것을 애초부터 부정하는 것 한 가지이니까 말이오. 그래서 그들도 그 한 가지를 이용하는 것이라오. 그들의 그리스도는 배우지 못한 문맹의 사기꾼이지. 그리고 그들은 그 흉내를 내고 있을 따름이오. 뿐만 아니라 그들은 무신론자요. 그들은 신들의 존재를 인정하지 않고 인간에게 신들이 손을 대신 것도 인정하지 않는다오. 그들에게는 자기들이 아버지라 부르는 스승이자 아버지인 존재와, 자기들에게 인생의 모든 신비를 계시해 주었다고 이해하는 스승, 이 두 사람이 있을 뿐이오. 그들의 가르침은 실로 비참한 기만일 뿐이지.

부디 이 한 가지를 이해해 주기 바라오. 세상은 신들이 유지하고, 신들은 인간을 비호하고 있다오. 우리의 가르침은 이렇게 설교하오. 때문에 착하게 살려 한다면 우리는 신들을 경외하고, 스스로 생각하고 탐구하지 않으면 안 된다오. 그러므로 우리 인생에 지도자 역할을 하는 것은 한편으로는 신들의 의지이며, 다른 한편으로는 인류의 영지(靈知)인 것이 되지. 우리는 살고, 생각하고 탐구하오. 때문에 진리를 향해 한 걸음씩 전진한다오. 그러나 그들 그리스도교도에게는 신들도 없는가 하면 신들의 의지도 없으며, 인류의 영지도 없다오. 있는 것은 오로지 극형을 당한 그들의 스승과 그 스승이 한 모든 말에 대한 맹목적인 신앙뿐이오. 그럼 어디 어느 쪽의 지도자가 의지가 되겠는지 판가름해 보기 바라오. 신의 의지와 인류 전체의 영지를 한데 합친 자유로운 활동인지, 아니면 한 인간의 말에 대한 강제적인 맹신이 의지가 되는지를 말이오."

율리우스는 낯선 사내의 장광설, 특히 마지막 몇 마디에 심한 충격을 받았다. 그리스도교도에게 가고자 하는 자신의 의지가 동요하기 시작했을 뿐만 아니라, 많은 불평에 기가 꺾여 어떻게 그런 미치광이 같은 결심을 할 수가 있었는지 오히려 이상하게 여겨졌다. 그러나 지금 자신이 대체 어떻게 해야 좋을지, 현재 자신이 처한 이 역경에서 어떻게 하면 벗어날 수 있을까라는 의문이 여전히 남아 있었다. 그래서 그는 자신의 처지를 설명하고 그에 대한 낯선 사내의 의견을 물었다.

"나도 마침 그 얘기를 하려던 참이라오."

낯선 사내는 말을 계속했다.

"당신은 이제부터 어떻게 해야 좋을까? 당신의 진로를 나는 죄다 알고 있소. 당신의 모든 불행은 인간이 본래 지닌 갖가지 정열에서 나오는 것이라오. 정열이 당신을 유혹해 점점 깊이 빠져들게 한 때문이오, 당신이 번민하는 것은. 이것은 이 세상에 흔해 빠진 교훈이지. 이 교훈을 바르게 쓰지 않으면 안 되오. 당신은 많은 경험을 해서 이미 지금은 쓴맛 단맛을 다 알고 있소. 이제 다시는 똑같은 실수를 반복하는 일도 없을 것이오. 자신의 경험을 이용하시오. 무엇보다도 당신을 탄식하게 하는 것은 아버지에게 적대하는 마음인데, 그런 적대감은 당신의 현재 처지에서 생겨난 것이므로 처지를 다시 생각해 보시오. 그리하면 그런 적대감은 소멸되거나 적어도 더 이상 병적으로 고개를 쳐들 일은 없어질 것이라오.

모든 불행은 당신이 처한 입장이 옳지 않은 데에서 발생한 것이오. 당신은 청춘의 환락에 정신을 잃었소. 그러나 이것은 자연적인 현상이므로 별것 아니오. 나이에 따라서 그러는 동안에는 괜찮지만 시간이 흘렀다오. 더구나 당신은 한 사람 몫을 하는 사내의 힘을 지녔으면서도 청춘의 난폭함에 몸을 맡기었소. 때문에 명예롭지 못하게 된 것이오. 당신은 이제 한 사람의 몫을 하는 남자가 되어 억압하지도 억압을 당하지도 않는, 하늘 아래의 공민으로서 나라에 봉사하고 공익을 향해 분투하고 노력해야만 할 때가 된 것이오. 아버지가 아내를 맞으라고 한 것은 지극히 당연한 얘기라고 해야 할 것이오. 당신은 인생의 한 시기, 바로 청춘시대를 통과해 제2의 시기로 접어들었소. 불안과 초조는 모두 과도기의 징후라오. 청춘이 지나갔음을 자각하고 청년에 한한 특성일 뿐 어른의 특성이 아닌 것을 용감하게 팽개치고 새로운 길로 나아가시오. 청춘의 욕망과 쾌락을 버리고 결혼하시오. 그리고 상업이나 사회사업, 학문과 예술 등에 종사하시오. 그리하면 아버지나 친구들과 화목해질 뿐만 아니라 평안과 희열을 발견하게 될 것이 분명하오.

당신을 불안하고 초조하게 만들었던 주요 원인은 당신이 처한 환경의 부자연스러움 때문이오. 당신은 이제 강요도 강요를 당하지도 않는 한 남자가 되었으므로, 결혼생활로 들어가 아버지가 되어야 한다오. 내가 당신에게 하는 첫 번째 충고는 아버지의 희망대로 결혼하라는 것이오. 당신이 그리스도교도 사이에서 발견하고자 했던 그런 고독한 경지에 이끌린다면, 즉 사회 생활에서가 아니라 철학 분야에 이끌린다면, 그런 방면의 활동에 몸을 바쳐 세상을 이롭게 할 수 있을 것이오. 다만 그것은 당신이 진정한 의미에서 인생이란 것을 온전히 안 뒤의 얘기이겠지만……, 그러나 그것을 알려면 아무래도 독립된 시민,

한 집안의 주인이 되지 않으면 안 되오. 만약 그 뒤에도 여전히 고독의 경지에 이끌린다면 그런 생활에 몸을 맡기시오. 그때는 이미 그것이 현재 같은 불만의 폭발이 아니라 진정한 내적 욕구가 될 테니까. 그때는 용감하게 앞으로 나아가시오."

마지막 몇 마디가 가장 강하게 율리우스를 설복시켰다. 율리우스는 낯선 사내에게 인사를 하고 집으로 돌아갔다. 어머니는 기쁘게 그를 맞이했다. 아버지도 아들이 자신의 뜻에 따라, 자신이 내세운 처녀를 아내로 맞아들일 생각임을 알고 그와 화해했다.

4

석 달 뒤, 율리우스와 에우라리야라는 미녀와의 결혼식이 거행되었다. 율리우스는 생활을 완전히 바꿔 새 아내와 함께 새로 지은 집에서 살면서 아버지가 맡긴 사업의 일부를 직접 경영하기로 했다.

어느 날 사업 관계로 이웃 마을에 가서 한 상인의 가게 앞에 앉아 있으려니, 옛 친구인 팜필리우스가 낯선 한 여자와 함께 지나가는 모습이 보였다. 그들 둘은 무거워 보이는 포도 짐을 들고 그것을 팔러 다니고 있었다. 율리우스는 옛 친구를 발견하자 뚜벅뚜벅 그의 곁으로 다가가, 가게 안으로 들어가서 잠깐 이야기를 하자고 말했다.

여자는 팜필리우스가 옛 친구와 함께 가고 싶지만 자기를 홀로 남겨놓고 갈 수가 없어 망설이는 것을 보고, '자기는 당신이 계시지 않아도 괜찮으니 혼자서 포도 바구니를 들고 살 사람을 기다리겠노라'고 말했다.

팜필리우스는 여자에게 인사의 말을 하고 율리우스를 따라 가게로 들어갔다. 가게로 들어서면서 율리우스는 평소 친한 사이인 주인에게 옛 친구와 함께 안으로 들어가도 되겠느냐고 청하고, 허락을 받아 팜필리우스를 데리고 안쪽의 한 방으로 들어갔다.

두 친구는 서로 안부를 물었다.

팜필리우스의 생활은 마지막으로 만났던 때로부터 지금까지 별로 달라진 것이 없었다. 그는 여전히 그리스도교의 공동생활을 계속하고, 지금도 아내 없이 지내며, 자기의 생활은 해가 갈수록, 세월이 흐를수록 점점 더 법열의 빛을 더해간다고 잘라 말했다.

율리우스도 신상에 일어난 모든 일을 친구에게 말했고, 자신도 까딱하면 그리스도교도 안으로 들어가려 했다는 것, 가는 도중에 낯선 남자를 만나 그가 제지했다는 것, 낯선 사내가 자기에게 그리스도교도의 미망(迷妄)을 설명하면서 자신의 가장 중요한 의무는 결혼이라고 했다는 것, 그리고 자신이 그 권고를 따라 아내를 맞이했다는 것 등을 모두 말했다.

"그랬던가, 그래서 어떤가. 자네는 지금 행복한가?" 팜필리우스는 물었다. "그 낯선 인물이 자네에게 약속했던 것을 자네는 결혼생활에서 발견했는가?"

"행복하냐고 했나?" 율리우스는 말했다. "행복하다는 것은 대체 어떤 것을 가리키나? 행복이라는 말이 자신의 갖가지 욕망의 완전한 충족을 의미하는 것이라면 물론 나는 행복하지 않다네. 당장 나는 내 사업에서 상당한 실적을 올리고 있으며, 세상 사람들도 나를 존경하는 것 같아서 이 방면에선 어느 정도의 만족을 얻고 있다네. 그거야 뭐, 나 같은 것보다 부나 명예가 뛰어난 사람들도 많기는 하네만, 나는 이제 곧 그런 사람들과 어깨를 나란히 할 뿐만 아니라 추월할 수도 있으리라고 예상하고 있다네. 이 방면에선 나의 생활도 괜찮네만, 결혼생활은 솔직히 말하겠는데 나를 만족시키지 못했다네. 아니, 그렇기는커녕 나에게 기쁨을 가져와야 마땅한 결혼생활이 그런 것을 주지 않고, 결혼 직후 맛보았던 기쁨도 차츰 적어져서 이제는 완전히 없어지고 말았고, 결혼생활의 기쁨이 있었던 자리에 슬픔이 싹을 틔우기 시작하는 것을 느낀다네. 아내는 미인에다 영리하고 배운 것이 많은 데다가 성품도 선량하다네. 그래서 나는 결혼 직후에는 무척 행복했지. 그러나 지금은 이제, 자넨 아내를 가졌던 경험이 없으니까 이해하지 못하겠지만, 우리 부부 사이에는 내가 무관심한 때에 아내 쪽에서 애무를 요구하거나, 그 반대인 경우가 원인이 되어 때로 싸움을 하는 경우가 있다네. 아니, 그뿐만이 아닐세. 육체적인 사랑에는 아무래도 '새로운 맛'이란 것이 필요하지. 내 아내보다 훨씬 매력이 떨어지는 여자도 처음엔 보다 강하게 나를 매혹한다네. 그러니 세월이 가면서 아내에게서 매력이 없어지는 것은 말할 것도 없지. 나는 이미 그것을 경험했다네. 어쨌든 나는 결혼생활에 만족을 찾아낼 수가 없었어. 어떤가, 자네?"

율리우스는 이렇게 신상 이야기를 끝맺었다.

"정말이지 철학자의 말은 옳더군. 이 세상의 삶은 영혼이 갈망하는 것을 주지 않아. 나는 그것을 결혼생활에서 경험했다네. 하지만 이 세상의 삶이 영혼이 갈망하는 행복을 주지 않는다는 것은, 자네들의 기만이 행복을 가져다 준다는 증거가 되지는 않으니까 말일세."

빙글빙글 웃으면서 율리우스는 덧붙였다.

"대체 어떤 점에서 자네는 우리의 기만을 본 것인가?"

팜필리우스가 물었다.

"별다른 것도 아니네만, 자네들은 인생에서 벌어지는 온갖 일을 둘러싼 재앙과 불행에서 인간을 벗어나게 하기 위해 인생의 갖가지 일들, 인생 그 자체를 부정하고 있네. 거기에 자네들의 기만이 있지. 자네들은 환멸을 피할 목적으로 매혹을 부정해. 결혼 그 자체도 부정하니까 말일세."

"우리는 결혼을 부정하거나 하지 않는다네."

팜필리우스는 말했다.

"결혼을 부정하지 않는다 해도 적어도 사랑을 부정하고 있네."

"정반대일세. 우리는 오히려 사랑 이외의 모든 것을 부정한다네. 사랑은 우리에게 모든 것의 기본을 이룬다네."

"나는 자네의 생각을 알 수가 없네." 율리우스는 말했다. "다른 사람들이나 자네에게서 들은 범위 내에서 판단해 보아도, 또 우리가 동년배임에도 자네가 아직 아내가 없는 것으로 보아도, 모든 점에서 나는 감히 단정하건대 자네들 사이에는 결혼이란 것은 행해지지 않네. 자네들은 이미 성립되어 있는 결혼생활은 계속하지만, 새로이 결혼생활로 들어서지는 않네. 자네들은 인류의 존속 같은 문제에 대해서는 배려하지 않아. 정말이지 자네들 같은 사람들뿐이었다면 인류는 벌써 옛날에 자취를 감추고 말았을 게 분명하네."

율리우스는 말했다. 이미 몇 번이나 남에게서 들은 것을 반복하면서.

"아니, 그것은 옳지 않네." 팜필리우스는 말했다. "확실히 우리는 인류의 존속 같은 것을 목적으로 하지는 않거니와, 자네들 쪽에서 현자라 부르는 사람들에게서 이미 여러 번 들은 바와 같이 그런 문제에 대해서는 그다지 마음을 쓰질 않네. 이것은 사실일세. 그런 문제에 관해서는 우리의 아버지께서 충분히 배려를 하셨으므로 우리 목적은 아버지의 뜻에 따른 삶을 사는 것, 오직 이 한 가지에 있다고 생각한다네. 인류의 존속이란 것이 아버지의 뜻이라면 인류는 존속할 것이고, 그렇지 않다면 멸망할 것일세. 그것은 우리가 애쓸 문제가 아니라네.

우리가 배려해야 하는 것은 아버지의 뜻에 따라서 사는 것이지. 더구나 아버지의 뜻은 우리의 본성에도, 복음서에도 표현되어 있어. 남편은 아내와 결합해 둘이서 한 몸이 되어야 한다는 의미의 것이 고스란히 복음서에 나와 있다네. 결혼은 우리 사이에서 금지되어 있기는커녕 오히려 장로나 교사들이 장려하고 있을 정도라네. 그러나 우리 쪽의 결혼과 자네 쪽의 결혼은 서로 다르지. 무슨 얘기냐 하면 우리의 율법은 우리에게 정욕의 눈으로 여자를 보는 것을 죄악이라고 가르친다네. 이것이 다른 점일세. 때문에 우리나 우리와 신앙을 같이 하는 부인들도 자기의 몸을 아름답게 장식하고 추잡한 정욕을 도발하는 따위의 행동을 하지 않고, 되도록 그런 욕망을 멀리 하도록 노력하네. 그래서 우리들은 남녀 사이의 애정이 형제자매간의 사랑처럼 되어서, 자네들이 사랑이라 명명하는 여자에 대한 욕정보다도 치열해지도록 마음을 쓰고 있지."

"그러나 자네들도 역시 아름다움에 대한 감정을 없앨 수는 없지 않은가?" 율리우스는 말했다. "예를 들면 지금 자네와 함께 포도 바구니를 날라 온 그 아름다운 아가씨 말일세. 그 아가씨는 그런 검소한 옷차림으로 자기의 매력을 감추고 있기는 하지만, 자네의 내부에 여자에 대한 애정을 불러일으킬 것이 틀림없다고 나는 확신하네."

"글쎄, 난 아직 모르겠는데." 살짝 얼굴이 붉어지면서 팜필리우스는 말했다. "나는 아직 그 아가씨의 아름다움 같은 것을 염두에 둔 적이 없었다네. 나에게 그런 말을 한 것은 자네가 처음일세. 그 아가씨는 나에게 여동생 같은 사람이지. 다만 그것뿐이라네. 그것은 그렇고, 우리 결혼과 자네들의 결혼과의 차이에 대해 자네에게 했던 말을 좀 더 하겠네.

그 차이는 우선 이런 점에서 일어나는 것이라네. 자네들 쪽에선 정욕이 아름다움이라든가 사랑이라든가 여신 비너스를 위한 봉사라는 명칭으로 지지되고 고취되고 있네만, 우리에겐 정반대로 정욕은 악은 아니지만, 신이 악을 창조해 내셨을 리가 만무하니까, 제자리를 찾지 못하는 경우에는 악이 되는 것이지. 우리는 그것을 유혹이라 부르네. 그래서 우리는 모든 수단으로 정욕을 피하려고 한다네. 내가 오늘날까지 아내를 얻지 않는 것은 실로 그 때문일세. 하기야 내일이라도 결혼하지 않는다고는 하지 못하겠지만."

"그러면 결혼을 결정하는 것은 무엇인가?"

"신의 뜻이라네."

"어떻게 그것이 신의 뜻인 것을 알지?"

"구하지 않으면 절대로 신의 뜻을 알려 주는 지시 따위는 발견할 수 없을 걸세. 하지만 끊임없이 구하면 분명히 알게 된다네. 보게, 그 산제물이나 하늘을 나는 새를 통해 알게 되는 점이 자네들에게 명료한 것처럼 말이네. 자네들 사이에도 현자라 불리는 선생들이 있어서 그들의 예지나 산제물의 내장이나 새의 나는 모습에 따라서 신의 의지를 설명하네만, 그것과 마찬가지로 우리에게도 장로라 불리는 현자가 있어서 그리스도의 계시에 따라, 또 자기 마음과 다른 사람의 사상을 연구한 것에 따라, 이것이 가장 중요한 것이네만 나아가서는 타인에 대한 사랑으로 우리에게 아버지의 뜻을 풀어 준다네."

"하지만 그건 아무래도 너무 애매모호하지 않은가?" 율리우스는 반박했다. "예를 들면 자네의 경우인데, 언제 누구와 결혼하지 않으면 안 되는가 하는 것을 대체 누가 자네에게 알려 주지? 내가 결혼문제에 봉착했을 때는 후보자로 3명의 아가씨가 있었다네. 그 아가씨들은 모두가 부유한 가정의 딸 가운데 미인인 사람들 속에서 고른 것이라네. 따라서 그 가운데 어떤 아가씨를 선택하든 아버지는 이견이 없었지. 나는 그 셋 가운데서 에우라리야를 택했다네. 그 까닭은 이 여자가 가장 아름답고, 또한 내게는 다른 누구보다도 매력이 있어 보였기 때문이지. 그렇지만 자네 쪽은 그런 경우 대체 무엇이 선택의 기준이 되는가?"

"자네의 그 질문에 답하기 위해서" 팜필리우스는 말했다. "만사를 제쳐놓고 제일 먼저 이 이야기를 해야만 하겠네. 우리가 받드는 가르침 대로라면 하늘이신 아버지 앞에서는 만인이 평등하기 때문에, 우리 앞에 섰을 경우에도 그 신분으로든 정신적 또는 육체적인 특질이든 마찬가지로 평등하다네. 따라서 우리의 선택은, 우리로선 이해하기 힘든 이 말을 사용한다면 말일세, 어떤 것에든 국한될 리는 없지. 살아 있는 모든 남녀가 그리스도교도의 아내나 남편이 될 수 있는 것일세."

"그렇다면 더더욱 결정이 힘들겠군."

율리우스는 말했다.

"그리스도교도의 결혼과 이교도의 결혼 사이에 존재하는 차이에 대해 우리 장로가 나에게 말해 주신 것을 모조리 자네에게 말하겠네.

이교도들은 모두 자네처럼 자신에게 가장 많은 쾌락을 주리라 여겨지는 여자를 고르지. 그러나 그런 조건 아래서는 다른 것에 관심이 쏠려 결정하기가 매우 힘이 들지. 게다가 쾌락을 얻고 얻지 못하고는 결혼 후가 아니면 알 수가 없기 때문에 더욱 그렇다네. 그러나 그리스도교도에게는 그처럼 나를 위한 선택 같은 것은 없어. 오해가 있을지 모르겠지만, 어쨌든 자기 본위의 선택, 자기의 개인적 쾌락을 위한 선택은 설사 있다 하더라도 1등을 차지하지 못하고, 2 다음이나 3 다음이 되는 형편이라네. 우리들 그리스도교도에게는 나의 결혼으로 신의 뜻을 거스르는 일이 없도록 하려는 것, 그것이 중요한 점이지."

"그러나 대체 결혼의 어떤 점이 신의 뜻을 거스른단 말인가?"

"아 참, 옛날 자네와 둘이서 호메로스의 《일리아드》를 읽고 한창 공부하던 때가 있었지. 나는 잊어버려도 별로 이상할 것이 없네만, 현자나 시인들 사이에서 하루하루를 보내고 맞이한 자네는 아마 그것을 잊을 수가 없을 걸세. 그런데 그 일리아드 말인데, 그 전체가 대체 무엇을 의미하는 것일까? 그것은 결혼에 대한 신의 뜻을 거스르는 이야기일세. 메넬라오스, 파리스, 헬레나, 아킬레우스, 아가멤논, 크리세이스도 모두 신의 뜻을 위배한 것에서 발생한 것이니까."

"대체 어떤 점이 신의 뜻을 위배했다는 것인가?"

"남자가 여자를 자기와 동등한 한 '인간'으로서 사랑하는 것이 아니라 그녀와의 육체적 접촉에서 얻는 자기의 쾌락을 사랑한 결과, 자기의 쾌락을 위해 결혼하지. 이 점이 신의 뜻을 위반한 것이네. 그리스도교도의 결혼은 그 사람에게 만인에 대한 사랑이 있는 경우, 그리고 육체적인 사랑의 대상이 인간에 대한 인간의 형제애의 대상으로 바뀔 때, 그런 경우에만 가능하다네. 집을 합리적이고 견고하게 지을 수 있으려면, 기초공사가 튼튼하게 되어 있어야 하지. 또 그림을 그릴 캔버스가 제대로 준비되어 있지 않으면 그림을 그릴 수가 없어. 그와 똑같은 이치로 육체적인 사랑도 인간끼리의 존경과 사랑이 바탕에 깔려 있을 때에 비로소 바르고 합리적이고 견고한 것이 된다네. 합리적인 그리스도교적 가정생활은 그러한 기초 위에서가 아니면 수립될 수 없는 것이지."

"말은 그렇지만 역시 아무래도 나는 이해할 수가 없네. 어떻게 그런, 자네가 말하는 그리스도교의 결혼이 가능한지 말이네." 율리우스는 말했다. "어떻게 그런 결혼이, 그런 파리스가 경험한 것과 같은 한 여자에 대한 사랑을 배제한다는 것인가?"

"그리스도교의 결혼이 한 여자에 대해 모든 것을 집중하는 그런 사랑을 허용하지 않는다니, 나는 결코 그런 말장난을 하는 것이 아니라네. 오히려 그 반대로 그런 사랑이 있을 경우에 우리의 결혼은 비로소 합리적이고 신성한 것이 되지. 그러나 한 여자에 대해 그렇게 모든 것을 몰두하는 절대적인 사랑이란 것은 그 전부터 이미 존재하는 만인에 대한 박애가 침범을 당하지 않는 경우에만 싹을 틔울 수 있다네. 그것 자체가 아름다운 것으로 인정되고, 많은 시인에 의해 칭송되는 애정, 한 여자에 대한 애정은 그것이 만인의 사랑에 기초하지 않는 한 사랑이라 부를 권리를 갖지 못한다네. 그런 것은 짐승의 욕구이고, 자주 증오로 표변되지. 그러한 사랑, 이른바 에로스적인 것은 만인에 대한 형제의 사랑을 기초로 하지 않으면 금수의 행위로 타락해 버린다네. 줄곧 사랑하는 듯한 얼굴을 하고, 여자에게 폭력과 강제를 휘두르며, 고뇌에 차서 여자의 일생을 엉망진창으로 만들어 버리는 그런 경우, 여자에 대한 남자의 폭력과 학대가 쉽게 들 수 있는 실례이지. 자기가 사랑하는 사람을 괴롭히는 한, 그런 폭력적 행위 속에 인간에 대한 애정이 결여되어 있음은 자명해. 더구나 비그리스도교인의 결혼에는 종종 감춰진 폭행이 수반되지. 나를 사랑하지 않는 여자, 혹은 다른 남자를 사랑하는 여자와 결혼한 남자가 자기의 애욕만 만족하면 된다면서 그 여자를 고뇌로 내몰고 딱하게 생각하지 않는 경우가 바로 그것일세."

"과연 그렇군. 그러면 그것은 그렇다고 하세나." 율리우스는 말했다. "하지만 말일세, 상대 아가씨가 그 남자를 사랑하는 경우에는 아무런 불의나 부정은 없다는 것이 되네. 따라서 그리스도교도의 결혼과 이교도의 결혼 사이에는 별달리 차이가 없는 것이 아닌가?"

"자네의 결혼에 관해서는 자세한 사정을 알지 못하네만" 팜필리우스는 대답했다. "하지만 나도 이것만은 아는데, 개인의 행복을 토대로 한 결혼은 모두가 불화의 원인일 수밖에 없다네. 다른 것을 돌아보지 않고 우적우적 먹을 것을 섭취하는 동물과 별 차이 없는 인간 사이에선 결혼이 달라붙어서 하는 싸움의 원인이 되지 않을 수 없는데, 그것과 마찬가지일세. 누구든지 맛있는 부분을 먹고 싶지만 그런 부분은 모두에게 돌아가지 않기 때문에 싸움이 일어나는 것이지. 노골적인 다툼은 아니라 하더라도 감춰진 분쟁이 생겨난다네. 약자는 맛있는 부분을 먹고 싶지만 강자가 넘겨주지 않을 것을 알고 있지. 그리고 정면으로 맞서 싸워 빼앗을 힘이 없다는 것을 알면서도 약자는 그늘에 웅크리고 선망과 증오의 눈으로 강자를 바라보면서 그것을 가로채기에 적당한 기회가 있으면 곧장 일에 착수하지. 이교도의 결혼도 마찬가지일세. 아니, 그보다 2배, 3배나 좋지 못해. 여하튼 선망의 대상이 인간이고, 부부지간에도 증오가 싹트니까 말일세."

"그러나 부부가 자기 두 사람 이외에 아무도 사랑하지 않게 된다니 그것은 도저히 불가능한 얘기일세. 어떠한 경우에나 늘, 어느 쪽인가가 일방적으로 사랑하는 남자나 여자가 생겨나지. 이런 경우에는 자네들의 교의로 볼 때 결혼은 불가능한 것이 되네. 과연, 그래서 알았네만 자네들이 결혼을 하지 않는다는 소문은 아무래도 사실인 것 같으이. 자네는 결혼하지 않았고, 또한 어쩌면 앞으로도 결혼하지 않을 거라고 생각하네만, 그것도 역시 이런 관계 때문이었군. 하지만 한 번도 다른 여성의 가슴에 애정을 일으킨 적 없이 남자가 한 여자와 결혼한다거나, 혹은 묘령의 아가씨가 남자의 마음을 설레게 하지 않고 성숙할 때까지 억누르는 것이 과연 있을 수 있겠는가? 예를 들면 그 일리아드의 헬레나 말일세, 그녀는 대체 어떤 행동을 취해야만 했겠는가?"

"키릴스 장로는 그 문제에 대해 이렇게 말씀하고 계신다네. 이교도의 세계에서는 사람들은 형제들에 대한 사랑 따위는 생각도 않고, 그런 감정은 키우지도 않고, 여자에 대한 육체적인 애정을 자기 내부에서 눈뜨게 하려고, 오직 이것 한 가지에 전념하고, 그리고 자기 내부에 그런 정열을 키워 나가지. 따라서 그들의 세계에서는 헬레나라든가 그와 비슷한 모든 여자가 많은 남성의 애욕을 불러일으킨다네. 경쟁자들은 서로 다투고 마치 동물의 수컷들이 한 마리의 암컷을 차지하려는 경우처럼 한 발짝 먼저 무례를 저지르려 노력하지. 따라서 대소 강약의 차이는 있어도 그들의 결혼은 모두가 투쟁과 폭행의 이중주일세.

그러나 우리 공동체는, 바로 우리는 나 혼자의 미적 향락 같은 것을 생각지 않을 뿐만 아니라 그런 향락에 이끌리는 갖가지 유혹, 이교도의 세계에서 엄숙한 가치가 있는 것으로 제사를 지내고 존경의 대상이 되어 있는 그러한 온갖 유혹을 말일세. 그런 모든 유혹을 오히려 회피하는 것이라네. 우리는 이와 정반대여서 오로지 이웃에 대한 존경과 사랑의 의무에 대해서만 전념한다네. 그리고 절세의 아름다움에 대해서든 희대의 추함에 대해서든, 만인에 대해 평등하게 대할 의무를 갖고 있지. 우리는 온힘을 기울여 이 감정을 기른다네. 따라서 우리의 내부에선 모든 사람을 향한 사랑의 감정이 미의 유혹을 이기며,

이것을 정복하고, 성적 관계에서 생겨나는 불화가 근절되는 것일세.

그리스도교도는 서로 끌리는 느낌을 주는 사람과의 결합이 아무에게도 비탄의 원인이 되지 않는 경우에만 결혼하네. 아니, 그렇기는커녕 그리스도 장로는, 그리스도교도는 부인과 자신이 일심동체 상태에 있는 것이 누구에게도 비탄이 되지 않는 경우가 아니면 그 여자에게 끌리지 않는다고까지 극언을 하네."

"그러나 과연 그런 것이 가능하겠는가?" 율리우스는 반박했다. "강하게 끌리는 감정을 억제한다니, 과연 그렇게 할 수 있겠느냐는 것일세!"

"그야 물론 그런 감정을 제멋대로 놔두면 불가능할 게 뻔하겠지만, 그런 감정이 깨어나지 못하도록, 불쑥불쑥 고개를 쳐들지 못하도록 억제할 수는 있다네. 아버지와 딸, 어머니와 아들, 오빠와 여동생 내지 누나와 동생 등등의 관계를 예로 들어 생각해 보게나. 어머니는 아들에게, 딸은 아버지에게, 누나나 여동생은 남동생이나 오빠에게 그들이 제아무리 아름답다 하더라도 개인적 만족의 대상이 되지는 않네. 사랑의 대상이 될 수 있을 따름이지. 따라서 끌리는 감정이 눈을 뜨는 일 따위는 없다네. 그런 감정이 눈뜨는 것은 아버지에 대해서 말한다면, 지금까지 딸이라고 생각했는데 딸이 아님을 안 때에 한할 수 있겠지. 아들과 어머니, 오빠나 남동생 대 여동생이나 누나의 경우도 마찬가지일세.

더구나 그런 경우조차도 이 감정은 극히 미약하고 점잖을 것이므로 당사자는 이것을 억압할 수 있을 것이네. 육감도 지극히 경미할 것이 분명하지. 왜냐하면 어머니, 아들, 누나 등에 대한 애정이 근저에 가로놓여 있기 때문이네. 인간의 내부에는 모든 여성에 대해, 어머니나 딸이나 누나, 여동생에 대한 감정과 마찬가지의 감정이 생길 수 있고, 수립될 수 있다는 것, 그리고 이 감정을 토대로 성애(性愛)의 감정이 성장할 수 있다는 것을 어째서 자네는 믿으려 하지 않는가? 지금까지 여동생으로 여겼던 여자가 여동생이 아님을 알았을 때, 오빠는 비로소 그녀에 대해, 한 여성에 대한 애정이 자기의 내부에서 용솟음치는 것을 허락하네.

마찬가지로 그리스도교도도 또한 자기의 애정이 누군가를 슬프게 하지 않는다는 것을 안 경우에 비로소 그 감정이 마음속에 솟는 것을 허락하는 것이지."

"그도 그렇겠군. 하지만 두 남자가 한 여자에게 반한 경우에는 어떻게 하지?"

"그런 경우는 한 사람이 다른 사람의 행복을 위해 자기의 행복을 희생한다네."

"그러나 그 여자가 두 남자 가운데 누군가를 사랑할 경우는 어떻게 하나?"

"물론 그런 경우에는 여자가 생각하는 정도가 덜한 쪽의 남자가 그 여자의 행복을 위해서 자기의 감정을 희생하지."

"과연. 하지만 이럴 땐 어쩌겠나. 여자가 둘 다 사랑하고, 둘 다 자기를 희생할 경우에는 그 여자는 누구와도 결혼하지 않게 되겠군?"

"아니, 그런 경우에는 연장자들이 사건을 심사해 모두 최대의 사랑을 계속하고, 최대의 행복을 누릴 수 있도록 조언을 해준다네."

"하지만 자네도 알다시피 사실 그런 일은 일어나지 않아. 인간의 본성에 반하기 때문이지, 그런 일이 행해지지 않는 것은."

"인간의 본성에 반한다고 했나? 인간의 본성이란 애초 무엇인가? 인간은 동물적 존재인 것 말고도 인간이기도 하다네. 여자에 대한 태도가 인간의 동물적 본성에 일치하지 않는 것은 사실이지만, 이것은 인간의 이성에 비춘 본성에는 꼭 들어맞는다네. 우리가 동물적 본성에 봉사하기 위해 이성을 사용하는 경우가 있다면, 동물만도 못한 존재가 되겠지. 강간이나 근친상간으로까지 타락하고 마는 걸세. 즉, 어떤 짐승도 하지 않을 짓을 하게 되는 것이지. 그러나 자기의 본성을 이성으로 일관되게 누르고 동물적 본성을 억압하고, 동물적 본성을 이성에 봉사하도록 한다면, 그때 비로소 자신을 만족시킬 진정한 행복을 얻게 되는 것이라네."

5

"그런데 자네 얘길 좀 해주게나." 율리우스는 말했다. "보아하니 자넨 저런 미인과 동행하고 있고, 그 아가씨와 사이가 좋은 것 같던데, 정말로 자넨 그 여자의 남편이 되고 싶다는 생각을 품고 있지 않은 겐가?"

"그런 마음을 품은 적은 없다네." 팜필리우스는 대답했다. "그 여자는 그리스도교를 믿는 어느 부인의 딸일세. 그래서 나도 다른 사람들과 마찬가지로 그들 모녀에게 봉사하고 있지. 아가씨에게나 그 어머니에게 봉사를 하고, 평등하게 두 사람을 사랑하고 있다네. 그런데 자네는 그 아가씨를 사랑하며, 늘 함께 있고 싶지 않으냐고 나에게 물었네.

실은 이 질문은 나에게 무척이나 괴롭다네. 하지만 단적으로 대답하겠네. 그런 생각이 뇌리에 솟구친 적이 있기는 하다네. 하지만 저 아가씨를 사랑하는 청년이 하나 있어서, 나는 아직 이 문제를 깊이 따지고 생각할 용기가 나질 않네. 그 청년도 그리스도교도이고 우리들 두 사람을 사랑하고 있지. 때문에 나는 이 청년이 비관할 만한 행동에 나설 수가 없는 것일세. 그래서 이 문제를 생각하지 않고 살아가고 있네. 내가 바라는 것은 오직 한 가지, 만인을 사랑하라는 율법의 실천뿐일세. 없어서는 안 되는 유일한 것은 바로 이것이니까. 때문에 나는 그럴 필요가 있다고 생각할 때가 아니면 결혼은 하지 않을 작정이네."

"하지만 그 아가씨의 어머니 쪽에서 본다면, 선량하고 근면한 청년을 얻는다는 문제가 누구든지 괜찮다는 것은 아닐 테지. 그 아가씨의 어머니는 다른 청년이 아니라 자네를 바랄 것일세."

"아니, 그 아가씨의 어머니로서는 둘 다 같다네. 여하튼 그 어머니는 나 혼자만이 아니라 우리들 모두가, 다른 사람들에게 대하는 것과 마찬가지로 자기에게 마음을 다하고 있다는 것을 알고 있기 때문이지. 또한 나는 그 아가씨의 남편이 되건 되지 않건 간에 그 처녀의 어머니에게 봉사하는 데에 변함은 없다네. 이런 상태에서 처녀와의 결혼이라는 결과가 생겨난다면, 나야 물론 기쁘게 이것을 받아들일 걸세. 다른 남성과 그 아가씨와의 결혼을 받아들이는 것과 똑같이 말일세."

"그런 바보 같은 일이 어떻게 있을 수 있지?" 율리우스는 외치듯이 말했다. "그게 안 된다는 거야. 자네들의 자기기만, 그것이 자네들의 무서운 점일세! 게다가 자네들은 그런 삶의 방식으로 다른 사람들마저도 속이고 있어! 그 낯선 사람은 자네들에 대해 매우 적절하게 갈파했군. 자네의 말을 듣고 있으면 나는 자네가 묘사하는 생활의 아름다움에 나도 모르게 매혹이 되네만, 곰곰 생각해 보니 모두가 기만이라는 것을 알게 되었네. 기만에 기만, 동물의 생활에 가까운 야만스럽고 거친 생활로 이끄는 실로 무서운 기만일세."

"대체 자네는 어떤 점이 그렇게 야만스럽다는 것인가?"

"보게나, 그렇지 않은가? 자네들은 노동으로 자기의 생활을 꾸려나가는 결과로 시간에 여유가 없어져서 학문이나 예술에 종사하는 것이 전혀 불가능하기 때문이지. 그것일세, 내가 야만스럽다고 하는 것은. 지금의 자네도 그렇다네. 너덜너덜한 옷을 입고, 손발도 거친데다가, 동행한 아가씨도 마찬가지야. 미의 여신이 될 수도 있을 여성인데 마치 여자 노예 같으니 말일세. 자네들에게는 아폴로의 노래도, 신화도, 시도, 희극도 없네. 우리의 인생을 장식하기 위해 신들이 전수해 준 것이 아무것도 없지 않은가. 그리고 꼭 원시인 같은 생활을 계속하기 때문에 노예나 거세된 소처럼 땀방울을 흘려가며 악착같이 일을 하지. 과연 그런 생활이 인간의 의지와 본성에 대한 시건방진 무신론적 부정이 아니고 무엇이겠는가?"

"호오. 또다시 인간의 본성이 나왔군그려!" 팜필리우스는 말했다. "하지만 본성이란 애초 무엇이지? 힘에 부치는 노역을 시켜 노예들을 괴롭히거나, 온 세상의 동포를 학살하거나, 그들을 잡아다가 노예로 만들거나, 여자를 향락의 도구로 삼거나 하는 것인가?……자네가 생각하는 미적 생활에는 이런 모든 것들이 필요한 것이네. 인간의 본성은 이런 곳에 있는 것일까? 아니면 만인과의 사랑과 화합 속에 살면서 자신을 사해동포의 일원으로 느끼는 것에 인간의 본성이 있겠는가?

자네가 우리들이 학문이나 예술을 인정하지 않는다고 생각한다면, 이것 역시 오해라고 말하지 않을 수 없네. 우리는 인간의 본성이 부여받은 많은 재능을 높이 평가한다네. 그렇지만 우리는 인간이 본래 소유한 온갖 재능을 평생을 다 바치는 동일한 목적, 즉 신의 뜻을 수행한다는 커다란 목적을 달성하기 위한 수단으로 생각하는 것이지. 우리는 학문이나 예술 같은 것을 무위도식하는 한량의 오락 외에는 도움이 되지 않는다거나 놀이에 지나지 않는다고는 생각지 않네. 우리는 학문에 대해서 예술에 대해서나 인간이 하는 다른 일과 동일한 것을 요구한다네. 그러니까 우리는 이러한 것들 속에서도 그리스도교도의 행동에 일관되게 존재하는 신과 이웃에 대한 실천적인 사랑을 실현할 것을 요구하는 것이지.

우리가 참된 학문으로 인정하는 것은 우리를 도와서 보다 나은 생활로 들어서게 해주는 지식뿐이며, 우리가 예술을 존중하는 것은 그것이 우리의 사상을 정화하고 영혼을 향상시키며, 이마에 땀을 흘리며 수고하는 박애의 생활에 필요한, 즉 우리의 힘을 강화시켜주는 경우에 한한다네. 이러한 지식이라면 우리도 가능한 한 우리 자신이나 자녀의 내부에 발달시킬 기회를 놓치지 않도록 하고 있지. 또한 이런 예술이라면 우리도 기꺼이 여가가 있을 때는 몰두하고 있다네. 우리는 우리보다 먼저 이 세상을 호흡했던 옛 현인의 예지의 유산인 갖가지 서적을 읽고 이것을 연구한다네. 시와 노래를 읊는가 하면 그림도 그리지. 그리고 이들 시가나 그림은 우리의 정신을 고무하고, 슬플 때는 위로를 해 주기도 한다네.

그렇기 때문에 우리는 자네들이 하는 그런 학문이나 예술의 응용에 감복할 수가 없는 것이네. 자네들 쪽의 학자들은 세상 사람에게 해악을 초래하는 새로운 방법의 발명에 자신의 모든 사고력을 쏟아 붓지. 그들은 전쟁, 즉 살인 방법의 완성을 도모하거나 돈벌이 같은, 말하자면 남의 샅바로 씨름을 하고, 자기들만 부와 영화를 누리는 새로운 방법을 고안해 내거나 하지. 또 자네들의 예술은 신들을 제사지내는 신전의 건립이나 장식에 도움이 되기는 하네만, 그런 신들 따윈 자네들 가운데 비교적 지적 발달 정도가 높은 사람들은 이미 믿지 않고 있네. 그런데도 자네들은 무지한 민중에게는 그러한 신들에 대한 신앙을 유지시키려 노력하고, 그런 기만적인 수단으로 그들을 자기의 지배 아래 붙잡아둘 생각을 하고 있지. 또 많은 대리석상이 자네들의 세계에선 세워지고 있네. 하지만 그것은 오직 존경하는 사람이 아니라 모두의 공포의 대상이 되어 있는, 자네들 세계의 압제자 가운데서 가장 강하고 잔학했던 사람들을 기념하기 위함일 뿐이네. 나아가 자네들 세계의 극장에서는 옳지 못한 사랑을 찬미하는 작품이 공연되고 있어. 또한 음악은 호화찬란한 대연회에서 소처럼 마시고 말처럼 먹는 부자들에게 위안을 주기 위해 충성을 다하고 있고, 그림은 또 그림대로 맨 정신인 사람이나 짐승 같은 욕정에 눈이 어두워지지 않은 사람이라면, 얼굴이 붉어지지 않고서야 똑바로 쳐다볼 수도 없는 창가(娼家)의 광경을 묘사하고 응용하는 형편일세.

이래선 안 되네. 인간을 금수와 구별하는 고상한 재능은 우리에게 그런 목적으로 부여된 것이 아닐세. 이러한 재능들을 우리의 육체를 위로하는 도구로 삼아서는 안 되네. 신의 뜻을 수행하는 데 모든 삶을 바치고 있는 우리인데, 우리의 고상한 재능 역시 그러한 신을 향한 봉사를 위해 바쳐야 하는 것은 말할 것도 없지 않겠는가."

"과연 그렇군." 율리우스는 말했다. "그런 조건 아래서 생활할 수 있다면 꽤 괜찮은 일이겠네만, 하지만 그렇게 뜻대로는 되지 않는 법이지. 자네들은 스스로를 속이고 있는 것일세. 자네들은 우리가 보호하는 것을 인정하지 않네만, 로마의 군대가 없었더라면 과연 자네들은 편안히 나날을 보낼 수가 있겠는가? 자네들은 우리의 보호를 인정하지 않으면서 그것을 누리고 있네. 아니, 그렇기는커녕 자네들 사이에는 자네가 지금 말한 것처럼 자기를 보호하는 사람들마저 있지 않은가. 자네들은 사유재산을 부정하면서 그것을 이용하고 있어. 자네 쪽 사람들이 뻔히 사유재산을 갖고 있으면서 자네들에게 희사를 하니까 말일세. 지금 자네도 그렇지 않은가. 그 포도를 공짜로 남에게 주는 것이 아니라 매매를 하고 있는 것이 아닌가! 하나 같이 죄다 기만이야. 자네들이 정말로 입으로 말하는 것처럼 완전하게 실행하는 것이라면, 그렇다면 지극히 지당하다면서 고개를 끄덕일 수 있겠지만, 그렇지도 않은 바에야 그것은 나와 남을 속이는 것에 지나지 않네!"

율리우스가 발끈해서 가슴에 담아 두고 있던 것을 남김 없이 쏟아냈다. 팜필리우스는 말없이 친구의 말이 끝나기를 기다리고 있었다. 그리고 율리우스가 말을 마치자 팜필리우스는 말했다.

"우리가 자네들의 보호를 인정하지 않는 주제에 그것을 이용하고 있다고 생각하는 것은 자네의 오해일세. 우리는 폭력에 의한 보호를 바라지 않는다네. 우리 행복은 그런 보호를 요구하지 않는 데에 존재하지. 그리고 누구도 이것을 우리에게서 빼앗지 못하네. 때문에 우리에게는 로마 군대 같은 것은 필요치 않아. 또한 자네들의 눈에 사유재산으로 비치는 물건이 우리의 손을 거쳐 유통된다고 하더라도, 그것을 우리는 사유물이라 생각지 않고 생활에 이것을 필요로 하는 사람들에게 전달하는 것뿐이네. 우리는 희망하는 사람에게 포도를 팔지. 그러나 그것은 나의 배를 살찌우기 위해서가 아니라 생활 필수품으로 그것이 없어서는 안 될 사람들에게 공급하기 위함일세. 때문에 우리의 손에서 그 포도를 빼앗으려는 자가 있으면 우리는 조금의 저항도 없이 건네줄 것일세.

이와 똑같은 이유로 우리는 야만인의 습격을 두려워하지 않네. 그들이 우리가 땀 흘려 얻은 것을 약탈하려 하는 경우가 있다면, 우리는 고분고분하게 건네줄 것이네. 또한 그들을 위해 노동을 하라고 요구한다면 기꺼이 실행하지. 그렇게 하면 우리를 괴롭히거나 죽이거나 해봤자 아무런 득 될 것이 없을 뿐만 아니라 오히려 손해가 되네. 때문에 야만인도 곧 우리의 심정을 이해하고 사랑을 가지게 될 것이네. 그 결과, 그들 야만인에게 대처하는 쪽이 현재 우리를 둘러싼, 줄곧 우리를 박해하는 문명인에게 대처하는 것보다도 고통의 정도가 적어진다고 생각하네.

인류가 살아가기 위해 필요한 생산품은 소유권 덕분에 얻을 수 있는 것이라고 일반에 알려져 있지만, 잘 생각해 보게나. 생활에 필요한 온갖 필수품은 실제로 대체 누구의 손으로 생산된 것일까? 자네들이 그렇게 자랑스러워하는 부는 누구의 노동 덕분에 축적될 수 있는 것인가? 호주머니에 손을 넣고 노예나 고용인들을 턱짓으로 명령해 혹사시키고, 자기들끼리만 사유재산을 이용하는 사람들에 의해 생산되는 것이겠는가? 아니면 단 한 조각의 빵을 얻기 위해 주인의 명령대로 실행하고, 자기들은 아무런 재산도 얻지 못하며, 그 날의 양식에도 충분치 못할 정도의 몫밖에 얻지 못하는 가난한 노예들의 손으로 생산되는 것이겠는가? 부디 이 점을 잘 생각하기 바라네. 종종 자기들이 이해하기조차 힘든 많은 명령을 실행하기 위해 자기의 정력을 아끼지 않고 쏟아 붓는 노예들도, 자기를 위하고, 또한 자기들이 사랑하고 불쌍히 여기는 사람들을 위한 합리적이고도 충분히 이해할 수 있는 일에 종사하게 되는 날에는 지금까지와 같은 노동에 종사하지 않게 되리라 생각하겠지. 그것은 대체 무슨 까닭이겠는가?

'자네들은 자기 정진의 목표로 하는 것을 완전하게 파악하고 있질 않네. 그렇기는커녕 자네들은 남을 기만하고 있어. 자네들은 폭력과 강제와 재산의 사유를 부정하면서, 동시에 이것을 이용하고 있지 않은가.' 이런 것이 우리에 대한 자네 비난의 요점인 것 같군.

그야 물론 우리가 기만을 일삼는 자들이라면 함께 이야기하지도 못할 테고, 분개나 비난을 받을 가치조차도 없네. 단지 경멸해야만 할 존재이겠지. 또한 우리도 그 경우에는 그런 경멸을 감수해야 할 걸세. 왜냐하면 자신이 하찮은 존재임을 자인하는 것은 우리 율법의 하나이기 때문이지. 그렇지만 진지한 태도로 우리가 신봉하는 진리를 향해 한 걸음씩 정진하고 있는 것이라면, 그런 경우에는 기만 운운하는 자네의 비난은 옳지 않다고 말해야만 하겠네. 만일 우리가 나나 우리 교단 사람들이 지금 하고 있는 것처럼, 스승의 율법을 준수하고 폭력과 강제 및 거기서 발생하는 개인소유가 없는 생활을 향해 정진하는 것이라면, 말할 것도 없이 그것은 부나 권력, 명예 같은 외적 목적을 위해서가 아니네. 그런 것을 얻으려고는 생각지 않네. 전혀 별개의 목적에 의한 것일세.

우리도 자네들과 마찬가지로 행복을 찾고 바란다네. 하지만 우리와 자네들은 다른 것 속에서 그 행복을 인정하고 있지. 이 점이 차이점일세. 부와 명예가 행복의 근원이라고 자네들은 믿고 있네. 하지만 우리가 믿는 것은 그것과 전혀 다르지.

'너희의 행복은 폭력과 강제에 있는 것이 아니라 바치고 따르는 데에 있다. 부에 있는 것이 아니라 모든 것을 주는 데에 있다.'

신앙은 우리에게 이렇게 가르친다네. 그리고 우리도 햇빛을 향하는 식물처럼 행복이 있는 곳을 향해 나아가지 않을 수 없어. 우리도 행복을 위해 바라는 것을 실천하지 않을 수 없다네. 다시 말해 폭력과 강제와 사유재산으로부터 완전하게 벗어날 수는 없다는 말일세. 이것은 사실이네. 하지만 아무래도 이것은 어쩔 수 없다고 생각하네. 현재 자네들도 다시없는 아름다운 아내를 얻으려, 가능한 많은 재산을 획득하려고 그 목적을 향해 돌진하고 있네만, 과연 자네 나름의, 또는 다른 누군가 나름의 목적을 달성한 자가 있는가? 또 과녁을 맞추기 힘들 경우 과연 사수는 어디를 겨누어도 맞지 않는다고 해서 과녁 겨누기를 그만두겠는가?

우리의 경우도 그런 것이라네. 우리의 참된 행복은 그리스도의 가르침에 따르면 사랑 속에 있다네. 그리고 이 사랑의 정신은 폭력과 강제와 거기서 발생하는 재산의 사유를 배격하지. 우리는 이 행복을 추구하고 있네. 그러나 아직도 완전한 영역에서 멀리 떨어져 있고, 각양각색으로 자기들 생각대로 이 목적을 속속 달성하고 있는 것이야."

"그렇군. 하지만 대체 어째서 자네들은 인류 전체의 예지를 믿지 않고 이것에 등을 돌린 채 십자가에 매달린 자네들의 스승 하나만 믿는 것인가! 자네들의 그 노예근성, 그리스도에 대한 굴종, 나는 그것을 보면 반감이 불끈불끈 일어난다네."

"자네는 또 오해를 하고 있네. 우리가 이 가르침을 신봉하고 신앙을 갖고 있는 것은 우리가 믿는 인물이 우리에게 그렇게 명령했기 때문이라는 식으로 생각하는 사람은 잘못 생각하고 있는 것이네. 사실은 정반대여서, 온몸과 영혼을 다해 진리를 인식하고 하늘이신 아버지와의 교감을 추구하는 사람들, 참된 행복을 추구하는 사람들은 말일세, 어째서 그리스도가 걸은 길에 이르지 못하는 것이며, 그의 뒤를 따르고, 자기가 가는 길에서 그의 모습을 인정하지 않을 수 없는 것인가 생각한다네. 신을 사랑하는 사람들은 모두 이 길에서 서로 만날 것일세. 자네도 마찬가지야. 그리스도는 신의 아들이요, 신과 인류의 중개자이지. 이것은 누군가가 우리에게 그렇게 말했기 때문도 아니고, 또 우리가 맹신하기 때문도 아니네. 신을 찾는 사람들이 자기 앞의 신의 아들을 보고, 그 아들을 통해서만 신을 이해하고 신을 알게 되기 때문이지."

율리우스는 대답을 않고 묵묵히 앉아 있었다.

"자네는 행복한가?"

그는 이렇게 물었다.

"이 이상의 것을 나는 아무것도 바라지 않네. 아니, 나는 대개의 경우, 과연 이래도 되는 것일까 하는 회의의 기분, 왠지 잘못된 일을 하는 듯한 것을 느낄 정도라네. 대체 무슨 까닭으로 나는 이런 광대한 행복을 누리고 있는 것일까 하는 생각 말일세."

팜필리우스는 빙긋 웃으면서 말했다.

"그렇군." 율리우스는 말했다. "어쩌면 나도 그때 낯선 남자를 만나지 않고 자네들이 있는 곳으로 가는 편이 행복했는지도 모르겠네."

"자네가 그렇게 생각된다면 아무것도 방해될 것이 없지 않은가?"

"그래도, 아내가 말일세……."

"하지만 자네의 말로 부인은 그리스도교에 기울어져 있다고 하니까 함께 따라 오실 걸세."

"그야 그렇겠지만, 다시 새로운 생활이 시작될 테니 말일세. 이것을 깨뜨릴 수는 없네. 이미 시작을 했으니 끝까지 밀고 나가야 하거든."

부모나 친구들의 불만, 특히 이 커다란 변화를 결행할 때 행사하지 않으면 안 될 맹렬한 노력을 머릿속에 그린 율리우스는 이렇게 말했다.

바로 그때 가게 입구로 팜필리우스의 일행 아가씨가 한 청년과 함께 다가왔다. 팜필리우스는 둘의 곁으로 갔다. 청년은 율리우스가 있는 앞에서 키릴스 장로의 심부름으로 가죽을 사러 왔다는 뜻을 설명했다. 포도는 벌써 다 팔았는지 밀이 담겨 있었다. 팜필리우스는 청년을 향해 자네는 막달레나 씨와 함께 밀을 가지고 돌아가라고 하며, 가죽은 자기가 마련해서 가지고 가겠노라는 말을 했다.

"자네가 그렇게 하는 편이 좋을 걸세."

그는 이렇게 말했다.

"아닙니다. 막달레나 씨는 당신과 함께인 편이 좋을 겁니다."

청년은 이렇게 말하면서 그 자리를 떠나갔다.

율리우스는 팜필리우스를 아는 상인의 가게로 데려갔다. 팜필리우스는 2개의 자루에 밀을 담아서 작은 쪽을 막달레나의 어깨에 얹고, 무거운 것을 자기가 지고 율리우스에게 작별을 고한 다음 막달레나와 나란히 귀로에 올랐다.

길모퉁이에서 팜필리우스는 뒤를 돌아보고 빙긋 웃으면서 율리우스에게 고개를 끄덕이는 듯한 모습을 보이더니, 한층 기쁜 듯한 미소를 지으면서 막달레나에게 뭐라고 말했다. 그리고 두 사람은 시야에서 사라졌다.

'그렇다. 그때 그 사람들에게로 따라갔더라면 나는 좀더 행복해졌을지도 모른다'고 율리우스는 생각했다. 그리고 상상 속에서 연달아 두 가지 영상이 나타났다. 하나는 바구니를 머리에 이고 가는 키 크고 정력이 충만한 아가씨와 역시 정력이 뛰어난 팜필리우스의 모습, 그리고 밝고 선량함이 넘치는 그들의 눈이고, 또 하나는 오늘 아침 그가 나와서 지금부터 다시 돌아가고자 하는 자기 가정의 모습이었다. 그곳에는 나긋나긋하고 아름다운, 그러나 이미 진력이 나서 지긋지긋해진 아내가 잔뜩 치장하고 덕지덕지 팔찌 따위를 차고는 베개와 요 밑에 몸을 내던지고 있었다.

그러나 율리우스에게는 생각을 하고 있을 짬이 없었다. 아는 상인들이 우르르 몰려와서 먹거나 마시거나 아내를 안거나 하는 것으로 일단락되는 일들이 시작되었던 것이다. …….

6

10년이 흘렀다. 율리우스는 그 뒤로 다시는 팜필리우스를 만나지 못했다. 그와 만났던 기억도 서서히 율리우스의 가슴에서 사라지고, 그의 인상도, 그리스도교도의 생활에 관한 인상도 사라졌다. 율리우스의 생활은 언제나 판에 박은 것처럼 똑같은 순서로 흘러갔다. 그 동안 아버지가 돌아가셨으므로 사업을 모두 인수하지 않으면 안 되었다. 사업은 복잡했다. 단골이 있고, 아프리카에 판매인이 있으며, 지배인도 있었다. 게다가 거둬들여야 할 대여금과 지불하지 않으면 안 될 빚이 있었다. 율리우스는 언제나 일에 매달려서 거의 모든 시간을 거기에 바치게 되었다. 게다가 새로운 걱정이 생겼다. 그는 공직에 선출되었다. 그리고 자존심을 부추기는 이 새로운 직무는 그에게 유혹이었다. 장사

이외에 그는 공직에도 종사했다. 지식도 있고 웅변에도 능했기 때문에 동료들 사이에서도 두각을 드러냈다. 마침내 그는 높은 공직에 이르게 되었다.

지난 10년에 걸쳐 그의 가정생활에도 이처럼 중대하지만, 그에게는 불쾌한 변화가 생겨났다. 3명의 자녀가 태어났고, 아이들의 출생이 그를 아내에게서 멀어지게 했다. 첫째로 아내는 아름다움과 신선함을 상실했다. 두 번째로 아내는 이제 남편에 대해 그다지 신경을 쓰지 않게 되었다. 아내의 부드러운 감정과 애무는 모조리 아이들에게 집중되었다. 이교도의 습관에 따라 유모나 아이를 돌보는 사람에게 맡겼다고는 하나, 율리우스는 종종 아이들을 어머니 방에서 보게 되거나, 혹은 아내를 거실에서 보지 못하고 아이들 방에서 발견하거나 했다. 아이들은 율리우스에게 기쁨보다 불쾌함을 주었고, 대개의 경우 그를 지긋지긋하게 했다.

사업과 공무로 바쁜 율리우스는 예전의 방탕한 생활을 버렸다. 그러나 노동의 뒤에는 감미로운 휴식이 필요하다고 생각했다. 그는 그 휴식을 아내에게서는 찾지 못했다. 아내는 요즘 그리스도교도인 여자 노예와 점점 친해지더니 차츰 새로운 교리에 열중하고, 자기의 생활 속에서 율리우스를 위해 꾸몄던 모든 외면적이고 이교도적인 것들을 버렸기 때문에, 더더욱 그러했다. 구하는 것을 아내에게서 찾을 수 없었으므로 율리우스는 몸가짐이 좋지 않은 여자와 친해졌고, 여가를 그 여자와 보냈다. 만약 율리우스에게 '너는 지난 몇 년 동안 행복했느냐, 불행했느냐'고 묻는다면, 그는 대답이 궁색했음이 틀림없다.

요컨대 그는 무척이나 바빴다! 그는 한 가지의 일, 한 가지의 쾌락에서 다른 일, 다른 쾌락으로 옮겨갔다. 그러나 그런 것들 가운데 어느 한 가지도 그가 충분히 만족하고, 그것을 계속하기를 바라는 것은 없었다. 모든 것들이 1초라도 빨리 해방되면 될수록 그에게는 좋은 것이었다. 쾌락이 가득 채워지면 권태가 섞여 들었고, 뭔가에 중독되지 않을 만한 쾌락도 없었다.

이런 생활로 해가 뜨고 지는 동안, 그의 생활 전체를 통째로 바꿔버릴 만한 사건이 일어났다. 올림픽 경기 때, 그는 전차 경주에 참가했다. 그리고 자기의 차를 무사히 결승점까지 몰고 가 앞의 차를 추월하려던 순간 뜻밖에 앞 차와 부딪쳤다. 차바퀴는 부서졌고, 그는 떨어져서 갈비뼈 2대와 한쪽 팔이 부러졌다. 부상은 심했다. 그러나 생명을 위협하는 것은 아니었다. 율리우스는 집으로 옮겨졌다. 그는 석 달 동안 꼬박 누워 있지 않으면 안 되었다.

그 3개월 동안, 육체적인 고통의 한가운데서 그의 사상은 움직이기 시작했다. 그리고 그는 자기의 삶을 남의 삶처럼 조망하면서 숙고할 만한 여유를 가졌다.

그의 생활은 어두운 빛에 둘러싸여서 보이기 시작했다. 그 당시 그를 몹시 괴롭힌 불쾌한 사건이 세 가지나 일어난 만큼 더욱 그러했다. 그 첫 번째는 그의 아버지 대부터 신뢰했던 급사 노예가 아프리카에서 비싼 보석을 받았는데, 그것을 가지고 도망친 일이다. 그것은 율리우스의 사업에 막대한 손해와 혼란을 야기했다. 두 번째는 율리우스의 첩이 그를 버리고 새로운 남자를 선택한 것이다. 세 번째는 율리우스에게 가장 불쾌한 것인데, 그가 차지하려 했던 지위를 놓고 그의 병중에 선거가 실시되어 경쟁자가 가로챈 것이었다. 이 모든 일들이 자기가 아팠기 때문에 일어난 것이라고 율리우스는 생각했다. 그의 병은 전차를 손가락 하나의 두께만큼 왼쪽으로 꺾은 때문에 생겨난 것이었다.

그는 침상에 홀로 누워서 자기의 행복이 얼마나 하찮은 우연에 기대고 있었는가에 대해 무의식중에 생각하기 시작했다. 그러자 생각은 과거의 자기 불행, 그리스도교도에게 가려 했던 시도, 이미 10년이나 만나지 못한 팜필리우스 등에 관한 회상과 다른 생각으로 이어졌다. 이들 회상은 아내와의 대화로 한층 강해졌다. 이제 아내는 그가 아파 누워 있는 동안 종종 그와 함께 있으면서 그리스도교도에 대해 노예한테서 들어 알게 된 것을 말했다. 그 여자 노예는 한 때 팜필리우스가 사는 공동체에 속해 있었으므로 그를 알고 있었다. 율리우스는 아내의 여자 노예를 만나고 싶었다. 여자 노예가 병상에 왔을 때, 그는 이것저것 자세하게, 특별히 팜필리우스에 대해 세세하게 물었다.

여자 노예는 이렇게 말했다. 팜필리우스는 그들 가운데서 가장 뛰어난 형제의 하나이며, 모든 사람들에게서 사랑과 존경을 받고 있다. 그는 10년 전에 율리우스도 만난 적이 있는 그 막달레나와 결혼했다. 그리고 이제 그들에게는 몇 명인가의 아이들이 있었다.

"그렇습니다. 신께서 인간을 그러한 행복을 위해 만드셨음을 믿지 못하는 사람은 말입니다," 여자 노예는 말을 맺었다. "그 사람들의 삶을 보러 갈 필요가 있습니다."

율리우스는 여자 노예를 물리치고, 들은 것을 생각하면서 홀로 남아 있었다. 팜필리우스와 자기의 생활이 비교되어 부끄러웠다. 그래서 그는 생각하지 않기로 했다. 기분을 전환하려고 그는 아내가 놓고 간 그리스어 사본을 들고 읽기 시작했다. 사본 속에서 그는 다음과 같은 글을 읽었다.

'길이 둘 있으니 하나는 사는 길이요, 다른 하나는 죽음의 길이니. 사는 길은 곧 다음과 같다. 첫째, 너를 창조하신 신을 사랑하라. 둘째, 이웃을 내 몸과 같이 사랑하고, 나아가 나의 몸에 일어나기를 희망하는 모든 일을 다른 사람에게 행하라. 이들 말 속에 포함되어 있는 가르침은 다음과 같다. 즉, 너를 저주하는 자를 축복하라. 너의 원수를 위해 기도하라. 그리고 너의 박해자를 위해 심신을 가다듬고 깨끗이 하라. 너를 사랑하는 자를 사랑하는 것이 어찌 선행이겠느냐? 이교의 사람들도 이와 같이 한다. 너를 증오하는 자를 사랑하라. 그리하면 너는 적을 갖지 않게 된다. 육체와 세속의 욕정을 멀리하라. 만약 누군가 너의 오른뺨을 때리거든 나아가 왼뺨도 내밀거라. 그러면 모든 사람을 얻는다. 만약 누군가가 너에게 10리를 동행하라고 강요한다면 그와 함께 20리를 가거라. 만약 누군가 너의 겉옷을 달라고 하거든 속옷도 주거라. 만일 누군가 너의 것을 빼앗거든 돌려 줄 것을 요구하지 마라. 왜냐하면 너는 그것 없이도 살 수 있으니. 달라는 모든 사람에게 주고 그것을 받기를 바라지 마라. 하늘에 계신 아버지는 그 풍요로운 선물을 만인에게 부여할 것을 바라시나니. 이 계율에 의해 받은 자는 행복하리니…….

교리의 두 번째 계율. 살인하지 마라. 간음하지 마라. 방탕하지 마라. 도둑질을 하지 마라. 주술을 행하지 마라. 독을 주지 마라. 너의 이웃에 속한 것을 바라지 마라. 맹세하지 마라. 거짓된 맹세를 하지 마라. 나쁜 말을 입에 담지 마라. 악을 기억하지 말며, 두 마음을 품지 마라. 말에 겉과 속이 있어서는 아니되느니…… 너의 말은 허위와 공허함이 없도록 하고, 행동과 일치하여야 한다. 욕심, 교활, 위선을 버리고 사심과 거만이 머무르지 못하게 하라. 너의 이웃에게 나쁜 계획을 품지 마라. 만인에게 증오를 품지 말며, 다만 어떤 자에게는 이것을 책망하고, 어떤 자를 위해서는 기도하며, 또한 어떤 사람들은 자기의 영혼보다도 사랑하여야 한다……

나의 자녀여! 모든 악과 그와 비슷한 것을 피하거라. 화내지 말지니, 왜냐하면 분노는 살해로 이끄나니. 질투하지 마라. 싸움을 좋아하지 말고, 성급하지 마라. 왜냐하면 이런 모든 것들로부터 살해가 생겨나나니.

나의 자녀여! 호색하지 말거라. 왜냐하면 호색은 음탕으로 이끈다. 추잡한 말을 입에 담지 마라. 왜냐하면 거기서 간음이 생겨난다.

나의 자녀여! 주술을 하지 마라. 왜냐하면 그것은 우상숭배로 이끄나니. 요술을 하지 말고, 마법을 하지 마라. 주문을 읊지 마라. 나아가 그와 같은 짓을 보거나 바라지도 마라. 이것들은 모두가 우상숭배일지니.

나의 자녀여! 거짓을 말하지 마라. 왜냐하면 거짓은 훔침으로 이끈다. 황금에 무릎을 꿇지 마라. 허영을 부리지 마라. 왜냐하면 이러한 모든 것이 도둑질이 생겨나는 원인이 되나니.

나의 자녀여! 어리석은 짓을 말거라. 왜냐하면 그것은 신을 욕하는 길로 이끈다. 불손한 행동을 하지 마라. 사심을 갖지 마라. 왜냐하면 이 모든 것으로부터 신의 모독이 생겨나나니.

온화하라. 온화한 자는 땅을 잇게 된다. 인내심 강하고 친절하거라. 원한을 버리고 겸양하고 선량하라. 그리고 언제나 네가 듣는 바의 말을 두려워하라. 자만하지 마라. 자기의 마음에 교만을 키우지 마라. 너의 마음을 교활과 거짓에 영합하지 말며, 옳고 겸손한 자를 가까이 하라. 너에게 일어나는 모든 일을 선으로 받아들이고, 신이 없이는 아무것도 없음을 알라……

나의 자녀여! 이간(離間)을 낳는 일을 말며, 다투는 사람들을 화목하게 하라. 얻기 위해 손을 내밀지 말고, 줄 수 있는 손을 움켜쥐지 마라. 주는 일에 망설이지 말고 어리석음 없이 주거라. 그리하면 선량한 보답자 누군가를 네가 얻게 되리니. 곤궁한 자에게 등을 돌리지 말거라. 만방에 걸쳐 너의 동포와 주고받음을 유지하고, 또한 무엇인가를 나의 소유물이라 칭하지 마라. 왜냐하면 네가 썩지 않는 영역에 함께 참여하는 사람이라면, 썩는 것의 영역에서는 더욱 그러하나니!

자녀들에게 어릴 때부터 신의 두려움을 가르쳐라. 스스로의 분노에 차서 너의 종복 또는 노비에게 명령하지 마라. 그들은 너희 주종의 위에 계신 신을 두려워하지 않으면 안 된다. 왜냐하면 신은 신분에 따라 인간을 부르시지 않으며, 성령이 준비된 사람들을 부르신다.

죽음의 길은 다음과 같다. 무엇보다 먼저 이 길은 사악하고 저주로 가득하다. 이곳은 살해, 간음, 호색, 음란, 도적질, 우상숭배, 요술과 마술, 독살, 약탈, 위증, 위선, 두 마음, 교활, 자만심, 증오, 욕심, 독설, 선망, 불손, 거만, 허영으로 가득하다. 여기는 선의 박해자, 진리를 증오하는 자, 허위를 애호하는 자, 정의에 대한 보답을 인정하지 않는 자, 선에도 올바른 견해에도 애착을 느끼지 않는 자, 선한 일에는 무관심하고 오히려 나쁜 일에 예민한 자, 겸양과 인내로부터 멀리 떨어진 자들로 가득하다. 이곳은 허영을 사랑하는 자, 보복을 추구하는 자, 빈궁한 자에게 연민을 가지지 않는 자, 고통을 당하는 자를 위해 노력하지 않는 자, 자기를 만드신 주를 모르는 자, 어린아이들을 살해하는 자, 신의 모습을 멸하는 자, 빈곤자에게 등을 돌리는 자, 학대당하는 사람들을 박해하는 자, 부자를 옹호하는 자, 가난한 자를 불법으로 재판하는 자 등등 모든 죄인으로 충만하나니! 자녀들이여, 그와 같은 모든 사람들을 경계하라!'

아직 이 사본의 겨우 첫 부분을 읽었을 뿐인데, 벌써부터 그의 몸에는 진리를 추구하는 열의를 가지고 책, 즉 다른 사람의 사상을 읽는 사람들에게 자주 있는 일이 일어났다. 그는 이들 사상을 고취하는 사람들과의 정신적 교감에 들어선 것이다. 그는 그 다음에 무슨 이야기가 씌어 있을까 추측하면서 읽어 내려갔다. 그리고 단순히 책 속의 사상에 공감할 뿐만 아니라 왠지 자기 자신이 이들 사상을 말하고 있는 것처럼 느꼈다.

그의 몸에, 우리들로서는 인정할 수 없는 지극히 보통의, 그러나 인생에 있어서 가장 신비롭고 의미 깊은 현상이 일어났다. 이른바 산 사람이 죽은 자와 하나로 결합한 때에 진정한 산 자가 되는 현상이 일어났던 것이다. 율리우스의 정신은 이들 사상을 세우고 고취시킨 사람과 결합했다. 그리고 이 결합을 마친 뒤에는 자신과 자신의 생활을 반성했다. 그 자신도, 그의 모든 생활도 엄청난 실수인 것처럼 여겨지기 시작했다. 그는 진정으로 살아 있는 사람이 아니었다. 생에 있어서의 모든 고려와 유혹으로 자기 내부에 있는 참된 삶의 가능성을 망치고 있었던 것이다.

'생명을 망치고 싶지 않다. 살고 싶다. 삶의 길, 영생의 길을 가고 싶다.'

그는 이렇게 자신에게 말했다.

그는 전에 만났을 때 팜필리우스가 한 말을 떠올렸다. 그러자 그 모든 것이 지금은 너무도 명료하고 분명하게 다가왔다. 왜 그때 낯선 사내의 말을 믿고 그리스도교도에게로 몸을 던지려던 자신의 계획을 이행하지 않았을까 이상하게 여겨질 정도였다. 그는 또 낯선 사내가 자기에게 했던 이 말을 떠올렸다.

'이 세상의 일을 모두 경험한 다음에 그때 가도 된다.'

'그러나 나는 뜬세상의 삶을 고루 경험했지만 어느 것 하나도 발견하지 못했

다.'

그는 또 팜필리우스가 한 말을 회상했다. 팜필리우스는 언제든지 찾아오면 그 사람들은 자네를 기꺼이 환영할 것이라고 했었다.

'아니야, 미혹에 빠지거나 고민을 하거나 하는 건 충분해.'

그는 이렇게 스스로에게 말했다.

'모든 것을 내던지고 그 사람에게로 가자. 이 책에 씌어 있는 것처럼 생활하자.'

그는 아내에게 말했다. 아내도 그의 생각을 반겼다.

아내는 마음의 준비가 되어 있었다. 문제는 어떻게 생각을 실행에 옮기느냐 하는 것뿐이었다. 아이들을 어떻게 해야 하는가? 그들을 자기들과 함께 데려갈 것인가, 아니면 할머니에게 남겨두어야 하나? 데려간다면 어떻게 데리고 갈 것인가? 편안하게 자라왔는데 어떻게 그들을 엄격하고 거친 생활의 온갖 어려움과 부딪치게 할 것인가?

여자 노예는 함께 데려가라고 권했다. 그러나 아내는 아이들이 걱정되어 할머니에게 남기는 것이 좋겠으니 둘이서만 가자고 했다. 그래서 결국 그렇게 하기로 했다. 모든 것은 결정되었다. 지금은 단지 율리우스의 병이 실행하는 것을 지연시키고 있을 뿐이었다.

7

이런 정신상태에서 율리우스는 잠이 들었다. 다음날 아침 순회하는 노련한 의사가 그가 빠르게 회복될 수 있도록 성심을 다해 진료를 하겠으니 부디 만나게 해 달라고 청해 왔다. 율리우스는 기쁘게 의사를 맞이했다. 그 의사는 율리우스가 그리스도교도에게로 가는 도중에 만났던 그 낯선 사내였다.

의사는 그의 상처를 진찰하면서 강장제로 약초를 처방했다.

"어떨까요. 이 팔로 일을 할 수 있겠습니까?"

율리우스는 물었다.

"예, 하고말고요. 전차를 몰거나 글씨를 쓰거나 할 정도로 괜찮습니다."

"하지만 힘든 일은 어떨까요. 흙을 파거나 하는 것은?"

"글쎄요, 그런 것은 생각해보지도 않았습니다만." 의사는 말했다. "하지만 당신 신분으로 보건대 그럴 필요가 없지 않습니까?"

"천만에요. 그런 일이야말로 나에게 필요한 일입니다."

율리우스는 말했다. 그러고는 의사를 향해 당신과 만난 이후로 지금껏 당신의 권유에 따라서 세속의 생활에 몰입해 보았으나, 뜬세상의 생활은 약속한 것을 주지 않았을 뿐만 아니라 오히려 환멸을 초래했으며, 때문에 자신은 지금 곧 그때 말했던 계획을 실행에 옮기고자 한다고 이야기했다.

"과연 그 사람들은 주특기인 기만으로 당신을 부추긴 것 같구려. 많은 직무를 담당하고 있고, 특히 아이들에게 중대한 책임을 지닌 당신 같은 신분의 사람이 그 사람들의 기만을 간파해내지 못하셨소이까?"

"이것을 읽어보십시오."

자기가 읽던 사본을 의사에게 건네면서 율리우스는 말했다. 의사는 사본을 손에 들고 슬쩍 훑어보았다.

"이거라면 알고 있소." 그는 이렇게 말했다. "이 기만은 알고 있소. 바로 그렇기 때문에 당신처럼 현명하신 분이 어떻게 이런 덫에 빠졌는지 이상하게 생각하고 있소이다."

"당신의 말씀을 이해할 수가 없습니다. 어디가 덫이라는 겁니까?"

"모든 문제는 삶에 있는 것입니다. 그 사람들, 그 소피스트들은(교묘한 논증에 의해 허위를 진리인 것처럼 가장하는 궤변가) 결국 인간과 신에 대한 반역이 행복한 삶의 길을 열어준다고 주창하고 있지요. 그 삶의 길이란 모든 인간이 행복해질 듯한, 전쟁도, 사형도, 빈곤도, 방탕도, 투쟁도, 증오도 없어질 듯한 생활양식을 의미하는 것이라고 하지요. 그래서 그 사람들은 세상 사람들이 그리스도의 계율을 이행하면, 싸우지 않으며 주색에 빠지지 않고, 맹세도 않으며, 폭력도 휘두르지 않고, 민족이 민족과 적대하지 않게 되는 때에, 인류는 지금 말한 것과 같은 상태에 도달한다고 주장해요. 그러나 그 사람들은 목적을 수단으로 간주한다는 점에서 잘못되어 있거나, 아니면 스스로 속고 있는 것이오. 그들의 목적은 싸우지도 않고, 맹세도 않고, 방탕에도 빠지지 않는 것 등인데, 이 목적은 사회생활의 방법으로 달성될 수 있는 것이지요. 때문에 그 사람들이 하는 말은 궁술 스승이 제자에게 너의 화살이 일직선으로 과녁을 향해 날아갈 때에 비로소 과녁을 맞힐 수가 있다고 가르치는 것과 똑같소. 화살을 똑바르게 날아가도록 하려면 대체 어떻게 해야 하는 것인지, 바로 여기에 문제가 있는 것입니다. 이 목적은 활시위를 세게 잡아당겨 활에 탄력이 붙고,

화살이 똑바르게 재워졌을 때 비로소 달성할 수 있소이다. 인간의 생활도 이와 마찬가지입니다. 싸울 필요도, 방탕할 필요도, 서로 살육할 필요도 없을 듯한 최상의 생활은 활시위, 즉 지배자와 화살의 탄력, 바로 권력, 그리고 똑바른 화살, 즉 법의 공정성, 이러한 요소들이 갖춰졌을 때 달성할 수 있는 것이오. 때문에 그 사람들은 보다 나은 생활을 구실 삼아서 개선해온 것, 또 계속 개선되고 있는 것을 모두 파괴하고 있어요. 그 사람들은 지배자도, 권력도, 법률도 인정하지 않소이다."

"하지만 그 사람들은 인간이 그리스도의 계율을 이행하면 지배자나 권력이나 법률 같은 것이 없어도 사회는 잘 되어간다고 주장하고 있습니다."

"그렇소. 하지만 세상 사람들이 그 계율을 이행할 것이라고 무엇이 증거해줄까요? 아무것도 증명해 줄 것이 없어요. 그 사람들은 이렇게 말하지요. '너희는 권력과 법률 밑에서 이 세상의 삶을 경험했으나, 삶은 완전한 것이 되지 않았다. 때문에 권력도 법률도 존재하지 않는 상태를 한번 경험하라. 그리하면 삶은 분명 완전해지리라. 너희는 이것을 부정할 권리를 갖고 있지 않다. 왜냐하면 너희는 이런 것을 경험한 적이 없기 때문이다'라고 말입니다. 하지만 여기에야말로 그 무신론자들의 궤변이 나타나 있소이다. 그 사람들이 말하는 것은 농민이 다른 사람을 향해 '너는 씨를 땅에 뿌리고 흙을 덮고 있지만, 네가 바라는 수확은 얻지 못할 것이다. 그래서 나는 바다에 씨를 뿌리라고 너에게 권한다. 그렇게 하는 편이 나을 것'이라고 말하는 것과 똑같지 않소이까? '너는 이 가정을 부정할 권리가 없다. 너는 이것을 시도한 적이 없으므로.' 이렇게 뇌까리는 것과 마찬가지가 아닌가 말입니다."

"과연 그렇군요. 아니, 그것은 사실입니다."

율리우스는 내적 동요에 휩싸이면서 이렇게 말했다.

"하지만 그 뿐만이 아니오." 의사는 말을 계속했다. "바보 같고 불가능한 얘기이긴 하지만, 가령 세상 사람들이 어떤 물약을 마시고 그리스도교 교리의 근본원리를 깨닫고, 갑작스레 모든 사람들이 그리스도의 교리를 이행하고, 신과 이웃을 사랑하며, 계율을 실행하게 되었다고 가정합시다. 설사 그렇게 되었다고 하더라도 역시 그 사람들의 가르침에 기초한 삶의 길은 비판을 견딜 수 없을 것입니다. 그렇게 되면 사회는 없어질 것이고, 삶은 중도에 끊길 것이라오. 그 사람들의 스승은 외톨이 방랑자였기 때문에 그의 추종자도 마찬가지로 하찮은 사람이 될 것입니다.

내 추측하건대, 전 세계도 그리 되리라고 생각해요. 현재, 살아 있는 사람은 별일 없이 삶을 끝마칠지도 모르지만, 자녀들은 그런 삶을 완수할 수는 없을 것이오. 설령 완수할 수 있다 하더라도 10명 가운데 1명일 거라고 생각해요. 그 사람들의 가르침에 의하면 아이들은 모두 평등하다고 합니다. 모든 어머니와 아버지에게 있어서 말이지요. 자기 자녀나 남의 자식도 똑같지 않으면 안 되는 것이지요. 어떻게 이것으로 아이들을 지킬 수가 있겠소이까? 우리가 알다시피 어머니가 간직하고 있는 아이들에 대한 온갖 열정과 사랑조차도 죽음으로부터 자식을 지킬 수 없는데, 이것이 단순한 연민이 되어 모든 아이들에게 평등하게 쏟아 붓게 되거나 하는 날에는 어떻게 되겠소? 어떤 아이를 고르고, 지켜야 하는가 말입니다. 어머니 이외에 대체 어떤 사람이 아파서 악취가 나는 아기와 함께 며칠 밤낮을 간병을 하겠소? 자연은 어린아이를 위해서 갑옷을 만들어 주었지요. 어머니의 사랑이 바로 그것입니다. 그런데 그 사람들은 그것을 빼앗아버리고는 대신할 것을 아무것도 주지 않소. 자식을 가르치고, 그 영혼을 통찰하는 역할을 아버지가 하지 않고 대체 누가 그것을 하겠소? 누가 위험을 미리 막아줄 것이오? 이와 같은 귀중한 것이 배제되어 있는 것입니다. 삶 전체를, 즉 인류의 존속을 그들은 피하려 하는 것입니다."

"모두 맞는 말입니다."

율리우스는 의사의 웅변에 매료되어 말했다.

"그러니 율리우스 씨, 망상을 버리고 이성의 빛으로 침투된 삶을 사십시오. 특히 현재 당신의 두 어깨에는 그런 위대하고 중요한, 절박한 의무가 걸려 있으니까 말이오. 그것을 실행하는 것은 명예로운 일입니다. 당신은 제2의 회의(懷疑)에 이르렀소. 하지만 앞으로 나아가세요. 그리하면 의혹도 없어질 것입니다.

가장 소중하고 분명한 의무는 당신이 가볍게 보고 있는 아이들의 교육입니다. 당신의 의무는 아이들을 국가에 유용한 사람으로 길러내는 것이에요. 국가가 당신이 가진 모든 것을 주었으니 당신도 국가에 봉사하고, 자녀들을 유용한 존재로 국가에 제공하지 않으면 안 됩니다. 당신은 이렇게 함으로써 자녀들에게도 행복을 주게 되지요. 그리고 또 하나의 의무가 있는데, 사회봉사가 바로 그것입니다. 당신은 실패로 인해 낙담하고, 또 실망하고 계시오만, 그것은 한 때의 우연에 불과하오. 노력과 투쟁 없이는 어느 것도 달성하지 못해요. 승리의 기쁨은 정복하기 힘들 때에만 존재하는 것 아니오? 그리스도교의 문서에 있는 잠꼬대를 기뻐하는 것은 부인에게 맡기세요. 당신은 남자답게, 또 아이들을 남자답게 길러내도록 하세요. 이것을 자신의 의무라 생각하고 착수하세요. 그것으로 모든 의혹은 없어질 것입니다. 의혹은 당신의 병적인 상태에서 온 것이에요. 내가 먼저 국가에 봉사하고 자식들도 같은 봉사를 하도록 준비시켜서 국가에 대한 의무를 이행하세요. 자녀들이 당신을 대신할 수 있도록 지위를 얻게 해 주세요. 그리고 그 다음에 원하는 생활로 조용히 침잠하면 되는 것입니다. 그때까지는 그렇게 할 권리가 없어요. 또 그렇게 하려 해봤자 고통 외에는 아무것도 발견하지 못할 것이오."

8

약초의 효험인지 총명한 의사의 권고가 효과를 미쳤는지, 여하튼 율리우스는 빠르게 원기를 회복해 갔다. 또한 그리스도교도의 생활에 관한 생각이 망상인 것처럼 여겨졌다.

의사는 한동안 머물다가 떠났다. 율리우스는 그 뒤 얼마 안 있어 자리를 걷고 일어났다. 그리고 의사의 권유를 받아들여 새로운 생활을 시작했다. 그는 아이들을 위해 교사를 고용하고 몸소 아이들의 교육을 주시했다. 또 자기의 시간을 모조리 공공사업을 위해 바쳤다. 그리하여 빠르게 시(市)에 커다란 세력을 차지하기에 이르렀다.

이렇게 율리우스는 1년을 보냈다. 지난 1년 동안 그는 그리스도교도에 대해 단 한 번도 떠올리지 않았다. 그러나 1년 뒤, 이 도시에서 그리스도교도의 재판이 집행되기로 정해졌다.

그리스도교도의 전도를 억압할 목적으로 로마황제가 보낸 사신이 키리키야에 당도했다. 율리우스는 그리스도교도에 대해 탄압수단이 강구된 까닭을 들었으나, 그것은 팜필리우스가 사는 그리스도교단과는 관계가 없을 것이라 추측하고 그에 대해 별로 생각하지도 않았다. 그러나 어느 날, 그가 근무하는 관청으로 가려고 광장을 걷고 있는데, 보잘것없는 차림을 한 중년의 사내가 다가왔다. 율리우스는 처음엔 그가 누구인지 알아보지 못했다. 그러나 그는 팜필리우스였다. 팜필리우스는 곁으로 다가왔다.

"아, 잘 지냈는가."

율리우스가 인사를 건네자, 그는 이렇게 말했다.

"자네에게 긴히 부탁할 것이 있네만, 지금처럼 그리스도교도의 박해가 혹독한 시기에 자네가 나를 친구로 인정할지 어떨지 몰라서 말일세. 게다가 나 같은 사람과 교제가 있으면 자네 지위를 잃을 것을 걱정하지는 않을까 하는 생각도 들고."

"나는 아무도 두려워하거나 하지 않네." 율리우스는 대답했다. "그 증거로 자네를 내 집으로 안내하겠네. 자네와 이야기를 나눠서, 자네에게 도움이 될 수 있다면, 시의 볼일 같은 것은 팽개쳐도 상관없네. 자, 함께 가세나. 그런데 이 아이는 누구의 아이인가?"

"나의 아이일세."

"그래, 그런 것은 묻지 않아도 될 걸 그랬군. 이 아인 자넬 쏙 빼닮았으니 말일세. 이 파란 눈도 확연하군. 자네 부인이 누구인지 듣지 않아도 알고 있네. 10년쯤 전에 자네와 함께 있는 것을 본 적이 있네만, 그 미인이시겠지? 확실히 눈 모양새는 그 사람의 눈이야."

"자네 생각대로일세."

팜필리우스는 대답했다.

"자네와 만난 지 얼마 안 있다가 그 여자는 나의 아내가 되었다네."

그들은 율리우스의 집으로 갔다. 율리우스는 아내를 불러 사내아이를 돌보게 한 다음, 팜필리우스를 사치와 아름다움이 극에 달한 안쪽 깊숙하고 조용한 방으로 데려갔다.

"여기서라면 무슨 얘기든지 할 수 있네. 누가 들을 염려가 없으니 말일세."

"내 이야기를 남이 들어도 아무 상관없네." 팜필리우스는 대답했다. "그리고 내가 원하는 것도 잡혀 있는 그리스도교도를 재판하지 않거나 사형에 처하지 않게 해 달라는 것이 아니라, 그 사람들이 자기 신앙을 대중 앞에서 고백하는 것을 허락해 주었으면 하는 것뿐이라네."

팜필리우스는 관청에 체포된 그리스도교도가 자기들의 현재 상태에 대해 감옥 안에서 교단에 알려온 바를 말했다.

키릴스 장로는 팜필리우스와 율리우스의 관계를 알고 있었으므로 그리스도교도를 위해 탄원하는 일을 팜필리우스에게 일임한 것이었다.

그리스도교도는 사면을 탄원하지 않았다. 그들은 그리스도교의 진리를 증명하는 것을 일생의 사명으로 여기고 있었다. 길게는 80년의 삶을 통해 증명할 수도 있었고, 마찬가지로 순교로 증명할 수가 있었다. 어떤 방법이든 그들에게는 마찬가지였다. 또한 그 때문에 피할 수 없는 육체적인 죽음조차도, 지금 이 순간이나 50년이 지난 다음이나 두려운 것이 아니라 오히려 기쁘기까지 한 것이었다. 그렇지만 자기들의 한 목숨이 세상 사람들의 이익에 도움이 되기를 바랐기 때문에, 그들은 팜필리우스를 심부름꾼으로 내세워 재판과 사형이 모두 대중 앞에서 진행되도록 백방으로 뛰어다니게 한 것이다.

율리우스는 팜필리우스의 간절한 바람에 깜짝 놀랐다. 그러나 할 수 있는 것은 해주겠노라고 약속했다.

"나는 자네 편이 될 것을 약속했네만," 율리우스는 말했다. "그것은 자네에 대한 우정과 자네가 늘 나의 마음에 불러일으켜 주는 따뜻하고 선량한 감정 때문이라네. 그렇더라도 자네에게 털어놓아야만 하겠는데, 나는 자네들의 가르침을 매우 몽매하고 유해한 것이라고 생각하네. 내가 이렇게 판단하는 까닭은 나도 아주 최근에 실망과 병환에 빠져서 의기소침했던 때에 다시 자네들의 견해에 공감하고, 까딱하면 다시 모든 것을 내팽개치고 자네들에게로 갈 뻔했다네. 그래서 말이네만, 나는 자네들의 방황이 어디에서 생겨나는지 알고 있네. 나 자신이 그것을 통과해 왔기 때문일세. 즉, 나 자신에 대한 사랑과 박약한 정신, 병적인 쇠약에서 생겨나는 것이네. 그리스도교는 여자들의 종교이지 남자의 종교가 아니더군."

"그건 무슨 까닭인가?"

"자네들은 인간의 본성에 불화와 배반의 씨앗이 감춰져 있어서 거기서 폭력이 생겨난다고 하면서, 그것에 구애되는 것을 꺼려 남에게 맡기려 하는 것 아닌가. 그리고 자기가 관련되는 것은 하지 않는 주제에 폭력을 기초로 하는 이 세상의 조직을 이용하고 있기 때문일세. 이것이 과연 공정한 것이란 말인가? 세상은 언제나 지배자가 존재함으로써 유지되어 왔네. 이들 지배자가 모든 노고와 책임을 떠맡아 우리를 안팎의 적으로부터 보호해 주었네. 그래서 그 대가로 우리들 시민은 이들 지배자에게 복종하고, 이 사람들에게 존경을 표하거나 그들의 일을 돕거나 해 온 것일세.

그런데 자네들은 자기의 노력으로 국가사업에 참가하고, 그 공적에 따라서 사람들로부터 존경을 받으려고는 않고, 거만하고 당돌하게도 모든 사람이 다 평등하다고 하네. 그것은 '자기보다 높은 사람은 아무도 없다. 나는 황제와 동등하다'고 잘난 체하는 때문일세. 자네들은 스스로도 그렇게 생각하고 있거니와 남에게도 그렇게 가르치네. 약자에게나 게으른 자에게나 이것은 커다란 유혹일세. 노예들은 모두 힘든 노동을 하지 않고 대번에 자신을 황제와 동등한 자라고 생각하고 싶어하니까 말이네. 아니, 그뿐만이 아닐세. 자네들은 조세도, 노예제도도, 재판도, 형벌도, 전쟁도, 인간을 하나로 결합하는 모든 것을 부정하고 있네. 만약 사람들이 자네들의 말에 따른다면, 사회는 그 자리에서 붕괴되고, 우리는 미개시대로 되돌아가고 말 것일세. 자네들은 나라 안에 있으면서 나라의 붕괴를 선전하고 있는 것이야. 그렇지만 자네들의 존재 자체가 국가의 제약을 받고 있지 않나. 국가가 없으면 자네들도 없는 것이지. 자네들은 모두 스키타이인이나 아니면 자네들의 존재에 대해 처음으로 안 야만인들의 노예가 되어 있었을 것이 분명하네.

자네들은 육체를 파괴하는 혹 같은 존재일세. 혹은 그 육체로 비로소 생겨나는 것도, 크게 자라는 것도 가능하지. 그러나 살아 있는 육체는 혹과 싸워서 그것을 뭉개버린다네. 우리와 자네들의 관계도 역시 이것과 마찬가지이고, 또한 이것 외엔 어쩔 도리가 없군. 자네가 원하는 것을 이행하도록 돕겠다고 자네에게 약속한다 해도, 나는 자네들의 가르침을 가장 해롭고 저급한 것으로 생각하고 있네. 내가 그것을 저급하다고 생각하는 것은 나를 먹여 길러준 유방을 깨무는 것이 비겁한 것과 마찬가지로, 국가의 복지를 이용하면서 그것을 유지하는 조직에 참가하지 않는 것이 공정하지 않기 때문이네."

"자네의 말에는," 팜필리우스는 말했다. "만약 자네가 생각하는 것처럼 실제로 우리가 그렇게 생활하고 있다면, 많은 진실이 있는지도 모르겠네. 하지만 자네는 우리 생활을 알지 못하거니와 그것에 대해 잘못된 편견을 만들어내고 있군.

우리가 스스로를 위해 행사하고 있는 생활법은 폭력의 도움 없이 달성할 수 있는 것이네. 인간은 건강한 상태에 있을 때는 자기에게 필요한 것보다 훨씬 많은 것을 자기의 손으로 벌어들일 수 있도록 만들어져 있네. 함께 살고 있기 때문에 우리는 노동을 공동으로 해서 자녀나 노인, 환자, 약자를 부양할 수가 있는 것이네.

또 자네는 지배자가 백성을 안팎의 적으로부터 지켜준다고 말했네만, 우리는 적을 사랑하기 때문에 그런 적 같은 것은 우리에겐 없다네. 우리들 그리스도교도가 노예의 마음에 황제가 되려는 꿈을 불러일으킨다고 자네는 말하네. 하지만 정반대일세. 나는 말이든 행동이든 단 한 가지를 전하고 있다네. 그것은 인내심 강한 공경과 순종, 노동일세. 비겁한 자라고 여겨지는, 가장 단순한 노동자의 일이지.

우리는 국무에 관해 전혀 알지 못하거니와 또한 이해도 하지 못하고 있네. 우리가 아는 것은 단 한 가지네만, 그 대신에 확실하게 안다네. 바로 '우리의 행복은 오로지 다른 사람들의 행복이 존재하는 곳에 있다. 그래서 우리는 이 행복을 추구하고 있다'는 것일세. 모든 사람의 행복은 합일 속에 존재하네. 그리고 이 합일은 폭력에 의하지 않고 사랑에 의해 달성될 수 있지. 강도가 통행인에게 휘두르는 폭력은 군대가 포로에게 휘두르는 폭력, 또는 피고에게 재판관이 휘두르는 폭력과 마찬가지로 우리에게 지극히 불쾌한 일이네. 때문에 우리는 그 어떤 것에든 의식적으로 참가하지 않는 것이지. 스스로 수고하지 않고 폭력을 이용하는 것은 우리는 할 수 없네. 폭력은 우리들에게도 영향을 미친다네. 하지만 우리들이 폭력에 참가한다고 말하는 것은 남에게 폭력을 휘두르는 것이 아니라 나 스스로가 고분고분하게 이것을 참고 견디는 것이라네."

"과연 그렇군." 율리우스는 그의 말을 가로막았다. "하지만 자네들은 진리를 위해 기꺼이 죽음에 이르는 순교자인 체하고 있을 뿐이네. 진리는 자네들에겐 없어. 자네들은 오만하고 무분별하며, 사회생활의 기초를 파괴하고 있는 것일세. 말로는 사랑을 선전하고 있네만, 자네들의 사랑에서 흘러나오는 것을 살펴보면 전혀 사랑과는 다른 것이 나오고 있어. 거기서 살육, 폭력, 약탈 같은 야만적 상태로 복귀되기 시작하는 것이네. 더구나 자네들의 가르침에 따르면 이것들은 어떤 것에 의해서도 억제되어서는 안 되는 것이라고 하더군."

"아니, 그것은 틀리네." 팜필리우스는 말했다. "만약 자네가 진정으로 우리의 가르침이나 생활에서 흘러나오는 것을 세심하게, 편견 없이 검토할 마음이 있다면, 거기에서 흘러나오는 것이 살인이나 폭력, 약탈이 아닐 뿐만 아니라 반대로 이러한 죄악과 싸워 성공을 거두려면 오로지 우리가 사용하고 있는 이 방법에 의할 수밖에 없다는 것을 알게 될 것이네. 살인이나 약탈, 그 밖의 모든 종류의 악은 그리스도교의 출현 전에도 끊임없이 이 세상에 있었네. 그리고 사람들은 늘 그것들과 싸웠지만, 언제나 성공을 이루지 못했지. 우리가 부정하고 있는 방법을 써왔기 때문이네. 이들 방법은 폭력을 가지고 폭력에 응하는 것으로 죄악을 억제하지 못하고 그저 사람들의 내부에 잔인성과 사악함을 확대시키고 죄악을 환기시킬 뿐이라네.

위대한 로마제국을 보게나. 그 어떤 나라도 로마처럼 법률을 중요하게 여기는 곳은 없네. 법률 연구나 개량이 그 나라에선 특수한 학문으로까지 숭상되고 있지. 법률은 학교에서 가르치고, 원로원에서도 심의하거니와 유능하다고 정평이 나 있는 시민들은 법률 개선과 적용에 몰두하고 있네. 사법이 최고의 선으로 간주되고, 재판관의 직분은 특별한 존경을 받고 있지. 하지만 한편으로는 오늘날 세계에서 로마만큼 음탕과 죄악에 빠져 있는 도시가 없다는 것, 이것 역시 만인이 다 아는 사실일세. 로마의 역사를 떠올려 보게나. 그러면 자네의 눈 속에 옛날 원시시대의 로마 민중들이 오히려 미덕이 높았다는 생각이 들 것이네. 그 시절은 아직도 법률이 완성되어 있지 않았는데 말이네. 우리 시대가 되면서 법률의 연구, 개선, 적용과 병행해 로마인의 미덕과 정의감은 차츰 황폐해졌고, 범죄는 끊임없이 증대하고 있으며, 또한 범죄의 형식 그 자체도 한층 복잡하고 교묘해지고 있네.

또 실제로 그것 말고는 방법이 없네. 온갖 범죄와 싸워서 성공하려면 모든 악의 경우와 마찬가지로 그리스도교의 무기, 즉 사랑으로만 달성할 수 있을 뿐, 복수나 형벌, 폭력 같은 이교도의 무기로는 되질 않네. 자네도 인간이 형벌을 두려워해 악을 삼가는 것보다는 악을 저지르고 싶어하지 않는 마음이 되기를 바라리라고 생각하네. 감옥에 갇혀 있는 사람들은 교도관이 감시를 하기 때문에 나쁜 짓을 하지 않을 뿐이네만, 자네는 모든 사람이 이렇게 되기를 바라는가? 사람들이 악을 행하려 하지 않고 선을 행하려 하도록 하려면, 법률에 의한 예방이나 저지, 형벌로는 효과를 발휘하지 못할 것이네. 이 목적을 달성할 수 있는 것은 인간의 내부에 뿌리내리고 있는 악을 극복했을 때뿐이라네. 우리는 그것을 행하고 있지. 자네들은 악의 외적 결과와 싸우고 있을 뿐일세. 자네들은 악의 근원에까지 도달하지는 못한다네. 왜냐하면 자네들은 악을 추구하지 않으며, 또한 악이 어디에 있는지도 모르기 때문이네.

빈번하게 반복되는 살인, 약탈, 절도, 사기 같은 범죄는 자기의 부를 증가시키고 싶다는 인간의 욕망에서 생겨난다네. 그러나 때로는 다른 수단으로는 필요한 양식이나 소금 같은 물자를 얻을 수 없기 때문에, 단지 그것만의 이유로 일어날 때도 있지. 이러한 범죄를 저지른 자는 법률로 처벌을 당하네. 그런데 본래의 의의로 볼 때 가장 복잡하고 대규모의 범죄임에도 이러한 법률의 비호 아래서 행해지고 있는 것이 있네. 예를 들면 대규모의 상업적 사기나, 일반적으로 가난한 사람이 부호에게 돈을 빼앗기는 다양한 양식(樣式)이 그것이네. 이들 범죄 가운데 법률로 처벌되는 것은 사실 그 법률 때문에 얼마쯤 억제가 될 테지. 보다 정확하게 말한다면, 어떤 종류의 단순한 범죄형식은 존립이 곤란해지기도 할 것이네. 그리고 범인은 형벌이 두려워서 법률로는 붙잡기 힘든 새로운 범죄방법을 고안하고, 보다 용의주도하게, 교묘하게 행동하게 될 것이라네.

그러나 그리스도교의 삶은 각자의 생활양식 그 자체로 이와 같은 범죄로부터 스스로를 지키고 있는 것이라네. 무릇 범죄란 한편으로는 이익을 추구하는 데서 일어나는 것이고, 다른 한편으로는 한 사람의 수중에 불균형적일 정도로 막대한 부가 유지되기 때문에 생겨나는 것이네. 우리가 남의 범죄, 즉 약탈이나 살인을 억제하려면 대체 어떻게 해야 좋겠느냐고 하는데, 바로 이것이지. 자신에게는 생활에 필요한 것만을 이용하고 나머지 것을 모조리 다른 사람에게 주는 것 한 가지라네. 우리 그리스도교도는 나날의 양식을 위해 필요한 것 이외에는 거의 수중에 남기지 않으며, 남이 쌓아놓은 부에 유혹을 당하지 않네. 절망에 빠져서, 한 조각의 빵 때문에도 범죄를 저지르기 십상일 정도로 굶주린 사람이 우리에게 온다면, 그 사람은 그 어떤 범죄도 저지르지 않고 필요한 것을 얻을 것일세. 우리는 굶주린 사람과 추위에 떠는 사람과 함께 마지막 것을 나누기 위해 살고 있기 때문이네. 그래서 어떤 종류의 범죄자들은 스스로 우리들 곁을 떠나기도 하고, 또 어떤 범죄자는 우리에게 접근하는 동안 구원을 발견하고 범죄자의 길에서 벗어나 서서히 만인 공동의 이익을 위해 수고하는 노동자가 되기도 한다네.

또 다른 부류의 범죄는 방탕한 정욕에서 야기되네. 예를 들면 질투, 복수, 동물적 애정, 분노, 증오 등으로부터 일어나는 것이지. 이러한 범죄는 결코 법률로는 억제하지 못하네. 범죄를 저지르는 인간은 어떤 종류의 정열을 완전히 조절하지 못하는 동물적 상태에 있기 때문에 자신의 행동 결과에 대해 생각을 하지 못한다네. 정욕을 막는 것은 오히려 그러한 정열을 부채질할 따름이지. 따라서 법률의 도움으로 이런 종류의 범죄를 극복하는 것은 불가능하다네. 우리는 실제로 이러한 범죄와 싸우고 있는 것이라네. 우리는 자기 생활의 만족과 의의를 인간 정신 속에서만 발견할 수 있다고 믿네. 때문에 자기의 정열에 몰두하는 것으로는 만족을 얻지 못하게 되겠지. 우리는 노동과 사랑을 실천하는 생활을 통해 정열을 가라앉히고, 자기 내부로 정신력을 발달시키고 있다네. 따라서 우리 수가 늘어나면 늘어날수록, 또한 우리 신앙이 넓고 깊게 보급되면 될수록 이와 같은 범죄의 수도 필연적으로 감소할 것이라네.

마지막으로 세 번째 종류의 범죄인데, 이것은 남에게 도움을 주려는 희망에서 실현되네. 어떤 사람들은 민중의 운명을 가볍게 해주겠다는 희망에서 폭군을 살해하고, 이로써 다수의 사람들을 구할 수 있다고 믿고 있네. 이와 같은 범죄는 악의 도움을 빌려서 선을 실행할 수 있다고 생각하기 때문에 일어나지. 사상에서 생겨나는 이들 범죄는 법률로 처벌을 가한다고 해서 억제하지 못할 뿐만 아니라 반대로 징벌 수단에 의해 오히려 권장되고 보급될 뿐이라네. 이 같은 범죄를 결행하는 사람들은 미혹에 빠져 있다고는 해도 남에게 봉사하고 싶다는 희망에서, 선한 충동의 영향 아래에서 행동하고 있는 것이지. 이런 사람들은 성실한 사람이며, 자기를 희생할 각오가 되어 있고, 어떠한 위험 앞에서도 뒤로 물러서지 않는다네. 따라서 형벌의 두려움은 이런 종류의 사람들을 억제하지 못해. 도리어 위험은 이 사람들을 분발하게 하고 고통이나 형벌은 그들을 영웅의 자리로 높이고, 다른 사람들의 동정을 불러일으키고, 다른 사람들을 동일한 길로 데려가네. 모든 국민의 역사에서 이런 것을 볼 수 있지.

우리들 그리스도교도는 악이 없어지는 것은 그 악에서 필연적으로 생겨나는 불행을 모든 사람들이 이해하는 때 외엔 없다고 믿고 있네. 사해동포의 정신이 실현되는 것은 우리들 각 개인이 형제가 되는 때이지. 형제가 되는 일 없이는 결단코 사해동포의 경지는 펼쳐지지 않으리라고 장담하네. 우리는 비밀결사를 맺는 반역자들의 방황은 알고 있지만, 그 사람들의 진지함과 자기희생의 정신은 높이 사고 있다네. 때문에 이런 종류의 사람들의 내면에 있는 선한 요소를 접촉점으로 가까이 다가가고 싶은 것일세. 이런 종류의 사람들도 우리들 속에서 적의를 발견하지 못하고, 우리를 자기들과 마찬가지로 선을 바라는 착실한 사람이라 생각하네. 그리고 이런 사람들 대다수가 우리에게로 다가오고 있지. 남에 대한 끊임없는 배려를 근본으로 하는 정숙한 노동생활은 인명의 희생을 수반하는 일시적인 공훈보다도 사람들을 위해서는 비교가 되지 않을 정도로 유익하며, 또한 힘들다는 것을 알게 되네. 그리고 우리에게 가담하는 이런 사람들은 우리 교단의 형제 가운데서도 가장 활동적이며, 또한 가장 강렬한 정신력을 보이는 인물이 되어 있다네.

대체 온갖 종류의 범죄와 싸워서 그 악을 없애는 데 가장 많은 역할을 하는 것은 누구일까? 악을 낳지 않는 정신생활의 기쁨을 보여주고 귀감이 되며, 사랑으로 행동하는 우리들 그리스도교도일까, 아니면 법률이라는 죽은 문자로 판결을 내리고, 결국은 자신을 위해 희생자를 멸망케 하거나, 극단적인 원한에 이끌리거나 하는 자네들의 지배자나 재판관이겠는가?"

"자네의 말을 듣고 있으면," 율리우스는 말했다. "마치 자네들도 옳은 것처럼 들리는군. 하지만 한 가지 내가 말하겠는데 팜필리우스, 대체 어째서 세상 사람들은 자네들을 적으로 보고 추적하고, 박해하고, 그리고 살해를 하는 것일까? 자네들의 사랑의 가르침에서 불화가 생겨나는 것은 무엇 때문이란 말인가?"

"그에 대한 원인은 우리들 내부에 있는 것이 아니라 외부에 있네. 지금 나는 정부로부터나 우리들로부터 범죄라 인정될 만한 죄악에 대해 이야기했네. 이러한 범죄는 어떤 국가의 정해진 법률을 일시적으로 파괴할 만한 폭력적인 양식을 보이네. 하지만 이들 법률 이외에 사람들은 자기 내부에, 더 나아가 사회의 법률과는 다른 영원함으로 마음에 기록된, 인류 전체의 보편적인 법률을 의식하고 있네. 우리 그리스도교도는 이 인류 전체의 보편적인 신의 법률에 따라서, 그리고 그 명료하고 완전한 최상의 표현을 우리 그리스도의 생애와 말씀 속에서 보고 있네. 그래서 우리 눈에는 그리스도의 계율을 파괴하는 모든 폭력은 범죄로 비친다네. 그 계율은 신의 법률을 나타내고 있기 때문이지.

우리는 우리에 대한 적의를 가능한 피하기 위해서 우리가 사는 땅의 국법을 이행해야만 한다는 것을 알고 있네. 그러나 우리는 양심과 이성을 가지고 지배하는 신의 율법을 다른 어떤 것보다도 높은 위치에 두고 있다네. 때문에 신의 율법에 반하지 않는 국법만을 이행할 수밖에 없지 않겠는가. 황제의 것은 황제에게, 신의 것은 신에게 돌리라는 것이네. 우리가 고려하는 것은 우연히 태어나 살게 된 어떤 국가의 법률 위반만이 아니라네. 우리는 무엇보다도 인류 전체의 본성에 공통되는 신의 의지에 반하는 범죄를 피하고 있는 것일세. 때문에 우리의 범죄와의 투쟁은 국가에 대한 싸움보다도 넓으며, 또한 깊은 것이지. 그리고 우리가 신의 율법을 최고의 법률로 인식하는 점이 개개의 법률, 예를 들면 자국의 법률을 가장 존중해 때때로 자기 주위의 습관을 법률로까지 떠받들려는 사람들을 우려하게 하고, 또 분개하게 하네. 진정한 의미에서 인간이라 할 수 없는, 곧 그리스도가 '진리가 너희를 자유케 하리라'고 했던 의미에서 진정한 인간이 되기를 바라지 않는, 혹은 그럴 만한 힘이 없는 이들 인간은, 어떤 한 국가의 백성이라든가 사회의 일원이라든가 하는 상태에 머물러 있기 때문에 자연히 한층 더 높은 인간의 사명을 찾아내고 확인하는 사람들에게 적의를 품게 된다네. 이처럼 자신의 최고 사명을 인정하기를 바라지 않거나, 혹은 인정할 수가 없는 까닭에 그들은 다른 사람들에게도 그것을 허용하지 않는 것이지. 이러한 사람들에 대해서 그리스도는 이렇게 말씀하고 계신다네.

'너희 율법교사들에게 화가 있을 것이다. 너희는 지식의 열쇠를 가로채서 너희 스스로도 들어가지 않고, 또 들어가려고 하는 사람들도 막았다!'

자네를 곤혹스럽게 하는 우리에 대한 박해도 이런 사람들에게서 일어나는 것이네.

우리는 아무에게도, 심지어 우리를 박해하는 자에게조차도 적의를 갖고 있지 않네. 또 우리 생활양식은 아무에게도 해롭지 않고, 손실도 초래하지 않네. 만약 세상 사람들이 우리에게 격앙하고 적의마저 갖고 있다면, 그것은 우리 생활이 폭력 위에 바탕하고 있는 그 사람들의 생활을 폭로하고, 거북해서 견딜 수 없는 기분을 주기 때문일 것이네. 우리에게서 나오지 않는 이런 적의를 제거하는 것은 우리 힘으로는 어떻게도 할 수가 없네. 우리가 이해한 진리의 깨달음을 미룰 수도 없거니와, 양심이나 이성에 반해 새로운 삶을 시작하는 것도 불가능하기 때문일세. 우리 신앙이 세속의 사람들에게 환기하는 이러한 적의에 대해서 우리 스승은 이렇게 말씀하셨다네.

'너희는 내가 세상에 평화를 주러 온 줄로 생각하느냐? 내가 너희에게 말한다. 그렇지 않다. 도리어 분열을 일으키러 왔다.'

그리스도는 자신도 이러한 적의를 체험하셨기 때문에 제자들에게 여러 번 경고를 하고 계신다네.

'세상이 나를 미워하는 것은 내가 세상을 보고서 그 하는 일들이 악하다고 증언하기 때문이다', '너희가 세상에 속하였더라면 세상이 너희를 자기 사람이라고 하여 사랑했을 것이다. 그러나 너희는 세상에 속하지 않고, 도리어 내가 너희를 세상에서 가려 뽑았으므로 세상이 너희를 미워한다", '너희를 죽이는 사람마다 자기네가 하는 그런 일이 하느님을 섬기는 일이라고 생각할 때가 올 것이다.'

우리들도 그리스도와 마찬가지로 육체를 죽이는 것 외에 한 가지도 할 수가 없다는 것 따윈 두렵지 않네. 진리의 빛을 받은 우리는 그 빛 속에서 살고 있네. 그리고 이 삶은 죽음이란 것을 모르네. 육체의 고통이나 죽음은 그 어떤 인간도 피할 수 없는 것이지. 우리의 사형 집행인조차도 육체의 고통을 맛보며 죽어가는 시기가 올 것일세. 무력하고 불행한 자가 육체의 죽음에 대해서 고뇌하고 생각한다 해도 공포에 휩싸이게 되네. 여하튼 일생 동안 그만한 걱정과 긴장된 노력으로 얻은 모든 것을 죽음과 함께 잃는 것이니 말이네. 모든 고통 가운데서 가장 두려운 이 고통으로부터 다행스럽게도 나는 미리 지킴을 받고 있다네.

왜냐하면 우리를 위한 행복은 육체가 괴롭지 않다거나 죽지 않는다거나 하는 것에 있는 것이 아니라 자기 내부에 정신생활을 높이고, 모든 상태에 대하여 마음의 평형을 유지하고, 우리 의지를 무시하고 생겨나는 모든 현상에 대해 합리적이며 필연적이라고 기꺼이 받아들이고, 더욱이 이것이 가장 중요한 점이네만, 진리의 원천이 인간의 내부에 준 최고의 선물인 양심과 이성에 충실하게 사는 것이니깐. 그래서 우리는 적의를 품는 박해자 때문에 괴로워하지 않네. 우리들이 아니라 그 사람들이 가슴속에 뱀처럼 마음을 애무하고 있는 적의와 증오 때문에 괴로워하겠지. '빛이 세상에 들어왔지만, 사람들이 자기 행위가 악하므로 빛보다 어둠을 좋아하였다'는 것이네. 이것이 그 사람들에 대한 심판이네. 이것을 괴로워할 필요는 없네. 왜냐하면 진리는 승리하기 때문일세. 그리스도는 '내 양들은 내 음성을 듣는다. 나는 내 양들을 알고 내 양들은 나를 따른다'고 했네…….

이와 같이 그리스도의 양 떼는 멸망하지 않을 뿐만 아니라 지상의 구석구석에서 새로운 양을 불러모으면서 늘어갈 것일세. 왜냐하면 '바람은 불고 싶은 대로 분다. 너는 그 소리는 듣지만, 어디에서 와서 어디로 가는지는 모른다. 성령으로 태어난 사람은 다 이와 같다'고 했기 때문이라네."

"과연." 율리우스는 그의 말을 가로막았다. "하지만 자네들 속에 성실한 사람이 많이 있겠는가? 저 사람들은 줄곧 자네들에게 진리를 위해 기꺼이 비명의 죽음을 택하는 순교자인 체하는 것에 지나지 않네. 진리는 그 사람들 쪽에는 없어. 그 자들은 사회생활의 기초를 파괴하려 하는 오만하고 무분별한 사람들이라 비난하는 목소리를 들을 뿐이지."

팜필리우스는 아무 대답도 하지 않았다. 그리고 율리우스를 슬픈 듯이 바라보고 있었다.

9

율리우스가 이렇게 말하고 있을 때, 팜필리우스의 어린 아들이 달려와서 아버지에게 몸을 기댔다. 율리우스의 아내가 온갖 친절로 달랬는 데도 아이는 아버지 곁으로 뛰어온 것이다.

팜필리우스는 한숨을 내쉬고 아들을 보면서 일어섰다. 그러나 율리우스는 그를 제지하면서 좀더 앉아서 이야기를 하거나 식사를 하고 가라고 부탁했다.

"나는 꽤 놀랐네그려." 율리우스는 이렇게 말했다. "자네가 결혼을 하고, 아이가 있으리라고는. 나는 자네들 그리스도교도가 사유재산을 부정하고 있는데, 무슨 요령으로 자식을 길러내는지 그 점을 이해할 수가 없네. 자네들 같은 그리스도교도 어머니는 어떻게 자식들이 불안정하고 보호도 없는 상태에 있음을 알면서 냉정하게 살아갈 수 있는 것일까?"

"대체 어째서 우리 자녀들이 자네들 자녀와 비교해서 불안정한 상태에 놓여 있다고 하는 것인가?"

"그야 말일세. 여하튼 자네들에게는 노예도 없고, 또 재산도 없기 때문이네. 내 아내도 상당히 그리스도교에 기울어져 있다네. 언젠가는 이 생활을 팽개치려고까지 하더군. 1년 전의 일이긴 하네만, 나는 그 당시 아내와 함께 떠나려고 했었지. 하지만 자식들을 기다리고 있는 그 곤궁과 걱정이 무엇보다도 아내를 난처하게 했다네. 그래서 나도 끝내 아내에게 동의하지 않을 수 없었지. 내가 아파 누워 있던 때의 일이긴 하네만, 내 삶 전체가 마음에 들지 않아서 모든 것을 버리고 싶었다네. 하지만 아내의 걱정도 있었고, 또 한편으론 나를 치료해 준 의사의 설명도 있었기 때문에 마음을 고쳐먹었네. 그 설명에 따르면 자네들이 보내고 있는 그런 그리스도교의 삶은 가족이 없는 자를 위해서는 그럭저럭 있을 수 있는 얘기지만, 가족을 부양하는 사람이나 자식이 딸린 어머니가 있을 곳은 아니네. 자네들이 이해하고 있는 듯한 삶에서는 인생, 즉 인류는 파멸하지 않으면 안 되네. 그리고 이것은 정당한 결과야. 그렇기 때문에 자네가 자식과 함께 나타난 것이 나를 놀라게 했다네."

"아이는 하나만이 아닐세. 집에 젖먹이 아이와 3살 난 딸이 있다네."

"내게 설명해 주지 않겠나? 대체 어찌 된 일인지 나는 알 수가 없네. 1년 전에 나는 모든 것을 팽개치고 자네들이 있는 곳으로 가려고 각오했었네. 하지만 나에게는 자식들이 있기 때문에, 나한테는 아무리 좋아도 자식들을 희생할 권리가 없음을 깨닫고, 자식들을 위해 예전 같은 삶을 계속하기로 했던 것일세. 나 자신이 살아온 것과 동일한 조건에서 길러내기 위해서였지."

"이상하군." 팜필리우스는 말했다. "우리는 완전히 정반대로 생각한다네. 우리 생각으로는 어른은 세속적인 삶을 살아도 아직 용서할 수 있네. 어른은 이미 더럽혀졌으니까. 하지만 아이들은?

이것은 무서운 일이네! 아이들과 함께 세속적인 삶을 보내는 것은 아이들을 유혹하는 일일세! '사람을 죄짓게 하는 일 때문에 세상에 화가 있다. 범죄의 유혹이 없을 수는 없으나, 유혹하는 사람에게는 화가 있다.'

이와 같이 우리 그리스도는 말하고 계시네. 때문에 자네에게 이런 말을 하는 것은 반박을 위해서가 아니라 실제로 그렇기 때문에 말하는 것일세. 우리 그리스도교인들이 현재 하고 있는 생활을 계속해야만 하는 가장 중요한 이유는 우리에게 아이들이 있기 때문일세. 그리스도는 '너희가 돌이켜서 어린이들과 같이 되지 않으면, 절대로 하늘 나라에 들어가지 못할 것이다'라고 하셨네."

"하지만 어떻게 그리스도교도의 가정은 생활에 필요한 일정한 재산을 지니지 않을 수 있다는 말인가?"

"생활을 위한 수단은 우리 신앙에 따르면 단 한 가지밖엔 없네. 즉, 남을 위해 좀더 사랑을 하는 것이지. 자네들의 수단은 폭력일세. 그것은 부가 없어지는 것과 마찬가지로 언제 없어질지 모르는 것이네. 그렇다면 인간의 노동과 사랑밖엔 뒤에 남는 것이 없지. 우리는 모든 것의 기초는 유지되고 보다 견고하게 해야 한다고 생각하네. 이 기초가 있는 이상, 가족은 생활해 갈 수 있고, 또 행복하게 나날을 보낼 수 있을 것이라 생각하네. 그런 것이지."

팜필리우스는 말을 계속했다.

"만약 내가 그리스도의 가르침에 대해 진실성을 의심하고 그 실행을 망설이는 일이 있더라도, 나의 의혹과 망설임도 이교도 밑에서 자란 아이들이라든가 자네나 자네 자녀들이 성인이 된 이후 자라는 아이들의 운명에 대해 조금이라도 생각하면, 당장 그 자리에서 결정이 나버릴 것이네. 우리들 소수의 인간이 아무리 생활을 정비하려고 궁전을 세우거나 노예를 옹호하거나, 외국에서 갖가지 물건을 들여오거나 해도, 대다수 사람들의 삶은 역시 현재 있는 그대로, 당연히 있어야 하는 상태로 머물러 있을 것일세. 이 생활을 유지하게 하는 것은 언제나 한 가지밖엔 없네. 즉 인간의 사랑과 노동이지. 우리는 나 자신을, 또 친구를 폭력 수단에 호소해서라도 이 조건에서 해방하려 하는 것이네. 세상은 사랑도 없이 남을 자신에게 봉사하도록 강제하고 있네. 하지만 우리가 나 자신을 보호하면 할수록 자연히 영원하고 진실된 사랑을 더 잃게 될 것이네. 왕의 권력이 증대하면 할수록 그 왕에 대한 사랑은 감소해 가는 것이라네.

또 하나의 보호막, 즉 노동의 경우도 마찬가지일세. 인간이 노동에서 멀어져서 사치에 익숙해지면, 점차 노동 능력이 줄어들어 영원하고 진실된 이 보호를 잃고 만다네. 많은 사람들은 자기 자녀들을 여러 조건 아래 두면서 그것을 보호라 일컫지. 가령 자네 자녀와 내 자식을 불러다 놓고 길을 분간한다거나 소식을 전한다거나, 뭔가 일을 시켜 보게나. 그리고 둘 중 어느 쪽이 잘 해내는지 보기로 하세. 시험삼아 둘을 학교에 보내보게나. 그 중 어느 쪽이 더 기쁘게 받아들일 수 있을까? 그리스도교도의 생활은 가족이 없는 자만이 가능하다는 따위의 그런 무서운 폭언은 하지 말아 주게나. 그 반대일세. 이교도의 생활이야말로 자식이 없는 사람에게만 허용되어야 하는 것일세."

율리우스는 잠자코 있었다.

"그렇지." 그는 말했다. "자네가 옳을지도 모르겠네. 하지만 자식들의 교육은 시작되었고 우수한 교사가 가르치고 있다네. 우리가 아는 것은 자녀들에게도 모두 가르치려 하네. 여기에서 잘못이 생겨나진 않겠지. 나에게나 자식들에게나 아직 시간이 있으니까 말일세. 자식들이 어엿하게 제 몫을 하도록 자라고 난 후에, 만약 필요하다면 자네들에게 가기도 하겠지. 나도 자식들이 직업을 찾고 자유로운 몸이 된 뒤에 그렇게 할 수 있을 것이네."

"진리를 알면 자유롭게 된다네." 팜필리우스는 말했다. "그리스도는 그 자리에서 완전한 자유를 주시지만, 세속적인 가르침은 결코 그렇게 하지 못하네. 그럼, 잘 있게나."

그리고 팜필리우스는 아들과 함께 떠났다.

재판은 공개되었다. 율리우스는 팜필리우스가 다른 그리스도교도와 함께 순교자의 유해를 거두는 것을 보았다. 그러나 관헌이 두려워 그 곁으로 가까이 다가가지도 않았고, 또 자기가 있는 곳으로 부르지도 않았다.

10

그로부터 12년이 흘렀다. 율리우스의 아내는 죽었다. 그의 생활은 공공사업에 대한 봉사와 권력 추구 속에서 지나갔다. 그 일들이 그에게 주어지기도 했지만, 그 스스로 그 일에 미끄러져 들어간 것이었다. 그의 재산은 거액이 되었고 차츰 불어났다.

자식들은 장성했고, 특히 작은 아들이 사치스런 생활을 하기 시작했다. 그는 아버지가 재산을 쌓아 놓은 통의 바닥에 구멍을 냈다. 재산이 쌓이면 쌓일수록 구멍으로 흘러나가는 돈도 많아졌다. 율리우스와 아들들 사이에는 과거 그 자신과 아버지 사이에 야기되었던 그런 다툼이 생겨났다. 분노, 증오, 질투. 게다가 바로 그때, 새 황제가 율리우스에게서 총애를 거두었다. 율리우스는 과거 그를 추종하던 사람들로부터 버림을 받았고, 추방을 당할 지경에까지 이르렀다. 그는 해명하기 위해 로마로 갔으나 그것마저도 허용되지 않았고, 귀국 명령을 받았다.

집으로 돌아온 그는 방탕한 청년들을 집 안으로 끌어들인 아들을 발견했다. 키리키야에서는 율리우스가 죽었다는 소문이 나 있었다. 그래서 아들은 아버지의 죽음을 축하하고 있었던 것이다. 율리우스는 정신이 나가서 아들을 맹렬하게 구타했다. 아들은 죽은 사람처럼 쓰러졌다. 그러자 그는 아내의 방으로 들어갔다. 그는 그곳에서 복음서를 발견하고 재빨리 읽어보았다.

'수고하여 무거운 짐을 진 사람은 모두 내게로 오너라. 내가 너희를 쉬게 하겠다.'

'그렇다.' 율리우스는 생각했다. '이미 오래 전부터 신이 나를 부르고 계셨던 것이다. 나는 신을 믿지 않고 외고집에다 사악했다. 때문에 나의 멍에는 무거우며, 나의 무거운 짐은 괴로웠던 것이다.'

율리우스는 오랫동안 펼쳐진 복음서를 무릎 위에 놓은 채 자신의 지나간 삶 전체를 생각하면서, 그동안 팜필리우스가 자기에게 했던 말을 떠올리면서 앉아 있었다.

마침내 율리우스는 일어나서 아들에게로 갔다. 그는 아들이 일어나 있는 것을 보고, 다행히 자신의 구타가 큰 해를 입히지 않았음을 기뻐했다.

아들에게는 한 마디 말도 하지 않은 채 율리우스는 거리로 나왔다. 그리고 그리스도교도의 공동체가 있는 쪽을 향해 걸음을 옮기기 시작했다.

그는 온종일 걷다가 저녁 나절이 되자 한 농가에 묵을까 싶어 발길을 멈추었다. 그가 들어간 방에는 사람이 누워 있었다. 발소리가 나자 그 사람은 몸을 일으켰다.

그는 예전에 두 번씩이나 자신을 만류했던 그 의사였다.

"이번에야말로 당신은 말로 나를 굴복시키지는 못할 거요." 율리우스는 외치듯이 말했다. "나는 이것으로 세 번째로 길을 나섰으니 말이오. 오직 그곳에서만 평안을 찾을 수 있음을 깨달았소."

"어디 말이오?"

의사는 물었다.

"그리스도요."

"글쎄요, 어쩌면 평안을 발견해낼 수 있을지도 모릅니다. 하지만 당신은 의무를 이행하지 못할 것이오. 당신에게는 남성적인 데가 없어 불행에 압도당할 것이에요. 진정한 철학자들은 그렇게 행동하지 않지요. 불행, 그것은 단순히 황금을 시험하는 불에 불과한 것입니다. 당신은 용광로 속을 지나온 것이지요. 그래서 이번에야말로 쓸모있는 단단한 인물이 된 것이오. 그런데도 이제 와서 도망치려 하고 있군요. 지금이야말로 당신은 다른 사람들과 자신을 시험해 볼 좋은 기회요. 당신은 참된 예지를 획득했소. 그것은 국가의 복지에 사용해야 하는 것입니다. 만약 인간이나 그 정욕, 또 인생의 조건을 인식한 사람들이 자신의 지식이나 경험을 사회 이익에 사용하지 않고 평안을 추구하기 위해 내기를 건다면, 시민들은 어찌 되겠소. 인생에 관한 당신의 예지는 사회에서 획득된 것이므로 마찬가지로 그것을 사회에 환원하지 않으면 안 됩니다."

"하지만 내겐 아무런 예지도 없소. 나는 온통 미혹으로 가득 차 있소. 방황은 오래되었지만, 그렇다고 거기서 예지가 생겨나지는 않소. 물이 아무리 오래되어 썩는다 해도 술이 되지는 못하니까 말이오."

이렇게 말하고 율리우스는 외투를 들고 집에서 뛰어나왔다. 그리고는 쉬지도 않고 앞으로 갔다.

다음날이 저물 무렵, 그는 그리스도교도들이 있는 곳에 도착했다. 모두에게서 경애를 받는 팜필리우스의 친구인 줄은 알지 못했지만, 사람들은 기쁘게 그를 맞이했다.

식탁에 앉았을 때, 팜필리우스는 자기의 친구를 알아보았다. 그러자 기쁜 미소를 띠면서 그는 친구의 곁으로 다가와 포옹했다.

"마침내 오고야 말았네." 율리우스는 말했다. "내가 무슨 일을 해야 하는지 말해 주게나. 자네의 말이면 뭐든 다 듣겠네."

"그런 것에 마음을 쓸 필요는 없다네." 팜필리우스는 말했다. "자, 함께 가세나."

팜필리우스는 율리우스를 새로 들어온 사람들이 지내는 집으로 데려갔다. 그리고 침상 하나를 가리키면서 다음과 같이 말했다.

"무엇을 해야 다른 사람들에게 도움이 될 수 있을까 하는 것은 우리 생활을 잘 관찰하고 나면 저절로 알게 될 걸세. 당분간 한가한 시간을 이용하는 방법을 알 때까지 내일의 일을 말해 두겠네. 이곳 밭에선 지금 포도 수확이 한창이니, 그곳에 가서 일을 돕게나. 어디가 자네가 있을 곳인지 자네는 스스로 깨닫게 될 것일세."

다음날 아침 율리우스는 포도밭으로 갔다. 첫 번째 밭은 젊은 나무여서 많은 포도송이가 달려 있었다. 젊은이들이 그 포도송이를 따고 있었다. 어디나 사람으로 가득했다. 율리우스는 오랫동안 여기저기를 돌아다녔으나 자기가 있을 곳을 발견하지 못했다.

그는 앞으로 갔다. 그곳은 꽤 오래된 포도밭이었다. 열매는 매우 적었다. 그러나 그곳에서도 율리우스가 할 일은 하나도 없었다. 사람들은 모두 둘씩 짝을 지어 일하고 있었다. 그래서 그에게는 있을 곳이 없었다. 그는 더 앞으로 갔다. 그리고는 이미 늙은 나무가 된 포도밭으로 들어갔다. 밭은 텅 비어 있었다. 넝쿨은 휘어지고 구부러져 한 알의 송이도 없는 것 같았다.

'맞다, 나의 일생도 이와 똑같다.'

그는 중얼거렸다.

'만약 내가 첫 번째 기회에 이곳으로 왔더라면 나의 삶도 첫 번째 밭의 열매처럼 되었으리라. 두 번째로 결심했던 그때에 왔더라면 두 번째 밭의 과실 같았겠지. 하지만 지금의 내 삶은 단지 땔감으로나 쓰임새가 있을 뿐인 이들 불

필요하고 늙어빠진 넝쿨과 마찬가지다.'

율리우스는 자기가 한 일에 스스로 놀랐다. 또한 자기 삶 전체를 쓸데없이 파멸시킨 것 때문에 자신을 기다리고 있는 형벌에 놀랐다.

율리우스는 슬퍼서 이렇게 말했다.

'나는 아무짝에도 쓸모가 없어. 이젠 아무것도 할 수가 없어.'

그는 그 자리를 떠나지 않고 이제 영원히 다시 돌아오지 못할 것을 망쳐버린 것을 한탄하며 울고 있었다.

그러자 갑자기 그는 자신을 부르는 노인인 듯한 목소리를 들었다.

"일을 하게, 형제."

율리우스는 돌아보았다. 그곳엔 눈처럼 하얀 머리칼에 허리가 활처럼 굽은 노인이 간신히 걸음을 옮기고 있었다. 노인은 포도 줄기 옆에 서서 그곳 어귀에 남아 있는 단 열매를 땄다. 율리우스는 그 곁으로 다가갔다.

"일을 하게나, 형제. 노동은 즐거운 법이거늘."

그러면서 노인은 율리우스에게 그곳 어귀에 남아 있는 포도송이를 어떻게 하면 찾아낼 수 있는지를 가르쳐 주었다. 율리우스는 찾기 시작했다. 몇 개인가 발견했다. 그리고 그것을 가져가 노인의 바구니 속에 던져 넣었다.

그러자 노인은 그를 향해 이렇게 말했다.

"여보게, 이걸 보게나. 이것들이 저쪽 밭에서 딴 포도보다 대체 어디가 나쁘다는 것인가? '빛이 있는 동안 빛 속을 걸어라'라고 우리의 스승이 말씀하셨네.

'그것은 그를 믿는 사람마다 영원한 생명을 얻게 하려고 하는 것이다. 하느님이 세상을 이처럼 사랑하셔서 독생자를 주셨으니, 누구든지 그를 믿으면 멸망하지 않고 영생을 얻을 것이다. 하느님이 아들을 세상에 보내신 것은 세상을 심판하시려는 것이 아니라, 아들로 세상을 구원하시려는 것이다. 아들을 믿는 사람은 심판을 받지 않는다. 그러나 믿지 않는 사람은 이미 심판을 받았다. 그것은 하느님의 독생자의 이름을 믿지 않았기 때문이다. 심판을 받았다고 하는 것은 빛이 세상에 들어왔지만, 사람들이 자기들의 행위가 악하므로 빛보다 어둠을 더 좋아하였다는 것을 뜻한다. 악한 일을 저지르는 사람은 누구나 빛을 미워하며, 빛으로 나아가지 않는다. 그것은 자기 행위가 드러날까 보아 두려워하기 때문이다. 그러나 진리를 따르는 사람은 빛으로 나아간다. 그것은 자기의

행위가 하느님 안에서 이루어졌음을 드러내는 것이다.'

당신은 자신이 해 왔던 것 이상의 것을 할 수 없다고 비탄에 잠겨 있다오. 그러나 한탄하지 마오, 젊은 양반. 우리는 누구나 하느님의 자녀이고, 그 하느님의 종이라오. 우리는 모두 하느님께 봉사하는 사람들이오. 설마 당신 외에 하느님의 종은 없다느니 그렇게 생각하는 것은 아니겠지요? 만약 당신이 한창 일할 때에 하느님에 대한 봉사로 몸을 바쳤더라면, 하느님께 필요한 것을 모두 행하였겠소? 하느님의 왕국을 건설하기 위해 인간이 모든 것을 해낼 수 있었겠소?

당신은 배나 열 배, 백 배나 그보다 더 했을 것이 틀림없다고 말하겠지. 그러나 당신이 남들보다 몇억 배나 많이 해냈다 하더라도, 하느님의 일 전체로 볼 때 그것은 아무것도 아니라오. 대해(大海)의 하찮은 물 한 방울일 뿐. 하느님의 일은 하느님처럼 광대하고 불변하다오. 하느님의 일은 당신 내부에 있는 것이오. 당신은 신에게 가서 노동자가 아니라 신의 자녀가 되시오. 그러면 끝없이 신과 그의 일에 참가하는 사람이 될 것이오. 하느님 나라에는 큰 것 작은 것이 없소. 또한 인생에도 큰 것도 작은 것도 없으며, 존재하는 것은 오직 똑바른 것과 구부러진 것뿐이라오. 인생의 똑바른 길로 들어서시오. 그리하면 하느님과 함께 있게 될 것이오. 그리고 당신의 일은 크지도 작지도 않다오. 단지 하느님의 일이 될 뿐이오. 하늘에서는 백 명의 의인보다도 한 명의 죄인으로 인해 보다 많은 기쁨이 있다는 것을 기억하시오. 세속의 일, 지나온 모든 것은 당신의 죄악을 당신에게 보여주기만 할 뿐이오. 그러나 당신은 자신의 죄악을 깨달은 때에 회개를 하였소. 그리고 회개를 하자마자 그 길로 똑바른 길을 발견한 것이오. 하지만 똑바른 길을 발견한 다음에는 하느님과 함께 그 길을 걸으면서 지나간 일, 커다란 일, 또한 작은 일을 생각하지 말아야 하오. 하느님 앞에서는 살아 있는 모든 것이 다 평등하기 때문이오. 하나의 신과 하나의 생명이 있을 뿐이라오."

율리우스는 마음이 놓였다. 형제들을 위해 모든 힘을 기울여 수고하는 삶을 계속했다. 이렇게 해서 그는 기쁨 가운데서 20년을 더 살았다. 그리고 육체의 죽음이 찾아온 것도 알지 못했다.

어둠의 힘

발톱 하나만 그물에 걸려도
그 새의 운명은 끝이다

악은 우리 내부에서만 존재한다.
즉 언제든지 끄집어 낼 수 있는 곳에서만 악은 존재하고 있는 것이다.

내 너희에게 이르노니, 여자를 보고 음욕을 품는 자는 이미 마음으로 간음하였느니라. 만일 네 오른눈이 너를 실족케 하거든 빼어서 버리거라. 네 몸의 하나를 버림으로써 온몸이 지옥에 떨어지는 것보다는 나을지니.

〈마태복음 5장 28~29절〉

어둠의 힘

제 1 막

등장인물

표트르—유복한 농부, 42세, 재혼, 병약
아니시야—표트르의 후처, 32세, 사치스러움
아클리나—표트르와 전처 사이에 태어난 딸, 16세, 가는귀 먹은 데다 좀 멍청한 편
아뉴트카—표트르의 둘째 딸, 10세
니키타—머슴, 25세, 바람기 있다
아킴—니키타의 아버지, 50세, 신앙심이 깊고 가난한 농부
마트료나—아킴의 아내, 50세
마리나—고아 처녀, 22세

때는 가을, 어느 큰 마을 안. 무대는 표트르의 널찍한 집. 표트르는 걸상에 앉아 말의 굴레를 손질하고 있다. 아니시야와 아클리나는 실을 뽑고 있다.

1 (1막 1경)

표트르, 아니시야, 아클리나. 두 여인이 함께 노래를 부르고 있다.

표트르 (창밖을 내다보며) 또 말들이 어디로 나가 버렸군. 이러다간 망아지를 다 죽이고 말겠다. 이봐, 니키타, 니키타, 거기 없나! 귀가 먹었나! (잠깐 귀를 기울이다가 여자들에게) 그것 참, 그만해. 시끄러워서 어디 들을 수가 있어야지!

니키타의 목소리 (뒷마당에서) 왜 그러세요?

표트르 말들을 몰아넣어야지.

니키타의 목소리 예, 조금만 기다리세요. 곧 몰아넣을 테니.

표트르 (고개를 저으며) 머슴 부려먹기도 힘들군! 내 몸만 성했어도 저런 것들을 집에 둘 필요도 없으련만. 머슴 둬서 제대로 돌아가는 일이라곤 하나도 없어……. (일어섰다 다시 앉는다) 니키타!…… 제기랄, 목이 아파 못 해먹겠다. 차라리 너희가 가는 게 낫겠다. 아클리나, 네가 가서 몰아넣고 오렴.

아클리나 말을 몰아넣으라구요?

표트르 그럼, 말 말고 또 뭐가 있니?

아클리나 네, 알았어요.(퇴장)

2 (1막 2경)

표트르, 아니시야.

표트르 저 녀석 정말 게을러 빠져서 큰일이야…… 도대체 뭘 시켜도 제대로 하는 게 없어.

아니시야 그런 소리 하는 당신은 참 부지런하군요! 페치카와 걸상 사이만 왔다갔다하는 주제에. 그러면서도 식구들한테는 잔소리만 늘어놓으니, 내 참!

표트르 내가 이렇게 잔소리라도 안 했다간 일 년도 못 가서 이 집조차 남아나지 않을 거야. 그러니 어디 가만히 있을 수 있나!

아니시야 한 번에 열 가지 스무 가지 일을 시키고는 욕지거리만 하고 있으니 그렇죠. 페치카 위에서 뒹굴면서 남을 부려먹기만 하는 것쯤 누군들 못할라구요.

표트르 (탄식하면서) 아아, 내가 이렇게 병에 걸리지만 않았어도, 단 하루도 니키타를 집에 두지 않을 텐데.

무대 뒤에서 말을 모는 아클리나의 목소리. 망아지 울음소리, 말 떼가 대문 안으로 들어오는 발굽소리. 뒤이어 삐걱삐걱 대문 닫히는 소리가 들려온다.

표트르 그 녀석은 입이나 나불나불 놀리는 재주밖엔 없는 놈이야. 정말이지 집에 둘 필요도 없는 녀석이라니까.

아니시야 (그대로 흉내내며) 집에 둘 필요가 없는 녀석이라니까……. 흥, 당신이야말로 일이나 좀 하면서 그런 소릴 했으면 좋겠수.

3 (1막 3경)

표트르, 아니시야, 아클리나.

아클리나 (등장) 간신히 몰아넣었어요. 언제나 그놈의 얼룩말이…….

표트르 니키타는 어디 있니?

아클리나 니키타요? 한길에 서 있어요.

표트르 거기서 뭘 하고 있어?

아클리나 뭘 하느냐구요? 모퉁이에 서서 지껄이고 있어요.

표트르 원, 저렇게 못 알아먹어서야! 누구하고 지껄이고 있느냔 말이야?

아클리나 (잘 알아듣지 못하고) 예?

표트르, 포기하고 입맛이 쓰다는 듯 아클리나에게 손을 내젓는다. 아클리나 앉아서 실을 뽑기 시작한다.

4 (1막 4경)

앞의 사람들, 아뉴트카가 끼어든다.

아뉴트카 (달려 들어와서 어머니에게) 니키타의 아버지와 어머니가 왔어요. 자기 집에 데리고 가겠대요. 좀 쉬는 게 좋겠다면서.

아니시야 거짓말이겠지?

아뉴트카 정말이에요! 거짓말이면 당장 벼락을 맞아도 좋아요!(웃는다) 내가 옆을 지나가니까, 니키타가 '아뉴트카, 이젠 너하고도 이별이구나! 내가 장가갈 때 꼭 놀러 오너라. 난 이젠 너희 집에서 나간단다' 이렇게 말하면서 웃었어요.

아니시야 (남편에게) 니키타는 당신 밑에서 일하고 싶지 않은 모양이군요. 들었어요? 자기 쪽에서 먼저 나가겠다지 않아요? 그런데도 당신은 뭐 '내쫓아 버려야겠다'구요?

표트르 멋대로 나가라지. 그 녀석 아니면 일할 사람이 없나?

아니시야 그럼 미리 준 돈은 어떡하죠?

아뉴트카, 방문으로 다가가서 귀를 기울이고 듣다가 퇴장.

5 (1막 5경)

아니시야, 표트르, 아클리나.

표트르 (미간을 찌푸리며) 돈은 여름에 날품삯으로 대신 청산하라고 해야지.

아니시야 흥, 당신은 머슴 내보내게 됐으니 좋겠수. 밥만 축내는 식구가 하나 줄어드는 셈이니까. 그리고 겨우내 나를 소나 말처럼 부려먹을 작정이죠? 큰딸년은 일이라곤 전혀 하려 들지 않지, 당신은 페치카 위에서 뒹굴거리기만 하지. 그러니 나만 혼자 죽어나는 거지. 당신 속셈이 훤히 보여요!

표트르 아직 분명한 얘길 들은 것도 아닌데 공연히 입 먼저 놀리지 말라구.

아니시야 마당이 온통 가축으로 가득 차 있는데도 소 한 마리 팔 생각도 않고, 양 떼도 겨우내 그대로 놔둘 모양이니, 먹이며 물은 어떻게 주겠다는 건지. 그런데도 머슴을 내보내겠다니 도대체 어떻게 하겠다는 거유? 난 사내들이나 할 일은 못하겠수! 당신처럼 나도 페치카 위에서 구를 테니 그리 알아요. 어서 당신 좋을 대로 해 봐요, 난 상관 안할 테니.

표트르 (아클리나에게) 가서 먹이 주고 오너라. 먹이 줄 시간이다.

아클리나 먹일 주라구요? 알았어요. (외투를 입고 새끼줄을 집어든다)

아니시야 난 이젠 당신이 할 일은 안 하겠단 말이야! 죽어도 안 할 테야! 그러니 당신 일은 당신이 알아서 해요!

표트르 아, 그만 좀 해. 왜 그리 야단이야? 꼭 미친 양새끼같이…….

아니시야 그러는 당신은 미친개야! 자긴 일도 안하면서 남한테 좋은 일이라곤 하나도 안 해주면서 그저 못 살게만 구니, 그게 미친개가 아니고 뭐야!

표트르 (침을 탁 뱉고 웃옷을 걸친다) 닥쳐! 쳇, 제기랄! 오, 하느님, 용서하소서. 아무튼 가서 자세한 얘길 들어봐야겠군.(퇴장)

아니시야 (뒷등에 대고) 늙어빠진 마귀! 코가 문드러진 문둥이!

6 (1막 6경)

아니시야, 아클리나.

아클리나 뭣 때문에 아버지에게 욕하는 거야?

아니시야 버르장머리 없이. 이 멍청아, 닥치지 못해?

아클리나 (문쪽으로 가면서) 흥, 뭣 때문에 욕하는지 난 다 알고 있어. 나보고 멍청이라고? 개만도 못한 것이. 누가 자길 무서워할 줄 알고!

아니시야 아니, 저년이!(튀어 일어나서 손에 잡히는 게 없나 찾는다) 부젓가락으로 매를 맞아 봐야 알겠어!

아클리나 (문을 열고서) 개! 악마! 네가 뭔지 알아? 개란 말야, 개, 개, 악마! (달려나간다)

7 (1막 7경)

아니시야 혼자.

아니시야 (생각에 잠기며) 뭐, 자기가 장가갈 때 놀러 오라구? 대체 무슨 생각인 거야? 장가를 가겠다구? 두고 보자, 니키타, 니가 정말 그렇다면 내가 가만 두지 않을 테니……. 난 너 없인 못 살아. 내가 널 놓아줄 것 같으냐!

8 (1막 8경)

아니시야, 니키타.

니키타 (두리번거리며 등장. 아니시야가 혼자 있는 것을 보고 얼른 그녀에게 다가가 소곤소곤거리며) 이거 참, 난처하게 되어버렸어. 아버지랑 어머니가 와서 이젠 머슴살이 그만두고 집에 가자는군. 장가들어 집에서 살라며 막무가내야.

아니시야 그래서 어쨌다는 거야, 장가들면 그만 아냐! 나하고 무슨 상관이야?

니키타 오오, 그래요! 역시 그렇구만. 난 어떻게 해서든 잘해보려고 그러는데, 당신은 '장가들면 그만 아냐'라구? 대체 어찌 된 거야? 내가 싫어진 거야? (한쪽 눈을 깜빡여 보이면서) 아니면 설마 잊어버린 건 아니겠지?

아니시야 아, 어서 장가들라니까, 누가 말릴 줄 알아!

니키타 뭣 때문에 그렇게 화만 내는 거야? 좀 어루만져 주려 했더니…… 대체 왜 그래?

아니시야 왜 그러고 말 것도 없어. 이젠 날 버리려는 거지? 네가 그렇다면 나도 이제 너 같은 건 필요없다 그 말이야!

니키타 이러지 마, 아니시야. 내가 어떻게 당신을 잊을 수 있겠어? 무슨 일이 있어도 난 당신을 버릴 수 없어. 그래서 어떻게 하면 좋을지 생각해 봤어. 결혼식이 끝나면 곧 당신한테 돌아올 거야. 집으로 다시 끌려가지만 않으면 좋을 텐데. 그게 마음에 걸려…….

아니시야 결혼한 남자를 누가 반길 줄 알아!

니키타 그렇지만 아버지 명령인데 거역할 순 없잖아.

아니시야 공연히 아버지 핑계 댈 거 없어. 이미 네 마음이 돌아서 버린 거야. 벌써 오래전부터 그 마리나인가 뭔가 하는 년하고 좋아지내는 걸 누가 모를 줄 알구. 그년이 너를 꾀어냈겠지. 요전에 그년이 여기 온 것도 이제 보니 다 그 때문이었어.

니키타 마리나가? 그깟 년은 보기도 싫어! 나한테 꼬리를 흔드는 여자가 어디 그년 하나뿐인가…….

아니시야 그럼, 아버진 왜 온 거야? 네가 오라고 했으니까 왔겠지! 넌 나를 속인 거야……! (운다)

니키타 아니시야! 난 정말 꿈에도 몰랐던 일이야, 이건 하느님만 알고 계실 거야! 난 정말 몰랐어. 이 일은 처음부터 우리 집 영감탱이가 혼자서 생각해 낸 일이야!

아니시야 본인이 싫다는데 강제로 끌고 갈 순 없잖아? 나귀새끼도 아니고.

니키타 하지만, 생각해 봐. 아버지의 뜻을 거역할 수는 없다구! 어쨌든 난 장가 따윈 들고 싶지도 않아.

아니시야 그럼, 안 가겠다고 끝까지 고집을 부리면 될 게 아냐?

니키타 얼마 전에도 어떤 청년이 그렇게 고집을 부린 일이 있었어. 결국 마을 회의에 끌려 가서 호되게 얻어맞았어. 안 봐도 뻔하지. 그런 꼴 당하고 싶지 않아……. 아주 만신창이가 될 때까지 매질을 한다는군.

아니시야 쓸데없는 소린 집어치워. 그보다도 니키타, 네가 만일 마리나년하고 결혼한다면 그땐 무슨 짓을 하게 될지 나도 몰라……. 콱 죽어버릴 테야! 어차피 난 이미 큰 죄를 저지른 몸이니까, 이젠 돌이킬 수도 없어. 네가 만약 가 버리면 난 정말 죽어버릴 거야…….

니키타 내가 가긴 어딜 간다고 그래? 갈 생각이 있었으면 벌써 옛날에 갔을 거야. 요전에도 이반 세묘느이치가 자기 집 마부로 오라고 했지만…… 거기 가면 놀고 먹는 거나 마찬가지야! 그런데도 난 가지 않았어. 하긴 그래서 사람들이 다 날 좋아하는 건지도 모르지……. 만약에 당신이 날 사랑해 주지 않는다면 그때는 나도 달리 생각할 수밖에 없어.

아니시야 그러니 내 말 들어 봐. 우리 집 양반은 오늘 죽을지 내일 죽을지 모르는 사람이잖아. 그 양반이 죽으면 모든 죄는 다 덮어 버릴 수 있게 돼. 우린 정식으로 결혼을 하고, 네가 이 집의 주인이 되는 거야, 어때?

니키타 그런 알 수 없는 퍼즐 같은 얘길랑 그만둬. 난 내 일처럼 열심히 일하고 있어. 그러니 주인 영감도 그 마누라도 날 귀여워해 주는 거야. 하지만 여자들이 날 좋아라 하는 건 내 잘못이 아니잖아. 안 그래?

아니시야 그럼, 앞으로도 날 사랑해줄 테야?

니키타 (여자를 안으며) 자, 이렇게! 언제나 내 마음속엔 당신뿐이야.

9 (1막 9경)

아니시야, 니키타, 마트료나. 마트료나 등장하여 성상 앞에서 한참 동안 성호를 긋는다. 니키타와 아니시야 떨어진다.

마트료나 나는 보고도 못 본 체, 듣고도 못 들은 체해요. 젊은 나이에 재미 좀 본다기로서니 나쁠 건 없지요. 송아지 새끼도 저렇게 재미를 보는데 사람이라고 못 하라는 법은 없겠죠. 젊은 혈기에 말이죠. 그런데 니키타, 마당에서 주인 어른이 부르신다.

니키타 실은 도끼를 가지러 들어 왔어요.

마트료나 안다, 알아, 다 알고 있어. 어떻게 생긴 도끼를 가지러 온 건지 다 안다. 그런 도끼는 대부분 여자 근처에 있기 마련이니까.

니키타 (허리를 굽혀 도끼를 집는다) 어머니, 정말로 꼭 장가를 보낼 생각이세요? 내 생각으로는 안 될 것 같아요. 난 아무래도 마음이 내키지 않아요.

마트료나 무엇 때문에 억지로 내 귀한 자식을 장가 보내겠니! 네가 살고 싶은 대로 살면 그만이란다. 그건 다 네 아버지가 혼자서 생각해 낸 일이야. 자, 어서 나가 봐라. 네가 없는 데서 찬찬히 의논 드릴 일이 있으니.

니키타 무슨 소리인지 통 알 수가 없군! 금방 장가가라고 했다가, 또 가지 않아도 된다고 했다가…….(퇴장)

10 (1막 10경)

아니시야, 마트료나.

아니시야 어떻게 된 거예요? 마트료나 아주머니. 정말로 장가를 안 보낼 참인가요?

마트료나 어떻게 장가를 들이겠어요! 우리 집 형편이 어떻다는 건 말 안 해도 댁에서 잘 아시잖아요. 우리 집 양반이 자꾸 장가를 들라고 우기고 있는 것 뿐이에요. '귀리 옆을 떠나는 말 없고, 보물단지를 떠나서 보물을 찾을 수 없다'는 속담도 있잖아요. 이 일도 마찬가지예요. 일이 어떻게 돌아가는지 제가 모를 줄 아세요? (한쪽 눈을 깜빡거려 보인다)

아니시야 마트료나 아주머니, 당신에게 숨겨 봐야 소용없겠군요. 벌써 다 알고 있는 모양이니까. 전 큰 죄를 지었어요, 당신 아들을 좋아하게 되었지 뭐예요.

마트료나 어머나, 그럴 수가, 금시초문이로군요, 이 마트료나는 전혀 알지 못했답니다, 라고 말할 줄 아셨죠? 하지만 제가 누굽니까. 그것도 모를라구요. 이 마트료나는 산전수전 다 겪은 노파란 말이에요. 땅속 석자 쯤은 훤히 꿰뚫어 볼 수 있다우. 모르는 게 없지요. 젊은 아낙네들한테 왜 수면제가 필요한지도 알고 있답니다. 아, 잠깐 기다려 봐요. (보자기를 끄르고 종이에 싼 하얀 가루약을 꺼낸다) 필요 없는 건 하나도 모르지만, 필요한 건 다 알고 있지요. 이 마트료나도 젊을 때가 있었거든요. 바보 영감탱이랑 살아도 이 세상 살아 나갈 줄은 알아야 하는 게 아니겠어요? 난 이제 이 세상 일이라면 모르는 것 없이 다 안답니다. 보아하니 댁의 남편도 이젠 아주 시들어버렸더군요. 그래 가지고 어떻게 아직도 살아계신지. 바늘로 찔러도 꿈쩍도 안 할 것 같아요. 아마 내년 봄까지 살기도 어려울 거예요. 그러면 누구든 맞아들이셔야 할 텐데, 우리 아들 녀석도 결코 빠지는 편은 아니지 않습니까? 그렇다면 나도 아들녀석을 이런 보물단지 옆에서 억지로 떼어놓을 필요는 없잖겠느냐는 거지요. 나도 내 아들이 잘되길 바라는 건 매한가지니까요.

아니시야　그저 당신 아들이 이 집에서 나가지만 않으면 좋으련만.

마트료나　나가기는 그애가 왜 나갑니까! 쓸데없는 걱정이에요. 그저 우리집 영감이 공연히 고집을 부리는 것뿐이죠. 돌머리에다가 다 늙은 주제에 뭘 한 가지 생각하면 끝까지 고집을 부리려 드니 탈이죠.

아니시야　그런데 이번 이야기는 어떻게 해서 나오게 된 거죠?

마트료나　다름이 아니라, 댁에서도 아시다시피 우리 아들놈이 워낙 미끈하게 잘생긴 데다가 남자다운 구석이 있어서 여자애들이 어찌나 잘 따르는지. 그래서 전에 그애가 철도국에 있을 때 거기 식당에서 일하던 고아 처녀 하나가 그애 꽁무니를 쫓아다니게 되었다 그 얘기예요.

아니시야　마리나 말인가요?

마트료나　네, 바로 그 계집애지요. 그런 년은 중풍에나 걸려 꼼짝 못하게 해야 하는데. 우리 아들놈이랑 그 계집애가 무슨 일이 있었는지 없었는지, 어쨌든 그 얘기가 영감 귀에 들어갔단 말이에요. 누구한테 들었는지, 아니면 그년이 직접 영감한테 하소연했는지 모르겠지만요…….

아시니야　원 그런 뻔뻔스런 계집을 봤나, 독사 같으니!

마트료나　그래서 바보 같은 우리 영감이 저렇게 떠들어 대기 시작한 거죠. 결혼을 시켜야 한다, 결혼을 시켜서 속죄를 해야 한다는 거예요. '니키타 놈을 데려와서 장가를 보내야겠다'고 우기지 않겠느냔 말이에요. 나도 옆에서 말려 봤지만 어디 내 말을 귓등으로나 들어야죠! 그래서 생각했죠. '그렇담, 좋다! 다른 수를 써서 뒤집어 엎는 수밖에!' 그런 바보 영감을 다루는 데는 이런 방법밖에 없어요. 그래서 나도 영감이 하는 주장에 따르는 체했던 거죠. 그러다가 막판에 가서 내 생각대로 홱 뒤집어 놓는 거예요. 여자라는 건 페치카 위에서 굴러 떨어지는 눈 깜짝할 사이에도 일흔일곱 가지 생각을 하는 법인데, 바보 같은 영감이 어찌 그 속을 알겠어요. '좋아요, 그렇게 합시다. 생각해 볼 필요도 없어요. 하지만 아들한테 가서, 주인 어른 말씀도 들어보고 잘 의논해서 결정하는 게 좋겠어요.' 이렇게 해서, 함께 여기 오게 된 거랍니다.

아니시야　그렇지만, 아주머니. 일이 정말 그렇게 수월하게 되어 갈까요? 만약에, 만약에 영감님이 끝까지 우기신다면 어쩌지요?

마트료나　끝까지 우겨요? 흥, 그 따위 영감이 끝까지 우긴다고 누가 까딱이나 할 줄 아세요? 댁에선 하나도 걱정할 것이 없답니다. 이 혼담은 절대 이루어지지 않아요. 내가 이제 곧 이 댁 주인 어른과 만나서 잘 얘기만 하면 문제없이 해결될 테니 두고 보세요. 내가 오늘 우리 영감님을 데리고 여기 온 건 다 생각이 있어서 한 일이랍니다. 아니, 내 아들이 여기서 행복하게 살고 있고 앞으로도 큰 복이 기다리고 있는데, 내가 뭣 때문에 그런 거지 같은 계집을 억지로 아들놈한테 붙여줍니까? 난 그렇게 멍청한 노파가 아니랍니다.

아니시야　그 마리나년이 글쎄 여기까지 니키타를 만나러 쫓아왔다니까요. 정말이지 아주머니, 믿지 않으실지도 모르지만, 니키타가 장가를 간다는 얘기를 들었을 땐 전 정말 심장을 칼로 푹 찔린 것 같은 기분이었어요. 하지만 니키타는 아직도 그 여자애를 생각하고 있는지도 몰라요.

마트료나　원, 그런 말도 안 되는 말씀! 그래 우리 아들놈이 그렇게 바보인 줄 아세요? 그애가 집도 없이 떠도는 계집아이를 좋아할 이유가 어디 있겠어요. 니키타가 얼마나 영리한 아이인 줄은 댁에서도 잘 아실 텐데 그러시네요. 그애는 누굴 사랑해야 좋을지 잘 알고 있는 애예요. 그런 걱정일랑 아예 하지도 마세요. 절대 그애를 집으로 데리고 가지도 않을 거고, 물론 장가도 보내지 않을 테니까. 돈만 주신다면 그애는 그냥 댁에 있게 하겠어요.

아니시야 니키타가 가 버리면 난 정말 죽은 몸이나 마찬가지예요.

마트료나 그야 물론 댁처럼 젊은 여자가 저런 시체 같은 영감이랑 살자니 오죽하겠수!

아니시야 맞아요, 아주머니. 난 정말 저 코가 문드러진 늙은 개가 싫어요. 싫어서 죽을 지경이에요. 이젠 보기만 해도 구역질이 나요.

마트료나 하긴 그것도 당연한 일이죠, 누군들 참기 쉽겠어요? 자, 이걸 좀 보시우.(주위를 둘러보며 작은 목소리로) 당신도 잘 아는 노인네한테 가서 이 약을 얻어 왔어요. 그 노인이 두 가지 약을 주더군요. 이쪽 약은 수면제예요. 이걸 먹으면 누가 밟고 지나가도 모를 만큼 깊이 잠들어 버린대요. 그리고 이쪽 약은 냄새도 맛도 안 나지만 효력이 굉장해서 이걸 조금씩 일곱 번만 먹이면 댁은 곧 자유의 몸이 될 거라더군요.

아니시야 아아! 도대체 그게 뭐예요?

마트료나 전혀 증거가 남지 않는답니다. 이걸 1루블 주고 사왔어요. 이것보다 양이 적으면 소용없다고 하더군요. 거기다 그 노인네도 이걸 구하기 위해서 무척 애를 썼다면서 말이에요. 약값은 내가 대신 냈어요. 틀림없이 댁이 사실 것이라 생각했지만, 만일 필요가 없으시다면 미하일로브나한테 주려고 갖고 왔어요.

아니시야 아아! 혹시 만에 하나 무슨 큰일이라도 일어나는 건 아닐까요?

마트료나 큰일은 무슨 큰일이 일어날라구요. 주인 어른이 건강한 분이라면 또 몰라도, 살아 있다는 것도 말뿐이지 이미 저승에 간 사람이나 다름없잖아요. 이 세상에 그런 일은 흔하게 일어나는 일이라는 걸 모르시우?

아니시야 하지만 어떻게 하면 좋을지 모르겠어요. 아주머니, 정말 아무 일도 없을까요? 너무 무서워요. 아아, 내가 어떻게 그런 끔찍한 짓을!

마트료나 그럼 도로 가져가죠, 뭐.

아니시야 이 약도 물에 타는 약인가요?

마트료나 차 속에 넣으면 된다는군요. 눈으로 봐도 다른 점이 하나도 없고, 전혀 냄새도 나지 않으니까요. 그 노인네 정말 영리하기도 하지요.

아니시야 (가루약을 받아들고) 아아, 어쩌면 좋담! 아아, 나도 참 불쌍한 여자야. 내가 이렇게 징역살이 같은 생활만 하지 않아도 이런 일은 생각조차 안 하고 살았을 텐데.

마트료나 그럼, 약값 1루블 잊지 마시우. 그 노인네에게 돌아가는 길에 갖다 주기로 약속했으니. 역시 수고를 해준 것만은 사실이거든요.

아니시야 알고 있어요. (궤짝이 있는 데로 가서 가루약을 감춘다)

마트료나 그보다 남들 눈에 띄지 않게 잘 간수하셔야 합니다. 어쩌다 잘못해서 남의 눈에 띄는 날이면 그야말로 큰일이죠. 속담에 벽에도 귀가 있다고…… (1루블을 받는다) 벽에도 귀가 있다고 하지 않습니까……. (갑자기 말을 끊는다)

11 (1막 11경)

아니시야, 마트료나 있는 곳에 표트르, 아킴 등장. 아킴, 성상을 향해 성호를 긋는다.

표트르 (등장, 자리에 앉는다) 그럼, 어떻게 하는 게 좋겠소? 아킴 영감.

아킴 글쎄요…… 좋도록 해야죠. 순리에 따라 좋도록 해야할 게 아니겠어요? 다 잘되도록…… 그러니까, 그……너무 제멋대로 살게 해서도 안 될 일이고……데려다가 일도 좀 시키고……해야겠지요. 그러나 주인 어른께서 원하신다면 그냥 여기 놔둬도 상관없지만요, 어쨌든, 좋도록…….

표트르 알겠소, 알겠어. 자, 앉아서 천천히 의논해 봅시다.(아킴, 앉는다) 그래, 어떡하겠다는 거요? 장가를 들이겠다는 건가?

마트료나 장가를 들이는 건 좀 미루고 지켜보아도 됩니다요. 아시다시피 가난한 살림살이에 어떻게 장가를 들이겠어요? 우리 입에도 풀칠하기 어려운 처지에 혼례가 다 뭐예요.

표트르 아무튼 잘 생각해서 결정하시오.

마트료나 장가를 보내는 건 서두를 필요가 없어요. 일생의 중대사니까요. 나무열매처럼 따주지 않으면 떨어져 버리는 것도 아니고요.

표트르 하지만 장가를 들이는 것도 좋을 것 같은데?

아킴 실은 내 생각도……거시기……장가를 보내는 것이 좋을 듯 싶어서…… 그러니까 요즈음 나도 그……시내에서 마땅한 일거리도 생겼으니…….

마트료나 흥, 그것도 일이라고! 실은 남의 집 화장실 치우는 일이랍니다. 엇그

제 집에 돌아왔을 때는 어찌나 구린내가 심한지 난 구역질이 나서 혼났지 뭡니까?

아킴 그야 물론 처음엔 코에 훅 들어오지만, 차차 익숙해지면 아무렇지도 않아요. 냄새가 좀 나는 건 사실이지만, 우리가 어디 그런 걸 갖고 불평할 처지인가요. 옷만 갈아입으면 되는 걸 가지고 말입니다. 그래서 니키타를 집에 데려다가 집안일을 시킬 셈입니다. 그러니까, 아들은 집안을 돌보고, 나는 그러니까, 시내에 나가서 벌이를 해오자는 거지요.

표트르 아들을 집에 데려가겠다는 건 지극히 당연한 일이지요. 그런데 선금으로 받은 돈은 어떻게 할 작정이오?

아킴 그건 어디까지나 지당한 말씀입니다. 그러니까, 일단 머슴살이로 들어간 이상, 이를테면 그……몸을 판 거나 마찬가지니까, 기한이 끝날 때까지는 일을 해드리는 게 옳지요, 예. 그……그러니까 장가만 들이고 곧 다시 돌려보내겠다는 거죠. 그러니까, 그……잠시 휴가를 받을까 해서.

표트르 그렇다면야 안 될 것도 없지.

마트료나 이 일에 대해선 우리 두 사람 의견이 서로 다르답니다. 난 하느님 앞에 나간 셈치고 주인 어른 앞에서 죄다 말씀드릴 겁니다. 그러니 이 영감 생각이 옳은지 내 생각이 옳은지 주인 어른께서 판결을 내려 주세요. 저 영감은 입버릇처럼 장가를 보내야 한다고 떠들어 대지요. 하지만 도대체 그 신붓감이라는 게 누군지 아세요? 나도 그 여자가 흠잡을 데 없는 색시라면 말을 안 해요. 아, 그렇기만 하다면야 나도 아들을 위해서 기꺼이 찬성을 하지요. 하지만 행실이 아주 못되먹은 나쁜 계집애를 데려다가 그러니, 내 어떻게…….

아킴 또 그런 쓸데없는 소리! 그 색시를 그렇게 헐뜯는 게 아니래두. 그 색시에게 그렇게 덮어씌우는 건 공평하지 못한 일이야. 그러니까 그 색신 말하자면, 그……우리 아들놈이 욕을 보인 게 아니냔 말이야…… 그러니까 좋지 않은 일을, 우리 아들놈이…….

표트르 무슨, 대체 욕을 보이다니 뭘 말인가?

아킴 그러니까 말하자면, 그…… 우리 아들 니키타와……니키타와…….

마트료나 여보, 당신은 좀 잠자코 있어요. 당신의 그 느려터진 말보다는 내가 빠를 테니. 우리 아들놈은 아시다시피 여기 오기 전에 철도국에서 일하고 있었어요. 그런데 거기 인부 조합 식당에서 부엌데기로 살고 있던 마리나라는 계집애가 우리 아이의 꽁무니를 쫓아다녔다는군요. 바로 그 계집애가 공연히 트집을 잡고 늘어지지 뭐예요. 마치 우리 니키타가 자기를 유혹한 것처럼 말하고 다닌답니다.

표트르 그건 좋지 않은 일이군.

마트료나 게다가 그 계집에는 행실이 좋지 않아서 이놈 저놈 닥치는 대로 들러붙는 아주 추잡한 년이라니까요.

아킴 여보, 마누라, 그게 무슨 소리여! 그런……거짓말은 하는 게 아니래두. 당신은 언제나 그……그……거짓말을…….

마트료나 저 영감은 말끝마다 그, 그 소리만 하지, 뭐가 그 그인지는 모른단 말씀이에요. 그 여자에 대해선 주인어른께서도 사람들에게 물어보세요. 누구 한 사람 다른 말을 할 사람이 없을 거예요. 정말이지 물어보나마나 갈보나 다름없는 떠돌이 거지 계집이라고 할 거예요.

표트르 (아킴에게) 어떻소, 영감? 그렇다면 그런 여자를 며느리로 맞을 순 없을 것 아니오. 한 번 혼인을 맺으면 짚신짝처럼 훌랑 벗어 던질 수도 없는 일이니까.

아킴 (몹시 흥분하며) 여보 마누라, 그따위 거짓말이 어디 있어. 그……그 색신 절대 그런 여자가 아니야. 굉장히 착한 색시라구. 그렇게 좋은 여자를. 그……그 색시가 가엾지도 않아, 그러니까, 그……그 색시가 불쌍하지 않냐구.

마트료나 흥, 당신은 옛날 얘기에 나오는 마레미야마 성인(聖人)보다 더 대단하시구려. 온 세상 사람 걱정이란 걱정은 다 도맡아 하면서 집안 식구들은 굶어 죽든 말든……. 남의 집 처녀 가여운 줄은 알고 자기 집 아들놈 가여운 줄은 모른단 말이우? 아예 그 계집을 당신 모가지에 매달고 함께 구걸이라도 하고 나서시구려. 허튼소리 좀 작작해요.

아킴 허튼소리라니!

마트료나 당신은 좀 잠자코 있어요, 내가 이야기할 테니.

아킴 (말을 가로막으며) 이건 허튼소리가 아니야. 당신은 뭐든 제멋대로 판단하잖아. 말하자면, 그, 그……처녀에 대해서나, 자기 자신에 대해서나 뭐든지 자기 좋을 대로 생각을 한단 말이야. 자기 좋을 대로 상황을 끌고 간다고.

하지만 말이야, 하느님은 그……그러니까 하느님의 뜻대로 하신다는 걸 알아야지. 암, 그렇구말구.

마트료나 아이구, 당신하구 얘기하다가는 내 혀가 다 닳아 떨어지겠수.

아킴 그 처녀는 일도 잘하는 참한 색시야. 그러니까, 그……어디 하나 흠잡을 데가 없는 색시지. 말하자면, 그…… 우리네 같은 가난뱅이한테는 좋은 일손 하나 느는 셈이지. 그리고 혼례도 싸게 치를 수 있을 거고……. 그보다 더 중요한 건, 우리 아들놈이 그 색시를 욕보였다는 점이야. 그 색시는 의지할 데 없는 고아라구. 그런 여자를 욕보였으면 마땅히…….

마트료나 저렇게 똑같은 소리만 한다니까.

아니시야 이봐요, 영감. 아주머니 말도 좀 들어봐요. 아주머니가 알아들을 만큼 다 이야기 할 거니까.

아킴 하느님이 굽어보고 계신다는 걸 잊지 마, 하느님을! 그래, 그 색시는 사람도 아니란 말이야? 말하자면, 그…… 그 색시도 하느님이 볼 땐 역시 똑같은 인간이야. 당신은 이걸 어떻게 생각해?

마트료나 내 참, 바보는 할 수 없군!

표트르 그럼, 아킴 영감. 이렇게 하면 어떻겠소? 사실이지 그런 처녀 이야기는 믿을 수가 없네. 그러니 니키타를 이 자리에 불러서 물어보면 될 게 아니오? 니키타도 설마 있는 일을 없다고 하지는 않을 테니. 그럼, 니키타를 부릅시다! (아니시야, 일어선다) 여보, 니키타더러 아버지가 부른다고 오라고 하구려.(아니시야, 퇴장)

12 (1막 12경)

같은 무대. 표트르, 마트료나, 아킴.

마트료나 거 보시구려, 주인어른께서 옳은 판단을 내려주셨잖수! 무엇보다 아들 말을 들어보는 게 제일이지. 요즘 세상에 억지로 색시를 붙여 줄 수는 없는 일이니까, 역시 본인의 심정을 들어봐야죠. 아마 그런 여자랑은 절대로 결혼할 수 없다고 할 테니 두고 보구려. 그보다도 주인어른, 아들놈은 그냥 댁에 있게 하는 게 좋을 것 같군요. 여름에도 집에 데려갈 필요는 없을 거예요. 계약 날짜를 더 늘려도 좋을 것 같군요. 그 대신 우리한테 10루블만 주세요, 아들놈은 그냥 댁에 놔두고 돌아갈 테니.

표트르 그건 나중에 이야기 합시다. 지금은 한 가지씩 차례대로 결정을 내린 다음에 생각해 보도록 합시다.

아킴 주인어른, 내가 이런 말을 하는 건, 말하자면 그……흔히 있는 일이기 때문입니다만, 사람들은 흔히 자기 생각만 하고 하느님에 대해선 잊어버리기가 쉽습니다……. 뭐든지 자기 좋을 대로만 생각하고, 자기한테 편하게만 생각하다 보면, 자기도 모르는 사이에 자기 모가지를 자기가 베어 버리고 맙니다. 자기는 좋다고 생각하고 한 일도 하느님을 잊고 한다면 오히려 나쁜 결과가 오게 마련입니다.

표트르 그야 물론이지! 하느님을 잊어버리면 쓰나!

아킴 정말이지 오히려 나쁜 결과를 불러올 겁니다. 그러나 하느님의 말씀대로, 그러니까 그……하느님의 뜻대로만 하다보면은 언제나 마음이 평안한 법이거든요. 그래서 나도 아들놈을 장가보내서 죄악으로부터 멀리 떼어 놓으려는 겁니다. 아들은 하느님의 뜻대로 집에서 살고, 나는 시내에 나가서 일을 하는 거지요. 그러니까 그……그 일도 정말 우리가 마땅히 해야 할 일이라고 할 수 있거든요. 하느님 말씀에 비추어 본다면야 오히려 훌륭한 일이고말고요. 그리고 그 오갈 데 없는 고아 처녀를 위해서도 이건 좋은 일입니다. 지난 여름에도 한 점원이 상인의 장작을 속여 떼어먹은 일이 있었죠. 그 점원 녀석, 아주 감쪽같이 속였다고 생각하고 있겠지만, 상인은 속여도 하느님은 속일 수 없답니다. 그래서 그 점원은…….

13 (1막 13경)

앞의 사람들과 니키타, 아뉴트카가 끼어든다.

니키타 부르셨어요? (앉아서 담배를 꺼낸다)

표트르 (조용히 타이르듯) 뭐냐 그 태도는, 너는 예의도 모르니? 아버지가 부르시는데 담배를 꼬나물면서 앉다니! 자, 이쪽으로 와, 서 있어!

(니키타, 히죽히죽 웃으며 건들건들 탁자 옆으로 와 선다)

아킴 니키타, 너 때문에 지금 나한테 하소연 하는 사람이 있다.

니키타 하소연을 하다니, 누가요?

아킴 누구긴, 그 처녀 말이다……. 그……고아 처녀애가 나한테 하소연을 하더라. 그러니까, 그……그……너 때문에 하소연을 하더란 말이다. 그 마리나라는 처녀가…….

니키타 (입꼬리를 살짝 올리며 웃는다) 그것 참 이상하네요. 대체 누가 뭘 하소연한단 말입니까? 그 여자가요? 그 여자가 자기 입으로 아버지한테 그러던가요?

아킴 내가 지금부터 묻는 소리에 똑똑히 대답해라. 너는 그 여자와 가까이 그러니까……그, 가까이 지낸 적이 있느냐, 없느냐?

니키타 뭘 묻는 건지 도무지 모르겠군요.

아킴 그러니까, 그……어리석은 짓을, 어리석은 짓을 그 여자와 어리석은 짓을 한 일이 있느냔 말이다.

니키타 그야 여러 가지 일들이 있었지요. 심심풀이로 그 부엌데기와 농담을 주고받은 일도 있고, 내가 치는 손풍금에 맞춰 그 여자가 춤을 춘 적도 있고요. 어리석은 짓이란 게 대체 뭡니까.

표트르 니키타, 그렇게 시치미 떼는 게 아니야. 아버지가 묻는 말에 똑똑히 대답해야지.

아킴 (엄숙한 어조로) 니키타! 세상사람 눈은 속일 수 있어도 하느님만은 못 속이는 법이야! 잘 생각해 보거라. 공연히 거짓말을 하면 못 쓴다! 그 처녀는 고아야. 그러니까, 욕을 보여도 혼내줄 가족들이 없다고 쉽게 그래서는 안 된다. 니키타, 너 좀더 제대로 대답할 수 없겠니!

니키타 뭘 제대로 말하라는 거예요? 난 더 이상 할 말이 없어요. 난 속이는 게 없단 말이에요. (갑자기 열을 올리며) 그 여잔 무슨 소리든 다 지껄일 수 있는 여자란 말이에요. 어디 그 여자 멋대로 좋을 대로 실컷 지껄이라지요. 하지만 그 여자가 정작 하소연할 사람은 내가 아니라 페지카예요. 그래, 요즘 세상에 농담 몇 마디 주고 받아서도 안 된단 말인가요? 그리고, 그 여잔 터무니없는 말을 만들어내 지껄여도 괜찮단 말이에요?

아킴 니키타, 말 조심해라! 거짓은 자연히 드러나는 법이야. 그래, 그런 일이 있었니, 없었니?

니키타 (혼잣소리로) 제기랄, 어지간히 귀찮게 구는군. (아킴에게) 아무것도 모르면서 그런 식으로 말하지 마세요. 나와 그 여자하고는 아무 일도 없었다구요. (화가 난 듯이) 예수 그리스도여, 이 말이 거짓이라면 제가 한 발을 떼기 전에 저를 죽여주십시오. (성호를 긋는다) 나는 전혀 모르는 일이에요. (잠시 모두 침묵. 니키타 더욱 열을 올리며 계속한다) 그런데, 뭣 때문에 아버진 그 따위 여자한테 나를 장가보내려는 겁니까? 그건 정말 얼토당토 않은 짓이에요. 도대체 요즘 세상에 강제로 장가를 보내는 법이 어디 있어요? 그리고 나는 지금 예수님의 이름으로 맹세했잖아요. 모르는 건 모르는 거라구요.

마트료나 (남편에게) 거 봐요. 당신 머리가 어떻게 된 거라니까요. 그런 계집의 말을 곧이곧대로 들은 당신이 바보지. 공연히 아들놈 마음만 상하게 했잖아요. 그러니 지금처럼 그냥 이 댁에 놔두기로 합시다. 주인어른도 우리의 궁한 형편을 보고 10루블을 주신대니까. 때가 되면 장가가 가고 싶어질게요.

표트르 그럼, 어떡하겠소. 아킴 영감?

아킴 (혀끝을 차며 아들에게) 잘 들거라, 니키타, 욕을 본 사람의 눈물은 다른 곳으로 흐르지 않는다. 반드시 나쁜 짓을 한 그자의 머리 위로 떨어지는 법이다. 그러니 조심해야 한다.

니키타 뭘 조심하라는 거예요? 아버지나 조심하세요.(앉는다)

아뉴트카 가서 엄마한테 알려 줘야지.(달려 나간다)

14 (1막 14경)

표트르, 아킴, 마트료나, 니키타.

마트료나 (표트르에게) 덕분에 이것으로 결론이 났습니다요, 주인어른. 우리 영감은 고집만 센 돌머리라서 뭐든지 한번 그렇다고 생각하면 그야말로 요지부동이거든요. 공연히 별일도 아닌 일 가지고 주인어른께까지 수고를 끼쳐드려 죄송합니다. 그럼 앞으로도 우리 아들놈을 이 집에서 거두어주시고 일을 하게 해 주십시오.

표트르 아킴 영감은 어떻소?

아킴　나야 뭐, 아들놈의 자유를 억압할 생각은 없지만, 난 그저, 그……어떻게 해서든 잘못되는 일은 없도록 하려고……. 그러니까, 내 생각에는…….

마트료나　또 무슨 소릴 중얼중얼 늘어놓으시게요! 자기도 알아듣지 못하는 소리를. 주인 어른, 제가 말한 대로 해 주세요. 아들놈도 댁에서 나가고 싶어하지 않는 모양이니. 그리고, 그애를 집에 데려가면 또 뭐합니까? 우리 집 안일은 영감과 내가 알아서 잘 꾸려나갈 수 있으니까요.

표트르　하지만 아킴 영감, 혹시 여름에 다시 데려간다고 하면 곤란하오. 겨울 동안에야 큰일은 없으니까 말이오. 그러니 아주 1년으로 약속해 줘야겠소.

마트료나　네, 어서 1년으로 하십시오. 우리 집에선 바쁠 때 품을 좀 사서 일을 시키면 되니까요. 아들놈은 그냥 머슴으로 두시고, 우리한테는 10루블만 더…….

표트르　그럼, 1년 더 두겠소?

아킴　(한숨을 내쉬며) 뭐, 하는 수 없지요. 그렇다면 그……그렇게 할 수 밖에…….

마트료나　그럼, 1년. 드미뜨리 축일인 토요일부터 날짜를 치기로 합시다. 머슴 삯은 잘 좀 부탁합니다. 그리고 우선 10루블만 주시면 고맙겠습니다.(일어나서 절을 한다)

15 (1막 15경)

앞의 사람들과 아니시야, 아뉴트카. 아니시야, 옆에 와서 앉는다.

표트르　어떻소? 그럼, 그렇게 결정한 걸로 하고 우리 선술집에 가서 축하주라도 한잔 마셔야지. 어때요, 아킴 영감, 우리 가서 보드카라도 한잔 걸칩시다.

아킴　난 술은 하지 않습니다.

표트르　그럼, 차라도 마셔야지.

아킴　차라면 사양하지 않겠습니다.

표트르　그럼, 여자들도 함께 가서 차를 마십시다. 니키타, 양 떼를 몰아넣고 밀짚도 정리해 두어라, 알겠나?

니키타 네, 알았어요.

니키타를 제외하고 전원 퇴장. 해가 지기 시작한다.

16 (1막 16경)

니키타 혼자.

니키타 (담배를 피워 문다) 젠장, 계집애하고 재미 좀 본 걸 가지고 말하라고 귀찮게 구니, 내 참! 그런 걸 일일이 말하려다가는 한도 끝도 없지. 뭐? 그 계집애하고 결혼하라고? 한번 같이 놀아본 여자랑 모두 결혼을 하다가는 부인 수를 셀 수도 없을걸. 흥, 장가는 가서 뭐하나. 나는 부인 있는 놈보다 더 재미있게 살고 있는데. 그래서 다들 부러워하고 있는 판에……. 하지만 성상 앞에서 성호를 그을 땐 정말이지 누가 내 옆구리를 쿡 찌르는 느낌이던걸. 아무튼 그것으로 결말이 나서 다행이야. 거짓 맹세를 하면 벌을 받는다고들 하지만, 어리석기는. 그건 다 쓸데없는 거짓말이야. 그저 말뿐이지. 겁낼 거 하나도 없다구.

17 (1막 17경)

니키타, 아클리나.

아클리나 (외투를 입고 등장. 새끼줄 뭉치를 내려놓고 외투를 벗고서 광쪽으로 간다) 불이라도 좀 켜 놓지 않고…….

니키타 왜, 네 얼굴 좀 봐달라고? 그러지 않아도 잘 보인다, 잘 보여.

아클리나 뭐가 어째?

18 (1막 18경)

앞의 사람들과 아뉴트카.

아뉴트카 (달려 들어와서 니키타에게 소곤거린다) 빨리 나가 봐, 니키타. 누가 찾아왔어, 정말이야.

니키타 누가?

아뉴트카 철도국에 있는 마리나래. 집 모퉁이에 서 있어.

니키타 거짓말 마.

아뉴트카 정말이래도.

니키타 왜 왔대?

아뉴트카 니키타를 좀 불러달래. 니키타한테 꼭 할 말이 있다는 거야. 무슨 일이냐고 내가 물어도 대답을 안 해. 니키타가 너희 집에서 정말 나가느냐고 물어보지 않겠어? 그래서 나는 '아킴 영감님은 집에 데려가서 장가를 보내겠다고 했지만, 니키타가 싫다고 해서 우리집에 일 년 더 있기로 했다'고 대답했지. 그랬더니 마리나가 '제발 니키타를 좀 불러내다오. 꼭 한마디 할 말이 있다'는 거야. 벌써 아까부터 기다리고 있어. 어서 나가 봐.

니키타 뭐야, 내버려 둬. 기다리고 싶으면 기다리라지. 내가 알 게 뭐야!

아뉴트카 니키타가 나오지 않으면 자기가 직접 집 안으로 쳐들어 오겠다고 했어. 정말이야, 그렇게 말했다니까!

니키타 좀 기다리다가 가 버리겠지.

아뉴트카 어쩌면 아클리나와 결혼시키려고 그러는지 모르겠다고 말했어.

아클리나 (물레를 가지러 니키타 쪽으로 가까이 간다) 뭐라구? 누구를 아클리나와 결혼시켜?

아뉴트카 니키타 말이야.

아클리나 어림도 없는 소리! 누가 그 따위 소릴 하던?

니키타 아마 마을 사람들이 그렇게 수군대는 모양이군. (아클리나를 보고 웃는다) 아클리나, 어때? 나와 결혼하지 않을래?

아클리나 너하고? 전에는 할 수 있었을지 모르지만, 이제는 안 돼.

니키타 왜 안 돼?

아클리나 너는 날 사랑해주지 못할 테니까.

니키타 내가 왜 사랑해주지 못하는데?

아클리나　사랑해주지 못하게 하는 사람이 있기 때문이지.(웃는다)
니키타　그 사람이 누군데?
아클리나　계모지 누구야. 밤낮 신경질을 부리면서, 너만 지켜보고 있다니까.
니키타　(웃는다) 못하는 소리가 없군! 그런데 너도 제법 눈치가 빠르구나.
아클리나　내가? 눈치가 빠르고 자시고 할 게 뭐 있어, 맹인이 아닌 다음에야. 오늘도 아버지한테 괜스레 트집을 잡지 않겠어? 뚱보 마귀할멈 같으니!(광으로 들어간다)
아뉴트카　니키타, 저기 봐! (창밖을 내다본다) 온다, 온다니까. 정말이야, 마리나가 이리로 오고 있어. 난 도망쳐야지.(퇴장)

19 (1막 19경)

니키타, 마리나. 광 속에 아클리나가 있다.

마리나　(등장) 너 날 어떻게 할 작정이야?
니키타　어떡하긴, 뭘 어떻게 한다는 거야?
마리나　날 버리려는 거지?
니키타　(벌떡 일어서면서) 이봐, 이게 무슨 짓이야. 도대체 여긴 뭣 하러 왔어?
마리나　아아, 니키타!
니키타　정말 이상한 여자군. 뭣 때문에 왔냐니까?
마리나　니키타!
니키타　니키타가 뭐, 뭐 어쨌다고? 니키타 여기 있어. 무슨 용무야? 어서 돌아가 줘.
마리나　그럼 날 버리겠다는 말이지? 날 잊어 버리겠다는 말이지?
니키타　기억하고말고 할 게 뭐 있어? 네가 집 모퉁이에서 서서 아뉴트카를 시켜서 나를 불러냈지만, 나는 안 나갔어. 그러면 벌써 알 게 아니야? 무슨 말인지 모르겠어? 난 너를 만날 필요도 없다 이 말이야. 그러니 어서 돌아가라구.
마리나　필요 없다구? 이젠 내가 쓸모없어진 거야? 난 네가 언제까지나 나를 사랑해 줄 거라 믿었어. 그런데, 너는 나와 떨어져 있는 동안에 이제 더 이상 내가 필요없어졌다는 거지?

니키타 그렇게 우는소리 해봤자 소용없어. 아무것도 변하지 않아. 넌 벌써 우리 아버지한테 가서 말했다면서? 그쯤 해 둬. 제발, 이젠 돌아가란 말이야!

마리나 내가 너 하나만을 사랑했다는 건 너도 잘 알고 있잖아? 난 네가 나하고 결혼하고 안 하고가 문제가 아니야. 그게 원통하다는 건 아니라고. 다만 난 잘못한 일이라곤 하나도 없는데 어째서 넌 내가 싫어진 거야? 어째서?

니키타 너 같은 것하곤 아무리 말해봐야 입만 아프다구. 어서 썩 가버리란 말이야! 참 답답한 여자로군.

마리나 난 네가 결혼하겠다고 약속하고 날 속인 게 분하다는 건 아니야. 왜 내가 싫어졌는지 그게 분해. 분하고 원통해. 아니, 내가 싫어진 것까지 좋아, 그래, 다 좋아. 하지만 나 대신에 다른 여자를 좋아하는 게 분하다는 거야. 난 그게 누군지도 알고 있어!

니키타 (분노에 찬 듯 그녀에게 다가간다) 제기랄! 너 같은 여자랑 백 번 말해봐야 마찬가지야! 빨리 꺼지지 않으면 혼쭐이 날 줄 알아.

마리나 혼쭐이 나? 뭐야. 지금 나를 때리겠다는 거야? 때리려거든 어서 때려봐, 자, 어서. 왜 얼굴을 돌리지, 응, 니키타?

니키타 사람들이 오면 재미없을걸. 도대체 어쩌자고 이렇게 넋두리를 늘어놓는 거냔 말이야!

마리나 그러니까 이것으로 마지막이라는 말이지? 모든 건 물에 흘려보내듯 잊으란건가? 그렇지만, 니키타, 잘 들어 둬. 나는 여자의 정조란 걸 눈동자보다도 더 소중하게 생각해 왔어. 그런데도 넌 아무 잘못도 없는 내 일생을 짓밟고 나를 속였어. 의지할 데도 없는 나의 슬픔을 너는 알지도 못하고(운다) 나를 헌신짝처럼 버렸어. 넌 나를 죽인 거나 마찬가지야. 하지만 난 원한 같은 건 품지 않을 테야. 잘 살라구. 좋은 여자 만나거든 나를 잊고, 못난 여자 만나거든 날 생각해 줘. 니키타! 그럼 안녕. 정말이지 난 너를 사랑했어. 마지막으로 정말 안녕! (니키타를 끌어안으려고 니키타의 머리에 손을 댄다)

니키타 (뿌리치며) 에잇, 듣자듣자 하니까 한도 끝도 없군. 좋아, 네가 안 나간다면 내가 나가지. 어디 끝까지 여기 남아서 찔찔 짜보라구!

마리나 (악을 쓰며) 이 짐승! (문에서) 너 같은 인간한텐 하느님조차 절대 복을 내려주지 않을 거야! (울면서 퇴장)

20 (1막 20경)

니키타, 아클리나.

아클리나 (광에서 나온다) 니키타, 넌 개야, 개!

니키타 뭐야?

아클리나 그렇게 우는 걸 보고도 불쌍하지도 않니?(운다)

니키타 그게 너와 무슨 상관이지?

아클리나 무슨 상관이냐구? 넌 저 여자 신세를 망쳐 놓았어……. 아마 나까지도 그런 꼴로 만들어 놓을 테지……. 넌 개새끼야. (광으로 들어간다)

21 (1막 21경)

니키타 혼자.

니키타 (잠시 잠자코 있다가) 대체 어찌된 영문인지 모르겠군. 여자라면 사탕보다도 좋아하는 나인데, 그것도 너무 많이 집어먹으니 탈이 나는 건가.

막

제 2 막

등장인물

표트르

니키타

아니시야

마트료나

아클리나

이웃 여자

아뉴트카

마을 사람들

무대는 표트르네 집과 그 앞 한길. 객석에서 보아 왼편에는 농가가 있는데 중앙의 층계와 현관이 좌우 두 부분으로 가르고 있다. 오른편에는 대문과 안 마당 일부가 보인다. 마당 구석에서 아니시야가 아마(亞麻)를 다듬고 있다. 제1막으로부터 여섯 달 후.

1 (2막 1경)

아니시야 혼자.

아니시야 (일손을 멈추고 잠시 귀를 기울인다) 또 뭐라고 투덜거리고 있군. 페치카에서 내려온 모양이지?

2 (2막 2경)

아니시야, 아클리나(아클리나, 물지게를 들고 등장).

아니시야 또 부르는가 보다. 어서 아버지한테 가봐라. 저렇게 고함을 지르고 있잖니?

아클리나　왜 자기가 가면 안 되나?
아니시야　아니, 빨리 가지 못해?

아클리나, 집 안으로 들어간다.

3 (2막 3경)

아니시야 혼자.

아니시야　저 놈의 영감 때문에 속이 타들어가 죽겠군. 돈을 어디다 두었는지 통 말하지 않으니. 이 일을 어쩐다? 엊그제 현관 복도에서 서성댄 걸 보면 필시 그 근처에 감춰 둔 것 같은데. 그렇지만 지금은 또 어디다 옮겨 놓았는지 알 수가 있어야지. 하긴 돈을 딴 사람한테 맡기지 않은 것만도 다행이지. 어쨌든 집 안에 있는 건 틀림없으니까. 아무튼 그 돈을 찾아내야 하겠는데. 어제 보니 영감이 몸에 지니고 있진 않았던 것 같고. 하지만 지금 어디에 숨겨 놨는지 알 수가 있어야지. 그 놈의 영감탱이, 참 어지간히도 애를 먹이는군.

4 (2막 4경)

아니시야, 아클리나(아클리나, 머릿수건을 동여매며 등장).

아니시야　어딜 가는 거냐?
아클리나　어디 가느냐구? 마르파 고모를 불러오래요. 이제 곧 죽을 것 같으니 고모한테 꼭 한마디 해둬야겠다구요.
아니시야　(혼잣말로) 자기 누이를 불러오라구? 아아, 이를 어째? 필시 자기 누이한테 돈을 맡기려는 모양이야, 아아, 이거 큰일났다! (아클리나에게) 가지 마라! 가긴 어딜가는 게야?
아클리나　아, 고모 부르러 간다니까.
아니시야　가지 말라지 않니! 내가 갔다 올 테니까 너는 개울가에 빨래나 하러 가거라. 지금 가지 않으면 밤중까지 다 못 빨거야.

아클리나 그렇지만, 아버지가 나보고 갔다 오랬는데?

아니시야 내가 가라는 데나 가! 마르파한텐 내가 갔다 올 테니. 울타리에 널어놓은 속옷가지부터 걷거라.

아클리나 속옷을 걷으라구? 그래놓고선 안 가려구? 아버지가 단단히 일렀단 말이야.

아니시야 내가 갔다 온대도! 아뉴트카는 뭐 하니?

아클리나 아뉴트카? 송아지를 지키고 있어.

아니시야 그앨 이리 불러오너라. 송아지가 도망치진 않을 테니.

아클리나, 속옷가지를 걷어 가지고 퇴장.

5 (2막 5경)

아니시야 혼자.

아니시야 가지 않으면 안 갔다고 야단을 칠 것이고, 갔다가는 시누이한테 돈을 뺏길 것이 뻔하고……. 까딱하면 모든 게 물거품이 되어버릴 텐데, 이를 어쩌면 좋담? 머릿속이 뒤죽박죽이 돼서 갈피를 못 잡겠군.(하던 일을 계속한다)

6 (2막 6경)

아니시야, 마트료나(먼 길이라도 떠날 때처럼 지팡이와 보따리를 들고 등장).

마트료나 안녕하십니까!

아니시야 (뒤를 돌아본다. 일감을 내던지고, 너무나 반가워서 손뼉을 탁 친다) 어머나, 아주머니 아니세요! 하느님이 도우셨어. 마침 때맞춰 아주머닐 보내주셨군요.

마트료나 무슨 일이라도 있었수?

아니시야 난 정말이지 미칠 것 같아. 큰일 났어요!

마트료나 어떻게 된 거유. 아직 죽지 않고 살아 있어?

아니시야 말도 마세요. 이건 살아 있는 것도 아니고 죽은 것도 아니고…….

마트료나 돈을 누구한테 맡긴 것 같진 않구?

아니시야 지금 자기 누이 마르파를 불러오라고 하는 걸 보니, 아마 돈 얘기인 것 같아요.

마트료나 그럴 테죠. 헌데 누구 딴 사람한테 벌써 돈을 건네 준 건 아니겠죠?

아니시야 그건 아녜요. 내가 독수리처럼 지켜보고 있으니까. 그건 아닐 거예요.

마트료나 그래, 돈은 지금 어딨수?

아니시야 말을 해야 알죠. 아무리 해도 짐작조차 할 수가 없어요. 자꾸자꾸 장소를 바꿔가며 감춰 두는 모양인데……. 게다가 나한텐 아클리나가 붙어 있으니 더욱 곤란해요. 바보이긴 하지만 그래도 줄곧 나를 감시하고 있거든요. 아아, 어떡하면 좋아요! 나도 이젠 지쳤어요.

마트료나 이보세요, 만약 그 돈이 다른 사람 손에 넘어가는 날에는 한평생 눈물로 보내야 할 거요. 그야말로 알거지가 되어 한길로 쫓겨날 거란 말이에요. 한평생을 하루같이 보기 싫은 영감쟁이와 사느라고 몸이 닳도록 죽을 고생을 했는데, 결국 과부가 돼서 동냥 주머니를 차고 나앉아야 한다면 그처럼 원통한 일이 또 어디 있겠수?

아니시야 아주머니, 그런 말 말아요. 그렇지 않아도 속이 상해서 죽을 지경인데, 어떻게 해야 좋을지 의논할 사람도 없고……. 니키타한테 말해 봤지만, 겁부터 집어먹고 이 일에는 아예 참견하려 들지도 않는군요. 겨우 어제서야 나한테 돈이 마루 밑에 있다고 한마디 했을 뿐이에요.

마트료나 그래서 찾아봤어요?

아니시야 찾아보긴 어떻게 찾아봐요! 영감이 거기 들어앉았는데. 내가 보기에, 영감은 돈을 어디 감추었다가 다시 자기 몸에 지니고, 그러다가 또 감추고 그러는 것 같아요.

마트료나 잘 들어요. 정신 바짝 차려야 해요. 한번 실수했다가는 평생 돌이킬 수 없을 테니까요. (귀엣말로) 헌데 그때 준 약을 차에 타봤나요?

아니시야 오오! 그게……(대답하려다가 이웃 여자가 나타난 것을 보고 입을 다문다)

7 (2막 7경)

앞의 등장인물에 이웃 여자 등장(이웃 여자가 집 근처를 지나가다가 집 안에서 들려 오는 소리에 귀를 기울인다. 아니시야를 보고).

이웃 여자 이봐요, 아니시야! 아니시야! 댁의 영감님이 뭐라고 고함을 지르시고 있군요.

아니시야 그이는 언제나 기침소리가 저렇답니다. 이젠 병세가 아주 심해졌어요.

이웃 여자 (마트료나에게 다가가며) 안녕하세요, 아주머니. 어디서 오는 길이죠?

마트료나 집에서 오는 길이라우. 아들놈을 좀 보려구요. 속옷도 갖다 줄 겸해서 왔지요. 역시 어미 마음엔 제 자식밖에 없답니다.

이웃 여자 그게 부모 마음이라는 거죠, 뭐.(아니시야에게) 난 아마를 좀 말릴까 했는데, 아직 때가 이른 모양이죠? 아무도 시작하지 않는걸 보니.

아니시야 그렇게 서두를 거야 없지 않아요?

마트료나 그보다도 주인어른께선 성찬(聖餐)을 받으셨나요?

아니시야 아직 받진 않았지만, 어제 신부님이 다녀갔어요.

이웃 여자 나도 어제 좀 들여다봤지만, 그래 가지고 용케 살아계시는구나 싶더군요. 뼈만 앙상하게 남은 게, 아주 말이 아니더라니까요. 요전에 말이에요, 아주머니. 정말로 숨이 넘어가는 것 같아서, 우린 아주 돌아가시는 줄 알았지 뭡니까? 그래서 모두들 울면서 시신을 씻을 따뜻한 물까지 준비했다니까요.

아니시야 그러다 다시 살아나서 또 어슬렁어슬렁 걸어 다니지 않겠어요!

마트료나 그래, 아직 종부성사(임종을 앞두고 마지막에 받는 성사)는 안 받았나요?

아니시야 모두들 받게 하라고 권하고 있으니……내일이라도 신부님을 모셔 올 생각이에요. 아직 의식이 있을 동안에 받아야지요.

이웃 여자 아아, 아니시야, 당신도 어지간히 애를 먹는군요. 앓는 사람보다 괴로운 게 바로 병수발 드는 사람이라는 말도 있던데.

아니시야 애를 먹고 말고 할 게 뭐 있겠어요. 하지만, 이제는 그저 하루 빨리…….

이웃 여자 그야 그렇기도 해요. 벌써 1년 동안이나 오늘 내일 하고 있으니. 어디 죽음의 신과 함께 사는 게 쉬운 일인가요. 두 손을 묶인 거나 마찬가지지.

마트료나 하지만 과부신세도 처량하죠. 젊을 때는 그래도 괜찮지만, 늙어버리면 누가 거들떠나 봅니까? 늙으면 정말 서글퍼져요. 나를 보시구려. 그거 조금 걸어왔다고 이렇게 지쳐서 다리가 빳빳해지는군요. 그런데, 우리 아들놈은 어디 있죠?

아니시야 밭 갈러 나갔어요. 자, 어서 앉아요. 차라도 끓여올 테니. 차라도 마셔서 기운을 차리는 게 좋겠어요.

마트료나 (앉는다) 아아, 정말 고단하군! 아무튼 종부성사는 꼭 받게 해야 합니다. 영혼이 편안해진다고 하니까.

아니시야 내일은 꼭 신부님을 불러올 생각이에요.

마트료나 잘 생각하셨수. 그런데, 우리 마을에서 혼례가 있었답니다.

이웃 여자 어쩌자고 이 바쁜 봄에 혼례를 올리죠?

마트료나 옛말에 '가난뱅이가 혼례를 올리면 밤이 짧다'더니 정말 옳은 말이더군요. 세몬 마트베예비치가 마리나와 결혼했다던대요.

아니시야 마리나도 드디에 제 짝을 만났군요!

이웃 여자 그 사람은 홀아비예요. 아마 아이들이 있는데 후처로 들어갔을걸요.

마트료나 넷이나 있지요. 흠 없는 여자가 어디 그런 자리로 시집가겠답니까! 그래서 그런 여자라도 얻기로 한 거죠. 그 여자도 만족이죠, 뭐. 술을 마시려다 술잔이 단단해서 술을 쏟아버렸다는 말이 있는데, 그 마리나도 바로 그런 여자지요.

이웃 여자 어머나? 마리나한테 그런 소문이 있었나요? 가만, 그 남편은 먹고 살 만한 건 갖고 있나요?

마트료나 뭐 그럭저럭 먹고살 만할 정도는 있나 보더군요.

이웃 여자 하긴 그도 그렇지, 애들이 네 명이나 있는데 재산까지 없으면 어느 누가 시집을 가겠어요……. 우리 마을의 미하일로도 역시…….

남자 목소리 여보, 마브라, 어디 가서 뭘 하는 거야? 빨리 와서 소를 몰아넣지 않구?

이웃 여자 퇴장.

8 (2막 8경)

아니시야, 마트료나.

마트료나 (이웃 여자가 가버릴 때까지는 같은 어조로 말을 계속한다) 이제 그 귀찮은 계집도 시집을 갔으니, 우리 영감도 니키타 얘기는 꺼내지도 않게 되었지요. 가버렸군! (갑자기 어조를 바꾸어 소곤거린다) 그래, 그 약을 차에 타서 먹여봤수?

아니시야 그 얘긴 제발 꺼내지도 말아요. 그냥 저절로 조용히 죽어줬으면 좋겠구만. 약을 먹였는데도 죽지를 않으니, 공연히 나만 죄 지은 꼴이 됐지 뭡니까! 아아, 정말 돌아버리겠네. 어쩌면 좋담! 왜 아주머니는 나한테 그런 약을 줬어요?

마트료나 그 약이라뇨? 그건 수면제일 뿐인데 나쁠 건 하나도 없지 않아요? 그건 전혀 몸에 해롭지 않아요.

아니시야 난 잠오는 약 얘기를 하는 게 아니에요. 그때 준 그 흰 가루약 말이에요.

마트료나 뭐라구요? 그건 그 약이잖아요!

아니시야 (한숨을 쉬면서) 알아요, 그렇지만 정말 무서워요. 나도 이젠 저 영감이라면 질려버렸어요.

마트료나 그래, 그 약을 많이 먹였수?

아니시야 두 번 주었어요.

마트료나 뭔가 눈치챈 것 같진 않았수?

아니시야 내가 직접 혀끝으로 맛을 보니까 좀 쓴 것 같았어요. 영감도 차를 마시더니, '어째 이제 차맛까지 써졌군'하지 않겠어요. 그래서 나는 아픈 사람 입에는 뭐든지 다 쓴 법이라고 말했죠. 그래도 무서운 생각이 들어서 혼났어요, 아주머니.

마트료나 생각을 하지 말아요. 생각하면 할수록 일이 꼬이는 법이에요.

아니시야 아주머니가 나한테 그런 것만 주지 않았어도 그런 무서운 죄를 짓지 않았을 텐데. 생각하면 생각할수록 죄책감에 가슴이 죄어 오는 것 같아요. 도대체 왜 그런 걸 나한테 준 거예요?

마트료나 아니, 그게 무슨 소리예요! 오오, 하느님 맙소사! 이젠 아주 나한테 뒤집어 씌우는 것 좀 봐! 정말 어이가 없군요. 이거 봐요, 정신 나간 사람이 성한 사람한테 죄를 뒤집어 씌우려고 하면 안 되는 법이라오. 혹시 뭔 일이 잘못되더라도 나는 하나도 모르는 일이에요. 십자가에 입을 맞추고 맹세하겠어요. 댁이 말하는 그런 가루약을 나는 몰라요. 준 일도 없거니와 본 일도 없어요. 그 따위 가루약이 있는지 없는지 들어본 적도 없다는 말이에요. 한번 잘 생각해 보면 알 게 아닙니까! 며칠 전에도 우린 댁의 이야기를 한 일이 있어요. 가엾게도 죽을 고생을 하고 있다고. 의붓딸은 바보천치인데다, 남편이라는 건 송장이나 다름없는 노인이니, 그런 처지를 당하면 무슨 짓인들 못할까 하고 말이에요.

아니시야 하긴 나도 그렇지 않다고 우길 생각은 없어요. 사실이지 나 같은 처지에 있으면 그보다 더한 짓이라도 할 수 있을걸요. 차라리 내가 목을 매서 자살해 버리든가, 아니면 영감 목을 내 손으로 졸라 죽여버리고 싶을 지경이에요. 그래, 이것도 사람 사는 거라고 할 수 있느냐고요!

마트료나 아, 누가 아니래요! 그러니까, 멍청히 있을 때가 아니라는 거죠. 어떻게 해서든 빨리 돈을 찾아내야 하고, 영감한텐 약을 타 먹여야 한단 말예요.

아니시야 아아, 대체 어쩌면 좋을지! 이젠 나도 더 이상 모르겠어요. 자꾸만 무서운 생각이 들어서……. 그냥 스스로 죽어 주면 좀 좋을까. 더 이상 내 손으로 죄 짓기도 꺼림칙해요…….

마트료나 (화가 난 듯) 그럼, 영감이 돈 감춘 곳을 끝내 말하지 않으면 어떡할 거유? 그냥 저대로 저승 가버리면 어떡할 거유? 그래서, 아무도 그 돈을 못 받으면 어떡할 거냐구요. 그게 과연 잘하는 짓일까요? 그렇게 큰돈이 그냥 헛되게 썩어 없어져도 좋은 걸까요? 그거야말로 죄를 짓는 거예요. 지금 영감님이 무슨 꿍꿍이인지……. 그걸 그저 멍청히 바라보고만 있겠다는 거예요?

아니시야 난 이제 뭐가 뭔지 모르겠어요. 여기까지가 정말 한계예요. 더 이상은…….

마트료나 뭘 몰라요? 뻔한 일을 가지고. 지금 까딱 잘못했다간 평생 후회하게 된다는 걸 몰라서 그래요? 가만히 놔두면 그 돈은 시누이한테 넘어가고 말아요.

아니시야 아, 참. 시누이를 불러오라고 했지. 가 봐야겠어요.

마트료나 거긴 천천히 가도 돼요. 우선 차를 끓여요. 영감한테 차를 먹인 다음에 둘이서 함께 돈을 찾읍시다. 아마 찾아낼 수 있을 거예요.

아니시야 아아, 아무일도 안 일어나면 좋으련만!

마트료나 자, 어쩔 거유. 가만히 앉아서 보고만 있겠다는 거유? 눈앞에 있는 돈을 우두커니 앉아서 보고 있다가 놓쳐버리면 좋겠수? 자, 어서 잽싸게 움직여요!

아니시야 그럼, 가서 차를 끓이겠어요.

마트료나 그래야죠, 어서 가세요. 나중에 후회하지 않게 잘해야 합니다. 아, 참.(아니시야, 가려한다. 마트료나가 불러 세운다) 한 가지, 말해 둬야 할 일이 있어요. 니키타한테는 말하지 마세요. 그애는 순진해 빠져서, 혹시 가루약 얘길 들으면 펄쩍 뛸 테니까요. 원체 마음이 약해서 닭 한마리도 제 손으로 못 잡는 애예요. 이 일은 그애한텐 비밀이에요. 아무것도 모르는 아이가 이 일을 알았다가는 그야말로 큰일입니다.(흠칫 놀라서 말을 끊는다. 문간에 표트르가 나타난다)

9 (2막 9경)

아니시야, 마트료나, 거기에 표트르가 등장한다(벽에 몸을 의지하며 현관 앞층계 위로 천천히 기듯이 나온다. 죽어 들어가는 목소리로 부른다).

표트르 몇 번씩이나 불렀는데 귀가 먹었나, 뭣들 하고 있는 거야? 어이! 아니시야, 누구야, 거기 있는 게.(벤치 위로 쓰러진다)

아니시야 (구석에서 나오며) 뭣 하러 기어 나왔어요? 얌전히 누워있지 않고.

표트르 그애, 마르파를 부르러 갔어, 안 갔어? ……아유, 아유. 이렇게 괴로울 바에는 차라리 빨리 죽어버리는 게 낫겠다……!

아니시야 그앤 지금 바빠요. 개울에 빨래하러 갔어요. 내가 일 끝내고 갔다 올 테니, 조금만 기다려요.

표트르 그럼, 아뉴트카를 보내. 그앤 어디 있지? 아이구, 나 죽는다.

아니시야 안 그래도 나도 그앨 부르러 보냈어요.

표트르 아아, 그년 어딜 갔냐니까.

아니시야 어디 갔는지 알 게 뭐유! 빌어먹을 년 같으니.

표트르 아이구, 나 죽어. 배 속이 타들어가는 것 같아. 송곳 끝으로 긁어대는 것 같다니까. 어쩌자고 너희들은 나를 개새끼처럼 내팽개쳐 두는 거야……? 물 한 모금 먹여주는 사람이 없으니……. 아아, 아욱. 아뉴트카를 빨리 불러와, 어서.

아니시야 저기 오네요. 얘, 아뉴트카, 아버지가 부르신다.

10 (2막 10경)

앞의 사람들과 아뉴트카(달려 들어온다. 아니시야는 구석으로 물러선다).

표트르 얘, 너……, 끄윽……. 얼른 마르파 고모한테 가서, 아버지가 부른다고 해라. 할 말이 있으니까 곧 오라고 해라.

아뉴트카 네, 갔다 올게요.

표트르 잠깐만! 급히 와야 한다고 말해야 한다. 금방 죽어버릴 것 같다고……. 으윽, 윽.

아뉴트카 머릿수건 좀 갖고 나와서 곧 갈게요.(달려나간다)

11 (2막 11경)

표트르, 아니시야, 마트료나.

마트료나 (눈짓을 하며) 어떻게 해야 하는지는 잘 알겠죠? 잘 들어요. 어서 집 안으로 들어가서 샅샅이 뒤지세요. 개가 벼룩을 찾듯이 구석구석 말이에요. 난 지금 영감님의 몸을 뒤져 볼 테니.

아니시야 (마트료나에게) 알았어요. 아주머니가 옆에 붙어 있으니까 마음이 든든해요.(현관 앞층계로 다가간다. 표트르에게) 차라도 한잔 끓여올까요? 마트료나 아주머니가 아들을 만나러 왔는데, 당신도 함께 마시도록 해요.

표트르 그래? 그럼, 어서 끓이지 그래.

아니시야 집 안으로 퇴장.

12 (2막 12경)

표트르, 마트료나. 마트료나 계단 옆으로 걸어간다.

표트르 아아, 오랜만이오. 잘 오셨수.

마트료나 안녕하세요, 주인어른! 정말 오랜만이군요. 아무래도 몸이 편치 않으신 것 같군요……. 우리집 영감도 무척 걱정을 하면서, 나더러 가서 문병을 하고 오라고 해서 이렇게 왔습니다요. 자기 대신 인사를 드리라면서.(또 한번 절을 한다)

표트르 이젠 다 죽어 가지요.

마트료나 정말로, 병이란 게 역시 사람을 못쓰게 만드는 건가 봅니다. 병은 숲을 통과하지 않고 인간을 통과해서 간다는 말이 가슴을 저미네요. 몸에 뼈와 가죽만 남도록 야위셔서 가슴이 미어질 지경이랍니다. 정말 병이란 인간의 아름다움을 빼앗아 가나 봅니다.

표트르 죽을 때가 온 거지요.

마트료나 무슨 그런 말씀을. 모든 것은 하느님의 뜻에 맡길 수밖에 없는 거겠죠. 하느님의 보살핌으로 성찬도 받으셨다니, 이번엔 종부성사를 받으셔야 합니다. 다행히 부인께서도 똑똑하시니까 장례식도 훌륭히 치러주실 겁니다요. 그리고 우리 아들놈도 주인어른을 위해서 무슨 일이든 가리지 않고 도와드릴 테니까요.

표트르 집안일을 맡아서 돌볼 사람이 있어야지! 마누라는 착실치가 못한 여자라서 제대로 하는 일이 없어요. 난 다 알고 있다구……알고 있고 말고……. 딸년은 좀 맹한 구석이 있는데다가 아직 어리고……. 내가 애써서 재산을 이만큼 쌓아올렸건만, 이걸 지켜나갈 사람이 없단 말이오. 난 그게 한심스러워서…….(훌쩍거리며 운다)

마트료나 하지만 돈이나 뭐나 그런 것쯤은 잘 간수할 수 있을 테죠…….

표트르 (현관 안을 향해 아니시야에게) 아뉴트카는 갔나?

마트료나 (혼잣소리로) 저런, 또 생각이 난 모양이군.

아니시야 (현관 안에서) 아까 갔어요. 자, 이젠 집 안으로 들어와요, 내가 부축해줄 테니.

표트르 아니야, 마지막으로 조금만 더 여기 앉아 있겠어. 집 안은 숨이 막혀……. 아아, 괴로워 죽을 것 같아. 가슴 한가운데가 다 타버리는 것 같아……. 차라리 빨리 죽었으면…….

마트료나 하느님이 영혼을 뽑아내주시기 전엔, 영혼이 마음대로 떠날 수 없어요. 죽는 것도 사는 것도 다 하느님의 뜻에 달린 거지요. 그러니 언제 죽을지는 아무도 모르는 거예요. 죽는 줄 알던 사람도 완쾌해서 일어나는 수도 얼마든지 있거든요. 우리 마을 농부 하나도 거의 다 죽을 지경이 되었다가…….

표트르 아니, 그렇지 않아요. 난 오늘 죽을 거라는 예감이 들어요. 틀림없이 그럴 것 같소.(의자 등받이에 기대며 눈을 감는다)

13 (2막 13경)

표트르, 마트료나, 아니시야.

아니시야 (들어온다) 아니, 뭘 하고 있어요? 들어올 거예요, 말 거예요? 당신 기다리다가 눈 빠지겠수, 여보! 아니, 여보!

마트료나 (멀찌감치 물러나서 손짓으로 아니시야를 부른다) 어떻게 됐어요?

아니시야 (계단을 내려가서 마트료나에게 다가간다) 없어요.

마트료나 샅샅이 잘 찾아봤어요? 마루 밑에도 없고요?

아니시야 마루 밑에도 없어요. 어쩌면 광 속인지도 모르겠어요. 어제도 그리로 기어들어 갔었거든요.

마트료나 더 찾아봐요, 혓바닥으로 핥듯이 구석구석 다 찾아봐야 해요. 내가 보기엔 오늘이 고비인 것 같수. 손톱도 자줏빛이 되었고, 얼굴도 흑색이 되었더군요. 그래, 차는 다 준비되었수?

아니시야 지금 막 끓고 있어요.

14 (2막 14경)

앞의 사람들, 니키타(반대편에서 등장. 가능하면 말을 타고 대문으로 등장하는 편이 좋을 것이다. 표트르를 미처 보지 못한 모양).

니키타 (어머니에게) 어머니! 오랜만이에요. 집안사람들은 다 평안하고요?

마트료나 하느님 덕분에 다들 건강하단다. 밥도 하루 세끼씩 거르지 않는단다.

니키타 그래, 주인 어른은 좀 어떠세요?

마트료나 쉿! 저기 앉아 계신다.(턱으로 현관 계단을 가리킨다)

니키타 그게 뭐 어쨌다는 거예요? 저기 앉아있으면 좋은 거 아닌가요? 저도 안다구요.

표트르 (눈을 뜬다) 니키타, 이봐, 니키타, 이리 좀 오너라!

니키타, 다가간다. 아니시야는 마트료나와 소곤거린다.

표트르 왜 이렇게 일찍 돌아왔느냐?

니키타 다 갈았어요.

표트르 다리 건너편에 있는 기다란 밭도 갈았어?

니키타 거긴 너무 멀어요.

표트르 멀다구? 집에선 더 머니까, 거기까지 나간 김에 아주 그 밭까지 다 갈고 오지 않고!

아니시야, 앞으로 나서지 않고 숨은 채로 귀를 기울인다.

마트료나 (가까이 다가가서) 얘야! 어째서 몸을 아끼려 드느냐? 주인어른께서는 몸이 편찮으셔서 너만 믿고 계시니까, 친아버지처럼 생각하고 몸이 부서져라 일해야 한다. 이건 이 에미가 언젠가 해준 말이 아니냐?

표트르 그리고 또……. 우욱……, 하아……. 움에서 감자를 꺼내서 안식구들한테 고르라고 해라.

아니시야 (혼잣소리로) 어라, 나까지 가라고 하네. 다들 멀찌감치 떨어뜨리려는 게야. 지금 돈을 몸에 감추고 있는 게 분명해. 또 어딘가에 감추려는 게지.

표트르 그렇게 하지 않으면……. 아이구!……. 이제 곧 심어야 할 텐데 다 썩어버리고 말 게다. 아아, 정말 이젠 더 이상 못 버티겠다!(일어선다)

마트료나 (계단을 달려 올라가 표트르를 부축한다) 집 안으로 모실까요?

표트르 좀 부축해 주면 고맙겠네. (걸음을 멈추고) 니키타?

니키타 (퉁명스럽게) 또 뭡니까?

표트르 이제 다시는 너를 못 볼 거야……. 오늘이 아무래도 마지막일 듯싶구나……. 나를 용서해다오. 내가 너한테 잘못한 것이 있거든 모두 용서해다오……. 말이든 행동이든 내가 너의 마음을 다치게 한 일이라도 있거든…… 아니, 여러 가지로 잘못한 일이 많을 거야. 용서해다오.

니키타 용서하고 말고가 어디 있겠어요! 이 사람 저 사람 모두들 죄 많은 인간들인데.

마트료나 얘가! 주인어른 말씀을 잘 들으렴.

표트르 제발 용서해다오. 예수 그리스도를 위해서.(운다)

니키타 (코를 훌쩍거리며) 하느님께서 용서하실 겁니다, 주인어른. 그렇지만 난 주인 어른한테서 한 번도 억울한 일을 당한 적이 없어요. 주인어른이 내게 얼마나 잘 해주셨다구요. 오히려 내가 주인어른한테 용서를 빌어야 해요. 어쩌면 내가 주인어른한테 죄를 지었는지도 몰라요.(운다. 표트르, 흐느끼며 퇴장. 마트료나가 부축한다)

15 (2막 15경)

니키타, 아니시야.

아니시야 아아, 이 일을 어쩌면 좋아! 반드시 무슨 생각이 있어서 그런 말을 했을 거야. 그냥 했을 리가 없어. 뭔가 눈치를 챈 게 틀림없어.(니키타한테 다가가서) 마루 밑에 돈이 있다고 해서 찾아봤는데, 거긴 아무것도 없어.

니키타 (대답 않고 울기만 한다) 나는 주인어른한테 몹쓸 대우를 받은 적이 한 번도 없어. 언제나 나한텐 잘 대해 주셨는데, 그런데도, 난 그런 짓을 하다니!

아니시야 언제까지 그런 소리만 하고 있을 거야? 그보다도 돈은 어디에 있는 거야, 대체?

니키타 (화를 내며) 내가 그런 것 따위 알게 뭐야! 자기가 직접 찾아보면 될 거 아냐?

아니시야 언제부터 그렇게 인정이 넘쳤다고?

니키타 난 주인어른이 가여워, 가여워 죽을 지경이야! 아아, 그렇게 울면서 나한테 그런 말을 할 때, 나는 정말, 아아…….

아니시야 아니, 어디서 갑자기 그런 동정심이 생긴 거야? 정말로 동정해 줘야 할 사람은 따로 있다구! 저 영감탱이는 너를 개처럼 부려먹었어. 조금 전에도 너를 쫓아버리라고 했단 말이야. 네가 동정해야 할 사람은 그런 영감탱이 따위가 아니라, 나야, 나!

니키타 뭣 때문에 당신을 동정해야 하지?

아니시야 곧 영감이 죽어버릴 텐데, 돈을 감춰버리고 안 내놓으면 나는…….

니키타 아마 감추지는 않을 거야…….

아니시야 이봐, 니키타! 정신차려! 지금 자기 누이를 불렀단 말이야. 누이한테 돈을 맡기려는 꿍꿍이인 게 틀림없어. 그렇게 되면 우린 앞으로 어떻게 살아갈 수 있을까? 나는 이 집에서 쫓겨나고 말 거야! 그런데, 네가 날 도와주지 않으면 나는 어떻게 해? 어제 영감이 광에 들어가는 걸 보았다고 했지?

니키타 난, 주인어른이 거기서 나왔다는 걸 보았다 뿐이지 어디다 감췄는지는 몰라.

아니시야 아아, 불안해 미치겠어. 빨리 가서 찾아봐야겠어.

16 (2막 16경)

아니시야, 니키타, 그리고 마트료나(마트료나, 집 안에서 나와 아니시야와 니키타에게로 내려간다).

마트료나 (낮은 소리로) 거긴 가보나마나예요. 돈은 주인어른이 몸에 지니고 있었어요. 내가 몸을 더듬어보았더니, 목에 띠를 걸쳐서 품속에 지니고 있더라니까요.

아니시야 아아, 이럴 수가, 가슴이 떨려 죽겠어!

마트료나 지금 우물쭈물하다가는 나중에 무슨 수를 써봤자 소용없다고요. 누이가 오면 그땐 다 끝장이라구요.

아니시야 이제 곧 올 텐데. 오면 돈을 누이한테 건네줄 거야. 아아, 불안해, 불안해. 어쩜 좋아?

마트료나 어쩌면 좋겠냐구요? 이제 와서! 내가 하는 말 잘 들어요. 차가 끓고 있으니 얼른 들어가서 주인어른한테 먹이세요. (속삭인다) 그 가루약을 한 봉지 다 타서 먹여야 해요. 차만 마시면 다 괜찮을 거예요. 더 이상 대답도 할 수 없게 될 테니까.

아니시야 아주머니, 나 무서워요!

마트료나 그런 소리 하지도 말고, 어서 빨리 움직이기나 해요. 난 만일의 경우를 위해 주인어른의 누이가 오는 걸 지키고 있을 테니, 단단히 정신을 차려서 실수하지 않도록 하세요. 그리고 돈을 꺼내서 곧 이리로 가지고 오셔야 해요. 니키타한테 맡기면 되니까.

아니시야 아아, 머릿속이 뒤죽박죽이에요. 어떻게 손을 대면 좋을까?……. 어디부터, 어떻게…….

마트료나 그런 쓸데없는 말 말고 어서 내가 하라는 대로 해요. 얘, 니키타!

니키타 왜 그래요?

마트료나 넌 여기 앉아서 좀 기다리거라. 혹시 무슨 일이 있으면 네가 필요할 테니까.

니키타 (한 손을 내저으며) 도대체 이 여편네들이 무슨 일을 꾸미는 걸까? 이러다간 나까지 말려들어가겠어. 흥, 자기들 맘대로들 하라지. 난 감자나 꺼내러 가야지.

마트료나 (아들의 손을 붙잡으며) 여기 가만 좀 있으라니까!

17 (2막 17경)

앞의 사람들, 아뉴트카 등장한다.

아니시야 어떻게 됐니?

아뉴트카 고모는 지금 자기 딸네 채소밭에 있어요. 곧 오겠대요.

아니시야 시누이가 오면 어떡하죠?

마트료나 (아니시야에게) 아직 늦지 않았으니, 내가 하라는 대로 어서 해요.

아니시야 난 뭘 어떻게 하면 좋을지 하나도 모르겠어요. 머릿속이 온통 엉망진창이라니까요. 아뉴트카! 너 얼른 외양간에 가 봐라, 송아지가 뿔뿔이 달아나 버렸을지도 모르니까. (아뉴트카, 퇴장) 아무래도 제대로 해낼 것 같지가 않아요.

마트료나 빨리 가봐요. 차는 아까부터 끓고 있다면서, 뭘 우물쭈물하고 있어요.

아니시야 아이구, 내 팔자야! (퇴장)

18 (2막 18경)

마트료나, 니키타.

마트료나 (아들 옆으로 다가가면서) 얘, 아들아, (니키타와 나란히 앉는다) 네 자신의 일도 잘 생각해봐야 한단다. 될 대로 되겠지 하고만 있으면 안 돼.

니키타 무슨 일인데요?

마트료나 당연히, 네가 이 세상을 어떻게 살아갈 것인가 하는 문제란다.

니키타 어떻게 살아가다뇨? 남들 사는 것처럼 살다가면 그만이죠.

마트료나 주인어른은 아무래도 오늘을 못 넘길 거다.

니키타 아, 가엾게도! 죽으면 천당에 가겠죠. 그런데 그게 뭐 어쨌단 말이에요?

마트료나 (말을 하면서도 연방 현관 쪽을 돌아다본다) 얘야, 산 사람은 산 사람대로 살 길을 찾아야 하는 법이란다. 그러자면 여러 가지로 머리를 써야 하는 거야. 넌 무얼 생각하고 있는지 모르겠다만, 난 네 일 때문에 발바닥이 닳도록 싸돌아다니며 애를 썼어, 알겠니? 잘 기억해 두거라. 이 어미를 잊으면 안 돼.

니키타 대체 뭣 때문에 그렇게 애를 쓰고 돌아다니는 거예요?

마트료나 너 때문이지 누구 때문이겠니. 이건 네 일생을 결정짓는 문제란 말이다. 미리미리 손을 써놓지 않으면 모든 게 허사로 돌아간단 말이다. 너 이반 모세이치라는 사람 알지? 나와 아주 가까이 지내는 사이야. 나도 그 사람을 위해 한 번 수고를 해준 적이 있었지. 그 사람한테 가서 이것저것 이야기를 하다가 기회를 보아 나는 이번 일에 대해 말을 꺼냈단다. '그런데 이반 모세이치, 실은 이런 일이 있는데 어떻게 생각하시는지요? 다름이 아니라, 어느 홀아비가 후처를 얻었는데 딸이 둘 있어요. 큰딸은 전처 소생이지요. 만약에 남편이 죽으면 과부가 된 여자가 다른 남자와 재혼할 수 있나요? 그리고 그 남자가 두 딸을 시집보내고 그 집의 주인이 될 수 있는지요?' 하고 물어보았더니, '그렇게 할 수 있기는 하지만, 여간 어려운 일이 아닐 거요. 돈만 있으면야 안 될 것이 없는 게 세상이지만, 돈이 없으면 아예 단념하는 편이 나을 겁니다'라지 않겠니?

니키타 (히죽히죽 웃으며) 그야 들으나마나 한 소리죠. 뭐든지 돈만 내놓으라는 세상이니까. 돈 싫다는 사람이 어디 있어요?

마트료나 그래서 말이다, 아들아. 나는 그 사람한테 죄다 털어놓았단다. 그랬더니 그 사람은 '무엇보다 먼저 댁의 아들을 그 마을 주민으로 등록을 해야 하는데, 그러려면 돈이 들어요. 노인들한테 한턱씩 내야 하니까요. 그렇게 하면 노인양반들이 알아서 잘 도와줄 겁니다. 아무튼 머리를 잘 써야 해요'라지 않겠니? 이것 좀 보렴. (보따리에서 종이 한 장 꺼낸다) 이걸 써 주더라. 어디 한번 읽어 보렴. 너는 글을 읽을 줄 아니까. (니키타, 읽는다. 마트료나, 귀 기울여 듣는다)

니키타 이건 그냥 신청서예요. 머리를 쓰고 말 것도 없어요.

마트료나 좀 더 들어봐라, 그러면서 이반 모세이치는 이렇게 말하더라. '무엇보다도 영감님의 돈을 놓치지 말아야 합니다. 그 후처라는 여자가 돈을 놓쳐버리면 새 남편이고 뭐고 얻기는 다 틀린 일입니다. 모든 일이 돈에 달려 있다는 것을 반드시 명심하세요.' 그러니까 니키타, 지금이 네 인생에서 가장 중요한 고비란 말이다.

니키타 그게 어째서 나랑 상관있어요! 돈은 그 여자 것이니까 그 여자가 알아서 하는 거죠.

마트료나 얘, 그런 바보 같은 소리 마라! 여편네라는 건 속이 꽉 막혀서 아무것도 못해. 설령 그 여자가 돈을 손에 쥔다 하더라도 제 힘으론 아무것도 못할 거야. 여편네가 머리를 굴리면 얼마나 굴리겠니? 하지만 넌 어쨌든 남자 아니냐? 역시 무슨 일이건 여자보다는 남자가 영리하게 잘 처리하는 법이야.

니키타 도대체 여자들 생각이란 하나도 이치에 맞는 게 없어요.

마트료나 뭐가 이치에 맞지 않는다는 거냐? 잘 들어라. 네가 돈만 손에 거머쥐어 봐라. 여자는 결국 네 손안에 들어오고 마는 거다. 혹시 뭐라고 투덜거리기라도 하면, 그때는 주먹다짐이라도 할 수 있잖니.

니키타 도무지 무슨 소린지 하나도 모르겠군. 난 가 보겠어요.

19 (2막 19경)

니키타, 마트료나, 아니시야

아니시야 (파랗게 질린 얼굴로 집에서 달려나와 마트료나한테 간다) 역시 몸에 지니고 있었어요. 이것 보세요.(앞치마 밑으로 보여준다)

마트료나 그 돈은 니키타한테 맡기세요. 저 애가 잘 간수할 테니까. 얘, 니키타! 네가 받아서 어디다 잘 간수해라.

니키타 그럼, 이리 줘.

아니시야 아아, 어쩌면 좋지! 그보다는 차라리 내 손으로 어디다가…….(대문 쪽으로 간다)

마트료나 (아니시야의 손을 붙잡으며) 아니, 어딜 가세요? 남들이 눈치채면 어떡할려구? 이제 곧 시누이가 올 텐데, 어서 저애한테 줘요! 저애가 알아서 할 거예요. 왜 이렇게 말귀를 못 알아듣고 덤벙대실까!

아니시야 (망설이듯 멈춰 선다) 아아, 어떡한다지?

니키타 뭘 그래, 어서 이리 줘요. 내가 잘 감춰둘 테니.

아니시야 어디다 감출래?

니키타 왜 겁나요?(웃는다)

20 (2막 20경)

앞의 사람들, 아클리나(아클리나, 빨래한 속옷가지들을 들고 등장).

아니시야 아아, 난 모르겠다!(돈을 준다) 니키타, 잘해야 해!

니키타 그렇게 걱정할 거 없어. 나도 찾아낼 수 없을 만큼 잘 감출 테니까.(퇴장)

21 (2막 21경)

마트료나, 아니시야

아니시야 (겁먹은 얼굴로 서 있다) 아이 무서워!……. 어쩌지? 만일 저이가…….

마트료나 그래, 죽었나요?

아니시야 네, 죽은 것 같아요. 내가 돈을 꺼내는데도 꼼짝도 안 했어요.

마트료나 그럼, 집 안으로 들어갑시다. 아, 저기 아클리나가 오는군.

아니시야 나는 큰 죄를 짓고 말았어요. 그런 돈을 니키타에게 넘겨 주고……. 아, 어쩌지, 만일 저이가…….

마트료나 어서 안으로 들어가요. 저기 시누이도 오는군요.

아니시야 아아, 나는 니키타를 믿고 맡겼는데, 정말 괜찮을까 몰라. 아, 어떻게든 되겠지.(퇴장)

22 (2막 22경)

마르파, 아클리나, 마트료나.

마르파 (마르파는 오른쪽에서 아클리나는 왼쪽에서 등장. 아클리나에게) 딸네 집에 가지 않았더라면 아까 왔을건데, 이제야 오는 길이다. 그래, 아버진 좀 어떠시냐? 이젠 죽을 것 같더냐?

아클리나 (세탁물을 내려놓고) 잘 몰라요. 난 개울에 가 있었는데요, 뭐.

마르파 (마트료나를 가리키며) 저 사람은 누구냐?

마트료나 난 주예프 마을에 사는 니키타의 어멈되는 사람입니다. 안녕하세요. 오라버님께서 병세가 대단하셔서 무척 걱정되시겠어요. 아까 이리로 나오셔서 하는 말씀이, 빨리 누이를 불러오너라, 난 이젠……. 아아, 큰일이네요. 벌써 돌아가신 거나 아닌지 모르겠어요.

23 (2막 23경)

앞의 사람들, 아니시야.

아니시야 (집 안에서 비명을 지르며 달려 나와 기둥에 매달려 통곡하기 시작한다) 아아, 아이구야, 이 불쌍한 년을 혼자 남겨두고……. 무정하게도 눈을 감아버리다니……. 나는 이제 누굴 의지하며 살아가면 좋아요……. 아이구……. 아이구…….

24 (2막 24경)

앞의 사람들, 이웃여자. 이웃여자와 마트료나가 아니시야에게 달려가서 그녀를 부축해준다. 아클리나와 마르파는 집 안으로 들어간다. 마을 사람들이 모여든다.

마을 사람들의 목소리 시신을 손질하게 할머니들을 불러 오세요.

마트료나 (팔소매를 걷어 올리며) 솥에 끓는 물이 있는가 몰라. 사모바르엔 끓는 물이 있겠지. 자, 어디 내가 나서 볼까.

막

제 3 막

등장인물

아킴
아뉴트카
니키타
미트리치—늙은 머슴
아클리나
아니시야
이웃여자

표트르네 집. 겨울. 제2막으로부터 9개월 후. 아니시야, 평소 옷차림으로 베틀에 앉아 베를 짜고 있다. 아뉴트카, 페치카에 앉아 있다. 늙은 머슴 미트리치, 천천히 들어와서 외투를 벗는다.

1 (3막 1경)

미트리치 오오, 하느님, 부디 자비를 베푸시옵소서! 아직 주인 양반은 돌아오지 않았나요?
아니시야 뭐라구요?
미트리치 니키타 주인어른은 아직 시내에서 돌아오지 않았냐구요?
아니시야 아직이요.
미트리치 또 어디서 홍청거리고 있는 모양이군. 오, 하느님!
아니시야 탈곡장은 치웠어요?
미트리치 예, 예, 말끔히 치웠습죠. 다 치우고 짚을 걸어 두었어요. 난 무슨 일이건 아무렇게나 대충 하는 성미가 못 되어서요. 오오, 하느님! 자비로우신 성 니콜라님! (손에 박인 못을 문지르며) 하지만, 이제 슬슬 돌아올 때도 되었는데…….
아니시야 서둘러 집에 돌아올 이유가 뭐 있겠어요. 주머니에 돈 있겠다, 계집애까지 데리고 갔겠다…….

미트리치　돈이 손에 있으면 아무래도 홍청거리게 마련이지. 헌데 아클리나는 뭣하러 시내에 나간 거예요?

아니시야　영감이 직접 물어보구려. 뭣하러 졸랑졸랑 따라나섰는지.

미트리치　시내엔 대체 뭣 하러 나갔을까? 하긴 시내엔 없는 것이 없으니까. 돈만 있다면야 어떤 물건이든……. 오오, 하느님.

아뉴트카　엄마, 내가 들었는데요, '너한테 목도리를 사 주마'라고 아버지가 그랬어요. 정말이에요. '내가 하나 사줄 테니 네가 마음에 드는 걸로 고르려무나'라고 언니한테 말했다니까요. 언닌 잔뜩 치장을 하고 나갔어요, 비로드 망토를 입고, 프랑스제 스카프까지 두르고…….

아니시야　처녀의 부끄럼도 문턱까지란 말이 맞는군. 한 걸음 문턱을 넘어서기만 하면, 수치고 뭐고 새까맣게 잊어버린다니까. 뻔뻔스런 년 같으니!

미트리치　그렇지요. 하지만 뭐 그렇게까지 부끄러워할 것도 없지 않소? 돈이 있으니 홍청거리며 놀겠다는데. 오오, 하느님! 아, 배고파 죽겠군. 아직 저녁 먹을 준비가 안 됐나?(아니시야, 잠자코 있다) 그럼, 몸이나 좀 녹일까.(페치카 위로 기어 올라간다) 오오, 하느님, 자애로우신 성모 마리아님, 고마우신 니콜라 성인님!

2 (3막 2경)

앞의 사람들, 이웃여자.

이웃여자　(등장) 바깥어른은 아직 안 돌아왔나 보죠?

아니시야　네, 안 돌아왔어요.

이웃여자　벌써 돌아오고도 남을 시간이구만. 혹시 마을 술집에 들른 건 아닐까요? 내 동생 표클라가 그러는데, 술집 앞에 시내에서 돌아온 썰매들이 여러 대 서 있더라더군요.

아니시야　아뉴트카! 얘, 아뉴트카!

아뉴트카　왜요?

아니시야　너 얼른 술집에 달려가서, 아버지가 취해 가지고 거기 들르지 않았나 좀 보고 오너라.

아뉴트카 (페치카에서 뛰어내려 외투를 입는다) 네, 금방 다녀올게요.

이웃여자 아클리나도 데리고 갔나요?

아니시야 그년 아니면 시내에 갈 일이 있겠어요! 모든 게 다 그년 때문이죠. 뭐 자기 말로는 은행에서 이자가 나왔다나요. 핑계거리지요, 전부 다 그년이 니키타를 꾀어 낸 거죠.

이웃여자 (고개를 설레설레 흔들고) 정말 어이가 없군요.

침묵.

아뉴트카 (문밖으로 나가다가) 거기 있으면 뭐라고 말할까요?

아니시야 거기 있는지 없는지 그냥 보고만 와.

아뉴트카 그럼, 얼른 뛰어갔다 올게요. (퇴장)

3 (3막 3경)

아니시야, 미트리치, 이웃여자(오랜 침묵).

미트리치 (신음하듯) 오오, 하느님! 자비로운 니콜라님!

이웃여자 (펄쩍 뛰며) 아이구, 깜짝이야! 저 사람은 누구죠?

아니시야 우리 집 머슴, 미트리치예요.

이웃여자 무슨 목소리가 저렇담! 깜박 잊고 있었네. 아 참, 아클리나한테 혼담이 있다고 하던데 어떻게 됐어요?

아니시야 (베틀에서 내려와 탁자 앞에 앉는다) 제들로프 마을 사람한테서 얘기가 있었죠. 하지만 그쪽 사람들도 무슨 소문을 들었는지 얘기가 좀 있다가 그 후론 감감무소식이에요. 하긴 그런 년을 좋아서 데려가겠다는 눈 삔 놈이 어디 있어요?

이웃여자 주예프 마을의 리주노프하고도 얘기가 오갔다던데?

아니시야 얘기가 있었지만 역시 틀어지고 말았어요. 니키타가 말도 못 꺼내게 했거든요.

이웃여자 그래도 이젠 빨리 시집을 보내야 할 텐데.

아니시야 누가 아니랍니까? 어떻게 해서든 빨리 집에서 쫓아내야겠는데 그게 뜻대로 되질 않는군요. 무슨 좋은 수도 떠오르지 않고. 무엇보다 니키타가 말을 안 듣는 데다가, 그년 역시 마찬가지거든요. 아직도 그 지지리 못난 계집애랑 놀아나고 싶은가 보죠!

이웃여자 원, 세상에 그런 법이 어디 있어요. 생각도 할 수 없는 일이죠. 그애한텐 어쨌든 아버지뻘 아니냔 말이에요.

아니시야 말도 마세요, 이젠 둘이서 짜고 날 꼼짝도 못하게 한답니다. 아무것도 눈치채지 못하고 무턱대고 니키타를 남편으로 맞아들인 내가 바보죠. 난 정말 꿈에도 몰랐는데 둘은 벌써 오래전부터 눈이 맞아 지내왔던 거예요.

이웃여자 세상에 어쩜, 그럴 수가!

아니시야 그게 글쎄 날이 갈수록 점점 심해지는 거예요! 요즘은 둘이서 내 눈을 속이기 시작했단 말예요. 난 이젠 더 이상 이렇게 사는 게 지겨워요! 아아, 내가 어쩌자고 그런 남자한테 마음을 주었을까! 그 따위 남자를 좋아하지 않았더라면 좋았을 것을!

이웃여자 새삼스레 그런 말을 해서 뭘 해요!

아니시야 내가 니키타한테 이런 심한 꼴을 당하다니, 정말 분하고 억울해서 견딜 수가 없어요! 아, 정말 분해요!

이웃여자 게다가 사람들 말을 듣자하니, 요즘은 손찌검까지 한다면서요?

아니시야 글쎄, 그렇다니까요. 그래도 전에는 술에 취해도 아주 얌전하고, 간혹 툭툭 건드리는 일은 있어도 여전히 상냥하게 나를 사랑해주었어요. 그런데 요즘은 걸핏하면 그냥 막 달려들어 발길질을 하려 들지 않겠어요! 엊그제도 머리채를 움켜쥐고 덤비는 걸 간신히 빠져 나왔어요. 그보다도 그 계집애는 뱀보다 더 사악해요. 어쩌다 세상에 그런 사악한 년이 이 세상에 태어난건지…….

이웃여자 정말 그러고보니 댁도 몰라보게 얼굴이 수척해졌군요! 그래, 그 꼴을 보고 어떻게 참겠수! 거지나 다름없는 걸 남편이랍시고 주인으로 들어앉혀 살게 해주었는데, 이젠 도리어 이쪽을 깔보고 덤비다니. 그런 건 단단히 혼을 내주어 버릇을 고쳐주어야 하는 건데.

아니시야 날 그렇게 생각해 주니 고맙군요. 하지만 내가 마음이 약하다 보니 내 맘대로 살 수 없어서 버릇을 고친다는 건 생각도 못 해요. 죽은 영감은 잔소린 심했지만, 그래도 그때는 내 맘대로 살면서 영감을 손아귀에 쥐고 흔들 수 있었어요. 그런데 지금은 그렇게 안 된단 말이에요. 니키타의 얼굴만 보아도 기가 푹 죽고 말아요. 도무지 맞설 용기가 나지 않으니 어떡하면 좋죠. 그 사람 앞에 서기만 하면 꼭 시궁창에 빠진 암탉처럼 되어 버리는 것 같아요…….

이웃여자 말도 안 돼요! 아무래도 댁이 뭣에 단단히 홀린 게 틀림없어요. 마트료나 할멈이 무당이라는 말도 있던데……. 틀림없이 그 할멈이 무엇으로 댁을 홀려 놓은 거라구요.

아니시야 실은 나도 그런 생각이 들어요. 한번은 정말 호되게 얻어맞고 너무 원통하고 분해서 이놈을 갈기갈기 물어찢어 버리고 말겠다고 다짐하기도 했어요. 그런데 정말 이상하게도, 그 얼굴만 보면 맥이 탁 풀리고 말거든요.

이웃여자 틀림없어요, 무슨 마법에 홀린 거예요. 멀쩡한 사람 하나 꼼짝 못하게 홀려 놓는 것쯤 문제가 아니라지 않아요? 댁의 얼굴을 보면, 정말 옛 모습을 찾아볼 수 없어요!

아니시야 이젠 두 다리가 꼬장꼬장한 막대기처럼 삐쩍 말라버렸지 뭡니까! 그런데 저 바보 아클리나년을 보세요. 글쎄, 그 더러운 더벅머리 계집애가 이제는 어떻게 되었는지 보라구요. 마치 딴 사람이 된 것처럼 몰라보게 활짝 피지 않았느냔 말예요. 게다가 니키타가 옷이다 뭐다 몸치장을 시키는 바람에 마치 비누방울처럼 부풀어 올라 가지고 으스대요. 바본 바보지만 그 주제에 아주 엉뚱한 생각까지 한답니다. '내가 이 집의 안주인이야. 이 집도 내 집이고, 아버진 그 사람을 내 남편으로 맞을 생각이었어'라구 말이에요. 성질은 또 얼마나 더럽다구요! 한번 화났다하면 지붕에 이은 밀짚까지 마구 흔들릴 정도라니까요.

이웃여자 아아, 그 심정 알지요, 알아. 댁의 신세도 정말 기막히게 되었어요. 세상 사람들은 돈 많은 부자라고 부러워하고 있기는 하지만, 정말이지, '황금 속에도 눈물은 흐른다'는 옛말이 딱 맞는다니까요.

아니시야 부러워할 게 뭐가 있겠어요! 재산이라는 것도 얼마 안 가서 물거품처럼 사라져 버릴 텐데. 돈을 그야말로 물 쓰듯 하는 판이니, 과연 며칠이나 가겠어요? 보고 있기만 해도 겁이 난답니다.

이웃여자 그렇지만 어쩌자고 제멋대로 하게 내버려 두는지 모르겠군요. 그 돈은 댁의 돈이잖아요.

아니시야 그건 아무것도 몰라서 하는 말이에요. 내가 한 가지 커다란 실수를 저지르고 말았거든요.

이웃여자 내가 댁이라면 당장 관청에 고발해 버리겠어요. 그 돈은 어디까지나 댁의 돈인데, 대체 그 사람이 무슨 권리로 그 돈을 제멋대로 쓰느냐 말이에요. 그런 법이 세상천지에 어디 있어요!

아니시야 요즘 세상에 이런 일은 그저 대수롭지 않게 여기고 말지요.

이웃여자 아아, 어떻게 된 거예요. 이젠 아주 기가 죽어 버렸군요!

아니시야 맞아요, 정말 그래요. 정말로 기가 죽어 버렸어요. 나 자신이 한심스러울 정도랍니다. 그 사람한테 하도 지독한 꼴을 많이 당해서, 이젠 머릿속마저 어떻게 되었나 봐요. 아이고, 처량한 내 신세야!

이웃여자 가만! 누가 왔나 봐요. (귀를 기울인다. 문이 열리고 니키타의 아버지 아킴 등장)

4 (3막 4경)

앞의 사람들, 아킴.

아킴 (성호를 긋고, 짚신의 눈을 털 다음, 외투를 벗는다) 실례합니다. 아, 잘 있었느냐, 뭐 별고는 없고? 이웃 부인도 와 계셨군요.

아니시야 어서 오세요, 아버님. 집에서 바로 오시는 길인가요? 자, 이쪽으로 오셔서 편히 옷을 벗어놓으세요.

아킴 실은 아들한테 좀 들러 보려고, 잠깐 들러서 얼굴 좀 보고 가려고 왔지. 점심을 먹고 나서 떠났더니 이렇게 늦었구먼. 도중에 눈이 많이 쌓여서 걸어오는데 무척 애를 먹었단다. 그런데 니키타는 집에 있나? 니키타, 집에 있어?

아니시야 지금 없어요. 시내에 나가서 아직 안 돌아왔어요.

아킴 (걸상에 앉는다) 실은 그애한테 좀 볼일이 있어서……. 요전에도 잠깐 얘기했었지만, 좀 어려운 부탁이 있어서 왔어. 그러니까, 그……. 우리 집의 말이 갑자기 죽어버려서……. 아무거나 한 필 새로 사야 할 형편이라, 그래서 그…… 이렇게 또 찾아왔단다.

아니시야 그렇지 않아도 니키타가 그런 말을 했어요. 돌아오면 잘 의논해 보세요.(일어나서 페치카 쪽으로 간다) 이제 곧 돌아오겠죠. 우선 저녁이나 잡수세요. 미트리치, 이봐요, 미트리치, 내려와서 저녁 먹어요!

미트리치 (눈을 뜨고 신음한다) 으응?

아니시야 내려와서 저녁 먹으라니까요!

미트리치 오오, 감사드리옵니다, 자비로운 니콜라님!

이웃여자 난 이제 그만 가볼게요. 그럼 안녕히 계세요!(퇴장)

5 (3막 5경)

아킴, 아니시야, 미트리치.

미트리치 (페치카에서 기어 내려오며) 그새 그만 잠이 들었군. 오오, 하느님, 자비로우신 하느님! 아이구, 이게 누군가. 어서 오시오, 아킴!

아킴 아니, 자네 미트리치 아닌가! 그러구보니 자네 이 집에서……?

미트리치 그렇소, 당신 아들 니키타 밑에서 머슴살이를 하고 있수다.

아킴 그래? 내 아들 집에서 머슴살이를 한다고? 이것 참 뜻밖인걸!

미트리치 전엔 시내의 상인네 집에 있었는데, 술독에 빠져 그만두고 말았죠. 그래서 마을로 돌아왔지만, 몸담을 곳도 없고 해서 이렇게 머슴살이를 하고 있는 중이죠.(하품을 한다) 오오, 감사하나이다!

아킴 그럼, 니키타는 대체 뭘 하고 있는가? 그러니까, 그……. 무슨 다른 해야 할 일이라도 있는 겐가? 머슴을 둬야 할 형편이라도 되었다는 건가?

아니시야 다른 일이 있을 리가 있어요? 그래도 전에는 집안일을 직접 돌보더니, 요즘엔 그런 건 염두에도 없어요. 그러니 머슴을 둔 거죠.

미트리치 돈이 이마에 튀는 사람이 구태여 고생스럽게 일할 게 뭐 있겠수?

아킴 아니, 그건 좋지 않아, 그건 절대 좋지 않은 일이야. 그러니까……. 일을 하지 않는다는 건 타락한 거야.

아니시야 바로 그거예요. 니키타는 아주 타락해 버렸어요. 정말 큰일이에요.

아킴 그게, 말하자면, 얼핏 생각하면 형편이 좋아진 것 같지만, 사실을 알고 보면은 더 나빠진 거란 말이지. 돈이 쌓이면 인간이란 건 타락하기 마련이거든.

미트리치 하긴 너무 잘 먹어 비곗살이 붙으면 개라도 미치게 마련이니까요. 배가 부르면 놀기만 하는 것도 당연하잖소! 나도 전에 살림이 넉넉할 땐 잘 놀았지. 3주 내리 계속해서 흥청망청 술을 먹어 댄 적도 있으니까. 나중엔 하나 남은 바지까지 팔아서 마셔 버렸죠. 더 이상 마실 게 없어서 하는 수 없이 그만두었단 말이죠. 이젠 아주 끊어 버렸수다. 술 냄새 맡기만 해도 아주 구역질이 납니다.

아킴 그래, 자네 마누라는 지금 어디 있나?

미트리치 그 할망구는 자기한테 아주 안성맞춤인 곳에 들어갔지요. 시내의 술집에 나가고 있어요. 여전히 굉장한 미인이랍니다. 한쪽 눈은 애꾸인데다가 다른 한쪽 눈엔 시퍼렇게 멍이 들고, 얼굴이 한편으로 찌그러졌거든요. 그 면상에 술까지 마셔서 벌개지니까 정말 못 봐주겠더군요. 처치 곤란한 할망구예요.

아킴 어허, 거참 안됐구먼!

미트리치 뭐, 퇴역한 군인의 마누라가 어딜 가겠소? 자기에 걸맞는 일자리를 찾았달 수밖에!

침묵.

아킴 (아니시야에게) 그럼, 니키타는 시내에 뭘 싣고 갔나? 그러니까, 그……. 뭘 팔러 간 겐가?

아니시야 (식탁보를 씌우며 접시를 놓는다) 빈손으로 갔어요. 돈 받으러 갔거든요. 은행에 돈 받으러요.

아킴 (저녁 식사를 하며) 그럼, 그 돈을 찾아서 어디 딴 데다 돌릴 셈인가? 그, 돈을?

아니시야 아뇨, 우린 그 돈엔 손대지 않아요. 그저 2, 30루블만 받아 오려는 거죠. 받아 와야 할 일이 좀 있어요.

아킴 받아 와야 할 일이 있다구? 어디다 쓰려구? 오늘도 받아 오고 내일도 받아 오고, 자꾸만 그렇게 받아다 쓰다간 나중엔 한 푼도 안 남게?

아니시야　그건 따로 받는 돈이에요. 원금은 고스란히 그대로 있어요.

아킴　고스란히 그대로 있다니? 어떻게 그대로 있나? 자꾸 찾아다가 쓰는데도 그대로 있어? 가령 밀가루를 광에다 넣어두고 조금씩 꺼내다 먹었다구 한다면, 그래도 고스란히 그대로 남아 있을까? 그건 아마 네가 속고 있을 거야. 잘 알아보지 않으면 니키타 녀석한테 속아 넘어갈걸, 조심해야지. 얼렁뚱땅 속여 버린다구! 그게, 어떻게 그대로 남아 있겠니? 응? 돈을 자꾸 찾아다 쓰는데도 그대로 남아 있어?

아니시야　나도 잘 모르겠지만요, 그때 이반 모세이치가 그렇게 하라고 일러 주던걸요. 돈은 은행에 맡기는 게 제일이다, 그렇게 하면 없어질 염려도 없고 이자까지 받을 수 있다고 말이에요.

미트리치　(식사를 끝내고) 그건 맞는 말이오. 난 상인의 집에 있었기 때문에 잘 알아요. 거기서도 모두들 그렇게 하고 있더군요. 돈을 맡겨 놓고 자기는 페치카 위에 누워서 꼬박꼬박 들어오는 이잣돈을 받아먹거든요.

아킴　자네 이상한 소릴 하는군. 꼬박꼬박 받아먹는다니 도대체 누가 그 돈을 준단 말인가?

아니시야　은행에서 준다니까요!

미트리치　그건 하나도 이상할 게 없어요. 아니, 이런 건 여자가 설명할 수는 없는 거요. 내가 알아들을 수 있을 만큼 설명할 테니, 이쪽을 보시오. 예를 들면, 당신한테 돈이 있다고 합시다. 그런데 나는 봄이 되었는데도 밭은 텅텅 비어 있고, 밭에 뿌릴 씨앗도 없고 나라에 바칠 돈도 없다고 하잔 말입니다. 그러면 나는 당신한테 가서, '붉은 10루블짜리 지폐 한 장만 꿔 주시오. 가을에 추수를 하면 틀림없이 원금을 갚고 사례조로 1루블을 드리리다' 이렇게 말한단 말이오. 그럼 당신은, 내가 말이건 소건 저당잡힐 만한 걸 가지고 있다는 것을 잘 아니까, '꾸어 주긴 꿔 주는데 2루블이나 3루블을 사례조로 다오. 안그러면 못 주겠다' 이렇게 나옵니다. 그쯤 되면 나는 목에 굴레를 찬 셈이나 다름없으니 울며겨자먹기 식으로, '그렇담 할 수 없군요, 그렇게 하죠' 하고 10루블을 꿀 수밖엔 없죠. 가을이 되면 나는 원금 10루블에 사례금 3루블을 얹어서 당신한테 갚는단 말이오.

아킴　하지만, 그건 이를테면 하느님을 잊어 버린 사람이나 하는 짓이지. 어쨌든 그렇게 해서는 안 돼.

미트리치 안 되는지 되는지 좀더 얘길 들어보시오. 가령 당신이 그런 짓을 했다고 합시다. 즉 그렇게 해서 내 피를 빨아먹는다고 하잔 말이에요. 그런데 아니시야한테 남아 돌아가는 돈이 있지만, 그 돈을 어떻게 굴려야 할지 몰라서, 당신한테 와서, '내 돈으로 무슨 벌이가 될 만한 일은 없을까요' 하고 의논한다 이겁니다. 그러면 당신은 '그야 있구말구, 조금만 기다려라'라고 대답합니다. 여름이 되어 내가 또 당신한테 찾아가서 '붉은 10루블 짜리 지폐 한 장만 또 꿔주시오. 이자를 붙여서 갚을 테니' 하고 부탁한단 말입니다. 그러면 당신은, 만약에 내 피가 아직도 짜낼 만큼 남아 있기만 하다면, 아니시야가 맡긴 돈을 나한테 꿔줄 게 아니냔 말이에요. 하지만 거꾸로 들고 흔들어 봐야 피 한 방울 나올 것 같지 않다고 판단하면, 그때는 '어디 딴 데나 가 보게' 하고 나를 쫓아 보내고는, 피를 짜낼 수 있을 만한 다른 사람한테 아니시야의 돈을 꿔 주겠죠. 바로 그런 일을 하는 게 은행이란 말이오. 그렇게 해서 돈을 자꾸 굴려서 불리는 거지요. 누가 생각해 냈는지 참 그럴듯한 생각이에요!

아킴 (흥분된 어조로) 그게 무슨 짓이야? 요컨대 말하자면……, 더럽기 짝이 없는 짓이지! 하기는 농부들도 그런 짓을 하긴 하지만, 그래도 그……농부들은 그게 죄라는 건 알고 있어. 그건 하느님의 계율에 어긋나는 일이니까. 어쨌든 그건 더러운 짓이야. 그런데 학식이 있다는 사람들이 어떻게 그런 짓을. 그…….

미트리치 하지만 그 학식 있는 사람들이 제일 좋아하는 일이 바로 그거란 말이오. 제 능력으로 돈을 굴릴 수 없는 바보 녀석들과 여자들이나 돈을 은행에 갖다 맡기지요. 그러면 은행에선 그 사람들 입에다 사탕 한 알쯤 넣어주고는, 그 돈을 제 돈처럼 굴리며 세상 사람들의 생피를 빨아먹는다 그겁니다. 참 희한한 장사도 다 있지 않나요?

아킴 (탄식조로) 으음, 그러고 보면, 돈이 없는 것도 탈이지만, 돈이 남아도는 건 더욱 문제군그래. 어떻게 그런 짓을 할 수 있을까? 하느님은 일을 하라고 명하셨는데. 말하자면, 그…… 돈을 은행에 맡겨 놓고 빈둥빈둥 놀면서 공짜로 밥을 먹다니, 그건 더러운 짓이야. 이를테면 하느님의 계율에 어긋나는 짓이지.

미트리치 계율에 어긋난다구요? 이봐요, 아킴. 요즘 세상에 그런 걸 따지는 사람이 어디 있어요? 그보다도 어떡하면 좀더 짜낼 수 있을까, 그것만을 생각하고 있는 판인데.

아킴 (탄식하며) 하긴 이제는 세상이 변한 것 같아. 변소랑 다를 게 없어. 내가 시내에서 본 변소랑 똑같다니까. 어째서 그…… 어찌하여 세상이 이렇게 됐을까? 겉은 번드르르하게 무슨 요정처럼 훌륭히 꾸며 놓고 있지만, 그게 무슨 소용인가? 아무 소용도 없지. 요컨대 모두들 하느님을 잊어버린 거야. 하느님을 잊지 않고서야 어찌 그럴 수가 있겠는가. 어어, 잘 먹었군. 고마워. 이제 배가 부르는군. (식탁에서 물러앉는다. 미트리치는 페치카 위로 올라간다)

아니시야 (그릇을 한쪽으로 치우고) 이럴 땐 아버님이라도 옆에서 좀 타일러 주시면 좋으련만, 차마 부끄러워서 말씀드릴 수도 없고…….

아킴 얘야, 뭐라구 했니?

아니시야 아니에요, 혼잣말을 한 것뿐이에요.

6 (3막 6경)

앞의 사람들, 아뉴트카 등장.

아킴 오호, 우리 영리한 아뉴트카로구나? 언제나 부지런히 일하고 있구나! 밖이 꽤 춥지?

아뉴트카 완전히 꽁꽁 얼어버렸어요. 안녕하세요. 할아버지!

아니시야 그래, 거기 있더냐?

아뉴트카 없었어요. 안드리얀이 시내에서 돌아오는 길에 잠시 들렀는데요, 그 사람 말이, 아버지와 언니는 아직 시내의 술집에 있을 거래요. 아버진 아주 곤드레만드레 취해 있더래요.

아니시야 뭐 좀 먹지 않으련? 이리 오너라.

아뉴트카 (페치카 옆으로 다가간다) 그보다도 추워 죽겠어요, 손이 꽁꽁 얼어 버렸어요.

아킴, 짚신을 벗는다.

아니시야 (그릇을 씻으며) 아버님!

아킴 왜 그러느냐?

아니시야 마린카는 행복하게 잘 있나요?

아킴 음, 잘 살고 있지. 원래가 똑똑하고 얌전한 색시여서 열심히 일하고 있는 모양이야. 뭐, 그…… 상냥하고 일 잘하고 싹싹한 여자니까 무난하게 잘 살 거다.

아니시야 그런데 소문을 듣자하니, 아버님 마을에 사는 마린카 남편의 친척 되는 집에서 우리 아클리나를 며느리로 맞이하고 싶어 한다는데, 혹시 아버님은 그런 얘기 듣지 못하셨나요?

아킴 미로노프네 말이냐? 하긴 여자들이 그런 말을 하는 것 같았지만, 나는 귀담아 듣질 않아서 잘 모르겠구나. 우리 할멈도 뭐라 얘길 하는 것 같았는데, 난 기억력이 나빠서 금방 잊어버리곤 하거든. 말하자면…… 그……. 미로노프는 꽤 착실한 사람이긴 하단다.

아니시야 난 어떻게 해서든지 그애를 빨리 보내 버리고 싶어서 하는 말이에요.

아킴 어째서?

아뉴트카 (귀를 기울인다) 이제야 돌아오는가 봐요.

7 (3막 7경)

앞의 사람들, 니키타(술 취한 니키타가 보자기와 종이에 싼 물건을 들고 등장. 문을 열어 손잡이를 잡은 채 짐을 내려놓고 그 자리에 선다).

아니시야 오건 말건 내버려 둬라. (문이 열리는데도 돌아보지 않고 설거지만 계속한다)

니키타 이봐, 아니시야! 여기 돌아온 사람이 누군지 알아?

아니시야, 흘끗 돌아보고는 대꾸도 않고 외면해 버린다. 침묵.

니키타 (위협하듯) 누구야, 여기 들어온 양반이? 엉, 잊었나?

아니시야　공연히 쓸데없는 소린 그만두고, 어서 들어오기나 해요.

니키타　(더 한층 으르며) 여기 이 어르신이 누구냐니까?

아니시야　(그에게 다가가서 손을 잡는다) 참 내, 누구긴 누구야, 주인어른이지! 자 어서 들어와요.

니키타　(버티면서) 암, 주인어른이시지. 근데 그 주인어른 성함이 뭐지? 정식으로 대봐!

아니시야　이 사람이 왜 이럴까……. 니키타지 뭐예요?

니키타　맞았어! 그런데 이런 버르장머리 없는 것 봤나, 부칭을 대야지 부칭을!

아니시야　아키므이치, 자 들어와요!

니키타　(여전히 문턱에 버틴 채) 맞았어. 그럼, 성은 뭐야, 말해 봐!

아니시야　(웃으면서 손을 잡아 끈다) 칠리킨님, 왜 이렇게 거들먹거리실까?

니키타　맞았어.(문설주를 붙잡고) 자, 이젠 칠리킨님이 어느 쪽 발부터 먼저 집안에 들여 놓을지 그걸 알아맞혀봐!

아니시야　그만하고 들어와요. 꽁꽁 다 얼어붙겠네!

니키타　틀렸어, 말해. 어느 쪽 발부터 들어가는지, 그걸 말하지 않으면 난 안 들어가.

아니시야　(혼잣말로) 정말 지긋지긋한 남편 같으니라고. 왼발부터 들어옵니다요! 이젠 그만 들어오시와요.

니키타　그래, 아주 잘 맞혔어.

아니시야　방 안에 누가 와 계신지 보기나 하고 이러는 거유?

니키타　아버지가 왔나? 난 아버질 홀대하는 놈은 아니야. 아버질 공손히 대할 줄도 안다구. 안녕하셨어요, 아버지! (허리를 굽혀 인사를 하며 손을 내민다) 삼가 문안 드리옵니다.

아킴　(대답하지 않고) 술, 바로 그 놈의 술이 사람을 망친다니까! 저게 무슨 꼴이람!

니키타　술이라고요? 네, 한잔 했습니다. 이 불효자 면목이 없습니다. 친구를 만나서 축하주 한잔 걸쳤거든요.

아니시야　이젠 들어가서 그만 자요.

니키타　여보 마누라, 주인어르신께서 지금 어디 서 있지? 말해 봐!

아니시야 그만하고 가서 자라니까요!

니키타 아니, 아버지와 차를 한잔 마셔야지. 사모바르를 내 와요. 아클리나, 이리 오너라.

8 (3막 8경)

앞 사람들, 아클리나.

아클리나 (화려한 옷차림으로 등장. 시내에서 사 온 물건들을 들고 니키타한테로 간다) 왜 그렇게 물건들을 집어 던져 놨죠? 털실은 어디 던져 놓은 거예요?

니키타 털실 말이냐? 털실 저기 있네. 여봐, 미트리치! 어디 있어? 잠들었나? 나가서 말을 끌어넣고 와!

아킴 (아클리나를 보지 못하고 아들을 바라보며) 애, 그게 무슨 소리냐? 저 노인네는 온종일 일을 해서 아주 지쳐 쓰러졌다. 그러니까, 그런데도 너는 거들먹거리면서 말을 끌어넣고 와라 호통을 치는 거냐! 이 녀석! 그래선 안 되는 거야!

미트리치 (페치카에서 내려와 방한화를 신는다) 오오, 자비로우신 하느님! 가여운 것. 말은 마당에 있는가? 그놈도 눈길에 고생깨나 했겠군. 헌데 어쩌면 저렇게까지 곤드레가 되었을까. 오오, 하느님, 자비로운 니콜라님. (외투를 입고 퇴장)

니키타 (앉는다) 아버지, 용서하세요. 한잔 마시긴 했지만 말이에요. 하지만 어쩔 수 없는 일 아닙니까? 누구라도 술을 퍼마시는 세상인데, 그렇잖아요? 아무튼 용서하세요. 그러나 미트리치에 대해선 염려할 것 없어요. 나쁘게 생각지는 않을 테니까요. 말을 끌어넣고 돌아올 겁니다.

아니시야 그래, 정말 사모바르를 내오라는 거예요?

니키타 아, 내오라니까. 아버지가 오셨으니 함께 차라도 마시며 얘길 하고 싶어. (아클리나에게) 아까 산 물건은 다 들고 들어 왔니?

아클리나 선물? 내 것은 다 들고 들어왔지만, 나머지는 썰매 안에 그냥 놔두었어요. 아아, 이건 내 것이 아니야. (종이에 싼 물건을 탁자 위에 내던지고 자기 물건은 상자 안에다 넣는다. 아뉴트카가 그것을 보고 있다. 아킴은 아들을 보지 않고 페치카 위에 말려둔 각반과 짚신을 건는다)

아니시야 (사모바르를 가지고 나오며) 그렇잖아도 상자가 가득 찼는데, 또 잔뜩 사 가지고 왔군.

9 (3막 9경)

아킴, 아클리나, 아뉴트카, 니키타.

니키타 (취하지 않은 체하며) 아버지, 언짢게 생각하지는 마세요. 아버진 내가 몹시 취한 줄 아시겠지만, 난 무슨 일이든 다 할 수 있어요. 술은 마시되 정신만은 취하지 말란 말이 있잖아요. 난 무슨 얘기든지 다 할 수 있어요. 모든 걸 다 확실히 기억하고 있어요. 말이 죽었기 때문에 돈이 필요하다고 말씀하신 것도 다 기억하고 있습니다. 문제없어요. 내가 다 해결해 드릴 테니. 많은 액수가 필요하시다면 좀 기다려 주셔야겠지만, 그렇지 않다면 당장에 해 드릴 수 있어요! 여기 제가 갖고 있다니까요!

아킴 (여전히 짚신을 매만지며) 나, 이런 무례한……. 얘야, 이른 봄의 썰매 길은 진짜 길이 아니란 말이 있다…….

니키타 무슨 뜻이에요? 취중에 하는 말은 믿을 수 없다는 뜻인가요? 염려 마십시오. 차라도 한 잔씩 드세요. 뭐든 내가 다 해결해 드릴 수 있다니까요.

아킴 (고개를 저으며) 으음……. 쯧쯧…….

니키타 자, 돈은 여기 있다니까요.(호주머니에 손을 찔러넣어 10루블짜리 지폐를 뽑아낸다) 이걸로 말을 사십시오. 자,어서 받으세요. 나는 아버지를 저버리진 않습니다. 자기를 낳아준 아버지를 저버리는 게 말이나 됩니까? 어서 받아두세요. 이런 것쯤 하나도 아깝지 않아요. (아킴한테 다가가서 돈을 내민다. 아킴, 받지 않는다)

니키타 (아버지 손을 잡으며) 준다고 하면 좀 받으세요! 한번 준다고 말한 이상 절대 아까워하지 않을 테니까.

아킴 됐다! 그러니까, 그……. 이렇게 주는 돈은 절대 못 받겠다. 너하곤 지금 대화를 할 수가 없겠다. 너는 지금 인간다운 구석이라곤 조금도 없어.

니키타 아니, 거절하지 마세요! 받으시라구요!(아킴의 손에 억지로 돈을 쥐어준다)

10 (3막 10경)

앞의 사람들, 아니시야.

아니시야 (등장. 걸음을 멈추고) 어서 받으세요, 아버님. 한번 입밖에 내기만 하면 끝까지 고집을 부리는 성미니까.

아킴 (고개를 저으며 돈을 받는다) 정말, 술이 원수로군! 어디 저게 사람이냐……?

니끼다 됐어요. 나중에 갚아도 좋고 안 갚아도 좋아요. 난 그런 것 따지는 치사한 사람은 아니니까. (아클리나를 보고) 아클리나, 선물 좀 보여줘 봐라.

아클리나 뭐라구요?

니키타 선물 좀 꺼내 보라고!

아클리나 선물요? 뭣 때문에 꺼내 보여요? 벌써 다 넣어 버렸는데.

니키타 보여달라면 보여줘! 아뉴트카한테 보여주면 좋아할 거야. 목도리를 펼쳐서 보여주거라. 어서 이리 내놔.

아킴 에잇……. 보기만 해도 구역질이 나는군!(페치카 위로 올라간다)

아클리나 (꺼내서 탁자에 내놓는다) 자, 여기 있어요. 이걸 보여줘서 뭘 한다고…….

아뉴트카 아이, 예뻐라! 이건 스체파니다 것보다 더 예쁜 것 같아.

아클리나 스체파니다 것보다라니? 스체파니다의 목도리따윈 이거랑 비교도 안 되는 거야.(신이 나서 펼쳐 보이며) 자, 이걸 좀 봐, 천이 얼마나 좋은 거라구……. 이거 프랑스제야.

아뉴트카 레이스도 참 예쁘네! 마슈트카도 이런 걸 가지고 있지만, 그건 빛깔이 더 연한 연두색이야. 이게 훨씬 더 고와.

니키타 암, 더 좋구말구.

아니시야, 화가 나서 광으로 들어가 사모바르 연통과 상보를 가지고 나와서 탁자로 다가간다.

아니시야 뭣 하러 그렇게 펼쳐놓고 야단들이야!

니키타 이걸 좀 보라구.

아니시야 내가 봐서 뭘 해! 누군 그런 것 생전 구경도 못한 줄 아나? 당장 저리 치우지 못해? (목도리를 방바닥에 집어 던진다)

아클리나 왜 집어던져요? 던지고 싶으면 자기 물건이나 집어던질 것이지! (집는다)

니키타 아니시야! 그만둬!

아니시야 뭘 그만둬?

니키타 당신한텐 아무것도 안 사온 줄 아는 모양이로군. 이걸 봐. (꾸러미를 보여 주고는 그것을 깔고 앉는다) 이건 당신한테 줄 선물이야. 하지만 그냥 줄 수야 없지. 자, 내가 깔고 앉은 게 뭔지 어디 알아맞혀 봐!

아니시야 공연히 거들먹거리지 말란 말이야. 누가 당신을 무서워할 줄이나 알아? 도대체 당신은 누구 돈으로 저 더러운 돼지 같은 계집애한테 저런 비싼 선물을 사주고 누구 돈으로 흥청거리고 있는지 알기나 해? 그게 다 내 돈이라구. 내 돈!

아클리나 뭐라구? 기가 막혀서. 그게 어째서 당신 돈이야? 남의 돈을 가로채려고 해도 그게 쉽게는 안 될걸! 너 따위, 이 집에서 썩 나가버리란 말이야!(저쪽으로 가려다가 아니시야와 부딪힌다)

아니시야 아니, 이년이 이제 사람을 떼미네! 내가 네년부터 쫓아내야겠다.

아클리나 뭐? 쫓아내? 어디 한번 쫓아내 봐! 어디!(아니시야한테 달려든다)

니키타 계집년들이란 그저 저렇다니까! 이봐, 너희들! 그만두지 못해! 그만둬!(두 사람을 떼어 놓는다)

아클리나 흥, 뒤가 켕기면 잠자코나 있을 것이지! 누가 모를 줄 알고?

아니시야 뭘 안다고 지껄이는 거야? 말해 봐, 뭘 아는지 말해 보라고!

아클리나 당신이 무슨 짓을 했는지 다 알고 있단 말이다. 왜!

아니시야 남의 남편을 가로채는 화냥년 같으니!

아클리나 제 남편을 죽인 주제에 어디서 큰 소리야!

아니시야 (아클리나에게 달려든다) 아니, 근데, 이년이 정말 사람 잡겠네!

니키타 (제지하면서) 아니시야! 당신 벌써 잊었어?

아니시야 너 같은 놈의 협박에 내가 눈 하나 깜짝할 줄 알아?

니키타 꺼져 버려! (아니시야를 끌어낸다)

아니시야 어디로 나가라는 거야? 내가 내 집을 놔두고 어딜 나가?

니키타 나가라면 나가! 안 나가면 가만 안 둘 테다! 두번 다시 이 집에 발을 들여놓았단 봐라!

아니시야 난 못 나가!(니키타, 떼민다. 아니시야는 문설주를 끌어안고 울며 소리친다) 내 집에서 나를 쫓아내다니. 아이구, 세상에 이런 법도 있나! 악당놈 같으니, 니가 그러고도 무사할 줄 아느냐? 두고 보자!

니키타 닥치지 못해!

아니시야 마을 이장한테, 아니 경찰한테 가서 고발해 버릴 테다!

니키타 썩 꺼져버리래두!(떼민다)

아니시야 (방문 밖에서) 목매달아 죽어버릴 테니, 그런 줄 알아!

11 (3막 11경)

니키타, 아클리나, 아뉴트카, 아킴.

니키타 흥, 맘대로 해.

아뉴트카 엄마아, 엄마아! 엉엉, 죽으면 안 돼! (운다)

니키타 쳇, 누가 겁낼 줄 알구! 넌 왜 우냐. 곧 돌아올거야. 가서 사모바르나 보고 오렴.

(아뉴트카 퇴장)

12 (3막 12경)

니키타, 아킴, 아클리나.

아클리나 (물건들을 주워 담으면서) 에잇, 저 망할 년이 아주 엉망진창을 만들어 버렸군! 어디 두고 보자, 네년의 망토를 갈기갈기 찢어버릴 테니! 아주, 갈가리 찢어놓을 테다!

니키타 내가 밖으로 쫓아냈으면 그만이지, 또 뭐가 불만이야?

아클리나 새 목도리를 더럽혀 놨으니까 그렇죠! 저 암캐가 나갔기에 다행이지, 안 나갔으면 그녀의 눈깔을 뽑아 놓았을 거야!

니키타 이젠 그쯤 해둬. 무엇 때문에 그렇게 성을 내는 거냐? 내가 저년을 사랑하고 있다면 또 몰라도…….

아클리나 사랑이라구? 저런 돼지 같은 뚱보를 사랑할 사람도 있나요? 그때 당신이 저년을 버렸으면 아무 일도 없었을 텐데 왜 쫓아내지 않았죠? 저런 악마 같은 것을 쫓아버렸으면 좋았을 거 아니에요! 그러면 집이고 뭐고 죄다 내 것이 되었을 텐데. 뭐, 그 주제에 자기가 이 집 안주인이라구? 흥, 제 남편을 어떡했느냐 말이야! 남편을 독살한 년 같으니! 이제 당신도 그렇게 해서 죽일 테니 두고 보라고요.

니키타 제기랄, 계집년들의 입은 마개로 틀어막을 수도 없으니. 지금 무슨 소릴 지껄이고 있는지 알기나 하고 말하는 거니?

아클리나 알구말구요. 저런 년이랑 한 지붕 밑에서 사는 것조차 역겹고 싫어요, 이 집에서 쫓아낼 테야. 그년과는 단 한 시도 살 수 없어. 뭐, 자기가 이 집 안주인이라구? 감옥에 처넣어야 할 죄인이 이 집 안주인이야?

니키타 그만두라니까! 그년한테 신경 쓸 필요가 어디 있어? 그년을 보지 말고 나를 보고 살면 되잖아. 내가 주인이야. 네가 원하는 것이면 무엇이든지 다 해주마. 나는 이젠 너를 좋아하고 있다구. 내가 좋아하는 사람을 귀여워하는 건 당연하지. 그건 내 권리야. 그년은 내가 꼼짝 못하게 할 테니까. 아주 요렇게 짓밟아 버릴 테니까.(자기의 밑을 가리킨다) 쳇, 손풍금이 있어야겠군!

페치카 위엔 둥근 빵,
선반 위엔 수프.
먹고 살기엔 아무 걱정 없는 우리지.
재미있게 흥겹게 살다가,
죽을 때가 오면,
조용히 죽으면 그만이지.
페치카 위엔 둥근 빵,
선반 위엔 수프…….

13 (3막 13경)

앞의 사람들, 미트리치.

미트리치 (등장, 외투를 벗고 페치카에 올라간다) 여편네들이 또 한바탕 한 모양이군. 주먹질이라도 오고갔나? 오오, 하느님, 자비로운 니콜라님.

아킴 (페치카 끝에 앉아서 각반과 짚신을 꺼내 길 떠날 채비를 한다) 자, 어서 올라와서 저쪽 안으로 들어가게.

미트리치 (안쪽으로 기어 들어간다) 여전히 서로 으르렁거리고 있나 보군. 오오, 하느님!

니키타 과실주를 꺼내 와. 차에 타서 마시게.

14 (3막 14경)

앞의 사람들, 아뉴트카.

아뉴트카 (등장. 아클리나에게) 언니, 사모바르가 막 끓어.

니키타 엄마는 어디 있니?

아뉴트카 복도에 서서 울고 있어요.

니키타 내 그럴 줄 알았어. 엄마더러 사모바르를 가져오라고 해라. 그리고 아클리나, 너는 찻그릇을 내오고.

아클리나 찻그릇을 내오라구요? 좋아요, 내오겠어요.

니키타 (과실주, 빵, 청어 등을 꺼낸다) 이건, 그러니까, 내 앞으로 산 거고, 이 털실은 마누라한테 줄 거고, 그리고 석유는 복도에 놔두었고……. 그리고 이게 돈이란 말이지……. 가만 있자. (주판을 집어 든다) 한번 셈을 맞춰볼까나.(주판알을 튕긴다) 밀가루가 80 코페이카, 콩기름이……. 아버지한테 10루블……. 아버지! 이리 내려와서 차를 드십시다.

대답이 없다. 아킴은 페치카 위에 앉아서 짚신 끈을 동여매고 있다.

15 (3막 15경)

앞의 사람들, 아니시야.

아니시야 (사모바르를 들고 등장) 어디다 놓을까요?

니키타 탁자 위에 놓구려. 그래, 이장한테 갔다 왔나? 그러니까 쓸데없는 소리 하지 말라구. 언제까지 그렇게 화만 내고 있을 거야? 자, 앉아서 한잔 마시라구. (아니시야의 잔에 술을 따라 준다) 이건 당신 주려고 사 온 선물이야. (깔고 앉았던 꾸러미를 꺼내서 내민다. 아니시야, 고개를 설레설레 저으며 말없이 받는다)

아킴 (페치카에서 내려와 외투를 입는다. 탁자로 다가가서 그 위에다 돈을 내놓는다) 자, 이 돈 도로 넣어 두어라.

니키타 (돈을 보지 못하고) 그런 차림을 하고 어디 가시려구요?

아킴 난 이만 돌아가겠다. 잘들 있거라.(모자와 허리띠를 집어 든다)

니키타 뭐라구요? 아니, 이 밤중에 어딜 가겠다는 거예요?

아킴 난 말하자면, 이 집에 더 이상 앉아 있을 수가 없다 그 말이다. 그러니, 잘 있거라.

니키타 모처럼 차를 내왔는데 어딜 가겠다고 그래요?

아킴 (허리띠를 졸라매며) 난 돌아가겠다. 너의 집은 그……. 좋지가 않아. 니키타, 너의 집은 쑥대밭이란 말이다. 말하자면, 너는 그……. 너는 옳지 못한 생활을 하고 있어. 니키타, 너는 나쁜 길을 걷고 있는 거야. 난 가겠다.

니키타 그따위 설교는 집어치우고, 앉아서 차라도 드세요.

아니시야 아버님, 이러시면 세상 사람들 보기에도 부끄럽잖아요. 무엇 때문에 그렇게 심기가 불편해지신 건지는 몰라도…….

아킴 난 전혀 화나지 않았다. 다만 내가 보기엔, 말하자면……. 아들놈이 인생을 망치고 있는 것 같아서……. 내 아들이 파멸의 구렁텅이로 빠져 들고 있는 것 같아……. 내 눈엔 그게 아주 잘 보인단다.

니키타 파멸의 구렁텅이라구요? 알아들을 수 있게 말을 하셔야지…….

아킴 파멸의 구렁텅이가 파멸의 구렁텅이지. 너는 완전히 타락의 구렁텅이에 빠져 있단다. 지난 여름에 내가 너한테 한 말 기억하니?

니키타 글쎄요, 어디 말씀하신 게 한두 가지라야지요.

아킴 그 고아 얘길 했지. 네가 욕을 보인 그 고아 얘기를. 마리나 말이다.

니키타 쳇, 또 그 얘긴가요! 죽은 아이 나이는 세는 게 아니라는 말도 있어요. 다 지나가 버린 일 아닙니까…….

아킴 (언성을 높이며) 지나간 일이라니? 아니, 그건 지나간 일이 아니야. 하나의 죄가 또다른 죄를 저지르게 하고 그것이 또 다른 죄를 저지르게 해서 언제까지나 악이 반복되는 거란다. 니키타, 너는 죄악 속에 떨어졌다. 내가 보니, 너는 죄악에 빠져 헤어나질 못하고 있어.

니키타 그런 얘긴 그만하고 앉아서 차나 마십시다.

아킴 이런 곳에서 차 같은 건 마시고 싶지도 않다. 너의 그 더러운 꼬락서니를 보고 있으니 정말 내 가슴이, 그…… 미어지는구나. 난 너 같은 놈과는 차를 마실 수 없어!

니키타 쳇……. 언제까지 늘어놓을 셈인지……. 어서 이리 오시라니까요!

아킴 너는 꼭 그물에 걸려든 것처럼 돈에 사로잡혀 있다. 내 보기에, 그물에 걸려든 것 같단 말이다. 니키타, 사람에겐 영혼이라는 것이 필요하다는 걸 알아야 한다.

니키타 아버진 대체 무슨 권리로 내 집에 와서 나한테 그런 잔소릴 하는 거예요? 뭣 때문에 시끄럽게 구느냐 말이에요! 그래, 내가 코흘리개 어린앤 줄 아세요! 종아리라도 때리면 그냥 맞을 놈인 줄 아시느냐 말이에요! 요즘 세상에 그런 건 어림도 없다는 걸 아셔야지요.

아킴 네 말이 맞다. 요즘은 자식 놈이 오히려 제 아비의 멱살을 잡아 휘두르는 세상이라니까. 결국 모든 게 파멸이지. 말세다, 말세. 망조가 든 거야.

니키타 (성을 내며) 제가 살면서 아버지한테 한번이라도 손을 내민 적 있나요? 오히려 아버지야말로 나한테 손을 벌리잖아요!

아킴 돈 말이냐? 네 돈은 저기 있다. 비럭질을 해 먹는 한이 있어도 저런 썩어빠진 돈은 받지 않겠다.

니키타 아버지, 대체 무엇 때문에 이러시는 겁니까? 이러시면 모처럼의 자리가 깨지지 않느냔 말이에요!(손을 잡고 제지한다)

아킴 (날카롭게 소리 지른다) 이 손 놓아라. 난 여기서 자지 않겠다. 세상 어느 누가 이런 곳에 있고 싶겠느냐. 너의 이 더러운 집에서 자느니 차라리 뒤집

울타리 밑에서 밤을 새우는 게 훨씬 낫다. 퉤! 퉤! 아아, 하느님, 용서하십시오!(퇴장)

16 (3막 16경)

니키타, 아클리나, 아니시야, 미트리치.

니키타　자기 마음대로 하라지!

17 (3막 17경)

앞의 사람들, 아킴.

아킴　(문을 열고) 니키타, 정신 차려라. 사람에겐 영혼이라는 게 필요한 거야.

18 (3막 18경)

니키타, 아클리나, 아니시야, 미트리치.

아클리나　(찻그릇을 집어 든다) 따를까요?

모두들 잠자코 있다.

미트리치　(신음하듯) 오오, 하느님, 죄 많은 저를 용서하시옵소서!

모두, 흠칫 몸을 떤다.

니키타　(긴 의자에 드러눕는다) 아아, 따분하다, 따분해. 아클리나! 손풍금은 어디 있어?

아클리나　손풍금이라니? 수리하라고 갖다 주고는 무슨 소릴 하는 거예요!

자, 따랐으니 어서 마셔요!

니키타 마시기 싫어. 불을 꺼……. 아아, 왜 이렇게 따분할까!(운다)

막

제 4 막

등장인물
니키타
미트리치
마트료나
이웃여자1
아니시야
이웃여자2
아뉴트카
신랑아버지—무뚝뚝한 농부

가을 저녁, 달이 밝다. 앞마당. 무대 중앙에는 복도, 오른쪽에는 사람이 거처하는 방과 대문, 왼쪽에는 곳간으로 쓰는 냉방과 움. 방 안에서는 사람들의 말소리와 술 취한 사람들의 고함소리가 들린다. 이웃여자2, 복도에서 나와 이웃여자1을 손짓해 부른다.

제1장

1 (4막 1장 1경)

이웃여자1 이웃여자2.

이웃여자2　아클리나는 왜 나오지 않지요?
이웃여자1　왜 안 나오느냐구요? 나오고 싶어도 어디 나올 수가 있어야죠. 신랑 아버지가 색싯감 보러 왔는데도, 가엾게도 그애는 저쪽 냉방에 누워서 코빼기도 못 내밀고 있지 뭡니까?
이웃여자2　그게, 어찌된 일이래요?
이웃여자1　누가 저주를 걸었는지 지금 잔뜩 배가 불렀다고 하는군요.
이웃여자2　아니, 그게 정말이우?

이웃여자1 정말이구말구요.(귓속말한다)

이웃여자2 어머, 정말이에요? 그런 망측스런 일이 어디 있담! 신랑 쪽 사람들이 알면 어쩌려구.

이웃여자1 알게 뭐예요. 모두들 곤드레만드레 취해버렸는데. 게다가 저쪽에선 지참금과 혼수에 더 정신이 팔려 있거든요. 그애한테 딸려가는 게 이만저만이 아니니까 말이죠. 털가죽 외투 두 벌에 비단 옷이 여섯 벌, 프랑스제 목도리 하나, 베가 몇 필에다가 돈도 2백 루블이나 딸려 보낸다잖아요.

이웃여자2 흥, 그 따위 돈 아무리 많아도 반가울 것 없겠수. 에구, 정말 이런 망측한 일이 다 있나.

이웃여자1 쉿……. 신랑 아버지가 나와요.(입을 다물고 집 안으로 들어간다)

2 (4막 1장 2경)

신랑 아버지 혼자 복도에서 나와 딸꾹질을 한다.

신랑아버지 어어, 정말 취한다. 굉장히 덥군. 잠깐 바람이라도 좀 쐴까.(멈춰 서서, 푸우 숨을 내쉰다) 하지만 도무지 알 수가 없어……. 뭔가 좀 개운치가 않단 말이야……. 할멈한테 물어봐야지…….

3 (4막 1장 3경)

신랑아버지, 마트료나.

마트료나 (복도에서 나온다) 이 영감님이 어딜 가셨나? 아아, 여기 계셨군. 어떠세요, 하느님 덕분에 모든 게 더할 나위 없이 좋지 않습니까, 영감님? 중매쟁이는 칭찬을 하지 말란 말도 있고, 나도 원래 칭찬할 줄 모르는 사람입니다만, 영감님, 참말로 좋은 자리를 골라 잡으신 겁니다. 이 혼담이 이루어지면 아마 제 평생 가장 자랑스러워할 일이지요. 색싯감은 보기 드물게 얌전한 아가씨예요. 그만한 색싯감은 이 근방에서 찾아보기 힘들겁니다요.

신랑아버지 그야, 그렇지만. 돈 얘긴 틀림없는 건가요?

마트료나 돈 얘길랑 하실 필요도 없어요. 그애가 자기 아버지한테서 받은 건 그냥 고스란히 그애한테 딸려갈 거니까요. 요즘 세상에 350루블이 어디 적은 돈입니까?

신랑아버지 그야 나도 불만이 있는 건 아니지만, 그래도 내 자식 일이니 조금이라도 더 욕심을 내는 것은 부모된 마음 아니겠소?

마트료나 이거 보슈, 영감님. 사실 말이야 바른 말이지, 내가 사이에 끼어들지만 않았다면 영감님 댁은 차례도 안 돌아갔을 거유. 코르밀린네 집에서도 말이 있는 것을 내가 이쪽 집안으로 하자고 우겼기에 이만큼이나 얘기가 진전된 걸 아셔야지요. 하지만 돈에 대해선 내가 분명히 장담하리다. 돌아가신 그애 아버지는 아니시야더러 니키타와 재혼하도록 유언했는데, 나는 아들한테 들어서 다 알고 있어요. 영감님이 아클리나한테 남기고 간 돈이 얼마나 되는지 잘 안단 말이에요. 그 돈을 이번에 죄다 그애한테 주어버렸지요. 다른 사람 같으면 제 욕심부터 채우려 들었겠지만, 우리 니키타는 아주 깨끗이 주었어요. 말이 쉽지 그게 어디 쉬운 일인가요!

신랑아버지 떠도는 소문을 들으니 그애는 죽은 아버지한테서 더 많은 돈을 받았을 거라고들 하던데, 댁의 아들도 여간내기가 아닌 모양이군요.

마트료나 원 그런 당치도 않은 말씀을……. 다른 사람 손안에 있는 게 더 커 보이게 마련이랍니다. 그애가 받은 건 고스란히 죄다 주었다니까요, 그런 염려는 아예 마시고 지금 아주 결정을 내려 버리십시다. 저렇게 좋은 색싯감은 정말 드물답니다.

신랑아버지 그건 그렇지만, 한 가지 그애에 대해서 우리 여편네하고 좀 의심스럽게 생각한 게 있어서요. 어째서 그애는 오늘 얼굴을 보이지 않지요? 혹시 병신이 아닌지 걱정이 되는군요.

마트료나 아니, 무슨 그런 말씀을……. 그애가 병신이라뇨! 당치도 않아요. 그애만큼 건강한 애는 아마 이 근방엔 없을 겁니다요. 꼭 무쇠같이 단단해서 바늘 끝도 안 들어갈 아이죠. 영감님도 요전에 보시지 않았습니까? 일은 또 얼마나 잘 한다구요. 하긴 가는귀 먹은 건 사실이지만, 그거야 빛깔 좋은 빨간 사과엔 벌레 붙은 자국이 있는 것처럼 크게 흠 잡을 건 못 되지요. 오늘 얼굴을 보이지 않는 건 그애를 미워하는 년이 주술을 써서 일어나지 못하게 했기 때문이에요. 나는 그게 어느 년의 짓인지 다 알고 있어요. 그애의 혼담이 결정된다는 얘길 듣고 그런 짓을 한 것이지요. 내가 그걸 푸는 방법을 알고 있으니까 내일이라도 당장 일어나게 할 테니 그 점은 저한테 맡겨두고 염려 붙들어 매세요.

신랑아버지 그렇다면 좋소. 혼담은 결정한 걸로 합시다.

마트료나 잘 생각하셨습니다, 잘 생각하셨어요. 하지만 나중에 딴 소릴랑 하지 마셔야 합니다. 그리고 이번엔 내가 무척 애를 썼다는 것도 잊지 않으셨으면 좋겠군요. 설마 모른 체하시진 않겠지만…….

신랑어머니 목소리 (복도 안에서) 여보, 돌아갈 거면 어서 돌아갑시다. 거기서 뭘 하시우? 얼른 이리 들어와요.

신랑아버지 응, 지금 가요.(퇴장)

사람들, 복도 입구에서 웅성거리다가 돌아가기 시작한다.

4 (4막 1장 4경)

아니시야, 아뉴트카.

아뉴트카 (복도에서 달려나와 아니시야를 손짓해 부른다) 엄마!

아니시야 (복도 안에서) 왜 그러니?

아뉴트카 엄마, 이리 나와 봐요. 남이 들을까봐 그래.(둘이 함께 헛간으로 들어간다)

아니시야 무슨 일이야? 아클리나는 어디 있니?

아뉴트카 언니는 저기 골방에 들어갔어, 정말이야. 그런데 금방 죽을 것처럼 야단이야. 더 이상 참을 수 없다면서 울면서 소리 지르겠대. 정말이야.

아니시야 조금만 더 참으라고 해. 손님들을 보내야 하니까.

아뉴트카 엄마, 언니는 정말 아파서 죽겠는가 봐. 막 화를 내면서 '내 혼담 때문에 술을 먹고 그래 봐야 소용없다. 난 시집가지 않을 테니까! 난 죽어버리겠다!'고 말했어요. 엄마, 언니 죽어 버리면 어떡해! 난 무서워!

아니시야 죽긴 누가 죽는다는 거냐? 넌 언니한테 가까이 가지 마라. 이리 오너라.

아니시야, 아뉴트카 퇴장.

5 (4막 1장 5경)

미트리치 (혼자서 대문 쪽으로부터 등장. 흩어진 건초를 거두어 모은다) 오오, 하느님, 자비로운 니콜라님! 흥, 어지간히들 마신 모양이로군. 여기까지 술 냄새가 나는 걸 보니. 아아, 이젠 술이라면 냄새도 맡기 싫다. 아니, 근데, 이놈의 말들이 건초는 안 먹고 흐트러뜨리기만 했잖아. 한 단은 족히 망쳐놓았군. 아아, 이놈의 술 냄새! 코를 막 쑤셔대는 것 같구나. 술 따위 없어져 버려라! (하품을 한다) 이젠 잘 때가 됐는데 집 안에 들어가기도 싫으니 어떡한다? 집 안엔 술 냄새가 진동을 하겠군. 아아, 구역질나는 이 냄새!(손님들이 가는 소리가 들린다) 다들 돌아가는 모양이군. 오오, 하느님, 자비로운 니콜라님! 저 사람들 역시 제 욕심만 챙기려고 서로 속임수를 쓰고들 있지만 결국은 다 쓸데없는 짓이지.

6 (4막 1장 6경)

미트리치, 니키타.

니키타 (등장) 미트리치, 이젠 페치카에나 올라가지. 내가 치울 테니.
미트리치 그보다도 양에게 먹이나 주소. 이젠 다들 돌아갔나?
니키타 돌아가긴 했지만, 일이 몹시 난처하게 됐어. 어떡하면 좋을지 모르겠군.
미트리치 뭐 난처할 건 하나도 없지. 이런 때 쓸모있는 게 양육원이라는 거 아니오? 거기선 누구든지 갖다 버리기만 하면 얼마든지 받아서 길러 주니까. 돈만 조금 쥐어주면 군소리 따윈 전혀 없어요. 오히려 유모로 들어가면 저쪽에서 돈을 주는 판이거든. 요즘 세상에 그런 일쯤은 문제가 아니에요.
니키타 이봐, 미트리치, 쓸데없는 소린 절대 지껄이면 안 돼.
미트리치 내 걱정은 말고 당신 할 일이나 잘 처리하소. 아아, 이 술 냄새! 그럼, 집에 들어가 볼까. (하품을 하며 퇴장) 오오, 하느님!

7 (4막 1장 7경)

니키타 (한참 동안 말이 없다. 썰매에 걸터앉는다.) 아아, 이 일을 어쩌면 좋담!

8 (4막 1장 8경)

니키타, 아니시야.

아니시야 (등장) 당신 어디 있수?
니키타 여기 있어.
아니시야 그런 데서 뭘 하고 앉아 있어? 우물쭈물하고 있을 때가 아니야. 지금 당장 처리해 버려야 해.
니키타 어쩔 셈이야?
아니시야 당신은 내가 말한 대로 하기만 하면 돼요.
니키타 그보다도 양육원에 갖다 주면 어떨까?
아니시야 갖다 주고 싶거든 어서 갖다 주구려. 계집질이라면 혹하면서 뒤처리는 영 할 줄 모르니, 당신도 참 딱하구려.
니키타 그러니 어쩌라는 거야?
아니시야 움 속에 들어가 구덩이를 파라고 하지 않았어요.
니키타 하지만 달리 어떻게 할 수 없을까?
아니시야 (그의 말투를 흉내내며) 달리 어떻게 할 수 없을까? 그렇겐 안 된다니까! 왜 진작 이런 일을 생각 못했지! 자, 어서 하라는 대로나 해요.
니키타 아아, 이거 야단났는걸!

9 (4막 1장 9경)

앞의 사람들, 아뉴트카.

아뉴트카 (등장) 엄마, 할머니가 빨리 오래. 언니는 애기를 낳았는가 봐. 정말 이야. 지금 응애응애하고 우는 소리가 났어.

아니시야 요 망할 년이 못하는 소리가 없구나! 그건 고양이 새끼가 우는 소리야. 빨리 들어가서 자거라. 말 안들으면 가만 놔두지 않는다…….

아뉴트카 엄마, 정말이야. 정말이래두…….

아니시야 (손을 들어 딸을 때리려 한다) 아니, 요년이! 얼른 꺼지지 못하겠니!

아뉴트카, 달아난다.

아니시야 (니키타에게) 빨리 가서 내가 하라는 대로 해요. 그렇지 않으면 나도 생각이 있으니까.(퇴장)

10 (4막 1장 10경)

니키타 혼자. 한참 동안 침묵.

니키타 이 일을 어쩌지? 여편네들이란 정말 처치 곤란이라니까! 왜 진작 이런 일을 생각 못했느냐구? 언제 그런 것까지 생각할 겨를이 있었던가! 어쩔 수 없는 일 아니냐 말이야. 작년 여름엔 아니시야 제년이 나한테 지분거렸지만, 그때도 난 어쩔 수 없었어. 수도승이 아닌 다음에야 별 수 있겠느냐 이 말이야. 그러다가 주인어른이 죽어버리는 바람에 나도 하는 수 없이 제년과 함께 살게 되었지. 그게 어디 내 잘못인가? 그런 일은 얼마든지 있을 수 있거든. 하지만 거기에 가루약이라는 게 끼어들었어. 그렇지만 그건 내가 권한 게 아니잖아. 오히려 그때 내가 그걸 알았더라면 그년을 때려 죽였을 거야. 암, 때려 죽이고말고. 나를 이런 흉측한 일에 끌어들인 건 그년이야. 망할 년의 마귀할멈 같으니 그때부터 난 그년이 싫어졌어. 그때 어머니한테 내 막이야길 들은 후부터는 그년의 얼굴만 봐도 구역질이 날 지경이었지. 그런 년과 어떻게 같이 산단 말인가? 그래서, 우리 사이는 벌어지고 말았던 거야. 거기에 그 계집애가 내 모가지에 매달리기 시작했으니, 나도 어쩔 수 없었던 게 아니냔 말이야! 내가 손을 대지 않으면 다른 놈이 먼저 손을 댔을 거

아닌가. 그러니 이번 일도 역시 내 탓이라고 할 수 없지. 아아, 이 일을 어쩐다?(생각에 잠긴다) 어쨌든 계집년들이란 간덩이도 크군. 그런 짓을 생각해 내다니. 아니, 난 그런 짓을 할 순 없어.

11 (4막 1장 11경)

니키타, 마트료나

마트료나 (삽과 초롱불을 들고 급히 등장) 얘, 너 지금이 어느 때라고 홰 위의 닭처럼 멍청히 앉아 있는 거냐? 아니시야가 뭐라고 했니? 어서 빨리 서둘러야 할 게 아니냐!

니키타 뭘 어떻게 하라는 겁니까?

마트료나 뭘 해야 하는지는 우리가 알고 있다. 넌 네가 할 일이나 하면 돼.

니키타 나까지 끌어들이려는 셈이에요?

마트료나 뭐라구? 이제 와서 너만 꽁무니를 빼겠다는 거냐? 일을 이렇게 만들어 놓은 게 누군데 꽁무닐 빼?

니키타 그렇지만 그건 너무하지 않아요! 그것도 역시 생명이 있는 인간인데.

마트료나 뭐, 생명이 있는 인간이라구? 멍청한 소리! 아직 영혼이 제대로 깃들지도 않은 게 무슨 인간이냐? 도대체 그걸 어디로 보내겠니? 설령 양육원에 보낸다 해도, 죽는 건 매한가지 아니냐? 소문만 세상에 쫙 퍼질 뿐이다. 그렇게 되면 저 큰딸은 우리가 한평생 떠맡을 수밖에 없지 않니!

니키타 하지만 남들이 이 일을 알게 되면 어떻게 하죠?

마트료나 내 집안에서 내가 하고 싶은 일을 하겠다는 데 뭐가 잘못됐니? 냄새도 안 새나가게 감쪽같이 해치우면 되는 거야. 그러니까 너는 내가 하라는 대로 하기만 하면 된다. 우린 아무래도 여자니까 남자의 손이 좀 필요해. 자, 이 삽을 들고 움 속에 들어가서 잘 해보자. 내가 초롱불을 비춰 줄 테니까.

니키타 잘 해보자니요? 뭘하라는 겁니까?

마트료나 (귓속말로) 구덩이를 파란 말이다. 그렇게 하면 우리가 그걸 안고 와서 얼른 처치해 버릴 테니까. 저것 봐, 아니시야가 부른다. 빨리 가봐! 나도 가겠다.

니키타 그럼, 벌써 죽었나요?

마트료나 여태 살아있을 리가 있니? 벌써 죽어 버렸다. 하지만 빨리 처리해야 해. 이웃에서 아직 자지 않고들 있으니까 누가 보거나 듣거나 했다간 그야말로 큰일이다. 모두들 남의 약점만 캐내려 드는 세상이잖니. 게다가 어제는 경찰이 왔다가지 않았던? 그러니 넌 움 속에 내려가서 (삽을 준다) 한쪽 구석에 구덩이를 파거라. 흙이 굳지 않으니까 쉽게 팔 수 있을 거야. 그리고 나중에 흙을 다시 덮고 움 바닥을 고르게 해 놓으면 끝이야. 흙은 아무한테도 말을 하지 않으니까. 마치 소가 혓바닥으로 한 번 핥은 것처럼 아무 흔적도 없이 깨끗해지는 거란다. 자, 어서 서두르거라.

니키타 왜 나까지 끌어들이려는 거예요? 난 몰라요. 아니시야하고 둘이서 맘대로 하세요. 난 가버릴 테니까.

12 (4막 1장 12경)

니키타, 마트료나, 아니시야.

아니시야 (문에서) 어찌 되었어요? 다 팠어요?

마트료나 거기 있지 않고 여긴 뭣하러 나올까! 그래 그건 어디다 놔두었니?

아니시야 보자기로 덮어 놨으니까, 아무 소리도 안 들릴 거예요. 구덩이는 다 팠어요?

마트료나 글쎄, 싫다지 않겠니!

아니시야 (미친 듯이 화를 내며 달려 나온다) 뭐, 싫다구요? 그렇게 감옥살이를 하고 싶다는 소리인가? 좋아, 당장 경찰한테 가서 죄다 말해버릴 거니까! 어차피 다 틀어진 일이라면 매한가지야. 당장 사람들에게 말할 테야! 그래, 사이좋게 감옥에 들어가자구, 가.

니키타 (깜짝 놀라서) 뭘 말해?

아니시야 뭘 말하느냐구? 죄다 있는 그대로 말해야지! 돈은 대체 누가 갖고 있지? 바로 너잖아! (니키타, 대답 없다) 독약은 누가 먹였어? 그건 내가 먹였다! 하지만 넌 그걸 알고 있었다. 알고 있었다구! 다 너랑 공모해서 저지른 일이란 말이야!

마트료나 니키타, 어쩌자고 고집을 부리는 거야? 이제는 어쩔 수 없는 일이잖니? 빨리 가서 수고 좀 해라.

아니시야 흥, 싫어? 싫다구? 되게 깨끗한 체하기는! 여태까지 나를 짓밟아 뭉갰지만 이젠 어림도 없어. 나도 참을 만큼 참았다구! 이젠 내 차례란 말이야. 빨리 들어가지 못하겠어! 말 안 들으면 아주 끝장날 줄 알아……! 자, 여기 삽! 어서 들어가! 어서!

니키타 왜 이렇게 귀찮게 구는 거야?(삽을 집어 들면서도 여전히 망설인다) 아무래도 마음이 내키지가 않아. 난 안 들어가겠어.

아니시야 안 들어가겠어? (고함을 지르기 시작한다) 동네 사람들, 내 말 좀 들어 보시오! 여러분!

마트료나 (입을 가로막으며) 아니, 머리가 돌았나! 지금 들어가, 들어간다구……. 얘, 니키타, 빨리 들어가지 못 하겠니!

아니시야 내버려 둬요. 온 마을 사람들을 다 부를 테니.

니키타 제기랄! 할 수 없군! 그럼, 빨리들 서둘러요. 이렇게 된 이상 어차피 다 마찬가지다.(움 쪽으로 간다)

마트료나 이렇게 된 이상 어물쩍 넘길 수 없단다. 얘야, 재미를 보았으면 그 뒤치다꺼리도 해야지.

아니시야 (여전히 흥분해서) 그 화냥년이랑 어울리면서 나를 구박했지만, 이젠 안 된다! 더 이상은 사절이다. 이번에도 나 혼자 떠맡을 줄 알고? 너도 한번 살인을 해보란 말이다. 어떤 기분인지 너도 알게 될 거다.

마트료나 이봐, 그렇게 큰소리를 지르면서 화를 내면 안 돼. 소리 없이 얼른 해치우자. 그럼, 큰딸한테 들어가 봐. 니키타는 시키는 대로 할 테니까. (초롱불을 들고 니키타를 따라간다. 니키타, 움 속으로 내려간다)

아니시야 저 더러운 계집년까지 니키타 손으로 졸라 죽여 버리게 하고 말테니, 그런 줄 알아.(여전히 흥분한 채) 난 표트르를 죽이고 나서 혼자서 얼마나 고통을 받았는지 몰라. 이번엔 네가 그 맛을 보란 말이다. 난 이제 목숨 따위 하나도 아깝지 않아, 아까운 것이 남아 있기나 하냔 말이야!

니키타 (움 속에서) 불을 비춰 줘야 할 게 아니야!

마트료나 (초롱불을 비춰 주며 아니시야에게) 파고 있으니. 어서 가서 안고 나오너라.

아니시야　여기서 잘 지키고 있어요. 안 그러면 저 비겁한 놈이 달아나 버리고 말 테니까. 그럼 내 얼른 가서 안아가지고 올게요.

마트료나　성호 긋는 걸 잊으면 안 돼요. 안고 나오면 그 다음은 내가 다 알아서 할 테니 염려 말고. 십자가는 있으려나.

아니시야　어디 있는지 아니까 꺼내 오겠어요.(퇴장)

여기서부터 제16경 다음에 나오는 「변형장면」을 대신 상연할 수 있음.

13 (4막 1장 13경)

마트료나 혼자. 니키타는 움 속에 있다.

마트료나　저 여편네 눈초리가 어쩜 저렇게 무서울까. 하긴 화가 나는 것도 무리는 아니지. 하지만 이번 일만 감쪽같이 덮어 버리고 아클리나를 무사히 시집보내고 나면, 내 아들도 두 다리 쭉 뻗고 편안히 살 수 있겠지. 다행히 살림살이도 넉넉하니 이 어미도 모른 체하지는 않을 거야. 사실 말이지, 이 마트료나가 없었다면 어떻게 됐을지 알 게 뭔가. 무엇 하나 저희들 힘으론 처리하지 못했을 테니.(움 속을 향해) 애, 다 됐니?

니키타　(기어 나오면서 머리를 내민다) 그쪽은 아직 멀었어요? 뭘 꾸물거리고 있어요? 빨리 가져오지 않고.

14 (4막 1장 14경)

마트료나, 니키타, 아니시야. 마트료나, 복도 쪽으로 가서 아니시야를 맞는다. 아니시야, 헌옷가지로 싼 갓난아기를 안고 등장.

마트료나　그래, 성호를 그어 주었니?

아니시야　그어 주고말고요! 그년이 놓지 않으려는 걸 겨우 빼앗아 가지고 왔어요.(가까이 다가가서 니키타에게 건넨다)

니키타 (받지 않고) 제 손으로 들고 갈 것이지…….

아니시야 자, 받아요.(그의 손에 갓난아기를 내던진다)

니키타 (받는다) 살아 있어! 앗, 아직 꿈틀거리고 있는데, 분명히 살아 있어! 이걸 나더러 어떻게 하라는 거야?

아니시야 (그의 손에서 갓난아기를 낚아채더니 움 속에 던진다) 빨리 목을 졸라 버리면 살아 있지 않을 게 아니야! (니키타를 떼밀어 넣는다) 자기가 뿌린 씨는 자기가 거둬야지.

마트료나 (현관 계단에 앉는다) 저앤 정이 많아서 탈이야. 가여워서 차마 손을 댈 수가 없는가 보군. 하지만 별 수 있나, 다 자기가 저지른 일인걸! (아니시야, 움 위에 서 있다. 마트료나, 현관 계단에 앉아서 그녀를 바라보며 혼잣소리처럼 말한다) 정말로 겁을 집어먹은 얼굴이야! 그렇다고 그냥 내버려 둘 수도 없는 일 아닌가. 도대체 아기를 보낼 데가 있어야지. 생각해 보면, 세상엔 아기를 원하는 사람도 많은데, 그런 사람에겐 하느님이 주시지를 않거든. 내려줘도 언제나 죽은 아기를 낳기가 일쑤지. 우리 마을 보제(補祭)네만 해도 그렇잖아……. 그런데 이 집에선 필요도 없는 아기가 건강하게 살아서 태어났으니, 참 알다가도 모를 일이라니까. (움 쪽을 보며) 지금쯤이면 다 됐겠군. (아니시야에게) 뭘 하고 있니?

아니시야 (움 속을 들여다보며) 널빤지를 덮고 그 위에 올라 앉아있어요. 이젠 끝났겠죠?

마트료나 아아, 이런 일을 하지 않아도 된다면 오죽이나 좋을까! 하지만 별 수 있나.

니키타 (기어 나온다. 온몸을 떨며) 아직도 살아 있어! 안 되겠어! 살아 있다니까!

아니시야 아직 살아 있다면서 어딜 가는 거야? (제지하려 한다)

니키타 (그녀에게 달려들며) 꺼져 버려! 때려 죽여 버릴 테다! (그녀의 손을 움켜쥔다. 아니시야, 뿌리치고 달아난다. 니키타, 삽을 들고 그 뒤를 쫓아간다. 마트료나, 달려와서 그의 앞을 막는다. 아니시야, 현관 계단을 뛰어 올라간다. 마트료나 삽을 뺏으려 한다. 니키타, 이번엔 어머니한테 대든다) 꺼져! 죽여 버릴 테다! 어머니고 뭐고 다 죽여 버릴 테다! (마트료나, 계단 위에 있는 아니시야한테로 도망친다. 니키타, 멈춰선다) 죽인다, 모두, 다 죽여 버릴 테다!

마트료나　너무 놀라서 저러는 거야. 조금만 있으면 진정을 하고 괜찮아지겠지.

니키타　어떻게 이런 짓을 꾸몄을까! 어쩌자고 나한테 이런 일까지 시키는 거야? 아아, 저 갓난아기의 울음소리……. 내 발밑에서 똑똑 뼈 부스러지던 그 소리! 아아, 도대체 왜 나한테 이런 참혹한 일을 하게 하는 거야……. 그런데 아직 살아 있어, 정말 살아 있어!(침묵. 귀를 기울인다) 울고 있구나……. 아직도 울고 있어.(움 쪽으로 다가간다)

마트료나　(아니시야에게) 묻으러 가는가 보군. 얘, 니키타, 불을 비춰주랴?

니키타　(대답 않고 움 속에 귀를 기울인다) 들리지 않아. 내 착각이었는지도 몰라. (물러나다가 멈춰 선다) 하지만 내 발밑에서 뼈가 부스러지는 소리가 났었지. 으득으득……. 아아, 나한테 이런 무참한 짓을 시키다니! (다시 귀기울인다) 계속 울고 있어. 진짜로, 울고 있어. 대체 이게 어찌된 일이야? 어머니, 어머니? (어머니 옆으로 휘청대며 걸어온다.)

마트료나　그래, 무슨 일이니?

니키타　어머니, 난 더 이상 참을 수가 없어요. 이제 난 안 되겠어요. 어머니, 내 생각도 좀 해 주세요.

마트료나　아아, 완전히 겁에 질렸구나, 불쌍하게도. 그럼, 넌 저쪽으로 가거라. 가서 술이라도 한잔 마시면 기운이 좀 날 거야.

니키타　어머니, 어쩌자고 나한테 이런 걸 시킨 거예요? 뼈가 부서지는 소리가 났어요. 으드득으드득……. 그리고 저 울음소리! 어머니, 나한테 이런 짓을 시키다니, 어머니도 너무 하십니다!(옆으로 물러나 썰매에 걸터앉는다)

마트료나　자, 이젠 안으로 들어가 한잔 하거라. 하긴 밤중이라 무서운 생각이 드는 것도 당연할 거다. 하지만 조금 있으면 날이 새고, 하루 이틀 지나면 그땐 아무렇지도 않게 될 거야. 깨끗이 잊게 되버릴 테니까. 저 계집도 시집보내고 나면, 그걸로 모든 게 끝난다. 자, 넌 어서 가서 한잔 하거라, 나머지는 내가 움 속에 내려가서 처리하마.

니키타　(부르르 몸을 떨며) 집에 술이 남아 있던가? 그럼, 가서 한잔 해야겠군!(퇴장. 아니시야는 줄곧 복도 앞에 서 있다가 말없이 비켜선다)

15 (4막 1장 15경)

마트료나, 아니시야.

마트료나 그래, 어서 들어가 한잔 하는 게 좋겠다. 나머지는 내가 다 처리할 테니까……. 그럼, 내려가서 내 손으로 묻어야겠군. 얘가 삽은 어디다 던져 버렸나?(삽을 찾아들고 반쯤 움 속에 내려가서) 아니시야, 이리 좀 와서 불 좀 비춰 줘.

아니시야 저 사람 도대체 왜 그러는 거예요?

마트료나 아마 질겁을 할 만큼 놀란 모양이야. 게다가 네가 너무 강하게 나오니까 욱해서 덤벼든 거야. 그냥 내버려 둬. 곧 제정신으로 돌아오겠지. 그 대신 내가 뒷수습을 할 테니. 초롱불을 거기 내려 놔, 잘 보이니까.(움 속으로 아주 내려가 버린다)

아니시야 (니키타가 들어간 문 쪽을 향해) 흥, 이제 또 계집질을 할 테냐? 바람피우다가는 어떤 꼴이 되는지 이제 똑똑히 알았겠지.

16 (4막 1장 16경)

마트료나, 아니시야, 니키타(니키타, 복도에서 움 쪽으로 달려간다).

니키타 (복도에서 움 쪽으로 달려간다) 어머니! 어머니!

마트료나 (움에서 얼굴을 내밀며) 왜 그러니?

니키타 (귀를 기울인다) 묻지 마세요, 살아 있어요. 저 소리가 안 들리나요? 살아 있어요! 보세요……. 저렇게 울고 있잖아요. 자, 똑똑히 들리잖아요……!

마트료나 울기는 어떻게 운다는 거냐! 네가 아주 납작하게 만들어버리지 않았니? 머리통이 아주 박살이 나고 말았더구나.

니키타 어, 그럼 저건 무슨 소리지? (귀를 기울인다) 여전히 울고 있어! 난 이제 다 틀렸어, 이제 망했다구! 아아, 나한테 이런 잔인한 짓을 저지르게 하다니! 이제 난 어디로 도망치면 좋지?(현관 앞 계단에 걸터앉는다)

막

변형장면

※ 앞의 13~16경 대신 이 변형장면을 상연할 수 있음.

제2장

무대—제1막과 같은 집의 내부.

1 (4막 2장 1경)

아뉴트카, 속옷바람으로 침상에 누워 이불 대신 외투를 덮는다. 미트리치, 벽 옆에 놓인 밑에 상자가 딸린 긴 의자에 앉아 담배를 피우고 있다.

미트리치 방 안이 온통 술 냄새로 진동을 하는군. 제기랄, 술 먹을 돈 있으면 차라리 길바닥에 버리는 게 낫지 이제 뭐람. 담배를 피워도 고약한 술 냄새가 코끝에서 들러붙어 떠나질 않는군. 정말 미치겠군. 오오, 하느님! 잠이나 자 볼까.(램프로 다가가서 심지를 내리려 한다)

아뉴트카 (발딱 일어나 앉는다) 할아버지, 불을 끄지 말아요!

미트리치 왜 끄지 말아?

아뉴트카 마당에서 떠드는 소리가 들렸어요. (귀를 기울인다) 저 소리 들리죠? 아, 또 움 쪽으로 가고 있어요, 들려요?

미트리치 누가 너더러 그런 것 상관하라더냐? 불을 끌 테니 너도 어서 누워서 잠이나 자거라.(램프 심지를 틀어 불을 작게 한다)

아뉴트카 그렇지만 할아버지! 불을 아주 끄지 말아요. 부탁이에요. 쥐꼬리만큼이라도 좋으니까 켜 두세요, 무서워서 그래요.

미트리치 (웃는다) 그래, 그러마.(아뉴트카 옆에 앉는다) 뭐가 무서운 걸까?

아뉴트카 얼마나 무섭다구요! 언니가 막 몸을 뒤틀면서 나무 궤짝에다 머리를 쾅쾅 처박기까지 했단 말이에요. (작은 목소리로) 난 다 알아요……. 언니는 아기를 낳으려구 그래요……. 벌써 낳았는지도 몰라요.

미트리치 조그만 것이 별 걸 다 알려구 그러는구나! 어서 누워서 자거라. (아뉴트카, 눕는다) 옳지, 착하지.(이불로 아뉴트카를 감싸주며) 이젠 됐다. 너무 많은 걸 알면 금세 할머니가 되는 법이란다.

아뉴트카 할아버진 페치카 위에서 자요?

미트리치 그럼, 거기 말고 어디 잘 데가 또 있니? 넌 참 이상한 아이로구나. 뭐든지 꼬치꼬치 다 알려드니 말이야.(다시 이불을 잘 덮어주고 나서 일어난다) 자, 그럼, 얌전히 잘 자거라.(페치카 쪽으로 간다)

아뉴트카 한번 응애하고 우는 소리가 났는데, 그 다음엔 들리지 않아요.

미트리치 오오, 정말 못 말리는 꼬마아가씨로군. 오오, 하느님, 자비로운 니콜라님!……. 근데 뭐가 들린다구?

아뉴트카 갓난아기 말이에요.

미트리치 없는 갓난아기 울음 소리가 들릴 리가 있나?

아뉴트카 그래도 난 들었는걸요. 정말 들었어요. 정말이에요. 아주 가느다란 소리로 울었지만요.

미트리치 못 듣는 소리가 없구나. 그럼, 이런 얘기도 들어보았니? 꼭 너 같은 여자아이를 아기도둑이 자루 속에 넣고 막 두드려 팬 이야기 말이다.

아뉴트카 아기도둑이 뭐예요?

미트리치 이렇게 무섭게 생긴 놈이지. (페치카 위로 올라간다) 아아, 오늘 밤은 페치카가 정말 뜨끈하군. 아이구, 정말 좋구나! 오오, 하느님, 자비로운 니콜라님!

아뉴트카 할아버지, 자요?

미트리치 그럼 지금 자는 거지 노래라도 부르고 있는 것 같으냐?

(잠시 침묵)

아뉴트카 (작은 목소리로)할아버지, 할아버지! 파고 있어요! 정말로, 파고 있어요. 움 속에서 파고 있다니까요! 정말이에요. 들리죠?

미트리치 이제는 참 별의별 공상을 다 하는구나! 파기는 이 밤중에 뭘 파? 그런 멍청한 녀석이 어디 있냐? 소가 꼬리로 몸을 때리는 소리를 가지고 그러는구나! 자, 어서, 자거라, 엉뚱한 아가씨. 안 그러면 불을 꺼 버리겠다.

아뉴트카 할아버지, 안 돼요, 끄지 마세요, 네? 이젠 아무 말도 안 할게요, 정말, 안 할게요. 맹세해요. 나, 무서워서 그래요.

미트리치 무섭다구? 무섭지 않다고 생각하면 무섭지 않아진단다. 자꾸 무섭다고 생각하니까 그렇지. 넌 참 바보로구나.

(잠시 침묵. 귀뚜라미 소리.)

아뉴트카 (소근소근거리며) 할아버지! 할아버지! 자요?

미트리치 아, 또 뭐냐?

아뉴트카 근데 그 아기도둑이란 게 뭐예요?

미트리치 아, 아기도둑? 그건 말이다, 너같이 잠 안자는 애를 붙잡아 가는 사람이란다. 자루를 갖고 와서는 여자애를 그 안에 처넣는 거야. 그러고는 자기도 자루 속에 머리를 쑤셔넣고 여자애의 궁둥이를 찰싹찰싹 때려 주는 거지.

아뉴트카 뭘로 때리는데요?

미트리치 빗자루로 때리지.

아뉴트카 하지만, 자루 속이면 잘 보이지 않을 텐데요?

미트리치 아니야, 잘 보여.

아뉴트카 나라면 그런 놈은 콱 깨물어 줄 테야.

미트리치 깨물긴 어떻게 깨물어!

아뉴트카 할아버지, 누가 와요! 누굴까? 아아, 어쩌면 좋아! 누구지?

미트리치 오면 오는 거지. 넌 왜 그렇게 덜덜 떠는 거냐? 아마 엄마겠지.

2 (4막 2장 2경)

아뉴트카, 미트리치, 아니시야.

아니시야 (등장) 얘, 아뉴트카!(아뉴트카, 잠든 체하고 있다) 미트리치?

미트리치 왜 그러시오?

아니시야 불을 왜 여태 켜 놓고 있지? 우린 저쪽에서 잘 건데.

미트리치 이제 막 잠잘 채비를 했다오. 불은 내가 곧 끄리다.

아니시야 (궤짝 속을 뒤지며 중얼거린다) 정작 필요할 때 찾으면 어딜 갔는지 나오질 않는단 말이야.

미트리치　뭘 찾으시오?

아니시야　십자가요. 세례를 해 주려구요. 가엾게도 곧 죽어버릴 것 같군요. 세례도 못 받고 죽게 하면 죄를 짓는 거지요.

미트리치　암, 그렇구말구, 격식대로 해야지요……. 그래 찾았소?

아니시야　여기 있군요.(퇴장)

3 (4막 2장 3경)

미트리치, 아뉴트카.

미트리치　거 다행이군. 없으면 내 것이라도 빌려줄까 했는데. 오오, 하느님!

아뉴트카　(벌떡 일어나서 몸을 떨며) 아아, 할아버지! 자지 말아요, 네? 아아, 나 무서워서 죽을 것만 같아요!

미트리치　대체 뭐가 그렇게 무섭다는 거냐?

아뉴트카　죽어간다면서요, 그, 갓난아기일 거예요. 아리나 아줌마네도 산파가 세례를 해주었는데, 금방 죽어버렸어요.

미트리치　죽으면 갖다 묻어주어야지.

아뉴트카　하지만, 어쩌면 죽지 않았을지도 몰라요. 마트료나 할머니가 와 있으니까. 난 할머니가 얘기하는 걸 들었거든요. 정말로요.

미트리치　뭘 들었다는 거냐? 됐으니, 그만 잠이나 자라니까! 이불을 머리꼭대기부터 뒤집어 쓰면 잠이 올 거다.

아뉴트카　죽지 않고 살면 내가 업어줄 텐데.

미트리치　(신음하듯) 오오, 하느님!

아뉴트카　갓난아기는 어디로 보낼까?

미트리치　보내야 할 데다가 보내겠지. 그런 건 네가 걱정하지 않아도 돼. 어서 잠이나 자라니까. 엄마가 또 오면 그땐 궁둥짝을 맞을 테니!

(잠시 침묵)

아뉴트카　할아버지! 아까 얘기하던 그 여자애는 죽지 않았나요?

미트리치 응? 여자애? 아, 그 여자애 말이냐? 응, 다행히 죽지는 않았단다.

아뉴트카 그앤 할아버지가 주워온 애인가요?

미트리치 응, 내가 주워 온 애였지.

아뉴트카 대체 어디서 주웠어요? 얘기해 주세요?

미트리치 어떤 집에서 주었단다. 우리 군인들이 마을에 들어가서 집집마다 뒤졌더니, 바로 그 여자애가 엎드려 놀고 있지 않겠니? 모두들 그 애를 때려 주려고 했지만, 나는 어쩐지 가엽다는 생각이 들어서 두 손으로 안아 올리려고 했단다. 그런데 어찌나 무거운지 꼼짝도 하지 않더구나. 게다가 손에 닿는 건 뭐든지 움켜쥐고 놓지를 않아서 무척 애를 먹었지. 나는 그 애를 겨우 끌어안고 머리를 살살 쓰다듬어 주었지. 그랬더니 좀 온순해지더구나. 그래서, 건빵을 물에 축여 주었더니 굶주린 거지처럼 먹는 거야. 헌데 이 애를 어쩌면 좋을까 하고 생각해 보았지만, 도무지 신통한 생각이 떠오르지 않았어. 그래서 내가 맡아서 키우기로 했다. 먹을 것을 주면서 키우다보니 그 애도 점점 우리에게 정이 들었는지, 행군 같은 데 나갈 때 한 번 데리고 가면 먼 데까지도 곧잘 따라오곤 했지. 정말 귀여운 아이였단다.

아뉴트카 그런데, 그앤 세례도 받지 않았겠죠?

미트리치 그걸 누가 알겠니? 아무래도 받지 않은 것 같다고들 하더라. 그애는 러시아 사람이 아니었거든.

아뉴트카 독일 아이였나요?

미트리치 독일 아이였냐구? 아니다, 독일 아이가 아니라 아시아인이었단다. 유대인과 마찬가지지만, 유대인은 아니었어. 폴란드에서 태어났지만, 역시 아시아인 것만은 틀림 없었어. 크루들르이라든가, 크루글르이라든가, 아무튼 그런 별명이 붙은 민족인데, 생각이 잘 나지 않는구나. 우린 그 계집애를 사쉬카라고 불렀지. 사쉬카, 참 좋은 아이였지. 나는 그 옛날 일이라면 죄다 잊어버렸지만 그 좋은 애만은 잊을 수가 없단다. 지금도 그애가 눈앞에 어른거리는 것 같구나. 고된 군인 생활 중에서 기억에 남는 것이라곤 기껏해야 이리저리 구르면서 기합 받았던 일 정도인데, 그애 일 만은 아직도 머릿속에 생생하게 남아 있단다. 곧잘 내 목에 매달리곤 해서 나는 그앨 안고 다니기도 했지. 어쨌든 참 얌전한 아이였다. 어디 좋은 자리가 있으면 줘야겠다고 생각했지만, 좀처럼 그런 집안이 나타나지 않더구나. 결국 중대장 부인이 데려가 양녀로 삼았지만……. 그애를 위해선 참 잘된 일이었지. 하지만 우리들은 무척 서운해 했지!

아뉴트카 근데, 할아버지, 난 우리 아버지가 죽을 때 일을 기억하고 있어요. 할아버지가 우리 집에 오시기 전 일인데, 아버지는 니키타를 불러서 '나를 용서해다오, 니키타' 하고는 막 울었어요. (탄식한다) 정말 불쌍해서 참을 수가 없었어요.

미트리치 음, 그야 그럴 테지…….

아뉴트카 할아버지, 할아버지, 또 움 쪽에서 무언가 웅성거리는 소리가 들려요. 아아, 무서워! 엄마! 아아, 할아버지, 어쩌면 좋아요! 아기를 어떻게 하려는가 봐요. 아기를 죽이려는 걸 거야. 아아, 그렇게 조그만 것을……. 아아, 아아!(이불을 푹 뒤집어 쓰고 운다)

미트리치 (귀를 기울인다) 정말로 무슨 못된 짓을 하고 있는가 보군. 천벌을 받을 것들 같으니라구! 아무튼 여편네들이 못하는 짓이 없구만! 남자가 무조건 잘한다고만 할 수는 없겠지만, 이건 숲 속 들짐승보다 더한 인간들이야! 하늘 무서운 줄도 모르고!

아뉴트카 (일어난다) 할아버지, 할아버지!

미트리치 아이구, 또 뭐냐?

아뉴트카 요전에 지나가던 나그네가 우리 집에서 자고 간 적이 있었는데요, 그 사람 말이, 아기가 죽으면 영혼이 바로 천당으로 간다고 했어요. 그게 정말인가요?

미트리치 누군들 그걸 알 수 있겠니? 혹시 그럴지도 모르지. 그래서 그게 어쨌다는 거야?

아뉴트카 응, 나도 죽었으면 좋겠어요.(훌쩍훌쩍 운다)

미트리치 죽으면, 이 세상에서 영영 사라지고 마는 거지.

아뉴트카 열 살까지는 아직 어린애니까 영혼이 하느님한테 갈 수 있을 거예요. 그렇지만 지금이 지나고 나면 영혼이 더럽혀진다면서요?

미트리치 암 더럽혀지고말고! 여자라는 건 살면서 점점 더럽혀지지 않을 수가 없는 거야. 네가 본 받을 사람이 대체 누구냐, 네가 보고 듣는 게 대체 뭐겠니? 결국은 좋지 않은 일들 뿐이란다. 난 별로 배운 건 없지만, 그래도 조금은 알고 있단다. 아무렴, 내가 시골 여편네들 같기야 하겠니? 도대체 시골 여자들이 아는 게 뭐가 있겠니? 너 같은 여자가 이 러시아엔 수백수천 명이 있지만, 모두 눈먼 두더지야. 쥐뿔도 모른다니까. 기껏해야 피로 역병을 쫓는 법이라든가, 몸에 부적을 지니고 다닌다든가, 아이를 닭의 횃대 밑에 갖다 놓는다거나 하는 것들만 알고 있을 뿐이지.

아뉴트카　엄마도 부적을 지니고 다녔어요?

미트리치　글쎄, 그렇다니까. 여편네들이나 여자애들이 몇백만 명 있어봐야 모두 하나같이 숲 속에 사는 짐승들과 다를 바가 없어. 그저 세상에 태어나서, 나이만 먹다가 죽어갈 뿐이지. 아무것도 보지 못하고 듣지도 못해. 거기 비하면 남자들은 술집에서 세월을 보내고 있긴 하지만, 그래도 간혹 시내에 나갈 수도 있고, 또 경우에 따라선 감옥에 갇히기도 하고, 나처럼 군대에 들어가서 이것저것 보고 들을 수가 있거든. 그런데 여편네들은 어떠냔 말이다. 하느님이 뭔지 모르는 건 고사하고라도, 금요일, 금요일 하지만, 대체 뭐 하는 날이냐고 한번 물어보렴. 알 턱이 없지. 꼭 눈먼 개새끼처럼 이리저리 기어 다니며 쇠똥 속에 코를 처박는 게 고작이지. 여자들이란 바보같이 에헤야디야 노래를 부르는 것밖에 아는 게 하나도 없어. 꿀 먹은 벙어리처럼 대답도 못 하지. 자기가 무슨 말을 하고 있는 건지도 모르고 말을 해대지.

아뉴트카　그렇지만, 할아버지! 난 '하늘에 계신 우리 아버지'를 반이나 알고 있어요.

미트리치　허, 그 꽤 많이도 알고 있구나! 하지만 여자들한텐 책임 있는 일을 맡길 수가 없어. 도대체 그녀들을 가르치는 게 누구냐? 주정뱅이 농부가 이따금 주먹을 휘두르며 가르치는 게 고작 아니냐. 너희들의 교육이란 건 그거야. 그러니 여자들이 일을 하고 나면 그 뒷수습은 누가 한단 말이냐. 대체 누가 너희들을 책임지는 것인지 알 수가 없어. 군인이라면 아저씨나 마을 이장이 책임을 지지만, 여자애들에 대해선 아무도 책임을 지는 사람이 없으니 말이야. 지키는 사람 없는 더러운 가축이나 매한가지지. 정말이지 여자란 속이 텅 빈 어리석은 동물이야.

아뉴트카　그럼, 어떻게 하면 좋죠?

미트리치　어떡하긴 뭘 어떡해……? 머리부터 이불을 뒤집어쓰고 눈 꼭 감고 자면 되지. 아, 정말 귀찮게 하는군. 오오, 하느님!

(잠시 침묵. 귀뚜라미 소리)

아뉴트카 (벌떡 일어나며) 할아버지! 누가 고함을 지르고 있어요. 뭔가 좋지 않은 일이 일어난 거예요! 정말이에요. 할아버지, 고함지르고 있어요! 일어나요, 어서 이리 와 보세요.

미트리치 그러니까, 이불 푹 뒤집어쓰고 자라고 하지 않았니!

4 (4막 2장 4경)

앞의 사람들, 니키타, 마트료나.

니키타 (등장) 나한테 이런 짓을 시키다니! 아아, 나한테 이런 짓을 시키다니!

마트료나 자, 술이라도 한잔 마시렴. 너 대체 왜 이러니? (술을 꺼내 니키타 앞에 놓는다)

니키타 아, 이리 주세요. 술이라도 한잔 마셔야죠!

마트료나 쉿! 아직들 잠들지 않았다. 자, 마셔라.

니키타 아아, 어쩌자고 그런 짓을 생각해 낸 거죠? 차라리 어디다 갖다 버렸으면.

마트료나 (작은 소리로) 얘, 넌 여기 가만히 앉아 있거라. 한잔 더 하렴. 술이 싫거든 담배를 피우든가. 그럼 마음이 한결 가라앉을 게다.

니키타 아아, 어머니. 이젠 아무래도 내 차례가 왔는가 봐요. 그 애처로운 울음소리, 오도독거리던 뼈 소리……. 아아, 더 이상 난 인간이 아니야.

마트료나 쯧쯧, 쓸데없는 소리 하지도 말거라! 하긴 밤중이라서 기분이 좀 꺼림칙하겠지만, 이제 날이 밝고 하루 이틀 지나고 나면 죄다 잊어버리게 될 테니 염려할 것 없다.(니키타한테 다가가서 그의 어깨에 손을 얹는다)

니키타 저리 가요! 가까이 오지 말아요! 어째서 나를 이 지경으로 만들어 놓은 거예요?

마트료나 얘야, 너 정말 왜 이러느냐? (그의 손을 잡는다)

니키타 저리 꺼지라니까! 안 꺼지면 두들겨 맞아 죽을 줄 알아! 이제부턴 어머니도 뭐도 아니야. 다 죽여 버릴 테다!

마트료나 아이구머니나, 완전히 겁에 질렸구나! 자, 그러지 말고 저기에 누워서 눈 좀 붙이거라.

니키타 난 더 이상 갈 데가 없어요! 난 이제 망했다구!

마트료나 (고개를 저으며) 아아, 아아! 어서 가서 말끔히 치워야겠군. 좀 앉아 있게 내버려 두면 마음이 가라앉을 테지. (퇴장)

5 (4막 2장 5경)

니키타, 미트리치, 아뉴트카.

니키타 (두 손으로 얼굴을 가린 채 앉아 있다. 미트리치와 아뉴트카, 숨을 죽이고 누워 있다) 아아, 울고 있다, 정말 울고 있어, 저기 저 소리……. 아아, 똑똑히 들린다. 아, 흙을 덮은 모양이로군. 틀림없어, 흙을 덮고 있는 거야! (문쪽으로 달려 나가며) 어머니, 흙을 덮으면 안 돼요. 아기가 아직 살아 있다구요……!

6 (4막 2장 6경)

앞의 사람들, 마트료나.

마트료나 (돌아온다. 작은 목소리로) 원 별 소릴 다하는구나. 기분 탓일 거다. 살아 있기는 어떻게 살아 있단 말이냐! 뼈가 죄다 박살이 났더구나.

니키타 술이나 더 줘!(마신다)

마트료나 얘야, 저리로 가서 좀 자거라. 한숨 자고 일어나면 아무렇지도 않을 거다.

니키타 (일어서서 귀를 기울인다) 살아 있어……. 아직 살아 있어. 봐, 들리잖아, 이렇게 잘 들리잖아…….

마트료나 (음성을 낮추며) 바보 같은 소리 말래두!

니키타 아아, 어머니! 난 내 인생을 영영 망쳐버렸어. 어쩌자고 나한테 그런 짓을 시킨 거요? 난 이제 어디로 도망치면 좋단 말이오!(집에서 달려 나간다. 마트료나, 그 뒤를 쫓아 나간다)

7 (4막 2장 7경)

미트리치, 아뉴트카.

아뉴트카 할아버지, 어쩌면 좋아! 아기를 죽여 버렸나 봐요!

미트리치 (버럭 성을 내며) 자라는데 왜 안 자고 난리를 피우는 게냐! 빗자루로 좀 맞아야 정신을 차리겠니? 자, 자! 자래두!

아뉴트카 할아버지, 누가 내 어깨를 붙잡는 것 같아요. 정말이에요, 누가 내 어깨를 움켜잡고 끌고 가려고 해요. 할아버지, 나도 페치카에 올라갈래요. 아아, 난 잡혀가요, 잡혀간다구요……. (페치카 쪽으로 달려간다)

미트리치 망할 것들 같으니, 어린 것까지 이렇게 겁을 집어먹게 하다니! 자, 올라 오너라.

아뉴트카 (페치카에 올라가며) 할아버지, 아무 데도 가면 안 돼요.

미트리치 가긴 내가 어딜 가니. 자, 어서 올라오너라! 오오, 하느님, 자비로운 니콜라님, 고마우신 까잔의 성모 마리아님……. 가엾게도 겁에 잔뜩 질려 버렸구나.(아뉴트카에게 이불을 덮어준다) 오오, 바보 같은 녀석, 바보 같은……. 그런데 어린 것을 이렇게 놀래키다니, 이 천벌을 받을 것들!

막

제 5 막

등장인물
니키타
처녀1, 2
아니시야
경찰
아클리나
마부
아킴
신랑 어머니
마트료나
아클리나의 신랑
아뉴트카
마을이장
마리나
손님들, 아낙네들
마리나의 남편
결혼식에 모인 구경꾼들

제1장

탈곡장. 무대 전면에 건초더미. 왼쪽에는 곡물 창고. 오른쪽에는 문이 열린 헛간. 문 앞엔 밀짚이 흩어져 있다. 무대 뒷면에 뜰이 보이고, 노랫소리와 방울을 단 북소리가 들려온다. 두 처녀, 헛간 앞을 지나 좁은 길을 따라서 안채로 들어간다.

1 (5막 1장 1경)

처녀1, 2.

처녀1 어머 이것 봐, 신발이 아주 엉망이 되었네. 저기까진 괜찮았는데, 이 마을에 들어오니까 길이 이렇게 더럽다니까……. 진흙투성이로군.

멈춰 서서 짚으로 신발을 닦는다

처녀1 (건초더미 속에 눈을 주다가 문득 무엇인가를 발견한 듯) 얘, 저건 뭐니?

처녀2 (들여다본다) 이 집 머슴 미트리치야. 곤드레가 돼서 쓰러진 모양인데.

처녀1 그 영감은 술을 싫어하잖니, 무슨 일이지?

처녀2 어제까지는 그랬겠지.

처녀1 얘, 저걸 봐. 아마도 건초를 가지러 왔다가 그대로 쓰러져 잠이 든 모양이야. 손에 새끼줄을 쥐고 있어.

처녀2 (귀를 기울인다) 아직 떠들썩하게 노래를 하는 걸 보니, 식이 끝나지 않았나 봐. 아클리나는 도무지 울려고도 하지 않는다면서?(시집갈 때 신부는 울게 되어 있다)

처녀1 우리 엄마가 그러는데, 아클리나가 가기 싫은데 억지로 가는 거래. 의붓아버지가 을러대는 바람에 하는 수 없이 가기로 했다는 거야, 글쎄. 그렇지 하지 않았으면 죽어도 가지 않았을 거야. 신랑에 대해서 별의별 소문이 다 떠돌고 있거든.

2 (5막 1장 2경)

두 처녀와 마리나.

마리나 (처녀들을 뒤쫓아와서) 아가씨들, 오랜만이네!

처녀들 어머, 안녕하세요, 아주머니!

마리나 잔치 구경 오는 거야?

처녀1 네, 이제 막 시작한 것 같아요. 구경 좀 하려고요.

마리나 우리 영감님 좀 불러주지 않겠어? 주예프 마을에 사는 세묜 말이야, 알지?

처녀1 네, 잘 알아요. 신랑 댁의 친척분이라면서요.

마리나 응, 신랑이 우리 영감의 조카뻘이야.

처녀2 그럼, 왜 들어가시지 않고 여기서 아저씨를 불러요? 모처럼 오셨는데, 친척의 잔치에 참석하셔야지요.

마리나 응, 별로 마음이 내키지 않아서. 바쁘기도 하고. 금방 시내에 나가야 하거든. 우린 잔치에 참석하려고 온 게 아니야. 시내에 귀리를 싣고 가는 길에 잠시 말에게 먹이를 주려고 들른 건데. 사람들이 그만 우리 영감님을 끌고 가 버렸더라구.

처녀1 마차는 어디 있죠? 표트르 아저씨네 술집에 있나요?

마리나 응, 거기야. 난 여기 서 있을 테니까 들어가서 영감님 좀 불러주겠어? 내가 이제 그만 떠나자고 한다고……. 다른 사람들은 벌써 마차에 말을 다 매고 떠나려 하고 있다고 살짝 전해줘.

처녀1 알았어요. 직접 들어가시는 게 거북하시면 그렇게 전해드릴게요.

두 처녀, 안채 쪽으로 들어간다. 노랫소리와 북소리 들려온다.

3 (5막 1장 3경)

마리나 혼자.

마리나 (생각에 잠기며) 들어가도 괜찮겠지만, 그래도 거북해. 그 사람이 그렇게 나를 버린 후로는 한 번도 못 만났으니까. 벌써 2년이나 되었네. 그 사람이 요즘 아니시야하고 어떻게 살고 있는지 보고 싶기도 하지만……. 소문을 들으니, 그다지 사이가 좋지 못한 모양이던데. 성미가 거칠고 기가 센 여자니까 그렇기도 할 테지. 간혹 내 생각이 나기도 했을 거야. 편안한 생활에 혹해서 나를 버리더니만……. 하긴 그 사람이 어떻게 되든 내가 상관할 바가 아니지. 난 안 좋은 기억은 툭툭 털고 일어나는 성미니까. 하지만 그땐 정말 분했어. 아아, 얼마나 가슴이 찢어질 듯 쓰라렸던지. 이젠 다 잊어버렸지만. 그래도 그 사람 얼굴은 한번 보고 싶네……. (뜰 안을 들여다보다가 니키타를 발견하고) 아아! 니키타잖아! 저기 오고 있어. 그 처녀들이 뭔가를 말했구나! 뭐 하러 손님들을 놔두고 혼자 나오지? 아, 큰일이네. 어디 숨어버릴까?

4 (5막 1장 4경)

마리나, 니키타. 니키타는 고개를 떨구고 두 손을 내저으며 중얼거리면서 등장한다.

마리나 왜 저렇게 어두운 얼굴을 하고 있을까!

니키타 (마리나를 알아본다) 마리나! 이야, 이거 정말 오랜만인데, 마리누쉬카! 아, 여긴 어쩐 일이야?

마리나 우리 영감님을 부르러 왔어요.

니키타 왜 결혼 잔치에 참석하지 않지? 와서 구경하면서 나를 실컷 비웃지 않고!

마리나 뭐 때문에요? 난 우리 영감님을 부르러 왔어요.

니키타 아아, 마리누쉬카! (그녀를 포옹하려 한다)

마리나 (화난 듯 몸을 피한다) 왜 이래요? 니키타? 바보 같은 짓 말아요. 그건 다 지난 옛날 일이니까. 난 우리 영감님을 부르러 왔어요. 그이가 여기 와 있죠?

니키타 그러니까 뭐야? 미안하지만, 옛날 일은 들추지 말자, 이건가?

마리나 새삼스레 옛날 일은 들춰서 뭐 해요? 그건 다 지난 일인데.

니키타 이젠 돌이킬 수 없다는 건가?

마리나 당연하지요. 돌이킬 수 없고말고요. 그것보다도, 왜 여기로 나온 거예요? 주인이 결혼식 자리를 피해 이렇게 나와도 괜찮나요?

니키타 (짚 위에 앉는다) 왜 피해 나왔느냐구? 아아, 당신이 그걸 알아준다면……. 난 이제 더 살고 싶지도 않아. 마리누쉬카, 난 모든 게 다 싫어졌어. 차라리 이 눈도 아무것도 보지 못했으면 좋겠어. 슬쩍 자리를 빠져나왔지. 손님들 눈을 피해서 말이야. 아무도 보고 싶지가 않단 말이야.

마리나 (그의 곁으로 다가간다) 대체 무슨 일이에요?

니키타 무슨 일이고 뭐고, 밥을 먹어도, 술을 마셔도, 잠을 자도, 한시도 머릿속을 떠나지 않는 일 때문이지. 아아, 나는 괴로워, 정말 괴로워! 그리고 마리누쉬카, 이 고민거리를 아무한테도 털어놓을 수 없는 것이 나는 무엇보다도 가장 괴로워.

마리나 살아 있는 인간인 이상 슬픔과 괴로움을 겪는 건 당연한 거죠, 니키타. 나도 한때 괴로워서 눈물도 많이 흘렸지만, 이젠 그것도 다 옛날 일이 되어 버렸어요.

니키타 그 옛날 일이란 건, 아마 나하고의 얘기인 것 같군. 당신도 꽤나 눈물을 흘렸겠군. 그러니 이번엔 내 차례가 돌아온 거야!

마리나 왜 그런 말을 하는 거죠?

니키타 난 지금의 생활이 싫어졌어. 난 나 자신이 미워졌어. 아아, 마리나, 왜 그때 나를 꼭 붙잡아 주지 않았어? 당신이 나를 잡아주었더라면 나나 당신 둘 다 인생을 망칠 일이 없었을 텐데! 도대체 이런 게 인간의 생활이라 할 수 있단 말인가?

마리나 (헛간 옆에 서서 운다. 그러나 곧 자기 자신을 억제하고) 니키타, 난 지금 내 생활에 불만은 없어요. 나는 남부러울 만큼 잘 살고 있으니까요. 난 정말 아무런 불평 불만이 없어요. 나는 그때 우리 영감님한테 모든 걸 고백하고 용서를 빌었어요. 영감님은 다정다감한 분이라서 나를 때리지도 않고 용서해 주었어요. 지금 내 생활은 전혀 고되지도 않답니다. 영감님은 따뜻이 나를 사랑해주시고, 나의 힘이 되어 주고 있어요. 그래서 나는 전처의 아이들을 보살펴 주고 있어요. 나는 아들들에게 옷도 입혀주고 목욕도 시켜주고, 그이는 나를 무척이나 아껴주고. 뭐 하나 불만을 터트릴 게 없어요. 이것이 다 하느님의 뜻이었나봐요. 당신도 잘 살고 있겠죠? 물론 형편이 넉넉하니까 편하게 지내고 있겠지만…….

니키타 내가 잘 지내느냐구? 결혼 잔치에 괜한 소동을 일으키고 싶지 않아서 간신히 참고 있지만, 결혼만 아니면 당장 새끼줄이라도 가지고, 여기 이 새끼줄이라도 가지고 (짚 속에서 새끼 오라기를 집어든다) 저 대들보에다가 올가미를 만들어서 모가지를 매달고 싶을 지경이야. 이게 내 살아가는 모습이지.

마리나 그런 끔찍한 소리 말아요!

니키타 내가 농담이라도 하는 줄 알겠지? 당신은 내가 술주정이라도 하는 줄 아는 모양이지? 난 취하지 않았어. 요즘은 술을 마셔도 정신이 멀쩡하다구. 난 가슴에 이만한 구멍이 뚫려 버린 것 같아. 뭘 봐도 재미가 없고 관심도 생기지 않아. 아아, 마리누쉬카, 당신과 만나던 그 시절만이 내가 진정 살아 숨쉬던 시절이었어. 그때가 정말 그리워. 너도 기억하겠지, 철도국에 있을 때 우리 단 둘이 함께 밤을 새우곤 하던 일을?

마리나 니키타, 묵은 상처를 건드리지 말아요. 나는 하느님의 법에 따라 이미 한 사람과 결혼했어요. 당신도 마찬가지죠. 내 죄는 이미 용서 받았으니, 새삼스레 옛일을 들추지 말아 주었으면 좋겠어요…….

니키타 그럼, 난 내 마음을 어떻게 하면 좋아? 내가 몸을 의지할 곳은 대체 어디지?

마리나 할 수 없죠, 뭐. 당신한텐 아내가 있잖아요. 그러니 다른 여자한테 한눈팔지 말고 자기 아내를 소중히 여기세요. 당신은 아니시야를 사랑해서 결혼한 거니까 끝까지 사랑해 주어야죠.

니키타 흥, 아니시야 따위 보고 싶지도 않다구. 무슨 못된 덩굴처럼, 독초처럼 나의 발목을 꼼짝 못하게 감고 늘어진다니까!

마리나 아무리 그래도 역시 다른 사람도 아니고 자기 안사람이잖아요……. 무조건 아껴주어야죠! 그 보다도 어서 손님들한테 들어가 보세요. 우리 영감님도 좀 불러다 주고요.

니키타 아아, 당신이 내 기막힌 사정을 죄다 알아 준다면……. 하지만 이런 소리 해 보았자 아무 소용 없겠군!

5 (5막 1장 5경)

니키타, 마리나, 마리나의 남편, 아뉴트카.

마리나의 남편 (얼굴이 벌겋게 취해 가지고 안뜰 쪽에서 나온다) 마리나! 여보! 마누라, 당신 어디 있어?

니키타 저기 당신 남편이 오는군. 당신을 찾고 있어. 어서 가봐.

마리나 당신은 어떻게 하겠어요?

니키타 난 여기 누워서 좀 쉬어야겠군.(밀짚 더미 속에 드러눕는다)

마리나의 남편 대체 어디 있다는 거야?

아뉴트카 아, 저기 있네요, 아저씨, 헛간 옆에요.

마리나의 남편 뭘 하고 서 있어? 어서 결혼식에 참석하지 않고! 이 집 사람들이 들어와서 인사도 안하느냐고 묻는군. 식도 이제 곧 끝나니까, 끝나고 출발해도 돼.

마리나 (남편 쪽으로 다가서며) 들어가고 싶지가 않아서 그래요.

마리나의 남편 아니야, 당신이 들어와야 해. 한잔 마시고, 그 장난꾸러기 페투루쉬카 녀석의 결혼을 축하해 주어야지. 그렇게 하지 않으면 섭섭해할 거야. 우리 일은 그러고 나서 떠나도 늦지 않을 테니까.(마리나를 껴안고 비틀거리며 함께 퇴장)

6 (5막 1장 6경)

니키타, 아뉴트카.

니키타 (밀짚 위에 일어나 앉는다) 마리나를 만나고 나니 더 가슴이 답답하군. 그 여자와 함께 지내던 시절이 그래도 사람다웠는데. 아아, 나는 어리석게도 내 일생을 망쳐 버렸어, 나 자신을 파멸시킨 거야!(눕는다) 이제 내가 몸을 둘 곳은 어디란 말인가? 차라리 이 땅덩어리가 두 쪽으로 확 갈라져 그 속에나 떨어져 버렸으면!

아뉴트카 (니키타를 발견하고 그에게로 달려간다) 아버지, 아버지! 모두들 아버질 찾고 있어요. 신부님도 언니를 축복해 주었고, 다른 사람들도 모두 축복해 주었어요. 그런데도 아버지가 안 보인다고 막 야단들이에요.

니키타 (혼잣소리로) 이제 나는 어디로 가면 좋단 말인가!

아뉴트카 뭐라구요? 아버지, 그게 무슨 말이에요?

니키타 아무것도 아니다. 왜 이리 귀찮게 구는 거냐, 무슨 일이야?

아뉴트카 아버지! 빨리 들어가요, 네? (니키타, 잠자코 있다. 아뉴트카, 그의 손을 잡아끈다) 아버지, 빨리 가서 축복을 해주세요! 정말 모두들 화를 내고 있어요.

니키타 (손을 뿌리치며) 저리 가거라!

아뉴트카 어서 들어가요, 네?

니키타 (새끼줄을 치켜들고 때릴 듯이 위협하며) 저리 가라니까! 안 그러면 가만

안 둔다!
아뉴트카 그럼, 난 엄마를 불러올 테야.(달려 들어간다)

7 (5막 1장 7경)

니키타 혼자.

니키타 (일어난다) 내가 어떻게 그 자리에 들어간단 말인가? 어떻게 이 더러운 손으로 성상을 잡는단 말인가? 어떻게 이 눈으로 아클리나의 얼굴을 본단 말인가? (다시 드러눕는다) 아아, 땅에 구멍이라도 있다면 거기에 들어가 버리고 싶다. 사람들이 나를 볼 수 없게, 나 역시 나를 볼 수 없게 말이야. (다시 일어나 앉는다) 어쨌든 난 그 자리에 나갈 수 없어……. 누가 뭐라고 해도 난 나갈 수 없어.(신발을 벗는다. 새끼줄로 올가미를 만들어 목에 걸어 본다) 이렇게 하면 모든 게 다 끝이야!

8 (5막 1장 8경)

니키타, 마트료나. 니키타는 어머니를 보자 목에서 올가미를 벗고 다시 드러눕는다.

마트료나 (황급히 다가간다)니키타! 얘, 니키타야! 너 여기서 아무 소리도 않고 뭘 하고 있는 거냐? 왜 그래. 응? 취해서 그러니? 자, 어서 들어가자, 모두들 기다리고 있다.
니키타 아아, 어쩌자고 나를 이 꼴로 만들었죠? 난 이젠 인간이 아니에요.
마트료나 그게 무슨 소리냐? 빨리 들어가서 격식에 맞게 축복을 해주거라. 그것만 하고 나면 일은 전부 끝나는 거야. 모두들 기다리고 있잖니.
니키타 내가 어떻게 축복을 할 수 있겠어요?
마트료나 어떻게 축복을 하다니, 그걸 몰라서 묻는 거냐?
니키타 축복하는 법은 알고 있지만, 도대체 누굴 축복하라는 거죠? 그런 일까지 있었는데 어떻게 내가 그애를 축복할 수 있단 말이오?

마트료나 그런 일이라니? 또 다 지나간 일을 새삼스레 끄집어내는구나! 그건 아무도 모르는 일이야. 고양이새끼 한 마리도 모르는 일이야. 더욱이 그 애도 자진해서 시집을 가겠다는데, 이제 와서 그 일이 무슨 상관이 있느냐?

니키타 자진해서 갔다구요?

마트료나 하기야 안 가면 맞을까봐 겁이 나서 가는 건 사실이지만, 어쨌든 제 입으로 가겠다고 하지 않았니? 그애도 어쩔 수 없게 되었지. 그때만 해도 좀 생각할 여지가 있었는지 모르지만, 지금 와서 고집을 부릴 수도 없는 일이거든. 사돈집에서도 불만은 없을 거야. 그애를 두 번씩이나 보았고, 게다가 지참금까지 붙어 있으니까. 어쨌든 이젠 다 깨끗이 결말이 난 일이다.

니키타 그럼, 움 속엔 뭐가 있죠?

마트료나 (웃으며) 움 속엔 양배추와 버섯과 감자가 있지, 또 뭐가 있겠니? 뭣 때문에 넌 지나간 일을 끄집어내는 거냐?

니키타 어머니처럼 전부 잊어버릴 수 있다면 얼마나 좋겠어요! 하지만, 끄집어내지 않을 수가 없어요. 그 일을 떠올리기만 하면 자꾸만 그때 그 울음소리가 들려오는 걸 어떡합니까!……. 아아, 어쩌자고 나한테 그런 일을 시킨 거죠?

마트료나 정말 너 무엇 때문에 자꾸만 이러는 거냐?

니키타 (몸을 뒤집어 배를 깔고 엎드리며) 어머니! 제발 나를 괴롭히지 말아요! 이제 난 다 망가진 인생이에요.

마트료나 어쨌든, 축복은 해 주어야 한다. 그렇지 않아도 말이 많은 세상에 신부의 의붓아버지가 갑자기 없어져서 돌아오지 않는다, 축복을 꺼리고 있는 건가 이런 말이 나오게 되면, 당장 꼬리며 지느러미까지 붙여서 떠들어 댈 게 뻔하지 않느냐. 네가 떳떳하게 나서질 못하면 금방 눈치를 채고 말 거다. 가슴을 펴고 팔을 크게 휘두르면서 걸으면, 도둑놈으로 보이지 않는 법이란다. 잘못하다가는 늑대 피하려다 곰 굴속으로 들어가는 격이 된단다. 일단 시치미를 뚝 떼야 한다. 망설이는 것 같아 보이면 안 된단 말이다. 그러다간 대번에 눈치를 챌 테니까.

니키타 아아, 그런 일에 왜 나까지 끌어 들인 거예요! 어머니?

마트료나 또 그 소리구나! 자, 가자. 가서 축복을 해야 한다. 격식대로 떳떳이

치루고 나면 그것으로 모든 게 조용히 끝나는 거야.

니키타 (엎드린 채) 난 못해요!

마트료나 (혼잣소리로) 어쩌다가 이렇게 됐담? 여태까진 아무 탈 없이 잘되어 왔는데 갑자기 이렇게 되다니, 정말 모를 일이로군. 니키타, 일어나거라! 저기 아니시야가 손님을 버려두고 오는구나.

9 (5막 1장 9경)

니키타, 마트료나, 아니시야.

아니시야 (화려한 복장. 술기운에 얼굴이 새빨갛다) 어머니, 이만하면 잘된 결혼식이죠? 하나에서 열까지 훌륭한 식이었어요! 손님들도 모두 흡족한 모양이고……. 그이는 어딨죠?

마트료나 여기 있다. 짚 위에 드러누워서 도무지 일어나려 하질 않는구나.

니키타 (아내를 바라보며) 흥, 어지간히 취한 모양이군. 보기만 해도 역겹다니까. 저런 여편네하고 어떻게 함께 산단 말인가? (홱 돌아눕는다) 언젠가는 내 손으로 저 여편네를 죽이게 될 거야. 날이 갈수록 점점 싫어지기만 하니…….

아니시야 어디로 갔나 했더니 여기 있었군. 아니, 밀짚 속엔 왜 기어들어갔지? 취해서 속이 거북한가보군. (웃는다) 나도 거기 기어들어가서 같이 눕고 싶지만, 지금은 어디 그럴 겨를이 있어야지. 자, 내가 손을 잡아 줄 테니 어서 들어갑시다. 집 안에선 한창 흥겨운 판이 벌어지고 있어. 손풍금에 맞춰 아낙네들이 춤을 추고 있다니까! 모두들 얼큰히 취해 가지고……. 얼마나 즐거운지 몰라!

니키타 뭐가 그렇게 좋아?

아니시야 결혼식이 좋지 뭐가 좋아! 이렇게 흥겨운 결혼식 잔치는 좀처럼 볼 수 없다고 다들 칭찬이 대단하다구. 정말이지, 격식대로 아주 훌륭히 식을 치루긴 했지. 자, 나하고 함께 들어갑시다……. 나도 한잔 마셨지. 내가 손을 잡아 줄게.(손을 잡는다)

니키타 (혐오의 빛을 띠며 손을 뿌리친다) 먼저 가라구. 난 나중에 따라갈 테니.

아니시야 왜 그렇게 시큰둥한 얼굴을 하고 있지? 골칫거리는 하나하나 다 쫓아버렸고, 방해물도 이젠 다 해치워 버리게 되었으니, 이젠 우리도 좀 재미있게 사는 일만 남았다구. 모든 일이 다 흠잡을 데 없이 잘 해결되었어. 나는 어찌나 기쁜지 당신과 또 한번 결혼식이라도 올리는 것 같은 기분이야. 구경꾼들도 모두 대만족이고……. 모두들 칭찬이 대단하다니까. 손님들도 모두 좋은 분들이야. 이반 모세이치도 오셨고, 경찰나리도 오셔서, 다른 사람들처럼 진심으로 축하해 주셨어.

니키타 그럼, 그 사람들하고 같이 앉아 있지 않고 뭘 하러 나왔어?

아니시야 그러니까 당신도 들어가잔 말이에요. 주인이 손님들을 내버려 두고 없어지다니, 어디 그게 경우에 맞는 일인가? 손님들은 모두 좋은 사람들뿐인데.

니키타 (일어나서 지푸라기를 턴다) 당신 먼저 들어가라구. 곧 뒤따라 들어갈테니까.

마트료나 내가 말할 땐 꼼짝도 않더니 마누라가 말하니까 얼른 따라 들어가는군. (마트료나와 아니시야, 안으로 들어간다) 그래, 곧 들어올 거지?

니키타 금방 들어간다니까요. 먼저들 들어가세요. 나도 들어가서 축복을 할 테니까. (여자들, 걸음을 멈춘다) 어서 들어가요. 뒤따라 들어갈게.

여자들 퇴장. 니키타, 그들의 뒷모습을 바라보며 생각에 잠긴다.

10 (5막 1장 10경)

니키타 혼자, 잠시 후 미트리치 등장.

니키타 (혼자 앉아서 장화를 벗는다) 그럼, 나도 내 갈 길을 가 볼까! 흥, 안 되지, 안 돼! 나를 찾아봐야 어림도 없지! 날 찾으려거든 대들보에서나 찾아보라지. 올가미를 목에 건 다음 대들보 위에서 뛰어내릴 테니, 그때나 찾아보란 말이다. 마침 여기 새끼줄도 있겠다……. (생각에 잠긴다) 공연히 더 살아봐야 고통만 더 당할 뿐이다. 고통이라는 건 이 가슴속에 파고들어 있는 것이니까 떼어내 버릴 수도 없거든.(안뜰 쪽으로 눈을 돌린다) 또 부르러 나올지도 몰라. 뭐, (아니시야를 흉내 낸다) 나도 거기 들어가 함께 눕고 싶지만 그럴 겨를

이 없어요? 흥, 뻔뻔스런 여편네 같으니! 이 대들보에 매달린 다음에 어서 실컷 끌어안아 보라지. 내가 갈 길은 죽음뿐이야! (새끼줄을 잡아당긴다)

미트리치 (잔뜩 술에 취해 일어나 앉는다. 새끼줄 한쪽 끝을 잡고 있다) 안 된다, 아무도 못 가져간다. 이 새끼줄은 내가 쓸 거야. 밀짚을 가져가겠다고 말했으니 가져가야지. 니키타, 당신이군? (웃는다) 밀짚 가지러 왔소?

니키타 새끼줄을 이리 내.

미트리치 싫어, 못 놔. 사람들한테 가지고 간다고 했단 말이다. 구경꾼들이 밀짚을 가져오라 했다구. 내 어서 갖다 주어야지……. (일어서서 짚을 거둬 모으기 시작한다. 발이 꼬여서 비틀거리다가 끝내 엉덩방아를 찧고 만다) 술이 이겼군. 에라, 내가 졌다, 졌어…….

니키타 새끼줄을 놓으라니까!

미트리치 싫다면 싫은 거요. 아아, 니키타, 당신은 바보야, 돼지 배꼽이란 말이오!(웃는다) 난 당신이 좋지만, 당신은 바보야. 당신은 내가 술을 먹었다고 눈을 부릅뜨고 있군. 에잇, 똥이나 먹어라! 하지만 난 꿈쩍도 않을 테다. 나를 똑똑히 보라구. 난 하사야! 난 근위 제1연대 하사관님이라구. 황제 폐하와 나라를 위해 충성을 바쳤단 말이오. 하지만 지금 나는 무엇일까? 당신은 나를 군인이라 생각하오? 아니, 나는 군인이 아니야. 나는 인간 쓰레기, 의지할 곳 하나도 없는 떠돌이야. 길 잃은 인간이란 말이오. 나는 술을 금하겠다는 맹세를 하고도 오늘 또 술을 먹었어……. 이봐, 내가 당신을 두려워하는 줄로 생각하고 있을지도 모르지만, 천만에! 난 아무도 두렵지 않아. 일단 마시기 시작했으면 끝까지 마셔보는 거야! 이번엔 한 보름쯤 계속해서 마셔야지. 십자가건 모자건 다 마셔버려야지. 주민등록증까지도 잡히고 마셔 버릴 테다. 난 아무도 두렵지 않아. 연대에 있을 땐 술을 너무 마신다고 기합도 많이 받았지. 철썩철썩 때리면서, '어떠냐, 이래도 또 술을 입에 댈 테냐?'고 묻기에, 나는 '마신다'고 대답해 주었지. 겁날 건 하나도 없어. 난 이런 인간이야. 일단 술을 끊겠다고 맹세하고 나서는 여태까지 입에 한 방울도 대지도 않았어. 하지만, 이번엔 마시기 시작했으니까 끝까지 마시는 거야! 겁날 건 하나도 없지. 왜냐하면, 나는 거짓말 같은 건 절대 안 하는 정직한 인간이거든……. 두려워할 필요가 뭐 있겠어! 난 이런 인간이다! 어느 신부가 나한테 이런 말을 해주었지. 악마란 놈은 거짓말쟁이다라고 말이야. 인간이란 거짓말을 하기 시작하면 곧 겁쟁이가 되는데, 인간이 다른 사람들을 무서워하면 곧 그 악마란 놈이 그 인간을 휘어잡아 자기 맘대로 아무 데나 끌고 다닌다는 거야. 그러나 난 아무도 무섭지 않아. 언제나 태평하지! 그 놈의 악마 따위는 문제도 아니야. 어디 한번 나를 휘어잡아 보라지. 흥, 어림도 없지, 어림도 없어! 똥이나 먹어라! 악마 따위 하나도 무섭지 않다. 어디 오기만 해 봐라! 콱 깨물어 줄 테다!

니키타 (성호를 긋는다) 나는 대체 뭔가? (새끼줄을 던진다)

미트리치 뭐라니?

니기따 (일어선다) 그럼, 아무도 무섭지 않단 말이오?

미트리치 무서워할 게 따로 있지 인간을 무서워해? 목욕탕에 가서 인간들을 보란 말이오. 모두가 같은 반죽에서 나온 것들이지. 다를 게 있다면 배때기가 나온 것들과 키가 작은 사람이 있을 정도일 뿐이지. 도대체 무서워할 이유가 어디 있어!

11 (5막 1장 11경)

니키타, 미트리치, 마트료나.

마트료나 (안뜰에서)아아니, 왜 여태 안 들어오는 거야?

니키타 아, 그렇지! 그렇게 하는 편이 낫겠어. 지금 들어갑니다!(앞뜰쪽으로 간다)

막

제2장

장치가 변한다. 제1막과 같은 집. 식탁 앞에 앉아 있거나, 서 있는 사람들로 가득 차 있다. 전면 구석에는 아클리나와 신랑이 나란히 앉아 있다. 식탁 위에는 성상과 빵이 놓여 있다. 손님들 중에는 마리나와 그녀의 남편, 경찰 등이 있다. 여자들이 노래를 부르고 있다. 아니시야가 술을 따라 돌리고 있다. 노래 소리가 멎는다.

1 (5막 2장 1경)

아니시야, 마리나, 마리나의 남편, 아클리나, 신랑, 마부, 경찰, 마트료나, 신랑 어머니, 신랑 후행인, 손님들과 구경꾼들.

마부 떠날 거면 빨리 떠나야 할 게 아니오. 교회당이나 가까우면 또 몰라도.

신랑후행 조금만 더 기다리게, 신부 아버지가 축복을 해야 하니까. 대체 어디 갔길래 이렇게 안 나올까.

아니시야 옵니다, 곧 와요. 자, 여러분, 한 잔씩만 더 드세요. 안 드시면 섭섭합니다요.

신랑어머니 뭘 하느라고 이렇게 꾸물거릴까? 벌써 한나절을 기다렸겠구만.

아니시야 곧 옵니다, 온다니까요. 눈썹을 휘날리며 금방 달려올 테니, 조금만 기다리세요. 그보다 어서들 한 잔씩 드세요. (술을 권한다) 이제 곧 올 테니까. 자, 우리 예쁜 아가씨들, 노래나 한 곡 더 들읍시다.

마부 기다리는 동안 노래란 노래는 다 들었어요.

여자들, 노래를 부르기 시작한다. 노래 중간에 니키타와 아킴 노인 등장.

2 (5막 2장 2경)

앞의 사람들, 니키타, 아킴.

니키타 (아킴의 손을 잡고 앞으로 끌어낸다) 아버지, 이리 나오세요. 이런 자리에 아버지가 빠져서야 쓰나요?

아킴 난 그 뭐……. 별로 좋아하지 않아서…….

니키타 (여자들에게) 노래는 이제 그만하시오.(좌중을 둘러본다) 음, 마리나, 당신도 여기 있었군.

신랑어머니 어서 성상을 들고 축복을 하셔야지요.

니키타 자자, 조금만 기다려보시오.(주위를 둘러본다) 아클리나, 너도 여기 있었구나?

신랑어머니　뭣 때문에 자꾸 사람들 이름을 하나하나 부르는 거요? 그럼 신부가 여기 있지 않고 어디 있겠소? 참 이상한 양반이군…….

아니시야　아니, 여보! 당신 신발은 어디다 벗어 팽개쳤수?

니키타　아버지, 아버지도 여기 있군요! 나를 보세요. 그리스도 정교회 여러분, 모두 이 자리에 있었군요! 나도 여기 있어요. 자, 모두들 보세요. 나는 이런 인간이오! (무릎을 꿇는다)

아니시야　니키타, 당신 왜 이러는 거예요? 아아, 이게 무슨 꼴이람!

신랑어머니　아아니, 저 양반이……!

마트료나　아무 일도 아닙니다요, 프랑스산 술을 너무 많이 마시더니 저렇게 취했군요. 니키타, 정신 좀 차려라. (여럿이서 그를 일으키려고 한다)

니키타　(사람들에게 눈도 돌리지 않고 앞만 바라보며) 그리스도 정교회 여러분! 나는 죄 많은 놈이요. 나는 참회하고 싶소!

마트료나　(그의 어깨를 잡아끌며) 아니, 너 미쳤니? 여러분, 아무래도 애가 머리가 좀 돈 것 같으니 저리로 좀 데려가 주세요.

니키타　(어머니의 손을 뿌리치며) 제 몸에 손대지 마세요! 아버지, 제 말을 들어주세요. 그리고 마리나, 나를 보라구.(그녀의 발밑에 엎드렸다가 몸을 일으킨다) 난 당신한테 죄를 지었어. 결혼하기로 약속하고 당신을 유혹한 다음에 당신을 차버렸어. 하느님의 이름으로 나를 용서해 줘. (다시 그녀의 발밑에 엎드린다)

아니시야　아니 이게 뭐 하는 짓이야? 아무도 묻지 않는 그런 일을 끄집어내서 뇌까릴 필요가 어디 있어? 일어나요! 이런 창피가 어디 있담!

마트료나　아무래도, 니키타, 너 무엇에 홀린 모양이로구나! 이게 무슨 꼴이람! 아주 머리가 돌아도 한참 돌아버렸어. 빨리 일어나지 못하겠니! (그를 잡아끈다)

니키타　(고개를 젓는다) 건들지 말라니까! 마리나, 용서해 줘, 내가 죽을 죄를 지었으니 제발 하느님의 이름으로 나를 용서해다오.

마리나 두 손으로 얼굴을 가린 채 말이 없다.

아니시야　일어나라니까! 이게 무슨 창피냔 말이야! 느닷없이 다 지난 옛날 얘기를 꺼내서 왜 이런 짓을 하는 거야, 정말 미친 게 틀림없어. 아아, 누가 좀 말려줘요. 아아, 이 일을 어쩜 좋아!

니키타 (아내를 떠밀어 내고 아클리나를 향해) 아클리나, 이번엔 너한테 사죄한다. 꼭 들어주렴. 그리스도 정교회 여러분, 들으시오! 나는 인간의 탈을 쓴 짐승이다! 아클리나! 나는 너한테도 크나큰 죄를 저질렀어. 너의 아버지는 제 명에 죽은 게 아니야. 독살당한 거야.

아니시야 (비명을 지르며) 아이구머니나! 저게 무슨 소리야!

마트료나 아주 완전히 미쳤어. 빨리 저리로 끌고 가세요.

사람들, 모여들어 그를 끌고 가려고 한다

아킴 (두 손으로 사람들을 밀어내며) 잠깐만! 여러분, 잠깐만 기다려요.

니키타 아클리나, 내가, 내가 너의 아버지에게 독약을 먹여 죽게 했어. 죽을죄를 지었으니 나를 용서해다오!

아클리나 (벌떡 일어나며) 거짓말이에요! 난 누가 죽였는지 다 알고 있어요!

신랑어머니 너는 또 왜 그래? 가만 앉아 있거라.

아킴 오오, 하느님, 이런 끔찍한 죄가 어디 있담!

경찰 저놈을 체포해라! 마을이장과 증인들을 불러 와. 조서를 꾸며야겠다. 니키타, 그만 일어나라. 이리 와!

아킴 (경찰에게) 경찰나리, 잠깐만 기다리시오. 끝까지 다 고백할 수 있도록 기다려요.

경찰 (아킴에게) 영감님, 방해하시면 안 됩니다. 나는 조서를 꾸며야 해요.

아킴 거참, 그 사람. 잠깐만 기다려 달라지 않소. 그까짓 조서나부랭이가 문제가 아니란 말이오. 이건 하느님에 대한 문제요……. 말하자면, 그……. 한 인간이 올바른 길을 찾아 자기 죄를 회개하려는 이 마당에 그깟 조서 따위가 무슨 대수로운 것이오?

경찰 어서 마을이장을 불러!

아킴 아무튼 하느님에 대한 회개가 끝날 때까지만 조금 기다려 주시오. 그 다음에 나리 맘대로 조사를 하시구려.

니키타 그뿐이 아니야, 아클리나, 나는 너한테도 죄를 짓고 말았어. 나는 순

진한 너를 유혹했어. 제발 용서해다오!(그녀의 발밑에 엎드린다)

아클리나 (제자리를 떠나며) 나를 놓아 줘요! 난 시집가지 않을 테야. 니키타가 가라고 해서 마지못해 가겠다고 했지만, 이젠 가지 않을 테야.

경찰 방금 한 말을 다시 한 번 해 봐.

니키타 순경나리, 끝까지 모조리 말할 테니 조금만 기다려 주시오.

아킴 (감격한 목소리로) 오냐, 어서 말하거라. 아들아, 모조리 다 털어 놓거라. 마음이 한결 편해질 게다. 인간을 두려워할 건 없다. 하느님께 회개하면 되는 거야. 하느님께, 하느님께! 하느님은 언제나 너의 곁에 계신단다.

니키타 나는 그 애 아버지를 독살한 다음 딸의 몸까지 망쳐놓은 개만도 못한 놈이오. 나는 그 딸을 손아귀에 넣어 일생을 망쳐 놓았을 뿐 아니라, 그녀를 속이고 태어난 갓난애까지 죽여버렸소.

아클리나 그건 사실이에요, 사실이에요.

니키타 움 속에서 갓난아기를 널빤지로 눌러 죽였소. 널빤지 위에 올라 앉아서…… 깔아 뭉갰단 말이오……. 갓난애의 뼈가 으드득으드득 부스러지더군요. (운다) 그리고 나서 나는 죽은 아기를 움 속 바닥에 묻어 버렸소. 이 모두가 내가 다 저지른 짓이오. 나 혼자서 한 짓이오!

아클리나 거짓말이에요. 그건 내가 시켜서 한 짓이에요.

니키타 나를 두둔하지 마. 난 이젠 아무것도 두렵지 않아. 그리스도 정교회 여러분, 나를 용서해 주시오!(땅에 이마가 닿도록 절을 한다)

(잠시 침묵)

경찰 저놈을 포박해라. 이 결혼은 깨진 것 같소.

사람들, 오라를 들고 니키타에게 다가간다

니키타 잠깐만 기다려 주시오. 도망가지 않을 테니까…….(아버지 발밑에 엎드린다) 아버지, 이 저주 받을 놈을 용서해 주세요. 아버지는 처음 제가 저 더러운 구렁텅이에 발을 들여놓았을 때, 절 붙잡고 '발톱 하나만 걸려들어도 새의 목숨은 끝나는 것이다'고 하셨죠. 저는 그 말을 듣지 않았기에 끝내 이

지경이 되었어요. 제발 절 용서해 주세요.

아킴 (감격해서) 아들아, 하느님께서 너를 용서해 주실 것이다.(아들을 끌어안으며) 네가 자신의 몸을 아낌없이 내던졌으니 하느님께서 기꺼이 너를 용서해 주실 게다. 그 하느님은 바로 이 자리에 함께 하신단다……!

3 (5막 2장 3경)

앞의 사람들, 마을이장.

마을이장 (등장) 증인은 여기 얼마든지 있어요.

경찰 지금 즉시 심문을 시작하자.

사람들, 니키타를 포박한다

아클리나 (니키타에게 다가와서 나란히 선다) 내가 사실대로 다 말하겠어요. 나도 심문해 주세요.

니키타 (포박당한 채) 뭐, 심문할 필요도 없어요. 하나에게 열까지 모두 나 혼자서 한 짓이니까. 내가 꾸며 가지고 내 손으로 한 짓이오. 자, 나를 어디로든 끌고 가시오. 더 이상 아무 말도 않겠소.

막

톨스토이 발자취

1828년 8월 28일, 톨스토이 백작 집안의 넷째 아들로 러시아 남부의 야스나야 폴랴나에서 태어나다. 위로 5세인 니콜라이, 2세인 세르게이, 1세인 드미트리 등 세 형이 있었다.

1830년(2세) 8월 7일, 어머니 마리야 니콜라예브나가 여동생 마리야를 낳고서 죽다.

1836년(8세) 톨스토이 집안이 모스크바로 이사하다.

1837년(9세) 6월 21일, 아버지 니콜라이 일리치가 툴라 현(縣)의 거리에서 졸도하여 급사하다. 숙모인 오스텐 사켄 부인이 남은 아이들의 후견인이 되다.

1841년(13세) 가을에 후견인이던 숙모가 죽고, 톨스토이는 세 형과 함께 카잔에 사는 유시코바 고모댁으로 가다.

1844년(16세) 9월 20일, 카잔 대학 동양어학부에 입학하다.

1847년(19세) 약 1500헥타르의 영지를 정식으로 상속받다. 대학을 중퇴하고 야스나야 폴랴나의 영지로 돌아가다. 초인적인 계획에 따라 면학 및 농민생활 개선사업에 착수하나 좌절하다.

1848년(20세) 페테르부르크 대학 학사시험에 합격, 법학사의 칭호를 받지만 이해부터 23세가 될 때까지 도박과 주색(酒色)에 빠진 방탕한 생활을 하다.

1851년(23세) 3월, 《어제 이야기》 쓰다. 5월, 맏형 니콜라이가 있는 캅카스 포병대에 사관 후보생으로 입대하다.

1852년(24세) 군무에 종사하면서 3월 17일 단편 《침입》을 쓰기 시작하다. 6월, 첫 작품 《유년시대》 탈고하다. 네크라소프의 인정을 받아 그가 주재하는 잡지 〈동시대인〉에 익명으로 9월부터 연재를 시작, 청년 작가로서 첫발을 내딛다. 9월, 중편 《지주(地主)의 아침》을 쓰기 시작하다. 12월, 《침입》 완성하다. 중편 《카자흐 사람들》을 쓰기 시작하다.

1853년(25세) 여러 지방에서 참전하다. 4월 단편 《크리스마스의 밤》, 5월 장편 《소년시대》, 6월 단편 《나무를 베다》, 9월 단편 《득점 계산자의 수기》를 쓰기 시작하다.

1854년(26세) 1월, 장교로 승진하여 고향에 돌아가다. 3월, 다뉴브 파견군에 종군하고 크리미아군으로 옮겨 세바스토폴 전투에 참가하다. 《소년시대》《러시아 군인은 어떻게 죽는가》 등을 발표하다.

1855년(27세) 3월, 《청년시대》 쓰기 시작. 11월, 페테르부르크로 돌아가 투르게네프·네크라소프·곤차로프·오스트롭스키·페트 등 〈동시대인〉 동인(同人)들의 환영을 받다. 투르게네프와 사이가 나빠지다.

1856년(28세) 3월, 셋째형 드미트리 죽다. 11월, 제대하다.

1857년(29세) 1월, 유럽으로 여행을 떠나, 파리에서 살인범의 공개처형을 보고 서구 문명에 환멸을 느끼다. 7월에 귀국, 야스나야 폴랴나에서 농사지으며 살다. 《루체른》《알리베르트》《청년시대》를 쓰다.

1859년(31세) 저택에서 농민 아이들을 교육시키다. 창작활동을 그만두고자 생각하다.

1860년(32세) 교육문제에 깊은 관심을 기울이고 《초등교육 독본》을 기초하다. 7월, 외국의 교육제도 시찰 목적으로 여행을 떠나다. 9월, 맏형 니콜라이가 죽어 몹시 슬퍼하다. 《폴리쿠시카》 쓰기 시작하다.

1861년(33세) 유럽에서 귀국하여 농사조정위원으로 임명되어 일하지만, 농민의 이익을 옹호하다 지주 계층의 반발을 사서 1년 만에 사임하다. 투르게네프와 결투 소동 끝에 절교하다.

1862년(34세) 교육 잡지 〈야스나야 폴랴나〉 간행하다. 카드 도박으로 1천 루블을 잃고 도박에서 손을 떼다. 9월에 궁정 시의(侍醫) 베르스네의 둘째딸 소피아 안드레예브나(당시 18세)와 결혼하다. 학교는 폐쇄하고 《꿈》 쓰기 시작하다. 《목가(牧歌)》 쓰다.

1863년(35세) 6월, 맏아들 세르게이 태어나다. 《홀스토메르(어떤 말의 역사)》, 〈야스나야 폴랴나〉 마지막 호 발행하다. 《진보와 교육의 정의》《카자흐 사람들》《폴리쿠시카》 발표하다. 《십이월당(黨)》 쓰기 시작하다. 《전쟁과 평화》의 준비로서 나폴레옹 전쟁 시대에 관한 연구를 시작하다.

1864년(36세) 9월, 맏딸 타치야나 태어나다. 사냥하다 말에서 떨어지면서 오른손을 다쳐 모스크바에서 수술을 받다. 회복과 동시에 《전쟁과 평화》(당시엔 《1805년》이라는 제목이었다) 쓰기 시작하다. 《톨스토이 저작집》 제1, 2권 간행하다.

1865년(37세) 《전쟁과 평화》의 첫 부분(1~28)을 〈러시아 통보〉에 싣다.

1866년(38세) 《니힐리스트》 《전쟁과 평화》 2편을 발표하다. 5월, 둘째아들 일리야 태어나다. 시프닌 사건을 변론하다.

1867년(39세) 가을, 《전쟁과 평화》의 집필을 위해 모스크바로 가다. 보로디노의 옛 싸움터에 가 보다. 《전쟁과 평화》 전 3권의 초판(初版)을 간행하다.

1869년(41세) 셋째아들 레프 태어나다. 《전쟁과 평화》 완결하다. 소도시 아르자마스에서 죽음의 공포를 맛보다.

1871년(43세) 둘째딸 마리야 태어나다.

1872년(44세) 저택에서 학교를 다시 열다. 《코카서스의 포로》. 넷째아들 표트르 태어나다.

1873년(45세) 3월, 《안나 카레니나》 쓰기 시작하다. 가족 모두를 데리고 사마라 지방으로 가서 빈민구제 사업에 힘을 기울이다. 넷째아들 표트르 사망하다. 《읽고 쓰기 교육 방법에 관하여》를 〈모스크바 신보(新報)〉에, 《사마라 지방의 굶주림에 대하여》를 〈모스크바 신문〉에 싣다. 《톨스토이 저작집》 제1권~제8권까지 출판하다. 아카데미 회원이 되다.

1875년(47세) 《안나 카레니나》 연재 시작하다.

1877년(49세) 《안나 카레니나》 완성하다.

1878년(50세) 십이월당 연구를 위해 모스크바와 페테르부르크에 가다. 투르게네프와 화해하다. 5월, 《최초의 기억》을 쓰기 시작하다. 투르게네프가 야스나야 폴랴나를 방문하다. 《참회록》 집필하다.

1881년(53세) 《사람은 무엇으로 사는가》 《요약(要約) 복음서》 간행하다.

1882년(54세) 모스크바 국세(國勢) 조사에 참가하여 주민들의 비참한 현실을 보고 《그러면 우리는 무엇을 할 것인가》에 착수하다. 톨스토이의 종교적 저작을 경계하던 종무원(宗務院)의 검열이 강화되다.

1883년(55세) 톨스토이의 절친한 벗이 된 체르트코프를 만나다.

1885년(57세) 헨리 조지의 《토지 국유론》을 읽고 깊은 감명을 받아 사유재산을 부정함으로써 아내와 충돌하다. 그 결과 모든 저작권을 아내에게 양도하다. 《일리야스의 행복》 《그러면 우리는 무엇을 할 것인가》 출판하다. 《이반 일리치의 죽음》 쓰기 시작하다.

1886년(58세) 여름에 작품을 쓰는 한편 두 딸(타치야나와 미라야)을 데리고 농사를 짓다. 《어떻게 살 것인가》 쓰기 시작하다. 《지혜의 달력》 편찬에 종사하다. 《이반 일리치의 죽음》 출판. 《회개한 죄인》 《신이 이름 붙인 아이》 《사람에게는 땅이 얼마나 필요한가》 《세 은자》 쓰다.

1888년(60세) 담배를 끊다. 2월에 둘째아들 일리야 결혼하다. 막내아들 바니치카 태어나다. 《고골리론(論)》 쓰기 시작하다. 본다레프의 《농민의 승리》에 서문을 쓰다. 코롤렌코가 처음으로 찾아오다. 학교 교사가 되려고 원서를 제출했으나 당국으로부터 거절당하다.

1891년(63세) 발행 금지되었던 《크로이체르 소나타》의 공표 허가를 아내 소피아가 얻어내다. 《니콜라이 파르킨》을 제노바에서 출판하다. 4월, 재산을 나누다. 《첫째 단계》 쓰기 시작하다. 중앙아시아와 동남아시아에 걸쳐 기근이 일어나자 농민 구제를 위해 활약하다. 《기근의 보고》 《무서운 문제》 《법원에 대하여》 《어머니 이야기의 예언》 《어머니의 수기》 등 모든 저작권을 버리다. 《신의 왕국은 그대들 속에 있다》 쓰기 시작하다.

1892년(64세) 굶주림에 허덕이는 사람들을 구제하기 위해 많은 활약을 했으나 당국의 방해를 받다.

1893년(65세) 《무위(無爲)》를 〈러시아 통보〉에 발표하다. 《종교와 국가》 집필하다. 노자(老子) 번역에 몰두하다.

1894년(66세) 모스크바 심리학회 명예회원으로 선출되다. 알렉산드르 3세 죽다. 《주인과 하인》 쓰기 시작하다. 《카르마》 《모파상 저작집》의 후기, 《신의 고찰》 《젊은 황제》 쓰다.

1895년(67세) 《주인과 하인》 탈고하다. 두호보르 교도와 친교를 맺고 있었기 때문에 4,000명 교도의 병역 거부 운동이 일어나자 그 지도자로 지목되어 당국의 박해를 받다.

1898년(70세) 툴리스카야, 오를로프스카야 두 현의 빈민 구제를 위해 활동하다. 두호보르 교도를 돕기 위한 자금 마련 방편으로 《부활》을 연재하기로 하다. 8월 28일, 톨스토이 탄생 70년 기념 축하회 열다. 《신부 세르게이》 완성하다. 《종교와 도덕》 《톨스토이즘에 관하여》 《기근이란 무엇인가》 《두 전쟁》 《카르타고를 파괴하지 말라》 《러시아 통보의 편집자에게 부친다》를 쓰다.

1899년(71세) 3월, 《부활》을 발표하여 시선을 끌다. 《사랑의 요구》 《한 상사(上士)에게 부치는 글》 쓰다.

1900년(72세) 1월, 아카데미 예술회원에 뽑히다. 막심 고리키가 찾아오다. 희곡 《산송장》 《애국심과 정부》 《죽이지 말라》 《현대의 노예제도》 《자기완성의 의의》 쓰다.

1901년(73세) 그리스 정교(正教)에서 파문되다. 《파문 명령에 대한 종무원에의 회답》 쓰기 시작하다. 9월, 크리미아에서 티푸스와 폐렴으로 중태에 빠지다. 《황제와 그 보필자에게》 《유일한 수단》 《누가 옳은가》 쓰다.

1903년(75세) 1월, 《유년시절의 추억》 쓰기 시작. 《성현(聖賢)의 사상》 편찬에 착수하다. 단편 《무도회가 끝난 뒤》 탈고하다. 8월 28일, 탄생 75주년 축하회 열다. 9월, 《셰익스피어론(論)》 집필하다. 《노동과 병과 죽음》 《아시리아 왕 아사르 하돈》 《세 가지 의문》 《그것은 너다》 《정신적 원본의 의의》 《인생의 의의에 대하여》를 쓰다.

1904년(76세) 전쟁반대론 《반성하라》 발표하다. 6월, 《유년시절의 추억》 탈고. 《해리슨과 무저항》 《과연 그렇지 않으면 안 되는가》 《하지 무라트》 출판하다.

1907년(79세) 야스나야 폴랴나의 학교를 부흥시키다. 《참다운 자유를 인정하라》 《우리의 인생관》 《서로 사랑하라》쓰다.

1910년(82세) 《인생의 길》, 단편 《호딘카》 《모르는 사이에》 《마을의 사흘 동안》, 희곡 《모든 것의 근원》 쓰다. 8월, 코롤렌코가 찾아오다. 《세상에 죄인은 없다》 개작하다. 10월 28일 새벽, 아내에게 마지막 글을 써 놓고 집을 나가 도중에서 사형을 논한 《효과 있는 수단》을 집필하다. 10월 31일, 여행 중 병이 들어 랴잔 우랄 철도의 조그만 시골 역 아스타포보에서 내려 역장 사택에서 묵다. 11월 3일, 최후의 감상을 일기에 쓰다. 11월 7일 오전 6시 5분 영원히 잠들다. 야스나야 폴랴나에 묻히다.

김근식
미국 몬터레이에 있는 미들베리 통번역 국제대학원(The Middlebury Institute of International Studies at Monterey) 러시아문학석사. 한국외국어대학교대학원 러시아 문학박사, 중앙대 동북아연구소 소장. 중앙대 러시아어학과 교수. 지은책 아이트마토프 작품의 주제발전연구, 러시아정교회와 반체제 및 민족주의, 푸시킨의 꿈의 분석, 한국에서의 푸시킨 연구. 옮긴책 아이트마토프 〈하얀 배〉 〈백년보다 긴 하루〉, 아나톨리 김 〈푸른 섬〉 〈아버지 숲〉, 도스토옙스키 〈백치〉, 잘리긴 〈위원회〉, 부토프 〈곤충들의 천문학〉, 마야코프스키의 〈미국 발견〉, 한국문학작품 러시아어 번역 김주영 〈천둥소리〉 〈고기잡이는 갈대를 꺾지 않는다〉

인생이란 무엇인가 3 행복
레프 톨스토이/김근식 옮김
1판 1쇄 발행/2004. 11. 1
2판 1쇄 발행/2020. 4. 1
발행인 고정일
발행처 동서문화사
창업 1956. 12. 12. 등록 16-3799
서울 중구 마른내로 144(쌍림동)
☎ 546-0331~6 Fax. 545-0331
www.dongsuhbook.com
*

사업자등록번호 211-87-75330
ISBN 978-89-497-1740-1 03890